中国古典小说普及文库

岳麓书社·长沙

图书在版编目(CIP)数据

三国演义/(明)罗贯中著. —长沙:岳麓书社,2012.11(2022.10 重印)
(中国古典小说普及文库)
ISBN 978-7-80761-952-9

Ⅰ.①三…　Ⅱ.①罗…　Ⅲ.①章回小说—中国—明代　Ⅳ.①I242.4

中国版本图书馆 CIP 数据核字(2012)第 153385 号

SANGUO YANYI

三国演义

作　　者:(明)罗贯中
责任编辑:彭卫才
封面设计:吴颖辉
责任校对:舒　舍

岳麓书社出版发行
地址:湖南省长沙市爱民路 47 号
直销电话:0731-88804152　0731-88885616
邮编:410006

版次:2012 年 11 月第 1 版
印次:2022 年 10 月第 7 次印刷
开本:890mm×1240mm　1/32
印张:23.875
字数:688 千字
印数:85 001—88 000
ISBN 978-7-80761-952-9
定价:72.80 元

承印:廊坊市博林印务有限公司

如有印装质量问题,请与本社印务部联系
电话:0731-88884129

出版说明

《三国演义》是中国古代历史演义小说的经典之作。小说描写了公元3世纪以曹操、刘备、孙权为首的魏、蜀、吴三个政治、军事集团之间的矛盾和斗争。在广阔的社会历史背景下，展示出那个时代尖锐复杂又极具特色的政治军事冲突，在政治、军事谋略方面，对后世产生了深远的影响。三国演义中的“桃园三结义”“三顾茅庐”“草船借箭”“过五关斩六将”“白帝城托孤”等许多故事，在我国古代民间就非常流行，宋元时代即被搬上舞台，金、元演出的三国剧目达30多种。元代至治年间出现了新安虞氏所刊的《全相三国志平话》。元末明初罗贯中综合民间传说和戏曲、话本，结合陈寿《三国志》和裴松之注的史料，根据他个人对社会人生的体悟，创作了《三国志通俗演义》。现存最早刊本是明嘉靖年间所刊刻的《三国志通俗演义》，俗称“嘉靖本”，全书24卷。清康熙年间，毛纶、毛宗岗父子辨正史事、增删文字，修改成今日通行的120回本《三国演义》。

我社出版《中国古典小说普及文库》收入的《三国演义》，文字以清初大魁堂本《绣像金批第一才子书》为底本，参校了《三国志通俗演义》（明嘉靖本）等其他版本，择善而从，以满足广大读者的需要。

目　　录

滚滚长江东逝水，浪花淘尽英雄。是非成败转头空。青山依旧在，几度夕阳红。　　白发渔樵江渚上，惯看秋月春风。一壶浊酒喜相逢。古今多少事，都付笑谈中。

——调寄《临江仙》

第一回　宴桃园豪杰三结义　斩黄巾英雄首立功

话说天下大势，分久必合，合久必分。周末七国分争，并入于秦。及秦灭之后，楚、汉分争，又并入于汉。汉朝自高祖斩白蛇而起义，一统天下，后来光武中兴，传至献帝，遂分为三国。

推其致乱之由，殆始于桓、灵二帝。桓帝禁锢善类，崇信宦官。及桓帝崩，灵帝即位，大将军窦武、太傅陈蕃共相辅佐。时有宦官曹节等弄权，窦武、陈蕃谋诛之，机事不密，反为所害，中涓自此愈横。

建宁二年四月望日，帝御温德殿。方升座，殿角狂风骤起。只见一条大青蛇，从梁上飞将下来，蟠于椅上。帝惊倒，左右急救入宫，百官俱奔避。须臾，蛇不见了。忽然大雷大雨，加以冰雹，落到半夜方止，坏却房屋无数。建宁四年二月，洛阳地震；又海水泛溢，沿海居民，尽被大浪卷入海中。光和元年，雌鸡化雄。六月朔，黑气十余丈，飞入温德殿中。秋七月，有虹现于玉堂；五原山岸，尽皆崩裂。种种不祥，非止一端。

帝下诏问群臣以灾异之由，议郎蔡邕上疏，以为蜺堕鸡化，乃妇寺干政之所致，言颇切直。帝览奏叹息，因起更衣。曹节在后窃视，悉宣告左右；遂以他事陷邕于罪，放归田里。后张让、赵忠、封谞、段珪、曹节、侯览、蹇硕、程旷、夏恽、郭胜十人朋比为奸，号为“十常侍”。帝尊信张让，呼为“阿父”。朝政日非，以致天下人心思乱，盗贼蜂起。

时巨鹿郡有兄弟三人，一名张角，一名张宝，一名张梁。那张角本是个不第秀才，因入山采药，遇一老人，碧眼童颜，手执藜杖，唤角至一洞中，以天书三卷授之，曰："此名《太平要术》，汝得之，当代天宣化，普救世人；若萌异心，必获恶报。"角拜问姓名。老人曰："吾乃南华老仙也。"言讫，化阵清风而去。角得此书，晓夜攻习，能呼风唤雨，号为"太平道人"。

中平元年正月内，疫气流行，张角散施符水，为人治病，自称"大贤良师"。角有徒弟五百余人，云游四方，皆能书符念咒。次后徒众日多，角乃立三十六方，大方万余人，小方六七千，各立渠帅，称为将军；讹言："苍天已死，黄天当立；岁在甲子，天下大吉。"令人各以白土书"甲子"二字于家中大门上。青、幽、徐、冀、荆、扬、兖、豫八州之人，家家侍奉大贤良师张角名字。角遣其党马元义，暗赍金帛，结交中涓封谞，以为内应。角与二弟商议曰："至难得者，民心也。今民心已顺，若不乘势取天下，诚为可惜。"遂一面私造黄旗，约期举事；一面使弟子唐周，驰书报封谞。唐周乃径赴省中告变。帝召大将军何进调兵擒马元义，斩之；次收封谞等一干人下狱。

张角闻知事露，星夜举兵，自称"天公将军"，张宝称"地公将军"，张梁称"人公将军"。申言于众曰："今汉运将终，大圣人出。汝等皆宜顺天从正，以乐太平。"四方百姓，裹黄巾从张角反者四五十万。贼势浩大，官军望风而靡。何进奏帝火速降诏，令各处备御，讨贼立功。一面遣中郎将卢植、皇甫嵩、朱儁，各引精兵，分三路讨之。

且说张角一军，前犯幽州界分。幽州太守刘焉，乃江夏竟陵人氏，汉鲁恭王之后也。当时闻得贼兵将至，召校尉邹靖计议。靖曰："贼兵众，我兵寡，明公宜作速招军应敌。"刘焉然其说，随即出榜招募义兵。

榜文行到涿县，引出涿县中一个英雄。那人不甚好读书；性宽和，寡言语，喜怒不形于色；素有大志，专好结交天下豪杰；生得身长七尺五寸，两耳垂肩，双手过膝，目能自顾其耳，面如冠玉，唇若涂脂；中山靖王刘胜之后，汉景帝阁下玄孙，姓刘名备，字玄德。昔刘胜之子刘贞，汉武时封涿鹿亭侯，后坐酎金失侯，因此遗这一枝在涿县。玄德祖刘雄，父刘弘。弘曾举孝廉，亦尝作吏，早丧。玄德幼孤，事母至孝；家贫，贩屦织席为业。家住本县楼桑村。其家之东南，有一大桑树,高五丈余,遥望之,童童如车盖。相者云:“此家必出贵人。”玄德幼时,与乡中小儿戏于树下,曰:“我为天子,当乘此车盖。”叔父刘元起奇其言,曰:“此儿非常人也!”因见玄德家贫,常资给之。年十五岁,母使游学,尝师事郑玄、卢植,与公孙瓒等为友。

及刘焉发榜招军时,玄德年已二十八岁矣。当日见了榜文,慨然长叹。随后一人厉声言曰:“大丈夫不与国家出力,何故长叹?”玄德回视其人,身长八尺,豹头环眼,燕颔虎须,声若巨雷,势如奔马。玄德见他形貌异常,问其姓名。其人曰:“某姓张名飞,字翼德。世居涿郡,颇有庄田,卖酒屠猪,专好结交天下豪杰。恰才见公看榜而叹,故此相问。”玄德曰:“我本汉室宗亲,姓刘,名备。今闻黄巾倡乱,有志欲破贼安民,恨力不能,故长叹耳。”飞曰:“吾颇有资财,当招募乡勇,与公同举大事,如何?”玄德甚喜,遂与同入村店中饮酒。

正饮间,见一大汉,推着一辆车子,到店门首歇了,入店坐下,便唤酒保:“快斟酒来吃,我待赶入城去投军。”玄德看其人:身长九尺,髯长二尺;面如重枣,唇若涂脂;丹凤眼,卧蚕眉,相貌堂堂,威风凛凛。玄德就邀他同坐,叩其姓名。其人曰:“吾姓关名羽,字长生,后改云长,河东解良人也。因本处势豪倚势凌人,被吾杀了,逃难江湖,五六年矣。今闻此处招军破贼,特来应募。”玄德遂以己志告之,云长大喜。同到张飞庄上,共议大事。飞曰:“吾庄后有一桃园,花开正盛;明日当于园中祭告天地,我三人结为兄弟,协力同心,然后可图大事。”玄德、云长齐声应曰:“如此甚好。”

次日,于桃园中,备下乌牛白马祭礼等项,三人焚香再拜而说誓曰:“念刘备、关羽、张飞,虽然异姓,既结为兄弟,则同心协力,救困扶危;上报国家,下安黎庶。不求同年同月同日生,只愿同年同月同日死。皇天后土,实鉴此心,背义忘恩,天人共戮!”誓毕,拜玄德为兄,关羽次之,张飞为弟。祭罢天地,复宰牛设酒,聚乡中勇士,得三百余人,就桃园中痛饮一醉。

来日收拾军器,但恨无马匹可乘。正思虑间,人报有两个客人,引一伙伴当,赶一群马,投庄上来。玄德曰:“此天佑我也!”三人出庄迎接。原来二客乃中山大商:一名张世平,一名苏双,每年往北贩马,近因寇发而回。玄德请二人到庄,置酒管待,诉说欲讨贼安民之意。二客大喜,愿将良马五十匹相送;又赠金银五百两,镔铁一千斤,以资器用。

玄德谢别二客,便命良匠打造双股剑。云长造青龙偃月刀,又名"冷艳锯",重八十二斤。张飞造丈八点钢矛。各置全身铠甲。共聚乡勇五百余人,来见邹靖。邹靖引见太守刘焉。三人参见毕,各通姓名。玄德说起宗派,刘焉大喜,遂认玄德为侄。

不数日,人报黄巾贼将程远志统兵五万来犯涿郡。刘焉令邹靖引玄德等三人,统兵五百,前去破敌。玄德等欣然领军前进,直至大兴山下,与贼相见。贼众皆披发,以黄巾抹额。当下两军相对,玄德出马,左有云长,右有翼德,扬鞭大骂:"反国逆贼,何不早降!"程远志大怒,遣副将邓茂出战。张飞挺丈八蛇矛直出,手起处,刺中邓茂心窝,翻身落马。程远志见折了邓茂,拍马舞刀,直取张飞。云长舞动大刀,纵马飞迎。程远志见了,早吃一惊,措手不及,被云长刀起处,挥为两段。后人有诗赞二人曰:英雄露颖在今朝,一试矛兮一试刀。初出便将威力展,三分好把姓名标。

众贼见程远志被斩,皆倒戈而走。玄德挥军追赶,投降者不计其数,大胜而回。刘焉亲自迎接,赏劳军士。次日,接得青州太守龚景牒文,言黄巾贼围城将陷,乞赐救援。刘焉与玄德商议。玄德曰:"备愿往救之。"刘焉令邹靖将兵五千,同玄德、关、张,投青州来。贼众见救军至,分兵混战。玄德兵寡不胜,退三十里下寨。

玄德谓关、张曰:"贼众我寡;必出奇兵,方可取胜。"乃分关公引一千军伏山左,张飞引一千军伏山右,鸣金为号,齐出接应。次日,玄德与邹靖引军鼓噪而进。贼众迎战,玄德引军便退。贼众乘势追赶,方过山岭,玄德军中一齐鸣金,左右两军齐出,玄德麾军回身复杀。三路夹攻,贼众大溃。直赶至青州城下,太守龚景亦率民兵出城助战。贼势大败,剿戮极多,遂解青州之围。后人有诗赞玄德曰:运筹决算有神功,二虎还须逊一龙。初出便能垂伟绩,自应分鼎在孤穷。

龚景犒军毕,邹靖欲回。玄德曰:"近闻中郎将卢植与贼首张角战于广宗,备昔曾师事卢植,欲往助之。"于是邹靖引军自回,玄德与关、张引本部五百人投广宗来。至卢植军中，入帐施礼，具道来意。卢植大喜，留在帐前听调。

时张角贼众十五万，植兵五万，相拒于广宗，未见胜负。植谓玄德曰："我今围贼在此，贼弟张梁、张宝在颍川，与皇甫嵩、朱儁对垒。汝可引本部人马，我更助汝一千官军，前去颍川打探消息，约期剿捕。"玄德领命，引军星夜投颍川来。

时皇甫嵩、朱儁领军拒贼，贼战不利，退入长社，依草结营。嵩与儁计曰："贼依草结营，当用火攻之。"遂令军士，每人束草一把，暗地埋伏。其夜大风忽起。二更以后，一齐纵火，嵩与儁各引兵攻击贼寨，火焰张天，贼众惊慌，马不及鞍，人不及甲，四散奔走。

杀到天明，张梁、张宝引败残军士，夺路而走。忽见一彪军马，尽打红旗，当头来到，截住去路。为首闪出一将，身长七尺，细眼长髯，官拜骑都尉，沛国谯郡人也，姓曹名操字孟德。

操父曹嵩，本姓夏侯氏，因为中常侍曹腾之养子，故冒姓曹。曹嵩生操，小字阿瞒，一名吉利。操幼时，好游猎，喜歌舞，有权谋，多机变。操有叔父，见操游荡无度，尝怒之，言于曹嵩。嵩责操。操忽心生一计，见叔父来，诈倒于地，作中风之状。叔父惊告嵩，嵩急视之。操故无恙。嵩曰："叔言汝中风，今已愈乎？"操曰："儿自来无此病；因失爱于叔父，故见罔耳。"嵩信其言。后叔父但言操过，嵩并不听。因此，操得恣意放荡。时人有桥玄者，谓操曰："天下将乱，非命世之才不能济。能安之者，其在君乎？"南阳何颙见操，言："汉室将亡，安天下者，必此人也。"汝南许劭，有知人之名。操往见之，问曰："我何如人？"劭不答。又问，劭曰："子治世之能臣，乱世之奸雄也。"操闻言大喜。年二十，举孝廉，为郎，除洛阳北部尉。初到任，即设五色棒十余条于县之四门，有犯禁者，不避豪贵，皆责之。中常侍蹇硕之叔，提刀夜行，操巡夜拿住，就棒责之。由是，内外莫敢犯者，威名颇震。

后为顿丘令，因黄巾起，拜为骑都尉，引马步军五千，前来颍川助战。正值张梁、张宝败走，曹操拦住，大杀一阵，斩首万余级，夺得旗幡、金鼓、马匹极多。张梁、张宝死战得脱。操见过皇甫嵩、朱儁，随即引兵追袭张梁、张宝去了。

却说玄德引关、张来颍川，听得喊杀之声，又望见火光烛天，急引兵来时，贼已败散。玄德见皇甫嵩、朱儁，具道卢植之意。嵩曰："张梁、张宝势穷力乏，必投广宗去依张角。玄德可即星夜往助。"

玄德领命，遂引兵复回。到得半路，只见一簇军马，护送一辆槛车，车中之囚，乃卢植也。玄德大惊，滚鞍下马，问其缘故。植曰："我围张角，将次可破；因角用妖术，未能即胜。朝廷差黄门左丰前来体探，问我索取贿赂。我答曰：'军粮尚缺，安有余钱奉承天使？'左丰挟恨，回奏朝廷，说我高垒不战，惰慢军心；因此朝廷震怒，遣中郎将董卓来代将我兵，取我回京问罪。"张飞听罢，大怒，要斩护送军人，以救卢植。玄德急止之曰："朝廷自有公论，汝岂可造次？"军士簇拥卢植去了。

关公曰："卢中郎已被逮，别人领兵，我等去无所依，不如且回涿郡。"玄德从其言，遂引军北行。行无二日，忽闻山后喊声大震。玄德引关、张纵马上高冈望之，见汉军大败，后面漫山塞野，黄巾盖地而来，旗上大书"天公将军"。玄德曰："此张角也！可速战！"三人飞马引军而出。张角正杀败董卓，乘势赶来，忽遇三人冲杀，角军大乱，败走五十余里。

三人救了董卓回寨。卓问三人现居何职。玄德曰："白身。"卓甚轻之，不为礼。玄德出，张飞大怒曰："我等亲赴血战，救了这厮，他却如此无礼。若不杀之，难消我气！"便要提刀入帐来杀董卓。正是：人情势利古犹今，谁识英雄是白身？安得快人如翼德，尽诛世上负心人！毕竟董卓性命如何，且听下文分解。

第二回　张翼德怒鞭督邮　何国舅谋诛宦竖

且说董卓字仲颖，陇西临洮人也，官拜河东太守，自来骄傲。当日怠慢了玄德，张飞性发，便欲杀之。玄德与关公急止之曰："他是朝廷命官，岂可擅杀？"飞曰："若不杀这厮，反要在他部下听令，其实不甘！二兄要便住在此，我自投别处去也！"玄德曰："我三人义同生死，岂可相离？不若都投别处去便了。"飞曰："若如此，稍解吾恨。"

于是三人连夜引军来投朱儁。儁待之甚厚，合兵一处，进讨张宝。是时曹操自跟皇甫嵩讨张梁，大战于曲阳。这里朱儁进攻张宝。张宝引贼众八九万，屯于山后。儁令玄德为其先锋，与贼对敌。张宝遣副将高升出马搦战，玄德使张飞击之。飞纵马挺矛，与升交战，不数合，刺升落马。玄德麾军直冲过去。张宝就马上披发仗剑，作起妖法。只见风雷大作，一股黑气从天而降，黑气中似有无限人马杀来。玄德连忙回军，军中大乱。

败阵而归，与朱儁计议。儁曰："彼用妖术，我来日可宰猪羊狗血，令军士伏于山头；候贼赶来，从高坡上泼之，其法可解。"玄德听令，拨关公、张飞各引军一千，伏于山后高冈之上，盛猪羊狗血并秽物准备。次日，张宝摇旗擂鼓，引军搦战，玄德出迎。交锋之际，张宝作法，风雷大作，飞砂走石，黑气漫天，滚滚人马，自天而下。玄德拨马便走，张宝驱兵赶来。将过山头，关、张伏军放起号炮，秽物齐泼。但见空中纸人草马，纷纷坠地；风雷顿息，砂石不飞。

张宝见解了法，急欲退军。左关公，右张飞，两军都出，背后玄德、朱儁一齐赶上，贼兵大败。玄德望见"地公将军"旗号，飞马赶来，张宝落荒而走。玄德发箭，中其左臂。张宝带箭逃脱，走入阳城，坚守不出。

朱儁引兵围住阳城攻打，一面差人打探皇甫嵩消息。探子回报，具说："皇甫嵩大获胜捷，朝廷以董卓屡败，命嵩代之。嵩到时，张角已死;张梁统其众,与我军相拒,被皇甫嵩连胜七阵,斩张梁于曲阳。发张角之棺,戮尸枭首,送往京师。余众俱降。朝廷加皇甫嵩为车骑将军,领冀州牧。皇甫嵩又表奏卢植有功无罪,朝廷复卢植原官。曹操亦以有功,除济南相,即日将班师赴任。"朱儁听说,催促军马,悉力攻打阳城。贼势危急,贼将严政刺杀张宝,献首投降。朱儁遂平数郡,上表献捷。

时又黄巾余党三人:赵弘、韩忠、孙仲,聚众数万,望风烧劫,称与张角报仇。朝廷命朱儁即以得胜之师讨之。儁奉诏,率军前进。时贼据宛城,儁引兵攻之,赵弘遣韩忠出战。儁遣玄德、关、张攻城西南角。韩忠尽率精锐之众,来西南角抵敌。朱儁自纵铁骑二千,径取东北角。贼恐失城,急弃西南而回。玄德从背后掩杀,贼众大败,奔入宛城。朱儁分兵四面围定。

城中断粮,韩忠使人出城投降。儁不许。玄德曰:"昔高祖之得天下,盖为能招降纳顺;公何拒韩忠耶?"儁曰:"彼一时,此一时也。昔秦项之际,天下大乱,民无定主,故招降赏附,以劝来耳。今海内一统,惟黄巾造反;若容其降,无以劝善。使贼得利恣意劫掠,失利便投降:此长寇之志,非良策也。"玄德曰:"不容寇降是矣。今四面围如铁桶,贼乞降不得,必然死战。万人一心,尚不可当,况城中有数万死命之人乎?不若撤去东南,独攻西北。贼必弃城而走,无心恋战,可即擒也。"儁然之,随撤东南二面军马,一齐攻打西北。韩忠果引军弃城而奔。儁与玄德、关、张率三军掩杀,射死韩忠,余皆四散奔走。正追赶间,赵弘、孙仲引贼众到,与儁交战。儁见弘势大,引军暂退。弘乘势复夺宛城。儁离十里下寨。

方欲攻打,忽见正东一彪人马到来。为首一将,生得广额阔面,虎体熊腰;吴郡富春人也,姓孙,名坚,字文台,乃孙武子之后。年十七岁时,与父至钱塘,见海贼十余人,劫取商人财物,于岸上分赃。坚谓父曰:"此贼可擒也。"遂奋力提刀上岸,扬声大叫,东西指挥,如唤人状。贼以为官兵至,尽弃财物奔走。坚赶上,杀一贼。由是郡县知名,荐为校尉。后会稽妖贼许昌造反,自称"阳明皇帝",聚众数万;坚与郡司马招募勇士千余人,会合州郡破之,斩许昌并其子许韶。刺史臧旻上表奏其功，除坚为盐渎丞，又除盱眙丞、下邳丞。今见黄巾寇起，聚集乡中少年及诸商旅，并淮泗精兵一千五百余人，前来接应。

朱儁大喜，便令坚攻打南门，玄德打北门，朱儁打西门，留东门与贼走。孙坚首先登城，斩贼二十余人，贼众奔溃。赵弘飞马突槊，直取孙坚。坚从城上飞身夺弘槊，刺弘下马；却骑弘马，飞身往来杀贼。孙仲引贼突出北门，正迎玄德，无心恋战，只待奔逃。玄德张弓一箭，正中孙仲，翻身落马。朱儁大军随后掩杀，斩首数万级，降者不可胜计。南阳一路，十数郡皆平。

儁班师回京，诏封为车骑将军，河南尹。儁表奏孙坚、刘备等功。坚有人情，除别郡司马上任去了。惟玄德听候日久，不得除授，三人郁郁不乐，上街闲行，正值郎中张钧车到。玄德见之，自陈功绩。钧大惊，随入朝见帝曰："昔黄巾造反，其原皆由十常侍卖官鬻爵，非亲不用，非仇不诛，以致天下大乱。今宜斩十常侍，悬首南郊，遣使者布告天下，有功者重加赏赐，则四海自清平也。"十常侍奏帝曰："张钧欺主。"帝令武士逐出张钧。十常侍共议："此必破黄巾有功者，不得除授，故生怨言。权且教省家铨注微名，待后却再理会未晚。"因此玄德除授定州中山府安喜县尉，克日赴任。

玄德将兵散回乡里，止带亲随二十余人，与关、张来安喜县中到任。署县事一月，与民秋毫无犯，民皆感化。到任之后，与关、张食则同桌，寝则同床。如玄德在稠人广坐，关、张侍立，终日不倦。

到县未及四月，朝廷降诏，凡有军功为长吏者当沙汰。玄德疑在遣中。适督邮行部至县，玄德出郭迎接，见督邮施礼。督邮坐于马上，惟微以鞭指回答。关、张二公俱怒。及到馆驿，督邮南面高坐，玄德侍立阶下。良久，督邮问曰："刘县尉是何出身？"玄德曰："备乃中山靖王之后；自涿郡剿戮黄巾，大小三十余战，颇有微功，因得除今职。"督邮大喝曰："汝诈称皇亲，虚报功绩！目今朝廷降诏，正要沙汰这等滥官污吏！"玄德喏喏连声而退。归到县中，与县吏商议。吏曰："督邮作威，无非要贿赂耳。"玄德曰："我与民秋毫无犯，那得财物与他？"次日，督邮先提县吏去，勒令指称县尉害民。玄德几番自往求免，俱被门役阻住，不肯放参。

却说张飞饮了数杯闷酒，乘马从馆驿前过，见五六十个老人，皆在门前痛哭。飞问其故，众老人答曰："督邮逼勒县吏，欲害刘公；我等皆来苦告，不得放入，反遭把门人赶打！"张飞大怒，睁圆环眼，咬碎钢牙，滚鞍下马，径入馆驿，把门人那里阻挡得住，直奔后堂，见督邮正坐厅上，将县吏绑倒在地。飞大喝："害民贼！认得我么？"督邮未及开言，早被张飞揪住头发，扯出馆驿，直到县前马桩上缚住；攀下柳条，去督邮两腿上着力鞭打，一连打折柳条十数枝。玄德正纳闷间，听得县前喧闹，问左右，答曰："张将军绑一人在县前痛打。"玄德忙去观之，见绑缚者乃督邮也。玄德惊问其故。飞曰："此等害民贼，不打死等甚！"督邮告曰："玄德公救我性命！"玄德终是仁慈的人，急喝张飞住手。傍边转过关公来，曰："兄长建许多大功，仅得县尉，今反被督邮侮辱。吾思枳棘丛中，非栖鸾凤之所；不如杀督邮，弃官归乡，别图远大之计。"玄德乃取印绶，挂于督邮之颈，责之曰："据汝害民，本当杀却；今姑饶汝命。吾缴还印绶，从此去矣。"督邮归告定州太守，太守申文省府，差人捕捉。玄德、关、张三人往代州投刘恢。恢见玄德乃汉室宗亲，留匿在家不题。

却说十常侍既握重权，互相商议：但有不从己者，诛之。赵忠、张让差人问破黄巾将士索金帛，不从者奏罢职。皇甫嵩、朱儁皆不肯与，赵忠等俱奏罢其官。帝又封赵忠等为车骑将军，张让等十三人皆封列侯。朝政愈坏，人民嗟怨。于是长沙贼区星作乱；渔阳张举、张纯反：举称天子，纯称大将军。表章雪片告急，十常侍皆藏匿不奏。

一日，帝在后园与十常侍饮宴，谏议大夫刘陶，径到帝前大恸。帝问其故。陶曰："天下危在旦夕，陛下尚自与阉宦共饮耶！"帝曰："国家承平，有何危急？"陶曰："四方盗贼并起，侵掠州郡。其祸皆由十常侍卖官害民、欺君罔上。朝廷正人皆去，祸在目前矣！"十常侍皆免冠跪伏于帝前曰："大臣不相容，臣等不能活矣！愿乞性命归田里，尽将家产以助军资。"言罢痛哭。帝怒谓陶曰："汝家亦有近侍之人，何独不容朕耶？"呼武士推出斩之。刘陶大呼："臣死不惜！可怜汉室天下，四百余年，到此一旦休矣！"

武士拥陶出，方欲行刑，一大臣喝住曰："勿得下手，待我谏去。"

众视之，乃司徒陈耽，径入宫中来谏帝曰："刘谏议得何罪而受诛？"帝曰："毁谤近臣，冒渎朕躬。"耽曰："天下人民，欲食十常侍之肉，陛下敬之如父母，身无寸功，皆封列侯；况封谞等结连黄巾，欲为内乱；陛下今不自省，社稷立见崩摧矣！"帝曰："封谞作乱，其事不明。十常侍中，岂无一二忠臣？"陈耽以头撞阶而谏。帝怒，命牵出，与刘陶皆下狱。是夜，十常侍即于狱中谋杀之；假帝诏以孙坚为长沙太守，讨区星。不五十日，报捷，江夏平，诏封坚为乌程侯。

封刘虞为幽州牧，领兵往渔阳征张举、张纯。代州刘恢以书荐玄德见虞。虞大喜，令玄德为都尉，引兵直抵贼巢，与贼大战数日，挫动锐气。张纯专一凶暴，士卒心变。帐下头目刺杀张纯，将头纳献，率众来降。张举见势败，亦自缢死。渔阳尽平。刘虞表奏刘备大功，朝廷赦免鞭督邮之罪，除下密丞，迁高堂尉。公孙瓒又表陈玄德前功，荐为别部司马，守平原县令。玄德在平原，颇有钱粮军马，重整旧日气象。刘虞平寇有功，封太尉。

中平六年夏四月，灵帝病笃，召大将军何进入宫，商议后事。那何进起身屠家；因妹入宫为贵人，生皇子辩，遂立为皇后。进由是得权重任。帝又宠幸王美人，生皇子协。何后嫉妒，鸩杀王美人。皇子协养于董太后宫中。董太后乃灵帝之母，解渎亭侯刘苌之妻也。初因桓帝无子，迎立解渎亭侯之子，是为灵帝。灵帝入继大统，遂迎养母氏于宫中，尊为太后。

董太后尝劝帝立皇子协为太子。帝亦偏爱协，欲立之。当时病笃，中常侍蹇硕奏曰："若欲立协，必先诛何进，以绝后患。"帝然其说，因宣进入宫。进至宫门，司马潘隐谓进曰："不可入宫。蹇硕欲谋杀公。"进大惊，急归私宅，召诸大臣，欲尽诛宦官。座上一人挺身出曰："宦官之势，起自冲、质之时；朝廷滋蔓极广，安能尽诛？倘机不密，必有灭族之祸：请细详之。"进视之，乃典军校尉曹操也。进叱曰："汝小辈安知朝廷大事！"

正踌躇间，潘隐至，言："帝已崩。今蹇硕与十常侍商议，秘不发丧，矫诏宣何国舅入宫，欲绝后患，册立皇子协为帝。"说未了，使命至，宣进速入，以定后事。操曰："今日之计，先宜正君位，然后图贼。"进曰:"谁敢与吾正君讨贼?"一人挺身出曰:"愿借精兵五千,斩关入内,册立新君,尽诛阉竖,扫清朝廷,以安天下!"进视之,乃司徒袁逢之子,袁隗之侄:名绍,字本初,现为司隶校尉。何进大喜,遂点御林军五千。绍全身披挂。何进引何颙、荀攸、郑泰等大臣三十余员,相继而入,就灵帝柩前,扶立太子辩即皇帝位。

百官呼拜已毕,袁绍入宫收蹇硕。硕慌走入御园,花阴下为中常侍郭胜所杀。硕所领禁军,尽皆投顺。绍谓何进曰:"中官结党。今日可乘势尽诛之。"张让等知事急,慌入告何后曰:"始初设谋陷害大将军者,止蹇硕一人,并不干臣等事。今大将军听袁绍之言,欲尽诛臣等,乞娘娘怜悯!"何太后曰:"汝等勿忧,我当保汝。"传旨宣何进入。太后密谓曰:"我与汝出身寒微,非张让等,焉能享此富贵?今蹇硕不仁,既已伏诛,汝何听信人言,欲尽诛宦官耶?"何进听罢,出谓众官曰:"蹇硕设谋害我,可族灭其家。其余不必妄加残害。"袁绍曰:"若不斩草除根,必为丧身之本。"进曰:"吾意已决,汝勿多言。"众官皆退。

次日,太后命何进参录尚书事,其余皆封官职。董太后宣张让等入宫商议曰:"何进之妹,始初我抬举他。今日他孩儿即皇帝位,内外臣僚,皆其心腹:威权太重,我将如何?"让奏曰:"娘娘可临朝,垂帘听政;封皇子协为王;加国舅董重大官,掌握军权;重用臣等:大事可图矣。"董太后大喜。次日设朝,董太后降旨,封皇子协为陈留王,董重为骠骑将军,张让等共预朝政。

何太后见董太后专权,于宫中设一宴,请董太后赴席。酒至半酣,何太后起身捧杯再拜曰:"我等皆妇人也,参预朝政,非其所宜。昔吕后因握重权,宗族千口皆被戮。今我等宜深居九重;朝廷大事,任大臣元老自行商议,此国家之幸也。愿垂听焉。"董后大怒曰:"汝鸩死王美人,设心嫉妒。今倚汝子为君,与汝兄何进之势,辄敢乱言!吾敕骠骑断汝兄首,如反掌耳!"何后亦怒曰:"吾以好言相劝,何反怒耶?"董后曰:"汝家屠沽小辈,有何见识!"两宫互相争竞,张让等各劝归宫。

何后连夜召何进入宫,告以前事。何进出,召三公共议。来早设朝,使廷臣奏董太后原系藩妃,不宜久居宫中,合仍迁于河间安置,限日下即出国门。一面遣人起送董后;一面点禁军围骠骑将军董重府宅,追索印绶。董重知事急,自刎于后堂。家人举哀,军士方散。张让、段珪见董后一枝已废,遂皆以金珠玩好结构何进弟何苗并其母舞阳君,令早晚入何太后处,善言遮蔽:因此十常侍又得近幸。

六月,何进暗使人鸩杀董后于河间驿庭,举柩回京,葬于文陵。进托病不出。司隶校尉袁绍入见进曰:"张让、段珪等流言于外,言公鸩杀董后,欲谋大事。乘此时不诛阉宦,后必为大祸。昔窦武欲诛内竖,机谋不密,反受其殃。今公兄弟部曲将吏,皆英俊之士;若使尽力,事在掌握。此天赞之时,不可失也。"进曰:"且容商议。"左右密报张让,让等转告何苗,又多送贿赂。苗入奏何后云:"大将军辅佐新君,不行仁慈,专务杀伐。今无端又欲杀十常侍,此取乱之道也。"后纳其言。少顷,何进入白后,欲诛中涓。何后曰:"中官统领禁省,汉家故事。先帝新弃天下,尔欲诛杀旧臣,非重宗庙也。"进本是没决断之人,听太后言,唯唯而出。袁绍迎问曰:"大事若何?"进曰:"太后不允,如之奈何?"绍曰:"可召四方英雄之士,勒兵来京,尽诛阉竖。此时事急,不容太后不从。"进曰:"此计大妙!"便发檄至各镇,召赴京师。主簿陈琳曰:"不可!俗云:掩目而捕燕雀,是自欺也,微物尚不可欺以得志,况国家大事乎?今将军仗皇戚,掌兵要,龙骧虎步,高下在心:若欲诛宦官,如鼓洪炉燎毛发耳。但当速发雷霆,行权立断,则天人顺之。却反外檄大臣,临犯京阙,英雄聚会,各怀一心:所谓倒持干戈,授人以柄,功必不成,反生乱矣。"何进笑曰:"此懦夫之见也!"傍边一人鼓掌大笑曰:"此事易如反掌,何必多议!"视之,乃曹操也。正是:欲除君侧宵人乱,须听朝中智士谋。不知曹操说出甚话来,且听下文分解。

第三回 议温明董卓叱丁原 馈金珠李肃说吕布

且说曹操当日对何进曰："宦官之祸，古今皆有；但世主不当假之权宠，使至于此。若欲治罪，当除元恶，但付一狱吏足矣，何必纷纷召外兵乎？欲尽诛之，事必宣露。吾料其必败也。"何进怒曰："孟德亦怀私意耶？"操退曰："乱天下者，必进也。"进乃暗差使命，赍密诏星夜往各镇去。

却说前将军、鳌乡侯、西凉刺史董卓，先为破黄巾无功，朝议将治其罪，因贿赂十常侍幸免；后又结托朝贵，遂任显官，统西州大军二十万，常有不臣之心。是时得诏大喜，点起军马，陆续便行；使其婿中郎将牛辅守住陕西，自己却带李傕、郭汜、张济、樊稠等提兵望洛阳进发。

卓婿谋士李儒曰："今虽奉诏，中间多有暗昧。何不差人上表，名正言顺，大事可图。"卓大喜，遂上表。其略曰："窃闻天下所以乱逆不止者，皆由黄门常侍张让等侮慢天常之故。臣闻扬汤止沸，不如去薪；溃痈虽痛，胜于养毒。臣敢鸣钟鼓入洛阳，请除让等。社稷幸甚！天下幸甚！"何进得表，出示大臣。侍御史郑泰谏曰："董卓乃豺狼也，引入京城，必食人矣。"进曰："汝多疑，不足谋大事。"卢植亦谏曰："植素知董卓为人，面善心狠；一入禁庭，必生祸患。不如止之勿来，免致生乱。"进不听，郑泰、卢植皆弃官而去。朝廷大臣，去者大半。进使人迎董卓于渑池，卓按兵不动。

张让等知外兵到，共议曰："此何进之谋也；我等不先下手，皆灭族矣。"乃先伏刀斧手五十人于长乐宫嘉德门内，入告何太后曰："今大将军矫诏召外兵至京师，欲灭臣等，望娘娘垂怜赐救。"太后曰："汝等可诣大将军府谢罪。"让曰："若到相府，骨肉齑粉矣。望娘娘宣大将军入宫谕止之。如其不从，臣等只就娘娘前请死。"太后乃降诏宣进。

进得诏便行。主簿陈琳谏曰:“太后此诏,必是十常侍之谋,切不可去。去必有祸。”进曰:“太后诏我,有何祸事?”袁绍曰:“今谋已泄,事已露,将军尚欲入宫耶?”曹操曰:“先召十常侍出,然后可入。”进笑曰:“此小儿之见也。吾掌天下之权,十常侍敢待如何?”绍曰:“公必欲去,我等引甲士护从,以防不测。”于是袁绍、曹操各选精兵五百,命袁绍之弟袁术领之。袁术全身披挂,引兵布列青琐门外。绍与操带剑护送何进至长乐宫前。黄门传懿旨云:“太后特宣大将军,余人不许辄入。”将袁绍、曹操等都阻住宫门外。

何进昂然直入。至嘉德殿门,张让、段珪迎出,左右围住,进大惊。让厉声责进曰:“董后何罪,妄以鸩死?国母丧葬,托疾不出!汝本屠沽小辈,我等荐之天子,以致荣贵;不思报效,欲相谋害,汝言我等甚浊,其清者是谁?”进慌急,欲寻出路,宫门尽闭,伏甲齐出,将何进砍为两段。后人有诗叹之曰:“汉室倾危天数终,无谋何进作三公。几番不听忠臣谏,难免宫中受剑锋。”

让等既杀何进,袁绍久不见进出,乃于宫门外大叫曰:“请将军上车!”让等将何进首级从墙上掷出,宣谕曰:“何进谋反,已伏诛矣!其余胁从,尽皆赦宥。”袁绍厉声大叫:“阉官谋杀大臣!诛恶党者前来助战!”何进部将吴匡,便于青琐门外放起火来。袁术引兵突入宫庭,但见阉官,不论大小,尽皆杀之。袁绍、曹操斩关入内。赵忠、程旷、夏恽、郭胜四个被赶至翠花楼前,剁为肉泥。宫中火焰冲天。张让、段珪、曹节、侯览将太后及太子并陈留王劫去内省,从后道走北宫。时卢植弃官未去,见宫中事变,擐甲持戈,立于阁下。遥见段珪拥逼何后过来,植大呼曰:“段珪逆贼,安敢劫太后!”段珪回身便走。太后从窗中跳出,植急救得免。吴匡杀入内庭,见何苗亦提剑出。匡大呼曰:“何苗同谋害兄,当共杀之!”众人俱曰:“愿斩谋兄之贼!”苗欲走,四面围定,砍为齑粉。绍复令军士分头来杀十常侍家属,不分大小,尽皆诛绝,多有无须者误被杀死。曹操一面救灭宫中之火,请何太后权摄大事,遣兵追袭张让等,寻觅少帝。

且说张让、段珪劫拥少帝及陈留王,冒烟突火,连夜奔走至北邙山。约二更时分,后面喊声大举,人马赶至;当前河南中部掾吏闵贡,大呼"逆贼休走"！张让见事急，遂投河而死。帝与陈留王未知虚实，不敢高声，伏于河边乱草之内。军马四散去赶，不知帝之所在。帝与王伏至四更，露水又下，腹中饥馁，相抱而哭；又怕人知觉，吞声草莽之中。陈留王曰："此间不可久恋，须别寻活路。"于是二人以衣相结，爬上岸边。满地荆棘，黑暗之中，不见行路。正无奈何，忽有流萤千百成群，光芒照耀，只在帝前飞转。陈留王曰："此天助我兄弟也！"遂随萤火而行，渐渐见路。行至五更，足痛不能行，山冈边见一草堆，帝与王卧于草堆之畔。草堆前面是一所庄院。庄主是夜梦两红日坠于庄后，惊觉，披衣出户，四下观望，见庄后草堆上红光冲天，慌忙往视，却是二人卧于草畔。庄主问曰："二少年谁家之子？"帝不敢应。陈留王指帝曰："此是当今皇帝，遭十常侍之乱，逃难到此。吾乃皇弟陈留王也。"庄主大惊，再拜曰："臣先朝司徒崔烈之弟崔毅也。因见十常侍卖官嫉贤，故隐于此。"遂扶帝入庄，跪进酒食。

却说闵贡赶上段珪，拿住问："天子何在？"珪言："已在半路相失，不知何往。"贡遂杀段珪，悬头于马项下，分兵四散寻觅；自己却独乘一马，随路追寻，偶至崔毅庄，毅见首级，问之，贡说详细，崔毅引贡见帝，君臣痛哭。贡曰："国不可一日无君，请陛下还都。"崔毅庄上止有瘦马一匹，备与帝乘。贡与陈留王共乘一马，离庄而行。不到三里，司徒王允、太尉杨彪、左军校尉淳于琼、右军校尉赵萌、后军校尉鲍信、中军校尉袁绍，一行人众，数百人马，接着车驾。君臣皆哭。先使人将段珪首级往京师号令，另换好马与帝及陈留王骑坐，簇帝还京。先是洛阳小儿谣曰："帝非帝，王非王，千乘万骑走北邙。"至此果应其谶。

车驾行不到数里，忽见旌旗蔽日，尘土遮天，一枝人马到来。百官失色，帝亦大惊。袁绍骤马出问："何人？"绣旗影里，一将飞出，厉声问："天子何在？"帝战栗不能言。陈留王勒马向前，叱曰："来者何人？"卓曰："西凉刺史董卓也。"陈留王曰："汝来保驾耶，汝来劫驾耶？"卓应曰："特来保驾。"陈留王曰："既来保驾，天子在此，何不下马？"卓大惊，慌忙下马，拜于道左。陈留王以言抚慰董卓，自初至终，并无失语。卓暗奇之，已怀废立之意。是日还宫，见何太后，俱各痛哭。检点宫中,不见了传国玉玺。

董卓屯兵城外,每日带铁甲马军入城,横行街市,百姓惶惶不安。卓出入宫庭,略无忌惮。后军校尉鲍信,来见袁绍,言董卓必有异心,可速除之。绍曰:"朝廷新定,未可轻动。"鲍信见王允,亦言其事。允曰:"且容商议。"信自引本部军兵,投泰山去了。

董卓招诱何进兄弟部下之兵,尽归掌握。私谓李儒曰:"吾欲废帝立陈留王,何如?"李儒曰:"今朝廷无主,不就此时行事,迟则有变矣。来日于温明园中,召集百官,谕以废立;有不从者斩之,则威权之行,正在今日。"卓喜。次日大排筵会,遍请公卿。公卿皆惧董卓,谁敢不到。卓待百官到了,然后徐徐到园门下马,带剑入席。酒行数巡,卓教停酒止乐,乃厉声曰:"吾有一言,众官静听。"众皆侧耳。卓曰:"天子为万民之主,无威仪不可以奉宗庙社稷。今上懦弱,不若陈留王聪明好学,可承大位。吾欲废帝,立陈留王,诸大臣以为何如?"诸官听罢,不敢出声。

座上一人推案直出,立于筵前,大呼:"不可!不可!汝是何人,敢发大语?天子乃先帝嫡子,初无过失,何得妄议废立!汝欲为篡逆耶?"卓视之,乃荆州刺史丁原也。卓怒叱曰:"顺我者生,逆我者死!"遂掣佩剑欲斩丁原。时李儒见丁原背后一人,生得器宇轩昂,威风凛凛,手执方天画戟,怒目而视。李儒急进曰:"今日饮宴之处,不可谈国政;来日向都堂公论未迟。"众人皆劝丁原上马而去。

卓问百官曰:"吾所言,合公道否?"卢植曰:"明公差矣。昔太甲不明,伊尹放之于桐宫;昌邑王登位方二十七日,造恶三千余条,故霍光告太庙而废之。今上虽幼,聪明仁智,并无分毫过失。公乃外郡刺史,素未参与国政,又无伊、霍之大才,何可强主废立之事?圣人云:有伊尹之志则可,无伊尹之志则篡也。"卓大怒,拔剑向前欲杀植。侍中蔡邕、议郎彭伯谏曰:"卢尚书海内人望,今先害之,恐天下震怖。"卓乃止。司徒王允曰:"废立之事,不可酒后相商,另日再议。"于是百官皆散。

卓按剑立于园门,忽见一人跃马持戟,于园门外往来驰骤。卓问李儒:"此何人也?"儒曰:"此丁原义儿:姓吕,名布,字奉先者也。主公且须避之。”卓乃入园潜避。次日,人报丁原引军城外搦战。卓怒,引军同李儒出迎。两阵对圆,只见吕布顶束发金冠,披百花战袍,擐唐猊铠甲,系狮蛮宝带,纵马挺戟,随丁建阳出到阵前。建阳指卓骂曰:“国家不幸,阉官弄权,以致万民涂炭。尔无尺寸之功,焉敢妄言废立,欲乱朝廷!”董卓未及回言,吕布飞马直杀过来。董卓慌走,建阳率军掩杀。卓兵大败,退三十余里下寨,聚众商议。卓曰:“吾观吕布非常人也。吾若得此人,何虑天下哉!”帐前一人出曰:“主公勿忧。某与吕布同乡,知其勇而无谋,见利忘义。某凭三寸不烂之舌,说吕布拱手来降,可乎?”卓大喜,观其人,乃虎贲中郎将李肃也。卓曰:“汝将何以说之?”肃曰:“某闻主公有名马一匹,号曰赤兔,日行千里。须得此马,再用金珠,以利结其心。某更进说词,吕布必反丁原,来投主公矣。”卓问李儒曰:“此言可乎?”儒曰:“主公欲取天下,何惜一马!”卓欣然与之,更与黄金一千两、明珠数十颗、玉带一条。

李肃赍了礼物,投吕布寨来。伏路军人围住。肃曰:“可速报吕将军,有故人来见。”军人报知,布命入见。肃见布曰:“贤弟别来无恙!”布揖曰:“久不相见,今居何处?”肃曰:“现任虎贲中郎将之职。闻贤弟匡扶社稷,不胜之喜。有良马一匹,日行千里,渡水登山,如履平地,名曰赤兔;特献与贤弟,以助虎威。”布便令牵过来看。果然那马浑身上下,火炭般赤,无半根杂毛;从头至尾,长一丈;从蹄至项,高八尺;嘶喊咆哮,有腾空入海之状。后人有诗单道赤兔马曰:“奔腾千里荡尘埃,渡水登山紫雾开。掣断丝缰摇玉辔,火龙飞下九天来。”布见了此马,大喜,谢肃曰:“兄赐此龙驹,将何以为报?”肃曰:“某为义气而来,岂望报乎!”布置酒相待。酒酣,肃曰:“肃与贤弟少得相见;令尊却常会来。”布曰:“兄醉矣!先父弃世多年,安得与兄相会?”肃大笑曰:“非也!某说今日丁刺史耳。”布惶恐曰:“某在丁建阳处,亦出于无奈。”肃曰:“贤弟有擎天驾海之才,四海孰不钦敬?功名富贵,如探囊取物,何言无奈而在人之下乎?”布曰:“恨不逢其主耳。”肃笑曰:“良禽择木而栖,贤臣择主而事。见机不早,悔之晚矣。”布曰:“兄在朝廷,观何人为世之英雄?”肃曰:“某遍观群臣,皆不如董卓。董卓为人敬贤礼士,赏罚分明,终成大业。”布曰:“某欲从之,恨无门路。”肃取金珠、玉带列于布前。布惊曰:“何为有此?”肃令叱退左右,告布曰:“此是董公久慕大名,特令某将此奉献。赤兔马亦董公所赠也。”布曰:“董公如此见爱,某将何以报之?”肃曰:“如某之不才,尚为虎贲中郎将;公若到彼,贵不可言。”布曰:“恨无涓埃之功,以为进见之礼。”肃曰:“功在翻手之间,公不肯为耳。”布沈吟良久曰:“吾欲杀丁原,引军归董卓,何如?”肃曰:“贤弟若能如此,真莫大之功也!但事不宜迟,在于速决。”布与肃约于明日来降,肃别去。

是夜二更时分,布提刀径入丁原帐中。原正秉烛观书,见布至,曰:“吾儿来有何事故?”布曰:“吾堂堂丈夫,安肯为汝子乎!”原曰:“奉先何故心变?”布向前,一刀砍下丁原首级,大呼左右:“丁原不仁,吾已杀之。肯从吾者在此,不从者自去!”军士散其大半。次日,布持丁原首级,往见李肃。肃遂引布见卓。卓大喜,置酒相待。卓先下拜曰:“卓今得将军,如旱苗之得甘雨也。”布纳卓坐而拜之曰:“公若不弃,布请拜为义父。”卓以金甲锦袍赐布,畅饮而散。卓自是威势越大,自领前将军事,封弟董旻为左将军、鄠侯,封吕布为骑都尉、中郎将、都亭侯。

李儒劝卓早定废立之计。卓乃于省中设宴,会集公卿,令吕布将甲士千余,侍卫左右。是日,太傅袁隗与百官皆到。酒行数巡,卓按剑曰:“今上暗弱,不可以奉宗庙;吾将依伊尹、霍光故事,废帝为弘农王,立陈留王为帝。有不从者斩!”群臣惶怖莫敢对。中军校尉袁绍挺身出曰:“今上即位未几,并无失德;汝欲废嫡立庶,非反而何?”卓怒曰:“天下事在我!我今为之,谁敢不从!汝视我之剑不利否?”袁绍亦拔剑曰:“汝剑利,吾剑未尝不利!”两个在筵上对敌。正是:丁原仗义身先丧,袁绍争锋势又危。毕竟袁绍性命如何,且听下文分解。

第四回　废汉帝陈留践位　谋董贼孟德献刀

且说董卓欲杀袁绍，李儒止之曰："事未可定，不可妄杀。"袁绍手提宝剑，辞别百官而出，悬节东门，奔冀州去了。卓谓太傅袁隗曰："汝侄无礼，吾看汝面，姑恕之。废立之事若何？"隗曰："太尉所见是也。"卓曰："敢有阻大议者，以军法从事！"群臣震恐，皆云一听尊命。宴罢，卓问侍中周毖、校尉伍琼曰："袁绍此去若何？"周毖曰："袁绍忿忿而去，若购之急，势必为变。且袁氏树恩四世，门生故吏遍于天下；倘收豪杰以聚徒众，英雄因之而起，山东非公有也。不如赦之，拜为一郡守，则绍喜于免罪，必无患矣。"伍琼曰："袁绍好谋无断，不足为虑；诚不若加之一郡守，以收民心。"卓从之，即日差人拜绍为渤海太守。

九月朔，请帝升嘉德殿，大会文武。卓拔剑在手，对众曰："天子暗弱，不足以君天下。今有策文一道，宜为宣读。"乃命李儒读策曰："孝灵皇帝，早弃臣民；皇帝承嗣，海内侧望。而帝天资轻佻，威仪不恪，居丧慢惰：否德既彰，有忝大位。皇太后教无母仪，统政荒乱。永乐太后暴崩，众论惑焉。三纲之道，天地之纪，毋乃有阙？陈留王协，圣德伟懋，规矩肃然；居丧哀戚，言不以邪；休声美誉，天下所闻，宜承洪业，为万世统。兹废皇帝为弘农王，皇太后还政，请奉陈留王为皇帝，应天顺人，以慰生灵之望。"李儒读策毕，卓叱左右扶帝下殿，解其玺绶，北面长跪，称臣听命。又呼太后去服候敕。帝后皆号哭，群臣无不悲惨。

阶下一大臣，愤怒高叫曰："贼臣董卓，敢为欺天之谋，吾当以颈血溅之！"挥手中象简，直击董卓。卓大怒，喝武士拿下：乃尚书丁管也。卓命牵出斩之。管骂不绝口，至死神色不变。后人有诗叹之曰："董贼潜怀废立图，汉家宗社委丘墟。满朝臣宰皆囊括，惟有丁公是丈夫。"

卓请陈留王登殿。群臣朝贺毕，卓命扶何太后并弘农王及帝妃唐氏永安宫闲住，封锁宫门，禁群臣不得擅入。可怜少帝四月登基，至九月即被废。卓所立陈留王协，表字伯和，灵帝中子，即献帝也；时年九岁。改元初平。董卓为相国，赞拜不名，入朝不趋，剑履上殿，威福莫比。

李儒劝卓擢用名流，以收人望，因荐蔡邕之才。卓命征之，邕不赴。卓怒，使人谓邕曰："如不来，当灭汝族。"邕惧，只得应命而至。卓见邕大喜，一月三迁其官，拜为侍中，甚见亲厚。

却说少帝与何太后、唐妃困于永安宫中，衣服饮食，渐渐少缺；少帝泪不曾干。一日，偶见双燕飞于庭中，遂吟诗一首。诗曰："嫩草绿凝烟，袅袅双飞燕。洛水一条青，陌上人称羡。远望碧云深，是吾旧宫殿。何人仗忠义，泄我心中怨！"董卓时常使人探听。是日获得此诗，来呈董卓。卓曰："怨望作诗，杀之有名矣。"遂命李儒带武士十人，入宫弑帝。帝与后、妃正在楼上，宫女报李儒至，帝大惊。儒以鸩酒奉帝，帝问何故。儒曰："春日融和，董相国特上寿酒。"太后曰："既云寿酒，汝可先饮。"儒怒曰："汝不饮耶？"呼左右持短刀白练于前曰："寿酒不饮，可领此二物！"唐妃跪告曰："妾身代帝饮酒，愿公存母子性命。"儒叱曰："汝何人，可代王死？"乃举酒与何太后曰："汝可先饮！"后大骂何进无谋，引贼入京，致有今日之祸。儒催逼帝，帝曰："容我与太后作别。"乃大恸而作歌，其歌曰："天地易兮日月翻，弃万乘兮退守藩。为臣逼兮命不久，大势去兮空泪潸！"唐妃亦作歌曰："皇天将崩兮后土颓，身为帝姬兮命不随。生死异路兮从此毕，奈何茕速兮心中悲！"歌罢，相抱而哭。李儒叱曰："相国立等回报，汝等俄延，望谁救耶？"太后大骂："董贼逼我母子，皇天不佑！汝等助恶，必当灭族！"儒大怒，双手扯住太后，直撺下楼；叱武士绞死唐妃；以鸩酒灌杀少帝。

还报董卓，卓命葬于城外。自此每夜入宫，奸淫宫女，夜宿龙床。尝引军出城，行到阳城地方，时当二月，村民社赛，男女皆集。卓命军士围住，尽皆杀之，掠妇女财物，装载车上，悬头千余颗于车下，连轸还都，扬言杀贼大胜而回；于城门外焚烧人头，以妇女财物分散众军。

越骑校尉伍孚,字德瑜,见卓残暴,愤恨不平,尝于朝服内披小铠,藏短刀,欲伺便杀卓。

一日,卓入朝,孚迎至阁下,拔刀直刺卓。卓气力大,两手抠住;吕布便入,揪倒伍孚。卓问曰:“谁教汝反?”孚瞪目大喝曰:“汝非吾君,吾非汝臣,何反之有?汝罪恶盈天,人人愿得而诛之!吾恨不车裂汝以谢天下!”卓大怒,命牵出剖剐之。孚至死骂不绝口。后人有诗赞之曰:“汉末忠臣说伍孚,冲天豪气世间无。朝堂杀贼名犹在,万古堪称大丈夫!”董卓自此出入常带甲士护卫。

时袁绍在渤海,闻知董卓弄权,乃差人赍密书来见王允。书略曰:“卓贼欺天废主,人不忍言;而公恣其跋扈,如不听闻,岂报国效忠之臣哉?绍今集兵练卒,欲扫清王室,未敢轻动。公若有心,当乘间图之。如有驱使,即当奉命。”王允得书,寻思无计。

一日,于侍班阁子内见旧臣俱在,允曰:“今日老夫贱降,晚间敢屈众位到舍小酌。”众官皆曰:“必来祝寿。”当晚王允设宴后堂,公卿皆至。酒行数巡,王允忽然掩面大哭。众官惊问曰:“司徒贵诞,何故发悲?”允曰:“今日并非贱降,因欲与众位一叙,恐董卓见疑,故托言耳。董卓欺主弄权,社稷旦夕难保。想高皇诛秦灭楚,奄有天下;谁想传至今日,乃丧于董卓之手:此吾所以哭也。”于是众官皆哭。坐中一人抚掌大笑曰:“满朝公卿,夜哭到明,明哭到夜,还能哭死董卓否?”允视之,乃骁骑校尉曹操也。允怒曰:“汝祖宗亦食禄汉朝,今不思报国而反笑耶?”操曰:“吾非笑别事,笑众位无一计杀董卓耳。操虽不才,愿即断董卓头,悬之都门,以谢天下。”允避席问曰:“孟德有何高见?”操曰:“近日操屈身以事卓者,实欲乘间图之耳。今卓颇信操,操因得时近卓。闻司徒有七宝刀一口,愿借与操入相府刺杀之,虽死不恨!”允曰:“孟德果有是心,天下幸甚!”遂亲自酌酒奉操。操沥酒设誓,允随取宝刀与之。操藏刀,饮酒毕,即起身辞别众官而去。众官又坐了一回,亦俱散讫。

次日,曹操佩着宝刀,来至相府,问:“丞相何在?”从人云:“在小阁中。”操径入。见董卓坐于床上,吕布侍立于侧。卓曰:“孟德来何迟?”操曰:“马羸行迟耳。”卓顾谓布曰:“吾有西凉进来好马,奉先可亲去拣一骑赐与孟德。"布领令而出。操暗忖曰:"此贼合死!"即欲拔刀刺之,惧卓力大,未敢轻动。卓胖大不耐久坐,遂倒身而卧,转面向内。操又思曰:"此贼当休矣!"急掣宝刀在手,恰待要刺,不想董卓仰面看衣镜中,照见曹操在背后拔刀,急回身问曰:"孟德何为?"时吕布已牵马至阁外。操惶遽,乃持刀跪下曰:"操有宝刀一口,献上恩相。"卓接视之,见其刀长尺余,七宝嵌饰,极其锋利,果宝刀也;遂递与吕布收了。操解鞘付布。卓引操出阁看马,操谢曰:"愿借试一骑。"卓就教与鞍辔。操牵马出相府,加鞭望东南而去。

布对卓曰:"适来曹操似有行刺之状,及被喝破,故推献刀。"卓曰:"吾亦疑之。"正说话间,适李儒至,卓以其事告之。儒曰:"操无妻小在京,只独居寓所。今差人往召,如彼无疑而便来,则是献刀;如推托不来,则必是行刺,便可擒而问也。"卓然其说,即差狱卒四人往唤操。去了良久,回报曰:"操不曾回寓,乘马飞出东门。门吏问之,操曰'丞相差我有紧急公事',纵马而去矣。"儒曰:"操贼心虚逃窜,行刺无疑矣。"卓大怒曰:"我如此重用,反欲害我!"儒曰:"此必有同谋者,待拿住曹操便可知矣。"卓遂令遍行文书,画影图形,捉拿曹操:擒献者,赏千金,封万户侯;窝藏者同罪。

且说曹操逃出城外,飞奔谯郡。路经中牟县,为守关军士所获,擒见县令。操言:"我是客商,复姓皇甫。"县令熟视曹操,沉吟半晌,乃曰:"吾前在洛阳求官时,曾认得汝是曹操,如何隐讳!且把来监下,明日解去京师请赏。"把关军士赐以酒食而去。至夜分,县令唤亲随人暗地取出曹操,直至后院中审究;问曰:"我闻丞相待汝不薄,何故自取其祸?"操曰:"燕雀安知鸿鹄志哉!汝既拿住我,便当解去请赏,何必多问!"县令屏退左右,谓操曰:"汝休小觑我。我非俗吏,奈未遇其主耳。"操曰:"吾祖宗世食汉禄,若不思报国,与禽兽何异?吾屈身事卓者,欲乘间图之,为国除害耳。今事不成,乃天意也!"县令曰:"孟德此行,将欲何往?"操曰:"吾将归乡里,发矫诏,召天下诸侯兴兵共诛董卓:吾之愿也。"县令闻言,乃亲释其缚,扶之上坐,再拜曰:"公真天下忠义之士也!"曹操亦拜,问县令姓名。县令曰:"吾姓陈,名宫,字公台。老母妻子,皆在东郡。今感公忠义,愿弃一官,从公而逃。”操甚喜。是夜陈宫收拾盘费，与曹操更衣易服，各背剑一口，乘马投故乡来。

行了三日，至成皋地方，天色向晚。操以鞭指林深处谓宫曰：“此间有一人姓吕，名伯奢，是吾父结义弟兄；就往问家中消息，觅一宿，如何？”宫曰：“最好。”二人至庄前下马，入见伯奢。奢曰：“我闻朝廷遍行文书，捉汝甚急，汝父已避陈留去了。汝如何得至此？”操告以前事，曰：“若非陈县令，已粉骨碎身矣。”伯奢拜陈宫曰：“小侄若非使君，曹氏灭门矣。使君宽怀安坐，今晚便可下榻草舍。”说罢，即起身入内。良久乃出，谓陈宫曰：“老夫家无好酒，容往西村沽一樽来相待。”言讫，匆匆上驴而去。

操与宫坐久，忽闻庄后有磨刀之声。操曰：“吕伯奢非吾至亲，此去可疑，当窃听之。”二人潜步入草堂后，但闻人语曰：“缚而杀之，何如？”操曰：“是矣！今若不先下手，必遭擒获。”遂与宫拔剑直入，不问男女，皆杀之，一连杀死八口。搜至厨下，却见缚一猪欲杀。宫曰：“孟德心多，误杀好人矣！”急出庄上马而行。

行不到二里，只见伯奢驴鞍前鞒悬酒二瓶，手携果菜而来，叫曰：“贤侄与使君何故便去？”操曰：“被罪之人，不敢久住。”伯奢曰：“吾已分付家人宰一猪相款，贤侄、使君何憎一宿？速请转骑。”操不顾，策马便行。行不数步，忽拔剑复回，叫伯奢曰：“此来者何人？”伯奢回头看时，操挥剑砍伯奢于驴下。宫大惊曰：“适才误耳，今何为也？”操曰：“伯奢到家，见杀死多人，安肯干休？若率众来追，必遭其祸矣。”宫曰：“知而故杀，大不义也！”操曰：“宁教我负天下人，休教天下人负我。”陈宫默然。

当夜，行数里，月明中敲开客店门投宿。喂饱了马，曹操先睡。陈宫寻思：“我将谓曹操是好人，弃官跟他；原来是个狼心之徒！今日留之，必为后患。”便欲拔剑来杀曹操。正是：设心狠毒非良士，操卓原来一路人。毕竟曹操性命如何，且听下文分解。

第五回　发矫诏诸镇应曹公　破关兵三英战吕布

却说陈宫临欲下手杀曹操，忽转念曰："我为国家跟他到此，杀之不义。不若弃而他往。"插剑上马，不等天明，自投东郡去了。操觉，不见陈宫，寻思："此人见我说了这两句，疑我不仁，弃我而去；吾当急行，不可久留。"遂连夜到陈留，寻见父亲，备说前事；欲散家资，招募义兵。父言："资少恐不成事。此间有孝廉卫弘，疏财仗义，其家巨富；若得相助，事可图矣。"

操置酒张筵，拜请卫弘到家，告曰："今汉室无主，董卓专权，欺君害民，天下切齿。操欲力扶社稷，恨力不足。公乃忠义之士，敢求相助！"卫弘曰："吾有是心久矣，恨未遇英雄耳。既孟德有大志，愿将家资相助。"操大喜；于是先发矫诏，驰报各道，然后招集义兵，竖起招兵白旗一面，上书"忠义"二字。不数日间，应募之士，如雨骈集。

一日，有一个阳平卫国人，姓乐，名进，字文谦，来投曹操。又有一个山阳巨鹿人，姓李，名典，字曼成，也来投曹操。操皆留为帐前吏。又有沛国谯人夏侯惇，字元让，乃夏侯婴之后；自小习枪棒，年十四从师学武，有人辱骂其师，惇杀之，逃于外方；闻知曹操起兵，与其族弟夏侯渊两个，各引壮士千人来会。此二人本操之弟兄：操父曹嵩原是夏侯氏之子，过房与曹家，因此是同族。不数日，曹氏兄弟曹仁、曹洪各引兵千余来助。曹仁字子孝，曹洪字子廉；二人弓马熟娴，武艺精通。操大喜，于村中调练军马。卫弘尽出家财，置办衣甲旗幡。四方送粮食者，不计其数。

时袁绍得操矫诏，乃聚麾下文武，引兵三万，离渤海来与曹操会盟。操作檄文以达诸郡。檄文曰："操等谨以大义布告天下：董卓欺天罔地，灭国弑君；秽乱宫禁，残害生灵；狼戾不仁，罪恶充积！今奉天子密诏，大集义兵，誓欲扫清华夏，剿戮群凶。望兴义师，共泄公愤;扶持王室,拯救黎民。檄文到日,可速奉行!”操发檄文去后,各镇诸侯皆起兵相应:第一镇,后将军南阳太守袁术。第二镇,冀州刺史韩馥。第三镇,豫州刺史孔伷。第四镇,兖州刺史刘岱。第五镇,河内郡太守王匡。第六镇,陈留太守张邈。第七镇,东郡太守乔瑁。第八镇,山阳太守袁遗。第九镇,济北相鲍信。第十镇,北海太守孔融。第十一镇,广陵太守张超。第十二镇,徐州刺史陶谦。第十三镇,西凉太守马腾。第十四镇,北平太守公孙瓒。第十五镇,上党太守张杨。第十六镇,乌程侯长沙太守孙坚。第十七镇,祁乡侯渤海太守袁绍。诸路军马,多少不等,有三万者,有一二万者,各领文官武将,投洛阳来。

且说北平太守公孙瓒,统领精兵一万五千,路经德州平原县。正行之间,遥见桑树丛中,一面黄旗,数骑来迎。瓒视之,乃刘玄德也。瓒问曰:“贤弟何故在此?”玄德曰:“旧日蒙兄保备为平原县令,今闻大军过此,特来奉候,就请兄长入城歇马。”瓒指关、张而问曰:“此何人也?”玄德曰:“此关羽、张飞,备结义兄弟也。”瓒曰:“乃同破黄巾者乎?”玄德曰:“皆此二人之力。”瓒曰:“今居何职?”玄德答曰:“关羽为马弓手,张飞为步弓手。”瓒叹曰:“如此可谓埋没英雄!今董卓作乱,天下诸侯共往诛之。贤弟可弃此卑官,一同讨贼,力扶汉室,若何?”玄德曰:“愿往。”张飞曰:“当时若容我杀了此贼,免有今日之事。”云长曰:“事已至此,即当收拾前去。”

玄德、关、张引数骑跟公孙瓒来,曹操接着。众诸侯亦陆续皆至,各自安营下寨,连接二百余里。操乃宰牛杀马,大会诸侯,商议进兵之策。太守王匡曰:“今奉大义,必立盟主;众听约束,然后进兵。”操曰:“袁本初四世三公,门多故吏,汉朝名相之裔,可为盟主。”绍再三推辞,众皆曰非本初不可,绍方应允。次日筑台三层,遍列五方旗帜,上建白旄黄钺、兵符将印,请绍登坛。绍整衣佩剑,慨然而上,焚香再拜。其盟曰:“汉室不幸,皇纲失统。贼臣董卓,乘衅纵害,祸加至尊,虐流百姓。绍等惧社稷沦丧,纠合义兵,并赴国难。凡我同盟,齐心戮力,以致臣节,必无二志。有渝此盟,俾坠其命,无克遗育。皇天后土,祖宗明灵,实皆鉴之!”读毕歃血。众因其辞气慷慨,皆涕泗横流。歃血已罢，下坛。众扶绍升帐而坐，两行依爵位年齿分列坐定。操行酒数巡，言曰："今日既立盟主，各听调遣，同扶国家，勿以强弱计较。"袁绍曰："绍虽不才，既承公等推为盟主，有功必赏，有罪必罚。国有常刑，军有纪律。各宜遵守，勿得违犯。"众皆曰惟命是听。绍曰："吾弟袁术总督粮草，应付诸营，无使有缺。更须一人为先锋，直抵汜水关挑战。余各据险要，以为接应。"

长沙太守孙坚出曰："坚愿为前部。"绍曰："文台勇烈，可当此任。"坚遂引本部人马杀奔汜水关来。守关将士，差流星马往洛阳丞相府告急。董卓自专大权之后，每日饮宴。李儒接得告急文书，径来禀卓。卓大惊，急聚众将商议。温侯吕布挺身出曰："父亲勿虑。关外诸侯，布视之如草芥；愿提虎狼之师，尽斩其首，悬于都门。"卓大喜曰："吾有奉先，高枕无忧矣！"言未绝，吕布背后一人高声出曰："割鸡焉用牛刀？不劳温侯亲往。吾斩众诸侯首级，如探囊取物耳！"卓视之，其人身长九尺，虎体狼腰，豹头猿臂；关西人也，姓华，名雄。卓闻言大喜，加为骁骑校尉。拨马步军五万，同李肃、胡轸、赵岑星夜赴关迎敌。

众诸侯内有济北相鲍信，寻思孙坚既为前部，怕他夺了头功，暗拨其弟鲍忠，先将马步军三千，径抄小路，直到关下搦战。华雄引铁骑五百，飞下关来，大喝："贼将休走！"鲍忠急待退，被华雄手起刀落，斩于马下，生擒将校极多。华雄遣人赍鲍忠首级来相府报捷，卓加雄为都督。

却说孙坚引四将直至关前。那四将？——第一个，右北平土垠人，姓程，名普，字德谋，使一条铁脊蛇矛；第二个，姓黄，名盖，字公覆，零陵人，使铁鞭；第三个，姓韩，名当，字义公，辽西令支人也，使一口大刀；第四个，姓祖，名茂，字大荣，吴郡富春人也，使双刀。孙坚披烂银铠，裹赤帻，横古锭刀，骑花鬃马，指关上而骂曰："助恶匹夫，何不早降！"华雄副将胡轸引兵五千出关迎战。程普飞马挺矛，直取胡轸。斗不数合，程普刺中胡轸咽喉，死于马下。坚挥军直杀至关前，关上矢石如雨。孙坚引兵回至梁东屯住，使人于袁绍处报捷，就于袁术处催粮。

或说术曰:“孙坚乃江东猛虎;若打破洛阳,杀了董卓,正是除狼而得虎也。今不与粮,彼军必散。”术听之,不发粮草。孙坚军缺食,军中自乱,细作报上关来。李肃为华雄谋曰:“今夜我引一军从小路下关,袭孙坚寨后,将军击其前寨,坚可擒矣。”雄从之,传令军士饱餐,乘夜下关。是夜月白风清。到坚寨时,已是半夜,鼓噪直进。坚慌忙披挂上马,正遇华雄。两马相交,斗不数合,后面李肃军到,竟天价放起火来。坚军乱窜。众将各自混战,止有祖茂跟定孙坚,突围而走。背后华雄追来。坚取箭,连放两箭,皆被华雄躲过。再放第三箭时,因用力太猛,拽折了鹊画弓,只得弃弓纵马而奔。祖茂曰:“主公头上赤帻射目,为贼所识认。可脱帻与某戴之。”坚就脱帻换茂盔,分两路而走。雄军只望赤帻者追赶,坚乃从小路得脱。祖茂被华雄追急,将赤帻挂于人家烧不尽的庭柱上,却入树林潜躲。华雄军于月下遥见赤帻,四面围定,不敢近前。用箭射之,方知是计,遂向前取了赤帻。祖茂于林后杀出,挥双刀欲劈华雄;雄大喝一声,将祖茂一刀砍于马下。杀至天明,雄方引兵上关。

程普、黄盖、韩当都来寻见孙坚,再收拾军马屯扎。坚为折了祖茂,伤感不已,星夜遣人报知袁绍。绍大惊曰:“不想孙文台败于华雄之手!”便聚众诸侯商议。众人都到,只有公孙瓒后至,绍请入帐列坐。绍曰:“前日鲍将军之弟不遵调遣,擅自进兵,杀身丧命,折了许多军士;今者孙文台又败于华雄:挫动锐气,为之奈何?”诸侯并皆不语。绍举目遍视,见公孙瓒背后立着三人,容貌异常,都在那里冷笑。绍问曰:“公孙太守背后何人?”瓒呼玄德出曰:“此吾自幼同舍兄弟,平原令刘备是也。”曹操曰:“莫非破黄巾刘玄德乎?”瓒曰:“然。”即令刘玄德拜见。瓒将玄德功劳,并其出身,细说一遍。绍曰:“既是汉室宗派,取坐来。”命坐。备逊谢。绍曰:“吾非敬汝名爵,吾敬汝是帝室之胄耳。”玄德乃坐于末位,关、张叉手侍立于后。

忽探子来报:“华雄引铁骑下关,用长竿挑着孙太守赤帻,来寨前大骂搦战。”绍曰:“谁敢去战?”袁术背后转出骁将俞涉曰:“小将愿往。”绍喜,便著俞涉出马。即时报来:“俞涉与华雄战不三合,被华雄斩了。”众大惊。太守韩馥曰:“吾有上将潘凤,可斩华雄。”绍急令出战。潘凤手提大斧上马。去不多时，飞马来报："潘凤又被华雄斩了。"众皆失色。绍曰："可惜吾上将颜良、文丑未至！得一人在此，何惧华雄！"言未毕，阶下一人大呼出曰："小将愿往斩华雄头，献于帐下！"众视之，见其人身长九尺，髯长二尺，丹凤眼，卧蚕眉，面如重枣，声如巨钟，立于帐前。绍问何人。公孙瓒曰："此刘玄德之弟关羽也。"绍问现居何职。瓒曰："跟随刘玄德充马弓手。"帐上袁术大喝曰："汝欺吾众诸侯无大将耶？量一弓手，安敢乱言！与我打出！"曹操急止之曰："公路息怒。此人既出大言，必有勇略；试教出马，如其不胜，责之未迟。"袁绍曰："使一弓手出战，必被华雄所笑。"操曰："此人仪表不俗，华雄安知他是弓手？"关公曰："如不胜，请斩某头。"操教酾热酒一杯，与关公饮了上马。关公曰："酒且斟下，某去便来。"出帐提刀，飞身上马。众诸侯听得关外鼓声大振，喊声大举，如天摧地塌，岳撼山崩，众皆失惊。正欲探听，鸾铃响处，马到中军，云长提华雄之头，掷于地上。其酒尚温。后人有诗赞之曰："威镇乾坤第一功，辕门画鼓响冬冬。云长停盏施英勇，酒尚温时斩华雄。"曹操大喜。只见玄德背后转出张飞，高声大叫："俺哥哥斩了华雄，不就这里杀入关去，活拿董卓，更待何时！"袁术大怒，喝曰："俺大臣尚自谦让，量一县令手下小卒，安敢在此耀武扬威！都与赶出帐去！"曹操曰："得功者赏，何计贵贱乎？"袁术曰："既然公等只重一县令，我当告退。"操曰："岂可因一言而误大事耶？"命公孙瓒且带玄德、关、张回寨。众官皆散。曹操暗使人赍牛酒抚慰三人。

却说华雄手下败军，报上关来。李肃慌忙写告急文书，申闻董卓。卓急聚李儒、吕布等商议。儒曰："今失了上将华雄，贼势浩大。袁绍为盟主，绍叔袁隗，现为太傅；倘或里应外合，深为不便，可先除之。请丞相亲领大军，分拨剿捕。"卓然其说，唤李傕、郭汜领兵五百，围住太傅袁隗家，不分老幼，尽皆诛绝，先将袁隗首级去关前号令。

卓遂起兵二十万，分为两路而来：一路先令李傕、郭汜引兵五万，把住汜水关，不要厮杀；卓自将十五万，同李儒、吕布、樊稠、张济等守虎牢关。这关离洛阳五十里。军马到关，卓令吕布领三万军，去关前扎住大寨。卓自在关上屯住。

流星马探听得,报入袁绍大寨里来。绍聚众商议。操曰:“董卓屯兵虎牢,截俺诸侯中路,今可勒兵一半迎敌。”绍乃分王匡、乔瑁、鲍信、袁遗、孙融、张杨、陶谦、公孙瓒八路诸侯,往虎牢关迎敌。操引军往来救应。八路诸侯,各自起兵。河内太守王匡,引兵先到。吕布带铁骑三千,飞奔来迎。王匡将军马列成阵势,勒马门旗下看时,见吕布出阵:头戴三叉束发紫金冠,体挂西川红锦百花袍,身披兽面吞头连环铠,腰系勒甲玲珑狮蛮带;弓箭随身,手持画戟,坐下嘶风赤兔马:果然是“人中吕布,马中赤兔”!王匡回头问曰:“谁敢出战?”后面一将,纵马挺枪而出。匡视之,乃河内名将方悦。两马相交,无五合,被吕布一戟刺于马下,挺戟直冲过来。匡军大败,四散奔走。布东西冲杀,如入无人之境。幸得乔瑁、袁遗两军皆至,来救王匡,吕布方退。三路诸侯,各折了些人马,退三十里下寨。随后五路军马都至,一处商议,言吕布英雄,无人可敌。

正虑间,小校报来:“吕布搦战。”八路诸侯,一齐上马。军分八队,布在高冈。遥望吕布一簇军马,绣旗招飐,先来冲阵。上党太守张杨部将穆顺,出马挺枪迎战,被吕布手起一戟,刺于马下。众大惊。北海太守孔融部将武安国,使铁锤飞马而出。吕布挥戟拍马来迎。战到十余合,一戟砍断安国手腕,弃锤于地而走。八路军兵齐出,救了武安国。吕布退回去了。众诸侯回寨商议。曹操曰:“吕布英勇无敌,可会十八路诸侯,共议良策。若擒了吕布,董卓易诛耳。”

正议间,吕布复引兵搦战。八路诸侯齐出。公孙瓒挥槊亲战吕布。战不数合,瓒败走。吕布纵赤兔马赶来。那马日行千里,飞走如风。看看赶上,布举画戟望瓒后心便刺。傍边一将,圆睁环眼,倒竖虎须,挺丈八蛇矛,飞马大叫:“三姓家奴休走!燕人张飞在此!”吕布见了,弃了公孙瓒,便战张飞。飞抖擞精神,酣战吕布。连斗五十余合,不分胜负。云长见了,把马一拍,舞八十二斤青龙偃月刀,来夹攻吕布。三匹马丁字儿厮杀。战到三十合,战不倒吕布。刘玄德掣双股剑,骤黄鬃马,刺斜里也来助战。这三个围住吕布,转灯儿般厮杀。八路人马,都看得呆了。吕布架隔遮拦不定,看着玄德面上,虚刺一戟，玄德急闪。吕布荡开阵角，倒拖画戟，飞马便回。三个那里肯舍，拍马赶来。八路军兵，喊声大震，一齐掩杀。吕布军马望关上奔走；玄德、关、张随后赶来。古人曾有篇言语，单道着玄德、关、张三战吕布："汉朝天数当桓灵，炎炎红日将西倾。奸臣董卓废少帝，刘协懦弱魂梦惊。曹操传檄告天下，诸侯奋怒皆兴兵。议立袁绍作盟主，誓扶王室定太平。温侯吕布世无比，雄才四海夸英伟。护躯银铠砌龙鳞，束发金冠簪雉尾。参差宝带兽平吞，错落锦袍飞凤起。龙驹跳踏起天风，画戟荧煌射秋水。出关搦战谁敢当？诸侯胆裂心惶惶。踊出燕人张翼德，手持蛇矛丈八枪。虎须倒竖翻金线，环眼圆睁起电光。酣战未能分胜败，阵前恼起关云长。青龙宝刀灿霜雪，鹦鹉战袍飞蛱蝶。马蹄到处鬼神嚎，目前一怒应流血。枭雄玄德掣双锋，抖擞天威施勇烈。三人围绕战多时，遮拦架隔无休歇。喊声震动天地翻，杀气迷漫牛斗寒。吕布力穷寻走路，遥望家山拍马还。倒拖画杆方天戟，乱散销金五彩幡。顿断绒绦走赤兔，翻身飞上虎牢关。"三人直赶吕布到关下，看见关上西风飘动青罗伞盖。张飞大叫："此必董卓！追吕布有甚强处？不如先拿董贼，便是斩草除根！"拍马上关，来擒董卓。正是：擒贼定须擒贼首，奇功端的待奇人。未知胜负如何，且听下文分解。

第六回 焚金阙董卓行凶 匿玉玺孙坚背约

却说张飞拍马赶到关下，关上矢石如雨，不得进而回。八路诸侯，同请玄德、关、张贺功，使人去袁绍寨中报捷。绍遂移檄孙坚，令其进兵。坚引程普、黄盖至袁术寨中相见。坚以杖画地曰："董卓与我，本无仇隙。今我奋不顾身，亲冒矢石，来决死战者，上为国家讨贼，下为将军家门之私；而将军却听谗言，不发粮草，致坚败绩，将军何安？"术惶恐无言，命斩进谗之人，以谢孙坚。

忽人报坚曰："关上有一将，乘马来寨中，要见将军。"坚辞袁术，归到本寨，唤来问时，乃董卓爱将李傕。坚曰："汝来何为？"傕曰："丞相所敬者，惟将军耳。今特使傕来结亲：丞相有女，欲配将军之子。"坚大怒，叱曰："董卓逆天无道，荡覆王室，吾欲夷其九族，以谢天下，安肯与逆贼结亲耶！吾不斩汝，汝当速去，早早献关，饶你性命！倘若迟误，粉骨碎身！"

李傕抱头鼠窜，回见董卓，说孙坚如此无礼。卓怒，问李儒。儒曰："温侯新败，兵无战心。不若引兵回洛阳，迁帝于长安，以应童谣。近日街市童谣曰：西头一个汉，东头一个汉。鹿走入长安，方可无斯难。臣思此言'西头一个汉'，乃应高祖旺于西都长安，传一十二帝；'东头一个汉'乃应光武旺于东都洛阳，今亦传一十二帝。天运合回。丞相迁回长安，方可无虞。"卓大喜曰："非汝言，吾实不悟。"遂引吕布星夜回洛阳，商议迁都。聚文武于朝堂，卓曰："汉东都洛阳，二百余年，气数已衰。吾观旺气实在长安，吾欲奉驾西幸。汝等各宜促装。"司徒杨彪曰："关中残破零落。今无故捐宗庙，弃皇陵，恐百姓惊动。天下动之至易，安之至难。望丞相鉴察。"卓怒曰："汝阻国家大计耶？"太尉黄琬曰："杨司徒之言是也。往者王莽篡逆，更始赤眉之时，焚烧长安，尽为瓦砾之地；更兼人民流移，百无一二。今弃宫室而就荒地，非所宜也。"卓曰："关东贼起，天下播乱。

长安有崤函之险；更近陇右，木石砖瓦，克日可办，宫室营造，不须月余。汝等再休乱言。”司徒荀爽谏曰：“丞相若欲迁都，百姓骚动不宁矣。”卓大怒曰：“吾为天下计，岂惜小民哉！”即日罢杨彪、黄琬、荀爽为庶民。

卓出上车，只见二人望车而揖，视之，乃尚书周毖、城门校尉伍琼也。卓问有何事，毖曰：“今闻丞相欲迁都长安，故来谏耳。”卓大怒曰：“我始初听你两个，保用袁绍；今绍已反，是汝等一党！”叱武士推出都门斩首。遂下令迁都，限来日便行。李儒曰：“今钱粮缺少，洛阳富户极多，可籍没入官。但是袁绍等门下，杀其宗党而抄其家赀，必得巨万。”卓即差铁骑五千，遍行捉拿洛阳富户，共数千家，插旗头上，大书“反臣逆党”，尽斩于城外，取其金赀。

李傕、郭汜尽驱洛阳之民数百万口，前赴长安。每百姓一队，间军一队，互相拖押；死于沟壑者，不可胜数。又纵军士淫人妻女，夺人粮食；啼哭之声，震动天地。如有行得迟者，背后三千军催督，军手执白刃，于路杀人。

卓临行，教诸门放火，焚烧居民房屋，并放火烧宗庙宫府。南北两宫，火焰相接；长乐宫庭，尽为焦土。又差吕布发掘先皇及后妃陵寝，取其金宝。军士乘势掘官民坟冢殆尽。董卓装载金珠缎匹好物数千余车，劫了天子并后妃等，竟望长安去了。

却说卓将赵岑，见卓已弃洛阳而去，便献了汜水关。孙坚驱兵先入。玄德、关、张杀入虎牢关，诸侯各引军入。

且说孙坚飞奔洛阳，遥望火焰冲天，黑烟铺地，二三百里，并无鸡犬人烟；坚先发兵救灭了火，令众诸侯各于荒地上屯住军马。曹操来见袁绍曰：“今董贼西去，正可乘势追袭；本初按兵不动，何也？”绍曰：“诸兵疲困，进恐无益。”操曰：“董贼焚烧宫室，劫迁天子，海内震动，不知所归：此天亡之时也，一战而天下定矣。诸公何疑而不进？”众诸侯皆言不可轻动。操大怒曰：“竖子不足与谋！”遂自引兵万余，领夏侯惇、夏侯渊、曹仁、曹洪、李典、乐进，星夜来赶董卓。

且说董卓行至荥阳地方，太守徐荣出接。李儒曰：“丞相新弃洛阳，防有追兵。可教徐荣伏军荥阳城外山坞之旁，若有兵追来，可竟放过;待我这里杀败,然后截住掩杀。令后来者不敢复追。"卓从其计,又令吕布引精兵遏后。布正行间,曹操一军赶上。吕布大笑曰:"不出李儒所料也!"将军马摆开。曹操出马,大叫:"逆贼!劫迁天子,流徙百姓,将欲何往?"吕布骂曰:"背主懦夫,何得妄言!"夏侯惇挺枪跃马,直取吕布。战不数合,李傕引一军,从左边杀来,操急令夏侯渊迎敌。右边喊声又起,郭汜引军杀到,操急令曹仁迎敌。三路军马,势不可当。夏侯惇抵敌吕布不住,飞马回阵。布引铁骑掩杀,操军大败,回望荥阳而走。走至一荒山脚下,时约二更,月明如昼。方才聚集残兵,正欲埋锅造饭,只听得四围喊声,徐荣伏兵尽出。曹操慌忙策马,夺路奔逃,正遇徐荣,转身便走。荣搭上箭,射中操肩膊。操带箭逃命,踅过山坡。两个军士伏于草中,见操马来,二枪齐发,操马中枪而倒。操翻身落马,被二卒擒住。只见一将飞马而来,挥刀砍死两个步军,下马救起曹操。操视之,乃曹洪也。操曰:"吾死于此矣,贤弟可速去!"洪曰:"公急上马!洪愿步行。"操曰:"贼兵赶上,汝将奈何?"洪曰:"天下可无洪,不可无公。"操曰:"吾若再生,汝之力也。"操上马,洪脱去衣甲,拖刀跟马而走。约走至四更余,只有前面一条大河,阻住去路,后面喊声渐近。操曰:"命已至此,不得复活矣!"洪急扶操下马,脱去袍铠,负操渡水。才过彼岸,追兵已到,隔水放箭。操带水而走。比及天明,又走三十余里,土冈下少歇。忽然喊声起处,一彪人马赶来:却是徐荣从上流渡河来追。操正慌急间,只见夏侯惇、夏侯渊引数十骑飞至,大喝:"徐荣无伤吾主!"徐荣便奔夏侯惇,惇挺枪来迎。交马数合,惇刺徐荣于马下,杀散余兵。随后曹仁、李典、乐进各引兵寻到,见了曹操,忧喜交集;聚集残兵五百余人,同回河内。卓兵自往长安。

却说众诸侯分屯洛阳。孙坚救灭宫中余火,屯兵城内,设帐于建章殿基上。坚令军士扫除宫殿瓦砾。凡董卓所掘陵寝,尽皆掩闭。于太庙基上,草创殿屋三间,请众诸侯立列圣神位,宰太牢祀之。祭毕,皆散。坚归寨中,是夜星月交辉,乃按剑露坐,仰观天文。见紫微垣中白气漫漫,坚叹曰:"帝星不明,贼臣乱国,万民涂炭,京城一空!"言讫,不觉泪下。

傍有军士指曰:“殿南有五色毫光起于井中。”坚唤军士点起火把,下井打捞。捞起一妇人尸首,虽然日久,其尸不烂;宫样装束,项下带一锦囊。取开看时,内有朱红小匣,用金锁锁着。启视之,乃一玉玺:方圆四寸,上镌五龙交纽;傍缺一角,以黄金镶之;上有篆文八字云:“受命于天,既寿永昌。”坚得玺,乃问程普。普曰:“此传国玺也。此玉是昔日卞和于荆山之下,见凤凰栖于石上,载而进之楚文王。解之,果得玉。秦二十六年,令良工琢为玺,李斯篆此八字于其上。二十八年,始皇巡狩至洞庭湖。风浪大作,舟将覆,急投玉玺于湖而止。至三十六年,始皇巡狩至华阴,有人持玺遮道,与从者曰:‘持此还祖龙。’言讫不见,此玺复归于秦。明年,始皇崩。后来子婴将玉玺献与汉高祖。后至王莽篡逆,孝元皇太后将玺打王寻、苏献,崩其一角,以金镶之。光武得此宝于宜阳,传位至今。近闻十常侍作乱,劫少帝出北邙,回宫失此宝。今天授主公,必有登九五之分。此处不可久留,宜速回江东,别图大事。”坚曰:“汝言正合吾意。明日便当托疾辞归。”商议已定,密谕军士勿得泄漏。

谁想数中一军,是袁绍乡人,欲假此为进身之计,连夜偷出营寨,来报袁绍。绍与之赏赐,暗留军中。次日,孙坚来辞袁绍曰:“坚抱小疾,欲归长沙,特来别公。”绍笑曰:“吾知公疾乃害传国玺耳。”坚失色曰:“此言何来?”绍曰:“今兴兵讨贼,为国除害。玉玺乃朝廷之玉,公既获得,当对众留于盟主处,候诛了董卓,复归朝廷。今匿之而去,意欲何为?”坚曰:“玉玺何由在吾处?”绍曰:“建章殿井中之物何在?”坚曰:“吾本无之,何强相逼?”绍曰:“作速取出,免自生祸。”坚指天为誓曰:“吾若果得此宝,私自藏匿,异日不得善终,死于刀箭之下!”众诸侯曰:“文台如此说誓,想必无之。”绍唤军士出曰:“打捞之时,有此人否?”坚大怒,拔所佩之剑,要斩那军士。绍亦拔剑曰:“汝斩军人,乃欺我也。”绍背后颜良、文丑皆拔剑出鞘。坚背后程普、黄盖、韩当亦掣刀在手。众诸侯一齐劝住。坚随即上马,拔寨离洛阳而去。绍大怒,遂写书一封,差心腹人连夜往荆州,送与刺史刘表,教就路上截住夺之。

次日,人报曹操追董卓,战于荥阳,大败而回。绍令人接至寨中,会众置酒，与操解闷。饮宴间，操叹曰："吾始兴大义，为国除贼。诸公既仗义而来，操之初意，欲烦本初引河内之众，临孟津、酸枣；诸将固守成皋，据敖仓，塞轘辕、太谷，制其险要；公路率南阳之军，驻丹、析，入武关，以震三辅。皆深沟高垒，勿与战，益为疑兵，示天下形势。以顺诛逆，可立定也。今迟疑不进，大失天下之望。操窃耻之！"绍等无言可对。既而席散，操见绍等各怀异心，料不能成事，自引军投扬州去了。公孙瓒谓玄德、关、张曰："袁绍无能为也，久必有变。吾等且归。"遂拔寨北行。至平原，令玄德为平原相，自去守地养军。兖州太守刘岱，问东郡太守乔瑁借粮。瑁推辞不与，岱引军突入瑁营，杀死乔瑁，尽降其众。袁绍见众人各自分散，就领兵拔寨，离洛阳，投关东去了。

却说荆州刺史刘表，字景升，山阳高平人也，乃汉室宗亲；幼好结纳，与名士七人为友，时号"江夏八俊"。那七人：汝南陈翔，字仲麟；同郡范滂，字孟博；鲁国孔昱，字世元；渤海范康，字仲真；山阳檀敷，字文友；同郡张俭，字元节；南阳岑晊，字公孝。刘表与此七人为友；有延平人蒯良、蒯越，襄阳人蔡瑁为辅。当时看了袁绍书，随令蒯越、蔡瑁引兵一万来截孙坚。坚军方到，蒯越将阵摆开，当先出马。孙坚问曰："蒯异度何故引兵截吾去路？"越曰："汝既为汉臣，如何私匿传国之宝？可速留下，放汝归去！"坚大怒，命黄盖出战。蔡瑁舞刀来迎。斗到数合，盖挥鞭打瑁，正中护心镜。瑁拨回马走，孙坚乘势杀过界口。山背后金鼓齐鸣，乃刘表亲自引军来到。孙坚就马上施礼曰："景升何故信袁绍之书，相逼邻郡？"表曰："汝匿传国玺，将欲反耶？"坚曰："吾若有此物，死于刀箭之下！"表曰："汝若要我听信，将随军行李，任我搜看。"坚怒曰："汝有何力，敢小觑我！"方欲交兵，刘表便退。坚纵马赶去，两山后伏兵齐起，背后蔡瑁、蒯越赶来，将孙坚困在垓心。正是：玉玺得来无用处，反因此宝动刀兵。毕竟孙坚怎地脱身，且听下文分解。

第七回　袁绍磐河战公孙　孙坚跨江击刘表

却说孙坚被刘表围住，亏得程普、黄盖、韩当三将死救得脱，折兵大半，夺路引兵回江东。自此孙坚与刘表结怨。

且说袁绍屯兵河内，缺少粮草。冀州牧韩馥，遣人送粮以资军用。谋士逄纪说绍曰："大丈夫纵横天下，何待人送粮为食！冀州乃钱粮广盛之地，将军何不取之？"绍曰："未有良策。"纪曰："可暗使人驰书与公孙瓒，令进兵取冀州，约以夹攻，瓒必兴兵。韩馥无谋之辈，必请将军领州事；就中取事，唾手可得。"绍大喜，即发书到瓒处。瓒得书，见说共攻冀州，平分其地，大喜，即日兴兵。

绍却使人密报韩馥。馥慌聚荀谌、辛评二谋士商议。谌曰："公孙瓒将燕、代之众，长驱而来，其锋不可当。兼有刘备、关、张助之，难以抵敌。今袁本初智勇过人，手下名将极广，将军可请彼同治州事，彼必厚待将军，无患公孙瓒矣。"韩馥即差别驾关纯去请袁绍。长史耿武谏曰："袁绍孤客穷军，仰我鼻息，譬如婴儿在股掌之上，绝其乳哺，立可饿死。奈何欲以州事委之？此引虎入羊群也。"馥曰："吾乃袁氏之故吏，才能又不如本初。古者择贤者而让之。诸君何嫉妒耶？"耿武叹曰："冀州休矣！"于是弃职而去者三十余人。独耿武与关纯伏于城外，以待袁绍。

数日后，绍引兵至。耿武、关纯拔刀而出，欲刺杀绍。绍将颜良立斩耿武，文丑砍死关纯。绍入冀州，以馥为奋威将军，以田丰、沮授、许攸、逄纪分掌州事，尽夺韩馥之权。馥懊悔无及，遂弃下家小，匹马往投陈留太守张邈去了。

却说公孙瓒知袁绍已据冀州，遣弟公孙越来见绍，欲分其地。绍曰："可请汝兄自来，吾有商议。"越辞归。行不到五十里，道旁闪出一彪军马，口称："我乃董丞相家将也！"乱箭射死公孙越。从人逃回见公孙瓒，报越已死。瓒大怒曰："袁绍诱我起兵攻韩馥，他却就里取事;今又诈董卓兵射死吾弟,此冤如何不报!”尽起本部兵,杀奔冀州来。

绍知瓒兵至,亦领军出。二军会于磐河之上:绍军于磐河桥东,瓒军于桥西。瓒立马桥上,大呼曰:“背义之徒,何敢卖我!”绍亦策马至桥边,指瓒曰:“韩馥无才,愿让冀州于吾,与尔何干?”瓒曰:“昔日以汝为忠义,推为盟主;今之所为,真狼心狗行之徒,有何面目立于世间!”袁绍大怒曰:“谁可擒之?”言未毕,文丑策马挺枪,直杀上桥。公孙瓒就桥边与文丑交锋。战不到十余合,瓒抵挡不住,败阵而走。文丑乘势追赶。瓒走入阵中,文丑飞马径入中军,往来冲突。瓒手下健将四员,一齐迎战;被文丑一枪,刺一将下马,三将俱走。文丑直赶公孙瓒出阵后,瓒望山谷而逃。文丑骤马厉声大叫:“快下马受降!”瓒弓箭尽落,头盔堕地;披发纵马,奔转山坡;其马前失,瓒翻身落于坡下。文丑急捻枪来刺。忽见草坡左侧转出一个少年将军,飞马挺枪,直取文丑,公孙瓒扒上坡去,看那少年:生得身长八尺,浓眉大眼,阔面重颐,威风凛凛,与文丑大战五六十合,胜负未分。瓒部下救军到,文丑拨回马去了。那少年也不追赶。瓒忙下土坡,问那少年姓名。那少年欠身答曰:“某乃常山真定人也,姓赵,名云,字子龙。本袁绍辖下之人。因见绍无忠君救民之心,故特弃彼而投麾下,不期于此处相见。”瓒大喜,遂同归寨,整顿甲兵。

次日,瓒将军马分作左右两队,势如羽翼,马五千余匹,大半皆是白马。因公孙瓒曾与羌人战,尽选白马为先锋,号为白马将军;羌人但见白马便走,因此白马极多。袁绍令颜良、文丑为先锋,各引弓弩手一千,亦分作左右两队;令在左者射公孙瓒右军,在右者射公孙瓒左军。再令麴义引八百弓手,步兵一万五千,列于阵中。袁绍自引马步军数万,于后接应。

公孙瓒初得赵云,不知心腹,令其另领一军在后。遣大将严纲为先锋。瓒自领中军,立马桥上,傍竖大红圈金线帅字旗于马前。从辰时擂鼓,直到巳时,绍军不进。麴义令弓手皆伏于遮箭牌下,只听炮响发箭。严纲鼓噪呐喊,直取麴义。义军见严纲兵来,都伏而不动;直到来得至近,一声炮响,八百弓弩手一齐俱发。纲急待回,被麴义拍马舞刀，斩于马下，瓒军大败。

左右两军，欲来救应，都被颜良、文丑引弓弩手射住。绍军并进，直杀到界桥边。麴义马到，先斩执旗将，把绣旗砍倒。公孙瓒见砍倒绣旗，回马下桥而走。麴义引军直冲到后军，正撞着赵云，挺枪跃马，直取麴义。战不数合，一枪刺麴义于马下。赵云一骑马飞入绍军，左冲右突，如入无人之境。公孙瓒引军杀回，绍军大败。

却说袁绍先使探马看时，回报麴义斩将搴旗，追赶败兵；因此不作准备，与田丰引着帐下持戟军士数百人，弓箭手数十骑，乘马出观，呵呵大笑曰："公孙瓒无能之辈！"正说之间，忽见赵云冲到面前。弓箭手急待射时，云连刺数人，众军皆走。后面瓒军团团围裹上来。田丰慌对绍曰："主公且于空墙中躲避！"绍以兜鍪扑地，大呼曰："大丈夫愿临阵斗死，岂可入墙而望活乎！"众军士齐心死战，赵云冲突不入，绍兵大队掩至，颜良亦引军来到，两路并杀。赵云保公孙瓒杀透重围，回到界桥。绍驱兵大进，复赶过桥，落水死者，不计其数。

袁绍当先赶来，不到五里，只听得山背后喊声大起，闪出一彪人马，为首三员大将，乃是刘玄德、关云长、张翼德。因在平原探知公孙瓒与袁绍相争，特来助战。当下三匹马，三般兵器，飞奔前来，直取袁绍。绍惊得魂飞天外，手中宝刀坠于马下，忙拨马而逃，众人死救过桥。公孙瓒亦收军归寨。玄德、关、张动问毕，瓒曰："若非玄德远来救我，几乎狼狈。"教与赵云相见。玄德甚相敬爱，便有不舍之心。

却说袁绍输了一阵，坚守不出。两军相拒月余，有人来长安报知董卓。李儒对卓曰："袁绍与公孙瓒，亦当今豪杰。现在磐河厮杀，宜假天子之诏，差人往和解之。二人感德，必顺太师矣。"卓曰："善。"次日便使太傅马日磾、太仆赵岐，赍诏前去。二人来至河北，绍出迎于百里之外，再拜奉诏。次日，二人至瓒营宣谕，瓒乃遣使致书于绍，互相讲和。二人自回京复命。瓒即日班师，又表荐刘玄德为平原相。玄德与赵云分别，执手垂泪，不忍相离。云叹曰："某曩日误认公孙瓒为英雄；今观所为，亦袁绍等辈耳！"玄德曰："公且屈身事之，相见有日。"洒泪而别。

却说袁术在南阳，闻袁绍新得冀州，遣使来求马千匹。绍不与，术怒。自此兄弟不睦。又遣使往荆州,问刘表借粮二十万,表亦不与。术恨之,密遣人遗书于孙坚,使伐刘表。其书略曰:“前者刘表截路,乃吾兄本初之谋也。今本初又与表私议欲袭江东。公可速兴兵伐刘表,吾为公取本初,二仇可报。公取荆州,吾取冀州,切勿误也!”坚得书曰:“叵耐刘表昔日断吾归路,今不乘时报恨,更待何年!”聚帐下程普、黄盖、韩当等商议。程普曰:“袁术多诈,未可准信。”坚曰:“吾自欲报仇,岂望袁术之助乎?”便差黄盖先来江边安排战船,多装军器粮草,大船装载战马,克日兴师。江中细作探知,来报刘表。表大惊,急聚文武将士商议。蒯良曰:“不必忧虑。可令黄祖部领江夏之兵为前驱,主公率荆襄之众为援。孙坚跨江涉湖而来,安能用武乎?”表然之,令黄祖设备,随后便起大军。

却说孙坚有四子,皆吴夫人所生:长子名策,字伯符;次子名权,字仲谋;三子名翊,字叔弼;四子名匡,字季佐。吴夫人之妹,即为孙坚次妻,亦生一子一女:子名朗,字早安;女名仁。坚又过房俞氏一子,名韶,字公礼。坚有一弟,名静,字幼台。坚临行,静引诸子列拜于马前而谏曰:“今董卓专权,天子懦弱,海内大乱,各霸一方;江东方稍宁,以一小恨而起重兵,非所宜也。愿兄详之。”坚曰:“弟勿多言。吾将纵横天下,有仇岂可不报!”长子孙策曰:“如父亲必欲往,儿愿随行。”坚许之,遂与策登舟,杀奔樊城。

黄祖伏弓弩手于江边,见船傍岸,乱箭俱发。坚令诸军不可轻动,只伏于船中来往诱之;一连三日,船数十次傍岸。黄祖军只顾放箭,箭已放尽。坚却拔船上所得之箭,约十数万。当日正值顺风,坚令军士一齐放箭。岸上支吾不住,只得退走。坚军登岸,程普、黄盖分兵两路,直取黄祖营寨。背后韩当驱兵大进。三面夹攻,黄祖大败,弃却樊城,走入邓城。

坚令黄盖守住船只,亲自统兵追袭。黄祖引军出迎,布阵于野。坚列成阵势,出马于门旗之下。孙策也全副披挂,挺枪立马于父侧。黄祖引二将出马,一个是江夏张虎,一个是襄阳陈生。黄祖扬鞭大骂:“江东鼠贼,安敢侵犯汉室宗亲境界!”便令张虎搦战。坚阵内韩当出迎。两骑相交,战三十余合,陈生见张虎力怯,飞马来助。孙策望见,按住手中枪,扯弓搭箭,正射中陈生面门,应弦落马。张虎见陈生坠地,吃了一惊,措手不及,被韩当一刀,削去半个脑袋。程普纵马直来阵前捉黄祖。黄祖弃却头盔、战马,杂于步军内逃命。孙坚掩杀败军,直到汉水,命黄盖将船只进泊汉江。

黄祖聚败军,来见刘表,备言坚势不可当。表慌请蒯良商议。良曰:"目今新败,兵无战心;只可深沟高垒,以避其锋;却潜令人求救于袁绍,此围自可解也。"蔡瑁曰:"子柔之言,直拙计也。兵临城下,将至壕边,岂可束手待毙! 某虽不才,愿请军出城,以决一战。"刘表许之。蔡瑁引军万余,出襄阳城外,于岘山布阵。孙坚将得胜之兵,长驱大进。蔡瑁出马。坚曰:"此人是刘表后妻之兄也,谁与吾擒之?"程普挺铁脊矛出马,与蔡瑁交战。不到数合,蔡瑁败走。坚驱大军,杀得尸横遍野。蔡瑁逃入襄阳。蒯良言瑁不听良策,以致大败,按军法当斩。刘表以新娶其妹,不肯加刑。

却说孙坚分兵四面,围住襄阳攻打。忽一日,狂风骤起,将中军帅字旗竿吹折。韩当曰:"此非吉兆,可暂班师。"坚曰:"吾屡战屡胜,取襄阳只在旦夕;岂可因风折旗竿,遽尔罢兵!"遂不听韩当之言,攻城愈急。蒯良谓刘表曰:"某夜观天象,见一将星欲坠。以分野度之,当应在孙坚。主公可速致书袁绍,求其相助。"刘表写书,问谁敢突围而出。健将吕公,应声愿往。蒯良曰:"汝既敢去,可听吾计:与汝军马五百,多带能射者冲出阵去,即奔岘山。他必引军来赶,汝分一百人上山,寻石子准备;一百人执弓弩伏于林中。但有追兵到时,不可径走;可盘旋曲折,引到埋伏之处,矢石俱发。若能取胜,放起连珠号炮,城中便出接应。如无追兵,不可放炮,趱程而去。今夜月不甚明,黄昏便可出城。"

吕公领了计策,拴束军马。黄昏时分,密开东门,引兵出城。孙坚在帐中,忽闻喊声,急上马引三十余骑,出营来看。军士报说:"有一彪人马杀将出来,望岘山而去。"坚不会诸将,只引三十余骑赶来。吕公已于山林丛杂去处,上下埋伏。坚马快,单骑独来,前军不远。坚大叫:"休走!"吕公勒回马来战孙坚。交马只一合,吕公便走,闪入山路去。坚随后赶入,却不见了吕公。坚方欲上山,忽然一声锣响,山上石子乱下,林中乱箭齐发。坚体中石、箭,脑浆迸流,人马皆死于岘山之内;寿止三十七岁。

吕公截住三十骑,并皆杀尽,放起连珠号炮。城中黄祖、蒯越、蔡瑁分头引兵杀出,江东诸军大乱。黄盖听得喊声震天,引水军杀来,正迎着黄祖。战不两合,生擒黄祖。程普保着孙策,急待寻路,正遇吕公。程普纵马向前,战不到数合,一矛刺吕公于马下。两军大战,杀到天明,各自收军。

刘表军自入城。孙策回到汉水,方知父亲被乱箭射死,尸首已被刘表军士扛抬入城去了,放声大哭。众军俱号泣。策曰:“父尸在彼,安得回乡!”黄盖曰:“今活捉黄祖在此,得一人入城讲和,将黄祖去换主公尸首。”言未毕,军吏桓阶出曰:“某与刘表有旧,愿入城为使。”策许之。桓阶入城见刘表,具说其事。表曰:“文台尸首,吾已用棺木盛贮在此。可速放回黄祖,两家各罢兵,再休侵犯。”桓阶拜谢欲行,阶下蒯良出曰:“不可!不可!吾有一言,令江东诸军片甲不回。请先斩桓阶,然后用计。”正是:追敌孙坚方殒命,求和桓阶又遭殃。未知桓阶性命如何,且听下文分解。

第八回　王司徒巧使连环计　董太师大闹凤仪亭

却说蒯良曰:“今孙坚已丧,其子皆幼。乘此虚弱之时,火速进军,江东一鼓可得。若还尸罢兵,容其养成气力,荆州之患也。”表曰:“吾有黄祖在彼营中,安忍弃之?”良曰:“舍一无谋黄祖而取江东,有何不可?”表曰:“吾与黄祖心腹之交,舍之不义。”遂送桓阶回营,相约以孙坚尸换黄祖。

孙策换回黄祖,迎接灵柩,罢战回江东,葬父于曲阿之原。丧事已毕,引军居江都,招贤纳士,屈己待人,四方豪杰,渐渐投之。不在话下。

却说董卓在长安,闻孙坚已死,乃曰:“吾除却一心腹之患也!”问:“其子年几岁矣?”或答曰十七岁,卓遂不以为意。自此愈加骄横,自号为“尚父”,出入僭天子仪仗;封弟董旻为左将军、鄠侯,侄董璜为侍中,总领禁军。董氏宗族,不问长幼,皆封列侯。离长安城二百五十里,别筑郿坞,役民夫二十五万人筑之:其城郭高下厚薄一如长安,内盖宫室,仓库屯积二十年粮食;选民间少年美女八百人实其中,金玉、彩帛、珍珠堆积不知其数;家属都住在内。卓往来长安,或半月一回,或一月一回,公卿皆候送于横门外;卓常设帐于路,与公卿聚饮。

一日,卓出横门,百官皆送,卓留宴,适北地招安降卒数百人到。卓即命于座前,或断其手足,或凿其眼睛,或割其舌,或以大锅煮之。哀号之声震天,百官战栗失箸,卓饮食谈笑自若。

又一日,卓于省台大会百官,列坐两行。酒至数巡,吕布径入,向卓耳边言不数句,卓笑曰:“原来如此。”命吕布于筵上揪司空张温下堂。百官失色。不多时,侍从将一红盘,托张温头入献。百官魂不附体。卓笑曰:“诸公勿惊。张温结连袁术,欲图害我,因使人寄书来,错下在吾儿奉先处。故斩之。公等无故,不必惊畏。”众官唯唯而散。

司徒王允归到府中，寻思今日席间之事，坐不安席。至夜深月明，策杖步入后园，立于荼蘼架侧，仰天垂泪。忽闻有人在牡丹亭畔，长吁短叹。允潜步窥之，乃府中歌伎貂蝉也。其女自幼选入府中，教以歌舞，年方二八，色伎俱佳，允以亲女待之。是夜允听良久，喝曰："贱人将有私情耶？"貂蝉惊跪答曰："贱妾安敢有私！"允曰："汝无所私，何夜深于此长叹？"蝉曰："容妾伸肺腑之言。"允曰："汝勿隐匿，当实告我。"蝉曰："妾蒙大人恩养，训习歌舞，优礼相待，妾虽粉身碎骨，莫报万一。近见大人两眉愁锁，必有国家大事，又不敢问。今晚又见行坐不安，因此长叹。不想为大人窥见。倘有用妾之处，万死不辞！"允以杖击地曰："谁想汉天下却在汝手中耶！随我到画阁中来。"貂蝉跟允到阁中，允尽叱出妇妾，纳貂蝉于坐，叩头便拜。貂蝉惊伏于地曰："大人何故如此？"允曰："汝可怜汉天下生灵！"言讫，泪如泉涌。貂蝉曰："适间贱妾曾言：但有使令，万死不辞。"允跪而言曰："百姓有倒悬之危，君臣有累卵之急，非汝不能救也。贼臣董卓，将欲篡位；朝中文武，无计可施。董卓有一义儿，姓吕，名布，骁勇异常。我观二人皆好色之徒，今欲用连环计，先将汝许嫁吕布，后献与董卓；汝于中取便，谋间他父子反颜，令布杀卓，以绝大恶。重扶社稷，再立江山，皆汝之力也。不知汝意若何？"貂蝉曰："妾许大人万死不辞，望即献妾与彼。妾自有道理。"允曰："事若泄漏，我灭门矣。"貂蝉曰："大人勿忧。妾若不报大义，死于万刃之下！"允拜谢。

次日，便将家藏明珠数颗，令良匠嵌造金冠一顶，使人密送吕布。布大喜，亲到王允宅致谢。允预备嘉肴美馔；候吕布至，允出门迎迓，接入后堂，延之上坐。布曰："吕布乃相府一将，司徒是朝廷大臣，何故错敬？"允曰："方今天下别无英雄，惟有将军耳。允非敬将军之职，敬将军之才也。"布大喜。允殷勤敬酒，口称董太师并布之德不绝。布大笑畅饮。允叱退左右，只留侍妾数人劝酒。酒至半酣，允曰："唤孩儿来。"少顷，二青衣引貂蝉艳妆而出。布惊问何人。允曰："小女貂蝉也。允蒙将军错爱，不异至亲，故令其与将军相见。"便命貂蝉与吕布把盏。貂蝉送酒与布。两下眉来眼去。允佯醉曰：

"孩儿央及将军痛饮几杯。吾一家全靠着将军哩。"布请貂蝉坐，貂蝉假意欲入。允曰："将军吾之至友，孩儿便坐何妨。"貂蝉便坐于允侧。吕布目不转睛的看。又饮数杯，允指蝉谓布曰："吾欲将此女送与将军为妾，还肯纳否？"布出席谢曰："若得如此，布当效犬马之报！"允曰："早晚选一良辰，送至府中。"布欣喜无限，频以目视貂蝉。貂蝉亦以秋波送情。少顷席散，允曰："本欲留将军止宿，恐太师见疑。"布再三拜谢而去。

过了数日，允在朝堂，见了董卓，趁吕布不在侧，伏地拜请曰："允欲屈太师车骑，到草舍赴宴，未审钧意若何？"卓曰："司徒见招，即当趋赴。"允拜谢归家，水陆毕陈，于前厅正中设座，锦绣铺地，内外各设帏幔。次日晌午，董卓来到。允具朝服出迎，再拜起居。卓下车，左右持戟甲士百余，簇拥入堂，分列两傍。允于堂下再拜，卓命扶上，赐坐于侧。允曰："太师盛德巍巍，伊、周不能及也。"卓大喜。进酒作乐，允极其致敬。天晚酒酣，允请卓入后堂。卓叱退甲士。允捧觞称贺曰："允自幼颇习天文，夜观乾象，汉家气数已尽。太师功德振于天下，若舜之受尧，禹之继舜，正合天心人意。"卓曰："安敢望此！"允曰："自古有道伐无道，无德让有德，岂过分乎！"卓笑曰："若果天命归我，司徒当为元勋。"允拜谢。堂中点上画烛，止留女使进酒供食。允曰："教坊之乐，不足供奉；偶有家伎，敢使承应。"卓曰："甚妙。"允教放下帘栊，笙簧缭绕，簇捧貂蝉舞于帘外。有词赞之曰："原是昭阳宫里人，惊鸿宛转掌中身，只疑飞过洞庭春。按彻《梁州》莲步稳，好花风袅一枝新，画堂香暖不胜春。"又诗曰："红牙催拍燕飞忙，一片行云到画堂。眉黛促成游子恨，脸容初断故人肠。榆钱不买千金笑，柳带何须百宝妆。舞罢隔帘偷目送，不知谁是楚襄王。"舞罢，卓命近前。貂蝉转入帘内，深深再拜。卓见貂蝉颜色美丽，便问："此女何人？"允曰："歌伎貂蝉也。"卓曰："能唱否？"允命貂蝉执檀板低讴一曲。正是："一点樱桃启绛唇，两行碎玉喷阳春。丁香舌吐衠钢剑，要斩奸邪乱国臣。"

卓称赏不已。允命貂蝉把盏。卓擎杯问曰："青春几何？"貂蝉曰："贱妾年方二八。"卓笑曰："真神仙中人也！"允起曰："允欲将此女献上太师,未审肯容纳否?”卓曰:“如此见惠,何以报德?”允曰:“此女得侍太师,其福不浅。”卓再三称谢。允即命备毡车,先将貂蝉送到相府。卓亦起身告辞。允亲送董卓直到相府,然后辞回。

乘马而行,不到半路,只见两行红灯照道,吕布骑马执戟而来,正与王允撞见,便勒住马,一把揪住衣襟,厉声问曰:“司徒既以貂蝉许我,今又送与太师,何相戏耶?”允急止之曰:“此非说话处,且请到草舍去。”布同允到家,下马入后堂。叙礼毕,允曰:“将军何故怪老夫?”布曰:“有人报我,说你把毡车送貂蝉入相府,是何意故?”允曰:“将军原来不知!昨日太师在朝堂中,对老夫说:‘我有一事,明日要到你家。’允因此准备小宴等候。太师饮酒中间,说:‘我闻你有一女,名唤貂蝉,已许吾儿奉先。我恐你言未准,特来相求,并请一见。’老夫不敢有违,随引貂蝉出拜公公。太师曰:‘今日良辰,吾即当取此女回去,配与奉先。’将军试思:太师亲临,老夫焉敢推阻?”布曰:“司徒少罪。布一时错见,来日自当负荆。”允曰:“小女颇有妆奁,待过将军府下,便当送至。”布谢去。

次日,吕布在府中打听,绝不闻音耗。径入堂中,寻问诸侍妾。侍妾对曰:“夜来太师与新人共寝,至今未起。”布大怒,潜入卓卧房后窥探。时貂蝉起于窗下梳头,忽见窗外池中照一人影,极长大,头戴束发冠;偷眼视之,正是吕布。貂蝉故蹙双眉,做忧愁不乐之态,复以香罗频拭眼泪。吕布窥视良久,乃出;少顷,又入。卓已坐于中堂,见布来,问曰:“外面无事乎?”布曰:“无事。”侍立卓侧。卓方食,布偷目窃望,见绣帘内一女子往来观觑,微露半面,以目送情。布知是貂蝉,神魂飘荡。卓见布如此光景,心中疑忌,曰:“奉先无事且退。”布怏怏而出。

董卓自纳貂蝉后,为色所迷,月余不出理事。卓偶染小疾,貂蝉衣不解带,曲意逢迎,卓心愈喜。吕布入内问安,正值卓睡。貂蝉于床后探半身望布,以手指心,又以手指董卓,挥泪不止。布心如碎。卓朦胧双目,见布注视床后,目不转睛;回身一看,见貂蝉立于床后。卓大怒,叱布曰:“汝敢戏吾爱姬耶!”唤左右逐出,今后不许入堂。吕布怒恨而归,路遇李儒,告知其故。儒急入见卓曰:“太师欲取天下，何故以小过见责温侯？倘彼心变，大事去矣。”卓曰：“奈何？”儒曰：“来朝唤入，赐以金帛，好言慰之，自然无事。”卓依言。次日，使人唤布入堂，慰之曰：“吾前日病中，心神恍惚，误言伤汝，汝勿记心。”随赐金十斤，锦二十匹。布谢归，然身虽在卓左右，心实系念貂蝉。

卓疾既愈，入朝议事。布执戟相随，见卓与献帝共谈，便乘间提戟出内门，上马径投相府来；系马府前，提戟入后堂，寻见貂蝉。蝉曰：“汝可去后园中凤仪亭边等我。”布提戟径往，立于亭下曲栏之傍。良久，见貂蝉分花拂柳而来，果然如月宫仙子，——泣谓布曰：“我虽非王司徒亲女，然待之如己出。自见将军，许侍箕帚，妾已生平愿足。谁想太师起不良之心，将妾淫污，妾恨不即死；止因未与将军一诀，故且忍辱偷生。今幸得见，妾愿毕矣！此身已污，不得复事英雄；愿死于君前，以明妾志！”言讫，手攀曲栏，望荷花池便跳。吕布慌忙抱住，泣曰：“我知汝心久矣！只恨不能共语！”貂蝉手扯布曰：“妾今生不能与君为妻，愿相期于来世。”布曰：“我今生不能以汝为妻，非英雄也！”蝉曰：“妾度日如年，愿君怜而救之。”布曰：“我今偷空而来，恐老贼见疑，必当速去。”蝉牵其衣曰：“君如此惧怕老贼，妾身无见天日之期矣！”布立住曰：“容我徐图良策。”语罢，提戟欲去。貂蝉曰：“妾在深闺，闻将军之名，如雷灌耳，以为当世一人而已；谁想反受他人之制乎！”言讫，泪下如雨。布羞惭满面，重复倚戟，回身搂抱貂蝉，用好言安慰。两个偎偎倚倚，不忍相离。

却说董卓在殿上，回头不见吕布，心中怀疑，连忙辞了献帝，登车回府；见布马系于府前；问门吏，吏答曰：“温侯入后堂去了。”卓叱退左右，径入后堂中，寻觅不见；唤貂蝉，蝉亦不见。急问侍妾，侍妾曰：“貂蝉在后园看花。”卓寻入后园，正见吕布和貂蝉在凤仪亭下共语，画戟倚在一边，卓怒，大喝一声。布见卓至，大惊，回身便走。卓抢了画戟，挺着赶来。吕布走得快，卓肥胖赶不上，掷戟刺布。布打戟落地。卓拾戟再赶，布已走远。卓赶出园门，一人飞奔前来，与卓胸膛相撞，卓倒于地。正是：冲天怒气高千丈，仆地肥躯做一堆。未知此人是谁，且听下文分解。

第九回 除暴凶吕布助司徒 犯长安李傕听贾诩

却说那撞倒董卓的人,正是李儒。当下李儒扶起董卓,至书院中坐定,卓曰:“汝为何来此?”儒曰:“儒适至府门,知太师怒入后园,寻问吕布。因急走来,正遇吕布奔走,云:‘太师杀我!’儒慌赶入园中劝解,不意误撞恩相。死罪! 死罪!”卓曰:“叵耐逆贼! 戏吾爱姬,誓必杀之!”儒曰:“恩相差矣。昔楚庄王绝缨之会,不究戏爱姬之蒋雄,后为秦兵所困,得其死力相救。今貂蝉不过一女子,而吕布乃太师心腹猛将也。太师若就此机会,以蝉赐布,布感大恩,必以死报太师。太师请自三思。”卓沈吟良久曰:“汝言亦是,我当思之。”儒谢而出。

卓入后堂,唤貂蝉问曰:“汝何与吕布私通耶?”蝉泣曰:“妾在后园看花,吕布突至,妾方惊避,布曰:‘我乃太师之子,何必相避?’提戟赶妾至凤仪亭。妾见其心不良,恐为所逼,欲投荷池自尽,却被这厮抱住。正在生死之间,得太师来,救了性命。”董卓曰:“我今将汝赐与吕布,何如?”貂蝉大惊,哭曰:“妾身已事贵人,今忽欲下赐家奴,妾宁死不辱!”遂掣壁间宝剑欲自刎。卓慌夺剑拥抱曰:“吾戏汝!”貂蝉倒于卓怀,掩面大哭曰:“此必李儒之计也! 儒与布交厚,故设此计;却不顾惜太师体面与贱妾性命。妾当生噬其肉!”卓曰:“吾安忍舍汝耶?”蝉曰:“虽蒙太师怜爱,但恐此处不宜久居,必被吕布所害。”卓曰:“吾明日和你归郿坞去,同受快乐,慎勿忧疑。”蝉方收泪拜谢。

次日,李儒入见曰:“今日良辰,可将貂蝉送与吕布。”卓曰:“布与我有父子之分,不便赐与。我只不究其罪。汝传我意,以好言慰之可也。”儒曰:“太师不可为妇人所惑。”卓变色曰:“汝之妻肯与吕布否? 貂蝉之事,再勿多言;言则必斩!”李儒出,仰天叹曰:“吾等皆死于妇人之手矣!”后人读书至此,有诗叹之曰:“司徒妙算托红裙,不用干戈不用兵。三战虎牢徒费力,凯歌却奏凤仪亭。”

董卓即日下令还郿坞,百官俱拜送。貂蝉在车上,遥见吕布于稠人之内,眼望车中。貂蝉虚掩其面,如痛哭之状。车已去远,布缓辔于土冈之上,眼望车尘,叹惜痛恨。忽闻背后一人问曰:“温侯何不从太师去,乃在此遥望而发叹?”布视之,乃司徒王允也。

相见毕,允曰:“老夫日来因染微恙,闭门不出,故久未得与将军一见。今日太师驾归郿坞,只得扶病出送,却喜得晤将军。请问将军,为何在此长叹?”布曰:“正为公女耳。”允佯惊曰:“许多时尚未与将军耶?”布曰:“老贼自宠幸久矣!”允佯大惊曰:“不信有此事!”布将前事一一告允。允仰面跌足,半晌不语;良久,乃言曰:“不意太师作此禽兽之行!”因挽布手曰:“且到寒舍商议。”布随允归。允延入密室,置酒款待。布又将凤仪亭相遇之事,细述一遍。允曰:“太师淫吾之女,夺将军之妻,诚为天下耻笑。非笑太师,笑允与将军耳!然允老迈无能之辈,不足为道;可惜将军盖世英雄,亦受此污辱也!”布怒气冲天,拍案大叫。允急曰:“老夫失语,将军息怒。”布曰:“誓当杀此老贼,以雪吾耻!”允急掩其口曰:“将军勿言,恐累及老夫。”布曰:“大丈夫生居天地间,岂能郁郁久居人下!”允曰:“以将军之才,诚非董太师所可限制。”布曰:“吾欲杀此老贼,奈是父子之情,恐惹后人议论。”允微笑曰:“将军自姓吕,太师自姓董。掷戟之时,岂有父子情耶?”布奋然曰:“非司徒言,布几自误!”允见其意已决,便说之曰:“将军若扶汉室,乃忠臣也,青史传名,流芳百世;将军若助董卓,乃反臣也,载之史笔,遗臭万年。”布避席下拜曰:“布意已决,司徒勿疑。”允曰:“但恐事或不成,反招大祸。”布拔带刀,刺臂出血为誓。允跪谢曰:“汉祀不斩,皆出将军之赐也。切勿泄漏!临期有计,自当相报。”布慨诺而去。

允即请仆射士孙瑞、司隶校尉黄琬商议。瑞曰:“方今主上有疾新愈,可遣一能言之人,往郿坞请卓议事;一面以天子密诏付吕布,使伏甲兵于朝门之内,引卓入诛之:此上策也。”琬曰:“何人敢去?”瑞曰:“吕布同郡骑都尉李肃,以董卓不迁其官,甚是怀怨。若令此人去,卓必不疑。”允曰:“善。”请吕布共议。布曰:“昔日劝吾杀丁建阳,亦此人也。今若不去,吾先斩之。”使人密请肃至。布曰:“昔日公说布使杀丁建阳而投董卓;今卓上欺天子,下虐生灵,罪恶贯盈,人神共愤。公可传天子诏往郿坞,宣卓入朝,伏兵诛之,力扶汉室,共作忠臣。尊意若何?”肃曰:“我亦欲除此贼久矣,恨无同心者耳。今将军若此,是天赐也,肃岂敢有二心!”遂折箭为誓。允曰:“公若能干此事,何患不得显官。”

次日,李肃引十数骑,前到郿坞。人报天子有诏,卓教唤入。李肃入拜。卓曰:“天子有何诏?”肃曰:“天子病体新痊,欲会文武于未央殿,议将禅位于太师,故有此诏。”卓曰:“王允之意若何?”肃曰:“王司徒已命人筑受禅台,只等主公到来。”卓大喜曰:“吾夜梦一龙罩身,今日果得此喜信。时哉不可失!”便命心腹将李傕、郭汜、张济、樊稠四人领飞熊军三千守郿坞,自己即日排驾回京;顾谓李肃曰:“吾为帝,汝当为执金吾。”肃拜谢称臣。卓入辞其母。母时年九十余矣,问曰:“吾儿何往?”卓曰:“儿将往受汉禅,母亲早晚为太后也!”母曰:“吾近日肉颤心惊,恐非吉兆。”卓曰:“将为国母,岂不预有惊报!”遂辞母而行。临行,谓貂蝉曰:“吾为天子,当立汝为贵妃。”貂蝉已明知就里,假作欢喜拜谢。

卓出坞上车,前遮后拥,望长安来。行不到三十里,所乘之车,忽折一轮,卓下车乘马。又行不到十里,那马咆哮嘶喊,掣断辔头。卓问肃曰:“车折轮,马断辔,其兆若何?”肃曰:“乃太师应绍汉禅,弃旧换新,将乘玉辇金鞍之兆也。”卓喜而信其言。次日,正行间,忽然狂风骤起,昏雾蔽天。卓问肃曰:“此何祥也?”肃曰:“主公登龙位,必有红光紫雾,以壮天威耳。”卓又喜而不疑。既至城外,百官俱出迎接。只有李儒抱病在家,不能出迎。卓进至相府,吕布入贺。卓曰:“吾登九五,汝当总督天下兵马。”布拜谢,就帐前歇宿。是夜有十数小儿于郊外作歌,风吹歌声入帐。歌曰:“千里草,何青青!十日卜,不得生!”歌声悲切。卓问李肃曰:“童谣主何吉凶?”肃曰:“亦只是言刘氏灭、董氏兴之意。”

次日侵晨,董卓摆列仪从入朝,忽见一道人,青袍白巾,手执长竿,上缚布一丈,两头各书一“口”字。卓问肃曰:“此道人何意?”肃曰:“乃心恙之人也。”呼将士驱去。卓进朝,群臣各具朝服,迎谒于道。李肃手执宝剑扶车而行。到北掖门,军兵尽挡在门外,独有御车二十余人同入。董卓遥见王允等各执宝剑立于殿门,惊问肃曰:“持剑是何意?”肃不应,推车直入。王允大呼曰:“反贼至此,武士何在?”两旁转出百余人,持戟挺槊刺之。卓衷甲不入,伤臂坠车,大呼曰:“吾儿奉先何在?”吕布从车后厉声出曰:“有诏讨贼!”一戟直刺咽喉,李肃早割头在手。吕布左手持戟,右手怀中取诏,大呼曰:“奉诏讨贼臣董卓,其余不问!”将吏皆呼万岁。后人有诗叹董卓曰:“霸业成时为帝王,不成且作富家郎。谁知天意无私曲,郿坞方成已灭亡。”

却说当下吕布大呼曰:“助卓为虐者,皆李儒也!谁可擒之?”李肃应声愿往。忽听朝门外发喊,人报李儒家奴已将李儒绑缚来献。王允命缚赴市曹斩之;又将董卓尸首,号令通衢。卓尸肥胖,看尸军士以火置其脐中为灯,膏流满地。百姓过者,莫不手掷其头,足践其尸。王允又命吕布同皇甫嵩、李肃领兵五万,至郿坞抄籍董卓家产、人口。

却说李傕、郭汜、张济、樊稠闻董卓已死,吕布将至,便引了飞熊军连夜奔凉州去了。吕布至郿坞,先取了貂蝉。皇甫嵩命将坞中所藏良家子女,尽行释放。但系董卓亲属,不分老幼,悉皆诛戮。卓母亦被杀。卓弟董旻、侄董璜皆斩首号令。收籍坞中所蓄,黄金数十万,白金数百万,绮罗、珠宝、器皿、粮食,不计其数。回报王允。允乃大犒军士,设宴于都堂,召集众官,酌酒称庆。

正饮宴间,忽人报曰:“董卓暴尸于市,忽有一人伏其尸而大哭。”允怒曰:“董卓伏诛,士民莫不称贺;此何人,独敢哭耶!”遂唤武士:“与吾擒来!”须臾擒至。众官见之,无不惊骇:原来那人不是别人,乃侍中蔡邕也。允叱曰:“董卓逆贼,今日伏诛,国之大幸。汝为汉臣,乃不为国庆,反为贼哭,何也?”邕伏罪曰:“邕虽不才,亦知大义,岂肯背国而向卓?只因一时知遇之感,不觉为之一哭,自知罪大。愿公见原:倘得黥首刖足,使续成汉史,以赎其辜,邕之幸也。”众官惜邕之才,皆力救之。太傅马日磾亦密谓允曰:“伯喈旷世逸才,若使续成汉史,诚为盛事。且其孝行素著,若遽杀之,恐失人望。”允曰:“昔孝武不杀司马迁,后使作史,遂致谤书流于后世。方今国运衰微,朝政错乱,不可令佞臣执笔于幼主左右,使吾等蒙其讪议也。”日磾无言而退,私谓众官曰:“王允其无后乎! 善人,国之纪也;制作,国之典也。灭纪废典,岂能久乎?”当下王允不听马日磾之言,命将蔡邕下狱中缢死。一时士大夫闻者,尽为流涕。后人论蔡邕之哭董卓,固自不是;允之杀之,亦为已甚。有诗叹曰:“董卓专权肆不仁,侍中何自竟亡身? 当时诸葛隆中卧,安肯轻身事乱臣。”

且说李傕、郭汜、张济、樊稠逃居陕西,使人至长安上表求赦。王允曰:“卓之跋扈,皆此四人助之;今虽大赦天下,独不赦此四人。”使者回报李傕。傕曰:“求赦不得,各自逃生可也。”谋士贾诩曰:“诸君若弃军单行,则一亭长能缚君矣。不若诱集陕人并本部军马,杀入长安与董卓报仇。事济,奉朝廷以正天下;若其不胜,走亦未迟。”傕等然其说,遂流言于西凉州曰:“王允将欲洗荡此方之人矣!”众皆惊惶。乃复扬言曰:“徒死无益,能从我反乎?”众皆愿从。于是聚众十余万,分作四路,杀奔长安来。路逢董卓女婿中郎将牛辅,引军五千人,欲去与丈人报仇,李傕便与合兵,使为前驱。四人陆续进发。

王允听知西凉兵来,与吕布商议。布曰:“司徒放心。量此鼠辈,何足数也!”遂引李肃将兵出敌。肃当先迎战,正与牛辅相遇,大杀一阵。牛辅抵敌不过,败阵而去。不想是夜二更,牛辅乘肃不备,竟来劫寨。肃军乱窜,败走三十余里,折军大半,来见吕布。布大怒曰:“汝何挫吾锐气!”遂斩李肃,悬头军门。次日吕布进兵与牛辅对敌。量牛辅如何敌得吕布,仍复大败而走。是夜牛辅唤心腹人胡赤儿商议曰:“吕布骁勇,万不能敌;不如瞒了李傕等四人,暗藏金珠,与亲随三五人弃军而去。”胡赤儿应允。是夜收拾金珠,弃营而走,随行者三四人。将渡一河,赤儿欲谋取金珠,竟杀死牛辅,将头来献吕布。布问起情由,从人出首:“胡赤儿谋杀牛辅,夺其金宝。”布怒,即将赤儿诛杀。领军前进,正迎着李傕军马。吕布不等他列阵,便挺戟跃马,麾军直冲过来。傕军不能抵当,退走五十余里,依山下寨,请郭汜、张济、樊稠共议,曰:“吕布虽勇,然而无谋,不足为虑。我引军守住谷口,每日诱他厮杀。郭将军可领军抄击其后,效彭越挠楚之法,鸣金进兵,擂鼓收兵。张、樊二公,却分兵两路,径取长安。彼首尾不能救应,必然大败。”众用其计。

却说吕布勒兵到山下,李傕引军搦战。布忿怒冲杀过去,傕退走上山。山上矢石如雨,布军不能进。忽报郭汜在阵后杀来,布急回战。只闻鼓声大震,汜军已退。布方欲收军,锣声响处,傕军又来。未及对敌,背后郭汜又领军杀到。及至吕布来时,却又擂鼓收军去了。激得吕布怒气填胸。一连如此几日,欲战不得,欲止不得。正在恼怒,忽然飞马报来,说张济、樊稠两路军马,竟犯长安,京城危急。布急领军回,背后李傕、郭汜杀来。布无心恋战,只顾奔走,折了好些人马。比及到长安城下,贼兵云屯雨集,围定城池,布军与战不利。军士畏吕布暴厉,多有降贼者,布心甚忧。

数日之后,董卓余党李蒙、王方在城中为贼内应,偷开城门,四路贼军一齐拥入。吕布左冲右突,拦挡不住,引数百骑往青琐门外,呼王允曰:“势急矣!请司徒上马,同出关去,别图良策。”允曰:“若蒙社稷之灵,得安国家,吾之愿也;若不获已,则允奉身以死。临难苟免,吾不为也。为我谢关东诸公,努力以国家为念!”吕布再三相劝,王允只是不肯去。不一时,各门火焰竟天,吕布只得弃却家小,引百余骑飞奔出关,投袁术去了。

李傕、郭汜纵兵大掠。太常卿种拂、太仆鲁馗、大鸿胪周奂、城门校尉崔烈、越骑校尉王欣皆死于国难。贼兵围绕内庭至急,侍臣请天子上宣平门止乱。李傕等望见黄盖,约住军士,口呼“万岁”。献帝倚楼问曰:“卿不候奏请,辄入长安,意欲何为?”李傕、郭汜仰面奏曰:“董太师乃陛下社稷之臣,无端被王允谋杀,臣等特来报仇,非敢造反。但见王允,臣便退兵。”王允时在帝侧,闻知此言,奏曰:“臣本为社稷计。事已至此,陛下不可惜臣,以误国家。臣请下见二贼。”帝徘徊不忍。允自宣平门楼上跳下楼去,大呼曰:“王允在此!”李傕、郭汜拔剑叱曰:“董太师何罪而见杀?”允曰:“董贼之罪,弥天亘地,不可胜言!受诛之日,长安士民,皆相庆贺,汝独不闻乎?”傕、汜曰:“太师有罪;我等何罪,不肯相赦?”王允大骂:“逆贼何必多言!

我王允今日有死而已!”二贼手起,把王允杀于楼下。史官有诗赞曰:“王允运机筹,奸臣董卓休。心怀家国恨,眉锁庙堂忧。英气连霄汉,忠诚贯斗牛。至今魂与魄,犹绕凤凰楼。”

众贼杀了王允,一面又差人将王允宗族老幼,尽行杀害。士民无不下泪。当下李傕、郭汜寻思曰:“既到这里,不杀天子谋大事,更待何时?”便持剑大呼,杀入内来。正是:巨魁伏罪灾方息,从贼纵横祸又来。未知献帝性命如何,且听下文分解。

第十回　勤王室马腾举义　报父仇曹操兴师

却说李、郭二贼欲弑献帝。张济、樊稠谏曰："不可。今日若便杀之,恐众人不服,不如仍旧奉之为主,赚诸侯入关,先去其羽翼,然后杀之,天下可图也。"李、郭二人从其言,按住兵器。帝在楼上宣谕曰:"王允既诛,军马何故不退?"李傕、郭汜曰:"臣等有功王室,未蒙赐爵,故不敢退军。"帝曰:"卿欲封何爵?"李、郭、张、樊四人各自写职衔献上,勒要如此官品,帝只得从之。封李傕为车骑将军池阳侯领司隶校尉假节钺,郭汜为后将军美阳侯假节钺,同秉朝政;樊稠为右将军万年侯,张济为骠骑将军平阳侯,领兵屯弘农。其余李蒙、王方等,各为校尉。然后谢恩,领兵出城。又下令追寻董卓尸首,获得些零碎皮骨,以香木雕成形体,安凑停当,大设祭祀,用王者衣冠棺椁,选择吉日,迁葬郿坞。临葬之期,天降大雷雨,平地水深数尺,霹雳震开其棺,尸首提出棺外。李傕候晴再葬,是夜又复如是。三次改葬,皆不能葬,零皮碎骨,悉为雷火消灭。天之怒卓,可谓甚矣!

且说李傕、郭汜既掌大权,残虐百姓;密遣心腹侍帝左右,观其动静。献帝此时举动荆棘。朝廷官员,并由二贼升降。因采人望,特宣朱儁入朝封为太仆,同领朝政。一日,人报西凉太守马腾、并州刺史韩遂二将引军十余万,杀奔长安来,声言讨贼。原来二将先曾使人入长安,结连侍中马宇、谏议大夫种邵、左中郎将刘范三人为内应,共谋贼党。三人密奏献帝,封马腾为征西将军、韩遂为镇西将军,各受密诏,并力讨贼。当下李傕、郭汜、张济、樊稠闻二军将至,一同商议御敌之策。谋士贾诩曰:"二军远来,只宜深沟高垒,坚守以拒之。不过百日,彼兵粮尽,必将自退,然后引兵追之,二将可擒矣。"李蒙、王方出曰:"此非好计。愿借精兵万人,立斩马腾、韩遂之头,献于麾下。"贾诩曰:"今若即战,必当败绩。"李蒙、王方齐声曰:"若吾二人败,情愿斩首;吾若战胜,公亦当输首级与我。"诩谓李傕、郭汜曰:

“长安西二百里盩厔山，其路险峻，可使张、樊两将军屯兵于此，坚壁守之；待李蒙、王方自引兵迎敌，可也。”李傕、郭汜从其言，点一万五千人马与李蒙、王方。二人忻喜而去，离长安二百八十里下寨。

西凉兵到，两个引军迎去。西凉军马拦路摆开阵势。马腾、韩遂联辔而出，指李蒙、王方骂曰：“反国之贼！谁去擒之？”言未绝，只见一位少年将军，面如冠玉，眼若流星，虎体猿臂，彪腹狼腰；手执长枪，坐骑骏马，从阵中飞出。原来那将即马腾之子马超，字孟起，年方十七，英勇无敌。王方欺他年幼，跃马迎战。战不到数合，早被马超一枪刺于马下。马超勒马便回。李蒙见王方刺死，一骑马从马超背后赶来。超只做不知。马腾在阵门下大叫：“背后有人追赶！”声犹未绝，只见马超已将李蒙擒在马上。原来马超明知李蒙追赶，却故意俄延；等他马近举枪刺来，超将身一闪，李蒙搠个空，两马相并，被马超轻舒猿臂，生擒过去。军士无主，望风奔逃。马腾、韩遂乘势追杀，大获胜捷，直逼隘口下寨，把李蒙斩首号令。

李傕、郭汜听知李蒙、王方皆被马超杀了，方信贾诩有先见之明，重用其计，只理会紧守关防，由他搦战，并不出迎。果然西凉军未及两月，粮草俱乏，商议回军。恰好长安城中马宇家僮出首家主与刘范、种邵，外连马腾、韩遂，欲为内应等情。李傕、郭汜大怒，尽收三家老少良贱斩于市，把三颗首级，直来门前号令。马腾、韩遂见军粮已尽，内应又泄，只得拔寨退军。李傕、郭汜令张济引军赶马腾，樊稠引军赶韩遂，西凉军大败。马超在后死战，杀退张济。樊稠去赶韩遂，看看赶上，相近陈仓，韩遂勒马向樊稠曰：“吾与公乃同乡之人，今日何太无情？”樊稠也勒住马答道：“上命不可违！”韩遂曰：“吾此来亦为国家耳，公何相逼之甚也？”樊稠听罢，拨转马头，收兵回寨，让韩遂去了。

不提防李傕之侄李别，见樊稠放走韩遂，回报其叔。李傕大怒，便欲兴兵讨樊稠。贾诩曰：“目今人心未宁，频动干戈，深为不便；不若设一宴，请张济、樊稠庆功，就席间擒稠斩之，毫不费力。”李傕大喜，便设宴请张济、樊稠。二将忻然赴宴。酒半阑，李傕忽然变色曰：“樊稠何故交通韩遂，欲谋造反？”稠大惊，未及回言；只见刀斧手拥出,早把樊稠斩首于案下。吓得张济俯伏于地。李傕扶起曰:“樊稠谋反,故尔诛之;公乃吾之心腹,何须惊惧?”将樊稠军拨与张济管领。张济自回弘农去了。

李傕、郭汜自战败西凉兵,诸侯莫敢谁何。贾诩屡劝抚安百姓,结纳贤豪。自是朝廷微有生意。不想青州黄巾又起,聚众数十万,头目不等,劫掠良民。太仆朱儁保举一人,可破群贼。李傕、郭汜问是何人。朱儁曰:“要破山东群贼,非曹孟德不可。”李傕曰:“孟德今在何处?”儁曰:“现为东郡太守,广有军兵。若命此人讨贼,贼可克日而破也。”李傕大喜,星夜草诏,差人赍往东郡,命曹操与济北相鲍信一同破贼。操领了圣旨,会合鲍信,一同兴兵,击贼于寿阳。鲍信杀入重地,为贼所害。操追赶贼兵,直到济北,降者数万。操即用贼为前驱,兵马到处,无不降顺。不过百余日,招安到降兵三十余万、男女百余万口。操择精锐者,号为“青州兵”,其余尽令归农。操自此威名日重。捷书报到长安,朝廷加曹操为镇东将军。

操在兖州,招贤纳士。有叔侄二人来投操:乃颍川颍阴人,姓荀,名彧,字文若,荀绲之子也;旧事袁绍,今弃绍投操;操与语大悦,曰:“此吾之子房也!”遂以为行军司马。其侄荀攸,字公达,海内名士,曾拜黄门侍郎,后弃官归乡,今与其叔同投曹操,操以为行军教授。荀彧曰:“某闻兖州有一贤士,今此人不知何在。”操问是谁,彧曰:“乃东郡东阿人,姓程,名昱,字仲德。”操曰:“吾亦闻名久矣。”遂遣人于乡中寻问。访得他在山中读书,操拜请之。程昱来见,曹操大喜。昱谓荀彧曰:“某孤陋寡闻,不足当公之荐。公之乡人姓郭,名嘉,字奉孝,乃当今贤士,何不罗而致之?”彧猛省曰:“吾几忘却!”遂启操征聘郭嘉到兖州,共论天下之事。郭嘉荐光武嫡派子孙,淮南成德人,姓刘,名晔,字子阳。操即聘晔至。晔又荐二人:一个是山阳昌邑人,姓满,名宠,字伯宁;一个是武城人,姓吕,名虔,字子恪。曹操亦素知这两个名誉,就聘为军中从事。满宠、吕虔共荐一人,乃陈留平邱人,姓毛,名玠,字孝先。曹操亦聘为从事。

又有一将引军数百人,来投曹操:乃泰山巨平人,姓于,名禁,字文则。操见其人弓马熟娴,武艺出众,命为点军司马。一日,夏侯惇引一大汉来见,操问何人,惇曰:“此乃陈留人,姓典,名韦,勇力过人。旧跟张邈,与帐下人不和,手杀数十人,逃窜山中。惇出射猎,见韦逐虎过涧,因收于军中。今特荐之于公。”操曰:“吾观此人容貌魁梧,必有勇力。”惇曰:“他曾为友报仇杀人,提头直出闹市,数百人不敢近。只今所使两枝铁戟,重八十斤,挟之上马,运使如飞。”操即令韦试之。韦挟戟骤马,往来驰骋。忽见帐下大旗为风所吹,岌岌欲倒,众军士挟持不定;韦下马,喝退众军,一手执定旗杆,立于风中,巍然不动。操曰:“此古之恶来也!”遂命为帐前都尉,解身上锦袄,及骏马雕鞍赐之。

自是曹操部下文有谋臣,武有猛将,威镇山东。乃遣泰山太守应劭,往琅琊郡取父曹嵩。嵩自陈留避难,隐居琅琊;当日接了书信,便与弟曹德及一家老小四十余人,带从者百余人,车百余辆,径望兖州而来。道经徐州,太守陶谦,字恭祖,为人温厚纯笃,向欲结纳曹操,正无其由;知操父经过,遂出境迎接,再拜致敬,大设筵宴,款待两日。曹嵩要行,陶谦亲送出郭,特差都尉张闿,将部兵五百护送。曹嵩率家小行到华、费间,时夏末秋初,大雨骤至,只得投一古寺歇宿。寺僧接入。嵩安顿家小,命张闿将军马屯于两廊。众军衣装,都被雨打湿,同声嗟怨。张闿唤手下头目于静处商议曰:“我们本是黄巾余党,勉强降顺陶谦,未有好处。如今曹家辎重车辆无数,你们欲得富贵不难,只就今夜三更,大家砍将入去,把曹嵩一家杀了,取了财物,同往山中落草。此计何如?”众皆应允。是夜风雨未息,曹嵩正坐,忽闻四壁喊声大举。曹德提剑出看,就被搠死。曹嵩忙引一妾奔入方丈后,欲越墙而走;妾肥胖不能出,嵩慌急,与妾躲于厕中,被乱军所杀。应劭死命逃脱,投袁绍去了。张闿杀尽曹嵩全家,取了财物,放火烧寺,与五百人逃奔淮南去了。后人有诗曰:“曹操奸雄世所夸,曾将吕氏杀全家。如今阖户逢人杀,天理循环报不差。”

当下应劭部下有逃命的军士,报与曹操。操闻之,哭倒于地。众人救起。操切齿曰:“陶谦纵兵杀吾父,此仇不共戴天!吾今悉起大军,洗荡徐州,方雪吾恨!”遂留荀彧、程昱领军三万守鄄城、范县、东阿三县,其余尽杀奔徐州来。夏侯惇、于禁、典韦为先锋。操令:但得城池，将城中百姓，尽行屠戮，以雪父仇。当有九江太守边让，与陶谦交厚，闻知徐州有难，自引兵五千来救。操闻之大怒，使夏侯惇于路截杀之。时陈宫为东郡从事，亦与陶谦交厚；闻曹操起兵报仇，欲尽杀百姓，星夜前来见操。操知是为陶谦作说客，欲待不见，又灭不过旧恩，只得请入帐中相见。宫曰："今闻明公以大兵临徐州，报尊父之仇，所到欲尽杀百姓，某因此特来进言。陶谦乃仁人君子，非好利忘义之辈；尊父遇害，乃张闿之恶，非谦罪也。且州县之民，与明公何仇？杀之不祥。望三思而行。"操怒曰："公昔弃我而去，今有何面目复来相见？陶谦杀吾一家，誓当摘胆剜心，以雪吾恨！公虽为陶谦游说，其如吾不听何！"陈宫辞出，叹曰："吾亦无面目见陶谦也！"遂驰马投陈留太守张邈去了。

且说操大军所到之处，杀戮人民，发掘坟墓。陶谦在徐州，闻曹操起军报仇，杀戮百姓，仰天恸哭曰："我获罪于天，致使徐州之民，受此大难！"急聚众官商议。曹豹曰："曹兵既至，岂可束手待死！某愿助使君破之。"陶谦只得引兵出迎，远望操军如铺霜涌雪，中军竖起白旗二面，大书"报仇雪恨"四字。军马列成阵势，曹操纵马出阵，身穿缟素，扬鞭大骂。陶谦亦出马于门旗下，欠身施礼曰："谦本欲结好明公，故托张闿护送。不想贼心不改，致有此事。实不干陶谦之故。望明公察之。"操大骂曰："老匹夫！杀吾父，尚敢乱言！谁可生擒老贼？"夏侯惇应声而出。陶谦慌走入阵。夏侯惇赶来，曹豹挺枪跃马，前来迎敌。两马相交，忽然狂风大作，飞沙走石，两军皆乱，各自收兵。

陶谦入城，与众计议曰："曹兵势大难敌，吾当自缚往操营，任其剖割，以救徐州一郡百姓之命。"言未绝，一人进前言曰："府君久镇徐州，人民感恩。今曹兵虽众，未能即破我城。府君与百姓坚守勿出；某虽不才，愿施小策，教曹操死无葬身之地！"众人大惊，便问计将安出。正是：本为纳交反成怨，那知绝处又逢生。毕竟此人是谁，且听下文分解。

第十一回 刘皇叔北海救孔融 吕温侯濮阳破曹操

却说献计之人,乃东海朐县人,姓糜,名竺,字子仲。此人家世富豪,尝往洛阳买卖,乘车而回,路遇一美妇人,来求同载,竺乃下车步行,让车与妇人坐。妇人请竺同载。竺上车端坐,目不邪视。行及数里,妇人辞去;临别对竺曰:“我乃南方火德星君也,奉上帝敕,往烧汝家。感君相待以礼,故明告君。君可速归,搬出财物。吾当夜来。”言讫不见。竺大惊,飞奔到家,将家中所有,疾忙搬出。是晚果然厨中火起,尽烧其屋。竺因此广舍家财,济贫拔苦。后陶谦聘为别驾从事。当日献计曰:“某愿亲往北海郡,求孔融起兵救援;更得一人往青州田楷处求救:若二处军马齐来,操必退兵矣。”谦从之,遂写书二封,问帐下谁人敢去青州求救。一人应声愿往。众视之,乃广陵人,姓陈,名登,字元龙。陶谦先打发陈元龙往青州去讫,然后命糜竺赍书赴北海,自己率众守城,以备攻击。

却说北海孔融,字文举,鲁国曲阜人也,孔子二十世孙,泰山都尉孔宙之子。自小聪明,年十岁时,往谒河南尹李膺,阍人难之,融曰:“我系李相通家。”及入见,膺问曰:“汝祖与吾祖何亲?”融曰:“昔孔子曾问礼于老子,融与君岂非累世通家?”膺大奇之。少顷,太中大夫陈炜至。膺指融曰:“此奇童也。”炜曰:“小时聪明,大时未必聪明。”融即应声曰:“如君所言,幼时必聪明者。”炜等皆笑曰:“此子长成,必当代之伟器也。”自此得名。后为中郎将,累迁北海太守。极好宾客,常曰:“座上客常满,樽中酒不空:吾之愿也。”在北海六年,甚得民心。

当日正与客坐,人报徐州糜竺至。融请入见,问其来意,竺出陶谦书,言:“曹操攻围甚急,望明公垂救。”融曰:“吾与陶恭祖交厚,子仲又亲到此,如何不去?只是曹孟德与我无仇,当先遣人送书解和。如其不从,然后起兵。”竺曰:“曹操倚仗兵威,决不肯和。”融教一面点兵，一面差人送书。正商议间，忽报黄巾贼党管亥部领群寇数万杀奔前来。孔融大惊，急点本部人马，出城与贼迎战。管亥出马曰："吾知北海粮广，可借一万石，即便退兵；不然，打破城池，老幼不留！"孔融叱曰："吾乃大汉之臣，守大汉之地，岂有粮米与贼耶！"管亥大怒，拍马舞刀，直取孔融，融将宗宝挺枪出马；战不数合，被管亥一刀，砍宗宝于马下。孔融兵大乱，奔入城中。管亥分兵四面围城，孔融心中郁闷。糜竺怀愁，更不可言。

次日，孔融登城遥望，贼势浩大，倍添忧恼。忽见城外一人挺枪跃马杀入贼阵，左冲右突，如入无人之境，直到城下，大叫"开门"。孔融不识其人，不敢开门。贼众赶到壕边，那人回身连搠十数人下马，贼众倒退，融急命开门引入。其人下马弃枪，径到城上，拜见孔融，融问其姓名，对曰："某东莱黄县人也，覆姓太史，名慈，字子义。老母重蒙恩顾。某昨自辽东回家省亲，知贼寇城。老母说：'屡受府君深恩，汝当往救。'某故单马而来。"孔融大喜。原来孔融与太史慈虽未识面，却晓得他是个英雄。因他远出，有老母住在离城二十里之外，融常使人遗以粟帛；母感融德，故特使慈来救。

当下孔融重待太史慈，赠与衣甲鞍马。慈曰："某愿借精兵一千，出城杀贼。"融曰："君虽英勇，然贼势甚盛，不可轻出。"慈曰："老母感君厚德，特遣慈来；如不能解围，慈亦无颜见母矣。愿决一死战！"融曰："吾闻刘玄德乃当世英雄，若请得他来相救，此围自解。只无人可使耳。"慈曰："府君修书，某当急往。"融喜，修书付慈。慈擐甲上马，腰带弓矢，手持铁枪，饱食严装，城门开处，一骑飞出。近壕，贼将率众来战，慈连搠死数人，透围而出。管亥知有人出城，料必是请救兵的，便自引数百骑赶来，八面围定。慈倚住枪，拈弓搭箭，八面射之，无不应弦落马。贼众不敢来追。

太史慈得脱，星夜投平原来见刘玄德。施礼罢，具言孔北海被围求救之事，呈上书札。玄德看毕，问慈曰："足下何人？"慈曰："某太史慈，东海之鄙人也。与孔融亲非骨肉，比非乡党，特以气谊相投，有分忧共患之意。今管亥暴乱，北海被围，孤穷无告，危在旦夕。闻君仁义素著，能救人危急，故特令某冒锋突围，前来求救。"玄德敛容答曰:“孔北海知世间有刘备耶?”乃同云长、翼德点精兵三千,往北海郡进发。

管亥望见救军来到,亲自引兵迎敌;因见玄德兵少,不以为意。玄德与关、张、太史慈立马阵前,管亥忿怒直出。太史慈却待向前,云长早出,直取管亥。两马相交,众军大喊。量管亥怎敌得云长,数十合之间,青龙刀起,劈管亥于马下。太史慈、张飞两骑齐出,双枪并举,杀入贼阵。玄德驱兵掩杀。城上孔融望见太史慈与关、张赶杀贼众,如虎入羊群,纵横莫当,便驱兵出城。两下夹攻,大败群贼,降者无数,余党溃散。

孔融迎接玄德入城,叙礼毕,大设筵宴庆贺。又引糜竺来见玄德,具言张闿杀曹嵩之事:“今曹操纵兵大掠,围住徐州,特来求救。”玄德曰:“陶恭祖乃仁人君子,不意受此无辜之冤。”孔融曰:“公乃汉室宗亲。今曹操残害百姓,倚强欺弱,何不与融同往救之?”玄德曰:“备非敢推辞,奈兵微将寡,恐难轻动。”孔融曰:“融之欲救陶恭祖,虽因旧谊,亦为大义。公岂独无仗义之心耶?”玄德曰:“既如此,请文举先行,容备去公孙瓒处,借三五千人马,随后便来。”融曰:“公切勿失信。”玄德曰:“公以备为何如人也? 圣人云:自古皆有死,人无信不立。刘备借得军或借不得军,必然亲至。”孔融应允,教糜竺先回徐州去报,融便收拾起程。太史慈拜谢曰:“慈奉母命前来相助,今幸无虞。有扬州刺史刘繇,与慈同郡,有书来唤,不敢不去。容图再见。”融以金帛相酬,慈不肯受而归。其母见之,喜曰:“我喜汝有以报北海也!”遂遣慈往扬州去了。

不说孔融起兵。且说玄德离北海来见公孙瓒,具说欲救徐州之事。瓒曰:“曹操与君无仇,何苦替人出力?”玄德曰:“备已许人,不敢失信。”瓒曰:“我借与君马步军二千。”玄德曰:“更望借赵子龙一行。”瓒许之。玄德遂与关、张引本部三千人为前部,子龙引二千人随后,往徐州来。

却说糜竺回报陶谦,言北海又请得刘玄德来助;陈元龙也回报青州田楷欣然领兵来救;陶谦心安。原来孔融、田楷两路军马,惧怕曹兵势猛,远远依山下寨,未敢轻进。曹操见两路军到,亦分了军势,不敢向前攻城。

却说刘玄德军到，见孔融。融曰："曹兵势大，操又善于用兵，未可轻战。且观其动静，然后进兵。"玄德曰："但恐城中无粮，难以久持。备令云长、子龙领军四千，在公部下相助；备与张飞杀奔曹营，径投徐州去见陶使君商议。"融大喜，会合田楷，为掎角之势；云长、子龙领兵两边接应。是日玄德、张飞引一千人马杀入曹兵寨边。正行之间，寨内一声鼓响，马军步军，如潮似浪，拥将出来。当头一员大将，乃是于禁，勒马大叫："何处狂徒！往那里去！"张飞见了，更不打话，直取于禁。两马相交，战到数合，玄德掣双股剑麾兵大进，于禁败走。张飞当前追杀，直到徐州城下。

城上望见红旗白字，大书"平原刘玄德"，陶谦急令开门。玄德入城，陶谦接着，共到府衙。礼毕，设宴相待，一壁劳军。陶谦见玄德仪表轩昂，语言豁达，心中大喜，便命糜竺取徐州牌印，让与玄德。玄德愕然曰："公何意也？"谦曰："今天下扰乱，王纲不振；公乃汉室宗亲，正宜力扶社稷。老夫年迈无能，情愿将徐州相让。公勿推辞。谦当自写表文，申奏朝廷。"玄德离席再拜曰："刘备虽汉朝苗裔，功微德薄，为平原相犹恐不称职。今为大义，故来相助，公出此言，莫非疑刘备有吞并之心耶？若举此念，皇天不佑！"谦曰："此老夫之实情也。"再三相让，玄德那里肯受。糜竺进曰："今兵临城下，且当商议退敌之策。待事平之日，再当相让可也。"玄德曰："备当遗书于曹操，劝令解和。操若不从，厮杀未迟。"于是传檄三寨，且按兵不动；遣人赍书以达曹操。

却说曹操正在军中，与诸将议事，人报徐州有战书到。操拆而观之，乃刘备书也。书略曰："备自关外得拜君颜，嗣后天各一方，不及趋侍。向者，尊父曹侯，实因张闿不仁，以致被害，非陶恭祖之罪也。目今黄巾遗孽，扰乱于外；董卓余党，盘踞于内。愿明公先朝廷之急，而后私仇；撤徐州之兵，以救国难：则徐州幸甚，天下幸甚！"曹操看书，大骂："刘备何人，敢以书来劝我！且中间有讥讽之意！"命斩来使，一面竭力攻城。郭嘉谏曰："刘备远来救援，先礼后兵，主公当用好言答之，以慢备心；然后进兵攻城，城可破也。"操从其言，款留来使,候发回书。

正商议间,忽流星马飞报祸事。操问其故,报说吕布已袭破兖州,进据濮阳。原来吕布自遭李、郭之乱,逃出武关,去投袁术;术怪吕布反覆不定,拒而不纳。投袁绍,绍纳之,与布共破张燕于常山。布自以为得志,傲慢袁绍手下将士。绍欲杀之。布乃去投张杨,杨纳之。时庞舒在长安城中,私藏吕布妻小,送还吕布。李傕、郭汜知之,遂斩庞舒,写书与张杨,教杀吕布。布因弃张杨去投张邈。恰好张邈弟张超引陈宫来见张邈。宫说邈曰:"今天下分崩,英雄并起;君以千里之众,而反受制于人,不亦鄙乎!今曹操征东,兖州空虚;而吕布乃当世勇士,若与之共取兖州,霸业可图也。"张邈大喜,便令吕布袭破兖州,随据濮阳。止有鄄城、东阿、范县三处,被荀彧、程昱设计死守得全,其余俱破。曹仁屡战,皆不能胜,特此告急。

操闻报大惊曰:"兖州有失,使吾无家可归矣,不可不亟图之!"郭嘉曰:"主公正好卖个人情与刘备,退军去复兖州。"操然之,即时答书与刘备,拔寨退兵。

且说来使回徐州,入城见陶谦,呈上书札,言曹兵已退。谦大喜,差人请孔融、田楷、云长、子龙等赴城大会。饮宴既毕,谦延玄德于上座,拱手对众曰:"老夫年迈,二子不才,不堪国家重任。刘公乃帝室之胄,德广才高,可领徐州。老夫情愿乞闲养病。"玄德曰:"孔文举令备来救徐州,为义也。今无端据而有之,天下将以备为无义人矣。"糜竺曰:"今汉室陵迟,海宇颠覆,树功立业,正在此时。徐州殷富,户口百万,刘使君领此,不可辞也。"玄德曰:"此事决不敢应命。"陈登曰:"陶府君多病,不能视事,明公勿辞。"玄德曰:"袁公路四世三公,海内所归,近在寿春,何不以州让之?"孔融曰:"袁公路冢中枯骨,何足挂齿!今日之事,天与不取,悔不可追。"玄德坚执不肯。陶谦泣下曰:"君若舍我而去,我死不瞑目矣!"云长曰:"既承陶公相让,兄且权领州事。"张飞曰:"又不是我强要他的州郡;他好意相让,何必苦苦推辞!"玄德曰:"汝等欲陷我于不义耶?"陶谦推让再三,玄德只是不受。陶谦曰:"如玄德必不肯从,此间近邑,名曰小沛,足可屯军,请玄德暂驻军此邑,以保徐州。何如?"众皆劝玄德留小沛,玄德从之。陶谦劳军已毕，赵云辞去，玄德执手挥泪而别。孔融、田楷亦各相别，引军自回。玄德与关、张引本部军来至小沛，修葺城垣，抚谕居民。

却说曹操回军，曹仁接着，言吕布势大，更有陈宫为辅，兖州、濮阳已失，其鄄城、东阿、范县三处，赖荀彧、程昱二人设计相连，死守城郭。操曰："吾料吕布有勇无谋，不足虑也。"教且安营下寨，再作商议。吕布知曹操回兵，已过滕县，召副将薛兰、李封曰："吾欲用汝二人久矣。汝可引军一万，坚守兖州。吾亲自率兵，前去破曹。"二人应诺。陈宫急入见曰："将军弃兖州，欲何往乎？"布曰："吾欲屯兵濮阳，以成鼎足之势。"宫曰："差矣。薛兰必守兖州不住。——此去正南一百八十里，泰山路险，可伏精兵万人在彼。曹兵闻失兖州，必然倍道而进，待其过半，一击可擒也。"布曰："吾屯濮阳，别有良谋，汝岂知之！"遂不用陈宫之言，而用薛兰守兖州而行。

曹操兵行至泰山险路，郭嘉曰："且不可进，恐此处有伏兵。"曹操笑曰："吕布无谋之辈，故教薛兰守兖州，自往濮阳，安得此处有埋伏耶？教曹仁领一军围兖州，吾进兵濮阳，速攻吕布。"陈宫闻曹兵至近，乃献计曰："今曹兵远来疲困，利在速战，不可养成气力。"布曰："吾匹马纵横天下，何愁曹操！待其下寨，吾自擒之。"

却说曹操兵近濮阳，下住寨脚。次日，引众将出，陈兵于野。操立马于门旗下，遥望吕布兵到。阵圆处，吕布当先出马，两边排开八员健将：第一个雁门马邑人，姓张，名辽，字文远；第二个泰山华阴人，姓臧，名霸，字宣高。两将又各引三员健将：郝萌、曹性、成廉，魏续、宋宪、侯成。布军五万，鼓声大震。操指吕布而言曰："吾与汝自来无仇，何得夺吾州郡？"布曰："汉家城池，诸人有分，偏尔合得？"便叫臧霸出马搦战。曹军内乐进出迎。两马相交，双枪齐举。战到三十余合，胜负不分。夏侯惇拍马便出助战，吕布阵上张辽截住厮杀。恼得吕布性起，挺戟骤马，冲出阵来。夏侯惇、乐进皆走，吕布掩杀，曹军大败，退三四十里。布自收军。

曹操输了一阵，回寨与诸将商议。于禁曰："某今日上山观望，濮阳之西，吕布有一寨，约无多军。今夜彼将谓我军败走，必不准备，可引兵击之;若得寨,布军必惧:此为上策。”操从其言,带曹洪、李典、毛玠、吕虔、于禁、典韦六将,选马步二万人,连夜从小路进发。

却说吕布于寨中劳军。陈宫曰:“西寨是个要紧去处,倘或曹操袭之,奈何?”布曰:“他今日输了一阵,如何敢来!”宫曰:“曹操是极能用兵之人,须防他攻我不备。”布乃拨高顺并魏续、侯成引兵往守西寨。

却说曹操于黄昏时分,引军至西寨,四面突入。寨兵不能抵挡,四散奔走,曹操夺了寨。将及四更,高顺方引军到,杀将入来。曹操自引军马来迎,正逢高顺,三军混战,将及天明,正西鼓声大震,人报吕布自引救军来了。操弃寨而走。背后高顺、魏续、侯成赶来;当头吕布亲自引军来到。于禁、乐进双战吕布不住。操望北而行。山后一彪军出:左有张辽,右有臧霸。操使吕虔、曹洪战之,不利。操望西而走。忽又喊声大震,一彪军至:郝萌、曹性、成廉、宋宪四将拦住去路。众将死战,操当先冲阵。梆子响处,箭如骤雨射将来。操不能前进,无计可脱,大叫:“谁人救我!”马军队里,一将踊出,乃典韦也,手挺双铁戟,大叫:“主公勿忧!”飞身下马,插住双戟,取短戟十数枝,挟在手中,顾从人曰:“贼来十步乃呼我!”遂放开脚步,冒箭前行。布军数十骑追至。从人大叫曰:“十步矣!”韦曰:“五步乃呼我!”从人又曰:“五步矣!”韦乃飞戟刺之,一戟一人坠马,并无虚发,立杀十数人。众皆奔走。韦复飞身上马,挺一双大铁戟,冲杀入去。郝、曹、成、宋四将不能抵挡,各自逃去。典韦杀散敌军,救出曹操。众将随后也到,寻路归寨。看看天色傍晚,背后喊声起处,吕布骤马提戟赶来,大叫:“操贼休走!”此时人困马乏,大家面面相觑,各欲逃生。正是:虽能暂把重围脱,只怕难当劲敌追。不知曹操性命如何,且听下文分解。

第十二回　陶恭祖三让徐州　曹孟德大战吕布

曹操正慌走间，正南上一彪军到，乃夏侯惇引军来救援，截住吕布大战。斗到黄昏时分，大雨如注，各自引军分散。操回寨，重赏典韦，加为领军都尉。

却说吕布到寨，与陈宫商议。宫曰："濮阳城中有富户田氏，家僮千百，为一郡之巨室；可令彼密使人往操寨中下书，言'吕温侯残暴不仁，民心大怨。今欲移兵黎阳，止有高顺在城内。可连夜进兵，我为内应'。操若来，诱之入城，四门放火，外设伏兵。曹操虽有经天纬地之才，到此安能得脱也?"吕布从其计，密谕田氏使人径到操寨。操因新败，正在踌躇，忽报田氏人到，呈上密书云："吕布已往黎阳，城中空虚。万望速来，当为内应。城上插白旗，大书'义'字，便是暗号。"操大喜曰："天使吾得濮阳也!"重赏来人，一面收拾起兵。刘晔曰："布虽无谋，陈宫多计。只恐其中有诈，不可不防。明公欲去，当分三军为三队：两队伏城外接应，一队入城，方可。"操从其言，分军三队，来至濮阳城下。

操先往观之，见城上遍竖旗幡，西门角上，有一"义"字白旗，心中暗喜。是日午牌，城门开处，两员将引军出战：前军侯成，后军高顺。操即使典韦出马，直取侯成。侯成抵敌不过，回马望城中走。韦赶到吊桥边，高顺亦拦挡不住，都退入城中去了。数内有军人乘势混过阵来见操，说是田氏之使，呈上密书。约云："今夜初更时分，城上鸣锣为号，便可进兵。某当献门。"操拨夏侯惇引军在左，曹洪引军在右，自己引夏侯渊、李典、乐进、典韦四将，率兵入城。李典曰："主公且在城外，容某等先入城去。"操喝曰："我不自往，谁肯向前!"遂当先领兵直入。

时约初更，月光未上。只听得西门上吹蠃壳声，喊声忽起，门上火把燎乱，城门大开，吊桥放落。曹操争先拍马而入。直到州衙，路上不见一人,操知是计,忙拨回马,大叫:“退兵!”州衙中一声炮响,四门烈火,轰天而起;金鼓齐鸣,喊声如江翻海沸。东巷内转出张辽,西巷内转出臧霸,夹攻掩杀。操走北门,道傍转出郝萌、曹性,又杀一阵。操急走南门,高顺、侯成拦住。典韦怒目咬牙,冲杀出去。高顺、侯成倒走出城。典韦杀到吊桥,回头不见了曹操,翻身复杀入城来,门下撞着李典。典韦问:“主公何在?”典曰:“吾亦寻不见。”韦曰:“汝在城外催救军,我入去寻主公。”李典去了。典韦杀入城中,寻觅不见;再杀出城壕边,撞着乐进。进曰:“主公何在?”韦曰:“我往复两遭,寻觅不见。”进曰:“同杀入去救主!”两人到门边,城上火炮滚下,乐进马不能入。典韦冒烟突火,又杀入去,到处寻觅。

却说曹操见典韦杀出去了,四下里人马截来,不得出南门;再转北门,火光里正撞见吕布挺戟跃马而来。操以手掩面,加鞭纵马竟过。吕布从后拍马赶来,将戟于操盔上一击,问曰:“曹操何在?”操反指曰:“前面骑黄马者是他。”吕布听说,弃了曹操,纵马向前追赶。曹操拨转马头,望东门而走,正逢典韦。韦拥护曹操,杀条血路,到城门边,火焰甚盛,城上推下柴草,遍地都是火,韦用戟拨开,飞马冒烟突火先出。曹操随后亦出。方到门道边,城门上崩下一条火梁来,正打着曹操战马后胯,那马扑地倒了。操用手托梁推放地上,手臂须发,尽被烧伤。典韦回马来救,恰好夏侯渊亦到。两个同救起曹操,突火而出。操乘渊马,典韦杀条大路而走。直混战到天明,操方回寨。

众将拜伏问安,操仰面笑曰:“误中匹夫之计,吾必当报之!”郭嘉曰:“计可速发。”操曰:“今只将计就计:诈言我被火伤,已经身死。布必引兵来攻。我伏兵于马陵山中,候其兵半渡而击之,布可擒矣。”嘉曰:“真良策也!”于是令军士挂孝发丧,诈言操死。早有人来濮阳报吕布,说曹操被火烧伤肢体,到寨身死。布随点起军马,杀奔马陵山来。将到操寨,一声鼓响,伏兵四起。吕布死战得脱,折了好些人马;败回濮阳,坚守不出。

是年蝗虫忽起,食尽禾稻。关东一境,每谷一斛,直钱五十贯,人民相食。曹操因军中粮尽,引兵回鄄城暂住。吕布亦引兵出屯山阳就食。因此二处权且罢兵。

却说陶谦在徐州，时年已六十三岁，忽然染病，看看沉重，请糜竺、陈登议事。竺曰："曹兵之去，止为吕布袭兖州故也。今因岁荒罢兵，来春又必至矣。府君两番欲让位于刘玄德，时府君尚强健，故玄德不肯受；今病已沉重，正可就此而与之，玄德不肯辞矣。"谦大喜，使人来小沛：请刘玄德商议军务。玄德引关、张带数十骑到徐州，陶谦教请入卧内。玄德问安毕，谦曰："请玄德公来，不为别事：止因老夫病已危笃，朝夕难保；万望明公可怜汉家城池为重，受取徐州牌印，老夫死亦瞑目矣！"玄德曰："君有二子，何不传之？"谦曰："长子商，次子应，其才皆不堪任。老夫死后，犹望明公教诲，切勿令掌州事。"玄德曰："备一身安能当此大任？"谦曰："某举一人，可为公辅：系北海人，姓孙，名乾，字公祐。此人可使为从事。"又谓糜竺曰："刘公当世人杰，汝当善事之。"玄德终是推托，陶谦以手指心而死。众军举哀毕，即捧牌印交送玄德。玄德固辞。次日，徐州百姓，拥挤府前哭拜曰："刘使君若不领此郡，我等皆不能安生矣！"关、张二公亦再三相劝。玄德乃许权领徐州事；使孙乾、糜竺为辅，陈登为幕官；尽取小沛军马入城，出榜安民；一面安排丧事。玄德与大小军士，尽皆挂孝，大设祭奠祭毕，葬于黄河之原。将陶谦遗表，申奏朝廷。

操在鄄城，知陶谦已死，刘玄德领徐州牧，大怒曰："我仇未报，汝不费半箭之功，坐得徐州！吾必先杀刘备，后戮谦尸，以雪先君之怨！"即传号令，克日起兵去打徐州。荀彧入谏曰："昔高祖保关中，光武据河内，皆深根固本以制天下，进足以胜敌，退足以坚守，故虽有困，终济大业。明公本首事兖州，且河、济乃天下之要地，是亦昔之关中、河内也。今若取徐州，多留兵则不足用，少留兵则吕布乘虚寇之，是无兖州也。若徐州不得，明公安所归乎？今陶谦虽死，已有刘备守之。徐州之民，既已服备，必助备死战。明公弃兖州而取徐州，是弃大而就小，去本而求末，以安而易危也。愿熟思之。"操曰："今岁荒乏粮，军士坐守于此，终非良策。"彧曰："不如东略陈地，使军就食汝南、颍川。黄巾余党何仪、黄劭等，劫掠州郡，多有金帛、粮食，此等贼徒，又容易破；破而取其粮，以养三军，朝廷喜，百姓悦，乃顺天之事也。”

操喜，从之，乃留夏侯惇、曹仁守鄄城等处，自引兵先略陈地，次及汝、颍。黄巾何仪、黄劭知曹兵到，引众来迎，会于羊山。时贼兵虽众，都是狐群狗党，并无队伍行列。操令强弓硬弩射住，令典韦出马。何仪令副元帅出战，不三合，被典韦一戟刺于马下。操引众乘势赶过羊山下寨。次日，黄劭自引军来。阵圆处，一将步行出战，头裹黄巾，身披绿袄，手提铁棒，大叫：“我乃截天夜叉何曼也！谁敢与我厮斗？”曹洪见了，大喝一声，飞身下马，提刀步出。两下向阵前厮杀，四五十合，胜负不分。曹洪诈败而走，何曼赶来。洪用拖刀背砍计，转身一踅，砍中何曼，再复一刀杀死。李典乘势飞马直入贼阵。黄劭不及提备，被李典生擒活捉过来。曹兵掩杀贼众，夺其金帛、粮食无数。何仪势孤，引数百骑奔走葛陂。正行之间，山背后撞出一军。为头一个壮士，身长八尺，腰大十围，手提大刀，截住去路。何仪挺枪出迎，只一合，被那壮士活挟过去。余众着忙，皆下马受缚，被壮士尽驱入葛陂坞中。

却说典韦追袭何仪到葛陂，壮士引军迎住。典韦曰：“汝亦黄巾贼耶？”壮士曰：“黄巾数百骑，尽被我擒在坞内！”韦曰：“何不献出？”壮士曰：“你若赢得手中宝刀，我便献出！”韦大怒，挺双戟向前来战。两个从辰至午，不分胜负，各自少歇。不一时，那壮士又出搦战，典韦亦出。直战到黄昏，各因马乏暂止。典韦手下军士，飞报曹操。操大惊，忙引众将来看。次日，壮士又出搦战。操见其人威风凛凛，心中暗喜，分付典韦，今日且诈败。韦领命出战；战到三十合，败走回阵，壮士赶到阵门中，弓弩射回。操急引军退五里，密使人掘下陷坑，暗伏钩手。次日，再令典韦引百余骑出。壮士笑曰：“败将何敢复来！”便纵马接战。典韦略战数合，便回马走。壮士只顾望前赶来，不提防连人带马，都落于陷坑之内，被钩手缚来见曹操。操下帐叱退军士，亲解其缚，急取衣衣之，命坐，问其乡贯姓名。壮士曰：“我乃谯国谯县人也，姓许，名褚，字仲康。向遭寇乱，聚宗族数百人，筑坚壁于坞中以御之。一日寇至，吾令众人多取石子准备，吾亲自飞石击之，无不中者，寇乃退去。又一日寇至，坞中无粮，遂与贼和，约以耕牛换米。米已送到,贼驱牛至坞外,牛皆奔走回还,被我双手掣二牛尾,倒行百余步。贼大惊,不敢取牛而走。因此保守此处无事。"操曰:"吾闻大名久矣,还肯降否?"褚曰:"固所意也。"遂招引宗族数百人俱降。操拜许褚为都尉,赏劳甚厚。随将何仪、黄劭斩讫。汝、颍悉平。

曹操班师,曹仁、夏侯惇接见,言近日细作报说:兖州薛兰、李封军士皆出掳掠,城邑空虚,可引得胜之兵攻之,一鼓可下。操遂引军径奔兖州。薛兰、李封出其不意,只得引兵出城迎战。许褚曰:"吾愿取此二人,以为贽见之礼。"操大喜,遂令出战。李封使画戟,向前来迎。交马两合,许褚斩李封于马下。薛兰急走回阵,吊桥边李典拦住。薛兰不敢回城,引军投巨野而去;却被吕虔飞马赶来,一箭射于马下,军皆溃散。

曹操复得兖州,程昱便请进兵取濮阳。操令许褚、典韦为先锋,夏侯惇、夏侯渊为左军,李典、乐进为右军,操自领中军,于禁、吕虔为合后。兵至濮阳,吕布欲自将出迎,陈宫谏:"不可出战。待众将聚会后方可。"吕布曰:"吾怕谁来?"遂不听宫言,引兵出阵,横戟大骂。许褚便出。斗二十合,不分胜负。操曰:"吕布非一人可胜。"便差典韦助战,两将夹攻;左边夏侯惇、夏侯渊,右边李典、乐进齐到,六员将共攻吕布。布遮拦不住,拨马回城。城上田氏,见布败回,急令人拽起吊桥。布大叫:"开门!"田氏曰:"吾已降曹将军矣。"布大骂,引军奔定陶而去。陈宫急开东门,保护吕布老小出城。操遂得濮阳,恕田氏旧日之罪。刘晔曰:"吕布乃猛虎也,今日困乏,不可少容。"操令刘晔等守濮阳,自己引军赶至定陶。时吕布与张邈、张超尽在城中,高顺、张辽、臧霸、侯成巡海打粮未回。操军至定陶,连日不战,引军退四十里下寨。正值济郡麦熟。操即令军割麦为食。细作报知吕布,布引军赶来。将近操寨,见左边一望林木茂盛,恐有伏兵而回。操知布军回去,乃谓诸将曰:"布疑林中有伏兵耳,可多插旌旗于林中以疑之。寨西一带长堤,无水,可尽伏精兵。明日吕布必来烧林,堤中军断其后,布可擒矣。"于是止留鼓手五十人于寨中擂鼓;将村中掳来男女在寨内呐喊。精兵多伏堤中。

却说吕布回报陈宫。宫曰:"操多诡计,不可轻敌。"布曰:"吾用火攻,可破伏兵。”乃留陈宫、高顺守城。布次日引大军来,遥见林中有旗,驱兵大进,四面放火,竟无一人。欲投寨中,却闻鼓声大震。正自疑惑不定,忽然寨后一彪军出。吕布纵马赶来。炮响处,堤内伏兵尽出:夏侯惇、夏侯渊、许褚、典韦、李典、乐进骤马杀来。吕布料敌不过,落荒而走。从将成廉,被乐进一箭射死。布军三停去了二停,败卒回报陈宫,宫曰:“空城难守,不若急去。”遂与高顺保着吕布老小,弃定陶而走。曹操将得胜之兵,杀入城中,势如劈竹。张超自刎,张邈投袁术去了。山东一境,尽被曹操所得。安民修城,不在话下。

却说吕布正走,逢诸将皆回。陈宫亦已寻着。布曰:“吾军虽少,尚可破曹。”遂再引军来。正是:兵家胜败真常事,卷甲重来未可知。不知吕布胜负如何,且听下文分解。

第十三回　李傕郭汜大交兵　杨奉董承双救驾

却说曹操大破吕布于定陶，布乃收集败残军马于海滨，众将皆来会集，欲再与曹操决战，陈宫曰："今曹兵势大，未可与争。先寻取安身之地，那时再来未迟。"布曰："吾欲再投袁绍，何如？"宫曰："先使人往冀州探听消息，然后可去。"布从之。

且说袁绍在冀州，闻知曹操与吕布相持，谋士审配进曰："吕布，豺虎也：若得兖州，必图冀州。不若助操攻之，方可无患。"绍遂遣颜良将兵五万，往助曹操。细作探知这个消息，飞报吕布。布大惊，与陈宫商议。宫曰："闻刘玄德新领徐州，可往投之。"布从其言，竟投徐州来。有人报知玄德。玄德曰："布乃当今英勇之士，可出迎之。"糜竺曰："吕布乃虎狼之徒，不可收留；收则伤人矣。"玄德曰："前者非布袭兖州，怎解此郡之祸。今彼穷而投我，岂有他心！"张飞曰："哥哥心肠忒好。虽然如此，也要准备。"

玄德领众出城三十里，接着吕布，并马入城。都到州衙厅上，讲礼毕，坐下。布曰："某自与王司徒计杀董卓之后，又遭傕、汜之变，飘零关东，诸侯多不能相容。近因曹贼不仁，侵犯徐州，蒙使君力救陶谦，布因袭兖州以分其势；不料反堕奸计，败兵折将。今投使君，共图大事，未审尊意如何？"玄德曰："陶使君新逝，无人管领徐州，因令备权摄州事。今幸将军至此，合当相让。"遂将牌印送与吕布。吕布却待要接，只见玄德背后关、张二公各有怒色。布乃佯笑曰："量吕布一勇夫，何能作州牧乎？"玄德又让。陈宫曰："强宾不压主，请使君勿疑。"玄德方止。遂设宴相待，收拾宅院安下。

次日，吕布回席请玄德，玄德乃与关、张同往。饮酒至半酣，布请玄德入后堂，关、张随入。布令妻女出拜玄德。玄德再三谦让。布曰："贤弟不必推让。"张飞听了，瞋目大叱曰："我哥哥是金枝玉叶，你是何等人，敢称我哥哥为贤弟！你来！我和你斗三百合！"玄德连忙喝住，关公劝飞出。玄德与吕布陪话曰：“劣弟酒后狂言，兄勿见责。”布默然无语。须臾席散。布送玄德出门，张飞跃马横枪而来，大叫：“吕布！我和你并三百合！”玄德急令关公劝止。

次日，吕布来辞玄德曰：“蒙使君不弃，但恐令弟辈不能相容。布当别投他处。”玄德曰：“将军若去，某罪大矣。劣弟冒犯，另日当令陪话。近邑小沛，乃备昔日屯兵之处。将军不嫌浅狭，权且歇马，如何？粮食军需，谨当应付。”吕布谢了玄德，自引军投小沛安身去了。玄德自去埋怨张飞不题。

却说曹操平了山东，表奏朝廷，加操为建德将军费亭侯。其时李傕自为大司马，郭汜自为大将军，横行无忌，朝廷无人敢言。太尉杨彪、大司农朱儁暗奏献帝曰：“今曹操拥兵二十余万，谋臣武将数十员，若得此人扶持社稷，剿除奸党，天下幸甚。”献帝泣曰：“朕被二贼欺凌久矣！若得诛之，诚为大幸！”彪奏曰：“臣有一计：先令二贼自相残害，然后诏曹操引兵杀之，扫清贼党，以安朝廷。”献帝曰：“计将安出？”彪曰：“闻郭汜之妻最妒，可令人于汜妻处用反间计，则二贼自相害矣。”

帝乃书密诏付杨彪。彪即暗使夫人以他事入郭汜府，乘间告汜妻曰：“闻郭将军与李司马夫人有染，其情甚密。倘司马知之，必遭其害。夫人宜绝其往来为妙。”汜妻讶曰：“怪见他经宿不归！却干出如此无耻之事！非夫人言，妾不知也。当慎防之。”彪妻告归，汜妻再三称谢而别。过了数日，郭汜又将往李傕府中饮宴。妻曰：“傕性不测，况今两雄不并立，倘彼酒后置毒，妾将奈何？”汜不肯听，妻再三劝住。至晚间，傕使人送酒筵至。汜妻乃暗置毒于中，方始献入，汜便欲食。妻曰：“食自外来，岂可便食？”乃先与犬试之，犬立死。自此汜心怀疑。一日朝罢，李傕力邀郭汜赴家饮宴。至夜席散，汜醉而归，偶然腹痛。妻曰：“必中其毒矣！”急令将粪汁灌之，一吐方定。

汜大怒曰：“吾与李傕共图大事，今无端欲谋害我，我不先发，必遭毒手。”遂密整本部甲兵，欲攻李傕。早有人报知傕。傕亦大怒曰：“郭阿多安敢如此！”遂点本部甲兵，来杀郭汜。两处合兵数万，就在长安城下混战,乘势掳掠居民。傕侄李暹引兵围住宫院,用车二乘,一乘载天子,一乘载伏皇后,使贾诩、左灵监押车驾;其余宫人内侍,并皆步走。拥出后宰门,正遇郭汜兵到,乱箭齐发,射死宫人不知其数。李傕随后掩杀,郭汜兵退,车驾冒险出城,不由分说,竟拥到李傕营中。郭汜领兵入宫,尽抢掳宫嫔采女入营,放火烧宫殿。次日,郭汜知李傕劫了天子,领军来营前厮杀。帝、后都受惊恐。后人有诗叹之曰:"光武中兴兴汉世,上下相承十二帝。桓灵无道宗社堕,阉臣擅权为叔季。无谋何进作三公,欲除社鼠招奸雄。豺獭虽驱虎狼入,西州逆竖生淫凶。王允赤心托红粉,致令董吕成矛盾。渠魁殄灭天下宁,谁知李郭心怀愤。神州荆棘争奈何,六宫饥馑愁干戈。人心既离天命去,英雄割据分山河。后王规此存兢业,莫把金瓯等闲缺。生灵糜烂肝脑涂,剩水残山多怨血。我观遗史不胜悲,今古茫茫叹黍离。人君当守苞桑戒,太阿谁执全纲维。"

却说郭汜兵到,李傕出营接战。汜军不利,暂且退去。傕乃移帝、后车驾于郿坞,使侄李暹监之,断绝内使,饮食不继,侍臣皆有饥色。帝令人问傕取米五斛,牛骨五具,以赐左右。傕怒曰:"朝夕上饭,何又他求?"乃以腐肉朽粮与之,皆臭不可食。帝骂曰:"逆贼直如此相欺!"侍中杨琦急奏曰:"傕性残暴。事势至此,陛下且忍之,不可撄其锋也。"帝乃低头无语,泪盈袍袖。

忽左右报曰:"有一路军马,枪刀映日,金鼓震天,前来救驾。"帝教打听是谁,乃郭汜也。帝心转忧。只闻坞外喊声大起。原来李傕引兵出迎郭汜,鞭指郭汜而骂曰:"我待你不薄,你如何谋害我!"汜曰:"尔乃反贼,如何不杀你!"傕曰:"我保驾在此,何为反贼?"汜曰:"此乃劫驾,何为保驾?"傕曰:"不必多言!我两个各不许用军士,只自并输赢。赢的便把皇帝取去罢了。"二人便就阵前厮杀。战到十合,不分胜负。只见杨彪拍马而来,大叫:"二位将军少歇!老夫特邀众官,来与二位讲和。"傕、汜乃各自还营。

杨彪与朱儁会合朝廷官僚六十余人,先诣郭汜营中劝和。郭汜竟将众官尽行监下。众官曰:"我等为好而来,何乃如此相待?"汜曰:"李傕劫天子,偏我劫不得公卿!"杨彪曰:"一劫天子,一劫公卿,意欲何为?”汜大怒,便拔剑欲杀彪。中郎将杨密力劝,汜乃放了杨彪、朱儁,其余都监在营中。彪谓儁曰:“为社稷之臣,不能匡君救主,空生天地间耳!”言讫,相抱而哭,昏绝于地。儁归家成病而死。自此之后,傕、汜每日厮杀,一连五十余日,死者不知其数。

却说李傕平日最喜左道妖邪之术,常使女巫击鼓降神于军中。贾诩屡谏不听。侍中杨琦密奏帝曰:“臣观贾诩虽为李傕腹心,然实未尝忘君,陛下当与谋之。”正说之间,贾诩来到。帝乃屏退左右,泣谕诩曰:“卿能怜汉朝,救朕命乎?”诩拜伏于地曰:“固臣所愿也。陛下且勿言,臣自图之。”帝收泪而谢。少顷,李傕来见,带剑而入。帝面如土色。傕谓帝曰:“郭汜不臣,监禁公卿,欲劫陛下。非臣则驾被掳矣。”帝拱手称谢,傕乃出。

时皇甫郦入见帝。帝知郦能言,又与李傕同乡,诏使往两边解和。郦奉诏,走至汜营说汜。汜曰:“如李傕送出天子,我便放出公卿。”郦即来见李傕曰:“今天子以某是西凉人,与公同乡,特令某来劝和二公。汜已奉诏,公意若何?”傕曰:“吾有败吕布之大功,辅政四年,多著勋绩,天下共知。郭阿多盗马贼耳,乃敢擅劫公卿,与我相抗,誓必诛之!君试观我方略士众,足胜郭阿多否?”郦答曰:“不然。昔有穷后羿恃其善射,不思患难,以致灭亡。近董太师之强,君所目见也。吕布受恩而反图之,斯须之间,头悬国门。则强固不足恃矣。将军身为上将,持钺仗节,子孙宗族,皆居显位,国恩不可谓不厚。今郭阿多劫公卿,而将军劫至尊,果谁轻谁重耶?”李傕大怒,拔剑叱曰:“天子使汝来辱我乎?我先斩汝头!”骑都尉杨奉谏曰:“今郭汜未除,而杀天使,则汜兴兵有名,诸侯皆助之矣。”贾诩亦力劝,傕怒少息。诩遂推皇甫郦出。郦大叫曰:“李傕不奉诏,欲弑君自立!”侍中胡邈急止之曰:“无出此言,恐于身不利。”郦叱之曰:“胡敬才!汝亦为朝廷之臣,如何附贼?君辱臣死,吾被李傕所杀,乃分也!”大骂不止。帝知之,急令皇甫郦回西凉。

却说李傕之军,大半是西凉人氏,更赖羌兵为助。却被皇甫郦扬言于西凉人曰:“李傕谋反,从之者即为贼党,后患不浅。”西凉人多有听郦之言,军心渐涣。傕闻郦言,大怒,差虎贲王昌追之。昌知郦乃忠义之士,竟不往追,只回报曰:"郦已不知何往矣。"贾诩又密谕羌人曰:"天子知汝等忠义,久战劳苦,密诏使汝还郡,后当有重赏。"羌人正怨李傕不与爵赏,遂听诩言,都引兵去。诩又密奏帝曰:"李傕贪而无谋,今兵散心怯,可以重爵饵之。"帝乃降诏,封傕为大司马。傕喜曰:"此女巫降神祈祷之力也!"遂重赏女巫,却不赏军将。骑都尉杨奉大怒,谓宋果曰:"吾等出生入死,身冒矢石,功反不及女巫耶!"宋果曰:"何不杀此贼,以救天子?"奉曰:"你于中军放火为号,吾当引兵外应。"二人约定是夜二更时分举事。不料其事不密,有人报知李傕。傕大怒,令人擒宋果先杀之。杨奉引兵在外,不见号火。李傕自将兵出,恰遇杨奉,就寨中混战到四更。奉不胜,引军投西安去了。李傕自此军势渐衰。更兼郭汜常来攻击,杀死者甚多。忽人来报:"张济统领大军,自陕西来到,欲与二公解和;声言如不从者,引兵击之。"傕便卖个人情,先遣人赴张济军中许和。郭汜亦只得许诺。张济上表,请天子驾幸弘农。帝喜曰:"朕思东都久矣。今乘此得还,乃万幸也!"诏封张济为骠骑将军。济进粮食酒肉,供给百官。汜放公卿出营。傕收拾车驾东行,遣旧有御林军数百,持戟护送。

銮舆过新丰,至霸陵,时值秋天,金风骤起。忽闻喊声大作,数百军兵来至桥上拦住车驾,厉声问曰:"来者何人?"侍中杨琦拍马上桥曰:"圣驾过此,谁敢拦阻?"有二将出曰:"吾等奉郭将军命,把守此桥,以防奸细。既云圣驾,须亲见帝,方可准信。"杨琦高揭珠帘。帝谕曰:"朕躬在此,卿何不退?"众将皆呼"万岁",分于两边,驾乃得过。二将回报郭汜曰:"驾已去矣。"汜曰:"我正欲哄过张济,劫驾再入郿坞,你如何擅自放了过去?"遂斩二将,起兵赶来。车驾正到华阴县,背后喊声震天,大叫:"车驾且休动!"帝泣告大臣曰:"方离狼窝,又逢虎口,如之奈何?"众皆失色。贼军渐近。只听得一派鼓声,山背后转出一将,当先一面大旗,上书"大汉杨奉"四字,引军千余杀来。

原来杨奉自为李傕所败,便引军屯终南山下;今闻驾至,特来保护。当下列开阵势。汜将崔勇出马,大骂杨奉"反贼"。奉大怒,回顾阵中曰："公明何在？"一将手执大斧，飞骤骅骝，直取崔勇。两马相交，只一合，斩崔勇于马下。杨奉乘势掩杀，汜军大败，退走二十余里。奉乃收军来见天子。帝慰谕曰："卿救朕躬，其功不小！"奉顿首拜谢。帝曰："适斩贼将者何人？"奉乃引此将拜于车下曰："此人河东杨郡人，姓徐，名晃，字公明。"帝慰劳之。杨奉保驾至华阴驻跸。将军段煨，具衣服饮膳上献。是夜，天子宿于杨奉营中。

郭汜败了一阵，次日又点军杀至营前来。徐晃当先出马，郭汜大军八面围来，将天子、杨奉困在垓心。正在危急之中，忽然东南上喊声大震，一将引军纵马杀来。贼众奔溃。徐晃乘势攻击，大败汜军。那人来见天子，乃国戚董承也。帝哭诉前事。承曰："陛下免忧。臣与杨将军誓斩二贼，以靖天下。"帝命早赴东都。连夜驾起，前幸弘农。

却说郭汜引败军回，撞着李傕，言："杨奉、董承救驾往弘农去了。若到山东，立脚得牢，必然布告天下，令诸侯共伐我等，三族不能保矣。"傕曰："今张济兵据长安，未可轻动。我和你乘间合兵一处，至弘农杀了汉君，平分天下，有何不可！"汜喜诺。二人合兵，于路劫掠，所过一空。杨奉、董承知贼兵远来，遂勒兵回，与贼大战于东涧。傕、汜二人商议："我众彼寡，只可以混战胜之。"于是李傕在左，郭汜在右，漫山遍野拥来。杨奉、董承两边死战，刚保帝、后车出；百官宫人，符册典籍，一应御用之物，尽皆抛弃。郭汜引军入弘农劫掠。承、奉保驾走陕北，傕、汜分兵赶来。

承、奉一面差人与傕、汜讲和，一面密传圣旨往河东，急召故白波帅韩暹、李乐、胡才三处军兵前来救应。那李乐亦是啸聚山林之贼，今不得已而召之。三处军闻天子赦罪赐官，如何不来；并拔本营军士，来与董承约会一齐，再取弘农。其时李傕、郭汜但到之处，劫掠百姓，老弱者杀之，强壮者充军；临敌则驱民兵在前，名曰"敢死军"，贼势浩大，李乐军到，会于渭阳。郭汜令军士将衣服物件抛弃于道。乐军见衣服满地，争往取之，队伍尽失。傕、汜二军，四面混战，乐军大败。杨奉、董承遮拦不住，保驾北走，背后贼军赶来。李乐曰："事急矣！请天子上马先行！"帝曰："朕不可舍百官而去。"众皆号泣相随。

胡才被乱军所杀。承、奉见贼追急，请天子弃车驾，步行到黄河岸边。李乐等寻得一只小舟作渡船。时值天气严寒，帝与后强扶到岸，边岸又高，不得下船，后面追兵将至。杨奉曰："可解马缰绳接连，拴缚帝腰，放下船去。"人丛中国舅伏德挟白绢十数匹至，曰："我于乱军中拾得此绢，可接连拽辇。"行军校尉尚弘用绢包帝及后，令众先挂帝往下放之，乃得下船。李乐仗剑立于船头上。后兄伏德，负后下船中。岸上有不得下船者，争扯船缆；李乐尽砍于水中。渡过帝、后，再放船渡众人。其争渡者，皆被砍下手指，哭声震天。

既渡彼岸，帝左右止剩得十余人。杨奉寻得牛车一辆，载帝至大阳。绝食，晚宿于瓦屋中，野老进粟饭，上与后共食，粗粝不能下咽。次日，诏封李乐为征北将军，韩暹为征东将军，起驾前行。有二大臣寻至，哭拜车前，乃太尉杨彪、太仆韩融也。帝、后俱哭。韩融曰："傕、汜二贼，颇信臣言；臣舍命去说二贼罢兵。陛下善保龙体。"韩融去了。李乐请帝入杨奉营暂歇。杨彪请帝都安邑县。驾至安邑，苦无高房，帝、后都居于茅屋中；又无门关闭，四边插荆棘以为屏蔽。帝与大臣议事于茅屋之下，诸将引兵于篱外镇压。李乐等专权，百官稍有触犯，竟于帝前殴骂；故意送浊酒粗食与帝，帝勉强纳之。李乐、韩暹又连名保奏无徒、部曲、巫医、走卒二百余名，并为校尉、御史等官。刻印不及，以锥画之，全不成体统。

却说韩融曲说傕、汜二贼，二贼从其言，乃放百官及宫人归。是岁大荒，百姓皆食枣菜，饿莩遍野。河内太守张杨献米肉，河东太守王邑献绢帛，帝稍得宁。董承、杨奉商议，一面差人修洛阳宫院，欲奉车驾还东都。李乐不从。董承谓李乐曰："洛阳本天子建都之地，安邑乃小地面，如何容得车驾？今奉驾还洛阳是正理。"李乐曰："汝等奉驾去，我只在此处住。"承、奉乃奉驾起程。李乐暗令人结连李傕、郭汜，一同劫驾。董承、杨奉、韩暹知其谋，连夜摆布军士，护送车驾前奔箕关。李乐闻知，不等傕、汜军到，自引本部人马前来追赶。四更左侧，赶到箕山下，大叫："车驾休行！李傕、郭汜在此！"吓得献帝心惊胆战。山上火光遍起。正是：前番两贼分为二，今番三贼合为一。不知汉天子怎离此难，且听下文分解。

第十四回 曹孟德移驾幸许都 吕奉先乘夜袭徐郡

却说李乐引军诈称李傕、郭汜，来追车驾，天子大惊。杨奉曰："此李乐也。"遂令徐晃出迎之。李乐亲自出战。两马相交，只一合，被徐晃一斧砍于马下，杀散余党，保护车驾过箕关。太守张杨具粟帛迎驾于轵道。帝封张杨为大司马。杨辞帝屯兵野王去了。

帝入洛阳，见宫室烧尽，街市荒芜，满目皆是蒿草，宫院中只有颓墙坏壁。命杨奉且盖小宫居住。百官朝贺，皆立于荆棘之中。诏改兴平为建安元年。是岁又大荒。洛阳居民，仅有数百家，无可为食，尽出城去剥树皮、掘草根食之。尚书郎以下，皆自出城樵采，多有死于颓墙坏壁之间者。汉末气运之衰，无甚于此。后人有诗叹之曰："血流芒砀白蛇亡，赤帜纵横游四方。秦鹿逐翻兴社稷，楚骓推倒立封疆。天子懦弱奸邪起，气色凋零盗贼狂。看到两京遭难处，铁人无泪也恓惶！"

太尉杨彪奏帝曰："前蒙降诏，未曾发遣。今曹操在山东，兵强将盛，可宣入朝，以辅王室。"帝曰："朕前既降诏，卿何必再奏，今即差人前去便了。"彪领旨，即差使命赴山东，宣召曹操。

却说曹操在山东，闻知车驾已还洛阳，聚谋士商议，荀彧进曰："昔晋文公纳周襄王，而诸侯服从；汉高祖为义帝发丧，而天下归心。今天子蒙尘，将军诚因此时首倡义兵，奉天子以从众望，不世之略也。若不早图，人将先我而为之矣。"曹操大喜。正要收拾起兵，忽报有天使赍诏宣召。操接诏，克日兴师。

却说帝在洛阳，百事未备，城郭崩倒，欲修未能。人报李傕、郭汜领兵将到。帝大惊，问杨奉曰："山东之使未回，李、郭之兵又至，为之奈何?"杨奉、韩暹曰："臣愿与贼决死战，以保陛下！"董承曰："城郭不坚，兵甲不多，战如不胜，当复如何？不若且奉驾往山东避之。"帝从其言，即日起驾望山东进发。百官无马，皆随驾步行。

出了洛阳,行无一箭之地,但见尘头蔽日,金鼓喧天,无限人马来到。帝、后战栗不能言。忽见一骑飞来,乃前差往山东之使命也,至车前拜启曰:"曹将军尽起山东之兵,应诏前来。闻李傕、郭汜犯洛阳,先差夏侯惇为先锋,引上将十员,精兵五万,前来保驾。"帝心方安。

少顷,夏侯惇引许褚、典韦等,至驾前面君,俱以军礼见。帝慰谕方毕,忽报正东又有一路军到。帝即命夏侯惇往探之,回奏曰:"乃曹操步军也。"须臾,曹洪、李典、乐进来见驾。通名毕,洪奏曰:"臣兄知贼兵至近,恐夏侯惇孤力难为,故又差臣等倍道而来协助。"帝曰:"曹将军真社稷臣也!"遂命护驾前行。探马来报:"李傕、郭汜领兵长驱而来。"帝令夏侯惇分两路迎之。惇乃与曹洪分为两翼,马军先出,步军后随,尽力攻击。傕、汜贼兵大败,斩首万余。于是请帝还洛阳故宫。夏侯惇屯兵于城外。

次日,曹操引大队人马到来。安营毕,入城见帝,拜于殿阶之下。帝赐平身,宣谕慰劳。操曰:"臣向蒙国恩,刻思图报。今傕、汜二贼,罪恶贯盈;臣有精兵二十余万,以顺讨逆,无不克捷。陛下善保龙体,以社稷为重。"帝乃封操领司隶校尉假节钺录尚书事。

却说李傕、郭汜知操远来,议欲速战。贾诩谏曰:"不可。操兵精将勇,不如降之,求免本身之罪。"傕怒曰:"尔敢灭吾锐气!"拔剑欲斩诩。众将劝免。是夜,贾诩单马走回乡里去了。次日,李傕军马来迎操兵。操先令许褚、曹仁、典韦领三百铁骑,于傕阵中冲突三遭,方才布阵。阵圆处,李傕侄李暹、李别出马阵前,未及开言,许褚飞马过去,一刀先斩李暹;李别吃了一惊,倒撞下马,褚亦斩之,双挽人头回阵。曹操抚许褚之背曰:"子真吾之樊哙也!"随令夏侯惇领兵左出、曹仁领兵右出,操自领中军冲阵。鼓响一声,三军齐进。贼兵抵敌不住,大败而走。操亲掣宝剑押阵,率众连夜追杀,剿戮极多,降者不计其数。傕、汜望西逃命,忙忙似丧家之狗;自知无处容身,只得往山中落草去了。曹操回兵,仍屯于洛阳城外。杨奉、韩暹两个商议:"今曹操成了大功,必掌重权,如何容得我等?"乃入奏天子,只以追杀傕、汜为名,引本部军屯于大梁去了。

帝一日命人至操营,宣操入宫议事。操闻天使至,请入相见,只见那人眉清目秀,精神充足。操暗想曰:"今东都大荒,官僚军民皆有饥色,此人何得独肥?"因问之曰:"公尊颜充腴,以何调理而至此?"对曰:"某无他法,只食淡三十年矣。"操乃颔之;又问曰:"君居何职?"对曰:"某举孝廉。原为袁绍、张杨从事。今闻天子还都,特来朝觐,官封正议郎。济阴定陶人,姓董,名昭,字公仁。"曹操避席曰:"闻名久矣!幸得于此相见。"遂置酒帐中相待,令与荀彧相会。忽人报曰:"一队军往东而去,不知何人。"操急令人探之。董昭曰:"此乃李傕旧将杨奉,与白波帅韩暹,因明公来此,故引兵欲投大梁去耳。"操曰:"莫非疑操乎?"昭曰:"此乃无谋之辈,明公何足虑也。"操又曰:"李、郭二贼此去若何?"昭曰:"虎无爪,鸟无翼,不久当为明公所擒,无足介意。"

操见昭言语投机,便问以朝廷大事。昭曰:"明公兴义兵以除暴乱,入朝辅佐天子,此五霸之功也。但诸将人殊意异,未必服从;今若留此,恐有不便。惟移驾幸许都为上策。然朝廷播越,新还京师,远近仰望,以冀一朝之安;今复徙驾,不厌众心。夫行非常之事,乃有非常之功,愿将军决计之。"操执昭手而笑曰:"此吾之本志也。但杨奉在大梁,大臣在朝,不有他变否?"昭曰:"易也。以书与杨奉,先安其心。明告大臣,以京师无粮,欲车驾幸许都,近鲁阳,转运粮食,庶无欠缺悬隔之忧。大臣闻之,当欣从也。"操大喜。昭谢别,操执其手曰:"凡操有所图,惟公教之。"昭称谢而去。

操由是日与众谋士密议迁都之事。时侍中太史令王立私谓宗正刘艾曰:"吾仰观天文,自去春太白犯镇星于斗牛,过天津,荧惑又逆行,与太白会于天关,金火交会,必有新天子出。吾观大汉气数将终,晋魏之地,必有兴者。"又密奏献帝曰:"天命有去就,五行不常盛。代火者土也。代汉而有天下者,当在魏。"操闻之,使人告立曰:"知公忠于朝廷,然天道深远,幸勿多言。"操以是告彧。彧曰:"汉以火德王,而明公乃土命也。许都属土,到彼必兴。火能生土,土能旺木:正合董昭、王立之言。他日必有兴者。"操意遂决。次日,入见帝,奏曰:"东都荒废久矣,不可修葺;更兼转运粮食艰辛。许都地近鲁阳,城郭宫室，钱粮民物，足可备用。臣敢请驾幸许都，惟陛下从之。”帝不敢不从；群臣皆惧操势，亦莫敢有异议。遂择日起驾。操引军护行，百官皆从。

行不到数程，前至一高陵。忽然喊声大举，杨奉、韩暹领兵拦路。徐晃当先，大叫：“曹操欲劫驾何往！”操出马视之，见徐晃威风凛凛，暗暗称奇；便令许褚出马与徐晃交锋。刀斧相交，战五十余合，不分胜败。操即鸣金收军，召谋士议曰：“杨奉、韩暹诚不足道；徐晃乃真良将也。吾不忍以力并之，当以计招之。”行军从事满宠曰：“主公勿虑。某向与徐晃有一面之交，今晚扮作小卒，偷入其营，以言说之，管教他倾心来降。”操欣然遣之。

是夜满宠扮作小卒，混入彼军队中，偷至徐晃帐前，只见晃秉烛被甲而坐。宠突至其前，揖曰：“故人别来无恙乎！”徐晃惊起，熟视之曰：“子非山阳满伯宁耶！何以至此？”宠曰：“某现为曹将军从事。今日于阵前得见故人，欲进一言，故特冒死而来。”晃乃延之坐，问其来意。宠曰：“公之勇略，世所罕有，奈何屈身于杨、韩之徒？曹将军当世英雄，其好贤礼士，天下所知也；今日阵前，见公之勇，十分敬爱，故不忍以健将决死战，特遣宠来奉邀。公何不弃暗投明，共成大业？”晃沈吟良久，乃喟然叹曰：“吾固知奉、暹非立业之人，奈从之久矣，不忍相舍。”宠曰：“岂不闻良禽择木而栖，贤臣择主而事。遇可事之主，而交臂失之，非丈夫也。”晃起谢曰：“愿从公言。”宠曰：“何不就杀奉、暹而去，以为进见之礼？”晃曰：“以臣弑主，大不义也。吾决不为。”宠曰：“公真义士也！”晃遂引帐下数十骑，连夜同满宠来投曹操。早有人报知杨奉。奉大怒，自引千骑来追，大叫：“徐晃反贼休走！”正追赶间，忽然一声炮响，山上山下，火把齐明，伏军四出，曹操亲自引军当先，大喝：“我在此等候多时。休教走脱！”杨奉大惊，急待回军，早被曹兵围住。恰好韩暹引兵来救，两军混战，杨奉走脱。曹操趁彼军乱，乘势攻击，两家军士大半多降。杨奉、韩暹势孤，引败兵投袁术去了。

曹操收军回营，满宠引徐晃入见。操大喜，厚待之。于是迎銮驾到许都，盖造宫室殿宇，立宗庙社稷、省台司院衙门，修城郭府库；封董承等十三人为列侯。赏功罚罪,并听曹操处置。操自封为大将军武平侯,以荀彧为侍中尚书令,荀攸为军师,郭嘉为司马祭酒,刘晔为司空仓曹掾,毛玠、任峻为典农中郎将,催督钱粮,程昱为东平相,范成、董昭为洛阳令,满宠为许都令,夏侯惇、夏侯渊、曹仁、曹洪皆为将军,吕虔、李典、乐进、于禁、徐晃皆为校尉,许褚、典韦皆为都尉;其余将士,各各封官。自此大权皆归于曹操:朝廷大务,先禀曹操,然后方奏天子。

操既定大事,乃设宴后堂,聚众谋士共议曰:"刘备屯兵徐州,自领州事;近吕布以兵败投之,备使居于小沛:若二人同心引兵来犯,乃心腹之患也。公等有何妙计可图之?"许褚曰:"愿借精兵五万,斩刘备、吕布之头,献于丞相。"荀彧曰:"将军勇则勇矣,不知用谋。今许都新定,未可造次用兵。彧有一计,名曰二虎竞食之计。今刘备虽领徐州,未得诏命。明公可奏请诏命实授备为徐州牧,因密与一书,教杀吕布。事成则备无猛士为辅,亦渐可图;事不成,则吕布必杀备矣:此乃二虎竞食之计也。"操从其言,即时奏请诏命,遣使赍往徐州,封刘备为征东将军宜城亭侯领徐州牧;并附密书一封。

却说刘玄德在徐州,闻帝幸许都,正欲上表庆贺。忽报天使至,出郭迎接入郡,拜受恩命毕,设宴管待来使。使曰:"君侯得此恩命,实曹将军于帝前保荐之力也。"玄德称谢。使者乃取出私书递与玄德。玄德看罢,曰:"此事尚容计议。"席散,安歇来使于馆驿。玄德连夜与众商议此事。张飞曰:"吕布本无义之人,杀之何碍!"玄德曰:"他势穷而来投我,我若杀之,亦是不义。"张飞曰:"好人难做!"玄德不从。次日,吕布来贺,玄德教请入见。布曰:"闻公受朝廷恩命,特来相贺。"玄德逊谢。只见张飞扯剑上厅,要杀吕布。玄德慌忙阻住。布大惊曰:"翼德何故只要杀我?"张飞叫曰:"曹操道你是无义之人,教我哥哥杀你!"玄德连声喝退。乃引吕布同入后堂,实告前因;就将曹操所送密书与吕布看。布看毕,泣曰:"此乃曹贼欲令我二人不和耳!"玄德曰:"兄勿忧,刘备誓不为此不义之事。"吕布再三拜谢。备留布饮酒,至晚方回。关、张曰:"兄长何故不杀吕布?"玄德曰:"此曹孟德恐我与吕布同谋伐之,故用此计,使我两人自相吞并,彼却于中取利。奈何为所使乎?”关公点头道是。张飞曰:“我只要杀此贼以绝后患!”玄德曰:“此非大丈夫之所为也。”

次日,玄德送使命回京,就拜表谢恩,并回书与曹操,只言容缓图之。使命回见曹操,言玄德不杀吕布之事。操问荀彧曰:“此计不成,奈何?”彧曰:“又有一计,名曰驱虎吞狼之计。”操曰:“其计如何?”彧曰:“可暗令人往袁术处通问,报说刘备上密表,要略南郡。术闻之,必怒而攻备;公乃明诏刘备讨袁术。两边相并,吕布必生异心:此驱虎吞狼之计也。”操大喜,先发人往袁术处;次假天子诏,发人往徐州。

却说玄德在徐州,闻使命至,出郭迎接;开读诏书,却是要起兵讨袁术。玄德领命,送使者先回。糜竺曰:“此又是曹操之计。”玄德曰:“虽是计,王命不可违也。”遂点军马,克日起程,孙乾曰:“可先定守城之人。”玄德曰:“二弟之中,谁人可守?”关公曰:“弟愿守此城。”玄德曰:“吾早晚欲与尔议事,岂可相离?”张飞曰:“小弟愿守此城。”玄德曰:“你守不得此城:你一者酒后刚强,鞭挞士卒;二者作事轻易,不从人谏。吾不放心。”张飞曰:“弟自今以后,不饮酒,不打军士,诸般听人劝谏便了。”糜竺曰:“只恐口不应心。”飞怒曰:“吾跟哥哥多年,未尝失信,你如何轻料我!”玄德曰:“弟言虽如此,吾终不放心。还请陈元龙辅,早晚令其少饮酒,勿致失事。”陈登应诺。玄德分付了当,乃统马步军三万,离徐州望南阳进发。

却说袁术闻说刘备上表,欲吞其州县,乃大怒曰:“汝乃织席编屦之夫,今辄占据大郡,与诸侯同列;吾正欲伐汝,汝却反欲图我!深为可恨!”乃使上将纪灵起兵十万,杀奔徐州。两军会于盱眙。玄德兵少,依山傍水下寨。那纪灵乃山东人,使一口三尖刀,重五十斤。是日引兵出阵,大骂:“刘备村夫,安敢侵吾境界!”玄德曰:“吾奉天子诏,以讨不臣。汝今敢来相拒,罪不容诛!”纪灵大怒,拍马舞刀,直取玄德。关公大喝曰:“匹夫休得逞强!”出马与纪灵大战。一连三十合,不分胜负。纪灵大叫少歇,关公便拨马回阵,立于阵前候之。纪灵却遣副将荀正出马。关公曰:“只教纪灵来,与他决个雌雄!”荀正曰:“汝乃无名下将,非纪将军对手!”关公大怒,直取荀正;交马一合,砍荀正于马下。玄德驱兵杀将过去,纪灵大败,退守淮阴河口,不敢交战;只教军士来偷营劫寨,皆被徐州兵杀败。两军相拒,不在话下。

却说张飞自送玄德起身后,一应杂事,俱付陈元龙管理;军机大务,自家参酌。一日,设宴请各官赴席。众人坐定,张飞开言曰:"我兄临去时,分付我少饮酒,恐致失事。众官今日尽此一醉,明日都各戒酒,帮我守城。今日却都要满饮。"言罢,起身与众官把盏。酒至曹豹面前。豹曰:"我从天戒,不饮酒。"飞曰:"厮杀汉如何不饮酒?我要你吃一盏。"豹惧怕,只得饮了一杯。张飞把遍各官,自斟巨觥,连饮了几十杯,不觉大醉,却又起身与众官把盏。酒至曹豹。豹曰:"某实不能饮矣。"飞曰:"你恰才吃了,如今为何推却?"豹再三不饮。飞醉后使酒,便发怒曰:"你违我将令该打一百!"便喝军士拿下。陈元龙曰:"玄德公临去时,分付你甚来?"飞曰:"你文官,只管文官事,休来管我!"曹豹无奈,只得告求曰:"翼德公,看我女婿之面,且恕我罢。"飞曰:"你女婿是谁?"豹曰:"吕布是也。"飞大怒曰:"我本不欲打你;你把吕布来唬我,我偏要打你!我打你,便是打吕布!"诸人劝不住。将曹豹鞭至五十,众人苦苦告饶,方止。

席散,曹豹回去,深恨张飞,连夜差人赍书一封,径投小沛见吕布,备说张飞无礼;且云:玄德已往淮南,今夜可乘飞醉,引兵来袭徐州,不可错此机会。吕布见书,便请陈宫来议。宫曰:"小沛原非久居之地。今徐州既有可乘之隙,失此不取,悔之晚矣。"布从之,随即披挂上马,领五百骑先行;使陈宫引大军继进,高顺亦随后进发。

小沛离徐州只四五十里,上马便到。吕布到城下时,恰才四更,月色澄清,城上更不知觉。布到城门边叫曰:"刘使君有机密使人至。"城上有曹豹军报知曹豹,豹上城看之,便令军士开门。吕布一声暗号,众军齐入,喊声大举。张飞正醉卧府中,左右急忙摇醒,报说:"吕布赚开城门,杀将进来了!"张飞大怒,慌忙披挂,绰了丈八蛇矛;才出府门上得马时,吕布军马已到,正与相迎。张飞此时酒犹未醒,不能力战。吕布素知飞勇,亦不敢相逼。十八骑燕将,保着张飞,杀出东门,玄德家眷在府中,都不及顾了。

却说曹豹见张飞只十数人护从，又欺他醉，遂引百十人赶来。飞见豹，大怒，拍马来迎。战了三合，曹豹败走，飞赶到河边，一枪正刺中曹豹后心，连人带马，死于河中。飞于城外招呼士卒，出城者尽随飞投淮南而去。吕布入城安抚居民，令军士一百人守把玄德宅门，诸人不许擅入。

却说张飞引数十骑，直到盱眙来见玄德，具说曹豹与吕布里应外合，夜袭徐州。众皆失色。玄德叹曰："得何足喜，失何足忧！"关公曰："嫂嫂安在？"飞曰："皆陷于城中矣。"玄德默然无语。关公顿足埋怨曰："你当初要守城时说甚来？兄长分付你甚来？今日城池又失了，嫂嫂又陷了，如何是好！"张飞闻言，惶恐无地，掣剑欲自刎。正是：举杯畅饮情何放，拔剑捐生悔已迟！不知性命如何，且听下文分解。

第十五回 太史慈酣斗小霸王 孙伯符大战严白虎

却说张飞拔剑要自刎，玄德向前抱住，夺剑掷地曰："古人云：'兄弟如手足，妻子如衣服。衣服破，尚可缝；手足断，安可续？'吾三人桃园结义，不求同生，但愿同死。今虽失了城池家小，安忍教兄弟中道而亡？况城池本非吾有；家眷虽被陷，吕布必不谋害，尚可设计救之。贤弟一时之误，何至遽欲捐生耶！"说罢大哭。关、张俱感泣。

且说袁术知吕布袭了徐州，星夜差人至吕布处，许以粮五万斛、马五万匹、金银一万两、彩缎一千匹，使夹攻刘备。布喜，令高顺领兵五万袭玄德之后。玄德闻得此信，乘阴雨撤兵，弃盱眙而走，思欲东取广陵。比及高顺军来，玄德已去。高顺与纪灵相见，就索所许之物。灵曰："公且回军，容某见主公计之。"高顺乃别纪灵回军，见吕布具述纪灵语。布正在迟疑，忽有袁术书至。书意云："高顺虽来，而刘备未除；且待捉了刘备，那时方以所许之物相送。"布怒骂袁术失信，欲起兵伐之。陈宫曰："不可。术据寿春，兵多粮广，不可轻敌。不如请玄德还屯小沛，使为我羽翼。他日令玄德为先锋，那时先取袁术，后取袁绍，可纵横天下矣。"布听其言，令人赍书迎玄德回。

却说玄德引兵东取广陵，被袁术劫寨，折兵大半。回来正遇吕布之使，呈上书札，玄德大喜。关、张曰："吕布乃无义之人，不可信也。"玄德曰："彼既以好情待我，奈何疑之！"遂来到徐州。布恐玄德疑惑，先令人送还家眷。甘、糜二夫人见玄德，具说吕布令兵把定宅门，禁诸人不得入；又常使侍妾送物，未尝有缺。玄德谓关、张曰："我知吕布必不害我家眷也。"乃入城谢吕布。张飞恨吕布，不肯随往，先奉二嫂往小沛去了。玄德入见吕布拜谢。吕布曰："我非欲夺城；因令弟张飞在此恃酒杀人，恐有失事，故来守之耳。"玄德曰："备欲让兄久矣。"布假意仍让玄德。玄德力辞，还屯小沛住扎。关、张心中不忿。玄德曰："屈身守分，以待天时，不可与命争也。"吕布令人送粮米缎匹。自此两家和好,不在话下。

却说袁术大宴将士于寿春。人报孙策征庐江太守陆康,得胜而回。术唤策至,策拜于堂下。问劳已毕,便令侍坐饮宴。原来孙策自父丧之后,退居江南,礼贤下士;后因陶谦与策母舅丹阳太守吴景不和,策乃移母并家属居于曲阿,自己却投袁术。术甚爱之,常叹曰:"使术有子如孙郎,死复何恨!"因使为怀义校尉,引兵攻泾县大帅祖郎得胜。术见策勇,复使攻陆康,今又得胜而回。

当日筵散,策归营寨。见术席间相待之礼甚傲,心中郁闷,乃步月于中庭。因思父孙坚如此英雄,我今沦落至此,不觉放声大哭。忽见一人自外而入,大笑曰:"伯符何故如此?尊父在日,多曾用我。君今有不决之事,何不问我,乃自哭耶!"策视之,乃丹阳故鄣人,姓朱,名治,字君理,孙坚旧从事官也。策收泪而延之坐曰:"策所哭者,恨不能继父之志耳。"治曰:"君何不告袁公路,借兵往江东,假名救吴景,实图大业,而乃久困于人之下乎?"正商议间,一人忽入曰:"公等所谋,吾已知之。吾手下有精壮百人,暂助伯符一马之力。"策视其人,乃袁术谋士,汝南细阳人,姓吕,名范,字子衡。策大喜,延坐共议。吕范曰:"只恐袁公路不肯借兵。"策曰:"吾有亡父留下传国玉玺,以为质当。"范曰:"公路欲得此久矣!以此相质,必肯发兵。"三人计议已定。次日,策入见袁术,哭拜曰:"父仇不能报,今母舅吴景,又为扬州刺史刘繇所逼;策老母家小,皆在曲阿,必将被害。策敢借雄兵数千,渡江救难省亲。恐明公不信,有亡父遗下玉玺,权为质当。"术闻有玉玺,取而视之,大喜曰:"吾非要你玉玺,今且权留在此。我借兵三千、马五百匹与你。平定之后,可速回来。你职位卑微,难掌大权。我表你为折冲校尉、殄寇将军,克日领兵便行。"策拜谢,遂引军马,带领朱治、吕范、旧将程普、黄盖、韩当等,择日起兵。

行至历阳,见一军到。当先一人,姿质风流,仪容秀丽,见了孙策,下马便拜。策视其人,乃庐江舒城人,姓周,名瑜,字公瑾。原来孙坚讨董卓之时,移家舒城,瑜与孙策同年,交情甚密,因结为昆仲。策长瑜两月,瑜以兄事策。瑜叔周尚,为丹阳太守;今往省亲,到此与策相遇。策见瑜大喜,诉以衷情。瑜曰:"某愿施犬马之力,共图大事。”策喜曰:“吾得公瑾,大事谐矣!”便令与朱治、吕范等相见。瑜谓策曰:“吾兄欲济大事,亦知江东有二张乎?”策曰:“何为二张?”瑜曰:“一人乃彭城张昭,字子布;一人乃广陵张纮,字子纲。二人皆有经天纬地之才,因避乱隐居于此。吾兄何不聘之?”策喜,即便令人赍礼往聘,俱辞不至。策乃亲到其家,与语大悦,力聘之,二人许允。策遂拜张昭为长史,兼抚军中郎将;张纮为参谋正议校尉:商议攻击刘繇。

却说刘繇字正礼,东莱牟平人也,亦是汉室宗亲,太尉刘宠之侄,兖州刺史刘岱之弟;旧为扬州刺史,屯于寿春,被袁术赶过江东,故来曲阿。当下闻孙策兵至,急聚众将商议。部将张英曰:“某领一军屯于牛渚,纵有百万之兵,亦不能近。”言未毕,帐下一人高叫曰:“某愿为前部先锋!”众视之,乃东莱黄县人太史慈也。慈自解了北海之围后,便来见刘繇。繇留于帐下。当日听得孙策来到,愿为前部先锋。繇曰:“你年尚轻,未可为大将,只在吾左右听命。”太史慈不喜而退。张英领兵至牛渚,积粮十万于邸阁。孙策引兵到,张英出迎,两军会于牛渚滩上。孙策出马,张英大骂,黄盖便出与张英战。不数合,忽然张英军中大乱,报说寨中有人放火。张英急回军。孙策引军前来,乘势掩杀。张英弃了牛渚,望深山而逃。原来那寨后放火的,乃是两员健将:一人乃九江寿春人,姓蒋,名钦,字公奕;一人乃九江下蔡人,姓周,名泰,字幼平。二人皆遭世乱,聚人在洋子江中,劫掠为生;久闻孙策为江东豪杰,能招贤纳士,故特引其党三百余人,前来相投。策大喜,用为军前校尉。收得牛渚邸阁粮食、军器,并降卒四千余人,遂进兵神亭。

却说张英败回见刘繇,繇怒欲斩之。谋士笮融、薛礼劝免,使屯兵零陵城拒敌。繇自领兵于神亭岭南下营,孙策于岭北下营。策问土人曰:“近山有汉光武庙否?”土人曰:“有庙在岭上。”策曰:“吾夜梦光武召我相见,当往祈之。”长史张昭曰:“不可。岭南乃刘繇寨,倘有伏兵,奈何?”策曰:“神人佑我,吾何惧焉!”遂披挂绰枪上马,引程普、黄盖、韩当、蒋钦、周泰等共十三骑,出寨上岭,到庙焚香。下马参拜已毕,策向前跪祝曰:“若孙策能于江东立业,复兴故父之基,即当重修庙宇，四时祭祀。”祝毕，出庙上马，回顾众将曰：“吾欲过岭，探看刘繇寨栅。”诸将皆以为不可。策不从，遂同上岭，南望村林。早有伏路小军飞报刘繇，繇曰：“此必是孙策诱敌之计，不可追之。”太史慈踊跃曰：“此时不捉孙策，更待何时！”遂不候刘繇将令，竟自披挂上马，绰枪出营，大叫曰：“有胆气者，都跟我来！”诸将不动。惟有一小将曰：“太史慈真猛将也！吾可助之！”拍马同行。众将皆笑。

却说孙策看了半晌，方始回马。正行过岭，只听得岭上叫：“孙策休走！”策回头视之，见两匹马飞下岭来。策将十三骑一齐摆开。策横枪立马于岭下待之。太史慈高叫曰：“那个是孙策？”策曰：“你是何人？”答曰：“我便是东莱太史慈也，特来捉孙策！”策笑曰：“只我便是。你两个一齐来并我一个，我不惧你！我若怕你，非孙伯符也！”慈曰：“你便众人都来，我亦不怕！”纵马横枪，直取孙策。策挺枪来迎。两马相交，战五十合，不分胜负。程普等暗暗称奇。慈见孙策枪法无半点儿渗漏，乃佯输诈败，引孙策赶来。慈却不由旧路上岭，竟转过山背后。策赶来，大喝曰：“走的不算好汉！”慈心中自忖：“这厮有十二从人，我只一个，便活捉了他，也吃众人夺去。再引一程，教这厮没寻处，方好下手。”于是且战且走。策那里肯舍，一直赶到平川之地。慈兜回马再战，又到五十合。策一枪搠去，慈闪过，挟住枪；慈也一枪搠去，策亦闪过，挟住枪。两个用力只一拖，都滚下马来。马不知走的那里去了。两个弃了枪，揪住厮打，战袍扯得粉碎。策手快，掣了太史慈背上的短戟，慈亦掣了策头上的兜鍪。策把戟来刺慈，慈把兜鍪遮架。忽然喊声后起，乃刘繇接应军到来，约有千余。策正慌急，程普等十二骑亦冲到。策与慈方才放手。慈于军中讨了一匹马，取了枪，上马复来。孙策的马却是程普收得，策亦取枪上马。刘繇一千余军，和程普等十二骑混战，逶迤杀到神亭岭下。喊声起处，周瑜领军来到。刘繇自引大军杀下岭来。时近黄昏，风雨暴至，两下各自收军。

次日，孙策引军到刘繇营前，刘繇引军出迎。两阵圆处，孙策把枪挑太史慈的小戟于阵前，令军士大叫曰：“太史慈若不是走的快，已被刺死了！”太史慈亦将孙策兜鍪挑于阵前，也令军士大叫曰：“孙策头已在此！”两军呐喊，这边夸胜，那边道强。太史慈出马，要与孙策决个胜负。策遂欲出。程普曰：“不须主公劳力，某自擒之。”程普出到阵前，太史慈曰：“你非我之敌手，只教孙策出马来！”程普大怒，挺枪直取太史慈。两马相交，战到三十合，刘繇急鸣金收军。太史慈曰：“我正要捉拿贼将，何故收军？”刘繇曰：“人报周瑜领军袭取曲阿，有庐江松滋人陈武，字子烈，接应周瑜入去。吾家基业已失，不可久留。速往秣陵，会薛礼、笮融军马，急来接应。”太史慈跟着刘繇退军，孙策不赶，收住人马。长史张昭曰：“彼军被周瑜袭取曲阿，无恋战之心，今夜正好劫营。”孙策然之。当夜分军五路，长驱大进。刘繇军兵大败，众皆四纷五落。太史慈独力难当，引十数骑连夜投泾县去了。

却说孙策又得陈武为辅，其人身长七尺，面黄睛赤，形容古怪。策甚敬爱之，拜为校尉，使作先锋，攻薛礼。武引十数骑突入阵去，斩首级五十余颗。薛礼闭门不敢出。策正攻城，忽有人报刘繇会合笮融去取牛渚。孙策大怒，自提大军竟奔牛渚。刘繇、笮融二人出马迎敌。孙策曰：“吾今到此，你如何不降？”刘繇背后一人挺枪出马，乃部将于糜也，与策战不三合，被策生擒过去，拨马回阵。繇将樊能，见捉了于糜，挺枪来赶。那枪刚搠到策后心，策阵上军士大叫：“背后有人暗算！”策回头，忽见樊能马到，乃大喝一声，声如巨雷。樊能惊骇，倒翻身撞下马来，破头而死。策到门旗下，将于糜丢下，已被挟死。一霎时挟死一将，喝死一将：自此人皆呼孙策为“小霸王”。

当日刘繇兵大败，人马大半降策。策斩首级万余。刘繇与笮融走豫章投刘表去了。孙策还兵复攻秣陵，亲到城壕边，招谕薛礼投降。城上暗放一冷箭，正中孙策左腿，翻身落马，众将急救起，还营拔箭，以金疮药傅之。策令军中诈称主将中箭身死。军中举哀，拔寨齐起。薛礼听知孙策已死，连夜起城内之军，与骁将张英、陈横杀出城来追之。忽然伏兵四起，孙策当先出马，高声大叫曰：“孙郎在此！”众军皆惊，尽弃枪刀，拜于地下。策令休杀一人。张英拨马回走，被陈武一枪刺死。陈横被蒋钦一箭射死。薛礼死于乱军中。策入秣陵，安辑居民；移兵至泾县来捉太史慈。

却说太史慈招得精壮二千余人,并所部兵,正要来与刘繇报仇。孙策与周瑜商议活捉太史慈之计。瑜令三面攻县,只留东门放走;离城二十五里,三路各伏一军,太史慈到那里,人困马乏,必然被擒。原来太史慈所招军大半是山野之民,不谙纪律。泾县城头,苦不甚高。当夜孙策命陈武短衣持刀,首先爬上城放火。太史慈见城上火起,上马投东门走,背后孙策引军赶来。太史慈正走,后军赶至三十里,却不赶了。太史慈走了五十里,人困马乏,芦苇之中,喊声忽起。慈急待走,两下里绊马索齐来,将马绊翻了,生擒太史慈,解投大寨。策知解到太史慈,亲自出营喝散士卒,自释其缚,将自己锦袍衣之,请入寨中,谓曰:"我知子义真丈夫也。刘繇蠢辈,不能用为大将,以致此败。"慈见策待之甚厚,遂请降。

策执慈手笑曰:"神亭相战之时,若公获我,还相害否?"慈笑曰:"未可知也。"策大笑,请入帐,邀之上坐,设宴款待。慈曰:"刘君新破,士卒离心。某欲自往收拾余众,以助明公。不识能相信否?"策起谢曰:"此诚策所愿也。今与公约:明日日中,望公来还。"慈应诺而去。诸将曰:"太史慈此去必不来矣。"策曰:"子义乃信义之士,必不背我。"众皆未信。次日,立竿于营门以候日影。恰将日中,太史慈引一千余众到寨。孙策大喜。众皆服策之知人。于是孙策聚数万之众,下江东,安民恤众,投者无数。江东之民,皆呼策为"孙郎"。但闻孙郎兵至,皆丧胆而走。及策军到,并不许一人掳掠,鸡犬不惊,人民皆悦,赍牛酒到寨劳军。策以金帛答之,欢声遍野。其刘繇旧军,愿从军者听从,不愿为军者给赏归农。江南之民,无不仰颂。由是兵势大盛。策乃迎母叔诸弟俱归曲阿,使弟孙权与周泰守宣城。策领兵南取吴郡。

时有严白虎,自称东吴德王,据吴郡,遣部将守住乌程、嘉兴。当日白虎闻策兵至,令弟严舆出兵,会于枫桥。舆横刀立马于桥上。有人报入中军,策便欲出。张纮谏曰:"夫主将乃三军之所系命,不宜轻敌小寇。愿将军自重。"策谢曰:"先生之言如金石;但恐不亲冒矢石,则将士不用命耳。"随遣韩当出马。比及韩当到桥上时,蒋钦、陈武早驾小舟从河岸边杀过桥里,乱箭射倒岸上军,二人飞身上岸砍杀。严舆退走。韩当引军直杀到阊门下,贼退入城里去了。

策分兵水陆并进,围住吴城。一困三日,无人出战。策引众军到阊门外招谕。城上一员裨将,左手托定护梁,右手指着城下大骂。太史慈就马上拈弓取箭,顾军将曰:"看我射中这厮左手!"说声未绝,弓弦响处,果然射个正中,把那将的左手射透,反牢钉在护梁上。城上城下人见者,无不喝采。众人救了这人下城。白虎大惊曰:"彼军有如此人,安能敌乎!"遂商量求和。次日,使严舆出城,来见孙策。策请舆入帐饮酒。酒酣,问舆曰:"令兄意欲如何?"舆曰:"欲与将军平分江东。"策大怒曰:"鼠辈安敢与吾相等!"命斩严舆。舆拔剑起身,策飞剑砍之,应手而倒,割下首级,令人送入城中。白虎料敌不过,弃城而走。

策进兵追袭,黄盖攻取嘉兴,太史慈攻取乌程,数州皆平。白虎奔余杭,于路劫掠,被土人凌操领乡人杀败,望会稽而走。凌操父子二人来接孙策,策使为从征校尉,遂同引兵渡江。严白虎聚寇,分布于西津渡口。程普与战,复大败之,连夜赶到会稽。

会稽太守王朗,欲引兵救白虎。忽一人出曰:"不可。孙策用仁义之师,白虎乃暴虐之众,还宜擒白虎以献孙策。"朗视之,乃会稽余姚人,姓虞,名翻,字仲翔,现为郡吏。朗怒叱之,翻长叹而出。

朗遂引兵会合白虎,同陈兵于山阴之野。两阵对圆,孙策出马,谓王朗曰:"吾兴仁义之兵,来安浙江,汝何故助贼!"朗骂曰:"汝贪心不足!既得吴郡,而又强并吾界!今日特与严氏雪仇!"孙策大怒,正待交战,太史慈早出。王朗拍马舞刀,与慈战不数合,朗将周昕,杀出助战;孙策阵中黄盖,飞马接住周昕交锋。两下鼓声大震,互相鏖战。忽王朗阵后先乱,一彪军从背后抄来。朗大惊,急回马来迎:原来是周瑜与程普引军刺斜杀来,前后夹攻。王朗寡不敌众,与白虎、周昕杀条血路,走入城中,拽起吊桥,坚闭城门。孙策大军乘势赶到城下,分布众军,四门攻打。

王朗在城中见孙策攻城甚急,欲再出兵决一死战。严白虎曰:"孙策兵势甚大,足下只宜深沟高垒,坚壁勿出。不消一月,彼军粮尽,自然退走。那时乘虚掩之,可不战而破也。"朗依其议,乃固守会稽城而不出。孙策一连攻了数日，不能成功，乃与众将计议。孙静曰："王朗负固守城，难可卒拔。会稽钱粮，大半屯于查渎；其地离此数十里，莫若以兵先据其内：所谓攻其无备，出其不意也。"策大喜曰："叔父妙用，足破贼人矣！"即下令于各门燃火，虚张旗号，设为疑兵，连夜撤围南去。周瑜进曰："主公大兵一起，王朗必然出城来赶，可用奇兵胜之。"策曰："吾今准备下了，取城只在今夜。"遂令军马起行。

却说王朗闻报孙策军马退去，自引众人来敌楼上观望；见城下烟火并起，旌旗不杂，心下迟疑。周昕曰："孙策走矣，特设此计以疑我耳。可出兵袭之。"严白虎曰："孙策此去，莫非要去查渎？我令部兵与周将军追之。"朗曰："查渎是我屯粮之所，正须提防。汝引兵先行，吾随后接应。"白虎与周昕领五千兵出城追赶。将近初更，离城二十余里，忽密林里一声鼓响，火把齐明。白虎大惊，便勒马回走。一将当先拦住，火光中视之，乃孙策也。周昕舞刀来迎，被策一枪刺死。余众皆降。白虎杀条血路，望余杭而走。王朗听知前军已败，不敢入城，引部下奔逃海隅去了。孙策复回大军，乘势取了城池，安定人民。不隔一日，只见一人将着严白虎首级来孙策军前投献。策视其人，身长八尺，面方口阔。问其姓名，乃会稽余姚人，姓董，名袭，字元代。策喜，命为别部司马。自是东路皆平，令叔孙静守之，令朱治为吴郡太守，收军回江东。

却说孙权与周泰守宣城，忽山贼窃发，四面杀至。时值更深，不及抵敌，泰抱权上马。数十贼众，用刀来砍。泰赤体步行，提刀杀贼，砍杀十余人。随后一贼跃马挺枪直取周泰，被泰扯住枪，拖下马来，夺了枪马，杀条血路，救出孙权。余贼远遁。周泰身被十二枪，金疮发胀，命在须臾。策闻之大惊。帐下董袭曰："某曾与海寇相持，身遭数枪，得会稽一个贤郡吏虞翻荐一医者，半月而愈。"策曰："虞翻莫非虞仲翔乎？"袭曰："然。"策曰："此贤士也，我当用之。"乃令张昭与董袭同往聘请虞翻。翻至，策优礼相待，拜为功曹，因言及求医之意。翻曰："此人乃沛国谯郡人，姓华，名佗，字元化。真当世之神医也。当引之来见。"不一日引至。策见其人，童颜鹤发，飘然有出世之姿。乃待为上宾,请视周泰疮,佗曰:“此易事耳。”投之以药,一月而愈。策大喜,厚谢华佗。遂进兵杀除山贼。江南皆平。孙策分拨将士,守把各处隘口,一面写表申奏朝廷;一面结交曹操,一面使人致书与袁术取玉玺。

却说袁术暗有称帝之心,乃回书推托不还;急聚长史杨大将,都督张勋、纪灵、桥蕤,上将雷薄、陈兰等三十余人商议,曰:“孙策借我军马起事,今日尽得江东地面;乃不思报本,而反来索玺,殊为无礼。当以何策图之?”长史杨大将曰:“孙策据长江之险,兵精粮广,未可图也。今当先伐刘备,以报前日无故相攻之恨,然后图取孙策未迟。某献一计,使备即日就擒。”正是:不去江东图虎豹,却来徐郡斗蛟龙。不知其计若何,且听下文分解。

第十六回　吕奉先射戟辕门　曹孟德败师淯水

却说杨大将献计欲攻刘备。袁术曰："计将安出？"大将曰："刘备屯军小沛，虽然易取，奈吕布虎踞徐州，前次许他金帛粮马，至今未与，恐其助备；今当令人送与粮食，以结其心，使其按兵不动，则刘备可擒。先擒刘备，后图吕布，徐州可得也。"术喜，便具粟二十万斛，令韩胤赍密书往见吕布。吕布甚喜，重待韩胤。胤回告袁术，术遂遣纪灵为大将，雷薄、陈兰为副将，统兵数万，进攻小沛。玄德闻知此信，聚众商议。张飞要出战。孙乾曰："今小沛粮寡兵微，如何抵敌？可修书告急于吕布。"张飞曰："那厮如何肯来？"玄德曰："乾之言善。"遂修书与吕布。书略曰："伏自将军垂念，令备于小沛容身，实拜云天之德。今袁术欲报私仇，遣纪灵领兵到县，亡在旦夕，非将军莫能救。望驱一旅之师，以救倒悬之急，不胜幸甚！"

吕布看了书，与陈宫计议曰："前者袁术送粮致书，盖欲使我不救玄德也。今玄德又来求救。吾想玄德屯军小沛，未必遂能为我害；若袁术并了玄德，则北连泰山诸将以图我，我不能安枕矣：不若救玄德。"遂点兵起程。

却说纪灵起兵长驱大进，已到沛县东南，扎下营寨。昼列旌旗，遮映山川；夜设火鼓，震明天地。玄德县中，止有五千余人，也只得勉强出县，布阵安营。忽报吕布引兵离县一里、西南上扎下营寨。纪灵知吕布领兵来救刘备，急令人致书于吕布，责其无信。布笑曰："我有一计，使袁、刘两家都不怨我。"乃发使往纪灵、刘备寨中，请二人饮宴。玄德闻布相请，即便欲往。关、张曰："兄长不可去。吕布必有异心。"玄德曰："我待彼不薄，彼必不害我。"遂上马而行。关、张随往，到吕布寨中，入见。布曰："吾今特解公之危。异日得志，不可相忘！"玄德称谢。布请玄德坐。关、张按剑立于背后。人报纪灵到，玄德大惊，欲避之。布曰："吾特请你二人来会议，勿得生疑。"玄德未知其意,心下不安。

纪灵下马入寨,却见玄德在帐上坐,大惊,抽身便回。左右留之不住。吕布向前一把扯回,如提童稚。灵曰:“将军欲杀纪灵耶?”布曰:“非也。”灵曰:“莫非杀大耳儿乎?”布曰:“亦非也。”灵曰:“然则为何?”布曰:“玄德与布乃兄弟也,今为将军所困,故来救之。”灵曰:“若此则杀灵也?”布曰:“无有此理。布平生不好斗,惟好解斗。吾今为两家解之。”灵曰:“请问解之之法?”布曰:“我有一法,从天所决。”乃拉灵入帐与玄德相见。二人各怀疑忌。布乃居中坐,使灵居左,备居右,且教设宴行酒。

酒行数巡,布曰:“你两家看我面上,俱各罢兵。”玄德无语。灵曰:“吾奉主公之命,提十万之兵,专捉刘备,如何罢得?”张飞大怒,拔剑在手。叱曰:“吾虽兵少,觑汝辈如儿戏耳!你比百万黄巾何如?你敢伤我哥哥!”关公急止之曰:“且看吕将军如何主意,那时各回营寨厮杀未迟。”吕布曰:“我请你两家解斗,须不教你厮杀!”这边纪灵不忿,那边张飞只要厮杀。布大怒,教左右:“取我戟来。”布提画戟在手,纪灵、玄德尽皆失色。布曰:“我劝你两家不要厮杀,尽在天命。”令左右接过画戟,去辕门外远远插定。乃回顾纪灵、玄德曰:“辕门离中军一百五十步,吾若一箭射中戟小枝,你两家罢兵;如射不中,你各自回营,安排厮杀。有不从吾言者,并力拒之。”纪灵私忖:“戟在一百五十步之外,安能便中?且落得应允。待其不中,那时凭我厮杀。”便一口许诺。玄德自无不允。布都教坐,再各饮一杯酒。酒毕,布教取弓箭来。玄德暗祝曰:“只愿他射得中便好!”只见吕布挽起袍袖,搭上箭,扯满弓,叫一声:“着!”正是:弓开如秋月行天,箭去似流星落地,一箭正中画戟小枝。帐上帐下将校,齐声喝采。后人有诗赞之曰:“温侯神射世间稀,曾向辕门独解危。落日果然欺后羿,号猿直欲胜由基。虎筋弦响弓开处,雕羽翅飞箭到时。豹子尾摇穿画戟,雄兵十万脱征衣。”

当下吕布射中画戟小枝,呵呵大笑,掷弓于地,执纪灵、玄德之手曰:“此天令你两家罢兵也!”喝教军士:“斟酒来!”各饮一大觥。玄德暗称惭愧。纪灵默然半晌,告布曰:“将军之言,不敢不听;奈纪灵回去，主人如何肯信？"布曰："吾自作书复之便了。"酒又数巡，纪灵求书先回。布谓玄德曰："非我则公危矣。"玄德拜谢，与关、张回。次日，三处军马都散。

不说玄德入小沛，吕布归徐州。却说纪灵回淮南见袁术，说吕布辕门射戟解和之事，呈上书信。袁术大怒曰："吕布受吾许多粮米，反以此儿戏之事，偏护刘备。吾当自提重兵，亲征刘备，兼讨吕布！"纪灵曰："主公不可造次。吕布勇力过人，兼有徐州之地；若布与备首尾相连，不易图也。灵闻布妻严氏有一女，年已及笄。主公有一子，可令人求亲于布，布若嫁女于主公，必杀刘备：此乃疏不间亲之计也。"袁术从之，即日遣韩胤为媒，赍礼物往徐州求亲。

胤到徐州见布，称说："主公仰慕将军，欲求令爱为儿妇，永结秦晋之好。"布入谋于妻严氏。原来吕布有二妻一妾：先娶严氏为正妻，后娶貂蝉为妾；及居小沛时，又娶曹豹之女为次妻。曹氏先亡无出，貂蝉亦无所出，惟严氏生一女，布最钟爱。当下严氏对布曰："吾闻袁公路久镇淮南，兵多粮广，早晚将为天子。若成大事，则吾女有后妃之望。只不知他有几子？"布曰："止有一子。"妻曰："既如此，即当许之。纵不为皇后，吾徐州亦无忧矣。"布意遂决，厚款韩胤，许了亲事。韩胤回报袁术。术即备聘礼，仍令韩胤送至徐州。吕布受了，设席相待，留于馆驿安歇。

次日，陈宫竟往馆驿内拜望韩胤。讲礼毕，坐定。宫乃叱退左右，对胤曰："谁献此计，教袁公与奉先联姻？意在取刘玄德之头乎？"胤失惊，起谢曰："乞公台勿泄！"宫曰："吾自不泄，只恐其事若迟，必被他人识破，事将中变。"胤曰："然则奈何？愿公教之。"宫曰："吾见奉先，使其即日送女就亲，何如？"胤大喜，称谢曰："若如此，袁公感佩明德不浅矣！"宫遂辞别韩胤，入见吕布曰："闻公女许嫁袁公路，甚善。但不知于何日结亲？"布曰："尚容徐议。"宫曰："古者自受聘成婚之期，各有定例：天子一年，诸侯半年，大夫一季，庶民一月。"布曰："袁公路天赐国宝，早晚当为帝，今从天子例，可乎？"宫曰："不可。"布曰："然则仍从诸侯例？"宫曰："亦不可。"布曰："然则将从卿大夫例矣？"宫曰："亦不可。"布笑曰："公岂欲吾依庶民例耶？"宫曰：

“非也。”布曰：“然则公意欲如何？”宫曰：“方今天下诸侯，互相争雄；今公与袁公路结亲，诸侯保无有嫉妒者乎？若复远择吉期，或竟乘我良辰，伏兵半路以夺之，如之奈何？为今之计：不许便休；既已许之，当趁诸侯未知之时，即便送女到寿春，另居别馆，然后择吉成亲，万无一失也。”布喜曰：“公台之言甚当。”遂入告严氏。连夜具办妆奁，收拾宝马香车，令宋宪、魏续一同韩胤送女前去。鼓乐喧天，送出城外。

时陈元龙之父陈珪，养老在家，闻鼓乐之声，遂问左右。左右告以故。珪曰：“此乃疏不间亲之计也。玄德危矣。”遂扶病来见吕布。布曰：“大夫何来？”珪曰：“闻将军死至，特来吊丧。”布惊曰：“何出此言？”珪曰：“前者袁公路以金帛送公，欲杀刘玄德，而公以射戟解之；今忽来求亲，其意盖欲以公女为质，随后就来攻玄德而取小沛。小沛亡，徐州危矣。且彼或来借粮，或来借兵：公若应之，是疲于奔命，而又结怨于人；若其不允，是弃亲而启兵端也。况闻袁术有称帝之意，是造反也。彼若造反，则公乃反贼亲属矣，得无为天下所不容乎？”布大惊曰：“陈宫误我！”急命张辽引兵，追赶至三十里之外，将女抢归；连韩胤都拿回监禁，不放归去。却令人回复袁术，只说女儿妆奁未备，俟备毕便自送来。陈珪又说吕布，使解韩胤赴许都。布犹豫未决。

忽人报：“玄德在小沛招军买马，不知何意。”布曰：“此为将者本分事，何足为怪。”正话间，宋宪、魏续至，告布曰：“我二人奉明公之命，往山东买马，买得好马三百余匹；回至沛县界首，被强寇劫去一半。打听得是刘备之弟张飞，诈妆山贼，抢劫马匹去了。”吕布听了大怒，随即点兵往小沛来斗张飞。玄德闻知大惊，慌忙领兵出迎。两阵圆处，玄德出马曰：“兄长何故领兵到此？”布指骂曰：“我辕门射戟，救你大难，你何故夺我马匹？”玄德曰：“备因缺马，令人四下收买，安敢夺兄马匹。”布曰：“你便使张飞夺了我好马一百五十匹，尚自抵赖！”张飞挺枪出马曰：“是我夺了你好马！你今待怎么？”布骂曰：“环眼贼！你累次渺视我！”飞曰：“我夺你马你便恼，你夺我哥哥的徐州便不说了！”布挺戟出马来战张飞，飞亦挺枪来迎。两个酣战一百余合，未见胜负。玄德恐有疏失，急鸣金收军入城。吕布分军四面围定。玄德唤张飞责之曰:“都是你夺他马匹,惹起事端!如今马匹在何处?”飞曰:“都寄在各寺院内。”玄德随令人出城,至吕布营中,说情愿送还马匹,两相罢兵。布欲从之。陈宫曰:“今不杀刘备,久后必为所害。”布听之,不从所请,攻城愈急。玄德与糜竺、孙乾商议。孙乾曰:“曹操所恨者,吕布也。不若弃城走许都,投奔曹操,借军破布,此为上策。”玄德曰:“谁可当先破围而出?”飞曰:“小弟情愿死战!”玄德令飞在前,云长在后;自居于中,保护老小。当夜三更,乘着月明,出北门而走。正遇宋宪、魏续,被翼德一阵杀退,得出重围。后面张辽赶来,关公敌住。吕布见玄德去了,也不来赶,随即入城安民,令高顺守小沛,自己仍回徐州去了。

却说玄德前奔许都,到城外下寨,先使孙乾来见曹操,言被吕布追逼,特来相投。操曰:“玄德与吾,兄弟也。”便请入城相见。次日,玄德留关、张在城外,自带孙乾、糜竺入见操。操待以上宾之礼。玄德备诉吕布之事,操曰:“布乃无义之辈,吾与贤弟并力诛之。”玄德称谢。操设宴相待,至晚送出。荀彧入见曰:“刘备,英雄也。今不早图,后必为患。”操不答。彧出,郭嘉入。操曰:“荀彧劝我杀玄德,当如何?”嘉曰:“不可。主公兴义兵,为百姓除暴,惟仗信义以招俊杰,犹惧其不来也;今玄德素有英雄之名,以困穷而来投,若杀之,是害贤也。天下智谋之士,闻而自疑,将裹足不前,主公谁与定天下乎?夫除一人之患,以阻四海之望:安危之机不可不察。”操大喜曰:“君言正合吾心。”次日,即表荐刘备领豫州牧。程昱谏曰:“刘备终不为人之下,不如早图之。”操曰:“方今正用英雄之时,不可杀一人而失天下之心。此郭奉孝与吾有同见也。”遂不听昱言,以兵三千、粮万斛送与玄德,使往豫州到任。进兵屯小沛,招集原散之兵,攻吕布。玄德至豫州,令人约会曹操。

操正欲起兵,自往征吕布,忽流星马报说张济自关中引兵攻南阳,为流矢所中而死;济侄张绣统其众,用贾诩为谋士,结连刘表,屯兵宛城,欲兴兵犯阙夺驾。操大怒,欲兴兵讨之,又恐吕布来侵许都,乃问计于荀彧。彧曰:“此易事耳。吕布无谋之辈,见利必喜;明公可遣使往徐州,加官赐赏,令与玄德解和。布喜,则不思远图矣。”操曰:“善。”遂差奉军都尉王则,赍官诰并和解书,往徐州去讫。一面起兵十五万,亲讨张绣。分军三路而行,以夏侯惇为先锋。军马至淯水下寨。贾诩劝张绣曰:“操兵势大,不可与敌,不如举众投降。”张绣从之,使贾诩至操寨通款。操见诩应对如流,甚爱之,欲用为谋士。诩曰:“某昔从李傕,得罪天下;今从张绣,言听计从,不忍弃之。”乃辞去。次日引绣来见操,操待之甚厚。引兵入宛城屯扎,余军分屯城外,寨栅联络十余里。一住数日,绣每日设宴请操。

一日操醉,退入寝所,私问左右曰:“此城中有妓女否?”操之兄子曹安民,知操意,乃密对曰:“昨晚小侄窥见馆舍之侧,有一妇人,生得十分美丽,问之,即绣叔张济之妻也。”操闻言,便令安民领五十甲兵往取之。须臾,取到军中。操见之,果然美丽。问其姓,妇答曰:“妾乃张济之妻邹氏也。”操曰:“夫人识吾否?”邹氏曰:“久闻丞相威名,今夕幸得瞻拜。”操曰:“吾为夫人故,特纳张绣之降;不然灭族矣。”邹氏拜曰:“实感再生之恩。”操曰:“今日得见夫人,乃天幸也。今宵愿同枕席,随吾还都,安享富贵,何如?”邹氏拜谢。是夜,共宿于帐中。邹氏曰:“久住城中,绣必生疑,亦恐外人议论。”操曰:“明日同夫人去寨中住。”次日,移于城外安歇,唤典韦就中军帐房外宿卫。他人非奉呼唤,不许辄入。因此,内外不通。操每日与邹氏取乐,不想归期。

张绣家人密报绣。绣怒曰:“操贼辱我太甚!”便请贾诩商议。诩曰:“此事不可泄漏。来日等操出帐议事,如此如此。”次日,操坐帐中,张绣入告曰:“新降兵多有逃亡者,乞移屯中军。”操许之,绣乃移屯其军。分为四寨,刻期举事。因畏典韦勇猛,急切难近,乃与偏将胡车儿商议。那胡车儿力能负五百斤,日行七百里,亦异人也。当下献计于绣曰:“典韦之可畏者,双铁戟耳。主公明日可请他来吃酒,使尽醉而归。那时某便混入他跟来军士数内,偷入帐房,先盗其戟,此人不足畏矣。”绣甚喜,预先准备弓箭、甲兵,告示各寨。至期,令贾诩致意请典韦到寨,殷勤待酒。至晚醉归,胡车儿杂在众人队里,直入大寨。

是夜曹操于帐中与邹氏饮酒,忽听帐外人言马嘶。操使人观之。

回报是张绣军夜巡，操乃不疑。时近二更，忽闻寨内呐喊，报说草车上火起。操曰："军人失火，勿得惊动。"须臾，四下里火起。操始着忙，急唤典韦。韦方醉卧，睡梦中听得金鼓喊杀之声，便跳起身来，却寻不见了双戟。时敌兵已到辕门，韦急掣步卒腰刀在手。只见门首无数军马，各挺长枪，抢入寨来。韦奋力向前，砍死二十余人。马军方退，步军又到，两边枪如苇列。韦身无片甲，上下被数十枪，兀自死战。刀砍缺不堪用，韦即弃刀，双手提着两个军人迎敌，击死者八九人，群贼不敢近，只远远以箭射之，箭如骤雨。韦犹死拒寨门。争奈寨后贼军已入，韦背上又中一枪，乃大叫数声，血流满地而死。死了半晌，还无一人敢从前门而入者。

却说曹操赖典韦当住寨门，乃得从寨后上马逃奔，只有曹安民步随。操右臂中了一箭，马亦中了三箭。亏得那马是大宛良马，熬得痛，走得快。刚刚走到淯水河边，贼兵追至，安民被砍为肉泥。操急骤马冲波过河，才上得岸，贼兵一箭射来，正中马眼，那马扑地倒了。操长子曹昂，即以己所乘之马奉操。操上马急奔。曹昂却被乱箭射死。操乃走脱。路逢诸将，收集残兵。

时夏侯惇所领青州之兵，乘势下乡，劫掠民家；平虏校尉于禁，即将本部军于路剿杀，安抚乡民。青州兵走回，迎操泣拜于地，言于禁造反，赶杀青州军马。操大惊。须臾，夏侯惇、许褚、李典、乐进都到。操言于禁造反，可整兵迎之。却说于禁见操等俱到，乃引军射住阵角，凿堑安营。或告之曰："青州军言将军造反，今丞相已到，何不分辩，乃先立营寨耶？"于禁曰："今贼追兵在后，不时即至；若不先准备，何以拒敌？分辩小事，退敌大事。"

安营方毕，张绣军两路杀至。于禁身先出寨迎敌。绣急退兵。左右诸将，见于禁向前，各引兵击之，绣军大败，追杀百余里。绣势穷力孤，引败兵投刘表去了。曹操收军点将，于禁入见，备言青州之兵，肆行劫掠，大失民望，某故杀之。操曰："不告我，先下寨，何也？"禁以前言对。操曰："将军在匆忙之中，能整兵坚垒，任谤任劳，使反败为胜，虽古之名将，何以加兹！"乃赐以金器一副，封益寿亭侯；责夏侯惇治兵不严之过。又设祭祭典韦，操亲自哭而奠之，顾谓诸将曰：

"吾折长子、爱侄,俱无深痛;独号泣典韦也!"众皆感叹。次日下令班师。

不说曹操还兵许都。且说王则赍诏至徐州,布迎接入府,开读诏书:封布为平东将军,特赐印绶。又出操私书,王则在吕布面前极道曹公相敬之意。布大喜。忽报袁术遣人至,布唤入问之。使言:"袁公早晚即皇帝位,立东宫,催取皇妃早到淮南。"布大怒曰:"反贼焉敢如此!"遂杀来使,将韩胤用枷钉了,遣陈登赍谢表,解韩胤一同王则上许都来谢恩。且答书于操,欲求实授徐州牧。操知布绝婚袁术,大喜,遂斩韩胤于市曹。

陈登密谏操曰:"吕布,豺狼也,勇而无谋,轻于去就,宜早图之。"操曰:"吾素知吕布狼子野心,诚难久养。非公父子莫能究其情,公当与吾谋之。"登曰:"丞相若有举动,某当为内应。"操喜,表赠陈珪秩中二千石,登为广陵太守。登辞回,操执登手曰:"东方之事,便以相付。"登点头允诺。回徐州见吕布,布问之,登言:"父赠禄,某为太守。"布大怒曰:"汝不为吾求徐州牧,而乃自求爵禄!汝父教我协同曹公,绝婚公路,今吾所求,终无一获;而汝父子俱各显贵,吾为汝父子所卖耳!"遂拔剑欲斩之。登大笑曰:"将军何其不明之甚也!"布曰:"吾何不明?"登曰:"吾见曹公,言养将军譬如养虎,当饱其肉,不饱则将噬人。曹公笑曰:'不如卿言。吾待温侯,如养鹰耳:狐兔未息,不敢先饱,饥则为用,饱则飏去。'某问谁为狐兔,曹公曰:'淮南袁术、江东孙策、冀州袁绍、荆襄刘表、益州刘璋、汉中张鲁,皆狐兔也。'"布掷剑笑曰:"曹公知我也!"正说话间,忽报袁术军取徐州。吕布闻言失惊。正是:秦晋未谐吴越斗,婚姻惹出甲兵来。毕竟后事如何,且听下文分解。

第十七回 袁公路大起七军 曹孟德会合三将

却说袁术在淮南,地广粮多,又有孙策所质玉玺,遂思僭称帝号;大会群下议曰:“昔汉高祖不过泗上一亭长,而有天下;今历年四百,气数已尽,海内鼎沸。吾家四世三公,百姓所归;吾欲应天顺人,正位九五。尔众人以为何如?”主簿阎象曰:“不可。昔周后稷积德累功,至于文王,三分天下有其二,犹以服事殷。明公家世虽贵,未若有周之盛;汉室虽微,未若殷纣之暴也。此事决不可行。”术怒曰:“吾袁姓出于陈。陈乃大舜之后。以土承火,正应其运。又谶云:代汉者,当涂高也。吾字公路,正应其谶。又有传国玉玺。若不为君,背天道也。吾意已决,多言者斩!”遂建号仲氏,立台省等官,乘龙凤辇,祀南北郊,立冯方女为后,立子为东宫。因命使催取吕布之女为东宫妃,却闻布已将韩胤解赴许都,为曹操所斩,乃大怒;遂拜张勋为大将军,统领大军二十余万,分七路征徐州:第一路大将张勋居中,第二路上将桥蕤居左,第三路上将陈纪居右,第四路副将雷薄居左,第五路副将陈兰居右,第六路降将韩暹居左,第七路降将杨奉居右。各领部下健将,克日起行。命兖州刺史金尚为太尉,监运七路钱粮。尚不从,术杀之。以纪灵为七路都救应使。术自引军三万,使李丰、梁刚、乐就为催进使,接应七路之兵。

吕布使人探听得张勋一军从大路径取徐州,桥蕤一军取小沛,陈纪一军取沂都,雷薄一军取琅琊,陈兰一军取碣石,韩暹一军取下邳,杨奉一军取浚山:七路军马,日行五十里,于路劫掠将来。乃急召众谋士商议,陈宫与陈珪父子俱至。陈宫曰:“徐州之祸,乃陈珪父子所招,媚朝廷以求爵禄,今日移祸于将军。可斩二人之头献袁术,其军自退。”布听其言,即命擒下陈珪、陈登。陈登大笑曰:“何如是之懦也?吾观七路之兵,如七堆腐草,何足介意!”布曰:“汝若有计破敌,免汝死罪。”陈登曰:“将军若用老夫之言,徐州可保无虞。”布曰:

“试言之。”登曰：“术兵虽众，皆乌合之师，素不亲信；我以正兵守之，出奇兵胜之，无不成功。更有一计，不止保安徐州，并可生擒袁术。”布曰：“计将安出？”登曰：“韩暹、杨奉乃汉旧臣，因惧曹操而走，无家可依，暂归袁术；术必轻之，彼亦不乐为术用。若凭尺书结为内应，更连刘备为外合，必擒袁术矣。”布曰：“汝须亲到韩暹、杨奉处下书。”陈登允诺。

布乃发表上许都，并致书与豫州，然后令陈登引数骑，先于下邳道上候韩暹。暹引兵至，下寨毕，登入见。暹问曰：“汝乃吕布之人，来此何干？”登笑曰：“某为大汉公卿，何谓吕布之人？若将军者，向为汉臣，今乃为叛贼之臣，使昔日关中保驾之功，化为乌有，窃为将军不取也。且袁术性最多疑，将军后必为其所害。今不早图，悔之无及！”暹叹曰：“吾欲归汉，恨无门耳。”登乃出布书。暹览书毕曰：“吾已知之。公先回。吾与杨将军反戈击之。但看火起为号，温侯以兵相应可也。”登辞暹，急回报吕布。

布乃分兵五路，高顺引一军进小沛，敌桥蕤；陈宫引一军进沂都，敌陈纪；张辽、臧霸引一军出琅琊，敌雷薄；宋宪、魏续引一军出碣石，敌陈兰；吕布自引一军出大道，敌张勋。各领军一万，余者守城。吕布出城三十里下寨。张勋军到，料敌吕布不过，且退二十里屯住，待四下兵接应。

是夜二更时分，韩暹、杨奉分兵到处放火，接应吕家军入寨。勋军大乱。吕布乘势掩杀，张勋败走。吕布赶到天明，正撞纪灵接应。两军相迎，恰待交锋，韩暹、杨奉两路杀来。纪灵大败而走，吕布引兵追杀。山背后一彪军到，门旗开处，只见一队军马，打龙凤日月旗幡，四斗五方旌帜，金瓜银斧，黄钺白旄，黄罗销金伞盖之下，袁术身披金甲，腕悬两刀，立于阵前，大骂：“吕布，背主家奴！”布怒，挺戟向前。术将李丰挺枪来迎；战不三合，被布刺伤其手，丰弃枪而走。吕布麾兵冲杀，术军大乱。吕布引军从后追赶，抢夺马匹衣甲无数。袁术引着败军，走不上数里，山背后一彪军出，截住去路。当先一将乃关云长也，大叫：“反贼！还不受死！”袁术慌走，余众四散奔逃，被云长大杀了一阵。袁术收拾败军，奔回淮南去了。

吕布得胜,邀请云长并杨奉、韩暹等一行人马到徐州,大排筵宴管待,军士都有犒赏。次日,云长辞归。布保韩暹为沂都牧、杨奉为琅琊牧,商议欲留二人在徐州。陈珪曰:"不可。韩、杨二人据山东,不出一年,则山东城郭皆属将军也。"布然之,遂送二将暂于沂都、琅琊二处屯扎,以候恩命。陈登私问父曰:"何不留二人在徐州,为杀吕布之根?"珪曰:"倘二人协助吕布,是反为虎添爪牙也。"登乃服父之高见。

却说袁术败回淮南,遣人往江东问孙策借兵报仇。策怒曰:"汝赖吾玉玺,僭称帝号,背反汉室,大逆不道! 吾方欲加兵问罪,岂肯反助叛贼乎!"遂作书以绝之。使者赍书回见袁术。术看毕,怒曰:"黄口孺子,何敢乃尔! 吾先伐之!"长史杨大将力谏方止。

却说孙策自发书后,防袁术兵来,点军守住江口。忽曹操使至,拜策为会稽太守,令起兵征讨袁术。策乃商议,便欲起兵。长史张昭曰:"术虽新败,兵多粮足,未可轻敌。不如遗书曹操,劝他南征,吾为后应:两军相援,术军必败。万一有失,亦望操救援。"策从其言,遣使以此意达曹操。

却说曹操至许都,思慕典韦,立祀祭之;封其子典满为中郎,收养在府。忽报孙策遣使致书,操览书毕;又有人报袁术乏粮,劫掠陈留。欲乘虚攻之,遂兴兵南征。令曹仁守许都,其余皆从征:马步兵十七万,粮食辎重千余车。一面先发人会合孙策与刘备、吕布。兵至豫州界上,玄德早引兵来迎,操命请入营。相见毕,玄德献上首级二颗。操惊曰:"此是何人首级?"玄德曰:"此韩暹、杨奉之首级也。"操曰:"何以得之?"玄德曰:"吕布令二人权住沂都、琅琊两县。不意二人纵兵掠民,人人嗟怨。因此备乃设一宴,诈请议事。饮酒间,掷盏为号,使关、张二弟杀之,尽降其众。今特来请罪。"操曰:"君为国家除害,正是大功,何言罪也?"遂厚劳玄德,合兵到徐州界。吕布出迎,操善言抚慰,封为左将军,许于还都之时,换给印绶。布大喜。操即分吕布一军在左,玄德一军在右,自统大军居中,令夏侯惇、于禁为先锋。

袁术知操兵至,令大将桥蕤引兵五万作先锋。两军会于寿春界口。桥蕤当先出马，与夏侯惇战不三合，被夏侯惇搠死。术军大败，奔走回城。忽报孙策发船攻江边西面，吕布引兵攻东面，刘备、关、张引兵攻南面，操自引兵十七万攻北面。术大惊，急聚众文武商议。杨大将曰："寿春水旱连年，人皆缺食；今又动兵扰民，民既生怨，兵至难以拒敌。不如留军在寿春，不必与战；待彼兵粮尽，必然生变。陛下且统御林军渡淮，一者就熟，二者暂避其锐。"术用其言，留李丰、乐就、梁刚、陈纪四人分兵十万，坚守寿春；其余将卒并库藏金玉宝贝，尽数收拾过淮去了。

却说曹兵十七万，日费粮食浩大，诸郡又荒旱，接济不及。操催军速战，李丰等闭门不出。操军相拒月余，粮食将尽，致书于孙策，借得粮米十万斛，不敷支散。管粮官任峻部下仓官王垕入禀操曰："兵多粮少，当如之何？"操曰："可将小斛散之，权且救一时之急。"垕曰："兵士倘怨，如何？"操曰："吾自有策。"垕依命，以小斛分散。操暗使人各寨探听，无不嗟怨，皆言丞相欺众。操乃密召王垕入曰："吾欲问汝借一物，以压众心，汝必勿吝。"垕曰："丞相欲用何物？"操曰："欲借汝头以示众耳。"垕大惊曰："某实无罪！"操曰："吾亦知汝无罪，但不杀汝，军必变矣。汝死后，汝妻子吾自养之，汝勿虑也。"垕再欲言时，操早呼刀斧手推出门外，一刀斩讫，悬头高竿，出榜晓示曰："王垕故行小斛，盗窃官粮，谨按军法。"于是众怨始解。

次日，操传令各营将领："如三日内不并力破城，皆斩！"操亲自至城下，督诸军搬土运石，填壕塞堑，城上矢石如雨，有两员裨将畏避而回，操掣剑亲斩于城下，遂自下马接土填坑。于是大小将士无不向前，军威大振。城上抵敌不住。曹兵争先上城，斩关落锁，大队拥入。李丰、陈纪、乐就、梁刚都被生擒，操令皆斩于市。焚烧伪造宫室殿宇、一应犯禁之物；寿春城中，收掠一空。商议欲进兵渡淮，追赶袁术。荀彧谏曰："年来荒旱，粮食艰难，若更进兵，劳军损民，未必有利。不若暂回许都，待来春麦熟，军粮足备，方可图之。"操踌躇未决。忽报马到，报说："张绣依托刘表，复肆猖獗，南阳、江陵诸县复反；曹洪拒敌不住，连输数阵，今特来告急。"操乃驰书与孙策，令其跨江布阵，以为刘表疑兵，使不敢妄动；自己即日班师，别议征张绣之事。临行,令玄德仍屯兵小沛,与吕布结为兄弟,互相救助,再无相侵。吕布领兵自回徐州。操密谓玄德曰:“吾令汝屯兵小沛,是掘坑待虎之计也。公但与陈珪父子商议,勿致有失。某当为公外援。”话毕而别。

却说曹操引军回许都,人报段煨杀了李傕,伍习杀了郭汜,将头来献。段煨并将李傕合族老小二百余口活解入许都。操令分于各门处斩,传首号令,人民称快。天子升殿,会集文武,作太平筵宴。封段煨为荡寇将军、伍习为殄虏将军,各引兵镇守长安。二人谢恩而去。操即奏张绣作乱,当兴兵伐之。天子乃亲排銮驾,送操出师。时建安三年夏四月也。

操留荀彧在许都,调遣兵将,自统大军进发。行军之次,见一路麦已熟;民因兵至,逃避在外,不敢刈麦。操使人远近遍谕村人父老,及各处守境官吏曰:“吾奉天子明诏,出兵讨逆,与民除害。方今麦熟之时,不得已而起兵,大小将校,凡过麦田,但有践踏者,并皆斩首。军法甚严,尔民勿得惊疑。”百姓闻谕,无不欢喜称颂,望尘遮道而拜。官军经过麦田,皆下马以手扶麦,递相传送而过,并不敢践踏。操乘马正行,忽田中惊起一鸠。那马眼生,窜入麦中,践坏了一大块麦田。操随呼行军主簿,拟议自己践麦之罪。主簿曰:“丞相岂可议罪?”操曰:“吾自制法,吾自犯之,何以服众?”即掣所佩之剑欲自刎。众急救住。郭嘉曰:“古者《春秋》之义:法不加于尊。丞相总统大军,岂可自戕?”操沉吟良久,乃曰:“既《春秋》有法不加于尊之义,吾姑免死。”乃以剑割自己之发,掷于地曰:“割发权代首。”使人以发传示三军曰:“丞相践麦,本当斩首号令,今割发以代。”于是三军悚然,无不懔遵军令。后人有诗论之曰:“十万貔貅十万心,一人号令众难禁。拔刀割发权为首,方见曹瞒诈术深。”

却说张绣知操引兵来,急发书报刘表,使为后应;一面与雷叙、张先二将领兵出城迎敌。两阵对圆,张绣出马,指操骂曰:“汝乃假仁义无廉耻之人,与禽兽何异!”操大怒,令许褚出马。绣令张先接战。只三合,许褚斩张先于马下,绣军大败。操引军赶至南阳城下。绣入城,闭门不出。操围城攻打,见城壕甚阔,水势又深,急难近城。乃令军士运土填壕;又用土布袋并柴薪草把相杂,于城边作梯凳;又立云梯窥望城中;操自骑马绕城观之,如此三日。传令教军士于西门角上,堆积柴薪,会集诸将,就那里上城。城中贾诩见如此光景,便谓张绣曰:“某已知曹操之意矣。今可将计就计而行。”正是:强中自有强中手,用诈还逢识诈人。不知其计若何,且听下文分解。

第十八回　贾文和料敌决胜　夏侯惇拔矢啖睛

却说贾诩料知曹操之意，便欲将计就计而行，乃谓张绣曰："某在城上见曹操绕城而观者三日。他见城东南角砖土之色，新旧不等，鹿角多半毁坏，意将从此处攻进，却虚去西北上积草，诈为声势，欲哄我撤兵守西北，彼乘夜黑必爬东南角而进也。"绣曰："然则奈何？"诩曰："此易事耳。来日可令精壮之兵，饱食轻装，尽藏于东南房屋内，却教百姓假扮军士，虚守西北。夜间任他在东南角上爬城。俟其爬进城时，一声炮响，伏兵齐起，操可擒矣。"绣喜，从其计。

早有探马报曹操，说张绣尽撤兵在西北角上，呐喊守城，东南却甚空虚。操曰："中吾计矣！"遂命军中密备锹镢爬城器具。日间只引军攻西北角。至二更时分，却领精兵于东南角上爬过壕去，砍开鹿角。城中全无动静，众军一齐拥入。只听得一声炮响，伏兵四起。曹军急退，背后张绣亲驱勇壮杀来。曹军大败，退出城外，奔走数十里。张绣直杀至天明方收军入城。曹操计点败军，折兵五万余人，失去辎重无数。吕虔、于禁俱各被伤。

却说贾诩见操败走，急劝张绣遗书刘表，使起兵截其后路。表得书，即欲起兵。忽探马报孙策屯兵湖口。蒯良曰："策屯兵湖口，乃曹操之计也。今操新败，若不乘势击之，后必有患。"表乃令黄祖坚守隘口，自己统兵至安众县截操后路；一面约会张绣。绣知表兵已起，即同贾诩引兵袭操。

且说操军缓缓而行，至襄城，到淯水，操忽于马上放声大哭。众惊问其故，操曰："吾思去年于此地折了吾大将典韦，不由不哭耳！"因即下令屯住军马，大设祭筵，吊奠典韦亡魂。操亲自拈香哭拜，三军无不感叹。祭典韦毕，方祭侄曹安民及长子曹昂，并祭阵亡军士；连那匹射死的大宛马，也都致祭。

次日，忽荀彧差人报说："刘表助张绣屯兵安众，截吾归路。"操答彧书曰："吾日行数里，非不知贼来追我；然吾计划已定，若到安众，破绣必矣。君等勿疑。"便催军行至安众县界。刘表军已守险要，张绣随后引军赶来。操乃令众军黑夜凿险开道，暗伏奇兵。及天色微明，刘表、张绣军会合，见操兵少，疑操遁去，俱引兵入险击之。操纵奇兵出，大破两家之兵。曹兵出了安众隘口，于隘外下寨。刘表、张绣各整败兵相见。表曰："何期反中曹操奸计！"绣曰："容再图之。"于是两军集于安众。

且说荀彧探知袁绍欲兴兵犯许都，星夜驰书报曹操。操得书心慌，即日回兵。细作报知张绣，绣欲追之。贾诩曰："不可追也，追之必败。"刘表曰："今日不追，坐失机会矣。"力劝绣引军万余同往追之。约行十余里，赶上曹军后队。曹军奋力接战，绣、表两军大败而还。绣谓诩曰："不用公言，果有此败。"诩曰："今可整兵再往追之。"绣与表俱曰："今已败，奈何复追？"诩曰："今番追去，必获大胜；如其不然，请斩吾首。"绣信之。刘表疑虑，不肯同往。绣乃自引一军往追。操兵果然大败，军马辎重，连路散弃而走。绣正往前追赶，忽山后一彪军拥出。绣不敢前追，收军回安众。刘表问贾诩曰："前以精兵追退兵，而公曰必败；后以败卒击胜兵，而公曰必克：究竟悉如公言。何其事不同而皆验也？愿公明教我。"诩曰："此易知耳。将军虽善用兵，非曹操敌手。操军虽败，必有劲将为后殿，以防追兵；我兵虽锐，不能敌之也：故知必败。夫操之急于退兵者，必因许都有事；既破我追军之后，必轻车速回，不复为备；我乘其不备而更追之：故能胜也。"刘表、张绣俱服其高见。诩劝表回荆州，绣守襄城，以为唇齿。两军各散。

且说曹操正行间，闻报后军为绣所追，急引众将回身救应，只见绣军已退。败兵回告操曰："若非山后这一路人马阻住中路，我等皆被擒矣。"操急问何人。那人绰枪下马，拜见曹操，乃镇威中郎将，江夏平春人，姓李，名通，字文达。操问何来。通曰："近守汝南，闻丞相与张绣、刘表战，特来接应。"操喜，封之为建功侯，守汝南西界，以防表、绣。李通拜谢而去。操还许都，表奏孙策有功，封为讨逆将军，赐爵吴侯，遣使赍诏江东，谕令防剿刘表。

操回府,众官参见毕,荀彧问曰:“丞相缓行至安众,何以知必胜贼兵?”操曰:“彼退无归路,必将死战,吾缓诱之而暗图之,是以知其必胜也。”荀彧拜服。郭嘉入,操曰:“公来何暮也?”嘉袖出一书,白操曰:“袁绍使人致书丞相,言欲出兵攻公孙瓒,特来借粮借兵。”操曰:“吾闻绍欲图许都,今见吾归,又别生他议。”遂拆书观之。见其词意骄慢,乃问嘉曰:“袁绍如此无状,吾欲讨之,恨力不及,如何?”嘉曰:“刘、项之不敌,公所知也。高祖惟智胜,项羽虽强,终为所擒。今绍有十败,公有十胜,绍兵虽盛,不足惧也:绍繁礼多仪,公体任自然,此道胜也;绍以逆动,公以顺率,此义胜也;桓、灵以来,政失于宽,绍以宽济,公以猛纠,此治胜也;绍外宽内忌,所任多亲戚,公外简内明,用人惟才,此度胜也;绍多谋少决,公得策辄行,此谋胜也;绍专收名誉,公以至诚待人,此德胜也;绍恤近忽远,公虑无不周,此仁胜也;绍听谗惑乱,公浸润不行,此明胜也;绍是非混淆,公法度严明,此文胜也;绍好为虚势,不知兵要,公以少克众,用兵如神,此武胜也。公有此十胜,于以败绍无难矣。”操笑曰:“如公所言,孤何足以当之!”荀彧曰:“郭奉孝十胜十败之说,正与愚见相合。绍兵虽众,何足惧耶!”嘉曰:“徐州吕布,实心腹大患。今绍北征公孙瓒,我当乘其远出,先取吕布,扫除东南,然后图绍,乃为上计;否则我方攻绍,布必乘虚来犯许都,为害不浅也。”操然其言,遂议东征吕布。荀彧曰:“可先使人往约刘备,待其回报,方可动兵。”操从之,一面发书与玄德,一面厚遣绍使,奏封绍为大将军、太尉,兼都督冀、青、幽、并四州,密书答之云:“公可讨公孙瓒。吾当相助。”绍得书大喜,便进兵攻公孙瓒。

且说吕布在徐州,每当宾客宴会之际,陈珪父子必盛称布德。陈宫不悦,乘间告布曰:“陈珪父子面谀将军,其心不可测,宜善防之。”布怒叱曰:“汝无端献谗,欲害好人耶?”宫出叹曰:“忠言不入,吾辈必受殃矣!”意欲弃布他往,却又不忍;又恐被人嗤笑。乃终日闷闷不乐。一日,带领数骑去小沛地面围猎解闷,忽见官道上一骑驿马,飞奔前去。宫疑之,弃了围场,引从骑从小路赶上,问曰:“汝是何处使命?”那使者知是吕布部下人,慌不能答。陈宫令搜其身,得玄德回答曹操密书一封。宫即连人与书,拿见吕布。布问其故。来使曰:“曹丞相差我往刘豫州处下书,今得回书,不知书中所言何事。”布乃拆书细看。书略曰:“奉明命欲图吕布,敢不夙夜用心。但备兵微将少,不敢轻动。丞相兴大师,备当为前驱。谨严兵整甲,专待钧命。”

吕布见了,大骂曰:“操贼焉敢如此!”遂将使者斩首。先使陈宫、臧霸结连泰山寇孙观、吴敦、尹礼、昌豨,东取山东兖州诸郡。令高顺、张辽取沛城,攻玄德。令宋宪、魏续西取汝、颍。布自总中军为三路救应。

且说高顺等引兵出徐州,将至小沛,有人报知玄德。玄德急与众商议。孙乾曰:“可速告急于曹操。”玄德曰:“谁可去许都告急?”阶下一人出曰:“某愿往。”视之,乃玄德同乡人,姓简,名雍,字宪和,现为玄德幕宾。玄德即修书付简雍,使星夜赴许都求援;一面整顿守城器具。玄德自守南门,孙乾守北门,云长守西门,张飞守东门,令糜竺与其弟糜芳守护中军。原来糜竺有一妹,嫁与玄德为次妻。玄德与他兄弟有郎舅之亲,故令其守中军保护妻小。高顺军至,玄德在敌楼上问曰:“吾与奉先无隙,何故引兵至此?”顺曰:“你结连曹操,欲害吾主,今事已露,何不就缚!”言讫,便麾军攻城。玄德闭门不出。次日,张辽引兵攻打西门。云长在城上谓之曰:“公仪表非俗,何故失身于贼?”张辽低头不语。云长知此人有忠义之气,更不以恶言相加,亦不出战。辽引兵退至东门,张飞便出迎战。早有人报知关公。关公急来东门看时,只见张飞方出城,张辽军已退。飞欲追赶,关公急召入城。飞曰:“彼惧而退,何不追之?”关公曰:“此人武艺不在你我之下。因我以正言感之,颇有自悔之心,故不与我等战耳。”飞乃悟,只令士卒坚守城门,更不出战。

却说简雍至许都见曹操,具言前事。操即聚众谋士议曰:“吾欲攻吕布,不忧袁绍掣肘,只恐刘表、张绣议其后耳。”荀攸曰:“二人新破,未敢轻动。吕布骁勇,若更结连袁术,纵横淮、泗,急难图矣。”郭嘉曰:“今可乘其初叛,众心未附,疾往击之。”操从其言。即命夏侯惇与夏侯渊、吕虔、李典领兵五万先行,自统大军陆续进发,简雍随行。早有探马报知高顺。顺飞报吕布。布先令侯成、郝萌、曹性引二百余骑接应高顺,使离沛城三十里去迎曹军,自引大军随后接应。玄德在小沛城中见高顺退去,知是曹家兵至,乃只留孙乾守城,糜竺、糜芳守家,自己却与关、张二公,提兵尽出城外,分头下寨,接应曹军。

却说夏侯惇引军前进,正与高顺军相遇,便挺枪出马搦战。高顺迎敌。两马相交,战有四五十合,高顺抵敌不住,败下阵来。惇纵马追赶,顺绕阵而走。惇不舍,亦绕阵追之。阵上曹性看见,暗地拈弓搭箭,觑得亲切,一箭射去,正中夏侯惇左目。惇大叫一声,急用手拔箭,不想连眼珠拔出,乃大呼曰:“父精母血,不可弃也!”遂纳于口内啖之,仍复挺枪纵马,直取曹性。性不及提防,早被一枪搠透面门,死于马下。两边军士见者,无不骇然。夏侯惇既杀曹性,纵马便回。高顺从背后赶来,麾军齐上,曹兵大败。夏侯渊救护其兄而走。吕虔、李典将败军退去济北下寨。高顺得胜,引军回击玄德。恰好吕布大军亦至,布与张辽、高顺分兵三路,来攻玄德、关、张三寨。正是:啖睛猛将虽能战,中箭先锋难久持。未知玄德胜负如何,且听下文分解。

第十九回　下邳城曹操鏖兵　白门楼吕布殒命

却说高顺引张辽击关公寨，吕布自击张飞寨，关、张各出迎战，玄德引兵两路接应。吕布分军从背后杀来，关、张两军皆溃，玄德引数十骑奔回沛城。吕布赶来，玄德急唤城上军士放下吊桥。吕布随后也到。城上欲待放箭，又恐射了玄德。被吕布乘势杀入城门，把门将士，抵敌不住，都四散奔避。吕布招军入城。玄德见势已急，到家不及，只得弃了妻小，穿城而过，走过西门，匹马逃难，吕布赶到玄德家中，糜竺出迎，告布曰："吾闻大丈夫不废人之妻子。今与将军争天下者，曹公耳。玄德常念辕门射戟之恩，不敢背将军也。今不得已而投曹公，惟将军怜之。"布曰："吾与玄德旧交，岂忍害他妻子。"便令糜竺引玄德妻小，去徐州安置。布自引军投山东兖州境上，留高顺、张辽守小沛。此时孙乾已逃出城外。关、张二人亦各自收得些人马，往山中住扎。

且说玄德匹马逃难，正行间，背后一人赶至，视之乃孙乾也。玄德曰："吾今两弟不知存亡，妻小失散，为之奈何？"孙乾曰："不若且投曹操，以图后计。"玄德依言，寻小路投许都。途次绝粮，尝往村中求食。但到处，闻刘豫州，皆争进饮食。一日，到一家投宿，其家一少年出拜，问其姓名，乃猎户刘安也。当下刘安闻豫州牧至，欲寻野味供食，一时不能得，乃杀其妻以食之。玄德曰："此何肉也？"安曰："乃狼肉也。"玄德不疑，乃饱食了一顿，天晚就宿。至晓将去，往后院取马，忽见一妇人杀于厨下，臂上肉已都割去。玄德惊问，方知昨夜食者，乃其妻之肉也。玄德不胜伤感，洒泪上马。刘安告玄德曰："本欲相随使君，因老母在堂，未敢远行。"玄德称谢而别，取路出梁城。忽见尘头蔽日，一彪大军来到。玄德知是曹操之军，同孙乾径至中军旗下，与曹操相见，具说失沛城、散二弟、陷妻小之事。操亦为之下泪。又说刘安杀妻为食之事，操乃令孙乾以金百两往赐之。

军行至济北,夏侯渊等迎接入寨,备言兄夏侯惇损其一目,卧病未痊。操临卧处视之,令先回许都调理。一面使人打探吕布现在何处。探马回报云:“吕布与陈宫、臧霸结连泰山贼寇,共攻兖州诸郡。”操即令曹仁引三千兵打沛城;操亲提大军,与玄德来战吕布。前至山东,路近萧关,正遇泰山寇孙观、吴敦、尹礼、昌豨领兵三万余拦住去路。操令许褚迎战,四将一齐出马。许褚奋力死战,四将抵敌不住,各自败走。操乘势掩杀,追至萧关。探马飞报吕布。

时布已回徐州,欲同陈登往救小沛,令陈珪守徐州。陈登临行,珪谓之曰:“昔曹公曾言东方事尽付与汝。今布将败,可便图之。”登曰:“外面之事,儿自为之;倘布败回,父亲便请糜竺一同守城,休放布入,儿自有脱身之计。”珪曰:“布妻小在此,心腹颇多,为之奈何?”登曰:“儿亦有计了。”乃入见吕布曰:“徐州四面受敌,操必力攻,我当先思退步:可将钱粮移于下邳,倘徐州被围,下邳有粮可救。主公盍早为计?”布曰:“元龙之言甚善。吾当并妻小移去。”遂令宋宪、魏续保护妻小与钱粮移屯下邳;一面自引军与陈登往救萧关。到半路,登曰:“容某先到关探曹操虚实,主公方可行。”布许之,登乃先到关上。陈宫等接见。登曰:“温侯深怪公等不肯向前,要来责罚。”宫曰:“今曹兵势大,未可轻敌。吾等紧守关隘,可劝主公深保沛城,乃为上策。”陈登唯唯。至晚,上关而望,见曹兵直逼关下,乃乘夜连写三封书,拴在箭上,射下关去。次日辞了陈宫,飞马来见吕布曰:“关上孙观等皆欲献关,某已留下陈宫守把,将军可于黄昏时杀去救应。”布曰:“非公则此关休矣。”便教陈登飞骑先至关,约陈宫为内应,举火为号。登径往报宫曰:“曹兵已抄小路到关内,恐徐州有失。公等宜急回。”宫遂引众弃关而走。登就关上放起火来。吕布乘黑杀至,陈宫军和吕布军在黑暗里自相掩杀。曹兵望见号火,一齐杀到,乘势攻击。孙观等各自四散逃避去了。吕布直杀到天明,方知是计;急与陈宫回徐州。到得城边叫门时,城上乱箭射下。糜竺在敌楼上喝曰:“汝夺吾主城池,今当仍还吾主,汝不得复入此城也。”布大怒曰:“陈珪何在?”竺曰:“吾已杀之矣。”布回顾宫曰:“陈登安在?”宫曰:“将军尚执迷而问此佞贼乎?”布令遍寻军中,却只不见。宫劝布急投小沛，布从之。行至半路，只见一彪军骤至，视之，乃高顺、张辽也。布问之，答曰：“陈登来报说主公被围，令某等急来救解。”宫曰：“此又佞贼之计也。”布怒曰：“吾必杀此贼！”急驱马至小沛。只见小沛城上尽插曹兵旗号。原来曹操已令曹仁袭了城池，引军守把。吕布于城下大骂陈登。登在城上指布骂曰：“吾乃汉臣，安肯事汝反贼耶！”布大怒，正待攻城，忽听背后喊声大起，一队人马来到，当先一将乃是张飞。高顺出马迎敌，不能取胜。布亲自接战。正斗间，阵外喊声复起，曹操亲统大军冲杀前来。吕布料难抵敌，引军东走。曹兵随后追赶。吕布走得人困马乏。忽又闪出一彪军拦住去路，为首一将，立马横刀，大喝：“吕布休走！关云长在此！”吕布慌忙接战。背后张飞赶来。布无心恋战，与陈宫等杀开条路，径奔下邳。侯成引兵接应去了。

关、张相见，各洒泪言失散之事。云长曰：“我在海州路上住扎，探得消息，故来至此。”张飞曰：“弟在芒砀山住了这几时，今日幸得相遇。”两个叙话毕，一同引兵来见玄德，哭拜于地。玄德悲喜交集，引二人见曹操，便随操入徐州。糜竺接见，具言家属无恙，玄德甚喜。陈珪父子亦来参拜曹操。操设一大宴，犒劳诸将。操自居中，使陈珪居右、玄德居左。其余将士，各依次坐。宴罢，操嘉陈珪父子之功，加封十县之禄，授登为伏波将军。

且说曹操得了徐州，心中大喜，商议起兵攻下邳。程昱曰：“布今止有下邳一城，若逼之太急，必死战而投袁术矣。布与术合，其势难攻。今可使能事者守住淮南径路，内防吕布，外当袁术。况今山东尚有臧霸、孙观之徒未曾归顺，防之亦不可忽也。”操曰：“吾自当山东诸路。其淮南径路，请玄德当之。”玄德曰：“丞相将令，安敢有违。”次日，玄德留糜竺、简雍在徐州，带孙乾、关、张引军住守淮南径路。曹操自引兵攻下邳。

且说吕布在下邳，自恃粮食足备，且有泗水之险，安心坐守，可保无虞。陈宫曰：“今操兵方来，可乘其寨栅未定，以逸击劳，无不胜者。”布曰：“吾方屡败，不可轻出。待其来攻而后击之，皆落泗水矣。”遂不听陈宫之言。过数日，曹兵下寨已定。操统众将至城下，大叫吕布答话，布上城而立，操谓布曰："闻奉先又欲结婚袁术，吾故领兵至此。夫术有反逆大罪，而公有讨董卓之功，今何自弃其前功而从逆贼耶？倘城池一破，悔之晚矣！若早来降，共扶王室，当不失封侯之位。"布曰："丞相且退，尚容商议。"陈宫在布侧大骂曹操奸贼，一箭射中其麾盖。操指宫恨曰："吾誓杀汝！"遂引兵攻城。

宫谓布曰："曹操远来，势不能久。将军可以步骑出屯于外，宫将余众闭守于内；操若攻将军，宫引兵击其背；若来攻城，将军为救于后；不过旬日，操军食尽，可一鼓而破：此乃掎角之势也。"布曰："公言极是。"遂归府收拾戎装。时方冬寒，分付从人多带绵衣，布妻严氏闻之，出问曰："君欲何往？"布告以陈宫之谋。严氏曰："君委全城，捐妻子，孤军远出，倘一旦有变，妾岂得为将军之妻乎？"布踌躇未决，三日不出。宫入见曰："操军四面围城，若不早出，必受其困。"布曰："吾思远出不如坚守。"宫曰："近闻操军粮少，遣人往许都去取，早晚将至。将军可引精兵往断其粮道。此计大妙。"布然其言，复入内对严氏说知此事。严氏泣曰："将军若出，陈宫、高顺安能坚守城池？倘有差失，悔无及矣！妾昔在长安，已为将军所弃，幸赖庞舒私藏妾身，再得与将军相聚；孰知今又弃妾而去乎？将军前程万里，请勿以妾为念！"言罢痛哭。布闻言愁闷不决，入告貂蝉。貂蝉曰："将军与妾作主，勿轻身自出。"布曰："汝无忧虑。吾有画戟、赤兔马，谁敢近我！"乃出谓陈宫曰："操军粮至者，诈也。操多诡计，吾未敢动。"宫出，叹曰："吾等死无葬身之地矣！"布于是终日不出，只同严氏、貂蝉饮酒解闷。

谋士许汜、王楷入见布，进计曰：今袁术在淮南，声势大振。将军旧曾与彼约婚，今何不仍求之？彼兵若至，内外夹攻，操不难破也。布从其计，即日修书，就着二人前去。许汜曰："须得一军引路冲出方好。"布令张辽、郝萌两个引兵一千，送出隘口。是夜二更，张辽在前，郝萌在后，保着许汜、王楷杀出城去。抹过玄德寨，众将追赶不及，已出隘口。郝萌将五百人，跟许汜、王楷而去。张辽引一半军回来，到隘口时，云长拦住。未及交锋，高顺引兵出城救应，接入城中去了。

且说许汜、王楷至寿春,拜见袁术,呈上书信。术曰:“前者杀吾使命,赖我婚姻!今又来相问,何也?”汜曰:“此为曹操奸计所误,愿明上详之。”术曰:“汝主不因曹兵困急,岂肯以女许我?”楷曰:“明上今不相救,恐唇亡齿寒,亦非明上之福也。”术曰:“奉先反复无信,可先送女,然后发兵。”许汜、王楷只得拜辞,和郝萌回来。到玄德寨边,汜曰:“日间不可过。夜半吾二人先行,郝将军断后。”商量停当。夜过玄德寨,许汜、王楷先过去了。郝萌正行之次,张飞出寨拦路。郝萌交马只一合,被张飞生擒过去,五百人马尽被杀散。张飞解郝萌来见玄德,玄德押往大寨见曹操。郝萌备说求救许婚一事。操大怒,斩郝萌于军门,使人传谕各寨,小心防守:如有走透吕布及彼军士者,依军法处治。各寨悚然。玄德回营,分付关、张曰:“我等正当淮南冲要之处。二弟切宜小心在意,勿犯曹公军令。”飞曰:“捉了一员贼将,操不见有甚褒赏,却反来唬吓,何也?”玄德曰:“非也。曹操统领多军,不以军令,何能服人?弟勿犯之。”关、张应诺而退。

却说许汜、王楷回见吕布,具言袁术先欲得妇,然后起兵救援。布曰:“如何送去?”汜曰:“今郝萌被获,操必知我情,预作准备。若非将军亲自护送,谁能突出重围?”布曰:“今日便送去,如何?”汜曰:“今日乃凶神值日,不可去。明日大利,宜用戌、亥时。”布命张辽、高顺:“引三千军马,安排小车一辆;我亲送至二百里外,却使你两个送去。”次夜二更时分,吕布将女以绵缠身,用甲包裹,负于背上,提戟上马。放开城门,布当先出城,张辽、高顺跟着。将次到玄德寨前,一声鼓响,关、张二人拦住去路,大叫:“休走!”布无心恋战,只顾夺路而行。玄德自引一军杀来,两军混战。吕布虽勇,终是缚一女在身上,只恐有伤,不敢冲突重围。后面徐晃、许褚皆杀来,众军皆大叫曰:“不要走了吕布!”布见军来太急,只得仍退入城。玄德收军,徐晃等各归寨,端的不曾走透一个。吕布回到城中,心中忧闷,只是饮酒。

却说曹操攻城,两月不下。忽报:“河内太守张杨出兵东市,欲救吕布;部将杨丑杀之,欲将头献丞相,却被张杨心腹将眭固所杀,反投犬城去了。”操闻报,即遣史涣追斩眭固。因聚众将曰:“张杨虽幸自灭，然北有袁绍之忧，东有表、绣之患，下邳久围不克，吾欲舍布还都，暂且息战，何如?”荀攸急止曰：“不可。吕布屡败，锐气已堕，军以将为主，将衰则军无战心。彼陈宫虽有谋而迟。今布之气未复，宫之谋未定，作速攻之，布可擒也。”郭嘉曰：“某有一计，下邳城可立破，胜于二十万师。”荀彧曰：“莫非决沂、泗之水乎?”嘉笑曰：“正是此意。”操大喜，即令军士决两河之水。曹兵皆居高原，坐视水淹下邳。下邳一城，只剩得东门无水；其余各门，都被水淹。众军飞报吕布。布曰：“吾有赤兔马，渡水如平地，又何惧哉!”乃日与妻妾痛饮美酒，因酒色过伤，形容销减；一日取镜自照，惊曰：“吾被酒色伤矣!自今日始，当戒之。”遂下令城中，但有饮酒者皆斩。

却说侯成有马十五匹，被后槽人盗去，欲献与玄德。侯成知觉，追杀后槽人，将马夺回；诸将与侯成作贺。侯成酿得五六斛酒，欲与诸将会饮，恐吕布见罪，乃先以酒五瓶诣布府，禀曰：“托将军虎威，追得失马。众将皆来作贺。酿得些酒，未敢擅饮，特先奉上微意。”布大怒曰：“吾方禁酒，汝却酿酒会饮，莫非同谋伐我乎!”命推出斩之。宋宪、魏续等诸将俱入告饶。布曰：“故犯吾令，理合斩首。今看众将面，且打一百!”众将又哀告，打了五十背花，然后放归。众将无不丧气。

宋宪、魏续至侯成家来探视，侯成泣曰：“非公等则吾死矣!”宪曰：“布只恋妻子，视吾等如草芥。”续曰：“军围城下，水绕壕边，吾等死无日矣!”宪曰：“布无仁无义，我等弃之而走，何如?”续曰：“非丈夫也。不若擒布献曹公。”侯成曰：“我因追马受责，而布所倚恃者，赤兔马也。汝二人果能献门擒布，吾当先盗马去见曹公。”三人商议定了。是夜侯成暗至马院，盗了那匹赤兔马，飞奔东门来。魏续便开门放出，却佯作追赶之状。侯成到曹操寨，献上马匹，备言宋宪、魏续插白旗为号，准备献门。曹操闻此信，便押榜数十张射入城去。其榜曰：“大将军曹，特奉明诏，征伐吕布。如有抗拒大军者，破城之日，满门诛戮。上至将校，下至庶民，有能擒吕布来献，或献其首级者，重加官赏。为此榜谕，各宜知悉。”

次日平明，城外喊声震地。吕布大惊，提戟上城，各门点视，责骂魏续走透侯成，失了战马，欲待治罪。城下曹兵望见城上白旗，竭力攻城，布只得亲自抵敌。从平明直打到日中，曹兵稍退。布少憩门楼，不觉睡着在椅上。宋宪赶退左右，先盗其画戟，便与魏续一齐动手，将吕布绳缠索绑，紧紧缚住。布从睡梦中惊醒，急唤左右，却都被二人杀散，把白旗一招，曹兵齐至城下。魏续大叫："已生擒吕布矣！"夏侯渊尚未信。宋宪在城上掷下吕布画戟来，大开城门，曹兵一拥而入。高顺、张辽在西门，水围难出，为曹兵所擒。陈宫奔至南门，为徐晃所获。

曹操入城，即传令退了所决之水，出榜安民；一面与玄德同坐白门楼上。关、张侍立于侧，提过擒获一干人来。吕布虽然长大，却被绳索捆作一团，布叫曰："缚太急，乞缓之！"操曰："缚虎不得不急。"布见侯成、魏续、宋宪皆立于侧，乃谓之曰："我待诸将不薄，汝等何忍背反？"宪曰："听妻妾言，不听将计，何谓不薄？"布默然。须臾，众拥高顺至。操问曰："汝有何言？"顺不答。操怒命斩之。徐晃解陈宫至。操曰："公台别来无恙！"宫曰："汝心术不正，吾故弃汝！"操曰："吾心不正，公又奈何独事吕布？"宫曰："布虽无谋，不似你诡诈奸险。"操曰："公自谓足智多谋，今竟何如？"宫顾吕布曰："恨此人不从吾言！若从吾言，未必被擒也。"操曰："今日之事当如何？"宫大声曰："今日有死而已！"操曰："公如是，奈公之老母妻子何？"宫曰："吾闻以孝治天下者，不害人之亲；施仁政于天下者，不绝人之祀。老母妻子之存亡，亦在于明公耳。吾身既被擒，请即就戮，并无挂念。"操有留恋之意。宫径步下楼，左右牵之不住。操起身泣而送之。宫并不回顾。操谓从者曰："即送公台老母妻子回许都养老。怠慢者斩。"宫闻言，亦不开口，伸颈就刑。众皆下泪。操以棺椁盛其尸，葬于许都。后人有诗叹之曰："生死无二志，丈夫何壮哉！不从金石论，空负栋梁材。辅主真堪敬，辞亲实可哀。白门身死日，谁肯似公台！"

方操送宫下楼时，布告玄德曰："公为坐上客，布为阶下囚，何不发一言而相宽乎？"玄德点头。及操上楼来，布叫曰："明公所患，不过于布；布今已服矣。公为大将，布副之，天下不难定也。"操回顾玄德曰:“何如?”玄德答曰:“公不见丁建阳、董卓之事乎?”布目视玄德曰:“是儿最无信者!”操令牵下楼缢之。布回顾玄德曰:“大耳儿!不记辕门射戟时耶?”忽一人大叫曰:“吕布匹夫!死则死耳,何惧之有!”众视之,乃刀斧手拥张辽至。操令将吕布缢死,然后枭首。后人有诗叹曰:“洪水滔滔淹下邳,当年吕布受擒时:空余赤兔马千里,漫有方天戟一枝。缚虎望宽今太懦,养鹰休饱昔无疑。恋妻不纳陈宫谏,枉骂无恩大耳儿。”又有诗论玄德曰:“伤人饿虎缚休宽,董卓丁原血未干。玄德既知能啖父,争如留取害曹瞒?”

却说武士拥张辽至。操指辽曰:“这人好生面善。”辽曰:“濮阳城中曾相遇,如何忘却?”操笑曰:“你原来也记得!”辽曰:“只是可惜!”操曰:“可惜甚的?”辽曰:“可惜当日火不大,不曾烧死你这国贼!”操大怒曰:“败将安敢辱吾!”拔剑在手,亲自来杀张辽。辽全无惧色,引颈待杀。曹操背后一人攀住臂膊,一人跪于面前,说道:“丞相且莫动手!”正是:乞哀吕布无人救,骂贼张辽反得生。毕竟救张辽的是谁,且听下文分解。

第二十回 曹阿瞒许田打围 董国舅内阁受诏

话说曹操举剑欲杀张辽,玄德攀住臂膊,云长跪于面前。玄德曰:“此等赤心之人,正当留用。”云长曰:“关某素知文远忠义之士,愿以性命保之。”操掷剑笑曰:“我亦知文远忠义,故戏之耳。”乃亲释其缚,解衣衣之,延之上坐,辽感其意,遂降。操拜辽为中郎将,赐爵关内侯,使招安臧霸。霸闻吕布已死,张辽已降,遂亦引本部军投降。操厚赏之。臧霸又招安孙观、吴敦、尹礼来降;独昌豨未肯归顺。操封臧霸为琅琊相。孙观等亦各加官,令守青、徐沿海地面。将吕布妻女载回许都。大犒三军,拔寨班师。路过徐州,百姓焚香遮道,请留刘使君为牧。操曰:“刘使君功大,且待面君封爵,回来未迟。”百姓叩谢。操唤车骑将军车胄权领徐州。操军回许昌,封赏出征人员,留玄德在相府左近宅院歇定。

次日,献帝设朝,操表奏玄德军功,引玄德见帝。玄德具朝服拜于丹墀。帝宣上殿,问曰:“卿祖何人?”玄德奏曰:“臣乃中山靖王之后,孝景皇帝阁下玄孙,刘雄之孙,刘弘之子也。”帝教取宗族世谱检看,令宗正卿宣读曰:“孝景皇帝生十四子。第七子乃中山靖王刘胜。胜生陆城亭侯刘贞。贞生沛侯刘昂。昂生漳侯刘禄。禄生沂水侯刘恋。恋生钦阳侯刘英。英生安国侯刘建。建生广陵侯刘哀。哀生胶水侯刘宪。宪生祖邑侯刘舒。舒生祁阳侯刘谊。谊生原泽侯刘必。必生颍川侯刘达。达生丰灵侯刘不疑。不疑生济川侯刘惠。惠生东郡范令刘雄。雄生刘弘。弘不仕。刘备乃刘弘之子也。”帝排世谱,则玄德乃帝之叔也。帝大喜,请入偏殿叙叔侄之礼。帝暗思:“曹操弄权,国事都不由朕主,今得此英雄之叔,朕有助矣!”遂拜玄德为左将军、宜城亭侯。设宴款待毕,玄德谢恩出朝。自此人皆称为刘皇叔。

曹操回府,荀彧等一班谋士入见曰:“天子认刘备为叔,恐无益于明公。”操曰：“彼既认为皇叔，吾以天子之诏令之，彼愈不敢不服矣。况吾留彼在许都，名虽近君，实在吾掌握之内，吾何惧哉？吾所虑者，太尉杨彪系袁术亲戚，倘与二袁为内应，为害不浅。当即除之。”乃密使人诬告彪交通袁术，遂收彪下狱，命满宠按治之。时北海太守孔融在许都，因谏操曰：“杨公四世清德，岂可因袁氏而罪之乎？”操曰：“此朝廷意也。”融曰：“使成王杀召公，周公可得言不知耶？”操不得已，乃免彪官，放归田里。议郎赵彦愤操专横，上疏劾操不奉帝旨、擅收大臣之罪。操大怒，即收赵彦杀之。于是百官无不悚惧。谋士程昱说操曰：“今明公威名日盛，何不乘此时行王霸之事？”操曰：“朝廷股肱尚多，未可轻动。吾当请天子田猎，以观动静。”

于是拣选良马、名鹰、俊犬、弓矢俱备，先聚兵城外，操入请天子田猎。帝曰：“田猎恐非正道。”操曰：“古之帝王，春搜夏苗，秋狝冬狩：四时出郊，以示武于天下。今四海扰攘之时，正当借田猎以讲武。”帝不敢不从，随即上逍遥马，带宝雕弓、金鈚箭，排銮驾出城。玄德与关、张各弯弓插箭，内穿掩心甲，手持兵器，引数十骑随驾出许昌。曹操骑爪黄飞电马，引十万之众，与天子猎于许田。军士排开围场，周广二百余里。操与天子并马而行，只争一马头。背后都是操之心腹将校。文武百官，远远侍从，谁敢近前。当日献帝驰马到许田，刘玄德起居道傍。帝曰：“朕今欲看皇叔射猎。”玄德领命上马，忽草中赶起一兔。玄德射之，一箭正中那兔。帝喝采。转过土坡，忽见荆棘中赶出一只大鹿。帝连射三箭不中，顾谓操曰：“卿射之。”操就讨天子宝雕弓、金鈚箭，扣满一射，正中鹿背，倒于草中。群臣将校，见了金鈚箭，只道天子射中，都踊跃向帝呼“万岁”。曹操纵马直出，遮于天子之前以迎受之。众皆失色。玄德背后云长大怒，剔起卧蚕眉，睁开丹凤眼，提刀拍马便出，要斩曹操。玄德见了，慌忙摇手送目。关公见兄如此，便不敢动。玄德欠身向操称贺曰：“丞相神射，世所罕及！”操笑曰：“此天子洪福耳。”乃回马向天子称贺，竟不献还宝雕弓，就自悬带。围场已罢，宴于许田。宴毕，驾回许都。众人各自归歇。云长问玄德曰：“操贼欺君罔上，我欲杀之，为国除害，兄何止我？”玄德曰：“投鼠忌器。操与帝相离只一马头，其心腹之人，周回拥侍;吾弟若逞一时之怒,轻有举动,倘事不成,有伤天子,罪反坐我等矣。”云长曰:“今日不杀此贼,后必为祸。”玄德曰:“且宜秘之,不可轻言。”

却说献帝回宫,泣谓伏皇后曰:“朕自即位以来,奸雄并起:先受董卓之殃,后遭傕、汜之乱。常人未受之苦,吾与汝当之。后得曹操,以为社稷之臣;不意专国弄权,擅作威福。朕每见之,背若芒刺。今日在围场上,身迎呼贺,无礼已极!早晚必有异谋,吾夫妇不知死所也!”伏皇后曰:“满朝公卿,俱食汉禄,竟无一人能救国难乎?”言未毕,忽一人自外而入曰:“帝、后休忧。吾举一人,可除国害。”帝视之,乃伏皇后之父伏完也。帝掩泪问曰:“皇丈亦知操贼之专横乎?”完曰:“许田射鹿之事,谁不见之?但满朝之中,非操宗族,则其门下。若非国戚,谁肯尽忠讨贼?老臣无权,难行此事。车骑将军国舅董承可托也。”帝曰:“董国舅多赴国难,朕躬素知;可宣入内,共议大事。”完曰:“陛下左右皆操贼心腹,倘事泄,为祸不浅。”帝曰:“然则奈何?”完曰:“臣有一计:陛下可制衣一领,取玉带一条,密赐董承;却于带衬内缝一密诏以赐之,令到家见诏,可以昼夜画策,神鬼不觉矣。”帝然之,伏完辞出。

帝乃自作一密诏,咬破指尖,以血写之,暗令伏皇后缝于玉带紫锦衬内,却自穿锦袍,自系此带,令内史宣董承入。承见帝礼毕,帝曰:“朕夜来与后说霸河之苦,念国舅大功,故特宣入慰劳。”承顿首谢。帝引承出殿,到太庙,转上功臣阁内。帝焚香礼毕,引承观画像。中间画汉高祖容像。帝曰:“吾高祖皇帝起身何地?如何创业?”承大惊曰:“陛下戏臣耳。圣祖之事,何为不知?高皇帝起自泗上亭长,提三尺剑,斩蛇起义,纵横四海,三载亡秦,五年灭楚:遂有天下,立万世之基业。”帝曰:“祖宗如此英雄,子孙如此懦弱,岂不可叹!”因指左右二辅之像曰:“此二人非留侯张良、酂侯萧何耶?”承曰:“然也。高祖开基创业,实赖二人之力。”帝回顾左右较远,乃密谓承曰:“卿亦当如此二人立于朕侧。”承曰:“臣无寸功,何以当此?”帝曰:“朕想卿西都救驾之功,未尝少忘,无可为赐。”因指所着袍带曰:“卿当衣朕此袍,系朕此带,常如在朕左右也。”承顿首谢。帝解袍带赐承,密语曰:“卿归可细观之,勿负朕意。”承会意,穿袍系带,辞帝下阁。

早有人报知曹操曰:“帝与董承登功臣阁说话。”操即入朝来看。董承出阁,才过宫门,恰遇操来;急无躲避处,只得立于路侧施礼。操问曰:“国舅何来?”承曰:“适蒙天子宣召,赐以锦袍玉带。”操问曰:“何故见赐?”承曰:“因念某旧日西都救驾之功,故有此赐。”操曰:“解带我看。”承心知衣带中必有密诏,恐操看破,迟延不解。操叱左右:“急解下来!”看了半晌,笑曰:“果然是条好玉带!再脱下锦袍来借看。”承心中畏惧,不敢不从,遂脱袍献上。操亲自以手提起,对日影中细细详看。看毕,自己穿在身上,系了玉带,回顾左右曰:“长短如何?”左右称美。操谓承曰:“国舅即以此袍带转赐与吾,何如?”承告曰:“君恩所赐,不敢转赠;容某别制奉献。”操曰:“国舅受此衣带,莫非其中有谋乎?”承惊曰:“某焉敢?丞相如要,便当留下。”操曰:“公受君赐,吾何相夺?聊为戏耳。”遂脱袍带还承。

承辞操归家,至夜独坐书院中,将袍仔细反复看了,并无一物。承思曰:“天子赐我袍带,命我细观,必非无意;今不见甚踪迹,何也?”随又取玉带检看,乃白玉玲珑,碾成小龙穿花,背用紫锦为衬,缝缀端整,亦并无一物。承心疑,放于桌上,反复寻之。良久,倦甚。正欲伏几而寝,忽然灯花落于带上,烧着背衬。承惊拭之,已烧破一处,微露素绢,隐见血迹。急取刀拆开视之,乃天子手书血字密诏也。诏曰:“朕闻人伦之大,父子为先;尊卑之殊,君臣为重。近日操贼弄权,欺压君父;结连党伍,败坏朝纲;敕赏封罚,不由朕主。朕夙夜忧思,恐天下将危。卿乃国之大臣,朕之至戚,当念高帝创业之艰难,纠合忠义两全之烈士,殄灭奸党,复安社稷,祖宗幸甚!破指洒血,书诏付卿,再四慎之,勿负朕意!建安四年春三月诏。”

董承览毕,涕泪交流,一夜寝不能寐。晨起,复至书院中,将诏再三观看,无计可施。乃放诏于几上,沈思灭操之计。忖量未定,隐几而卧。

忽侍郎王子服至。门吏知子服与董承交厚,不敢拦阻,竟入书院。见承伏几不醒,袖底压着素绢,微露“朕”字。子服疑之,默取看毕,藏于袖中,呼承曰:“国舅好自在!亏你如何睡得着!”承惊觉,不见诏书,魂不附体,手脚慌乱。子服曰:“汝欲杀曹公!吾当出首。”承泣告曰:“若兄如此,汉室休矣!”子服曰:“吾戏耳。吾祖宗世食汉禄,岂无忠心?愿助兄一臂之力,共诛国贼。”承曰:“兄有此心,国之大幸!”子服曰:“当于密室同立义状,各舍三族,以报汉君。”承大喜,取白绢一幅,先书名画字。子服亦即书名画字。书毕,子服曰:“将军吴子兰,与吾至厚,可与同谋。”承曰:“满朝大臣,惟有长水校尉种辑、议郎吴硕是吾心腹,必能与我同事。”正商议间,家僮入报种辑、吴硕来探。承曰:“此天助我也!”教子服暂避于屏后。承接二人入书院坐定,茶毕,辑曰:“许田射猎之事,君亦怀恨乎?”承曰:“虽怀恨,无可奈何。”硕曰:“吾誓杀此贼,恨无助我者耳!”辑曰:“为国除害,虽死无怨!”王子服从屏后出曰:“汝二人欲杀曹丞相!我当出首,董国舅便是证见。”种辑怒曰:“忠臣不怕死!吾等死作汉鬼,强似你阿附国贼!”承笑曰:“吾等正为此事,欲见二公。王侍郎之言乃戏耳。”便于袖中取出诏来与二人看。二人读诏,挥泪不止。承遂请书名。子服曰:“二公在此少待,吾去请吴子兰来。”子服去不多时,即同子兰至,与众相见,亦书名毕。承邀于后堂会饮。

忽报西凉太守马腾相探。承曰:“只推我病,不能接见。”门吏回报。腾大怒曰:“我夜来在东华门外,亲见他锦袍玉带而出,何故推病耶!吾非无事而来,奈何拒我!”门吏入报,备言腾怒。承起曰:“诸公少待,暂容承出。”随即出厅延接。礼毕坐定,腾曰:“腾入觐将还,故来相辞,何见拒也?”承曰:“贱躯暴疾,有失迎候,罪甚!”腾曰:“面带春色,未见病容。”承无言可答。腾拂袖便起,嗟叹下阶曰:“皆非救国之人也!”承感其言,挽留之,问曰:“公谓何人非救国之人?”腾曰:“许田射猎之事,吾尚气满胸膛;公乃国之至戚,犹自殢于酒色,而不思讨贼,安得为皇家救难扶灾之人乎!”承恐其诈,佯惊曰:“曹丞相乃国之大臣,朝廷所倚赖,公何出此言?”腾大怒曰:“汝尚以曹贼为好人耶?”承曰:“耳目甚近,请公低声。”腾曰:“贪生怕死之徒,不足以论大事!”说罢又欲起身。承知腾忠义,乃曰:“公且息怒。某请公看一物。”遂邀腾入书院,取诏示之。腾读毕,毛发倒竖,咬齿嚼唇，满口流血，谓承曰："公若有举动，吾即统西凉兵为外应。"承请腾与诸公相见，取出义状，教腾书名。腾乃取酒歃血为盟曰："吾等誓死不负所约！"指坐上五人言曰："若得十人，大事谐矣。"承曰："忠义之士，不可多得。若所与非人，则反相害矣。"腾教取《鸳行鹭序簿》来检看。检到刘氏宗族，乃拍手言曰："何不共此人商议？"众皆问何人。马腾不慌不忙，说出那人来。正是：本因国舅承明诏，又见宗潢佐汉朝。毕竟马腾之言如何，且听下文分解。

第二十一回 曹操煮酒论英雄 关公赚城斩车胄

却说董承等问马腾曰:“公欲用何人?”马腾曰:“见有豫州牧刘玄德在此,何不求之?”承曰:“此人虽系皇叔,今正依附曹操,安肯行此事耶?”腾曰:“吾观前日围场之中,曹操迎受众贺之时,云长在玄德背后,挺刀欲杀操,玄德以目视之而止。玄德非不欲图操,恨操牙爪多,恐力不及耳。公试求之,当必应允。”吴硕曰:“此事不宜太速,当从容商议。”众皆散去。

次日黑夜里,董承怀诏,径往玄德公馆中来。门吏入报,玄德迎出,请入小阁坐定。关、张侍立于侧。玄德曰:“国舅夤夜至此,必有事故。”承曰:“白日乘马相访,恐操见疑,故黑夜相见。”玄德命取酒相待。承曰:“前日围场之中,云长欲杀曹操,将军动目摆头而退之,何也?”玄德失惊曰:“公何以知之?”承曰:“人皆不见,某独见之。”玄德不能隐讳,遂曰:“舍弟见操僭越,故不觉发怒耳。”承掩面而哭曰:“朝廷臣子,若尽如云长,何忧不太平哉!”玄德恐是曹操使他来试探,乃佯言曰:“曹丞相治国,为何忧不太平?”承变色而起曰:“公乃汉朝皇叔,故剖肝沥胆以相告,公何诈也?”玄德曰:“恐国舅有诈,故相试耳。”于是董承取衣带诏令观之,玄德不胜悲愤。又将义状出示,上止有六位:一,车骑将军董承;二,工部侍郎王子服;三,长水校尉种辑;四,议郎吴硕;五,昭信将军吴子兰;六,西凉太守马腾。玄德曰:“公既奉诏讨贼,备敢不效犬马之劳。”承拜谢,便请书名。玄德亦书“左将军刘备”,押了字,付承收讫。承曰:“尚容再请三人,共聚十义,以图国贼。”玄德曰:“切宜缓缓施行,不可轻泄。”共议到五更,相别去了。

玄德也防曹操谋害,就下处后园种菜,亲自浇灌,以为韬晦之计。关、张二人曰:“兄不留心天下大事,而学小人之事,何也?”玄德曰:“此非二弟所知也。”二人乃不复言。

一日，关、张不在，玄德正在后园浇菜，许褚、张辽引数十人入园中曰：“丞相有命，请使君便行。”玄德惊问曰：“有甚紧事？”许褚曰：“不知。只教我来相请。”玄德只得随二人入府见操。操笑曰：“在家做得好大事！”諕得玄德面如土色。操执玄德手，直至后园，曰：“玄德学圃不易！”玄德方才放心，答曰：“无事消遣耳。”操曰：“适见枝头梅子青青，忽感去年征张绣时，道上缺水，将士皆渴；吾心生一计，以鞭虚指曰：‘前面有梅林。’军士闻之，口皆生唾，由是不渴。今见此梅，不可不赏。又值煮酒正熟，故邀使君小亭一会。”玄德心神方定。随至小亭，已设樽俎：盘置青梅，一樽煮酒。二人对坐，开怀畅饮。

酒至半酣，忽阴云漠漠，骤雨将至。从人遥指天外龙挂，操与玄德凭栏观之。操曰：“使君知龙之变化否？”玄德曰：“未知其详。”操曰：“龙能大能小，能升能隐；大则兴云吐雾，小则隐介藏形；升则飞腾于宇宙之间，隐则潜伏于波涛之内。方今春深，龙乘时变化，犹人得志而纵横四海。龙之为物，可比世之英雄。玄德久历四方，必知当世英雄。请试指言之。”玄德曰：“备肉眼安识英雄？”操曰：“休得过谦。”玄德曰：“备叨恩庇，得仕于朝。天下英雄，实有未知。”操曰：“既不识其面，亦闻其名。”玄德曰：“淮南袁术，兵粮足备，可为英雄？”操笑曰：“冢中枯骨，吾早晚必擒之！”玄德曰：“河北袁绍，四世三公，门多故吏；今虎踞冀州之地，部下能事者极多，可为英雄？”操笑曰：“袁绍色厉胆薄，好谋无断；干大事而惜身，见小利而忘命：非英雄也。”玄德曰：“有一人名称八俊，威镇九州：刘景升可为英雄？”操曰：“刘表虚名无实，非英雄也。”玄德曰：“有一人血气方刚，江东领袖——孙伯符乃英雄也？”操曰：“孙策藉父之名，非英雄也。”玄德曰：“益州刘季玉，可为英雄乎？”操曰：“刘璋虽系宗室，乃守户之犬耳，何足为英雄！”玄德曰：“如张绣、张鲁、韩遂等辈皆何如？”操鼓掌大笑曰：“此等碌碌小人，何足挂齿！”玄德曰：“舍此之外，备实不知。”操曰：“夫英雄者，胸怀大志，腹有良谋，有包藏宇宙之机，吞吐天地之志者也。”玄德曰：“谁能当之？”操以手指玄德，后自指，曰：“今天下英雄，惟使君与操耳！”玄德闻言，吃了一惊，手中所执匙箸，不觉落于地下。时正值天雨将至，雷声大作。玄德乃从容俯首拾箸曰:“一震之威,乃至于此。”操笑曰:“丈夫亦畏雷乎?”玄德曰:“圣人迅雷风烈必变,安得不畏?”将闻言失箸缘故,轻轻掩饰过了。操遂不疑玄德。后人有诗赞曰:“勉从虎穴暂趋身,说破英雄惊杀人。巧借闻雷来掩饰,随机应变信如神。”

天雨方住,见两个人撞入后园,手提宝剑,突至亭前,左右拦挡不住。操视之,乃关、张二人也。原来二人从城外射箭方回,听得玄德被许褚、张辽请将去了,慌忙来相府打听;闻说在后园,只恐有失,故冲突而入。却见玄德与操对坐饮酒。二人按剑而立。操问二人何来。云长曰:“听知丞相和兄饮酒,特来舞剑,以助一笑。”操笑曰:“此非鸿门会,安用项庄、项伯乎?”玄德亦笑。操命:“取酒与二樊哙压惊。”关、张拜谢。须臾席散,玄德辞操而归。云长曰:“险些惊杀我两个!”玄德以落箸事说与关、张。关、张问是何意。玄德曰:“吾之学圃,正欲使操知我无大志;不意操竟指我为英雄,我故失惊落箸。又恐操生疑,故借惧雷以掩饰之耳。”关、张曰:“兄真高见!”

操次日又请玄德。正饮间,人报满宠去探听袁绍而回。操召入问之。宠曰:“公孙瓒已被袁绍破了。”玄德急问曰:“愿闻其详。”宠曰:“瓒与绍战不利,筑城围圈,圈上建楼,高十丈,名曰易京楼,积粟三十万以自守。战士出入不息,或有被绍围者,众请救之。瓒曰:‘若救一人,后之战者只望人救,不肯死战矣。’遂不肯救。因此袁绍兵来,多有降者。瓒势孤,使人持书赴许都求救,不意中途为绍军所获。瓒又遗书张燕,暗约举火为号,里应外合。下书人又被袁绍擒住,却来城外放火诱敌。瓒自出战,伏兵四起,军马折其大半。退守城中,被袁绍穿地直入瓒所居之楼下,放起火来。瓒无走路,先杀妻子,然后自缢,全家都被火焚了。今袁绍得了瓒军,声势甚盛。绍弟袁术在淮南骄奢过度,不恤军民,众皆背反。术使人归帝号于袁绍。绍欲取玉玺,术约亲自送至,见今弃淮南欲归河北。若二人协力,急难收复。乞丞相作急图之。”

玄德闻公孙瓒已死,追念昔日荐己之恩,不胜伤感;又不知赵子龙如何下落,放心不下。因暗想曰:“我不就此时寻个脱身之计,更待何时?”遂起身对操曰:“术若投绍,必从徐州过。备请一军就半路截击,术可擒矣。”操笑曰:“来日奏帝,即便起兵。”次日,玄德面奏君。操令玄德总督五万人马,又差朱灵、路昭二人同行。玄德辞帝,帝泣送之。

玄德到寓,星夜收拾军器鞍马,挂了将军印,催促便行。董承赶出十里长亭来送。玄德曰:“国舅宁耐。某此行必有以报命。”承曰:“公宜留意,勿负帝心。”二人分别。关、张在马上问曰:“兄今番出征,何故如此慌速?”玄德曰:“吾乃笼中鸟、网中鱼,此一行如鱼入大海、鸟上青霄,不受笼网之羁绊也!”因命关、张催朱灵、路昭军马速行。

时郭嘉、程昱考较钱粮方回,知曹操已遣玄德进兵徐州,慌入谏曰:“丞相何故令刘备督军?”操曰:“欲截袁术耳。”程昱曰:“昔刘备为豫州牧时,某等请杀之,丞相不听;今日又与之兵:此放龙入海,纵虎归山也。后欲治之,其可得乎?”郭嘉曰:“丞相纵不杀备,亦不当使之去。古人云:一日纵敌,万世之患。望丞相察之。”操然其言,遂令许褚将兵五百前往,务要追玄德转来。许褚应诺而去。

却说玄德正行之间,只见后面尘头骤起,谓关、张曰:“此必曹兵追至也。”遂下了营寨,令关、张各执军器,立于两边。许褚至,见严兵整甲,乃下马入营见玄德。玄德曰:“公来此何干?”褚曰:“奉丞相命,特请将军回去,别有商议。”玄德曰:“将在外,君命有所不受。吾面过君,又蒙丞相钧语。今别无他议,公可速回,为我禀覆丞相。”许褚寻思:“丞相与他一向交好,今番又不曾教我来厮杀,只得将他言语回覆,另候裁夺便了。”遂辞了玄德,领兵而回。回见曹操,备述玄德之言。操犹豫未决。程昱、郭嘉曰:“备不肯回兵,可知其心变矣。”操曰:“我有朱灵、路昭二人在彼,料玄德未必敢心变。况我既遣之,何可复悔?”遂不复追玄德。后人有诗叹玄德曰:“束兵秣马去匆匆,心念天言衣带中。撞破铁笼逃虎豹,顿开金锁走蛟龙。”

却说马腾见玄德已去,边报又急,亦回西凉州去了。玄德兵至徐州,刺史车胄出迎。公宴毕,孙乾、糜竺等都来参见。玄德回家探视老小,一面差人探听袁术。探子回报:“袁术奢侈太过,雷薄、陈兰皆投嵩山去了。术势甚衰,乃作书让帝号于袁绍。绍命人召术,术乃收拾人马、宫禁御用之物,先到徐州来。”

玄德知袁术将至,乃引关、张、朱灵、路昭五万军出,正迎着先锋纪灵至。张飞更不打话,直取纪灵。斗无十合,张飞大喝一声,刺纪灵于马下,败军奔走。袁术自引军来斗。玄德分兵三路:朱灵、路昭在左,关、张在右,玄德自引兵居中,与术相见,在门旗下责骂曰:“汝反逆不道,吾今奉明诏前来讨汝!汝当束手受降,免你罪犯。”袁术骂曰:“织席编屦小辈,安敢轻我!”麾兵赶来。玄德暂退,让左右两路军杀出。杀得术军尸横遍野,血流成渠;兵卒逃亡,不可胜计。又被嵩山雷薄、陈兰劫去钱粮草料。欲回寿春,又被群盗所袭,只得住于江亭。止有一千余众,皆老弱之辈。时当盛暑,粮食尽绝,只剩麦三十斛,分派军士。家人无食,多有饿死者。术嫌饭粗,不能下咽,乃命庖人取蜜水止渴。庖人曰:“止有血水,安有蜜水!”术坐于床上,大叫一声,倒于地下,吐血斗余而死。时建安四年六月也。后人有诗曰:“汉末刀兵起四方,无端袁术太猖狂。不思累世为公相,便欲孤身作帝王。强暴枉夸传国玺,骄奢妄说应天祥。渴思蜜水无由得,独卧空床呕血亡。”袁术已死,侄袁胤将灵柩及妻子奔庐江来,被徐璆尽杀之。璆夺得玉玺,赴许都献于曹操。操大喜,封徐璆为高陵太守。此时玉玺归操。

却说玄德知袁术已丧,写表申奏朝廷,书呈曹操,令朱灵、路昭回许都,留下军马保守徐州;一面亲自出城,招谕流散人民复业。

且说朱灵、路昭回许都见曹操,说玄德留下军马。操怒,欲斩二人。荀彧曰:“权归刘备,二人亦无奈何。”操乃赦之。彧又曰:“可写书与车胄就内图之。”操从其计,暗使人来见车胄,传曹操钧旨。胄随即请陈登商议此事。登曰:“此事极易。今刘备出城招民,不日将还;将军可命军士伏于瓮城边,只作接他,待马到来,一刀斩之;某在城上射住后军,大事济矣。”胄从之。陈登回见父陈珪,备言其事。珪命登先往报知玄德。登领父命,飞马去报,正迎着关、张,报说如此如此。原来关、张先回,玄德在后。张飞听得,便要去厮杀。云长曰:“他伏瓮城边待我,去必有失。我有一计,可杀车胄:乘夜扮作曹军到徐州,引车胄出迎,袭而杀之。”飞然其言。那部下军原有曹操旗号，衣甲都同。当夜三更，到城边叫门。城上问是谁，众应是曹丞相差来张文远的人马。报知车胄，胄急请陈登议曰："若不迎接，诚恐有疑；若出迎之，又恐有诈。"胄乃上城回言："黑夜难以分辨，平明了相见。"城下答应："只恐刘备知道，疾快开门！"车胄犹豫未定，城外一片声叫开门。车胄只得披挂上马，引一千军出城；跑过吊桥，大叫："文远何在？"火光中只见云长提刀纵马直迎车胄，大叫曰："匹夫安敢怀诈，欲杀吾兄！"车胄大惊，战未数合，遮拦不住，拨马便回。到吊桥边，城上陈登乱箭射下，车胄绕城而走。云长赶来，手起一刀，砍于马下，割下首级提回，望城上呼曰："反贼车胄，吾已杀之；众等无罪，投降免死！"诸军倒戈投降，军民皆安。

云长将胄头去迎玄德，具言车胄欲害之事，今已斩首。玄德大惊曰："曹操若来，如之奈何？"云长曰："弟与张飞迎之。"玄德懊悔不已，遂入徐州。百姓父老，伏道而接。玄德到府，寻张飞，飞已将车胄全家杀尽。玄德曰："杀了曹操心腹之人，如何肯休？"陈登曰："某有一计，可退曹操。"正是：既把孤身离虎穴，还将妙计息狼烟。不知陈登说出甚计来，且听下文分解。

第二十二回 袁曹各起马步三军 关张共擒王刘二将

却说陈登献计于玄德曰："曹操所惧者袁绍。绍虎踞冀、青、幽、并诸郡，带甲百万，文官武将极多，今何不写书遣人到彼求救？"玄德曰："绍向与我未通往来，今又新破其弟，安肯相助？"登曰："此间有一人与袁绍三世通家，若得其一书致绍，绍必来相助。"玄德问何人。登曰："此人乃公平日所折节敬礼者，何故忘之？"玄德猛省曰："莫非郑康成先生乎？"登笑曰："然也。"

原来郑康成名玄，好学多才，尝受业于马融。融每当讲学，必设绛帐，前聚生徒，后陈声妓，侍女环列左右。玄听讲三年，目不邪视，融甚奇之。及学成而归，融叹曰："得我学之秘者，惟郑玄一人耳！"玄家中侍婢俱通毛诗。一婢尝忤玄意，玄命长跪阶前。一婢戏谓之曰："胡为乎泥中？"此婢应声曰："薄言往愬，逢彼之怒。"其风雅如此。桓帝朝，玄官至尚书；后因十常侍之乱，弃官归田，居于徐州。玄德在涿郡时，已曾师事之；及为徐州牧，时时造庐请教，敬礼特甚。

当下玄德想出此人，大喜，便同陈登亲至郑玄家中，求其作书。玄慨然依允，写书一封，付与玄德。玄德便差孙乾星夜赍往袁绍处投递。绍览毕，自忖曰："玄德攻灭吾弟，本不当相助；但重以郑尚书之命，不得不往救之。"遂聚文武官，商议兴兵伐曹操。谋士田丰曰："兵起连年，百姓疲弊，仓廪无积，不可复兴大军。宜先遣人献捷天子，若不得通，乃表称曹操隔我王路，然后提兵屯黎阳；更于河内增益舟楫，缮置军器，分遣精兵，屯扎边鄙。三年之中，大事可定也。"谋士审配曰："不然。以明公之神武，抚河朔之强盛，兴兵讨曹贼，易如反掌，何必迁延日月？"谋士沮授曰："制胜之策，不在强盛。曹操法令既行，士卒精练，比公孙瓒坐受困者不同。今弃献捷良策，而兴无名之兵，窃为明公不取。"谋士郭图曰："非也。兵加曹操，岂曰无名？公正当及时早定大业。愿从郑尚书之言，与刘备共仗大义，剿灭曹贼，上合天意，下合民情，实为幸甚！”四人争论未定，绍躇踌不决。忽许攸、荀谌自外而入。绍曰：“二人多有见识，且看如何主张。”二人施礼毕，绍曰：“郑尚书有书来，令我起兵助刘备，攻曹操。起兵是乎？不起兵是乎？”二人齐声应曰：“明公以众克寡，以强攻弱，讨汉贼以扶王室：起兵是也。”绍曰：“二人所见，正合我心。”便商议兴兵。先令孙乾回报郑玄，并约玄德准备接应；一面令审配、逄纪为统军，田丰、荀谌、许攸为谋士，颜良、文丑为将军，起马军十五万，步兵十五万，共精兵三十万，望黎阳进发。分拨已定，郭图进曰：“以明公大义伐操，必须数操之恶，驰檄各郡，声罪致讨，然后名正言顺。”绍从之，遂令书记陈琳草檄。琳字孔璋，素有才名；灵帝时为主簿，因谏何进不听，复遭董卓之乱，避难冀州，绍用为记室。当下领命草檄，援笔立就。其文曰：

盖闻明主图危以制变，忠臣虑难以立权。是以有非常之人，然后有非常之事；有非常之事，然后立非常之功。夫非常者，固非常人所拟也。曩者，强秦弱主，赵高执柄，专制朝权，威福由己；时人迫胁，莫敢正言；终有望夷之败，祖宗焚灭，污辱至今，永为世鉴。及臻吕后季年，产禄专政，内兼二军，外统赵梁；擅断万机，决事省禁；下陵上替，海内寒心。于是绛侯朱虚兴兵奋怒，诛夷逆暴，尊立太宗，故能王道兴隆，光明显融：此则大臣立权之明表也。

司空曹操：祖父中常侍腾，与左悺、徐璜并作妖孽，饕餮放横，伤化虐民；父嵩，乞匄携养，因赃假位，舆金辇璧，输货权门，窃盗鼎司，倾覆重器。操赘阉遗丑，本无懿德；僄狡锋协，好乱乐祸。

幕府董统鹰扬，扫除凶逆；续遇董卓，侵官暴国。于是提剑挥鼓，发命东夏，收罗英雄，弃瑕取用；故遂与操同谘合谋，授以裨师，谓其鹰犬之才，爪牙可任。至乃愚佻短略，轻进易退，伤夷折衄，数丧师徒；幕府辄复分兵命锐，修完补辑，表行东郡，领兖州刺史，被以虎文，奖蹙威柄，冀获秦师一克之报。而操遂承资跋扈，恣行凶忒，割剥元元，残贤害善。

故九江太守边让，英才俊伟，天下知名；直言正色，论不阿谄；身首被枭悬之诛，妻孥受灰灭之咎。自是士林愤痛，民怨弥重；一夫奋臂，举州同声。故躬破于徐方，地夺于吕布；彷徨东裔，蹈据无所。幕府惟强干弱枝之义，且不登叛人之党，故复援旌擐甲，席卷起征，金鼓响振，布众奔沮；拯其死亡之患，复其方伯之位：则幕府无德于兖土之民，而有大造于操也。

后会銮驾返旆，群虏寇攻。时冀州方有北鄙之警，匪遑离局；故使从事中郎徐勋，就发遣操，使缮修郊庙，翊卫幼主。操便放志：专行胁迁，当御省禁；卑侮王室，败法乱纪；坐领三台，专制朝政；爵赏由心，刑戮在口；所爱光五宗，所恶灭三族；群谈者受显诛，腹议者蒙隐戮；百僚钳口，道路以目；尚书记朝会，公卿充员品而已。

故太尉杨彪，典历二司，享国极位。操因缘眦睚，被以非罪；榜楚参并，五毒备至；触情任忒，不顾宪纲。又议郎赵彦，忠谏直言，义有可纳，是以圣朝含听，改容加饰。操欲迷夺时明，杜绝言路，擅收立杀，不俟报闻。又梁孝王，先帝母昆，坟陵尊显；桑梓松柏，犹宜肃恭。而操帅将吏士，亲临发掘，破棺裸尸，掠取金宝。至令圣朝流涕，士民伤怀！操又特置发丘中郎将、摸金校尉，所过隳突，无骸不露。身处三公之位，而行桀虏之态，污国害民，毒施人鬼！加其细政惨苛，科防互设；罾缴充蹊，坑阱塞路；举手挂网罗，动员触机陷：是以兖、豫有无聊之民，帝都有吁嗟之怨。历观载籍，无道之臣，贪残酷烈，于操为甚！

幕府方诘外奸，未及整训；加绪含容，冀可弥缝。而操豺狼野心，潜包祸谋，乃欲摧挠栋梁，孤弱汉室，除灭忠正，专为枭雄。往者伐鼓北征公孙瓒，虽寇桀逆，拒围一年。操因其未破，阴交书命，外助王师，内相掩袭。会其行人发露，瓒亦枭夷，故使锋芒挫缩，厥图不果。今乃屯据敖仓，阻河为固，欲以螳螂之斧，御隆车之隧。

幕府奉汉威灵，折冲宇宙；长戟百万，胡骑千群；奋中黄育获之士，骋良弓劲弩之势；并州越太行，青州涉济漯；大军泛黄河而角其前，荆州下宛叶而掎其后：雷震虎步，若举炎火以焫飞蓬，覆沧海以沃熛炭，有何不灭者哉？又操军吏士，其可战者，皆出自幽冀，或故营部曲，咸怨旷思归，流涕北顾。其余兖豫之民，及吕布张杨之余众，覆亡迫胁，权时苟从；各被创夷，人为仇敌。若回旆方徂，登高冈而击鼓吹，扬素挥以启降路，必土崩瓦解，不俟血刃。

方今汉室陵迟，纲维弛绝；圣朝无一介之辅，股肱无折冲之势。方畿之内，简练之臣，皆垂头搨翼，莫所凭恃；虽有忠义之佐，胁于暴虐之臣，焉能展其节？又操持部曲精兵七百，围守宫阙，外托宿卫，内实拘执。惧其篡逆之萌，因斯而作。此乃忠臣肝脑涂地之秋，烈士立功之会，可不勖哉！操又矫命称制，遣使发兵。恐边远州郡，过听给与，违众旅叛，举以丧名，为天下笑，则明哲不取也。

即日幽并青冀四州并进。书到荆州，便勒现兵，与建忠将军协同声势。州郡各整义兵，罗落境界，举武扬威，并匡社稷：则非常之功于是乎著。

其得操首者，封五千户侯，赏钱五千万。部曲偏裨将校诸吏降者，勿有所问。广宣恩信，班扬符赏，布告天下，咸使知圣朝有拘迫之难。如律令！

绍览檄大喜，即命使将此檄遍行州郡，并于各处关津隘口张挂。檄文传至许都，时曹操方患头风，卧病在床。左右将此檄传进，操见之，毛骨悚然，出了一身冷汗，不觉头风顿愈，从床上一跃而起，顾谓曹洪曰："此檄何人所作？"洪曰："闻是陈琳之笔。"操笑曰："有文事者，必须以武略济之。陈琳文事虽佳，其如袁绍武略之不足何！"遂聚众谋士商议迎敌。

孔融闻之，来见操曰："袁绍势大，不可与战，只可与和。"荀彧曰："袁绍无用之人，何必议和？"融曰："袁绍士广民强。其部下如许攸、郭图、审配、逢纪皆智谋之士；田丰、沮授皆忠臣也；颜良、文丑勇冠三军；其余高览、张郃、淳于琼等俱世之名将。——何谓绍为无用之人乎？"彧笑曰："绍兵多而不整。田丰刚而犯上，许攸贪而不智，审配专而无谋,逢纪果而无用:此数人者,势不相容,必生内变。颜良、文丑,匹夫之勇,一战可擒。其余碌碌等辈,纵有百万,何足道哉!”孔融默然。操大笑曰:“皆不出荀文若之料。”遂唤前军刘岱、后军王忠引军五万,打着丞相旗号,去徐州攻刘备。原来刘岱旧为兖州刺史;及操取兖州,岱降于操,操用为偏将,故今差他与王忠一同领兵。操却自引大军二十万,进黎阳,拒袁绍。程昱曰:“恐刘岱、王忠不称其使。”操曰:“吾亦知非刘备敌手,权且虚张声势。”分付:“不可轻进。待我破绍,再勒兵破备。”刘岱、王忠领兵去了。

曹操自引兵至黎阳。两军隔八十里,各自深沟高垒,相持不战。自八月守至十月。原来许攸不乐审配领兵,沮授又恨绍不用其谋,各不相和,不图进取。袁绍心怀疑惑,不思进兵。操乃唤吕布手下降将臧霸守把青、徐;于禁、李典屯兵河上;曹仁总督大军,屯于官渡;操自引一军,竟回许都。

且说刘岱、王忠引军五万,离徐州一百里下寨。中军虚打“曹丞相”旗号,未敢进兵,只打听河北消息。这里玄德也不知曹操虚实,未敢擅动,亦只探听河北。忽曹操差人催刘岱、王忠进战。二人在寨中商议。岱曰:“丞相催促攻城,你可先去。”王忠曰:“丞相先差你。”岱曰:“我是主将,如何先去?”忠曰:“我和你同引兵去。”岱曰:“我与你拈阄,拈着的便去。”王忠拈着“先”字,只得分一半军马,来攻徐州。

玄德听知军马到来,请陈登商议曰:“袁本初虽屯兵黎阳,奈谋臣不和,尚未进取。曹操不知在何处。闻黎阳军中,无操旗号,如何这里却反有他旗号?”登曰:“操诡计百出,必以河北为重,亲自监督,却故意不建旗号,乃于此处虚张旗号:吾意操必不在此。”玄德曰:“两弟谁可探听虚实?”张飞曰:“小弟愿往。”玄德曰:“汝为人躁暴,不可去。”飞曰:“便是有曹操也拿将来!”云长曰:“待弟往观其动静。”玄德曰:“云长若去,我却放心。”于是云长引三千人马出徐州来。

时值初冬,阴云布合,雪花乱飘,军马皆冒雪布阵。云长骤马提刀而出,大叫王忠打话。忠出曰:“丞相到此,缘何不降?”云长曰:

"请丞相出阵，我自有话说。"忠曰："丞相岂肯轻见你！"云长大怒，骤马向前。王忠挺枪来迎。两马相交，云长拨马便走。王忠赶来。转过山坡，云长回马，大叫一声，舞刀直取。王忠拦截不住，恰待骤马奔逃，云长左手倒提宝刀，右手揪住王忠勒甲绦，拖下鞍鞒，横担于马上，回本阵来。王忠军四散奔走。

云长押解王忠，回徐州见玄德。玄德问："尔乃何人？现居何职？敢诈称曹丞相！"忠曰："焉敢有诈。奉命教我虚张声势，以为疑兵。丞相实不在此。"玄德教付衣服酒食，且暂监下，待捉了刘岱，再作商议。云长曰："某知兄有和解之意，故生擒将来。"玄德曰："吾恐翼德躁暴，杀了王忠，故不教去。此等人杀之无益，留之可为解和之地。"张飞曰："二哥捉了王忠，我去生擒刘岱来！"玄德曰："刘岱昔为兖州刺史，虎牢关伐董卓时，也是一镇诸侯，今日为前军，不可轻敌。"飞曰："量此辈何足道哉！我也似二哥生擒将来便了。"玄德曰："只恐坏了他性命，误我大事。"飞曰："如杀了，我偿他命！"玄德遂与军三千。飞引兵前进。

却说刘岱知王忠被擒，坚守不出。张飞每日在寨前叫骂，岱听知是张飞，越不敢出。飞守了数日，见岱不出，心生一计：传令今夜二更去劫寨；日间却在帐中饮酒诈醉，寻军士罪过，打了一顿，缚在营中，曰："待我今夜出兵时，将来祭旗！"却暗使左右纵之去。军士得脱，偷走出营，径往刘岱营中来报劫寨之事。刘岱见降卒身受重伤，遂听其说，虚扎空寨，伏兵在外。是夜张飞却分兵三路，中间使三十余人，劫寨放火；却教两路军抄出他寨后，看火起为号，夹击之。三更时分，张飞自引精兵，先断刘岱后路；中路三十余人，抢入寨中放火。刘岱伏兵恰待杀入，张飞两路兵齐出。岱军自乱，正不知飞兵多少，各自溃散。刘岱引一队残军，夺路而走，正撞见张飞，狭路相逢，急难回避，交马只一合，早被张飞生擒过去。余众皆降。飞使人先报入徐州。玄德闻之，谓云长曰："翼德自来粗莽，今亦用智，吾无忧矣！"乃亲自出郭迎之。飞曰："哥哥道我躁暴，今日如何？"玄德曰："不用言语相激，如何肯使机谋！"飞大笑。

玄德见缚刘岱过来，慌下马解其缚曰："小弟张飞误有冒渎，望乞恕罪。"遂迎入徐州,放出王忠,一同管待。玄德曰:"前因车胄欲害备,故不得不杀之。丞相错疑备反,遣二将军前来问罪。备受丞相大恩,正思报效,安敢反耶?二将军至许都,望善言为备分诉,备之幸也。"刘岱、王忠曰:"深荷使君不杀之恩,当于丞相处方便,以某两家老小保使君。"玄德称谢。次日尽还原领军马,送出郭外。

刘岱、王忠行不上十余里,一声鼓响,张飞拦路大喝曰:"我哥哥忒没分晓!捉住贼将如何又放了?"唬得刘岱、王忠在马上发颤。张飞睁眼挺枪赶来,背后一人飞马大叫:"不得无礼!"视之,乃云长也。刘岱、王忠方才放心。云长曰:"既兄长放了,吾弟如何不遵法令?"飞曰:"今番放了,下次又来。"云长曰:"待他再来,杀之未迟。"刘岱、王忠连声告退曰:"便丞相诛我三族,也不来了。望将军宽恕。"飞曰:"便是曹操自来,也杀他片甲不回!今番权且寄下两颗头!"刘岱、王忠抱头鼠窜而去。

云长、翼德回见玄德曰:"曹操必然复来。"孙乾谓玄德曰:"徐州受敌之地,不可久居;不若分兵屯小沛,守邳城,为掎角之势,以防曹操。"玄德用其言,令云长守下邳;甘、糜二夫人亦于下邳安置。甘夫人乃小沛人也,糜夫人乃糜竺之妹也。孙乾、简雍、糜竺、糜芳守徐州。玄德与张飞屯小沛。

刘岱、王忠回见曹操,具言刘备不反之事。操怒骂:"辱国之徒,留你何用!"喝令左右推出斩之。正是:犬豕何堪共虎斗,鱼虾空自与龙争。不知二人性命如何,且听下文分解。

第二十三回　祢正平裸衣骂贼　吉太医下毒遭刑

却说曹操欲斩刘岱、王忠。孔融谏曰："二人本非刘备敌手，若斩之，恐失将士之心。"操乃免其死，黜罢爵禄。欲自起兵伐玄德。孔融曰："方今隆冬盛寒，未可动兵，待来春未为晚也。可先使人招安张绣、刘表，然后再图徐州。"操然其言，先遣刘晔往说张绣。

晔至襄城，先见贾诩，陈说曹公盛德。诩乃留晔于家中。次日来见张绣，说曹公遣刘晔招安之事。正议间，忽报袁绍有使至。绣命入。使者呈上书信。绣览之，亦是招安之意。诩问来使曰："近日兴兵破曹操，胜负何如？"使曰："隆冬寒月，权且罢兵。今以将军与荆州刘表俱有国士之风，故来相请耳。"诩大笑曰："汝可便回见本初，道汝兄弟尚不能容，何能容天下国士乎！"当面扯碎书，叱退来使。

张绣曰："方今袁强曹弱；今毁书叱使，袁绍若至，当如之何？"诩曰："不如去从曹操。"绣曰："吾先与操有仇，安得相容？"诩曰："从操其便有三：夫曹公奉天子明诏，征伐天下，其宜从一也；绍强盛，我以少从之，必不以我为重，操虽弱，得我必喜，其宜从二也；曹公王霸之志，必释私怨，以明德于四海，其宜从三也。愿将军无疑焉。"绣从其言，请刘晔相见。晔盛称操德，且曰："丞相若记旧怨，安肯使某来结好将军乎？"绣大喜，即同贾诩等赴许都投降。绣见操，拜于阶下。操忙扶起，执其手曰："有小过失，勿记于心。"遂封绣为扬武将军，封贾诩为执金吾使。

操即命绣作书招安刘表。贾诩进曰："刘景升好结纳名流，今必得一有文名之士往说之，方可降耳。"操问荀攸曰："谁人可去？"攸曰："孔文举可当其任。"操然之。攸出见孔融曰："丞相欲得一有文名之士，以备行人之选。公可当此任否？"融曰："吾友祢衡，字正平，其才十倍于我。此人宜在帝左右，不但可备行人而已。我当荐之天子。"于是遂上表奏帝。其文曰："臣闻洪水横流，帝思俾乂；旁求四方,以招贤俊。昔世宗继统,将弘基业;畴咨熙载,群士响臻。陛下睿圣,纂承基绪,遭遇厄运,劳谦日昃;维岳降神,异人并出。窃见处士平原祢衡:年二十四,字正平,淑质贞亮,英才卓跞。初涉艺文,升堂睹奥;目所一见,辄诵之口,耳所暂闻,不忘于心;性与道合,思若有神;弘羊潜计,安世默识,以衡准之,诚不足怪。忠果正直,志怀霜雪;见善若惊,嫉恶若仇;任座抗行,史鱼厉节,殆无以过也。鸷鸟累百,不如一鹗;使衡立朝,必有可观。飞辩骋词,溢气坌涌,解疑释结,临敌有余。昔贾谊求试属国,诡系单于;终军欲以长缨,牵制劲越:弱冠慷慨,前世美之。近日路粹、严象,亦用异才,擢拜台郎。衡宜与为比。如得龙跃天衢,振翼云汉,扬声紫微,垂光虹蜺,足以昭近署之多士,增四门之穆穆。钧天广乐,必有奇丽之观;帝室皇居,必蓄非常之宝。若衡等辈,不可多得。激楚、阳阿,至妙之容,掌伎者之所贪;飞兔、騕褭,绝足奔放,良、乐之所急也。臣等区区,敢不以闻?陛下笃慎取士,必须效试,乞令衡以褐衣召见。如无可观采,臣等受面欺之罪。"

帝览表,以付曹操。操遂使人召衡至。礼毕,操不命坐。祢衡仰天叹曰:"天地虽阔,何无一人也!"操曰:"吾手下有数十人,皆当世英雄,何谓无人?"衡曰:"愿闻。"操曰:"荀彧、荀攸、郭嘉、程昱,机深智远,虽萧何、陈平不及也。张辽、许褚、李典、乐进,勇不可当,虽岑彭、马武不及也。吕虔、满宠为从事,于禁、徐晃为先锋;夏侯惇天下奇才,曹子孝世间福将。安得无人?"衡笑曰:"公言差矣!此等人物,吾尽识之:荀彧可使吊丧问疾,荀攸可使看坟守墓,程昱可使关门闭户,郭嘉可使白词念赋,张辽可使击鼓鸣金,许褚可使牧牛放马,乐进可使取状读诏,李典可使传书送檄,吕虔可使磨刀铸剑,满宠可使饮酒食糟,于禁可使负版筑墙,徐晃可使屠猪杀狗;夏侯惇称为完体将军,曹子孝呼为要钱太守。其余皆是衣架、饭囊、酒桶、肉袋耳!"操怒曰:"汝有何能?"衡曰:"天文地理,无一不通;三教九流,无所不晓;上可以致君为尧、舜,下可以配德于孔、颜。岂与俗子共论乎!"时止有张辽在侧,掣剑欲斩之。操曰:"吾正少一鼓吏;早晚朝贺宴享,可令祢衡充此职。"衡不推辞,应声而去。辽曰:"此人出言不逊,何不杀之?”操曰:“此人素有虚名,远近所闻。今日杀之,天下必谓我不能容物。彼自以为能,故令为鼓吏以辱之。”

来日,操于省厅上大宴宾客,令鼓吏挝鼓。旧吏云:“挝鼓必换新衣。”衡穿旧衣而入。遂击鼓为《渔阳三挝》。音节殊妙,渊渊有金石声。坐客听之,莫不慷慨流涕。左右喝曰:“何不更衣!”衡当面脱下旧破衣服,裸体而立,浑身尽露。坐客皆掩面。衡乃徐徐着裤,颜色不变。操叱曰:“庙堂之上,何太无礼?”衡曰:“欺君罔上乃谓无礼。吾露父母之形,以显清白之体耳!”操曰:“汝为清白,谁为污浊?”衡曰:“汝不识贤愚,是眼浊也;不读诗书,是口浊也;不纳忠言,是耳浊也;不通古今,是身浊也;不容诸侯,是腹浊也;常怀篡逆,是心浊也!吾乃天下名士,用为鼓吏,是犹阳货轻仲尼,臧仓毁孟子耳!欲成王霸之业,而如此轻人耶?”

时孔融在坐,恐操杀衡,乃从容进曰:“祢衡罪同胥靡,不足发明王之梦。”操指衡而言曰:“令汝往荆州为使。如刘表来降,便用汝作公卿。”衡不肯往。操教备马三匹,令二人扶挟而行;却教手下文武,整酒于东门外送之。荀彧曰:“如祢衡来,不可起身。”衡至,下马入见,众皆端坐。衡放声大哭。荀彧问曰:“何为而哭?”衡曰:“行于死柩之中,如何不哭?”众皆曰:“吾等是死尸,汝乃无头狂鬼耳!”衡曰:“吾乃汉朝之臣,不作曹瞒之党,安得无头?”众欲杀之。荀彧急止之曰:“量鼠雀之辈,何足污刀!”衡曰:“吾乃鼠雀,尚有人性;汝等只可谓之蜾虫!”众恨而散。

衡至荆州,见刘表毕,虽颂德,实讥讽。表不喜,令去江夏见黄祖。或问表曰:“祢衡戏谑主公,何不杀之?”表曰:“祢衡数辱曹操,操不杀者,恐失人望;故令作使于我,欲借我手杀之,使我受害贤之名也。吾今遣去见黄祖,使曹操知我有识。”众皆称善。

时袁绍亦遣使至。表问众谋士曰:“袁本初又遣使来,曹孟德又差祢衡在此,当从何便?”从事中郎将韩嵩进曰:“今两雄相持,将军若欲有为,乘此破敌可也。如其不然,将择其善者而从之。今曹操善能用兵,贤俊多归,其势必先取袁绍,然后移兵向江东,恐将军不能御;莫若举荆州以附操,操必重待将军矣。”表曰:“汝且去许都,观其动静，再作商议。”嵩曰：“君臣各有定分。嵩今事将军，虽赴汤蹈火，一唯所命。将军若能上顺天子，下从曹公，使嵩可也；如持疑未定，嵩到京师，天子赐嵩一官，则嵩为天子之臣，不复为将军死矣。”表曰：“汝且先往观之。吾别有主意。”

嵩辞表，到许都见操。操遂拜嵩为侍中，领零陵太守。荀彧曰：“韩嵩来观动静，未有微功，重加此职。祢衡又无音耗，丞相遣而不问，何也？”操曰：“祢衡辱吾太甚，故借刘表手杀之，何必再问？”遂遣韩嵩回荆州说刘表。

嵩回见表，称颂朝廷盛德，劝表遣子入侍，表大怒曰：“汝怀二心耶！”欲斩之。嵩大叫曰：“将军负嵩，嵩不负将军！”蒯良曰：“嵩未去之前，先有此言矣。”刘表遂赦之。

人报黄祖斩了祢衡，表问其故，对曰：“黄祖与祢衡共饮，皆醉。祖问衡曰：‘君在许都有何人物？’衡曰：‘大儿孔文举，小儿杨德祖。除此二人，别无人物。’祖曰：‘似我何如？’衡曰：‘汝似庙中之神，虽受祭祀，恨无灵验！’祖大怒曰：‘汝以我为土木偶人耶！’遂斩之。衡至死骂不绝口。”刘表闻衡死，亦嗟呀不已，令葬于鹦鹉洲边。后人有诗叹曰：“黄祖才非长者俦，祢衡珠碎此江头。今来鹦鹉洲边过，惟有无情碧水流。”

却说曹操知祢衡受害，笑曰：“腐儒舌剑，反自杀矣！”因不见刘表来降，便欲兴兵问罪。荀彧谏曰：“袁绍未平，刘备未灭，而欲用兵江汉，是犹舍心腹而顾手足也。可先灭袁绍，后灭刘备，江汉可一扫而平矣。”操从之。

且说董承自刘玄德去后，日夜与王子服等商议，无计可施。建安五年，元旦朝贺，见曹操骄横愈甚，感愤成疾。帝知国舅染病，令随朝太医前去医治。此医乃洛阳人，姓吉，名太，字称平，人皆呼为吉平，当时名医也。平到董承府用药调治，旦夕不离；常见董承长吁短叹，不敢动问。

时值元宵，吉平辞去，承留住，二人共饮。饮至更余，承觉困倦，就和衣而睡。忽报王子服等四人至，承出接入。服曰：“大事谐矣！”承曰：“愿闻其说。”服曰：“刘表结连袁绍，起兵五十万，共分十路杀来。马腾结连韩遂,起西凉军七十二万,从北杀来。曹操尽起许昌兵马,分头迎敌,城中空虚。若聚五家僮仆,可得千余人。乘今夜府中大宴,庆赏元宵,将府围住,突入杀之。不可失此机会!”承大喜,即唤家奴各人收拾兵器,自己披挂绰枪上马,约会都在内门前相会,同时进兵。夜至二鼓,众兵皆到。董承手提宝剑,徒步直入,见操设宴后堂,大叫:“操贼休走!”一剑剁去,随手而倒。霎时觉来,乃南柯一梦,口中犹骂“操贼”不止。

吉平向前叫曰:“汝欲害曹公乎?”承惊惧不能答。吉平曰:“国舅休慌。某虽医人,未尝忘汉。某连日见国舅嗟叹,不敢动问。恰才梦中之言,已见真情,幸勿相瞒。倘有用某之处,虽灭九族,亦无后悔!”承掩面而哭曰:“只恐汝非真心!”平遂咬下一指为誓。承乃取出衣带诏,令平视之;且曰:“今之谋望不成者,乃刘玄德、马腾各自去了,无计可施,因此感而成疾。”平曰:“不消诸公用心。操贼性命,只在某手中。”承问其故。平曰:“操贼常患头风,痛入骨髓;才一举发,便召某医治。如早晚有召,只用一服毒药,必然死矣,何必举刀兵乎?”承曰:“若得如此,救汉朝社稷者,皆赖君也!”时吉平辞归。

承心中暗喜,步入后堂,忽见家奴秦庆童同侍妾云英在暗处私语。承大怒,唤左右捉下,欲杀之。夫人劝免其死,各人杖脊四十,将庆童锁于冷房。庆童怀恨,夤夜将铁锁扭断,跳墙而出,径入曹操府中,告有机密事。操唤入密室问之。庆童云:“王子服、吴子兰、种辑、吴硕、马腾五人在家主府中商议机密,必然是谋丞相。家主将出白绢一段,不知写着甚的。近日吉平咬指为誓,我也曾见。”曹操藏匿庆童于府中,董承只道逃往他方去了,也不追寻。

次日,曹操诈患头风,召吉平用药。平自思曰:“此贼合休!”暗藏毒药入府。操卧于床上,令平下药。平曰:“此病可一服即愈。”教取药罐,当面煎之。药已半干,平已暗下毒药,亲自送上。操知有毒,故意迟延不服。平曰:“乘热服之,少汗即愈。”操起曰:“汝既读儒书,必知礼义:君有疾饮药,臣先尝之;父有疾饮药,子先尝之。汝为我心腹之人,何不先尝而后进?”平曰:“药以治病,何用人尝?”平知事已泄,纵步向前,扯住操耳而灌之。操推药泼地,砖皆迸裂。

操未及言,左右已将吉平执下。操曰:"吾岂有疾,特试汝耳!汝果有害我之心!"遂唤二十个精壮狱卒,执平至后园拷问。操坐于亭上,将平缚倒于地。吉平面不改容,略无惧怯。操笑曰:"量汝是个医人,安敢下毒害我?必有人唆使你来。你说出那人,我便饶你。"平叱之曰:"汝乃欺君罔上之贼,天下皆欲杀汝,岂独我乎!"操再三磨问。平怒曰:"我自欲杀汝,安有人使我来?今事不成,惟死而已!"操怒,教狱卒痛打。打到两个时辰,皮开肉裂,血流满阶。操恐打死,无可对证,令狱卒揪去静处,权且将息。

传令次日设宴,请众大臣饮酒。惟董承托病不来。王子服等皆恐操生疑,只得俱至。操于后堂设席。酒行数巡,曰:"筵中无可为乐,我有一人,可为众官醒酒。"教二十个狱卒:"与吾牵来!"须臾,只见一长枷钉着吉平,拖至阶下。操曰:"众官不知,此人连结恶党,欲反背朝廷,谋害曹某;今日天败,请听口词。"操教先打一顿,昏绝于地,以水喷面。吉平苏醒,睁目切齿而骂曰:"操贼!不杀我,更待何时!"操曰:"同谋者先有六人,与汝共七人耶?"平只是大骂。王子服等四人面面相觑,如坐针毡。操教一面打,一面喷。平并无求饶之意。操见不招,且教牵去。

众官席散,操只留王子服等四人夜宴。四人魂不附体,只得留待。操曰:"本不相留,争奈有事相问。汝四人不知与董承商议何事?"子服曰:"并未商议甚事。"操曰:"白绢中写着何事?"子服等皆隐讳。操教唤出庆童对证。子服曰:"汝于何处见来?"庆童曰:"你回避了众人,六人在一处画字,如何赖得?"子服曰:"此贼与国舅侍妾通奸,被责诬主,不可听也。"操曰:"吉平下毒,非董承所使而谁?"子服等皆言不知。操曰:"今晚自首,尚犹可恕;若待事发,其实难容!"子服等皆言并无此事。操叱左右将四人拿住监禁。

次日,带领众人径投董承家探病。承只得出迎。操曰:"缘何夜来不赴宴?"承曰:"微疾未痊,不敢轻出。"操曰:"此是忧国家病耳。"承愕然。操曰:"国舅知吉平事乎?"承曰:"不知。"操冷笑曰:"国舅如何不知?"唤左右:"牵来与国舅起病。"承举措无地。须臾,二十狱卒推吉平至阶下。吉平大骂:"曹操逆贼!"操指谓承曰:"此人曾攀下王子服等四人,吾已拿下廷尉。尚有一人,未曾捉获。”因问平曰:“谁使汝来药我? 可速招出!”平曰:“天使我来杀逆贼!”操怒教打。身上无容刑之处。承在座视之,心如刀割。操又问平曰:“你原有十指,今如何只有九指?”平曰:“嚼以为誓,誓杀国贼!”操教取刀来,就阶下截去其九指,曰:“一发截了,教你为誓!”平曰:“尚有口可以吞贼,有舌可以骂贼!”操令割其舌。平曰:“且勿动手。吾今熬刑不过,只得供招。可释吾缚。”操曰:“释之何碍?”遂命解其缚。平起身望阙拜曰:“臣不能为国家除贼,乃天数也!”拜毕,撞阶而死。操令分其肢体号令。时建安五年正月也。史官有诗曰:“汉朝无起色,医国有称平:立誓除奸党,捐躯报圣明。极刑词愈烈,惨死气如生。十指淋漓处,千秋仰异名。”

操见吉平已死,教左右牵过秦庆童至面前。操曰:“国舅认得此人否?”承大怒曰:“逃奴在此,即当诛之!”操曰:“他首告谋反,今来对证,谁敢诛之?”承曰:“丞相何故听逃奴一面之说?”操曰:“王子服等吾已擒下,皆招证明白,汝尚抵赖乎?”即唤左右拿下,命从人直入董承卧房内,搜出衣带诏并义状。操看了,笑曰:“鼠辈安敢如此!”遂命:“将董承全家良贱,尽皆监禁,休教走脱一个。”操回府以诏状示众谋士商议,要废献帝,更立新君。正是:数行丹诏成虚望,一纸盟书惹祸殃。未知献帝性命如何,且听下文分解。

第二十四回 国贼行凶杀贵妃 皇叔败走投袁绍

却说曹操见了衣带诏，与众谋士商议，欲废却献帝，更择有德者立之。程昱谏曰："明公所以能威震四方，号令天下者，以奉汉家名号故也。今诸侯未平，遽行废立之事，必起兵端矣。"操乃止。只将董承等五人，并其全家老小，押送各门处斩。死者共七百余人。城中官民见者，无不下泪。后人有诗叹董承曰："密诏传衣带，天言出禁门。当年曾救驾，此日更承恩。忧国成心疾，除奸入梦魂。忠贞千古在，成败复谁论。"又有叹王子服等四人诗曰："书名尺素矢忠谋，慷慨思将君父酬。赤胆可怜捐百口，丹心自是足千秋。"

且说曹操既杀了董承等众人，怒气未消，遂带剑入宫，来弑董贵妃。贵妃乃董承之妹，帝幸之，已怀孕五月。当日帝在后宫，正与伏皇后私论董承之事至今尚无音耗。忽见曹操带剑入宫，面有怒容，帝大惊失色。操曰："董承谋反，陛下知否？"帝曰："董卓已诛矣。"操大声曰："不是董卓！是董承！"帝战栗曰："朕实不知。"操曰："忘了破指修诏耶？"帝不能答。操叱武士擒董妃至。帝告曰："董妃有五月身孕，望丞相见怜。"操曰："若非天败，吾已被害。岂得复留此女，为吾后患！"伏后告曰："贬于冷宫，待分娩了，杀之未迟。"操曰："欲留此逆种，为母报仇乎？"董妃泣告曰："乞全尸而死，勿令彰露。"操令取白练至面前。帝泣谓妃曰："卿于九泉之下，勿怨朕躬！"言讫，泪下如雨。伏后亦大哭。操怒曰："犹作儿女态耶！"叱武士牵出，勒死于宫门之外。后人有诗叹董妃曰："春殿承恩亦枉然，伤哉龙种并时捐。堂堂帝主难相救，掩面徒看泪涌泉。"操谕监宫官曰："今后但有外戚宗族，不奉吾旨，辄入宫门者，斩，守御不严，与同罪。"又拨心腹人三千充御林军，令曹洪统领，以为防察。

操谓程昱曰："今董承等虽诛，尚有马腾、刘备，亦在此数，不可不除。"昱曰："马腾屯军西凉，未可轻取；但当以书慰劳，勿使生疑，诱入京师，图之可也。刘备现在徐州，分布掎角之势，亦不可轻敌。况今袁绍屯兵官渡，常有图许都之心。若我一旦东征，刘备势必求救于绍。绍乘虚来袭，何以当之？”操曰：“非也。备乃人杰也，今若不击，待其羽翼既成，急难图矣。袁绍虽强，事多怀疑不决，何足忧乎！”正议间，郭嘉自外而入。操问曰：“吾欲东征刘备，奈有袁绍之忧，如何？”嘉曰：“绍性迟而多疑，其谋士各相妒忌，不足忧也。刘备新整军兵，众心未服，丞相引兵东征，一战可定矣。”操大喜曰：“正合吾意。”遂起二十万大军，分兵五路下徐州。

细作探知，报入徐州。孙乾先往下邳报知关公，随至小沛报知玄德。玄德与孙乾计议曰：“此必求救于袁绍，方可解危。”于是玄德修书一封，遣孙乾至河北。乾乃先见田丰，具言其事，求其引进。丰即引孙乾入见绍，呈上书信。只见绍形容憔悴，衣冠不整。丰曰：“今日主公何故如此？”绍曰：“我将死矣！”丰曰：“主公何出此言？”绍曰：“吾生五子，惟最幼者极快吾意；今患疥疮，命已垂绝。吾有何心更论他事乎？”丰曰：“今曹操东征刘玄德，许昌空虚，若以义兵乘虚而入，上可以保天子，下可以救万民。此不易得之机会也，惟明公裁之。”绍曰：“吾亦知此最好，奈我心中恍惚，恐有不利。”丰曰：“何恍惚之有？”绍曰：“五子中惟此子生得最异，倘有疏虞，吾命休矣。”遂决意不肯发兵，乃谓孙乾曰：“汝回见玄德，可言其故。倘有不如意，可来相投，吾自有相助之处。”田丰以杖击地曰：“遭此难遇之时，乃以婴儿之病，失此机会！大事去矣，可痛惜哉！”跌足长叹而出。

孙乾见绍不肯发兵，只得星夜回小沛见玄德，具说此事。玄德大惊曰：“似此如之奈何？”张飞曰：“兄长勿忧。曹兵远来，必然困乏；乘其初至，先去劫寨，可破曹操。”玄德曰：“素以汝为一勇夫耳。前者捉刘岱时，颇能用计；今献此策，亦中兵法。”乃从其言，分兵劫寨。

且说曹操引军往小沛来。正行间，狂风骤至，忽听一声响亮，将一面牙旗吹折。操便令军兵且住，聚众谋士问吉凶。荀彧曰：“风从何方来？吹折甚颜色旗？”操曰：“风自东南方来，吹折角上牙旗，旗乃青红二色。”彧曰：“不主别事，今夜刘备必来劫寨。”操点头。忽毛玠入见曰：“方才东南风起，吹折青红牙旗一面。主公以为主何吉凶?"操曰:"公意若何?"毛玠曰:"愚意以为今夜必主有人来劫寨。"后人有诗叹曰:"吁嗟帝胄势孤穷,全仗分兵劫寨功。争奈牙旗折有兆,老天何故纵奸雄?"操曰:"天报应我,当即防之。"遂分兵九队,只留一队向前虚扎营寨,余众八面埋伏。

是夜月色微明。玄德在左,张飞在右,分兵两队进发;只留孙乾守小沛。且说张飞自以为得计,领轻骑在前,突入操寨,但见零零落落,无多人马,四边火光大起,喊声齐举。飞知中计,急出寨外。正东张辽、正西许褚、正南于禁、正北李典,东南徐晃、西南乐进,东北夏侯惇、西北夏侯渊,八处军马杀来。张飞左冲右突,前遮后当;所领军兵原是曹操手下旧军,见事势已急,尽皆投降去了。飞正杀间,逢着徐晃大杀一阵,后面乐进赶到。飞杀条血路突围而走,只有数十骑跟定。欲还小沛,去路已断,欲投徐州、下邳,又恐曹军截住;寻思无路,只得望芒砀山而去。

却说玄德引军劫寨,将近寨门,忽然喊声大震,后面冲出一军,先截去了一半人马。夏侯惇又到。玄德突围而走,夏侯渊又从后赶来。玄德回顾,止有三十余骑跟随;急欲奔还小沛,早望见小沛城中火起,只得弃了小沛;欲投徐州、下邳,又见曹军漫山塞野,截住去路。玄德自思无路可归,想:"袁绍有言,'倘不如意,可来相投',今不若暂往依栖,别作良图。"遂望青州路而走,正逢李典拦住。玄德匹马落荒望北而逃,李典掳将从骑去了。

且说玄德匹马投青州,日行三百里,奔至青州城下叫门。门吏问了姓名,来报刺史。刺史乃袁绍长子袁谭。谭素敬玄德,闻知匹马到来,即便开门相迎,接入公廨,细问其故。玄德备言兵败相投之意。谭乃留玄德于馆驿中住下,发书报父袁绍;一面差本州人马,护送玄德。至平原界口,袁绍亲自引众出邺郡三十里迎接玄德。玄德拜谢,绍忙答礼曰:"昨为小儿抱病,有失救援,于心怏怏不安。今幸得相见,大慰平生渴想之思。"玄德曰:"孤穷刘备,久欲投于门下,奈机缘未遇。今为曹操所攻,妻子俱陷,想将军容纳四方之士,故不避羞惭,径来相投。望乞收录,誓当图报。"绍大喜,相待甚厚,同居冀州。

且说曹操当夜取了小沛,随即进兵攻徐州。糜竺、简雍守把不住,只得弃城而走。陈登献了徐州。曹操大军入城,安民已毕,随唤众谋士议取下邳。荀彧曰:“云长保护玄德妻小,死守此城。若不速取,恐为袁绍所窃。”操曰:“吾素爱云长武艺人材,欲得之以为己用,不若令人说之使降。”郭嘉曰:“云长义气深重,必不肯降。若使人说之,恐被其害。”帐下一人出曰:“某与关公有一面之交,愿往说之。”众视之,乃张辽也。程昱曰:“文远虽与云长有旧,吾观此人,非可以言词说也。某有一计,使此人进退无路,然后用文远说之,彼必归丞相矣。”正是:整备窝弓射猛虎,安排香饵钓鳌鱼。未知其计若何,且听下文分解。

第二十五回　屯土山关公约三事　救白马曹操解重围

却说程昱献计曰："云长有万人之敌，非智谋不能取之。今可即差刘备手下投降之兵，入下邳，见关公，只说是逃回的，伏于城中为内应；却引关公出战，诈败佯输，诱入他处，以精兵截其归路，然后说之可也。"操听其谋，即令徐州降兵数十，径投下邳来降关公。关公以为旧兵，留而不疑。

次日，夏侯惇为先锋，领兵五千来搦战。关公不出，惇即使人于城下辱骂。关公大怒，引三千人马出城，与夏侯惇交战。约战十余合，惇拨回马走。关公赶来，惇且战且走。关公约赶二十里，恐下邳有失，提兵便回。只听得一声炮响，左有徐晃，右有许褚，两队军截住去路。关公夺路而走，两边伏兵排下硬弩百张，箭如飞蝗。关公不得过，勒兵再回，徐晃、许褚接住交战。关公奋力杀退二人，引军欲回下邳，夏侯惇又截住厮杀。公战至日晚，无路可归，只得到一座土山，引兵屯于山头，权且少歇。曹兵团团将土山围住。关公于山上遥望下邳城中火光冲天，却是那诈降兵卒偷开城门，曹操自提大军杀入城中，只教举火以惑关公之心。关公见下邳火起，心中惊惶，连夜几番冲下山来，皆被乱箭射回。

捱到天晓，再欲整顿下山冲突，忽见一人跑马上山来，视之乃张辽也。关公迎谓曰："文远欲来相敌耶？"辽曰："非也。想故人旧日之情，特来相见。"遂弃刀下马，与关公叙礼毕，坐于山顶。公曰："文远莫非说关某乎？"辽曰："不然。昔日蒙兄救弟，今日弟安得不救兄？"公曰："然则文远将欲助我乎？"辽曰："亦非也。"公曰："既不助我，来此何干？"辽曰："玄德不知存亡，翼德未知生死。昨夜曹公已破下邳，军民尽无伤害，差人护卫玄德家眷，不许惊扰。如此相待，弟特来报兄。"关公怒曰："此言特说我也。吾今虽处绝地，视死如归。汝当速去，吾即下山迎战。"张辽大笑曰："兄此言岂不为天下笑乎？"

公曰:“吾仗忠义而死,安得为天下笑?”辽曰:“兄今即死,其罪有三。”公曰:“汝且说我那三罪?”辽曰:“当初刘使君与兄结义之时,誓同生死;今使君方败,而兄即战死,倘使君复出,欲求兄相助,而不可复得,岂不负当年之盟誓乎?其罪一也。刘使君以家眷付托于兄,兄今战死,二夫人无所依赖,负却使君依托之重。其罪二也。兄武艺超群,兼通经史,不思共使君匡扶汉室,徒欲赴汤蹈火,以成匹夫之勇,安得为义?其罪三也。兄有此三罪,弟不得不告。”

公沉吟曰:“汝说我有三罪,欲我如何?”辽曰:“今四面皆曹公之兵,兄若不降,则必死;徒死无益,不若且降曹公;却打听刘使君音信,如知何处,即往投之。一者可以保二夫人,二者不背桃园之约,三者可留有用之身:有此三便,兄宜详之。”公曰:“兄言三便,吾有三约。若丞相能从,我即当卸甲;如其不允,吾宁受三罪而死。”辽曰:“丞相宽洪大量,何所不容。愿闻三事。”公曰:“一者,吾与皇叔设誓,共扶汉室,吾今只降汉帝,不降曹操;二者,二嫂处请给皇叔俸禄养赡,一应上下人等,皆不许到门;三者,但知刘皇叔去向,不管千里万里,便当辞去:三者缺一,断不肯降。望文远急急回报。”张辽应诺,遂上马,回见曹操,先说降汉不降曹之事。操笑曰:“吾为汉相,汉即吾也。此可从之。”辽又言:“二夫人欲请皇叔俸给,并上下人等不许到门。”操曰:“吾于皇叔俸内,更加倍与之。至于严禁内外,乃是家法,又何疑焉!”辽又曰:“但知玄德信息,虽远必往。”操摇首曰:“然则吾养云长何用?此事却难从。”辽曰:“岂不闻豫让众人国士之论乎?刘玄德待云长不过恩厚耳。丞相更施厚恩以结其心,何忧云长之不服也?”操曰:“文远之言甚当,吾愿从此三事。”

张辽再往山上回报关公。关公曰:“虽然如此,暂请丞相退军,容我入城见二嫂,告知其事,然后投降。”张辽再回,以此言报曹操。操即传令,退军三十里。荀彧曰:“不可,恐有诈。”操曰:“云长义士,必不失信。”遂引军退。关公引兵入下邳,见人民安妥不动,竟到府中,来见二嫂。甘、糜二夫人听得关公到来,急出迎之。公拜于阶下曰:“使二嫂受惊,某之罪也。”二夫人曰:“皇叔今在何处?”公曰:“不知去向。”二夫人曰:“二叔今将若何?”公曰:“关某出城死战,被困土山,张辽劝我投降,我以三事相约。曹操已皆允从,故特退兵,放我入城。我不曾得嫂嫂主意,未敢擅便。”二夫人问:“那三事?”关公将上项三事,备述一遍。甘夫人曰:“昨日曹军入城,我等皆以为必死;谁想毫发不动,一军不敢入门。叔叔既已领诺,何必问我二人?只恐日后曹操不容叔叔去寻皇叔。”公曰:“嫂嫂放心,关某自有主张。”二夫人曰:“叔叔自家裁处,凡事不必问俺女流。”

关公辞退,遂引数十骑来见曹操。操自出辕门相接。关公下马入拜,操慌忙答礼。关公曰:“败兵之将,深荷不杀之恩。”操曰:“素慕云长忠义,今日幸得相见,足慰平生之望。”关公曰:“文远代禀三事,蒙丞相应允,谅不食言。”操曰:“吾言既出,安敢失信。”关公曰:“关某若知皇叔所在,虽蹈水火,必往从之。此时恐不及拜辞,伏乞见原。”操曰:“玄德若在,必从公去;但恐乱军中亡矣。公且宽心,尚容缉听。”关公拜谢。操设宴相待。

次日班师还许昌。关公收拾车仗,请二嫂上车,亲自护车而行。于路安歇馆驿,操欲乱其君臣之礼,使关公与二嫂共处一室。关公乃秉烛立于户外,自夜达旦,毫无倦色。操见公如此,愈加敬服。既到许昌,操拨一府与关公居住。关公分一宅为两院,内门拨老军十人把守,关公自居外宅。

操引关公朝见献帝,帝命为偏将军。公谢恩归宅。操次日设大宴,会众谋臣武士,以客礼待关公,延之上座;又备绫锦及金银器皿相送。关公都送与二嫂收贮。关公自到许昌,操待之甚厚:小宴三日,大宴五日;又送美女十人,使侍关公。关公尽送入内门,令伏侍二嫂。却又三日一次于内门外躬身施礼,动问二嫂安否。二夫人回问皇叔之事毕,曰“叔叔自便”,关公方敢退回。操闻之,又叹服关公不已。

一日,操见关公所穿绿锦战袍已旧,即度其身品,取异锦作战袍一领相赠。关公受之,穿于衣底,上仍用旧袍罩之。操笑曰:“云长何如此之俭乎?”公曰:“某非俭也。旧袍乃刘皇叔所赐,某穿之如见兄面,不敢以丞相之新赐而忘兄长之旧赐,故穿于上。”操叹曰:“真义士也!”然口虽称羡,心实不悦。一日,关公在府,忽报:“内院二夫人哭倒于地,不知为何,请将军速入。”关公乃整衣跪于内门外,问二嫂为何悲泣。甘夫人曰:“我夜梦皇叔身陷于土坑之内,觉来与糜夫人论之,想在九泉之下矣！是以相哭。”关公曰:“梦寐之事,不可凭信,此是嫂嫂想念之故。请勿忧愁。”

正说间,适曹操命使来请关公赴宴。公辞二嫂,往见操。操见公有泪容,问其故。公曰:“二嫂思兄痛哭,不由某心不悲。”操笑而宽解之,频以酒相劝。公醉,自绰其髯而言曰:“生不能报国家,而背其兄,徒为人也!”操问曰:“云长髯有数乎?”公曰:“约数百根。每秋月约退三五根。冬月多以皂纱囊裹之,恐其断也。”操以纱锦作囊,与关公护髯。次日,早朝见帝。帝见关公一纱锦囊垂于胸次,帝问之。关公奏曰:“臣髯颇长,丞相赐囊贮之。”帝令当殿披拂,过于其腹。帝曰:“真美髯公也!”因此人皆呼为“美髯公”。

忽一日,操请关公宴。临散,送公出府,见公马瘦,操曰:“公马因何而瘦?”关公曰:“贱躯颇重,马不能载,因此常瘦。”操令左右备一马来。须臾牵至。那马身如火炭,状甚雄伟。操指曰:“公识此马否?”公曰:“莫非吕布所骑赤兔马乎?”操曰:“然也。”遂并鞍辔送与关公。关公再拜称谢。操不悦曰:“吾累送美女金帛,公未尝下拜;今吾赠马,乃喜而再拜:何贱人而贵畜耶?”关公曰:“吾知此马日行千里,今幸得之,若知兄长下落,可一日而见面矣。”操愕然而悔。关公辞去。后人有诗叹曰:“威倾三国著英豪,一宅分居义气高。奸相枉将虚礼待,岂知关羽不降曹。”操问张辽曰:“吾待云长不薄,而彼常怀去心,何也?”辽曰:“容某探其情。”次日,往见关公。礼毕,辽曰:“我荐兄在丞相处,不曾落后?”公曰:“深感丞相厚意。只是吾身虽在此,心念皇叔,未尝去怀。”辽曰:“兄言差矣。处世不分轻重,非丈夫也。玄德待兄,未必过于丞相,兄何故只怀去志?”公曰:“吾固知曹公待吾甚厚。奈吾受刘皇叔厚恩,誓以共死,不可背之。吾终不留此。要必立效以报曹公,然后去耳。”辽曰:“倘玄德已弃世,公何所归乎?”公曰:“愿从于地下。”辽知公终不可留,乃告退,回见曹操,具以实告。操叹曰:“事主不忘其本,乃天下之义士也!”荀彧曰:“彼言立功方去,若不教彼立功,未必便去。”操然之。

却说玄德在袁绍处,旦夕烦恼。绍曰:“玄德何故常忧?”玄德曰:“二弟不知音耗,妻小陷于曹贼;上不能报国,下不能保家:安得不忧?”绍曰:“吾欲进兵赴许都久矣。方今春暖,正好兴兵。”便商议破曹之策。田丰谏曰:“前操攻徐州,许都空虚,不及此时进兵;今徐州已破,操兵方锐,未可轻敌。不如以久持之,待其有隙而后可动也。”绍曰:“待我思之。”因问玄德曰:“田丰劝我固守,何如!”玄德曰:“曹操欺君之贼,明公若不讨之,恐失大义于天下。”绍曰:“玄德之言甚善。”遂欲兴兵。田丰又谏。绍怒曰:“汝等弄文轻武,使我失大义!”田丰顿首曰:“若不听臣良言,出师不利。”绍大怒,欲斩之。玄德力劝,乃囚于狱中。沮授见田丰下狱,乃会其宗族,尽散家财,与之诀曰:“吾随军而去,胜则威无不加,败则一身不保矣!”众皆下泪送之。

绍遣大将颜良作先锋,进攻白马。沮授谏曰:“颜良性狭,虽骁勇,不可独任。”绍曰:“吾之上将,非汝等可料。”大军进发至黎阳,东郡太守刘延告急许昌。曹操急议兴兵抵敌。关公闻知,遂入相府见操曰:“闻丞相起兵,某愿为前部。”操曰:“未敢烦将军。早晚有事,当来相请。”关公乃退。

操引兵十五万,分三队而行。于路又连接刘延告急文书,操先提五万军亲临白马,靠土山扎住。遥望山前平川临野之地,颜良前部精兵十万,排成阵势。操骇然,回顾吕布旧将宋宪曰:“吾闻汝乃吕布部下猛将,今可与颜良一战。”宋宪领诺,绰枪上马,直出阵前。颜良横刀立马于门旗下;见宋宪马至,良大喝一声,纵马来迎。战不三合,手起刀落,斩宋宪于阵前。曹操大惊曰:“真勇将也!”魏续曰:“杀我同伴,愿去报仇!”操许之。续上马持矛,径出阵前,大骂颜良。良更不打话,交马一合,照头一刀,劈魏续于马下。操曰:“今谁敢当之?”徐晃应声而出,与颜良战二十合,败归本阵。诸将栗然。曹操收军,良亦引军退去。

操见连斩二将,心中忧闷。程昱曰:“某举一人可敌颜良。”操问是谁。昱曰:“非关公不可。”操曰:“吾恐他立了功便去。”昱曰:“刘备若在,必投袁绍。今若使云长破袁绍之兵,绍必疑刘备而杀之矣。备既死,云长又安往乎?”操大喜,遂差人去请关公。关公即入辞二嫂。二嫂曰:“叔今此去,可打听皇叔消息。”

关公领诺而出,提青龙刀,上赤兔马,引从者数人,直至白马来见曹操。操叙说:“颜良连诛二将,勇不可当,特请云长商议。”关公曰:“容某观之。”操置酒相待。忽报颜良搦战。操引关公上土山观看。操与关公坐,诸将环立。曹操指山下颜良排的阵势,旗帜鲜明,枪刀森布,严整有威,乃谓关公曰:“河北人马,如此雄壮!”关公曰:“以吾观之,如土鸡瓦犬耳!”操又指曰:“麾盖之下,绣袍金甲,持刀立马者,乃颜良也。”关公举目一望,谓操曰:“吾观颜良,如插标卖首耳!”操曰:“未可轻视。”关公起身曰:“某虽不才,愿去万军中取其首级,来献丞相。”张辽曰:“军中无戏言,云长不可忽也。”关公奋然上马,倒提青龙刀,跑下山来,凤目圆睁,蚕眉直竖,直冲彼阵。河北军如波开浪裂,关公径奔颜良。颜良正在麾盖下,见关公冲来,方欲问时,关公赤兔马快,早已跑到面前;颜良措手不及,被云长手起一刀,刺于马下。忽地下马,割了颜良首级,拴于马项之下,飞身上马,提刀出阵,如入无人之境。河北兵将大惊,不战自乱。曹军乘势攻击,死者不可胜数;马匹器械,抢夺极多。关公纵马上山,众将尽皆称贺。公献首级于操前。操曰:“将军真神人也!”关公曰:“某何足道哉!吾弟张翼德于百万军中取上将之头,如探囊取物耳。”操大惊,回顾左右曰:“今后如遇张翼德,不可轻敌。”令写于衣袍襟底以记之。

却说颜良败军奔回,半路迎见袁绍,报说被赤面长须使大刀一勇将,匹马入阵,斩颜良而去,因此大败。绍惊问曰:“此人是谁?”沮授曰:“此必是刘玄德之弟关云长也。”绍大怒,指玄德曰:“汝弟斩吾爱将,汝必通谋,留尔何用!”唤刀斧手推出玄德斩之。正是:初见方为座上客,此日几同阶下囚。未知玄德性命如何,且听下文分解。

第二十六回 袁本初败兵折将 关云长挂印封金

却说袁绍欲斩玄德。玄德从容进曰:“明公只听一面之词,而绝向日之情耶?备自徐州失散,二弟云长未知存否;天下同貌者不少,岂赤面长须之人,即为关某也?明公何不察之?”袁绍是个没主张的人,闻玄德之言,责沮授曰:“误听汝言,险杀好人。”遂仍请玄德上帐坐,议报颜良之仇。帐下一人应声而进曰:“颜良与我如兄弟,今被曹贼所杀,我安得不雪其恨?”玄德视其人,身长八尺,面如獬豸,乃河北名将文丑也。袁绍大喜曰:“非汝不能报颜良之仇。吾与十万军兵,便渡黄河,追杀曹贼!”沮授曰:“不可。今宜留屯延津,分兵官渡,乃为上策。若轻举渡河,设或有变,众皆不能还矣。”绍怒曰:“皆是汝等迟缓军心,迁延日月,有妨大事!岂不闻兵贵神速乎?”沮授出,叹曰:“上盈其志,下务其功;悠悠黄河,吾其济乎!”遂托疾不出议事。玄德曰:“备蒙大恩,无可报效,意欲与文将军同行:一者报明公之德,二者就探云长的实信。”绍喜,唤文丑与玄德同领前部。文丑曰:“刘玄德屡败之将,于军不利。既主公要他去时,某分三万军,教他为后部。”于是文丑自领七万军先行,令玄德引三万军随后。

且说曹操见云长斩了颜良,倍加钦敬,表奏朝廷,封云长为汉寿亭侯,铸印送关公。忽报袁绍又使大将文丑渡黄河,已据延津之上。操乃先使人移徙居民于西河,然后自领兵迎之;传下将令:以后军为前军,以前军为后军;粮草先行,军兵在后。吕虔曰:“粮草在先,军兵在后,何意也?”操曰:“粮草在后,多被剽掠,故令在前。”虔曰:“倘遇敌军劫去,如之奈何?”操曰:“且待敌军到时,却又理会。”虔心疑未决。操令粮食辎重沿河堑至延津。操在后军,听得前军发喊,急教人看时,报说:“河北大将文丑兵至,我军皆弃粮草,四散奔走。后军又远,将如之何?”操以鞭指南阜曰:“此可暂避。”人马急奔土阜。操令军士皆解衣卸甲少歇,尽放其马。文丑军掩至。众将曰:“贼至矣！可急收马匹，退回白马！”荀攸急止之曰：“此正可以饵敌，何故反退？”操急以目视荀攸而笑。攸知其意，不复言。

文丑军既得粮草车仗，又来抢马。军士不依队伍，自相杂乱。曹操却令军将一齐下土阜击之，文丑军大乱。曹兵围裹将来，文丑挺身独战，军士自相践踏。文丑止遏不住，只得拨马回走。操在土阜上指曰：“文丑为河北名将，谁可擒之？”张辽、徐晃飞马齐出，大叫：“文丑休走！”文丑回头见二将赶上，遂按住铁枪，拈弓搭箭，正射张辽。徐晃大叫：“贼将休放箭！”张辽低头急躲，一箭射中头盔，将簪缨射去。辽奋力再赶，坐下战马，又被文丑一箭射中面颊。那马跪倒前蹄，张辽落地。文丑回马复来，徐晃急轮大斧，截住厮杀。只见文丑后面军马齐到，晃料敌不过，拨马而回。文丑沿河赶来。

忽见十余骑马，旗号翩翻，一将当头提刀飞马而来，乃关云长也，大喝：“贼将休走！”与文丑交马，战不三合，文丑心怯，拨马绕河而走。关公马快，赶上文丑，脑后一刀，将文丑斩下马来。曹操在土阜上，见关公砍了文丑，大驱人马掩杀。河北军大半落水，粮草马匹仍被曹操夺回。

云长引数骑东冲西突。正杀之间，刘玄德领三万军随后到。前面哨马探知，报与玄德云：“今番又是红面长髯的斩了文丑。”玄德慌忙骤马来看，隔河望见一簇人马，往来如飞，旗上写着“汉寿亭侯关云长”七字。玄德暗谢天地曰：“原来吾弟果然在曹操处！”欲待招呼相见，被曹兵大队拥来，只得收兵回去。

袁绍接应至官渡，下定寨栅。郭图、审配入见袁绍，说：“今番又是关某杀了文丑，刘备佯推不知。”袁绍大怒，骂曰：“大耳贼焉敢如此！”少顷，玄德至，绍令推出斩之。玄德曰：“某有何罪？”绍曰：“你故使汝弟又坏我一员大将，如何无罪？”玄德曰：“容伸一言而死：曹操素忌备，今知备在明公处，恐备助公，故特使云长诛杀二将。公知必怒。此借公之手以杀刘备也。愿明公思之。”袁绍曰：“玄德之言是也。汝等几使我受害贤之名。”喝退左右，请玄德上帐而坐。玄德谢曰：“荷明公宽大之恩，无可补报，欲令一心腹人持密书去见云长，使知刘备消息，彼必星夜来到，辅佐明公，共诛曹操，以报颜良、文丑之仇,若何?”袁绍大喜曰:“吾得云长,胜颜良、文丑十倍也。”玄德修下书札,未有人送去。绍令退军武阳,连营数十里,按兵不动。

操乃使夏侯惇领兵守住官渡隘口,自己班师回许都,大宴众官,贺云长之功。因谓吕虔曰:“昔日吾以粮草在前者,乃饵敌之计也。惟荀公达知吾心耳。”众皆叹服。正饮宴间,忽报:“汝南有黄巾刘辟、龚都,甚是猖獗。曹洪累战不利,乞遣兵救之。”云长闻言,进曰:“关某愿施犬马之劳,破汝南贼寇。”操曰:“云长建立大功,未曾重酬,岂可复劳征进?”公曰:“关某久闲,必生疾病。愿再一行。”曹操壮之,点兵五万,使于禁、乐进为副将,次日便行。荀彧密谓操曰:“云长常有归刘之心,倘知消息必去,不可频令出征。”操曰:“今次收功,吾不复教临敌矣。”

且说云长领兵将近汝南,扎住营寨。当夜营外拿了两个细作人来。云长视之,内中认得一人,乃孙乾也。关公叱退左右,问乾曰:“公自溃散之后,一向踪迹不闻,今何为在此处?”乾曰:“某自逃难,飘泊汝南,幸得刘辟收留。今将军为何在曹操处?未识甘、糜二夫人无恙否?”关公因将上项事细说一遍。乾曰:“近闻玄德公在袁绍处,欲往投之,未得其便。今刘、龚二人归顺袁绍,相助攻曹。天幸得将军到此,因特令小军引路,教某为细作,来报将军。来日二人当虚败一阵,公可速引二夫人投袁绍处,与玄德公相见。”关公曰:“既兄在袁绍处,吾必星夜而往。但恨吾斩绍二将,恐今事变矣。”乾曰:“吾当先往探彼虚实,再来报将军。”公曰:“吾见兄长一面,虽万死不辞。今回许昌,便辞曹操也。”当夜密送孙乾去了。

次日,关公引兵出,龚都披挂出阵。关公曰:“汝等何故背反朝廷?”都曰:“汝乃背主之人,何反责我?”关公曰:“我何为背主?”都曰:“刘玄德在袁本初处,汝却从曹操,何也?”关公更不打话,拍马舞刀向前。龚都便走,关公赶上。都回身告关公曰:“故主之恩,不可忘也。公当速进,我让汝南。”关公会意,驱军掩杀。刘、龚二人佯输诈败,四散去了。云长夺得州县,安民已定,班师回许昌。曹操出郭迎接,赏劳军士。

宴罢,云长回家,参拜二嫂于门外。甘夫人曰:“叔叔两番出军,可知皇叔音信否?”公答曰:“未也。”关公退,二夫人于门内痛哭曰:“想皇叔休矣！二叔恐我姊妹烦恼,故隐而不言。”正哭间,有一随行老军,听得哭声不绝,于门外告曰:“夫人休哭,主人现在河北袁绍处。”夫人曰:“汝何由知之?”军曰:“跟关将军出征,有人在阵上说来。”夫人急召云长责之曰:“皇叔未尝负汝,汝今受曹操之恩,顿忘旧日之义,不以实情告我,何也?”关公顿首曰:“兄今委实在河北。未敢教嫂嫂知者,恐有泄漏也。事须缓图,不可欲速。”甘夫人曰:“叔宜上紧。”公退,寻思去计,坐立不安。

原来于禁探知刘备在河北,报与曹操。操令张辽来探关公意。关公正闷坐,张辽入贺曰:“闻兄在阵上知玄德音信,特来贺喜。”关公曰:“故主虽在,未得一见,何喜之有!”辽曰:“兄与玄德交,比弟与兄交何如?”公曰:“我与兄,朋友之交也;我与玄德,是朋友而兄弟、兄弟而主臣者也:岂可共论乎?”辽曰:“今玄德在河北,兄往从否?”关公曰:“昔日之言,安肯背之！文远须为我致意丞相。”张辽将关公之言,回告曹操。操曰:“吾自有计留之。”

且说关公正寻思间,忽报有故人相访。及请入,却不相识。关公问曰:“公何人也?”答曰:“某乃袁绍部下南阳陈震也。”关公大惊,急退左右,问曰:“先生此来,必有所为?”震出书一缄,递与关公。公视之,乃玄德书也。其略云:“备与足下,自桃园缔盟,誓以同死。今何中道相违,割恩断义？君必欲取功名、图富贵,愿献备首级以成全功。书不尽言,死待来命。”关公看书毕,大哭曰:“某非不欲寻兄,奈不知所在也。安肯图富贵而背旧盟乎?”震曰:“玄德望公甚切,公既不背旧盟,宜速往见。”关公曰:“人生天地间,无终始者,非君子也。吾来时明白,去时不可不明白。吾今作书,烦公先达知兄长,容某辞却曹操,奉二嫂来相见。”震曰:“倘曹操不允,为之奈何?”公曰:“吾宁死,岂肯久留于此!”震曰:“公速作回书,免致刘使君悬望。”关公写书答云:“窃闻义不负心,忠不顾死。羽自幼读书,粗知礼义,观羊角哀、左伯桃之事,未尝不三叹而流涕也。前守下邳,内无积粟,外无援兵;欲即效死,奈有二嫂之重,未敢断首捐躯,致负所托;故尔暂且羁身,冀图后会。近至汝南,方知兄信;即当面辞曹公,奉二嫂归。羽但怀异心,神人共戮。披肝沥胆,笔楮难穷。瞻拜有期,伏惟照鉴。”陈震得书自回。

关公入内告知二嫂,随即至相府,拜辞曹操。操知来意,乃悬回避牌于门。关公怏怏而回,命旧日跟随人役,收拾车马,早晚伺候;分付宅中,所有原赐之物,尽皆留下,分毫不可带去。次日再往相府辞谢,门首又挂回避牌。关公一连去了数次,皆不得见。乃往张辽家相探,欲言其事。辽亦托疾不出。关公思曰:“此曹丞相不容我去之意,我去志已决,岂可复留!”即写书一封,辞谢曹操。书略曰:“羽少事皇叔,誓同生死;皇天后土,实闻斯言。前者下邳失守,所请三事,已蒙恩诺。今探知故主现在袁绍军中,回思昔日之盟,岂容违背?新恩虽厚,旧义难忘。兹特奉书告辞,伏惟照察。其有余恩未报,愿以俟之异日。”写毕封固,差人去相府投递;一面将累次所受金银,一一封置库中,悬汉寿亭侯印于堂上,请二夫人上车。关公上赤兔马,手提青龙刀,率领旧日跟随人役,护送车仗,径出北门。门吏挡之。关公怒目横刀,大喝一声,门吏皆退避。关公既出门,谓从者曰:“汝等护送车仗先行,但有追赶者,吾自当之,勿得惊动二位夫人。”从者推车,望官道进发。

却说曹操正论关公之事未定,左右报关公呈书。操即看毕,大惊曰:“云长去矣!”忽北门守将飞报:“关公夺门而去,车仗鞍马二十余人,皆望北行。”又关公宅中人来报说:“关公尽封所赐金银等物。美女十人,另居内室。其汉寿亭侯印悬于堂上。丞相所拨人役,皆不带去,只带原跟从人,及随身行李,出北门去了。”众皆愕然。一将挺身出曰:“某愿将铁骑三千,去生擒关某,献与丞相!”众视之,乃将军蔡阳也。正是:欲离万丈蛟龙穴,又遇三千狼虎兵。蔡阳要赶关公,毕竟如何,且听下文分解。

第二十七回　美髯公千里走单骑　汉寿侯五关斩六将

却说曹操部下诸将中，自张辽而外，只有徐晃与云长交厚，其余亦皆敬服；独蔡阳不服关公，故今日闻其去，欲往追之。操曰："不忘故主，来去明白，真丈夫也。汝等皆当效之。"遂叱退蔡阳，不令去赶。程昱曰："丞相待关某甚厚，今彼不辞而去，乱言片楮，冒渎钧威，其罪大矣。若纵之使归袁绍，是与虎添翼也。不若追而杀了，以绝后患。"操曰："吾昔已许之，岂可失信！彼各为其主，勿追也。"因谓张辽曰："云长封金挂印，财贿不以动其心，爵禄不以移其志，此等人吾深敬之。想他去此不远，我一发结识他做个人情。汝可先去请住他，待我与他送行，更以路费征袍赠之，使为后日记念。"张辽领命，单骑先往。曹操引数十骑随后而来。

却说云长所骑赤兔马，日行千里，本是赶不上；因欲护送车仗，不敢纵马，按辔徐行。忽听背后有人大叫："云长且慢行！"回头视之，见张辽拍马而至。关公教车仗从人，只管望大路紧行；自己勒住赤兔马，按定青龙刀，问曰："文远莫非欲追我回乎？"辽曰："非也。丞相知兄远行，欲来相送，特先使我请住台驾，别无他意。"关公曰："便是丞相铁骑来，吾愿决一死战！"遂立马于桥上望之。见曹操引数十骑，飞奔前来，背后乃是许褚、徐晃、于禁、李典之辈。操见关公横刀立马于桥上，令诸将勒住马匹，左右排开。关公见众人手中皆无军器，方始放心。操曰："云长行何太速？"关公于马上欠身答曰："关某前曾禀过丞相。今故主在河北，不由某不急去。累次造府，不得参见，故拜书告辞，封金挂印，纳还丞相。望丞相勿忘昔日之言。"操曰："吾欲取信于天下，安肯有负前言。恐将军途中乏用，特具路资相送。"一将便从马上托过黄金一盘。关公曰："累蒙恩赐，尚有余资。留此黄金以赏将士。"操曰："特以少酬大功于万一，何必推辞？"关公曰："区区微劳，何足挂齿。"操笑曰："云长天下义士，恨吾福薄，不得相留。锦袍一领,略表寸心。”令一将下马,双手捧袍过来。云长恐有他变,不敢下马,用青龙刀尖挑锦袍披于身上,勒马回头称谢曰:“蒙丞相赐袍,异日更得相会。”遂下桥望北而去。许褚曰:“此人无礼太甚,何不擒之?”操曰:“彼一人一骑,吾数十余人,安得不疑?吾言既出,不可追也。”曹操自引众将回城,于路叹想云长不已。

不说曹操自回。且说关公来赶车仗。约行三十里,却只不见。云长心慌,纵马四下寻之。忽见山头一人,高叫:“关将军且住!”云长举目视之,只见一少年,黄巾锦衣,持枪跨马,马项下悬着首级一颗,引百余步卒,飞奔前来。公问曰:“汝何人也?”少年弃枪下马,拜伏于地。云长恐是诈,勒马持刀问曰:“壮士,愿通姓名。”答曰:“吾本襄阳人,姓廖,名化,字元俭。因世乱流落江湖,聚众五百余人,劫掠为生。恰才同伴杜远下山巡哨,误将两夫人劫掠上山。吾问从者,知是大汉刘皇叔夫人,且闻将军护送在此,吾即欲送下山来。杜远出言不逊,被某杀之。今献头与将军请罪。”关公曰:“二夫人何在?”化曰:“现在山中。”关公教急取下山。不移时,百余人簇拥车仗前来。关公下马停刀,叉手于车前问候曰:“二嫂受惊否?”二夫人曰:“若非廖将军保全,已被杜远所辱。”关公问左右曰:“廖化怎生救夫人?”左右曰:“杜远劫上山去,就要与廖化各分一人为妻。廖化问起根由,好生拜敬;杜远不从,已被廖化杀了。”关公听言,乃拜谢廖化。廖化欲以部下人送关公。关公寻思此人终是黄巾余党,未可作伴,乃谢却之。廖化又拜送金帛,关公亦不受。廖化拜别,自引人伴投山谷中去了。

云长将曹操赠袍事,告知二嫂,催促车仗前行。至天晚,投一村庄安歇。庄主出迎,须发皆白,问曰:“将军姓甚名谁?”关公施礼曰:“吾乃刘玄德之弟关某也。”老人曰:“莫非斩颜良、文丑的关公否?”公曰:“便是。”老人大喜,便请入庄。关公曰:“车上还有二位夫人。”老人便唤妻女出迎。二夫人至草堂上,关公叉手立于二夫人之侧。老人请公坐,公曰:“尊嫂在上,安敢就坐!”老人乃令妻女请二夫人入内室款待,自于草堂款待关公。关公问老人姓名。老人曰:“吾姓胡,名华。桓帝时曾为议郎,致仕归乡。今有小儿胡班,在荥阳太守王植部下为从事。将军若从此处经过，某有一书寄与小儿。”关公允诺。

次日早膳毕，请二嫂上车，取了胡华书信，相别而行，取路投洛阳来。前至一关，名东岭关。把关将姓孔，名秀，引五百军兵在岭上把守。当日关公押车仗上岭，军士报知孔秀，秀出关来迎。关公下马，与孔秀施礼。秀曰：“将军何往？”公曰：“某辞丞相，特往河北寻兄。”秀曰：“河北袁绍，正是丞相对头。将军此去，必有丞相文凭？”公曰：“因行期慌迫，不曾讨得。”秀曰：“既无文凭，待我差人禀过丞相，方可放行。”关公曰：“待去禀时，须误了我行程。”秀曰：“法度所拘，不得不如此。”关公曰：“汝不容我过关乎？”秀曰：“汝要过去，留下老小为质。”关公大怒，举刀就杀孔秀。秀退入关去，鸣鼓聚军，披挂上马，杀下关来，大喝曰：“汝敢过去么！”关公约退车仗，纵马提刀，竟不打话，直取孔秀。秀挺枪来迎。两马相交，只一合，钢刀起处，孔秀尸横马下。众军便走。关公曰：“军士休走。吾杀孔秀，不得已也，与汝等无干。借汝众军之口，传语曹丞相，言孔秀欲害我，我故杀之。”众军俱拜于马前。

关公即请二夫人车仗出关，望洛阳进发。早有军士报知洛阳太守韩福。韩福急聚众将商议。牙将孟坦曰：“既无丞相文凭，即系私行；若不阻挡，必有罪责。”韩福曰：“关公勇猛，颜良、文丑俱为所杀。今不可力敌，只须设计擒之。”孟坦曰：“吾有一计：先将鹿角拦定关口，待他到时，小将引兵和他交锋，佯败诱他来追，公可用暗箭射之。若关某坠马，即擒解许都，必得重赏。”商议停当，人报关公车仗已到。韩福弯弓插箭，引一千人马，排列关口，问：“来者何人？”关公马上欠身言曰：“吾汉寿亭侯关某，敢借过路。”韩福曰：“有曹丞相文凭否？”关公曰：“事冗不曾讨得。”韩福曰：“吾奉丞相钧命，镇守此地，专一盘诘往来奸细。若无文凭，即系逃窜。”关公怒曰：“东岭孔秀，已被吾杀。汝亦欲寻死耶？”韩福曰：“谁人与我擒之？”孟坦出马，轮双刀来取关公。关公约退车仗，拍马来迎。孟坦战不三合，拨回马便走。关公赶来。孟坦只指望引诱关公，不想关公马快，早已赶上，只一刀，砍为两段。关公勒马回来，韩福闪在门首，尽力放了一箭，正射中关公左臂。公用口拔出箭,血流不住,飞马径奔韩福,冲散众军,韩福急走不迭,关公手起刀落,带头连肩,斩于马下;杀散众军,保护车仗。

关公割帛束住箭伤,于路恐人暗算,不敢久住,连夜投汜水关来。把关将乃并州人氏,姓卞,名喜,善使流星锤;原是黄巾余党,后投曹操,拨来守关。当下闻知关公将到,寻思一计:就关前镇国寺中,埋伏下刀斧手二百余人,诱关公至寺,约击盏为号,欲图相害。安排已定,出关迎接关公。公见卞喜来迎,便下马相见。喜曰:“将军名震天下,谁不敬仰!今归皇叔,足见忠义!”关公诉说斩孔秀、韩福之事。卞喜曰:“将军杀之是也。某见丞相,代禀衷曲。”关公甚喜,同上马过了汜水关,到镇国寺前下马。众僧鸣钟出迎。原来那镇国寺乃汉明帝御前香火院,本寺有僧三十余人。内有一僧,却是关公同乡人,法名普净。当下普净已知其意,向前与关公问讯,曰:“将军离蒲东几年矣?”关公曰:“将及二十年矣。”普净曰:“还认得贫僧否?”公曰:“离乡多年,不能相识。”普净曰:“贫僧家与将军家只隔一条河。”卞喜见普净叙出乡里之情,恐有走泄,乃叱之曰:“吾欲请将军赴宴,汝僧人何得多言!”关公曰:“不然。乡人相遇,安得不叙旧情耶?”普净请关公方丈待茶。关公曰:“二位夫人在车上,可先献茶。”普净教取茶先奉夫人,然后请关公入方丈。普净以手举所佩戒刀,以目视关公。公会意,命左右持刀紧随。

卞喜请关公于法堂筵席。关公曰:“卞君请关某,是好意,还是歹意?”卞喜未及回言,关公早望见壁衣中有刀斧手,乃大喝卞喜曰:“吾以汝为好人,安敢如此!”卞喜知事泄,大叫:“左右下手!”左右方欲动手,皆被关公拔剑砍之。卞喜下堂绕廊而走,关公弃剑执大刀来赶。卞喜暗取飞锤掷打关公。关公用刀隔开锤,赶将入去,一刀劈卞喜为两段。随即回身来看二嫂,早有军人围住,见关公来,四下奔走。关公赶散,谢普净曰:“若非吾师,已被此贼害矣。”普净曰:“贫僧此处难容,收拾衣钵,亦往他处云游也。后会有期,将军保重。”关公称谢,护送车仗,往荥阳进发。

荥阳太守王植,却与韩福是两亲家;闻得关公杀了韩福,商议欲暗害关公,乃使人守住关口。待关公到时,王植出关,喜笑相迎。关公诉说寻兄之事。植曰:“将军于路驱驰,夫人车上劳困,且请入城,馆驿中暂歇一宵,来日登途未迟。”关公见王植意甚殷勤,遂请二嫂入城。馆驿中皆铺陈了当。王植请公赴宴,公辞不往;植使人送筵席至馆驿。关公因于路辛苦,请二嫂晚膳毕,就正房歇定;令从者各自安歇,饱喂马匹。关公亦解甲憩息。

却说王植密唤从事胡班听令曰:“关某背丞相而逃,又于路杀太守并守关将校,死罪不轻!此人武勇难敌。汝今晚点一千军围住馆驿,一人一个火把,待三更时分,一齐放火;不问是谁,尽皆烧死!吾亦自引军接应。”胡班领命,便点起军士,密将干柴引火之物,搬于馆驿门首,约时举事。

胡班寻思:“我久闻关云长之名,不识如何模样,试往窥之。”乃至驿中,问驿吏曰:“关将军在何处?”答曰:“正厅上观书者是也。”胡班潜至厅前,见关公左手绰髯,于灯下凭几看书。班见了,失声叹曰:“真天人也!”公问何人,胡班入拜曰:“荥阳太守部下从事胡班。”关公曰:“莫非许都城外胡华之子否?”班曰:“然也。”公唤从者于行李中取书付班。班看毕,叹曰:“险些误杀忠良!”遂密告曰:“王植心怀不仁,欲害将军,暗令人四面围住馆驿,约于三更放火。今某当先去开了城门,将军急收拾出城。”

关公大惊,忙披挂提刀上马,请二嫂上车,尽出馆驿,果见军士各执火把听候。关公急来到城边,只见城门已开。关公催车仗急急出城。胡班还去放火。关公行不到数里,背后火把照耀,人马赶来。当先王植大叫:“关某休走!”关公勒马,大骂:“匹夫!我与你无仇,如何令人放火烧我?”王植拍马挺枪,径奔关公,被关公拦腰一刀,砍为两段。人马都赶散。关公催车仗速行,于路感胡班不已。

行至滑州界首,有人报与刘延。延引数十骑,出郭而迎。关公马上欠身而言曰:“太守别来无恙!”延曰:“公今欲何往?”公曰:“辞了丞相,去寻家兄。”延曰:“玄德在袁绍处,绍乃丞相仇人,如何容公去?”公曰:“昔日曾言定来。”延曰:“今黄河渡口关隘,夏侯惇部将秦琪据守,恐不容将军过渡。”公曰:“太守应付船只,若何?”延曰:“船只虽有，不敢应付。”公曰：“我前者诛颜良、文丑，亦曾与足下解厄。今日求一渡船而不与，何也？”延曰：“只恐夏侯惇知之，必然罪我。”关公知刘延无用之人，遂自催车仗前进。到黄河渡口，秦琪引军出问：“来者何人？”关公曰：“汉寿亭侯关某也。”琪曰：“今欲何往？”关公曰：“欲投河北去寻兄长刘玄德，敬来借渡。”琪曰：“丞相公文何在？”公曰：“吾不受丞相节制，有甚公文！”琪曰：“吾奉夏侯将军将令，守把关隘，你便插翅，也飞不过去！”关公大怒曰：“你知我于路斩戮拦截者乎？”琪曰：“你只杀得无名下将，敢杀我么？”关公怒曰：“汝比颜良、文丑若何？”秦琪大怒，纵马提刀，直取关公。二马相交，只一合，关公刀起，秦琪头落。关公曰：“当吾者已死，余人不必惊走。速备船只，送我渡河。”军士急撑舟傍岸。关公请二嫂上船渡河。渡过黄河，便是袁绍地方。关公所历关隘五处，斩将六员。后人有诗叹曰：“挂印封金辞汉相，寻兄遥望远途还。马骑赤兔行千里，刀偃青龙出五关。忠义慨然冲宇宙，英雄从此震江山。独行斩将应无敌，今古留题翰墨间。”

关公于马上自叹曰：“吾非欲沿途杀人，奈事不得已也。曹公知之，必以我为负恩之人矣。”正行间，忽见一骑自北而来，大叫：“云长少住！”关公勒马视之，乃孙乾也。关公曰：“自汝南相别，一向消息若何？”乾曰：“刘辟、龚都自将军回兵之后，复夺了汝南；遣某往河北结好袁绍，请玄德同谋破曹之计。不想河北将士，各相妒忌。田丰尚囚狱中；沮授黜退不用；审配、郭图各自争权；袁绍多疑，主持不定。某与刘皇叔商议，先求脱身之计。今皇叔已往汝南会合刘辟去了。恐将军不知，反到袁绍处，或为所害，特遣某于路迎接将来。幸于此得见。将军可速往汝南与皇叔相会。”关公教孙乾拜见夫人。夫人问其动静。孙乾备说袁绍二次欲斩皇叔，今幸脱身往汝南去了。夫人可与云长到此相会。二夫人皆掩面垂泪。关公依言，不投河北去，径取汝南来。正行之间，背后尘埃起处，一彪人马赶来，当先夏侯惇大叫：“关某休走！”正是：六将阻关徒受死，一军拦路复争锋。毕竟关公怎生脱身，且听下文分解。

第二十八回　斩蔡阳兄弟释疑　会古城主臣聚义

却说关公同孙乾保二嫂向汝南进发，不想夏侯惇领三百余骑，从后追来。孙乾保车仗前行。关公回身勒马按刀问曰："汝来赶我，有失丞相大度。"夏侯惇曰："丞相无明文传报，汝于路杀人，又斩吾部将，无礼太甚！我特来擒你，献与丞相发落！"言讫，便拍马挺枪欲斗。

只见后面一骑飞来，大叫："不可与云长交战！"关公按辔不动。来使于怀中取出公文，谓夏侯惇曰："丞相敬爱关将军忠义，恐于路关隘拦截，故遣某特赍公文，遍行诸处。"惇曰："关某于路杀把关将士，丞相知否？"来使曰："此却未知。"惇曰："我只活捉他去见丞相，待丞相自放他。"关公怒曰："吾岂惧汝耶！"拍马持刀，直取夏侯惇。惇挺枪来迎。两马相交，战不十合，忽又一骑飞至，大叫："二将军少歇！"惇停枪问来使曰："丞相叫擒关某乎？"使者曰："非也。丞相恐守关诸将阻挡关将军，故又差某驰公文来放行。"惇曰："丞相知其于路杀人否？"使者曰："未知。"惇曰："既未知其杀人，不可放去。"指挥手下军士，将关公围住。关公大怒，舞刀迎战。

两个正欲交锋，阵后一人飞马而来，大叫："云长、元让，休得争战！"众视之，乃张辽也。二人各勒住马。张辽近前言曰："奉丞相钧旨：因闻知云长斩关杀将，恐于路有阻，特差我传谕各处关隘，任便放行。"惇曰："秦琪是蔡阳之甥。他将秦琪托付我处，今被关某所杀，怎肯干休？"辽曰："我见蔡将军，自有分解。既丞相大度，教放云长去，公等不可废丞相之意。"夏侯惇只得将军马约退。辽曰："云长今欲何往？"关公曰："闻兄长又不在袁绍处，吾今将遍天下寻之。"辽曰："既未知玄德下落，且再回见丞相，若何？"关公笑曰："安有是理！文远回见丞相，幸为我谢罪。"说毕，与张辽拱手而别。于是张辽与夏侯惇领军自回。

关公赶上车仗，与孙乾说知此事。二人并马而行。行了数日，忽值大雨滂沱，行装尽湿。遥望山冈边有一所庄院，关公引着车仗，到彼借宿。庄内一老人出迎。关公具言来意。老人曰："某姓郭，名常，世居于此。久闻大名，幸得瞻拜。"遂宰羊置酒相待，请二夫人于后堂暂歇。郭常陪关公、孙乾于草堂饮酒。一边烘焙行李，一边喂养马匹。至黄昏时候，忽见一少年，引数人入庄，径上草堂。郭常唤曰："吾儿来拜将军。"因谓关公曰："此愚男也。"关公问何来。常曰："射猎方回。"少年见过关公，即下堂去了。常流泪言曰："老夫耕读传家，止生此子，不务本业，惟以游猎为事。是家门不幸也！"关公曰："方今乱世，若武艺精熟，亦可以取功名，何云不幸？"常曰："他若肯习武艺，便是有志之人。今专务游荡，无所不为：老夫所以忧耳！"关公亦为叹息。

至更深，郭常辞出。关公与孙乾方欲就寝，忽闻后院马嘶人叫。关公急唤从人，却都不应，乃与孙乾提剑往视之。只见郭常之子倒在地上叫唤，从人正与庄客厮打。公问其故。从人曰："此人来盗赤兔马，被马踢倒。我等闻叫唤之声，起来巡看，庄客们反来厮闹。"公怒曰："鼠贼焉敢盗吾马！"恰待发作，郭常奔至告曰："不肖子为此歹事，罪合万死！奈老妻最怜爱此子，乞将军仁慈宽恕！"关公曰："此子果然不肖，适才老翁所言，真知子莫若父也。我看翁面，且姑恕之。"遂分付从人看好了马，喝散庄客，与孙乾回草堂歇息。

次日，郭常夫妇出拜于堂前，谢曰："犬子冒渎虎威，深感将军恩恕。"关公令唤出："我以正言教之。"常曰："他于四更时分，又引数个无赖之徒，不知何处去了。"关公谢别郭常，奉二嫂上车，出了庄院，与孙乾并马，护着车仗，取山路而行。

不及三十里，只见山背后拥出百余人，为首两骑马：前面那人，头裹黄巾，身穿战袍；后面乃郭常之子也。黄巾者曰："我乃天公将军张角部将也！来者快留下赤兔马，放你过去！"关公大笑曰："无知狂贼！汝既从张角为盗，亦知刘、关、张兄弟三人名字否？"黄巾者曰："我只闻赤面长髯者名关云长，却未识其面。汝何人也？"公乃停刀立马，解开须囊，出长髯令视之。其人滚鞍下马，脑揪郭常之子拜献于马前。关公问其姓名。告曰:“某姓裴,名元绍。自张角死后,一向无主,啸聚山林,权于此处藏伏。今早这厮来报:有一客人,骑一匹千里马,在我家投宿。特邀某来劫夺此马。不想却遇将军。”郭常之子拜伏乞命。关公曰:“吾看汝父之面,饶你性命!”郭子抱头鼠窜而去。

公谓元绍曰:“汝不识吾面,何以知吾名?”元绍曰:“离此二十里有一卧牛山。山上有一关西人,姓周,名仓,两臂有千斤之力,板肋虬髯,形容甚伟;原在黄巾张宝部下为将,张宝死,啸聚山林。他多曾与某说将军盛名,恨无门路相见。”关公曰:“绿林中非豪杰托足之处。公等今后可各去邪归正,勿自陷其身。”元绍拜谢。

正说话间,遥望一彪人马来到。元绍曰:“此必周仓也。”关公乃立马待之。果见一人,黑面长身,持枪乘马,引众而至;见了关公,惊喜曰:“此关将军也!”疾忙下马,俯伏道傍曰:“周仓参拜。”关公曰:“壮士何处曾识关某来?”仓曰:“旧随黄巾张宝时,曾识尊颜;恨失身贼党,不得相随。今日幸得拜见。愿将军不弃,收为步卒,早晚执鞭随镫,死亦甘心!”公见其意甚诚,乃谓曰:“汝若随我,汝手下人伴若何?”仓曰:“愿从则俱从;不愿从者,听之可也。”于是众人皆曰:“愿从。”关公乃下马至车前禀问二嫂。甘夫人曰:“叔叔自离许都,于路独行至此,历过多少艰难,未尝要军马相随。前廖化欲相投,叔既却之,今何独容周仓之众耶?我辈女流浅见,叔自斟酌。”公曰:“嫂嫂之言是也。”遂谓周仓曰:“非关某寡情,奈二夫人不从。汝等且回山中,待我寻见兄长,必来相招。”周仓顿首告曰:“仓乃一粗莽之夫,失身为盗;今遇将军,如重见天日,岂忍复错过!若以众人相随为不便,可令其尽跟裴元绍去。仓只身步行,跟随将军,虽万里不辞也!”关公再以此言告二嫂。甘夫人曰:“一二人相从,无妨于事。”公乃令周仓拨人伴随裴元绍去。元绍曰:“我亦愿随关将军。”周仓曰:“汝若去时,人伴皆散;且当权时统领。我随关将军去,但有住扎处,便来取你。”元绍怏怏而别。

周仓跟着关公,往汝南进发。行了数日,遥见一座山城。公问土人:“此何处也?”土人曰:“此名古城。数月前有一将军,姓张,名飞,引数十骑到此,将县官逐去,占住古城,招军买马,积草屯粮。今聚有三五千人马,四远无人敢敌。”关公喜曰:“吾弟自徐州失散,一向不知下落,谁想却在此!”乃令孙乾先入城通报,教来迎接二嫂。

却说张飞在芒砀山中,住了月余,因出外探听玄德消息,偶过古城,入县借粮;县官不肯,飞怒,因就逐去县官,夺了县印,占住城池,权且安身。当日孙乾领关公命,入城见飞。施礼毕,具言:“玄德离了袁绍处,投汝南去了。今云长直从许都送二位夫人至此,请将军出迎。”张飞听罢,更不回言。随即披挂持矛上马,引一千余人,径出北门。孙乾惊讶,又不敢问,只得随出城来。关公望见张飞到来,喜不自胜,付刀与周仓接了,拍马来迎。只见张飞圆睁环眼,倒竖虎须,吼声如雷,挥矛向关公便搠。关公大惊,连忙闪过,便叫:“贤弟何故如此?岂忘了桃园结义耶?”飞喝曰:“你既无义,有何面目来与我相见!”关公曰:“我如何无义?”飞曰:“你背了兄长,降了曹操,封侯赐爵。今又来赚我!我今与你拼个死活!”关公曰:“你原来不知!我也难说。现放着二位嫂嫂在此,贤弟请自问。”二夫人听得,揭帘而呼曰:“三叔何故如此?”飞曰:“嫂嫂住着。且看我杀了负义的人,然后请嫂嫂入城。”甘夫人曰:“二叔因不知你等下落,故暂时栖身曹氏。今知你哥哥在汝南,特不避险阻,送我们到此。三叔休错见了。”糜夫人曰:“二叔向在许都,原出于无奈。”飞曰:“嫂嫂休要被他瞒过了!忠臣宁死而不辱。大丈夫岂有事二主之理!”关公曰:“贤弟休屈了我。”孙乾曰:“云长特来寻将军。”飞喝曰:“如何你也胡说!他那里有好心,必是来捉我!”关公曰:“我若捉你,须带军马来。”飞把手指曰:“兀的不是军马来也!”

关公回顾,果见尘埃起处,一彪人马来到。风吹旗号,正是曹军。张飞大怒曰:“今还敢支吾么?”挺丈八蛇矛便搠将来。关公急止之曰:“贤弟且住。你看我斩此来将,以表我真心。”飞曰:“你果有真心,我这里三通鼓罢,便要你斩来将!”关公应诺。须臾,曹军至。为首一将,乃是蔡阳,挺刀纵马大喝曰:“你杀吾外甥秦琪,却原来逃在此!吾奉丞相命,特来拿你!”关公更不打话,举刀便砍。张飞亲自擂鼓。只见一通鼓未尽,关公刀起处,蔡阳头已落地。众军士俱走。关公活捉执认旗的小卒过来,问取来由。小卒告说:“蔡阳闻将军杀了他外甥,十分忿怒,要来河北与将军交战。丞相不肯,因差他往汝南攻刘辟。不想在这里遇着将军。”关公闻言,教去张飞前告说其事。飞将关公在许都时事细问小卒;小卒从头至尾,说了一遍,飞方才信。

正说间,忽城中军士来报:“城南门外有十数骑来的甚紧,不知是甚人。”张飞心中疑虑,便转出南门看时,果见十数骑轻弓短箭而来。见了张飞,滚鞍下马。视之,乃糜竺、糜芳也。飞亦下马相见。竺曰:“自徐州失散,我兄弟二人逃难回乡。使人远近打听,知云长降了曹操,主公在于河北;又闻简雍亦投河北去了。只不知将军在此。昨于路上遇见一伙客人,说有一姓张的将军,如此模样,今据古城。我兄弟度量必是将军,故来寻访。幸得相见!”飞曰:“云长兄与孙乾送二嫂方到,已知哥哥下落。”二糜大喜,同来见关公,并参见二夫人。飞遂迎请二嫂入城。至衙中坐定,二夫人诉说关公历过之事,张飞方才大哭,参拜云长。二糜亦俱伤感。张飞亦自诉别后之事,一面设宴贺喜。

次日,张飞欲与关公同赴汝南见玄德。关公曰:“贤弟可保护二嫂,暂住此城,待我与孙乾先去探听兄长消息。”飞允诺。关公与孙乾引数骑奔汝南来。刘辟、龚都接着,关公便问:“皇叔何在?”刘辟曰:“皇叔到此住了数日,为见军少,复往河北袁本初处商议去了。”关公怏怏不乐。孙乾曰:“不必忧虑。再苦一番驱驰,仍往河北去报知皇叔,同至古城便了。”关公依言,辞了刘辟、龚都,回至古城,与张飞说知此事。张飞便欲同至河北。关公曰:“有此一城,便是我等安身之处,未可轻弃。我还与孙乾同往袁绍处,寻见兄长,来此相会。贤弟可坚守此城。”飞曰:“兄斩他颜良、文丑,如何去得?”关公曰:“不妨。我到彼当见机而变。”遂唤周仓问曰:“卧牛山裴元绍处,共有多少人马?”仓曰:“约有四五百。”关公曰:“我今抄近路去寻兄长。汝可往卧牛山招此一枝人马,从大路上接来。”仓领命而去。

关公与孙乾只带二十余骑投河北来,将至界首,乾曰:“将军未可轻入,只在此间暂歇。待某先入见皇叔,别作商议。”关公依言,先打发孙乾去了,遥望前村有一所庄院,便与从人到彼投宿。庄内一老翁携杖而出,与关公施礼。公具以实告。老翁曰:“某亦姓关,名定。

久闻大名,幸得瞻谒。”遂命二子出见,款留关公,并从人俱留于庄内。

且说孙乾匹马入冀州见玄德,具言前事。玄德曰:“简雍亦在此间,可暗请来同议。”少顷,简雍至,与孙乾相见毕,共议脱身之计。雍曰:“主公明日见袁绍,只说要往荆州,说刘表共破曹操,便可乘机而去。”玄德曰:“此计大妙!但公能随我去否?”雍曰:“某亦自有脱身之计。”商议已定。次日,玄德入见袁绍,告曰:“刘景升镇守荆襄九郡,兵精粮足,宜与相约,共攻曹操。”绍曰:“吾尝遣使约之,奈彼未肯相从。”玄德曰:“此人是备同宗,备往说之,必无推阻。”绍曰:“若得刘表,胜刘辟多矣。”遂命玄德行。绍又曰:“近闻关云长已离了曹操,欲来河北;吾当杀之,以雪颜良、文丑之恨!”玄德曰:“明公前欲用之,吾故召之。今何又欲杀之耶?且颜良、文丑比之二鹿耳,云长乃一虎也:失二鹿而得一虎,何恨之有?”绍笑曰:“吾实爱之,故戏言耳。公可再使人召之,令其速来。”玄德曰:“即遣孙乾往召之可也。”绍大喜从之。玄德出,简雍进曰:“玄德此去,必不回矣。某愿与偕往:一则同说刘表,二则监住玄德。”绍然其言,便命简雍与玄德同行。郭图谏绍曰:“刘备前去说刘辟,未见成事;今又使与简雍同往荆州,必不返矣。”绍曰:“汝勿多疑,简雍自有见识。”郭图嗟呀而出。

却说玄德先命孙乾出城,回报关公;一面与简雍辞了袁绍,上马出城。行至界首,孙乾接着,同往关定庄上。关公迎门接拜,执手啼哭不止。关定领二子拜于草堂之前。玄德问其姓名。关公曰:“此人与弟同姓,有二子:长子关宁,学文;次子关平,学武。”关定曰:“今愚意欲遣次子跟随关将军,未识肯容纳否?”玄德曰:“年几何矣?”定曰:“十八岁矣。”玄德曰:“既蒙长者厚意,吾弟尚未有子,今即以贤郎为子,若何?”关定大喜,便命关平拜关公为父,呼玄德为伯父。玄德恐袁绍追之,急收拾起行。关平随着关公,一齐起身。关定送了一程自回。

关公教取路往卧牛山来。正行间,忽见周仓引数十人带伤而来。关公引他见了玄德。问其何故受伤,仓曰:“某未至卧牛山之前,先有一将单骑而来，与裴元绍交锋，只一合，刺死裴元绍，尽数招降人伴，占住山寨。仓到彼招诱人伴时，止有这几个过来，余者俱惧怕，不敢擅离。仓不忿，与那将交战，被他连胜数次，身中三枪。因此来报主公。”玄德曰：“此人怎生模样？姓甚名谁？”仓曰：“极其雄壮，不知姓名。”于是关公纵马当先，玄德在后，径投卧牛山来。周仓在山下叫骂，只见那将全副披挂，持枪骤马，引众下山。玄德早挥鞭出马大叫曰：“来者莫非子龙否？”那将见了玄德，滚鞍下马，拜伏道旁。原来果然是赵子龙。玄德、关公俱下马相见，问其何由至此。云曰：“云自别使君，不想公孙瓒不听人言，以致兵败自焚；袁绍屡次招云，云想绍亦非用人之人，因此未往。后欲至徐州投使君，又闻徐州失守，云长已归曹操，使君又在袁绍处。云几番欲来相投，只恐袁绍见怪。四海飘零，无容身之地。前偶过此处，适遇裴元绍下山来欲夺吾马，云因杀之，借此安身。近闻翼德在古城，欲往投之，未知真实。今幸得遇使君！”玄德大喜，诉说从前之事。关公亦诉前事。玄德曰：“吾初见子龙，便有留恋不舍之情。今幸得相遇！”云曰：“云奔走四方，择主而事，未有如使君者。今得相随，大称平生。虽肝脑涂地，无恨矣。”当日就烧毁山寨，率领人众，尽随玄德前赴古城。

张飞、糜竺、糜芳迎接入城，各相拜诉。二夫人具言云长之事，玄德感叹不已。于是杀牛宰马，先拜谢天地，然后遍劳诸军。玄德见兄弟重聚，将佐无缺，又新得了赵云，关公又得了关平、周仓二人，欢喜无限，连饮数日。后人有诗赞之曰：“当时手足似瓜分，信断音稀杳不闻。今日君臣重聚义，正如龙虎会风云。”时玄德、关、张、赵云、孙乾、简雍、糜竺、糜芳、关平、周仓部领马步军校共四五千人。玄德欲弃了古城去守汝南，恰好刘辟、龚都差人来请。于是遂起军往汝南驻扎，招军买马，徐图征进，不在话下。

且说袁绍见玄德不回，大怒，欲起兵伐之。郭图曰：“刘备不足虑。曹操乃劲敌也，不可不除。刘表虽据荆州，不足为强。江东孙伯符威镇三江，地连六郡，谋臣武士极多，可使人结之，共攻曹操。”绍从其言，即修书遣陈震为使，来会孙策。正是：只因河北英雄去，引出江东豪杰来。未知其事如何，且听下文分解。

第二十九回 小霸王怒斩于吉 碧眼儿坐领江东

却说孙策自霸江东,兵精粮足。建安四年,袭取庐江,败刘勋,使虞翻驰檄豫章,豫章太守华歆投降。自此声势大振,乃遣张纮往许昌上表献捷。曹操知孙策强盛,叹曰:"狮儿难与争锋也!"遂以曹仁之女许配孙策幼弟孙匡,两家结婚。留张纮在许昌。孙策求为大司马,曹操不许。策恨之,常有袭许都之心。于是吴郡太守许贡,乃暗遣使赴许都上书于曹操。其略曰:"孙策骁勇,与项籍相似。朝廷宜外示荣宠,召在京师;不可使居外镇,以为后患。"使者赍书渡江,被防江将士所获,解赴孙策处。策观书大怒,斩其使,遣人假意请许贡议事。贡至,策出书示之,叱曰:"汝欲送我于死地耶!"命武士绞杀之。贡家属皆逃散。有家客三人,欲为许贡报仇,恨无其便。

一日,孙策引军会猎于丹徒之西山,赶起一大鹿,策纵马上山逐之。正赶之间,只见树林之内有三个人持枪带弓而立。策勒马问曰:"汝等何人?"答曰:"乃韩当军士也。在此射鹿。"策方举辔欲行,一人拈枪望策左腿便刺。策大惊,急取佩剑从马上砍去,剑刃忽坠,止存剑靶在手。一人早拈弓搭箭射来,正中孙策面颊。策就拔面上箭,取弓回射放箭之人,应弦而倒。那二人举枪向孙策乱搠,大叫曰:"我等是许贡家客,特来为主人报仇!"策别无器械,只以弓拒之,且拒且走。二人死战不退。策身被数枪,马亦带伤。正危急之时,程普引数人至。孙策大叫:"杀贼!"程普引众齐上,将许贡家客砍为肉泥。看孙策时,血流满面,被伤至重,乃以刀割袍,裹其伤处,救回吴会养病。后人有诗赞许家三客曰:"孙郎智勇冠江湄,射猎山中受困危。许客三人能死义,杀身豫让未为奇。"

却说孙策受伤而回,使人寻请华佗医治。不想华佗已往中原去了,止有徒弟在吴,命其治疗。其徒曰:"箭头有药,毒已入骨。须静养百日,方可无虞。若怒气冲激,其疮难治。"孙策为人最是性急,恨不得即日便愈。将息到二十余日,忽闻张纮有使者自许昌回,策唤问之。使者曰:“曹操甚惧主公;其帐下谋士,亦俱敬服;惟有郭嘉不服。”策曰:“郭嘉曾有何说?”使者不敢言。策怒,固问之。使者只得从实告曰:“郭嘉曾对曹操言主公不足惧也:轻而无备,性急少谋,乃匹夫之勇耳,他日必死于小人之手。”策闻言,大怒曰:“匹夫安敢料吾！吾誓取许昌!”遂不待疮愈,便欲商议出兵。张昭谏曰:“医者戒主公百日休动,今何因一时之忿,自轻万金之躯?”

正话间,忽报袁绍遣使陈震至。策唤入问之。震具言袁绍欲结东吴为外应,共攻曹操。策大喜,即日会诸将于城楼上,设宴款待陈震。饮酒之间,忽见诸将互相耳语,纷纷下楼。策怪问何故。左右曰:“有于神仙者,今从楼下过,诸将欲往拜之耳。”策起身凭栏观之,见一道人,身披鹤氅,手携藜杖,立于当道,百姓俱焚香伏道而拜。策怒曰:“是何妖人？快与我擒来!”左右告曰:“此人姓于,名吉,寓居东方,往来吴会,普施符水,救人万病,无有不验。当世呼为神仙,未可轻渎。”策愈怒,喝令:“速速擒来！违者斩!”

左右不得已,只得下楼,拥于吉至楼上。策叱曰:“狂道怎敢煽惑人心!”于吉曰:“贫道乃琅琊宫道士,顺帝时曾入山采药,得神书于阳曲泉水上,号曰《太平青领道》,凡百余卷,皆治人疾病方术。贫道得之,惟务代天宣化,普救万人,未曾取人毫厘之物,安得煽惑人心?”策曰:“汝毫不取人,衣服饮食,从何而得？汝即黄巾张角之流,今若不诛,必为后患!”叱左右斩之。张昭谏曰:“于道人在江东数十年,并无过犯,不可杀害。”策曰:“此等妖人,吾杀之,何异屠猪狗!”众官皆苦谏,陈震亦劝。策怒未息,命且囚于狱中。众官俱散。陈震自归馆驿安歇。

孙策归府,早有内侍传说此事与策母吴太夫人知道。夫人唤孙策入后堂,谓曰:“吾闻汝将于神仙下于缧绁。此人多曾医人疾病,军民敬仰,不可加害。”策曰:“此乃妖人,能以妖术惑众,不可不除!”夫人再三劝解。策曰:“母亲勿听外人妄言,儿自有区处。”乃出唤狱吏取于吉来问。原来狱吏皆敬信于吉,吉在狱中时,尽去其枷锁;及策唤取,方带枷锁而出。策访知大怒,痛责狱吏,仍将于吉械系下狱。

张昭等数十人,连名作状,拜求孙策,乞保于神仙。策曰:“公等皆读书人,何不达理?昔交州刺史张津,听信邪教,鼓瑟焚香,常以红帕裹头,自称可助出军之威,后竟为敌军所杀。此等事甚无益,诸君自未悟耳。吾欲杀于吉,正思禁邪觉迷也。”

吕范曰:“某素知于道人能祈风祷雨。方今天旱,何不令其祈雨以赎罪?”策曰:“吾且看此妖人若何。”遂命于狱中取出于吉,开其枷锁,令登坛求雨。吉领命,即沐浴更衣,取绳自缚于烈日之中。百姓观者,填街塞巷。于吉谓众人曰:“吾求三尺甘霖,以救万民,然我终不免一死。”众人曰:“若有灵验,主公必然敬服。”于吉曰:“气数至此,恐不能逃。”少顷,孙策亲至坛中下令:“若午时无雨,即焚死于吉。”先令人堆积干柴伺候。将及午时,狂风骤起。风过处,四下阴云渐合。策曰:“时已近午,空有阴云,而无甘雨,正是妖人!”叱左右将于吉扛上柴堆,四下举火,焰随风起。忽见黑烟一道,冲上空中,一声响喨,雷电齐发,大雨如注。顷刻之间,街市成河,溪涧皆满,足有三尺甘雨。于吉仰卧于柴堆之上,大喝一声,云收雨住,复见太阳。于是众官及百姓,共将于吉扶下柴堆,解去绳索,再拜称谢。孙策见官民俱罗拜于水中,不顾衣服,乃勃然大怒,叱曰:“晴雨乃天地之定数,妖人偶乘其便,你等何得如此惑乱!”掣宝剑令左右速斩于吉。众官力谏,策怒曰:“尔等皆欲从于吉造反耶!”众官乃不敢复言。策叱武士将于吉一刀斩头落地。只见一道青气,投东北去了。策命将其尸号令于市,以正妖妄之罪。

是夜风雨交作,及晓,不见了于吉尸首。守尸军士报知孙策。策怒,欲杀守尸军士。忽见一人,从堂前徐步而来,视之,却是于吉。策大怒,正欲拔剑斫之,忽然昏倒于地。左右急救入卧内,半晌方苏。吴太夫人来视疾,谓策曰:“吾儿屈杀神仙,故招此祸。”策笑曰:“儿自幼随父出征,杀人如麻,何曾有为祸之理?今杀妖人,正绝大祸,安得反为我祸?”夫人曰:“因汝不信,以致如此;今可作好事以禳之。”策曰:“吾命在天,妖人决不能为祸,何必禳耶!”夫人料劝不信,乃自令左右暗修善事禳解。

是夜二更,策卧于内宅,忽然阴风骤起,灯灭而复明。灯影之下,见于吉立于床前。策大喝曰:“吾平生誓诛妖妄,以靖天下!汝既为阴鬼,何敢近我!”取床头剑掷之,忽然不见。吴太夫人闻之,转生忧闷。策乃扶病强行,以宽母心。母谓策曰:“圣人云:‘鬼神之为德,其盛矣乎!’又云:‘祷尔于上下神祇。’鬼神之事,不可不信。汝屈杀于先生,岂无报应?吾已令人设醮于郡之玉清观内,汝可亲往拜祷,自然安妥。”

策不敢违母命,只得勉强乘轿至玉清观。道士接入,请策焚香,策焚香而不谢。忽香炉中烟起不散,结成一座华盖,上面端坐着于吉。策怒,唾骂之;走离殿宇,又见于吉立于殿门首,怒目视策。策顾左右曰:“汝等见妖鬼否?”左右皆云未见。策愈怒,拔佩剑望于吉掷去,一人中剑而倒。众视之,乃前日动手杀于吉之小卒,被剑斫入脑袋,七窍流血而死。策命扛出葬之。比及出观,又见于吉走入观门来。策曰:“此观亦藏妖之所也!”遂坐于观前,命武士五百人拆毁之。武士方上屋揭瓦,却见于吉立于屋上,飞瓦掷地。策大怒,传令逐出本观道士,放火烧毁殿宇。火起处,又见于吉立于火光之中。

策怒归府,又见于吉立于府门前。策乃不入府,随点起三军,出城外下寨,传唤众将商议,欲起兵助袁绍夹攻曹操。众将俱曰:“主公玉体违和,未可轻动。且待平愈,出兵未迟。”是夜孙策宿于寨内,又见于吉披发而来,策于帐中叱喝不绝。次日,吴太夫人传命,召策回府。策乃归见其母。夫人见策形容憔悴,泣曰:“儿失形矣!”策即引镜自照,果见形容十分瘦损,不觉失惊,顾左右曰:“吾奈何憔悴至此耶!”言未已,忽见于吉立于镜中。策拍镜大叫一声,金疮迸裂,昏绝于地。夫人令扶入卧内。须臾苏醒,自叹曰:“吾不能复生矣!”

随召张昭等诸人,及弟孙权,至卧榻前,嘱付曰:“天下方乱,以吴越之众,三江之固,大可有为。子布等幸善相吾弟。”乃取印绶与孙权曰:“若举江东之众,决机于两阵之间,与天下争衡,卿不如我;举贤任能,使各尽力以保江东,我不如卿。卿宜念父兄创业之艰难,善自图之!”权大哭,拜受印绶。策告母曰:“儿天年已尽,不能奉慈母。今将印绶付弟,望母朝夕训之。父兄旧人,慎勿轻怠。”母哭曰:“恐汝弟年幼,不能任大事,当复如何?”策曰:“弟才胜儿十倍,足当大任。倘内事不决,可问张昭;外事不决,可问周瑜。恨周瑜不在此,不得面嘱之也!”又唤诸弟嘱曰:“吾死之后,汝等并辅仲谋。宗族中敢有生异心者,众共诛之;骨肉为逆,不得入祖坟安葬。”诸弟泣受命。又唤妻乔夫人谓曰:“吾与汝不幸中途相分,汝须孝养尊姑。早晚汝妹入见,可嘱其转致周郎,尽心辅佐吾弟,休负我平日相知之雅。”言讫,瞑目而逝。年止二十六岁。后人有诗赞曰:“独战东南地,人称小霸王。运筹如虎踞,决策似鹰扬。威镇三江靖,名闻四海香。临终遗大事,专意属周郎。”

孙策既死,孙权哭倒于床前。张昭曰:“此非将军哭时也。宜一面治丧事,一面理军国大事。”权乃收泪。张昭令孙静理会丧事,请孙权出堂,受众文武谒贺。孙权生得方颐大口,碧眼紫髯。昔汉使刘琬入吴,见孙家诸昆仲,因语人曰:“吾遍观孙氏兄弟,虽各才气秀达,然皆禄祚不终。惟仲谋形貌奇伟,骨格非常,乃大贵之表,又享高寿,众皆不及也。”

且说当时孙权承孙策遗命,掌江东之事。经理未定,人报周瑜自巴丘提兵回吴。权曰:“公瑾已回,吾无忧矣。”原来周瑜守御巴丘,闻知孙策中箭被伤,因此回来问候;将至吴郡,闻策已亡,故星夜来奔丧。当下周瑜哭拜于孙策灵柩之前。吴太夫人出,以遗嘱之语告瑜,瑜拜伏于地曰:“敢不效犬马之力,继之以死!”少顷,孙权入。周瑜拜见毕,权曰:“愿公无忘先兄遗命。”瑜顿首曰:“愿以肝脑涂地,报知己之恩。”权曰:“今承父兄之业,将何策以守之?”瑜曰:“自古得人者昌,失人者亡。为今之计,须求高明远见之人为辅,然后江东可定也。”权曰:“先兄遗言:内事托子布,外事全赖公瑾。”瑜曰:“子布贤达之士,足当大任。瑜不才,恐负倚托之重,愿荐一人以辅将军。”权问何人。瑜曰:“姓鲁,名肃,字子敬,临淮东川人也。此人胸怀韬略,腹隐机谋。早年丧父,事母至孝。其家极富,尝散财以济贫乏。瑜为居巢长之时,将数百人过临淮,因乏粮,闻鲁肃家有两囷米,各三千斛,因往求助。肃即指一囷相赠,其慷慨如此。平生好击剑骑射,寓居曲阿。祖母亡,还葬东城。其友刘子扬欲约彼往巢湖投郑宝,肃尚踌躇未往。今主公可速召之。”权大喜,即命周瑜往聘。

瑜奉命亲往，见肃叙礼毕，具道孙权相慕之意。肃曰：“近刘子扬约某往巢湖，某将就之。”瑜曰：“昔马援对光武云：当今之世，非但君择臣，臣亦择君。今吾孙将军亲贤礼士，纳奇录异，世所罕有。足下不须他计，只同我往投东吴为是。”

肃从其言，遂同周瑜来见孙权。权甚敬之，与之谈论，终日不倦。一日，众官皆散，权留鲁肃共饮，至晚同榻抵足而卧。夜半，权问肃曰：“方今汉室倾危，四方纷扰；孤承父兄余业，思为桓、文之事，君将何以教我？”肃曰：“昔汉高祖欲尊事义帝而不获者，以项羽为害也。今之曹操可比项羽，将军何由得为桓、文乎？肃窃料汉室不可复兴，曹操不可卒除。为将军计，惟有鼎足江东以观天下之衅。今乘北方多务，剿除黄祖，进伐刘表，竟长江所极而据守之；然后建号帝王，以图天下：此高祖之业也。”权闻言大喜，披衣起谢。次日厚赠鲁肃，并将衣服帏帐等物赐肃之母。

肃又荐一人见孙权：此人博学多才，事母至孝；覆姓诸葛，名瑾，字子瑜，琅琊南阳人也。权拜之为上宾。瑾劝权勿通袁绍，且顺曹操，然后乘便图之。权依言，乃遣陈震回，以书绝袁绍。

却说曹操闻孙策已死，欲起兵下江南。侍御史张纮谏曰：“乘人之丧而伐之，既非义举；若其不克，弃好成仇：不如因而善遇之。”操然其说，乃即奏封孙权为将军，兼领会稽太守；即令张纮为会稽都尉，赍印往江东。孙权大喜，又得张纮回吴，即命与张昭同理政事。张纮又荐一人于孙权：此人姓顾，名雍，字元叹，乃中郎蔡邕之徒；其为人少言语，不饮酒，严厉正大。权以为丞，行太守事。自是孙权威震江东，深得民心。

且说陈震回见袁绍，具说：“孙策已亡，孙权继立。曹操封之为将军，结为外应矣。”袁绍大怒，遂起冀、青、幽、并等处人马七十余万，复来攻取许昌。正是：江南兵革方休息，冀北干戈又复兴。未知胜负若何，且听下文分解。

第三十回 战官渡本初败绩 劫乌巢孟德烧粮

却说袁绍兴兵,望官渡进发。夏侯惇发书告急。曹操起军七万,前往迎敌,留荀彧守许都。绍兵临发,田丰从狱中上书谏曰:“今且宜静守以待天时,不可妄兴大兵,恐有不利。”逢纪谮曰:“主公兴仁义之师,田丰何得出此不祥之语!”绍因怒,欲斩田丰。众官告免。绍恨曰:“待吾破了曹操,明正其罪!”遂催军进发,旌旗遍野,刀剑如林。行至阳武,下定寨栅。沮授曰:“我军虽众,而勇猛不及彼军;彼军虽精,而粮草不如我军。彼军无粮,利在急战;我军有粮,宜且缓守。若能旷以日月,则彼军不战自败矣。”绍怒曰:“田丰慢我军心,吾回日必斩之。汝安敢又如此!”叱左右:“将沮授锁禁军中,待我破曹之后,与田丰一体治罪!”于是下令,将大军七十万,东西南北,周围安营,连络九十余里。

细作探知虚实,报至官渡。曹军新到,闻之皆惧。曹操与众谋士商议,荀攸曰:“绍军虽多,不足惧也。我军俱精锐之士,无不一以当十。但利在急战。若迁延日月,粮草不敷,事可忧矣。”操曰:“所言正合吾意。”遂传令军将鼓噪而进。绍军来迎,两边排成阵势。审配拨弩手一万,伏于两翼;弓箭手五千,伏于门旗内:约炮响齐发。三通鼓罢,袁绍金盔金甲,锦袍玉带,立马阵前。左右排列着张郃、高览、韩猛、淳于琼等诸将。旌旗节钺,甚是严整。曹阵上门旗开处,曹操出马。许褚、张辽、徐晃、李典等,各持兵器,前后拥卫。曹操以鞭指袁绍曰:“吾于天子之前,保奏你为大将军,今何故谋反?”绍怒曰:“汝托名汉相,实为汉贼!罪恶弥天,甚于莽、卓,乃反诬人造反耶!”操曰:“吾今奉诏讨汝!”绍曰:“吾奉衣带诏讨贼!”操怒,使张辽出战。张郃跃马来迎。二将斗了四五十合,不分胜负。曹操见了,暗暗称奇。许褚挥刀纵马,直出助战。高览挺枪接住。四员将捉对儿厮杀。曹操令夏侯惇、曹洪,各引三千军,齐冲彼阵。审配见曹军来冲阵,便令放起号炮:两下万弩并发,中军内弓箭手一齐拥出阵前乱射。曹军如何抵敌,望南急走。袁绍驱兵掩杀,曹军大败,尽退至官渡。

袁绍移军逼近官渡下寨。审配曰:"今可拨兵十万守官渡,就曹操寨前筑起土山,令军人下视寨中放箭。操若弃此而去,吾得此隘口,许昌可破矣。"绍从之,于各寨内选精壮军人,用铁锹土担,齐来曹操寨边,垒土成山。曹营内见袁军堆筑土山,欲待出去冲突,被审配弓弩手当住咽喉要路,不能前进。十日之内,筑成土山五十余座,上立高橹,分拨弓弩手于其上射箭。曹军大惧,皆顶着遮箭牌守御。土山上一声梆子响处,箭下如雨。曹军皆蒙楯伏地,袁军呐喊而笑。

曹操见军慌乱,集众谋士问计。刘晔进曰:"可作发石车以破之。"操令晔进车式,连夜造发石车数百乘,分布营墙内,正对着土山上云梯。候弓箭手射箭时,营内一齐拽动石车,炮石飞空,往上乱打。人无躲处,弓箭手死者无数。袁军皆号其车为"霹雳车"。由是袁军不敢登高射箭。审配又献一计:令军人用铁锹暗打地道,直透曹营内,号为"掘子军"。曹兵见袁军于山后掘土坑,报知曹操。操又问计于刘晔。晔曰:"此袁军不能攻明而攻暗,发掘伏道,欲从地下透营而入耳。"操曰:"何以御之?"晔曰:"可绕营掘长堑,则彼伏道无用也。"操连夜差军掘堑。袁军掘伏道到堑边,果不能入,空费军力。

却说曹操守官渡,自八月起,至九月终,军力渐乏,粮草不继。意欲弃官渡退回许昌,迟疑未决,乃作书遣人赴许昌问荀彧。彧以书报之。书略曰:"承尊命,使决进退之疑。愚以袁绍悉众聚于官渡,欲与明公决胜负,公以至弱当至强,若不能制,必为所乘:是天下之大机也。绍军虽众,而不能用;以公之神武明哲,何向而不济!今军实虽少,未若楚、汉在荥阳、成皋间也。公今画地而守,扼其喉而使不能进,情见势竭,必将有变。此用奇之时,断不可失。惟明公裁察焉。"曹操得书大喜,令将士效力死守。

绍军约退三十余里,操遣将出营巡哨。有徐晃部将史涣获得袁军细作,解见徐晃。晃问其军中虚实。答曰:"早晚大将韩猛运粮至军前接济,先令我等探路。"徐晃便将此事报知曹操。荀攸曰:"韩猛匹夫之勇耳。若遣一人引轻骑数千,从半路击之,断其粮草,绍军自乱。”操曰：“谁人可往？”攸曰：“即遣徐晃可也。”操遂差徐晃将带史涣并所部兵先出，后使张辽、许褚引兵救应。

当夜韩猛押粮车数千辆，解赴绍寨。正走之间，山谷内徐晃、史涣引军截住去路。韩猛飞马来战，徐晃接住厮杀。史涣便杀散人夫，放火焚烧粮车。韩猛抵当不住，拨回马走。徐晃催军烧尽辎重。袁绍军中，望见西北上火起，正惊疑间，败军报来：“粮草被劫！”绍急遣张郃、高览去截大路，正遇徐晃烧粮而回，恰欲交锋，背后张辽、许褚军到。两下夹攻，杀散袁军，四将合兵一处，回官渡寨中。曹操大喜，重加赏劳。又分军于寨前结营，为掎角之势。

却说韩猛败军还营，绍大怒，欲斩韩猛，众官劝免。审配曰：“行军以粮食为重，不可不用心提防。乌巢乃屯粮之处，必得重兵守之。”袁绍曰：“吾筹策已定。汝可回邺都监督粮草，休教缺乏。”审配领命而去。袁绍遣大将淳于琼，部领督将眭元进、韩莒子、吕威璜、赵睿等，引二万人马，守乌巢。那淳于琼性刚好酒，军士多畏之；既至乌巢，终日与诸将聚饮。

且说曹操军粮告竭，急发使往许昌教荀彧作速措办粮草，星夜解赴军前接济。使者赍书而往，行不上三十里，被袁军捉住，缚见谋士许攸。那许攸字子远，少时曾与曹操为友，此时却在袁绍处为谋士。当下搜得使者所赍曹操催粮书信，径来见绍曰：“曹操屯军官渡，与我相持已久，许昌必空虚；若分一军星夜掩袭许昌，则许昌可拔，而操可擒也。今操粮草已尽，正可乘此机会，两路击之。”绍曰：“曹操诡计极多，此书乃诱敌之计也。”攸曰：“今若不取，后将反受其害。”正话间，忽有使者自邺郡来，呈上审配书。书中先说运粮事；后言许攸在冀州时，尝滥受民间财物，且纵令子侄辈多科税，钱粮入己，今已收其子侄下狱矣。绍见书大怒曰：“滥行匹夫！尚有面目于吾前献计耶！汝与曹操有旧，想今亦受他财贿，为他作奸细，啜赚吾军耳！本当斩首，今权且寄头在项！可速退出，今后不许相见！”

许攸出，仰天叹曰：“忠言逆耳，竖子不足与谋！吾子侄已遭审配之害，吾何颜复见冀州之人乎！”遂欲拔剑自刎。左右夺剑劝曰：“公何轻生至此？袁绍不纳直言，后必为曹操所擒。公既与曹公有旧,何不弃暗投明?”只这两句言语,点醒许攸;于是许攸径投曹操。后人有诗叹曰:“本初豪气盖中华,官渡相持枉叹嗟。若使许攸谋见用,山河争得属曹家?”

却说许攸暗步出营,径投曹寨,伏路军人拿住。攸曰:“我是曹丞相故友,快与我通报,说南阳许攸来见。”军士忙报入寨中。时操方解衣歇息,闻说许攸私奔到寨,大喜,不及穿履,跣足出迎。遥见许攸,抚掌欢笑,携手共入,操先拜于地。攸慌扶起曰:“公乃汉相,吾乃布衣,何谦恭如此?”操曰:“公乃操故友,岂敢以名爵相上下乎!”攸曰:“某不能择主,屈身袁绍,言不听,计不从,今特弃之来见故人。愿赐收录。”操曰:“子远肯来,吾事济矣! 愿即教我以破绍之计。”攸曰:“吾曾教袁绍以轻骑乘虚袭许都,首尾相攻。”操大惊曰:“若袁绍用子言,吾事败矣。”攸曰:“公今军粮尚有几何?”操曰:“可支一年。”攸笑曰:“恐未必。”操曰:“有半年耳。”攸拂袖而起,趋步出帐曰:“吾以诚相投,而公见欺如是,岂吾所望哉!”操挽留曰:“子远勿嗔,尚容实诉:军中粮实可支三月耳。”攸笑曰:“世人皆言孟德奸雄,今果然也。”操亦笑曰:“岂不闻兵不厌诈!”遂附耳低言曰:“军中止有此月之粮。”攸大声曰:“休瞒我! 粮已尽矣!”操愕然曰:“何以知之?”攸乃出操与荀彧之书以示之曰:“此书何人所写?”操惊问曰:“何处得之?”攸以获使之事相告。操执其手曰:“子远既念旧交而来,愿即有以教我。”攸曰:“明公以孤军抗大敌,而不求急胜之方,此取死之道也。攸有一策,不过三日,使袁绍百万之众,不战自破。明公还肯听否?”操喜曰:“愿闻良策。”攸曰:“袁绍军粮辎重,尽积乌巢,今拨淳于琼守把,琼嗜酒无备。公可选精兵诈称袁将蒋奇领兵到彼护粮,乘间烧其粮草辎重,则绍军不三日将自乱矣。”操大喜,重待许攸,留于寨中。

次日,操自选马步军士五千,准备往乌巢劫粮。张辽曰:“袁绍屯粮之所,安得无备? 丞相未可轻往,恐许攸有诈。”操曰:“不然,许攸此来,天败袁绍。今吾军粮不给,难以久持;若不用许攸之计,是坐而待困也。彼若有诈,安肯留我寨中? 且吾亦欲劫寨久矣。今劫粮之举,计在必行,君请勿疑。”辽曰:“亦须防袁绍乘虚来袭。”操笑曰:

“吾已筹之熟矣。”便教荀攸、贾诩、曹洪同许攸守大寨，夏侯惇、夏侯渊领一军伏于左，曹仁、李典领一军伏于右，以备不虞。教张辽、许褚在前，徐晃、于禁在后，操自引诸将居中：共五千人马，打着袁军旗号，军士皆束草负薪，人衔枚，马勒口，黄昏时分，望乌巢进发。

是夜星光满天。且说沮授被袁绍拘禁在军中，是夜因见众星朗列，乃命监者引出中庭，仰观天象。忽见太白逆行，侵犯牛、斗之分，大惊曰：“祸将至矣！”遂连夜求见袁绍。时绍已醉卧，听说沮授有密事启报，唤入问之。授曰：“适观天象，见太白逆行于柳、鬼之间，流光射入牛、斗之分，恐有贼兵劫掠之害。乌巢屯粮之所，不可不提备。宜速遣精兵猛将，于间道山路巡哨，免为曹操所算。”绍怒叱曰：“汝乃得罪之人，何敢妄言惑众！”因叱监者曰：“吾令汝拘囚之，何敢放出！”遂命斩监者，别唤人监押沮授。授出，掩泪叹曰：“我军亡在旦夕，我尸骸不知落何处也！”后人有诗叹曰：“逆耳忠言反见仇，独夫袁绍少机谋。乌巢粮尽根基拔，犹欲区区守冀州。”

却说曹操领兵夜行，前过袁绍别寨，寨兵问是何处军马。操使人应曰：“蒋奇奉命往乌巢护粮。”袁军见是自家旗号，遂不疑惑。凡过数处，皆诈称蒋奇之兵，并无阻碍。及到乌巢，四更已尽。操教军士将束草周围举火，众将校鼓噪直入。时淳于琼方与众将饮了酒，醉卧帐中；闻鼓噪之声，连忙跳起问：“何故喧闹？”言未已，早被挠钩拖翻。眭元进、赵睿运粮方回，见屯上火起，急来救应。曹军飞报曹操，说：“贼兵在后，请分军拒之。”操大喝曰：“诸将只顾奋力向前，待贼至背后，方可回战！”于是众军将无不争先掩杀。一霎时，火焰四起，烟迷太空。眭、赵二将驱兵来救，操勒马回战。二将抵敌不住，皆被曹军所杀，粮草尽行烧绝。淳于琼被擒见操，操命割去其耳鼻手指，缚于马上，放回绍营以辱之。

却说袁绍在帐中，闻报正北上火光满天，知是乌巢有失，急出帐召文武各官，商议遣兵往救。张郃曰：“某与高览同往救之。”郭图曰：“不可。曹军劫粮，曹操必然亲往；操既自出，寨必空虚，可纵兵先击曹操之寨；操闻之，必速还：此孙膑围魏救赵之计也。”张郃曰：“非也。曹操多谋，外出必为内备，以防不虞。今若攻操营而不拔，琼等见获，吾属皆被擒矣。”郭图曰：“曹操只顾劫粮，岂留兵在寨耶！”再三请劫曹营。绍乃遣张郃、高览引军五千，往官渡击曹营；遣蒋奇领兵一万，往救乌巢。

且说曹操杀散淳于琼部卒，尽夺其衣甲旗帜，伪作淳于琼部下收军回寨，至山僻小路，正遇蒋奇军马。奇军问之，称是乌巢败军奔回，奇遂不疑，驱马径过。张辽、许褚忽至，大喝：“蒋奇休走！”奇措手不及，被张辽斩于马下，尽杀蒋奇之兵。又使人当先伪报云：“蒋奇已自杀散乌巢兵了。”袁绍因不复遣人接应乌巢，只添兵往官渡。

却说张郃、高览攻打曹营，左边夏侯惇，右边曹仁，中路曹洪，一齐冲出：三下攻击，袁军大败。比及接应军到，曹操又从背后杀来，四下围住掩杀。张郃、高览夺路走脱。袁绍收得乌巢败残军马归寨，见淳于琼耳鼻皆无，手足尽落。绍问：“如何失了乌巢？”败军告说：“淳于琼醉卧，因此不能抵敌。”绍怒，立斩之。

郭图恐张郃、高览回寨证对是非，先于袁绍前谮曰：“张郃、高览见主公兵败，心中必喜。”绍曰：“何出此言？”图曰：“二人素有降曹之意，今遣击寨，故意不肯用力，以致损折士卒。”绍大怒，遂遣使急召二人归寨问罪。郭图先使人报二人云：“主公将杀汝矣。”及绍使至，高览问曰：“主公唤我等为何？”使者曰：“不知何故。”览遂拔剑斩来使。郃大惊。览曰：“袁绍听信谗言，必为曹操所擒；吾等岂可坐而待死？不如去投曹操。”郃曰：“吾亦有此心久矣。”

于是二人领本部兵马，往曹操寨中投降。夏侯惇曰：“张、高二人来降，未知虚实。”操曰：“吾以恩遇之，虽有异心，亦可变矣。”遂开营门命二人入。二人倒戈卸甲，拜伏于地。操曰：“若使袁绍肯从二将军之言，不至有败。今二将军肯来相投，如微子去殷，韩信归汉也。”遂封张郃为偏将军、都亭侯，高览为偏将军、东莱侯。二人大喜。

却说袁绍既去了许攸，又去了张郃、高览，又失了乌巢粮，军心皇皇。许攸又劝曹操作速进兵；张郃、高览请为先锋；操从之。即令张郃、高览领兵往劫绍寨。当夜三更时分，出军三路劫寨。混战到明，各自收兵，绍军折其大半。

荀攸献计曰:“今可扬言调拨人马,一路取酸枣,攻邺郡;一路取黎阳,断袁兵归路。袁绍闻之,必然惊惶,分兵拒我;我乘其兵动时击之,绍可破也。”操用其计,使大小三军,四远扬言。绍军闻此信,来寨中报说:“曹操分兵两路:一路取邺郡,一路取黎阳去也。”绍大惊,急遣袁谭分兵五万救邺郡,辛明分兵五万救黎阳,连夜起行。

曹操探知袁绍兵动,便分大队军马,八路齐出,直冲绍营。袁军俱无斗志,四散奔走,遂大溃。袁绍披甲不迭,单衣幅巾上马;幼子袁尚后随。张辽、许褚、徐晃、于禁四员将,引军追赶袁绍。绍急渡河,尽弃图书车仗金帛,止引随行八百余骑而去。操军追之不及,尽获遗下之物。所杀八万余人,血流盈沟,溺水死者不计其数。

操获全胜,将所得金宝缎匹,给赏军士。于图书中检出书信一束,皆许都及军中诸人与绍暗通之书。左右曰:“可逐一点对姓名,收而杀之。”操曰:“当绍之强,孤亦不能自保,况他人乎?”遂命尽焚之,更不再问。

却说袁绍兵败而奔,沮授因被囚禁,急走不脱,为曹军所获,擒见曹操。操素与授相识。授见操,大呼曰:“授不降也!”操曰:“本初无谋,不用君言,君何尚执迷耶?吾若早得足下,天下不足虑也。”因厚待之,留于军中。授乃于营中盗马,欲归袁氏。操怒,乃杀之。授至死神色不变。操叹曰:“吾误杀忠义之士也!”命厚礼殡殓,为建坟安葬于黄河渡口,题其墓曰:“忠烈沮君之墓。”后人有诗赞曰:“河北多名士,忠贞推沮君:凝眸知阵法,仰面识天文;至死心如铁,临危气似云。曹公钦义烈,特与建孤坟。”操下令攻冀州。正是:势弱只因多算胜,兵强却为寡谋亡。未知胜负如何,且看下文分解。

第三十一回　曹操仓亭破本初　玄德荆州依刘表

却说曹操乘袁绍之败,整顿军马,迤逦追袭。袁绍幅巾单衣,引八百余骑,奔至黎阳北岸,大将蒋义渠出寨迎接。绍以前事诉与义渠。义渠乃招谕离散之众,众闻绍在,又皆蚁聚。军势复振,议还冀州。军行之次,夜宿荒山。绍于帐中闻远远有哭声,遂私往听之。却是败军相聚,诉说丧兄失弟,弃伴亡亲之苦,各各捶胸大哭,皆曰:"若听田丰之言,我等怎遭此祸!"绍大悔曰:"吾不听田丰之言,兵败将亡;今回去,有何面目见之耶!"次日,上马正行间,逢纪引军来接。绍对逢纪曰:"吾不听田丰之言,致有此败。吾今归去,羞见此人。"逢纪因谮曰:"丰在狱中闻主公兵败,抚掌大笑曰:果不出吾之料!"袁绍大怒曰:"竖儒怎敢笑我!我必杀之!"遂命使者赍宝剑先往冀州狱中杀田丰。

却说田丰在狱中。一日,狱吏来见丰曰:"与别驾贺喜!"丰曰:"何喜可贺?"狱吏曰:"袁将军大败而回,君必见重矣。"丰笑曰:"吾今死矣!"狱吏问曰:"人皆为君喜,君何言死也?"丰曰:"袁将军外宽而内忌,不念忠诚。若胜而喜,犹能赦我;今战败则羞,吾不望生矣。"狱吏未信。忽使者赍剑至,传袁绍命,欲取田丰之首,狱吏方惊。丰曰:"吾固知必死也。"狱吏皆流泪。丰曰:"大丈夫生于天地间,不识其主而事之,是无智也!今日受死,夫何足惜!"乃自刎于狱中。后人有诗曰:"昨朝沮授军中失,今日田丰狱内亡。河北栋梁皆折断,本初焉不丧家邦!"田丰既死,闻者皆为叹惜。

袁绍回冀州,心烦意乱,不理政事。其妻刘氏劝立后嗣。绍所生三子:长子袁谭字显思,出守青州;次子袁熙字显奕,出守幽州;三子袁尚字显甫,是绍后妻刘氏所出,生得形貌俊伟,绍至爱之,因此留在身边。自官渡兵败之后,刘氏劝立尚为后嗣,绍乃与审配、逢纪、辛评、郭图四人商议。原来审、逢二人,向辅袁尚;辛、郭二人,向辅袁谭:四人各为其主。当下袁绍谓四人曰:“今外患未息,内事不可不早定,吾将议立后嗣:长子谭,为人性刚好杀;次子熙,为人柔懦难成;三子尚,有英雄之表,礼贤敬士,吾欲立之。公等之意若何?”郭图曰:“三子之中,谭为长,今又居外;主公若废长立幼,此乱萌也。今军威稍挫,敌兵压境,岂可复使父子兄弟自相争乱耶?主公且理会拒敌之策,立嗣之事,毋容多议。”袁绍踌躇未决。

忽报袁熙引兵六万,自幽州来;袁谭引兵五万,自青州来;外甥高干亦引兵五万,自并州来:各至冀州助战。绍喜,再整人马来战曹操。时操引得胜之兵,陈列于河上,有土人箪食壶浆以迎之。操见父老数人,须发尽白,乃命入帐中赐坐,问之曰:“老丈多少年纪?”答曰:“欲近百岁矣。”操曰:“吾军士惊扰汝乡,吾甚不安。”父老曰:“桓帝时,有黄星见于楚、宋之分,辽东人殷馗善晓天文,夜宿于此,对老汉等言:黄星见于乾象,正照此间。后五十年,当有真人起于梁沛之间。今以年计之,整整五十年。袁本初重敛于民,民皆怨之。丞相兴仁义之兵,吊民伐罪,官渡一战,破袁绍百万之众,正应当时殷馗之言,兆民可望太平矣。”操笑曰:“何敢当老丈所言?”遂取酒食绢帛赐老人而遣之。号令三军:“如有下乡杀人家鸡犬者,如杀人之罪!”于是军民震服。操亦心中暗喜。

人报袁绍聚四州之兵,得二三十万,前至仓亭下寨。操提兵前进,下寨已定。次日,两军相对,各布成阵势。操引诸将出阵,绍亦引三子一甥及文官武将出到阵前。操曰:“本初计穷力尽,何尚不思投降?直待刀临项上,悔无及矣!”绍大怒,回顾众将曰:“谁敢出马?”袁尚欲于父前逞能,便舞双刀,飞马出阵,来往奔驰。操指问众将曰:“此何人?”有识者答曰:“此袁绍三子袁尚也。”言未毕,一将挺枪早出。操视之,乃徐晃部将史涣也。两骑相交,不三合,尚拨马刺斜而走。史涣赶来,袁尚拈弓搭箭,翻身背射,正中史涣左目,坠马而死。袁绍见子得胜,挥鞭一指,大队人马拥将过来。混战大杀一场,各鸣金收军还寨。

操与诸将商议破绍之策。程昱献十面埋伏之计,劝操退军于河上,伏兵十队,诱绍追至河上,“我军无退路,必将死战,可胜绍矣”。

操然其计。左右各分五队。左：一队夏侯惇，二队张辽，三队李典，四队乐进，五队夏侯渊；右：一队曹洪，二队张郃，三队徐晃，四队于禁，五队高览。中军许褚为先锋。次日，十队先进，埋伏左右已定。至半夜，操令许褚引兵前进，伪作劫寨之势。袁绍五寨人马，一齐俱起。许褚回军便走。袁绍引军赶来，喊声不绝；比及天明，赶至河上。曹军无去路，操大呼曰："前无去路，诸军何不死战？"众军回身奋力向前。许褚飞马当先，力斩十数将。袁军大乱。袁绍退军急回，背后曹军赶来。正行间：一声鼓响，左边夏侯渊，右边高览，两军冲出。袁绍聚三子一甥，死冲血路奔走。又行不到十里，左边乐进，右边于禁杀出，杀得袁军尸横遍野，血流成渠。又行不到数里，左边李典，右边徐晃，两军截杀一阵。袁绍父子胆丧心惊，奔入旧寨。令三军造饭，方欲待食，左边张辽，右边张郃，径来冲寨。绍慌上马，前奔仓亭。人马困乏，欲待歇息，后面曹操大军赶来，袁绍舍命而走。正行之间，右边曹洪，左边夏侯惇，挡住去路。绍大呼曰："若不决死战，必为所擒矣！"奋力冲突，得脱重围。袁熙、高干皆被箭伤。军马死亡殆尽。绍抱三子痛哭一场，不觉昏倒。众人急救，绍口吐鲜血不止，叹曰："吾自历战数十场，不意今日狼狈至此！此天丧吾也！汝等各回本州，誓与曹贼一决雌雄！"便教辛评、郭图火急随袁谭前往青州整顿，恐曹操犯境；令袁熙仍回幽州，高干仍回并州：各去收拾人马，以备调用。袁绍引袁尚等入冀州养病，令尚与审配、逄纪暂掌军事。

却说曹操自仓亭大胜，重赏三军；令人探察冀州虚实。细作回报："绍卧病在床。袁尚、审配紧守城池。袁谭、袁熙、高干皆回本州。"众皆劝操急攻之。操曰："冀州粮食极广，审配又有机谋，未可急拔。现今禾稼在田，恐废民业，姑待秋成后取之未晚。"正议间，忽荀彧有书到，报说："刘备在汝南得刘辟、龚都数万之众。闻丞相提军出征河北，乃令刘辟守汝南，备亲自引兵乘虚来攻许昌。丞相可速回军御之。"操大惊，留曹洪屯兵河上，虚张声势。操自提大兵往汝南来迎刘备。

却说玄德与关、张、赵云等，引兵欲袭许都。行近穰山地面，正遇曹兵杀来，玄德便于穰山下寨，军分三队：云长屯兵于东南角上，张飞屯兵于西南角上,玄德与赵云于正南立寨。曹操兵至,玄德鼓噪而出。操布成阵势,叫玄德打话。玄德出马于门旗下。操以鞭指骂曰:“吾待汝为上宾,汝何背义忘恩?”玄德曰:“汝托名汉相,实为国贼!吾乃汉室宗亲,奉天子密诏,来讨反贼!”遂于马上朗诵衣带诏。操大怒,教许褚出战。玄德背后赵云挺枪出马。二将相交三十合,不分胜负。忽然喊声大震,东南角上,云长冲突而来;西南角上,张飞引军冲突而来。三处一齐掩杀。曹军远来疲困,不能抵当,大败而走。玄德得胜回营。

次日,又使赵云搦战。操兵旬日不出。玄德再使张飞搦战,操兵亦不出。玄德愈疑。忽报龚都运粮至,被曹军围住,玄德急令张飞去救。忽又报夏侯惇引军抄背后径取汝南,玄德大惊曰:“若如此,吾前后受敌,无所归矣!”急遣云长救之。两军皆去,不一日,飞马来报夏侯惇已打破汝南,刘辟弃城而走,云长现今被围。玄德大惊。又报张飞去救龚都,也被围住了。玄德急欲回兵,又恐操兵后袭。忽报寨外许褚搦战。玄德不敢出战,候至天明,教军士饱餐,步军先起,马军后随,寨中虚传更点。玄德等离寨约行数里,转过土山,火把齐明,山头上大呼曰:“休教走了刘备!丞相在此专等!”玄德慌寻走路。赵云曰:“主公勿忧,但跟某来。”赵云挺枪跃马,杀开条路,玄德掣双股剑后随。正战间,许褚追至,与赵云力战。背后于禁、李典又到。玄德见势危,落荒而走。听得背后喊声渐远,玄德望深山僻路,单马逃生。

捱到天明,侧首一彪军冲出。玄德大惊,视之,乃刘辟引败军千余骑,护送玄德家小前来;孙乾、简雍、糜芳亦至,诉说:“夏侯惇军势甚锐,因此弃城而走。曹兵赶来,幸得云长挡住,因此得脱。”玄德曰:“不知云长今在何处?”刘辟曰:“将军且行,却再理会。”行到数里,一棒鼓响,前面拥出一彪人马。当先大将,乃是张郃,大叫:“刘备快下马受降!”玄德方欲退后,只见山头上红旗麾动,一军从山坞内拥出,为首大将,乃高览也。玄德两头无路,仰天大呼曰:“天何使我受此窘极耶!事势至此,不如就死!”欲拔剑自刎。刘辟急止之曰:“容某死战,夺路救君。”言讫,便来与高览交锋。战不三合,被高览一刀砍于马下。

玄德正慌，方欲自战，高览后军忽然自乱，一将冲阵而来，枪起处，高览翻身落马。视之，乃赵云也。玄德大喜。云纵马挺枪，杀散后队，又来前军独战张郃。郃与云战三十余合，拨马败走。云乘势冲杀，却被郃兵守住山隘，路窄不得出。正夺路间，只见云长、关平、周仓引三百军到。两下相攻，杀退张郃。各出隘口，占住山险下寨。玄德使云长寻觅张飞。原来张飞去救龚都，龚都已被夏侯渊所杀；飞奋力杀退夏侯渊，迤逦赶去，却被乐进引军围住。云长路逢败军，寻踪而去，杀退乐进，与飞同回见玄德。

人报曹军大队赶来，玄德教孙乾等保护老小先行。玄德与关、张、赵云在后，且战且走。操见玄德去远，收军不赶。玄德败军不满一千，狼狈而奔。前至一江，唤土人问之，乃汉江也。玄德权且安营。土人知是玄德，奉献羊酒，乃聚饮于沙滩之上。玄德叹曰："诸君皆有王佐之才，不幸跟随刘备。备之命窘，累及诸君。今日身无立锥，诚恐有误诸君。君等何不弃备而投明主，以取功名乎?"众皆掩面而哭。云长曰："兄言差矣。昔日高祖与项羽争天下，数败于羽；后九里山一战成功，而开四百年基业。胜负兵家之常，何可自隳其志!"孙乾曰："成败有时，不可丧志。此离荆州不远。刘景升坐镇九郡，兵强粮足，更且与公皆汉室宗亲，何不往投之?"玄德曰："但恐不容耳。"乾曰："某愿先往说之，使景升出境而迎主公。"

玄德大喜，便令孙乾星夜往荆州。到郡入见刘表，礼毕，刘表问曰："公从玄德，何故至此?"乾曰："刘使君天下英雄，虽兵微将寡，而志欲匡扶社稷。汝南刘辟、龚都素无亲故，亦以死报之。明公与使君，同为汉室之胄；今使君新败，欲往江东投孙仲谋。乾僭言曰：不可背亲而向疏。荆州刘将军礼贤下士，士归之如水之投东，何况同宗乎？因此使君特使乾先来拜白。惟明公命之。"表大喜曰："玄德，吾弟也，久欲相会而不可得。今肯惠顾，实为幸甚!"蔡瑁谮曰："不可。刘备先从吕布，后事曹操，近投袁绍，皆不克终，足可见其为人。今若纳之，曹操必加兵于我，枉动干戈。不如斩孙乾之首，以献曹操，操必重待主公也。"孙乾正色曰："乾非惧死之人也。刘使君忠心为国，非曹操、袁绍、吕布等比。前此相从,不得已也。今闻刘将军汉朝苗裔,谊切同宗,故千里相投。尔何献谗而妒贤如此耶?”刘表闻言,乃叱蔡瑁曰:“吾主意已定,汝勿多言。”蔡瑁惭恨而出。刘表遂命孙乾先往报玄德,一面亲自出郭三十里迎接。玄德见表,执礼甚恭。表亦相待甚厚。玄德引关、张等拜见刘表,表遂与玄德等同入荆州,分拨院宅居住。

却说曹操探知玄德已往荆州投奔刘表,便欲引兵攻之。程昱曰:“袁绍未除,而遽攻荆襄,倘袁绍从北而起,胜负未可知矣。不如还兵许都,养军蓄锐,待来年春暖,然后引兵先破袁绍,后取荆襄:南北之利,一举可收也。”操然其言,遂提兵回许都。

至建安七年,春正月,操复商议兴兵。先差夏侯惇、满宠镇守汝南,以拒刘表;留曹仁、荀彧守许都;亲统大军前赴官渡屯扎。且说袁绍自旧岁感冒吐血症候,今方稍愈,商议欲攻许都。审配谏曰:“旧岁官渡、仓亭之败,军心未振;尚当深沟高垒,以养军民之力。”正议间,忽报曹操进兵官渡,来攻冀州。绍曰:“若候兵临城下,将至壕边,然后拒敌,事已迟矣。吾当自领大军出迎。”袁尚曰:“父亲病体未痊,不可远征。儿愿提兵前去迎敌。”绍许之,遂使人往青州取袁谭,幽州取袁熙,并州取高干:四路同破曹操。正是:才向汝南鸣战鼓,又从冀北动征鼙。未知胜负如何,且听下文分解。

第三十二回　夺冀州袁尚争锋　决漳河许攸献计

却说袁尚自斩史涣之后，自负其勇，不待袁谭等兵至，自引兵数万出黎阳，与曹军前队相迎。张辽当先出马，袁尚挺枪来战，不三合，架隔遮拦不住，大败而走。张辽乘势掩杀，袁尚不能主张，急急引军奔回冀州。

袁绍闻袁尚败回，又受了一惊，旧病复发，吐血数斗，昏倒在地。刘夫人慌救入卧内，病势渐危。刘夫人急请审配、逢纪，直至袁绍榻前，商议后事。绍但以手指而不能言。刘夫人曰："尚可继后嗣否？"绍点头。审配便就榻前写了遗嘱。绍翻身大叫一声，又吐血斗余而死。后人有诗曰："累世公卿立大名，少年意气自纵横。空招俊杰三千客，漫有英雄百万兵。羊质虎皮功不就，凤毛鸡胆事难成。更怜一种伤心处，家难徒延两弟兄。"

袁绍既死，审配等主持丧事。刘夫人便将袁绍所爱宠妾五人尽行杀害；又恐其阴魂于九泉之下再与绍相见，乃髡其发，刺其面，毁其尸：其妒恶如此。袁尚恐宠妾家属为害，并收而杀之。审配、逢纪立袁尚为大司马将军，领冀、青、幽、并四州牧，遣使报丧。

此时袁谭已发兵离青州，知父死，便与郭图、辛评商议。图曰："主公不在冀州，审配、逢纪必立显甫为主矣。当速行。"辛评曰："审、逢二人，必预定机谋。今若速往，必遭其祸。"袁谭曰："若此当何如？"郭图曰："可屯兵城外，观其动静。某当亲往察之。"谭依言。郭图遂入冀州，见袁尚。礼毕，尚问："兄何不至？"图曰："因抱病在军中，不能相见。"尚曰："吾受父亲遗命，立我为主，加兄为车骑将军。目下曹军压境，请兄为前部，吾随后便调兵接应也。"图曰："军中无人商议良策，愿乞审正南、逢元图二人为辅。"尚曰："吾亦欲仗此二人早晚画策，如何离得！"图曰："然则于二人内遣一人去，何如？"尚不得已，乃令二人拈阄，拈着者便去。逢纪拈着，尚即命逢纪赍印绶,同郭图赴袁谭军中。纪随图至谭军,见谭无病,心中不安,献上印绶。谭大怒,欲斩逢纪。郭图密谏曰:“今曹军压境,且只款留逢纪在此,以安尚心。待破曹之后,却来争冀州不迟。”

谭从其言。即时拔寨起行,前至黎阳,与曹军相抵。谭遣大将汪昭出战,操遣徐晃迎敌。二将战不数合,徐晃一刀斩汪昭于马下。曹军乘势掩杀,谭军大败。谭收败军入黎阳,遣人求救于尚。尚与审配计议,只发兵五千余人相助。曹操探知救军已到,遣乐进、李典引兵于半路接着,两头围住尽杀之。袁谭知尚止拨兵五千,又被半路坑杀,大怒,乃唤逢纪责骂。纪曰:“容某作书致主公,求其亲自来救。”谭即令纪作书,遣人到冀州致袁尚,与审配共议。配曰:“郭图多谋,前次不争而去者,为曹军在境也。今若破曹,必来争冀州矣。不如不发救兵,借操之力以除之。”尚从其言,不肯发兵。使者回报,谭大怒,立斩逢纪,议欲降曹。早有细作密报袁尚。尚与审配议曰:“使谭降曹,并力来攻,则冀州危矣。”乃留审配并大将苏由固守冀州,自领大军来黎阳救谭。尚问军中谁敢为前部,大将吕旷、吕翔兄弟二人愿去。尚点兵三万,使为先锋,先至黎阳。谭闻尚自来,大喜,遂罢降曹之议。谭屯兵城中,尚屯兵城外,为掎角之势。

不一日,袁熙、高干皆领军到城外,屯兵三处,每日出兵与操相持。尚屡败,操兵屡胜。至建安八年春二月,操分路攻打,袁谭、袁熙、袁尚、高干皆大败,弃黎阳而走。操引兵追至冀州,谭与尚入城坚守;熙与干离城三十里下寨,虚张声势。操兵连日攻打不下。郭嘉进曰:“袁氏废长立幼,而兄弟之间,权力相并,各自树党,急之则相救,缓之则相争;不如举兵南向荆州,征讨刘表,以候袁氏兄弟之变;变成而后击之,可一举而定也。”操善其言,命贾诩为太守,守黎阳;曹洪引兵守官渡。操引大军向荆州进兵。

谭、尚听知曹军自退,遂相庆贺。袁熙、高干各自辞去。袁谭与郭图、辛评议曰:“我为长子,反不能承父业;尚乃继母所生,反承大爵:心实不甘。”图曰:“主公可勒兵城外,只做请显甫、审配饮酒,伏刀斧手杀之,大事定矣。”谭从其言。适别驾王修自青州来,谭将此计告之。修曰:“兄弟者,左右手也。今与他人争斗,断其右手,而曰我必胜，安可得乎？夫弃兄弟而不亲，天下其谁亲之？彼谗人离间骨肉，以求一朝之利，愿塞耳勿听也。"谭怒，叱退王修，使人去请袁尚。尚与审配商议。配曰："此必郭图之计也。主公若往，必遭奸计；不如乘势攻之。"袁尚依言，便披挂上马，引兵五万出城。袁谭见袁尚引军来，情知事泄，亦即披挂上马，与尚交锋。尚见谭大骂。谭亦骂曰："汝药死父亲，篡夺爵位，今又来杀兄耶！"二人亲自交锋，袁谭大败。尚亲冒矢石，冲突掩杀。

谭引败军奔平原，尚收兵还。袁谭与郭图再议进兵，令岑璧为将，领兵前来。尚自引兵出冀州。两阵对圆，旗鼓相望。璧出骂阵；尚欲自战，大将吕旷，拍马舞刀，来战岑璧。二将战无数合，旷斩岑璧于马下。谭兵又败，再奔平原。审配劝尚进兵，追至平原。谭抵挡不住，退入平原，坚守不出。尚三面围城攻打。谭与郭图计议。图曰："今城中粮少，彼军方锐，势不相敌。愚意可遣人投降曹操，使操将兵攻冀州，尚必还救。将军引兵夹击之，尚可擒矣。若操击破尚军，我因而敛其军实以拒操。操军远来，粮食不继，必自退去。我可以仍据冀州，以图进取也。"谭从其言，问曰："何人可为使？"图曰："辛评之弟辛毗，字佐治，见为平原令。此人乃能言之士，可命为使。"谭即召辛毗，毗欣然而至。谭修书付毗，使三千军送毗出境。

毗星夜赍书往见曹操，时操屯军西平伐刘表，表遣玄德引兵为前部以迎之。未及交锋，辛毗到操寨。见操礼毕，操问其来意，毗具言袁谭相求之意，呈上书信。操看书毕，留辛毗于寨中，聚文武计议。程昱曰："袁谭被袁尚攻击太急，不得已而来降，不可准信。"吕虔、满宠亦曰："丞相既引兵至此，安可复舍表而助谭？"荀攸曰："三公之言未善。以愚意度之：天下方有事，而刘表坐保江、汉之间，不敢展足，其无四方之志可知矣。袁氏据四州之地，带甲数十万，若二子和睦，共守成业，天下事未可知也；今乘其兄弟相攻，势穷而投我，我提兵先除袁尚，后观其变，并灭袁谭，天下定矣。此机会不可失也。"操大喜，便邀辛毗饮酒，谓之曰："袁谭之降，真耶诈耶？袁尚之兵，果可必胜耶？"毗对曰："明公勿问真与诈也，只论其势可耳。袁氏连年丧败，兵革疲于外，谋臣诛于内；兄弟谗隙，国分为二；加之饥馑并臻，天灾人困:无问智愚,皆知土崩瓦解,此乃天灭袁氏之时也。今明公提兵攻邺,袁尚不还救,则失巢穴;若还救,则谭踵袭其后。以明公之威,击疲惫之众,如迅风之扫秋叶也。不此之图,而伐荆州;荆州丰乐之地,国和民顺,未可摇动。况四方之患,莫大于河北;河北既平,则霸业成矣。愿明公详之。"操大喜曰:"恨与辛佐治相见之晚也!"即日督军还取冀州。玄德恐操有谋,不敢追袭,引兵自回荆州。

却说袁尚知曹军渡河,急急引军还邺,命吕旷、吕翔断后。袁谭见尚退军,乃大起平原军马,随后赶来。行不到数十里,一声炮响,两军齐出:左边吕旷,右边吕翔,兄弟二人截住袁谭。谭勒马告二将曰:"吾父在日,吾并未慢待二将军,今何从吾弟而见逼耶?"二将闻言,乃下马降谭。谭曰:"勿降我,可降曹丞相。"二将因随谭归营。谭候操军至,引二将见操。操大喜,以女许谭为妻,即令吕旷、吕翔为媒。谭请操攻取冀州。操曰:"方今粮草不接,搬运劳苦,我济河,遏淇水入白沟,以通粮道,然后进兵。"令谭且居平原。操引军退屯黎阳,封吕旷、吕翔为列侯,随军听用。

郭图谓袁谭曰:"曹操以女许婚,恐非真意。今又封赏吕旷、吕翔,带去军中,此乃牢笼河北人心,后必终为我祸。主公可刻将军印二颗,暗使人送与二吕,令作内应。待操破了袁尚,可乘便图之。"谭依言,遂刻将军印二颗,暗送与二吕。二吕受讫,径将印来禀曹操。操大笑曰:"谭暗送印者,欲汝等为内助,待我破袁尚之后,就中取事耳。汝等且权受之,我自有主张。"自此曹操便有杀谭之心。

且说袁尚与审配商议:"今曹兵运粮入白沟,必来攻冀州,如之奈何?"配曰:"可发檄使武安长尹楷屯毛城,通上党运粮道;令沮授之子沮鹄守邯郸,遥为声援。主公可进兵平原,急攻袁谭。先绝袁谭,然后破曹。"袁尚大喜,留审配与陈琳守冀州,使马延、张凯二将为先锋,连夜起兵攻打平原。

谭知尚兵来近,告急于操。操曰:"吾今番必得冀州矣。"正说间,适许攸自许昌来;闻尚又攻谭,入见操曰:"丞相坐守于此,岂欲待天雷击杀二袁乎?"操笑曰:"吾已料定矣。"遂令曹洪先进兵攻邺,操自引一军来攻尹楷。兵临本境,楷引军来迎。楷出马,操曰:"许仲康安在?”许褚应声而出,纵马直取尹楷。楷措手不及,被许褚一刀斩于马下,余众奔溃。操尽招降之,即勒兵取邯郸。沮鹄进兵来迎。张辽出马,与鹄交锋。战不三合,鹄大败,辽从后追赶。两马相离不远,辽急取弓射之,应弦落马。操指挥军马掩杀,众皆奔散。

于是操引大军前抵冀州。曹洪已近城下。操令三军绕城筑起土山,又暗掘地道以攻之。审配设计坚守,法令甚严,东门守将冯礼,因酒醉有误巡警,配痛责之。冯礼怀恨,潜地出城降操。操问破城之策,礼曰:“突门内土厚,可掘地道而入。”操便命冯礼引三百壮士,夤夜掘地道而入。却说审配自冯礼出降之后,每夜亲自登城点视军马。当夜在突门阁上,望见城外无灯火。配曰:“冯礼必引兵从地道而入也。”急唤精兵运石击突闸门;门闭,冯礼及三百壮士,皆死于土内。操折了这一场,遂罢地道之计,退军于洹水之上,以候袁尚回兵。

袁尚攻平原,闻曹操已破尹楷、沮鹄,大军围困冀州,乃掣兵回救。部将马延曰:“从大路去,曹操必有伏兵;可取小路,从西山出滏水口去劫曹营,必解围也。”尚从其言,自领大军先行,令马延与张顗断后。早有细作去报曹操。操曰:“彼若从大路上来,吾当避之;若从西山小路而来,一战可擒也。吾料袁尚必举火为号,令城中接应。吾可分兵击之。”于是分拨已定。

却说袁尚出滏水界口,东至阳平,屯军阳平亭,离冀州十七里,一边靠着滏水。尚令军士堆积柴薪干草,至夜焚烧为号;遣主簿李孚扮作曹军都督,直至城下。大叫:“开门!”审配认得是李孚声音,放入城中,说:“袁尚已陈兵在阳平亭,等候接应,若城中兵出,亦举火为号。”配教城中堆草放火,以通音信。孚曰:“城中无粮,可发老弱残兵并妇人出降;彼必不为备,我即以兵继百姓之后出攻之。”配从其论。

次日,城上竖起白旗,上写“冀州百姓投降”。操曰:“此是城中无粮,教老弱百姓出降,后必有兵出也。”操教张辽、徐晃各引三千军来,伏于两边。操自乘马、张麾盖至城下,果见城门开处,百姓扶老携幼,手持白旗而出。百姓才出尽,城中兵突出。操教将红旗一招,张辽、徐晃两路兵齐出乱杀,城中兵只得复回。操自飞马赶来,到吊桥边，城中弩箭如雨，射中操盔，险透其顶。众将急救回阵。操更衣换马，引众将来攻尚寨，尚自迎敌。时各路军马一齐杀至，两军混战，袁尚大败。

尚引败兵退往西山下寨，令人催取马延、张觊军来。不知曹操已使吕旷、吕翔去招安二将。二将随二吕来降，操亦封为列侯。即日进兵攻打西山，先使二吕、马延、张觊截断袁尚粮道。尚情知西山守不住，夜走滥口。安营未定，四下火光并起，伏兵齐出，人不及甲，马不及鞍。尚军大溃，退走五十里，势穷力极，只得遣豫州刺史阴夔至操营请降。操佯许之，却连夜使张辽、徐晃去劫寨。尚尽弃印绶、节钺、衣甲、辎重，望中山而逃。

操回军攻冀州。许攸献计曰："何不决漳河之水以淹之？"操然其计，先差军于城外掘壕堑，周围四十里。审配在城上见操军在城外掘堑，却掘得甚浅。配暗笑曰："此欲决漳河之水以灌城耳。壕深可灌，如此之浅，有何用哉！"遂不为备。当夜曹操添十倍军士并力发掘，比及天明，广深二丈，引漳水灌之，城中水深数尺。更兼粮绝，军士皆饿死。辛毗在城外，用枪挑袁尚印绶衣服，招安城内之人。审配大怒，将辛毗家属老小八十余口，就于城上斩之，将头掷下。辛毗号哭不已。审配之侄审荣，素与辛毗相厚，见辛毗家属被害，心中怀忿，乃密写献门之书，拴于箭上，射下城来。军士拾献辛毗，毗将书献操。操先下令：如入冀州，休得杀害袁氏一门老小；军民降者免死。次日天明，审荣大开西门，放曹兵入。辛毗跃马先入，军将随后，杀入冀州。审配在东南城楼上，见操军已入城中，引数骑下城死战，正迎徐晃交马。徐晃生擒审配，绑出城来。路逢辛毗，毗咬牙切齿，以鞭鞭配首曰："贼杀才！今日死矣！"配大骂："辛毗贼徒！引曹操破我冀州，我恨不杀汝也！"徐晃解配见操。操曰："汝知献门接我者乎？"配曰："不知。"操曰："此汝侄审荣所献也。"配怒曰："小儿不行，乃至于此！"操曰："昨孤至城下，何城中弩箭之多耶？"配曰："恨少！恨少！"操曰："卿忠于袁氏，不容不如此。今肯降吾否？"配曰："不降！不降！"辛毗哭拜于地曰："家属八十余口，尽遭此贼杀害。愿丞相戮之，以雪此恨！"配曰："吾生为袁氏臣，死为袁氏鬼，不似汝辈谗谄阿谀之贼！可速斩我！”操教牵出。临受刑，叱行刑者曰：“吾主在北，不可使我面南而死！”乃向北跪，引颈就刃。后人有诗叹曰：“河北多名士，谁如审正南：命因昏主丧，心与古人参。忠直言无隐，廉能志不贪。临亡犹北面，降者尽羞惭。”审配既死，操怜其忠义，命葬于城北。

众将请曹操入城。操方欲起行，只见刀斧手拥一人至，操视之，乃陈琳也。操谓之曰：“汝前为本初作檄，但罪状孤可也；何乃辱及祖父耶？”琳答曰：“箭在弦上，不得不发耳。”左右劝操杀之；操怜其才，乃赦之，命为从事。

却说操长子曹丕，字子桓，时年十八岁。丕初生时，有云气一片，其色青紫，圆如车盖，覆于其室，终日不散。有望气者，密谓操曰：“此天子气也。令嗣贵不可言！”丕八岁能属文，有逸才，博古通今，善骑射，好击剑。时操破冀州，丕随父在军中，先领随身军，径投袁绍家，下马拔剑而入。有一将当之曰：“丞相有命，诸人不许入绍府。”丕叱退，提剑入后堂。见两个妇人相抱而哭，丕向前欲杀之。正是：四世公侯已成梦，一家骨肉又遭殃。未知性命如何，且听下文分解。

第三十三回 曹丕乘乱纳甄氏 郭嘉遗计定辽东

却说曹丕见二妇人啼哭，拔剑欲斩之。忽见红光满目，遂按剑而问曰："汝何人也？"一妇人告曰："妾乃袁将军之妻刘氏也。"丕曰："此女何人？"刘氏曰："此次男袁熙之妻甄氏也。因熙出镇幽州，甄氏不肯远行，故留于此。"丕拖此女近前，见披发垢面。丕以衫袖拭其面而观之，见甄氏玉肌花貌，有倾国之色。遂对刘氏曰："吾乃曹丞相之子也，愿保汝家。汝勿忧虑。"遂按剑坐于堂上。

却说曹操统领众将入冀州城，将入城门，许攸纵马近前，以鞭指城门而呼操曰："阿瞒，汝不得我，安得入此门？"操大笑。众将闻言，俱怀不平。操至绍府门下，问曰："谁曾入此门来？"守将对曰："世子在内。"操唤出责之。刘氏出拜曰："非世子不能保全妾家，愿献甄氏为世子执箕帚。"操教唤出甄氏拜于前。操视之曰："真吾儿妇也！"遂令曹丕纳之。

操既定冀州，亲往袁绍墓下设祭，再拜而哭甚哀，顾谓众官曰："昔日吾与本初共起兵时，本初问吾曰：'若事不辑，方面何所可据？'吾问之曰：'足下意欲若何？'本初曰：'吾南据河，北阻燕代，兼沙漠之众，南向以争天下，庶可以济乎？'吾答曰：'吾任天下之智力，以道御之，无所不可。'此言如昨，而今本初已丧，吾不能不为流涕也！"众皆叹息。操以金帛粮米赐绍妻刘氏。乃下令曰："河北居民遭兵革之难，尽免今年租赋。"一面写表申朝；操自领冀州牧。

一日，许褚走马入东门，正迎许攸。攸唤褚曰："汝等无我，安能出入此门乎？"褚怒曰："吾等千生万死，身冒血战，夺得城池，汝安敢夸口！"攸骂曰："汝等皆匹夫耳，何足道哉！"褚大怒，拔剑杀攸，提头来见曹操，说："许攸如此无礼，某杀之矣。"操曰："子远与吾旧交，故相戏耳，何故杀之！"深责许褚，令厚葬许攸。乃令人遍访冀州贤士。冀民曰："骑都尉崔琰，字季珪，清河东武城人也。数曾献计于袁绍，绍不从,因此托疾在家。”操即召琰为本州别驾从事,因谓曰:“昨按本州户籍,共计三十万众,可谓大州。”琰曰:“今天下分崩,九州幅裂,二袁兄弟相争,冀民暴骨原野,丞相不急存问风俗,救其涂炭,而先计校户籍,岂本州士女所望于明公哉?”操闻言,改容谢之,待为上宾。

操已定冀州,使人探袁谭消息。时谭引兵劫掠甘陵、安平、渤海、河间等处,闻袁尚败走中山,乃统军攻之。尚无心战斗,径奔幽州投袁熙。谭尽降其众,欲复图冀州。操使人召之,谭不至。操大怒,驰书绝其婚,自统大军征之,直抵平原。

谭闻操自统军来,遣人求救于刘表。表请玄德商议。玄德曰:“今操已破冀州,兵势正盛,袁氏兄弟不久必为操擒,救之无益;况操常有窥荆襄之意,我只养兵自守,未可妄动。”表曰:“然则何以谢之?”玄德曰:“可作书与袁氏兄弟,以和解为名,婉词谢之。”表然其言,先遣人以书遗谭。书略曰:“君子违难,不适仇国。日前闻君屈膝降曹,则是忘先人之仇,弃手足之谊,而遗同盟之耻矣。若冀州不弟,当降心相从。待事定之后,使天下平其曲直,不亦高义耶?”又与袁尚书曰:“青州天性峭急,迷于曲直。君当先除曹操,以卒先公之恨。事定之后,乃计曲直,不亦善乎?若迷而不返,则是韩卢、东郭自困于前,而遗田父之获也。”谭得表书,知表无发兵之意,又自料不能敌操,遂弃平原,走保南皮。

曹操追至南皮,时天气寒肃,河道尽冻,粮船不能行动。操令本处百姓敲冰拽船,百姓闻令而逃。操大怒,欲捕斩之。百姓闻得,乃亲往营中投首。操曰:“若不杀汝等,则吾号令不行;若杀汝等,吾又不忍:汝等快往山中藏避,休被我军士擒获。”百姓皆垂泪而去。

袁谭引兵出城,与曹军相敌。两阵对圆,操出马以鞭指谭而骂曰:“吾厚待汝,汝何生异心?”谭曰:“汝犯吾境界,夺吾城池,赖吾妻子,反说我有异心耶!”操大怒,使徐晃出马。谭使彭安接战。两马相交,不数合,晃斩彭安于马下。谭军败走,退入南皮。操遣军四面围住。谭着慌,使辛评见操约降。操曰:“袁谭小子,反覆无常,吾难准信。汝弟辛毗,吾已重用,汝亦留此可也。”评曰:“丞相差矣。某闻主贵臣荣,主忧臣辱。某久事袁氏,岂可背之!”操知其不可留,乃遣回。评回见谭,言操不准投降。谭叱曰:“汝弟现事曹操,汝怀二心耶?”评闻言,气满填胸,昏绝于地。谭令扶出,须臾而死。谭亦悔之。郭图谓谭曰:“来日尽驱百姓当先,以军继其后,与曹操决一死战。”谭从其言。

当夜尽驱南皮百姓,皆执刀枪听令。次日平明,大开四门,军在后,驱百姓在前,喊声大举,一齐拥出,直抵曹寨。两军混战,自辰至午,胜负未分,杀人遍地。操见未获全胜,弃马上山,亲自击鼓。将士见之,奋力向前,谭军大败。百姓被杀者无数。

曹洪奋威突阵,正迎袁谭,举刀乱砍,谭竟被曹洪杀于阵中。郭图见阵大乱,急驰入城中。乐进望见,拈弓搭箭,射下城壕,人马俱陷。操引兵入南皮,安抚百姓。忽有一彪军来到,乃袁熙部将焦触、张南也。操自引军迎之。二将倒戈卸甲,特来投降。操封为列侯。又黑山贼张燕,引军十万来降,操封为平北将军。

下令将袁谭首级号令,敢有哭者斩。头挂北门外。一人布冠衰衣,哭于头下。左右拿来见操。操问之,乃青州别驾王修也,因谏袁谭被逐,今知谭死,故来哭之。操曰:“汝知吾令否?”修曰:“知之。”操曰:“汝不怕死耶?”修曰:“我生受其辟命,亡而不哭,非义也。畏死忘义,何以立世乎!若得收葬谭尸,受戮无恨。”操曰:“河北义士,何其如此之多也!可惜袁氏不能用!若能用,则吾安敢正眼觑此地哉!”遂命收葬谭尸,礼修为上宾,以为司金中郎将。因问之曰:“今袁尚已投袁熙,取之当用何策?”修不答。操曰:“忠臣也。”问郭嘉,嘉曰:“可使袁氏降将焦触、张南等自攻之。”操用其言,随差焦触、张南、吕旷、吕翔、马延、张顗,各引本部兵,分三路进攻幽州;一面使李典、乐进会合张燕,打并州,攻高干。

且说袁尚、袁熙知曹兵将至,料难迎敌,乃弃城引兵,星夜奔辽西投乌桓去了。幽州刺史乌桓触,聚幽州众官,歃血为盟,共议背袁向曹之事。乌桓触先言曰:“吾知曹丞相当世英雄,今往投降,有不遵令者斩。”依次歃血,循至别驾韩珩。珩乃掷剑于地,大呼曰:“吾受袁公父子厚恩,今主败亡,智不能救,勇不能死,于义缺矣!若北面而降操,吾不为也!”众皆失色。乌桓触曰:“夫兴大事,当立大义。事之济否,不待一人。韩珩既有志如此,听其自便。”推珩而出。乌桓触乃出城迎接三路军马,径来降操。操大喜,加为镇北将军。

忽探马来报:“乐进、李典、张燕攻打并州,高干守住壶关口,不能下。”操自勒兵前往。三将接着,说干拒关难击。操集众将共议破干之计。荀攸曰:“若破干,须用诈降计方可。”操然之。唤降将吕旷、吕翔,附耳低言如此如此。吕旷等引军数十,直抵关下,叫曰:“吾等原系袁氏旧将,不得已而降曹。曹操为人诡谲,薄待吾等;吾今还扶旧主。可疾开关相纳。”高干未信,只教二将自上关说话。二将卸甲弃马而入,谓干曰:“曹军新到,可乘其军心未定,今夜劫寨。某等愿当先。”干喜,从其言,是夜教二吕当先,引万余军前去。将至曹寨,背后喊声大震,伏兵四起。高干知是中计,急回壶关城,乐进、李典已夺了关;高干夺路走脱,往投单于。操领兵拒住关口,使人追袭高干。干到单于界,正迎北番左贤王。干下马拜伏于地,言曹操吞并疆土,今欲犯王子地面,万乞救援,同力克复,以保北方。左贤王曰:“吾与曹操无仇,岂有侵我土地?汝欲使我结怨于曹氏耶!”叱退高干。干寻思无路,只得去投刘表。行至上洛,被都尉王琰所杀,将头解送曹操。曹封琰为列侯。

并州既定,操商议西击乌桓。曹洪等曰:“袁熙、袁尚兵败将亡,势穷力尽,远投沙漠;我今引兵西击,倘刘备、刘表乘虚袭许都,我救应不及,为祸不浅矣:请回师勿进为上。”郭嘉曰:“诸公所言错矣。主公虽威震天下,沙漠之人恃其边远,必不设备;乘其无备,卒然击之,必可破也。且袁绍与乌桓有恩,而尚与熙兄弟犹存,不可不除。刘表坐谈之客耳,自知才不足以御刘备,重任之则恐不能制,轻任之则备不为用。虽虚国远征,公无忧也。”操曰:“奉孝之言极是。”遂率大小三军,车数千辆,望前进发。但见黄沙漠漠,狂风四起;道路崎岖,人马难行。操有回军之心,问于郭嘉。嘉此时不伏水土,卧病车上。操泣曰:“因我欲平沙漠,使公远涉艰辛,以至染病,吾心何安!”嘉曰:“某感丞相大恩,虽死不能报万一。”操曰:“吾见北地崎岖,意欲回军,若何?”嘉曰:“兵贵神速。今千里袭人,辎重多而难以趋利,不如轻兵兼道以出,掩其不备。但须得识径路者为引导耳。”

遂留郭嘉于易州养病，求向导官以引路。人荐袁绍旧将田畴深知此境，操召而问之。畴曰："此道秋夏间有水，浅不通车马，深不载舟楫，最难行动。不如回军，从卢龙口越白檀之险，出空虚之地，前近柳城，掩其不备：蹋顿可一战而擒也。"操从其言，封田畴为靖北将军，作向导官，为前驱；张辽为次；操自押后：倍道轻骑而进。

田畴引张辽前至白狼山，正遇袁熙、袁尚会合蹋顿等数万骑前来。张辽飞报曹操。操自勒马登高望之，见蹋顿兵无队伍，参差不整。操谓张辽曰："敌兵不整，便可击之。"乃以麾授辽。辽引许褚、于禁、徐晃分四路下山，奋力急攻，蹋顿大乱。辽拍马斩蹋顿于马下，余众皆降。袁熙、袁尚引数千骑投辽东去了。

操收军入柳城，封田畴为柳亭侯，以守柳城。畴涕泣曰："某负义逃窜之人耳，蒙厚恩全活，为幸多矣；岂可卖卢龙之寨以邀赏禄哉！死不敢受侯爵。"操义之，乃拜畴为议郎。操抚慰单于人等，收得骏马万匹，即日回兵。时天气寒且旱，二百里无水，军又乏粮，杀马为食，凿地三四十丈，方得水。操回至易州，重赏先曾谏者；因谓众将曰："孤前者乘危远征，侥幸成功。虽得胜，天所佑也，不可以为法。诸君之谏，乃万安之计，是以相赏。后勿难言。"

操到易州时，郭嘉已死数日，停柩在公廨。操往祭之，大哭曰："奉孝死，乃天丧吾也！"回顾众官曰："诸君年齿，皆孤等辈，惟奉孝最少，吾欲托以后事。不期中年夭折，使吾心肠崩裂矣！"嘉之左右，将嘉临死所封之书呈上曰："郭公临亡，亲笔书此，嘱曰：丞相若从书中所言，辽东事定矣。"操拆书视之，点头嗟叹。诸人皆不知其意。次日，夏侯惇引众人禀曰："辽东太守公孙康，久不宾服。今袁熙、袁尚又往投之，必为后患。不如乘其未动，速往征之，辽东可得也。"操笑曰："不烦诸公虎威。数日之后，公孙康自送二袁之首至矣。"诸将皆不肯信。

却说袁熙、袁尚引数千骑奔辽东。辽东太守公孙康，本襄平人，武威将军公孙度之子也。当日知袁熙、袁尚来投，遂聚本部属官商议此事。公孙恭曰："袁绍在日，常有吞辽东之心；今袁熙、袁尚兵败将亡，无处依栖，来此相投，是鸠夺鹊巢之意也。若容纳之，后必相图。不如赚入城中杀之,献头与曹公,曹公必重待我。”康曰:“只怕曹操引兵下辽东,又不如纳二袁使为我助。”恭曰:“可使人探听。如曹兵来攻,则留二袁;如其不动,则杀二袁,送与曹公。”康从之,使人去探消息。

却说袁熙、袁尚至辽东,二人密议曰:“辽东军兵数万,足可与曹操争衡。今暂投之,后当杀公孙康而夺其地,养成气力而抗中原,可复河北也。”商议已定,乃入见公孙康。康留于馆驿,只推有病,不即相见。不一日,细作回报:“曹公兵屯易州,并无下辽东之意。”公孙康大喜,乃先伏刀斧手于壁衣中,使二袁入。相见礼毕,命坐。时天气严寒,尚见床榻上无裀褥,谓康曰:“愿铺坐席。”康瞋目言曰:“汝二人之头,将行万里!何席之有!”尚大惊。康叱曰:“左右何不下手!”刀斧手拥出,就坐席上砍下二人之头,用木匣盛贮,使人送到易州,来见曹操。

时操在易州,按兵不动。夏侯惇、张辽入禀曰:“如不下辽东,可回许都,恐刘表生心。”操曰:“待二袁首级至,即便回兵。”众皆暗笑。忽报辽东公孙康遣人送袁熙、袁尚首级至,众皆大惊。使者呈上书信。操大笑曰:“不出奉孝之料!”重赏来使,封公孙康为襄平侯、左将军。众官问曰:“何为不出奉孝之所料?”操遂出郭嘉书以示之。书略曰:“今闻袁熙、袁尚往投辽东,明公切不可加兵。公孙康久畏袁氏吞并,二袁往投必疑。若以兵击之,必并力迎敌,急不可下;若缓之,公孙康、袁氏必自相图,其势然也。”众皆踊跃称善。操引众官复设祭于郭嘉灵前。亡年三十八岁,从征十有一年,多立奇勋。后人有诗赞曰:“天生郭奉孝,豪杰冠群英:腹内藏经史,胸中隐甲兵;运谋如范蠡,决策似陈平。可惜身先丧,中原梁栋倾。”操领兵还冀州,使人先扶郭嘉灵柩于许都安葬。

程昱等请曰:“北方既定,今还许都,可早建下江南之策。”操笑曰:“吾有此志久矣。诸君所言,正合吾意。”是夜宿于冀州城东角楼上,凭栏仰观天文。时荀攸在侧,操指曰:“南方旺气灿然,恐未可图也。”攸曰:“以丞相天威,何所不服!”正看间,忽见一道金光,从地而起。攸曰:“此必有宝于地下。”操下楼令人随光掘之。正是:星文方向南中指,金宝旋从北地生。不知所得何物,且听下文分解。

第三十四回 蔡夫人隔屏听密语 刘皇叔跃马过檀溪

却说曹操于金光处，掘出一铜雀，问荀攸曰："此何兆也？"攸曰："昔舜母梦玉雀入怀而生舜。今得铜雀，亦吉祥之兆也。"操大喜，遂命作高台以庆之。乃即日破土断木，烧瓦磨砖，筑铜雀台于漳河之上。约计一年而工毕。少子曹植进曰："若建层台，必立三座：中间高者，名为铜雀；左边一座，名为玉龙；右边一座，名为金凤。更作两条飞桥，横空而上，乃为壮观。"操曰："吾儿所言甚善。他日台成，足可娱吾老矣！"原来曹操有五子，惟植性敏慧，善文章，曹操平日最爱之。于是留曹植与曹丕在邺郡造台，使张燕守北寨。操将所得袁绍之兵，共五六十万，班师回许都。大封功臣；又表赠郭嘉为贞侯，养其子奕于府中。复聚众谋士商议，欲南征刘表。荀彧曰："大军方北征而回，未可复动。且待半年，养精蓄锐，刘表、孙权可一鼓而下也。"操从之，遂分兵屯田，以候调用。

却说玄德自到荆州，刘表待之甚厚。一日，正相聚饮酒，忽报降将张武、陈孙在江夏掳掠人民，共谋造反。表惊曰："二贼又反，为祸不小！"玄德曰："不须兄长忧虑，备请往讨之。"表大喜，即点三万军，与玄德前去。玄德领命即行，不一日，来到江夏。张武、陈孙引兵来迎。玄德与关、张、赵云出马在门旗下，望见张武所骑之马，极其雄骏。玄德曰："此必千里马也。"言未毕，赵云挺枪而出，径冲彼阵。张武纵马来迎，不三合，被赵云一枪刺落马下，随手扯住辔头，牵马回阵。陈孙见了，随赶来夺。张飞大喝一声，挺矛直出，将陈孙刺死。众皆溃散。玄德招安余党，平复江夏诸县，班师而回。表出郭迎接入城，设宴庆功。酒至半酣，表曰："吾弟如此雄才，荆州有倚赖也。但忧南越不时来寇，张鲁、孙权皆足为虑。"玄德曰："弟有三将，足可委用：使张飞巡南越之境；云长拒固子城，以镇张鲁；赵云拒三江，以当孙权。何足虑哉？"表喜，欲从其言。

蔡瑁告其姊蔡夫人曰:“刘备遣三将居外,而自居荆州,久必为患。”蔡夫人乃夜对刘表曰:“我闻荆州人多与刘备往来,不可不防之。今容其居住城中,无益,不若遣使他往。”表曰:“玄德仁人也。”蔡氏曰:“只恐他人不似汝心。”表沉吟不答。次日出城,见玄德所乘之马极骏,问之,知是张武之马,表称赞不已。玄德遂将此马送与刘表。表大喜,骑回城中。蒯越见而问之。表曰:“此玄德所送也。”越曰:“昔先兄蒯良,最善相马;越亦颇晓。此马眼下有泪槽,额边生白点,名为的卢,骑则妨主。张武为此马而亡。主公不可乘之。”表听其言。次日请玄德饮宴,因言曰:“昨承惠良马,深感厚意。但贤弟不时征进,可以用之。敬当送还。”玄德起谢。表又曰:“贤弟久居此间,恐废武事。襄阳属邑新野县,颇有钱粮。弟可引本部军马于本县屯扎,何如?”玄德领诺。次日,谢别刘表,引本部军马径往新野。

方出城门,只见一人在马前长揖曰:“公所骑马,不可乘也。”玄德视之,乃荆州幕宾伊籍,字机伯,山阳人也。玄德忙下马问之。籍曰:“昨闻蒯异度对刘荆州云:此马名的卢,乘则妨主。因此还公。公岂可复乘之?”玄德曰:“深感先生见爱。但凡人死生有命,岂马所能妨哉!”籍服其高见,自此常与玄德往来。

玄德自到新野,军民皆喜,政治一新。建安十二年春,甘夫人生刘禅。是夜有白鹤一只,飞来县衙屋上,高鸣四十余声,望西飞去。临分娩时,异香满室。甘夫人尝夜梦仰吞北斗,因而怀孕,故乳名阿斗。此时曹操正统兵北征。玄德乃往荆州,说刘表曰:“今曹操悉兵北征,许昌空虚,若以荆襄之众,乘间袭之,大事可就也。”表曰:“吾坐据九郡足矣,岂可别图?”玄德默然。表邀入后堂饮酒。酒至半酣,表忽然长叹。玄德曰:“兄长何故长叹?”表曰:“吾有心事,未易明言。”玄德再欲问时,蔡夫人出立屏后。刘表乃垂头不语。须臾席散,玄德自归新野。

至是年冬,闻曹操自柳城回,玄德甚叹表之不用其言。忽一日,刘表遣使至,请玄德赴荆州相会。玄德随使而往。刘表接着,叙礼毕,请入后堂饮宴;因谓玄德曰:“近闻曹操提兵回许都,势日强盛,必有吞并荆襄之心。昔日悔不听贤弟之言,失此好机会。”玄德曰:“今天下分裂,干戈日起,机会岂有尽乎?若能应之于后,未足为恨也。”表曰:“吾弟之言甚当。”相与对饮。酒酣,表忽潸然泪下。玄德问其故。表曰:“吾有心事,前者欲诉与贤弟,未得其便。”玄德曰:“兄长有何难决之事?倘有用弟之处,弟虽死不辞。”表曰:“前妻陈氏所生长子琦,为人虽贤,而柔懦不足立事;后妻蔡氏所生少子琮,颇聪明。吾欲废长立幼,恐碍于礼法;欲立长子,争奈蔡氏族中,皆掌军务,后必生乱;因此委决不下。”玄德曰:“自古废长立幼,取乱之道。若忧蔡氏权重,可徐徐削之,不可溺爱而立少子也。”表默然。

原来蔡夫人素疑玄德,凡遇玄德与表叙论,必来窃听。是时正在屏风后,闻玄德此言,心甚恨之。玄德自知语失,遂起身如厕。因见己身髀肉复生,亦不觉潸然流涕。少顷复入席。表见玄德有泪容,怪问之。玄德长叹曰:“备往常身不离鞍,髀肉皆散;今久不骑,髀里肉生。日月蹉跎,老将至矣,而功业不建:是以悲耳!”表曰:“吾闻贤弟在许昌,与曹操青梅煮酒,共论英雄;贤弟尽举当世名士,操皆不许,而独曰天下英雄,惟使君与操耳。以曹操之权力,犹不敢居吾弟之先,何虑功业不建乎?”玄德乘着酒兴,失口答曰:“备若有基本,天下碌碌之辈,诚不足虑也。”表闻言默然。玄德自知语失,托醉而起,归馆舍安歇。后人有诗赞玄德曰:“曹公屈指从头数:天下英雄独使君。髀肉复生犹感叹,争教寰宇不三分?”

却说刘表闻玄德语,口虽不言,心怀不足,别了玄德,退入内宅。蔡夫人曰:“适间我于屏后听得刘备之言,甚轻觑人,足见其有吞并荆州之意。今若不除,必为后患。”表不答,但摇头而已。蔡氏乃密召蔡瑁入,商议此事。瑁曰:“请先就馆舍杀之,然后告知主公。”蔡氏然其言。瑁出,便连夜点军。

却说玄德在馆舍中秉烛而坐,三更以后,方欲就寝。忽一人叩门而入,视之乃伊籍也:原来伊籍探知蔡瑁欲害玄德,特夤夜来报。当下伊籍将蔡瑁之谋,报知玄德,催促玄德速速起身。玄德曰:“未辞景升,如何便去?”籍曰:“公若辞,必遭蔡瑁之害矣。”玄德乃谢别伊籍,急唤从者,一齐上马,不待天明,星夜奔回新野。比及蔡瑁领军到馆舍时,玄德已去远矣。瑁悔恨无及,乃写诗一首于壁间,径入见表曰:"刘备有反叛之意,题反诗于壁上,不辞而去矣。"表不信,亲诣馆舍观之,果有诗四句。诗曰:"数年徒守困,空对旧山川。龙岂池中物,乘雷欲上天!"刘表见诗大怒,拔剑言曰:"誓杀此无义之徒!"行数步,猛省曰:"吾与玄德相处许多时,不曾见他作诗。此必外人离间之计也。"遂回步入馆舍,用剑尖削去此诗,弃剑上马。

蔡瑁请曰:"军士已点齐,可就往新野擒刘备。"表曰:"未可造次,容徐图之。"蔡瑁见表持疑不决,乃暗与蔡夫人商议:即日大会众官于襄阳,就彼处谋之。次日,瑁禀表曰:"近年丰熟,合聚众官于襄阳,以示抚劝之意。请主公一行。"表曰:"吾近日气疾作,实不能行。可令二子为主待客。"瑁曰:"公子年幼,恐失于礼节。"表曰:"可往新野请玄德待客。"瑁暗喜正中其计,便差人请玄德赴襄阳。

却说玄德奔回新野,自知失言取祸,未对众人言之。忽使者至,请赴襄阳。孙乾曰:"昨见主公匆匆而回,意甚不乐。愚意度之,在荆州必有事故。今忽请赴会,不可轻往。"玄德方将前项事诉与诸人。云长曰:"兄自疑心语失。刘荆州并无嗔责之意。外人之言,未可轻信。襄阳离此不远,若不去,则荆州反生疑矣。"玄德曰:"云长之言是也。"张飞曰:"筵无好筵,会无好会,不如休去。"赵云曰:"某将马步军三百人同往,可保主公无事。"玄德曰:"如此甚好。"

遂与赵云即日赴襄阳。蔡瑁出郭迎接,意甚谦谨。随后刘琦、刘琮二子,引一班文武官僚出迎。玄德见二公子俱在,并不疑忌。是日请玄德于馆舍暂歇。赵云引三百军围绕保护。云披甲挂剑,行坐不离左右。刘琦告玄德曰:"父亲气疾作,不能行动,特请叔父待客,抚劝各处守牧之官。"玄德曰:"吾本不敢当此,既有兄命,不敢不从。"次日,人报九郡四十二州官员,俱已到齐。蔡瑁预请蒯越计议曰:"刘备世之枭雄,久留于此,后必为害,可就今日除之。"越曰:"恐失士民之望。"瑁曰:"吾已密领刘荆州言语在此。"越曰:"既如此,可预作准备。"瑁曰:"东门岘山大路,已使吾弟蔡和引军守把;南门外已使蔡中守把;北门外已使蔡勋守把。止有西门不必守把:前有檀溪阻隔，虽有数万之众，不易过也。”越曰：“吾见赵云行坐不离玄德，恐难下手。”瑁曰：“吾伏五百军在城内准备。”越曰：“可使文聘、王威二人另设一席于外厅，以待武将。先请住赵云，然后可行事。”瑁从其言。

当日杀牛宰马，大张筵席。玄德乘的卢马至州衙，命牵入后园拴系。众官皆至堂中。玄德主席，二公子两边分坐，其余各依次而坐。赵云带剑立于玄德之侧。文聘、王威入请赵云赴席。云推辞不去。玄德令云就席，云勉强应命而出。蔡瑁在外收拾得铁桶相似，将玄德带来三百军，都遣归馆舍，只待半酣，号起下手。酒至三巡，伊籍起把盏，至玄德前，以目视玄德，低声谓曰：“请更衣。”玄德会意，即起如厕。伊籍把盏毕，疾入后园，接着玄德，附耳报曰：“蔡瑁设计害君，城外东、南、北三处，皆有军马守把。惟西门可走，公宜速逃！”玄德大惊，急解的卢马，开后园门牵出，飞身上马，不顾从者，匹马望西门而走。门吏问之，玄德不答，加鞭而出。门吏当之不住，飞报蔡瑁。瑁即上马，引五百军随后追赶。

却说玄德撞出西门，行无数里，前有大溪，拦住去路。那檀溪阔数丈，水通襄江，其波甚紧。玄德到溪边，见不可渡，勒马再回，遥望城西尘头大起，追兵将至。玄德曰：“今番死矣！”遂回马到溪边。回头看时，追兵已近。玄德着慌，纵马下溪。行不数步，马前蹄忽陷，浸湿衣袍。玄德乃加鞭大呼曰：“的卢，的卢！今日妨吾！”言毕，那马忽从水中涌身而起，一跃三丈，飞上西岸。玄德如从云雾中起。后来苏学士有古风一篇，单咏跃马檀溪事。诗曰：“老去花残春日暮，宦游偶至檀溪路；停骖遥望独徘徊，眼前零落飘红絮。暗想咸阳火德衰，龙争虎斗交相持；襄阳会上王孙饮，坐中玄德身将危。逃生独出西门道，背后追兵复将到。一川烟水涨檀溪，急叱征骑往前跳。马蹄踏碎青玻璃，天风响处金鞭挥。耳畔但闻千骑走，波中忽见双龙飞。西川独霸真英主，坐下龙驹两相遇。檀溪溪水自东流，龙驹英主今何处！临流三叹心欲酸，斜阳寂寂照空山；三分鼎足浑如梦，踪迹空留在世间。”玄德跃过溪西，顾望东岸。蔡瑁已引军赶到溪边，大叫：“使君何故逃席而去？”玄德曰：“吾与汝无仇，何故欲相害？”瑁曰：“吾并无此心。使君休听人言。”玄德见瑁手将拈弓取箭，乃急拨马望西南而去。瑁谓左右曰:“是何神助也?”方欲收军回城,只见西门内赵云引三百军赶来。正是:跃去龙驹能救主,追来虎将欲诛仇。未知蔡瑁性命如何,且听下文分解。

第三十五回 玄德南漳逢隐沦 单福新野遇英主

却说蔡瑁方欲回城,赵云引军赶出城来。原来赵云正饮酒间,忽见人马动,急入内观之,席上不见了玄德。云大惊,出投馆舍,听得人说:"蔡瑁引军望西赶去了。"云火急绰枪上马,引着原带来三百军,奔出西门,正迎着蔡瑁,急问曰:"吾主何在?"瑁曰:"使君逃席而去,不知何往。"赵云是谨细之人,不肯造次,即策马前行。遥望大溪,别无去路,乃复回马,喝问蔡瑁曰:"汝请吾主赴宴,何故引着军马追来?"瑁曰:"九郡四十二州县官僚俱在此,吾为上将,岂可不防护?"云曰:"汝逼吾主何处去了?"瑁曰:"闻使君匹马出西门,到此却又不见。"云惊疑不定,直来溪边看时,只见隔岸一带水迹。云暗忖曰:"难道连马跳过了溪去?"令三百军四散观望,并不见踪迹。云再回马时,蔡瑁已入城去了。云乃拿守门军士追问,皆说:"刘使君飞马出西门而去。"云再欲入城,又恐有埋伏,遂急引军归新野。

却说玄德跃马过溪,似醉如痴,想:"此阔涧一跃而过,岂非天意!"迤逦望南漳策马而行,日将沉西。正行之间,见一牧童跨于牛背上,口吹短笛而来。玄德叹曰:"吾不如也!"遂立马观之。牧童亦停牛罢笛,熟视玄德,曰:"将军莫非破黄巾刘玄德否?"玄德惊问曰:"汝乃村僻小童,何以知吾姓字!"牧童曰:"我本不知,因常侍师父,有客到日,多曾说有一刘玄德,身长七尺五寸,垂手过膝,目能自顾其耳,乃当世之英雄,今观将军如此模样,想必是也。"玄德曰:"汝师何人也?"牧童曰:"吾师覆姓司马,名徽,字德操,颍川人也。道号水镜先生。"玄德曰:"汝师与谁为友?"小童曰:"与襄阳庞德公、庞统为友。"玄德曰:"庞德公乃庞统何人?"童子曰:"叔侄也。庞德公字山民,长俺师父十岁;庞统字士元,少俺师父五岁。一日,我师父在树上采桑,适庞统来相访,坐于树下,共相议论,终日不倦。吾师甚爱庞统,呼之为弟。"玄德曰:"汝师今居何处?"牧童遥指曰:"前面林中,便是庄院。”玄德曰:“吾正是刘玄德。汝可引我去拜见你师父。”

童子便引玄德,行二里余,到庄前下马,入至中门,忽闻琴声甚美。玄德教童子且休通报,侧耳听之。琴声忽住而不弹。一人笑而出曰:“琴韵清幽,音中忽起高抗之调,必有英雄窃听。”童子指谓玄德曰:“此即吾师水镜先生也。”玄德视其人,松形鹤骨,器宇不凡。慌忙进前施礼,衣襟尚湿。水镜曰:“公今日幸免大难!”玄德惊讶不已。小童曰:“此刘玄德也。”水镜请入草堂,分宾主坐定。玄德见架上满堆书卷,窗外盛栽松竹,横琴于石床之上,清气飘然。水镜问曰:“明公何来?”玄德曰:“偶尔经由此地,因小童相指,得拜尊颜,不胜万幸!”水镜笑曰:“公不必隐讳。公今必逃难至此。”玄德遂以襄阳一事告之。水镜曰:“吾观公气色,已知之矣。”因问玄德曰:“吾久闻明公大名,何故至今犹落魄不偶耶?”玄德曰:“命途多蹇,所以至此。”水镜曰:“不然。盖因将军左右不得其人耳。”玄德曰:“备虽不才,文有孙乾、糜竺、简雍之辈,武有关、张、赵云之流,竭忠辅相,颇赖其力。”水镜曰:“关、张、赵云,皆万人敌,惜无善用之之人。若孙乾、糜竺辈,乃白面书生,非经纶济世之才也。”玄德曰:“备亦尝侧身以求山谷之遗贤,奈未遇其人何!”水镜曰:“岂不闻孔子云十室之邑必有忠信,何谓无人?”玄德曰:“备愚昧不识,愿赐指教。”水镜曰:“公闻荆襄诸郡小儿谣言乎?其谣曰:八九年间始欲衰,至十三年无孑遗。到头天命有所归,泥中蟠龙向天飞。此谣始于建安初:建安八年,刘景升丧却前妻,便生家乱,此所谓始欲衰也;无孑遗者,不久则景升将逝,文武零落无孑遗矣;天命有归,龙向天飞,盖应在将军也。”玄德闻言惊谢曰:“备安敢当此!”水镜曰:“今天下之奇才,尽在于此,公当往求之。”玄德急问曰:“奇才安在?果系何人?”水镜曰:“伏龙、凤雏,两人得一,可安天下。”玄德曰:“伏龙、凤雏何人也?”水镜抚掌大笑曰:“好!好!”玄德再问时,水镜曰:“天色已晚,将军可于此暂宿一宵,明日当言之。”即命小童具饮馔相待,马牵入后院喂养。玄德饮膳毕,即宿于草堂之侧。

玄德因思水镜之言,寝不成寐。约至更深,忽听一人叩门而入,水镜曰:“元直何来?”玄德起床密听之,闻其人答曰:“久闻刘景升善善恶恶，特往谒之。及至相见，徒有虚名，盖善善而不能用，恶恶而不能去者也。故遗书别之，而来至此。”水镜曰：“公怀王佐之才，宜择人而事，奈何轻身往见景升乎？且英雄豪杰，只在眼前，公自不识耳。”其人曰：“先生之言是也。”玄德闻之大喜，暗忖此人必是伏龙、凤雏，即欲出见，又恐造次。

候至天晓，玄德求见水镜，问曰：“昨夜来者是谁？”水镜曰：“此吾友也。”玄德求与相见。水镜曰：“此人欲往投明主，已到他处去了。”玄德请问其姓名。水镜笑曰：“好！好！”玄德再问：“伏龙、凤雏，果系何人？”水镜亦只笑曰：“好！好！”玄德拜请水镜出山相助，同扶汉室。水镜曰：“山野闲散之人，不堪世用。自有胜吾十倍者来助公，公宜访之。”

正谈论间，忽闻庄外人喊马嘶，小童来报：“有一将军，引数百人到庄来也。”玄德大惊，急出视之，乃赵云也。玄德大喜。云下马入见曰：“某夜来回县，寻不见主公，连夜跟问到此。主公可作速回县，只恐有人来县中厮杀。”玄德辞了水镜，与赵云上马，投新野来。行不数里，一彪人马来到，视之，乃云长、翼德也。相见大喜。玄德诉说跃马檀溪之事，共相嗟讶。

到县中，与孙乾等商议。乾曰：“可先致书于景升，诉告此事。”玄德从其言，即令孙乾赍书至荆州。刘表唤入问曰：“吾请玄德襄阳赴会，缘何逃席而去？”孙乾呈上书札，具言蔡瑁设谋相害，赖跃马檀溪得脱。表大怒，急唤蔡瑁责骂曰：“汝焉敢害吾弟！”命推出斩之。蔡夫人出，哭求免死，表怒犹未息。孙乾告曰：“若杀蔡瑁，恐皇叔不能安居于此矣。”表乃责而释之，使长子刘琦同孙乾至玄德处请罪。

琦奉命赴新野，玄德接着，设宴相待。酒酣，琦忽然堕泪。玄德问其故。琦曰：“继母蔡氏，常怀谋害之心；侄无计免祸，幸叔父指教。”玄德劝以小心尽孝，自然无祸。次日，琦泣别。玄德乘马送琦出郭，因指马谓琦曰：“若非此马，吾已为泉下之人矣。”琦曰：“此非马之力，乃叔父之洪福也。”说罢，相别。刘琦涕泣而去。

玄德回马入城，忽见市上一人，葛巾布袍，皂绦乌履，长歌而来。歌曰：“天地反覆兮，火欲殂；大厦将崩兮，一木难扶。山谷有贤兮，欲投明主;明主求贤兮,却不知吾。”玄德闻歌,暗思:“此人莫非水镜所言伏龙、凤雏乎?”遂下马相见,邀入县衙。

问其姓名,答曰:“某乃颍上人也,姓单,名福。久闻使君纳士招贤,欲来投托,未敢辄造;故行歌于市,以动尊听耳。”玄德大喜,待为上宾。单福曰:“适使君所乘之马,再乞一观。”玄德命去鞍牵于堂下。单福曰:“此非的卢马乎? 虽是千里马,却只妨主,不可乘也。”玄德曰:“已应之矣。”遂具言跃檀溪之事。福曰:“此乃救主,非妨主也;终必妨一主。某有一法可禳。”玄德曰:“愿闻禳法。”福曰:“公意中有仇怨之人,可将此马赐之;待妨过了此人,然后乘之,自然无事。”玄德闻言变色曰:“公初至此,不教吾以正道,便教作利己妨人之事,备不敢闻教。”福笑谢曰:“向闻使君仁德,未敢便信,故以此言相试耳。”玄德亦改容起谢曰:“备安能有仁德及人,惟先生教之。”福曰:“吾自颍上来此,闻新野之人歌曰:‘新野牧,刘皇叔;自到此,民丰足。’可见使君之仁德及人也。”玄德乃拜单福为军师,调练本部人马。

却说曹操自冀州回许都,常有取荆州之意,特差曹仁、李典并降将吕旷、吕翔等领兵三万,屯樊城,虎视荆襄,就探看虚实。时吕旷、吕翔禀曹仁曰:“今刘备屯兵新野,招军买马,积草储粮,其志不小,不可不早图之。吾二人自降丞相之后,未有寸功,愿请精兵五千,取刘备之头,以献丞相。”曹仁大喜,与二吕兵五千,前往新野厮杀。

探马飞报玄德。玄德请单福商议。福曰:“既有敌兵,不可令其入境。可使关公引一军从左而出,以敌来军中路;张飞引一军从右而出,以敌来军后路;公自引赵云出兵前路相迎:敌可破矣。”玄德从其言,即差关、张二人去讫;然后与单福、赵云等,共引二千人马出关相迎。

行不数里,只见山后尘头大起,吕旷、吕翔引军来到。两边各射住阵角。玄德出马于旗门下,大呼曰:“来者何人,敢犯吾境?”吕旷出马曰:“吾乃大将吕旷也。奉丞相命,特来擒汝!”玄德大怒,使赵云出马。二将交战,不数合,赵云一枪刺吕旷于马下。玄德麾军掩杀,吕翔抵敌不住,引军便走。正行间,路傍一军突出,为首大将,乃关云长也;冲杀一阵,吕翔折兵大半,夺路走脱。行不到十里,又一军拦住去路,为首大将,挺矛大叫:“张翼德在此!”直取吕翔。翔措手不及,被张飞一矛刺中,翻身落马而死。余众四散奔走。玄德合军追赶,大半多被擒获。玄德班师回县,重待单福,犒赏三军。

却说败军回见曹仁,报说:“二吕被杀,军士多被活捉。”曹仁大惊,与李典商议。典曰:“二将欺敌而亡,今只宜按兵不动,申报丞相,起大兵来征剿,乃为上策。”仁曰:“不然。今二将阵亡,又折许多军马,此仇不可不急报。量新野弹丸之地,何劳丞相大军?”典曰:“刘备人杰也,不可轻视。”仁曰:“公何怯也!”典曰:“兵法云知彼知己,百战百胜。某非怯战,但恐不能必胜耳。”仁怒曰:“公怀二心耶?吾必欲生擒刘备!”典曰:“将军若去,某守樊城。”仁曰:“汝若不同去,真怀二心矣!”典不得已,只得与曹仁点起二万五千军马,渡河投新野而来。正是:偏裨既有舆尸辱,主将重兴雪耻兵。未知胜负何如,且听下文分解。

第三十六回　玄德用计袭樊城　元直走马荐诸葛

却说曹仁忿怒，遂大起本部之兵，星夜渡河，意欲踏平新野。

且说单福得胜回县，谓玄德曰："曹仁屯兵樊城，今知二将被诛，必起大军来战。"玄德曰："当何以迎之？"福曰："彼若尽提兵而来，樊城空虚，可乘间夺之。"玄德问计。福附耳低言如此如此。玄德大喜，预先准备已定。忽报马报说："曹仁引大军渡河来了。"单福曰："果不出吾之料。"遂请玄德出军迎敌。两阵对圆，赵云出马唤彼将答话。曹仁命李典出阵，与赵云交锋。约战十数合，李典料敌不过，拨马回阵。云纵马追赶，两翼军射住，遂各罢兵归寨。李典回见曹仁，言："彼军精锐，不可轻敌，不如回樊城。"曹仁大怒曰："汝未出军时，已慢吾军心；今又卖阵，罪当斩首！"便喝刀斧手推出李典要斩；众将苦告方免。乃调李典领后军，仁自引兵为前部。

次日鸣鼓进军，布成一个阵势，使人问玄德曰："识吾阵势？"单福便上高处观看毕，谓玄德曰："此八门金锁阵也。八门者：休、生、伤、杜、景、死、惊、开。如从生门、景门、开门而入则吉；从伤门、惊门、休门而入则伤；从杜门、死门而入则亡。今八门虽布得整齐，只是中间通欠主持。如从东南角上生门击入，往正西景门而出，其阵必乱。"玄德传令，教军士把住阵角，命赵云引五百军从东南而入，径往西出。云得令，挺枪跃马，引兵径投东南角上，呐喊杀入中军。曹仁便投北走。云不追赶，却突出西门，又从西杀转东南角上来。曹仁军大乱。玄德麾军冲击，曹兵大败而退。单福命休追赶，收军自回。

却说曹仁输了一阵，方信李典之言；因复请典商议，言："刘备军中必有能者，吾阵竟为所破。"李典曰："吾虽在此，甚忧樊城。"曹仁曰："今晚去劫寨。如得胜，再作计议；如不胜，便退军回樊城。"李典曰："不可。刘备必有准备。"仁曰："若如此多疑，何以用兵！"遂不听李典之言。自引军为前队，使李典为后应，当夜二更劫寨。

却说单福正与玄德在寨中议事，忽信风骤起。福曰："今夜曹仁必来劫寨。"玄德曰："何以敌之？"福笑曰："吾已预算定了。"遂密密分拨已毕。至二更，曹仁兵将近寨，只见寨中四围火起，烧着寨栅。曹仁知有准备，急令退军。赵云掩杀将来。仁不及收兵回寨，急望北河而走。将到河边，才欲寻船渡河，岸上一彪军杀到：为首大将，乃张飞也。曹仁死战，李典保护曹仁下船渡河。曹军大半淹死水中。曹仁渡过河面，上岸奔至樊城，令人叫门。只见城上一声鼓响，一将引军而出，大喝曰："吾已取樊城多时矣！"众惊视之，乃关云长也。仁大惊，拨马便走。云长追杀过来。曹仁又折了好些军马，星夜投许昌。于路打听，方知有单福为军师，设谋定计。

不说曹仁败回许昌。且说玄德大获全胜，引军入樊城，县令刘泌出迎。玄德安民已定。那刘泌乃长沙人，亦汉室宗亲，遂请玄德到家，设宴相待。只见一人侍立于侧。玄德视其人器宇轩昂，因问泌曰："此何人？"泌曰："此吾之甥寇封，本罗侯寇氏之子也；因父母双亡，故依于此。"玄德爱之，欲嗣为义子。刘泌欣然从之，遂使寇封拜玄德为父，改名刘封。玄德带回，令拜云长、翼德为叔。云长曰："兄长既有子，何必用螟蛉？后必生乱。"玄德曰："吾待之如子，彼必事吾如父，何乱之有！"云长不悦。玄德与单福计议，令赵云引一千军守樊城。玄德领众自回新野。

却说曹仁与李典回许都，见曹操，泣拜于地请罪，具言损将折兵之事。操曰："胜负乃军家之常。但不知谁为刘备画策？"曹仁言是单福之计。操曰："单福何人也？"程昱笑曰："此非单福也。此人幼好学击剑；中平末年，尝为人报仇杀人，披发涂面而走，为吏所获；问其姓名不答，吏乃缚于车上，击鼓行于市，令市人识之，虽有识者不敢言，而同伴窃解救之。乃更姓名而逃，折节向学，遍访名师，尝与司马徽谈论。此人乃颍川徐庶，字元直。单福乃其托名耳。"操曰："徐庶之才，比君何如？"昱曰："十倍于昱。"操曰："惜乎贤士归于刘备！羽翼成矣！奈何？"昱曰："徐庶虽在彼，丞相要用，召来不难。"操曰："安得彼来归？"昱曰："徐庶为人至孝。幼丧其父，止有老母在堂。现今其弟徐康已亡，老母无人侍养。丞相可使人赚其母至许昌，令作书召其子,则徐庶必至矣。"

操大喜,使人星夜前去取徐庶母。不一日取至,操厚待之。因谓之曰:"闻令嗣徐元直,乃天下奇才也。今在新野,助逆臣刘备,背叛朝廷,正犹美玉落于污泥之中,诚为可惜。今烦老母作书,唤回许都,吾于天子之前保奏,必有重赏。"遂命左右捧过文房四宝,令徐母作书。徐母曰:"刘备何如人也?"操曰:"沛郡小辈,妄称皇叔,全无信义,所谓外君子而内小人者也。"徐母厉声曰:"汝何虚诳之甚也!吾久闻玄德乃中山靖王之后,孝景皇帝阁下玄孙,屈身下士,恭己待人,仁声素著,世之黄童、白叟、牧子、樵夫皆知其名:真当世之英雄也。吾儿辅之,得其主矣。汝虽托名汉相,实为汉贼。乃反以玄德为逆臣,欲使吾儿背明投暗,岂不自耻乎!"言讫,取石砚便打曹操。操大怒,叱武士执徐母出,将斩之。程昱急止之,入谏操曰:"徐母触忤丞相者,欲求死也。丞相若杀之,则招不义之名,而成徐母之德。徐母既死,徐庶必死心助刘备以报仇矣;不如留之,使徐庶身心两处,纵使助刘备,亦不尽力也。且留得徐母在,昱自有计赚徐庶至此,以辅丞相。"

操然其言,遂不杀徐母,送于别室养之。程昱日往问候,诈言曾与徐庶结为兄弟,待徐母如亲母;时常馈送物件,必具手启。徐母因亦作手启答之。程昱赚得徐母笔迹,乃仿其字体,诈修家书一封,差一心腹人,持书径奔新野县,寻问"单福"行幕。军士引见徐庶。庶知母有家书至,急唤入问之。来人曰:"某乃馆下走卒,奉老夫人言语,有书附达。"庶拆封视之。书曰:"近汝弟康丧,举目无亲。正悲凄间,不期曹丞相使人赚至许昌,言汝背反,下我于缧绁,赖程昱等救免。若得汝降,能免我死。如书到日,可念劬劳之恩,星夜前来,以全孝道;然后徐图归耕故园,免遭大祸。吾今命若悬丝,专望救援!更不多嘱。"徐庶览毕,泪如泉涌。持书来见玄德曰:"某本颍川徐庶,字元直;为因逃难,更名单福。前闻刘景升招贤纳士,特往见之;及与论事,方知是无用之人,故作书别之。夤夜至司马水镜庄上,诉说其事。水镜深责庶不识主,因说刘豫州在此,何不事之?庶故作狂歌于市以动使君;幸蒙不弃,即赐重用。争奈老母今被曹操奸计赚至许昌囚禁，将欲加害。老母手书来唤，庶不容不去。非不欲效犬马之劳，以报使君；奈慈亲被执，不得尽力。今当告归，容图后会。”玄德闻言大哭曰：“子母乃天性之亲，元直无以备为念。待与老夫人相见之后，或者再得奉教。”徐庶便拜谢欲行。玄德曰：“乞再聚一宵，来日饯行。”孙乾密谓玄德曰：“元直天下奇才，久在新野，尽知我军中虚实。今若使归曹操，必然重用，我其危矣。主公宜苦留之，切勿放去。操见元直不去，必斩其母。元直知母死，必为母报仇，力攻曹操也。”玄德曰：“不可。使人杀其母，而吾用其子，不仁也；留之不使去，以绝其子母之道，不义也。吾宁死，不为不仁不义之事。”众皆感叹。

玄德请徐庶饮酒，庶曰：“今闻老母被囚，虽金波玉液不能下咽矣。”玄德曰：“备闻公将去，如失左右手，虽龙肝凤髓，亦不甘味。”二人相对而泣，坐以待旦。诸将已于郭外安排筵席饯行。

玄德与徐庶并马出城，至长亭，下马相辞。玄德举杯谓徐庶曰：“备分浅缘薄，不能与先生相聚。望先生善事新主，以成功名。”庶泣曰：“某才微智浅，深荷使君重用。今不幸半途而别，实为老母故也。纵使曹操相逼，庶亦终身不设一谋。”玄德曰：“先生既去，刘备亦将远遁山林矣。”庶曰：“某所以与使君共图王霸之业者，恃此方寸耳；今以老母之故，方寸乱矣，纵使在此，无益于事。使君宜别求高贤辅佐，共图大业，何便灰心如此？”玄德曰：“天下高贤，无有出先生右者。”庶曰：“某樗栎庸材，何敢当此重誉。”临别，又顾谓诸将曰：“愿诸公善事使君，以图名垂竹帛，功标青史，切勿效庶之无始终也。”诸将无不伤感。玄德不忍相离，送了一程，又送一程。庶辞曰：“不劳使君远送，庶就此告别。”玄德就马上执庶之手曰：“先生此去，天各一方，未知相会却在何日！”说罢，泪如雨下。庶亦涕泣而别。玄德立马于林畔，看徐庶乘马与从者匆匆而去。玄德哭曰：“元直去矣！吾将奈何？”凝泪而望，却被一树林隔断。玄德以鞭指曰：“吾欲尽伐此处树木。”众问何故。玄德曰：“因阻吾望徐元直之目也。”

正望间，忽见徐庶拍马而回。玄德曰：“元直复回，莫非无去意乎？”遂欣然拍马向前迎问曰：“先生此回，必有主意。”庶勒马谓玄德曰：“某因心绪如麻，忘却一语：此间有一奇士，只在襄阳城外二十里隆中。使君何不求之?”玄德曰:“敢烦元直为备请来相见。”庶曰:“此人不可屈致,使君可亲往求之。若得此人,无异周得吕望、汉得张良也。”玄德曰:“此人比先生才德何如?”庶曰:“以某比之,譬犹驽马并麒麟、寒鸦配鸾凤耳。此人每尝自比管仲、乐毅;以吾观之,管、乐殆不及此人。此人有经天纬地之才,盖天下一人也!”玄德喜曰:“愿闻此人姓名。”庶曰:“此人乃琅琊阳都人,覆姓诸葛,名亮,字孔明,乃汉司隶校尉诸葛丰之后。其父名珪,字子贡,为泰山郡丞,早卒;亮从其叔玄。玄与荆州刘景升有旧,因往依之,遂家于襄阳。后玄卒,亮与弟诸葛均躬耕于南阳。尝好为《梁父吟》。所居之地有一冈,名卧龙冈,因自号为卧龙先生。此人乃绝代奇才,使君急宜枉驾见之。若此人肯相辅佐,何愁天下不定乎!”玄德曰:“昔水镜先生曾为备言:‘伏龙、凤雏,两人得一,可安天下。’今所云莫非即伏龙、凤雏乎?”庶曰:“凤雏乃襄阳庞统也。伏龙正是诸葛孔明。”玄德踊跃曰:“今日方知伏龙、凤雏之语。何期大贤只在目前!非先生言,备有眼如盲也!”后人有赞徐庶走马荐诸葛诗曰:“痛恨高贤不再逢,临岐泣别两情浓。片言却似春雷震,能使南阳起卧龙。”徐庶荐了孔明,再别玄德,策马而去。玄德闻徐庶之语,方悟司马德操之言,似醉方醒,如梦初觉。引众将回至新野,便具厚币,同关、张前去南阳请孔明。

且说徐庶既别玄德,感其留恋之情,恐孔明不肯出山辅之,遂乘马直至卧龙冈下,入草庐见孔明。孔明问其来意。庶曰:“庶本欲事刘豫州,奈老母为曹操所囚,驰书来召,只得舍之而往。临行时,将公荐与玄德。玄德即日将来奉谒,望公勿推阻,即展平生之大才以辅之,幸甚!”孔明闻言作色曰:“君以我为享祭之牺牲乎!”说罢,拂袖而入。庶羞惭而退,上马趱程,赴许昌见母。正是:嘱友一言因爱主,赴家千里为思亲。未知后事若何,下文便见。

第三十七回 司马徽再荐名士 刘玄德三顾草庐

却说徐庶趱程赴许昌。曹操知徐庶已到,遂命荀彧、程昱等一班谋士往迎之。庶入相府拜见曹操。操曰:“公乃高明之士,何故屈身而事刘备乎?”庶曰:“某幼逃难,流落江湖,偶至新野,遂与玄德交厚,老母在此,幸蒙慈念,不胜愧感。”操曰:“公今至此,正可晨昏侍奉令堂,吾亦得听清诲矣。”庶拜谢而出。急往见其母,泣拜于堂下。母大惊曰:“汝何故至此?”庶曰:“近于新野事刘豫州;因得母书,故星夜至此。”徐母勃然大怒,拍案骂曰:“辱子飘荡江湖数年,吾以为汝学业有进,何其反不如初也!汝既读书,须知忠孝不能两全。岂不识曹操欺君罔上之贼?刘玄德仁义布于四海,况又汉室之胄,汝既事之,得其主矣,今凭一纸伪书,更不详察,遂弃明投暗,自取恶名,真愚夫也!吾有何面目与汝相见!汝玷辱祖宗,空生于天地间耳!”骂得徐庶拜伏于地,不敢仰视,母自转入屏风后去了。少顷,家人出报曰:“老夫人自缢于梁间。”徐庶慌入救时,母气已绝。后人有《徐母赞》曰:“贤哉徐母,流芳千古:守节无亏,于家有补;教子多方,处身自苦;气若丘山,义出肺腑;赞美豫州,毁触魏武;不畏鼎镬,不惧刀斧;唯恐后嗣,玷辱先祖。伏剑同流,断机堪伍;生得其名,死得其所:贤哉徐母,流芳千古!”徐庶见母已死,哭绝于地,良久方苏。曹操使人赍礼吊问,又亲往祭奠。徐庶葬母柩于许昌之南原,居丧守墓。凡曹操所赐,庶俱不受。

时操欲商议南征。荀彧谏曰:“天寒未可用兵;姑待春暖,方可长驱大进。”操从之,乃引漳河之水作一池,名玄武池,于内教练水军,准备南征。

却说玄德正安排礼物,欲往隆中谒诸葛亮,忽人报:“门外有一先生,峨冠博带,道貌非常,特来相探。”玄德曰:“此莫非即孔明否?”遂整衣出迎。视之,乃司马徽也。玄德大喜,请入后堂高坐,拜问曰:

“备自别仙颜，因军务倥偬，有失拜访。今得光降，大慰仰慕之私。”徽曰：“闻徐元直在此，特来一会。”玄德曰：“近因曹操囚其母，徐母遣人驰书，唤回许昌去矣。”徽曰：“此中曹操之计矣！吾素闻徐母最贤，虽为操所囚，必不肯驰书召其子；此书必诈也。元直不去，其母尚存；今若去，母必死矣！”玄德惊问其故，徽曰：“徐母高义，必羞见其子也。”玄德曰：“元直临行，荐南阳诸葛亮，其人若何？”徽笑曰：“元直欲去，自去便了，何又惹他出来呕心血也？”玄德曰：“先生何出此言？”徽曰：“孔明与博陵崔州平、颍川石广元、汝南孟公威与徐元直四人为密友。此四人务于精纯，惟孔明独观其大略。尝抱膝长吟，而指四人曰：公等仕进可至刺史、郡守。众问孔明之志若何，孔明但笑而不答。每常自比管仲、乐毅，其才不可量也。”玄德曰：“何颍川之多贤乎！”徽曰：“昔有殷馗善观天文，尝谓群星聚于颍分，其地必多贤士。”时云长在侧曰：“某闻管仲、乐毅乃春秋、战国名人，功盖寰宇；孔明自比此二人，毋乃太过？”徽笑曰：“以吾观之，不当比此二人；我欲另以二人比之。”云长问：“那二人？”徽曰：“可比兴周八百年之姜子牙、旺汉四百年之张子房也。”众皆愕然。徽下阶相辞欲行，玄德留之不住。徽出门仰天大笑曰：“卧龙虽得其主，不得其时，惜哉！”言罢，飘然而去。玄德叹曰：“真隐居贤士也！”

次日，玄德同关、张并从人等来隆中。遥望山畔数人，荷锄耕于田间，而作歌曰：“苍天如圆盖，陆地似棋局；世人黑白分，往来争荣辱；荣者自安安，辱者定碌碌。南阳有隐居，高眠卧不足！”玄德闻歌，勒马唤农夫问曰：“此歌何人所作？”答曰：“乃卧龙先生所作也。”玄德曰：“卧龙先生住何处？”农夫曰：“自此山之南，一带高冈，乃卧龙冈也。冈前疏林内茅庐中，即诸葛先生高卧之地。”玄德谢之，策马前行。不数里，遥望卧龙冈，果然清景异常。后人有古风一篇，单道卧龙居处。诗曰：“襄阳城西二十里，一带高冈枕流水；高冈屈曲压云根，流水潺潺飞石髓；势若困龙石上蟠，形如单凤松阴里；柴门半掩闭茅庐，中有高人卧不起。修竹交加列翠屏，四时篱落野花馨；床头堆积皆黄卷，座上往来无白丁；叩户苍猿时献果，守门老鹤夜听经；囊里名琴藏古锦，壁间宝剑挂七星。庐中先生独幽雅，闲来亲自勤耕稼;专待春雷惊梦回,一声长啸安天下。”

玄德来到庄前,下马亲叩柴门,一童出问。玄德曰:“汉左将军宜城亭侯领豫州牧皇叔刘备,特来拜见先生。”童子曰:“我记不得许多名字。”玄德曰:“你只说刘备来访。”童子曰:“先生今早少出。”玄德曰:“何处去了?”童子曰:“踪迹不定,不知何处去了。”玄德曰:“几时归?”童子曰:“归期亦不定,或三五日,或十数日。”玄德惆怅不已。张飞曰:“既不见,自归去罢了。”玄德曰:“且待片时。”云长曰:“不如且归,再使人来探听。”玄德从其言,嘱付童子:“如先生回,可言刘备拜访。”

遂上马,行数里,勒马回观隆中景物,果然山不高而秀雅,水不深而澄清;地不广而平坦,林不大而茂盛;猿鹤相亲,松篁交翠。观之不已,忽见一人,容貌轩昂,丰姿俊爽,头戴逍遥巾,身穿皂布袍,杖藜从山僻小路而来。玄德曰:“此必卧龙先生也!”急下马向前施礼,问曰:“先生非卧龙否?”其人曰:“将军是谁?”玄德曰:“刘备也。”其人曰:“吾非孔明,乃孔明之友博陵崔州平也。”玄德曰:“久闻大名,幸得相遇。乞即席地权坐,请教一言。”二人对坐于林间石上,关、张侍立于侧。州平曰:“将军何故欲见孔明?”玄德曰:“方今天下大乱,四方云扰,欲见孔明,求安邦定国之策耳。”州平笑曰:“公以定乱为主,虽是仁心,但自古以来,治乱无常。自高祖斩蛇起义,诛无道秦,是由乱而入治也;至哀、平之世二百年,太平日久,王莽篡逆,又由治而入乱;光武中兴,重整基业,复由乱而入治;至今二百年,民安已久,故干戈又复四起:此正由治入乱之时,未可猝定也。将军欲使孔明斡旋天地,补缀乾坤,恐不易为,徒费心力耳。岂不闻顺天者逸,逆天者劳;数之所在,理不得而夺之;命之所在,人不得而强之乎?”玄德曰:“先生所言,诚为高见。但备身为汉胄,合当匡扶汉室,何敢委之数与命?”州平曰:“山野之夫,不足与论天下事,适承明问,故妄言之。”玄德曰:“蒙先生见教。但不知孔明往何处去了?”州平曰:“吾亦欲访之,正不知其何往。”玄德曰:“请先生同至敝县,若何?”州平曰:“愚性颇乐闲散,无意功名久矣;容他日再见。”言讫,长揖而去。玄德与关、张上马而行。张飞曰:“孔明又访不着,却遇此腐儒,闲谈许久!”

玄德曰:“此亦隐者之言也。”

三人回至新野,过了数日,玄德使人探听孔明。回报曰:“卧龙先生已回矣。”玄德便教备马。张飞曰:“量一村夫,何必哥哥自去,可使人唤来便了。”玄德叱曰:“汝岂不闻孟子云:欲见贤而不以其道,犹欲其入而闭之门也。孔明当世大贤,岂可召乎!”遂上马再往访孔明。关、张亦乘马相随。时值隆冬,天气严寒,彤云密布。行无数里,忽然朔风凛凛,瑞雪霏霏;山如玉簇,林似银妆。张飞曰:“天寒地冻,尚不用兵,岂宜远见无益之人乎!不如回新野以避风雪。”玄德曰:“吾正欲使孔明知我殷勤之意。如弟辈怕冷,可先回去。”飞曰:“死且不怕,岂怕冷乎!但恐哥哥空劳神思。”玄德曰:“勿多言,只相随同去。”将近茅庐,忽闻路傍酒店中有人作歌。玄德立马听之。其歌曰:“壮士功名尚未成,呜呼久不遇阳春!君不见东海老叟辞荆榛,后车遂与文王亲;八百诸侯不期会,白鱼入舟涉孟津;牧野一战血流杵,鹰扬伟烈冠武臣。又不见高阳酒徒起草中,长楫芒砀隆准公;高谈王霸惊人耳,辍洗延坐钦英风;东下齐城七十二,天下无人能继踪。二人功迹尚如此,至今谁肯论英雄?”歌罢,又有一人击桌而歌。其歌曰:“吾皇提剑清寰海,创业垂基四百载;桓灵季业火德衰,奸臣贼子调鼎鼐。青蛇飞下御座傍,又见妖虹降玉堂;群盗四方如蚁聚,奸雄百辈皆鹰扬,吾侪长啸空拍手,闷来村店饮村酒;独善其身尽日安,何须千古名不朽!”

二人歌罢,抚掌大笑。玄德曰:“卧龙其在此间乎!”遂下马入店。见二人凭桌对饮:上首者白面长须,下首者清奇古貌。玄德揖而问曰:“二公谁是卧龙先生?”长须者曰:“公何人?欲寻卧龙何干?”玄德曰:“某乃刘备也。欲访先生,求济世安民之术。”长须者曰:“我等非卧龙,皆卧龙之友也:吾乃颍川石广元,此位是汝南孟公威。”玄德喜曰:“备久闻二公大名,幸得邂逅。今有随行马匹在此,敢请二公同往卧龙庄上一谈。”广元曰:“吾等皆山野慵懒之徒,不省治国安民之事,不劳下问。明公请自上马,寻访卧龙。”

玄德乃辞二人,上马投卧龙冈来。到庄前下马,扣门问童子曰:“先生今日在庄否?”童子曰:“现在堂上读书。”玄德大喜,遂跟童子而入。至中门,只见门上大书一联云:“淡泊以明志,宁静而致远。”玄德正看间,忽闻吟咏之声,乃立于门侧窥之,见草堂之上,一少年拥炉抱膝,歌曰:“凤翱翔于千仞兮,非梧不栖;士伏处于一方兮,非主不依。乐躬耕于陇亩兮,吾爱吾庐;聊寄傲于琴书兮,以待天时。”

玄德待其歌罢,上草堂施礼曰:“备久慕先生,无缘拜会。昨因徐元直称荐,敬至仙庄,不遇空回。今特冒风雪而来,得瞻道貌,实为万幸。”那少年慌忙答礼曰:“将军莫非刘豫州,欲见家兄否?”玄德惊讶曰:“先生又非卧龙耶?”少年曰:“某乃卧龙之弟诸葛均也。愚兄弟三人:长兄诸葛瑾,现在江东孙仲谋处为幕宾;孔明乃二家兄。”玄德曰:“卧龙今在家否?”均曰:“昨为崔州平相约,出外闲游去矣。”玄德曰:“何处闲游?”均曰:“或驾小舟游于江湖之中,或访僧道于山岭之上,或寻朋友于村落之间,或乐琴棋于洞府之内:往来莫测,不知去所。”玄德曰:“刘备直如此缘分浅薄,两番不遇大贤!”均曰:“少坐献茶。”张飞曰:“那先生既不在,请哥哥上马。”玄德曰:“我既到此间,如何无一语而回?”因问诸葛均曰:“闻令兄卧龙先生熟谙韬略,日看兵书,可得闻乎?”均曰:“不知。”张飞曰:“问他则甚!风雪甚紧,不如早归。”玄德叱止之。均曰:“家兄不在,不敢久留车骑;容日却来回礼。”玄德曰:“岂敢望先生枉驾。数日之后,备当再至。愿借纸笔作一书,留达令兄,以表刘备殷勤之意。”均遂进文房四宝。玄德呵开冻笔,拂展云笺,写书曰:“备久慕高名,两次晋谒,不遇空回,惆怅何似!窃念备汉朝苗裔,滥叨名爵,伏睹朝廷陵替,纲纪崩摧,群雄乱国,恶党欺君,备心胆俱裂。虽有匡济之诚,实乏经纶之策。仰望先生仁慈忠义,慨然展吕望之大才,施子房之鸿略,天下幸甚!社稷幸甚!先此布达,再容斋戒薰沐,特拜尊颜,面倾鄙悃。统希鉴原。”玄德写罢,递与诸葛均收了,拜辞出门。均送出,玄德再三殷勤致意而别。

方上马欲行,忽见童子招手篱外,叫曰:“老先生来也。”玄德视之,见小桥之西,一人暖帽遮头,狐裘蔽体,骑着一驴,后随一青衣小童,携一葫芦酒,踏雪而来;转过小桥,口吟诗一首。诗曰:“一夜北风寒,万里彤云厚。长空雪乱飘,改尽江山旧。仰面观火虚,疑是玉龙斗。纷纷鳞甲飞，顷刻遍宇宙。骑驴过小桥，独叹梅花瘦！”玄德闻歌曰：“此真卧龙矣！”滚鞍下马，向前施礼曰：“先生冒寒不易！刘备等候久矣！”那人慌忙下驴答礼。

诸葛均在后曰：“此非卧龙家兄，乃家兄岳父黄承彦也。”玄德曰：“适间所吟之句，极其高妙。”承彦曰：“老夫在小婿家观《梁父吟》，记得这一篇；适过小桥，偶见篱落间梅花，故感而诵之。不期为尊客所闻。”玄德曰：“曾见令婿否？”承彦曰：“便是老夫也来看他。”玄德闻言，辞别承彦，上马而归。正值风雪又大，回望卧龙冈，悒怏不已。后人有诗单道玄德风雪访孔明。诗曰：“一天风雪访贤良，不遇空回意感伤。冻合溪桥山石滑，寒侵鞍马路途长。当头片片梨花落，扑面纷纷柳絮狂。回首停鞭遥望处，烂银堆满卧龙冈。”

玄德回新野之后，光阴荏苒，又早新春。乃令卜者揲蓍，选择吉期，斋戒三日，薰沐更衣，再往卧龙冈谒孔明。关、张闻之不悦，遂一齐入谏玄德。正是：高贤未服英雄志，屈节偏生杰士疑。未知其言若何，下文便晓。

第三十八回 定三分隆中决策 战长江孙氏报仇

却说玄德访孔明两次不遇，欲再往访之。关公曰："兄长两次亲往拜谒，其礼太过矣。想诸葛亮有虚名而无实学，故避而不敢见。兄何惑于斯人之甚也！"玄德曰："不然。昔齐桓公欲见东郭野人，五反而方得一面。况吾欲见大贤耶？"张飞曰："哥哥差矣。量此村夫，何足为大贤；今番不须哥哥去；他如不来，我只用一条麻绳缚将来！"玄德叱曰："汝岂不闻周文王谒姜子牙之事乎？文王且如此敬贤，汝何太无礼！今番汝休去，我自与云长去。"飞曰："既两位哥哥都去，小弟如何落后！"玄德曰："汝若同往，不可失礼。"飞应诺。

于是三人乘马引从者往隆中。离草庐半里之外，玄德便下马步行，正遇诸葛均。玄德忙施礼，问曰："令兄在庄否？"均曰："昨暮方归。将军今日可与相见。"言罢，飘然自去。玄德曰："今番侥幸得见先生矣！"张飞曰："此人无礼！便引我等到庄也不妨，何故竟自去了！"玄德曰："彼各有事，岂可相强。"

三人来到庄前叩门，童子开门出问。玄德曰："有劳仙童转报：刘备专来拜见先生。"童子曰："今日先生虽在家，但今在草堂上昼寝未醒。"玄德曰："既如此，且休通报。"分付关、张二人，只在门首等着。玄德徐步而入，见先生仰卧于草堂几席之上。玄德拱立阶下。半晌，先生未醒。关、张在外立久，不见动静，入见玄德犹然侍立。张飞大怒，谓云长曰："这先生如何傲慢！见我哥哥侍立阶下，他竟高卧，推睡不起！等我去屋后放一把火，看他起不起！"云长再三劝住。玄德仍命二人出门外等候。望堂上时，见先生翻身将起，忽又朝里壁睡着。童子欲报。玄德曰："且勿惊动。"又立了一个时辰，孔明才醒，口吟诗曰："大梦谁先觉？平生我自知。草堂春睡足，窗外日迟迟。"孔明吟罢，翻身问童子曰："有俗客来否？"童子曰："刘皇叔在此，立候多时。"孔明乃起身曰："何不早报！尚容更衣。"遂转入后堂。又半晌,方整衣冠出迎。

玄德见孔明身长八尺,面如冠玉,头戴纶巾,身披鹤氅,飘飘然有神仙之概。玄德下拜曰:“汉室末胄、涿郡愚夫,久闻先生大名,如雷贯耳。昨两次晋谒,不得一见,已书贱名于文几,未审得入览否?”孔明曰:“南阳野人,疏懒性成,屡蒙将军枉临,不胜愧赧。”二人叙礼毕,分宾主而坐,童子献茶。茶罢,孔明曰:“昨观书意,足见将军忧民忧国之心;但恨亮年幼才疏,有误下问。”玄德曰:“司马德操之言,徐元直之语,岂虚谈哉?望先生不弃鄙贱,曲赐教诲。”孔明曰:“德操、元直,世之高士。亮乃一耕夫耳,安敢谈天下事?二公谬举矣。将军奈何舍美玉而求顽石乎?”玄德曰:“大丈夫抱经世奇才,岂可空老于林泉之下?愿先生以天下苍生为念,开备愚鲁而赐教。”孔明笑曰:“愿闻将军之志。”玄德屏人促席而告曰:“汉室倾颓,奸臣窃命,备不量力,欲伸大义于天下,而智术浅短,迄无所就。惟先生开其愚而拯其厄,实为万幸!”孔明曰:“自董卓造逆以来,天下豪杰并起。曹操势不及袁绍,而竟能克绍者,非惟天时,抑亦人谋也。今操已拥百万之众,挟天子以令诸侯,此诚不可与争锋。孙权据有江东,已历三世,国险而民附,此可用为援而不可图也。荆州北据汉、沔,利尽南海,东连吴会,西通巴、蜀,此用武之地,非其主不能守;是殆天所以资将军,将军岂有意乎?益州险塞,沃野千里,天府之国,高祖因之以成帝业;今刘璋暗弱,民殷国富,而不知存恤,智能之士,思得明君。将军既帝室之胄,信义著于四海,总揽英雄,思贤如渴,若跨有荆、益,保其岩阻,西和诸戎,南抚彝、越,外结孙权,内修政理;待天下有变,则命一上将将荆州之兵以向宛、洛,将军身率益州之众以出秦川,百姓有不箪食壶浆以迎将军者乎?诚如是,则大业可成,汉室可兴矣。此亮所以为将军谋者也。惟将军图之。”言罢,命童子取出画一轴,挂于中堂,指谓玄德曰:“此西川五十四州之图也。将军欲成霸业,北让曹操占天时,南让孙权占地利,将军可占人和。先取荆州为家,后即取西川建基业,以成鼎足之势,然后可图中原也。”玄德闻言,避席拱手谢曰:“先生之言,顿开茅塞,使备如拨云雾而睹青天。但荆州刘表、益州刘璋,皆汉室宗亲,备安忍夺之?”孔明曰:“亮夜观天象,刘表不久人世;刘璋非立业之主:久后必归将军。”玄德闻言,顿首拜谢。只这一席话,乃孔明未出茅庐,已知三分天下,真万古之人不及也!后人有诗赞曰:“豫州当日叹孤穷,何幸南阳有卧龙!欲识他年分鼎处,先生笑指画图中。”

玄德拜请孔明曰:“备虽名微德薄,愿先生不弃鄙贱,出山相助。备当拱听明诲。”孔明曰:“亮久乐耕锄,懒于应世,不能奉命。”玄德泣曰:“先生不出,如苍生何!”言毕,泪沾袍袖,衣襟尽湿。孔明见其意甚诚,乃曰:“将军既不相弃,愿效犬马之劳。”玄德大喜,遂命关、张入,拜献金帛礼物。孔明固辞不受。玄德曰:“此非聘大贤之礼,但表刘备寸心耳。”孔明方受。于是玄德等在庄中共宿一宵。

次日,诸葛均回,孔明嘱付曰:“吾受刘皇叔三顾之恩,不容不出。汝可躬耕于此,勿得荒芜田亩。待我功成之日,即当归隐。”后人有诗叹曰:“身未升腾思退步,功成应忆去时言。只因先主丁宁后,星落秋风五丈原。”又有古风一篇曰:“高皇手提三尺雪,芒砀白蛇夜流血;平秦灭楚入咸阳,二百年前几断绝。大哉光武兴洛阳,传至桓灵又崩裂;献帝迁都幸许昌,纷纷四海生豪杰:曹操专权得天时,江东孙氏开鸿业;孤穷玄德走天下,独居新野愁民厄。南阳卧龙有大志,腹内雄兵分正奇;只因徐庶临行语,茅庐三顾心相知。先生尔时年三九,收拾琴书离陇亩;先取荆州后取川,大展经纶补天手;纵横舌上鼓风雷,谈笑胸中换星斗;龙骧虎视安乾坤,万古千秋名不朽!”玄德等三人别了诸葛均,与孔明同归新野。

玄德待孔明如师,食则同桌,寝则同榻,终日共论天下之事。孔明曰:“曹操于冀州作玄武池以练水军,必有侵江南之意。可密令人过江探听虚实。”玄德从之,使人往江东探听。

却说孙权自孙策死后,据住江东,承父兄基业,广纳贤士,开宾馆于吴会,命顾雍、张纮延接四方宾客。连年以来,你我相荐。时有会稽阚泽,字德润;彭城严畯,字曼才;沛县薛综,字敬文;汝阳程秉,字德枢;吴郡朱桓,字休穆;陆绩,字公纪;吴人张温,字惠恕;乌伤骆统,字公绪;乌程吾粲,字孔休:此数人皆至江东,孙权敬礼甚厚。又得良将数人:乃汝南吕蒙,字子明;吴郡陆逊,字伯言;琅琊徐盛,字文向;

东郡潘璋，字文珪；庐江丁奉，字承渊。文武诸人，共相辅佐，由此江东称得人之盛。

建安七年，曹操破袁绍，遣使往江东，命孙权遣子入朝随驾。权犹豫未决。吴太夫人命周瑜、张昭等面议。张昭曰："操欲令我遣子入朝，是牵制诸侯之法也。然若不令去，恐其兴兵下江东，势必危矣。"周瑜曰："将军承父兄遗业，兼六郡之众，兵精粮足，将士用命，有何逼迫而欲送质于人？质一人，不得不与曹氏连和；彼有命召，不得不往：如此，则见制于人也。不如勿遣，徐观其变，别以良策御之。"吴太夫人曰："公瑾之言是也。"权遂从其言，谢使者，不遣子。自此曹操有下江南之意。但正值北方未宁，无暇南征。

建安八年十一月，孙权引兵伐黄祖，战于大江之中。祖军败绩。权部将凌操，轻舟当先，杀入夏口，被黄祖部将甘宁一箭射死。凌操子凌统，时年方十五岁，奋力往夺父尸而归。权见风色不利，收军还东吴。

却说孙权弟孙翊为丹阳太守，翊性刚好酒，醉后尝鞭挞士卒。丹阳督将妫览、郡丞戴员二人，常有杀翊之心；乃与翊从人边洪结为心腹，共谋杀翊。时诸将县令，皆集丹阳。翊设宴相待。翊妻徐氏美而慧，极善卜《易》，是日卜一卦，其象大凶，劝翊勿出会客。翊不从，遂与众大会。至晚席散，边洪带刀跟出门外，即抽刀砍死孙翊。妫览、戴员乃归罪边洪，斩之于市。二人乘势掳翊家资侍妾。妫览见徐氏美貌，乃谓之曰："吾为汝夫报仇，汝当从我；不从则死。"徐氏曰："夫死未几，不忍便相从；可待至晦日，设祭除服，然后成亲未迟。"览从之。

徐氏乃密召孙翊心腹旧将孙高、傅婴二人入府，泣告曰："先夫在日，常言二公忠义。今妫、戴二贼，谋杀我夫，只归罪边洪，将我家资童婢尽皆分去。妫览又欲强占妾身，妾已诈许之，以安其心。二将军可差人星夜报知吴侯，一面设密计以图二贼，雪此仇辱，生死衔恩！"言毕再拜。孙高、傅婴皆泣曰："我等平日感府君恩遇，今日所以不即死难者，正欲为复仇计耳。夫人所命，敢不效力！"于是密遣心腹使者往报孙权。

至晦日，徐氏先召孙、傅二人，伏于密室帏幕之中，然后设祭于堂上。祭毕，即除去孝服，沐浴薰香，浓妆艳裹，言笑自若。妫览闻之甚喜。至夜，徐氏遣婢妾请览入府，设席堂中饮酒。饮既醉，徐氏乃邀览入密室。览喜，乘醉而入。徐氏大呼曰："孙、傅二将军何在！"二人即从帏幕中持刀跃出。妫览措手不及，被傅婴一刀砍倒在地，孙高再复一刀，登时杀死。徐氏复传请戴员赴宴。员入府来，至堂中，亦被孙、傅二将所杀。一面使人诛戮二贼家小及其余党。徐氏遂重穿孝服，将妫览、戴员首级，祭于孙翊灵前。不一日，孙权自领军马至丹阳，见徐氏已杀妫、戴二贼，乃封孙高、傅婴为牙门将，令守丹阳，取徐氏归家养老。江东人无不称徐氏之德。后人有诗赞曰："才节双全世所无，奸回一旦受摧锄。庸臣从贼忠臣死，不及东吴女丈夫。"

且说东吴各处山贼，尽皆平复。大江之中，有战船七千余只。孙权拜周瑜为大都督，总统江东水陆军马。建安十二年，冬十月，权母吴太夫人病危，召周瑜、张昭二人至，谓曰："我本吴人，幼亡父母，与弟吴景徙居越中。后嫁与孙氏，生四子。长子策生时，吾梦月入怀；后生次子权，又梦日入怀。卜者云：梦日月入怀者，其子大贵。不幸策早丧，今将江东基业付权。望公等同心助之，吾死不朽矣！"又嘱权曰："汝事子布、公瑾以师傅之礼，不可怠慢。吾妹与我共嫁汝父，则亦汝之母也；吾死之后，事吾妹如事我。汝妹亦当恩养，择佳婿以嫁之。"言讫遂终。孙权哀哭，具丧葬之礼，自不必说。

至来年春，孙权商议欲伐黄祖。张昭曰："居丧未及期年，不可动兵。"周瑜曰："报仇雪恨，何待期年？"权犹豫未决。适平北都尉吕蒙入见，告权曰："某把龙湫水口，忽有黄祖部将甘宁来降。某细询之：宁字兴霸，巴郡临江人也；颇通书史，有气力，好游侠；尝招合亡命，纵横于江湖之中；腰悬铜铃，人听铃声，尽皆避之。又尝以西川锦作帆幔，时人皆称为锦帆贼。后悔前非，改行从善，引众投刘表。见表不能成事，即欲来投东吴，却被黄祖留住在夏口。前东吴破祖时，祖得甘宁之力，救回夏口；乃待宁甚薄。都督苏飞屡荐宁于祖。祖曰：宁乃劫江之贼，岂可重用！宁因此怀恨。苏飞知其意，乃置酒邀宁到家，谓之曰：吾荐公数次，奈主公不能用。日月逾迈，人生几何，宜自远图。吾当保公为邾县长,自作去就之计。宁因此得过夏口,欲投江东,恐江东恨其救黄祖杀凌操之事。某具言主公求贤若渴,不记旧恨;况各为其主,又何恨焉?宁欣然引众渡江,来见主公。乞钧旨定夺。”孙权大喜曰:“吾得兴霸,破黄祖必矣。”遂命吕蒙引甘宁入见。参拜已毕,权曰:“兴霸来此,大获我心,岂有记恨之理?请无怀疑。愿教我以破黄祖之策。”宁曰:“今汉祚日危,曹操终必篡窃。南荆之地操所必争也。刘表无远虑,其子又愚劣,不能承业传基,明公宜早图之;若迟,则操先图之矣。今宜先取黄祖。祖今年老昏迈,务于货利;侵求吏民,人心皆怨;战具不修,军无法律。明公若往攻之,其势必破。既破祖军,鼓行而西,据楚关而图巴、蜀,霸业可定也。”孙权曰:“此金玉之论也!”遂命周瑜为大都督,总水陆军兵;吕蒙为前部先锋;董袭与甘宁为副将;权自领大军十万,征讨黄祖。

细作探知,报至江夏。黄祖急聚众商议,令苏飞为大将,陈就、邓龙为先锋,尽起江夏之兵迎敌。陈就、邓龙各引一队艨艟截住沔口,艨艟上各设强弓硬弩千余张,将大索系定艨艟于水面上。东吴兵至,艨艟上鼓响,弓弩齐发,兵不敢进,约退数里水面。

甘宁谓董袭曰:“事已至此,不得不进。”乃选小船百余只,每船用精兵五十人:二十人撑船,三十人各披衣甲,手执钢刀,不避矢石,直至艨艟傍边,砍断大索,艨艟遂横。甘宁飞上艨艟,将邓龙砍死。陈就弃船而走。吕蒙见了,跳下小船,自举橹棹,直入船队,放火烧船。陈就急待上岸,吕蒙舍命赶到跟前,当胸一刀砍翻。比及苏飞引军于岸上接应时,东吴诸将一齐上岸,势不可当。祖军大败。苏飞落荒而走,正遇东吴大将潘璋,两马相交,战不数合,被璋生擒过去,径至船中来见孙权。权命左右以槛车囚之,待活捉黄祖,一并诛戮。催动三军,不分昼夜,攻打夏口。正是:只因不用锦帆贼,至令冲开大索船。未知黄祖胜负如何,且看下文分解。

第三十九回 荆州城公子三求计 博望坡军师初用兵

却说孙权督众攻打夏口，黄祖兵败将亡，情知守把不住，遂弃江夏，望荆州而走。甘宁料得黄祖必走荆州，乃于东门外伏兵等候。祖带数十骑突出东门，正走之间，一声喊起，甘宁拦住。祖于马上谓宁曰："我向日不曾轻待汝，今何相逼耶?"宁叱曰："吾昔在江夏，多立功绩，汝乃以劫江贼待我，今日尚有何说!"黄祖自知难免，拨马而走。甘宁冲开士卒，直赶将来，只听得后面喊声起处，又有数骑赶来。宁视之，乃程普也。宁恐普来争功，慌忙拈弓搭箭，背射黄祖，祖中箭翻身落马；宁枭其首级，回马与程普合兵一处，回见孙权，献黄祖首级。权命以木匣盛贮，待回江东祭献于亡父灵前。重赏三军，升甘宁为都尉。商议欲分兵守江夏。张昭曰："孤城不可守，不如且回江东。刘表知我破黄祖，必来报仇；我以逸待劳，必败刘表；表败而后乘势攻之，荆襄可得也。"权从其言，遂弃江夏，班师回江东。

苏飞在槛车内，密使人告甘宁求救。宁曰："飞即不言，吾岂忘之?"大军既至吴会，权命将苏飞枭首，与黄祖首级一同祭献。甘宁乃入见权，顿首哭告曰："某向日若不得苏飞，则骨填沟壑矣，安能效命将军麾下哉？今飞罪当诛，某念其昔日之恩情，愿纳还官爵，以赎飞罪。"权曰："彼既有恩于君，吾为君赦之。但彼若逃去奈何?"宁曰："飞得免诛戮，感恩无地，岂肯走乎！若飞去，宁愿将首级献于阶下。"权乃赦苏飞，止将黄祖首级祭献。祭毕设宴，大会文武庆功。

正饮酒间，忽见座上一人大哭而起，拔剑在手，直取甘宁。宁忙举坐椅以迎之。权惊视其人，乃凌统也。因甘宁在江夏时，射死他父亲凌操，今日相见，故欲报仇。权连忙劝住，谓统曰："兴霸射死卿父，彼时各为其主，不容不尽力。今既为一家人，岂可复理旧仇？万事皆看吾面。"凌统叩头大哭曰："不共戴天之仇，岂容不报!"权与众官再三劝之，凌统只是怒目而视甘宁。权即日命甘宁领兵五千、战船一百只，往夏口镇守，以避凌统。宁拜谢，领兵自往夏口去了。权又加封凌统为承烈都尉。统只得含恨而止。东吴自此广造战船，分兵守把江岸；又命孙静引一枝军守吴会；孙权自领大军，屯柴桑；周瑜日于鄱阳湖教练水军，以备攻战。

话分两头。却说玄德差人打探江东消息，回报："东吴已攻杀黄祖，现今屯兵柴桑。"玄德便请孔明计议。正话间，忽刘表差人来请玄德赴荆州议事。孔明曰："此必因江东破了黄祖，故请主公商议报仇之策也。某当与主公同往，相机而行，自有良策。"玄德从之，留云长守新野，令张飞引五百人马跟随往荆州来。玄德在马上谓孔明曰："今见景升，当若何对答？"孔明曰："当先谢襄阳之事。他若令主公去征讨江东，切不可应允，但说容归新野，整顿军马。"玄德依言。

来到荆州，馆驿安下，留张飞屯兵城外，玄德与孔明入城见刘表。礼毕，玄德请罪于阶下。表曰："吾已悉知贤弟被害之事。当时即欲斩蔡瑁之首，以献贤弟；因众人告免，故姑恕之。贤弟幸勿见罪。"玄德曰："非干蔡将军之事，想皆下人所为耳。"表曰："今江夏失守，黄祖遇害，故请贤弟共议报复之策。"玄德曰："黄祖性暴，不能用人，故致此祸。今若兴兵南征，倘曹操北来，又当奈何？"表曰："吾今年老多病，不能理事，贤弟可来助我。我死之后，弟便为荆州之主也。"玄德曰："兄何出此言！量备安敢当此重任。"孔明以目视玄德。玄德曰："容徐思良策。"遂辞出。

回至馆驿，孔明曰："景升欲以荆州付主公，奈何却之？"玄德曰："景升待我，恩礼交至，安忍乘其危而夺之？"孔明叹曰："真仁慈之主也！"正商议间，忽报公子刘琦来见。玄德接入。琦泣拜曰："继母不能相容，性命只在旦夕，望叔父怜而救之。"玄德曰："此贤侄家事耳，奈何问我？"孔明微笑。玄德求计于孔明，孔明曰："此家事，亮不敢与闻。"少时，玄德送琦出，附耳低言曰："来日我使孔明回拜贤侄，可如此如此，彼定有妙计相告。"琦谢而去。

次日，玄德只推腹痛，乃浼孔明代往回拜刘琦。孔明允诺，来至公子宅前下马，入见公子。公子邀入后堂。茶罢，琦曰："琦不见容于继母，幸先生一言相救。"孔明曰："亮客寄于此，岂敢与人骨肉之事？倘有漏泄，为害不浅。”说罢，起身告辞。琦曰：“既承光顾，安敢慢别。”乃挽留孔明入密室共饮。饮酒之间，琦又曰：“继母不见容，乞先生一言救我。”孔明曰：“此非亮所敢谋也。”言讫，又欲辞去。琦曰：“先生不言则已，何便欲去？”孔明乃复坐。琦曰：“琦有一古书，请先生一观。”乃引孔明登一小楼，孔明曰：“书在何处？”琦泣拜曰：“继母不见容，琦命在旦夕，先生忍无一言相救乎？”孔明作色而起，便欲下楼，只见楼梯已撤去。琦告曰：“琦欲求教良策，先生恐有泄漏，不肯出言；今日上不至天，下不至地，出君之口，入琦之耳：可以赐教矣。”孔明曰：“疏不间亲，亮何能为公子谋？”琦曰：“先生终不幸教琦乎！琦命固不保矣，请即死于先生之前。”乃掣剑欲自刎。孔明止之曰：“已有良策。”琦拜曰：“愿即赐教。”孔明曰：“公子岂不闻申生、重耳之事乎？申生在内而亡，重耳在外而安。今黄祖新亡，江夏乏人守御，公子何不上言，乞屯兵守江夏，则可以避祸矣。”琦再拜谢教，乃命人取梯送孔明下楼。孔明辞别，回见玄德，具言其事。玄德大喜。

次日，刘琦上言，欲守江夏。刘表犹豫未决，请玄德共议。玄德曰：“江夏重地，固非他人可守，正须公子自往。东南之事，兄父子当之；西北之事，备愿当之。”表曰：“近闻曹操于邺郡作玄武池以练水军，必有南征之意，不可不防。”玄德曰：“备已知之，兄勿忧虑。”遂拜辞回新野。刘表令刘琦引兵三千往江夏镇守。

却说曹操罢三公之职，自以丞相兼之。以毛玠为东曹掾，崔琰为西曹掾，司马懿为文学掾。懿字仲达，河内温人也。颍川太守司马隽之孙，京兆尹司马防之子，主簿司马朗之弟也。自是文官大备，乃聚武将商议南征。夏侯惇进曰：“近闻刘备在新野，每日教演士卒，必为后患，可早图之。”操即命夏侯惇为都督，于禁、李典、夏侯兰、韩浩为副将，领兵十万，直抵博望城，以窥新野。荀彧谏曰：“刘备英雄，今更兼诸葛亮为军师，不可轻敌。”惇曰：“刘备鼠辈耳，吾必擒之。”徐庶曰：“将军勿轻视刘玄德。今玄德得诸葛亮为辅，如虎生翼矣。”操曰：“诸葛亮何人也？”庶曰：“亮字孔明，道号卧龙先生。有经天纬地之才，出鬼入神之计，真当世之奇才，非可小觑。”操曰：“比公若何?”庶曰:“庶安敢比亮? 庶如萤火之光,亮乃皓月之明也。”夏侯惇曰:“元直之言谬矣。吾看诸葛亮如草芥耳,何足惧哉! 吾若不一阵生擒刘备,活捉诸葛,愿将首级献与丞相。”操曰:“汝早报捷书,以慰吾心。”惇奋然辞曹操,引军登程。

却说玄德自得孔明,以师礼待之。关、张二人不悦,曰:“孔明年幼,有甚才学? 兄长待之太过! 又未见他真实效验!”玄德曰:“吾得孔明,犹鱼之得水也。两弟勿复多言。”关、张见说,不言而退。一日,有人送犛牛尾至。玄德取尾亲自结帽。孔明入见,正色曰:“明公无复有远志,但事此而已耶?”玄德投帽于地而谢曰:“吾聊假此以忘忧耳。”孔明曰:“明公自度比曹操若何?”玄德曰:“不如也。”孔明曰:“明公之众,不过数千人,万一曹兵至,何以迎之?”玄德曰:“吾正愁此事,未得良策。”孔明曰:“可速招募民兵,亮自教之,可以待敌。”玄德遂招新野之民,得三千人。孔明朝夕教演阵法。

忽报曹操差夏侯惇引兵十万,杀奔新野来了。张飞闻知,谓云长曰:“可着孔明前去迎敌便了。”正说之间,玄德召二人入,谓曰:“夏侯惇引兵到来,如何迎敌?”张飞曰:“哥哥何不使水去?”玄德曰:“智赖孔明,勇须二弟,何可推调?”关、张出,玄德请孔明商议。孔明曰:“但恐关、张二人不肯听吾号令;主公若欲亮行兵,乞假剑印。”玄德便以剑印付孔明,孔明遂聚集众将听令。张飞谓云长曰:“且听令去,看他如何调度。”孔明令曰:“博望之左有山,名曰豫山;右有林,名曰安林:可以埋伏军马。云长可引一千军往豫山埋伏,等彼军至,放过休敌;其辎重粮草,必在后面,但看南面火起,可纵兵出击,就焚其粮草。翼德可引一千军去安林背后山谷中埋伏,只看南面火起,便可出,向博望城旧屯粮草处纵火烧之。关平、刘封可引五百军,预备引火之物,于博望坡后两边等候,至初更兵到,便可放火矣。”又命:“于樊城取回赵云,令为前部,不要赢,只要输,主公自引一军为后援。各须依计而行,勿使有失。”云长曰:“我等皆出迎敌,未审军师却作何事?”孔明曰:“我只坐守县城。”张飞大笑曰:“我们都去厮杀,你却在家里坐地,好自在!”孔明曰:“剑印在此,违令者斩!”玄德曰:“岂不闻运筹帷幄之中,决胜千里之外? 二弟不可违令。”张飞冷笑而去。云长曰:“我们且看他的计应也不应,那时却来问他未迟。”二人去了。众将皆未知孔明韬略,今虽听令,却都疑惑不定。孔明谓玄德曰:“主公今日可便引兵就博望山下屯住。来日黄昏,敌军必到,主公便弃营而走;但见火起,即回军掩杀。亮与糜竺、糜芳引五百军守县。”命孙乾、简雍准备庆喜筵席,安排功劳簿伺候。派拨已毕,玄德亦疑惑不定。

却说夏侯惇与于禁等引兵至博望,分一半精兵作前队,其余尽护粮车而行。时当秋月,商飙徐起。人马趱行之间,望见前面尘头忽起。惇便将人马摆开,问向导官曰:“此间是何处?”答曰:“前面便是博望坡,后面是罗川口。”惇令于禁、李典押住阵脚,亲自出马阵前。遥望军马来到,惇忽然大笑。众问:“将军为何而笑?”惇曰:“吾笑徐元直在丞相面前,夸诸葛亮为天人;今观其用兵,乃以此等军马为前部,与吾对敌,正如驱犬羊与虎豹斗耳!吾于丞相前夸口,要活捉刘备、诸葛亮,今必应吾言矣。”遂自纵马向前。赵云出马。惇骂曰:“汝等随刘备,如孤魂随鬼耳!”云大怒,纵马来战。两马相交,不数合,云诈败而走。夏侯惇从后追赶。云约走十余里,回马又战。不数合又走。韩浩拍马向前谏曰:“赵云诱敌,恐有埋伏。”惇曰:“敌军如此,虽十面埋伏,吾何惧哉!”遂不听浩言,直赶至博望坡。一声炮响,玄德自引军冲将过来,接应交战。夏侯惇笑谓韩浩曰:“此即埋伏之兵也!吾今晚不到新野,誓不罢兵!”乃催军前进。玄德、赵云退后便走,时天色已晚,浓云密布,又无月色;昼风既起,夜风愈大。夏侯惇只顾催军赶杀。

于禁、李典赶到窄狭处,两边都是芦苇。典谓禁曰:“欺敌者必败。南道路狭,山川相逼,树木丛杂,倘彼用火攻,奈何?”禁曰:“君言是也。吾当往前为都督言之;君可止住后军。”李典便勒回马,大叫:“后军慢行!”人马走发,那里拦当得住?于禁骤马大叫:“前军都督且住!”夏侯惇正走之间,见于禁从后军奔来,便问何故。禁曰:“南道路狭,山川相逼,树木丛杂,可防火攻。”夏侯惇猛省,即回马令军马勿进。言未已,只听背后喊声震起,早望见一派火光烧着,随后两边芦苇亦着。一霎时,四面八方,尽皆是火;又值风大,火势愈猛。

曹家人马，自相践踏，死者不计其数。赵云回军赶杀，夏侯惇冒烟突火而走。

且说李典见势头不好，急奔回博望城时，火光中一军拦住。当先大将，乃关云长也。李典纵马混战，夺路而走。于禁见粮草车辆，都被火烧，便投小路奔逃去了。夏侯兰、韩浩来救粮草，正遇张飞。战不数合，张飞一枪刺夏侯兰于马下。韩浩夺路走脱。直杀到天明，却才收军。杀得尸横遍野，血流成河。后人有诗曰："博望相持用火攻，指挥如意笑谈中。直须惊破曹公胆，初出茅庐第一功！"夏侯惇收拾残军，自回许昌。

却说孔明收军。关、张二人相谓曰："孔明真英杰也！"行不数里，见糜竺、糜芳引军簇拥着一辆小车。车中端坐一人，乃孔明也。关、张下马拜伏于车前。须臾，玄德、赵云、刘封、关平等皆至，收聚众军，把所获粮草辎重，分赏将士。班师回新野，新野百姓望尘遮道而拜，曰："吾属生全，皆使君得贤人之力也！"孔明回至县中，谓玄德曰："夏侯惇虽败去，曹操必自引大军来。"玄德曰："似此如之奈何？"孔明曰："亮有一计，可敌曹军。"正是：破敌未堪息战马，避兵又必赖良谋。未知其计若何，且看下回分解。

第四十回 蔡夫人议献荆州 诸葛亮火烧新野

却说玄德问孔明求拒曹兵之计。孔明曰:“新野小县,不可久居。近闻刘景升病在危笃,可乘此机会,取彼荆州为安身之地,庶可拒曹操也。”玄德曰:“公言甚善;但备受景升之恩,安忍图之!”孔明曰:“今若不取,后悔何及!”玄德曰:“吾宁死,不忍作负义之事。”孔明曰:“且再作商议。”

却说夏侯惇败回许昌,自缚见曹操,伏地请死。操释之。惇曰:“惇遭诸葛亮诡计,用火攻破我军。”操曰:“汝自幼用兵,岂不知狭处须防火攻?”惇曰:“李典、于禁曾言及此,悔之不及!”操乃赏二人。惇曰:“刘备如此猖狂,真腹心之患也,不可不急除。”操曰:“吾所虑者,刘备、孙权耳;余皆不足介意。今当乘此时扫平江南。”便传令起大兵五十万,令曹仁、曹洪为第一队,张辽、张郃为第二队,夏侯渊、夏侯惇为第三队,于禁、李典为第四队,操自领诸将为第五队:每队各引兵十万。又令许褚为折冲将军,引兵三千为先锋。选定建安十三年秋七月丙午日出师。

太中大夫孔融谏曰:“刘备、刘表皆汉室宗亲,不可轻伐;孙权虎踞六郡,且有大江之险,亦不易取,今丞相兴此无义之师,恐失天下之望。”操怒曰:“刘备、刘表、孙权皆逆命之臣,岂容不讨!”遂叱退孔融,下令:“如有再谏者,必斩。”孔融出府,仰天叹曰:“以至不仁伐至仁,安得不败乎!”时御史大夫郗虑家客闻此言,报知郗虑,虑常被孔融侮慢,心正恨之,乃以此言入告曹操,且曰:“融平日每每狎侮丞相,又与祢衡相善,衡赞融曰仲尼不死,融赞衡曰颜回复生。向者祢衡之辱丞相,乃融使之也。”操大怒,遂命廷尉捕捉孔融。融有二子,年尚少,时方在家,对坐弈棋。左右急报曰:“尊君被廷尉执去,将斩矣!二公子何不急避?”二子曰:“破巢之下,安有完卵乎?”言未已,廷尉又至,尽收融家小并二子,皆斩之,号令融尸于市。京兆脂习伏尸而哭。操闻之,大怒,欲杀之。荀彧曰:"彧闻脂习常谏融曰:公刚直太过,乃取祸之道。今融死而来哭,乃义人也,不可杀。"操乃止,习收融父子尸首,皆葬之。后人有诗赞孔融曰:"孔融居北海,豪气贯长虹:坐上客常满,樽中酒不空;文章惊世俗,谈笑侮王公。史笔褒忠直,存官纪太中。"曹操既杀孔融,传令五队军马次第起行,只留荀彧等守许昌。

却说荆州刘表病重,使人请玄德来托孤。玄德引关、张至荆州见刘表。表曰:"我病已入膏肓,不久便死矣,特托孤于贤弟。我子无才,恐不能承父业,我死之后,贤弟可自领荆州。"玄德泣拜曰:"备当竭力以辅贤侄,安敢有他意乎!"正说间,人报曹操自统大兵至。玄德急辞刘表,星夜回新野。刘表病中闻此信,吃惊不小,商议写遗嘱,令玄德辅佐长子刘琦为荆州之主。蔡夫人闻之大怒,关上内门;使蔡瑁、张允二人把住外门。时刘琦在江夏,知父病危,来至荆州探病,方到外门,蔡瑁当住曰:"公子奉父命镇守江夏,其任至重;今擅离职守,倘东吴兵至,如之奈何?若入见主公,主公必生嗔怒,病将转增,非孝也。宜速回。"刘琦立于门外,大哭一场,上马仍回江夏。刘表病势危笃,望刘琦不来;至八月戊申日,大叫数声而死。后人有诗叹刘表曰:"昔闻袁氏居河朔,又见刘君霸汉阳。总为牝晨致家累,可怜不久尽销亡!"

刘表既死,蔡夫人与蔡瑁、张允商议,假写遗嘱,令次子刘琮为荆州之主,然后举哀报丧。时刘琮年方十四岁,颇聪明,乃聚众言曰:"吾父弃世,吾兄现在江夏,更有叔父玄德在新野。汝等立我为主,倘兄与叔兴兵问罪,如何解释?"众官未及对,幕官李珪答曰:"公子之言甚善。今可急发哀书至江夏,请大公子为荆州之主,就命玄德一同理事:北可以敌曹操,南可以拒孙权。此万全之策也。"蔡瑁叱曰:"汝何人,敢乱言以逆主公遗命!"李珪大骂曰:"汝内外朋谋,假称遗命,废长立幼,眼见荆襄九郡,送于蔡氏之手!故主有灵,必当殛汝!"蔡瑁大怒,喝令左右推出斩之。李珪至死大骂不绝。于是蔡瑁遂立刘琮为主。蔡氏宗族,分领荆州之兵;命治中邓义、别驾刘先守荆州;蔡夫人自与刘琮前赴襄阳驻扎,以防刘琦、刘备。就葬刘表之柩于襄阳城东汉阳之原,竟不讣告刘琦与玄德。

刘琮至襄阳,方才歇马,忽报曹操引大军径望襄阳而来。琮大惊,遂请蒯越、蔡瑁等商议。东曹掾傅巽进言曰:“不特曹操兵来为可忧;今大公子在江夏,玄德在新野,我皆未往报丧,若彼兴兵问罪,荆襄危矣。巽有一计,可使荆襄之民,安如泰山,又可保全主公名爵。”琮曰:“计将安出?”巽曰:“不如将荆襄九郡,献与曹操,操必重待主公也。”琮叱曰:“是何言也!孤受先君之基业,坐尚未稳,岂可便弃之他人?”蒯越曰:“傅公悌之言是也。夫逆顺有大体,强弱有定势。今曹操南征北讨,以朝廷为名,主公拒之,其名不顺。且主公新立,外患未宁,内忧将作。荆襄之民,闻曹兵至,未战而胆先寒,安能与之敌哉?”琮曰:“诸公善言,非我不从;但以先君之业,一旦弃与他人,恐贻笑于天下耳。”

言未已,一人昂然而进曰:“傅公悌、蒯异度之言甚善,何不从之?”众视之,乃山阳高平人,姓王,名粲,字仲宣。粲容貌瘦弱,身材短小;幼时往见中郎蔡邕,时邕高朋满座,闻粲至,倒履迎之。宾客皆惊曰:“蔡中郎何独敬此小子耶?”邕曰:“此子有异才,吾不如也。”粲博闻强记,人皆不及:尝观道旁碑文一过,便能记诵;观人弈棋,棋局乱,粲复为摆出,不差一子。又善算术。其文词妙绝一时。年十七,辟为黄门侍郎,不就。后因避乱至荆襄,刘表以为上宾。当日谓刘琮曰:“将军自料比曹公何如?”琮曰:“不如也。”粲曰:“曹公兵强将勇,足智多谋;擒吕布于下邳,摧袁绍于官渡,逐刘备于陇右,破乌桓于白狼:枭除荡定者,不可胜计。今以大军南下荆襄,势难抵敌。傅、蒯二君之谋,乃长策也。将军不可迟疑,致生后悔。”琮曰:“先生见教极是。但须禀告母亲知道。”只见蔡夫人从屏后转出,谓琮曰:“即是仲宣、公悌、异度三人所见相同,何必告我。”于是刘琮意决,便写降书,令宋忠潜地往曹操军前投献。宋忠领命,直至宛城,接着曹操,献上降书。操大喜,重赏宋忠,分付教刘琮出城迎接,便着他永为荆州之主。

宋忠拜辞曹操,取路回荆襄。将欲渡江,忽见一枝人马到来,视之,乃关云长也。宋忠回避不迭,被云长唤住,细问荆州之事。忠初时隐讳；后被云长盘问不过，只得将前后事情，一一实告。云长大惊，随捉宋忠至新野见玄德，备言其事。玄德闻之大哭。张飞曰："事已如此，可先斩宋忠，随起兵渡江，夺了襄阳，杀了蔡氏、刘琮，然后与曹操交战。"玄德曰："你且缄口。我自有斟酌。"乃叱宋忠曰："你知众人作事，何不早来报我？今虽斩汝无益于事。可速去。"忠拜谢，抱头鼠窜而去。

玄德正忧闷间，忽报公子刘琦差伊籍到来。玄德感伊籍昔日相救之恩，降阶迎之，再三称谢。籍曰："大公子在江夏，闻荆州已故，蔡夫人与蔡瑁等商议，不来报丧，竟立刘琮为主。公子差人往襄阳探听，回说是实；恐使君不知，特差某赍哀书呈报，并求使君尽起麾下精兵，同往襄阳问罪。"玄德看书毕，谓伊籍曰："机伯只知刘琮僭立，更不知刘琮已将荆襄九郡献与曹操矣！"籍大惊曰："使君从何知之？"玄德具言拿获宋忠之事。籍曰："若如此，使君不如以吊丧为名，前赴襄阳，诱刘琮出迎，就便擒下，诛其党类，则荆州属使君矣。"孔明曰："机伯之言是也。主公可从之。"玄德垂泪曰："吾兄临危托孤于我，今若执其子而夺其地，异日死于九泉之下，何面目复见吾兄乎？"孔明曰："如不行此事，今曹兵已至宛城，何以拒敌？"玄德曰："不如走樊城以避之。"

正商议间，探马飞报曹兵已到博望了。玄德慌忙发付伊籍回江夏整顿军马，一面与孔明商议拒敌之计。孔明曰："主公且宽心。前番一把火，烧了夏侯惇大半人马；今番曹军又来，必教他中这条计。我等在新野住不得了，不如早到樊城去。"便差人四门张榜，晓谕居民："无问老幼男女，愿从者，即于今日皆跟我往樊城暂避，不可自误。"差孙乾往河边调拨船只，救济百姓；差糜竺护送各官家眷到樊城。一面聚诸将听令，先教云长引一千军去白河上流头埋伏。各带布袋，多装沙土，遏住白河之水，至来日三更后，只听下流头人喊马嘶，急取起布袋，放水淹之，却顺水杀将下来接应。又唤张飞引一千军去博陵渡口埋伏。此处水势最慢，曹军被淹，必从此逃难，可便乘势杀来接应。又唤赵云引军三千，分为四队，自领一队伏于东门外，其三队分伏西、南、北三门，却先于城内人家屋上，多藏硫黄焰硝引火之物。曹军入城,必安歇民房。来日黄昏后,必有大风;但看风起,便令西、南、北三门伏军尽将火箭射入城去;待城中火势大作,却于城外呐喊助威,只留东门放他出走。汝却于东门外从后击之。天明会合关、张二将,收军回樊城。再令糜芳、刘封二人带二千军,一半红旗,一半青旗,去新野城外三十里鹊尾坡前屯住。一见曹军到,红旗军走在左,青旗军走在右。他心疑必不敢追。汝二人却去分头埋伏。只望城中火起,便可追杀败兵,然后却来白河上流头接应。孔明分拨已定,乃与玄德登高瞭望,只候捷音。

却说曹仁、曹洪引军十万为前队,前面已有许褚引三千铁甲军开路,浩浩荡荡,杀奔新野来。是日午牌时分,来到鹊尾坡,望见坡前一簇人马,尽打青、红旗号。许褚催军向前。刘封、糜芳分为四队,青、红旗各归左右。许褚勒马,教且休进:"前面必有伏兵。我兵只在此处住下。"许褚一骑马飞报前队曹仁。曹仁曰:"此是疑兵,必无埋伏。可速进兵。我当催军继至。"许褚复回坡前,提兵杀入。至林下追寻时,不见一人。时日已坠西。许褚方欲前进,只听得山上大吹大擂。抬头看时,只见山顶上一簇旗,旗丛中两把伞盖:左玄德,右孔明,二人对坐饮酒。许褚大怒,引军寻路上山。山上擂木炮石打将下来,不能前进。又闻山后喊声大震。欲寻路厮杀,天色已晚。

曹仁领兵到,教且夺新野城歇马。军士至城下时,只见四门大开。曹兵突入,并无阻当,城中亦不见一人,竟是一座空城了。曹洪曰:"此是势孤计穷,故尽带百姓逃窜去了。我军权且在城安歇,来日平明进兵。"此时各军走乏,都已饥饿,皆去夺房造饭。曹仁、曹洪就在衙内安歇。初更已后,狂风大作。守门军士飞报火起。曹仁曰:"此必军士造饭不小心,遗漏之火,不可自惊。"说犹未了,接连几次飞报,西、南、北三门皆火起。曹仁急令众将上马时,满县火起,上下通红。是夜之火,更胜前日博望烧屯之火。后人有诗叹曰:"奸雄曹操守中原,九月南征到汉川。风伯怒临新野县,祝融飞下焰摩天。"

曹仁引众将突烟冒火,寻路奔走,闻说东门无火,急急奔出东门。军士自相践踏,死者无数。曹仁等方才脱得火厄,背后一声喊起,赵云引军赶来混战,败军各逃性命,谁肯回身厮杀。正奔走间,糜芳引一军至,又冲杀一阵。曹仁大败,夺路而走,刘封又引一军截杀一阵。到四更时分,人困马乏,军士大半焦头烂额;奔至白河边,喜得河水不甚深,人马都下河吃水:人相喧嚷,马尽嘶鸣。

却说云长在上流用布袋遏住河水,黄昏时分,望见新野火起;至四更,忽听得下流头人喊马嘶,急令军士一齐掣起布袋,水势滔天,望下流冲去,曹军人马俱溺于水中,死者极多。曹仁引众将望水势慢处夺路而走。行到博陵渡口,只听喊声大起,一军拦路,当先大将,乃张飞也,大叫:"曹贼快来纳命!"曹军大惊。正是:城内才看红焰吐,水边又遇黑风来。未知曹仁性命如何,且看下文分解。

第四十一回 刘玄德携民渡江 赵子龙单骑救主

却说张飞因关公放了上流水，遂引军从下流杀将来，截住曹仁混杀。忽遇许褚，便与交锋；许褚不敢恋战，夺路走脱。张飞赶来，接着玄德、孔明，一同沿河到上流。刘封、糜芳已安排船只等候，遂一齐渡河，尽望樊城而去。孔明教将船筏放火烧毁。

却说曹仁收拾残军，就新野屯住，使曹洪去见曹操，具言失利之事。操大怒曰："诸葛村夫，安敢如此！"催动三军，漫山塞野，尽至新野下寨。传令军士一面搜山，一面填塞白河。令大军分作八路，一齐去取樊城。刘晔曰："丞相初至襄阳，必须先买民心。今刘备尽迁新野百姓入樊城，若我兵径进，二县为齑粉矣。不如先使人招降刘备，备即不降，亦可见我爱民之心；若其来降，则荆州之地，可不战而定也。"操从其言，便问："谁可为使？"刘晔曰："徐庶与刘备至厚，今现在军中，何不命他一往？"操曰："他去恐不复来。"晔曰："他若不来，贻笑于人矣。丞相勿疑。"操乃召徐庶至，谓曰："我本欲踏平樊城，奈怜众百姓之命。公可往说刘备：如肯来降，免罪赐爵；若更执迷，军民共戮，玉石俱焚。吾知公忠义，故特使公往。愿勿相负。"

徐庶受命而行。至樊城，玄德、孔明接见，共诉旧日之情。庶曰："曹操使庶来招降使君，乃假买民心也。今彼分兵八路，填白河而进。樊城恐不可守，宜速作行计。"玄德欲留徐庶。庶谢曰："某若不还，恐惹人笑。今老母已丧，抱恨终天。身虽在彼，誓不为设一谋。公有卧龙辅佐，何愁大业不成。庶请辞。"玄德不敢强留。

徐庶辞回，见了曹操，言玄德并无降意。操大怒，即日进兵。玄德问计于孔明。孔明曰："可速弃樊城，取襄阳暂歇。"玄德曰："奈百姓相随许久，安忍弃之？"孔明曰："可令人遍告百姓：有愿随者同去，不愿者留下。"先使云长往江岸整顿船只，令孙乾、简雍在城中声扬曰："今曹兵将至，孤城不可久守，百姓愿随者，便同过江。"两县之民,齐声大呼曰:"我等虽死,亦愿随使君!"即日号泣而行。扶老携幼,将男带女,滚滚渡河,两岸哭声不绝。玄德于船上望见,大恸曰:"为吾一人而使百姓遭此大难,吾何生哉!"欲投江而死,左右急救止。闻者莫不痛哭。船到南岸,回顾百姓,有未渡者,望南而哭。玄德急令云长催船渡之,方才上马。

行至襄阳东门,只见城上遍插旌旗,壕边密布鹿角,玄德勒马大叫曰:"刘琮贤侄,吾但欲救百姓,并无他念。可快开门。"刘琮闻玄德至,惧而不出。蔡瑁、张允径来敌楼上,叱军士乱箭射下。城外百姓,皆望敌楼而哭。城中忽有一将,引数百人径上城楼,大喝:"蔡瑁、张允卖国之贼!刘使君乃仁德之人,今为救民而来投,何得相拒!"众视其人,身长八尺,面如重枣;乃义阳人也,姓魏,名延,字文长。当下魏延轮刀砍死守门将士,开了城门,放下吊桥,大叫:"刘皇叔快领兵入城,共杀卖国之贼!"张飞便跃马欲入,玄德急止之曰:"休惊百姓!"魏延只管招呼玄德军马入城。只见城内一将飞马引军而出,大喝:"魏延无名小卒,安敢造乱!认得我大将文聘么!"魏延大怒,挺枪跃马,便来交战。两下军兵在城边混杀,喊声大震。玄德曰:"本欲保民,反害民也!吾不愿入襄阳!"孔明曰:"江陵乃荆州要地,不如先取江陵为家。"玄德曰:"正合吾心。"于是引着百姓,尽离襄阳大路,望江陵而走。襄阳城中百姓,多有乘乱逃出城来,跟玄德而去。魏延与文聘交战,从巳至未,手下兵卒皆已折尽。延乃拨马而逃,却寻不见玄德,自投长沙太守韩玄去了。

却说玄德同行军民十余万,大小车数千辆,挑担背包者不计其数。路过刘表之墓,玄德率众将拜于墓前,哭告曰:"辱弟备无德无才,负兄寄托之重,罪在备一身,与百姓无干。望兄英灵,垂救荆襄之民!"言甚悲切,军民无不下泪。忽哨马报曰:"曹操大军已屯樊城,使人收拾船筏,即日渡江赶来也。"众将皆曰:"江陵要地,足可拒守。今拥民众数万,日行十余里,似此几时得至江陵?倘曹兵到,如何迎敌?不如暂弃百姓,先行为上。"玄德泣曰:"举大事者必以人为本。今人归我,奈何弃之?"百姓闻玄德此言,莫不伤感。后人有诗赞之曰:"临难仁心存百姓,登舟挥泪动三军。至今凭吊襄江口,父老犹然忆使君。”

却说玄德拥着百姓,缓缓而行。孔明曰:“追兵不久即至。可遣云长往江夏求救于公子刘琦,教他速起兵乘船会于江陵。”玄德从之,即修书令云长同孙乾领五百军往江夏求救;令张飞断后;赵云保护老小;其余俱管顾百姓而行。每日只走十余里便歇。

却说曹操在樊城,使人渡江至襄阳,召刘琮相见。琮惧怕不敢往见。蔡瑁、张允请行。王威密告琮曰:“将军既降,玄德又走,曹操必懈弛无备。愿将军奋整奇兵,设于险处击之,操可获矣。获操则威震天下,中原虽广,可传檄而定。此难遇之机,不可失也。”琮以其言告蔡瑁。瑁叱王威曰:“汝不知天命,安敢妄言!”威怒骂曰:“卖国之徒,吾恨不生啖汝肉!”瑁欲杀之,蒯越劝止。

瑁遂与张允同至樊城,拜见曹操。瑁等辞色甚是谄佞。操问:“荆州军马钱粮,今有多少?”瑁曰:“马军五万,步军十五万,水军八万:共二十八万。钱粮大半在江陵;其余各处,亦足供给一载。”操曰:“战船多少?原是何人管领?”瑁曰:“大小战船,共七千余只,原是瑁等二人掌管。”操遂加瑁为镇南侯、水军大都督,张允为助顺侯、水军副都督。二人大喜拜谢。操又曰:“刘景升既死,其子降顺,吾当表奏天子,使永为荆州之主。”二人大喜而退。荀攸曰:“蔡瑁、张允乃谄佞之徒,主公何遂加以如此显爵,更教都督水军乎?”操笑曰:“吾岂不识人!止因吾所领北地之众,不习水战,故且权用此二人;待成事之后,别有理会。”

却说蔡瑁、张允归见刘琮,具言:“曹操许保奏将军永镇荆襄。”琮大喜。次日,与母蔡夫人赍捧印绶兵符,亲自渡江拜迎曹操。操抚慰毕,即引随征军将,进屯襄阳城外。蔡瑁、张允令襄阳百姓焚香拜接。曹操俱用好言抚谕。入城至府中坐定,即召蒯越近前,抚慰曰:“吾不喜得荆州,喜得异度也。”遂封蒯越为江陵太守樊城侯;傅巽、王粲等皆为关内侯;而以刘琮为青州刺史,便教起程。琮闻命大惊,辞曰:“琮不愿为官,愿守父母乡土。”操曰:“青州近帝都,教你随朝为官,免在荆襄被人图害。”琮再三推辞,曹操不准。琮只得与母蔡夫人同赴青州。只有故将王威相随,其余官员俱送至江口而回。操唤于禁嘱咐曰："你可引轻骑追刘琮母子杀之，以绝后患。"于禁得令，领众赶上，大喝曰："我奉丞相令，教来杀汝母子！可早纳下首级！"蔡夫人抱刘琮而大哭。于禁喝令军士下手。王威忿怒，奋力相斗，竟被众军所杀。军士杀死刘琮及蔡夫人，于禁回报曹操，操重赏于禁。便使人往隆中搜寻孔明妻小，却不知去向。原来孔明先已令人搬送至三江内隐避矣。操深恨之。

襄阳既定，荀攸进言曰："江陵乃荆襄重地，钱粮极广。刘备若据此地，急难动摇。"操曰："孤岂忘之！"随命于襄阳诸将中，选一员引军开道。诸将中却独不见文聘。操使人寻问，方才来见。操曰："汝来何迟？"对曰："为人臣而不能使其主保全境土，心实悲惭，无颜早见耳。"言讫，欷歔流涕。操曰："真忠臣也！"除江夏太守，赐爵关内侯，便教引军开道。探马报说："刘备带领百姓，日行止十数里，计程只有三百余里。"操教各部下精选五千铁骑，星夜前进，限一日一夜，赶上刘备。大军陆续随后而进。

却说玄德引十数万百姓、三千余军马，一程程挨着往江陵进发。赵云保护老小，张飞断后。孔明曰："云长往江夏去了，绝无回音，不知若何。"玄德曰："敢烦军师亲自走一遭。刘琦感公昔日之教，今若见公亲至，事必谐矣。"孔明允诺，便同刘封引五百军先往江夏求救去了。

当日玄德自与简雍、糜竺、糜芳同行。正行间，忽然一阵狂风就马前刮起，尘土冲天，平遮红日。玄德惊曰："此何兆也？"简雍颇明阴阳，袖占一课，失惊曰："此大凶之兆也。应在今夜。主公可速弃百姓而走。"玄德曰："百姓从新野相随至此，吾安忍弃之？"雍曰："主公若恋而不弃，祸不远矣。"玄德问："前面是何处？"左右答曰："前面是当阳县。有座山名为景山。"玄德便教就此山扎住。

时秋末冬初，凉风透骨；黄昏将近，哭声遍野。至四更时分，只听得西北喊声震地而来。玄德大惊，急上马引本部精兵二千余人迎敌。曹兵掩至，势不可当。玄德死战。正在危迫之际，幸得张飞引军至，杀开一条血路，救玄德望东而走。文聘当先拦住，玄德骂曰："背主之贼，尚有何面目见人！"文聘羞惭满面，引兵自投东北去了。张飞保着玄德，且战且走。奔至天明，闻喊声渐渐远去，玄德方才歇马。看手下随行人，止有百余骑；百姓、老小并糜竺、糜芳、简雍、赵云等一干人，皆不知下落。玄德大哭曰："十数万生灵，皆因恋我，遭此大难；诸将及老小，皆不知存亡：虽土木之人，宁不悲乎！"

正凄惶时，忽见糜芳面带数箭，踉跄而来，口言："赵子龙反投曹操去了也！"玄德叱曰："子龙是我故交，安肯反乎？"张飞曰："他今见我等势穷力尽，或者反投曹操，以图富贵耳！"玄德曰："子龙从我于患难，心如铁石，非富贵所能动摇也。"糜芳曰："我亲见他投西北去了。"张飞曰："待我亲自寻他去。若撞见时，一枪刺死！"玄德曰："休错疑了。岂不见你二兄诛颜良、文丑之事乎？子龙此去，必有事故。吾料子龙必不弃我也。"张飞那里肯听，引二十余骑，至长坂桥。见桥东有一带树木，飞生一计：教所从二十余骑，都砍下树枝，拴在马尾上，在树林内往来驰骋，冲起尘土，以为疑兵。飞却亲自横矛立马于桥上，向西而望。

却说赵云自四更时分，与曹军厮杀，往来冲突，杀至天明，寻不见玄德，又失了玄德老小。云自思曰："主公将甘、糜二夫人与小主人阿斗，托付在我身上；今日军中失散，有何面目去见主人？不如去决一死战，好歹要寻主母与小主人下落！"回顾左右，只有三四十骑相随。云拍马在乱军中寻觅，二县百姓号哭之声震天动地；中箭着枪抛男弃女而走者不计其数。赵云正走之间，见一人卧在草中，视之，乃简雍也。云急问曰："曾见两位主母否？"雍曰："二主母弃了车仗，抱阿斗而走。我飞马赶去，转过山坡，被一将刺了一枪，跌下马来，马被夺了去。我争斗不得，故卧在此。"云乃将从骑所骑之马，借一匹与简雍骑坐；又着二卒扶护简雍先去报与主人："我上天入地，好歹寻主母与小主人来。如寻不见，死在沙场上也！"

说罢，拍马望长坂坡而去。忽一人大叫："赵将军那里去？"云勒马问曰："你是何人？"答曰："我乃刘使君帐下护送车仗的军士，被箭射倒在此。"赵云便问二夫人消息。军士曰："恰才见甘夫人披头跣足，相随一伙百姓妇女，投南而走。"云见说，也不顾军士，急纵马望南赶去。只见一伙百姓，男女数百人，相携而走。云大叫曰："内中有甘夫人否？”夫人在后面望见赵云，放声大哭。云下马插枪而泣曰：“使主母失散，云之罪也！糜夫人与小主人安在？”甘夫人曰：“我与糜夫人被逐，弃了车仗，杂于百姓内步行，又撞见一枝军马冲散。糜夫人与阿斗不知何往。我独自逃生至此。”

正言间，百姓发喊，又撞出一枝军来。赵云拔枪上马看时，面前马上绑着一人，乃糜竺也。背后一将，手提大刀，引着千余军，乃曹仁部将淳于导，拿住糜竺，正要解去献功。赵云大喝一声，挺枪纵马，直取淳于导。导抵敌不住，被云一枪刺落马下，向前救了糜竺，夺得马二匹。云请甘夫人上马，杀开条大路，直送至长坂坡。只见张飞横矛立马于桥上，大叫：“子龙！你如何反我哥哥？”云曰：“我寻不见主母与小主人，因此落后，何言反耶？”飞曰：“若非简雍先来报信，我今见你，怎肯干休也！”云曰：“主公在何处？”飞曰：“只在前面不远。”云谓糜竺曰：“糜子仲保甘夫人先行，待我仍往寻糜夫人与小主人去。”言罢，引数骑再回旧路。

正走之间，见一将手提铁枪，背着一口剑，引十数骑跃马而来。赵云更不打话，直取那将。交马只一合，把那将一枪刺倒，从骑皆走。原来那将乃曹操随身背剑之将夏侯恩也。曹操有宝剑二口：一名“倚天”，一名“青釭”；倚天剑自佩之，青釭剑令夏侯恩佩之。那青釭剑砍铁如泥，锋利无比。当时夏侯恩自恃勇力，背着曹操，只顾引人抢夺掳掠。不想撞着赵云，被他一枪刺死，夺了那口剑，看靶上有金嵌“青釭”二字，方知是宝剑也。云插剑提枪，复杀入重围，回顾手下从骑，已没一人，只剩得孤身。云并无半点退心，只顾往来寻觅；但逢百姓，便问糜夫人消息。忽一人指曰：“夫人抱着孩儿，左腿上着了枪，行走不得，只在前面墙缺内坐地。”

赵云听了，连忙追寻。只见一个人家，被火烧坏土墙，糜夫人抱着阿斗，坐于墙下枯井之傍啼哭。云急下马伏地而拜。夫人曰：“妾得见将军，阿斗有命矣。望将军可怜他父亲飘荡半世，只有这点骨血。将军可护持此子，教他得见父面，妾死无恨！”云曰：“夫人受难，云之罪也。不必多言，请夫人上马。云自步行死战，保夫人透出重围。”糜夫人曰：“不可！将军岂可无马！此子全赖将军保护。妾已重伤,死何足惜！望将军速抱此子前去,勿以妾为累也。”云曰:“喊声将近,追兵已至,请夫人速速上马。”糜夫人曰:“妾身委实难去。休得两误。”乃将阿斗递与赵云曰:“此子性命全在将军身上!”赵云三回五次请夫人上马,夫人只不肯上马。四边喊声又起。云厉声曰:“夫人不听吾言,追军若至,为之奈何?”糜夫人乃弃阿斗于地,翻身投入枯井中而死。后人有诗赞之曰:“战将全凭马力多,步行怎把幼君扶?拚将一死存刘嗣,勇决还亏女丈夫。”

赵云见夫人已死,恐曹军盗尸,便将土墙推倒,掩盖枯井。掩讫,解开勒甲绦,放下掩心镜,将阿斗抱护在怀,绰枪上马。早有一将,引一队步军至,乃曹洪部将晏明也,持三尖两刃刀来战赵云。不三合,被赵云一枪刺倒,杀散众军,冲开一条路。正走间,前面又一枝军马拦路。当先一员大将,旗号分明,大书河间张郃。云更不答话,挺枪便战。约十余合,云不敢恋战,夺路而走。背后张郃赶来,云加鞭而行,不想趷跶一声,连马和人,颠入土坑之内。张郃挺枪来刺,忽然一道红光,从土坑中滚起,那匹马平空一跃,跳出坑外。后人有诗曰:“红光罩体困龙飞,征马冲开长坂围。四十二年真命主,将军因得显神威。”张郃见了,大惊而退。

赵云纵马正走,背后忽有二将大叫:“赵云休走!”前面又有二将,使两般军器,截住去路:后面赶的是马延、张顗,前面阻的是焦触、张南,都是袁绍手下降将。赵云力战四将,曹军一齐拥至。云乃拔青釭剑乱砍,手起处,衣甲平过,血如涌泉。杀退众军将,直透重围。

却说曹操在景山顶上,望见一将,所到之处,威不可当,急问左右是谁。曹洪飞马下山大叫曰:“军中战将可留姓名!”云应声曰:“吾乃常山赵子龙也!”曹洪回报曹操。操曰:“真虎将也！吾当生致之。”遂令飞马传报各处:“如赵云到,不许放冷箭,只要捉活的。”因此赵云得脱此难;此亦阿斗之福所致也。这一场杀:赵云怀抱后主,直透重围,砍倒大旗两面,夺槊三条;前后枪刺剑砍,杀死曹营名将五十余员。后人有诗曰:“血染征袍透甲红,当阳谁敢与争锋！古来冲阵扶危主,只有常山赵子龙。”

赵云当下杀透重围,已离大阵,血满征袍。正行间,山坡下又撞出两枝军,乃夏侯惇部将钟缙、钟绅兄弟二人,一个使大斧,一个使画戟,大喝:“赵云快下马受缚!”正是:才离虎窟逃生去,又遇龙潭鼓浪来。毕竟子龙怎地脱身,且听下回分解。

第四十二回 张翼德大闹长坂桥 刘豫州败走汉津口

却说钟缙、钟绅二人拦住赵云厮杀。赵云挺枪便刺,钟缙当先挥大斧来迎。两马相交,战不三合,被云一枪刺落马下,夺路便走。背后钟绅持戟赶来,马尾相衔,那枝戟只在赵云后心内弄影。云急拨转马头,恰好两胸相拍。云左手持枪隔过画戟,右手拔出青釭宝剑砍去,带盔连脑,砍去一半,绅落马而死,余众奔散。赵云得脱,望长坂桥而走,只闻后面喊声大震,原来文聘引军赶来。赵云到得桥边,人困马乏。见张飞挺矛立马于桥上,云大呼曰:“翼德援我!”飞曰:“子龙速行,追兵我自当之。”

云纵马过桥,行二十余里,见玄德与众人憩于树下。云下马伏地而泣,玄德亦泣。云喘息而言曰:“赵云之罪,万死犹轻!糜夫人身带重伤,不肯上马,投井而死,云只得推土墙掩之。怀抱公子,身突重围;赖主公洪福,幸而得脱。适来公子尚在怀中啼哭,此一会不见动静,多是不能保也。”遂解视之,原来阿斗正睡着未醒。云喜曰:“幸得公子无恙!”双手递与玄德。玄德接过,掷之于地曰:“为汝这孺子,几损我一员大将!”赵云忙向地下抱起阿斗,泣拜曰:“云虽肝脑涂地,不能报也!”后人有诗曰:“曹操军中飞虎出,赵云怀内小龙眠。无由抚慰忠臣意,故把亲儿掷马前。”

却说文聘引军追赵云至长坂桥,只见张飞倒竖虎须,圆睁环眼,手绰蛇矛,立马桥上;又见桥东树林之后,尘头大起,疑有伏兵,便勒住马,不敢近前。俄而曹仁、李典、夏侯惇、夏侯渊、乐进、张辽、张郃、许褚等都至,见飞怒目横矛,立马于桥上,又恐是诸葛孔明之计,都不敢近前。扎住阵脚,一字儿摆在桥西,使人飞报曹操。操闻知,急上马,从阵后来。张飞睁圆环眼,隐隐见后军青罗伞盖、旄钺旌旗来到,料得是曹操心疑,亲自来看。飞乃厉声大喝曰:“我乃燕人张翼德也!谁敢与我决一死战?”声如巨雷。曹军闻之,尽皆股栗。曹操急令去其伞盖,回顾左右曰:"我向曾闻云长言:翼德于百万军中,取上将之首,如探囊取物。今日相逢,不可轻敌。"言未已,张飞睁目又喝曰:"燕人张翼德在此！谁敢来决死战?"曹操见张飞如此气概,颇有退心。飞望见曹操后军阵脚移动,乃挺矛又喝曰:"战又不战,退又不退,却是何故!"喊声未绝,曹操身边夏侯杰惊得肝胆碎裂,倒撞于马下。操便回马而走。于是诸军众将一齐望西奔走。正是:黄口孺子,怎闻霹雳之声;病体樵夫,难听虎豹之吼。一时弃枪落盔者,不计其数,人如潮涌,马似山崩,自相践踏。后人有诗赞曰:"长坂桥头杀气生,横枪立马眼圆睁。一声好似轰雷震,独退曹家百万兵。"

却说曹操惧张飞之威,骤马望西而走,冠簪尽落,披发奔逃。张辽、许褚赶上,扯住辔环。曹操仓皇失措。张辽曰:"丞相休惊。料张飞一人,何足深惧！今急回军杀去,刘备可擒也。"曹操神色方才稍定,乃令张辽、许褚再至长坂桥探听消息。

且说张飞见曹军一拥而退,不敢追赶;速唤回原随二十余骑,解去马尾树枝,令将桥梁拆断,然后回马来见玄德,具言断桥一事。玄德曰:"吾弟勇则勇矣,惜失于计较。"飞问其故。玄德曰:"曹操多谋。汝不合拆断桥梁,彼必追至矣。"飞曰:"他被我一喝,倒退数里,何敢再追?"玄德曰:"若不断桥,彼恐有埋伏,不敢进兵;今拆断了桥,彼料我无军而怯,必来追赶。彼有百万之众,虽涉江汉,可填而过,岂惧一桥之断耶?"于是即刻起身,从小路斜投汉津,望沔阳路而走。

却说曹操使张辽、许褚探长坂桥消息,回报曰:"张飞已拆断桥梁而去矣。"操曰:"彼断桥而去,乃心怯也。"遂传令差一万军,速搭三座浮桥,只今夜就要过。李典曰:"此恐是诸葛亮之诈谋,不可轻进。"操曰:"张飞一勇之夫,岂有诈谋!"遂传下号令,火速进兵。

却说玄德行近汉津,忽见后面尘头大起,鼓声连天,喊声震地。玄德曰:"前有大江,后有追兵,如之奈何?"急命赵云准备抵敌。

曹操下令军中曰:"今刘备釜中之鱼,阱中之虎;若不就此时擒捉,如放鱼入海,纵虎归山矣。众将可努力向前。"众将领命,一个个奋威追赶。忽山坡后鼓声响处,一队军马飞出,大叫曰:"我在此等候多时了!”当头那员大将,手执青龙刀,坐下赤兔马,原来是关云长去江夏借得军马一万,探知当阳长坂大战,特地从此路截出。曹操一见云长,即勒住马回顾众将曰:“又中诸葛亮之计也!”传令大军速退。

云长追赶十数里,即回军保护玄德等到汉津,已有船只伺候。云长请玄德并甘夫人、阿斗至船中坐定。云长问曰:“二嫂嫂如何不见?”玄德诉说当阳之事。云长叹曰:“曩日猎于许田时,若从吾意,可无今日之患。”玄德曰:“我于此时亦投鼠忌器耳。”

正说之间,忽见江南岸战鼓大鸣,舟船如蚁,顺风扬帆而来。玄德大惊。船来至近,只见一人白袍银铠,立于船头上大呼曰:“叔父别来无恙! 小侄得罪。”玄德视之,乃刘琦也。琦过船哭拜曰:“闻叔父困于曹操,小侄特来接应。”玄德大喜,遂合兵一处,放舟而行。在船中正诉情由,江西南上战船一字儿摆开,乘风唿哨而至。刘琦惊曰:“江夏之兵,小侄已尽起至此矣。今有战船拦路,非曹操之军,即江东之军也,如之奈何?”玄德出船头视之,见一人纶巾道服,坐在船头上,乃孔明也,背后立着孙乾。玄德慌请过船,问其何故却在此。孔明曰:“亮自至江夏,先令云长于汉津登陆地而接。我料曹操必来追赶,主公必不从江陵来,必斜取汉津矣;故特请公子先来接应,我竟往夏口,尽起军前来相助。”玄德大悦,合为一处,商议破曹之策。孔明曰:“夏口城险,颇有钱粮,可以久守。请主公且到夏口屯住。公子自回江夏,整顿战船,收拾军器,为犄角之势,可以抵当曹操。若共归江夏,则势反孤矣。”刘琦曰:“军师之言甚善。但愚意欲请叔父暂至江夏,整顿军马停当,再回夏口不迟。”玄德曰:“贤侄之言亦是。”遂留下云长,引五千军守夏口。玄德、孔明、刘琦共投江夏。

却说曹操见云长在旱路引军截出,疑有伏兵,不敢来追;又恐水路先被玄德夺了江陵,便星夜提兵赴江陵来。荆州治中邓义、别驾刘先,已备知襄阳之事,料不能抵敌曹操,遂引荆州军民出郭投降。曹操入城,安民已定,释韩嵩之囚,加为大鸿胪。其余众官,各有封赏。曹操与众将议曰:“今刘备已投江夏,恐结连东吴,是滋蔓也。当用何计破之?”荀攸曰:“我今大振兵威,遣使驰檄江东,请孙权会猎于江夏，共擒刘备，分荆州之地，永结盟好。孙权必惊疑而来降，则吾事济矣。”操从其计，一面发檄遣使赴东吴；一面计点马步水军共八十三万，诈称一百万，水陆并进，船骑双行，沿江而来，西连荆、峡，东接蕲、黄，寨栅联络三百余里。

话分两头。却说江东孙权，屯兵柴桑郡，闻曹操大军至襄阳，刘琮已降，今又星夜兼道取江陵，乃集众谋士商议御守之策。鲁肃曰：“荆州与国邻接，江山险固，士民殷富。吾若据而有之，此帝王之资也。今刘表新亡，刘备新败，肃请奉命往江夏吊丧，因说刘备使抚刘表众将，同心一意，共破曹操；备若喜而从命，则大事可定矣。”权喜从其言，即遣鲁肃赍礼往江夏吊丧。

却说玄德至江夏，与孔明、刘琦共议良策。孔明曰：“曹操势大，急难抵敌，不如往投东吴孙权，以为应援。使南北相持，吾等于中取利，有何不可？”玄德曰：“江东人物极多，必有远谋，安肯相容耶？”孔明笑曰：“今操引百万之众，虎踞江汉，江东安得不使人来探听虚实？若有人到此，亮借一帆风，直至江东，凭三寸不烂之舌，说南北两军互相吞并。若南军胜，共诛曹操以取荆州之地；若北军胜，则我乘势以取江南可也。”玄德曰：“此论甚高。但如何得江东人到？”

正说间，人报江东孙权差鲁肃来吊丧，船已傍岸。孔明笑曰：“大事济矣！”遂问刘琦曰：“往日孙策亡时，襄阳曾遣人去吊丧否？”琦曰：“江东与我家有杀父之仇，安得通庆吊之礼！”孔明曰：“然则鲁肃之来，非为吊丧，乃来探听军情也。”遂谓玄德曰：“鲁肃至，若问曹操动静，主公只推不知。再三问时，主公只说可问诸葛亮。”计会已定，使人迎接鲁肃。肃入城吊丧。收过礼物，刘琦请肃与玄德相见。礼毕，邀入后堂饮酒，肃曰：“久闻皇叔大名，无缘拜会；今幸得见，实为欣慰。近闻皇叔与曹操会战，必知彼虚实：敢问操军约有几何？”玄德曰：“备兵微将寡，一闻操至即走，竟不知彼虚实。”鲁肃曰：“闻皇叔用诸葛孔明之谋，两场火烧得曹操魂亡胆落，何言不知耶？”玄德曰：“除非问孔明，便知其详。”肃曰：“孔明安在？愿求一见。”玄德教请孔明出来相见。

肃见孔明礼毕，问曰：“向慕先生才德，未得拜晤；今幸相遇，愿闻目今安危之事。”孔明曰:“曹操奸计,亮已尽知;但恨力未及,故且避之。”肃曰:“皇叔今将止于此乎?”孔明曰:“使君与苍梧太守吴臣有旧,将往投之。”肃曰:“吴臣粮少兵微,自不能保,焉能容人?”孔明曰:“吴臣处虽不足久居,今且暂依之,别有良图。”肃曰:“孙将军虎踞六郡,兵精粮足,又极敬贤礼士,江表英雄,多归附之。今为君计,莫若遣心腹往结东吴,以共图大事。”孔明曰:“刘使君与孙将军自来无旧,恐虚费词说。且别无心腹之人可使。”肃曰:“先生之兄,现为江东参谋,日望与先生相见。肃不才,愿与公同见孙将军,共议大事。”玄德曰:“孔明是吾之师,顷刻不可相离,安可去也?”肃坚请孔明同去。玄德佯不许。孔明曰:“事急矣,请奉命一行。”玄德方才许诺。鲁肃遂别了玄德、刘琦,与孔明登舟,望柴桑郡来。正是:只因诸葛扁舟去,致使曹兵一旦休。不知孔明此去毕竟如何,且看下文分解。

第四十三回　诸葛亮舌战群儒　鲁子敬力排众议

却说鲁肃、孔明辞了玄德、刘琦，登舟望柴桑郡来。二人在舟中共议。鲁肃谓孔明曰："先生见孙将军，切不可实言曹操兵多将广。"孔明曰："不须子敬叮咛，亮自有对答之语。"及船到岸，肃请孔明于馆驿中暂歇，先自往见孙权。权正聚文武于堂上议事，闻鲁肃回，急召入问曰："子敬往江夏，体探虚实若何？"肃曰："已知其略，尚容徐禀。"权将曹操檄文示肃曰："操昨遣使赍文至此，孤先发遣来使，现今会众商议未定。"肃接檄文观看。其略曰："孤近承帝命，奉词伐罪。旄麾南指，刘琮束手；荆襄之民，望风归顺。今统雄兵百万，上将千员，欲与将军会猎于江夏，共伐刘备，同分土地，永结盟好。幸勿观望，速赐回音。"鲁肃看毕曰："主公尊意若何？"权曰："未有定论。"张昭曰："曹操拥百万之众，借天子之名，以征四方，拒之不顺。且主公大势可以拒操者，长江也。今操既得荆州，长江之险，已与我共之矣，势不可敌。以愚之计，不如纳降，为万安之策。"众谋士皆曰："子布之言，正合天意。"孙权沉吟不语。张昭又曰："主公不必多疑。如降操，则东吴民安，江南六郡可保矣。"孙权低头不语。

须臾，权起更衣，鲁肃随于权后。权知肃意，乃执肃手而言曰："卿欲如何？"肃曰："恰才众人所言，深误将军。众人皆可降曹操，惟将军不可降曹操。"权曰："何以言之？"肃曰："如肃等降操，当以肃还乡党，累官故不失州郡也；将军降操，欲安所归乎？位不过封侯，车不过一乘，骑不过一匹，从不过数人，岂得南面称孤哉！众人之意，各自为己，不可听也。将军宜早定大计。"权叹曰："诸人议论，大失孤望。子敬开说大计，正与吾见相同。此天以子敬赐我也！但操新得袁绍之众，近又得荆州之兵，恐势大难以抵敌。"肃曰："肃至江夏，引诸葛瑾之弟诸葛亮在此，主公可问之，便知虚实。"权曰："卧龙先生在此乎？"肃曰："现在馆驿中安歇。"权曰："今日天晚，且未相见。来日聚文武于帐下，先教见我江东英俊，然后升堂议事。”

肃领命而去。次日至馆驿中见孔明，又嘱曰：“今见我主，切不可言曹操兵多。”孔明笑曰：“亮自见机而变，决不有误。”肃乃引孔明至幕下。早见张昭、顾雍等一班文武二十余人，峨冠博带，整衣端坐。孔明逐一相见，各问姓名。施礼已毕，坐于客位。张昭等见孔明丰神飘洒，器宇轩昂，料道此人必来游说。张昭先以言挑之曰：“昭乃江东微末之士，久闻先生高卧隆中，自比管、乐。此语果有之乎？”孔明曰：“此亮平生小可之比也。”昭曰：“近闻刘豫州三顾先生于草庐之中，幸得先生，以为如鱼得水，思欲席卷荆襄。今一旦以属曹操，未审是何主见？”孔明自思张昭乃孙权手下第一个谋士，若不先难倒他，如何说得孙权，遂答曰：“吾观取汉上之地，易如反掌。我主刘豫州躬行仁义，不忍夺同宗之基业，故力辞之。刘琮孺子，听信佞言，暗自投降，致使曹操得以猖獗。今我主屯兵江夏，别有良图，非等闲可知也。”昭曰：“若此，是先生言行相违也。先生自比管、乐，管仲相桓公，霸诸侯，一匡天下；乐毅扶持微弱之燕，下齐七十余城：此二人者，真济世之才也。先生在草庐之中，但笑傲风月，抱膝危坐。今既从事刘豫州，当为生灵兴利除害，剿灭乱贼。且刘豫州未得先生之前，尚且纵横寰宇，割据城池；今得先生，人皆仰望，虽三尺童蒙，亦谓彪虎生翼，将见汉室复兴，曹氏即灭矣。朝廷旧臣，山林隐士，无不拭目而待：以为拂高天之云翳，仰日月之光辉，拯民于水火之中，措天下于衽席之上，在此时也。何先生自归豫州，曹兵一出，弃甲抛戈，望风而窜；上不能报刘表以安庶民，下不能辅孤子而据疆土；乃弃新野，走樊城，败当阳，奔夏口，无容身之地：是豫州既得先生之后，反不如其初也。管仲、乐毅，果如是乎？愚直之言，幸勿见怪！”

孔明听罢，哑然而笑曰：“鹏飞万里，其志岂群鸟能识哉？譬如人染沉疴，当先用糜粥以饮之，和药以服之；待其腑脏调和，形体渐安，然后用肉食以补之，猛药以治之：则病根尽去，人得全生也。若不待气脉和缓，便投以猛药厚味，欲求安保，诚为难矣。吾主刘豫州，向日军败于汝南，寄迹刘表，兵不满千，将止关、张、赵云而已：此正如病势尪羸已极之时也。新野山僻小县，人民稀少，粮食鲜薄，豫州不过暂借以容身,岂真将坐守于此耶?夫以甲兵不完,城郭不固,军不经练,粮不继日,然而博望烧屯,白河用水,使夏侯惇、曹仁辈心惊胆裂:窃谓管仲、乐毅之用兵,未必过此。至于刘琮降操,豫州实出不知;且又不忍乘乱夺同宗之基业,此真大仁大义也。当阳之败,豫州见有数十万赴义之民,扶老携幼相随,不忍弃之,日行十里,不思进取江陵,甘与同败,此亦大仁大义也。寡不敌众,胜负乃其常事。昔高皇数败于项羽,而垓下一战成功,此非韩信之良谋乎?夫信久事高皇,未尝累胜。盖国家大计,社稷安危,是有主谋。非比夸辩之徒,虚誉欺人:坐议立谈,无人可及;临机应变,百无一能。诚为天下笑耳!"这一篇言语,说得张昭并无一言回答。

座上忽一人抗声问曰:"今曹公兵屯百万,将列千员,龙骧虎视,平吞江夏,公以为何如?"孔明视之,乃虞翻也。孔明曰:"曹操收袁绍蚁聚之兵,劫刘表乌合之众,虽数百万不足惧也。"虞翻冷笑曰:"军败于当阳,计穷于夏口,区区求救于人,而犹言不惧,此真大言欺人也!"孔明曰:"刘豫州以数千仁义之师,安能敌百万残暴之众?退守夏口,所以待时也。今江东兵精粮足,且有长江之险,犹欲使其主屈膝降贼,不顾天下耻笑。由此论之,刘豫州真不惧操贼者矣!"虞翻不能对。

座间又一人问曰:"孔明欲效仪、秦之舌,游说东吴耶?"孔明视之,乃步骘也。孔明曰:"步子山以苏秦、张仪为辩士,不知苏秦、张仪亦豪杰也。苏秦佩六国相印,张仪两次相秦,皆有匡扶人国之谋,非比畏强凌弱、惧刀避剑之人也。君等闻曹操虚发诈伪之词,便畏惧请降,敢笑苏秦、张仪乎?"步骘默然无语。

忽一人问曰:"孔明以曹操何如人也?"孔明视其人,乃薛综也。孔明答曰:"曹操乃汉贼也,又何必问?"综曰:"公言差矣。汉传世至今,天数将终。今曹公已有天下三分之二,人皆归心。刘豫州不识天时,强欲与争,正如以卵击石,安得不败乎?"孔明厉声曰:"薛敬文安得出此无父无君之言乎!夫人生天地间,以忠孝为立身之本。公既为汉臣,则见有不臣之人,当誓共戮之:臣之道也。今曹操祖宗叨食汉禄,不思报效,反怀篡逆之心,天下之所共愤;公乃以天数归之,真无父无君之人也！不足与语！请勿复言！”薛综满面羞惭，不能对答。

座上又一人应声问曰：“曹操虽挟天子以令诸侯，犹是相国曹参之后。刘豫州虽云中山靖王苗裔，却无可稽考，眼见只是织席贩屦之夫耳，何足与曹操抗衡哉！”孔明视之，乃陆绩也。孔明笑曰：“公非袁术座间怀桔之陆郎乎？请安坐，听吾一言：曹操既为曹相国之后，则世为汉臣矣；今乃专权肆横，欺凌君父，是不惟无君，亦且蔑祖，不惟汉室之乱臣，亦曹氏之贼子也。刘豫州堂堂帝胄，当今皇帝，按谱赐爵，何云无可稽考？且高祖起身亭长，而终有天下；织席贩屦，又何足为辱乎？公小儿之见，不足与高士共语！”陆绩语塞。

座上一人忽曰：“孔明所言，皆强词夺理，均非正论，不必再言。且请问孔明治何经典？”孔明视之，乃严畯也。孔明曰：“寻章摘句，世之腐儒也，何能兴邦立事？且古耕莘伊尹，钓渭子牙，张良、陈平之流，邓禹、耿弇之辈，皆有匡扶宇宙之才，未审其生平治何经典。岂亦效书生，区区于笔砚之间，数黑论黄，舞文弄墨而已乎？”严畯低头丧气而不能对。

忽又一人大声曰：“公好为大言，未必真有实学，恐适为儒者所笑耳。”孔明视其人，乃汝南程德枢也。孔明答曰：“儒有君子小人之别。君子之儒，忠君爱国，守正恶邪，务使泽及当时，名留后世。若夫小人之儒，惟务雕虫，专工翰墨，青春作赋，皓首穷经；笔下虽有千言，胸中实无一策。且如扬雄以文章名世，而屈身事莽，不免投阁而死，此所谓小人之儒也；虽日赋万言，亦何取哉！”程德枢不能对。众人见孔明对答如流，尽皆失色。

时座上张温、骆统二人，又欲问难。忽一人自外而入，厉声言曰：“孔明乃当世奇才，君等以唇舌相难，非敬客之礼也。曹操大军临境，不思退敌之策，乃徒斗口耶！”众视其人，乃零陵人，姓黄，名盖，字公覆，现为东吴粮官。当时黄盖谓孔明曰：“愚闻多言获利，不如默而无言。何不将金石之论为我主言之，乃与众人辩论也？”孔明曰：“诸君不知世务，互相问难，不容不答耳。”于是黄盖与鲁肃引孔明入。至中门，正遇诸葛瑾，孔明施礼。瑾曰：“贤弟既到江东，如何不来见我?"孔明曰:"弟既事刘豫州,理宜先公后私。公事未毕,不敢及私。望兄见谅。"瑾曰:"贤弟见过吴侯,却来叙话。"说罢自去。

鲁肃曰:"适间所嘱,不可有误。"孔明点头应诺。引至堂上,孙权降阶而迎,优礼相待。施礼毕,赐孔明坐。众文武分两行而立。鲁肃立于孔明之侧,只看他讲话。孔明致玄德之意毕,偷眼看孙权:碧眼紫髯,堂堂一表。孔明暗思:"此人相貌非常,只可激,不可说。等他问时,用言激之便了。"献茶已毕,孙权曰:"多闻鲁子敬谈足下之才,今幸得相见,敢求教益。"孔明曰:"不才无学,有辱明问。"权曰:"足下近在新野,佐刘豫州与曹操决战,必深知彼军虚实。"孔明曰:"刘豫州兵微将寡,更兼新野城小无粮,安能与曹操相持。"权曰:"曹兵共有多少?"孔明曰:"马步水军,约有一百余万。"权曰:"莫非诈乎?"孔明曰:"非诈也。曹操就兖州已有青州军二十万;平了袁绍,又得五六十万;中原新招之兵三四十万;今又得荆州之军二三十万:以此计之,不下一百五十万。亮以百万言之,恐惊江东之士也。"鲁肃在旁,闻言失色,以目视孔明;孔明只做不见。权曰:"曹操部下战将,还有多少?"孔明曰:"足智多谋之士,能征惯战之将,何止一二千人。"权曰:"今曹操平了荆、楚,复有远图乎?"孔明曰:"即今沿江下寨,准备战船,不欲图江东,待取何地?"权曰:"若彼有吞并之意,战与不战,请足下为我一决。"孔明曰:"亮有一言,但恐将军不肯听从。"权曰:"愿闻高论。"孔明曰:"向者宇内大乱,故将军起江东,刘豫州收众汉南,与曹操并争天下。今操芟除大难,略已平矣;近又新破荆州,威震海内;纵有英雄,无用武之地:故豫州遁逃至此。愿将军量力而处之:若能以吴、越之众,与中国抗衡,不如早与之绝;若其不能,何不从众谋士之论,按兵束甲,北面而事之?"权未及答。孔明又曰:"将军外托服从之名,内怀疑贰之见,事急而不断,祸至无日矣!"权曰:"诚如君言,刘豫州何不降操?"孔明曰:"昔田横,齐之壮士耳,犹守义不辱。况刘豫州王室之胄,英才盖世,众士仰慕。事之不济,此乃天也。又安能屈处人下乎!"

孙权听了孔明此言,不觉勃然变色,拂衣而起,退入后堂。众皆哂笑而散。鲁肃责孔明曰:"先生何故出此言?幸是吾主宽洪大度,不即面责。先生之言，藐视吾主甚矣。”孔明仰面笑曰：“何如此不能容物耶！我自有破曹之计，彼不问我，我故不言。”肃曰：“果有良策，肃当请主公求教。”孔明曰：“吾视曹操百万之众，如群蚁耳！但我一举手，则皆为齑粉矣！”肃闻言，便入后堂见孙权。权怒气未息，顾谓肃曰：“孔明欺吾太甚！”肃曰：“臣亦以此责孔明，孔明反笑主公不能容物。破曹之策，孔明不肯轻言，主公何不求之？”权回嗔作喜曰：“原来孔明有良谋，故以言词激我。我一时浅见，几误大事。”便同鲁肃重复出堂，再请孔明叙话。权见孔明，谢曰：“适来冒渎威严，幸勿见罪。”孔明亦谢曰：“亮言语冒犯，望乞恕罪。”权邀孔明入后堂，置酒相待。

数巡之后，权曰：“曹操平生所恶者：吕布、刘表、袁绍、袁术、豫州与孤耳。今数雄已灭，独豫州与孤尚存。孤不能以全吴之地，受制于人。吾计决矣。非刘豫州莫与当曹操者；然豫州新败之后，安能抗此难乎？”孔明曰：“豫州虽新败，然关云长犹率精兵万人；刘琦领江夏战士，亦不下万人。曹操之众，远来疲惫；近追豫州，轻骑一日夜行三百里，此所谓强弩之末，势不能穿鲁缟者也。且北方之人，不习水战。荆州士民附操者，迫于势耳，非本心也。今将军诚能与豫州协力同心，破曹军必矣。操军破，必北还，则荆、吴之势强，而鼎足之形成矣。成败之机，在于今日。惟将军裁之。”权大悦曰：“先生之言，顿开茅塞。吾意已决，更无他疑。即日商议起兵，共灭曹操！”遂令鲁肃将此意传谕文武官员，就送孔明于馆驿安歇。

张昭知孙权欲兴兵，遂与众议曰：“中了孔明之计也！”急入见权曰：“昭等闻主公将兴兵与曹操争锋。主公自思比袁绍若何？曹操向日兵微将寡，尚能一鼓克袁绍；何况今日拥百万之众南征，岂可轻敌？若听诸葛亮之言，妄动甲兵，此所谓负薪救火也。”孙权只低头不语。顾雍曰：“刘备因为曹操所败，故欲借我江东之兵以拒之，主公奈何为其所用乎；愿听子布之言。”孙权沉吟未决。张昭等出，鲁肃入见曰：“适张子布等，又劝主公休动兵，力主降议，此皆全躯保妻子之臣，为自谋之计耳。愿主公勿听也。”孙权尚在沉吟。肃曰：“主公若迟疑，必为众人误矣。”权曰：“卿且暂退，容我三思。”肃乃退出。

时武将或有要战的,文官都是要降的,议论纷纷不一。

且说孙权退入内宅,寝食不安,犹豫不决。吴国太见权如此,问曰:"何事在心,寝食俱废?"权曰:"今曹操屯兵于江汉,有下江南之意。问诸文武,或欲降者,或欲战者。欲待战来,恐寡不敌众;欲待降来,又恐曹操不容:因此犹豫不决。"吴国太曰:"汝何不记吾姐临终之语乎?"孙权如醉方醒,似梦初觉,想出这句话来。正是:追思国母临终语,引得周郎立战功。毕竟说着甚的,且看下文分解。

第四十四回 孔明用智激周瑜 孙权决计破曹操

却说吴国太见孙权疑惑不决，乃谓之曰："先姊遗言云：'伯符临终有言：内事不决问张昭，外事不决问周瑜。'今何不请公瑾问之？"权大喜，即遣使往鄱阳请周瑜议事。原来周瑜在鄱阳湖训练水师，闻曹操大军至汉上，便星夜回柴桑郡议军机事。使者未发，周瑜已先到。鲁肃与瑜最厚，先来接着，将前项事细述一番。周瑜曰："子敬休忧，瑜自有主张。今可速请孔明来相见。"鲁肃上马去了。

周瑜方才歇息，忽报张昭、顾雍、张纮、步骘四人来相探。瑜接入堂中坐定，叙寒温毕。张昭曰："都督知江东之利害否？"瑜曰："未知也。"昭曰："曹操拥众百万，屯于汉上，昨传檄文至此，欲请主公会猎于江夏。虽有相吞之意，尚未露其形。昭等劝主公且降之，庶免江东之祸。不想鲁子敬从江夏带刘备军师诸葛亮至此，彼因自欲雪愤，特下说词以激主公。子敬却执迷不悟。正欲待都督一决。"瑜曰："公等之见皆同否？"顾雍等曰："所议皆同。"瑜曰："吾亦欲降久矣。公等请回，明早见主公，自有定议。"昭等辞去。

少顷，又报程普、黄盖、韩当等一班战将来见。瑜迎入，各问慰讫。程普曰："都督知江东早晚属他人否？"瑜曰："未知也。"普曰："吾等自随孙将军开基创业，大小数百战，方才战得六郡城池。今主公听谋士之言，欲降曹操，此真可耻可惜之事！吾等宁死不辱。望都督劝主公决计兴兵，吾等愿效死战。"瑜曰："将军等所见皆同否？"黄盖忿然而起，以手拍额曰："吾头可断，誓不降曹！"众人皆曰："吾等都不愿降！"瑜曰："吾正欲与曹操决战，安肯投降！将军等请回。瑜见主公，自有定议。"程普等别去。

又未几，诸葛瑾、吕范等一班儿文官相候。瑜迎入，讲礼方毕，诸葛瑾曰："舍弟诸葛亮自汉上来，言刘豫州欲结东吴，共伐曹操，文武商议未定。因舍弟为使，瑾不敢多言，专候都督来决此事。"瑜曰：

“以公论之若何?”瑾曰:“降者易安,战者难保。”周瑜笑曰:“瑜自有主张。来日同至府下定议。”瑾等辞退。

忽又报吕蒙、甘宁等一班儿来见。瑜请入,亦叙谈此事。有要战者,有要降者,互相争论。瑜曰:“不必多言,来日都到府下公议。”众乃辞去。周瑜冷笑不止。

至晚,人报鲁子敬引孔明来拜。瑜出中门迎之。叙礼毕,分宾主而坐。肃先问瑜曰:“今曹操驱众南侵,和与战二策,主公不能决,一听于将军。将军之意若何?”瑜曰:“曹操以天子为名,其师不可拒。且其势大,未可轻敌。战则必败,降则易安。吾意已决。来日见主公,便当遣使纳降。”鲁肃愕然曰:“君言差矣!江东基业,已历三世,岂可一旦弃于他人?伯符遗言,外事付托将军。今正欲仗将军保全国家,为泰山之靠,奈何从懦夫之议耶?”瑜曰:“江东六郡,生灵无限;若罹兵革之祸,必有归怨于我,故决计请降耳。”肃曰:“不然。以将军之英雄,东吴之险固,操未必便能得志也。”

二人互相争辩,孔明只袖手冷笑。瑜曰:“先生何故哂笑?”孔明曰:“亮不笑别人,笑子敬不识时务耳。”肃曰:“先生如何反笑我不识时务?”孔明曰:“公瑾主意欲降操,甚为合理。”瑜曰:“孔明乃识时务之士,必与吾有同心。”肃曰:“孔明,你也如何说此?”孔明曰:“操极善用兵,天下莫敢当。向只有吕布、袁绍、袁术、刘表敢与对敌。今数人皆被操灭,天下无人矣。独有刘豫州不识时务,强与争衡;今孤身江夏,存亡未保。将军决计降曹,可以保妻子,可以全富贵。国祚迁移,付之天命,何足惜哉!”鲁肃大怒曰:“汝教吾主屈膝受辱于国贼乎!”

孔明曰:“愚有一计:并不劳牵羊担酒,纳土献印;亦不须亲自渡江;只须遣一介之使,扁舟送两个人到江上。操一得此两人,百万之众,皆卸甲卷旗而退矣。”瑜曰:“用何二人,可退操兵?”孔明曰:“江东去此两人,如大木飘一叶,太仓减一粟耳;而操得之,必大喜而去。”瑜又问:“果用何二人?”孔明曰:“亮居隆中时,即闻操于漳河新造一台,名曰铜雀,极其壮丽;广选天下美女以实其中。操本好色之徒,久闻江东乔公有二女,长曰大乔,次曰小乔,有沉鱼落雁之容,闭月羞花之貌。操曾发誓曰:吾一愿扫平四海,以成帝业;一愿得江东二乔,置之铜雀台,以乐晚年,虽死无恨矣。今虽引百万之众,虎视江南,其实为此二女也。将军何不去寻乔公,以千金买此二女,差人送与曹操。操得二女,称心满意,必班师矣。此范蠡献西施之计,何不速为之?”瑜曰:“操欲得二乔,有何证验?”孔明曰:“曹操幼子曹植,字子建,下笔成文。操尝命作一赋,名曰《铜雀台赋》。赋中之意,单道他家合为天子,誓取二乔。”瑜曰:“此赋公能记否?”孔明曰:“吾爱其文华美,尝窃记之。”瑜曰:“试请一诵。”孔明即时诵《铜雀台赋》云:“从明后以嬉游兮,登层台以娱情。见太府之广开兮,观圣德之所营。建高门之嵯峨兮,浮双阙乎太清。立中天之华观兮,连飞阁乎西城。临漳水之长流兮,望园果之滋荣。立双台于左右兮,有玉龙与金凤。揽二乔于东南兮,乐朝夕之与共。俯皇都之宏丽兮,瞰云霞之浮动。欣群才之来萃兮,协飞熊之吉梦。仰春风之和穆兮,听百鸟之悲鸣。云天亘其既立兮,家愿得乎双逞。扬仁化于宇宙兮,尽肃恭于上京。惟相文之为盛兮,岂足方乎圣明?休矣!美矣!惠泽远扬。翼佐我皇家兮,宁彼四方。同天地之规量兮,齐日月之辉光。永贵尊而无极兮,等君寿于东皇。御龙旗以遨游兮,回鸾驾而周章。恩化及乎四海兮,嘉物阜而民康。愿斯台之永固兮,乐终古而未央!”

周瑜听罢,勃然大怒,离座指北而骂曰:“老贼欺吾太甚!”孔明急起止之曰:“昔单于屡侵疆界,汉天子许以公主和亲,今何惜民间二女乎?”瑜曰:“公有所不知:大乔是孙伯符将军主妇,小乔乃瑜之妻也。”孔明佯作惶恐之状,曰:“亮实不知。失口乱言,死罪!死罪!”瑜曰:“吾与老贼誓不两立!”孔明曰:“事须三思免致后悔。”瑜曰:“吾承伯符寄托,安有屈身降操之理?适来所言,故相试耳。吾自离鄱阳湖,便有北伐之心,虽刀斧加头,不易其志也!望孔明助一臂之力,同破曹贼。”孔明曰:“若蒙不弃,愿效犬马之劳,早晚拱听驱策。”瑜曰:“来日入见主公,便议起兵。”孔明与鲁肃辞出,相别而去。

次日清晨,孙权升堂。左边文官张昭、顾雍等三十余人;右边武官程普、黄盖等三十余人:衣冠济济,剑佩锵锵,分班侍立。少顷,周瑜入见。礼毕,孙权问慰罢,瑜曰:“近闻曹操引兵屯汉上,驰书至此,主公尊意若何?”权即取檄文与周瑜看。瑜看毕,笑曰:“老贼以我江东无人,敢如此相侮耶!”权曰:“君之意若何?”瑜曰:“主公曾与众文武商议否?”权曰:“连日议此事:有劝我降者,有劝我战者。吾意未定,故请公瑾一决。”瑜曰:“谁劝主公降?”权曰:“张子布等皆主其意。”瑜即问张昭曰:“愿闻先生所以主降之意。”昭曰:“曹操挟天子而征四方,动以朝廷为名;近又得荆州,威势越大。吾江东可以拒操者,长江耳。今操艨艟战舰,何止千百?水陆并进,何可当之?不如且降,更图后计。”瑜曰:“此迂儒之论也!江东自开国以来,今历三世,安忍一旦废弃?”权曰:“若此,计将安出?”瑜曰:“操虽托名汉相,实为汉贼。将军以神武雄才,仗父兄余业,据有江东,兵精粮足,正当横行天下,为国家除残去暴,奈何降贼耶?且操今此来,多犯兵家之忌:北土未平,马腾、韩遂为其后患,而操久于南征,一忌也;北军不熟水战,操舍鞍马,仗舟楫,与东吴争衡,二忌也;又时值隆冬盛寒,马无藁草,三忌也;驱中国士卒,远涉江湖,不服水土,多生疾病,四忌也。操兵犯此数忌,虽多必败。将军擒操,正在今日。瑜请得精兵数万人,进屯夏口,为将军破之!”权矍然起曰:“老贼欲废汉自立久矣,所惧二袁、吕布、刘表与孤耳。今数雄已灭,惟孤尚存。孤与老贼,誓不两立!卿言当伐,甚合孤意。此天以卿授我也。”瑜曰:“臣为将军决一血战,万死不辞。只恐将军狐疑不定。”权拔佩剑砍面前奏案一角曰:“诸官将有再言降操者,与此案同!”言罢,便将此剑赐周瑜,即封瑜为大都督,程普为副都督,鲁肃为赞军校尉。如文武官将有不听号令者,即以此剑诛之。瑜受了剑,对众言曰:“吾奉主公之命,率众破曹。诸将官吏来日俱于江畔行营听令。如迟误者,依七禁令五十四斩施行。”言罢,辞了孙权,起身出府。众文武各无言而散。

周瑜回到下处,便请孔明议事。孔明至,瑜曰:“今日府下公议已定,愿求破曹良策。”孔明曰:“孙将军心尚未稳,不可以决策也。”瑜曰:“何谓心不稳?”孔明曰:“心怯曹兵之多,怀寡不敌众之意。将军能以军数开解,使其了然无疑,然后大事可成。”瑜曰:“先生之论甚善。”乃复入见孙权。权曰:“公瑾夜至,必有事故。”瑜曰:“来日调拨军马,主公心有疑否?”权曰:“但忧曹操兵多,寡不敌众耳。他无所疑。”瑜笑曰：“瑜特为此来开解主公。主公因见操檄文，言水陆大军百万，故怀疑惧，不复料其虚实。今以实较之：彼将中国之兵，不过十五六万，且已久疲；所得袁氏之众，亦止七八万耳，尚多怀疑未服。夫以久疲之卒，御狐疑之众，其数虽多，不足畏也。瑜得五万兵，自足破之。愿主公勿以为虑。”权抚瑜背曰：“公瑾此言，足释吾疑。子布无谋，深失孤望；独卿及子敬，与孤同心耳。卿可与子敬、程普即日选军前进。孤当续发人马，多载资粮，为卿后应。卿前军倘不如意，便还就孤。孤当亲与操贼决战，更无他疑。”周瑜谢出，暗忖曰：“孔明早已料着吴侯之心，其计画又高我一头，久必为江东之患，不如杀之。”乃令人连夜请鲁肃入帐，言欲杀孔明之事。肃曰：“不可。今操贼未破，先杀贤士，是自去其助也。”瑜曰：“此人助刘备，必为江东之患。”肃曰：“诸葛瑾乃其亲兄，可令招此人同事东吴，岂不妙哉？”瑜善其言。

次日平明，瑜赴行营，升中军帐高坐。左右立刀斧手，聚集文官武将听令。原来程普年长于瑜，今瑜爵居其上，心中不乐；是日乃托病不出，令长子程咨自代。瑜令众将曰：“王法无亲，诸君各守乃职。方今曹操弄权，甚于董卓：囚天子于许昌，屯暴兵于境上。吾今奉命讨之，诸君幸皆努力向前。大军到处，不得扰民。赏劳罚罪，并不徇纵。”令毕，即差韩当、黄盖为前部先锋，领本部战船，即日起行，前至三江口下寨，别听将令；蒋钦、周泰为第二队；凌统、潘璋为第三队；太史慈、吕蒙为第四队；陆逊、董袭为第五队；吕范、朱治为四方巡警使，催督六郡官军，水陆并进，克期取齐。调拨已毕，诸将各自收拾船只军器起行。程咨回见父程普，说周瑜调兵，动止有法。普大惊曰：“吾素欺周郎懦弱，不足为将；今能如此，真将才也！我如何不服！”遂亲诣行营谢罪。瑜亦逊谢。

次日，瑜请诸葛瑾，谓曰：“令弟孔明有王佐之才，如何屈身事刘备？今幸至江东，欲烦先生不惜齿牙余论，使令弟弃刘备而事东吴，则主公既得良辅，而先生兄弟又得相见，岂不美哉？先生幸即一行。”瑾曰：“瑾自至江东，愧无寸功。今都督有命，敢不效力。”即时上马，径投驿亭来见孔明。孔明接入，哭拜，各诉阔情。瑾泣曰：“弟知伯夷、叔齐乎?”孔明暗思:“此必周郎教来说我也。”遂答曰:“夷、齐古之圣贤也。”瑾曰:“夷、齐虽至饿死首阳山下,兄弟二人亦在一处。我今与你同胞共乳,乃各事其主,不能旦暮相聚。视夷、齐之为人,能无愧乎?”孔明曰:“兄所言者,情也;弟所守者,义也。弟与兄皆汉人。今刘皇叔乃汉室之胄,兄若能去东吴,而与弟同事刘皇叔,则上不愧为汉臣,而骨肉又得相聚,此情义两全之策也。不识兄意以为何如?”瑾思曰:“我来说他,反被他说了我也。”遂无言回答,起身辞去。回见周瑜,细述孔明之言。瑜曰:“公意若何?”瑾曰:“吾受孙将军厚恩,安肯相背!”瑜曰:“公既忠心事主,不必多言。吾自有伏孔明之计。”正是:智与智逢宜必合,才和才角又难容。毕竟周瑜定何计伏孔明,且看下回分解。

第四十五回 三江口曹操折兵 群英会蒋干中计

却说周瑜闻诸葛瑾之言,转恨孔明,存心欲谋杀之。次日,点齐军将,入辞孙权。权曰:"卿先行,孤即起兵继后。"瑜辞出,与程普、鲁肃领兵起行,便邀孔明同往。孔明欣然从之。一同登舟,驾起帆樯,迤逦望夏口而进。离三江口五六十里,船依次第歇定。周瑜在中央下寨,岸上依西山结营,周围屯住。孔明只在一叶小舟内安身。

周瑜分拨已定,使人请孔明议事。孔明至中军帐,叙礼毕,瑜曰:"昔曹操兵少,袁绍兵多,而操反胜绍者,因用许攸之谋,先断乌巢之粮也。今操兵八十三万,我兵只五六万,安能拒之?亦必须先断操之粮,然后可破。我已探知操军粮草,俱屯于聚铁山。先生久居汉上,熟知地理。敢烦先生与关、张、子龙辈——吾亦助兵千人——星夜往聚铁山断操粮道。彼此各为主人之事,幸勿推调。"孔明暗思:"此因说我不动,设计害我。我若推调,必为所笑。不如应之,别有计议。"乃欣然领诺。瑜大喜。孔明辞出。鲁肃密谓瑜曰:"公使孔明劫粮,是何意见?"瑜曰:"吾欲杀孔明,恐惹人笑,故借曹操之手杀之,以绝后患耳。"肃闻言,乃往见孔明,看他知也不知。只见孔明略无难色,整点军马要行。肃不忍,以言挑之曰:"先生此去可成功否?"孔明笑曰:"吾水战、步战、马战、车战,各尽其妙,何愁功绩不成,非比江东公与周郎辈止一能也。"肃曰:"吾与公瑾何谓一能?"孔明曰:"吾闻江南小儿谣言云:'伏路把关饶子敬,临江水战有周郎。'公等于陆地但能伏路把关;周公瑾但堪水战,不能陆战耳。"

肃乃以此言告知周瑜。瑜怒曰:"何欺我不能陆战耶!不用他去!我自引一万马军,往聚铁山断操粮道。"肃又将此言告孔明。孔明笑曰:"公瑾令吾断粮者,实欲使曹操杀吾耳。吾故以片言戏之,公瑾便容纳不下。目今用人之际,只愿吴侯与刘使君同心,则功可成;如各相谋害,大事休矣。操贼多谋,他平生惯断人粮道,今如何不以重兵提备？公瑾若去，必为所擒。今只当先决水战，挫动北军锐气，别寻妙计破之。望子敬善言以告公瑾为幸。”鲁肃遂连夜回见周瑜，备述孔明之言。瑜摇首顿足曰：“此人见识胜吾十倍，今不除之，后必为我国之祸！”肃曰：“今用人之际，望以国家为重。且待破曹之后，图之未晚。”瑜然其说。

却说玄德分付刘琦守江夏，自领众将引兵往夏口。遥望江南岸旗幡隐隐，戈戟重重，料是东吴已动兵矣，乃尽移江夏之兵，至樊口屯扎。玄德聚众曰：“孔明一去东吴，杳无音信，不知事体如何。谁人可去探听虚实回报？”糜竺曰：“竺愿往。”玄德乃备羊酒礼物，令糜竺至东吴，以犒军为名，探听虚实。竺领命，驾小舟顺流而下，径至周瑜大寨前。军士入报周瑜，瑜召入。竺再拜，致玄德相敬之意，献上酒礼。瑜受讫，设宴款待糜竺。竺曰：“孔明在此已久，今愿与同回。”瑜曰：“孔明方与我同谋破曹，岂可便去？吾亦欲见刘豫州，共议良策；奈身统大军，不可暂离。若豫州肯枉驾来临，深慰所望。”竺应诺，拜辞而回。肃问瑜曰：“公欲见玄德，有何计议？”瑜曰：“玄德世之枭雄，不可不除。吾今乘机诱至杀之，实为国家除一后患。”鲁肃再三劝谏，瑜只不听，遂传密令：“如玄德至，先埋伏刀斧手五十人于壁衣中，看吾掷杯为号，便出下手。”

却说糜竺回见玄德，具言周瑜欲请主公到彼面会，别有商议。玄德便教收拾快船一只，只今便行。云长谏曰：“周瑜多谋之士，又无孔明书信，恐其中有诈，不可轻去。”玄德曰：“我今结东吴以共破曹操，周郎欲见我，我若不往，非同盟之意。两相猜忌，事不谐矣。”云长曰：“兄长若坚意要去，弟愿同往。”张飞曰：“我也跟去。”玄德曰：“只云长随我去。翼德与子龙守寨。简雍固守鄂县。我去便回。”分付毕，即与云长乘小舟，并从者二十余人，飞棹赴江东。玄德观看江东艨艟战舰、旌旗甲兵，左右分布整齐，心中甚喜。军士飞报周瑜：“刘豫州来了。”瑜问：“带多少船只来？”军士答曰：“只有一只船，二十余从人。”瑜笑曰：“此人命合休矣！”乃命刀斧手先埋伏定，然后出寨迎接。玄德引云长等二十余人，直到中军帐，叙礼毕，瑜请玄德上坐。玄德曰：“将军名传天下，备不才，何烦将军重礼？”乃分宾主而坐。周瑜设宴相待。

且说孔明偶来江边,闻说玄德来此与都督相会,吃了一惊,急入中军帐窃看动静。只见周瑜面有杀气,两边壁衣中密排刀斧手。孔明大惊曰:“似此如之奈何?”回视玄德,谈笑自若;却见玄德背后一人,按剑而立,乃云长也。孔明喜曰:“吾主无危矣。”遂不复入,仍回身至江边等候。

周瑜与玄德饮宴,酒行数巡,瑜起身把盏,猛见云长按剑立于玄德背后,忙问何人。玄德曰:“吾弟关云长也。”瑜惊曰:“非向日斩颜良、文丑者乎?”玄德曰:“然也。”瑜大惊,汗流满背,便斟酒与云长把盏。少顷,鲁肃入。玄德曰:“孔明何在?烦子敬请来一会。”瑜曰:“且待破了曹操,与孔明相会未迟。”玄德不敢再言。云长以目视玄德,玄德会意,即起身辞瑜曰:“备暂告别。即日破敌收功之后,专当叩贺。”瑜亦不留,送出辕门。

玄德别了周瑜,与云长等来至江边,只见孔明已在舟中。玄德大喜。孔明曰:“主公知今日之危乎?”玄德愕然曰:“不知也。”孔明曰:“若无云长,主公几为周郎所害矣。”玄德方才省悟,便请孔明同回樊口。孔明曰:“亮虽居虎口,安如泰山。今主公但收拾船只军马候用。以十一月二十甲子日后为期,可令子龙驾小舟来南岸边等候。切勿有误。”玄德问其意,孔明曰:“但看东南风起,亮必还矣。”玄德再欲问时,孔明催促玄德作速开船。言讫自回。玄德与云长及从人开船,行不数里,忽见上流头放下五六十只船来。船头上一员大将,横矛而立,乃张飞也。因恐玄德有失,云长独力难支,特来接应。于是三人一同回寨,不在话下。

却说周瑜送了玄德,回至寨中,鲁肃入问曰:“公既诱玄德至此,为何又不下手?”瑜曰:“关云长,世之虎将也,与玄德行坐相随,吾若下手,他必来害我。”肃愕然。忽报曹操遣使送书至。瑜唤入。使者呈上书看时,封面上判云:“汉大丞相付周都督开拆。”瑜大怒,更不开看,将书扯碎,掷于地下,喝斩来使。肃曰:“两国相争,不斩来使。”瑜曰:“斩使以示威!”遂斩使者,将首级付从人持回。随令甘宁为先锋,韩当为左翼,蒋钦为右翼。瑜自部领诸将接应。来日四更造饭,五更开船,鸣鼓呐喊而进。

却说曹操知周瑜毁书斩使,大怒,便唤蔡瑁、张允等一班荆州降将为前部,操自为后军,催督战船,到三江口。早见东吴船只,蔽江而来。为首一员大将,坐在船头上大呼曰:"吾乃甘宁也!谁敢来与我决战?"蔡瑁令弟蔡壎前进。两船将近,甘宁拈弓搭箭,望蔡壎射来,应弦而倒。宁驱船大进,万弩齐发。曹军不能抵当。右边蒋钦,左边韩当,直冲入曹军队中。曹军大半是青、徐之兵,素不习水战,大江面上,战船一摆,早立脚不住。甘宁等三路战船,纵横水面。周瑜又催船助战。曹军中箭着炮者,不计其数。从巳时直杀到未时。周瑜虽得利,只恐寡不敌众,遂下令鸣金,收住船只。

曹军败回。操登旱寨,再整军士,唤蔡瑁、张允责之曰:"东吴兵少,反为所败,是汝等不用心耳!"蔡瑁曰:"荆州水军,久不操练;青、徐之军,又素不习水战。故尔致败。今当先立水寨,令青、徐军在中,荆州军在外,每日教习精熟,方可用之。"操曰:"汝既为水军都督,可以便宜从事,何必禀我!"于是张、蔡二人,自去训练水军。沿江一带分二十四座水门,以大船居于外为城郭,小船居于内,可通往来。至晚点上灯火,照得天心水面通红。旱寨三百余里,烟火不绝。

却说周瑜得胜回寨,犒赏三军,一面差人到吴侯处报捷。当夜瑜登高观望,只见西边火光接天。左右告曰:"此皆北军灯火之光也。"瑜亦心惊。次日,瑜欲亲往探看曹军水寨,乃命收拾楼船一只,带着鼓乐,随行健将数员,各带强弓硬弩,一齐上船迤逦前进。至操寨边,瑜命下了矴石,楼船上鼓乐齐奏。瑜暗窥他水寨,大惊曰:"此深得水军之妙也!"问:"水军都督是谁?"左右曰:"蔡瑁、张允。"瑜思曰:"二人久居江东,谙习水战,吾必设计先除此二人,然后可以破曹。"正窥看间,早有曹军飞报曹操,说:"周瑜偷看吾寨。"操命纵船擒捉。瑜见水寨中旗号动,急教收起矴石,两边四下一齐轮转橹棹,望江面上如飞而去。比及曹寨中船出时,周瑜的楼船已离了十数里远,追之不及,回报曹操。

操问众将曰:"昨日输了一阵,挫动锐气;今又被他深窥吾寨。吾当作何计破之?"言未毕,忽帐下一人出曰:"某自幼与周郎同窗交契,愿凭三寸不烂之舌,往江东说此人来降。”曹操大喜,视之,乃九江人,姓蒋,名干,字子翼,现为帐下幕宾。操问曰:“子翼与周公瑾相厚乎?”干曰:“丞相放心。干到江左,必要成功。”操问:“要将何物去?”干曰:“只消一童随往,二仆驾舟,其余不用。”操甚喜,置酒与蒋干送行。

干葛巾布袍,驾一只小舟,径到周瑜寨中,命传报:“故人蒋干相访。”周瑜正在帐中议事,闻干至,笑谓诸将曰:“说客至矣!”遂与众将附耳低言,如此如此。众皆应命而去。瑜整衣冠,引从者数百,皆锦衣花帽,前后簇拥而出。蒋干引一青衣小童,昂然而来。瑜拜迎之。干曰:“公瑾别来无恙!”瑜曰:“子翼良苦,远涉江湖,为曹氏作说客耶?”干愕然曰:“吾久别足下,特来叙旧,奈何疑我作说客也?”瑜笑曰:“吾虽不及师旷之聪,闻弦歌而知雅意。”干曰:“足下待故人如此,便请告退。”瑜笑而挽其臂曰:“吾但恐兄为曹氏作说客耳。既无此心,何速去也?”遂同入帐。

叙礼毕,坐定,即传令悉召江左英杰与子翼相见。须臾,文官武将,各穿锦衣;帐下偏裨将校,都披银铠:分两行而入。瑜都教相见毕,就列于两傍而坐。大张筵席,奏军中得胜之乐,轮换行酒。瑜告众官曰:“此吾同窗契友也。虽从江北到此,却不是曹家说客。公等勿疑。”遂解佩剑付太史慈曰:“公可佩我剑作监酒:今日宴饮,但叙朋友交情;如有提起曹操与东吴军旅之事者,即斩之!”太史慈应诺,按剑坐于席上。蒋干惊愕,不敢多言。周瑜曰:“吾自领军以来,滴酒不饮;今日见了故人,又无疑忌,当饮一醉。”说罢,大笑畅饮。座上觥筹交错。

饮至半酣,瑜携干手,同步出帐外。左右军士,皆全装惯带,持戈执戟而立。瑜曰:“吾之军士,颇雄壮否?”干曰:“真熊虎之士也。”瑜又引干到帐后一望,粮草堆如山积。瑜曰:“吾之粮草,颇足备否?”干曰:“兵精粮足,名不虚传。”瑜佯醉大笑曰:“想周瑜与子翼同学业时,不曾望有今日。”干曰:“以吾兄高才,实不为过。”瑜执干手曰:“大丈夫处世,遇知己之主,外托君臣之义,内结骨肉之恩,言必行,计必从,祸福共之。假使苏秦、张仪、陆贾、郦生复出,口似悬河,舌如利刃,安能动我心哉!"言罢大笑。蒋干面如土色。

瑜复携干入帐,会诸将再饮;因指诸将曰:"此皆江东之英杰。今日此会,可名群英会。"饮至天晚,点上灯烛,瑜自起舞剑作歌。歌曰:"丈夫处世兮立功名,立功名兮慰平生。慰平生兮吾将醉,吾将醉兮发狂吟!"歌罢,满座欢笑。

至夜深,干辞曰:"不胜酒力矣。"瑜命撤席,诸将辞出。瑜曰:"久不与子翼同榻,今宵抵足而眠。"于是佯作大醉之状,携干入帐共寝。瑜和衣卧倒,呕吐狼藉。蒋干如何睡得着?伏枕听时,军中鼓打二更,起视残灯尚明。看周瑜时,鼻息如雷。干见帐内桌上,堆着一卷文书,乃起床偷视之,却都是往来书信。内有一封,上写"蔡瑁张允谨封"。干大惊,暗读之。书略曰:"某等降曹,非图仕禄,迫于势耳。今已赚北军困于寨中,但得其便,即将操贼之首,献于麾下。早晚人到,便有关报。幸勿见疑。先此敬覆。"干思曰:"原来蔡瑁、张允结连东吴!"遂将书暗藏于衣内。再欲检看他书时,床上周瑜翻身,干急灭灯就寝。瑜口内含糊曰:"子翼,我数日之内,教你看操贼之首!"干勉强应之。瑜又曰:"子翼,且住!……教你看操贼之首!……"及干问之,瑜又睡着。干伏于床上,将近四更,只听得有人入帐唤曰:"都督醒否?"周瑜梦中做忽觉之状,故问那人曰:"床上睡着何人?"答曰:"都督请子翼同寝,何故忘却?"瑜懊悔曰:"吾平日未尝饮醉;昨日醉后失事,不知可曾说甚言语?"那人曰:"江北有人到此。"瑜喝:"低声!"便唤:"子翼。"蒋干只妆睡着。瑜潜出帐。干窃听之,只闻有人在外曰:"张、蔡二都督道:急切不得下手……"后面言语颇低,听不真实。少顷,瑜入帐,又唤:"子翼。"蒋干只是不应,蒙头假睡。瑜亦解衣就寝。

干寻思:"周瑜是个精细人,天明寻书不见,必然害我。"睡至五更,干起唤周瑜;瑜却睡着。干戴上巾帻,潜步出帐,唤了小童,径出辕门。军士问:"先生那里去?"干曰:"吾在此恐误都督事,权且告别。"军士亦不阻当。干下船,飞棹回见曹操。操曰:"子翼干事若何?"干曰:"周瑜雅量高致,非言词所能动也。"操怒曰:"事又不济,反为所笑!"干曰:"虽不能说周瑜,却与丞相打听得一件事。乞退左右。"

干取出书信，将上项事逐一说与曹操。操大怒曰："二贼如此无礼耶！"即便唤蔡瑁、张允到帐下。操曰："我欲使汝二人进兵。"瑁曰："军尚未曾练熟，不可轻进。"操怒曰："军若练熟，吾首级献于周郎矣！"蔡、张二人不知其意，惊慌不能回答。操喝武士推出斩之。须臾，献头帐下，操方省悟曰："吾中计矣！"后人有诗叹曰："曹操奸雄不可当，一时诡计中周郎。蔡张卖主求生计，谁料今朝剑下亡！"众将见杀了张、蔡二人，入问其故。操虽心知中计，却不肯认错，乃谓众将曰："二人怠慢军法，吾故斩之。"众皆嗟呀不已。

操于众将内选毛玠、于禁为水军都督，以代蔡、张二人之职。细作探知，报过江东。周瑜大喜曰："吾所患者，此二人耳。今既剿除，吾无忧矣。"肃曰："都督用兵如此，何愁曹贼不破乎！"瑜曰："吾料诸将不知此计，独有诸葛亮识见胜我，想此谋亦不能瞒也。子敬试以言挑之，看他知也不知，便当回报。"正是：还将反间成功事，去试从旁冷眼人。未知肃去问孔明还是如何，且看下文分解。

第四十六回　用奇谋孔明借箭　献密计黄盖受刑

却说鲁肃领了周瑜言语,径来舟中相探孔明。孔明接入小舟对坐。肃曰:"连日措办军务,有失听教。"孔明曰:"便是亮亦未与都督贺喜。"肃曰:"何喜?"孔明曰:"公瑾使先生来探亮知也不知,便是这件事可贺喜耳。"諕得鲁肃失色问曰:"先生何由知之?"孔明曰:"这条计只好弄蒋干。曹操虽被一时瞒过,必然便省悟,只是不肯认错耳。今蔡、张两人既死,江东无患矣,如何不贺喜!吾闻曹操换毛玠、于禁为水军都督,则这两个手里,好歹送了水军性命。"鲁肃听了,开口不得,把些言语支吾了半晌,别孔明而回。孔明嘱曰:"望子敬在公瑾面前勿言亮先知此事。恐公瑾心怀妒忌,又要寻事害亮。"

鲁肃应诺而去,回见周瑜,把上项事只得实说了。瑜大惊曰:"此人决不可留!吾决意斩之!"肃劝曰:"若杀孔明,却被曹操笑也。"瑜曰:"吾自有公道斩之,教他死而无怨。"肃曰:"何以公道斩之?"瑜曰:"子敬休问,来日便见。"次日,聚众将于帐下,教请孔明议事。孔明欣然而至。坐定,瑜问孔明曰:"即日将与曹军交战,水路交兵,当以何兵器为先?"孔明曰:"大江之上,以弓箭为先。"瑜曰:"先生之言,甚合愚意。但今军中正缺箭用,敢烦先生监造十万枝箭,以为应敌之具。此系公事,先生幸勿推却。"孔明曰:"都督见委,自当效劳。敢问十万枝箭,何时要用?"瑜曰:"十日之内,可完办否?"孔明曰:"操军即日将至,若候十日,必误大事。"瑜曰:"先生料几日可完办?"孔明曰:"只消三日,便可拜纳十万枝箭。"瑜曰:"军中无戏言。"孔明曰:"怎敢戏都督!愿纳军令状:三日不办,甘当重罚。"瑜大喜,唤军政司当面取了文书,置酒相待曰:"待军事毕后,自有酬劳。"孔明曰:"今日已不及,来日造起。至第三日,可差五百小军到江边搬箭。"饮了数杯,辞去。鲁肃曰:"此人莫非诈乎?"瑜曰:"他自送死,非我逼他。今明白对众要了文书,他便两胁生翅,也飞不去。我只分付军匠人等,教他故意迟延,凡应用物件,都不与齐备。如此,必然误了日期。那时定罪,有何理说?公今可去探他虚实,却来回报。”

肃领命来见孔明。孔明曰:“吾曾告子敬,休对公瑾说,他必要害我。不想子敬不肯为我隐讳,今日果然又弄出事来。三日内如何造得十万箭?子敬只得救我!”肃曰:“公自取其祸,我如何救得你?”孔明曰:“望子敬借我二十只船,每船要军士三十人,船上皆用青布为幔,各束草千余个,分布两边。吾别有妙用。第三日包管有十万枝箭。只不可又教公瑾得知,若彼知之,吾计败矣。”肃允诺,却不解其意。回报周瑜,果然不提起借船之事,只言:“孔明并不用箭竹、翎毛、胶漆等物,自有道理。”瑜大疑曰:“且看他三日后如何回覆我!”

却说鲁肃私自拨轻快船二十只,各船三十余人,并布幔束草等物,尽皆齐备,候孔明调用。第一日却不见孔明动静,第二日亦只不动。至第三日四更时分,孔明密请鲁肃到船中。肃问曰:“公召我来何意?”孔明曰:“特请子敬同往取箭。”肃曰:“何处去取?”孔明曰:“子敬休问,前去便见。”遂命将二十只船,用长索相连,径望北岸进发。是夜大雾漫天,长江之中,雾气更甚,对面不相见。孔明促舟前进,果然是好大雾!前人有篇《大雾垂江赋》曰:“大哉长江!西接岷、峨,南控三吴,北带九河。汇百川而入海,历万古以扬波。至若龙伯、海若,江妃、水母,长鲸千丈,天蜈九首,鬼怪异类,咸集而有。盖夫鬼神之所凭依,英雄之所战守也。时也阴阳既乱,昧爽不分。讶长空之一色,忽大雾之四屯。虽舆薪而莫睹,惟金鼓之可闻。初若溟濛,才隐南山之豹;渐而充塞,欲迷北海之鲲。然后上接高天,下垂厚地;渺乎苍茫,浩乎无际。鲸鲵出水而腾波,蛟龙潜渊而吐气。又如梅霖收溽,春阴酿寒;溟溟漠漠,浩浩漫漫。东失柴桑之岸,南无夏口之山。战船千艘,俱沉沦于岩壑;渔舟一叶,惊出没于波澜。甚则穹昊无光,朝阳失色;返白昼为昏黄,变丹山为水碧。虽大禹之智,不能测其浅深;离娄之明,焉能辨乎咫尺?于是冯夷息浪,屏翳收功;鱼鳖遁迹,鸟兽潜踪。隔断蓬莱之岛,暗围阊阖之宫。恍惚奔腾,如骤雨之将至;纷纭杂沓,若寒云之欲同。乃能中隐毒蛇,因之而为瘴疠;内藏妖魅，凭之而为祸害。降疾厄于人间，起风尘于塞外。小民遇之夭伤，大人观之感慨。盖将返元气于洪荒，混天地为大块。”

当夜五更时候，船已近曹操水寨。孔明教把船只头西尾东，一带摆开，就船上擂鼓呐喊。鲁肃惊曰：“倘曹兵齐出，如之奈何？”孔明笑曰：“吾料曹操于重雾中必不敢出。吾等只顾酌酒取乐，待雾散便回。”

却说曹寨中，听得擂鼓呐喊，毛玠、于禁二人慌忙飞报曹操。操传令曰：“重雾迷江，彼军忽至，必有埋伏，切不可轻动。可拨水军弓弩手乱箭射之。”又差人往旱寨内唤张辽、徐晃各带弓弩军三千，火速到江边助射。比及号令到来，毛玠、于禁怕南军抢入水寨，已差弓弩手在寨前放箭；少顷，旱寨内弓弩手亦到，约一万余人，尽皆向江中放箭：箭如雨发。孔明教把船吊回，头东尾西，逼近水寨受箭，一面擂鼓呐喊。待至日高雾散，孔明令收船急回。二十只船两边束草上，排满箭枝。孔明令各船上军士齐声叫曰：“谢丞相箭！”比及曹军寨内报知曹操时，这里船轻水急，已放回二十余里，追之不及。曹操懊悔不已。

却说孔明回船谓鲁肃曰：“每船上箭约五六千矣。不费江东半分之力，已得十万余箭。明日即将来射曹军，却不甚便！”肃曰：“先生真神人也！何以知今日如此大雾？”孔明曰：“为将而不通天文，不识地利，不知奇门，不晓阴阳，不看阵图，不明兵势，是庸才也。亮于三日前已算定今日有大雾，因此敢任三日之限。公瑾教我十日完办，工匠料物，都不应手，将这一件风流罪过，明白要杀我。我命系于天，公瑾焉能害我哉！”鲁肃拜服。

船到岸时，周瑜已差五百军在江边等候搬箭。孔明教于船上取之，可得十余万枝，都搬入中军帐交纳。鲁肃入见周瑜，备说孔明取箭之事。瑜大惊，慨然叹曰：“孔明神机妙算，吾不如也！”后人有诗赞曰：“一天浓雾满长江，远近难分水渺茫。骤雨飞蝗来战舰，孔明今日伏周郎。”少顷，孔明入寨见周瑜。瑜下帐迎之，称羡曰：“先生神算，使人敬服。”孔明曰：“诡谲小计，何足为奇。”

瑜邀孔明入帐共饮。瑜曰：“昨吾主遣使来催督进军，瑜未有奇计,愿先生教我。”孔明曰:“亮乃碌碌庸才,安有妙计?”瑜曰:“某昨观曹操水寨,极是严整有法,非等闲可攻。思得一计,不知可否。先生幸为我一决之。”孔明曰:“都督且休言。各自写于手内,看同也不同。”瑜大喜,教取笔砚来,先自暗写了,却送与孔明;孔明亦暗写了。两个移近坐榻,各出掌中之字,互相观看,皆大笑。原来周瑜掌中字,乃一“火”字;孔明掌中,亦一“火”字。瑜曰:“既我两人所见相同,更无疑矣。幸勿漏泄。”孔明曰:“两家公事,岂有漏泄之理。吾料曹操虽两番经我这条计,然必不为备。今都督尽行之可也。”饮罢分散,诸将皆不知其事。

却说曹操平白折了十五六万箭,心中气闷。荀攸进计曰:“江东有周瑜、诸葛亮二人用计,急切难破。可差人去东吴诈降,为奸细内应,以通消息,方可图也。”操曰:“此言正合吾意。汝料军中谁可行此计?”攸曰:“蔡瑁被诛,蔡氏宗族,皆在军中。瑁之族弟蔡中、蔡和现为副将。丞相可以恩结之,差往诈降东吴,必不见疑。”操从之,当夜密唤二人入帐嘱付曰:“汝二人可引些少军士,去东吴诈降。但有动静,使人密报。事成之后,重加封赏。休怀二心!”二人曰:“吾等妻子俱在荆州,安敢怀二心,丞相勿疑。某二人必取周瑜、诸葛亮之首,献于麾下。”操厚赏之。次日,二人带五百军士,驾船数只,顺风望着南岸来。

且说周瑜正理会进兵之事,忽报江北有船来到江口,称是蔡瑁之弟蔡和、蔡中,特来投降。瑜唤入。二人哭拜曰:“吾兄无罪,被操贼所杀。吾二人欲报兄仇,特来投降。望赐收录,愿为前部。”瑜大喜,重赏二人,即命与甘宁引军为前部。二人拜谢,以为中计。瑜密唤甘宁分付曰:“此二人不带家小,非真投降,乃曹操使来为奸细者。吾今欲将计就计,教他通报消息。汝可殷勤相待,就里提防。至出兵之日,先要杀他两个祭旗。汝切须小心,不可有误。”甘宁领命而去。

鲁肃入见周瑜曰:“蔡中、蔡和之降,多应是诈,不可收用。”瑜叱曰:“彼因曹操杀其兄,欲报仇而来降,何诈之有!你若如此多疑,安能容天下之士乎!”肃默然而退,乃往告孔明。孔明笑而不言。肃曰:“孔明何故哂笑?”孔明曰:“吾笑子敬不识公瑾用计耳。大江隔远,细作极难往来。操使蔡中、蔡和诈降,刺探我军中事,公瑾将计就计,正要他通报消息。兵不厌诈,公瑾之谋是也。”肃方才省悟。

却说周瑜夜坐帐中,忽见黄盖潜入中军来见周瑜。瑜问曰:“公覆夜至,必有良谋见教?”盖曰:“彼众我寡,不宜久持,何不用火攻之?”瑜曰:“谁教公献此计?”盖曰:“某出自己意,非他人之所教也。”瑜曰:“吾正欲如此,故留蔡中、蔡和诈降之人,以通消息;但恨无一人为我行诈降计耳。”盖曰:“某愿行此计。”瑜曰:“不受些苦,彼如何肯信?”盖曰:“某受孙氏厚恩,虽肝脑涂地,亦无怨悔。”瑜拜而谢之曰:“君若肯行此苦肉计,则江东之万幸也。”盖曰:“某死亦无怨。”遂谢而出。

次日,周瑜鸣鼓大会诸将于帐下。孔明亦在座。周瑜曰:“操引百万之众,连络三百余里,非一日可破。今令诸将各领三个月粮草,准备御敌。”言未讫,黄盖进曰:“莫说三个月,便支三十个月粮草,也不济事！若是这个月破的,便破;若是这个月破不的,只可依张子布之言,弃甲倒戈,北面而降之耳!”周瑜勃然变色,大怒曰:“吾奉主公之命,督兵破曹,敢有再言降者必斩。今两军相敌之际,汝敢出此言,慢我军心,不斩汝首,难以服众!”喝左右将黄盖斩讫报来。黄盖亦怒曰:“吾自随破虏将军,纵横东南,已历三世,那有你来?”瑜大怒,喝令速斩。甘宁进前告曰:“公覆乃东吴旧臣,望宽恕之。”瑜喝曰:“汝何敢多言,乱吾法度!”先叱左右将甘宁乱棒打出。众官皆跪告曰:“黄盖罪固当诛,但于军不利。望都督宽恕,权且记罪。破曹之后,斩亦未迟。”瑜怒未息。众官苦苦告求。瑜曰:“若不看众官面皮,决须斩首！今且免死!”命左右:“拖翻打一百脊杖,以正其罪!”众官又告免。瑜推翻案桌,叱退众官,喝教行杖。将黄盖剥了衣服,拖翻在地,打了五十脊杖。众官又复苦苦求免。瑜跃起指盖曰:“汝敢小觑我耶！且寄下五十棍！再有怠慢,二罪俱罚!”恨声不绝而入帐中。

众官扶起黄盖,打得皮开肉绽,鲜血迸流,扶归本寨,昏绝几次。动问之人,无不下泪。鲁肃也往看问了,来至孔明船中,谓孔明曰:“今日公瑾怒责公覆,我等皆是他部下,不敢犯颜苦谏;先生是客,何故袖手旁观,不发一语?”孔明笑曰:“子敬欺我。”肃曰:“肃与先生渡江以来,未尝一事相欺。今何出此言?”孔明曰:“子敬岂不知公瑾今日毒打黄公覆,乃其计耶? 如何要我劝他?”肃方悟。孔明曰:“不用苦肉计,何能瞒过曹操? 今必令黄公覆去诈降,却教蔡中、蔡和报知其事矣。子敬见公瑾时,切勿言亮先知其事,只说亮也埋怨都督便了。”

肃辞去,入帐见周瑜。瑜邀入帐后,肃曰:“今日何故痛责黄公覆?”瑜曰:“诸将怨否?”肃曰:“多有心中不安者。”瑜曰:“孔明之意若何?”肃曰:“他也埋怨都督忒情薄。”瑜笑曰:“今番须瞒过他也。”肃曰:“何谓也?”瑜曰:“今日痛打黄盖,乃计也。吾欲令他诈降,先须用苦肉计瞒过曹操,就中用火攻之,可以取胜。”肃乃暗思孔明之高见,却不敢明言。

且说黄盖卧于帐中,诸将皆来动问。盖不言语,但长吁而已。忽报参谋阚泽来问。盖令请入卧内,叱退左右。阚泽曰:“将军莫非与都督有仇?”盖曰:“非也。”泽曰:“然则公之受责,莫非苦肉计乎?”盖曰:“何以知之?”泽曰:“某观公瑾举动,已料着八九分。”盖曰:“某受吴侯三世厚恩,无以为报,故献此计,以破曹操。吾虽受苦,亦无所恨。吾遍观军中,无一人可为心腹者。惟公素有忠义之心,敢以心腹相告。”泽曰:“公之告我,无非要我献诈降书耳。”盖曰:“实有此意。未知肯否?”阚泽欣然领诺。正是:勇将轻身思报主,谋臣为国有同心。未知阚泽所言若何,且看下文分解。

第四十七回　阚泽密献诈降书　庞统巧授连环计

却说阚泽字德润,会稽山阴人也;家贫好学,与人佣工,尝借人书来看,看过一遍,更不遗忘;口才辨给,少有胆气。孙权召为参谋,与黄盖最相善。盖知其能言有胆,故欲使献诈降书。泽欣然应诺曰:"大丈夫处世,不能立功建立,不几与草木同腐乎!公既捐躯报主,泽又何惜微生!"黄盖滚下床来,拜而谢之。泽曰:"事不可缓,即今便行。"盖曰:"书已修下了。"泽领了书,只就当夜扮作渔翁,驾小舟,望北岸而行。

是夜寒星满天。三更时候,早到曹军水寨。巡江军士拿住,连夜报知曹操。操曰:"莫非是奸细么?"军士曰:"只一渔翁,自称是东吴参谋阚泽,有机密事来见。"操便教引将入来。军士引阚泽至,只见帐上灯烛辉煌,曹操凭几危坐,问曰:"汝既是东吴参谋,来此何干?"泽曰:"人言曹丞相求贤若渴,今观此问,甚不相合。黄公覆,汝又错寻思了也!"操曰:"吾与东吴旦夕交兵,汝私行到此,如何不问?"泽曰:"黄公覆乃东吴三世旧臣,今被周瑜于众将之前,无端毒打,不胜忿恨。因欲投降丞相,为报仇之计,特谋之于我。我与公覆,情同骨肉,径来为献密书。未知丞相肯容纳否?"操曰:"书在何处?"阚泽取书呈上。

操拆书,就灯下观看。书略曰:"盖受孙氏厚恩,本不当怀二心。然以今日事势论之:用江东六郡之卒,当中国百万之师,众寡不敌,海内所共见也。东吴将吏,无有智愚,皆知其不可。周瑜小子,偏怀浅戆,自负其能,辄欲以卵敌石;兼之擅作威福,无罪受刑,有功不赏。盖系旧臣,无端为所摧辱,心实恨之!伏闻丞相诚心待物,虚怀纳士,盖愿率众归降,以图建功雪耻。粮草军仗,随船献纳。泣血拜白,万勿见疑。"

曹操于几案上翻覆将书看了十余次,忽然拍案张目大怒曰:"黄盖用苦肉计，令汝下诈降书，就中取事，却敢来戏侮我耶!”便教左右推出斩之。左右将阚泽簇下。泽面不改容，仰天大笑。操教牵回，叱曰:“吾已识破奸计，汝何故哂笑?”泽曰:“吾不笑你。吾笑黄公覆不识人耳。”操曰:“何不识人?”泽曰:“杀便杀，何必多问!”操曰:“吾自幼熟读兵书，深知奸伪之道。汝这条计，只好瞒别人，如何瞒得我!”泽曰:“你且说书中那件事是奸计?”操曰:“我说出你那破绽，教你死而无怨:你既是真心献书投降，如何不明约几时?你今有何理说?”阚泽听罢，大笑曰:“亏汝不惶恐，敢自夸熟读兵书!还不及早收兵回去!倘若交战，必被周瑜擒矣!无学之辈!可惜吾屈死汝手!”操曰:“何谓我无学?”泽曰:“汝不识机谋，不明道理，岂非无学?”操曰:“你且说我那几般不是处?”泽曰:“汝无待贤之礼，吾何必言!但有死而已。”操曰:“汝若说得有理，我自然敬服。”泽曰:“岂不闻背主作窃，不可定期?倘今约定日期，急切下不得手，这里反来接应，事必泄漏。但可觑便而行，岂可预期相订乎?汝不明此理，欲屈杀好人，真无学之辈也!”操闻言，改容下席而谢曰:“某见事不明，误犯尊威，幸勿挂怀。”泽曰:“吾与黄公覆，倾心投降，如婴儿之望父母，岂有诈乎!”操大喜曰:“若二人能建大功，他日受爵，必在诸人之上。”泽曰:“某等非为爵禄而来，实应天顺人耳。”操取酒待之。

少顷，有人入帐，于操耳边私语。操曰:“将书来看。”其人以密书呈上。操观之，颜色颇喜。阚泽暗思:“此必蔡中、蔡和来报黄盖受刑消息，操故喜我投降之事为真实也。”操曰:“烦先生再回江东，与黄公覆约定，先通消息过江，吾以兵接应。”泽曰:“某已离江东，不可复还。望丞相别遣机密人去。”操曰:“若他人去，事恐泄漏。”泽再三推辞;良久，乃曰:“若去则不敢久停，便当行矣。”操赐以金帛，泽不受。辞别出营，再驾扁舟，重回江东，来见黄盖，细说前事。盖曰:“非公能辩，则盖徒受苦矣。”泽曰:“吾今去甘宁寨中，探蔡中、蔡和消息。”盖曰:“甚善。”泽至宁寨，宁接入，泽曰:“将军昨为救黄公覆，被周公瑾所辱，吾甚不平。”宁笑而不答。正话间，蔡和、蔡中至。泽以目送甘宁，宁会意，乃曰:“周公瑾只自恃其能，全不以我等为念。我今被辱，羞见江左诸人!”说罢，咬牙切齿，拍案大叫。泽乃虚与宁耳边低语。宁低头不言,长叹数声。蔡和、蔡中见宁、泽皆有反意,以言挑之曰:“将军何故烦恼?先生有何不平?”泽曰:“吾等腹中之苦,汝岂知耶!”蔡和曰:“莫非欲背吴投曹耶?”阚泽失色,甘宁拔剑而起曰:“吾事已为窥破,不可不杀之以灭口!”蔡和、蔡中慌曰:“二公勿忧。吾亦当以心腹之事相告。”宁曰:“可速言之!”蔡和曰:“吾二人乃曹公使来诈降者。二公若有归顺之心,吾当引进。”宁曰:“汝言果真?”二人齐声曰:“安敢相欺!”宁佯喜曰:“若如此,是天赐其便也!”二蔡曰:“黄公覆与将军被辱之事,吾已报知丞相矣。”泽曰:“吾已为黄公覆献书丞相,今特来见兴霸,相约同降耳。”宁曰:“大丈夫既遇明主,自当倾心相投。”于是四人共饮,同论心事。二蔡即时写书,密报曹操,说“甘宁与某同为内应”。阚泽另自修书,遣人密报曹操,书中具言:黄盖欲来,未得其便;但看船头插青牙旗而来者,即是也。

却说曹操连得二书,心中疑惑不定,聚众谋士商议曰:“江左甘宁,被周瑜所辱,愿为内应;黄盖受责,令阚泽来纳降:俱未可深信。谁敢直入周瑜寨中,探听实信?”蒋干进曰:“某前日空往东吴,未得成功,深怀惭愧。今愿舍身再往,务得实信,回报丞相。”操大喜,即时令蒋干上船。干驾小舟,径到江南水寨边,便使人传报。周瑜听得干又到,大喜曰:“吾之成功,只在此人身上!”遂嘱付鲁肃:“请庞士元来,为我如此如此。”

原来襄阳庞统,字士元,因避乱寓居江东,鲁肃曾荐之于周瑜。统未及往见,瑜先使肃问计于统曰:“破曹当用何策?”统密谓肃曰:“欲破曹兵,须用火攻;但大江面上,一船着火,余船四散;除非献连环计,教他钉作一处,然后功可成也。”肃以告瑜,瑜深服其论,因谓肃曰:“为我行此计者,非庞士元不可。”肃曰:“只怕曹操奸猾,如何去得?”周瑜沉吟未决。正寻思没个机会,忽报蒋干又来。瑜大喜,一面分付庞统用计;一面坐于帐上,使人请干。

干见不来接,心中疑虑,教把船于僻静岸口缆系,乃入寨见周瑜。瑜作色曰:“子翼何故欺吾太甚?”蒋干笑曰:“吾想与你乃旧日弟兄,特来吐心腹事,何言相欺也?”瑜曰:“汝要说我降,除非海枯石烂!前番吾念旧日交情,请你痛饮一醉,留你共榻;你却盗吾私书,不辞而去,归报曹操,杀了蔡瑁、张允,致使吾事不成。今日无故又来,必不怀好意!吾不看旧日之情,一刀两段!本待送你过去,争奈吾一二日间,便要破曹贼;待留你在军中,又必有泄漏。”便教左右:“送子翼往西山庵中歇息。待吾破了曹操,那时渡你过江未迟。”蒋干再欲开言,周瑜已入帐后去了。

左右取马与蒋干乘坐,送到西山背后小庵歇息,拨两个军人伏侍。干在庵内,心中忧闷,寝食不安。是夜星露满天,独步出庵后,只听得读书之声。信步寻去,见山岩畔有草屋数椽,内射灯光。干往窥之,只见一人挂剑灯前,诵孙、吴兵书。干思:“此必异人也。”叩户请见。其人开门出迎,仪表非俗。干问姓名,答曰:“姓庞,名统,字士元。”干曰:“莫非凤雏先生否?”统曰:“然也。”干喜曰:“久闻大名,今何僻居此地?”答曰:“周瑜自恃才高,不能容物,吾故隐居于此。公乃何人?”干曰:“吾蒋干也。”统乃邀入草庵,共坐谈心。干曰:“以公之才,何往不利?如肯归曹,干当引进。”统曰:“吾亦欲离江东久矣。公既有引进之心,即今便当一行。如迟则周瑜闻之,必将见害。”于是与干连夜下山,至江边寻着原来船只,飞棹投江北。

既至操寨,干先入见,备述前事。操闻凤雏先生来,亲自出帐迎入,分宾主坐定,问曰:“周瑜年幼,恃才欺众,不用良谋。操久闻先生大名,今得惠顾,乞不吝教诲。”统曰:“某素闻丞相用兵有法,今愿一睹军容。”操教备马,先邀统同观旱寨。统与操并马登高而望。统曰:“傍山依林,前后顾盼,出入有门,进退曲折,虽孙、吴再生,穰苴复出,亦不过此矣。”操曰:“先生勿得过誉,尚望指教。”于是又与同观水寨。见向南分二十四座门,皆有艨艟战舰,列为城郭,中藏小船,往来有巷,起伏有序,统笑曰:“丞相用兵如此,名不虚传!”因指江南而言曰:“周郎,周郎!克期必亡!”操大喜。回寨,请入帐中,置酒共饮,同说兵机。统高谈雄辩,应答如流。操深敬服,殷勤相待。统佯醉曰:“敢问军中有良医否?”操问何用。统曰:“水军多疾,须用良医治之。”时操军因不服水土,俱生呕吐之疾,多有死者,操正虑此事;忽闻统言,如何不问?统曰:“丞相教练水军之法甚妙,但可惜不全。”操再三请问。统曰:“某有一策,使大小水军,并无疾病,安稳成功。”操大喜,请问妙策。统曰:“大江之中,潮生潮落,风流不息;北兵不惯乘舟,受此颠簸,便生疾病。若以大船小船各皆配搭,或三十为一排,或五十为一排,首尾用铁环连锁,上铺阔板,休言人可渡,马亦可走矣,乘此而行,任他风浪潮水上下,复何惧哉?”曹操下席而谢曰:“非先生良谋,安能破东吴耶!”统曰:“愚浅之见,丞相自裁之。”操即时传令,唤军中铁匠,连夜打造连环大钉,锁住船只。诸军闻之,俱各喜悦。后人有诗曰:“赤壁鏖兵用火攻,运筹决策尽皆同。若非庞统连环计,公瑾安能立大功?”

庞统又谓操曰:“某观江左豪杰,多有怨周瑜者;某凭三寸舌,为丞相说之,使皆来降。周瑜孤立无援,必为丞相所擒。瑜既破,则刘备无所用矣。”操曰:“先生果能成大功,操请奏闻天子,封为三公之列。”统曰:“某非为富贵,但欲救万民耳。丞相渡江,慎勿杀害。”操曰:“吾替天行道,安忍杀戮人民!”统拜求榜文,以安宗族。操曰:“先生家属,现居何处?”统曰:“只在江边。若得此榜,可保全矣。”操命写榜佥押付统。统拜谢曰:“别后可速进兵,休待周郎知觉。”操然之。

统拜别,至江边,正欲下船,忽见岸上一人,道袍竹冠,一把扯住统曰:“你好大胆!黄盖用苦肉计,阚泽下诈降书,你又来献连环计:只恐烧不尽绝!你们把出这等毒手来,只好瞒曹操,也须瞒我不得!”諕得庞统魂飞魄散。正是:莫道东南能制胜,谁云西北独无人?毕竟此人是谁,且看下文分解。

第四十八回 宴长江曹操赋诗 锁战船北军用武

却说庞统闻言,吃了一惊,急回视其人,原来却是徐庶。统见是故人,心下方定。回顾左右无人,乃曰:“你若说破我计,可惜江南八十一州百姓,皆是你送了也!”庶笑曰:“此间八十三万人马,性命如何?”统曰:“元直真欲破我计耶?”庶曰:“吾感刘皇叔厚恩,未尝忘报。曹操送死吾母,吾已说过终身不设一谋,今安肯破兄良策?只是我亦随军在此,兵败之后,玉石不分,岂能免难?君当教我脱身之术,我即缄口远避矣。”统笑曰:“元直如此高见远识,谅此有何难哉!”庶曰:“愿先生赐教。”统去徐庶耳边略说数句。庶大喜,拜谢。庞统别却徐庶,下船自回江东。

且说徐庶当晚密使近人去各寨中暗布谣言。次日,寨中三三五五,交头接耳而说。早有探事人报知曹操,说:“军中传言西凉州韩遂、马腾谋反,杀奔许都来。”操大惊,急聚众谋士商议曰:“吾引兵南征,心中所忧者,韩遂、马腾耳。军中谣言,虽未辨虚实,然不可不防。”言未毕,徐庶进曰:“庶蒙丞相收录,恨无寸功报效。请得三千人马,星夜往散关把住隘口;如有紧急,再行告报。”操喜曰:“若得元直去,吾无忧矣!散关之上,亦有军兵,公统领之。目下拨三千马步军,命臧霸为先锋,星夜前去,不可稽迟。”徐庶辞了曹操,与臧霸便行。此便是庞统救徐庶之计。后人有诗曰:“曹操征南日日忧,马腾韩遂起戈矛。凤雏一语教徐庶,正似游鱼脱钓钩。”

曹操自遣徐庶去后,心中稍安,遂上马先看沿江旱寨,次看水寨。乘大船一只于中央,上建帅字旗号,两傍皆列水寨,船上埋伏弓弩千张。操居于上。时建安十三年冬十一月十五日,天气晴明,平风静浪。操令:“置酒设乐于大船之上,吾今夕欲会诸将。”天色向晚,东山月上,皎皎如同白日。长江一带,如横素练。操坐大船之上,左右侍御者数百人,皆锦衣绣袄,荷戈执戟。文武众官,各依次而坐。操见南屏山色如画，东视柴桑之境，西观夏口之江，南望樊山，北觑乌林，四顾空阔，心中欢喜，谓众官曰："吾自起义兵以来，与国家除凶去害，誓愿扫清四海，削平天下；所未得者江南也。今吾有百万雄师，更赖诸公用命，何患不成功耶！收服江南之后，天下无事，与诸公共享富贵，以乐太平。"文武皆起谢曰："愿得早奏凯歌！我等终身皆赖丞相福荫。"操大喜，命左右行酒。饮至半夜，操酒酣，遥指南岸曰："周瑜、鲁肃，不识天时！今幸有投降之人，为彼心腹之患，此天助吾也。"荀攸曰："丞相勿言，恐有泄漏。"操大笑曰："座上诸公，与近侍左右，皆吾心腹之人也，言之何碍！"又指夏口曰："刘备、诸葛亮，汝不料蝼蚁之力，欲撼泰山，何其愚耶！"顾谓诸将曰："吾今年五十四岁矣，如得江南，窃有所喜。昔日乔公与吾至契，吾知其二女皆有国色。后不料为孙策、周瑜所娶。吾今新构铜雀台于漳水之上，如得江南，当娶二乔，置之台上，以娱暮年，吾愿足矣！"言罢大笑。唐人杜牧之有诗曰："折戟沉沙铁未消，自将磨洗认前朝。东风不与周郎便，铜雀春深锁二乔。"

曹操正笑谈间，忽闻鸦声望南飞鸣而去。操问曰："此鸦缘何夜鸣？"左右答曰："鸦见月明，疑是天晓，故离树而鸣也。"操又大笑。时操已醉，乃取槊立于船头上，以酒奠于江中，满饮三爵，横槊谓诸将曰："我持此槊，破黄巾、擒吕布、灭袁术、收袁绍，深入塞北，直抵辽东，纵横天下：颇不负大丈夫之志也。今对此景，甚有慷慨。吾当作歌，汝等和之。"歌曰："对酒当歌，人生几何；譬如朝露，去日苦多。慨当以慷，忧思难忘；何以解忧，惟有杜康。青青子衿，悠悠我心；但为君故，沉吟至今。呦呦鹿鸣，食野之苹；我有嘉宾，鼓瑟吹笙。皎皎如月，何时可辍？忧从中来，不可断绝！越陌度阡，枉用相存；契阔谈宴，心念旧恩。月明星稀，乌鹊南飞；绕树三匝，无枝可依。山不厌高，水不厌深。周公吐哺，天下归心。"

歌罢，众和之，共皆欢笑。忽座间一人进曰："大军相当之际，将士用命之时，丞相何故出此不吉之言？"操视之，乃扬州刺史，沛国相人，姓刘，名馥，字元颖。馥起自合淝，创立州治，聚逃散之民，立学校，广屯田，兴治教，久事曹操，多立功绩。当下操横槊问曰："吾言有何不吉?”馥曰:“月明星稀,乌鹊南飞;绕树三匝,无枝可依。此不吉之言也。”操大怒曰:“汝安敢败吾兴!”手起一槊,刺死刘馥。众皆惊骇。遂罢宴。次日,操酒醒,懊恨不已。馥子刘熙,告请父尸归葬。操泣曰:“吾昨因醉误伤汝父,悔之无及。可以三公厚礼葬之。”又拨军士护送灵柩,即日回葬。

次日,水军都督毛玠、于禁诣帐下,请曰:“大小船只,俱已配搭连锁停当。旌旗战具,一一齐备。请丞相调遣,克日进兵。”操至水军中央大战船上坐定,唤集诸将,各各听令。水旱二军,俱分五色旗号:水军中央黄旗毛玠、于禁,前军红旗张郃,后军皂旗吕虔,左军青旗文聘,右军白旗吕通;马步前军红旗徐晃,后军皂旗李典,左军青旗乐进,右军白旗夏侯渊。水陆路都接应使:夏侯惇、曹洪;护卫往来监战使:许褚、张辽。其余骁将,各依队伍。令毕,水军寨中发擂三通,各队伍战船,分门而出。是日西北风骤起,各船拽起风帆,冲波激浪,稳如平地。北军在船上,踊跃施勇,刺枪使刀。前后左右各军,旗幡不杂。又有小船五十余只,往来巡警催督。操立于将台之上,观看调练,心中大喜,以为必胜之法;教且收住帆幔,各依次序回寨。

操升帐谓众谋士曰:“若非天命助吾,安得凤雏妙计?铁索连舟,果然渡江如履平地。”程昱曰:“船皆连锁,固是平稳;但彼若用火攻,难以回避。不可不防。”操大笑曰:“程仲德虽有远虑,却还有见不到处。”荀攸曰:“仲德之言甚是。丞相何故笑之?”操曰:“凡用火攻,必藉风力。方今隆冬之际,但有西风北风,安有东风南风耶?吾居于西北之上,彼兵皆在南岸,彼若用火,是烧自己之兵也,吾何惧哉?若是十月小春之时,吾早已提备矣。”诸将皆拜伏曰:“丞相高见,众人不及。”操顾诸将曰:“青、徐、燕、代之众,不惯乘舟。今非此计,安能涉大江之险!”

只见班部中二将挺身出曰:“小将虽幽、燕之人,也能乘舟。今愿借巡船二十只,直至江口,夺旗鼓而还,以显北军亦能乘舟也。”操视之,乃袁绍手下旧将焦触、张南也。操曰:“汝等皆生长北方,恐乘舟不便。江南之兵,往来水上,习练精熟,汝勿轻以性命为儿戏也。”焦触、张南大叫曰:“如其不胜,甘受军法!”操曰:“战船尽已连锁,惟有小舟。每舟可容二十人，只恐未便接战。”触曰：“若用大船，何足为奇？乞付小舟二十余只，某与张南各引一半，只今日直抵江南水寨，须要夺旗斩将而还。”操曰：“吾与汝二十只船，差拨精锐军五百人，皆长枪硬弩。到来日天明，将大寨船出到江面上，远为之势。更差文聘亦领三十只巡船接应汝回。”焦触、张南欣喜而退。

次日，四更造饭，五更结束已定，早听得水寨中擂鼓鸣金。船皆出寨，分布水面，长江一带，青红旗号交杂。焦触、张南领哨船二十只，穿寨而出，望江南进发。却说南岸隔夜听得鼓声喧震，遥望曹操调练水军，探事人报知周瑜。瑜往山顶观之，操军已收回。次日，忽又闻鼓声震天，军士急登高观望，见有小船冲波而来，飞报中军。周瑜问帐下：“谁敢先出？”韩当、周泰二人齐出曰：“某当权为先锋破敌。”瑜喜，传令各寨严加守御，不可轻动。韩当、周泰各引哨船五只，分左右而出。

却说焦触、张南凭一勇之气，飞棹小船而来。韩当独披掩心，手执长枪，立于船头。焦触船先到，便命军士乱箭望韩当船上射来。当用牌遮隔。焦触捻长枪与韩当交锋。当手起一枪，刺死焦触。张南随后大叫赶来。隔斜里周泰船出。张南挺枪立于船头，两边弓矢乱射。周泰一臂挽牌，一手提刀，两船相离七八尺，泰即飞身一跃，直跃过张南船上，手起刀落，砍张南于水中，乱杀驾舟军士。众船飞棹急回。韩当、周泰催船追赶，到半江中，恰与文聘船相迎。两边便摆定船厮杀。

却说周瑜引众将立于山顶，遥望江北水面艨艟战船，排合江上，旗帜号带，皆有次序。回看文聘与韩当、周泰相持，韩当、周泰奋力攻击，文聘抵敌不住，回船而走，韩、周二人，急催船追赶。周瑜恐二人深入重地，便将白旗招飐，令众鸣金。二人乃挥棹而回。周瑜于山顶看隔江战船，尽入水寨。瑜顾谓众将曰：“江北战船如芦苇之密，操又多谋，当用何计以破之？”众未及对，忽见曹军寨中，被风吹折中央黄旗，飘入江中。瑜大笑曰：“此不祥之兆也！”正观之际，忽狂风大作，江中波涛拍岸。一阵风过，刮起旗角于周瑜脸上拂过。瑜猛然想起一事在心，大叫一声，往后便倒，口吐鲜血。诸将急救起时，却早不省人事。正是：一时忽笑又忽叫，难使南军破北军。毕竟周瑜性命如何，且看下文分解。

第四十九回 七星坛诸葛祭风 三江口周瑜纵火

却说周瑜立于山顶,观望良久,忽然望后而倒,口吐鲜血,不省人事。左右救回帐中。诸将皆来动问,尽皆愕然相顾曰:"江北百万之众,虎踞鲸吞。不争都督如此,倘曹兵一至,如之奈何?"慌忙差人申报吴侯,一面求医调治。

却说鲁肃见周瑜卧病,心中忧闷,来见孔明,言周瑜卒病之事。孔明曰:"公以为何如?"肃曰:"此乃曹操之福,江东之祸也。"孔明笑曰:"公瑾之病,亮亦能医。"肃曰:"诚如此,则国家万幸!"即请孔明同去看病。肃先入见周瑜。瑜以被蒙头而卧。肃曰:"都督病势若何?"周瑜曰:"心腹搅痛,时复昏迷。"肃曰:"曾服何药饵?"瑜曰:"心中呕逆,药不能下。"肃曰:"适来去望孔明,言能医都督之病。现在帐外,烦来医治,何如?"瑜命请入,教左右扶起,坐于床上。孔明曰:"连日不晤君颜,何期贵体不安!"瑜曰:"人有旦夕祸福,岂能自保?"孔明笑曰:"天有不测风云,人又岂能料乎?"瑜闻失色,乃作呻吟之声。孔明曰:"都督心中似觉烦积否?"瑜曰:"然。"孔明曰:"必须用凉药以解之。"瑜曰:"已服凉药,全然无效。"孔明曰:"须先理其气;气若顺,则呼吸之间,自然痊可。"瑜料孔明必知其意,乃以言挑之曰:"欲得顺气,当服何药?"孔明笑曰:"亮有一方,便教都督气顺。"瑜曰:"愿先生赐教。"孔明索纸笔,屏退左右,密书十六字曰:"欲破曹公,宜用火攻;万事俱备,只欠东风。"写毕,递与周瑜曰:"此都督病源也。"瑜见了大惊,暗思:"孔明真神人也!早已知我心事!只索以实情告之。"乃笑曰:"先生已知我病源,将用何药治之?事在危急,望即赐教。"孔明曰:"亮虽不才,曾遇异人,传授奇门遁甲天书,可以呼风唤雨。都督若要东南风时,可于南屏山建一台,名曰七星坛:高九尺,作三层,用一百二十人,手执旗幡围绕。亮于台上作法,借三日三夜东南大风,助都督用兵,何如?"瑜曰:"休道三日三夜，只一夜大风，大事可成矣。只是事在目前，不可迟缓。”孔明曰：“十一月二十日甲子祭风，至二十二日丙寅风息，如何？”瑜闻言大喜，矍然而起。便传令差五百精壮军士，往南屏山筑坛；拨一百二十人，执旗守坛，听候使令。

孔明辞别出帐，与鲁肃上马，来南屏山相度地势，令军士取东南方赤土筑坛。方圆二十四丈，每一层高三尺，共是九尺。下一层插二十八宿旗：东方七面青旗，按角、亢、氐、房、心、尾、箕，布苍龙之形；北方七面皂旗，按斗、牛、女、虚、危、室、壁，作玄武之势；西方七面白旗，按奎、娄、胃、昴、毕、觜、参，踞白虎之威；南方七面红旗，按井、鬼、柳、星、张、翼、轸，成朱雀之状。第二层周围黄旗六十四面，按六十四卦，分八位而立。上一层用四人，各人戴束发冠，穿皂罗袍，凤衣博带，朱履方裾。前左立一人，手执长竿，竿尖上用鸡羽为葆，以招风信；前右立一人，手执长竿，竿上系七星号带，以表风色；后左立一人，捧宝剑；后右立一人，捧香炉。坛下二十四人，各持旌旗、宝盖、大戟、长戈、黄钺、白旄、朱幡、皂纛，环绕四面。

孔明于十一月二十日甲子吉辰，沐浴斋戒，身披道衣，跣足散发，来到坛前。分付鲁肃曰：“子敬自往军中相助公瑾调兵。倘亮所祈无应，不可有怪。”鲁肃别去。孔明嘱付守坛将士：“不许擅离方位。不许交头接耳。不许失口乱言。不许失惊打怪。如违令者斩！”众皆领命。孔明缓步登坛，观瞻方位已定，焚香于炉，注水于盂，仰天暗祝。下坛入帐中少歇，令军士更替吃饭。孔明一日上坛三次，下坛三次。却并不见有东南风。

且说周瑜请程普、鲁肃一班军官，在帐中伺候，只等东南风起，便调兵出；一面关报孙权接应。黄盖已自准备火船二十只，船头密布大钉；船内装载芦苇干柴，灌以鱼油，上铺硫黄、焰硝引火之物，各用青布油单遮盖；船头上插青龙牙旗，船尾各系走舸：在帐下听候，只等周瑜号令。甘宁、阚泽窝盘蔡和、蔡中在水寨中，每日饮酒，不放一卒登岸；周围尽是东吴军马，把得水泄不通：只等帐上号令下来。周瑜正在帐中坐议，探子来报：“吴侯船只离寨八十五里停泊，只等都督好音。”瑜即差鲁肃遍告各部下官兵将士：“俱各收拾船只、军器、帆橹等物。号令一出,时刻休违。倘有违误,即按军法。”众兵将得令,一个个磨拳擦掌,准备厮杀。

是日,看看近夜,天色清明,微风不动。瑜谓鲁肃曰:“孔明之言谬矣。隆冬之时,怎得东南风乎?”肃曰:“吾料孔明必不谬谈。”将近三更时分,忽听风声响,旗幡转动。瑜出帐看时,旗脚竟飘西北。霎时间东南风大起,瑜骇然曰:“此人有夺天地造化之法、鬼神不测之术!若留此人,乃东吴祸根也。及早杀却,免生他日之忧。”急唤帐前护军校尉丁奉、徐盛二将:“各带一百人。徐盛从江内去,丁奉从旱路去,都到南屏山七星坛前,休问长短,拿住诸葛亮便行斩首,将首级来请功。”二将领命。徐盛下船,一百刀斧手荡开棹桨;丁奉上马,一百弓弩手各跨征驹:往南屏山来。于路正迎着东南风起。后人有诗曰:“七星坛上卧龙登,一夜东风江水腾。不是孔明施妙计,周郎安得逞才能?”

丁奉马军先到,见坛上执旗将士,当风而立。丁奉下马提剑上坛,不见孔明,慌问守坛将士。答曰:“恰才下坛去了。”丁奉忙下坛寻时,徐盛船已到,二人聚于江边。小卒报曰:“昨晚一只快船停在前面滩口。适间却见孔明披发下船,那船望上水去了。”丁奉、徐盛便分水陆两路追袭。徐盛教拽起满帆,抢风而使。遥望前船不远,徐盛在船头上高声大叫:“军师休去!都督有请!”只见孔明立于船尾大笑曰:“上覆都督:好好用兵;诸葛亮暂回夏口,异日再容相见。”徐盛曰:“请暂少住,有紧话说。”孔明曰:“吾已料定都督不能容我,必来加害,预先教赵子龙来相接。将军不必追赶。”徐盛见前船无篷,只顾赶来。看看至近,赵云拈弓搭箭,立于船尾大叫曰:“吾乃常山赵子龙也!奉令特来接军师。你如何来追赶?本待一箭射死你来,显得两家失了和气——教你知我手段!”言讫,箭到处,射断徐盛船上篷索。那篷堕落下水,其船便横。赵云却教自己船上拽起满帆,乘顺风而去。其船如飞,追之不及。岸上丁奉唤徐盛船近岸,言曰:“诸葛亮神机妙算,人不可及。更兼赵云有万夫不当之勇,汝知他当阳长坂时否?吾等只索回报便了。”于是二人回见周瑜,言孔明预先约赵云迎接去了。周瑜大惊曰:“此人如此多谋,使我晓夜不安矣!”

鲁肃曰："且待破曹之后，却再图之。"

瑜从其言，唤集诸将听令。先教甘宁："带了蔡中并降卒沿南岸而走，只打北军旗号，直取乌林地面，正当曹操屯粮之所，深入军中，举火为号。只留下蔡和一人在帐下，我有用处。"第二唤太史慈分付："你可领三千兵，直奔黄州地界，断曹操合淝接应之兵，就逼曹兵，放火为号；只看红旗，便是吴侯接应兵到。"这两队兵最远，先发。第三唤吕蒙领三千兵去乌林接应甘宁，焚烧曹操寨栅，第四唤凌统领三千兵，直截彝陵界首，只看乌林火起，以兵应之。第五唤董袭领三千兵，直取汉阳，从汉川杀奔曹操寨中，看白旗接应。第六唤潘璋领三千兵，尽打白旗，往汉阳接应董袭。六队船只各自分路去了。却令黄盖安排火船，使小卒驰书约曹操，今夜来降。一面拨战船四只，随于黄盖船后接应。第一队领兵军官韩当，第二队领兵军官周泰，第三队领兵军官蒋钦，第四队领兵军官陈武：四队各引战船三百只，前面各摆列火船二十只。周瑜自与程普在大艨艟上督战，徐盛、丁奉为左右护卫，只留鲁肃共阚泽及众谋士守寨。程普见周瑜调军有法，甚相敬服。

却说孙权差使命持兵符至，说已差陆逊为先锋，直抵蕲、黄地面进兵，吴侯自为后应。瑜又差人西山放火炮，南屏山举号旗。各各准备停当，只等黄昏举动。

话分两头。且说刘玄德在夏口专候孔明回来，忽见一队船到，乃是公子刘琦自来探听消息。玄德请上敌楼坐定，说："东南风起多时，子龙去接孔明，至今不见到，吾心甚忧。"小校遥指樊口港上："一帆风送扁舟来到，必军师也。"玄德与刘琦下楼迎接。须臾船到，孔明、子龙登岸。玄德大喜。问候毕，孔明曰："且无暇告诉别事。前者所约军马战船，皆已办否？"玄德曰："收拾久矣，只候军师调用。"

孔明便与玄德、刘琦升帐坐定，谓赵云曰："子龙可带三千军马，渡江径取乌林小路，拣树木芦苇密处埋伏。今夜四更已后，曹操必然从那条路奔走。等他军马过，就半中间放起火来。虽然不杀他尽绝，也杀一半。"云曰："乌林有两条路：一条通南郡，一条取荆州。不知向那条路来？"孔明曰："南郡势迫，曹操不敢往；必来荆州，然后大军投许昌而去。”云领计去了。又唤张飞曰：“翼德可领三千兵渡江，截断彝陵这条路，去葫芦谷口埋伏。曹操不敢走南彝陵，必望北彝陵去。来日雨过，必然来埋锅造饭。只看烟起，便就山边放起火来。虽然不捉得曹操，翼德这场功料也不小。”飞领计去了。又唤糜竺、糜芳、刘封三人各驾船只，绕江剿擒败军，夺取器械。三人领计去了。孔明起身，谓公子刘琦曰：“武昌一望之地，最为紧要。公子便请回，率领所部之兵，陈于岸口。操一败必有逃来者，就而擒之，却不可轻离城郭。”刘琦便辞玄德、孔明去了。孔明谓玄德曰：“主公可于樊口屯兵，凭高而望，坐看今夜周郎成大功也。”

时云长在侧，孔明全然不睬。云长忍耐不住，乃高声曰：“关某自随兄长征战，许多年来，未尝落后。今日逢大敌，军师却不委用，此是何意？”孔明笑曰：“云长勿怪！某本欲烦足下把一个最紧要的隘口，怎奈有些违碍，不敢教去。”云长曰：“有何违碍？愿即见谕。”孔明曰：“昔日曹操待足下甚厚，足下当有以报之。今日操兵败，必走华容道；若令足下去时，必然放他过去。因此不敢教去。”云长曰：“军师好心多！当日曹操果是重待某，某已斩颜良，诛文丑，解白马之围，报过他了。今日撞见，岂肯放过！”孔明曰：“倘若放了时，却如何？”云长曰：“愿依军法！”孔明曰：“如此，立下文书。”云长便与了军令状。云长曰：“若曹操不从那条路上来，如何？”孔明曰：“我亦与你军令状。”云长大喜。孔明曰：“云长可于华容小路高山之处，堆积柴草，放起一把火烟，引曹操来。”云长曰：“曹操望见烟，知有埋伏，如何肯来？”孔明笑曰：“岂不闻兵法虚虚实实之论？操虽能用兵，只此可以瞒过他也。他见烟起，将谓虚张声势，必然投这条路来。将军休得容情。”云长领了将令，引关平、周仓并五百校刀手，投华容道埋伏去了。

玄德曰：“吾弟义气深重，若曹操果然投华容道去时，只恐端的放了。”孔明曰：“亮夜观乾象，操贼未合身亡。留这人情，教云长做了，亦是美事。”玄德曰：“先生神算，世所罕及！”孔明遂与玄德往樊口，看周瑜用兵，留孙乾、简雍守城。

却说曹操在大寨中，与众将商议，只等黄盖消息。当日东南风起甚紧。程昱入告曹操曰:“今日东南风起,宜预提防。”操笑曰:“冬至一阳生,来复之时,安得无东南风? 何足为怪!”军士忽报江东一只小船来到,说有黄盖密书。操急唤入。其人呈上书。书中诉说:“周瑜关防得紧,因此无计脱身。今有鄱阳湖新运到粮,周瑜差盖巡哨,已有方便。好歹杀江东名将,献首来降。只在今晚二更,船上插青龙牙旗者,即粮船也。”操大喜,遂与众将来水寨中大船上,观望黄盖船到。

且说江东,天色向晚,周瑜唤出蔡和,令军士缚倒。和叫:“无罪!”瑜曰:“汝是何等人,敢来诈降! 吾今缺少福物祭旗,愿借你首级。”和抵赖不过,大叫曰:“汝家阚泽、甘宁亦曾与谋!”瑜曰:“此乃吾之所使也。”蔡和悔之无及。瑜令捉至江边皂纛旗下,奠酒烧纸,一刀斩了蔡和,用血祭旗毕,便令开船。

黄盖在第三只火船上,独披掩心,手提利刃,旗上大书“先锋黄盖”。盖乘一天顺风,望赤壁进发。是时东风大作,波浪汹涌。操在中军遥望隔江,看看月上,照耀江水,如万道金蛇,翻波戏浪。操迎风大笑,自以为得志。忽一军指说:“江南隐隐一簇帆幔,使风而来。”操凭高望之。报称:“皆插青龙牙旗。内中有大旗,上书先锋黄盖名字。”操笑曰:“公覆来降,此天助我也!”来船渐近。程昱观望良久,谓操曰:“来船必诈。且休教近寨。”操曰:“何以知之?”程昱曰:“粮在船中,船必稳重;今观来船,轻而且浮。更兼今夜东南风甚紧,倘有诈谋,何以当之?”操省悟,便问:“谁去止之?”文聘曰:“某在水上颇熟,愿请一往。”言毕,跳下小船,用手一指,十数只巡船,随文聘船出。聘立于船头,大叫:“丞相钧旨:南船且休近寨,就江心抛住。”众军齐喝:“快下了篷!”言未绝,弓弦响处,文聘被箭射中左臂,倒在船中。船上大乱,各自奔回。南船距操寨止隔二里水面。黄盖用刀一招,前船一齐发火。火趁风威,风助火势,船如箭发,烟焰涨天。二十只火船,撞入水寨,曹寨中船只一时尽着;又被铁环锁住,无处逃避。隔江炮响,四下火船齐到,但见三江面上,火逐风飞,一派通红,漫天彻地。

曹操回观岸上营寨,几处烟火。黄盖跳在小船上,背后数人驾舟,冒烟突火,来寻曹操。操见势急,方欲跳上岸,忽张辽驾一小脚船,扶操下得船时,那只大船,已自着了。张辽与十数人保护曹操,飞奔岸口。黄盖望见穿绛红袍者下船,料是曹操,乃催船速进,手提利刃,高声大叫:“曹贼休走!黄盖在此!”操叫苦连声。张辽拈弓搭箭,觑着黄盖较近,一箭射去。此时风声正大,黄盖在火光中,那里听得弓弦响?正中肩窝,翻身落水。正是:火厄盛时遭水厄,棒疮愈后患金疮。未知黄盖性命如何,且看下文分解。

第五十回　诸葛亮智算华容　关云长义释曹操

却说当夜张辽一箭射黄盖下水，救得曹操登岸，寻着马匹走时，军已大乱。韩当冒烟突火来攻水寨，忽听得士卒报道："后梢舵上一人，高叫将军表字。"韩当细听，但闻高叫"义公救我！"当曰："此黄公覆也！"急教救起。见黄盖负箭着伤，咬出箭杆，箭头陷在肉内。韩当急为脱去湿衣，用刀剜出箭头，扯旗束之，脱自己战袍与黄盖穿了，先令别船送回大寨医治。原来黄盖深知水性，故大寒之时，和甲堕江，也逃得性命。

却说当日满江火滚，喊声震地。左边是韩当、蒋钦两军从赤壁西边杀来；右边是周泰、陈武两军从赤壁东边杀来；正中是周瑜、程普、徐盛、丁奉大队船只都到。火须兵应，兵仗火威。此正是：三江水战，赤壁鏖兵。曹军着枪中箭、火焚水溺者，不计其数。后人有诗曰："魏吴争斗决雌雄，赤壁楼船一扫空。烈火初张照云海，周郎曾此破曹公。"又有一绝云："山高月小水茫茫，追叹前朝割据忙。南士无心迎魏武，东风有意便周郎。"

不说江中鏖兵。且说甘宁令蔡中引入曹寨深处，宁将蔡中一刀砍于马下，就草上放起火来。吕蒙遥望中军火起，也放十数处火，接应甘宁。潘璋、董袭分头放火呐喊，四下里鼓声大震。曹操与张辽引百余骑，在火林内走，看前面无一处不着。正走之间，毛玠救得文聘，引十数骑到。操令军寻路。张辽指道："只有乌林地面，空阔可走。"操径奔乌林。正走间，背后一军赶到，大叫："曹贼休走！"火光中现出吕蒙旗号。操催军马向前，留张辽断后，抵敌吕蒙。却见前面火把又起，从山谷中拥出一军，大叫："凌统在此！"曹操肝胆皆裂。忽刺斜里一彪军到，大叫："丞相休慌！徐晃在此！"彼此混战一场，夺路望北而走。忽见一队军马，屯在山坡前。徐晃出问，乃是袁绍手下降将马延、张𫖮，有三千北地军马，列寨在彼；当夜见满天火起，未敢转动,恰好接着曹操。操教二将引一千军马开路,其余留着护身。操得这枝生力军马,心中稍安。马延、张觊二将飞骑前行。不到十里,喊声起处,一彪军出。为首一将,大呼曰:“吾乃东吴甘兴霸也!”马延正欲交锋,早被甘宁一刀斩于马下;张觊挺枪来迎,宁大喝一声,觊措手不及,被宁手起一刀,翻身落马。后军飞报曹操。操此时指望合淝有兵救应;不想孙权在合淝路口,望见江中火光,知是我军得胜,便教陆逊举火为号,太史慈见了,与陆逊合兵一处,冲杀将来。操只得望彝陵而走。路上撞见张郃,操令断后。

纵马加鞭,走至五更,回望火光渐远,操心方定,问曰:“此是何处?”左右曰:“此是乌林之西,宜都之北。”操见树木丛杂,山川险峻,乃于马上仰面大笑不止。诸将问曰:“丞相何故大笑?”操曰:“吾不笑别人,单笑周瑜无谋,诸葛亮少智。若是吾用兵之时,预先在这里伏下一军,如之奈何?”说犹未了,两边鼓声震响,火光竟天而起,惊得曹操几乎坠马。刺斜里一彪军杀出,大叫:“我赵子龙奉军师将令,在此等候多时了!”操教徐晃、张郃双敌赵云,自己冒烟突火而去。子龙不来追赶,只顾抢夺旗帜。曹操得脱。

天色微明,黑云罩地,东南风尚不息。忽然大雨倾盆,湿透衣甲。操与军士冒雨而行,诸军皆有饥色。操令军士往村落中劫掠粮食,寻觅火种。方欲造饭,后面一军赶到。操心甚慌。原来却是李典、许褚保护着众谋士来到,操大喜,令军马且行,问:“前面是那里地面?”人报:“一边是南彝陵大路,一边是北彝陵山路。”操曰:“那里投南郡江陵去近?”军士禀曰:“取南彝陵过葫芦口去最便。”操教走南彝陵。行至葫芦口,军皆饥馁,行走不上,马亦困乏,多有倒于路者。操教前面暂歇。马上有带得锣锅的,也有村中掠得粮米的,便就山边拣干处埋锅造饭,割马肉烧吃。尽皆脱去湿衣,于风头吹晒;马皆摘鞍野放,咽咬草根。操坐于疏林之下,仰面大笑。众官问曰:“适来丞相笑周瑜、诸葛亮,引惹出赵子龙来,又折了许多人马。如今为何又笑?”操曰:“吾笑诸葛亮、周瑜毕竟智谋不足。若是我用兵时,就这个去处,也埋伏一彪军马,以逸待劳;我等纵然脱得性命,也不免重伤矣。彼见不到此,我是以笑之。”正说间,前军后军一齐发喊,操大惊,弃甲上马。众军多有不及收马者。早见四下火烟布合，山口一军摆开，为首乃燕人张翼德，横矛立马，大叫："操贼走那里去！"诸军众将见了张飞，尽皆胆寒。许褚骑无鞍马来战张飞。张辽、徐晃二将，纵马也来夹攻。两边军马混战做一团。操先拨马走脱，诸将各自脱身。张飞从后赶来。操迤逦奔逃，追兵渐远，回顾众将多已带伤。

正行时，军士禀曰："前面有两条路，请问丞相从那条路去？"操问："那条路近？"军士曰："大路稍平，却远五十余里。小路投华容道，却近五十余里；只是地窄路险，坑坎难行。"操令人上山观望，回报："小路山边有数处烟起；大路并无动静。"操教前军便走华容道小路。诸将曰："烽烟起处，必有军马，何故反走这条路？"操曰："岂不闻兵书有云：虚则实之，实则虚之。诸葛亮多谋，故使人于山僻烧烟，使我军不敢从这条山路走，他却伏兵于大路等着。吾料已定，偏不教中他计！"诸将皆曰："丞相妙算，人不可及。"遂勒兵走华容道。此时人皆饥倒，马尽困乏。焦头烂额者扶策而行，中箭着枪者勉强而走。衣甲湿透，个个不全；军器旗幡，纷纷不整：大半皆是彝陵道上被赶得慌，只骑得秃马，鞍辔衣服，尽皆抛弃。正值隆冬严寒之时，其苦何可胜言。

操见前军停马不进，问是何故。回报曰："前面山僻路小，因早晨下雨，坑堑内积水不流，泥陷马蹄，不能前进。"操大怒，叱曰："军旅逢山开路，遇水叠桥，岂有泥泞不堪行之理！"传下号令，教老弱中伤军士在后慢行，强壮者担土束柴，搬草运芦，填塞道路。务要即时行动，如违令者斩。众军只得都下马，就路旁砍伐竹木，填塞山路。操恐后军来赶，令张辽、许褚、徐晃引百骑执刀在手，但迟慢者便斩之。此时军已饿乏，众皆倒地，操喝令人马践踏而行，死者不可胜数。号哭之声，于路不绝。操怒曰："生死有命，何哭之有！如再哭者立斩！"三停人马：一停落后，一停填了沟壑，一停跟随曹操。过了险峻，路稍平坦。操回顾止有三百余骑随后，并无衣甲袍铠整齐者。操催速行。众将曰："马尽乏矣，只好少歇。"操曰："赶到荆州将息未迟。"又行不到数里，操在马上扬鞭大笑。众将问："丞相何又大笑？"操曰："人皆言周瑜、诸葛亮足智多谋，以吾观之，到底是无能之辈。

若使此处伏一旅之师,吾等皆束手受缚矣。"

言未毕,一声炮响,两边五百校刀手摆开,为首大将关云长,提青龙刀,跨赤兔马,截住去路。操军见了,亡魂丧胆,面面相觑。操曰:"既到此处,只得决一死战!"众将曰:"人纵然不怯,马力已乏,安能复战?"程昱曰:"某素知云长傲上而不忍下,欺强而不凌弱;恩怨分明,信义素著。丞相旧日有恩于彼,今只亲自告之,可脱此难。"操从其说,即纵马向前,欠身谓云长曰:"将军别来无恙!"云长亦欠身答曰:"关某奉军师将令,等候丞相多时。"操曰:"曹操兵败势危,到此无路,望将军以昔日之情为重。"云长曰:"昔日关某虽蒙丞相厚恩,然已斩颜良,诛文丑,解白马之围,以奉报矣。今日之事,岂敢以私废公?"操曰:"五关斩将之时,还能记否?大丈夫以信义为重。将军深明《春秋》,岂不知庾公之斯追子濯孺子之事乎?"云长是个义重如山之人,想起当日曹操许多恩义,与后来五关斩将之事,如何不动心?又见曹军惶惶,皆欲垂泪,一发心中不忍。于是把马头勒回,谓众军曰:"四散摆开。"这个分明是放曹操的意思。操见云长回马,便和众将一齐冲将过去。云长回身时,曹操已与众将过去了。云长大喝一声,众军皆下马,哭拜于地。云长愈加不忍。正犹豫间,张辽纵马而至。云长见了,又动故旧之情,长叹一声,并皆放去。后人有诗曰:"曹瞒兵败走华容,正与关公狭路逢。只为当初恩义重,放开金锁走蛟龙。"

曹操既脱华容之难,行至谷口,回顾所随军兵,止有二十七骑。比及天晚,已近南郡,火把齐明,一簇人马拦路。操大惊曰:"吾命休矣!"只见一群哨马冲到,方认得是曹仁军马。操才心安。曹仁接着,言:"虽知兵败,不敢远离,只得在附近迎接。"操曰:"几与汝不相见也!"于是引众入南郡安歇。随后张辽也到,说云长之德。操点将校,中伤者极多,操皆令将息。曹仁置酒与操解闷。众谋士俱在座。操忽仰天大恸。众谋士曰:"丞相于虎窟中逃难之时,全无惧怯;今到城中,人已得食,马已得料,正须整顿军马复仇,何反痛哭?"操曰:"吾哭郭奉孝耳!若奉孝在,决不使吾有此大失也!"遂捶胸大哭曰:"哀哉,奉孝!痛哉,奉孝!惜哉,奉孝!"众谋士皆默然自惭。

次日，操唤曹仁曰："吾今暂回许都，收拾军马，必来报仇。汝可保全南郡。吾有一计，密留在此，非急休开，急则开之。依计而行，使东吴不敢正视南郡。"仁曰："合淝、襄阳，谁可保守?"操曰："荆州托汝管领；襄阳吾已拨夏侯惇守把；合淝最为紧要之地，吾令张辽为主将，乐进、李典为副将，保守此地。但有缓急，飞报将来。"操分拨已定，遂上马引众奔回许昌。荆州原降文武各官，依旧带回许昌调用。曹仁自遣曹洪据守彝陵、南郡，以防周瑜。

却说关云长放了曹操，引军自回。此时诸路军马，皆得马匹、器械、钱粮，已回夏口；独云长不获一人一骑，空身回见玄德。孔明正与玄德作贺，忽报云长至。孔明忙离坐席，执杯相迎曰："且喜将军立此盖世之功，与普天下除大害。合宜远接庆贺!"云长默然。孔明曰："将军莫非因吾等不曾远接，故尔不乐?"回顾左右曰："汝等缘何不先报?"云长曰："关某特来请死。"孔明曰："莫非曹操不曾投华容道上来?"云长曰："是从那里来。关某无能，因此被他走脱。"孔明曰："拿得甚将士来?"云长曰："皆不曾拿。"孔明曰："此是云长想曹操昔日之恩，故意放了。但既有军令状在此，不得不按军法。"遂叱武士推出斩之。正是：拚将一死酬知己，致令千秋仰义名。未知云长性命如何，且看下文分解。

第五十一回　曹仁大战东吴兵　孔明一气周公瑾

却说孔明欲斩云长,玄德曰:"昔吾三人结义时,誓同生死。今云长虽犯法,不忍违却前盟。望权记过,容将功赎罪。"孔明方才饶了。

且说周瑜收军点将,各各叙功,申报吴侯。所得降卒,尽行发付渡江,大犒三军,遂进兵攻取南郡。前队临江下寨,前后分五营。周瑜居中。瑜正与众商议征进之策,忽报:"刘玄德使孙乾来与都督作贺。"瑜命请入。乾施礼毕,言:"主公特命乾拜谢都督大德,有薄礼上献。"瑜问曰:"玄德在何处?"乾答曰:"现移兵屯油江口。"瑜惊曰:"孔明亦在油江否?"乾曰:"孔明与主公同在油江。"瑜曰:"足下先回,某亲来相谢也。"瑜收了礼物,发付孙乾先回。肃曰:"却才都督为何失惊?"瑜曰:"刘备屯兵油江,必有取南郡之意。我等费了许多军马,用了许多钱粮,目下南郡反手可得;彼等心怀不仁,要就现成,须放着周瑜不死!"肃曰:"当用何策退之?"瑜曰:"吾自去和他说话。好便好;不好时,不等他取南郡,先结果了刘备!"肃曰:"某愿同往。"于是瑜与鲁肃引三千轻骑,径投油江口来。

先说孙乾回见玄德,言周瑜将亲来相谢。玄德乃问孔明曰:"来意若何?"孔明笑曰:"那里为这些薄礼肯来相谢。止为南郡而来。"玄德曰:"他若提兵来,何以待之?"孔明曰:"他来便可如此如此应答。"遂于油江口摆开战船,岸上列着军马。人报:"周瑜、鲁肃引兵到来。"孔明使赵云领数骑来接。瑜见军势雄壮,心甚不安。行至营门外,玄德、孔明迎入帐中。各叙礼毕,设宴相待。玄德举酒致谢鏖兵之事。酒至数巡,瑜曰:"豫州移兵在此,莫非有取南郡之意否?"玄德曰:"闻都督欲取南郡,故来相助。若都督不取,备必取之。"瑜笑曰:"吾东吴久欲吞并汉江,今南郡已在掌中,如何不取?"玄德曰:"胜负不可预定。曹操临归,令曹仁守南郡等处,必有奇计;更兼曹仁勇不可当:但恐都督不能取耳。"瑜曰:"吾若取不得,那时任从公取。"玄德曰:"子敬、孔明在此为证,都督休悔。"鲁肃踌躇未对。瑜曰:"大丈夫一言既出,何悔之有!"孔明曰:"都督此言,甚是公论。先让东吴去取;若不下,主公取之,有何不可!"瑜与肃辞别玄德、孔明,上马而去。

玄德问孔明曰:"却才先生教备如此回答,虽一时说了,展转寻思,于理未然。我今孤穷一身,无置足之地,欲得南郡,权且容身;若先教周瑜取了,城池已属东吴矣,却如何得住?"孔明大笑曰:"当初亮劝主公取荆州,主公不听,今日却想耶?"玄德曰:"前为景升之地,故不忍取;今为曹操之地,理合取之。"孔明曰:"不须主公忧虑。尽着周瑜去厮杀,早晚教主公在南郡城中高坐。"玄德曰:"计将安出?"孔明曰:"只须如此如此。"玄德大喜,只在江口屯扎,按兵不动。

却说周瑜、鲁肃回寨。肃曰:"都督如何亦许玄德取南郡?"瑜曰:"吾弹指可得南郡,落得虚做人情。"随问帐下将士:"谁敢先取南郡?"一人应声而出,乃蒋钦也。瑜曰:"汝为先锋,徐盛、丁奉为副将,拨五千精锐军马,先渡江。吾随后引兵接应。"

且说曹仁在南郡,分付曹洪守彝陵,以为犄角之势。人报:"吴兵已渡汉江。"仁曰:"坚守勿战为上。"骁将牛金奋然进曰:"兵临城下而不出战,是怯也。况吾兵新败,正当重振锐气。某愿借精兵五百,决一死战。"仁从之,令牛金引五百军出战。丁奉纵马来迎。约战四五合,奉诈败,牛金引军追赶入阵。奉指挥众军一裹围牛金于阵中。金左右冲突,不能得出。曹仁在城上望见牛金困在垓心,遂披甲上马,引麾下壮士数百骑出城,奋力挥刀,杀入吴阵。徐盛迎战,不能抵挡。曹仁杀到垓心,救出牛金。回顾尚有数十骑在阵,不能得出,遂复翻身杀入,救出重围。正遇蒋钦拦路,曹仁与牛金奋力冲散。仁弟曹纯,亦引兵接应,混杀一阵。吴军败走,曹仁得胜而回。蒋钦兵败,回见周瑜,瑜怒欲斩之,众将告免。

瑜即点兵,要亲与曹仁决战。甘宁曰:"都督未可造次。今曹仁令曹洪据守彝陵,为犄角之势;某愿以精兵三千,径取彝陵,都督然后可取南郡。"瑜服其论,先教甘宁领三千兵攻打彝陵。早有细作报知曹仁,仁与陈矫商议。矫曰:“彝陵有失,南郡亦不可守矣。宜速救之。”仁遂令曹纯与牛金暗地引兵救曹洪。曹纯先使人报知曹洪,令洪出城诱敌。甘宁引兵至彝陵,洪出与甘宁交锋。战有二十余合,洪败走。宁夺了彝陵。至黄昏时,曹纯、牛金兵到,两下相合,围了彝陵。探马飞报周瑜,说甘宁困于彝陵城中,瑜大惊。程普曰:“可急分兵救之。”瑜曰:“此地正当冲要之处,若分兵去救,倘曹仁引兵来袭,奈何?”吕蒙曰:“甘兴霸乃江东大将,岂可不救?”瑜曰:“吾欲自往救之;但留何人在此,代当吾任?”蒙曰:“留凌公绩当之。蒙为前驱,都督断后;不须十日,必奏凯歌。”瑜曰:“未知凌公绩肯暂代吾任否?”凌统曰:“若十日为期,可当之;十日之外,不胜其任矣。”瑜大喜,遂留兵万余,付与凌统;即日起大兵投彝陵来。蒙谓瑜曰:“彝陵南僻小路,取南郡极便。可差五百军去砍倒树木,以断其路。彼军若败,必走此路;马不能行,必弃马而走,吾可得其马也。”瑜从之,差军去讫。

大兵将至彝陵,瑜问:“谁可突围而入,以救甘宁?”周泰愿往,即时绰刀纵马,直杀入曹军之中,径到城下。甘宁望见周泰至,自出城迎之。泰言:“都督自提兵至。”宁传令教军士严装饱食,准备内应。却说曹洪、曹纯、牛金闻周瑜兵将至,先使人往南郡报知曹仁,一面分兵拒敌。及吴兵至,曹兵迎之。比及交锋,甘宁、周泰分两路杀出,曹兵大乱,吴兵四下掩杀。曹洪、曹纯、牛金果然投小路而走;却被乱柴塞道,马不能行,尽皆弃马而走。吴兵得马五百余匹。周瑜驱兵星夜赶到南郡,正遇曹仁军来救彝陵。两军接着,混战一场。天色已晚,各自收兵。

曹仁回城中,与众商议。曹洪曰:“目今失了彝陵,势已危急,何不拆丞相遗计观之,以解此危?”曹仁曰:“汝言正合吾意。”遂拆书观之,大喜,便传令教五更造饭;平明,大小军马,尽皆弃城;城上遍插旌旗,虚张声势。军分三门而出。

却说周瑜救出甘宁,陈兵于南郡城外。见曹兵分三门而出,瑜上将台观看。只见女墙边虚搠旌旗,无人守护;又见军士腰下各束缚包裹。瑜暗忖曹仁必先准备走路,遂下将台号令,分布两军为左右翼;

如前军得胜，只顾向前追赶，直待鸣金，方许退步。命程普督后军，瑜亲自引军取城。对阵鼓声响处，曹洪出马搦战，瑜自至门旗下，使韩当出马，与曹洪交锋；战到三十余合，洪败走。曹仁自出接战，周泰纵马相迎；斗十余合，仁败走，阵势错乱。周瑜麾两翼军杀出，曹军大败。

瑜自引军马追至南郡城下，曹军皆不入城，望西北而走。韩当、周泰引前部尽力追赶。瑜见城门大开，城上又无人，遂令众军抢城。数十骑当先而入，瑜在背后纵马加鞭，直入瓮城。陈矫在敌楼上，望见周瑜亲自入城来，暗暗喝采道："丞相妙策如神！"一声梆子响，两边弓弩齐发，势如骤雨。争先入城的，都颠入陷坑内。周瑜急勒马回时，被一弩箭，正射中左肋，翻身落马。牛金从城中杀出，来捉周瑜；徐盛、丁奉二人舍命救去。城中曹兵突出，吴兵自相践踏，落堑坑者无数。程普急收军时，曹仁、曹洪分兵两路杀回。吴兵大败。幸得凌统引一军从刺斜里杀来，敌住曹兵。曹仁引得胜兵进城，程普收败军回寨。

丁、徐二将救得周瑜到帐中，唤行军医者用铁钳子拔出箭头，将金疮药敷掩疮口，疼不可当，饮食俱废。医者曰："此箭头上有毒，急切不能痊可。若怒气冲激，其疮复发。"程普令三军紧守各寨，不许轻出。三日后，牛金引军来搦战，程普按兵不动。牛金骂至日暮方回，次日又来骂战。程普恐瑜生气，不敢报知。第三日，牛金直至寨门外叫骂，声声只道要捉周瑜。程普与众商议，欲暂且退兵，回见吴侯，却再理会。

却说周瑜虽患疮痛，心中自有主张；已知曹兵常来寨前叫骂，却不见众将来禀。一日，曹仁自引大军，擂鼓呐喊，前来搦战。程普拒住不出。周瑜唤众将入帐问曰："何处鼓噪呐喊？"众将曰："军中教演士卒。"瑜怒曰："何欺我也！吾已知曹兵常来寨前辱骂。程德谋既同掌兵权，何故坐视？"遂命人请程普入帐问之。普曰："吾见公瑾病疮，医者言勿触怒，故曹兵搦战，不敢报知。"瑜曰："公等不战，主意若何？"普曰："众将皆欲收兵暂回江东。待公箭疮平复，再作区处。"瑜听罢，于床上奋然跃起曰："大丈夫既食君禄，当死于战场，以马革裹尸还,幸也!岂可为我一人,而废国家大事乎?”言讫,即披甲上马。诸军众将,无不骇然。遂引数百骑出营前。望见曹兵已布成阵势,曹仁自立马于门旗下,扬鞭大骂曰:“周瑜孺子,料必横夭,再不敢正觑我兵!”骂犹未绝,瑜从群骑内突然出曰:“曹仁匹夫!见周郎否!”曹军看见,尽皆惊骇。曹仁回顾众将曰:“可大骂之!”众军厉声大骂。周瑜大怒,使潘璋出战。未及交锋,周瑜忽大叫一声,口中喷血,坠于马下。曹兵冲来,众将向前抵住,混战一场,救起周瑜,回到帐中。程普问曰:“都督贵体若何?”瑜密谓普曰:“此吾之计也。”普曰:“计将安出?”瑜曰:“吾身本无甚痛楚;吾所以为此者,欲令曹兵知我病危,必然欺敌。可使心腹军士去城中诈降,说吾已死。今夜曹仁必来劫寨。吾却于四下埋伏以应之,则曹仁可一鼓而擒也。”程普曰:“此计大妙!”随就帐下举起哀声。众军大惊,尽传言都督箭疮大发而死,各寨尽皆挂孝。

却说曹仁在城中与众商议,言周瑜怒气冲发,金疮崩裂,以致口中喷血,坠于马下,不久必亡。正论间,忽报:“吴寨内有十数个军士来降。中间亦有二人,原是曹兵被掳过去的。”曹仁忙唤入问之。军士曰:“今日周瑜阵前金疮碎裂,归寨即死。今众将皆已挂孝举哀。我等皆受程普之辱,故特归降,便报此事。”曹仁大喜,随即商议今晚便去劫寨,夺周瑜之尸,斩其首级,送赴许都。陈矫曰:“此计速行,不可迟误。”

曹仁遂令牛金为先锋,自为中军,曹洪、曹纯为合后,只留陈矫领些少军士守城,其余军兵尽起。初更后出城,径投周瑜大寨。来到寨门,不见一人,但见虚插旗枪而已。情知中计,急忙退军。四下炮声齐发:东边韩当、蒋钦杀来,西边周泰、潘璋杀来,南边徐盛、丁奉杀来,北边陈武、吕蒙杀来。曹兵大败,三路军皆被冲散,首尾不能相救。曹仁引十数骑杀出重围,正遇曹洪,遂引败残军马一同奔走。杀到五更,离南郡不远,一声鼓响,凌统又引一军拦住去路,截杀一阵。曹仁引军刺斜而走,又遇甘宁大杀一阵。曹仁不敢回南郡,径投襄阳大路而行,吴军赶了一程,自回。

周瑜、程普收住众军,径到南郡城下,见旌旗布满,敌楼上一将叫曰:“都督少罪!吾奉军师将令,已取城了。吾乃常山赵子龙也。”周瑜大怒,便命攻城。城上乱箭射下。瑜命且回军商议,使甘宁引数千军马,径取荆州;凌统引数千军马,径取襄阳;然后却再取南郡未迟。正分拨间,忽然探马急来报说:“诸葛亮自得了南郡,遂用兵符,星夜诈调荆州守城军马来救,却教张飞袭了荆州。”又一探马飞来报说:“夏侯惇在襄阳,被诸葛亮差人赍兵符,诈称曹仁求救,诱惇引兵出,却教云长袭取了襄阳。二处城池,全不费力,皆属刘玄德矣。”周瑜曰:“诸葛亮怎得兵符?”程普曰:“他拿住陈矫,兵符自然尽属之矣。”周瑜大叫一声,金疮迸裂。正是:几郡城池无我分,一场辛苦为谁忙!未知性命如何,且看下文分解。

第五十二回 诸葛亮智辞鲁肃 赵子龙计取桂阳

却说周瑜见孔明袭了南郡,又闻他袭了荆襄,如何不气?气伤箭疮,半晌方苏,众将再三劝解。瑜曰:“若不杀诸葛村夫,怎息我心中怨气!程德谋可助我攻打南郡,定要夺还东吴。”正议间,鲁肃至。瑜谓之曰:“吾欲起兵与刘备、诸葛亮共决雌雄,复夺城池。子敬幸助我。”鲁肃曰:“不可。方今与曹操相持,尚未分成败;主公现攻合淝不下。不争自家互相吞并,倘曹兵乘虚而来,其势危矣。况刘玄德旧曾与曹操相厚,若逼得紧急,献了城池,一同攻打东吴,如之奈何?”瑜曰:“吾等用计策,损兵马,费钱粮,他去图现成,岂不可恨!”肃曰:“公瑾且耐。容某亲见玄德,将理来说他。若说不通,那时动兵未迟。”诸将曰:“子敬之言甚善。”

于是鲁肃引从者径投南郡来,到城下叫门。赵云出问,肃曰:“我要见刘玄德有话说。”云答曰:“吾主与军师在荆州城中。”肃遂不入南郡,径奔荆州。见旌旗整列,军容甚盛,肃暗羡曰:“孔明真非常人也!”军士报入城中,说鲁子敬要见。孔明令大开城门,接肃入衙。讲礼毕,分宾主而坐。茶罢,肃曰:“吾主吴侯,与都督公瑾,教某再三申意皇叔,前者,操引百万之众,名下江南,实欲来图皇叔;幸得东吴杀退曹兵,救了皇叔。所有荆州九郡,合当归于东吴。今皇叔用诡计,夺占荆襄,使江东空费钱粮军马,而皇叔安受其利,恐于理未顺。”孔明曰:“子敬乃高明之士,何故亦出此言?常言道:物必归主。荆襄九郡,非东吴之地,乃刘景升之基业。吾主固景升之弟也。景升虽亡,其子尚在;以叔辅侄,而取荆州,有何不可?”肃曰:“若果系公子刘琦占据,尚有可解;今公子在江夏,须不在这里!”孔明曰:“子敬欲见公子乎?”便命左右:“请公子出来。”只见两从者从屏风后扶出刘琦。琦谓肃曰:“病躯不能施礼,子敬勿罪。”鲁肃吃了一惊,默然无语,良久,言曰:“公子若不在,便如何?”孔明曰:“公子在一日,守一日；若不在，别有商议。”肃曰：“若公子不在，须将城池还我东吴。”孔明曰：“子敬之言是也。”遂设宴相待。

宴罢，肃辞出城，连夜归寨，具言前事。瑜曰：“刘琦正青春年少，如何便得他死？这荆州何日得还？”肃曰：“都督放心。只在鲁肃身上，务要讨荆襄还东吴。”瑜曰：“子敬有何高见？”肃曰：“吾观刘琦过于酒色，病入膏肓，现今面色羸瘦，气喘呕血，不过半年，其人必死。那时往取荆州，刘备须无得推故。”周瑜犹自忿气未消，忽孙权遣使至。瑜令请入。使曰：“主公围合淝，累战不捷。特令都督收回大军，且拨兵赴合淝相助。”周瑜只得班师回柴桑养病，令程普部领战船士卒，来合淝听孙权调用。

却说刘玄德自得荆州、南郡、襄阳，心中大喜，商议久远之计。忽见一人上厅献策，视之，乃伊籍也。玄德感其旧日之恩，十分相敬，坐而问之。籍曰：“要知荆州久远之计，何不求贤士以问之？”玄德曰：“贤士安在？”籍曰：“荆襄马氏，兄弟五人并有才名：幼者名谡，字幼常；其最贤者，眉间有白毛，名良，字季常。乡里为之谚曰：‘马氏五常，白眉最良。’公何不求此人而与之谋？”玄德遂命请之。马良至，玄德优礼相待，请问保守荆襄之策。良曰：“荆襄四面受敌之地，恐不可久守；可令公子刘琦于此养病，招谕旧人以守之，就表奏公子为荆州刺史，以安民心。然后南征武陵、长沙、桂阳、零陵四郡，积收钱粮，以为根本。此久远之计也。”玄德大喜，遂问：“四郡当先取何郡？”良曰：“湘江之西，零陵最近，可先取之；次取武陵。然后湘江之东取桂阳；长沙为后。”玄德遂用马良为从事，伊籍副之。请孔明商议送刘琦回襄阳，替云长回荆州。便调兵取零陵，差张飞为先锋，赵云合后，孔明、玄德为中军，人马一万五千；留云长守荆州，糜竺、刘封守江陵。

却说零陵太守刘度，闻玄德军马到来，乃与其子刘贤商议。贤曰：“父亲放心。他虽有张飞、赵云之勇，我本州上将邢道荣，力敌万人，可以抵对。”刘度遂命刘贤与邢道荣引兵万余，离城三十里，依山靠水下寨。探马报说：“孔明自引一军到来。”道荣便引军出战。两阵对圆，道荣出马，手使开山大斧，厉声高叫：“反贼安敢侵我境界！”

只见对阵中，一簇黄旗出。旗开处，推出一辆四轮车，车中端坐一人，头戴纶巾，身披鹤氅，手执羽扇，用扇招邢道荣曰："吾乃南阳诸葛孔明也。曹操引百万之众，被吾聊施小计，杀得片甲不回。汝等岂堪与我对敌？我今来招安汝等，何不早降？"道荣大笑曰："赤壁鏖兵，乃周郎之谋也，干汝何事，敢来诳语！"轮大斧竟奔孔明。孔明便回车，望阵中走，阵门复闭。道荣直冲杀过来，阵势急分两下而走。道荣遥望中央一簇黄旗，料是孔明，乃只望黄旗而赶。抹过山脚，黄旗扎住，忽地中央分开，不见四轮车，只见一将挺矛跃马，大喝一声，直取道荣，乃张翼德也。道荣轮大斧来迎，战不数合，气力不加，拨马便走。翼德随后赶来，喊声大震，两下伏兵齐出。道荣舍死冲过，前面一员大将，拦住去路，大叫："认得常山赵子龙否！"道荣料敌不过，又无处奔走，只得下马请降。子龙缚来寨中见玄德、孔明。玄德喝教斩首。孔明急止之，问道荣曰："汝若与我捉了刘贤，便准你投降。"道荣连声愿往。孔明曰："你用何法捉他？"道荣曰："军师若肯放某回去，某自有巧说。今晚军师调兵劫寨，某为内应，活捉刘贤，献与军师。刘贤既擒，刘度自降矣。"玄德不信其言。孔明曰："邢将军非谬言也。"遂放道荣归。道荣得放回寨，将前事实诉刘贤。贤曰："如之奈何？"道荣曰："可将计就计。今夜将兵伏于寨外，寨中虚立旗幡，待孔明来劫寨，就而擒之。"刘贤依计。

当夜二更，果然有一彪军到寨口，每人各带草把，一齐放火。刘贤、道荣两下杀来，放火军便退。刘贤、道荣两军乘势追赶，赶了十余里，军皆不见。刘贤、道荣大惊，急回本寨，只见火光未灭，寨中突出一将，乃张翼德也。刘贤叫道荣："不可入寨，却去劫孔明寨便了。"于是复回军。走不十里，赵云引一军刺斜里杀出，一枪刺道荣于马下。刘贤急拨马奔走，背后张飞赶来，活捉过马，绑缚见孔明。贤告曰："邢道荣教某如此，实非本心也。"孔明令释其缚，与衣穿了，赐酒压惊，教人送入城说父投降；如其不降，打破城池，满门尽诛。刘贤回零陵见父刘度，备述孔明之德，劝父投降。度从之，遂于城上竖起降旗，大开城门，赍捧印绶出城，竟投玄德大寨纳降。孔明教刘度仍为郡守，其子刘贤赴荆州随军办事。零陵一郡居民，尽皆喜悦。

玄德入城安抚已毕，赏劳三军。乃问众将曰："零陵已取了，桂阳郡何人敢取？"赵云应曰："某愿往。"张飞奋然出曰："飞亦愿往！"二人相争。孔明曰："终是子龙先应，只教子龙去。"张飞不服，定要去取。孔明教拈阄，拈着的便去。又是子龙拈着。张飞怒曰："我并不要人相帮，只独领三千军去，稳取城池。"赵云曰："某也只领三千军去。如不得城，愿受军令。"孔明大喜，责了军令状，选三千精兵付赵云去。张飞不服，玄德喝退。

赵云领了三千人马，径往桂阳进发。早有探马报知桂阳太守赵范。范急聚众商议。管军校尉陈应、鲍隆愿领兵出战。原来二人都是桂阳岭山乡猎户出身，陈应会使飞叉，鲍隆曾射杀双虎。二人自恃勇力，乃对赵范曰："刘备若来，某二人愿为前部。"赵范曰："我闻刘玄德乃大汉皇叔；更兼孔明多谋，关、张极勇；今领兵来的赵子龙，在当阳长坂百万军中，如入无人之境。我桂阳能有多少人马？不可迎敌，只可投降。"应曰："某请出战。若擒不得赵云，那时任太守投降不迟。"赵范拗不过，只得应允。

陈应领三千人马出城迎敌，早望见赵云领军来到。陈应列成阵势，飞马绰叉而出。赵云挺枪出马，责骂陈应曰："吾主刘玄德，乃刘景升之弟，今辅公子刘琦同领荆州，特来抚民。汝何敢迎敌！"陈应骂曰："我等只服曹丞相，岂顺刘备！"赵云大怒，挺枪骤马，直取陈应。应捻叉来迎。两马相交，战到四五合，陈应料敌不过，拨马便走。赵云追赶。陈应回顾赵云马来相近，用飞叉掷去，被赵云接住。回掷陈应。应急躲过，云马早到，将陈应活捉过马，掷于地下，喝军士绑缚回寨。败军四散奔走。云入寨叱陈应曰："量汝安敢敌我！我今不杀汝，放汝回去；说与赵范，早来投降。"陈应谢罪，抱头鼠窜，回到城中，对赵范尽言其事。范曰："我本欲降，汝强要战，以致如此。"遂叱退陈应，赍捧印绶，引十数骑出城投大寨纳降。

云出寨迎接，待以宾礼，置酒共饮，纳了印绶，酒至数巡，范曰："将军姓赵，某亦姓赵，五百年前，合是一家。将军乃真定人，某亦真定人，又是同乡。倘得不弃，结为兄弟，实为万幸。"云大喜，各叙年庚。云与范同年。云长范四个月，范遂拜云为兄。二人同乡，同年，又同姓,十分相得。至晚席散,范辞回城。次日,范请云入城安民。云教军士休动,只带五十骑随入城中。居民执香伏道而接。云安民已毕,赵范邀请入衙饮宴。酒至半酣,范复邀云入后堂深处,洗盏更酌。云饮微醉。范忽请出一妇人,与云把酒。子龙见妇人身穿缟素,有倾国倾城之色,乃问范曰:"此何人也?"范曰:"家嫂樊氏也。"子龙改容敬之。樊氏把盏毕,范令就坐。云辞谢。樊氏辞归后堂。云曰:"贤弟何必烦令嫂举杯耶?"范笑曰:"中间有个缘故,乞兄勿阻:先兄弃世已三载,家嫂寡居,终非了局,弟常劝其改嫁。嫂曰:'若得三件事兼全之人,我方嫁之:第一要文武双全,名闻天下;第二要相貌堂堂,威仪出众;第三要与家兄同姓。'你道天下那得有这般凑巧的?今尊兄堂堂仪表,名震四海,又与家兄同姓,正合家嫂所言。若不嫌家嫂貌陋,愿陪嫁资,与将军为妻,结累世之亲,如何?"云闻言大怒而起,厉声曰:"吾既与汝结为兄弟,汝嫂即吾嫂也,岂可作此乱人伦之事乎!"赵范羞惭满面,答曰:"我好意相待,如何这般无礼!"遂目视左右,有相害之意。云已觉,一拳打倒赵范,径出府门,上马出城去了。

范急唤陈应、鲍隆商议。应曰:"这人发怒去了,只索与他厮杀。"范曰:"但恐赢他不得。"鲍隆曰:"我两个诈降在他军中,太守却引兵来搦战,我二人就阵上擒之。"陈应曰:"必须带些人马。"隆曰:"五百骑足矣。"当夜二人引五百军径奔赵云寨来投降。云已心知其诈,遂教唤入。二将到帐下,说:"赵范欲用美人计赚将军,只等将军醉了,扶入后堂谋杀,将头去曹丞相处献功:如此不仁。某二人见将军怒出,必连累于某,因此投降。"赵云佯喜,置酒与二人痛饮。二人大醉,云乃缚于帐中,擒其手下人问之,果是诈降。云唤五百军入,各赐酒食,传令曰:"要害我者,陈应、鲍隆也;不干众人之事。汝等听吾行计,皆有重赏。"众军拜谢。将降将陈、鲍二人当时斩了;却教五百军引路,云引一千军在后,连夜到桂阳城下叫门。城上听时,说陈、鲍二将军杀了赵云回军,请太守商议事务。城上将火照看,果是自家军马。赵范急忙出城。云喝左右捉下,遂入城,安抚百姓已定,飞报玄德。

玄德与孔明亲赴桂阳。云迎接入城,推赵范于阶下。孔明问之,范备言以嫂许嫁之事。孔明谓云曰:“此亦美事,公何如此?”云曰:“赵范既与某结为兄弟,今若娶其嫂,惹人唾骂,一也;其妇再嫁,使失大节,二也;赵范初降,其心难测,三也。主公新定江汉,枕席未安,云安敢以一妇人而废主公之大事?”玄德曰:“今日大事已定,与汝娶之,若何?”云曰:“天下女子不少,但恐名誉不立,何患无妻子乎?”玄德曰:“子龙真丈夫也!”遂释赵范,仍令为桂阳太守,重赏赵云。

张飞大叫曰:“偏子龙干得功!偏我是无用之人!只拨三千军与我去取武陵郡,活捉太守金旋来献!”孔明大喜曰:“翼德要去不妨,但要依一件事。”正是:军师决胜多奇策,将士争先立战功。未知孔明说出那一件事来,且看下文分解。

第五十三回 关云长义释黄汉升 孙仲谋大战张文远

却说孔明谓张飞曰："前者子龙取桂阳郡时，责下军令状而去。今日翼德要取武陵，必须也责下军令状，方可领兵去。"张飞遂立军令状，欣然领三千军，星夜投武陵界上来。金旋听得张飞引兵到，乃集将校，整点精兵器械，出城迎敌。从事巩志谏曰："刘玄德乃大汉皇叔，仁义布于天下；加之张翼德骁勇非常。不可迎敌，不如纳降为上。"金旋大怒曰："汝欲与贼通连为内变耶？"喝令武士推出斩之。众官皆告曰："先斩家人，于军不利。"金旋乃喝退巩志，自率兵出。离城二十里，正迎张飞。飞挺矛立马，大喝金旋。旋问部将："谁敢出战？"众皆畏惧，莫敢向前。旋自骤马舞刀迎之。张飞大喝一声，浑如巨雷，金旋失色，不敢交锋，拨马便走。飞引众军随后掩杀。金旋走至城边，城上乱箭射下。旋惊视之，见巩志立于城上曰："汝不顺天时，自取败亡，吾与百姓自降刘矣。"言未毕，一箭射中金旋面门，坠于马下，军士割头献张飞。巩志出城纳降，飞就令巩志赍印绶，往桂阳见玄德。玄德大喜，遂令巩志代金旋之职。

玄德亲至武陵安民毕，驰书报云长，言翼德、子龙各得一郡。云长乃回书上请曰："闻长沙尚未取，如兄长不以弟为不才，教关某干这件功劳甚好。"玄德大喜，遂教张飞星夜去替云长守荆州，令云长来取长沙。

云长既至，入见玄德、孔明。孔明曰："子龙取桂阳，翼德取武陵，都是三千军去。今长沙太守韩玄，固不足道。只是他有一员大将，乃南阳人，姓黄，名忠，字汉升；是刘表帐下中郎将，与刘表之侄刘磐共守长沙，后事韩玄；虽今年近六旬，却有万夫不当之勇，不可轻敌。云长去，必须多带军马。"云长曰："军师何故长别人锐气，灭自己威风？量一老卒，何足道哉！关某不须用三千军，只消本部下五百名校刀手，决定斩黄忠、韩玄之首，献来麾下。"玄德苦挡。云长不依,只领五百校刀手而去。孔明谓玄德曰:“云长轻敌黄忠,只恐有失。主公当往接应。”玄德从之,随后引兵望长沙进发。

却说长沙太守韩玄,平生性急,轻于杀戮,众皆恶之。是时听知云长军到,便唤老将黄忠商议。忠曰:“不须主公忧虑。凭某这口刀,这张弓,一千个来,一千个死!”原来黄忠能开二石力之弓,百发百中。言未毕,阶下一人应声而出曰:“不须老将军出战,只就某手中定活捉关某。”韩玄视之,乃管军校尉杨龄。韩玄大喜,遂令杨龄引军一千,飞奔出城。约行五十里,望见尘头起处,云长军马早到。杨龄挺枪出马,立于阵前骂战。云长大怒,更不打话,飞马舞刀,直取杨龄。龄挺枪来迎。不三合,云长手起刀落,砍杨龄于马下。追杀败兵,直至城下。

韩玄闻之大惊,便教黄忠出马。玄自来城上观看。忠提刀纵马,引五百骑兵飞过吊桥。云长见一老将出马,知是黄忠,把五百校刀手一字摆开,横刀立马而问曰:“来将莫非黄忠否?”忠曰:“既知我名,焉敢犯我境!”云长曰:“特来取汝首级!”言罢,两马交锋。斗一百余合,不分胜负。韩玄恐黄忠有失,鸣金收军。黄忠收军入城。云长也退军,离城十里下寨,心中暗忖:“老将黄忠,名不虚传:斗一百合,全无破绽。来日必用拖刀计,背砍赢之。”

次日早饭毕,又来城下搦战。韩玄坐在城上,教黄忠出马。忠引数百骑杀过吊桥,再与云长交马。又斗五六十合,胜负不分,两军齐声喝采。鼓声正急时,云长拨马便走。黄忠赶来。云长方欲用刀砍去,忽听得脑后一声响;急回头看时,见黄忠被战马前失,掀在地下。云长急回马,双手举刀猛喝曰:“我且饶你性命!快换马来厮杀!”黄忠急提起马蹄,飞身上马,奔入城中。玄惊问之。忠曰:“此马久不上阵,故有此失。”玄曰:“汝箭百发百中,何不射之?”忠曰:“来日再战,必然诈败,诱到吊桥边射之。”玄以自己所乘一匹青马与黄忠。忠拜谢而退,寻思:“难得云长如此义气!他不忍杀害我,我又安忍射他?若不射,又恐违了将令。”是夜踌躇未定。

次日天晓,人报云长搦战。忠领兵出城。云长两日战黄忠不下,十分焦躁,抖擞威风,与忠交马。战不到三十余合,忠诈败,云长赶来。忠想昨日不杀之恩,不忍便射,带住刀,把弓虚拽弦响,云长急闪,却不见箭;云长又赶,忠又虚拽,云长急闪,又无箭;只道黄忠不会射,放心赶来。将近吊桥,黄忠在桥上搭箭开弓,弦响箭到,正射在云长盔缨根上。前面军齐声喊起。云长吃了一惊,带箭回寨,方知黄忠有百步穿杨之能,今日只射盔缨,正是报昨日不杀之恩也。云长领兵而退。

黄忠回到城上来见韩玄,玄便喝左右捉下黄忠。忠叫曰:"无罪!"玄大怒曰:"我看了三日,汝敢欺我!汝前日不力战,必有私心;昨日马失,他不杀汝,必有关通;今日两番虚拽弓弦,第三箭却止射他盔缨,如何不是外通内连?若不斩汝,必为后患!"喝令刀斧手推下城门外斩之。众将欲告,玄曰:"但告免黄忠者,便是同情!"刚推到门外,恰欲举刀,忽然一将挥刀杀入,砍死刀手,救起黄忠,大叫曰:"黄汉升乃长沙之保障,今杀汉升,是杀长沙百姓也!韩玄残暴不仁,轻贤慢士,当众共殛之!愿随我者便来!"众视其人,面如重枣,目若朗星,乃义阳人魏延也。自襄阳赶刘玄德不着,来投韩玄;玄怪其傲慢少礼,不肯重用,故屈沉于此。当日救下黄忠,教百姓同杀韩玄,袒臂一呼,相从者数百余人。黄忠拦当不住。魏延直杀上城头,一刀砍韩玄为两段,提头上马,引百姓出城,投拜云长。云长大喜,遂入城。安抚已毕,请黄忠相见;忠托病不出。云长即使人去请玄德、孔明。

却说玄德自云长来取长沙,与孔明随后催促人马接应。正行间,青旗倒卷,一鸦自北南飞,连叫三声而去。玄德曰:"此应何祸福?"孔明就马上袖占一课,曰:"长沙郡已得,又主得大将。午时后定见分晓。"少顷,见一小校飞报前来,说:"关将军已得长沙郡,降将黄忠、魏延。耑等主公到彼。"玄德大喜,遂入长沙。云长接入厅上,具言黄忠之事。玄德乃亲往黄忠家相请,忠方出降,求葬韩玄尸首于长沙之东。后人有诗赞黄忠曰:"将军气概与天参,白发犹然困汉南。至死甘心无怨望,临降低首尚怀惭。宝刀灿雪彰神勇,铁骑临风忆战酣。千古高名应不泯,长随孤月照湘潭。"

玄德待黄忠甚厚。云长引魏延来见,孔明喝令刀斧手推下斩之。

玄德惊问孔明曰:“魏延乃有功无罪之人,军师何故欲杀之?”孔明曰:“食其禄而杀其主,是不忠也;居其土而献其地,是不义也。吾观魏延脑后有反骨,久后必反,故先斩之,以绝祸根。”玄德曰:“若斩此人,恐降者人人自危。望军师恕之。”孔明指魏延曰:“吾今饶汝性命。汝可尽忠报主,勿生异心;若生异心,我好歹取汝首级。”魏延喏喏连声而退。黄忠荐刘表侄刘磐——现在攸县闲居,玄德取回,教掌长沙郡。四郡已平,玄德班师回荆州,改油江口为公安。自此钱粮广盛,贤士归之;将军马四散屯于隘口。

却说周瑜自回柴桑养病,令甘宁守巴陵郡,令凌统守汉阳郡,二处分布战船,听候调遣。程普引其余将士投合淝县来。原来孙权自从赤壁鏖兵之后,久在合淝,与曹兵交锋,大小十余战,未决胜负,不敢逼城下寨,离城五十里屯兵。闻程普兵到,孙权大喜,亲自出营劳军。人报鲁子敬先至,权乃下马立待之。肃慌忙滚鞍下马施礼。众将见权如此待肃,皆大惊异。权请肃上马,并辔而行,密谓曰:“孤下马相迎,足显公否?”肃曰:“未也。”权曰:“然则何如而后为显耶?”肃曰:“愿明公威德加于四海,总括九州,克成帝业,使肃名书竹帛,始为显矣。”权抚掌大笑。同至帐中,大设饮宴,犒劳鏖兵将士,商议破合淝之策。

忽报张辽差人来下战书。权拆书观毕,大怒曰:“张辽欺吾太甚!汝闻程普军来,故意使人搦战!来日吾不用新军赴敌,看我大战一场!”传令当夜五更,三军出寨,望合淝进发。辰时左右,军马行至半途,曹兵已到。两边布成阵势。孙权金盔金甲,披挂出马;左宋谦,右贾华,二将使方天画戟,两边护卫。三通鼓罢,曹军阵中,门旗两开,三员将全装惯带,立于阵前:中央张辽,左边李典,右边乐进。张辽纵马当先,专搦孙权决战。权绰枪欲自战,阵门中一将挺枪骤马早出,乃太史慈也。张辽挥刀来迎。两将战有七八十合,不分胜负。曹阵上李典谓乐进曰:“对面金盔者,孙权也。若捉得孙权,足可与八十三万大军报仇。”说犹未了,乐进一骑马,一口刀,从刺斜里径取孙权,如一道电光,飞至面前,手起刀落。宋谦、贾华急将画戟遮架。刀到处,两枝戟齐断,只将戟杆望马头上打。乐进回马,宋谦绰军士手中枪赶来。李典搭上箭，望宋谦心窝里便射，应弦落马。太史慈见背后有人堕马，弃却张辽，望本阵便回。张辽乘势掩杀过来，吴兵大乱，四散奔走。张辽望见孙权，骤马赶来。看看赶上，刺斜里撞出一军，为首大将，乃程普也；截杀一阵，救了孙权。张辽收军自回合淝。

程普保孙权归大寨，败军陆续回营。孙权因见折了宋谦，放声大哭。长史张纮曰："主公恃盛壮之气，轻视大敌，三军之众，莫不寒心。即使斩将搴旗，威振疆场，亦偏将之任，非主公所宜也。愿抑贲、育之勇，怀王霸之计。且今日宋谦死于锋镝之下，皆主公轻敌之故。今后切宜保重。"权曰："是孤之过也。从今当改之。"少顷，太史慈入帐，言："某手下有一人，姓戈，名定，与张辽手下养马后槽是弟兄，后槽被责怀怨，今晚使人报来，举火为号，刺杀张辽，以报宋谦之仇。某请引兵为外应。"权曰："戈定何在？"太史慈曰："已混入合淝城中去了。某愿乞五千兵去。"诸葛瑾曰："张辽多谋，恐有准备，不可造次。"太史慈坚执要行。权因伤感宋谦之死，急要报仇，遂令太史慈引兵五千，去为外应。

却说戈定乃太史慈乡人；当日杂在军中，随入合淝城，寻见养马后槽，两个商议。戈定曰："我已使人报太史慈将军去了，今夜必来接应。你如何用事？"后槽曰："此间离中军较远，夜间急不能进，只就草堆上放起一把火，你去前面叫反，城中兵乱，就里刺杀张辽，余军自走也。"戈定曰："此计大妙！"是夜张辽得胜回城，赏劳三军，传令不许解甲宿睡。左右曰："今日全胜，吴兵远遁，将军何不卸甲安息？"辽曰："非也。为将之道：勿以胜为喜，勿以败为忧。倘吴兵度我无备，乘虚攻击，何以应之？今夜防备，当比每夜更加谨慎。"说犹未了，后寨火起，一片声叫反，报者如麻。张辽出帐上马，唤亲从将校十数人，当道而立。左右曰："喊声甚急，可往观之。"辽曰："岂有一城皆反者？此是造反之人，故惊军士耳。如乱者先斩！"无移时，李典擒戈定并后槽至。辽询得其情，立斩于马前。只听得城门外鸣锣击鼓，喊声大震。辽曰："此是吴兵外应，可就计破之。"便令人于城门内放起一把火，众皆叫反，大开城门，放下吊桥。太史慈见城门大开，只道内变，挺枪纵马先入。城上一声炮响，乱箭射下，太史慈急退，身中数箭。背后李典、乐进杀出，吴兵折其大半，乘势直赶到寨前。陆逊、董袭杀出，救了太史慈。曹兵自回。孙权见太史慈身带重伤，愈加伤感。张昭请权罢兵。权从之，遂收兵下船，回南徐润州。比及屯住军马，太史慈病重；权使张昭等问安，太史慈大叫曰："大丈夫生于乱世，当带三尺剑立不世之功；今所志未遂，奈何死乎！"言讫而亡，年四十一岁。后人有诗赞曰："矢志全忠孝，东莱太史慈；姓名昭远塞，弓马震雄师；北海酬恩日，神亭酣战时。临终言壮志，千古共嗟咨！"孙权闻慈死，伤悼不已，命厚葬于南徐北固山下，养其子太史亨于府中。

却说玄德在荆州整顿军马，闻孙权合淝兵败，已回南徐，与孔明商议。孔明曰："亮夜观星象，见西北有星坠地，必应折一皇族。"正言间，忽报公子刘琦病亡。玄德闻之，痛哭不已。孔明劝曰："生死分定，主公勿忧，恐伤贵体。且理大事：可急差人到彼守御城池，并料理葬事。"玄德曰："谁可去？"孔明曰："非云长不可。"即时便教云长前去襄阳保守。玄德曰："今日刘琦已死，东吴必来讨荆州，如何对答？"孔明曰："若有人来，亮自有言对答。"过了半月，人报东吴鲁肃特来吊丧。正是：先将计策安排定，只等东吴使命来。未知孔明如何对答，且看下文分解。

第五十四回 吴国太佛寺看新郎 刘皇叔洞房续佳偶

却说孔明闻鲁肃到，与玄德出城迎接，接到公廨，相见毕。肃曰："主公闻令侄弃世，特具薄礼，遣某前来致祭。周都督再三致意刘皇叔、诸葛先生。"玄德、孔明起身称谢，收了礼物，置酒相待。肃曰："前者皇叔有言：公子不在，即还荆州。今公子已去世，必然见还。不识几时可以交割？"玄德曰："公且饮酒，有一个商议。"肃强饮数杯，又开言相问。玄德未及回答，孔明变色曰："子敬好不通理，直须待人开口！自我高皇帝斩蛇起义，开基立业，传至于今；不幸奸雄并起，各据一方；少不得天道好还，复归正统。我主人乃中山靖王之后，孝景皇帝玄孙，今皇上之叔，岂不可分茅裂土？况刘景升乃我主之兄也，弟承兄业，有何不顺？汝主乃钱塘小吏之子，素无功德于朝廷；今倚势力，占据六郡八十一州，尚自贪心不足，而欲并吞汉土。刘氏天下，我主姓刘倒无分，汝主姓孙反要强争？且赤壁之战，我主多负勤劳，众将并皆用命，岂独是汝东吴之力？若非我借东南风，周郎安能展半筹之功？江南一破，休说二乔置于铜雀宫，虽公等家小，亦不能保。适来我主人不即答应者，以子敬乃高明之士，不待细说。何公不察之甚也！"

一席话，说得鲁子敬缄口无言；半晌乃曰："孔明之言，怕不有理；争奈鲁肃身上甚是不便。"孔明曰："有何不便处？"肃曰："昔日皇叔当阳受难时，是肃引孔明渡江，见我主公；后来周公瑾要兴兵取荆州，又是肃挡住；至说待公子去世还荆州，又是肃担承：今却不应前言，教鲁肃如何回覆？我主与周公瑾必然见罪。肃死不恨，只恐惹恼东吴，兴动干戈，皇叔亦不能安坐荆州，空为天下耻笑耳。"孔明曰："曹操统百万之众，动以天子为名，吾亦不以为意，岂惧周郎一小儿乎！若恐先生面上不好看，我劝主人立纸文书，暂借荆州为本；待我主别图得城池之时，便交付还东吴。此论如何？"肃曰："孔明待夺得何处,还我荆州?"孔明曰:"中原急未可图;西川刘璋暗弱,我主将图之。若图得西川,那时便还。"肃无奈,只得听从。玄德亲笔写成文书一纸,押了字。保人诸葛孔明也押了字。孔明曰:"亮是皇叔这里人,难道自家作保?烦子敬先生也押个字,回见吴侯也好看。"肃曰:"某知皇叔乃仁义之人,必不相负。"遂押了字,收了文书。宴罢辞回。玄德与孔明,送到船边。孔明嘱曰:"子敬回见吴侯,善言伸意,休生妄想。若不准我文书,我翻了面皮,连八十一州都夺了。今只要两家和气,休教曹贼笑话。"

肃作别下船而回,先到柴桑郡见周瑜。瑜问曰:"子敬讨荆州如何?"肃曰:"有文书在此。"呈与周瑜,瑜顿足曰:"子敬中诸葛之谋也!名为借地,实是混赖。他说取了西川便还,知他几时取西川?假如十年不得西川,十年不还?这等文书,如何中用,你却与他做保!他若不还时,必须连累足下,主公见罪奈何?"肃闻言,呆了半晌,曰:"恐玄德不负我。"瑜曰:"子敬乃诚实人也。刘备枭雄之辈,诸葛亮奸猾之徒,恐不似先生心地。"肃曰:"若此,如之奈何?"瑜曰:"子敬是我恩人,想昔日指囷相赠之情,如何不救你?你且宽心住数日,待江北探细的回,别有区处。"鲁肃踢蹭不安。

过了数日,细作回报:"荆州城中扬起布幡做好事,城外别建新坟,军士各挂孝。"瑜惊问曰:"没了甚人?"细作曰:"刘玄德没了甘夫人,即日安排殡葬。"瑜谓鲁肃曰:"吾计成矣:使刘备束手就缚,荆州反掌可得!"肃曰:"计将安出?"瑜曰:"刘备丧妻,必将续娶。主公有一妹,极其刚勇,侍婢数百,居常带刀,房中军器摆列遍满,虽男子不及。我今上书主公,教人去荆州为媒,说刘备来入赘。赚到南徐,妻子不能勾得,幽囚在狱中,却使人去讨荆州换刘备。等他交割了荆州城池,我别有主意。于子敬身上,须无事也。"鲁肃拜谢。

周瑜写了书呈,选快船送鲁肃投南徐见孙权,先说借荆州一事,呈上文书。权曰:"你却如此糊涂!这样文书,要他何用!"肃曰:"周都督有书呈在此,说用此计,可得荆州。"权看毕,点头暗喜,寻思谁人可去。猛然省曰:"非吕范不可。"遂召吕范至,谓曰:"近闻刘玄德丧妇。吾有一妹,欲招赘玄德为婿,永结姻亲,同心破曹,以扶汉室。

非子衡不可为媒,望即往荆州一言。”范领命,即日收拾船只,带数个从人,望荆州来。

却说玄德自没了甘夫人,昼夜烦恼。一日,正与孔明闲叙,人报东吴差吕范到来。孔明笑曰:“此乃周瑜之计,必为荆州之故。亮只在屏风后潜听。但有甚说话,主公都应承了。留来人在馆驿中歇,别作商议。”

玄德教请吕范入。礼毕坐定,茶罢,玄德问曰:“子衡来,必有所谕?”范曰:“范近闻皇叔失偶,有一门好亲,故不避嫌,特来作媒。未知尊意若何?”玄德曰:“中年丧妻,大不幸也。骨肉未寒,安忍便议亲?”范曰:“人若无妻,如屋无梁,岂可中道而废人伦?吾主吴侯有一妹,美而贤,堪奉箕帚。若两家共结秦、晋之好,则曹贼不敢正视东南也。此事家国两便,请皇叔勿疑。但我国太吴夫人甚爱幼女,不肯远嫁,必求皇叔到东吴就婚。”玄德曰:“此事吴侯知否?”范曰:“不先禀吴侯,如何敢造次来说!”玄德曰:“吾年已半百,鬓发斑白;吴侯之妹,正当妙龄:恐非配偶。”范曰:“吴侯之妹,身虽女子,志胜男儿。常言:若非天下英雄,吾不事之。今皇叔名闻四海,正所谓淑女配君子,岂以年齿上下相嫌乎!”玄德曰:“公且少留,来日回报。”是日设宴相待,留于馆舍。

至晚,与孔明商议。孔明曰:“来意亮已知道了。适间卜易,得一大吉大利之兆。主公便可应允。先教孙乾和吕范回见吴侯,面许已定,择日便去就亲。”玄德曰:“周瑜定计欲害刘备,岂可以身轻入危险之地?”孔明大笑曰:“周瑜虽能用计,岂能出诸葛亮之料乎!略用小谋,使周瑜半筹不展;吴侯之妹,又属主公;荆州万无一失。”玄德怀疑未决。

孔明竟教孙乾往江南说合亲事。孙乾领了言语,与吕范同到江南,来见孙权。权曰:“吾愿将小妹招赘玄德,并无异心。”孙乾拜谢,回荆州见玄德,言:“吴侯专候主公去结亲。”玄德怀疑不敢往。孔明曰:“吾已定下三条计策,非子龙不可行也。”遂唤赵云近前,附耳言曰:“汝保主公入吴,当领此三个锦囊。囊中有三条妙计,依次而行。”即将三个锦囊,与云贴肉收藏,孔明先使人往东吴纳了聘,一切完备。

时建安十四年冬十月。玄德与赵云、孙乾取快船十只，随行五百余人，离了荆州，前往南徐进发。荆州之事，皆听孔明裁处。玄德心中怏怏不安。到南徐州，船已傍岸，云曰："军师分付三条妙计，依次而行。今已到此，当先开第一个锦囊来看。"于是开囊看了计策。便唤五百随行军士，一一分付如此如此，众军领命而去，又教玄德先往见乔国老，那乔国老乃二乔之父，居于南徐。玄德牵羊担酒，先往拜见，说吕范为媒、娶夫人之事。随行五百军士，俱披红挂彩，入南徐买办物件，传说玄德入赘东吴，城中人尽知其事。孙权知玄德已到，教吕范相待，且就馆舍安歇。

却说乔国老既见玄德，便入见吴国太贺喜。国太曰："有何喜事？"乔国老曰："令爱已许刘玄德为夫人，今玄德已到，何故相瞒？"国太惊曰："老身不知此事！"便使人请吴侯问虚实，一面先使人于城中探听。人皆回报："果有此事。女婿已在馆驿安歇，五百随行军士都在城中买猪羊果品，准备成亲。做媒的女家是吕范，男家是孙乾，俱在馆驿中相待。"国太吃了一惊。少顷，孙权入后堂见母亲。国太捶胸大哭。权曰："母亲何故烦恼？"国太曰："你直如此将我看承得如无物！我姐姐临危之时，分付你甚么话来！"孙权失惊曰："母亲有话明说，何苦如此？"国太曰："男大须婚，女大须嫁，古今常理。我为你母亲，事当禀命于我。你招刘玄德为婿，如何瞒我？女儿须是我的！"权吃了一惊，问曰："那里得这话来？"国太曰："若要不知，除非莫为。满城百姓，那一个不知？你倒瞒我！"乔国老曰："老夫已知多日了，今特来贺喜。"权曰："非也。此是周瑜之计，因要取荆州，故将此为名，赚刘备来拘囚在此，要他把荆州来换；若其不从，先斩刘备。此是计策，非实意也。"国太大怒，骂周瑜曰："汝做六郡八十一州大都督，直恁无条计策去取荆州，却将我女儿为名，使美人计！杀了刘备，我女便是望门寡，明日再怎的说亲？须误了我女儿一世！你们好做作！"乔国老曰："若用此计，便得荆州，也被天下人耻笑。此事如何行得！"说得孙权默然无语。

国太不住口的骂周瑜。乔国老劝曰："事已如此，刘皇叔乃汉室宗亲,不如真个招他为婿,免得出丑。”权曰:“年纪恐不相当。”国老曰:“刘皇叔乃当世豪杰,若招得这个女婿,也不辱了令妹。”国太曰:“我不曾认得刘皇叔。明日约在甘露寺相见:如不中我意,任从你们行事;若中我的意,我自把女儿嫁他!”孙权乃大孝之人,见母亲如此言语,随即应承,出外唤吕范,分付来日甘露寺方丈设宴,国太要见刘备。吕范曰:“何不令贾华部领三百刀斧手,伏于两廊;若国太不喜时,一声号举,两边齐出,将他拿下。”权遂唤贾华,分付预先准备,只看国太举动。

却说乔国老辞吴国太归,使人去报玄德,言:“来日吴侯、国太亲自要见,好生在意!”玄德与孙乾、赵云商议。云曰:“来日此会,多凶少吉,云自引五百军保护。”次日,吴国太、乔国老先在甘露寺方丈里坐定。孙权引一班谋士,随后都到,却教吕范来馆驿中请玄德。玄德内披细铠,外穿锦袍,从人背剑紧随,上马投甘露寺来。赵云全装惯带,引五百军随行。来到寺前下马,先见孙权。权观玄德仪表非凡,心中有畏惧之意。二人叙礼毕,遂入方丈见国太。国太见了玄德,大喜,谓乔国老曰:“真吾婿也!”国老曰:“玄德有龙凤之姿,天日之表;更兼仁德布于天下:国太得此佳婿,真可庆也!”玄德拜谢,共宴于方丈之中。少刻,子龙带剑而入,立于玄德之侧。国太问曰:“此是何人?”玄德答曰:“常山赵子龙也。”国太曰:“莫非当阳长坂抱阿斗者乎?”玄德曰:“然。”国太曰:“真将军也!”遂赐以酒。赵云谓玄德曰:“却才某于廊下巡视,见房内有刀斧手埋伏,必无好意。可告知国太。”玄德乃跪于国太席前,泣而告曰:“若杀刘备,就此请诛。”国太曰:“何出此言?”玄德曰:“廊下暗伏刀斧手,非杀备而何?”国太大怒,责骂孙权:“今日玄德既为我婿,即我之儿女也。何故伏刀斧手于廊下!”权推不知,唤吕范问之;范推贾华;国太唤贾华责骂,华默然无言。国太喝令斩之。玄德告曰:“若斩大将,于亲不利,备难久居膝下矣。”乔国老也相劝。国太方叱退贾华。刀斧手皆抱头鼠窜而去。

玄德更衣出殿前,见庭下有一石块。玄德拔从者所佩之剑,仰天祝曰:“若刘备能勾回荆州,成王霸之业,一剑挥石为两段。如死于此地，剑剁石不开。”言讫，手起剑落，火光迸溅，砍石为两段。孙权在后面看见，问曰：“玄德公如何恨此石？”玄德曰：“备年近五旬，不能为国家剿除贼党，心常自恨。今蒙国太招为女婿，此平生之际遇也。恰才问天买卦，如破曹兴汉，砍断此石。今果然如此。”权暗思：“刘备莫非用此言瞒我？”亦掣剑谓玄德曰：“吾亦问天买卦。若破得曹贼，亦断此石。”却暗暗祝告曰：“若再取得荆州，兴旺东吴，砍石为两半！”手起剑落，巨石亦开。至今有十字纹“恨石”尚存。后人观此胜迹，作诗赞曰：“宝剑落时山石断，金环响处火光生。两朝旺气皆天数，从此乾坤鼎足成。”

二人弃剑，相携入席。又饮数巡，孙乾目视玄德，玄德辞曰：“备不胜酒力，告退。”孙权送出寺前，二人并立，观江山之景。玄德曰：“此乃天下第一江山也！”至今甘露寺牌上云：“天下第一江山”。后人有诗赞曰：“江山雨霁拥青螺，境界无忧乐最多。昔日英雄凝目处，岩崖依旧抵风波。”

二人共览之次，江风浩荡，洪波滚雪，白浪掀天。忽见波上一叶小舟，行于江面上，如行平地。玄德叹曰：“南人驾船，北人乘马，信有之也。”孙权闻言自思曰：“刘备此言，戏我不惯乘马耳。”乃令左右牵过马来，飞身上马，驰骤下山，复加鞭上岭，笑谓玄德曰：“南人不能乘马乎？”玄德闻言，撩衣一跃，跃上马背，飞走下山，复驰骋而上。二人立马于山坡之上，扬鞭大笑。至今此处名为“驻马坡”。后人有诗曰：“驰骤龙驹气概多，二人并辔望山河。东吴西蜀成王霸，千古犹存驻马坡。”当日二人并辔而回。南徐之民，无不称贺。

玄德自回馆驿，与孙乾商议。乾曰：“主公只是哀求乔国老，早早毕姻，免生别事。”次日，玄德复至乔国老宅前下马。国老接入，礼毕，茶罢，玄德告曰：“江左之人，多有要害刘备者，恐不能久居。”国老曰：“玄德宽心。吾为公告国太，令作护持。”玄德拜谢自回。乔国老入见国太，言玄德恐人谋害，急急要回。国太大怒曰：“我的女婿，谁敢害他！”即时便教搬入书院暂住，择日毕姻。玄德自入告国太曰：“只恐赵云在外不便，军士无人约束。”国太教尽搬入府中安歇，休留在馆驿中，免得生事。玄德暗喜。

数日之内,大排筵会,孙夫人与玄德结亲。至晚客散,两行红炬,接引玄德入房。灯光之下,但见枪刀簇满;侍婢皆佩剑悬刀,立于两傍。諕得玄德魂不附体。正是:惊看侍女横刀立,疑是东吴设伏兵。毕竟是何缘故,且看下文分解。

第五十五回　玄德智激孙夫人　孔明二气周公瑾

却说玄德见孙夫人房中两边枪刀森列，侍婢皆佩剑，不觉失色。管家婆进曰："贵人休得惊惧：夫人自幼好观武事，居常令侍婢击剑为乐，故尔如此。"玄德曰："非夫人所观之事，吾甚心寒，可命暂去。"管家婆禀覆孙夫人曰："房中摆列兵器，娇客不安，今且去之。"孙夫人笑曰："厮杀半生，尚惧兵器乎！"命尽撤去，令侍婢解剑伏侍。当夜玄德与孙夫人成亲，两情欢洽。玄德又将金帛散给侍婢，以买其心，先教孙乾回荆州报喜。自此连日饮酒。国太十分爱敬。

却说孙权差人来柴桑郡报周瑜，说："我母亲力主，已将吾妹嫁刘备。不想弄假成真。此事还复如何？"瑜闻大惊，行坐不安，乃思一计，修密书付来人持回见孙权。权拆书视之。书略曰："瑜所谋之事，不想反覆如此。既已弄假成真，又当就此用计。刘备以枭雄之姿，有关、张、赵云之将，更兼诸葛用谋，必非久屈人下者。愚意莫如软困之于吴中：盛为筑宫室，以丧其心志；多送美色玩好，以娱其耳目；使分开关、张之情，隔远诸葛之契，各置一方，然后以兵击之，大事可定矣。今若纵之，恐蛟龙得云雨，终非池中物也。愿明公熟思之。"

孙权看毕，以书示张昭。昭曰："公瑾之谋，正合愚意。刘备起身微末，奔走天下，未尝受享富贵。今若以华堂大厦，子女金帛，令彼享用，自然疏远孔明、关、张等，使彼各生怨望，然后荆州可图也。主公可依公瑾之计而速行之。"权大喜，即日修整东府，广栽花木，盛设器用，请玄德与妹居住；又增女乐数十余人，并金玉锦绮玩好之物。国太只道孙权好意，喜不自胜。玄德果然被声色所迷，全不想回荆州。

却说赵云与五百军在东府前住，终日无事，只去城外射箭走马。看看年终。云猛省："孔明分付三个锦囊与我，教我一到南徐，开第一个;住到年终,开第二个;临到危急无路之时,开第三个:于内有神出鬼没之计,可保主公回家。此时岁已将终,主公贪恋女色,并不见面,何不拆开第二个锦囊,看计而行?”遂拆开视之。原来如此神策。即日径到府堂,要见玄德。侍婢报曰:“赵子龙有紧急事来报贵人。”玄德唤入问之。云佯作失惊之状曰:“主公深居画堂,不想荆州耶?”玄德曰:“有甚事如此惊怪?”云曰:“今早孔明使人来报,说曹操要报赤壁鏖兵之恨,起精兵五十万,杀奔荆州,甚是危急,请主公便回。”玄德曰:“必须与夫人商议。”云曰:“若和夫人商议,必不肯教主公回。不如休说,今晚便好起程。迟则误事!”玄德曰:“你且暂退,我自有道理。”云故意催逼数番而出。玄德入见孙夫人,暗暗垂泪。孙夫人曰:“丈夫何故烦恼?”玄德曰:“念备一身飘荡异乡,生不能侍奉二亲,又不能祭祀宗祖,乃大逆不孝也。今岁旦在迩,使备悒怏不已。”孙夫人曰:“你休瞒我,我已听知了也!方才赵子龙报说荆州危急,你欲还乡,故推此意。”玄德跪而告曰:“夫人既知,备安敢相瞒。备欲不去,使荆州有失,被天下人耻笑;欲去,又舍不得夫人:因此烦恼。”夫人曰:“妾已事君,任君所之,妾当相随。”玄德曰:“夫人之心,虽则如此,争奈国太与吴侯安肯容夫人去?夫人若可怜刘备,暂时辞别。”言毕,泪如雨下。孙夫人劝曰:“丈夫休得烦恼。妾当苦告母亲,必放妾与君同去。”玄德曰:“纵然国太肯时,吴侯必然阻挡。”孙夫人沉吟良久,乃曰:“妾与君正旦拜贺时,推称江边祭祖,不告而去,若何?”玄德又跪而谢曰:“若如此,生死难忘!切勿漏泄。”两个商议已定。玄德密唤赵云分付:“正旦日,你先引军士出城,于官道等候。吾推祭祖,与夫人同走。”云领诺。

建安十五年春正月元旦,吴侯大会文武于堂上。玄德与孙夫人入拜国太。孙夫人曰:“夫主想父母宗祖坟墓,俱在涿郡,昼夜伤感不已。今日欲往江边,望北遥祭,须告母亲得知。”国太曰:“此孝道也,岂有不从?汝虽不识舅姑,可同汝夫前去祭拜,亦见为妇之礼。”孙夫人同玄德拜谢而出。

此时只瞒着孙权。夫人乘车,止带随身一应细软。玄德上马,引数骑跟随出城,与赵云相会。五百军士前遮后拥,离了南徐,趱程而行。当日，孙权大醉，左右近侍扶入后堂，文武皆散。比及众官探得玄德、夫人逃遁之时，天色已晚。要报孙权，权醉不醒。及至睡觉，已是五更。次日，孙权闻知走了玄德，急唤文武商议。张昭曰："今日走了此人，早晚必生祸乱。可急追之。"孙权令陈武、潘璋选五百精兵，无分昼夜，务要赶上拿回。二将领命去了。

孙权深恨玄德，将案上玉砚摔为粉碎。程普曰："主公空有冲天之怒，某料陈武、潘璋必擒此人不得。"权曰："焉敢违我令！"普曰："郡主自幼好观武事，严毅刚正，诸将皆惧。既然肯顺刘备，必同心而去。所追之将，若见郡主，岂肯下手？"权大怒，掣所佩之剑，唤蒋钦、周泰听令，曰："汝二人将这口剑去取吾妹并刘备头来！违令者立斩！"蒋钦、周泰领命，随后引一千军赶来。

却说玄德加鞭纵辔，趱程而行；当夜于路暂歇两个更次，慌忙起行。看看来到柴桑界首，望见后面尘头大起，人报："追兵至矣！"玄德慌问赵云曰："追兵既至，如之奈何？"赵云曰："主公先行，某愿当后。"转过前面山脚，一彪军马拦住去路。当先两员大将，厉声高叫曰："刘备早早下马受缚！吾奉周都督将令，守候多时！"原来周瑜恐玄德走脱，先使徐盛、丁奉引三千军马于冲要之处扎营等候，时常令人登高遥望，料得玄德若投旱路，必经此道而过。当日徐盛、丁奉瞭望得玄德一行人到，各绰兵器截住去路。玄德惊慌勒回马问赵云曰："前有拦截之兵，后有追赶之兵：前后无路，如之奈何？"云曰："主公休慌。军师有三条妙计，多在锦囊之中。已拆了两个，并皆应验。今尚有第三个在此，分付遇危难之时，方可拆看。今日危急，当拆观之。"便将锦囊拆开，献与玄德。玄德看了，急来车前泣告孙夫人曰："备有心腹之言，至此尽当实诉。"夫人曰："丈夫有何言语，实对我说。"玄德曰："昔日吴侯与周瑜同谋，将夫人招嫁刘备，实非为夫人计，乃欲幽困刘备而夺荆州耳。夺了荆州，必将杀备。是以夫人为香饵而钓备也。备不惧万死而来，盖知夫人有男子之胸襟，必能怜备。昨闻吴侯将欲加害，故托荆州有难，以图归计。幸得夫人不弃，同至于此。今吴侯又令人在后追赶，周瑜又使人于前截住，非夫人莫解此祸。如夫人不允，备请死于车前，以报夫人之德。"夫人怒曰："吾兄既不以我为亲骨肉,我有何面目重相见乎！今日之危,我当自解。”于是叱从人推车直出,卷起车帘,亲喝徐盛、丁奉曰:“你二人欲造反耶?”徐、丁二将慌忙下马,弃了兵器,声喏于车前曰:“安敢造反。为奉周都督将令,屯兵在此专候刘备。”孙夫人大怒曰:“周瑜逆贼！我东吴不曾亏负你！玄德乃大汉皇叔,是我丈夫。我已对母亲、哥哥说知回荆州去。今你两个于山脚去处,引着军马拦截道路,意欲劫掠我夫妻财物耶?”徐盛、丁奉喏喏连声,口称:“不敢。请夫人息怒。这不干我等之事,乃是周都督的将令。”孙夫人叱曰:“你只怕周瑜,独不怕我？周瑜杀得你,我岂杀不得周瑜?”把周瑜大骂一场,喝令推车前进。徐盛、丁奉自思:“我等是下人。安敢与夫人违拗?”又见赵云十分怒气,只得把军喝住,放条大路教过去。

恰才行不得五六里,背后陈武、潘璋赶到。徐盛、丁奉备言其事。陈、潘二将曰:“你放他过去差了也。我二人奉吴侯旨意,特来追捉他回去。”于是四将合兵一处,趱程赶来。玄德正行间,忽听得背后喊声大起。玄德又告孙夫人曰:“后面追兵又到,如之奈何?”夫人曰:“丈夫先行,我与子龙当后。”玄德先引三百军,望江岸去了。子龙勒马于车傍,将士卒摆开,专候来将。四员将见了孙夫人,只得下马,叉手而立。夫人曰:“陈武、潘璋,来此何干?”二将答曰:“奉主公之命,请夫人、玄德回。”夫人正色叱曰:“都是你这伙匹夫,离间我兄妹不睦！我已嫁他人,今日归去,须不是与人私奔。我奉母亲慈旨,令我夫妇回荆州。便是我哥哥来,也须依礼而行。你二人倚仗兵威,欲待杀害我耶?”骂得四人面面相觑,各自寻思:“他一万年也只是兄妹。更兼国太作主,吴侯乃大孝之人,怎敢违逆母言？明日翻过脸来,只是我等不是。不如做个人情。”军中又不见玄德;但见赵云怒目睁眉,只待厮杀。因此四将喏喏连声而退。孙夫人令推车便行。徐盛曰:“我四人同去见周都督,告禀此事。”

四人犹豫未定。忽见一军如旋风而来,视之,乃蒋钦、周泰。二将问曰:“你等曾见刘备否?”四人曰:“早晨过去,已半日矣。”蒋钦曰:“何不拿下?”四人各言孙夫人发话之事。蒋钦曰:“便是吴侯怕道如此,封一口剑在此,教先杀他妹,后斩刘备。违者立斩!”四将曰:“去之已远,怎生奈何?”蒋钦曰:“他终是些步军,急行不上。徐、丁二将军可飞报都督,教水路棹快船追赶;我四人在岸上追赶:无问水旱之路,赶上杀了,休听他言语。”于是徐盛、丁奉飞报周瑜;蒋钦、周泰、陈武、潘璋四个领兵沿江赶来。

却说玄德一行人马,离柴桑较远,来到刘郎浦,心才稍宽。沿着江岸寻渡,一望江水弥漫,并无船只。玄德俯首沉吟。赵云曰:“主公在虎口中逃出,今已近本界,吾料军师必有调度,何用犹疑?”玄德听罢,蓦然想起在吴繁华之事,不觉凄然泪下。后人有诗叹曰:“吴蜀成婚此水浔,明珠步障屋黄金。谁知一女轻天下,欲易刘郎鼎峙心。”

玄德令赵云望前哨探船只,忽报后面尘土冲天而起。玄德登高望之,但见军马盖地而来,叹曰:“连日奔走,人困马乏,追兵又到,死无地矣!”看看喊声渐近。正慌急间,忽见江岸边一字儿抛着拖篷船二十余只。赵云曰:“天幸有船在此!何不速下,棹过对岸,再作区处!”玄德与孙夫人便奔上船。子龙引五百军亦都上船,只见船舱中一人纶巾道服,大笑而出,曰:“主公且喜!诸葛亮在此等候多时。”船中扮作客人的,皆是荆州水军。玄德大喜。不移时,四将赶到。孔明笑指岸上人言曰:“吾已算定多时矣。汝等回去传示周郎,教休再使美人局手段。”岸上乱箭射来,船已开的远了。蒋钦等四将,只好呆看。

玄德与孔明正行间,忽然江声大震。回头视之,只见战船无数。帅字旗下,周瑜自领惯战水军,左有黄盖,右有韩当,势如飞马,疾似流星。看看赶上。孔明教棹船投北岸,弃了船,尽皆上岸而走,车马登程。周瑜赶到江边,亦皆上岸追袭。大小水军,尽是步行;止有为首官军骑马。周瑜当先,黄盖、韩当、徐盛、丁奉紧随。周瑜曰:“此处是那里?”军士答曰:“前面是黄州界首。”望见玄德车马不远,瑜令并力追袭。正赶之间,一声鼓响,山崦内一彪刀手拥出,为首一员大将,乃关云长也。周瑜举止失措,急拨马便走;云长赶来,周瑜纵马逃命。正奔走间,左边黄忠,右边魏延,两军杀出。吴兵大败。周瑜急急下得船时,岸上军士齐声大叫曰:“周郎妙计安天下,陪了夫人又折兵!”瑜怒曰:“可再登岸决一死战!”黄盖、韩当力阻。瑜自思曰:“吾计不成,有何面目去见吴侯!”大叫一声,金疮迸裂,倒于船上。众将急救,却早不省人事。正是:两番弄巧翻成拙,此日含嗔却带羞。未知周郎性命如何,且看下文分解。

第五十六回　曹操大宴铜雀台　孔明三气周公瑾

却说周瑜被诸葛亮预先埋伏关公、黄忠、魏延三枝军马，一击大败。黄盖、韩当急救下船，折却水军无数。遥观玄德、孙夫人车马仆从，都停住于山顶之上，瑜如何不气？箭疮未愈，因怒气冲激，疮口迸裂，昏绝于地。众将救醒，开船逃去。孔明教休追赶，自和玄德归荆州庆喜，赏赐众将。

周瑜自回柴桑。蒋钦等一行人马自归南徐报孙权。权不胜忿怒，欲拜程普为都督，起兵取荆州。周瑜又上书，请兴兵雪恨。张昭谏曰："不可。曹操日夜思报赤壁之恨，因恐孙、刘同心，故未敢兴兵。今主公若以一时之忿，自相吞并，操必乘虚来攻，国势危矣。"顾雍曰："许都岂无细作在此？若知孙、刘不睦，操必使人勾结刘备。备惧东吴，必投曹操。若是，则江南何日得安？为今之计，莫若使人赴许都，表刘备为荆州牧。曹操知之，则惧而不敢加兵于东南。且使刘备不恨于主公。然后使心腹用反间之计，令曹、刘相攻，吾乘隙而图之，斯为得耳。"权曰："元叹之言甚善。但谁可为使？"雍曰："此间有一人，乃曹操敬慕者，可以为使。"权问何人。雍曰："华歆在此，何不遣之？"权大喜，即遣歆赍表赴许都。歆领命起程，径到许都来见曹操。闻操会群臣于邺郡，庆赏铜雀台，歆乃赴邺郡候见。

操自赤壁败后，常思报仇；只疑孙、刘并力，因此不敢轻进。时建安十五年春，造铜雀台成，操乃大会文武于邺郡，设宴庆贺。其台正临漳河，中央乃铜雀台。左边一座名玉龙台，右边一座名金凤台，各高十丈，上横二桥相通，千门万户，金碧交辉。是日，曹操头戴嵌宝金冠，身穿绿锦罗袍，玉带珠履，凭高而坐。文武侍立台下。

操欲观武官比试弓箭，乃使近侍将西川红锦战袍一领，挂于垂杨枝上，下设一箭垛，以百步为界。分武官为两队：曹氏宗族俱穿红，其余将士俱穿绿；各带雕弓长箭，跨鞍勒马，听候指挥。操传令曰："有能射中箭垛红心者,即以锦袍赐之;如射不中,罚水一杯。”号令方下,红袍队中,一个少年将军骤马而出,众视之,乃曹休也。休飞马往来,奔驰三次,扣上箭,拽满弓,一箭射去,正中红心。金鼓齐鸣,众皆喝采。曹操于台上望见大喜,曰:“此吾家千里驹也!”方欲使人取锦袍与曹休,只见绿袍队中,一骑飞出,叫曰:“丞相锦袍,合让俺外姓先取,宗族中不宜搀越。”操视其人,乃文聘也。众官曰:“且看文仲业射法。”文聘拈弓纵马一箭,亦中红心。众皆喝采,金鼓乱鸣。聘大呼曰:“快取袍来!”只见红袍队中,又一将飞马而出,厉声曰:“文烈先射,汝何得争夺?看我与你两个解箭!”拽满弓,一箭射去,也中红心。众人齐声喝采。视其人,乃曹洪也。洪方欲取袍,只见绿袍队里又一将出,扬弓叫曰:“你三人射法,何足为奇!看我射来!”众视之,乃张郃也。郃飞马翻身,背射一箭,也中红心。四枝箭齐齐的攒在红心里。众人都道:“好射法!”郃曰:“锦袍须该是我的!”言未毕,红袍队中一将飞马而出,大叫曰:“汝翻身背射,何足称异!看我夺射红心!”众视之,乃夏侯渊也。渊骤马至界口,纽回身一箭射去,正在四箭当中,金鼓齐鸣。渊勒马按弓大叫曰:“此箭可夺得锦袍么?”只见绿袍队里,一将应声而出,大叫:“且留下锦袍与我徐晃!”渊曰:“汝更有何射法,可夺我袍?”晃曰:“汝夺射红心,不足为异。看我单取锦袍!”拈弓搭箭,遥望柳条射去,恰好射断柳条,锦袍坠地。徐晃飞取锦袍,披于身上,骤马至台前声喏曰:“谢丞相袍!”曹操与众官无不称羡。晃才勒马要回,猛然台边跃出一个绿袍将军,大呼曰:“你将锦袍那里去?早早留下与我!”众视之,乃许褚也。晃曰:“袍已在此,汝何敢强夺!”褚更不回答,竟飞马来夺袍。两马相近,徐晃便把弓打许褚。褚一手按住弓,把徐晃拖离鞍鞒。晃急弃了弓,翻身下马,褚亦下马,两个揪住厮打。操急使人解开,那领锦袍已是扯得粉碎。操令二人都上台。徐晃睁眉怒目,许褚切齿咬牙,各有相斗之意。操笑曰:“孤特视公等之勇耳。岂惜一锦袍哉?”便教诸将尽都上台,各赐蜀锦一匹。诸将各各称谢。操命各依位次而坐。乐声竞奏,水陆并陈。文官武将轮次把盏,献酬交错。

操顾谓众文官曰:“武将既以骑射为乐,足显威勇矣。公等皆饱学之士，登此高台，可不进佳章以纪一时之胜事乎？”众官皆躬身而言曰：“愿从钧命。”时有王朗、钟繇、王粲、陈琳一班文官，进献诗章。诗中多有称颂曹操功德巍巍、合当受命之意。曹操逐一览毕，笑曰：“诸公佳作，过誉甚矣。孤本愚陋，始举孝廉。后值天下大乱，筑精舍于谯东五十里，欲春夏读书，秋冬射猎，以待天下清平，方出仕耳。不意朝廷征孤为典军校尉，遂更其意，专欲为国家讨贼立功，图死后得题墓道曰：‘汉故征西将军曹侯之墓’，平生愿足矣。念自讨董卓，剿黄巾以来，除袁术、破吕布、灭袁绍、定刘表，遂平天下。身为宰相，人臣之贵已极，又复何望哉？如国家无孤一人，正不知几人称帝，几人称王。或见孤权重，妄相忖度，疑孤有异心，此大谬也。孤常念孔子称文王之至德，此言耿耿在心。但欲孤委捐兵众，归就所封武平侯之国，实不可耳：诚恐一解兵柄，为人所害。孤败则国家倾危，是以不得慕虚名而处实祸也。诸公必无知孤意者。”众皆起拜曰：“虽伊尹、周公，不及丞相矣。”后人有诗曰：“周公恐惧流言日，王莽谦恭下士时。假使当年身便死，一生真伪有谁知！”

曹操连饮数杯，不觉沉醉，唤左右捧过笔砚，亦欲作《铜雀台诗》。刚才下笔，忽报：“东吴使华歆表奏刘备为荆州牧，孙权以妹嫁刘备，汉上九郡大半已属备矣。”操闻之，手脚慌乱，投笔于地。程昱曰：“丞相在万军之中，矢石交攻之际，未尝动心；今闻刘备得了荆州，何故如此失惊？”操曰：“刘备，人中之龙也，生平未尝得水。今得荆州，是困龙入大海矣。孤安得不动心哉！”程昱曰：“丞相知华歆来意否？”操曰：“未知。”昱曰：“孙权本忌刘备，欲以兵攻之，但恐丞相乘虚而击。故令华歆为使，表荐刘备，乃安备之心，以塞丞相之望耳。”操点头曰：“是也。”昱曰：“某有一计，使孙、刘自相吞并，丞相乘间图之，一鼓而二敌俱破。”操大喜，遂问其计。程昱曰：“东吴所倚者，周瑜也。丞相今表奏周瑜为南郡太守，程普为江夏太守，留华歆在朝重用之；瑜必自与刘备为仇敌矣。我乘其相并而图之，不亦善乎？”操曰：“仲德之言，正合孤意。”遂召华歆上台，重加赏赐。当日筵散，操即引文武回许昌，表奏周瑜为总领南郡太守、程普为江夏太守。封华歆为大理少卿，留在许都。

使命至东吴，周瑜、程普各受职讫。周瑜既领南郡，愈思报仇，遂上书吴侯，乞令鲁肃去讨还荆州。孙权乃命肃曰："汝昔保借荆州与刘备，今备迁延不还，等待何时？"肃曰："文书上明白写着，得了西川便还。"权叱曰："只说取西川，到今又不动兵，不等老了人！"肃曰："某愿往言之。"遂乘船投荆州而来。

却说玄德与孔明在荆州广聚粮草，调练军马，远近之士多归之。忽报鲁肃到。玄德问孔明曰："子敬此来何意？"孔明曰："昨者孙权表主公为荆州牧，此是惧曹操之计。操封周瑜为南郡太守，此欲令我两家自相吞并，他好于中取事也。今鲁肃此来，又是周瑜既受太守之职，要来索荆州之意。"玄德曰："何以答之？"孔明曰："若肃提起荆州之事，主公便放声大哭。哭到悲切之处，亮自出来解劝。"

计会已定，接鲁肃入府，礼毕，叙坐。肃曰："今日皇叔做了东吴女婿，便是鲁肃主人，如何敢坐？"玄德笑曰："子敬与我旧交，何必太谦？"肃乃就坐。茶罢，肃曰："今奉吴侯钧命，专为荆州一事而来。皇叔已借住多时，未蒙见还。今既两家结亲，当看亲情面上，早早交付。"玄德闻言，掩面大哭。肃惊曰："皇叔何故如此？"玄德哭声不绝。

孔明从屏后回曰："亮听之久矣。子敬知吾主人哭的缘故么？"肃曰："某实不知。"孔明曰："有何难见？当初我主人借荆州时，许下取得西川便还。仔细想来，益州刘璋是我主人之弟，一般都是汉朝骨肉，若要兴兵去取他城池时，恐被外人唾骂；若要不取，还了荆州，何处安身？若不还时，于尊舅面上又不好看。事实两难，因此泪出痛肠。"孔明说罢，触动玄德衷肠，真个捶胸顿足，放声大哭。鲁肃劝曰："皇叔且休烦恼，与孔明从长计议。"孔明曰："有烦子敬，回见吴侯，勿惜一言之劳，将此烦恼情节，恳告吴侯，再容几时。"肃曰："倘吴侯不从，如之奈何？"孔明曰："吴侯既以亲妹聘嫁皇叔，安得不从乎？望子敬善言回覆。"

鲁肃是个宽仁长者，见玄德如此哀痛，只得应允。玄德、孔明拜谢。宴毕，送鲁肃下船。径到柴桑，见了周瑜，具言其事。周瑜顿足曰："子敬又中诸葛亮之计也！当初刘备依刘表时，常有吞并之意，何况西川刘璋乎？似此推调，未免累及老兄矣。吾有一计，使诸葛亮不能出吾算中。子敬便当一行。”肃曰：“愿闻妙策。”瑜曰：“子敬不必去见吴侯，再去荆州对刘备说：孙、刘两家，既结为亲，便是一家；若刘氏不忍去取西川，我东吴起兵去取；取得西川时，以作嫁资，却把荆州交还东吴。”肃曰：“西川迢递，取之非易。都督此计，莫非不可？”瑜笑曰：“子敬真长者也。你道我真个去取西川与他？我只以此为名，实欲去取荆州，且教他不做准备。东吴军马收川，路过荆州，就问他索要钱粮，刘备必然出城劳军。那时乘势杀之，夺取荆州，雪吾之恨，解足下之祸。”

鲁肃大喜，便再往荆州来。玄德与孔明商议。孔明曰：“鲁肃必不曾见吴侯，只到柴桑和周瑜商量了甚计策，来诱我耳。但说的话，主公只看我点头，便满口应承。”计会已定。鲁肃入见，礼毕，曰：“吴侯甚是称赞皇叔盛德，遂与诸将商议，起兵替皇叔收川。取了西川，却换荆州，以西川权当嫁资。但军马经过，却望应些钱粮。”孔明听了，忙点头曰：“难得吴侯好心！”玄德拱手称谢曰：“此皆子敬善言之力。”孔明曰：“如雄师到日，即当远接犒劳。”鲁肃暗喜，宴罢辞回。

玄德问孔明曰：“此是何意？”孔明大笑曰：“周瑜死日近矣！这等计策，小儿也瞒不过！”玄德又问如何，孔明曰：“此乃假途灭虢之计也。虚名收川，实取荆州。等主公出城劳军，乘势拿下，杀入城来，攻其不备，出其不意也。”玄德曰：“如之奈何？”孔明曰：“主公宽心，只顾准备窝弓以擒猛虎，安排香饵以钓鳌鱼。等周瑜到来，他便不死，也九分无气。”便唤赵云听计：“如此如此，其余我自有摆布。”玄德大喜。后人有诗云：“周瑜决策取荆州，诸葛先知第一筹。指望长江香饵稳，不知暗里钓鱼钩。”

却说鲁肃回见周瑜，说玄德、孔明欢喜一节，准备出城劳军。周瑜大笑曰：“原来今番也中了吾计！”便教鲁肃禀报吴侯，并遣程普引军接应。周瑜此时箭疮已渐平愈，身躯无事，使甘宁为先锋，自与徐盛、丁奉为第二，凌统、吕蒙为后队，水陆大兵五万，望荆州而来。周瑜在船中，时复欢笑，以为孔明中计。前军至夏口，周瑜问：“荆州有人在前面接否？”人报：“刘皇叔使糜竺来见都督。”瑜唤至，问劳军如何。糜竺曰:“主公皆准备安排下了。”瑜曰:“皇叔何在?”竺曰:“在荆州城门外相等,与都督把盏。”瑜曰:“今为汝家之事,出兵远征;劳军之礼,休得轻易。”糜竺领了言语先回。

战船密密排在江上,依次而进,看看至公安,并无一只军船,又无一人远接。周瑜催船速行。离荆州十余里,只见江面上静荡荡的。哨探的回报:“荆州城上,插两面白旗,并不见一人之影。”瑜心疑,教把船傍岸,亲自上岸乘马,带了甘宁、徐盛、丁奉一班军官,引亲随精军三千人,径望荆州来。既至城下,并不见动静。瑜勒住马,令军士叫门。城上问是谁人。吴军答曰:“是东吴周都督亲自在此。”言未毕,忽一声梆子响,城上军一齐都竖起枪刀。敌楼上赵云出曰:“都督此行,端的为何?”瑜曰:“吾替汝主取西川,汝岂犹未知耶?”云曰:“孔明军师已知都督假途灭虢之计,故留赵云在此。吾主公有言:孤与刘璋,皆汉室宗亲,安忍背义而取西川?若汝东吴端的取蜀,吾当披发入山,不失信于天下也。”周瑜闻之,勒马便回。只见一人打着令字旗,于马前报说:“探得四路军马,一齐杀到:关某从江陵杀来,张飞从秭归杀来,黄忠从公安杀来,魏延从孱陵小路杀来,四路正不知多少军马。喊声远近震动百余里,皆言要捉周瑜。”瑜马上大叫一声,箭疮复裂,坠于马下。正是:一着棋高难对敌,几番算定总成空。未知性命如何,且看下文分解。

第五十七回　柴桑口卧龙吊丧　耒阳县凤雏理事

却说周瑜怒气填胸，坠于马下，左右急救归船。军士传说："玄德、孔明在前山顶上饮酒取乐。"瑜大怒，咬牙切齿曰："你道我取不得西川，吾誓取之！"正恨间，人报吴侯遣弟孙瑜到。周瑜接入，具言其事。孙瑜曰："吾奉兄命来助都督。"遂令催军前行。行至巴丘，人报上流有刘封、关平二人领军截住水路。周瑜愈怒。忽又报孔明遣人送书至，周瑜拆封视之。书曰："汉军师中郎将诸葛亮，致书于东吴大都督公瑾先生麾下：亮自柴桑一别，至今恋恋不忘。闻足下欲取西川，亮窃以为不可。益州民强地险，刘璋虽暗弱，足以自守。今劳师远征，转运万里，欲收全功，虽吴起不能定其规，孙武不能善其后也。曹操失利于赤壁，志岂须臾忘报仇哉？今足下兴兵远征，倘操乘虚而至，江南齑粉矣！亮不忍坐视，特此告知。幸垂照鉴。"周瑜览毕，长叹一声，唤左右取纸笔作书上吴侯。乃聚众将曰："吾非不欲尽忠报国，奈天命已绝矣。汝等善事吴侯，共成大业。"言讫，昏绝。徐徐又醒，仰天长叹曰："既生瑜，何生亮！"连叫数声而亡，寿三十六岁。后人有诗叹曰："赤壁遗雄烈，青年有俊声。弦歌知雅意，杯酒谢良朋。曾谒三千斛，常驱十万兵。巴丘终命处，凭吊欲伤情。"

周瑜停丧于巴丘。众将将所遗书缄，遣人飞报孙权。权闻瑜死，放声大哭。拆视其书，乃荐鲁肃以自代也。书略曰："瑜以凡才，荷蒙殊遇，委任腹心，统御兵马，敢不竭股肱之力，以图报效。奈死生不测，修短有命；愚志未展，微躯已殒，遗恨何极！方今曹操在北，疆埸未静；刘备寄寓，有似养虎；天下之事，尚未可知。此正朝士旰食之秋，至尊垂虑之日也。鲁肃忠烈，临事不苟，可以代瑜之任。人之将死，其言也善。倘蒙垂鉴，瑜死不朽矣。"孙权览毕，哭曰："公瑾有王佐之才，今忽短命而死，孤何赖哉？既遗书特荐子敬，孤敢不从之。"即日便命鲁肃为都督，总统兵马；一面教发周瑜灵柩回葬。

却说孔明在荆州，夜观天文，见将星坠地，乃笑曰："周瑜死矣。"至晓，告于玄德。玄德使人探之，果然死了。玄德问孔明曰："周瑜既死，还当如何？"孔明曰："代瑜领兵者，必鲁肃也。亮观天象，将星聚于东方。亮当以吊丧为由，往江东走一遭，就寻贤士佐助主公。"玄德曰："只恐吴中将士加害于先生。"孔明曰："瑜在之日，亮犹不惧；今瑜已死，又何患乎？"乃与赵云引五百军，具祭礼，下船赴巴丘吊丧。于路探听得孙权已令鲁肃为都督，周瑜灵柩已回柴桑。

孔明径至柴桑，鲁肃以礼迎接。周瑜部将皆欲杀孔明，因见赵云带剑相随，不敢下手。孔明教设祭物于灵前，亲自奠酒，跪于地下，读祭文曰："呜呼公瑾，不幸夭亡！修短故天，人岂不伤？我心实痛，酹酒一觞；君其有灵，享我烝尝！吊君幼学，以交伯符；仗义疏财，让舍以居。吊君弱冠，万里鹏抟；定建霸业，割据江南。吊君壮力，远镇巴丘；景升怀虑，讨逆无忧。吊君丰度，佳配小乔；汉臣之婿，不愧当朝。吊君气概，谏阻纳质；始不垂翅，终能奋翼。吊君鄱阳，蒋干来说；挥洒自如，雅量高志。吊君弘才，文武筹略；火攻破敌，挽强为弱。想君当年，雄姿英发；哭君早逝，俯地流血。忠义之心，英灵之气；命终三纪，名垂百世，哀君情切，愁肠千结；惟我肝胆，悲无断绝。昊天昏暗，三军怆然；主为哀泣，友为泪涟。亮也不才，丐计求谋；助吴拒曹，辅汉安刘；掎角之援，首尾相俦，若存若亡，何虑何忧？呜呼公瑾！生死永别！朴守其贞，冥冥灭灭。魂如有灵，以鉴我心：从此天下，更无知音！呜呼痛哉！伏惟尚飨。"孔明祭毕，伏地大哭，泪如涌泉，哀恸不已。众将相谓曰："人尽道公瑾与孔明不睦，今观其祭奠之情，人皆虚言也。"鲁肃见孔明如此悲切，亦为感伤，自思曰："孔明自是多情，乃公瑾量窄，自取死耳。"后人有诗叹曰："卧龙南阳睡未醒，又添列曜下舒城。苍天既已生公瑾，尘世何须出孔明！"

鲁肃设宴款待孔明。宴罢，孔明辞回。方欲下船，只见江边一人道袍竹冠，皂绦素履，一手揪住孔明大笑曰："汝气死周郎，却又来吊孝，明欺东吴无人耶！"孔明急视其人，乃凤雏先生庞统也。孔明亦大笑。两人携手登舟，各诉心事。孔明乃留书一封与统，嘱曰："吾料孙仲谋必不能重用足下。稍有不如意，可来荆州共扶玄德。此人宽仁厚德，必不负公平生之所学。”统允诺而别，孔明自回荆州。

却说鲁肃送周瑜灵柩至芜湖，孙权接着，哭祭于前，命厚葬于本乡。瑜有两男一女，长男循，次男胤，权皆厚恤之。鲁肃曰：“肃碌碌庸才，误蒙公瑾重荐，其实不称所职，愿举一人以助主公。此人上通天文，下晓地理；谋略不减于管、乐，枢机可并于孙、吴。往日周公瑾多用其言，孔明亦深服其智。现在江南，何不重用！”权闻言大喜，便问此人姓名。肃曰：“此人乃襄阳人，姓庞，名统，字士元，道号凤雏先生。”权曰：“孤亦闻其名久矣。今既在此，可即请来相见。”

于是鲁肃邀请庞统入见孙权，施礼毕。权见其人浓眉掀鼻，黑面短髯，形容古怪，心中不喜。乃问曰：“公平生所学，以何为主？”统曰：“不必拘执，随机应变。”权曰：“公之才学，比公瑾如何？”统笑曰：“某之所学，与公瑾大不相同。”权平生最喜周瑜，见统轻之，心中愈不乐，乃谓统曰：“公且退，待有用公之时，却来相请。”统长叹一声而出。鲁肃曰：“主公何不用庞士元？”权曰：“狂士也，用之何益！”肃曰：“赤壁鏖兵之时，此人曾献连环策，成第一功。主公想必知之。”权曰：“此时乃曹操自欲钉船，未必此人之功也，吾誓不用之。”

鲁肃出谓庞统曰：“非肃不荐足下，奈吴侯不肯用公。公且耐心。”统低头长叹不语。肃曰：“公莫非无意于吴中乎？”统不答。肃曰：“公抱匡济之才，何往不利？可实对肃言，将欲何往？”统曰：“吾欲投曹操去也。”肃曰：“此明珠暗投矣，可往荆州投刘皇叔，必然重用。”统曰：“统意实欲如此，前言戏耳。”肃曰：“某当作书奉荐，公辅玄德，必令孙、刘两家，无相攻击，同力破曹。”统曰：“此某平生之素志也。”乃求肃书，径往荆州来见玄德。

此时孔明按察四郡未回，门吏传报：“江南名士庞统，特来相投。”玄德久闻统名，便教请入相见。统见玄德，长揖不拜。玄德见统貌陋，心中亦不悦，乃问统曰：“足下远来不易。”统不拿出鲁肃、孔明书投呈，但答曰：“闻皇叔招贤纳士，特来相投。”玄德曰：“荆楚稍定，苦无闲职。此去东北一百三十里，有一县名耒阳县，缺一县宰，屈公任之。如后有缺，却当重用。”统思：“玄德待我何薄！”欲以才学动之，见孔明不在，只得勉强相辞而去。

统到耒阳县,不理政事,终日饮酒为乐;一应钱粮词讼,并不理会。有人报知玄德,言庞统将耒阳县事尽废。玄德怒曰:"竖儒焉敢乱吾法度!"遂唤张飞分付,引从人去荆南诸县巡视:"如有不公不法者,就便究问。恐于事有不明处,可与孙乾同去。"张飞领了言语,与孙乾前至耒阳县。军民官吏,皆出郭迎接,独不见县令。飞问曰:"县令何在?"同僚覆曰:"庞县令自到任及今,将百余日,县中之事,并不理问,每日饮酒,自旦及夜,只在醉乡。今日宿酒未醒,犹卧不起。"张飞大怒,欲擒之。孙乾曰:"庞士元乃高明之人,未可轻忽。且到县问之。如果于理不当,治罪未晚。"飞乃入县,正厅上坐定,教县令来见。

统衣冠不整,扶醉而出。飞怒曰:"吾兄以汝为人,令作县宰,汝焉敢尽废县事!"统笑曰:"将军以吾废了县中何事?"飞曰:"汝到任百余日,终日在醉乡,安得不废政事?"统曰:"量百里小县,些小公事,何难决断!将军少坐,待我发落。"随即唤公吏,将百余日所积公务,都取来剖断。吏皆纷然赍抱案卷上厅,诉词被告人等,环跪阶下。统手中批判,口中发落,耳内听词,曲直分明,并无分毫差错。民皆叩首拜伏。

不到半日,将百余日之事,尽断毕了,投笔于地而对张飞曰:"所废之事何在!曹操、孙权,吾视之若掌上观文,量此小县,何足介意!"飞大惊,下席谢曰:"先生大才,小子失敬。吾当于兄长处极力举荐。"统乃将出鲁肃荐书。飞曰:"先生初见吾兄,何不将出?"统曰:"若便将出,似乎专藉荐书来干谒矣。"飞顾谓孙乾曰:"非公则失一大贤也。"遂辞统回荆州见玄德,具说庞统之才。玄德大惊曰:"屈待大贤,吾之过也!"飞将鲁肃荐书呈上。玄德拆视之。书略曰:"庞士元非百里之才,使处治中、别驾之任,始当展其骥足。如以貌取之,恐负所学,终为他人所用,实可惜也!"玄德看毕,正在嗟叹,忽报孔明回。玄德接入,礼毕,孔明先问曰:"庞军师近日无恙否?"玄德曰:"近治耒阳县,好酒废事。"孔明笑曰:"士元非百里之才,胸中之学,胜亮十倍。亮曾有荐书在士元处,曾达主公否?"玄德曰:"今日方得子敬书,却未见先生之书。"孔明曰:"大贤若处小任,往往以酒糊涂,倦于视事。”玄德曰：“若非吾弟所言，险失大贤。”随即令张飞往耒阳县敬请庞统到荆州。玄德下阶请罪。统方将出孔明所荐之书。玄德看书中之意，言凤雏到日，宜即重用。玄德喜曰：“昔司马德操言：‘伏龙、凤雏，两人得一，可安天下。’今吾二人皆得，汉室可兴矣。”遂拜庞统为副军师中郎将，与孔明共赞方略，教练军士，听候征伐。

早有人报到许昌，言刘备有诸葛亮、庞统为谋士，招军买马，积草屯粮，连结东吴，早晚必兴兵北伐。曹操闻之，遂聚众谋士商议南征。荀攸进曰：“周瑜新死，可先取孙权，次攻刘备。”操曰：“我若远征，恐马腾来袭许都。前在赤壁之时，军中有讹言，亦传西凉入寇之事，今不可不防也。”荀攸曰：“以愚所见，不若降诏加马腾为征南将军，使讨孙权，诱入京师，先除此人，则南征无患矣。”操大喜，即日遣人赍诏至西凉召马腾。

却说腾字寿成，汉伏波将军马援之后。父名肃，字子硕，桓帝时为天水兰干县尉；后失官流落陇西，与羌人杂处，遂娶羌女生腾。腾身长八尺，体貌雄异，禀性温良，人多敬之。灵帝末年，羌人多叛，腾招募民兵破之。初平中年，因讨贼有功，拜征西将军，与镇西将军韩遂为弟兄。当日奉诏，乃与长子马超商议曰：“吾自与董承受衣带诏以来，与刘玄德约共讨贼，不幸董承已死，玄德屡败。我又僻处西凉，未能协助玄德。今闻玄德已得荆州，我正欲展昔日之志，而曹操反来召我，当是如何？”马超曰：“操奉天子之命以召父亲。今若不往，彼必以逆命责我矣。当乘其来召，竟往京师，于中取事，则昔日之志可展也。”马腾兄子马岱谏曰：“曹操心怀叵测，叔父若往，恐遭其害。”超曰：“儿愿尽起西凉之兵，随父亲杀入许昌，为天下除害，有何不可？”腾曰：“汝自统羌兵保守西凉，只教次子马休、马铁并侄马岱随我同往。曹操见有汝在西凉，又有韩遂相助，谅不敢加害于我也。”超曰：“父亲欲往，切不可轻入京师。当随机应变，观其动静。”腾曰：“吾自有处，不必多虑。”

于是马腾乃引西凉兵五千，先教马休、马铁为前部，留马岱在后接应，迤逦望许昌而来，离许昌二十里屯住军马。曹操听知马腾已到，唤门下侍郎黄奎分付曰：“目今马腾南征，吾命汝为行军参谋，先至马腾寨中劳军,可对马腾说:西凉路远,运粮甚难,不能多带人马。我当更遣大兵,协同前进。来日教他入城面君,吾就应付粮草与之。”奎领命,来见马腾。腾置酒相待。奎酒半酣而言曰:“吾父黄琬死于李傕、郭汜之难,尝怀痛恨。不想今日又遇欺君之贼!”腾曰:“谁为欺君之贼?”奎曰:“欺君者操贼也。公岂不知之,而问我耶?”腾恐是操使来相探,急止之曰:“耳目较近,休得乱言。”奎叱曰:“公竟忘却衣带诏乎!”腾见他说出心事,乃密以实情告之。奎曰:“操欲公入城面君,必非好意。公不可轻入。来日当勒兵城下,待曹操出城点军,就点军处杀之,大事济矣。”二人商议已定。

黄奎回家,恨气未息。其妻再三问之,奎不肯言。不料其妾李春香与奎妻弟苗泽私通。泽欲得春香,正无计可施。妾见黄奎愤恨,遂对泽曰:“黄侍郎今日商议军情回,意甚愤恨,不知为谁?”泽曰:“汝可以言挑之曰:‘人皆说刘皇叔仁德,曹操奸雄,何也?’看他说甚言语。”是夜黄奎果到春香房中。妾以言挑之。奎乘醉言曰:“汝乃妇人,尚知邪正,何况我乎?吾所恨者,欲杀曹操也!”妾曰:“若欲杀之,如何下手?”奎曰:“吾已约定马将军,明日在城外点兵时杀之。”妾告于苗泽,泽报知曹操。操便密唤曹洪、许褚分付如此如此;又唤夏侯渊、徐晃分付如此如此。各人领命去了,一面先将黄奎一家老小拿下。

次日,马腾领着西凉兵马,将次近城,只见前面一簇红旗,打着丞相旗号。马腾只道曹操自来点军,拍马向前。忽听得一声炮响,红旗开处,弓弩齐发。一将当先,乃曹洪也。马腾急拨马回时,两下喊声又起:左边许褚杀来,右边夏侯渊杀来,后面又是徐晃领兵杀至,截断西凉军马,将马腾父子三人困在垓心。马腾见不是头,奋力冲杀。马铁早被乱箭射死。马休随着马腾,左冲右突,不能得出。二人身带重伤,坐下马又被箭射倒。父子二人俱被执。曹操教将黄奎与马腾父子,一齐绑至。黄奎大叫:“无罪!”操教苗泽对证。马腾大骂曰:“竖儒误我大事!我不能为国杀贼,是乃天也!”操命牵出。马腾骂不绝口,与其子马休及黄奎,一同遇害。后人有诗叹马腾曰:“父子齐芳烈,忠贞著一门。捐生图国难,誓死答君恩。嚼血盟言在,诛奸义状存。西凉推世胄,不愧伏波孙!”苗泽告操曰:“不愿加赏,只求李春香为妻。”操笑曰:“你为了一妇人,害了你姐夫一家,留此不义之人何用!”便教将苗泽、李春香与黄奎一家老小并斩于市。观者无不叹息。后人有诗叹曰:“苗泽因私害荩臣,春香未得反伤身。奸雄亦不相容恕,枉自图谋作小人。”

曹操教招安西凉兵马,谕之曰:“马腾父子谋反,不干众人之事。”一面使人分付把住关隘,休教走了马岱。且说马岱自引一千兵在后,早有许昌城外逃回军士,报知马岱。岱大惊,只得弃了兵马,扮作客商,连夜逃遁去了。曹操杀了马腾等,便决意南征。忽人报曰:“刘备调练军马,收拾器械,将欲取川。”操惊曰:“若刘备收川,则羽翼成矣。将何以图之?”言未毕,阶下一人进言曰:“某有一计,使刘备、孙权不能相顾,江南、西川皆归丞相。”正是:西川豪杰方遭戮,南国英雄又受殃。未知献计者是谁,且看下文分解。

第五十八回 马孟起兴兵雪恨 曹阿瞒割须弃袍

却说献策之人，乃治书侍御史陈群，字长文。操问曰："陈长文有何良策？"群曰："今刘备、孙权结为唇齿，若刘备欲取西川，丞相可命上将提兵，会合淝之众，径取江南，则孙权必求救于刘备；备意在西川，必无心救权；权无救则力乏兵衰，江东之地，必为丞相所得。若得江东，则荆州一鼓可平也；荆州既平，然后徐图西川：天下定矣。"操曰："长文之言，正合吾意。"即时起大兵三十万，径下江南；令合淝张辽，准备粮草，以为供给。

早有细作报知孙权。权聚众将商议。张昭曰："可差人往鲁子敬处，教急发书到荆州，使玄德同力拒曹。子敬有恩于玄德，其言必从；且玄德既为东吴之婿，亦义不容辞。若玄德来相助，江南可无患矣。"权从其言，即遣人谕鲁肃，使求救于玄德。肃领命，随即修书使人送玄德。玄德看了书中之意，留使者于馆舍，差人往南郡请孔明。孔明到荆州，玄德将鲁肃书与孔明看毕，孔明曰："也不消动江南之兵，也不必动荆州之兵，自使曹操不敢正觑东南。"便回书与鲁肃，教高枕无忧，若但有北兵侵犯，皇叔自有退兵之策。使者去了。玄德问曰："今操起三十万大军，会合淝之众，一拥而来，先生有何妙计，可以退之？"孔明曰："操平生所虑者，乃西凉之兵也。今操杀马腾，其子马超现统西凉之众，必切齿操贼。主公可作一书，往结马超，使超兴兵入关，则操又何暇下江南乎？"玄德大喜，即时作书，遣一心腹人，径往西凉州投下。

却说马超在西凉州，夜感一梦：梦见身卧雪地，群虎来咬。惊惧而觉，心中疑惑，聚帐下将佐，告说梦中之事。帐下一人应声曰："此梦乃不祥之兆也。"众视其人，乃帐前心腹校尉，姓庞，名德，字令明。超问："令明所见若何？"德曰："雪地遇虎，梦兆殊恶。莫非老将军在许昌有事否？"言未毕，一人踉跄而入，哭拜于地曰："叔父与弟皆死矣!”超视之,乃马岱也。超惊问何为。岱曰:“叔父与侍郎黄奎同谋杀操,不幸事泄,皆被斩于市,二弟亦遇害。惟岱扮作客商,星夜走脱。”超闻言,哭倒于地。众将救起。超咬牙切齿,痛恨操贼。忽报荆州刘皇叔遣人赍书至。超拆视之。书略曰:“伏念汉室不幸,操贼专权,欺君罔上,黎民凋残。备昔与令先君同受密诏,誓诛此贼。今令先君被操所害,此将军不共天地、不同日月之仇也。若能率西凉之兵,以攻操之右,备当举荆襄之众,以遏操之前:则逆操可擒,奸党可灭,仇辱可报,汉室可兴矣。书不尽言,立待回音。”

马超看毕,即时挥涕回书,发使者先回,随后便起西凉军马,正欲进发,忽西凉太守韩遂使人请马超往见。超至遂府,遂将出曹操书示之。内云:“若将马超擒赴许都,即封汝为西凉侯。”超拜伏于地曰:“请叔父就缚俺兄弟二人,解赴许昌,免叔父戈戟之劳。”韩遂扶起曰:“吾与汝父结为兄弟,安忍害汝?汝若兴兵,吾当相助。”马超拜谢。

韩遂便将操使者推出斩之,乃点手下八部军马,一同进发。那八部?乃侯选、程银、李堪、张横、梁兴、成宜、马玩、杨秋也。八将随着韩遂,合马超手下庞德、马岱,共起二十万大兵,杀奔长安来。

长安郡守钟繇,飞报曹操;一面引军拒敌,布阵于野。西凉州前部先锋马岱,引军一万五千,浩浩荡荡,漫山遍野而来。钟繇出马答话,岱使宝刀一口,与繇交战。不一合,繇大败奔走。岱提刀赶来。马超、韩遂引大军都到,围住长安。钟繇上城守护。长安乃西汉建都之处,城郭坚固,壕堑险深,急切攻打不下。

一连围了十日,不能攻破。庞德进计曰:“长安城中土硬水碱,甚不堪食,更兼无柴。今围十日,军民饥荒。不如暂且收军,只须如此如此,长安唾手可得。”马超曰:“此计大妙!”即时差“令”字旗传与各部,尽教退军,马超亲自断后。各部军马渐渐退去。钟繇次日登城看时,军皆退了,只恐有计;令人哨探,果然远去,方才放心。纵令军民出城打柴取水,大开城门,放人出入。至第五日,人报马超兵又到,军民竞奔入城,钟繇仍复闭城坚守。

却说钟繇弟钟进,守把西门,约近三更,城门里一把火起。钟进急来救时，城边转过一人，举刀纵马大喝曰："庞德在此！"钟进措手不及，被庞德一刀斩于马下，杀散军校，斩关断锁，放马超、韩遂军马入城。钟繇从东门弃城而走。马超、韩遂得了城池，赏劳三军。

钟繇退守潼关，飞报曹操。操知失了长安，不敢复议南征，遂唤曹洪、徐晃分付："先带一万人马，替钟繇紧守潼关。如十日内失了关隘，皆斩；十日外，不干汝二人之事。我统大军随后便至。"二人领了将令，星夜便行。曹仁谏曰："洪性躁，诚恐误事。"操曰："你与我押送粮草，便随后接应。"

却说曹洪、徐晃到潼关，替钟繇坚守关隘，并不出战。马超领军来关下，把曹操三代毁骂。曹洪大怒，要提兵下关厮杀。徐晃谏曰："此是马超要激将军厮杀，切不可与战。待丞相大军来，必有主画。"马超军日夜轮流来骂。曹洪只要厮杀，徐晃苦苦挡住。

至第九日，在关上看时，西凉军都弃马在于关前草地上坐；多半困乏，就于地上睡卧。曹洪便教备马，点起三千兵杀下关来。西凉兵弃马抛戈而走。洪迤逦追赶。时徐晃正在关上点视粮车，闻曹洪下关厮杀，大惊，急引兵随后赶来，大叫曹洪回马。忽然背后喊声大震，马岱引军杀至。曹洪、徐晃急回走时，一棒鼓响，山背后两军截出：左是马超、右是庞德，混杀一阵。曹洪抵挡不住，折军大半，撞出重围，奔到关上。西凉兵随后赶来，洪等弃关而走。庞德直追过潼关，撞见曹仁军马，救了曹洪等一军。马超接应庞德上关。

曹洪失了潼关。奔见曹操。操曰："与你十日限，如何九日失了潼关？"洪曰："西凉军兵，百般辱骂，因见彼军懈怠，乘势赶去，不想中贼奸计。"操曰："洪年幼躁暴，徐晃你须晓事！"晃曰："累谏不从。当日晃在关上点粮车，比及知道，小将军已下关了。晃恐有失，连忙赶去，已中贼奸计矣。"操大怒，喝斩曹洪。众官告免。曹洪服罪而退。

操进兵直叩潼关。曹仁曰："可先下定寨栅，然后打关未迟。"操令砍伐树木，起立排栅，分作三寨：左寨曹仁，右寨夏侯渊，操自居中寨。次日，操引三寨大小将校，杀奔关隘前去，正遇西凉军马。两边各布阵势。操出马于门旗下，看西凉之兵，人人勇健，个个英雄。又见马超生得面如傅粉，唇若抹朱，腰细膀宽，声雄力猛，白袍银铠，手执长枪，立马阵前；上首庞德，下首马岱。操暗暗称奇，自纵马谓超曰："汝乃汉朝名将子孙，何故背反耶?"超咬牙切齿，大骂："操贼！欺君罔上，罪不容诛！害我父弟，不共戴天之仇！吾当活捉生啖汝肉！"说罢，挺枪直杀过来。曹操背后于禁出迎。两马交战，斗得八九合，于禁败走。张郃出迎，战二十合亦败走。李通出迎，超奋威交战，数合之中，一枪刺李通于马下。超把枪望后一招，西凉兵一齐冲杀过来。操兵大败。西凉兵来得势猛，左右将佐，皆抵当不住。马超、庞德、马岱引百余骑，直入中军来捉曹操。操在乱军中，只听得西凉军大叫："穿红袍的是曹操！"操就马上急脱下红袍。又听得大叫："长髯者是曹操！"操惊慌，掣所佩刀断其髯。军中有人将曹操割髯之事，告知马超，超遂令人叫拿："短髯者是曹操！"操闻知，即扯旗角包颈而逃。后人有诗曰："潼关战败望风逃，孟德怆惶脱锦袍。剑割髭髯应丧胆，马超声价盖天高。"

曹操正走之间，背后一骑赶来，回头视之，正是马超。操大惊。左右将校见超赶来，各自逃命，只撇下曹操。超厉声大叫曰："曹操休走！"操惊得马鞭坠地。看看赶上，马超从后使枪搠来。操绕树而走，超一枪搠在树上；急拔下时，操已走远。超纵马赶来，山坡边转过一将，大叫："勿伤吾主！曹洪在此！"轮刀纵马，拦住马超。操得命走脱。洪与马超战到四五十合，渐渐刀法散乱，气力不加。夏侯渊引数十骑随到。马超独自一人，恐被所算，乃拨马而回，夏侯渊也不来赶。

曹操回寨，却得曹仁死据定了寨栅，因此不曾多折军马。操入帐叹曰："吾若杀了曹洪，今日必死于马超之手也！"遂唤曹洪，重加赏赐。收拾败军，坚守寨栅，深沟高垒，不许出战。超每日引兵来寨前辱骂搦战。操传令教军士坚守，如乱动者斩。诸将曰："西凉之兵，尽使长枪，当选弓弩迎之。"操曰："战与不战，皆在于我，非在贼也。贼虽有长枪，安能便刺？诸公但坚壁观之，贼自退矣。"诸将皆私相议曰："丞相自来征战，一身当先；今败于马超，何如此之弱也?"

过了几日，细作报来："马超又添二万生力兵来助战，乃是羌人部落。”操闻知大喜。诸将曰:“马超添兵,丞相反喜,何也?”操曰:“待吾胜了,却对汝等说。”三日后又报关上又添军马。操又大喜,就于帐中设宴作贺。诸将皆暗笑。操曰:“诸公笑我无破马超之谋,公等有何良策?”徐晃进曰:“今丞相盛兵在此,贼亦全部现屯关上,此去河西,必无准备;若得一军暗渡蒲阪津,先截贼归路,丞相径发河北击之,贼两不相应,势必危矣。”操曰:“公明之言,正合吾意。”便教徐晃引精兵四千,和朱灵同去径袭河西,伏于山谷之中,“待我渡河北同时击之。”徐晃、朱灵领命,先引四千军暗暗去了。操下令,先教曹洪于蒲阪津,安排船筏。留曹仁守寨,操自领兵渡渭河。

早有细作报知马超。超曰:“今操不攻潼关,而使人准备船筏,欲渡河北,必将遏吾之后也。吾当引一军循河拒住岸北。操兵不得渡,不消二十日,河东粮尽,操兵必乱,却循河南而击之,操可擒矣。”韩遂曰:“不必如此。岂不闻兵法有云:‘兵半渡可击。’待操兵渡至一半,汝却于南岸击之,操兵皆死于河内矣。”超曰:“叔父之言甚善。”即使人探听曹操几时渡河。

却说曹操整兵已毕,分三停军,前渡渭河。比及人马到河口时,日光初起。操先发精兵渡过北岸,开创营寨。操自引亲随护卫军将百人,按剑坐于南岸,看军渡河。忽然人报:“后边白袍将军到了!”众皆认得是马超,一拥下船。河边军争上船者,声喧不止。操犹坐而不动,按剑指约休闹。只听得人喊马嘶,蜂拥而来,船上一将跃身上岸,呼曰:“贼至矣!请丞相下船!”操视之,乃许褚也。操口内犹言:“贼至何妨?”回头视之,马超已离不得百余步,许褚拖操下船时,船已离岸一丈有余,褚负操一跃上船。随行将士尽皆下水,扳住船边,争欲上船逃命。船小将翻,褚掣刀乱砍,傍船手尽折,倒于水中,急将船望下水棹去。许褚立于梢上,忙用木篙撑之。操伏在许褚脚边。马超赶到河岸,见船已流在半河,遂拈弓搭箭,喝令骁将绕河射之。矢如雨急。褚恐伤曹操,以左手举马鞍遮之。马超箭不虚发,船上驾舟之人,应弦落水;船中数十人皆被射倒。其船反撑不定,于急水中旋转。许褚独奋神威,将两腿夹舵摇撼,一手使篙撑船,一手举鞍遮护曹操。

时有渭南县令丁斐，在南山之上，见马超追操甚急，恐伤操命，遂将寨内牛只马匹，尽驱于外，漫山遍野，皆是牛马。西凉兵见之，都回身争取牛马，无心追赶，曹操因此得脱。方到北岸，便把船筏凿沉。诸将听得曹操在河中逃难，急来救时，操已登岸。许褚身被重铠，箭皆嵌在甲上。众将保操至野寨中，皆拜于地而问安。操大笑曰："我今日几为小贼所困！"褚曰："若非有人纵马放牛以诱贼，贼必努力渡河矣。"操问曰："诱贼者谁也？"有知者答曰："渭南县令丁斐也。"少顷，斐入见。操谢曰："若非公之良谋，则吾被贼所擒矣。"遂命为典军校尉，斐曰："贼虽暂去，明日必复来。须以良策拒之。"操曰："吾已准备了也。"遂唤诸将各分头循河筑起甬道，暂为寨脚，贼若来时，陈兵于甬道外。内虚立旌旗，以为疑兵；更沿河掘下壕堑，虚土棚盖，河内以兵诱之。"贼急来必陷，贼陷便可击矣。"

却说马超回见韩遂，说："几乎捉住曹操！有一将奋勇负操下船去了，不知何人。"遂曰："吾闻曹操选极精壮之人，为帐前侍卫，名曰虎卫军，以骁将典韦、许褚领之。典韦已死，今救曹操者，必许褚也。此人勇力过人，人皆称为虎痴；如遇之，不可轻敌。"超曰："吾亦闻其名久矣。"遂曰："今操渡河，将袭我后，可速攻之，不可令他创立营寨。若立营寨，急难剿除。"超曰："以侄愚意，还只拒住北岸，使彼不得渡河，乃为上策。"遂曰："贤侄守寨，吾引军循河战操，若何？"超曰："令庞德为先锋，跟叔父前去。"

于是韩遂与庞德将兵五万，直抵渭南。操令众将于甬道两旁诱之。庞德先引铁骑千余，冲突而来。喊声起处，人马俱落于陷马坑内。庞德踊身一跳，跃出土坑，立于平地，立杀数人，步行砍出重围。韩遂已被困在垓心，庞德步行救之。正遇着曹仁部将曹永，被庞德一刀砍于马下，夺其马，杀开一条血路，救出韩遂，投东南而走。背后曹兵赶来，马超引军接应，杀败曹兵，复救出大半军马。战至日暮方回。计点人马，折了将佐程银、张横，陷坑中死者二百余人。超与韩遂商议："若迁延日久，操于河北立了营寨，难以退敌；不若乘今夜引轻骑去劫野营。"遂曰："须分兵前后相救。"于是超自为前部，令庞德、马岱为后应，当夜便行。

却说曹操收兵屯渭北，唤诸将曰："贼欺我未立寨棚，必来劫野营。可四散伏兵，虚其中军。号炮响时，伏兵尽起，一鼓可擒也。"众将依令，伏兵已毕。当夜，马超却先使成宜引三十骑往前哨探，成宜见无人马，径入中军。操军见西凉兵到，遂放号炮。四面伏兵皆出，只围得三十骑。成宜被夏侯渊所杀。马超却自从背后与庞德、马岱兵分三路蜂拥杀来。正是：纵有伏兵能候敌，怎当健将共争先？未知胜负若何，且看下文分解。

第五十九回　许褚裸衣斗马超　曹操抹书间韩遂

却说当夜两兵混战，直到天明，各自收兵。马超屯兵渭口，日夜分兵，前后攻击。曹操在渭河内将船筏锁链作浮桥三条，接连南岸。曹仁引军夹河立寨，将粮草车辆穿连，以为屏障。马超闻之，教军士各挟草一束，带着火种，与韩遂引军并力杀到寨前，堆积草把，放起烈火。操兵抵敌不住，弃寨而走。车乘、浮桥尽被烧毁。西凉兵大胜，截住渭河。曹操立不起营寨，心中忧惧。荀攸曰："可取渭河沙土筑起土城，可以坚守。"操拨三万军担土筑城。马超又差庞德、马岱各引五百马军，往来冲突；更兼沙土不实，筑起便倒，操无计可施。

时当九月尽，天气暴冷，彤云密布，连日不开。曹操在寨中纳闷。忽人报曰："有一老人来见丞相，欲陈说方略。"操请入。见其人鹤骨松姿，形貌苍古。问之，乃京兆人也，隐居终南山，姓娄，名子伯，道号梦梅居士。操以客礼待之。子伯曰："丞相欲跨渭安营久矣，今何不乘时筑之？"操曰："沙土之地，筑垒不成。隐士有何良策赐教？"子伯曰："丞相用兵如神，岂不知天时乎？连日阴云布合，朔风一起，必大冻矣。风起之后，驱兵士运土泼水，比及天明，土城已就。"操大悟，厚赏子伯。子伯不受而去。

是夜北风大作。操尽驱兵士担土泼水；为无盛水之具，作缣囊盛水浇之，随筑随冻。比及天明，沙水冻紧，土城已筑完。细作报知马超。超领兵观之，大惊，疑有神助。次日，集大军鸣鼓而进。操自乘马出营，止有许褚一人随后。操扬鞭大呼曰："孟德单骑至此，请马超出来答话。"超乘马挺枪而出。操曰："汝欺我营寨不成，今一夜天已筑就，汝何不早降！"马超大怒，意欲突前擒之，见操背后一人，睁圆怪眼，手提钢刀，勒马而立。超疑是许褚，乃扬鞭问曰："闻汝军中有虎侯，安在哉？"许褚提刀大叫曰："吾即谯郡许褚也！"目射神光，威风抖擞。超不敢动，乃勒马回。操亦引许褚回寨。两军观之，无不骇然。操谓诸将曰:“贼亦知仲康乃虎侯也!”自此军中皆称褚为虎侯。许褚曰:“某来日必擒马超。”操曰:“马超英勇,不可轻敌。”褚曰:“某誓与死战!”即使人下战书,说虎侯单搦马超来日决战。超接书大怒曰:“何敢如此相欺耶!”即批次日誓杀虎痴。

次日,两军出营布成阵势。超分庞德为左翼,马岱为右翼,韩遂押中军。超挺枪纵马,立于阵前,高叫:“虎痴快出!”曹操在门旗下回顾众将曰:“马超不减吕布之勇!”言未绝,许褚拍马舞刀而出,马超挺枪接战。斗了一百余合,胜负不分。马匹困乏,各回军中,换了马匹,又出阵前。又斗一百余合,不分胜负。许褚性起,飞回阵中,卸了盔甲,浑身筋突,赤体提刀,翻身上马,来与马超决战。两军大骇。两个又斗到三十余合,褚奋威举刀便砍马超。超闪过,一枪望褚心窝刺来。褚弃刀将枪挟住。两个在马上夺枪。许褚力大,一声响,拗断枪杆,各拿半节在马上乱打。操恐褚有失,遂令夏侯渊、曹洪两将齐出夹攻。庞德、马岱见操将齐出,麾两翼铁骑,横冲直撞,混杀将来。操兵大乱。许褚臂中两箭,诸将慌退入寨。马超直杀到壕边,操兵折伤大半。操令坚闭休出。马超回至渭口,谓韩遂曰:“吾见恶战者莫如许褚,真虎痴也!”

却说曹操料马超可以计破,乃密令徐晃、朱灵尽渡河西结营,前后夹攻。一日,操于城上见马超引数百骑,直临寨前,往来如飞。操观良久,掷兜鍪于地曰:“马儿不死,吾无葬地矣!”夏侯渊听了,心中气忿,厉声曰:“吾宁死于此地,誓灭马贼!”遂引本部千余人,大开寨门,直赶去。操急止不住,恐其有失,慌自上马前来接应。马超见曹兵至,乃将前军作后队,后队作先锋,一字儿摆开。夏侯渊到,马超接住厮杀。超于乱军中遥见曹操,就撇了夏侯渊,直取曹操。操大惊,拨马而走。曹兵大乱。

正追之际,忽报操有一军,已在河西下了营寨。超大惊,无心追赶,急收军回寨,与韩遂商议,言:“操兵乘虚已渡河西,吾军前后受敌,如之奈何?”部将李堪曰:“不如割地请和,两家且各罢兵,捱过冬天,到春暖别作计议。”韩遂曰:“李堪之言最善,可从之。”

超犹豫未决。杨秋、侯选皆劝求和,于是韩遂遣杨秋为使,直往操寨下书，言割地请和之事。操曰："汝且回寨，吾来日使人回报。"杨秋辞去。贾诩入见操曰："丞相主意若何？"操曰："公所见若何？"诩曰："兵不厌诈，可伪许之；然后用反间计，令韩、马相疑，则一鼓可破也。"操抚掌大喜曰："天下高见，多有相合。文和之谋，正吾心中之事也。"于是遣人回书，言："待我徐徐退兵，还汝河西之地。"一面教搭起浮桥，作退军之意。马超得书，谓韩遂曰："曹操虽然许和，奸雄难测。倘不准备，反受其制。超与叔父轮流调兵，今日叔向操，超向徐晃；明日超向操，叔向徐晃：分头提备，以防其诈。"韩遂依计而行。

早有人报知曹操。操顾贾诩曰："吾事济矣！"问："来日是谁合向我这边？"人报曰："韩遂。"次日，操引众将出营，左右围绕，操独显一骑于中央。韩遂部卒多有不识操者，出阵观看。操高叫曰："汝诸军欲观曹公耶？吾亦犹人也，非有四目两口，但多智谋耳。"诸军皆有惧色。操使人过阵谓韩遂曰："丞相谨请韩将军会话。"韩遂即出阵，见操并无甲仗，亦弃衣甲，轻服匹马而出。二人马头相交，各按辔对语。操曰："吾与将军之父，同举孝廉，吾尝以叔事之。吾亦与公同登仕路，不觉有年矣。将军今年妙龄几何？"韩遂答曰："四十岁矣。"操曰："往日在京师，皆青春年少，何期又中旬矣！安得天下清平共乐耶！"只把旧事细说，并不提起军情。说罢大笑。相谈有一个时辰，方回马而别，各自归寨。早有人将此事报知马超。超忙来问韩遂曰："今日曹操阵前所言何事？"遂曰："只诉京师旧事耳。"超曰："安得不言军务乎？"遂曰："曹操不言，吾何独言之？"超心甚疑，不言而退。

却说曹操回寨，谓贾诩曰："公知吾阵前对语之意否？"诩曰："此意虽妙，尚未足间二人。某有一策，令韩、马自相仇杀。"操问其计。贾诩曰："马超乃一勇之夫，不识机密。丞相亲笔作一书，单与韩遂，中间朦胧字样，于要害处，自行涂抹改易，然后封送与韩遂，故意使马超知之。超必索书来看。若看见上面要紧去处，尽皆改抹，只猜是韩遂恐超知甚机密事，自行改抹，正合着单骑会语之疑；疑则必生乱。我更暗结韩遂部下诸将，使互相离间，超可图矣。"操曰："此计甚妙。”随写书一封，将紧要处尽皆改抹，然后实封，故意多遣从人送过寨去，下了书自回。果然有人报知马超。超心愈疑，径来韩遂处索书看。韩遂将书与超。超见上面有改抹字样，问遂曰：“书上如何都改抹糊涂？”遂曰：“原书如此，不知何故。”超曰：“岂有以草稿送与人耶？必是叔父怕我知了详细，先改抹了。”遂曰：“莫非曹操错将草稿误封来了。”超曰：“吾又不信。曹操是精细之人，岂有差错？吾与叔父并力杀贼，奈何忽生异心？”遂曰：“汝若不信吾心，来日吾在阵前赚操说话，汝从阵内突出，一枪刺杀便了。”超曰：“若如此，方见叔父真心。”

两人约定。次日，韩遂引侯选、李堪、梁兴、马玩、杨秋五将出阵。马超藏在门影里。韩遂使人到操寨前，高叫：“韩将军请丞相攀话。”操乃令曹洪引数十骑径出阵前与韩遂相见。马离数步，洪马上欠身言曰：“夜来丞相拜意将军之言，切莫有误。”言讫便回马。超听得大怒，挺枪骤马，便刺韩遂。五将拦住，劝解回寨。遂曰：“贤侄休疑，我无歹心。”马超那里肯信，恨怨而去。韩遂与五将商议曰：“这事如何解释？”杨秋曰：“马超倚仗武勇，常有欺凌主公之心，便胜得曹操，怎肯相让？以某愚见，不如暗投曹公，他日不失封侯之位。”遂曰：“吾与马腾结为兄弟，安忍背之？”杨秋曰：“事已至此，不得不然。”遂曰：“谁可以通消息？”杨秋曰：“某愿往。”遂乃写密书，遣杨秋径来操寨，说投降之事。操大喜，许封韩遂为西凉侯、杨秋为西凉太守，其余皆有官爵。约定放火为号，共谋马超。杨秋拜辞，回见韩遂，备言其事：“约定今夜放火，里应外合。”遂大喜，就令军士于中军帐后堆积干柴，五将各悬刀剑听候，韩遂商议，欲设宴赚请马超，就席图之，犹豫未去。

不想马超早已探知备细，便带亲随数人，仗剑先行，令庞德、马岱为后应。超潜步入韩遂帐中，只见五将与韩遂密语，只听得杨秋口中说道：“事不宜迟，可速行之！”超大怒，挥剑直入，大喝曰：“群贼焉敢谋害我！”众皆大惊。超一剑望韩遂面门剁去，遂慌以手迎之，左手早被砍落。五将挥刀齐出。超纵步出帐外，五将围绕混杀。超独挥宝剑，力敌五将。剑光明处，鲜血溅飞：砍翻马玩，剁倒梁兴，三将各自逃生。超复入帐中来杀韩遂时,已被左右救去。帐后一把火起,各寨兵皆动。超连忙上马,庞德、马岱亦至,互相混战。超领军杀出时,操兵四至:前有许褚,后有徐晃,左有夏侯渊,右有曹洪。西凉之兵,自相拼杀。超不见了庞德、马岱,乃引百余骑,截于渭桥之上。天色微明,只见李堪领一军从桥下过,超挺枪纵马逐之。李堪拖枪而走。恰好于禁从马超背后赶来,禁开弓射马超。超听得背后弦响,急闪过,却射中前面李堪,落马而死。超回马来杀于禁,禁拍马走了。超回桥上住扎。操兵前后大至,虎卫军当先,乱箭夹射马超。超以枪拨之,矢皆纷纷落地。超令从骑往来突杀,争奈曹兵围裹坚厚,不能冲出。超于桥上大喝一声,杀入河北,从骑皆被截断。超独在阵中冲突,却被暗弩射倒坐下马,马超堕于地上,操军逼合。正在危急,忽西北角上一彪军杀来,乃庞德、马岱也。二人救了马超,将军中战马与马超骑了,翻身杀条血路,望西北而走。曹操闻马超走脱,传令诸将:"无分晓夜,务要赶到马儿。如得首级者,千金赏,万户侯;生获者封大将军。"众将得令,各要争功,迤逦追袭。马超顾不得人马困乏,只顾奔走。从骑渐渐皆散,步兵走不上者,多被擒去。止剩得三十余骑,与庞德、马岱望陇西临洮而去。

曹操亲自追至安定,知马超去远,方收兵回长安。众将毕集。韩遂已无左手,做了残疾之人,操教就于长安歇马,授西凉侯之职。杨秋、侯选皆封列侯,令守渭口。下令班师回许都。凉州参军杨阜,字义山,径来长安见操。操问之,杨阜曰:"马超有吕布之勇,深得羌人之心。今丞相若不乘势剿绝,他日养成气力,陇上诸郡,非复国家之有也。望丞相且休回兵。"操曰:"吾本欲留兵征之,奈中原多事,南方未定,不可久留。君当为孤保之。"阜领诺,又保荐韦康为凉州刺史,同领兵屯冀城,以防马超。阜临行,请于操曰:"长安必留重兵以为后援。"操曰:"吾已定下,汝但放心。"阜辞而去。

众将皆问曰:"初贼据潼关,渭北道缺,丞相不从河东击冯翊,而反守潼关,迁延日久,而后北渡,立营固守,何也?"操曰:"初贼守潼关,若吾初到,便取河东,贼必以各寨分守诸渡口,则河西不可渡矣。吾故盛兵皆聚于潼关前,使贼尽南守,而河西不准备,故徐晃、朱灵得渡也。吾然后引兵北渡,连车树栅为甬道,筑冰城,欲贼知吾弱,以骄其心,使不准备。吾乃巧用反间,畜士卒之力,一旦击破之。正所谓疾雷不及掩耳。兵之变化,固非一道也。”众将又请问曰:“丞相每闻贼加兵添众,则有喜色,何也?”操曰:“关中边远,若群贼各依险阻,征之非一二年不可平复;今皆来聚一处,其众虽多,人心不一,易于离间,一举可灭:吾故喜也。”众将拜曰:“丞相神谋,众不及也。”操曰:“亦赖汝众文武之力。”遂重赏诸军。留夏侯渊屯兵长安,所得降兵,分拨各部。夏侯渊保举冯翊高陵人,姓张,名既,字德容,为京兆尹,与渊同守长安。

操班师回都,献帝排銮驾出郭迎接。诏操“赞拜不名,入朝不趋,剑履上殿”:如汉相萧何故事。自此威震中外。这消息播入汉中,早惊动了汉宁太守张鲁。原来张鲁乃沛国丰人,其祖张陵在西川鹄鸣山中造作道书以惑人,人皆敬之。陵死之后,其子张衡行之。百姓但有学道者,助米五斗,世号“米贼”。张衡死,张鲁行之。鲁在汉中自号为“师君”;其来学道者皆号为“鬼卒”;为首者号为“祭酒”;领众多者号为“治头大祭酒”。务以诚信为主,不许欺诈。如有病者,即设坛使病人居于静室之中,自思己过,当面陈首,然后为之祈祷;主祈祷之事者,号为“奸令祭酒”。祈祷之法,书病人姓名,说服罪之意,作文三通,名为“三官手书”:一通放于山顶以奏天,一通埋于地以奏地,一通沉于水以申水官。如此之后,但病痊可,将米五斗为谢。又盖义舍:舍内饭米、柴火、肉食齐备,许过往人量食多少,自取而食;多取者受天诛。境内有犯法者,必恕三次;不改者,然后施刑。所在并无官长,尽属祭酒所管。如此雄据汉中之地已三十年。国家以为地远不能征伐,就命鲁为镇南中郎将,领汉宁太守,通进贡而已。当年闻操破西凉之众,威震天下,乃聚众商议曰:“西凉马腾遭戮,马超新败,曹操必将侵我汉中。我欲自称汉宁王,督兵拒曹操,诸君以为何如?”阎圃曰:“汉川之民户出十万余众,财富粮足,四面险固。今马超新败,西凉之民,从子午谷奔入汉中者,不下数万。愚意益州刘璋昏弱,不如先取西川四十一州为本,然后称王未迟。”张鲁大喜,遂与弟张卫商议起兵。早有细作报入川中。

却说益州刘璋，字季玉，即刘焉之子，汉鲁恭王之后。章帝元和中，徙封竟陵，支庶因居于此。后焉官至益州牧，兴平元年患病疽而死，州大吏赵韪等，共保璋为益州牧。璋曾杀张鲁母及弟，因此有仇。璋使庞羲为巴西太守，以拒张鲁。时庞羲探知张鲁欲兴兵取川，急报知刘璋。璋平生懦弱，闻得此信，心中大忧，急聚众官商议。忽一人昂然而出曰："主公放心。某虽不才，凭三寸不烂之舌，使张鲁不敢正眼来觑西川。"正是：只因蜀地谋臣进，致引荆州豪杰来。未知此人是谁，且看下文分解。

第六十回 张永年反难杨修 庞士元议取西蜀

却说那进计于刘璋者，乃益州别驾，姓张，名松，字永年。其人生得额钁头尖，鼻偃齿露，身短不满五尺，言语有若铜钟。刘璋问曰："别驾有何高见，可解张鲁之危？"松曰："某闻许都曹操，扫荡中原，吕布、二袁皆为所灭，近又破马超，天下无敌矣。主公可备进献之物，松亲往许都，说曹操兴兵取汉中，以图张鲁。则鲁拒敌不暇，何敢复窥蜀中耶？"刘璋大喜，收拾金珠锦绮，为进献之物，遣张松为使。松乃暗画西川地理图本藏之，带从人数骑，取路赴许都。早有人报入荆州，孔明便使人入许都打探消息。

却说张松到了许都馆驿中住定，每日去相府伺候，求见曹操。原来曹操自破马超回，傲睨得志，每日饮宴，无事少出，国政皆在相府商议。张松候了三日，方得通姓名。左右近侍先要贿赂，却才引入。操坐于堂上，松拜毕，操问曰："汝主刘璋连年不进贡，何也？"松曰："为路途艰难，贼寇窃发，不能通进。"操叱曰："吾扫清中原，有何盗贼？"松曰："南有孙权，北有张鲁，西有刘备，至少者亦带甲十余万，岂得为太平耶？"操先见张松人物猥琐，五分不喜；又闻语言冲撞，遂拂袖而起，转入后堂。左右责松曰："汝为使命，何不知礼，一味冲撞？幸得丞相看汝远来之面，不见罪责。汝可急急回去！"松笑曰："吾川中无谄佞之人也。"忽然阶下一人大喝曰："汝川中不会谄佞，吾中原岂有谄佞者乎？"

松观其人，单眉细眼，貌白神清。问其姓名，乃太尉杨彪之子杨修，字德祖，现为丞相门下掌库主簿。此人博学能言，智识过人。松知修是个舌辩之士，有心难之。修亦自恃其才，小觑天下之士。当时见张松言语讥讽，遂邀出外面书院中，分宾主而坐，谓松曰："蜀道崎岖，远来劳苦。"松曰："奉主之命，虽赴汤蹈火，弗敢辞也。"修问："蜀中风土何如？"松曰："蜀为西郡，古号益州。路有锦江之险，地连剑阁之雄。回还二百八程，纵横三万余里。鸡鸣犬吠相闻，市井闾阎不断。田肥地茂，岁无水旱之忧；国富民丰，时有管弦之乐。所产之物，阜如山积。天下莫可及也！”修又问曰：“蜀中人物如何？”松曰：“文有相如之赋，武有伏波之才；医有仲景之能，卜有君平之隐。九流三教，出乎其类，拔乎其萃者，不可胜记，岂能尽数！”修又问曰：“方今刘季玉手下，如公者还有几人？”松曰：“文武全才，智勇足备，忠义慷慨之士，动以百数。如松不才之辈，车载斗量，不可胜记。”修曰：“公近居何职？”松曰：“滥充别驾之任，甚不称职。敢问公为朝廷何官？”修曰：“现为丞相府主簿。”松曰：“久闻公世代簪缨，何不立于庙堂，辅佐天子，乃区区作相府门下一吏乎？”杨修闻言，满面羞惭，强颜而答曰：“某虽居下寮，丞相委以军政钱粮之重，早晚多蒙丞相教诲，极有开发，故就此职耳。”松笑曰：“松闻曹丞相文不明孔、孟之道，武不达孙、吴之机，专务强霸而居大位，安能有所教诲，以开发明公耶？”修曰：“公居边隅，安知丞相大才乎？吾试令公观之。”呼左右于箧中取书一卷，以示张松。松观其题曰《孟德新书》。从头至尾，看了一遍，共一十三篇，皆用兵之要法。松看毕，问曰：“公以此为何书耶？”修曰：“此是丞相酌古准今，仿《孙子》十三篇而作。公欺丞相无才，此堪以传后世否？”松大笑曰：“此书吾蜀中三尺小童，亦能暗诵，何为‘新书’？此是战国时无名氏所作，曹丞相盗窃以为己能，止好瞒足下耳！”修曰：“丞相秘藏之书，虽已成帙，未传于世。公言蜀中小儿暗诵如流，何相欺乎？”松曰：“公如不信，吾试诵之。”遂将《孟德新书》，从头至尾，朗诵一遍，并无一字差错。修大惊曰：“公过目不忘，真天下奇才也！”后人有诗赞曰：“古怪形容异，清高体貌疏。语倾三峡水，目视十行书。胆量魁西蜀，文章贯太虚。百家并诸子，一览更无余。”

当下张松欲辞回。修曰：“公且暂居馆舍，容某再禀丞相，令公面君。”松谢而退。修入见操曰：“适来丞相何慢张松乎？”操曰：“言语不逊，吾故慢之。”修曰：“丞相尚容一祢衡，何不纳张松？”操曰：“祢衡文章，播于当今，吾故不忍杀之。松有何能？”修曰：“且无论其口似悬河，辩才无碍。适修以丞相所撰《孟德新书》示之，彼观一遍，即能暗诵，如此博闻强记，世所罕有。松言此书乃战国时无名氏所作，蜀中小儿，皆能熟记。”操曰：“莫非古人与我暗合否?”令扯碎其书烧之。修曰：“此人可使面君，教见天朝气象。”操曰：“来日我于西教场点军，汝可先引他来，使见我军容之盛，教他回去传说：吾即日下了江南，便来收川。”修领命。

至次日，与张松同至西教场。操点虎卫雄兵五万，布于教场中。果然盔甲鲜明，衣袍灿烂；金鼓震天，戈矛耀日；四方八面，各分队伍；旌旗飏彩，人马腾空。松斜目视之。良久，操唤松指而示曰：“汝川中曾见此英雄人物否?”松曰：“吾蜀中不曾见此兵革，但以仁义治人。”操变色视之，松全无惧意。杨修频以目视松。操谓松曰：“吾视天下鼠辈犹草芥耳。大军到处，战无不胜，攻无不取，顺吾者生，逆吾者死。汝知之乎?”松曰：“丞相驱兵到处，战必胜，攻必取，松亦素知。昔日濮阳攻吕布之时，宛城战张绣之日；赤壁遇周郎，华容逢关羽；割须弃袍于潼关，夺船避箭于渭水：此皆无敌于天下也!”操大怒曰：“竖儒怎敢揭吾短处!”喝令左右推出斩之。杨修谏曰：“松虽可斩，奈从蜀道而来入贡，若斩之，恐失远人之意。”操怒气未息。荀彧亦谏，操方免其死，令乱棒打出。

松归馆舍，连夜出城，收拾回川。松自思曰：“吾本欲献西川州郡与曹操，谁想如此慢人！我来时于刘璋之前，开了大口；今日怏怏空回，须被蜀中人所笑。吾闻荆州刘玄德仁义远播久矣，不如径由那条路回。试看此人如何，我自有主见。”于是乘马引仆从望荆州界上而来，前至郢州界口，忽见一队军马，约有五百余骑，为首一员大将，轻妆软扮，勒马前问曰：“来者莫非张别驾乎?”松曰：“然也。”那将慌忙下马，声喏曰：“赵云等候多时。”松下马答礼曰：“莫非常山赵子龙乎?”云曰：“然也，某奉主公刘玄德之命，为大夫远涉路途，鞍马驱驰，特命赵云聊奉酒食。”言罢，军士跪奉酒食，云敬进之。松自思曰：“人言刘玄德宽仁爱客，今果如此。”遂与赵云饮了数杯，上马同行。来到荆州界首，是日天晚，前到馆驿，见驿门外百余人侍立，击鼓相接。一将于马前施礼曰：“奉兄长将令，为大夫远涉风尘，令关某洒扫驿庭，以待歇宿。”松下马，与云长、赵云同入馆舍，讲礼叙坐。

须臾,排上酒筵,二人殷勤相劝。饮至更阑,方始罢席,宿了一宵。

次日早膳毕,上马行不到三五里,只见一簇人马到,乃是玄德引着伏龙、凤雏,亲自来接。遥见张松,早先下马等候。松亦慌忙下马相见。玄德曰:"久闻大夫高名,如雷灌耳。恨云山遥远,不得听教。今闻回都,专此相接。倘蒙不弃,到荒州暂歇片时,以叙渴仰之思,实为万幸!"松大喜,遂上马并辔入城。至府堂上各各叙礼,分宾主依次而坐,设宴款待。饮酒间,玄德只说闲话,并不提起西川之事。松以言挑之曰:"今皇叔守荆州,还有几郡?"孔明答曰:"荆州乃暂借东吴的,每每使人取讨。今我主因是东吴女婿,故权且在此安身。"松曰:"东吴据六郡八十一州,民强国富,犹且不知足耶?"庞统曰:"吾主汉朝皇叔,反不能占据州郡;其他皆汉之蟊贼,却都恃强侵占地土:惟智者不平焉。"玄德曰:"二公休言。吾有何德,敢多望乎?"松曰:"不然。明公乃汉室宗亲,仁义充塞乎四海。休道占据州郡,便代正统而居帝位,亦非分外。"玄德拱手谢曰:"公言太过,备何敢当!"

自此一连留张松饮宴三日,并不提起川中之事。松辞去,玄德于十里长亭设宴送行。玄德举酒酌松曰:"甚荷大夫不外,留叙三日;今日相别,不知何时再得听教。"言罢,潸然泪下。张松自思:"玄德如此宽仁爱士,安可舍之?不如说之,令取西川。"乃言曰:"松亦思朝暮趋侍,恨未有便耳。松观荆州:东有孙权,常怀虎踞;北有曹操,每欲鲸吞。亦非可久恋之地也。"玄德曰:"故知如此,但未有安迹之所。"松曰:"益州险塞,沃野千里,民殷国富;智能之士,久慕皇叔之德。若起荆襄之众,长驱西指,霸业可成,汉室可兴矣。"玄德曰:"备安敢当此?刘益州亦帝室宗亲,恩泽布蜀中久矣。他人岂可得而动摇乎?"松曰:"某非卖主求荣,今遇明公,不敢不披沥肝胆:刘季玉虽有益州之地,禀性暗弱,不能任贤用能;加之张鲁在北,时思侵犯;人心离散,思得明主。松此一行,专欲纳款于操;何期逆贼恣逞奸雄,傲贤慢士,故特来见明公。明公先取西川为基,然后北图汉中,收取中原,匡正天朝,名垂青史,功莫大焉。明公果有取西川之意,松愿施犬马之劳,以为内应。未知钧意若何?"玄德曰:"深感君之厚意。奈刘季玉与备同宗,若攻之,恐天下人唾骂。"松曰:"大丈夫处世,当努力建功立业,著鞭在先。今若不取,为他人所取,悔之晚矣。"玄德曰:"备闻蜀道崎岖,千山万水,车不能方轨,马不能联辔;虽欲取之,用何良策?"松于袖中取出一图,递与玄德曰:"松感明公盛德,敢献此图。但看此图,便知蜀中道路矣。"玄德略展视之,上面尽写着地理行程,远近阔狭,山川险要,府库钱粮,一一俱载明白。松曰:"明公可速图之。松有心腹契友二人:法正、孟达,此二人必能相助。如二人到荆州时,可以心事共议。"玄德拱手谢曰:"青山不老,绿水长存。他日事成,必当厚报。"松曰:"松遇明主,不得不尽情相告,岂敢望报乎?"说罢作别。孔明命云长等护送数十里方回。

张松回益州,先见友人法正。正字孝直,右扶风郿人也,贤士法真之子。松见正,备说:"曹操轻贤傲士,只可同忧,不可同乐。吾已将益州许刘皇叔矣,专欲与兄共议。"法正曰:"吾料刘璋无能,已有心见刘皇叔久矣。此心相同,又何疑焉?"少顷,孟达至。达字子庆,与法正同乡。达入,见正与松密语。达曰:"吾已知二公之意。将欲献益州耶?"松曰:"是欲如此。兄试猜之,合献与谁?"达曰:"非刘玄德不可。"三人抚掌大笑。法正谓松曰:"兄明日见刘璋,当若何?"松曰:"吾荐二公为使,可往荆州。"二人应允。

次日,张松见刘璋。璋问:"干事若何?"松曰:"操乃汉贼,欲篡天下,不可为言。彼已有取川之心。"璋曰:"似此如之奈何?"松曰:"松有一谋,使张鲁、曹操必不敢轻犯西川。"璋曰:"何计?"松曰:"荆州刘皇叔,与主公同宗,仁慈宽厚,有长者风。赤壁鏖兵之后,操闻之而胆裂,何况张鲁乎?主公何不遣使结好,使为外援,可以拒曹操、张鲁矣。"璋曰:"吾亦有此心久矣。谁可为使?"松曰:"非法正、孟达,不可往也。"璋即召二人入,修书一封,令法正为使,先通情好;次遣孟达领精兵五千,迎玄德入川为援。正商议间,一人自外突入,汗流满面,大叫曰:"主公若听张松之言,则四十一州郡,已属他人矣!"松大惊,视其人,乃西阆中巴人,姓黄,名权,字公衡,现为刘璋府下主簿。璋问曰:"玄德与我同宗,吾故结之为援;汝何出此言?"权曰:"某素知刘备宽以待人,柔能克刚,英雄莫敌;远得人心,近得民望;兼有诸葛亮、庞统之智谋,关、张、赵云、黄忠、魏延为羽翼。若召到蜀中,以部曲待之,刘备安肯伏低做小?若以客礼待之,又一国不容二主。今听臣言,则西蜀有泰山之安;不听臣言,主公有累卵之危矣。张松昨从荆州过,必与刘备同谋。可先斩张松,后绝刘备,则西川万幸也。"璋曰:"曹操、张鲁到来,何以拒之?"权曰:"不如闭境绝塞,深沟高垒,以待时清。"璋曰:"贼兵犯界,有烧眉之急;若待时清,则是慢计也。"遂不从其言,遣法正行。又一人阻曰:"不可!不可!"璋视之,乃帐前从事官王累也。累顿首言曰:"主公今听张松之说,自取其祸。"璋曰:"不然。吾结好刘玄德,实欲拒张鲁也。"累曰:"张鲁犯界,乃癣疥之疾;刘备入川,乃心腹之大患。况刘备世之枭雄,先事曹操,便思谋害;后从孙权,便夺荆州。心术如此,安可同处乎?今若召来,西川休矣!"璋叱曰:"再休乱道!玄德是我同宗,他安肯夺我基业?"便教扶二人出,遂命法正便行。

法正离益州,径取荆州,来见玄德。参拜已毕,呈上书信。玄德拆封视之。书曰:"族弟刘璋,再拜致书于玄德宗兄将军麾下:久伏电天,蜀道崎岖,未及赍贡,甚切惶愧。璋闻吉凶相救,患难相扶,朋友尚然,况宗族乎?今张鲁在北,旦夕兴兵,侵犯璋界,甚不自安。专人谨奉尺书,上乞钧听。倘念同宗之情,全手足之义,即日兴师剿灭狂寇,永为唇齿,自有重酬。书不尽言,耑候车骑。"玄德看毕大喜,设宴相待法正。

酒过数巡,玄德屏退左右,密谓正曰:"久仰孝直英名,张别驾多谈盛德。今获听教,甚慰平生。"法正谢曰:"蜀中小吏,何足道哉!盖闻马逢伯乐而嘶,人遇知己而死。张别驾昔日之言,将军复有意乎?"玄德曰:"备一身寄客,未尝不伤感而叹息。尝思鷦鷯尚存一枝,狡兔犹藏三窟,何况人乎?蜀中丰余之地,非不欲取;奈刘季玉系备同宗,不忍相图。"法正曰:"益州天府之国,非治乱之主,不可居也,今刘季玉不能用贤,此业不久必属他人。今日自付与将军,不可错失。岂不闻逐兔先得之语乎?将军欲取,某当效死。"玄德拱手谢曰:"尚容商议。"

当日席散,孔明亲送法正归馆舍。玄德独坐沉吟。庞统进曰:"事当决而不决者,愚人也。主公高明,何多疑耶?"玄德问曰:"以公之意,当复何如?”统曰:“荆州东有孙权,北有曹操,难以得志。益州户口百万,土广财富,可资大业。今幸张松、法正为内助,此天赐也。何必疑哉?”玄德曰:“今与吾水火相敌者,曹操也。操以急,吾以宽;操以暴,吾以仁;操以谲,吾以忠:每与操相反,事乃可成。若以小利而失信义于天下,吾不忍也。”庞统笑曰:“主公之言,虽合天理,奈离乱之时,用兵争强,固非一道;若拘执常理,寸步不可行矣,宜从权变。且兼弱攻昧、逆取顺守,汤、武之道也。若事定之后,报之以义,封为大国,何负于信?今日不取,终被他人取耳。主公幸熟思焉。”玄德乃恍然曰:“金石之言,当铭肺腑。”于是遂请孔明,同议起兵西行。孔明曰:“荆州重地,必须分兵守之。”玄德曰:“吾与庞士元、黄忠、魏延前往西川;军师可与关云长、张翼德、赵子龙守荆州。”孔明应允。于是孔明总守荆州;关公拒襄阳要路,当青泥隘口;张飞领四郡巡江;赵云屯江陵,镇公安。玄德令黄忠为前部,魏延为后军,玄德自与刘封、关平在中军,庞统为军师,马步兵五万,起程西行。临行时,忽廖化引一军来降,玄德便教廖化辅佐云长以拒曹操。

是年冬月,引兵望西川进发。行不数程,孟达接着,拜见玄德,说刘益州令某领兵五千远来迎接。玄德使人入益州,先报刘璋。璋便发书告报沿途州郡,供给钱粮。璋欲自出涪城亲接玄德,即下令准备车乘帐幔,旌旗铠甲,务要鲜明。主簿黄权入谏曰:“主公此去,必被刘备之害。某食禄多年,不忍主公中他人奸计。望三思之!”张松曰:“黄权此言,疏间宗族之义,滋长寇盗之威,实无益于主公。”璋乃叱权曰:“吾意已决,汝何逆吾!”权叩首流血,近前口衔璋衣而谏。璋大怒,扯衣而起。权不放,顿落门牙两个。璋喝左右,推出黄权。权大哭而归。

璋欲行,一人叫曰:“主公不纳黄公衡忠言,乃欲自就死地耶!”伏于阶前而谏。璋视之,乃建宁俞元人也,姓李,名恢,叩首谏曰:“窃闻君有诤臣,父有诤子。黄公衡忠义之言,必当听从。若容刘备入川,是犹迎虎于门也。”璋曰:“玄德是吾宗兄,安肯害吾?再言者必斩!”叱左右推出李恢。张松曰:“今蜀中文官各顾妻子,不复为主公效力;诸将恃功骄傲,各有外意。不得刘皇叔,则敌攻于外,民攻于内，必败之道也。”璋曰：“公所谋，深于吾有益。”次日，上马出榆桥门。人报从事王累，自用绳索倒吊于城门之上，一手执谏章，一手仗剑，口称如谏不从，自割断其绳索，撞死于此地。刘璋教取所执谏章观之。其略曰：“益州从事臣王累，泣血恳告：窃闻良药苦口利于病，忠言逆耳利于行。昔楚怀王不听屈原之言，会盟于武关，为秦所困。今主公轻离大郡，欲迎刘备于涪城，恐有去路而无回路矣。倘能斩张松于市，绝刘备之约，则蜀中老幼幸甚，主公之基业亦幸甚！”刘璋观毕，大怒曰：“吾与仁人相会，如亲芝兰，汝何数侮于吾耶！”王累大叫一声，自割断其索，撞死于地。后人有诗叹曰：“倒挂城门捧谏章，拚将一死报刘璋。黄权折齿终降备，矢节何如王累刚！”

刘璋将三万人马往涪城来。后军装载资粮钱帛一千余辆，来接玄德。却说玄德前军已到垫江。所到之处，一者是西川供给；二者是玄德号令严明，如有妄取百姓一物者斩：于是所到之处，秋毫无犯。百姓扶老携幼，满路瞻观，焚香礼拜。玄德皆用好言抚慰。

却说法正密谓庞统曰：“近张松有密书到此，言于涪城相会刘璋，便可图之。机会切不可失。”统曰：“此意且勿言。待二刘相见，乘便图之。若预走泄，于中有变。”法正乃秘而不言。涪城离成都三百六十里。璋已到，使人迎接玄德。两军皆屯于涪江之上。玄德入城，与刘璋相见，各叙兄弟之情。礼毕，挥泪诉告衷情。饮宴毕，各回寨中安歇。

璋谓众官曰：“可笑黄权、王累等辈，不知宗兄之心，妄相猜疑。吾今日见之，真仁义之人也。吾得他为外援，又何虑曹操、张鲁耶？非张松则失之矣。”乃脱所穿绿袍，并黄金五百金，令人往成都赐与张松。时部下将佐刘璝、泠苞、张任、邓贤等一班文武官曰：“主公且休欢喜。刘备柔中有刚，其心未可测，还宜防之。”璋笑曰：“汝等皆多虑。吾兄岂有二心哉！”众皆嗟叹而退。

却说玄德归到寨中，庞统入见曰：“主公今日席上见刘季玉动静乎？”玄德曰：“季玉真诚实人也。”统曰：“季玉虽善，其臣刘璝、张任等皆有不平之色，其间吉凶未可保也。以统之计，莫若来日设宴，请季玉赴席；于壁衣中埋伏刀斧手一百人，主公掷杯为号，就筵上杀之；

一拥入成都,刀不出鞘,弓不上弦,可坐而定也。"玄德曰:"季玉是吾同宗,诚心待吾;更兼吾初到蜀中,恩信未立;若行此事,上天不容,下民亦怨。公此谋,虽霸者亦不为也。"统曰:"此非统之谋,是法孝直得张松密书,言事不宜迟,只在早晚当图之。"言未已,法正入见,曰:"某等非为自己,乃顺天命也。"玄德曰:"刘季玉与吾同宗,不忍取之。"正曰:"明公差矣。若不如此,张鲁与蜀有杀母之仇,必来攻取。明公远涉山川,驱驰士马,既到此地,进则有功,退则无益。若执狐疑之心,迁延日久,大为失计。且恐机谋一泄,反为他人所算。不若乘此天与人归之时,出其不意,早立基业,实为上策。"庞统亦再三相劝。正是:人主几番存厚道,才臣一意进权谋。未知玄德心下如何,且看下文分解。

第六十一回　赵云截江夺阿斗　孙权遗书退老瞒

却说庞统、法正二人，劝玄德就席间杀刘璋，西川唾手可得。玄德曰："吾初入蜀中，恩信未立，此事决不可行。"二人再三说之，玄德只是不从。次日，复与刘璋宴于城中，彼此细叙衷曲，情好甚密。酒至半酣，庞统与法正商议曰："事已至此，由不得主公了。"便教魏延登堂舞剑，乘势杀刘璋。延遂拔剑进曰："筵间无以为乐，愿舞剑为戏。"庞统便唤众武士入，列于堂下，只待魏延下手。刘璋手下诸将，见魏延舞剑筵前，又见阶下武士手按刀靶，直视堂上，从事张任亦掣剑舞曰："舞剑必须有对，某愿与魏将军同舞。"二人对舞于筵前。魏延目视刘封，封亦拔剑助舞。于是刘璝、泠苞、邓贤各掣剑出曰："我等当群舞，以助一笑。"玄德大惊，急掣左右所佩之剑，立于席上曰："吾兄弟相逢痛饮，并无疑忌。又非鸿门会上，何用舞剑？不弃剑者立斩！"刘璋亦叱曰："兄弟相聚，何必带刀？"命侍卫者尽去佩剑。众皆纷然下堂。玄德唤诸将士上堂，以酒赐之，曰："吾弟兄同宗骨血，共议大事，并无二心。汝等勿疑。"诸将皆拜谢。刘璋执玄德之手而泣曰："吾兄之恩，誓不敢忘！"二人欢饮至晚而散。玄德归寨，责庞统曰："公等奈何欲陷备于不义耶？今后断勿为此。"统嗟叹而退。

却说刘璋归寨，刘璝等曰："主公见今日席上光景乎？不如早回，免生后患。"刘璋曰："吾兄刘玄德，非比他人。"众将曰："虽玄德无此心，他手下人皆欲吞并西川，以图富贵。"璋曰："汝等无间吾兄弟之情。"遂不听，日与玄德欢叙。忽报张鲁整顿兵马，将犯葭萌关。刘璋便请玄德往拒之。玄德慨然领诺，即日引本部兵望葭萌关去了。众将劝刘璋令大将紧守各处关隘，以防玄德兵变。璋初时不从，后因众人苦劝，乃令白水都督杨怀、高沛二人，守把涪水关。刘璋自回成都。玄德到葭萌关，严禁军士，广施恩惠，以收民心。

早有细作报入东吴。吴侯孙权会文武商议。顾雍进曰："刘备分兵远涉山险而去，未易往还。何不差一军先截川口，断其归路，后尽起东吴之兵，一鼓而下荆襄？此不可失之机会也。”权曰：“此计大妙！”正商议间，忽屏风后一人大喝而出曰：“进此计者可斩之！欲害吾女之命耶！”众惊视之，乃吴国太也。国太怒曰：“吾一生惟有一女，嫁与刘备。今若动兵，吾女性命如何！”因叱孙权曰：“汝掌父兄之业，坐领八十一州，尚自不足，乃顾小利而不念骨肉！”孙权喏喏连声，答曰：“老母之训，岂敢有违！”遂叱退众官。国太恨恨而入。孙权立于轩下，自思：“此机会一失，荆襄何日可得？”正沉吟间，只见张昭入问曰：“主公有何忧疑？”孙权曰：“正思适间之事。”张昭曰：“此极易也：今差心腹将一人，只带五百军。潜入荆州，下一封密书与郡主，只说国太病危，欲见亲女，取郡主星夜回东吴。玄德平生只有一子，就教带来。那时玄德定把荆州来换阿斗。如其不然，一任动兵，更有何碍？”权曰：“此计大妙！吾有一人，姓周，名善，最有胆量。自幼穿房入户，多随吾兄。今可差他去。”昭曰：“切勿漏泄。只此便令起行。”

于是密遣周善将五百人，扮为商人，分作五船；更诈修国书，以备盘诘；船内暗藏兵器。周善领命，取荆州水路而来。船泊江边，善自入荆州，令门吏报孙夫人。夫人命周善入，善呈上密书。夫人见说国太病危，洒泪动问。周善拜诉曰：“国太好生病重，旦夕只是思念夫人。倘去得迟，恐不能相见。就教夫人带阿斗去见一面。”夫人曰：“皇叔引兵远出，我今欲回，须使人知会军师，方可以行。”周善曰：“若军师回言道：须报知皇叔，候了回命，方可下船，如之奈何？”夫人曰：“若不辞而去，恐有阻当。”周善曰：“大江之中，已准备下船只。只今便请夫人上车出城。”孙夫人听知母病危急，如何不慌？便将七岁孩子阿斗，载在车中；随行带三十余人，各跨刀剑，上马离荆州城，便来江边上船。府中人欲报时，孙夫人已到沙头镇，下在船中了。

周善方欲开船，只听得岸上有人大叫：“且休开船，容与夫人饯行！”视之，乃赵云也。原来赵云巡哨方回，听得这个消息，吃了一惊，只带四五骑，旋风般沿江赶来。周善手执长戈，大喝曰：“汝何人，敢当主母！”叱令军士一齐开船，各将军器出来，摆列在船上。风顺水急,船皆随流而去。赵云沿江赶叫:“任从夫人去,只有一句话拜禀。”周善不睬,只催船速进。赵云沿江赶到十余里,忽见江滩斜缆一只渔船在那里。赵云弃马执枪,跳上渔船,只两人驾船前来,望着夫人所坐大船追赶。周善教军士放箭。赵云以枪拨之,箭皆纷纷落水。离大船悬隔丈余,吴兵用枪乱刺。赵云弃枪在小船上,掣所佩青釭剑在手,分开枪搠,望吴船涌身一跳,早登大船。吴兵尽皆惊倒。赵云入舱中,见夫人抱阿斗于怀中,喝赵云曰:“何故无礼!”云插剑声喏曰:“主母欲何往?何故不令军师知会?”夫人曰:“我母亲病在危笃,无暇报知。”云曰:“主母探病,何故带小主人去?”夫人曰:“阿斗是吾子,留在荆州,无人看觑。”云曰:“主母差矣。主人一生,只有这点骨血,小将在当阳长坂坡百万军中救出,今日夫人却欲抱将去,是何道理?”夫人怒曰:“量汝只是帐下一武夫,安敢管我家事!”云曰:“夫人要去便去,只留下小主人。”夫人喝曰:“汝半路辄入船中,必有反意!”云曰:“若不留下小主人,纵然万死,亦不敢放夫人去。”夫人喝侍婢向前揪捽,被赵云推倒,就怀中夺了阿斗,抱出船头上。欲要傍岸,又无帮手;欲要行凶,又恐碍于道理:进退不得。夫人喝侍婢夺阿斗,赵云一手抱定阿斗,一手仗剑,人不敢近。周善在后梢挟住舵,只顾放船下水。风顺水急,望中流而去。赵云孤掌难鸣,只护得阿斗,安能移舟傍岸。

正在危急,忽见下流头港内一字儿使出十余只船来,船上磨旗擂鼓。赵云自思:“今番中了东吴之计!”只见当头船上一员大将,手执长矛,高声大叫:“嫂嫂留下侄儿去!”原来张飞巡哨,听得这个消息,急来油江夹口,正撞着吴船,急忙截住。当下张飞提剑跳上吴船。周善见张飞上船,提刀来迎,被张飞手起一剑砍倒,提头掷于孙夫人前。夫人大惊曰:“叔叔何故无礼?”张飞曰:“嫂嫂不以俺哥哥为重,私自归家,这便无礼!”夫人曰:“吾母病重,甚是危急,若等你哥哥回报,须误了我事。若你不放我回去,我情愿投江而死!”

张飞与赵云商议:“若逼死夫人,非为臣下之道。只护着阿斗过船去罢。”乃谓夫人曰:“俺哥哥大汉皇叔,也不辱没嫂嫂。今日相别,若思哥哥恩义,早早回来。”说罢,抱了阿斗,自与赵云回船,放孙夫人五只船去了。后人有诗赞子龙曰："昔年救主在当阳,今日飞身向大江。船上吴兵皆胆裂,子龙英勇世无双!"又有诗赞翼德曰："长坂桥边怒气腾,一声虎啸退曹兵。今朝江上扶危主,青史应传万载名。"

二人欢喜回船。行不数里,孔明引大队船只接来,见阿斗已夺回,大喜。三人并马而归。孔明自申文书往葭萌关,报知玄德。

却说孙夫人回吴,具说张飞、赵云杀了周善,截江夺了阿斗。孙权大怒曰："今吾妹已归,与彼不亲,杀周善之仇,如何不报!"唤集文武,商议起军攻取荆州。正商议调兵,忽报曹操起军四十万来报赤壁之仇。孙权大惊,且按下荆州,商议拒敌曹操。人报长史张纮辞疾回家,今已病故,有哀书上呈。权拆视之,书中劝孙权迁居秣陵,言秣陵山川有帝王之气,可速迁于此,以为万世之业。孙权览书大哭,谓众官曰："张子纲劝吾迁居秣陵,吾如何不从!"即命迁治建业,筑石头城。吕蒙进曰："曹操兵来,可于濡须水口筑坞以拒之。"诸将皆曰："上岸击贼,跣足入船,何用筑城?"蒙曰："兵有利钝,战无必胜。如猝然遇敌,步骑相促,人尚不暇及水,何能入船乎?"权曰："人无远虑,必有近忧。子明之见甚远。"便差军数万筑濡须坞。晓夜并工,刻期告竣。

却说曹操在许都,威福日甚。长史董昭进曰："自古以来,人臣未有如丞相之功者,虽周公、吕望,莫可及也。栉风沐雨,三十余年,扫荡群凶,与百姓除害,使汉室复存。岂可与诸臣宰同列乎?合受魏公之位,加九锡以彰功德。"你道那九锡?一,车马(大辂、戎辂各一。大辂,金车也。戎辂,兵车也。玄牡二驷,黄马八匹)。二,衣服(衮冕之服,赤舄副焉。衮冕,王者之服。赤舄,朱履也)。三,乐悬(乐悬,王者之乐也)。四,朱户(居以朱户,红门也)。五,纳陛(纳陛以登。陛,阶也)。六,虎贲(虎贲三百人,守门之军也)。七,铁钺(铁钺各一。铁,即斧也。钺,斧属)。八,弓矢(彤弓一,彤矢百。彤,赤色也。玈弓十,玈矢千。玈,黑色也)。九,秬鬯圭瓒(秬鬯一卣,圭瓒副焉。秬,黑黍也。鬯,香酒,灌地以求神于阴。卣,中樽也。圭瓒,宗庙祭器,以祀先王也)。侍中荀彧曰："不可。丞相本兴义兵,匡扶汉室，当秉忠贞之志，守谦退之节。君子爱人以德，不宜如此。”曹操闻言，勃然变色。董昭曰：“岂可以一人而阻众望？”遂上表请尊操为魏公，加九锡。荀彧叹曰：“吾不想今日见此事！”操闻，深恨之，以为不助己也。建安十七年冬十月，曹操兴兵下江南，就命荀彧同行。彧已知操有杀己之心，托病止于寿春。忽曹操使人送饮食一盒至，盒上有操亲笔封记。开盒视之，并无一物。彧会其意，遂服毒而亡，年五十岁。后人有诗叹曰：“文若才华天下闻，可怜失足在权门。后人休把留侯比，临没无颜见汉君。”其子荀恽，发哀书报曹操。操甚懊悔，命厚葬之，谥曰敬侯。

且说曹操大军至濡须，先差曹洪领三万铁甲马军，哨至江边。回报云：“遥望沿江一带，旗幡无数，不知兵聚何处。”操放心不下，自领兵前进，就濡须口排开军阵。操领百余人上山坡，遥望战船，各分队伍，依次摆列。旗分五色，兵器鲜明。当中大船上青罗伞下，坐着孙权。左右文武，侍立两边。操以鞭指曰：“生子当如孙仲谋！若刘景升儿子，豚犬耳！”忽一声响动，南船一齐飞奔过来。濡须坞内又一军出，冲动曹兵。曹操军马退后便走，止喝不住。忽有千百骑赶到山边，为首马上一人碧眼紫髯，众人认得正是孙权。权自引一队马军来击曹操。操大惊，急回马时，东吴大将韩当、周泰，两骑马直冲将上来。操背后许褚纵马舞刀，敌住二将，曹操得脱归寨。许褚与二将战三十合方回。操回寨，重赏许褚，责骂众将：“临敌先退，挫吾锐气！后若如此，尽皆斩首。”是夜二更时分，忽寨外喊声大震。操急上马，见四下里火起，却被吴兵劫入大寨。杀至天明，曹兵退五十余里下寨。操心中郁闷，闲看兵书。程昱曰：“丞相既知兵法，岂不知兵贵神速乎？丞相起兵，迁延日久，故孙权得以准备，夹濡须水口为坞，难于攻击。不若且退兵还许都，别作良图。”操不应。

程昱出。操伏几而卧，忽闻潮声汹涌，如万马争奔之状。操急视之，见大江中推出一轮红日，光华射目；仰望天上，又有两轮太阳对照。忽见江心那轮红日，直飞起来，坠于寨前山中，其声如雷。猛然惊觉，原来在帐中做了一梦。帐前军报道午时。曹操教备马，引五十余骑，径奔出寨，至梦中所见落日山边。正看之间，忽见一簇人马，当先一人,金盔金甲。操视之,乃孙权也。权见操至,也不慌忙,在山上勒住马,以鞭指操曰:“丞相坐镇中原,富贵已极,何故贪心不足,又来侵我江南?”操答曰:“汝为臣下,不尊王室。吾奉天子诏,特来讨汝!”孙权笑曰:“此言岂不羞乎?天下岂不知你挟天子令诸侯?吾非不尊汉朝,正欲讨汝以正国家耳。”操大怒,叱诸将上山捉孙权。忽一声鼓响,山背后两彪军出,右边韩当、周泰,左边陈武、潘璋。四员将带三千弓弩手乱射,矢如雨发。操急引众将回走。背后四将赶来甚急,赶到半路,许褚引众虎卫军敌住,救回曹操。吴兵齐奏凯歌,回濡须去了。

操还营自思:“孙权非等闲人物。红日之应,久后必为帝王。”于是心中有退兵之意,又恐东吴耻笑,进退未决。两边又相拒了月余,战了数场,互相胜负。直至来年正月,春雨连绵,水港皆满,军士多在泥水之中,困苦异常。操心甚忧。当日正在寨中,与众谋士商议。或劝操收兵,或云目今春暖,正好相持,不可退归。操犹豫未定。

忽报东吴有使赍书到。操启视之。书略曰:“孤与丞相,彼此皆汉朝臣宰。丞相不思报国安民,乃妄动干戈,残虐生灵,岂仁人之所为哉?即日春水方生,公当速去。如其不然,复有赤壁之祸矣。公宜自思焉。”书背后又批两行云:“足下不死,孤不得安。”曹操看毕,大笑曰:“孙仲谋不欺我也。”重赏来使,遂下令班师,命庐江太守朱光镇守皖城,自引大军回许昌。孙权亦收军回秣陵。权与众将商议:“曹操虽然北去,刘备尚在葭萌关未还。何不引拒曹操之兵,以取荆州?”张昭献计曰:“且未可动兵。某有一计,使刘备不能再还荆州。”正是:孟德雄兵方退北,仲谋壮志又图南。不知张昭说出甚计来,且看下文分解。

第六十二回　取涪关杨高授首　攻雒城黄魏争功

却说张昭献计曰:“且休要动兵。若一兴师,曹操必复至。不如修书二封:一封与刘璋,言刘备结连东吴,共取西川,使刘璋心疑而攻刘备;一封与张鲁,教进兵向荆州来。着刘备首尾不能救应。我然后起兵取之,事可谐矣。”权从之,即发使二处去讫。

且说玄德在葭萌关日久,甚得民心。忽接得孔明文书,知孙夫人已回东吴。又闻曹操兴兵犯濡须,乃与庞统议曰:“曹操击孙权,操胜必将取荆州,权胜亦必取荆州矣。为之奈何?”庞统曰:“主公勿忧。有孔明在彼,料想东吴不敢犯荆州。主公可驰书去刘璋处,只推曹操攻击孙权,权求救于荆州。吾与孙权唇齿之邦,不容不相援。张鲁自守之贼,决不敢来犯界。吾今欲勒兵回荆州,与孙权会同破曹操,奈兵少粮缺。望推同宗之谊,速发精兵三四万,行粮十万斛相助。请勿有误。若得军马钱粮,却另作商议。”

玄德从之,遣人往成都。来到关前,杨怀、高沛闻知此事,遂教高沛守关,杨怀同使者入成都,见刘璋呈上书信。刘璋看毕,问杨怀为何亦同来。杨怀曰:“专为此书而来。刘备自从入川,广布恩德,以收民心,其意甚是不善。今求军马钱粮,切不可与。如若相助,是把薪助火也。”刘璋曰:“吾与玄德有兄弟之情,岂可不助?”一人出曰:“刘备枭雄,久留于蜀而不遣,是纵虎入室矣。今更助之以军马钱粮,何异与虎添翼乎?”众视其人,乃零陵烝阳人,姓刘名巴,字子初。刘璋闻刘巴之言,犹豫未决。黄权又复苦谏。璋乃量拨老弱军四千,米一万斛,发书遣使报玄德。仍令杨怀、高沛紧守关隘。刘璋使者到葭萌关见玄德,呈上回书。玄德大怒曰:“吾为汝御敌,费力劳心。汝今积财吝赏,何以使士卒效命乎?”遂扯毁回书,大骂而起。使者逃回成都。庞统曰:“主公只以仁义为重,今日毁书发怒,前情尽弃矣。”玄德曰:“如此,当若何?”庞统曰:“某有三条计策,请主公自择而行。”

玄德问:“那三条计?”统曰:“只今便选精兵,昼夜兼道径袭成都:此为上计。杨怀、高沛乃蜀中名将,各仗强兵拒守关隘;今主公佯以回荆州为名,二将闻知,必来相送;就送行处,擒而杀之,夺了关隘,先取涪城,然后却向成都:此中计也。退还白帝,连夜回荆州,徐图进取:此为下计。若沉吟不去,将至大困,不可救矣。”玄德曰:“军师上计太促,下计太缓;中计不迟不疾,可以行之。”

于是发书致刘璋,只说曹操令部将乐进引兵至青泥镇,众将抵敌不住,吾当亲往拒之,不及面会,特书相辞。书至成都,张松听得说刘玄德欲回荆州,只道是真心,乃修书一封,欲令人送与玄德,却值亲兄广汉太守张肃到,松急藏书于袖中,与肃相陪说话。肃见松神情恍惚,心中疑惑。松取酒与肃共饮。献酬之间,忽落此书于地,被肃从人拾得。席散后,从人以书呈肃。肃开视之,书略曰:“松昨进言于皇叔,并无虚谬,何乃迟迟不发?逆取顺守,古人所贵。今大事已在掌握之中,何故欲弃此而回荆州乎?使松闻之,如有所失。书呈到日,疾速进兵。松当为内应,万勿自误!”张肃见了,大惊曰:“吾弟作灭门之事,不可不首。”连夜将书见刘璋,具言弟张松与刘备同谋,欲献西川。刘璋大怒曰:“吾平日未尝薄待他,何故欲谋反!”遂下令捉张松全家,尽斩于市。后人有诗叹曰:“一览无遗世所稀,谁知书信泄天机。未观玄德兴王业,先向成都血染衣。”

刘璋既斩张松,聚集文武商议曰:“刘备欲夺吾基业,当如之何?”黄权曰:“事不宜迟。即便差人告报各处关隘,添兵把守,不许放荆州一人一骑入关。”璋从其言,星夜驰檄各关去讫。

却说玄德提兵回涪城,先令人报上涪水关,请杨怀、高沛出关相别。杨、高二将闻报,商议曰:“玄德此回若何?”高沛曰:“玄德合死。我等各藏利刃在身,就送行处刺之,以绝吾主之患。”杨怀曰:“此计大妙。”二人只带随行二百人,出关送行,其余并留在关上。

玄德大军尽发。前至涪水之上,庞统在马上谓玄德曰:“杨怀、高沛若欣然而来,可提防之;若彼不来,便起兵径取其关,不可迟缓。”正说间,忽起一阵旋风,把马前“帅”字旗吹倒。玄德问庞统曰:

"此何兆也?"统曰:"此警报也,杨怀、高沛二人必有行刺之意,宜善防之。"玄德乃身披重铠,自佩宝剑防备。人报杨、高二将前来送行。玄德令军马歇定。庞统分付魏延、黄忠:"但关上来的军士,不问多少,马步军兵,一个也休放回。"二将得令而去。

却说杨怀、高沛二人身边各藏利刃,带二百军兵,牵羊送酒,直至军前。见并无准备,心中暗喜,以为中计。入至帐下,见玄德正与庞统坐于帐中。二将声喏曰:"闻皇叔远回,特具薄礼相送。"遂进酒劝玄德。玄德曰:"二将军守关不易,当先饮此杯。"二将饮酒毕,玄德曰:"吾有密事与二将军商议,闲人退避。"遂将带来二百人尽赶出中军。玄德叱曰:"左右与吾捉下二贼!"帐后刘封、关平应声而出。杨、高二人急待争斗,刘封、关平各捉住一人。玄德喝曰:"吾与汝主是同宗兄弟,汝二人何故同谋,离间亲情?"庞统叱左右搜其身畔,果然各搜出利刃一口。统便喝斩二人,玄德还犹未决,统曰:"二人本意欲杀吾主,罪不容诛。"遂叱刀斧手斩杨怀、高沛于帐前。黄忠、魏延早将二百从人,先自捉下,不曾走了一个。玄德唤入,各赐酒压惊。玄德曰:"杨怀、高沛离间吾兄弟,又藏利刃行刺,故行诛戮。尔等无罪,不必惊疑。"众各拜谢。庞统曰:"吾今即用汝等引路,带吾军取关,各有重赏。"众皆应允。是夜二百人先行,大军随后。前军至关下叫曰:"二将军有急事回,可速开关。"城上听得是自家军,即时开关。大军一拥而入,兵不血刃,得了涪关。蜀兵皆降。玄德各加重赏,遂即分兵前后守把。

次日劳军,设宴于公厅。玄德酒酣,顾庞统曰:"今日之会,可为乐乎?"庞统曰:"伐人之国而以为乐,非仁者之兵也。"玄德曰:"吾闻昔日武王伐纣,作乐象功,此亦非仁者之兵欤?汝言何不合道理?可速退!"庞统大笑而起,左右亦扶玄德入后堂。睡至半夜,酒醒。左右以逐庞统之言告知玄德。玄德大悔,次早穿衣升堂,请庞统谢罪曰:"昨日酒醉,言语触犯,幸勿挂怀。"庞统谈笑自若。玄德曰:"昨日之言,惟吾有失。"庞统曰:"君臣俱失,何独主公?"玄德亦大笑,其乐如初。

却说刘璋闻玄德杀了杨、高二将,袭了涪水关,大惊曰:"不料今日果有此事!”遂聚文武,问退兵之策。黄权曰:“可连夜遣兵屯雒县,塞住咽喉之路。刘备虽有精兵猛将,不能过也。”璋遂令刘璝、泠苞、张任、邓贤点五万大军,星夜往守雒县,以拒刘备。

四将行兵之次,刘璝曰:“吾闻锦屏山中有一异人,道号紫虚上人,知人生死贵贱。吾辈今日行军,正从锦屏山过。何不试往问之?”张任曰:“大丈夫行兵拒敌,岂可问于山野之人乎?”璝曰:“不然。圣人云:至诚之道,可以前知。吾等问于高明之人,当趋吉避凶。”于是四人引五六十骑至山下,问径樵夫。樵夫指高山绝顶上,便是上人所居。四人上山至庵前,见一道童出迎。问了姓名,引入庵中。只见紫虚上人坐于蒲墩之上。四人下拜,求问前程之事。紫虚上人曰:“贫道乃山野废人,岂知休咎?”刘璝再三拜问,紫虚遂命道童取纸笔,写下八句言语,付与刘璝。其文曰:“左龙右凤,飞入西川。雏凤坠地,卧龙升天。一得一失,天数当然。见机而作,勿丧九泉。”刘璝又问曰:“我四人气数如何?”紫虚上人曰:“定数难逃,何必再问!”璝又请问时,上人眉垂目合,恰似睡着的一般,并不答应。四人下山。刘璝曰:“仙人之言,不可不信。”张任曰:“此狂叟也,听之何益。”遂上马前行。

既至雒县,分调人马,守把各处隘口。刘璝曰:“雒城乃成都之保障,失此则成都难保。吾四人公议,着二人守城,二人去雒县前面,依山傍险,扎下两个寨子,勿使敌兵临城。”泠苞、邓贤曰:“某愿往结寨。”刘璝大喜,分兵二万,与泠、邓二人,离城六十里下寨。刘璝、张任守护雒城。

却说玄德既得涪水关,与庞统商议进取雒城。人报刘璋拨四将前来,即日泠苞、邓贤领二万军离城六十里,扎下两个大寨。玄德聚众将问曰:“谁敢建头功,去取二将寨栅?”老将黄忠应声出曰:“老夫愿往。”玄德曰:“老将军率本部人马,前至雒城,如取得泠苞、邓贤营寨,必当重赏。”

黄忠大喜,即领本部兵马,谢了要行。忽帐下一人出曰:“老将军年纪高大,如何去得?小将不才愿往。”玄德视之,乃是魏延。黄忠曰:“我已领下将令,你如何敢搀越?”魏延曰:“老者不以筋骨为能。吾闻泠苞、邓贤乃蜀中名将,血气方刚。恐老将军近他不得,岂不误了主公大事? 因此愿相替,本是好意。”黄忠大怒曰:“汝说吾老,敢与我比试武艺么?”魏延曰:“就主公之前,当面比试。赢得的便去,何如?”黄忠遂趋步下阶,便叫小校:“将刀来!”玄德急止之曰:“不可! 吾今提兵取川,全仗汝二人之力。今两虎相斗,必有一伤。须误了我大事。吾与你二人劝解,休得争论。”庞统曰:“汝二人不必相争。即今泠苞、邓贤下了两个营寨。今汝二人自领本部军马,各打一寨。如先夺得者,便为头功。”于是分定黄忠打泠苞寨,魏延打邓贤寨。二人各领命去了。庞统曰:“此二人去,恐于路上相争,主公可自引军为后应。”玄德留庞统守城,自与刘封、关平引五千军随后进发。

却说黄忠归寨,传令来日四更造饭,五更结束,平明进兵,取左边山谷而进。魏延却暗使人探听黄忠甚时起兵。探事人回报:“来日四更造饭,五更起兵。”魏延暗喜,分付众军士二更造饭,三更起兵,平明要到邓贤寨边。军士得令,都饱餐一顿,马摘铃,人衔枚,卷旗束甲,暗地去劫寨。三更前后,离寨前进。到半路,魏延马上寻思:“只去打邓贤寨,不显能处,不如先去打泠苞寨,却将得胜兵打邓贤寨。两处功劳,都是我的。”就马上传令,教军士都投左边山路里去。天色微明,离泠苞寨不远,教军士少歇,排搠金鼓旗幡、枪刀器械。

早有伏路小军飞报入寨,泠苞已有准备了。一声炮响,三军上马,杀将出来。魏延纵马提刀,与泠苞接战。二将交马,战到三十合,川兵分两路来袭汉军。汉军走了半夜,人马力乏,抵当不住,退后便走。魏延听得背后阵脚乱,撇了泠苞,拨马回走。川兵随后赶来,汉军大败。走不到五里,山背后鼓声震地,邓贤引一彪军从山谷里截出来,大叫:“魏延快下马受降!”魏延策马飞奔,那马忽失前蹄,引足跪地,将魏延掀将下来。邓贤马奔到,挺枪来刺魏延。枪未到处,弓弦响,邓贤倒撞下马。后面泠苞方欲来救,一员大将,从山坡上跃马而来,厉声大叫:“老将黄忠在此!”舞刀直取泠苞。泠苞抵敌不住,望后便走。黄忠乘势追赶,川兵大乱。

黄忠一枝军救了魏延,杀了邓贤,直赶到寨前。泠苞回马与黄忠再战。不到十余合,后面军马拥将上来,泠苞只得弃了左寨,引败军来投右寨。只见寨中旗帜全别,泠苞大惊。兜住马看时,当头一员大将,金甲锦袍,乃是刘玄德,左边刘封,右边关平,大喝道:"寨子吾已夺下,汝欲何往?"原来玄德引兵从后接应,便乘势夺了邓贤寨子。泠苞两头无路,取山僻小径,要回雒城。行不到十里,狭路伏兵忽起,搭钩齐举,把泠苞活捉了。原来却是魏延自知罪犯,无可解释,收拾后军,令蜀兵引路,伏在这里,等个正着。用索缚了泠苞,解投玄德寨来。

却说玄德立起免死旗,但川兵倒戈卸甲者,并不许杀害,如伤者偿命;又谕众降兵曰:"汝川人皆有父母妻子,愿降者充军,不愿降者放回。"于是欢声动地。黄忠安下寨脚,径来见玄德,说魏延违了军令,可斩之。玄德急召魏延,魏延解泠苞至。玄德曰:"延虽有罪,此功可赎。"令魏延谢黄忠救命之恩,今后毋得相争。魏延顿首伏罪。玄德重赏黄忠,使人押泠苞到帐下,玄德去其缚,赐酒压惊,问曰:"汝肯降否?"泠苞曰:"既蒙免死,如何不降?刘璝、张任与某为生死之交,若肯放某回去,当即招二人来降,就献雒城。"玄德大喜,便赐衣服鞍马,令回雒城。魏延曰:"此人不可放回。若脱身一去,不复来矣。"玄德曰:"吾以仁义待人,人不负我。"

却说泠苞得回雒城,见刘璝、张任,不说捉去放回,只说:"被我杀了十余人,夺得马匹逃回。"刘璝忙遣人往成都求救。刘璋听知折了邓贤,大惊,慌忙聚众商议。长子刘循进曰:"儿愿领兵前去守雒城。"璋曰:"既吾儿肯去,当遣谁人为辅?"一人出曰:"某愿往。"璋视之,乃舅氏吴懿也。璋曰:"得尊舅去最好。谁可为副将?"吴懿保吴兰、雷铜二人为副将,点二万军马来到雒城。刘璝、张任接着,具言前事。吴懿曰:"兵临城下,难以拒敌,汝等有何高见?"泠苞曰:"此间一带,正靠涪江,江水大急;前面寨占山脚,其形最低。某乞五千军,各带锹锄前去,决涪江之水,可尽淹死刘备之兵也。"吴懿从其计,即令泠苞前往决水,吴兰、雷铜引兵接应。泠苞领命,自去准备决水器械。

却说玄德令黄忠、魏延各守一寨,自回涪城,与军师庞统商议。

细作报说："东吴孙权遣人结好东川张鲁，将欲来攻葭萌关。"玄德惊曰："若葭萌关有失，截断后路，吾进退不得，当如之何？"庞统谓孟达曰："公乃蜀中人，多知地理，去守葭萌关如何？"达曰："某保一人与某同去守关，万无一失。"玄德问何人。达曰："此人曾在荆州刘表部下为中郎将，乃南郡枝江人，姓霍，名峻，字仲邈。"玄德大喜，即时遣孟达、霍峻守葭萌关去了。

庞统退归馆舍，门吏忽报："有客特来相访。"统出迎接，见其人身长八尺，形貌甚伟；头发截短，披于颈上；衣服不甚齐整。统问曰："先生何人也？"其人不答，径登堂仰卧床上。统甚疑之，再三请问。其人曰："且消停，吾当与汝说知天下大事。"统闻之愈疑，命左右进酒食。其人起而便食，并无谦逊；饮食甚多，食罢又睡。统疑惑不定，使人请法正视之，恐是细作。法正慌忙到来。统出迎接，谓正曰："有一人如此如此。"法正曰："莫非彭永言乎？"升阶视之。其人跃起曰："孝直别来无恙！"正是：只为川人逢旧识，遂令涪水息洪流。毕竟此人是谁，且看下文分解。

第六十三回　诸葛亮痛哭庞统　张翼德义释严颜

却说法正与那人相见，各抚掌而笑。庞统问之，正曰："此公乃广汉人，姓彭，名羕，字永言，蜀中豪杰也。因直言触忤刘璋，被璋髡钳为徒隶，因此短发。"统乃以宾礼待之，问羕从何而来。羕曰："吾特来救汝数万人性命，见刘将军方可说。"法正忙报玄德。玄德亲自谒见，请问其故。羕曰："将军有多少军马在前寨？"玄德实告："有魏延、黄忠在彼。"羕曰："为将之道，岂可不知地理乎？前寨紧靠涪江，若决动江水，前后以兵塞之，一人无可逃也。"玄德大悟。彭羕曰："罡星在西方，太白临于此地，当有不吉之事，切宜慎之。"玄德即拜彭羕为幕宾，使人密报魏延、黄忠，教朝暮用心巡警，以防决水。黄忠、魏延商议：二人各轮一日，如遇敌军到来，互相通报。

却说泠苞见当夜风雨大作，引了五千军，径循江边而进，安排决江。只听得后面喊声乱起，泠苞知有准备，急急回军。前面魏延引军赶来，川兵自相践踏。泠苞正奔走间，撞着魏延。交马不数合，被魏延活捉去了。比及吴兰、雷铜来接应时，又被黄忠一军杀退。魏延解泠苞到涪关。玄德责之曰："吾以仁义相待，放汝回去，何敢背我！今次难饶！"将泠苞推出斩之，重赏魏延。

玄德设宴管待彭羕，忽报荆州诸葛亮军师特遣马良奉书至此。玄德召入问之。马良礼毕曰："荆州平安，不劳主公忧念。"遂呈上军师书信。玄德拆书观之，略曰："亮夜算太乙数，今年岁次癸巳，罡星在西方；又观乾象，太白临于雒城之分：主将帅身上多凶少吉。切宜谨慎。"玄德看了书，便教马良先回。玄德曰："吾将回荆州，去论此事。"庞统暗思："孔明怕我取了西川，成了功，故意将此书相阻耳。"乃对玄德曰："统亦算太乙数，已知罡星在西，应主公合得西川，别不主凶事。统亦占天文，见太白临于雒城，先斩蜀将泠苞，已应凶兆矣。主公不可疑心，可急进兵。"

玄德见庞统再三催促，乃引军前进。黄忠同魏延接入寨去。庞统问法正曰："前至雒城，有多少路？"法正画地作图。玄德取张松所遗图本对之，并无差错。法正言："山北有条大路，正取雒城东门；山南有条小路，却取雒城西门：两条路皆可进兵。"庞统谓玄德曰："统令魏延为先锋，取南小路而进；主公令黄忠作先锋，从山北大路而进：并到雒城取齐。"玄德曰："吾自幼熟于弓马，多行小路。军师可从大路去取东门，吾取西门。"庞统曰："大路必有军邀拦，主公引兵当之。统取小路。"玄德曰："军师不可。吾夜梦一神人，手执铁棒击吾右臂，觉来犹自臂疼。此行莫非不佳。"庞统曰："壮士临阵，不死带伤，理之自然也。何故以梦寐之事疑心乎？"玄德曰："吾所疑者，孔明之书也。军师还守涪关，如何？"庞统大笑曰："主公被孔明所惑矣：彼不欲令统独成大功，故作此言以疑主公之心。心疑则致梦，何凶之有？统肝脑涂地，方称本心。主公再勿多言，来早准行。"

当日传下号令，军士五更造饭，平明上马。黄忠、魏延领军先行。玄德再与庞统约会，忽坐下马眼生前失，把庞统掀将下来。玄德跳下马，自来笼住那马。玄德曰："军师何故乘此劣马？"庞统曰："此马乘久，不曾如此。"玄德曰："临阵眼生，误人性命。吾所骑白马，性极驯熟，军师可骑，万无一失。劣马吾自乘之。"遂与庞统更换所骑之马。庞统谢曰："深感主公厚恩，虽万死亦不能报也。"遂各上马取路而进。玄德见庞统去了，心中甚觉不快，怏怏而行。

却说雒城中吴懿、刘璝听知折了泠苞，遂与众商议。张任曰："城东南山僻有一条小路，最为要紧，某自引一军守之。诸公紧守雒城，勿得有失。"忽报汉兵分两路前来攻城。张任急引三千军，先来抄小路埋伏。见魏延兵过，张任教尽放过去，休得惊动。后见庞统军来，张任军士遥指军中大将："骑白马者必是刘备。"张任大喜，传令教如此如此。

却说庞统迤逦前进，抬头见两山逼窄，树木丛杂；又值夏末秋初，枝叶茂盛。庞统心下甚疑，勒住马问："此处是何地？"数内有新降军士，指道："此处地名落凤坡。"庞统惊曰："吾道号凤雏，此处名落凤坡，不利于吾。"令后军疾退。只听山坡前一声炮响，箭如飞蝗，只望骑白马者射来。可怜庞统竟死于乱箭之下,时年止三十六岁。后人有诗叹曰:"古岘相连紫翠堆,士元有宅傍山隈。儿童惯识呼鸠曲,闾巷曾闻展骥才。预计三分平刻削,长驱万里独徘徊。谁知天狗流星坠,不使将军衣锦回。"先是东南有童谣云:"一凤并一龙,相将到蜀中。才到半路里,凤死落坡东。风送雨,雨随风,隆汉兴时蜀道通,蜀道通时只有龙。"

当日张任射死庞统,汉军拥塞,进退不得,死者大半。前军飞报魏延。魏延忙勒兵欲回,奈山路逼窄,厮杀不得。又被张任截断归路,在高阜处用强弓硬弩射来。魏延心慌,有新降蜀兵曰:"不如杀奔雒城下,取大路而进。"延从其言,当先开路,杀奔雒城来。尘埃起处,前面一军杀至,乃雒城守将吴兰、雷铜也;后面张任引兵追来:前后夹攻,把魏延围在垓心。魏延死战不能得脱,但见吴兰、雷铜后军自乱,二将急回马去救。魏延乘势赶去,当先一将,舞刀拍马,大叫:"文长,吾特来救汝!"视之,乃老将黄忠也。两下夹攻,杀败吴、雷二将,直冲至雒城之下。刘璝引兵杀出,却得玄德在后当住接应。黄忠、魏延翻身便回。玄德军马比及奔到寨中,张任军马又从小路里截出。刘璝、吴兰、雷铜当先赶来。玄德守不住二寨,且战且走,奔回涪关。蜀兵得胜,迤逦追赶。玄德人困马乏,那里有心厮杀,且只顾奔走。将近涪关,张任一军追赶至紧。幸得左边刘封,右边关平,二将领三万生力军截出,杀退张任;还赶二十里,夺回战马极多。

玄德一行军马,再入涪关,问庞统消息。有落凤坡逃得性命的军士,报说军师连人带马,被乱箭射死于坡前。玄德闻言,望西痛哭不已,遥为招魂设祭。诸将皆哭。黄忠曰:"今番折了庞统军师,张任必然来攻打涪关,如之奈何?不若差人往荆州,请诸葛军师来商议收川之计。"正说之间,人报张任引军直临城下搦战。黄忠、魏延皆要出战。玄德曰:"锐气新挫,宜坚守以待军师来到。"黄忠、魏延领命,只谨守城池。玄德写一封书,教关平分付:"你与我往荆州请军师去。"关平领了书,星夜往荆州来。玄德自守涪关,并不出战。

却说孔明在荆州,时当七夕佳节,大会众官夜宴,共说收川之事。只见正西上一星,其大如斗,从天坠下,流光四散。孔明失惊,掷杯于地,掩面哭曰:“哀哉!痛哉!”众官慌问其故。孔明曰:“吾前者算今年罡星在西方,不利于军师;天狗犯于吾军,太白临于雒城,已拜书主公,教谨防之。谁想今夕西方星坠,庞士元命必休矣!”言罢,大哭曰:“今吾主丧一臂矣!”众官皆惊,未信其言。孔明曰:“数日之内,必有消息。”是夕酒不尽欢而散。

数日之后,孔明与云长等正坐间,人报关平到,众官皆惊。关平入,呈上玄德书信。孔明视之,内言本年七月初七日,庞军师被张任在落凤坡前箭射身故。孔明大哭,众官无不垂泪。孔明曰:“既主公在涪关进退两难之际,亮不得不去。”云长曰:“军师去,谁人保守荆州?荆州乃重地,干系非轻。”孔明曰:“主公书中虽不明言其人,吾已知其意了。”乃将玄德书与众官看曰:“主公书中,把荆州托在吾身上,教我自量才委用。虽然如此,今教关平赍书前来,其意欲云长公当此重任。云长想桃园结义之情,可竭力保守此地。责任非轻,公宜勉之。”云长更不推辞,慨然领诺。孔明设宴,交割印绶,云长双手来接。孔明擎着印曰:“这干系都在将军身上。”云长曰:“大丈夫既领重任,除死方休。”孔明见云长说个“死”字,心中不悦;欲待不与,其言已出。孔明曰:“倘曹操引兵来到,当如之何?”云长曰:“以力拒之。”孔明又曰:“倘曹操、孙权齐起兵来,如之奈何?”云长曰:“分兵拒之。”孔明曰:“若如此,荆州危矣。吾有八个字,将军牢记,可保守荆州。”云长问:“那八个字?”孔明曰:“北拒曹操,东和孙权。”云长曰:“军师之言,当铭肺腑。”

孔明遂与了印绶,令文官马良、伊籍、向朗、糜竺,武将糜芳、廖化、关平、周仓,一班儿辅佐云长,同守荆州。一面亲自统兵入川。先拨精兵一万,教张飞部领,取大路杀奔巴州、雒城之西,先到者为头功。又拨一枝兵,教赵云为先锋,溯江而上,会于雒城。孔明随后引简雍、蒋琬等起行。那蒋琬字公琰,零陵湘乡人也,乃荆襄名士,现为书记。

当日孔明引兵一万五千,与张飞同日起行。张飞临行时,孔明嘱付曰:“西川豪杰甚多,不可轻敌。于路戒约三军,勿得掳掠百姓,以失民心。所到之处,并宜存恤,勿得恣逞鞭挞士卒。望将军早会雒城,不可有误。”

张飞欣然领诺,上马而去。迤逦前行,所到之处,但降者秋毫无犯。径取汉川路,前至巴郡。细作回报:“巴郡太守严颜,乃蜀中名将,年纪虽高,精力未衰,善开硬弓,使大刀,有万夫不当之勇:据住城郭,不竖降旗。”张飞教离城十里下寨,差人入城去:“说与老匹夫,早早来降,饶你满城百姓性命;若不归顺,即踏平城郭,老幼不留!”

却说严颜在巴郡,闻刘璋差法正请玄德入川,拊心而叹曰:“此所谓独坐穷山,引虎自卫者也!”后闻玄德据住涪关,大怒,屡欲提兵往战,又恐这条路上有兵来。当日闻知张飞兵到,便点起本部五六千人马,准备迎敌。或献计曰:“张飞在当阳长坂,一声喝退曹兵百万之众。曹操亦闻风而避之,不可轻敌。今只宜深沟高垒,坚守不出。彼军无粮,不过一月,自然退去。更兼张飞性如烈火,专要鞭挞士卒;如不与战,必怒;怒则必以暴厉之气待其军士:军心一变,乘势击之,张飞可擒也。”严颜从其言,教军士尽数上城守护。忽见一个军士,大叫:“开门!”严颜教放入问之。那军士告说是张将军差来的,把张飞言语依直便说。严颜大怒,骂:“匹夫怎敢无礼!吾严将军岂降贼者乎!借你口说与张飞!”唤武士把军人割下耳鼻,却放回寨。

军人回见张飞,哭告严颜如此毁骂。张飞大怒,咬牙睁目,披挂上马,引数百骑来巴郡城下搦战。城上众军百般痛骂。张飞性急,几番杀到吊桥,要过护城河,又被乱箭射回。到晚全无一个人出,张飞忍一肚气还寨。次日早晨,又引军去搦战。那严颜在城敌楼上,一箭射中张飞头盔。飞指而恨曰:“若拿住你这老匹夫,我亲自食你肉!”到晚又空回。第三日,张飞引了军,沿城去骂。原来那座城子是个山城,周围都是乱山,张飞自乘马登山,下视城中。见军士尽皆披挂,分列队伍,伏在城中,只是不出;又见民夫来来往往,搬砖运石,相助守城。张飞教马军下马,步军皆坐,引他出敌,并无动静。又骂了一日,依旧空回。张飞在寨中自思:“终日叫骂,彼只不出,如之奈何?”猛然思得一计,教众军不要前去搦战,都结束了在寨中等候;却只教三五十个军士,直去城下叫骂。引严颜军出来,便与厮杀。张飞磨拳擦掌,只等敌军来。小军连骂了三日,全然不出。张飞眉头一纵,又生一计,传令教军士四散砍打柴草,寻觅路径,不来搦战。严颜在城中,连日不见张飞动静,心中疑惑,着十数个小军,扮作张飞砍柴的军,潜地出城,杂在军内,入山中探听。

当日诸军回寨。张飞坐在寨中,顿足大骂:"严颜老匹夫!枉气杀我!"只见帐前三四个人说道:"将军不须心焦:这几日打探得一条小路,可以偷过巴郡。"张飞故意大叫曰:"既有这个去处,何不早来说?"众应曰:"这几日却才哨探得出。"张飞曰:"事不宜迟,只今二更造饭,趁三更明月,拔寨都起,人衔枚,马去铃,悄悄而行。我自前面开路,汝等依次而行。"传了令便满寨告报。

探细的军听得这个消息,尽回城中来,报与严颜。颜大喜曰:"我算定这匹夫忍耐不得。你偷小路过去,须是粮草辎重在后;我截住后路,你如何得过?好无谋匹夫,中我之计!"即时传令:教军士准备赴敌,今夜二更也造饭,三更出城,伏于树木丛杂去处。只等张飞过咽喉小路去了,车仗来时,只听鼓响,一齐杀出。

传了号令,看看近夜,严颜全军尽皆饱食,披挂停当,悄悄出城,四散伏住,只听鼓响:严颜自引十数裨将,下马伏于林中。约三更后,遥望见张飞亲自在前,横矛纵马,悄悄引军前进。去不得三四里,背后车仗人马陆续进发。严颜看得分晓,一齐擂鼓,四下伏兵尽起。正来抢夺车仗,背后一声锣响,一彪军掩到,大喝:"老贼休走!我等的你恰好!"严颜猛回头看时,为首一员大将,豹头环眼,燕颔虎须,使丈八矛,骑深乌马:乃是张飞。四下里锣声大震,众军杀来。严颜见了张飞,举手无措,交马战不十合,张飞卖个破绽,严颜一刀砍来,张飞闪过,撞将入去,扯住严颜勒甲绦,生擒过来,掷于地下;众军向前,用索绑缚住了。原来先过去的是假张飞,料道严颜击鼓为号,张飞却教鸣金为号:金响诸军齐到。川兵大半弃甲倒戈而降。

张飞杀到巴郡城下,后军已自入城。张飞叫休杀百姓,出榜安民。群刀手把严颜推至。飞坐于厅上,严颜不肯下跪。飞怒目咬牙大叱曰:"大将到此,何为不降,而敢拒敌?"严颜全无惧色,回叱飞曰:"汝等无义,侵我州郡!但有断头将军,无降将军!"飞大怒,喝左右斩来。严颜喝曰:"贼匹夫!砍头便砍,何怒也!"张飞见严颜声音雄壮,面不改色,乃回嗔作喜,下阶喝退左右,亲解其缚,取衣衣之,扶在正中高坐,低头便拜曰:“适来言语冒渎,幸勿见责。吾素知老将军乃豪杰之士也。”严颜感其恩义,乃降。后人有诗赞严颜曰:“白发居西蜀,清名震大邦。忠义如皎月,浩气卷长江。宁可断头死,安能屈膝降?巴州年老将,天下更无双。”又有赞张飞诗曰:“生获严颜勇绝伦,惟凭义气服军民。至今庙貌留巴蜀,社酒鸡豚日日春。”

张飞请问入川之计。严颜曰:“败军之将,荷蒙厚恩,无可以报,愿施犬马之劳,不须张弓只箭,径取成都。”正是:只因一将倾心后,致使连城唾手降。未知其计如何,且看下文分解。

第六十四回　孔明定计捉张任　杨阜借兵破马超

却说张飞问计于严颜，颜曰："从此取雒城，凡守御关隘，都是老夫所管，官军皆出于掌握之中。今感将军之恩，无可以报，老夫当为前部，所到之处，尽皆唤出拜降。"张飞称谢不已。于是严颜为前部，张飞领军随后。凡到之处，尽是严颜所管，都唤出投降。有迟疑未决者，颜曰："我尚且投降，何况汝乎？"自是望风归顺，并不曾厮杀一场。

却说孔明已将起程日期申报玄德，教都会聚雒城。玄德与众官商议："今孔明、翼德分两路取川，会于雒城，同入成都。水陆舟车，已于七月二十日起程，此时将及待到。今我等便可进兵。"黄忠曰："张任每日来搦战，见城中不出，彼军懈怠，不做准备，今日夜间分兵劫寨，胜如白昼厮杀。"玄德从之，教黄忠引兵取左，魏延引兵取右，玄德取中路。当夜二更，三路军马齐发。张任果然不做准备。汉军拥入大寨，放起火来，烈焰腾空。蜀兵奔走，连夜直赶到雒城，城中兵接应入去。玄德还中路下寨；次日，引兵直到雒城，围住攻打。张任按兵不出。攻到第四日，玄德自提一军攻打西门，令黄忠、魏延在东门攻打，留南门北门放军行走。原来南门一带都是山路，北门有涪水：因此不围。张任望见玄德在西门，骑马往来，指挥打城，从辰至未，人马渐渐力乏。张任教吴兰、雷铜二将引兵出北门，转东门，敌黄忠、魏延；自己却引军出南门，转西门，单迎玄德。城内尽拨民兵上城，擂鼓助喊。

却说玄德见红日平西，教后军先退。军士方回身，城上一片声喊起，南门内军马突出。张任径来军中捉玄德，玄德军中大乱。黄忠、魏延又被吴兰、雷铜敌住，两下不能相顾。玄德敌不住张任，拨马往山僻小路而走。张任从背后追来，看看赶上。玄德独自一人一马，张任引数骑赶来。玄德正望前尽力加鞭而行，忽山路一军冲来。玄德马上叫苦曰:“前有伏兵,后有追兵,天亡我也!”只见来军当头一员大将,乃是张飞。原来张飞与严颜正从那条路上来,望见尘埃起,知与川兵交战。张飞当先而来,正撞着张任,便就交马。战到十余合,背后严颜引兵大进。张任火速回身,张飞直赶到城下。张任退入城,拽起吊桥。

张飞回见玄德曰:“军师溯江而来,尚且未到,反被我夺了头功。”玄德曰:“山路险阻,如何无军阻当,长驱大进,先到于此?”张飞曰:“于路关隘四十五处,皆出老将严颜之功,因此于路并不曾费分毫之力。”遂把义释严颜之事,从头说了一遍,引严颜见玄德。玄德谢曰:“若非老将军,吾弟安能到此?”即脱身上黄金锁子甲以赐之。严颜拜谢。正待安排宴饮,忽闻哨马回报:“黄忠、魏延和川将吴兰、雷铜交锋,城中吴懿、刘璝又引兵助战,两下夹攻,我军抵敌不住,魏、黄二将败阵投东去了。”张飞听得,便请玄德分兵两路,杀去救援。于是张飞在左,玄德在右,杀奔前来。吴懿、刘璝见后面喊声起,慌退入城中。吴兰、雷铜只顾引兵追赶黄忠、魏延,却被玄德、张飞截住归路。黄忠、魏延又回马转攻。吴兰、雷铜料敌不住,只得将本部军马前来投降。玄德准其降,收兵近城下寨。

却说张任失了二将,心中忧虑。吴懿、刘璝曰:“兵势甚危,不决一死战,如何得兵退?一面差人去成都见主公告急,一面用计敌之。”张任曰:“吾来日领一军搦战,诈败,引转城北;城内再以一军冲出,截断其中:可获胜也。”吴懿曰:“刘将军相辅公子守城,我引兵冲出助战。”约会已定。次日,张任引数千人马,摇旗呐喊,出城搦战。张飞上马出迎,更不打话,与张任交锋。战不十余合,张任诈败,绕城而走。张飞尽力追之。吴懿一军截住,张任引军复回,把张飞围在垓心,进退不得。正没奈何,只见一队军从江边杀出。当先一员大将,挺枪跃马,与吴懿交锋;只一合,生擒吴懿,战退敌军,救出张飞。视之,乃赵云也。飞问:“军师何在?”云曰:“军师已至,想此时已与主公相见了也。”二人擒吴懿回寨。张任自退入东门去了。

张飞、赵云回寨中,见孔明、简雍、蒋琬已在帐中。飞下马来参军师。孔明惊问曰:“如何得先到?”玄德具述义释严颜之事。孔明贺曰:“张将军能用谋,皆主公之洪福也。”赵云解吴懿见玄德。玄德曰:“汝降否?”吴懿曰:“我既被捉,如何不降?”玄德大喜,亲解其缚。孔明问:“城中有几人守城?”吴懿曰:“有刘季玉之子刘循,辅将刘璝、张任。刘璝不打紧,张任乃蜀郡人,极有胆略,不可轻敌。”孔明曰:“先捉张任,然后取雒城。”问:“城东这座桥名为何桥?”吴懿曰:“金雁桥。”孔明遂乘马至桥边,绕河看了一遍,回到寨中,唤黄忠、魏延听令曰:“离金雁桥南五六里,两岸都是芦苇蒹葭,可以埋伏。魏延引一千枪手伏于左,单戳马上将;黄忠引一千刀手伏于右,单砍坐下马。杀散彼军,张任必投山东小路而来。张翼德引一千军伏在那里,就彼处擒之。”又唤赵云伏于金雁桥北:“待我引张任过桥,你便将桥拆断,却勒兵于桥北,遥为之势,使张任不敢望北走,退投南去,却好中计。”调遣已定,军师自去诱敌。

却说刘璋差卓膺、张翼二将,前至雒城助战。张任教张翼与刘璝守城,自与卓膺为前后二队,任为前队,膺为后队,出城退敌。孔明引一队不整不齐军,过金雁桥来,与张任对阵。孔明乘四轮车,纶巾羽扇而出,两边百余骑簇捧,遥指张任曰:“曹操以百万之众,闻吾之名,望风而走;今汝何人,敢不投降?”张任看见孔明军伍不齐,在马上冷笑曰:“人说诸葛亮用兵如神,原来有名无实!”把枪一招,大小军校齐杀过来。孔明弃了四轮车,上马退走过桥。张任从背后赶来。过了金雁桥,见玄德军在左,严颜军在右,冲杀将来。张任知是计,急回军时,桥已拆断了;欲投北去,只见赵云一军隔岸摆开,遂不敢投北,径往南绕河而走。走不到五七里,早到芦苇丛杂处。魏延一军从芦中忽起,都用长枪乱戳。黄忠一军伏在芦苇里,用长刀只剁马蹄。马军尽倒,皆被执缚,步军那里敢来?张任引数十骑望山路而走,正撞着张飞。张任方欲退走,张飞大喝一声,众军齐上,将张任活捉了。原来卓膺见张任中计,已投赵云军前降了,一发都到大寨。玄德赏了卓膺。张飞解张任至,孔明亦坐于帐中。玄德谓张任曰:“蜀中诸将,望风而降,汝何不早投降?”张任睁目怒叫曰:“忠臣岂肯事二主乎?”玄德曰:“汝不识天时耳。降即免死。”任曰:“今日便降,久后也不降!可速杀我!”玄德不忍杀之。张任厉声高骂,孔明命斩之以全其名。后人有诗赞曰:“烈士岂甘从二主,张君忠勇死犹生。高明正似天边月,夜夜流光照雒城。”玄德感叹不已,令收其尸首,葬于金雁桥侧,以表其忠。

次日,令严颜、吴懿等一班蜀中降将为前部,直至雒城,大叫:“早开门受降,免一城生灵受苦!”刘璝在城上大骂。严颜方待取箭射之,忽见城上一将,拔剑砍翻刘璝,开门投降。玄德军马入雒城,刘循开西门走脱,投成都去了。玄德出榜安民。杀刘璝者,乃武阳人张翼也。

玄德得了雒城,重赏诸将。孔明曰:“雒城已破,成都只在目前;惟恐外州郡不宁,可令张翼、吴懿引赵云抚外水江阳、犍为等处所属州郡,令严颜、卓膺引张飞抚巴西、德阳所属州郡,就委官按治平靖,即勒兵回成都取齐。”张飞、赵云领命,各自引兵去了。孔明问:“前去有何处关隘?”蜀中降将曰:“止绵竹有重兵守御;若得绵竹,成都唾手可得。”孔明便商议进兵。法正曰:“雒城既破,蜀中危矣。主公欲以仁义服众,且勿进兵。某作一书上刘璋,陈说利害,璋自然降矣。”孔明曰:“孝直之言最善。”便令写书遣人径往成都。

却说刘循逃回见父,说雒城已陷,刘璋慌聚众官商议。从事郑度献策曰:“今刘备虽攻城夺地,然兵不甚多,士众未附,野谷是资,军无辎重。不如尽驱巴西梓潼民,过涪水以西。其仓禀野谷,尽皆烧除,深沟高垒,静以待之。彼至请战,勿许。久无所资,不过百日,彼兵自走。我乘虚击之,备可擒也。”刘璋曰:“不然。吾闻拒敌以安民,未闻动民以备敌也。此言非保全之计。”正议间,人报法正有书至。刘璋唤入。呈上书,璋拆开视之。其略曰:“昨蒙遣差结好荆州,不意主公左右不得其人,以致如此。今荆州眷念旧情,不忘族谊。主公若得幡然归顺,量不薄待。望三思裁示。”刘璋大怒,扯毁其书,大骂:“法正卖主求荣,忘恩背义之贼!”逐其使者出城。即时遣妻弟费观,提兵前去守把绵竹。费观举保南阳人姓李,名严,字正方,一同领兵。

当下费观、李严点三万军来守绵竹。益州太守董和,字幼宰,南郡枝江人也,上书与刘璋,请往汉中借兵。璋曰:“张鲁与吾世仇,安肯相救？”和曰：“虽然与我有仇，刘备军在雒城，势在危急，唇亡则齿寒，若以利害说之，必然肯从。”璋乃修书遣使前赴汉中。

却说马超自兵败入羌，二载有余，结好羌兵，攻拔陇西州郡。所到之处，尽皆归降；惟冀城攻打不下。刺史韦康，累遣人求救于夏侯渊。渊不得曹操言语，未敢动兵。韦康见救兵不来，与众商议：“不如投降马超。”参军杨阜哭谏曰：“超等叛君之徒，岂可降之？”康曰：“事势至此，不降何待？”阜苦谏不从。韦康大开城门，投拜马超。超大怒曰：“汝今事急请降，非真心也！”将韦康四十余口尽斩之，不留一人。有人言杨阜劝韦康休降，可斩之，超曰：“此人守义，不可斩也。”复用杨阜为参军。阜荐梁宽、赵衢二人，超尽用为军官。

杨阜告马超曰：“阜妻死于临洮，乞告两个月假，归葬其妻便回。”马超从之。杨阜过历城，来见抚彝将军姜叙。叙与阜是姑表兄弟：叙之母是阜之姑，时年已八十二。当日，杨阜入姜叙内宅，拜见其姑，哭告曰：“阜守城不能保，主亡不能死，愧无面目见姑。马超叛君，妄杀郡守，一州士民，无不恨之。今吾兄坐据历城，竟无讨贼之心，此岂人臣之理乎？”言罢，泪流出血。叙母闻言，唤姜叙入，责之曰：“韦使君遇害，亦尔之罪也。”又谓阜曰：“汝既降人，且食其禄，何故又兴心讨之？”阜曰：“吾从贼者，欲留残生，与主报冤也。”叙曰：“马超英勇，急难图之。”阜曰：“有勇无谋，易图也。吾已暗约下梁宽、赵衢。兄若肯兴兵，二人必为内应。”叙母曰：“汝不早图，更待何时，谁不有死，死于忠义，死得其所也。勿以我为念。汝若不听义山之言，吾当先死，以绝汝念。”

叙乃与统兵校尉尹奉、赵昂商议。原来赵昂之子赵月，现随马超为裨将。赵昂当日应允，归见其妻王氏曰：“吾今日与姜叙、杨阜、尹奉一处商议，欲报韦康之仇。吾想子赵月现随马超，今若兴兵，超必先杀吾子，奈何？”其妻厉声曰：“雪君父之大耻，虽丧身亦不惜，何况一子乎！君若顾子而不行，吾当先死矣！”赵昂乃决。次日一同起兵。姜叙、杨阜屯历城，尹奉、赵昂屯祁山。王氏乃尽将首饰资帛，亲自往祁山军中，赏劳军士，以励其众。

马超闻姜叙、杨阜会合尹奉、赵昂举事，大怒，即将赵月斩之；令庞德、马岱尽起军马，杀奔历城来。姜叙、杨阜引兵出。两阵圆处，杨阜、姜叙衣白袍而出，大骂曰："叛君无义之贼!"马超大怒，冲将过来，两军混战。姜叙、杨阜如何抵得马超，大败而走。马超驱兵赶来。背后喊声起处，尹奉、赵昂杀来。超急回时，两下夹攻，首尾不能相顾。正斗间，刺斜里大队军马杀来。原来是夏侯渊得了曹操军令，正领军来破马超。超如何当得三路军马，大败奔回。

走了一夜，比及平明，到得冀城叫门时，城上乱箭射下。梁宽、赵衢立在城上，大骂马超；将马超妻杨氏从城上一刀砍了，撇下尸首来；又将马超幼子三人，并至亲十余口，都从城上一刀一个，剁将下来。超气噎塞胸，几乎坠下马来。背后夏侯渊引兵追赶。超见势大，不敢恋战，与庞德、马岱杀开一条路走。前面又撞见姜叙、杨阜，杀了一阵；冲得过去，又撞着尹奉、赵昂，杀了一阵；零零落落，剩得五六十骑，连夜奔走。四更前后，走到历城下，守门者只道姜叙兵回，大开门接入。超从城南门边杀起，尽洗城中百姓。至姜叙宅，拿出老母。母全无惧色，指马超而大骂。超大怒，自取剑杀之。尹奉、赵昂全家老幼，亦尽被马超所杀。昂妻王氏因在军中，得免于难。

次日，夏侯渊大军至，马超弃城杀出，望西而逃。行不得二十里，前面一军摆开，为首的是杨阜。超切齿而恨，拍马挺枪刺之。阜宗弟七人，一齐来助战。马岱、庞德敌住后军。宗弟七人，皆被马超杀死。阜身中五枪，犹然死战。后面夏侯渊大军赶来，马超遂走。只有庞德、马岱五七骑后随而去。夏侯渊自行安抚陇西诸州人民，令姜叙等各各分守，用车载杨阜赴许都见曹操。操封阜为关内侯。阜辞曰："阜无捍难之功，又无死难之节，于法当诛，何颜受职?"操嘉之，卒与之爵。

却说马超与庞德、马岱商议，径往汉中投张鲁。张鲁大喜，以为得马超，则西可以吞益州，东可以拒曹操，乃商议欲以女招超为婿。大将杨柏谏曰："马超妻子遭惨祸，皆超之贻害也。主公岂可以女与之?"鲁从其言，遂罢招婿之议。或以杨柏之言，告知马超。超大怒，有杀杨柏之意。杨柏知之，与兄杨松商议，亦有图马超之心。正值刘璋遣使求救于张鲁，鲁不从。忽报刘璋又遣黄权到。权先来见杨松，说:"东西两川,实为唇齿;西川若破,东川亦难保矣。今若肯相救,当以二十州相酬。"松大喜,即引黄权来见张鲁,说唇齿利害,更以二十州相谢。鲁喜其利,从之。巴西阎圃谏曰:"刘璋与主公世仇,今事急求救,诈许割地,不可从也。"忽阶下一人进曰:"某虽不才,愿乞一旅之师,生擒刘备。务要割地以还。"正是:方看真主来西蜀,又见精兵出汉中。未知其人是谁,且看下文分解。

第六十五回 马超大战葭萌关 刘备自领益州牧

却说阎圃正劝张鲁勿助刘璋，只见马超挺身出曰："超感主公之恩，无可上报，愿领一军攻取葭萌关，生擒刘备，务要刘璋割二十州奉还主公。"张鲁大喜，先遣黄权从小路而回，随即点兵二万与马超。此时庞德卧病不能行，留于汉中。张鲁令杨柏监军，超与弟马岱选日起程。

却说玄德军马在雒城，法正所差下书人回报说："郑度劝刘璋尽烧野谷并各处仓廪，率巴西之民，避于涪水西，深沟高垒而不战。"玄德、孔明闻之，皆大惊曰："若用此言，吾势危矣！"法正笑曰："主公勿忧。此计虽毒，刘璋必不能用也。"不一日，人传刘璋不肯迁动百姓，不从郑度之言。玄德闻之，方始宽心。孔明曰："可速进兵取绵竹。如得此处，成都易取矣。"遂遣黄忠、魏延领兵前进。费观听知玄德兵来，差李严出迎。严领三千兵出，各布阵完。黄忠出马，与李严战四五十合，不分胜败。孔明在阵中教鸣金收军。黄忠回阵，问曰："正待要擒李严，军师何故收兵？"孔明曰："吾已见李严武艺，不可力取。来日再战，汝可诈败，引入山峪，出奇兵以胜之。"黄忠领计。次日，李严再引兵来，黄忠又出战，不十合诈败，引兵便走。李严赶来，迤逦赶入山峪，猛然省悟。急待回来，前面魏延引兵摆开。孔明自在山头，唤曰："公如不降，两下已伏强弩，欲与吾庞士元报仇矣。"李严慌下马卸甲投降。军士不曾伤害一人。孔明引李严见玄德。玄德待之甚厚。严曰："费观虽是刘益州亲戚，与某甚密，当往说之。"玄德即命李严回城招降费观。严入绵竹城，对费观赞玄德如此仁德；今若不降，必有大祸。观从其言，开门投降。玄德遂入绵竹，商议分兵取成都。

忽流星马急报，言孟达、霍峻守葭萌关，今被东川张鲁遣马超与杨柏、马岱领兵攻打甚急，救迟则关隘休矣。玄德大惊。孔明曰：

“须是张、赵二将，方可与敌。”玄德曰：“子龙引兵在外未回。翼德已在此，可急遣之。”孔明曰：“主公且勿言，容亮激之。”却说张飞闻马超攻关，大叫而入曰：“辞了哥哥，便去战马超也！”孔明佯作不闻，对玄德曰：“今马超侵犯关隘，无人可敌；除非往荆州取关云长来，方可与敌。”张飞曰：“军师何故小觑吾！吾曾独拒曹操百万之兵，岂愁马超一匹夫乎！”孔明曰：“翼德拒水断桥，此因曹操不知虚实耳；若知虚实，将军岂得无事？今马超之勇，天下皆知，渭桥六战，杀得曹操割须弃袍，几乎丧命，非等闲之比。云长且未必可胜。”飞曰：“我只今便去；如胜不得马超，甘当军令！”孔明曰：“既尔肯写文书，便为先锋。请主公亲自去一遭，留亮守绵竹。待子龙来，却作商议。”魏延曰：“某亦愿往。”

孔明令魏延带五百哨马先行，张飞第二，玄德后队，望葭萌关进发。魏延哨马先到关下，正遇杨柏。魏延与杨柏交战，不十合，杨柏败走。魏延要夺张飞头功，乘势赶去。前面一军摆开，为首乃是马岱。魏延只道是马超，舞刀跃马迎之。与岱战不十合，岱败走。延赶去，被岱回身一箭，中了魏延左臂。延急回马走。马岱赶到关前，只见一将喊声如雷，从关上飞奔至面前。原来是张飞初到关上，听得关前厮杀，便来看时，正见魏延中箭，因骤马下关，救了魏延。飞喝马岱曰：“汝是何人？先通姓名，然后厮杀！”马岱曰：“吾乃西凉马岱是也。”张飞曰：“你原来不是马超，快回去！非吾对手！只令马超那厮自来，说道燕人张飞在此！”马岱大怒曰：“汝焉敢小觑我！”挺枪跃马，直取张飞。战不十合，马岱败走。张飞欲待追赶，关上一骑马到来，叫：“兄弟且休去！”飞回视之，原来是玄德到来。飞遂不赶，一同上关。玄德曰：“恐怕你性躁，故我随后赶来到此。既然胜了马岱，且歇一宵，来日战马超。”

次日天明，关下鼓声大震，马超兵到。玄德在关上看时，门旗影里，马超纵骑持枪而出；狮盔兽带，银甲白袍：一来结束非凡，二者人才出众。玄德叹曰：“人言锦马超，名不虚传！”张飞便要下关。玄德急止之曰：“且休出战。先当避其锐气。”关下马超单搦张飞出马，关上张飞恨不得平吞马超，三五番皆被玄德当住。看看午后，玄德望见马超阵上人马皆倦,遂选五百骑,跟着张飞,冲下关来。马超见张飞军到,把枪望后一招,约退军有一箭之地。张飞军马一齐扎住;关上军马,陆续下来。张飞挺枪出马,大呼:“认得燕人张翼德么!”马超曰:“吾家屡世公侯,岂识村野匹夫!”张飞大怒。两马齐出,二枪并举。约战百余合,不分胜负。玄德观之,叹曰:“真虎将也!”恐张飞有失,急鸣金收军。两将各回。张飞回到阵中,略歇马片时,不用头盔,只裹包巾上马,又出阵前搦马超厮杀。超又出,两个再战。玄德恐张飞有失,自披挂下关,直至阵前:看张飞与马超又斗百余合,两个精神倍加。玄德教鸣金收军。二将分开,各回本阵。

是日天色已晚,玄德谓张飞曰:“马超英勇,不可轻敌,且退上关。来日再战。”张飞杀得性起,那里肯休?大叫曰:“誓死不回!”玄德曰:“今日天晚,不可战矣。”飞曰:“多点火把,安排夜战!”马超亦换了马,再出阵前,大叫曰:“张飞!敢夜战么?”张飞性起,问玄德换了坐下马,抢出阵来,叫曰:“我捉你不得,誓不上关!”超曰:“我胜你不得,誓不回寨!”两军呐喊,点起千百火把,照耀如同白日。两将又向阵前鏖战。到二十余合,马超拨回马便走。张飞大叫曰:“走那里去!”原来马超见赢不得张飞,心生一计:诈败佯输,赚张飞赶来,暗掣铜锤在手,扭回身觑着张飞便打将来。张飞见马超走,心中也提防;比及铜锤打来时,张飞一闪,从耳朵边过去。张飞便勒回马走时,马超却又赶来。张飞带住马,拈弓搭箭,回射马超;超却闪过。二将各自回阵。玄德自于阵前叫曰:“吾以仁义待人,不施谲诈。马孟起,你收兵歇息,我不乘势赶你。”马超闻言,亲自断后,诸军渐退。玄德亦收军上关。

次日,张飞又欲下关战马超。人报军师来到。玄德接着孔明。孔明曰:“亮闻孟起世之虎将,若与翼德死战,必有一伤;故令子龙、汉升守住绵竹,我星夜来此。可用条小计,令马超归降主公。”玄德曰:“吾见马超英勇,甚爱之。如何可得?”孔明曰:“亮闻东川张鲁,欲自立为汉宁王。手下谋士杨松,极贪贿赂。主公可差人从小路径投汉中,先用金银结好杨松,后进书与张鲁,云吾与刘璋争西川,是与汝报仇。不可听信离间之语。事定之后,保汝为汉宁王。令其撤回马超兵。待其来撤时,便可用计招降马超矣。"玄德大喜,即时修书,差孙乾赍金珠从小路径至汉中,先来见杨松,说知此事,送了金珠。松大喜,先引孙乾见张鲁,陈言方便。鲁曰:"玄德只是左将军,如何保得我为汉宁王?"杨松曰:"他是大汉皇叔,正合保奏。"张鲁大喜,便差人教马超罢兵。孙乾只在杨松家听回信。

不一日,使者回报:"马超言:未成功,不可退兵。"张鲁又遣人去唤,又不肯回。一连三次不至。杨松曰:"此人素无信行,不肯罢兵,其意必反。"遂使人流言云:"马超意欲夺西川,自为蜀主,与父报仇,不肯臣于汉中。"张鲁闻之,问计于杨松。松曰:"一面差人去说与马超:汝既欲成功,与汝一月限,要依我三件事。若依得,便有赏;否则必诛:一要取西川,二要刘璋首级,三要退荆州兵。三件事不成,可献头来。一面教张卫点军守把关隘,防马超兵变。"鲁从之,差人到马超寨中,说这三件事。超大惊曰:"如何变得恁的!"乃与马岱商议:"不如罢兵。"杨松又流言曰:"马超回兵,必怀异心。"于是张卫分七路军,坚守隘口,不放马超兵入。超进退不得,无计可施。

孔明谓玄德曰:"今马超正在进退两难之际,亮凭三寸不烂之舌,亲往超寨,说马超来降。"玄德曰:"先生乃吾之股肱心腹,倘有疏虞,如之奈何?"孔明坚意要去,玄德再三不肯放去。正踌躇间,忽报赵云有书荐西川一人来降。玄德召入问之。其人乃建宁俞元人也,姓李名恢,字德昂。玄德曰:"向日闻公苦谏刘璋,今何故归我?"恢曰:"吾闻良禽相木而栖,贤臣择主而事,前谏刘益州者,以尽人臣之心;既不能用,知必败矣。今将军仁德布于蜀中,知事必成,故来归耳。"玄德曰:"先生此来,必有益于刘备。"恢曰:"今闻马超在进退两难之际。恢昔在陇西,与彼有一面之交,愿往说马超归降,若何?"孔明曰:"正欲得一人替吾一往。愿闻公之说词。"李恢于孔明耳畔陈说如此如此。孔明大喜,即时遣行。

恢行至超寨,先使人通姓名。马超曰:"吾知李恢乃辩士,今必来说我。"先唤二十刀斧手伏于帐下,嘱曰:"令汝砍,即砍为肉酱!"须臾,李恢昂然而入。马超端坐帐中不动,叱李恢曰:"汝来为何?"恢曰:"特来作说客。"超曰:"吾匣中宝剑新磨。汝试言之,其言不通,便请试剑!”恢笑曰:“将军之祸不远矣!但恐新磨之剑,不能试吾之头,将欲自试也!”超曰:“吾有何祸?”恢曰:“吾闻越之西子,善毁者不能闭其美;齐之无盐,善美者不能掩其丑;日中则昃,月满则亏:此天下之常理也。今将军与曹操有杀父之仇,而陇西又有切齿之恨;前不能救刘璋而退荆州之兵,后不能制杨松而见张鲁之面;目下四海难容,一身无主;若复有渭桥之败,冀城之失,何面目见天下之人乎?”超顿首谢曰:“公言极善,但超无路可行。”恢曰:“公既听吾言,帐下何故伏刀斧手?”超大惭,尽叱退。恢曰:“刘皇叔礼贤下士,吾知其必成,故舍刘璋而归之。公之尊人,昔年曾与皇叔约共讨贼,公何不背暗投明,以图上报父仇,下立功名乎?”马超大喜,即唤杨柏入,一剑斩之,将首级共恢一同上关来降玄德。

玄德亲自接入,待以上宾之礼。超顿首谢曰:“今遇明主,如拨云雾而见青天!”时孙乾已回。玄德复命霍峻、孟达守关,便撤兵来取成都。赵云、黄忠接入绵竹。人报蜀将刘晙、马汉引军到。赵云曰:“某愿往擒此二人!”言讫,上马引军出。玄德在城上管待马超吃酒,未曾安席,子龙已斩二人之头,献于筵前。马超亦惊,倍加敬重。超曰:“不须主公军马厮杀,超自唤出刘璋来降。如不肯降,超自与弟马岱取成都,双手奉献。”玄德大喜,是日尽欢。

却说败兵回到益州,报刘璋。璋大惊,闭门不出。人报城北马超救兵到,刘璋方敢登城望之。见马超、马岱立于城下,大叫:“请刘季玉答话。”刘璋在城上问之。超在马上以鞭指曰:“吾本领张鲁兵来救益州,谁想张鲁听信杨松谗言,反欲害我。今已归降刘皇叔。公可纳土拜降,免致生灵受苦。如或执迷,吾先攻城矣!”刘璋惊得面如土色,气倒于城上。众官救醒。璋曰:“吾之不明,悔之何及!不若开门投降,以救满城百姓。”董和曰:“城中尚有兵三万余人;钱帛粮草,可支一年:奈何便降?”刘璋曰:“吾父子在蜀二十余年,无恩德以加百姓。攻战三年,血肉捐于草野,皆我罪也。我心何安?不如投降以安百姓。”众人闻之,皆堕泪。忽一人进曰:“主公之言,正合天意。”视之,乃巴西西充国人也,姓谯名周,字允南。此人素晓天文。璋问之,周曰:“某夜观乾象,见群星聚于蜀郡;其大星光如皓月,乃帝王之象也。况一载之前，小儿谣云：若要吃新饭，须待先主来。此乃预兆。不可逆天道。"黄权、刘巴闻言皆大怒，欲斩之。刘璋挡住。忽报："蜀郡太守许靖，逾城出降矣。"刘璋大哭归府。

次日，人报刘皇叔遣幕宾简雍在城下唤门。璋令开门接入。雍坐车中，傲睨自若。忽一人掣剑大喝曰："小辈得志，傍若无人！汝敢藐视吾蜀中人物耶！"雍慌下车迎之。此人乃广汉绵竹人也，姓秦名宓，字子敕。雍笑曰："不识贤兄，幸勿见责。"遂同入见刘璋，具说玄德宽洪大度，并无相害之意。于是刘璋决计投降，厚待简雍。次日，亲赍印绶文籍，与简雍同车出城投降。玄德出寨迎接，握手流涕曰："非吾不行仁义，奈势不得已也！"共入寨，交割印绶文籍，并马入城。

玄德入成都，百姓香花灯烛，迎门而接。玄德到公厅，升堂坐定。郡内诸官，皆拜于堂下；惟黄权、刘巴，闭门不出。众将忿怒，欲往杀之。玄德慌忙传令曰："如有害此二人者，灭其三族！"玄德亲自登门，请二人出仕。二人感玄德恩礼，乃出。孔明请曰："今西川平定，难容二主，可将刘璋送去荆州。"玄德曰："吾方得蜀郡，未可令季玉远去。"孔明曰："刘璋失基业者，皆因太弱耳。主公若以妇人之仁，临事不决，恐此土难以长久。"玄德从之，设一大宴，请刘璋收拾财物，佩领振威将军印绶，令将妻子良贱，尽赴南郡公安住歇，即日起行。

玄德自领益州牧。其所降文武，尽皆重赏，定拟名爵：严颜为前将军，法正为蜀郡太守，董和为掌军中郎将，许靖为左将军长史，庞义为营中司马，刘巴为左将军，黄权为右将军。其余吴懿、费观、彭羕、卓膺、李严、吴兰、雷铜、李恢、张翼、秦宓、谯周、吕义、霍峻、邓芝、杨洪、周群、费祎、费诗、孟达，文武投降官员，共六十余人，并皆擢用。诸葛亮为军师，关云长为荡寇将军、汉寿亭侯，张飞为征虏将军、新亭侯，赵云为镇远将军，黄忠为征西将军，魏延为扬武将军，马超为平西将军。孙乾、简雍、糜竺、糜芳、刘封、吴班、关平、周仓、廖化、马良、马谡、蒋琬、伊籍，及旧日荆襄一班文武官员，尽皆升赏。遣使赍黄金五百斤、白银一千斤、钱五千万、蜀锦一千匹，赐与云长。其余官将，给赏有差。杀牛宰马，大饷士卒。开仓赈济百姓，军民大悦。

益州既定，玄德欲将成都有名田宅，分赐诸官。赵云谏曰："益州人民,屡遭兵火,田宅皆空;今当归还百姓,令安居复业,民心方服;不宜夺之为私赏也。”玄德大喜,从其言,使诸葛军师定拟治国条例,刑法颇重。法正曰:“昔高祖约法三章,黎民皆感其德。愿军师宽刑省法,以慰民望。”孔明曰:“君知其一,未知其二:秦用法暴虐,万民皆怨,故高祖以宽仁得之。今刘璋暗弱,德政不举,威刑不肃;君臣之道,渐以陵替。宠之以位,位极则残;顺之以恩,恩竭则慢。所以致弊,实由于此。吾今威之以法,法行则知恩;限之以爵,爵加则知荣。恩荣并济,上下有节。为治之道,于斯著矣。”法正拜服。自此军民安堵,四十一州地面,分兵镇抚,并皆平定。

法正为蜀郡太守,凡平日一餐之德,睚眦之怨,无不报复。或告孔明曰:“孝直太横,宜稍斥之。”孔明曰:“昔主公困守荆州,北畏曹操,东惮孙权,赖孝直为之辅翼,遂翻然翱翔,不可复制。今奈何禁止孝直,使不得少行其意耶?”因竟不问。法正闻之,亦自敛戢。

一日,玄德正与孔明闲叙,忽报云长遣关平来谢所赐金帛。玄德召入。平拜罢,呈上书信曰:“父亲知马超武艺过人,要入川来与之比试高低。教就禀伯父此事。”玄德大惊曰:“若云长入蜀,与孟起比试,势不两立。”孔明曰:“无妨,亮自作书回之。”玄德只恐云长性急,便教孔明写了书,发付关平星夜回荆州。平回至荆州,云长问曰:“我欲与马孟起比试,汝曾说否?”平答曰:“军师有书在此。”云长拆开视之,其书曰:“亮闻将军欲与孟起分别高下。以亮度之:孟起虽雄烈过人,亦乃黥布、彭越之徒耳;当与翼德并驱争先,犹未及美髯公之绝伦超群也。今公受任守荆州,不为不重;倘一入川,若荆州有失,罪莫大焉。惟冀明照。”云长看毕,自绰其髯笑曰:“孔明知我心也。”将书遍示宾客,遂无入川之意。

却说东吴孙权,知玄德并吞西川,将刘璋逐于公安,遂召张昭、顾雍商议曰:“当初刘备借我荆州时,说取了西川,便还荆州。今已得巴蜀四十一州,须用取索汉上诸郡。如其不还,即动干戈。”张昭曰:“吴中方宁,不可动兵。昭有一计,使刘备将荆州双手奉还主公。”正是:西蜀方开新日月,东吴又索旧山川。未知其计如何,且看下文分解。

第六十六回　关云长单刀赴会　伏皇后为国捐生

却说孙权要索荆州。张昭献计曰："刘备所倚仗者，诸葛亮耳。其兄诸葛瑾今仕于吴，何不将瑾老小执下，使瑾入川告其弟，令劝刘备交割荆州：'如其不还，必累及我老小。'亮念同胞之情，必然应允。"权曰："诸葛瑾乃诚实君子，安忍拘其老小？"昭曰："明教知是计策，自然放心。"权从之，召诸葛瑾老小，虚监在府；一面修书，打发诸葛瑾往西川去。

不数日，早到成都，先使人报知玄德。玄德问孔明曰："令兄此来为何？"孔明曰："来索荆州耳。"玄德曰："何以答之？"孔明曰："只须如此如此。"计会已定，孔明出郭接瑾，不到私宅，径入宾馆。参拜毕，瑾放声大哭。亮曰："兄长有事但说，何故发哀？"瑾曰："吾一家老小休矣！"亮曰："莫非为不还荆州乎？因弟之故，执下兄长老小，弟心何安？兄休忧虑，弟自有计还荆州便了。"

瑾大喜，即同孔明入见玄德，呈上孙权书。玄德看了，怒曰："孙权既以妹嫁我，却乘我不在荆州，竟将妹子潜地取去，情理难容！我正要大起川兵，杀下江南，报我之恨，却还想来索荆州乎！"孔明哭拜于地，曰："吴侯执下亮兄长老小，倘若不还，吾兄将全家被戮。兄死，亮岂能独生？望主公看亮之面，将荆州还了东吴，全亮兄弟之情！"玄德再三不肯，孔明只是哭求。玄德徐徐曰："既如此，看军师面，分荆州一半还之：将长沙、零陵、桂阳三郡与他。"亮曰："既蒙见允，便可写书与云长令交割三郡。"玄德曰："子瑜到彼，须用善言求吾弟。吾弟性如烈火，吾尚惧之。切宜仔细。"

瑾求了书，辞了玄德，别了孔明，登途径到荆州。云长请入中堂，宾主相叙。瑾出玄德书曰："皇叔许先以三郡还东吴，望将军即日交割，令瑾好回见吾主。"云长变色曰："吾与吾兄桃园结义，誓共匡扶汉室。荆州本大汉疆土，岂得妄以尺寸与人？将在外，君命有所不受。虽吾兄有书来,我却只不还。"瑾曰:"今吴侯执下瑾老小,若不得荆州,必将被诛。望将军怜之!"云长曰:"此是吴侯谲计,如何瞒得我过!"瑾曰:"将军何太无面目?"云长执剑在手曰:"休再言!此剑上并无面目!"关平告曰:"军师面上不好看,望父亲息怒。"云长曰:"不看军师面上,教你回不得东吴!"

瑾满面羞惭,急辞下船,再往西川见孔明。孔明已自出巡去了。瑾只得再见玄德,哭告云长欲杀之事。玄德曰:"吾弟性急,极难与言。子瑜可暂回,容吾取了东川、汉中诸郡,调云长往守之,那时方得交付荆州。"

瑾不得已,只得回东吴见孙权,具言前事。孙权大怒曰:"子瑜此去,反覆奔走,莫非皆是诸葛亮之计?"瑾曰:"非也。吾弟亦哭告玄德,方许将三郡先还,又无奈云长恃顽不肯。"孙权曰:"既刘备有先还三郡之言,便可差官前去长沙、零陵、桂阳三郡赴任,且看如何。"瑾曰:"主公所言极善。"权乃令瑾取回老小,一面差官往三郡赴任。不一日,三郡差去官吏,尽被逐回,告孙权曰:"关云长不肯相容,连夜赶逐回吴。迟后者便要杀。"

孙权大怒,差人召鲁肃责之曰:"子敬昔为刘备作保,借吾荆州;今刘备已得西川,不肯归还,子敬岂得坐视?"肃曰:"肃已思得一计,正欲告主公。"权问:"何计?"肃曰:"今屯兵于陆口,使人请关云长赴会。若云长肯来,以善言说之;如其不从,伏下刀斧手杀之。如彼不肯来,随即进兵,与决胜负,夺取荆州便了。"孙权曰:"正合吾意。可即行之。"阚泽进曰:"不可,关云长乃世之虎将,非等闲可及。恐事不谐,反遭其害。"孙权怒曰:"若如此,荆州何日可得!"便命鲁肃速行此计。

肃乃辞孙权,至陆口,召吕蒙、甘宁商议,设宴于陆口寨外临江亭上,修下请书,选帐下能言快语一人为使,登舟渡江。江口关平问了,遂引使者入荆州,叩见云长,具道鲁肃相邀赴会之意,呈上请书。云长看书毕,谓来人曰:"既子敬相请,我明日便来赴宴。汝可先回。"

使者辞去。关平曰:"鲁肃相邀,必无好意;父亲何故许之?"云长笑曰:"吾岂不知耶?此是诸葛瑾回报孙权,说吾不肯还三郡,故令鲁肃屯兵陆口，邀我赴会，便索荆州。吾若不往，道吾怯矣。吾来日独驾小舟，只用亲随十余人，单刀赴会，看鲁肃如何近我！”平谏曰：“父亲奈何以万金之躯，亲蹈虎狼之穴？恐非所以重伯父之寄托也。”云长曰：“吾于千枪万刃之中，矢石交攻之际，匹马纵横，如入无人之境；岂忧江东群鼠乎！”马良亦谏曰：“鲁肃虽有长者之风，但今事急，不容不生异心。将军不可轻往。”云长曰：“昔战国时赵人蔺相如，无缚鸡之力，于渑池会上，觑秦国君臣如无物；况吾曾学万人敌者乎！既已许诺，不可失信。”良曰：“纵将军去，亦当有准备。”云长曰：“只教吾儿选快船十只，藏善战水军五百，于江上等候。看吾认旗起处，便过江来。”平领命自去准备。

却说使者回报鲁肃，说云长慨然应允，来日准到。肃与吕蒙商议：“此来若何？”蒙曰：“彼带军马来，某与甘宁各人领一军伏于岸侧，放炮为号，准备厮杀；如无军来，只于庭后伏刀斧手五十人，就筵间杀之。”计会已定。次日，肃令人于岸口遥望。辰时后，见江面上一只船来，梢公水手只数人，一面红旗，风中招飐，显出一个大“关”字来。船渐近岸，见云长青巾绿袍，坐于船上；傍边周仓捧着大刀；八九个关西大汉，各跨腰刀一口。鲁肃惊疑，接入庭内。叙礼毕，入席饮酒，举杯相劝，不敢仰视。云长谈笑自若。

酒至半酣，肃曰：“有一言诉与君侯，幸垂听焉：昔日令兄皇叔，使肃于吾主之前，保借荆州暂住，约于取川之后归还。今西川已得，而荆州未还，得毋失信乎？”云长曰：“此国家之事，筵间不必论之。”肃曰：“吾主只区区江东之地，而肯以荆州相借者，为念君侯等兵败远来，无以为资故也。今已得益州，则荆州自应见还；乃皇叔但肯先割三郡，而君侯又不从，恐于理上说不去。”云长曰：“乌林之役，左将军亲冒矢石，戮力破敌，岂得徒劳而无尺土相资？今足下复来索地耶？”肃曰：“不然。君侯始与皇叔同败于长坂，计穷力竭，将欲远窜，吾主矜念皇叔身无处所，不爱土地，使有所托足，以图后功；而皇叔愆德隳好，已得西川，又占荆州，贪而背义，恐为天下所耻笑。惟君侯察之。”云长曰：“此皆吾兄之事，非某所宜与也。”肃曰：“某闻君侯与皇叔桃园结义，誓同生死。皇叔即君侯也，何得推托乎？”云长未及回答,周仓在阶下厉声言曰:“天下土地,惟有德者居之。岂独是汝东吴当有耶!”云长变色而起,夺周仓所捧大刀,立于庭中,目视周仓而叱曰:“此国家之事,汝何敢多言!可速去!”仓会意,先到岸口,把红旗一招。关平船如箭发,奔过江东来。云长右手提刀,左手挽住鲁肃手,佯推醉曰:“公今请吾赴宴,莫提起荆州之事。吾今已醉,恐伤故旧之情。他日令人请公到荆州赴会,另作商议。”鲁肃魂不附体,被云长扯至江边。吕蒙、甘宁各引本部军欲出,见云长手提大刀,亲握鲁肃,恐肃被伤,遂不敢动。云长到船边,却才放手,早立于船首,与鲁肃作别。肃如痴似呆,看关公船已乘风而去。后人有诗赞关公曰:“藐视吴臣若小儿,单刀赴会敢平欺。当年一段英雄气,尤胜相如在渑池。”

云长自回荆州。鲁肃与吕蒙共议:“此计又不成,如之奈何?”蒙曰:“可即申报主公,起兵与云长决战。”肃即时使人申报孙权。权闻之大怒,商议起倾国之兵,来取荆州。忽报:“曹操又起三十万大军来也!”权大惊,且教鲁肃休惹荆州之兵,移兵向合淝、濡须,以拒曹操。

却说操将欲起程南征,参军傅干,字彦材,上书谏操。书略曰:“干闻用武则先威,用文则先德;威德相济,而后王业成。往者天下大乱,明公用武攘之,十平其九;今未承王命者,吴与蜀耳。吴有长江之险,蜀有崇山之阻,难以威胜。愚以为且宜增修文德,按甲寝兵,息军养士,待时而动。今若举数十万之众,顿长江之滨,倘贼凭险深藏,使我士马不得逞其能,奇变无所用其权,则天威屈矣。惟明公详察焉。”曹操览之,遂罢南征,兴设学校,延礼文士。于是侍中王粲、杜袭、卫凯、和洽四人,议欲尊曹操为魏王。中书令荀攸曰:“不可。丞相官至魏公,荣加九锡,位已极矣。今又进升王位,于理不可。”曹操闻之,怒曰:“此人欲效荀彧耶!”荀攸知之,忧愤成疾,卧病十数日而卒,亡年五十八岁。操厚葬之,遂罢魏王事。

一日,曹操带剑入宫,献帝正与伏后共坐。伏后见操来,慌忙起身。帝见曹操,战栗不已。操曰:“孙权、刘备各霸一方,不尊朝廷,当如之何?”帝曰:“尽在魏公裁处。”操怒曰:“陛下出此言,外人闻之，只道吾欺君也。”帝曰：“君若肯相辅则幸甚；不尔，愿垂恩相舍。”操闻言，怒目视帝，恨恨而出。左右或奏帝曰：“近闻魏公欲自立为王，不久必将篡位。”帝与伏后大哭。后曰：“妾父伏完常有杀操之心，妾今当修书一封，密与父图之。”帝曰：“昔董承为事不密，反遭大祸；今恐又泄漏，朕与汝皆休矣！”后曰：“旦夕如坐针毡，似此为人，不如早亡！妾看宦官中之忠义可托者，莫如穆顺，当令寄此书。”乃即召穆顺入屏后，退去左右近侍。帝后大哭告顺曰：“操贼欲为魏王，早晚必行篡夺之事。朕欲令后父伏完密图此贼，而左右之人，俱贼心腹，无可托者。欲汝将皇后密书，寄与伏完。量汝忠义，必不负朕。”顺泣曰：“臣感陛下大恩，敢不以死报！臣即请行。”后乃修书付顺。顺藏书于发中，潜出禁宫，径至伏完宅，将书呈上。完见是伏后亲笔，乃谓穆顺曰：“操贼心腹甚众，不可遽图。除非江东孙权、西川刘备，二处起兵于外，操必自往。此时却求在朝忠义之臣，一同谋之。内外夹攻，庶可有济。”顺曰：“皇丈可作书覆帝后，求密诏，暗遣人往吴、蜀二处，令约会起兵，讨贼救主。”伏完即取纸写书付顺。顺乃藏于头髻内，辞完回宫。

原来早有人报知曹操，操先于宫门等候。穆顺回遇曹操，操问：“那里去来？”顺答曰：“皇后有病，命求医去。”操曰：“召得医人何在？”顺曰：“还未召至。”操喝左右，遍搜身上，并无夹带，放行。忽然风吹落其帽。操又唤回，取帽视之，遍观无物，还帽令戴。穆顺双手倒戴其帽。操心疑，令左右搜其头发中，搜出伏完书来。操看时，书中言欲结连孙、刘为外应。操大怒，执下穆顺于密室问之，顺不肯招。操连夜点起甲兵三千，围住伏完私宅，老幼并皆拿下；搜出伏后亲笔之书，随将伏氏三族尽皆下狱。平明，使御林将军郗虑持节入宫，先收皇后玺绶。

是日，帝在外殿，见郗虑引三百甲兵直入。帝问曰：“有何事？”虑曰：“奉魏公命收皇后玺。”帝知事泄，心胆皆碎。虑至后宫，伏后方起。虑便唤管玺绶人索取玉玺而出。伏后情知事发，便于殿后椒房内夹壁中藏躲。少顷，尚书令华歆引五百甲兵入到后殿，问宫人：“伏后何在？”宫人皆推不知。歆教甲兵打开朱户，寻觅不见；料在壁中，便喝甲士破壁搜寻。歆亲自动手揪后头髻拖出。后曰：“望免我一命！”歆叱曰：“汝自见魏公诉去！”后披发跣足，二甲士推拥而出。原来华歆素有才名，向与邴原、管宁相友善。时人称三人为一龙：华歆为龙头，邴原为龙腹，管宁为龙尾。一日，宁与歆共种园蔬，锄地见金。宁挥锄不顾；歆拾而视之，然后掷下。又一日，宁与歆同坐观书，闻户外传呼之声，有贵人乘轩而过。宁端坐不动，歆弃书往观。宁自此鄙歆之为人，遂割席分坐，不复与之为友。后来管宁避居辽东，常戴白帽，坐卧一楼，足不履地，终身不肯仕魏；而歆乃先事孙权，后归曹操，至此乃有收捕伏皇后一事。后人有诗叹华歆曰：“华歆当日逞凶谋，破壁生将母后收。助虐一朝添虎翼，骂名千载笑龙头！”又有诗赞管宁曰：“辽东传有管宁楼，人去楼空名独留。笑杀子鱼贪富贵，岂如白帽自风流。”

且说华歆将伏后拥至外殿。帝望见后，乃下殿抱后而哭。歆曰：“魏公有命，可速行！”后哭谓帝曰：“不能复相活耶？”帝曰：“我命亦不知在何时也！”甲士拥后而去，帝捶胸大恸。见郗虑在侧，帝曰：“郗公！天下宁有是事乎！”哭倒在地。郗虑令左右扶帝入宫。华歆拿伏后见操，操骂曰：“吾以诚心待汝等，汝等反欲害我耶！吾不杀汝，汝必杀我！”喝左右乱棒打死。随即入宫，将伏后所生二子，皆鸩杀之。当晚将伏完、穆顺等宗族二百余口，皆斩于市。朝野之人，无不惊骇。时建安十九年十一月也。后人有诗叹曰：“曹瞒凶残世所无，伏完忠义欲何如。可怜帝后分离处，不及民间妇与夫！”

献帝自从坏了伏后，连日不食。操入曰：“陛下无忧，臣无异心。臣女已与陛下为贵人，大贤大孝，宜居正宫。”献帝安敢不从。于建安二十年正月朔，就庆贺正旦之节，册立曹操女曹贵人为正宫皇后。群下莫敢有言。

此时曹操威势日甚。会大臣商议收吴灭蜀之事。贾诩曰：“须召夏侯惇、曹仁二人回，商议此事。”操即时发使，星夜唤回。夏侯惇未至，曹仁先到，连夜便入府中见操。操方被酒而卧，许褚仗剑立于堂门之内，曹仁欲入，被许褚当住。曹仁大怒曰：“吾乃曹氏宗族，汝何敢阻当耶？”许褚曰：“将军虽亲，乃外藩镇守之官；许褚虽疏，现充内侍。主公醉卧堂上,不敢放入。"仁乃不敢入。曹操闻之,叹曰:"许褚真忠臣也!"不数日,夏侯惇亦至,共议征伐。惇曰:"吴、蜀急未可攻,宜先取汉中张鲁,以得胜之兵取蜀,可一鼓而下也。"曹操曰:"正合吾意。"遂起兵西征。正是:方逞凶谋欺弱主,又驱劲卒扫偏邦。未知后事如何,且看下文分解。

第六十七回 曹操平定汉中地 张辽威震逍遥津

却说曹操兴师西征,分兵三队:前部先锋夏侯渊、张郃;操自领诸将居中;后部曹仁、夏侯惇,押运粮草。早有细作报入汉中来。张鲁与弟张卫,商议退敌之策。卫曰:“汉中最险无如阳平关,可于关之左右,依山傍林,下十余个寨栅,迎敌曹兵。兄在汉宁,多拨粮草应付。”张鲁依言,遣大将杨昂、杨任,与其弟即日起程。军马到阳平关,下寨已定。夏侯渊、张郃前军随到,闻阳平关已有准备,离关一十五里下寨。是夜,军士疲困,各自歇息。忽寨后一把火起,杨昂、杨任两路兵杀来劫寨。夏侯渊、张郃急上得马,四下里大兵拥入,曹兵大败,退见曹操。操怒曰:“汝二人行军许多年,岂不知兵若远行疲困,可防劫寨?如何不作准备?”欲斩二人,以明军法。众官告免。

操次日自引兵为前队,见山势险恶,林木丛杂,不知路径,恐有伏兵,即引军回寨,谓许褚、徐晃二将曰:“吾若知此处如此险恶,必不起兵来。”许褚曰:“兵已至此,主公不可惮劳。”次日,操上马,只带许褚、徐晃二人,来看张卫寨栅。三匹马转过山坡,早望见张卫寨栅。操扬鞭遥指,谓二将曰:“如此坚固,急切难下!”言未已,背后一声喊起,箭如雨发。杨昂、杨任分两路杀来。操大惊。许褚大呼曰:“吾当敌贼!徐公明善保主公。”说罢,提刀纵马向前,力敌二将。杨昂、杨任不能当许褚之勇,回马退去,其余不敢向前。徐晃保着曹操奔过山坡,前面又一军到;看时,却是夏侯渊、张郃二将听得喊声,故引军杀来接应。于是杀退杨昂、杨任,救得曹操回寨。操重赏四将。

自此两边相拒五十余日,只不交战。曹操传令退军。贾诩曰:“贼势未见强弱,主公何故自退耶?”操曰:“吾料贼兵每日提备,急难取胜。吾以退军为名,使贼懈而无备,然后分轻骑抄袭其后,必胜贼矣。”贾诩曰:“丞相神机,不可测也。”于是令夏侯渊、张郃分兵两路,各引轻骑三千,取小路抄阳平关后。曹操一面引大军拔寨尽起。杨昂听得曹兵退，请杨任商议，欲乘势击之。杨任曰："操诡计极多，未知真实，不可追赶。"杨昂曰："公不往，吾当自去。"杨任苦谏不从。杨昂尽提五寨军马前进，只留些少军士守寨。

是日，大雾迷漫，对面不相见。杨昂军至半路，不能行，权且扎住。却说夏侯渊一军抄过山后，见重雾垂空，又闻人语马嘶，恐有伏兵，急催人马行动，大雾中误走到杨昂寨前。守寨军士，听得马蹄响，只道是杨昂兵回，开门纳之。曹军一拥而入，见是空寨，便就寨中放起火来。五寨军士，尽皆弃寨而走。比及雾散，杨任领兵来救，与夏侯渊战不数合，背后张郃兵到。杨任杀条大路，奔回南郑。杨昂待要回时，已被夏侯渊、张郃两个占了寨栅。背后曹操大队军马赶来，两下夹攻，四边无路。杨昂欲突阵而出，正撞着张郃。两个交手，被张郃杀死。败兵回投阳平关，来见张卫。原来卫知二将败走，诸营已失，半夜弃关，奔回去了。曹操遂得阳平关并诸寨。

张卫、杨任回见张鲁。卫言二将失了隘口，因此守关不住。张鲁大怒，欲斩杨任。任曰："某曾谏杨昂，休追操兵。他不肯听信，故有此败。任再乞一军前去挑战，必斩曹操。如不胜，甘当军令。"张鲁取了军令状。杨任上马，引二万军离南郑下寨。

却说曹操提军将进，先令夏侯渊领五千军，往南郑路上哨探，正迎着杨任军马，两军摆开。任遣部将昌奇出马，与渊交锋；战不三合，被渊一刀斩于马下。杨任自挺枪出马，与渊战三十余合，不分胜负。渊佯败而走，任从后追来，被渊用拖刀计，斩于马下。军士大败而回。曹操知夏侯渊斩了杨任，即时进兵，直抵南郑下寨。张鲁慌聚文武商议。阎圃曰："某保一人，可敌曹操手下诸将。"鲁问是谁。圃曰："南安庞德，前随马超投主公；后马超往西川，庞德卧病不曾行。现今蒙主公恩养，何不令此人去？"

张鲁大喜，即召庞德至，厚加赏劳；点一万军马，令庞德出。离城十余里，与曹兵相对，庞德出马搦战。曹操在渭桥时，深知庞德之勇，乃嘱诸将曰："庞德乃西凉勇将，原属马超；今虽依张鲁，未称其心。吾欲得此人。汝等须皆与缓斗，使其力乏，然后擒之。"张郃先出，战了数合便退。夏侯渊也战数合退了。徐晃又战三五合也退了。临后许褚战五十余合亦退。庞德力战四将,并无惧怯。各将皆于操前夸庞德好武艺。曹操心中大喜,与众将商议:“如何得此人投降?”贾诩曰:“某知张鲁手下,有一谋士杨松,其人极贪贿赂。今可暗以金帛送之,使谮庞德于张鲁,便可图矣。”操曰:“何由得人入南郑?”诩曰:“来日交锋,诈败佯输,弃寨而走,使庞德据我寨。我却于黄夜引兵劫寨,庞德必退入城。却选一能言军士,扮作彼军,杂在阵中,便得入城。”操听其计,选一精细军校,重加赏赐,付与金掩心甲一副,令披在贴肉,外穿汉中军士号衣,先于半路上等候。

次日,先拨夏侯渊、张郃两枝军,远去埋伏;却教徐晃挑战,不数合败走。庞德招军掩杀,曹兵尽退。庞德却夺了曹操寨栅,见寨中粮草极多,大喜,即时申报张鲁;一面在寨中设宴庆贺。当夜二更之后,忽然三路火起:正中是徐晃、许褚,左张郃,右夏侯渊。三路军马,齐来劫寨。庞德不及提备,只得上马冲杀出来,望城而走。背后三路兵追来。庞德急唤开城门,领兵一拥而入。

此时细作已杂到城中,径投杨松府下谒见,具说:“魏公曹丞相久闻盛德,特使某送金甲为信,更有密书呈上。”松大喜,看了密书中言语,谓细作曰:“上覆魏公,但请放心。某自有良策奉报。”打发来人先回,便连夜入见张鲁,说庞德受了曹操贿赂,卖此一阵。张鲁大怒,唤庞德责骂,欲斩之。阎圃苦谏。张鲁曰:“你来日出战,不胜必斩!”庞德抱恨而退。次日,曹兵攻城,庞德引兵冲出。操令许褚交战。褚诈败,庞德赶来。操自乘马于山坡上唤曰:“庞令明何不早降?”庞德寻思:“拿住曹操,抵一千员上将!”遂飞马上坡。一声喊起,天崩地塌,连人和马,跌入陷坑内去;四壁钩索一齐上前,活捉了庞德,押上坡来。曹操下马,叱退军士,亲释其缚,问庞德肯降否。庞德寻思张鲁不仁,情愿拜降。曹操亲扶上马,共回大寨,故意教城上望见。人报张鲁,德与操并马而行。鲁益信杨松之言为实。

次日,曹操三面竖立云梯,飞炮攻打。张鲁见其势已极,与弟张卫商议。卫曰:“放火尽烧仓廪府库,出奔南山,去守巴中可也。”杨松曰:“不如开门投降。”张鲁犹豫不定。卫曰:“只是烧了便行。”张鲁曰:“我向本欲归命国家,而意未得达;今不得已而出奔,仓廪府库，国家之有，不可废也。”遂尽封锁。是夜二更，张鲁引全家老小，开南门杀出。曹操教休追赶，提兵入南郑，见鲁封闭库藏，心甚怜之。遂差人往巴中，劝使投降。张鲁欲降，张卫不肯。杨松以密书报操，便教进兵，松为内应。操得书，亲自引兵往巴中。张鲁使弟卫领兵出敌，与许褚交锋；被褚斩于马下。败军回报张鲁，鲁欲坚守。杨松曰：“今若不出，坐而待毙矣。某守城，主公当亲与决一死战。”鲁从之。阎圃谏鲁休出，鲁不听，遂引军出迎。未及交锋，后军已走。张鲁急退，背后曹兵赶来。鲁到城下，杨松闭门不开。张鲁无路可走，操从后追至，大叫：“何不早降！”鲁乃下马投拜。操大喜，念其封仓库之心，优礼相待，封鲁为镇南将军。阎圃等皆封列侯。于是汉中皆平。曹操传令各郡分设太守，置都尉，大赏士卒。惟有杨松卖主求荣，即命斩之于市曹示众。后人有诗叹曰：“妨贤卖主逞奇功，积得金银总是空。家未荣华身受戮，令人千载笑杨松！”

曹操已得东川，主簿司马懿进曰：“刘备以诈力取刘璋，蜀人尚未归心。今主公已得汉中，益州震动。可速进兵攻之，势必瓦解。智者贵于乘时，时不可失也。”曹操叹曰：“人苦不知足，既得陇，复望蜀耶？”刘晔曰：“司马仲达之言是也。若少迟缓，诸葛亮明于治国而为相，关、张等勇冠三军而为将，蜀民既定，据守关隘，不可犯矣。”操曰：“士卒远涉劳苦，且宜存恤。”遂按兵不动。

却说西川百姓，听知曹操已取东川，料必来取西川，一日之间，数遍惊恐。玄德请军师商议。孔明曰：“亮有一计。曹操自退。”玄德问何计。孔明曰：“曹操分军屯合淝，惧孙权也。今我若分江夏、长沙、桂阳三郡还吴，遣舌辩之士，陈说利害，令吴起兵袭合淝，牵动其势，操必勒兵南向矣。”玄德问：“谁可为使？”伊籍曰：“某愿往。”玄德大喜，遂作书具礼，令伊籍先到荆州，知会云长，然后入吴。

到秣陵，来见孙权，先通了姓名。权召籍入。籍见权礼毕，权问曰：“汝到此何为？”籍曰：“昨承诸葛子瑜取长沙等三郡，为军师不在，有失交割，今传书送还。所有荆州南郡、零陵，本欲送还；被曹操袭取东川，使关将军无容身之地。今合淝空虚，望君侯起兵攻之，使曹操撤兵回南。吾主若取了东川，即还荆州全土。”权曰：“汝且归馆舍，容吾商议。"伊籍退出，权问计于众谋士。张昭曰："此是刘备恐曹操取西川，故为此谋。虽然如此，可因操在汉中，乘势取合淝，亦是上计。"权从之，发付伊籍回蜀去讫，便议起兵攻操：令鲁肃收取长沙、江夏、桂阳三郡，屯兵于陆口，取吕蒙、甘宁回；又去余杭取凌统回。

不一日，吕蒙、甘宁先到。蒙献策曰："现今曹操令庐江太守朱光，屯兵于皖城，大开稻田，纳谷于合淝，以充军实。今可先取皖城，然后攻合淝。"权曰："此计甚合吾意。"遂教吕蒙、甘宁为先锋，蒋钦、潘璋为合后，权自引周泰、陈武、董袭、徐盛为中军。时程普、黄盖、韩当在各处镇守，都未随征。

却说军马渡江，取和州，径到皖城。皖城太守朱光，使人往合淝求救；一面固守城池，坚壁不出。权自到城下看时，城上箭如雨发，射中孙权麾盖。权回寨，问众将曰："如何取得皖城？"董袭曰："可差军士筑起土山攻之。"徐盛曰："可竖云梯，造虹桥，下观城中而攻之。"吕蒙曰："此法皆费日月而成，合淝救军一至，不可图矣。今我军初到，士气方锐，正可乘此锐气，奋力攻击。来日平明进兵，午未时便当破城。"权从之。次日五更饭毕，三军大进。城上矢石齐下。甘宁手执铁链，冒矢石而上。朱光令弓弩手齐射，甘宁拨开箭林，一链打倒朱光。吕蒙亲自擂鼓。士卒皆一拥而上，乱刀砍死朱光。余众多降，得了皖城，方才辰时。张辽引军至半路，哨马回报皖城已失。辽即回兵归合淝。

孙权入皖城，凌统亦引军到。权慰劳毕，大犒三军，重赏吕蒙、甘宁诸将，设宴庆功。吕蒙逊甘宁上坐，盛称其功劳。酒至半酣，凌统想起甘宁杀父之仇，又见吕蒙夸美之，心中大怒，瞪目直视良久，忽拔左右所佩之剑，立于筵上曰："筵前无乐，看吾舞剑。"甘宁知其意，推开果桌起身，两手取两枝戟挟定，纵步出曰："看我筵前使戟。"吕蒙见二人各无好意，便一手挽牌，一手提刀，立于其中曰："二公虽能，皆不如我巧也。"说罢，舞起刀牌，将二人分于两下。早有人报知孙权，权慌跨马，直至筵前。众见权至，方各放下军器。权曰："吾常言二人休念旧仇，今日又何如此？"凌统哭拜于地。孙权再三劝止。至次日,起兵进取合淝,三军尽发。

张辽为失了皖城,回到合淝,心中愁闷。忽曹操差薛悌送木匣一个,上有操封,傍书云:"贼来乃发。"是日报说孙权自引十万大军,来攻合淝。张辽便开匣观之。内书云:"若孙权至,张、李二将军出战,乐将军守城。"张辽将教帖与李典、乐进观之。乐进曰:"将军之意若何?"张辽曰:"主公远征在外,吴兵以为破我必矣。今可发兵出迎,奋力与战,折其锋锐,以安众心,然后可守也。"李典素与张辽不睦,闻辽此言,默然不答。乐进见李典不语,便道:"贼众我寡,难以迎敌,不如坚守。"张辽曰:"公等皆是私意,不顾公事。吾今自出迎敌,决一死战。"便教左右备马。李典慨然而起曰:"将军如此,典岂敢以私憾而忘公事乎?愿听指挥。"张辽大喜曰:"既曼成肯相助,来日引一军于逍遥津北埋伏;待吴兵杀过来,可先断小师桥,吾与乐文谦击之。"李典领命,自去点军埋伏。

却说孙权令吕蒙、甘宁为前队,自与凌统居中,其余诸将陆续进发,望合淝杀来。吕蒙、甘宁前队兵进,正与乐进相迎。甘宁出马与乐进交锋,战不数合,乐进诈败而走。甘宁招呼吕蒙一齐引军赶去。孙权在第二队,听得前军得胜,催兵行至逍遥津北,忽闻连珠炮响,左边张辽一军杀来,右边李典一军杀来。孙权大惊,急令人唤吕蒙、甘宁回救时,张辽兵已到。凌统手下,止有三百余骑,当不得曹军势如山倒。凌统大呼曰:"主公何不速渡小师桥!"言未毕,张辽引二千余骑,当先杀至。凌统翻身死战。孙权纵马上桥,桥南已折丈余,并无一片板。孙权惊得手足无措。牙将谷利大呼曰:"主公可约马退后,再放马向前,跳过桥去。"孙权收回马来有三丈余远,然后纵辔加鞭,那马一跳飞过桥南。后人有诗曰:"的卢当日跳檀溪,又见吴侯败合淝。退后着鞭驰骏骑,逍遥津上玉龙飞。"

孙权跳过桥南,徐盛、董袭驾舟相迎。凌统、谷利抵住张辽。甘宁、吕蒙引军回救,却被乐进从后追来,李典又截住厮杀,吴兵折了大半。凌统所领三百余人,尽被杀死。统身中数枪,杀到桥边,桥已折断,绕河而逃。孙权在舟中望见,急令董袭棹舟接之,乃得渡回。吕蒙、甘宁皆死命逃过河南。这一阵杀得江南人人害怕,闻张辽大名,小儿也不敢夜啼。众将保护孙权回营。权乃重赏凌统、谷利，收军回濡须，整顿船只，商议水陆并进；一面差人回江南，再起人马来助战。

却说张辽闻孙权在濡须将欲兴兵进取，恐合淝兵少难以抵敌，急令薛悌星夜往汉中，报知曹操，求请救兵。操同众官议曰："此时可收西川否？"刘晔曰："今蜀中稍定，已有提备，不可击也。不如撤兵去救合淝之急，就下江南。"操乃留夏侯渊守汉中定军山隘口，留张郃守蒙头岩等隘口。其余军兵拔寨都起，杀奔濡须坞来。正是：铁骑甫能平陇右，旌旄又复指江南。未知胜负如何，且看下文分解。

第六十八回　甘宁百骑劫魏营　左慈掷杯戏曹操

却说孙权在濡须口收拾军马，忽报曹操自汉中领兵四十万前来救合淝。孙权与谋士计议，先拨董袭、徐盛二人领五十只大船，在濡须口埋伏；令陈武带领人马，往来江岸巡哨。张昭曰："今曹操远来，必须先挫其锐气。"权乃问帐下曰："曹操远来，谁敢当先破敌，以挫其锐气？"凌统出曰："某愿往。"权曰："带多少军去？"统曰："三千人足矣。"甘宁曰："只须百骑，便可破敌，何必三千！"凌统大怒。两个就在孙权面前争竞起来。权曰："曹军势大，不可轻敌。"乃命凌统带三千军出濡须口去哨探，遇曹兵，便与交战。凌统领命，引着三千人马，离濡须坞。尘头起处，曹兵早到。先锋张辽与凌统交锋，斗五十合，不分胜败。孙权恐凌统有失，令吕蒙接应回营。

甘宁见凌统回，即告权曰："宁今夜只带一百人马去劫曹营；若折了一人一骑，也不算功。"孙权壮之，乃调拨帐下一百精锐马兵付宁；又以酒五十瓶，羊肉五十斤，赏赐军士。甘宁回到营中，教一百人皆列坐，先将银碗斟酒，自吃两碗，乃语百人曰："今夜奉命劫寨，请诸公各满饮一觞，努力向前。"众人闻言，面面相觑。甘宁见众人有难色，乃拔剑在手，怒叱曰："我为上将，且不惜命；汝等何得迟疑！"众人见甘宁作色，皆起拜曰："愿效死力。"甘宁将酒肉与百人共饮食尽，约至二更时候，取白鹅翎一百根，插于盔上为号；都披甲上马，飞奔曹操寨边，拔开鹿角，大喊一声，杀入寨中，径奔中军来杀曹操。原来中军人马，以车仗伏路穿连，围得铁桶相似，不能得进。甘宁只将百骑，左冲右突。曹兵惊慌，正不知敌兵多少，自相扰乱。那甘宁百骑，在营内纵横驰骤，逢着便杀。各营鼓噪，举火如星，喊声大震。甘宁从寨之南门杀出，无人敢当。孙权令周泰引一枝兵来接应。甘宁将百骑回到濡须。操兵恐有埋伏，不敢追袭。后人有诗赞曰："鼙鼓声喧震地来，吴师到处鬼神哀！百翎直贯曹家寨，尽说甘宁虎将才。”甘宁引百骑到寨,不折一人一骑;至营门,令百人皆击鼓吹笛,口称“万岁”,欢声大震。孙权自来迎接。甘宁下马拜伏。权扶起,携宁手曰:“将军此去,足使老贼惊骇。非孤相舍,正欲观卿胆耳!”即赐绢千匹,利刀百口。宁拜受讫,遂分赏百人。权语诸将曰:“孟德有张辽,孤有甘兴霸,足以相敌也。”

次日,张辽引兵搦战。凌统见甘宁有功,奋然曰:“统愿敌张辽。”权许之。统遂领兵五千,离濡须。权自引甘宁临阵观战。对阵圆处,张辽出马,左有李典,右有乐进。凌统纵马提刀,出至阵前。张辽使乐进出迎。两人斗到五十合,未分胜败。曹操闻知,亲自策马到门旗下来看,见二将酣斗,乃令曹休暗放冷箭。曹休便闪在张辽背后,开弓一箭,正中凌统坐下马,那马直立起来,把凌统掀翻在地。乐进连忙持枪来刺。枪还未到,只听得弓弦响处,一箭射中乐进面门,翻身落马。两军齐出,各救一将回营,鸣金罢战。凌统回寨中拜谢孙权。孙曰:“放箭救你者,甘宁也。”凌统乃顿首拜宁曰:“不想公能如此垂恩!”自此与甘宁结为生死之交,再不为恶。

且说曹操见乐进中箭,令自到帐中调治。次日,分兵五路来袭濡须:操自领中路;左一路张辽,二路李典;右一路徐晃,二路庞德。每路各带一万人马,杀奔江边来。时董袭、徐盛二将,在楼船上见五路军马来到,诸军各有惧色。徐盛曰:“食君之禄,忠君之事,何惧哉!”遂引猛士数百人,用小船渡过江边,杀入李典军中去了。董袭在船上,令众军擂鼓呐喊助威。忽然江上猛风大作,白浪掀天,波涛汹涌。军士见大船将覆,争下脚舰逃命。董袭仗剑大喝曰:“将受君命,在此防贼,怎敢弃船而去!”立斩下船军士十余人。须臾,风急船覆,董袭竟死于江口水中。徐盛在李典军中,往来冲突。

却说陈武听得江边厮杀,引一军来,正与庞德相遇,两军混战。孙权在濡须坞中,听得曹兵杀到江边,亲自与周泰引军前来助战。正见徐盛在李典军中搅做一团厮杀,便麾军杀入接应。却被张辽、徐晃两枝军,把孙权困在垓心。曹操上高阜处看见孙权被围,急令许诸纵马持刀杀入军中,把孙权军冲作两段,彼此不能相救。

却说周泰从军中杀出,到江边,不见了孙权,勒回马,从外又杀入阵中,问本部军:“主公何在?”军人以手指兵马厚处,曰:“主公被围甚急!”周泰挺身杀入,寻见孙权。泰曰:“主公可随泰杀出。”于是泰在前,权在后,奋力冲突。泰到江边,回头又不见孙权,乃复翻身杀入围中,又寻见孙权。权曰:“弓弩齐发,不能得出,如何?”泰曰:“主公在前,某在后,可以出围。”孙权乃纵马前行。周泰左右遮护,身被数枪,箭透重铠,救得孙权。到江边,吕蒙引一枝水军前来接应下船。权曰:“吾亏周泰三番冲杀,得脱重围。但徐盛在垓心,如何得脱?”周泰曰:“吾再救去。”遂轮枪复翻身杀入重围之中,救出徐盛。二将各带重伤。吕蒙教军士乱箭射住岸上兵,救二将下船。

却说陈武与庞德大战,后面又无应兵,被庞德赶到峪口,树林丛密;陈武再欲回身交战,被树株抓住袍袖,不能迎敌,为庞德所杀。曹操见孙权走脱了,自策马驱兵,赶到江边对射。吕蒙箭尽,正慌间,忽对江一宗船到,为首一员大将,乃是孙策女婿陆逊,自引十万兵到;一阵射退曹兵,乘势登岸追杀曹兵,复夺战马数千匹,曹兵伤者,不计其数,大败而回。

于乱军中寻见陈武尸首,孙权知陈武已亡,董袭又沉江而死,哀痛至切,令人入水中寻见董袭尸首,与陈武尸一齐厚葬之。又感周泰救护之功,设宴款之。权亲自把盏,抚其背,泪流满面,曰:“卿两番相救,不惜性命,被枪数十,肤如刻画,孤亦何心不待卿以骨肉之恩、委卿以兵马之重乎!卿乃孤之功臣,孤当与卿共荣辱、同休戚也。”言罢,令周泰解衣与众将观之:皮肉肌肤,如同刀剜,盘根遍体。孙权手指其痕,一一问之。周泰具言战斗被伤之状。一处伤令吃一觥酒。是日,周泰大醉。权以青罗伞赐之,令出入张盖,以为显耀。

权在濡须,与操相拒月余,不能取胜。张昭、顾雍上言:“曹操势大,不可力取;若与久战,大损士卒:不若求和安民为上。”孙权从其言,令步骘往曹营求和,许年纳岁贡。操见江南急未可下,乃从之,令:“孙权先撤人马,吾然后班师。”步骘回覆,权只留蒋钦、周泰守濡须口,尽发大兵上船回秣陵。

操留曹仁、张辽屯合淝,班师回许昌。文武众官皆议立曹操为魏王。尚书崔琰力言不可。众官曰:“汝独不见荀文若乎?”琰大怒曰:

“时乎,时乎！会当有变,任自为之!”有与琰不和者,告知操。操大怒,收琰下狱问之。琰虎目虬髯,只是大骂曹操欺君奸贼。廷尉白操,操令杖杀崔琰在狱中。后人有赞曰:“清河崔琰,天性坚刚;虬髯虎目,铁石心肠;奸邪辟易,声节显昂;忠于汉主,千古名扬!”

建安二十一年夏五月,群臣表奏献帝,颂魏公曹操功德,极天际地,伊、周莫及,宜进爵为王。献帝即令钟繇草诏,册立曹操为魏王。曹操假意上书三辞。诏三报不许,操乃拜命受魏王之爵,冕十二旒,乘金根车,驾六马,用天子车服銮仪,出警入跸,于邺郡盖魏王宫,议立世子。操大妻丁夫人无出。妾刘氏生子曹昂,因征张绣时死于宛城。卞氏所生四子:长曰丕,次曰彰,三曰植,四曰熊。于是黜丁夫人,而立卞氏为魏王后。第三子曹植,字子建,极聪明,举笔成章,操欲立之为后嗣。长子曹丕,恐不得立,乃问计于中大夫贾诩。诩教如此如此。自是但凡操出征,诸子送行,曹植乃称述功德,发言成章;惟曹丕辞父,只是流涕而拜,左右皆感伤。于是操疑植乖巧,诚心不及丕也。丕又使人买嘱近侍,皆言丕之德。操欲立后嗣,踌躇不定,乃问贾诩曰:“孤欲立后嗣,当立谁?”贾诩不答,操问其故,诩曰:“正有所思,故不能即答耳。”操曰:“何所思?”诩对曰:“思袁本初、刘景升父子也。”操大笑,遂立长子曹丕为王世子。

冬十月,魏王宫成,差人往各处收取奇花异果,栽植后苑。有使者到吴地,见了孙权,传魏王令旨,再往温州取柑子。时孙权正尊让魏王,便令人于本城选了大柑子四十余担,星夜送往邺郡。至中途,挑担役夫疲困,歇于山脚下,见一先生,眇一目,跛一足,头戴白藤冠,身穿青懒衣,来与脚夫作礼,言曰:“你等挑担劳苦,贫道都替你挑一肩何如?”众人大喜。于是先生每担各挑五里。但是先生挑过的担儿都轻了。众皆惊疑。先生临去,与领柑子官说:“贫道乃魏王乡中故人,姓左,名慈,字元放,道号乌角先生。如你到邺郡,可说左慈申意。”遂拂袖而去。

取柑人至邺郡见操,呈上柑子。操亲剖之,但只空壳,内并无肉。操大惊,问取柑人。取柑人以左慈之事对。操未肯信,门吏忽报:“有一先生,自称左慈,求见大王。”操召入。取柑人曰:“此正途中所见之人。”操叱之曰:“汝以何妖术,摄吾佳果?”慈笑曰:“岂有此事!”取柑剖之,内皆有肉,其味甚甜。但操自剖者,皆空壳。操愈惊,乃赐左慈坐而问之。慈索酒肉,操令与之,饮酒五斗不醉,肉食全羊不饱。操问曰:“汝有何术,以至于此?”慈曰:“贫道于西川嘉陵峨嵋山中,学道三十年,忽闻石壁中有声呼我之名;及视,不见。如此者数日。忽有天雷震碎石壁,得天书三卷,名曰《遁甲天书》。上卷名‘天遁’,中卷名‘地遁’,下卷名‘人遁’。天遁能腾云跨风,飞升太虚;地遁能穿山透石;人遁能云游四海,藏形变身,飞剑掷刀,取人首级。大王位极人臣,何不退步,跟贫道往峨嵋山中修行?当以三卷天书相授。”操曰:“我亦久思急流勇退,奈朝廷未得其人耳。”慈笑曰:“益州刘玄德乃帝室之胄,何不让此位与之?不然,贫道当飞剑取汝之头也。”操大怒曰:“此正是刘备细作!”喝左右拿下。慈大笑不止。操令十数狱卒,捉下拷之。狱卒着力痛打,看左慈时,却齁齁熟睡,全无痛楚。操怒,命取大枷,铁钉钉了,铁锁锁了,送入牢中监收,令人看守。只见枷锁尽落,左慈卧于地上,并无伤损。连监禁七日,不与饮食。及看时,慈端坐于地上,面皮转红。狱卒报知曹操,操取出问之。慈曰:“我数十年不食,亦不妨;日食千羊,亦能尽。”操无可奈何。

是日,诸官皆至王宫大宴。正行酒间,左慈足穿木履,立于筵前。众官惊怪。左慈曰:“大王今日水陆俱备,大宴群臣,四方异物极多,内中欠少何物,贫道愿取之。”操曰:“我要龙肝作羹,汝能取否?”慈曰:“有何难哉!”取墨笔于粉墙上画一条龙,以袍袖一拂,龙腹自开。左慈于龙腹中提出龙肝一副,鲜血尚流。操不信,叱之曰:“汝先藏于袖中耳!”慈曰:“即今天寒,草木枯死;大王要甚好花,随意所欲。”操曰:“吾只要牡丹花。”慈曰:“易耳。”令取大花盆放筵前,以水噀之。顷刻发出牡丹一株,开放双花。众官大惊,邀慈同坐而食。少刻,庖人进鱼脍。慈曰:“脍必松江鲈鱼者方美。”操曰:“千里之隔,安能取之?”慈曰:“此亦何难取!”教把钓竿来,于堂下鱼池中钓之。顷刻钓出数十尾大鲈鱼,放在殿上。操曰:“吾池中原有此鱼。”慈曰:“大王何相欺耶?天下鲈鱼只两腮,惟松江鲈鱼有四腮:此可辨也。”众官视之,果是四腮。慈曰:“烹松江鲈鱼,须紫芽姜方可。”操曰："汝亦能取之否？"慈曰："易耳。"令取金盆一个，慈以衣覆之。须臾，得紫芽姜满盆，进上操前。操以手取之，忽盆内有书一本，题曰《孟德新书》。操取视之，一字不差。操大疑。慈取桌上玉杯，满斟佳酿进操曰："大王可饮此酒，寿有千年。"操曰："汝可先饮。"慈遂拔冠上玉簪，于杯中一画，将酒分为两半；自饮一半，将一半奉操。操叱之。慈掷杯于空中，化成一白鸠，绕殿而飞。众官仰面视之，左慈不知所往。左右忽报："左慈出宫门去了。"操曰："如此妖人，必当除之！否则必将为害。"遂命许褚引三百铁甲军追擒之。

褚上马引军赶至城门，望见左慈穿木履在前，慢步而行。褚飞马追之，却只追不上。直赶到一山中，有牧羊小童，赶着一群羊而来，慈走入羊群内。褚取箭射之，慈即不见。褚尽杀群羊而回。牧羊小童守羊而哭，忽见羊头在地上作人言，唤小童曰："汝可将羊头都凑在死羊腔子上。"小童大惊，掩面而走。忽闻有人在后呼曰："不须惊走，还汝活羊。"小童回顾，见左慈已将地上死羊凑活，赶将来了。小童急欲问时，左慈已拂袖而去。其行如飞，倏忽不见。

小童归告主人，主人不敢隐讳，报知曹操。操画影图形，各处捉拿左慈。三日之内，城里城外，所捉眇一目、跛一足、白藤冠、青懒衣、穿木履先生，都一般模样者，有三四百个。哄动街市。操令众将，将猪羊血泼之，押送城南教场。曹操亲自引甲兵五百人围住，尽皆斩之。人人颈腔内各起一道青气，到上天聚成一处，化成一个左慈，向空招白鹤一只骑坐，拍手大笑曰："土鼠随金虎，奸雄一旦休！"操令众将以弓箭射之。忽然狂风大作，走石扬沙；所斩之尸，皆跳起来，手提其头，奔上演武厅来打曹操。文官武将，掩面惊倒，各不相顾。正是：奸雄权势能倾国，道士仙机更异人。未知曹操性命如何，且看下文分解。

第六十九回　卜周易管辂知机　讨汉贼五臣死节

却说当日曹操见黑风中群尸皆起，惊倒于地。须臾风定，群尸皆不见。左右扶操回宫，惊而成疾。后人有诗赞左慈曰："飞步凌云遍九州，独凭遁甲自遨游。等闲施设神仙术，点悟曹瞒不转头。"

曹操染病，服药无愈。适太史丞许芝，自许昌来见操。操令芝卜易。芝曰："大王曾闻神卜管辂否？"操曰："颇闻其名，未知其术。汝可详言之。"芝曰："管辂字公明，平原人也。容貌粗丑，好酒疏狂。其父曾为琅琊即丘长。辂自幼便喜仰视星辰，夜不肯寐，父母不能禁止。常云家鸡野鹄，尚自知时，何况为人在世乎？与邻儿共戏，辄画地为天文，分布日月星辰。及稍长，即深明《周易》，仰观风角，数学通神，兼善相术。琅琊太守单子春闻其名，召辂相见。时有坐客百余人，皆能言之士。辂谓子春曰：'辂年少，胆气未坚，先请美酒三升，饮而后言。'子春奇之，遂与酒三升。饮毕，辂问子春：'今欲与辂为对者，若府君四座之士耶？'子春曰：'吾自与卿旗鼓相当。'于是与辂讲论易理。辂亹亹而谈，言言精奥。子春反覆辩难，辂对答如流。从晓至暮，酒食不行。子春及众宾客，无不叹服。于是天下号为神童。后有居民郭恩者，兄弟三人，皆得躄疾，请辂卜之。辂曰：'卦中有君家本墓中女鬼，非君伯母即叔母也。昔饥荒之年，谋数升米之利，推之落井，以大石压破其头，孤魂痛苦，自诉于天，故君兄弟有此报。不可禳也。'郭恩等涕泣伏罪。安平太守王基，知辂神卜，延辂至家。适信都令妻常患头风，其子又患心痛，因请辂卜之。辂曰：'此堂之西角有二死尸：一男持矛，一男持弓箭。头在壁内，脚在壁外。持矛者主刺头，故头痛；持弓箭者主刺胸腹，故心痛。'乃掘之。入地八尺，果有二棺。一棺中有矛，一棺中有角弓及箭，木俱已朽烂。辂令徙骸骨去城外十里埋之，妻与子遂无恙。馆陶令诸葛原，迁新兴太守，辂往送行。客言辂能覆射。诸葛原不信，暗取燕卵、蜂窠、蜘蛛三物,分置三盒之中,令辂卜之。卦成,各写四句于盒上。其一曰:含气须变,依乎宇堂;雌雄以形,羽翼舒张:此燕卵也。其二曰:家室倒悬,门户众多;藏精育毒,得秋乃化:此蜂窠也。其三曰:觳觫长足,吐丝成罗;寻网求食,利在昏夜:此蜘蛛也。满座惊骇。乡中有老妇失牛,求卜之。辂判曰:北溪之滨,七人宰烹;急往追寻,皮肉尚存。老妇果往寻之:七人于茅舍后煮食,皮肉犹存。妇告本郡太守刘邠,捕七人罪之。因问老妇曰:'汝何以知之?'妇告以管辂之神卜。刘邠不信,请辂至府,取印囊及山鸡毛藏于盒中,令卜之。辂卜其一曰:内方外圆,五色成文;含宝守信,出则有章:此印囊也。其二曰:岩岩有鸟,锦体朱衣;羽翼玄黄,鸣不失晨:此山鸡毛也。刘邠大惊,遂待为上宾。一日,出郊闲行,见一少年耕于田中,辂立道傍,观之良久,问曰:'少年高姓、贵庚?'答曰:'姓赵,名颜,年十九岁矣。敢问先生为谁?'辂曰:'吾管辂也。吾见汝眉间有死气,三日内必死。汝貌美,可惜无寿。'赵颜回家,急告其父。父闻之,赶上管辂,哭拜于地曰:'请归救吾子!'辂曰:'此乃天命也,安可禳乎?'父告曰:'老夫止有此子,望乞垂救!'赵颜亦哭求。辂见其父子情切,乃谓赵颜曰:'汝可备净酒一瓶,鹿脯一块,来日赍往南山之中,大树之下,看盘石上有二人弈棋:一人向南坐,穿白袍,其貌甚恶;一人向北坐,穿红袍,其貌甚美。汝可乘其弈兴浓时,将酒及鹿脯跪进之。待其饮食毕,汝乃哭拜求寿,必得益算矣。但切勿言是吾所教。'老人留辂在家。次日,赵颜携酒脯杯盘入南山之中。约行五六里,果有二人于大松树下盘石上着棋,全然不顾。赵颜跪进酒脯。二人贪着棋,不觉饮酒已尽。赵颜哭拜于地而求寿,二人大惊。穿红袍者曰:'此必管子之言也。吾二人既受其私,必须怜之。'穿白袍者乃于身边取出簿籍检看,谓赵颜曰:'汝今年十九岁,当死。吾今于十字上添一九字,汝寿可至九十九。回见管辂,教再休泄漏天机;不然,必致天谴。'穿红者出笔添讫,一阵香风过处,二人化作二白鹤,冲天而去。赵颜归问管辂。辂曰:'穿红者,南斗也;穿白者,北斗也。'颜曰:'吾闻北斗九星,何止一人?'辂曰:'散而为九,合而为一也。北斗注死,南斗注生。今已添注寿算,子复何忧?'父子拜谢。自此管辂恐泄天机,更不轻为人卜。此人现在平原，大王欲知休咎，何不召之？”

操大喜，即差人往平原召辂。辂至，参拜讫，操令卜之。辂答曰：“此幻术耳，何必为忧？”操心安，病乃渐可。操令卜天下之事。辂卜曰：“三八纵横，黄猪遇虎；定军之南，伤折一股。”又令卜传祚修短之数。辂卜曰：“狮子宫中，以安神位；王道鼎新，子孙极贵。”操问其详。辂曰：“茫茫天数，不可预知。待后自验。”操欲封辂为太史。辂曰：“命薄相穷，不称此职，不敢受也。”操问其故，答曰：“辂额无主骨，眼无守睛；鼻无梁柱，脚无天根；背无三甲，腹无三壬：只可泰山治鬼，不能治生人也。”操曰：“汝相吾若何？”辂曰：“位极人臣，又何必相？”再三问之，辂但笑而不答。操令辂遍相文武官僚。辂曰：“皆治世之臣也。”操问休咎，皆不肯尽言。后人有诗赞曰：“平原神卜管公明，能算南辰北斗星。八卦幽微通鬼窍，六爻玄奥究天庭。预知相法应无寿，自觉心源极有灵。可惜当年奇异术，后人无复授遗经。”

操令卜东吴、西蜀二处。辂设卦云：“东吴主亡一大将，西蜀有兵犯界。”操不信。忽合淝报来：“东吴陆口守将鲁肃身故。”操大惊，便差人往汉中探听消息。不数日，飞报刘玄德遣张飞、马超兵屯下辨取关。操大怒，便欲自领大兵再入汉中，令管辂卜之。辂曰：“大王未可妄动，来春许都必有火灾。”

操见辂言累验，故不敢轻动，留居邺郡。使曹洪领兵五万，往助夏侯渊、张郃同守东川；又差夏侯惇领兵三万，于许都来往巡警，以备不虞；又教长史王必总督御林军马。主簿司马懿曰：“王必嗜酒性宽，恐不堪任此职。”操曰：“王必是孤披荆棘历艰难时相随之人，忠而且勤，心如铁石，最足相当。”遂委王必领御林军马屯于许都东华门外。

时有一人，姓耿，名纪，字季行，洛阳人也；旧为丞相府掾，后迁侍中少府，与司直韦晃甚厚；见曹操进封王爵，出入用天子车服，心甚不平。时建安二十三年春正月。耿纪与韦晃密议曰：“操贼奸恶日甚，将来必为篡逆之事。吾等为汉臣，岂可同恶相济？”韦晃曰：“吾有心腹人，姓金，名祎，乃汉相金日磾之后，素有讨操之心；更兼与王必甚厚。若得同谋，大事济矣。”耿纪曰：“他既与王必交厚，岂肯与我等同谋乎?”韦晃曰:“且往说之,看是如何。”于是二人同至金祎宅中。祎接入后堂,坐定。晃曰:“德伟与王长史甚厚,吾二人特来告求。”祎曰:“所求何事?”晃曰:“吾闻魏王早晚受禅,将登大宝,公与王长史必高迁。望不相弃,曲赐提携,感德非浅!”祎拂袖而起。适从者奉茶至,便将茶泼于地上。晃佯惊曰:“德伟故人,何薄情也?”祎曰:“吾与汝交厚,为汝等是汉朝臣宰之后;今不思报本,欲辅造反之人,吾有何面目与汝为友!”耿纪曰:“奈天数如此,不得不为耳!”祎大怒。

耿纪、韦晃见祎果有忠义之心,乃以实情相告曰:“吾等本欲讨贼,来求足下。前言特相试耳。”祎曰:“吾累世汉臣,安能从贼!公等欲扶汉室,有何高见?”晃曰:“虽有报国之心,未有讨贼之计。”祎曰:“吾欲里应外合,杀了王必,夺其兵权,扶助銮舆。更结刘皇叔为外援,操贼可灭矣。”二人闻之,抚掌称善。祎曰:“我有心腹二人,与操贼有杀父之仇,现居城外,可用为羽翼。”耿纪问是何人。祎曰:“太医吉平之子:长名吉邈,字文然;次名吉穆,字思然。操昔日为董承衣带诏事,曾杀其父;二子逃窜远乡,得免于难。今已潜归许都,若使相助讨贼,无有不从。”耿纪、韦晃大喜。金祎即使人密唤二吉。须臾,二人至。祎具言其事。二人感愤流泪,怨气冲天,誓杀国贼。金祎曰:“正月十五日夜间,城中大张灯火,庆赏元宵。耿少府、韦司直,你二人各领家僮,杀到王必营前;只看营中火起,分两路杀入;杀了王必,径跟我入内,请天子登五凤楼,召百官面谕讨贼。吉文然兄弟于城外杀入,放火为号,各要扬声,叫百姓诛杀国贼,截住城内救军;待天子降诏,招安已定,便进兵杀投邺郡擒曹操,即发使赍诏召刘皇叔。今日约定,至期二更举事。勿似董承自取其祸。”五人对天说誓,歃血为盟,各自归家,整顿军马器械,临期而行。

且说耿纪、韦晃二人,各有家僮三四百,预备器械。吉邈兄弟,亦聚三百人口,只推围猎,安排已定。金祎先期来见王必,言:“方今海宇稍安,魏王威震天下;今值元宵令节,不可不放灯火以示太平气象。”王必然其言,告谕城内居民,尽张灯结彩,庆赏佳节。至正月十五夜,天色晴霁,星月交辉,六街三市,竞放花灯。真个金吾不禁,玉漏无催！王必与御林诸将在营中饮宴。二更以后，忽闻营中呐喊，人报营后火起。王必慌忙出帐看时，只见火光乱滚；又闻喊杀连天，知是营中有变，急上马出南门，正遇耿纪，一箭射中肩膊，几乎坠马，遂望西门而走。背后有军赶来。王必着忙，弃马步行。至金祎门首，慌叩其门。原来金祎一面使人于营中放火，一面亲领家僮随后助战，只留妇女在家。时家中闻王必叩门之声，只道金祎归来。祎妻从隔门便问曰："王必那厮杀了么？"王必大惊，方悟金祎同谋，径投曹休家，报知金祎、耿纪等同谋反。休急披挂上马，引千余人在城中拒敌。城内四下火起，烧着五凤楼，帝避于深宫。曹氏心腹爪牙，死据宫门。城中但闻人叫："杀尽曹贼，以扶汉室！"

原来夏侯惇奉曹操命，巡警许昌，领三万军，离城五里屯扎；是夜，遥望见城中火起，便领大军前来，围住许都，使一枝军入城接应曹休。直混杀至天明。耿纪、韦晃等无人相助。人报金祎、二吉皆被杀死。耿纪、韦晃夺路杀出城门，正遇夏侯惇大军围住，活捉去了。手下百余人皆被杀。夏侯惇入城，救灭遗火，尽收五人老小宗族，使人飞报曹操。操传令教将耿、韦二人及五家宗族老小，皆斩于市，并将在朝大小百官，尽行拿解邺郡，听候发落。夏侯惇押耿、韦二人至市曹。耿纪厉声大叫曰："曹阿瞒！吾生不能杀汝，死当作厉鬼以击贼！"刽子以刀搠其口，流血满地，大骂不绝而死。韦晃以面颊顿地曰："可恨！可恨！"咬牙皆碎而死。后人有诗赞曰："耿纪精忠韦晃贤，各持空手欲扶天。谁知汉祚相将尽，恨满心胸丧九泉。"

夏侯惇尽杀五家老小宗族，将百官解赴邺郡。曹操于教场立红旗于左、白旗于右，下令曰："耿纪、韦晃等造反，放火焚许都，汝等亦有出救火者，亦有闭门不出者。如曾救火者，可立于红旗下；如不曾救火者，可立于白旗下。"众官自思救火者必无罪，于是多奔红旗之下。三停内只有一停立于白旗下。操教尽拿立于红旗下者。众官各言无罪。操曰："汝当时之心，非是救火，实欲助贼耳。"尽命牵出漳河边斩之，死者三百余员。其立于白旗下者，尽皆赏赐，仍令还许都。时王必已被箭疮发而死，操命厚葬之。令曹休总督御林军马，钟繇为相国，华歆为御史大夫。遂定侯爵六等十八级，关中侯爵十七级，皆金印紫绶;又置关内外侯十六级,银印龟纽墨绶;五大夫十五级,铜印环纽墨绶。定爵封官,朝廷又换一班人物。曹操方悟管辂火灾之说,遂重赏辂。辂不受。

却说曹洪领兵到汉中,令张郃、夏侯渊各据险要。曹洪亲自进兵拒敌。时张飞自与雷铜守把巴西。马超兵至下辨,令吴兰为先锋,领军哨出,正与曹洪军相遇。吴兰欲退,牙将任夔曰:"贼兵初至,若不先挫其锐气,何颜见孟起乎?"于是骤马挺枪搦曹洪战。洪自提刀跃马而出。交锋三合,斩夔于马下,乘势掩杀。吴兰大败,回见马超。超责之曰:"汝不得吾令,何故轻敌致败?"吴兰曰:"任夔不听吾言,故有此败。"马超曰:"可紧守隘口,勿与交锋。"一面申报成都,听候行止。曹洪见马超连日不出,恐有诈谋,引军退回南郑。张郃来见曹洪,问曰:"将军既已斩将,如何退兵?"洪曰:"吾见马超不出,恐有别谋。且我在邺都,闻神卜管辂有言:当于此地折一员大将。吾疑此言,故不敢轻进。"张郃大笑曰:"将军行兵半生,今奈何信卜者之言而惑其心哉!郃虽不才,愿以本部兵取巴西。若得巴西,蜀郡易耳。"洪曰:"巴西守将张飞,非比等闲,不可轻敌。"张郃曰:"人皆怕张飞,吾视之如小儿耳!此去必擒之!"洪曰:"倘有疏失,若何?"郃曰:"甘当军令。"洪勒了文状,张郃进兵。正是:自古骄兵多致败,从来轻敌少成功。未知胜负如何,且看下文分解。

第七十回　猛张飞智取瓦口隘　老黄忠计夺天荡山

却说张郃部兵三万，分为三寨，各傍山险：一名宕渠寨，一名蒙头寨，一名荡石寨。当日张郃于三寨中，各分军一半去取巴西，留一半守寨。早有探马报到巴西，说张郃引兵来了。张飞急唤雷铜商议。铜曰："阆中地恶山险，可以埋伏。将军引兵出战，我出奇兵相助，郃可擒矣。"张飞拨精兵五千与雷铜去讫。飞自引兵一万，离阆中三十里，与张郃兵相遇。两军摆开，张飞出马，单搦张郃。郃挺枪纵马而出。战到二十余合，郃后军忽然喊起：原来望见山背后有蜀兵旗幡，故此扰乱。张郃不敢恋战，拨马回走。张飞从后掩杀。前面雷铜又引兵杀出。两下夹攻，郃兵大败。张飞、雷铜连夜追袭，直赶到宕渠山。

张郃仍旧分兵守住三寨，多置擂木炮石，坚守不战。张飞离宕渠十里下寨，次日引兵搦战。郃在山上大吹大擂饮酒，并不下山。张飞令军士大骂，郃只不出。飞只得还营。次日，雷铜又去山下搦战，郃又不出。雷铜驱军士上山，山上擂木炮石打将下来。雷铜急退。荡石、蒙头两寨兵出，杀败雷铜。次日，张飞又去搦战，张郃又不出。飞使军人百般秽骂，郃在山上亦骂。张飞寻思，无计可施。相拒五十余日，飞就在山前扎住大寨，每日饮酒；饮至大醉，坐于山前辱骂。

玄德差人犒军，见张飞终日饮酒，使者回报玄德。玄德大惊，忙来问孔明。孔明笑曰："原来如此！军前恐无好酒；成都佳酿极多，可将五十瓮作三车装，送到军前与张将军饮。"玄德曰："吾弟自来饮酒失事，军师何故反送酒与他？"孔明笑曰："主公与翼德做了许多年兄弟，还不知其为人耶？翼德自来刚强，然前于收川之时，义释严颜，此非勇夫所为也。今与张郃相拒五十余日，酒醉之后，便坐山前辱骂，傍若无人：此非贪杯，乃败张郃之计耳。"玄德曰："虽然如此，未可托大。可使魏延助之。"孔明令魏延解酒赴军前，车上各插黄旗，大书“军前公用美酒”。魏延领命,解酒到寨中,见张飞,传说主公赐酒。飞拜受讫,分付魏延、雷铜各引一枝人马,为左右翼;只看军中红旗起,便各进兵;教将酒摆列帐下,令军士大开旗鼓而饮。

有细作报上山来,张郃自来山顶观望,见张飞坐于帐下饮酒,令二小卒于面前相扑为戏。郃曰:“张飞欺我太甚!”传令今夜下山劫飞寨,令蒙头、荡石二寨,皆出为左右援。当夜张郃乘着月色微明,引军从山侧而下,径到寨前。遥望张飞大明灯烛,正在帐中饮酒。张郃当先大喊一声,山头擂鼓为助,直杀入中军。但见张飞端坐不动。张郃骤马到面前,一枪刺倒,却是一个草人。急勒马回时,帐后连珠炮起。一将当先,拦住去路,睁圆环眼,声如巨雷:乃张飞也。挺矛跃马,直取张郃。两将在火光中,战到三五十合。张郃只盼两寨来救,谁知两寨救兵,已被魏延、雷铜两将杀退,就势夺了二寨。张郃不见救兵至,正没奈何,又见山上火起,已被张飞后军夺了寨栅。张郃三寨俱失,只得奔瓦口关去了。张飞大获胜捷,报入成都。玄德大喜,方知翼德饮酒是计,只要诱张郃下山。

却说张郃退守瓦口关,三万军已折了二万,遣人问曹洪求救。洪大怒曰:“汝不听吾言,强要进兵,失了紧要隘口,却又来求救!”遂不肯发兵,使人催督张郃出战。郃心慌,只得定计,分两军去关口前山僻埋伏,分付曰:“我诈败,张飞必然赶来,汝等就截其归路。”当日张郃引军前进,正遇雷铜。战不数合,张郃败走,雷铜赶来。两军齐出,截断回路。张郃复回,刺雷铜于马下。

败军回报张飞,飞自来与张郃挑战。郃又诈败,张飞不赶。郃又回战,不数合,又败走。张飞知是计,收军回寨,与魏延商议曰:“张郃用埋伏计,杀了雷铜,又要赚吾,何不将计就计?”延问曰:“如何?”飞曰:“我明日先引一军前往,汝却引精兵于后,待伏兵出,汝可分兵击之。用车十余乘,各藏柴草,塞住小路,放火烧之。吾乘势擒张郃,与雷铜报仇。”魏延领计。

次日,张飞引兵前进。张郃兵又至,与张飞交锋。战到十合,郃又诈败。张飞引马步军赶来,郃且战且走。引张飞过山峪口,郃将后军为前,复扎住营,与飞又战,指望两彪伏兵出,要围困张飞。不想伏兵却被魏延精兵到，赶入峪口，将车辆截住山路，放火烧车，山谷草木皆着，烟迷其径，兵不得出。张飞只顾引军冲突，张郃大败，死命杀开条路，走上瓦口关，收聚败兵，坚守不出。

张飞和魏延连日攻打关隘不下。飞见不济事，把军退二十里，却和魏延引数十骑，自来两边哨探小路。忽见男女数人，各背小包，于山僻路攀藤附葛而走。飞于马上用鞭指与魏延曰："夺瓦口关，只在这几个百姓身上。"便唤军士分付："休要惊恐他，好生唤那几个百姓来。"军士连忙唤到马前。飞用好言以安其心，问其何来。百姓告曰："某等皆汉中居民，今欲还乡。听知大军厮杀，塞闭阆中官道；今过苍溪，从梓潼山桧釿川入汉中，还家去。"飞曰："这条路取瓦口关远近若何?"百姓曰："从梓潼山小路，却是瓦口关背后。"飞大喜，带百姓入寨中，与了酒食；分付魏延："引兵扣关攻打，我亲自引轻骑出梓潼山攻关后。"便令百姓引路，选轻骑五百，从小路而进。

却说张郃为救军不到，心中正闷。人报魏延在关下攻打。张郃披挂上马，却待下山，忽报："关后四五路火起，不知何处兵来。"郃自领兵来迎。旗开处，早见张飞。郃大惊，急往小路而走。马不堪行，后面张飞追赶甚急，郃弃马上山，寻径而逃，方得走脱，随行只有十余人。

步行入南郑见曹洪。洪见张郃只剩下十余人，大怒曰："吾教汝休去，汝取下文状要去；今日折尽大兵，尚不自死，还来做甚!"喝令左右推出斩之。行军司马郭淮谏曰："三军易得，一将难求。张郃虽然有罪，乃魏王所深爱者也，不可便诛。可再与五千兵径取葭萌关，牵动其各处之兵，汉中自安矣。如不成功，二罪俱罚。"曹洪从之，又与兵五千，教张郃取葭萌关。郃领命而去。

却说葭萌关守将孟达、霍峻，知张郃兵来。霍峻只要坚守；孟达定要迎敌，引军下关与张郃交锋，大败而回。霍峻急申文书到成都。玄德闻知，请军师商议。孔明聚众将于堂上，问曰："今葭萌关紧急，必须阆中取翼德，方可退张郃也。"法正曰："今翼德兵屯瓦口，镇守阆中，亦是紧要之地，不可取回。帐中诸将内选一人去破张郃。"孔明笑曰："张郃乃魏之名将，非等闲可及。除非翼德，无人可当。"忽一人厉声而出曰："军师何轻视众人耶！吾虽不才，愿斩张郃首级，献于麾下。"众视之，乃老将黄忠也。孔明曰："汉升虽勇，争奈年老，恐非张郃对手。"忠听了，白发倒竖而言曰："某虽老，两臂尚开三石之弓，浑身还有千斤之力：岂不足敌张郃匹夫耶！"孔明曰："将军年近七十，如何不老？"忠趋步下堂，取架上大刀，轮动如飞；壁上硬弓，连拽折两张。孔明曰："将军要去，谁为副将？"忠曰："老将严颜，可同我去。但有疏虞，先纳下这白头。"玄德大喜，即时令严颜、黄忠去与张郃交战。赵云谏曰："今张郃亲犯葭萌关，军师休为儿戏。若葭萌一失，益州危矣。何故以二老将当此大敌乎？"孔明曰："汝以二人老迈，不能成事，吾料汉中必于此二人手内可得。"赵云等各各哂笑而退。

却说黄忠、严颜到关上，孟达、霍峻见了，心中亦笑孔明欠调度："是这般紧要去处，如何只教两个老的来！"黄忠谓严颜曰："你可见诸人动静么？他笑我二人年老，今可建奇功，以服众心。"严颜曰："愿听将军之令。"两个商议定了。黄忠引军下关，与张郃对阵。张郃出马，见了黄忠，笑曰："你许大年纪，犹不识羞，尚欲出战耶！"忠怒曰："竖子欺吾年老！吾手中宝刀却不老！"遂拍马向前与郃决战。二马相交，约战二十余合，忽然背后喊声起：原来是严颜从小路抄在张郃军后。两军夹攻，张郃大败。连夜赶去，张郃兵退八九十里。黄忠、严颜收兵入寨，俱各按兵不动。

曹洪听知张郃输了一阵，又欲见罪。郭淮曰："张郃被迫，必投西蜀；今可遣将助之，就如监临，使不生外心。"曹洪从之，即遣夏侯惇之侄夏侯尚并降将韩玄之弟韩浩，二人引五千兵，前来助战。二将即时起行。到张郃寨中，问及军情，郃言："老将黄忠，甚是英雄，更有严颜相助，不可轻敌。"韩浩曰："我在长沙知此老贼利害。他和魏延献了城池，害吾亲兄，今既相遇，必当报仇！"遂与夏侯尚引新军离寨前进。原来黄忠连日哨探，已知路径。严颜曰："此去有山，名天荡山，山中乃是曹操屯粮积草之地。若取得那个去处，断其粮草，汉中可得也。"忠曰："将军之言，正合吾意。可与吾如此如此。"严颜依计，自领一枝军去了。

却说黄忠听知夏侯尚、韩浩来，遂引军马出营。韩浩在阵前，大骂黄忠："无义老贼！"拍马挺枪，来取黄忠。夏侯尚便出夹攻。黄忠力战二将，各斗十余合，黄忠败走。二将赶二十余里，夺了黄忠寨。忠又草创一营。次日，夏侯尚、韩浩赶来，忠又出阵，战数合，又败走。二将又赶二十余里，夺了黄忠营寨，唤张郃守后寨。郃来前寨谏曰："黄忠连退二日，于中必有诡计。"夏侯尚叱张郃曰："你如此胆怯，可知屡次战败！今再休多言，看吾二人建功！"张郃羞赧而退。次日，二将又战，黄忠又败退二十里；二将迤逦赶上。次日，二将兵出，黄忠望风而走，连败数阵，直退在关上。二将扣关下寨，黄忠坚守不出。孟达暗暗发书，申报玄德，说："黄忠连输数阵，现今退在关上。"玄德慌问孔明。孔明曰："此乃老将骄兵之计也。"赵云等不信。

玄德差刘封来关上接应黄忠。忠与封相见，问刘封曰："小将军来助战何意？"封曰："父亲得知将军数败，故差某来。"忠笑曰："此老夫骄兵之计也。看今夜一阵，可尽复诸营，夺其粮食马匹。此是借寨与彼屯辎重耳。今夜留霍峻守关，孟将军可与我搬粮草夺马匹，小将军看我破敌！"

是夜二更，忠引五千军开关直下。原来夏侯尚、韩浩二将连日见关上不出，尽皆懈怠；被黄忠破寨直入，人不及甲，马不及鞍，二将各自逃命而走，军马自相践踏，死者无数。比及天明，连夺三寨。寨中丢下军器鞍马无数，尽教孟达搬运入关。黄忠催军马随后而进，刘封曰："军士力困，可以暂歇。"忠曰："不入虎穴，焉得虎子？"策马先进。士卒皆努力向前。张郃军兵，反被自家败兵冲动，都屯扎不住，望后而走；尽弃了许多寨栅，直奔至汉水傍。

张郃寻见夏侯尚、韩浩议曰："此天荡山，乃粮草之所；更接米仓山，亦屯粮之地：是汉中军士养命之源。倘若疏失，是无汉中也。当思所以保之。"夏侯尚曰："米仓山有吾叔夏侯渊分兵守护，那里正接定军山，不必忧虑。天荡山有吾兄夏侯德镇守，我等宜往投之，就保此山。"

于是张郃与二将连夜投天荡山来，见夏侯德，具言前事。夏侯德曰："吾此处屯十万兵，你可引去，复取原寨。"郃曰："只宜坚守，不可妄动。”忽听山前金鼓大震，人报黄忠兵到。夏侯德大笑曰：“老贼不谙兵法，只恃勇耳！”郃曰：“黄忠有谋，非止勇也。”德曰：“川兵远涉而来，连日疲困，更兼深入战境，此无谋也！”郃曰：“亦不可轻敌，且宜坚守。”韩浩曰：“愿借精兵三千击之，当无不克。”德遂分兵与浩下山。

黄忠整兵来迎。刘封谏曰：“日已西沉矣，军皆远来劳困，且宜暂息。”忠笑曰：“不然。此天赐奇功，不取是逆天也。”言毕，鼓噪大进。韩浩引兵来战。黄忠挥刀直取浩，只一合，斩浩于马下。蜀兵大喊，杀上山来。张郃、夏侯尚急引军来迎。忽听山后大喊，火光冲天而起，上下通红。夏侯德提兵来救火时，正遇老将严颜，手起刀落，斩夏侯德于马下。原来黄忠预先使严颜引军埋伏于山僻去处，只等黄忠军到，却来放火，柴草堆上，一齐点着，烈焰飞腾，照耀山峪。严颜既斩夏侯德，从山后杀来。张郃、夏侯尚前后不能相顾，只得弃天荡山，望定军山投奔夏侯渊去了。

黄忠、严颜守住天荡山，捷音飞报成都。玄德闻之，聚众将庆喜。法正曰：“昔曹操降张鲁，定汉中，不因此势以图巴、蜀，乃留夏侯渊、张郃二将屯守，而自引大军北还：此失计也。今张郃新败，天荡失守，主公若乘此时，举大兵亲往征之，汉中可定也。既定汉中，然后练兵积粟，观衅伺隙，进可讨贼，退可自守。此天与之时，不可失也。”玄德、孔明皆深然之。遂传令赵云、张飞为先锋，玄德与孔明亲自引兵十万，择日图汉中；传檄各处，严加提备。时建安二十三年秋七月吉日。

玄德大军出葭萌关下营，召黄忠、严颜到寨，厚赏之。玄德曰：“人皆言将军老矣，惟军师独知将军之能。今果立奇功。但今汉中定军山，乃南郑保障，粮草积聚之所；若得定军山，阳平一路，无足忧矣。将军还敢取定军山否？”黄忠慨然应诺，便要领兵前去。孔明急止之曰：“老将军虽然英勇，然夏侯渊非张郃之比也。渊深通韬略，善晓兵机，曹操倚之为西凉藩蔽：先曾屯兵长安，拒马孟起；今又屯兵汉中。操不托他人，而独托渊者，以渊有将才也。今将军虽胜张郃，未卜能胜夏侯渊。吾欲酌量着一人去荆州，替回关将军来，方可敌之。"忠奋然答曰:"昔廉颇年八十,尚食斗米、肉十斤,诸侯畏其勇,不敢侵犯赵界,何况黄忠未及七十乎?军师言吾老,吾今并不用副将,只将本部兵三千人去,立斩夏侯渊首级,纳于麾下。"孔明再三不容。黄忠只是要去。孔明曰:"既将军要去,吾使一人为监军同去,若何?"正是:请将须行激将法,少年不若老年人。未知其人是谁,且看下文分解。

第七十一回　占对山黄忠逸待劳　据汉水赵云寡胜众

却说孔明分付黄忠:“你既要去,吾教法正助你。凡事计议而行。吾随后拨人马来接应。”黄忠应允,和法正领本部兵去了。孔明告玄德曰:“此老将不着言语激他,虽去不能成功。他今既去,须拨人马前去接应。”乃唤赵云:“将一枝人马,从小路出奇兵接应黄忠:若忠胜,不必出战;倘忠有失,即去救应。”又遣刘封、孟达:“领三千兵于山中险要去处,多立旌旗,以壮我兵之声势,令敌人惊疑。”三人各自领兵去了。又差人往下辨,授计与马超,令他如此而行。又差严颜往巴西阆中守隘,替张飞、魏延来同取汉中。

却说张郃与夏侯尚来见夏侯渊,说:“天荡山已失,折了夏侯德、韩浩。今闻刘备亲自领兵来取汉中,可速奏魏王,早发精兵猛将,前来策应。”夏侯渊便差人报知曹洪。洪星夜前到许昌,禀知曹操。操大惊,急聚文武,商议发兵救汉中。长史刘晔进曰:“汉中若失,中原震动。大王休辞劳苦,必须亲自征讨。”操自悔曰:“恨当时不用卿言,以致如此!”忙传令旨,起兵四十万亲征。时建安二十三年秋七月也。

曹操兵分三路而进:前部先锋夏侯惇,操自领中军,使曹休押后,三军陆续起行。操骑白马金鞍,玉带锦衣;武士手执大红罗销金伞盖,左右金瓜银钺,镫棒戈矛,打日月龙凤旌旗;护驾龙虎官军二万五千,分为五队,每队五千,按青、黄、赤、白、黑五色,旗幡甲马,并依本色:光辉灿烂,极其雄壮。

兵出潼关,操在马上望见一簇林木,极其茂盛,问近侍曰:“此何处也?”答曰:“此名蓝田。林木之间,乃蔡邕庄也。今邕女蔡琰,与其夫董祀居此。”原来操素与蔡邕相善。先时其女蔡琰,乃卫仲道之妻;后被北方掳去,于北地生二子,作《胡笳十八拍》,流入中原。操深怜之,使人持千金入北方赎之。左贤王惧操之势,送蔡琰还汉。操乃以琰配与董祀为妻。当日到庄前,因想起蔡邕之事,令军马先行,操引近侍百余骑,到庄门下马。

时董祀出仕于外,止有蔡琰在家,琰闻操至,忙出迎接。操至堂,琰起居毕,侍立于侧。操偶见壁间悬一碑文图轴,起身观之。问于蔡琰,琰答曰:"此乃曹娥之碑也。昔和帝时,上虞有一巫者,名曹盱,能婆娑乐神;五月五日,醉舞舟中,堕江而死。其女年十四岁,绕江啼哭七昼夜,跳入波中;后五日,负父之尸浮于江面;里人葬之江边。上虞令度尚奏闻朝廷,表为孝女。度尚令邯郸淳作文镌碑以记其事。时邯郸淳年方十三岁,文不加点,一挥而就,立石墓侧,时人奇之。妾父蔡邕闻而往观,时日已暮,乃于暗中以手摸碑文而读之,索笔大书八字于其背。后人镌石,并镌此八字。"操读八字云:"黄绢幼妇,外孙齑臼。"操问琰曰:"汝解此意否?"琰曰:"虽先人遗笔,妾实不解其意。"操回顾众谋士曰:"汝等解否?"众皆不能答。于内一人出曰:"某已解其意。"操视之,乃主薄杨修也。操曰:"卿且勿言,容吾思之。"遂辞了蔡琰,引众出庄。上马行三里,忽省悟,笑谓修曰:"卿试言之。"修曰:"此隐语耳。黄绢乃颜色之丝也:色傍加丝,是绝字。幼妇者,少女也:女傍少字,是妙字。外孙乃女之子也:女傍子字,是好字。齑臼乃受五辛之器也:受傍辛字,是辞字。总而言之,是'绝妙好辞'四字。"操大惊曰:"正合孤意!"众皆叹羡杨修才识之敏。

不一日,军至南郑。曹洪接着,备言张郃之事。操曰:"非郃之罪,胜负乃兵家常事耳。"洪曰:"目今刘备使黄忠攻打定军山,夏侯渊知大王兵至,固守未曾出战。"操曰:"若不出战,是示懦也。"便差人持节到定军山,教夏侯渊进兵。刘晔谏曰:"渊性太刚,恐中奸计。"操乃作手书与之。使命持节到渊营,渊接入。使者出书,渊拆视之。略曰:"凡为将者,当以刚柔相济,不可徒恃其勇。若但任勇,则是一夫之敌耳。吾今屯大军于南郑,欲观卿之妙才,勿辱二字可也。"夏侯渊览毕大喜。打发使命回讫,乃与张郃商议曰:"今魏王率大兵屯于南郑,以讨刘备。吾与汝久守此地,岂能建立功业?来日吾出战,务要生擒黄忠。"张郃曰:"黄忠谋勇兼备,况有法正相助,不可轻敌。此间山路险峻,只宜坚守。"渊曰:"若他人建了功劳,吾与汝有何面目见魏王耶？汝只守山，吾去出战。”遂下令曰：“谁敢出哨诱敌？”夏侯尚曰：“吾愿往。”渊曰：“汝去出哨，与黄忠交战，只宜输，不宜赢。吾有妙计，如此如此。”尚受令，引三千军离定军山大寨前行。

却说黄忠与法正引兵屯于定军山口，累次挑战，夏侯渊坚守不出；欲要进攻，又恐山路危险，难以料敌，只得据守。是日，忽报山上曹兵下来搦战。黄忠恰待引军出迎，牙将陈式曰：“将军休动，某愿当之。”忠大喜，遂令陈式引军一千，出山口列阵。夏侯尚兵至，遂与交锋。不数合，尚诈败而走。式赶去，行到半路，被两山上擂木炮石，打将下来，不能前进。正欲回时，背后夏侯渊引兵突出，陈式不能抵当，被夏侯渊生擒回寨。部卒多降。有败军逃得性命，回报黄忠，说陈式被擒。

忠慌与法正商议，正曰：“渊为人轻躁，恃勇少谋。可激劝士卒，拔寨前进，步步为营，诱渊来战而擒之：此乃反客为主之法。”忠用其谋，将应有之物，尽赏三军，欢声满谷，愿效死战。黄忠即日拔寨而进，步步为营；每营住数日，又进。渊闻之，欲出战。张郃曰：“此乃反客为主之计，不可出战，战则有失。”渊不从，令夏侯尚引数千兵出战，直到黄忠寨前。忠上马提刀出迎，与夏侯尚交马，只一合，生擒夏侯尚归寨。余皆败走，回报夏侯渊。

渊急使人到黄忠寨，言愿将陈式来换夏侯尚。忠约定来日阵前相换。次日，两军皆到山谷阔处，布成阵势。黄忠、夏侯渊各立马于本阵门旗之下。黄忠带着夏侯尚，夏侯渊带着陈式，各不与袍铠，只穿蔽体薄衣。一声鼓响，陈式、夏侯尚各望本阵奔回。夏侯尚比及到阵门时，被黄忠一箭，射中后心。尚带箭而回。渊大怒，骤马径取黄忠。忠正要激渊厮杀。两将交马，战到二十余合，曹营内忽然鸣金收兵。渊慌拨马而回，被忠乘势杀了一阵。渊回阵问押阵官：“为何鸣金？”答曰：“某见山凹中有蜀兵旗幡数处，恐是伏兵，故急招将军回。”渊信其说，遂坚守不出。

黄忠逼到定军山下，与法正商议。正以手指曰：“定军山西，巍然有一座高山，四下皆是险道。此山上足可下视定军山之虚实。将军若取得此山，定军山只在掌中也。”忠仰见山头稍平，山上有些少人马。是夜二更,忠引军士鸣金击鼓,直杀上山顶。此山有夏侯渊部将杜袭守把,止有数百余人。当时见黄忠大队拥上,只得弃山而走。忠得了山顶,正与定军山相对。法正曰:“将军可守在半山,某居山顶。待夏侯渊兵至,吾举白旗为号,将军却按兵勿动;待他倦怠无备,吾却举起红旗,将军便下山击之:以逸待劳,必当取胜。”忠大喜,从其计。

却说杜袭引军逃回,见夏侯渊,说黄忠夺了对山。渊大怒曰:“黄忠占了对山,不容我不出战。”张郃谏曰:“此乃法正之谋也。将军不可出战,只宜坚守。”渊曰:“占了吾对山,观吾虚实,如何不出战?”郃苦谏不听。渊分军围住对山,大骂挑战。法正在山上举起白旗;任从夏侯渊百般辱骂,黄忠只不出战。午时以后,法正见曹兵倦怠,锐气已堕,多下马坐息,乃将红旗招展。鼓角齐鸣,喊声大震,黄忠一马当先,驰下山来,犹如天崩地塌之势。夏侯渊措手不及,被黄忠赶到麾盖之下,大喝一声,犹如雷吼。渊未及相迎,黄忠宝刀已落,连头带肩,砍为两段。后人有诗赞黄忠曰:“苍头临大敌,皓首逞神威。力趁雕弓发,风迎雪刃挥。雄声如虎吼,骏马似龙飞。献馘功勋重,开疆展帝畿。”黄忠斩了夏侯渊,曹兵大溃,各自逃生。黄忠乘势去夺定军山,张郃领兵来迎。忠与陈式两下夹攻,混杀一阵,张郃败走。忽然山傍闪出一彪人马,当住去路;为首一员大将,大叫:“常山赵子龙在此!”张郃大惊,引败军夺路望定军山而走。只见前面一枝兵来迎,乃杜袭也。袭曰:“今定军山已被刘封、孟达夺了。”郃大惊,遂与杜袭引败兵到汉水扎营;一面令人飞报曹操。

操闻渊死,放声大哭,方悟管辂所言:“三八纵横”,乃建安二十四年也;“黄猪遇虎”,乃岁在己亥正月也;“定军之南”,乃定军山之南也;“伤折一股”,乃渊与操有兄弟之亲情也。操令人寻管辂时,不知何处去了。操深恨黄忠,遂亲统大军,来定军山与夏侯渊报仇,令徐晃作先锋。行到汉水,张郃、杜袭接着曹操。二将曰:“今定军山已失,可将米仓山粮草移于北山寨中屯积,然后进兵。”曹操依允。

却说黄忠斩了夏侯渊首级,来葭萌关上见玄德献功。玄德大喜,加忠为征西大将军,设宴庆贺。忽牙将张著来报说:“曹操自领大军二十万,来与夏侯渊报仇。目今张郃在米仓山搬运粮草,移于汉水北山脚下。"孔明曰:"今操引大兵至此,恐粮草不敷,故勒兵不进;若得一人深入其境,烧其粮草,夺其辎重,则操之锐气挫矣。"黄忠曰:"老夫愿当此任。"孔明曰:"操非夏侯渊之比,不可轻敌。"玄德曰:"夏侯渊虽是总帅,乃一勇夫耳,安及张郃?若斩得张郃,胜斩夏侯渊十倍也。"忠奋然曰:"吾愿往斩之。"孔明曰:"你可与赵子龙同领一枝兵去;凡事计议而行,看谁立功。"忠应允便行。孔明就令张著为副将同去。云谓忠曰:"今操引二十万众,分屯十营,将军在主公前要去夺粮,非小可之事。将军当用何策?"忠曰:"看我先去,如何?"云曰:"等我先去。"忠曰:"我是主将,你是副将,如何争先?"云曰:"我与你都一般为主公出力,何必计较?我二人拈阄,拈着的先去。"忠依允。当时黄忠拈着先去。云曰:"既将军先去,某当相助。可约定时刻。如将军依时而还,某按兵不动;若将军过时而不还,某即引军来接应。"忠曰:"公言是也。"于是二人约定午时为期。云回本寨,谓部将张翼曰:"黄汉升约定明日去夺粮草,若午时不回,我当往助。吾营前临汉水,地势危险;我若去时,汝可谨守寨栅,不可轻动。"张翼应诺。

却说黄忠回到寨中,谓副将张著曰:"我斩了夏侯渊,张郃丧胆;吾明日领命去劫粮草,只留五百军守营。你可助吾。今夜三更,尽皆饱食;四更离营,杀到北山脚下,先捉张郃,后劫粮草。"张著依令。当夜黄忠领人马在前,张著在后,偷过汉水,直到北山之下。东方日出,见粮积如山。有些少军士看守,见蜀兵到,尽弃而走。黄忠教马军一齐下马,取柴堆于米粮之上。正欲放火,张郃兵到,与忠混战一处。曹操闻知,急令徐晃接应。晃领兵前进,将黄忠困于垓心。张著引三百军走脱,正要回寨,忽一枝兵撞出,拦住去路,为首大将,乃是文聘;后面曹兵又至,把张著围住。

却说赵云在营中,看看等到午时,不见忠回,急忙披挂上马,引三千军向前接应;临行,谓张翼曰:"汝可坚守营寨。两壁厢多设弓弩,以为准备。"翼连声应诺。云挺枪骤马直杀往前去。迎头一将拦路,乃文聘部将慕容烈也,拍马舞刀来迎赵云;被云手起一枪刺死。曹兵败走。云直杀入重围，又一枝兵截住；为首乃魏将焦炳。云喝问曰："蜀兵何在？"炳曰："已杀尽矣！"云大怒，骤马一枪，又刺死焦炳。杀散余兵，直至北山之下，见张郃、徐晃两人围住黄忠，军士被困多时。云大喝一声，挺枪骤马，杀入重围，左冲右突，如入无人之境。那枪浑身上下，若舞梨花；遍体纷纷，如飘瑞雪。张郃、徐晃心惊胆战，不敢迎敌。云救出黄忠，且战且走；所到之处，无人敢阻。操于高处望见，惊问众将曰："此将何人也？"有识者告曰："此乃常山赵子龙也。"操曰："昔日当阳长坂英雄尚在！"急传令曰："所到之处，不许轻敌。"赵云救了黄忠，杀透重围，有军士指曰："东南上围的，必是副将张著。"云不回本寨，遂望东南杀来。所到之处，但见"常山赵云"四字旗号，曾在当阳长坂知其勇者，互相传说，尽皆逃窜。云又救了张著。

曹操见云东冲西突，所向无前，莫敢迎敌，救了黄忠，又救了张著，奋然大怒，自领左右将士来赶赵云。云已杀回本寨。部将张翼接着，望见后面尘起，知是曹兵追来，即谓云曰："追兵渐近，可令军士闭上寨门，上敌楼防护。"云喝曰："休闭寨门！汝岂不知吾昔在当阳长坂时，单枪匹马，觑曹兵八十三万如草芥！今有军有将，又何惧哉！"遂拨弓弩手于寨外壕中埋伏；将营内旗枪，尽皆倒偃，金鼓不鸣。云匹马单枪，立于营门之外。

却说张郃、徐晃领兵追至蜀寨，天色已暮；见寨中偃旗息鼓，又见赵云匹马单枪，立于营外，寨门大开，二将不敢前进。正疑之间，曹操亲到，急催督众军向前。众军听令，大喊一声，杀奔营前；见赵云全然不动，曹兵翻身就回。赵云把枪一招，壕中弓弩齐发。时天色昏黑，正不知蜀兵多少。操先拨回马走。只听得后面喊声大震，鼓角齐鸣，蜀兵赶来。曹兵自相践踏，拥到汉水河边，落水死者，不知其数。赵云、黄忠、张著各引兵一枝，追杀甚急。操正奔走间，忽刘封、孟达率二枝兵，从米仓山路杀来，放火烧粮草。操弃了北山粮草，忙回南郑。徐晃、张郃扎脚不住，亦弃本寨而走。赵云占了曹寨，黄忠夺了粮草，汉水所得军器无数，大获胜捷，差人去报玄德。玄德遂同孔明前至汉水，问赵云的部卒曰："子龙如何厮杀？"军士将子龙救黄忠、拒汉水之事，细述一遍。玄德大喜，看了山前山后险峻之路，欣然谓孔明曰：

"子龙一身都是胆也!"后人有诗赞曰:"昔日战长坂,威风犹未减。突阵显英雄,被围施勇敢。鬼哭与神号,天惊并地惨。常山赵子龙,一身都是胆!"

于是玄德号子龙为虎威将军,大劳将士,欢宴至晚。忽报曹操复遣大军从斜谷小路而进,来取汉水。玄德笑曰:"操此来无能为也。我料必得汉水矣。"乃率兵于汉水之西以迎之。曹操命徐晃为先锋,前来决战。帐前一人出曰:"某深知地理,愿助徐将军同去破蜀。"操视之,乃巴西宕渠人也,姓王,名平,字子均;现充牙门将军。操大喜,遂命王平为副先锋,相助徐晃。操屯兵于定军山北。徐晃、王平引军至汉水,晃令前军渡水列阵。平曰:"军若渡水,倘要急退,如之奈何?"晃曰:"昔韩信背水为阵,所谓致之死地而后生也。"平曰:"不然。昔者韩信料敌人无谋而用此计;今将军能料赵云、黄忠之意否?"晃曰:"汝可引步军拒敌,看我引马军破之。"遂令搭起浮桥,随即过河来战蜀兵。正是:魏人妄意宗韩信,蜀相那知是子房。未知胜负如何,且看下文分解。

第七十二回　诸葛亮智取汉中　曹阿瞒兵退斜谷

却说徐晃引军渡汉水，王平苦谏不听，渡过汉水扎营。黄忠、赵云告玄德曰："某等各引本部兵去迎曹兵。"玄德应允。二人引兵而行。忠谓云曰："今徐晃恃勇而来，且休与敌；待日暮兵疲，你我分兵两路击之可也。"云然之，各引一军据住寨栅。徐晃引兵从辰时搦战，直至申时，蜀兵不动。晃尽教弓弩手向前，望蜀营射去。黄忠谓赵云曰："徐晃令弓弩射者，其军必将退也：可乘时击之。"言未已，忽报曹兵后队果然退动。于是蜀营鼓声大震：黄忠领兵左出，赵云领兵右出。两下夹攻，徐晃大败，军士逼入汉水，死者无数。晃死战得脱，回营责王平曰："汝见吾军势将危，如何不救？"平曰："我若来救，此寨亦不能保。我曾谏公休去，公不肯听，以致此败。"晃大怒，欲杀王平。

平当夜引本部军就营中放起火来，曹兵大乱，徐晃弃营而走。王平渡汉水来投赵云，云引见玄德。王平尽言汉水地理。玄德大喜曰："孤得王子均，取汉中无疑矣。"遂命王平为偏将军，领向导使。却说徐晃逃回见操，说："王平反去降刘备矣！"操大怒，亲统大军来夺汉水寨栅。赵云恐孤军难立，遂退于汉水之西。

两军隔水相拒，玄德与孔明来观形势。孔明见汉水上流头，有一带土山，可伏千余人；乃回到营中，唤赵云分付："汝可引五百人，皆带鼓角，伏于土山之下；或半夜，或黄昏，只听我营中炮响：炮响一番，擂鼓一番。只不要出战。"子龙受计去了。孔明却在高山上暗窥。次日，曹兵到来搦战，蜀营中一人不出，弓弩亦都不发。曹兵自回。当夜更深，孔明见曹营灯火方息，军士歇定，遂放号炮。子龙听得，令鼓角齐鸣。曹兵惊慌，只疑劫寨。及至出营，不见一军。方才回营欲歇，号炮又响，鼓角又鸣，呐喊震地，山谷应声。曹兵彻夜不安。一连三夜，如此惊疑，操心怯，拔寨退三十里，就空阔处扎营。孔明笑曰：

“曹操虽知兵法,不知诡计。”遂请玄德亲渡汉水,背水结营。玄德问计,孔明曰:“可如此如此。”

曹操见玄德背水下寨,心中疑惑,使人来下战书。孔明批来日决战。次日,两军会于中路五界山前,列成阵势。操出马立于门旗下,两行布列龙凤旌旗,擂鼓三通,唤玄德答话。玄德引刘封、孟达并川中诸将而出。操扬鞭大骂曰:“刘备忘恩失义,反叛朝廷之贼!”玄德曰:“吾乃大汉宗亲,奉诏讨贼。汝上弑母后,自立为王,僭用天子銮舆,非反而何?”操怒,命徐晃出马来战,刘封出迎。交战之时,玄德先走入阵。封敌晃不住,拨马便走。操下令:“捉得刘备,便为西川之主。”大军齐呐喊杀过阵来。蜀兵望汉水而逃,尽弃营寨;马匹军器,丢满道上。曹军皆争取。操急鸣金收军。众将曰:“某等正待捉刘备,大王何故收军?”操曰:“吾见蜀兵背汉水安营,其可疑一也;多弃马匹军器,其可疑二也。可急退军,休取衣物。”遂下令曰:“妄取一物者立斩。火速退兵。”曹兵方回头时,孔明号旗举起:玄德中军领兵便出,黄忠左边杀来,赵云右边杀来。曹兵大溃而逃,孔明连夜追赶。

操传令军回南郑,只见五路火起,原来魏延、张飞得严颜代守阆中,分兵杀来,先得了南郑。操心惊,望阳平关而走。玄德大兵追至南郑褒州。安民已毕,玄德问孔明曰:“曹操此来,何败之速也?”孔明曰:“操平生为人多疑,虽能用兵,疑则多败。吾以疑兵胜之。”玄德曰:“今操退守阳平关,其势已孤,先生将何策以退之?”孔明曰:“亮已算定了。”便差张飞、魏延分兵两路去截曹操粮道,令黄忠、赵云分兵两路去放火烧山。四路军将,各引向导官军去了。

却说曹操退守阳平关,令军哨探。回报曰:“今蜀兵将远近小路,尽皆塞断;砍柴去处,尽放火烧绝。不知兵在何处。”操正疑惑间,又报张飞、魏延分兵劫粮。操问曰:“谁敢敌张飞?”许褚曰:“某愿往!”操令许褚引一千精兵,去阳平关路上护接粮草。解粮官接着,喜曰:“若非将军到此,粮不得到阳平矣。”遂将车上的酒肉,献与许褚。褚痛饮,不觉大醉,便乘酒兴,催粮车行。解粮官曰:“日已暮矣,前褒州之地,山势险恶,未可过去。”褚曰:“吾有万夫之勇,岂惧他人哉！今夜乘着月色，正好使粮车行走。”许褚当先，横刀纵马，引军前进。二更已后，往褒州路上而来。行至半路，忽山凹里鼓角震天，一枝军当住。为首大将，乃张飞也，挺矛纵马，直取许褚。褚舞刀来迎，却因酒醉，敌不住张飞；战不数合，被飞一矛刺中肩膀，翻身落马；军士急忙救起，退后便走。张飞尽夺粮草车辆而回。

却说众将保着许褚，回见曹操。操令医士疗治金疮，一面亲自提兵来与蜀兵决战。玄德引军出迎。两阵对圆，玄德令刘封出马。操骂曰：“卖履小儿，常使假子拒敌！吾若唤黄须儿来，汝假子为肉泥矣！”刘封大怒，挺枪骤马，径取曹操。操令徐晃来迎，封诈败而走。操引兵追赶。蜀兵营中，四下炮响，鼓角齐鸣。操恐有伏兵，急教退军。曹兵自相践踏，死者极多，奔回阳平关，方才歇定。蜀兵赶到城下：东门放火，西门呐喊；南门放火，北门擂鼓。操大惧，弃关而走。蜀兵从后追袭。操正走之间，前面张飞引一枝兵截住，赵云引一枝兵从背后杀来，黄忠又引兵从褒州杀来。操大败。

诸将保护曹操，夺路而走。方逃至斜谷界口，前面尘头忽起，一枝兵到。操曰：“此军若是伏兵，吾休矣！”及兵将近，乃操次子曹彰也。彰字子文，少善骑射；膂力过人，能手格猛兽。操尝戒之曰：“汝不读书而好弓马，此匹夫之勇，何足贵乎？”彰曰：“大丈夫当学卫青、霍去病，立功沙漠，长驱数十万众，纵横天下；何能作博士耶？”操尝问诸子之志，彰曰：“好为将。”操问：“为将何如？”彰曰：“披坚执锐，临难不顾，身先士卒；赏必行，罚必信。”操大笑。建安二十三年，代郡乌桓反，操令彰引兵五万讨之；临行戒之曰：“居家为父子，受事为君臣。法不徇情，尔宜深戒。”彰到代北，身先战阵，直杀至桑干，北方皆平；因闻操在阳平败阵，故来助战。操见彰至，大喜曰：“我黄须儿来，破刘备必矣！”遂勒兵复回，于斜谷界口安营。有人报玄德，言曹彰到。玄德问曰：“谁敢去战曹彰？”刘封曰：“某愿往。”孟达又说要去。玄德曰：“汝二人同去，看谁成功。”各引兵五千来迎：刘封在先，孟达在后。曹彰出马与封交战，只三合，封大败而回。孟达引兵前进，方欲交锋，只见曹兵大乱。原来马超、吴兰两军杀来，曹兵惊动。孟达引兵夹攻。马超士卒，蓄锐日久，到此耀武扬威，势不可当。

曹兵败走。曹彰正遇吴兰,两个交锋,不数合,曹彰一戟刺吴兰于马下。三军混战。操收兵于斜谷界口扎住。

操屯兵日久,欲要进兵,又被马超拒守;欲收兵回,又恐被蜀兵耻笑,心中犹豫不决。适庖官进鸡汤。操见碗中有鸡肋,因而有感于怀。正沉吟间,夏侯惇入帐,禀请夜间口号。操随口曰:“鸡肋!鸡肋!”惇传令众官,都称“鸡肋”。行军主簿杨修,见传“鸡肋”二字,便教随行军士,各收拾行装,准备归程。有人报知夏侯惇。惇大惊,遂请杨修至帐中问曰:“公何收拾行装?”修曰:“以今夜号令,便知魏王不日将退兵归也:鸡肋者,食之无肉,弃之有味。今进不能胜,退恐人笑,在此无益,不如早归:来日魏王必班师矣。故先收拾行装,免得临行慌乱。”夏侯惇曰:“公真知魏王肺腑也!”遂亦收拾行装。于是寨中诸将,无不准备归计。当夜曹操心乱,不能稳睡,遂手提钢斧,绕寨私行。只见夏侯惇寨内军士,各准备行装。操大惊,急回帐召惇问其故。惇曰:“主簿杨德祖先知大王欲归之意。”操唤杨修问之,修以鸡肋之意对。操大怒曰:“汝怎敢造言乱我军心!”喝刀斧手推出斩之,将首级号令于辕门外。

原来杨修为人恃才放旷,数犯曹操之忌:操尝造花园一所;造成,操往观之,不置褒贬,只取笔于门上书一“活”字而去。人皆不晓其意。修曰:“门内添活字,乃阔字也。丞相嫌园门阔耳。”于是再筑墙围,改造停当,又请操观之。操大喜,问曰:“谁知吾意?”左右曰:“杨修也。”操虽称美,心甚忌之。又一日,塞北送酥一盒至。操自写“一合酥”三字于盒上,置之案头。修入见之,竟取匙与众分食讫。操问其故,修答曰:“盒上明书一人一口酥,岂敢违丞相之命乎?”操虽喜笑,而心恶之。操恐人暗中谋害己身,常分付左右:“吾梦中好杀人;凡吾睡着,汝等切勿近前。”一日,昼寝帐中,落被于地,一近侍慌取覆盖。操跃起拔剑斩之,复上床睡;半晌而起,佯惊问:“何人杀吾近侍?”众以实对。操痛哭,命厚葬之。人皆以为操果梦中杀人;惟修知其意,临葬时指而叹曰:“丞相非在梦中,君乃在梦中耳!”操闻而愈恶之。操第三子曹植,爱修之才,常邀修谈论,终夜不息。操与众商议,欲立植为世子。曹丕知之,密请朝歌长吴质入内府商议;因恐有人知觉，乃用大簏藏吴质于中，只说是绢匹在内，载入府中。修知其事，径来告操。操令人于丕府门伺察之。丕慌告吴质，质曰："无忧也：明日用大簏装绢再入以惑之。"丕如其言，以大簏载绢入。使者搜看簏中，果绢也，回报曹操。操因疑修谮害曹丕，愈恶之。操欲试曹丕、曹植之才干。一日，令各出邺城门；却密使人分付门吏，令勿放出。曹丕先至，门吏阻之，丕只得退回。植闻之，问于修。修曰："君奉王命而出，如有阻当者，竟斩之可也。"植然其言。及至门，门吏阻住。植叱曰："吾奉王命，谁敢阻当！"立斩之。于是曹操以植为能。后有人告操曰："此乃杨修之所教也。"操大怒，因此亦不喜植。修又尝为曹植作答教十余条，但操有问，植即依条答之。操每以军国之事问植，植对答如流。操心中甚疑。后曹丕暗买植左右，偷答教来告操。操见了大怒曰："匹夫安敢欺我耶！"此时已有杀修之心；今乃借惑乱军心之罪杀之。修死年三十四岁。后人有诗曰："聪明杨德祖，世代继簪缨。笔下龙蛇走，胸中锦绣成。开谈惊四座，捷对冠群英。身死因才误，非关欲退兵。"

曹操既杀杨修，佯怒夏侯惇，亦欲斩之。众官告免。操乃叱退夏侯惇，下令来日进兵。次日，兵出斜谷界口，前面一军相迎，为首大将乃魏延也。操招魏延归降，延大骂。操令庞德出战。二将正斗间，曹寨内火起。人报马超劫了中后二寨。操拔剑在手曰："诸将退后者斩！"众将努力向前，魏延诈败而走。操方麾军回战马超，自立马于高阜处，看两军争战。忽一彪军撞至面前，大叫："魏延在此！"拈弓搭箭，射中曹操。操翻身落马。延弃弓绰刀，骤马上山坡来杀曹操。刺斜里闪出一将，大叫："休伤吾主！"视之，乃庞德也。德奋力向前，战退魏延，保操前行。马超已退。操带伤归寨：原来被魏延射中人中，折却门牙两个，急令医士调治。方忆杨修之言，随将修尸收回厚葬，就令班师；却教庞德断后。操卧于毡车之中，左右虎贲军护卫而行。忽报斜谷山上两边火起，伏兵赶来。曹兵人人惊恐。正是：依稀昔日潼关厄，仿佛当年赤壁危。未知曹操性命如何，且看下文分解。

第七十三回 玄德进位汉中王 云长攻拔襄阳郡

却说曹操退兵至斜谷，孔明料他必弃汉中而走，故差马超等诸将，分兵十数路，不时攻劫。因此操不能久住；又被魏延射了一箭，急急班师。三军锐气堕尽。前队才行，两下火起，乃是马超伏兵追赶。曹兵人人丧胆。操令军士急行，晓夜奔走无停；直至京兆，方始安心。

且说玄德命刘封、孟达、王平等，攻取上庸诸郡。申耽等闻操已弃汉中而走，遂皆投降。玄德安民已定，大赏三军，人心大悦。于是众将皆有推尊玄德为帝之心；未敢径启，却来禀告诸葛军师，孔明曰："吾意已有定夺了。"随引法正等入见玄德，曰："今曹操专权，百姓无主；主公仁义著于天下，今已抚有两川之地，可以应天顺人，即皇帝位，名正言顺，以讨国贼。事不宜迟，便请择吉。"玄德大惊曰："军师之言差矣。刘备虽然汉之宗室，乃臣子也；若为此事，是反汉矣。"孔明曰："非也。方今天下分崩，英雄并起，各霸一方，四海才德之士，舍死亡生而事其上者，皆欲攀龙附凤，建立功名也。今主公避嫌守义，恐失众人之望。愿主公熟思之。"玄德曰："要吾僭居尊位，吾必不敢。可再商议长策。"诸将齐言曰："主公若只推却，众心解矣。"孔明曰："主公平生以义为本，未肯便称尊号。今有荆襄、两川之地，可暂为汉中王。"玄德曰："汝等虽欲尊吾为王，不得天子明诏，是僭也。"孔明曰："今宜从权，不可拘执常理。"张飞大叫曰："异姓之人，皆欲为君，何况哥哥乃汉朝宗派！莫说汉中王，就称皇帝，有何不可！"玄德叱曰："汝勿多言！"孔明曰："主公宜从权变，先进位汉中王，然后表奏天子，未为迟也。"

玄德再三推辞不过，只得依允。建安二十四年秋七月，筑坛于沔阳，方圆九里，分布五方，各设旌旗仪仗。群臣皆依次序排列。许靖、法正请玄德登坛，进冠冕玺绶讫，面南而坐，受文武官员拜贺为汉中王。子刘禅，立为王世子。封许靖为太傅，法正为尚书令；诸葛亮为军师，总理军国重事。封关羽、张飞、赵云、马超、黄忠为五虎大将，魏延为汉中太守。其余各拟功勋定爵。

玄德既为汉中王，遂修表一道，差人赍赴许都。表曰："备以具臣之才，荷上将之任，总督三军，奉辞于外；不能扫除寇难，靖匡王室，久使陛下圣教陵迟，六合之内，否而未泰：惟忧反侧，疢如疾首。曩者董卓，伪为乱阶。自是之后，群凶纵横，残剥海内。赖陛下圣德威临，人臣同应，或忠义奋讨，或上天降罚，暴逆并殪，以渐冰消。惟独曹操，久未枭除，侵擅国权，恣心极乱。臣昔与车骑将军董承，图谋讨操，机事不密，承见陷害。臣播越失据，忠义不果，遂得使操穷凶极逆：主后戮杀，皇子鸩害。虽纠合同盟，念在奋力；懦弱不武，历年未效。常恐殒没，辜负国恩；寤寐永叹，夕惕若厉。今臣群僚以为：在昔虞书敦叙九族，庶明励翼；帝王相传，此道不废；周监二代，并建诸姬，实赖晋、郑夹辅之力；高祖龙兴，尊王子弟，大启九国，卒斩诸吕，以安大宗。今操恶直丑正，实繁有徒，包藏祸心，篡盗已显；既宗室微弱，帝族无位，斟酌古式，依假权宜：上臣为大司马、汉中王。臣伏自三省：受国厚恩，荷任一方，陈力未效，所获已过，不宜复忝高位，以重罪谤。群僚见逼，迫臣以义。臣退惟寇贼不枭，国难未已；宗庙倾危，社稷将坠：诚臣忧心碎首之日。若应权通变，以宁静圣朝，虽赴水火，所不得辞。辄顺众议，拜受印玺，以崇国威。仰惟爵号，位高宠厚；俯思报效，忧深责重。惊怖惕息，如临于谷。敢不尽力输诚，奖励六师，率齐群义，应天顺时，以宁社稷。谨拜表以闻。"

表到许都，曹操在邺郡闻知玄德自立汉中王，大怒曰："织席小儿，安敢如此！吾誓灭之！"即时传令，尽起倾国之兵，赴两川与汉中王决雌雄。一人出班谏曰："大王不可因一时之怒，亲劳车驾远征。臣有一计，不须张弓只箭，令刘备在蜀自受其祸；待其兵衰力尽，只须一将往征之，便可成功。"操视其人，乃司马懿也。操喜问曰："仲达有何高见？"懿曰："江东孙权，以妹嫁刘备，而又乘间窃取回去；刘备又据占荆州不还：彼此俱有切齿之恨。今可差一舌辩之士，赍书往说孙权，使兴兵取荆州；刘备必发两川之兵以救荆州。那时大王兴兵去取汉川，令刘备首尾不能相救，势必危矣。"操大喜，即修书令满宠为使,星夜投江东来见孙权。

权知满宠到,遂与谋士商议。张昭进曰:“魏与吴本无仇;前因听诸葛之说词,致两家连年征战不息,生灵遭其涂炭。今满伯宁来,必有讲和之意,可以礼接之。”权依其言,令众谋士接满宠入城相见。礼毕,权以宾礼待宠。宠呈上操书,曰:“吴、魏自来无仇,皆因刘备之故,致生衅隙。魏王差某到此,约将军攻取荆州,魏王以兵临汉川,首尾夹击。破刘之后,共分疆土,誓不相侵。”孙权览书毕,设筵相待满宠,送归馆舍安歇。

权与众谋士商议。顾雍曰:“虽是说词,其中有理。今可一面送满宠回,约会曹操,首尾相击;一面使人过江探云长动静,方可行事。”诸葛瑾曰:“某闻云长自到荆州,刘备娶与妻室,先生一子,次生一女。其女尚幼,未许字人。某愿往与主公世子求婚。若云长肯许,即与云长计议共破曹操;若云长不肯,然后助曹取荆州。”孙权用其谋,先送满宠回许都;却遣诸葛瑾为使,投荆州来。入城见云长,礼毕。云长曰:“子瑜此来何意?”瑾曰:“特来求结两家之好:吾主吴侯有一子,甚聪明;闻将军有一女,特来求亲。两家结好,并力破曹。此诚美事,请君侯思之。”云长勃然大怒曰:“吾虎女安肯嫁犬子乎!不看汝弟之面,立斩汝首!再休多言!”遂唤左右逐出。

瑾抱头鼠窜,回见吴侯;不敢隐匿,遂以实告。权大怒曰:“何太无礼耶!”便唤张昭等文武官员,商议取荆州之策。步骘曰:“曹操久欲篡汉,所惧者刘备也;今遣使来令吴兴兵吞蜀,此嫁祸于吴也。”权曰:“孤亦欲取荆州久矣。”骘曰:“今曹仁现屯兵于襄阳、樊城,又无长江之险,旱路可取荆州;如何不取,却令主公动兵?只此便见其心。主公可遣使去许都见操,令曹仁旱路先起兵取荆州,云长必掣荆州之兵而取樊城。若云长一动,主公可遣一将,暗取荆州,一举可得矣。”权从其议,即时遣使过江,上书曹操,陈说此事。操大喜,发付使者先回,随遣满宠往樊城助曹仁,为参谋官,商议动兵;一面驰檄东吴,令领兵水路接应,以取荆州。

却说汉中王令魏延总督军马,守御东川。遂引百官回成都。差官起造宫庭,又置馆舍,自成都至白水,共建四百余处馆舍亭邮。广积粮草，多造军器，以图进取中原。细作人探听得曹操结连东吴，欲取荆州，即飞报入蜀。汉中王忙请孔明商议。孔明曰："某已料曹操必有此谋；然吴中谋士极多，必教操令曹仁先兴兵矣。"汉中王曰："似此如之奈何？"孔明曰："可差使命就送官诰与云长，令先起兵取樊城，使敌军胆寒，自然瓦解矣。"汉中王大喜，即差前部司马费诗为使，赍捧诰命投荆州来。

云长出郭，迎接入城。至公廨礼毕，云长问曰："汉中王封我何爵？"诗曰："五虎大将之首。"云长问："那五虎将？"诗曰："关、张、赵、马、黄是也。"云长怒曰："翼德吾弟也；孟起世代名家；子龙久随吾兄，即吾弟也：位与吾相并，可也。黄忠何等人，敢与吾同列？大丈夫终不与老卒为伍！"遂不肯受印。诗笑曰："将军差矣。昔萧何、曹参与高祖同举大事，最为亲近，而韩信乃楚之亡将也；然信位为王，居萧、曹之上，未闻萧、曹以此为怨。今汉中王虽有五虎将之封，而与将军有兄弟之义，视同一体。将军即汉中王，汉中王即将军也。岂与诸人等哉？将军受汉中王厚恩，当与同休戚、共祸福，不宜计较官号之高下。愿将军熟思之。"云长大悟，乃再拜曰："某之不明，非足下见教，几误大事。"即拜受印绶。

费诗方出王旨，令云长领兵取樊城。云长领命，即时便差傅士仁、糜芳二人为先锋，先引一军于荆州城外屯扎；一面设宴城中，款待费诗。饮至二更，忽报城外寨中火起。云长急披挂上马，出城看时，乃是傅士仁、糜芳饮酒，帐后遗火，烧着火炮，满营撼动，把军器粮草，尽皆烧毁。云长引兵救扑，至四更方才火灭。云长入城，召傅士仁、糜芳责之曰："吾令汝二人作先锋，不曾出师，先将许多军器粮草烧毁，火炮打死本部军人。如此误事，要你二人何用？"叱令斩之。费诗告曰："未曾出师，先斩大将，于军不利。可暂免其罪。"云长怒气不息，叱二人曰："吾不看费司马之面，必斩汝二人之首！"乃唤武士各杖四十，摘去先锋印绶，罚糜芳守南郡，傅士仁守公安；且曰："若吾得胜回来之日，稍有差池，二罪俱罚！"二人满面羞惭，喏喏而去。

云长便令廖化为先锋，关平为副将，自总中军，马良、伊籍为参谋，一同征进。先是，有胡华之子胡班，到荆州来投降关公；公念其旧日相救之情,甚爱之;令随费诗入川,见汉中王受爵。费诗辞别关公,带了胡班,自回蜀中去了。

且说关公是日祭了"帅"字大旗,假寐于帐中。忽见一猪,其大如牛,浑身黑色,奔入帐中,径咬云长之足。云长大怒,急拔剑斩之,声如裂帛。霎然惊觉,乃是一梦。便觉左足阴阴疼痛,心中大疑。唤关平至,以梦告之。平对曰:"猪亦有龙象。龙附足,乃升腾之意,不必疑忌。"云长聚多官于帐下,告以梦兆。或言吉祥者,或言不祥者,众论不一。云长曰:"吾大丈夫,年近六旬,即死何憾!"正言间,蜀使至,传汉中王旨,拜云长为前将军,假节钺,都督荆襄九郡事。云长受命讫,众官拜贺曰:"此足见猪龙之瑞也。"于是云长坦然不疑,遂起兵奔襄阳大路而来。

曹仁正在城中,忽报云长自领兵来。仁大惊,欲坚守不出。副将翟元曰:"今魏王令将军约会东吴取荆州;今彼自来,是送死也,何故避之!"参谋满宠谏曰:"吾素知云长勇而有谋,未可轻敌。不如坚守,乃为上策。"骁将夏侯存曰:"此书生之言耳。岂不闻水来土掩,将至兵迎?我军以逸待劳,自可取胜。"曹仁从其言,令满宠守樊城,自领兵来迎云长。

云长知曹兵来,唤关平、廖化二将,受计而往。与曹兵两阵对圆,廖化出马搦战。翟元出迎。二将战不多时,化诈败,拨马便走,翟元从后追杀,荆州兵退二十里。次日,又来搦战。夏侯存、翟元一齐出迎,荆州兵又败,又追杀二十余里。忽听得背后喊声大震,鼓角齐鸣。曹仁急命前军速回,背后关平、廖化杀来,曹兵大乱。曹仁知是中计,先掣一军飞奔襄阳;离城数里,前面绣旗招飐,云长勒马横刀,拦住去路。曹仁胆战心惊,不敢交锋,望襄阳斜路而走。云长不赶。须臾,夏侯存军至,见了云长,大怒,便与云长交锋,只一合,被云长砍死。翟元便走,被关平赶上,一刀斩之。乘势追杀,曹兵大半死于襄江之中。曹仁退守樊城。

云长得了襄阳,赏军抚民。随军司马王甫曰:"将军一鼓而下襄阳,曹兵虽然丧胆,然以愚意论之:今东吴吕蒙屯兵陆口,常有吞并荆州之意;倘率兵径取荆州,如之奈何?"云长曰:"吾亦念及此。汝便可提调此事:去沿江上下,或二十里,或三十里,选高阜处置一烽火台,每台用五十军守之;倘吴兵渡江,夜则明火,昼则举烟为号。吾当亲往击之。"王甫曰:"糜芳、傅士仁守二隘口,恐不竭力;必须再得一人以总督荆州。"云长曰:"吾已差治中潘濬守之,有何虑焉?"甫曰:"潘濬平生多忌而好利,不可任用。可差军前都督粮料官赵累代之。赵累为人忠诚廉直。若用此人,万无一失。"云长曰:"吾素知潘濬为人。今既差定,不必更改。赵累现掌粮料,亦是重事。汝勿多疑,只与我筑烽火台去。"王甫怏怏拜辞而行。云长令关平准备船只渡襄江,攻打樊城。

却说曹仁折了二将,退守樊城,谓满宠曰:"不听公言,兵败将亡,失却襄阳,如之奈何?"宠曰:"云长虎将,足智多谋,不可轻敌,只宜坚守。"正言间,人报云长渡江而来,攻打樊城。仁大惊。宠曰:"只宜坚守。"部将吕常奋然曰:"某乞兵数千,愿当来军于襄江之内。"宠谏曰:"不可。"吕常怒曰:"据汝等文官之言,只宜坚守,何能退敌?岂不闻兵法云:军半渡可击。今云长军半渡襄江,何不击之?若兵临城下,将至壕边,急难抵当矣。"仁即与兵二千,令吕常出樊城迎战。吕常来至江口,只见前面绣旗开处,云长横刀出马。吕常却欲来迎,后面众军见云长神威凛凛,不战先走,吕常喝止不住。云长混杀过来,曹兵大败,马步军折其大半,残败军奔入樊城。

曹仁急差人求救,使命星夜至长安,将书呈上曹操,言:"云长破了襄阳,现围樊城甚急。望拨大将前来救援。"曹操指班部内一人而言曰:"汝可去解樊城之围。"其人应声而出。众视之,乃于禁也。禁曰:"某求一将作先锋,领兵同去。"操又问众人曰:"谁敢作先锋?"一人奋然出曰:"某愿施犬马之劳,生擒关某,献于麾下。"操观之大喜。正是:未见东吴来伺隙,先看北魏又添兵。未知此人是谁,且看下文分解。

第七十四回 庞令明抬榇决死战 关云长放水淹七军

却说曹操欲使于禁赴樊城救援,问众将谁敢作先锋。一人应声愿往。操视之,乃庞德也。操大喜曰:"关某威震华夏,未逢对手;今遇令明,真劲敌也。"遂加于禁为征南将军,加庞德为征西都先锋,大起七军,前往樊城。这七军,皆北方强壮之士。两员领军将校:一名董衡,一名董超;当日引各头目参拜于禁。董衡曰:"今将军提七枝重兵,去解樊城之厄,期在必胜;乃用庞德为先锋,岂不误事?"禁惊问其故。衡曰:"庞德原系马超手下副将,不得已而降魏;今其故主在蜀,职居五虎上将;况其亲兄庞柔亦在西川为官,今使他为先锋,是泼油救火也。将军何不启知魏王,别换一人去?"

禁闻此语,遂连夜入府启知曹操。操省悟,即唤庞德至阶下,令纳下先锋印。德大惊曰:"某正欲与大王出力,何故不肯见用?"操曰:"孤本无猜疑;但今马超现在西川,汝兄庞柔亦在西川,俱佐刘备。孤纵不疑,奈众口何?"庞德闻之,免冠顿首,流血满面而告曰:"某自汉中投降大王,每感厚恩,虽肝脑涂地,不能补报;大王何疑于德也?德昔在故乡时,与兄同居,嫂甚不贤,德乘醉杀之;兄恨德入骨髓,誓不相见,恩已断矣。故主马超,有勇无谋,兵败地亡,孤身入川,今与德各事其主,旧义已绝。德感大王恩遇,安敢萌异志?惟大王察之。"操乃扶起庞德,抚慰曰:"孤素知卿忠义,前言特以安众人之心耳。卿可努力建功。卿不负孤,孤亦必不负卿也。"

德拜谢回家,令匠人造一木榇。次日,请诸友赴席,列榇于堂。众亲友见之,皆惊问曰:"将军出师,何用此不祥之物?"德举杯谓亲友曰:"吾受魏王厚恩,誓以死报。今去樊城与关某决战,我若不能杀彼,必为彼所杀;即不为彼所杀,我亦当自杀。故先备此榇,以示无空回之理。"众皆嗟叹。德唤其妻李氏与其子庞会出,谓其妻曰:"吾今为先锋,义当效死疆场。我若死,汝好生看养吾儿;吾儿有异相,长大必当与吾报仇也。”妻子痛哭送别，德令扶榇而行。临行，谓部将曰：“吾今去与关某死战，我若被关某所杀，汝等即取吾尸置此榇中；我若杀了关某，吾亦即取其首，置此榇内，回献魏王。”部将五百人皆曰：“将军如此忠勇，某等敢不竭力相助！”于是引军前进。有人将此言报知曹操。操喜曰：“庞德忠勇如此，孤何忧焉！”贾诩曰：“庞德恃血气之勇，欲与关某决死战，臣窃虑之。”操然其言，急令人传旨戒庞德曰：“关某智勇双全，切不可轻敌。可取则取，不可取则宜谨守。”庞德闻命，谓众将曰：“大王何重视关某也？吾料此去，当挫关某三十年之声价。”禁曰：“魏王之言，不可不从。”德奋然趱军前至樊城，耀武扬威，鸣锣击鼓。

却说关公正坐帐中，忽探马飞报：“曹操差于禁为将，领七枝精壮兵到来。前部先锋庞德，军前抬一木榇，口出不逊之言，誓欲与将军决一死战。兵离城止三十里矣。”关公闻言，勃然变色，美髯飘动，大怒曰：“天下英雄，闻吾之名，无不畏服；庞德竖子，何敢藐视吾耶！关平一面攻打樊城，吾自去斩此匹夫，以雪吾恨！”平曰：“父亲不可以泰山之重，与顽石争高下。辱子愿代父去战庞德。”关公曰：“汝试一往，吾随后便来接应。”

关平出帐，提刀上马，领兵来迎庞德。两阵对圆，魏营一面皂旗上大书“南安庞德”四个白字。庞德青袍银铠，钢刀白马，立于阵前；背后五百军兵紧随，步卒数人肩抬木榇而出。关平大骂庞德：“背主之贼！”庞德问部卒曰：“此何人也？”或答曰：“此关公义子关平也。”德叫曰：“吾奉魏王旨，来取汝父之首！汝乃疥癞小儿，吾不杀汝！快唤汝父来！”平大怒，纵马舞刀，来取庞德。德横刀来迎。战三十合，不分胜负，两家各歇。

早有人报知关公。公大怒，令廖化去攻樊城，自己亲来迎敌庞德。关平接着，言与庞德交战，不分胜负。关公随即横刀出马，大叫曰：“关云长在此，庞德何不早来受死！”鼓声响处，庞德出马曰：“吾奉魏王旨，特来取汝首！恐汝不信，备榇在此。汝若怕死，早下马受降！”关公大骂曰：“量汝一匹夫，亦何能为！可惜我青龙刀斩汝鼠贼！”纵马舞刀，来取庞德。德轮刀来迎。二将战有百余合，精神倍长。两军各看得痴呆了。魏军恐庞德有失,急令鸣金收军。关平恐父年老,亦急鸣金。二将各退。庞德归寨,对众曰:“人言关公英雄,今日方信也。”正言间,于禁至。相见毕,禁曰:“闻将军战关公,百合之上,未得便宜,何不且退军避之?”德奋然曰:“魏王命将军为大将,何太弱也?吾来日与关某共决一死,誓不退避!”禁不敢阻而回。

却说关公回寨,谓关平曰:“庞德刀法惯熟,真吾敌手。”平曰:“俗云初生之犊不惧虎,父亲纵然斩了此人,只是西羌一小卒耳;倘有疏虞,非所以重伯父之托也。”关公曰:“吾不杀此人,何以雪恨?吾意已决,再勿多言!”次日,上马引兵前进。庞德亦引兵来迎。两阵对圆,二将齐出,更不打话,出马交锋。斗至五十余合,庞德拨回马,拖刀而走。关公随后追赶。关平恐有疏失,亦随后赶去。关公口中大骂:“庞贼!欲使拖刀计,吾岂惧汝?”原来庞德虚作拖刀势,却把刀就鞍鞒挂住,偷拽雕弓,搭上箭,射将来。关平眼快,见庞德拽弓,大叫:“贼将休放冷箭!”关公急睁眼看时,弓弦响处,箭早到来;躲闪不及,正中左臂。关平马到,救父回营。庞德勒回马轮刀赶来,忽听得本营锣声大震。德恐后军有失,急勒马回。原来于禁见庞德射中关公,恐他成了大功,灭己威风,故鸣金收军。庞德回马,问:“何故鸣金?”于禁曰:“魏王有戒:关公智勇双全。他虽中箭,只恐有诈,故鸣金收军。”德曰:“若不收军,吾已斩了此人也。”禁曰:“紧行无好步,当缓图之。”庞德不知于禁之意,只懊悔不已。

却说关公回营,拔了箭头。幸得箭射不深,用金疮药敷之。关公痛恨庞德,谓众将曰:“吾誓报此一箭之仇!”众将对曰:“将军且暂安息几日,然后与战未迟。”次日,人报庞德引军搦战。关公就要出战。众将劝住。庞德令小军毁骂。关平把住隘口,分付众将休报知关公。庞德搦战十余日,无人出迎,乃与于禁商议曰:“眼见关公箭疮举发,不能动止;不若乘此机会,统七军一拥杀入寨中,可救樊城之围。”于禁恐庞德成功,只把魏王戒旨相推,不肯动兵。庞德累欲动兵,于禁只不允,乃移七军转过山口,离樊城北十里,依山下寨,禁自领兵截断大路,令庞德屯兵于谷后,使德不能进兵成功。

却说关平见关公箭疮已合,甚是喜悦。忽听得于禁移七军于樊城之北下寨，未知其谋，即报知关公。公遂上马，引数骑上高阜处望之，见樊城城上旗号不整，军士慌乱；城北十里山谷之内，屯着军马；又见襄江水势甚急。看了半晌，唤向导官问曰："樊城北十里山谷，是何地名？"对曰："罾口川也。"关公喜曰："于禁必为我擒矣。"将士问曰："将军何以知之？"关公曰："鱼入罾口，岂能久乎？"诸将未信。公回本寨。时值八月秋天，骤雨数日。公令人预备船筏，收拾水具。关平问曰："陆地相持，何用水具？"公曰："非汝所知也。于禁七军不屯于广易之地，而聚于罾口川险隘之处；方今秋雨连绵，襄江之水必然泛涨；吾已差人堰住各处水口，待水发时，乘高就船，放水一淹，樊城罾口川之兵皆为鱼鳖矣。"关平拜服。

却说魏军屯于罾口川，连日大雨不止，督将成何来见于禁曰："大军屯于川口，地势甚低；虽有土山，离营稍远。即今秋雨连绵，军士艰辛。近有人报说荆州兵移于高阜处，又于汉水口预备战筏；倘江水泛涨，我军危矣。宜早为计。"于禁叱曰："匹夫惑吾军心耶！再有多言者斩之！"成何羞惭而退，却来见庞德，说此事。德曰："汝所见甚当。于将军不肯移兵，吾明日自移军屯于他处。"

计议方定，是夜风雨大作。庞德坐于帐中，只听得万马争奔，征鼙震地。德大惊，急出帐上马看时，四面八方，大水骤至；七军乱窜，随波逐浪者，不计其数。平地水深丈余，于禁、庞德与诸将各登小山避水。比及平明，关公及众将皆摇旗鼓噪，乘大船而来。于禁见四下无路，左右止有五六十人，料不能逃，口称愿降。关公令尽去衣甲，拘收入船，然后来擒庞德。时庞德并二董及成何，与步卒五百人，皆无衣甲，立在堤上。见关公来，庞德全无惧怯，奋然前来接战。关公将船四面围定，军士一齐放箭，射死魏兵大半。董衡、董超见势已危，乃告庞德曰："军士折伤大半，四下无路，不如投降。"庞德大怒曰："吾受魏王厚恩，岂肯屈节于人！"遂亲斩董衡、董超于前，厉声曰："再说降者，以此二人为例！"于是众皆奋力御敌。自平明战至日中，勇力倍增。关公催四面急攻，矢石如雨。德令军士用短兵接战。德回顾成何曰："吾闻勇将不怯死以苟免，壮士不毁节而求生。今日乃我死日也。汝可努力死战。"成何依令向前，被关公一箭射落水中。众军皆降,止有庞德一人力战。正遇荆州数十人,驾小船近堤来,德提刀飞身一跃,早上小船,立杀十余人,余皆弃船赴水逃命。庞德一手提刀,一手使短棹,欲向樊城而走。只见上流头一将撑大筏而至,将小船撞翻,庞德落于水中。船上那将跳下水去,生擒庞德上船。众视之,擒庞德者,乃周仓也。仓素知水性,又在荆州住了数年,愈加惯熟;更兼力大,因此擒了庞德。于禁所领七军,皆死于水中。其会水者料无去路,亦皆投降。后人有诗曰:"夜半征鼙响震天,襄樊平地作深渊。关公神算谁能及,华夏威名万古传。"

关公回到高阜去处,升帐而坐。群刀手押过于禁来。禁拜伏于地,乞哀请命。关公曰:"汝怎敢抗吾?"禁曰:"上命差遣,身不由己。望君侯怜悯,誓以死报。"公绰髯笑曰:"吾杀汝,犹杀狗彘耳,空污刀斧!"令人缚送荆州大牢内监候:"待吾回,别作区处。"发落去讫。关公又令押过庞德。德睁眉怒目,立而不跪,关公曰:"汝兄现在汉中;汝故主马超,亦在蜀中为大将。汝如何不早降?"德大怒曰:"吾宁死于刀下,岂降汝耶!"骂不绝口。公大怒,喝令刀斧手推出斩之。德引颈受刑。关公怜而葬之。于是乘水势未退,复上战船,引大小将校来攻樊城。

却说樊城周围,白浪滔天,水势益甚,城垣渐渐浸塌,男女担土搬砖,填塞不住。曹军众将,无不丧胆,慌忙来告曹仁曰:"今日之危,非力可救;可趁敌军未至,乘舟夜走,虽然失城,尚可全身。"仁从其言。方欲备船出走,满宠谏曰:"不可。山水骤至,岂能长存?不旬日即当自退。关公虽未攻城,已遣别将在郏下。其所以不敢轻进者,虑吾军袭其后也。今若弃城而去,黄河以南,非国家之有矣。愿将军固守此城,以为保障。"仁拱手称谢曰:"非伯宁之教,几误大事。"乃骑白马上城,聚众将发誓曰:"吾受魏王命,保守此城;但有言弃城而去者斩!"诸将皆曰:"某等愿以死据守!"仁大喜,就城上设弓弩数百,军士昼夜防护,不敢懈怠。老幼居民,担土石填塞城垣。旬日之内,水势渐退。

关公自擒魏将于禁等,威震天下,无不惊骇。忽次子关兴来寨内省亲。公就令兴赍诸官立功文书去成都见汉中王,各求升迁。兴拜辞父亲,径投成都去讫。

却说关公分兵一半,直抵郏下。公自领兵四面攻打樊城。当日关公自到北门,立马扬鞭,指而问曰:"汝等鼠辈,不早来降,更待何时?"正言间,曹仁在敌楼上,见关公身上止披掩心甲,斜袒着绿袍,乃急招五百弓弩手,一齐放箭。公急勒马回时,右臂上中一弩箭,翻身落马。正是:水里七军方丧胆,城中一箭忽伤身。未知关公性命如何,且看下文分解。

第七十五回 关云长刮骨疗毒 吕子明白衣渡江

却说曹仁见关公落马，即引兵冲出城来；被关平一阵杀回，救关公归寨，拔出臂箭。原来箭头有药，毒已入骨，右臂青肿，不能运动。关平慌与众将商议曰："父亲若损此臂，安能出敌？不如暂回荆州调理。"于是与众将入帐见关公。公问曰："汝等来有何事？"众对曰："某等因见君侯右臂损伤，恐临敌致怒，冲突不便。众议可暂班师回荆州调理。"公怒曰："吾取樊城，只在目前；取了樊城，即当长驱大进，径到许都，剿灭操贼，以安汉室。岂可因小疮而误大事？汝等敢慢吾军心耶！"平等默然而退。

众将见公不肯退兵，疮又不痊，只得四方访问名医。忽一日，有人从江东驾小舟而来，直至寨前。小校引见关平。平视其人：方巾阔服，臂挽青囊；自言姓名，乃沛国谯郡人，姓华，名佗，字元化。因闻关将军乃天下英雄，今中毒箭，特来医治。平曰："莫非昔日医东吴周泰者乎？"佗曰："然。"平大喜，即与众将同引华佗入帐见关公。时关公本是臂疼，恐慢军心，无可消遣，正与马良弈棋；闻有医者至，即召入。礼毕，赐坐。茶罢，佗请臂视之。公袒下衣袍，伸臂令佗看视。佗曰："此乃弩箭所伤，其中有乌头之药，直透入骨；若不早治，此臂无用矣。"公曰："用何物治之？"佗曰："某自有治法，但恐君侯惧耳。"公笑曰："吾视死如归，有何惧哉？"佗曰："当于静处立一标柱，上钉大环，请君侯将臂穿于环中，以绳系之，然后以被蒙其首。吾用尖刀割开皮肉，直至于骨，刮去骨上箭毒，用药敷之，以线缝其口，方可无事。但恐君侯惧耳。"公笑曰："如此，容易！何用柱环？"令设酒席相待。

公饮数杯酒毕，一面仍与马良弈棋，伸臂令佗割之。佗取尖刀在手，令一小校捧一大盆于臂下接血。佗曰："某便下手，君侯勿惊。"公曰："任汝医治，吾岂比世间俗子惧痛者耶！"佗乃下刀，割开皮肉，直至于骨,骨上已青;佗用刀刮骨,悉悉有声。帐上帐下见者,皆掩面失色。公饮酒食肉,谈笑弈棋,全无痛苦之色。

须臾,血流盈盆。佗刮尽其毒,敷上药,以线缝之。公大笑而起,谓众将曰:"此臂伸舒如故,并无痛矣。先生真神医也!"佗曰:"某为医一生,未尝见此。君侯真天神也!"后人有诗曰:"治病须分内外科,世间妙艺苦无多。神威罕及惟关将,圣手能医说华佗。"

关公箭疮既愈,设席款谢华佗。佗曰:"君侯箭疮虽治,然须爱护。切勿怒气伤触。过百日后,平复如旧矣。"关公以金百两酬之。佗曰:"某闻君侯高义,特来医治,岂望报乎!"坚辞不受,留药一帖,以敷疮口,辞别而去。

却说关公擒了于禁,斩了庞德,威名大震,华夏皆惊。探马报到许都,曹操大惊,聚文武商议曰:"某素知云长智勇盖世,今据荆襄,如虎生翼。于禁被擒,庞德被斩,魏兵挫锐;倘彼率兵直至许都,如之奈何?孤欲迁都以避之。"司马懿谏曰:"不可。于禁等被水所淹,非战之故;于国家大计,本无所损。今孙、刘失好,云长得志,孙权必不喜;大王可遣使去东吴陈说利害,令孙权暗暗起兵蹑云长之后,许事平之日,割江南之地以封孙权,则樊城之危自解矣。"主簿蒋济曰:"仲达之言是也。今可即发使往东吴,不必迁都动众。"操依允,遂不迁都;因叹谓诸将曰:"于禁从孤三十年,何期临危反不如庞德也!今一面遣使致书东吴,一面必得一大将以当云长之锐。"言未毕,阶下一将应声而出曰:"某愿往。"操视之,乃徐晃也。操大喜,遂拨精兵五万,令徐晃为将,吕建副之,克日起兵,前到阳陵坡驻扎;看东南有应,然后征进。

却说孙权接得曹操书信,览毕,欣然应允,即修书发付使者先回,乃聚文武商议。张昭曰:"近闻云长擒于禁,斩庞德,威震华夏,操欲迁都以避其锋。今樊城危急,遣使求救,事定之后,恐有反覆。"权未及发言,忽报吕蒙乘小舟自陆口来,有事面禀。权召入问之,蒙曰:"今云长提兵围樊城,可乘其远出,袭取荆州。"权曰:"孤欲北取徐州,如何?"蒙曰:"今操远在河北,未暇东顾,徐州守兵无多,往自可克;然其地势利于陆战,不利水战,纵然得之,亦难保守。不如先取荆州,全据长江,别作良图。”权曰:“孤本欲取荆州,前言特以试卿耳。卿可速为孤图之。孤当随后便起兵也。”

吕蒙辞了孙权,回至陆口,早有哨马报说:“沿江上下,或二十里,或三十里,高阜处各有烽火台。”又闻荆州军马整肃,预有准备,蒙大惊曰:“若如此,急难图也。我一时在吴侯面前劝取荆州,今却如何处置?”寻思无计,乃托病不出,使人回报孙权。权闻吕蒙患病,心甚怏怏。陆逊进言曰:“吕子明之病,乃诈耳,非真病也。”权曰:“伯言既知其诈,可往视之。”

陆逊领命,星夜至陆口寨中,来见吕蒙,果然面无病色。逊曰:“某奉吴侯命,敬探子明贵恙。”蒙曰:“贱躯偶病,何劳探问。”逊曰:“吴侯以重任付公,公不乘时而动,空怀郁结,何也?”蒙目视陆逊,良久不语。逊又曰:“愚有小方,能治将军之疾,未审可用否?”蒙乃屏退左右而问曰:“伯言良方,乞早赐教。”逊笑曰:“子明之疾,不过因荆州兵马整肃,沿江有烽火台之备耳。予有一计,令沿江守吏,不能举火;荆州之兵,束手归降,可乎?”蒙惊谢曰:“伯言之语,如见我肺腑。愿闻良策。”陆逊曰:“云长倚恃英雄,自料无敌,所虑者惟将军耳。将军乘此机会,托疾辞职,以陆口之任让之他人,使他人卑辞赞美关公,以骄其心,彼必尽撤荆州之兵,以向樊城。若荆州无备,用一旅之师,别出奇计以袭之,则荆州在掌握之中矣。”蒙大喜曰:“真良策也!”

由是吕蒙托病不起,上书辞职。陆逊回见孙权,具言前计。孙权乃召吕蒙还建业养病。蒙至,入见权,权问曰:“陆口之任,昔周公瑾荐鲁子敬以自代,后子敬又荐卿自代,今卿亦须荐一才望兼隆者,代卿为妙。”蒙曰:“若用望重之人,云长必然提备。陆逊意思深长,而未有远名,非云长所忌;若即用以代臣之任,必有所济。”权大喜,即日拜陆逊为偏将军、右都督,代蒙守陆口。逊谢曰:“某年幼无学,恐不堪重任。”权曰:“子明保卿,必不差错。卿毋得推辞。”逊乃拜受印绶,连夜往陆口;交割马步水三军已毕,即修书一封,具名马、异锦、酒礼等物,遣使赍赴樊城见关公。

时公正将息箭疮,按兵不动。忽报:“江东陆口守将吕蒙病危,孙权取回调理，近拜陆逊为将，代吕蒙守陆口。今逊差人赍书具礼，特来拜见。”关公召入，指来使而言曰：“仲谋见识短浅，用此孺子为将！”来使伏地告曰：“陆将军呈书备礼：一来与君侯作贺，二来求两家和好。幸乞笑留。”公拆书视之，书词极其卑谨。关公览毕，仰面大笑，令左右收了礼物，发付使者回去。使者回见陆逊曰：“关公欣喜，无复有忧江东之意。”

逊大喜，密遣人探得关公果然撤荆州大半兵赴樊城听调，只待箭疮痊可，便欲进兵。逊察知备细，即差人星夜报知孙权，孙权召吕蒙商议曰：“今云长果撤荆州之兵，攻取樊城，便可设计袭取荆州。卿与吾弟孙皎同引大军前去，何如？”孙皎字叔明，乃孙权叔父孙静之次子也。蒙曰：“主公若以蒙可用则独用蒙；若以叔明可用则独用叔明。岂不闻昔日周瑜、程普为左右都督，事虽决于瑜，然普自以旧臣而居瑜下，颇不相睦；后因见瑜之才，方始敬服？今蒙之才不及瑜，而叔明之亲胜于普，恐未必能相济也。”

权大悟，遂拜吕蒙为大都督，总制江东诸路军马；令孙皎在后接应粮草。蒙拜谢，点兵三万，快船八十余只，选会水者扮作商人，皆穿白衣，在船上摇橹，却将精兵伏于𦪇𦨴船中。次调韩当、蒋钦、朱然、潘璋、周泰、徐盛、丁奉等七员大将，相继而进。其余皆随吴侯为合后救应。一面遣使致书曹操，令进兵以袭云长之后；一面先传报陆逊，然后发白衣人，驾快船往浔阳江去。昼夜趱行，直抵北岸。江边烽火台上守台军盘问时，吴人答曰：“我等皆是客商，因江中阻风，到此一避。”随将财物送与守台军士。军士信之，遂任其停泊江边。约至二更，𦪇𦨴中精兵齐出，将烽火台上官军缚倒，暗号一声，八十余船精兵俱起，将紧要去处墩台之军，尽行捉入船中，不曾走了一个。于是长驱大进，径取荆州，无人知觉。将至荆州，吕蒙将沿江墩台所获官军，用好言抚慰，各各重赏，令赚开城门，纵火为号。众军领命，吕蒙便教前导。比及半夜，到城下叫门。门吏认得是荆州之兵，开了城门。众军一声喊起，就城门里放起号火。吴兵齐入，袭了荆州。吕蒙便传令军中：“如有妄杀一人，妄取民间一物者，定按军法。”原任官吏，并依旧职。将关公家属另养别宅，不许闲人搅扰。一面遣人申报孙权。

一日大雨，蒙上马引数骑点看四门。忽见一人取民间箬笠以盖铠甲，蒙喝左右执下问之，乃蒙之乡人也。蒙曰："汝虽系我同乡，但吾号令已出，汝故犯之，当按军法。"其人泣告曰："某恐雨湿官铠，故取遮盖，非为私用。乞将军念同乡之情！"蒙曰："吾固知汝为覆官铠，然终是不应取民间之物。"叱左右推下斩之。枭首传示毕，然后收其尸首，泣而葬之。自是三军震肃。

不一日，孙权领众至。吕蒙出郭迎接入衙。权慰劳毕，仍命潘濬为治中，掌荆州事；监内放出于禁，遣归曹操；安民赏军，设宴庆贺。权谓吕蒙曰："今荆州已得，但公安傅士仁、南郡糜芳，此二处如何收复？"言未毕，忽一人出曰："不须张弓只箭，某凭三寸不烂之舌，说公安傅士仁来降，可乎？"众视之，乃虞翻也。权曰："仲翔有何良策，可使傅士仁归降？"翻曰："某自幼与士仁交厚；今若以利害说之，彼必归矣。"权大喜，遂令虞翻领五百军，径奔公安来。

却说傅士仁听知荆州有失，急令闭城坚守。虞翻至，见城门紧闭，遂写书拴于箭上，射入城中。军士拾得，献与傅士仁。士仁拆书视之，乃招降之意。览毕，想起"关公去日恨吾之意，不如早降"。即令大开城门，请虞翻入城。二人礼毕，各诉旧情。翻说吴侯宽洪大度，礼贤下士；士仁大喜，即同虞翻赍印绶来荆州投降。孙权大悦，仍令去守公安。吕蒙密谓权曰："今云长未获，留士仁于公安，久必有变；不若使往南郡招糜芳归降。"权乃召傅士仁谓曰："糜芳与卿交厚，卿可招来归降，孤自当有重赏。"傅士仁慨然领诺，遂引十余骑，径投南郡招安糜芳。正是：今日公安无守志，从前王甫是良言。未知此去如何，且看下文分解。

第七十六回　徐公明大战沔水　关云长败走麦城

却说糜芳闻荆州有失，正无计可施。忽报公安守将傅士仁至，芳忙接入城，问其事故。士仁曰："吾非不忠。势危力困，不能支持，我今已降东吴。将军亦不如早降。"芳曰："吾等受汉中王厚恩，安忍背之？"士仁曰："关公去日，痛恨吾二人；倘一日得胜而回，必无轻恕。公细察之。"芳曰："吾兄弟久事汉中王，岂可一朝相背？"正犹豫间，忽报关公遣使至，接入厅上。使者曰："关公军中缺粮，特来南郡、公安二处取白米十万石，令二将军星夜解去军前交割。如迟立斩。"芳大惊，顾谓傅士仁曰："今荆州已被东吴所取，此粮怎得过去？"士仁厉声曰："不必多疑！"遂拔剑斩来使于堂上。芳惊曰："公如何斩之？"士仁曰："关公此意，正要斩我二人。我等安可束手受死？公今不早降东吴，必被关公所杀。"正说间，忽报吕蒙引兵杀至城下。芳大惊，乃同傅士仁出城投降。蒙大喜，引见孙权。权重赏二人。安民已毕，大犒三军。

时曹操在许都，正与众谋士议荆州之事，忽报东吴遣使奉书至。操召入，使者呈上书信。操拆视之，书中具言吴兵将袭荆州，求操夹攻云长；且嘱勿泄漏，使云长有备也。操与众谋士商议，主薄董昭曰："今樊城被困，引颈望救，不如令人将书射入樊城，以宽军心；且使关公知东吴将袭荆州。彼恐荆州有失，必速退兵，却令徐晃乘势掩杀，可获全功。"操从其谋，一面差人催徐晃急战；一面亲统大兵，径往洛阳之南阳陵坡驻扎，以救曹仁。

却说徐晃正坐帐中，忽报魏王使至。晃接入问之，使曰："今魏王引兵，已过洛阳；令将军急战关公，以解樊城之困。"正说间，探马报说："关平屯兵在偃城，廖化屯兵在四冢：前后一十二个寨栅，连络不绝。"晃即差副将徐商、吕建假着徐晃旗号，前赴偃城与关平交战。晃却自引精兵五百，循沔水去袭偃城之后。

且说关平闻徐晃自引兵至，遂提本部兵迎敌。两阵对圆，关平出马，与徐商交锋，只三合，商大败而走；吕建出战，五六合亦败走。平乘胜追杀二十余里，忽报城中火起。平知中计，急勒兵回救偃城。正遇一彪军摆开，徐晃立马在门旗下，高叫曰："关平贤侄，好不知死！汝荆州已被东吴夺了，犹然在此狂为！"平大怒，纵马轮刀，直取徐晃；不三四合，三军喊叫，偃城中火光大起。平不敢恋战，杀条大路，径奔四冢寨来。廖化接着。化曰："人言荆州已被吕蒙袭了，军心惊慌，如之奈何？"平曰："此必讹言也。军士再言者斩之。"

忽流星马到，报说正北第一屯被徐晃领兵攻打。平曰："若第一屯有失，诸营岂得安宁？此间皆靠沔水，贼兵不敢到此。吾与汝同去救第一屯。"廖化唤部将分付曰："汝等坚守营寨，如有贼到，即便举火。"部将曰："四冢寨鹿角十重，虽飞鸟亦不能入，何虑贼兵！"于是关平、廖化尽起四冢寨精兵，奔至第一屯住扎。关平看见魏兵屯于浅山之上，谓廖化曰："徐晃屯兵，不得地利，今夜可引兵劫寨。"化曰："将军可分兵一半前去，某当谨守本寨。"

是夜，关平引一枝兵杀入魏寨，不见一人。平知是计，火速退时，左边徐商，右边吕建，两下夹攻。平大败回营，魏兵乘势追杀前来，四面围住。关平、廖化支持不住，弃了第一屯，径投四冢寨来。早望见寨中火起。急到寨前，只见皆是魏兵旗号。关平等退兵，忙奔樊城大路而走。前面一军拦住，为首大将，乃是徐晃也。平、化二人奋力死战，夺路而走，回到大寨，来见关公曰："今徐晃夺了偃城等处；又兼曹操自引大军，分三路来救樊城；多有人言荆州已被吕蒙袭了。"关公喝曰："此敌人讹言，以乱我军心耳！东吴吕蒙病危，孺子陆逊代之，不足为虑！"

言未毕，忽报徐晃兵至。公令备马。平谏曰："父体未痊，不可与敌。"公曰："徐晃与吾有旧，深知其能；若彼不退，吾先斩之，以警魏将。"遂披挂提刀上马，奋然而出。魏军见之，无不惊惧。公勒马问曰："徐公明安在？"魏营门旗开处，徐晃出马，欠身而言曰："自别君侯，倏忽数载，不想君侯须发已苍白矣！忆昔壮年相从，多蒙教诲，感谢不忘。今君侯英风震于华夏，使故人闻之，不胜叹羡！兹幸得一见，深慰渴怀。”公曰：“吾与公明交契深厚，非比他人；今何故数穷吾儿耶？”晃回顾众将，厉声大叫曰：“若取得云长首级者，重赏千金！”公惊曰：“公明何出此言？”晃曰：“今日乃国家之事，某不敢以私废公。”言讫，挥大斧直取关公。公大怒，亦挥刀迎之。战八十余合，公虽武艺绝伦，终是右臂少力。关平恐公有失，火急鸣金，公拨马回寨。忽闻四下里喊声大震。原来是樊城曹仁闻曹操救兵至，引军杀出城来，与徐晃会合，两下夹攻，荆州兵大乱。关公上马，引众将急奔襄江上流头。背后魏兵追至。关公急渡过襄江，望襄阳而奔。忽流星马到，报说：“荆州已被吕蒙所夺，家眷被陷。”关公大惊。不敢奔襄阳，提兵投公安来。探马又报：“公安傅士仁已降东吴了。”关公大怒。忽催粮人到，报说：“公安傅士仁往南郡，杀了使命，招糜芳都降东吴去了。”

关公闻言，怒气冲塞，疮口迸裂，昏绝于地。众将救醒，公顾谓司马王甫曰：“悔不听足下之言，今日果有此事！”因问：“沿江上下，何不举火？”探马答曰：“吕蒙使水手尽穿白衣，扮作客商渡江，将精兵伏于𦪇𦨴之中，先擒了守台士卒，因此不得举火。”公跌足叹曰：“吾中奸贼之谋矣！有何面目见兄长耶！”管粮都督赵累曰：“今事急矣，可一面差人往成都求救，一面从旱路去取荆州。”关公依言，差马良、伊籍赍文三道，星夜赴成都求救；一面引兵来取荆州，自领前队先行，留廖化、关平断后。

却说樊城围解，曹仁引众将来见曹操，泣拜请罪。操曰：“此乃天数，非汝等之罪也。”操重赏三军，亲至四冢寨周围阅视，顾谓众将曰：“荆州兵围堑鹿角数重，徐公明深入其中，竟获全功。孤用兵三十余年，未敢长驱径入敌围。公明真胆识兼优者也！”众皆叹服。操班师还于摩陂驻扎。徐晃兵至，操亲出寨迎之，见晃军皆按队伍而行，并无差乱。操大喜曰：“徐将军真有周亚夫之风矣！”遂封徐晃为平南将军，同夏侯尚守襄阳，以遏关公之师。操因荆州未定，就屯兵于摩陂，以候消息。

却说关公在荆州路上，进退无路，谓赵累曰：“目今前有吴兵，后有魏兵，吾在其中，救兵不至，如之奈何？”累曰：“昔吕蒙在陆口时，尝致书君侯，两家约好，共诛操贼，今却助操而袭我，是背盟也。君侯暂驻军于此，可差人遗书吕蒙责之，看彼如何对答。”关公从其言，遂修书遣使赴荆州来。

却说吕蒙在荆州，传下号令：凡荆州诸郡，有随关公出征将士之家，不许吴兵搅扰，按月给与粮米；有患病者，遣医治疗。将士之家，感其恩惠，安堵不动。忽报关公使至，吕蒙出郭迎接入城，以宾礼相待。使者呈书与蒙。蒙看毕，谓来使曰：“蒙昔日与关将军结好，乃一己之私见；今日之事，乃上命差遣，不得自主。烦使者回报将军，善言致意。”遂设宴款待，送归馆驿安歇。于是随征将士之家，皆来问信；有附家书者，有口传音信者，皆言家门无恙，衣食不缺。

使者辞别吕蒙，蒙亲送出城。使者回见关公，具道吕蒙之语，并说：“荆州城中，君侯宝眷并诸将家属，俱各无恙，供给不缺。”公大怒曰：“此奸贼之计也！我生不能杀此贼，死必杀之，以雪吾恨！”喝退使者。使者出寨，众将皆来探问家中之事；使者具言各家安好，吕蒙极其恩恤，并将书信传送各将。各将欣喜，皆无战心。

关公率兵取荆州，军行之次，将士多有逃回荆州者。关公愈加恨怒，遂催军前进。忽然喊声大震，一彪军拦住，为首大将，乃蒋钦也，勒马挺枪大叫曰：“云长何不早降！”关公骂曰：“吾乃汉将，岂降贼乎！”拍马舞刀，直取蒋钦。不三合，钦败走。关公提刀追杀二十余里，喊声忽起，左边山谷中韩当领军冲出，右边山谷中周泰引军冲出，蒋钦回马复战，三路夹攻。关公急撤军回走。行无数里，只见南山冈上人烟聚集，一面白旗招飐，上写“荆州土人”四字，众人都叫本处人速速投降。关公大怒，欲上冈杀之。山崦内又有两军撞出：左边丁奉，右边徐盛；并合蒋钦等三路军马，喊声震地，鼓角喧天，将关公困在垓心。手下将士，渐渐消疏。比及杀到黄昏，关公遥望四山之上，皆是荆州土兵，呼兄唤弟，觅子寻爷，喊声不住。军心尽变，皆应声而去。关公止喝不住，部从止有三百余人。

杀至三更，正东上喊声连天，乃是关平、廖化分两路兵杀入重围，救出关公。关平告曰：“军心乱矣，必得城池暂屯，以待援兵。麦城虽小，足可屯扎。”关公从之，催促残军前至麦城，分兵紧守四门，聚将士商议。赵累曰:"此处相近上庸,现有刘封、孟达在彼把守,可速差人往求救兵。若得这枝军马接济,以待川兵大至,军心自安矣。"

正议间,忽报吴兵已至,将城四面围定。公问曰:"谁敢突围而出,往上庸求救?"廖化曰:"某愿往。"关平曰:"我护送汝出重围。"关公即修书付廖化藏于身畔。饱食上马,开门出城。正遇吴将丁奉截住。被关平奋力冲杀,奉败走,廖化乘势杀出重围。投上庸去了。关平入城,坚守不出。

且说刘封、孟达自取上庸,太守申耽率众归降,因此汉中王加刘封为副将军,与孟达同守上庸。当日探知关公兵败,二人正议间,忽报廖化至。

封令请入问之。化曰:"关公兵败,现困于麦城,被围至急。蜀中援兵,不能旦夕即至。特命某突围而出,来此求救。望二将军速起上庸之兵,以救此危。倘稍迟延,公必陷矣。"封曰:"将军且歇,容某计议。"

化乃至馆驿安歇,专候发兵。刘封谓孟达曰:"叔父被困,如之奈何?"达曰:"东吴兵精将勇;且荆州九郡,俱已属彼,止有麦城,乃弹丸之地;又闻曹操亲督大军四五十万,屯于摩陂:量我等山城之众,安能敌得两家之强兵?不可轻敌。"封曰:"吾亦知之。奈关公是吾叔父,安忍坐视而不救乎?"达笑曰:"将军以关公为叔,恐关公未必以将军为侄也。某闻汉中王初嗣将军之时,关公即不悦。后汉中王登位之后,欲立后嗣,问于孔明,孔明曰:'此家事也,问关、张可矣。'汉中王遂遣人至荆州问关公,关公以将军乃螟蛉之子,不可僭立,劝汉中王远置将军于上庸山城之地,以杜后患。此事人人知之,将军岂反不知耶?何今日犹沾沾以叔侄之义,而欲冒险轻动乎?"封曰:"君言虽是,但以何词却之?"达曰:"但言山城初附,民心未定,不敢造次兴兵,恐失所守。"封从其言。

次日,请廖化至,言此山城初附之所,未能分兵相救。化大惊,以头叩地曰:"若如此,则关公休矣!"达曰:"我今即往,一杯之水,安能救一车薪之火乎?将军速回,静候蜀兵至可也。"化大恸告求,刘封、孟达皆拂袖而入。廖化知事不谐,寻思须告汉中王求救,遂上马大骂出城,望成都而去。

却说关公在麦城盼望上庸兵到,却不见动静;手下止有五六百人,多半带伤;城中无粮,甚是苦楚。忽报城下一人教休放箭,有话来见君侯。公令放入,问之,乃诸葛瑾也。礼毕茶罢,瑾曰:"今奉吴侯命,特来劝谕将军。自古道识时务者为俊杰,今将军所统汉上九郡,皆已属他人矣;止有孤城一区,内无粮草,外无救兵,危在旦夕。将军何不从瑾之言,归顺吴侯,复镇荆襄,可以保全家眷。幸君侯熟思之。"关公正色而言曰:"吾乃解良一武夫,蒙吾主以手足相待,安肯背义投敌国乎? 城若破,有死而已。玉可碎而不可改其白,竹可焚而不可毁其节;身虽殒,名可垂于竹帛也。汝勿多言,速请出城,吾欲与孙权决一死战!"瑾曰:"吴侯欲与君侯结秦晋之好,同力破曹,共扶汉室,别无他意。君侯何执迷如是?"言未毕,关平拔剑而前,欲斩诸葛瑾。公止之曰:"彼弟孔明在蜀,佐汝伯父,今若杀彼,伤其兄弟之情也。"遂令左右逐出诸葛瑾。

瑾满面羞惭,上马出城,回见吴侯曰:"关公心如铁石,不可说也。"孙权曰:"真忠臣也! 似此如之奈何?"吕范曰:"某请卜其休咎。"权即令卜之。范揲蓍成象,乃"地水师卦",更有玄武临应,主敌人远奔。权问吕蒙曰:"卦主敌人远奔,卿以何策擒之?"蒙笑曰:"卦象正合某之机也。关公虽有冲天之翼,飞不出吾罗网矣!"正是:龙游沟壑遭虾戏,凤入牢笼被鸟欺。毕竟吕蒙之计若何,且看下文分解。

第七十七回　玉泉山关公显圣　洛阳城曹操感神

却说孙权求计于吕蒙。蒙曰："吾料关某兵少，必不从大路而逃，麦城正北有险峻小路，必从此路而去。可令朱然引精兵五千，伏于麦城之北二十里；彼军至，不可与敌，只可随后掩杀。彼军定无战心，必奔临沮。却令潘璋引精兵五百，伏于临沮山僻小路，关某可擒矣。今遣将士各门攻打，只空北门，待其出走。"权闻计，令吕范再卜之。卦成，范告曰："此卦主敌人投西北而走，今夜亥时必然就擒。"权大喜，遂令朱然、潘璋领两枝精兵，各依军令埋伏去讫。

且说关公在麦城，计点马步军兵，止剩三百余人；粮草又尽。是夜，城外吴兵招唤各军姓名，越城而去者甚多。救兵又不见到。心中无计，谓王甫曰："吾悔昔日不用公言！今日危急，将复何如？"甫哭告曰："今日之事，虽子牙复生，亦无计可施也。"赵累曰："上庸救兵不至，乃刘封、孟达按兵不动之故。何不弃此孤城，奔入西川，再整兵来，以图恢复？"公曰："吾亦欲如此。"遂上城观之。见北门外敌军不多，因问本城居民："此去往北，地势若何？"答曰："此去皆是山僻小路，可通西川。"公曰："今夜可走此路。"王甫谏曰："小路有埋伏，可走大路。"公曰："虽有埋伏，吾何惧哉！"即下令马步官军：严整装束，准备出城。甫哭曰："君侯于路，小心保重！某与部卒百余人，死据此城；城虽破，身不降也！专望君侯速来救援！"

公亦与泣别。遂留周仓与王甫同守麦城，关公自与关平、赵累引残卒二百余人，突出北门。关公横刀前进，行至初更以后，约走二十余里，只见山凹处，金鼓齐鸣，喊声大震，一彪军到，为首大将朱然，骤马挺枪叫曰："云长休走！趁早投降，免得一死！"公大怒，拍马轮刀来战。朱然便走，公乘势追杀。一棒鼓响，四下伏兵皆起。公不敢战，望临沮小路而走，朱然率兵掩杀。关公所随之兵，渐渐稀少。走不得四五里，前面喊声又震，火光大起，潘璋骤马舞刀杀来。公大怒，轮刀相迎,只三合,潘璋败走。公不敢恋战,急望山路而走。背后关平赶来,报说赵累已死于乱军中。关公不胜悲惶,遂令关平断后,公自在前开路,随行止剩得十余人。行至决石,两下是山,山边皆芦苇败草,树木丛杂。时已五更将尽。正走之间,一声喊起,两下伏兵尽出,长钩套索,一齐并举,先把关公坐下马绊倒。关公翻身落马,被潘璋部将马忠所获。关平知父被擒,火速来救;背后潘璋、朱然率兵齐至,把关平四下围住。平孤身独战,力尽亦被执。至天明,孙权闻关公父子已被擒获,大喜,聚众将于帐中。

少时,马忠簇拥关公至前。权曰:“孤久慕将军盛德,欲结秦晋之好,何相弃耶?公平昔自以为天下无敌,今日何由被吾所擒?将军今日还服孙权否?”关公厉声骂曰:“碧眼小儿,紫髯鼠辈!吾与刘皇叔桃园结义,誓扶汉室,岂与汝叛汉之贼为伍耶!我今误中奸计,有死而已,何必多言!”权回顾众官曰:“云长世之豪杰,孤深爱之。今欲以礼相待,劝使归降,何如?”主簿左咸曰:“不可。昔曹操得此人时,封侯赐爵,三日一小宴,五日一大宴,上马一提金,下马一提银:如此恩礼,毕竟留之不住,听其斩关杀将而去,致使今日反为所逼,几欲迁都以避其锋。今主公既已擒之,若不即除,恐贻后患。”孙权沉吟半晌,曰:“斯言是也。”遂命推出。于是关公父子皆遇害。时建安二十四年冬十二月也。关公亡年五十八岁。后人有诗叹曰:“汉末才无敌,云长独出群;神威能奋武,儒雅更知文。天日心如镜,《春秋》义薄云。昭然垂万古,不止冠三分。”又有诗曰:“人杰惟追古解良,士民争拜汉云长。桃园一日兄和弟,俎豆千秋帝与王。气挟风雷无匹敌,志垂日月有光芒。至今庙貌盈天下,古木寒鸦几夕阳。”

关公既殁,坐下赤兔马被马忠所获,献与孙权。权即赐马忠骑坐。其马数日不食草料而死。

却说王甫在麦城中,骨颤肉惊,乃问周仓曰:“昨夜梦见主公浑身血污,立于前;急问之,忽然惊觉。不知主何吉凶?”正说间,忽报吴兵在城下,将关公父子首级招安。王甫、周仓大惊,急登城视之,果关公父子首级也。王甫大叫一声,堕城而死。周仓自刎而亡。于是麦城亦属东吴。

却说关公一魂不散，荡荡悠悠，直至一处，乃荆门州当阳县一座山，名为玉泉山。山上有一老僧，法名普净，原是汜水关镇国寺中长老；后因云游天下，来到此处，见山明水秀，就此结草为庵，每日坐禅参道，身边只有一小行者，化饭度日。是夜月白风清，三更已后，普净正在庵中默坐，忽闻空中有人大呼曰："还我头来！"普净仰面谛视，只见空中一人，骑赤兔马，提青龙刀，左有一白面将军、右有一黑脸虬髯之人相随，一齐按落云头，至玉泉山顶。普净认得是关公，遂以手中麈尾击其户曰："云长安在？"关公英魂顿悟，即下马乘风落于庵前，叉手问曰："吾师何人？愿求法号。"普净曰："老僧普净，昔日汜水关前镇国寺中，曾与君侯相会，今日岂遂忘之耶？"公曰："向蒙相救，铭感不忘。今某已遇祸而死，愿求清诲，指点迷途。"普净曰："昔非今是，一切休论；后果前因，彼此不爽。今将军为吕蒙所害，大呼还我头来，然则颜良、文丑，五关六将等众人之头，又将向谁索耶？"于是关公恍然大悟，稽首皈依而去。后往往于玉泉山显圣护民，乡人感其德，就于山顶上建庙，四时致祭。后人题一联于其庙云："赤面秉赤心、骑赤兔追风，驰驱时无忘赤帝；青灯观青史、仗青龙偃月，隐微处不愧青天。"

却说孙权既害了关公，遂尽收荆襄之地，赏犒三军，设宴大会诸将庆功；置吕蒙于上位，顾谓众将曰："孤久不得荆州，今唾手而得，皆子明之功也。"蒙再三逊谢。权曰："昔周郎雄略过人，破曹操于赤壁，不幸早夭，鲁子敬代之。子敬视见孤时，便及帝王大略，此一快也；曹操东下，诸人皆劝孤降，子敬独劝孤召公瑾逆而击之，此二快也；惟劝吾借荆州与刘备，是其一短。今子明设计定谋，立取荆州，胜子敬、周郎多矣！"

于是亲酌酒赐吕蒙。吕蒙接酒欲饮，忽然掷杯于地，一手揪住孙权，厉声大骂曰："碧眼小儿！紫髯鼠辈！还识我否？"众将大惊，急救时，蒙推倒孙权，大步前进，坐于孙权位上，两眉倒竖，双眼圆睁，大喝曰："我自破黄巾以来，纵横天下三十余年，今被汝一旦以奸计图我，我生不能啖汝之肉，死当追吕贼之魂！我乃汉寿亭侯关云长也。"权大惊，慌忙率大小将士，皆下拜。只见吕蒙倒于地上，七窍流血而死。众将见之,无不恐惧。权将吕蒙尸首,具棺安葬,赠南郡太守、孱陵侯;命其子吕霸袭爵。孙权自此感关公之事,惊讶不已。

忽报张昭自建业而来。权召入问之。昭曰:“今主公损了关公父子,江东祸不远矣!此人与刘备桃园结义之时,誓同生死。今刘备已有两川之兵;更兼诸葛亮之谋,张、黄、马、赵之勇。备若知云长父子遇害,必起倾国之兵,奋力报仇,恐东吴难与敌也。”权闻之大惊,跌足曰:“孤失计较也!似此如之奈何?”昭曰:“主公勿忧。某有一计,令西蜀之兵不犯东吴,荆州如磐石之安。”权问何计。昭曰:“今曹操拥百万之众,虎视华夏,刘备急欲报仇,必与操约和。若二处连兵而来,东吴危矣。不如先遣人将关公首级,转送与曹操,明教刘备知是操之所使,必痛恨于操,西蜀之兵,不向吴而向魏矣。吾乃观其胜负,于中取事。此为上策。”

权从其言,随遣使者以木匣盛关公首级,星夜送与曹操。时操从摩陂班师回洛阳,闻东吴送关公首级至,喜曰:“云长已死,吾夜眠贴席矣。”阶下一人出曰:“此乃东吴移祸之计也。”操视之,乃主簿司马懿也。操问其故,懿曰:“昔刘、关、张三人桃园结义之时,誓同生死。今东吴害了关公,惧其复仇,故将首级献与大王,使刘备迁怒大王,不攻吴而攻魏,他却于中乘便而图事耳。”操曰:“仲达之言是也。孤以何策解之?”懿曰:“此事极易。大王可将关公首级,刻一香木之躯以配之,葬以大臣之礼;刘备知之,必深恨孙权,尽力南征。我却观其胜负!蜀胜则击吴,吴胜则击蜀。二处若得一处,那一处亦不久也。”操大喜,从其计,遂召吴使入。呈上木匣,操开匣视之,见关公面如平日。操笑曰:“云长公别来无恙!”言未讫,只见关公口开目动,须发皆张,操惊倒。众官急救,良久方醒,顾谓众官曰:“关将军真天神也!”吴使又将关公显圣附体、骂孙权追吕蒙之事告操。操愈加恐惧,遂设牲醴祭祀,刻沉香木为躯,以王侯之礼,葬于洛阳南门外,令大小官员送殡,操自拜祭,赠为荆王,差官守墓;即遣吴使回江东去讫。

却说汉中王自东川回成都,法正奏曰:“王上先夫人去世;孙夫人又南归,未必再来。人伦之道,不可废也,必纳王妃,以襄内政。”

汉中王从之,法正复奏曰:“吴懿有一妹,美而且贤。尝闻有相者,相此女后必大贵。先曾许刘焉之子刘瑁,瑁早夭。其女至今寡居,大王可纳之为妃。”汉中王曰:“刘瑁与我同宗,于理不可。”法正曰:“论其亲疏,何异晋文之与怀嬴乎?”汉中王乃依允,遂纳吴氏为王妃。后生二子:长刘永,字公寿;次刘理,字奉孝。

且说东西两川,民安国富,田禾大成。忽有人自荆州来,言东吴求婚于关公,关公力拒之。孔明曰:“荆州危矣!可使人替关公回。”正商议间,荆州捷报使命,络绎而至。不一日,关兴到,具言水淹七军之事。忽又报马到来,报说关公于江边多设墩台,提防甚密,万无一失。因此玄德放心。

忽一日,玄德自觉浑身肉颤,行坐不安;至夜,不能宁睡,起坐内室,秉烛看书,觉神思昏迷,伏几而卧;就室中起一阵冷风,灯灭复明,抬头见一人立于灯下。玄德问曰:“汝何人,夤夜至吾内室?”其人不答。玄德疑怪,自起视之,乃是关公,于灯影下往来躲避。玄德曰:“贤弟别来无恙!夜深至此,必有大故。吾与汝情同骨肉,因何回避?”关公泣告曰:“愿兄起兵,以雪弟恨!”言讫,冷风骤起,关公不见。玄德忽然惊觉,乃是一梦。时正三鼓。玄德大疑,急出前殿,使人请孔明来。

孔明入见,玄德细言梦警。孔明曰:“此乃王上心思关公,故有此梦。何必多疑?”玄德再三疑虑,孔明以善言解之。孔明辞出,至中门外,迎见许靖。靖曰:“某才赴军师府下报一机密,听知军师入宫,特来至此。”孔明曰:“有何机密?”靖曰:“某适闻外人传说,东吴吕蒙已袭荆州,关公已遇害!故特来密报军师。”孔明曰:“吾夜观天象,见将星落于荆楚之地,已知云长必然被祸,但恐王上忧虑,故未敢言。”

二人正说之间,忽然殿内转出一人,扯住孔明衣袖而言曰:“如此凶信,公何瞒我!”孔明视之,乃玄德也。孔明、许靖奏曰:“适来所言,皆传闻之事,未足深信。愿王上宽怀,勿生忧虑。”玄德曰:“孤与云长,誓同生死;彼若有失,孤岂能独生耶!”孔明、许靖正劝解之间,忽近侍奏曰:“马良、伊籍至。”玄德急召入问之。二人具说荆州已失,关公兵败求救,呈上表章。未及拆观,侍臣又奏荆州廖化至。玄德急召入。化哭拜于地,细奏刘封、孟达不发救兵之事。玄德大惊曰:“若如此,吾弟休矣!”孔明曰:“刘封、孟达如此无礼,罪不容诛!王上宽心,亮亲提一旅之师,去救荆襄之急。”玄德泣曰:“云长有失,孤断不独生!孤来日自提一军去救云长!”遂一面差人赴阆中报知翼德,一面差人会集人马。

未及天明,一连数次,报说关公夜走临沮,为吴将所获,义不屈节,父子归神。玄德听罢,大叫一声,昏绝于地。正是:为念当年同誓死,忍教今日独捐生!未知玄德性命如何,且看下文分解。

第七十八回　治风疾神医身死　传遗命奸雄数终

却说汉中王闻关公父子遇害，哭倒于地；众文武急救，半晌方醒，扶入内殿。孔明劝曰："王上少忧。自古道死生有命；关公平日刚而自矜，故今日有此祸。王上且宜保养尊体，徐图报仇。"玄德曰："孤与关、张二弟桃园结义时，誓同生死。今云长已亡，孤岂能独享富贵乎！"言未已，只见关兴号恸而来。玄德见了，大叫一声，又哭绝于地。众官救醒。一日哭绝三五次，三日水浆不进，只是痛哭；泪湿衣襟，斑斑成血。孔明与众官再三劝解。玄德曰："孤与东吴，誓不同日月也！"孔明曰："闻东吴将关公首级献与曹操，操以王侯礼祭葬之。"玄德曰："此何意也？"孔明曰："此是东吴欲移祸于曹操，操知其谋，故以厚礼葬关公，令王上归怨于吴也。"玄德曰："吾今即提兵问罪于吴，以雪吾恨！"孔明谏曰："不可。方今吴欲令我伐魏，魏亦欲令我伐吴，各怀谲计，伺隙而乘。王上只宜按兵不动，且与关公发丧。待吴、魏不和，乘时而伐之，可也。"众官又再三劝谏，玄德方才进膳，传旨川中大小将士，尽皆挂孝。汉中王亲出南门招魂祭奠，号哭终日。

却说曹操在洛阳，自葬关公后，每夜合眼便见关公。操甚惊惧，问于众官。众官曰："洛阳行宫旧殿多妖，可造新殿居之。"操曰："吾欲起一殿，名建始殿。恨无良工。"贾诩曰："洛阳良工有苏越者，最有巧思。"操召入，令画图像。苏越画成九间大殿，前后廊庑楼阁，呈与操。操视之曰："汝画甚合孤意，但恐无栋梁之材。"苏越曰："此去离城三十里，有一潭，名跃龙潭；前有一祠，名跃龙祠。祠傍有一株大梨树，高十余丈，堪作建始殿之梁。"

操大喜，即令人工到彼砍伐。次日，回报此树锯解不开，斧砍不入，不能斩伐。操不信，自领数百骑，直至跃龙祠前下马，仰观那树，亭亭如华盖，直侵云汉，并无曲节。操命砍之，乡老数人前来谏曰：

“此树已数百年矣，常有神人居其上，恐未可伐。”操大怒曰：“吾平生游历，普天之下，四十余年，上至天子，下及庶人，无不惧孤；是何妖神，敢违孤意！”言讫，拔所佩剑亲自砍之，铮然有声，血溅满身。操愕然大惊，掷剑上马，回至宫内。是夜二更，操睡卧不安，坐于殿中，隐几而寐。忽见一人披发仗剑，身穿皂衣，直至面前，指操喝曰：“吾乃梨树之神也。汝盖建始殿，意欲篡逆，却来伐吾神木！吾知汝数尽，特来杀汝！”操大惊，急呼：“武士安在？”皂衣人仗剑砍操。操大叫一声，忽然惊觉，头脑疼痛不可忍。急传旨遍求良医治疗，不能痊可。众官皆忧。

华歆入奏曰：“大王知有神医华佗否？”操曰：“即江东医周泰者乎？”歆曰：“是也。”操曰：“虽闻其名，未知其术。”歆曰：“华佗字元化，沛国谯郡人也。其医术之妙，世所罕有。但有患者，或用药，或用针，或用灸，随手而愈。若患五脏六腑之疾，药不能效者，以麻肺汤饮之，令病者如醉死，却用尖刀剖开其腹，以药汤洗其脏腑，病人略无疼痛。洗毕，然后以药线缝口，用药敷之；或一月，或二十日，即平复矣：其神妙如此！一日，佗行于道上，闻一人呻吟之声。佗曰：‘此饮食不下之病。’问之果然。佗令取蒜齑汁三升饮之，吐蛇一条，长二三尺，饮食即下。广陵太守陈登，心中烦懑，面赤，不能饮食，求佗医治。佗以药饮之，吐虫三升，皆赤头，首尾动摇。登问其故，佗曰：此因多食鱼腥，故有此毒。今日虽可，三年之后，必将复发，不可救也。后陈登果三年而死。又有一人眉间生一瘤，痒不可当，令佗视之。佗曰：‘内有飞物。’人皆笑之。佗以刀割开，一黄雀飞去，病者即愈。有一人被犬咬足指，随长肉二块，一痛一痒，俱不可忍。佗曰：‘痛者内有针十个，痒者内有黑白棋子二枚。’人皆不信。佗以刀割开，果应其言。此人真扁鹊、仓公之流也！现居金城，离此不远，大王何不召之？”

操即差人星夜请华佗入内，令诊脉视疾。佗曰：“大王头脑疼痛，因患风而起。病根在脑袋中，风涎不能出，枉服汤药，不可治疗。某有一法：先饮麻肺汤，然后用利斧砍开脑袋，取出风涎，方可除根。”操大怒曰：“汝要杀孤耶！”佗曰：“大王曾闻关公中毒箭，伤其右臂，某刮骨疗毒，关公略无惧色；今大王小可之疾，何多疑焉？”操曰：“臂痛可刮，脑袋安可砍开？汝必与关公情熟，乘此机会，欲报仇耳！”呼左右拿下狱中，拷问其情。贾诩谏曰：“似此良医，世罕其匹，未可废也。”操叱曰：“此人欲乘机害我，正与吉平无异！”急令追拷。

华佗在狱，有一狱卒，姓吴，人皆称为“吴押狱”。此人每日以酒食供奉华佗。佗感其恩，乃告曰：“我今将死，恨有《青囊书》未传于世。感公厚意，无可为报；我修一书，公可遣人送与我家，取《青囊书》来赠公，以继吾术。”吴押狱大喜曰：“我若得此书，弃了此役，医治天下病人，以传先生之德。”佗即修书付吴押狱。吴押狱直至金城，问佗之妻取了《青囊书》；回至狱中，付与华佗检看毕，佗即将书赠与吴押狱。吴押狱持回家中藏之。旬日之后，华佗竟死于狱中。吴押狱买棺殡殓讫，脱了差役回家，欲取《青囊书》看习，只见其妻正将书在那里焚烧。吴押狱大惊，连忙抢夺，全卷已被烧毁，只剩得一两叶。吴押狱怒骂其妻。妻曰：“纵然学得与华佗一般神妙，只落得死于牢中，要他何用！”吴押狱嗟叹而止。因此《青囊书》不曾传于世，所传者止阉鸡猪等小法，乃烧剩一两叶中所载也。后人有诗叹曰：“华佗仙术比长桑，神识如窥垣一方。惆怅人亡书亦绝，后人无复见青囊！”

却说曹操自杀华佗之后，病势愈重，又忧吴、蜀之事。正虑间，近臣忽奏东吴遣使上书。操取书拆视之，略曰：“臣孙权久知天命已归王上，伏望早正大位，遣将剿灭刘备，扫平两川，臣即率群下纳土归降矣。”操观毕大笑，出示群臣曰：“是儿欲使吾居炉火上耶！”侍中陈群等奏曰：“汉室久已衰微，殿下功德巍巍，生灵仰望。今孙权称臣归命，此天人之应，异气齐声。殿下宜应天顺人，早正大位。”操笑曰：“吾事汉多年，虽有功德及民，然位至于王，名爵已极，何敢更有他望？苟天命在孤，孤为周文王矣。”司马懿曰：“今孙权既称臣归附，王上可封官赐爵，令拒刘备。”操从之，表封孙权为骠骑将军、南昌侯，领荆州牧。即日遣使赍诰敕赴东吴去讫。

操病势转加。忽一夜梦三马同槽而食，及晓，问贾诩曰：“孤向日曾梦三马同槽，疑是马腾父子为祸；今腾已死，昨宵复梦三马同槽。

主何吉凶？”诩曰：“禄马，吉兆也。禄马归于曹，王上何必疑乎？”操因此不疑。后人有诗曰：“三马同槽事可疑，不知已植晋根基。曹瞒空有奸雄略，岂识朝中司马师？”

是夜，操卧寝室，至三更，觉头目昏眩，乃起，伏几而卧。忽闻殿中声如裂帛，操惊视之，忽见伏皇后、董贵人、二皇子，并伏完、董承等二十余人，浑身血污，立于愁云之内，隐隐闻索命之声。操急拔剑望空砍去，忽然一声响亮，震塌殿宇西南一角。操惊倒于地，近侍救出，迁于别宫养病。次夜，又闻殿外男女哭声不绝。至晓，操召群臣入曰：“孤在戎马之中，三十余年，未尝信怪异之事。今日为何如此？”群臣奏曰：“大王当命道士设醮修禳。”操叹曰：“圣人云：获罪于天，无所祷也。孤天命已尽，安可救乎？”遂不允设醮。

次日，觉气冲上焦，目不见物，急召夏侯惇商议。惇至殿门前，忽见伏皇后、董贵人、二皇子、伏完、董承等，立在阴云之中。惇大惊昏倒，左右扶出，自此得病。操召曹洪、陈群、贾诩、司马懿等，同至卧榻前，嘱以后事。曹洪等顿首曰：“大王善保玉体，不日定当霍然。”操曰：“孤纵横天下三十余年，群雄皆灭，止有江东孙权，西蜀刘备，未曾剿除。孤今病危，不能再与卿等相叙，特以家事相托。孤长子曹昂，刘氏所生，不幸早年殁于宛城；今卞氏生四子：丕、彰、植、熊。孤平生所爱第三子植，为人虚华少诚实，嗜酒放纵，因此不立。次子曹彰，勇而无谋；四子曹熊，多病难保。惟长子曹丕，笃厚恭谨，可继我业。卿等宜辅佐之。”曹洪等涕泣领命而出。

操令近侍取平日所藏名香，分赐诸侍妾，且嘱曰：“吾死之后，汝等须勤习女工，多造丝履，卖之可以得钱自给。”又命诸妾多居于铜雀台中，每日设祭，必令女伎奏乐上食。又遗命于彰德府讲武城外，设立疑冢七十二：“勿令后人知吾葬处，恐为人所发掘故也。”嘱毕，长叹一声，泪如雨下。须臾，气绝而死。寿六十六岁。时建安二十五年春正月也。后人有《邺中歌》一篇叹曹操云：“邺则邺城水漳水，定有异人从此起：雄谋韵事与文心，君臣兄弟而父子；英雄未有俗胸中，出没岂随人眼底？功首罪魁非两人，遗臭流芳本一身；文章有神霸有气，岂能苟尔化为群？横流筑台距太行，气与理势相低昂；安有斯人不作逆,小不为霸大不王?霸王降作儿女鸣,无可奈何中不平;向帐明知非有益,分香未可谓无情。呜呼!古人作事无巨细,寂寞豪华皆有意;书生轻议冢中人,冢中笑尔书生气!"

却说曹操身亡,文武百官尽皆举哀;一面遣人赴世子曹丕、鄢陵侯曹彰、临淄侯曹植、萧怀侯曹熊处报丧。众官用金棺银椁将操入殓,星夜举灵榇赴邺郡来。曹丕闻知父丧,放声痛哭,率大小官员出城十里,伏道迎榇入城,停于偏殿。官僚挂孝,聚哭于殿上。忽一人挺身而出曰:"请世子息哀,且议大事。"众视之,乃中庶子司马孚也。孚曰:"魏王既薨,天下震动;当早立嗣王,以安众心。何但哭泣耶?"群臣曰:"世子宜嗣位,但未得天子诏命,岂可造次而行?"兵部尚书陈矫曰:"王薨于外,爱子私立,彼此生变,则社稷危矣。"遂拔剑割下袍袖,厉声曰:"即今日便请世子嗣位。众官有异议者,以此袍为例!"百官悚惧。

忽报华歆自许昌飞马而至,众皆大惊。须臾华歆入,众问其来意,歆曰:"今魏王薨逝,天下震动,何不早请世子嗣位?"众官曰:"正因不及候诏命,方议欲以王后卞氏慈旨立世子为王。"歆曰:"吾已于汉帝处索得诏命在此。"众皆踊跃称贺。歆于怀中取出诏命开读。原来华歆谄事魏,故草此诏,威逼献帝降之;帝只得听从,故下诏即封曹丕为魏王、丞相、冀州牧。丕即日登位,受大小官僚拜舞起居。

正宴会庆贺间,忽报鄢陵侯曹彰,自长安领十万大军来到。丕大惊,遂问群臣曰:"黄须小弟,平日性刚,深通武艺。今提兵远来,必与孤争王位也。如之奈何?"忽阶下一人应声出曰:"臣请往见鄢陵侯,以片言折之。"众皆曰:"非大夫莫能解此祸也。"正是:试看曹氏丕彰事,几作袁家谭尚争。未知此人是谁,且看下文分解。

第七十九回 兄逼弟曹植赋诗 侄陷叔刘封伏法

却说曹丕闻曹彰提兵而来，惊问众官；一人挺身而出，愿往折服之。众视其人，乃谏议大夫贾逵也。曹丕大喜，即命贾逵前往。逵领命出城，迎见曹彰。彰问曰："先王玺绶安在？"逵正色而言曰："家有长子，国有储君。先王玺绶，非君侯之所宜问也。"彰默然无语，乃与贾逵同入城。至宫门前，逵问曰："君侯此来，欲奔丧耶？欲争位耶？"彰曰："吾来奔丧，别无异心。"逵曰："既无异心，何故带兵入城？"彰即时叱退左右将士，只身入内，拜见曹丕。兄弟二人，相抱大哭。曹彰将本部军马尽交与曹丕。丕令彰回鄢陵自守，彰拜辞而去。

于是曹丕安居王位，改建安二十五年为延康元年；封贾诩为太尉，华歆为相国，王朗为御史大夫；大小官僚，尽皆升赏。谥曹操曰武王，葬于邺郡高陵，令于禁董治陵事。禁奉命到彼，只见陵屋中白粉壁上，图画关云长水淹七军擒获于禁之事：画云长俨然上坐，庞德愤怒不屈，于禁拜伏于地，哀求乞命之状。原来曹丕以于禁兵败被擒，不能死节，既降敌而复归，心鄙其为人，故先令人图画陵屋粉壁，故意使之往见以愧之。当下于禁见此画像，又羞又恼，气愤成病，不久而死。后人有诗叹曰："三十年来说旧交，可怜临难不忠曹。知人未向心中识，画虎今从骨里描。"

却说华歆奏曹丕曰："鄢陵侯已交割军马，赴本国去了；临淄侯植、萧怀侯熊，二人竟不来奔丧，理当问罪。"丕从之，即分遣二使往二处问罪。不一日，萧怀使者回报："萧怀侯曹熊惧罪，自缢身死。"丕令厚葬之，追赠萧怀王。又过了一日，临淄使者回报，说："临淄侯日与丁仪、丁廙兄弟二人酣饮，悖慢无礼，闻使命至，临淄侯端坐不动；丁仪骂曰：'昔者先王本欲立吾主为世子，被谗臣所阻；今王丧未远，便问罪于骨肉，何也？'丁廙又曰：'据吾主聪明冠世，自当承嗣大位，今反不得立。汝那庙堂之臣，何不识人才若此！'临淄侯因怒，叱武士将臣乱棒打出。”

丕闻之,大怒,即令许褚领虎卫军三千,火速至临淄擒曹植等一干人来。褚奉命,引军至临淄城。守将拦阻,褚立斩之,直入城中,无一人敢当锋锐,径到府堂。只见曹植与丁仪、丁廙等尽皆醉倒。褚皆缚之,载于车上,并将府下大小属官,尽行拿解邺郡,听候曹丕发落。丕下令,先将丁仪、丁廙等尽行诛戮。丁仪字正礼,丁廙字敬礼,沛郡人,乃一时文士;及其被杀,人多惜之。

却说曹丕之母卞氏,听得曹熊缢死,心甚悲伤;忽又闻曹植被擒,其党丁仪等已杀,大惊。急出殿,召曹丕相见。丕见母出殿,慌来拜谒。卞氏哭谓丕曰:“汝弟植平生嗜酒疏狂,盖因自恃胸中之才,故尔放纵。汝可念同胞之情,存其性命。吾至九泉亦瞑目也。”丕曰:“儿亦深爱其才,安肯害他?今正欲戒其性耳。母亲勿忧。”

卞氏洒泪而入,丕出偏殿,召曹植入见。华歆问曰:“适来莫非太后劝殿下勿杀子建乎?”丕曰:“然。”歆曰:“子建怀才抱智,终非池中物;若不早除,必为后患。”丕曰:“母命不可违。”歆曰:“人皆言子建出口成章,臣未深信。主上可召入,以才试之。若不能,即杀之;若果能,则贬之,以绝天下文人之口。”丕从之。须臾,曹植入见,惶恐伏拜请罪。丕曰:“吾与汝情虽兄弟,义属君臣,汝安敢恃才蔑礼?昔先君在日,汝常以文章夸示于人,吾深疑汝必用他人代笔。吾今限汝行七步吟诗一首。若果能,则免一死;若不能,则从重治罪,决不姑恕!”植曰:“愿乞题目。”时殿上悬一水墨画,画着两只牛,斗于土墙之下,一牛坠井而亡。丕指画曰:“即以此画为题。诗中不许犯着‘二牛斗墙下,一牛坠井死’字样。”植行七步,其诗已成。诗曰:“两肉齐道行,头上带凹骨。相遇块山下,欻起相搪突。二敌不俱刚,一肉卧土窟。非是力不如,盛气不泄毕。”曹丕及群臣皆惊。丕又曰:“七步成章,吾犹以为迟。汝能应声而作诗一首否?”植曰:“愿即命题。”丕曰:“吾与汝乃兄弟也。以此为题。亦不许犯着‘兄弟’字样。”植略不思索,即口占一首曰:“煮豆燃豆萁,豆在釜中泣。本是同根生,相煎何太急!”曹丕闻之,潸然泪下。其母卞氏,从殿后出曰:“兄何逼弟之甚耶?”丕慌忙离坐告曰:“国法不可废耳。”于是贬曹植为安乡侯。植拜辞上马而去。

曹丕自继位之后,法令一新,威逼汉帝,甚于其父。早有细作报入成都。汉中王闻之,大惊,即与文武商议曰:“曹操已死,曹丕继位,威逼天子,更甚于操。东吴孙权,拱手称臣。孤欲先伐东吴,以报云长之仇;次讨中原,以除乱贼。”言未毕,廖化出班,哭拜于地曰:“关公父子遇害,实刘封、孟达之罪。乞诛此二贼。”玄德便欲遣人擒之。孔明谏曰:“不可。且宜缓图之,急则生变矣。可升此二人为郡守,分调开去,然后可擒。”玄德从之,遂遣使升刘封去守绵竹。

原来彭羕与孟达甚厚,听知此事,急回家作书,遣心腹人驰报孟达。使者方出南门外,被马超巡视军捉获,解见马超。超审知此事,即往见彭羕。羕接入,置酒相待。酒至数巡,超以言挑之曰:“昔汉中王待公甚厚,今何渐薄也?”羕因酒醉,恨骂曰:“老革荒悖,吾必有以报之!”超又探曰:“某亦怀怨心久矣。”羕曰:“公起本部军,结连孟达为外合,某领川兵为内应,大事可图也。”超曰:“先生之言甚当。来日再议。”

超辞了彭羕,即将人与书解见汉中王,细言其事。玄德大怒,即令擒彭羕下狱,拷问其情。羕在狱中,悔之无及。玄德问孔明曰:“彭羕有谋反之意,当何以治之?”孔明曰:“羕虽狂士,然留之久必生祸。”于是玄德赐彭羕死于狱。

羕既死,有人报知孟达。达大惊,举止失措。忽使命至,调刘封回守绵竹去讫。孟达慌请上庸、房陵都尉申耽、申仪弟兄二人商议曰:“我与法孝直同有功于汉中王;今孝直已死,而汉中王忘我前功,乃欲见害,为之奈何?”耽曰:“某有一计,使汉中王不能加害于公。”达大喜,急问何计。耽曰:“吾弟兄欲投魏久矣,公可作一表,辞了汉中王,投魏王曹丕,丕必重用。吾二人亦随后来降也。”达猛然省悟,即写表一通,付与来使;当晚引五十余骑投魏去了。

使命持表回成都,奏汉中王,言孟达投魏之事。先主大怒。览其表曰:“臣达伏惟殿下将建伊、吕之业,追桓、文之功,大事草创,假势吴、楚,是以有为之士,望风归顺。臣委质以来,愆戾山积;臣犹自知,况于君乎?今王朝英俊鳞集,臣内无辅佐之器,外无将领之才,列次功臣,诚足自愧!臣闻范蠡识微,浮于五湖;舅犯谢罪,逡巡河上。夫际会之间,请命乞身,何哉?欲洁去就之分也。况臣卑鄙,无元功巨勋,自系于时,窃慕前贤,早思远耻。昔申生至孝,见疑于亲;子胥至忠,见诛于君;蒙恬拓境而被大刑,乐毅破齐而遭谗佞。臣每读其书,未尝不感慨流涕;而亲当其事,益用伤悼!迩者,荆州覆败,大臣失节,百无一还;惟臣寻事,自致房陵、上庸,而复乞身,自放于外。伏想殿下圣恩感悟,愍臣之心,悼臣之举。臣诚小人,不能始终。知而为之,敢谓非罪?臣每闻'交绝无恶声,去臣无怨辞',臣过奉教于君子,愿君王勉之,臣不胜惶恐之至!"玄德看毕,大怒曰:"匹夫叛吾,安敢以文辞相戏耶!"即欲起兵擒之。孔明曰:"可就遣刘封进兵,令二虎相并;刘封或有功,或败绩,必归成都,就而除之,可绝两害。"玄德从之,遂遣使到绵竹,传谕刘封。封受命,率兵来擒孟达。

却说曹丕正聚文武议事,忽近臣奏曰:"蜀将孟达来降。"丕召入问曰:"汝此来,莫非诈降乎?"达曰:"臣为不救关公之危,汉中王欲杀臣,因此惧罪来降,别无他意。"曹丕尚未准信,忽报刘封引五万兵来取襄阳,单搦孟达厮杀。丕曰:"汝既是真心,便可去襄阳取刘封首级来,孤方准信。"达曰:"臣以利害说之,不必动兵,令刘封亦来降也。"丕大喜,遂加孟达为散骑常侍、建武将军、平阳亭侯,领新城太守,去守襄阳、樊城。原来夏侯尚、徐晃已先在襄阳,正将收取上庸诸部。孟达到了襄阳,与二将礼毕,探得刘封离城五十里下寨。达即修书一封,使人赍赴蜀寨招降刘封。刘封览书大怒曰:"此贼误吾叔侄之义,又间吾父子之亲,使吾为不忠不孝之人也!"遂扯碎来书,斩其使。次日,引军前来搦战。

孟达知刘封扯书斩使,勃然大怒,亦领兵出迎。两阵对圆,封立马于门旗下,以刀指骂曰:"背国反贼,安敢乱言!"孟达曰:"汝死已临头上,还自执迷不省!"封大怒,拍马轮刀,直奔孟达。战不三合,达败走,封乘虚追杀二十余里,一声喊起,伏兵尽出,左边夏侯尚杀来,右边徐晃杀来,孟达回身复战。三军夹攻,刘封大败而走,连夜奔回上庸,背后魏兵赶来。刘封到城下叫门,城上乱箭射下。申耽在敌楼上叫曰:"吾已降了魏也!"封大怒,欲要攻城,背后追军将至,封立脚不住，只得望房陵而奔，见城上已尽插魏旗。申仪在敌楼上将旗一飐，城后一彪军出，旗上大书“右将军徐晃”。封抵敌不住，急望西川而走。晃乘势追杀。刘封部下只剩得百余骑。到了成都，入见汉中王，哭拜于地，细奏前事。玄德怒曰：“辱子有何面目复来见吾！”封曰：“叔父之难，非儿不救，因孟达谏阻故耳。”玄德转怒曰：“汝须食人食、穿人衣，非土木偶人！安可听谗贼所阻！”命左右推出斩之。汉中王既斩刘封，后闻孟达招之，毁书斩使之事，心中颇悔；又哀痛关公，以致染病。因此按兵不动。

且说魏王曹丕，自即王位，将文武官僚，尽皆升赏；遂统甲兵三十万，南巡沛国谯县，大飨先茔。乡中父老，扬尘遮道，奉觞进酒，效汉高祖还沛之事。人报大将军夏侯惇病危，丕即还邺郡。时惇已卒，丕为挂孝，以厚礼殡葬。

是岁八月间，报称石邑县凤凰来仪，临淄城麒麟出现，黄龙现于邺郡。于是中郎将李伏、太史丞许芝商议：种种瑞征，乃魏当代汉之兆，可安排受禅之礼，令汉帝将天下让于魏王。遂同华歆、王朗、辛毗、贾诩、刘廙、刘晔、陈矫、陈群、桓阶等一班文武官僚，四十余人，直入内殿，来奏汉献帝，请禅位于魏王曹丕。正是：魏家社稷今将建，汉代江山忽已移。未知献帝如何回答，且看下文分解。

第八十回　曹丕废帝篡炎刘　汉王正位续大统

却说华歆等一班文武，入见献帝。歆奏曰："伏睹魏王，自登位以来，德布四方，仁及万物，越古超今，虽唐、虞无以过此。群臣会议，言汉祚已终，望陛下效尧、舜之道，以山川社稷，禅与魏王，上合天心，下合民意，则陛下安享清闲之福，祖宗幸甚！生灵幸甚！臣等议定，特来奏请。"帝闻奏大惊，半晌无言，觑百官而哭曰："朕想高祖提三尺剑，斩蛇起义，平秦灭楚，创造基业，世统相传，四百年矣。朕虽不才，初无过恶，安忍将祖宗大业，等闲弃了？汝百官再从公计议。"

华歆引李伏、许芝近前奏曰："陛下若不信，可问此二人。"李伏奏曰："自魏王即位以来，麒麟降生，凤凰来仪，黄龙出现，嘉禾蔚生，甘露下降。此是上天示瑞，魏当代汉之象也。"许芝又奏曰："臣等职掌司天，夜观乾象，见炎汉气数已终，陛下帝星隐匿不明；魏国乾象，极天际地，言之难尽。更兼上应图谶，其谶曰：'鬼在边，委相连；当代汉，无可言。言在东，午在西；两日并光上下移。'以此论之，陛下可早禅位。鬼在边，委相连，是魏字也；言在东，午在西，乃许字也；两日并光上下移，乃昌字也：此是魏在许昌应受汉禅也。愿陛下察之。"帝曰："祥瑞图谶，皆虚妄之事；奈何以虚妄之事，而遽欲朕舍祖宗之基业乎？"王朗奏曰："自古以来，有兴必有废，有盛必有衰，岂有不亡之国、不败之家乎？汉室相传四百余年，延至陛下，气数已尽，宜早退避，不可迟疑；迟则生变矣。"帝大哭，入后殿去了。百官哂笑而退。

次日，官僚又集于大殿，令宦官入请献帝。帝忧惧不敢出。曹后曰："百官请陛下设朝，陛下何故推阻？"帝泣曰："汝兄欲篡位，令百官相逼，朕故不出。"曹后大怒曰："吾兄奈何为此乱逆之事耶！"言未已，只见曹洪、曹休带剑而入，请帝出殿。曹后大骂曰："俱是汝等乱贼，希图富贵，共造逆谋！吾父功盖寰区，威震天下，然且不敢篡窃神器。今吾兄嗣位未几,辄思篡汉,皇天必不祚尔!”言罢,痛哭入宫。左右侍者皆歔欷流涕。

曹洪、曹休力请献帝出殿。帝被逼不过,只得更衣出前殿。华歆奏曰:“陛下可依臣等昨日之议,免遭大祸。”帝痛哭曰:“卿等皆食汉禄久矣;中间多有汉朝功臣子孙,何忍作此不臣之事?”歆曰:“陛下若不从众议,恐旦夕萧墙祸起。非臣等不忠于陛下也。”帝曰:“谁敢弑朕耶?”歆厉声曰:“天下之人,皆知陛下无人君之福,以致四方大乱!若非魏王在朝,弑陛下者,何止一人?陛下尚不知恩报德,直欲令天下人共伐陛下耶?”帝大惊,拂袖而起,王朗以目视华歆。歆纵步向前,扯住龙袍,变色而言曰:“许与不许,早发一言!”帝战栗不能答,曹洪、曹休拔剑大呼曰:“符宝郎何在?”祖弼应声出曰:“符宝郎在此!”曹洪索要玉玺。祖弼叱曰:“玉玺乃天子之宝,安得擅索!”洪喝令武士推出斩之。祖弼大骂不绝口而死。后人有诗赞曰:“奸宄专权汉室亡,诈称禅位效虞唐。满朝百辟皆尊魏,仅见忠臣符宝郎。”

帝颤栗不已。只见阶下披甲持戈数百余人,皆是魏兵。帝泣谓群臣曰:“朕愿将天下禅于魏王,幸留残喘,以终天年。”贾诩曰:“魏王必不负陛下。陛下可急降诏,以安众心。”帝只得令陈群草禅国之诏,令华歆赍捧诏玺,引百官直至魏王宫献纳。曹丕大喜。开读诏曰:“朕在位三十二年,遭天下荡覆,幸赖祖宗之灵,危而复存。然今仰瞻天象,俯察民心,炎精之数既终,行运在乎曹氏。是以前王既树神武之迹,今王又光耀明德,以应其期。历数昭明,信可知矣。夫大道之行,天下为公;唐尧不私于厥子,而名播于无穷,朕窃慕焉,今其追踵尧典,禅位于丞相魏王。王其毋辞!”

曹丕听毕,便欲受诏。司马懿谏曰:“不可。虽然诏玺已至,殿下宜且上表谦辞,以绝天下之谤。”丕从之,令王朗作表,自称德薄,请别求大贤以嗣天位。帝览表,心甚惊疑,谓群臣曰:“魏王谦逊,如之奈何?”华歆曰:“昔魏武王受王爵之时,三辞而诏不许,然后受之,今陛下可再降诏,魏王自当允从。”

帝不得已,又令桓阶草诏,遣高庙使张音,持节奉玺至魏王宫。

曹丕开读诏曰："咨尔魏王，上书谦让。朕窃为汉道陵迟，为日已久；幸赖武王操，德膺符运，奋扬神武，芟除凶暴，清定区夏。今王丕缵承前绪，至德光昭，声教被四海，仁风扇八区；天之历数，实在尔躬。昔虞舜有大功二十，而放勋禅以天下；大禹有疏导之绩，而重华禅以帝位。汉承尧运，有传圣之义，加顺灵祇，绍天明命，使行御史大夫张音，持节奉皇帝玺绶。王其受之！"

曹丕接诏欣喜，谓贾诩曰："虽二次有诏，然终恐天下后世，不免篡窃之名也。"诩曰："此事极易，可再命张音赍回玺绶，却教华歆令汉帝筑一坛，名受禅坛；择吉日良辰，集大小公卿，尽到坛下，令天子亲奉玺绶，禅天下与王，便可以释群疑而绝众议矣。"

丕大喜，即令张音赍回玺绶，仍作表谦辞。音回奏献帝。帝问群臣曰："魏王又让，其意若何？"华歆奏曰："陛下可筑一坛，名曰受禅坛，集公卿庶民，明白禅位；则陛下子子孙孙，必蒙魏恩矣。"帝从之，乃遣太常院官，卜地于繁阳，筑起三层高坛，择于十月庚午日寅时禅让。

至期，献帝请魏王曹丕登坛受禅，坛下集大小官僚四百余员，御林虎贲禁军三十余万，帝亲捧玉玺奉曹丕。丕受之。坛下群臣跪听册曰："咨尔魏王！昔者唐尧禅位于虞舜，舜亦以命禹：天命不于常，惟归有德。汉道陵迟，世失其序；降及朕躬，大乱滋昏，群凶恣逆，宇内颠覆。赖武王神武，拯兹难于四方，惟清区夏，以保绥我宗庙；岂予一人获乂，俾九服实受其赐。今王钦承前绪，光于乃德；恢文武之大业，昭尔考之弘烈。皇灵降瑞，人神告征；诞惟亮采，师锡朕命。佥曰尔度克协于虞舜，用率我唐典，敬逊尔位。于戏！天之历数在尔躬，君其祇顺大礼，飨万国以肃承天命！"

读册已毕，魏王曹丕即受八般大礼，登了帝位。贾诩引大小官僚朝于坛下。改延康元年为黄初元年。国号大魏。丕即传旨，大赦天下。谥父曹操为太祖武皇帝。华歆奏曰："'天无二日，民无二主。'汉帝既禅天下，理宜退就藩服。乞降明旨，安置刘氏于何地？"言讫，扶献帝跪于坛下听旨。丕降旨封帝为山阳公，即日便行。华歆按剑指帝，厉声而言曰："立一帝，废一帝，古之常道！今上仁慈，不忍加害,封汝为山阳公。今日便行,非宣召不许入朝!”献帝含泪拜谢,上马而去。坛下军民人等见之,伤感不已。丕谓群臣曰:“舜、禹之事,朕知之矣!”群臣皆呼万岁。后人观此受禅坛,有诗叹曰:“两汉经营事颇难,一朝失却旧江山。黄初欲学唐虞事,司马将来作样看。”

百官请曹丕答谢天地。丕方下拜,忽然坛前卷起一阵怪风,飞砂走石,急如骤雨,对面不见;坛上火烛,尽皆吹灭。丕惊倒于坛上,百官急救下坛,半晌方醒。侍臣扶入宫中,数日不能设朝。后病稍可,方出殿受群臣朝贺。封华歆为司徒,王朗为司空;大小官僚,一一升赏。丕疾未痊,疑许昌宫室多妖,乃自许昌幸洛阳,大建宫室。

早有人到成都,报说曹丕自立为大魏皇帝,于洛阳盖造宫殿;且传言汉帝已遇害。汉中王闻知,痛哭终日,下令百官挂孝,遥望设祭,上尊谥曰“孝愍皇帝”。玄德因此忧虑,致染成疾,不能理事,政务皆托与孔明。

孔明与太傅许靖、光禄大夫谯周商议,言天下不可一日无君,欲尊汉中王为帝。谯周曰:“近有祥风庆云之瑞;成都西北角有黄气数十丈,冲霄而起;帝星见于毕、胃、昴之分,煌煌如月。此正应汉中王当即帝位,以继汉统,更复何疑?”于是孔明与许靖,引大小官僚上表,请汉中王即皇帝位。汉中王览表,大惊曰:“卿等欲陷孤为不忠不义之人耶?”孔明奏曰:“非也。曹丕篡汉自立,王上乃汉室苗裔,理合继统以延汉祀。”汉中王勃然变色曰:“孤岂效逆贼所为!”拂袖而起,入于后宫。众官皆散。

三日后,孔明又引众官入朝,请汉中王出。众皆拜伏于前。许靖奏曰:“今汉天子已被曹丕所弑,王上不即帝位,兴师讨逆,不得为忠义也。今天下无不欲王上为君,为孝愍皇帝雪恨。若不从臣等所议,是失民望矣。”汉中王曰:“孤虽是景帝之孙,并未有德泽以布于民;今一旦自立为帝,与篡窃何异!”孔明苦劝数次,汉中王坚执不从。

孔明乃设一计,谓众官曰:如此如此。于是孔明托病不出。汉中王闻孔明病笃,亲到府中,直入卧榻边,问曰:“军师所感何疾?”孔明答曰:“忧心如焚,命不久矣!”汉中王曰:“军师所忧何事?”连问数次,孔明只推病重,瞑目不答。汉中王再三请问。孔明喟然叹曰:

“臣自出茅庐，得遇大王，相随至今，言听计从；今幸大王有两川之地，不负臣夙昔之言。目今曹丕篡位，汉祀将斩，文武官僚，咸欲奉大王为帝，灭魏兴刘，共图功名；不想大王坚执不肯，众官皆有怨心，不久必尽散矣。若文武皆散，吴、魏来攻，两川难保。臣安得不忧乎?”汉中王曰：“吾非推阻，恐天下人议论耳。”孔明曰：“圣人云：名不正则言不顺，今大王名正言顺，有何可议？岂不闻天与弗取，反受其咎?”汉中王曰：“待军师病可，行之未迟。”孔明听罢，从榻上跃然而起，将屏风一击，外面文武众官皆入，拜伏于地曰：“王上既允，便请择日以行大礼。”汉中王视之，乃是太傅许靖、安汉将军糜竺、青衣侯向举、阳泉侯刘豹、别驾赵祚、治中杨洪、议曹杜琼、从事张爽、太常卿赖恭、光禄卿黄权、祭酒何宗、学士尹默、司业谯周、大司马殷纯、偏将军张裔、少府王谋、昭文博士伊籍、从事郎秦宓等众也。

汉中王惊曰：“陷孤于不义，皆卿等也!”孔明曰：“王上既允所请，便可筑坛择吉，恭行大礼。”即时送汉中王还宫，一面令博士许慈、谏议郎孟光掌礼，筑坛于成都武担之南。诸事齐备，多官整设銮驾，迎请汉中王登坛致祭。谯周在坛上，高声朗读祭文曰：“惟建安二十六年四月丙午朔，越十二日丁巳，皇帝备，敢昭告于皇天后土：汉有天下，历数无疆。曩者王莽篡盗，光武皇帝震怒致诛，社稷复存。今曹操阻兵残忍，戮杀主后，罪恶滔天；操子丕，载肆凶逆，窃据神器。群下将士，以为汉祀堕废，备宜延之，嗣武二祖，躬行天罚。备惧无德忝帝位，询于庶民，外及遐荒君长，佥曰：天命不可以不答，祖业不可以久替，四海不可以无主。率土式望，在备一人。备畏天明命，又惧高、光之业，将坠于地，谨择吉日，登坛告祭，受皇帝玺绶，抚临四方。惟神飨祚汉家，永绥历服!”

读罢祭文，孔明率众官恭上玉玺。汉中王受了，捧于坛上，再三推辞曰：“备无才德，请择有才德者受之。”孔明奏曰：“王上平定四海，功德昭于天下，况是大汉宗派，宜即正位。已祭告天神，复何让焉!”文武各官，皆呼万岁。拜舞礼毕，改元章武元年。立妃吴氏为皇后，长子刘禅为太子；封次子刘永为鲁王，三子刘理为梁王；封诸葛亮为丞相，许靖为司徒；大小官僚，一一升赏。大赦天下。两川军民，无不欣跃。

次日设朝，文武官僚拜毕，列为两班。先主降诏曰："朕自桃园与关、张结义，誓同生死。不幸二弟云长，被东吴孙权所害；若不报仇，是负盟也。朕欲起倾国之兵，剪伐东吴，生擒逆贼，以雪此恨！"言未毕，班内一人拜伏于阶下，谏曰："不可。"先主视之，乃虎威将军赵云也。正是：君王未及行天讨，臣下曾闻进直言。未知子龙所谏若何，且看下文分解。

第八十一回　急兄仇张飞遇害　雪弟恨先主兴兵

却说先主欲起兵东征，赵云谏曰："国贼乃曹操，非孙权也。今曹丕篡汉，神人共怒。陛下可早图关中，屯兵渭河上流，以讨凶逆，则关东义士，必裹粮策马以迎王师；若舍魏以伐吴，兵势一交，岂能骤解。愿陛下察之。"先主曰："孙权害了朕弟；又兼傅士仁、糜芳、潘璋、马忠皆有切齿之仇：啖其肉而灭其族，方雪朕恨！卿何阻耶？"云曰："汉贼之仇，公也；兄弟之仇，私也。愿以天下为重。"先主答曰："朕不为弟报仇，虽有万里江山，何足为贵？"遂不听赵云之谏，下令起兵伐吴；且发使往五溪，借番兵五万，共相策应；一面差使往阆中，迁张飞为车骑将军，领司隶校尉，封西乡侯，兼阆中牧。使命赍诏而去。

却说张飞在阆中，闻知关公被东吴所害，旦夕号泣，血湿衣襟。诸将以酒解劝，酒醉，怒气愈加。帐上帐下，但有犯者即鞭挞之；多有鞭死者。每日望南切齿睁目怒恨，放声痛哭不已。忽报使至，慌忙接入，开读诏旨。飞受爵望北拜毕，设酒款待来使。飞曰："吾兄被害，仇深似海；庙堂之臣，何不早奏兴兵？"使者曰："多有劝先灭魏而后伐吴者。"飞怒曰："是何言也！昔我三人桃园结义，誓同生死；今不幸二兄半途而逝，吾安得独享富贵耶！吾当面见天子，愿为前部先锋，挂孝伐吴，生擒逆贼，祭告二兄，以践前盟！"言讫，就同使命望成都而来。

却说先主每日自下教场操演军马，克日兴师，御驾亲征。于是公卿都至丞相府中见孔明，曰："今天子初临大位，亲统军伍，非所以重社稷也。丞相秉钧衡之职，何不规谏？"孔明曰："吾苦谏数次，只是不听。今日公等随我入教场谏去。"当下孔明引百官来奏先主曰："陛下初登宝位，若欲北讨汉贼，以伸大义于天下，方可亲统六师；若只欲伐吴，命一上将统军伐之可也，何必亲劳圣驾？"先主见孔明苦谏,心中稍回。忽报张飞到来,先主急召入。飞至演武厅拜伏于地,抱先主足而哭。先主亦哭。飞曰:“陛下今日为君,早忘了桃园之誓!二兄之仇,如何不报?”先主曰:“多官谏阻,未敢轻举。”飞曰:“他人岂知昔日之盟?若陛下不去,臣舍此躯与二兄报仇!若不能报时,臣宁死不见陛下也!”先主曰:“朕与卿同往:卿提本部兵自阆州而出,朕统精兵会于江州,共伐东吴,以雪此恨!”飞临行,先主嘱曰:“朕素知卿酒后暴怒,鞭挞健儿,而复令在左右:此取祸之道也。今后务宜宽容,不可如前。”飞拜辞而去。

次日,先主整兵要行。学士秦宓奏曰:“陛下舍万乘之躯,而徇小义,古人所不取也。愿陛下思之。”先主曰:“云长与朕,犹一体也。大义尚在,岂可忘耶?”宓伏地不起曰:“陛下不从臣言,诚恐有失。”先主大怒曰:“朕欲兴兵,尔何出此不利之言!”叱武士推出斩之,宓面不改色,回顾先主而笑曰:“臣死无恨,但可惜新创之业,又将颠覆耳!”众官皆为秦宓告免。先主曰:“暂且囚下,待朕报仇回时发落。”孔明闻知,即上表救秦宓。其略曰:“臣亮等窃以吴贼逞奸诡之计,致荆州有覆亡之祸;陨将星于斗牛,折天柱于楚地:此情哀痛,诚不可忘。但念迁汉鼎者,罪由曹操;移刘祚者,过非孙权。窃谓魏贼若除,则吴自宾服。愿陛下纳秦宓金石之言,以养士卒之力,别作良图,则社稷幸甚!天下幸甚!”先主看毕,掷表于地曰:“朕意已决,无得再谏!”遂命丞相诸葛亮保太子守两川;骠骑将军马超并弟马岱,助镇北将军魏延守汉中,以当魏兵;虎威将军赵云为后应,兼督粮草;黄权、程畿为参谋;马良、陈震掌理文书;黄忠为前部先锋;冯习、张南为副将;傅彤、张翼为中军护尉;赵融、廖淳为合后。川将数百员,并五溪番将等,共兵七十五万,择定章武元年七月丙寅日出师。

却说张飞回到阆中,下令军中:限三日内制办白旗白甲,三军挂孝伐吴。次日,帐下两员末将范疆、张达,入帐告曰:“白旗白甲,一时无措,须宽限方可。”飞大怒曰:“吾急欲报仇,恨不明日便到逆贼之境,汝安敢违我将令!”叱武士缚于树上,各鞭背五十。鞭毕,以手指之曰:“来日俱要完备!若违了限,即杀汝二人示众!”打得二人满口出血。回到营中商议,范疆曰:“今日受了刑责,着我等如何办得?

其人性暴如火,倘来日不完,你我皆被杀矣!”张达曰:“比如他杀我,不如我杀他。”疆曰:“怎奈不得近前。”达曰:“我两个若不当死,则他醉于床上;若是当死,则他不醉。”二人商议停当。

却说张飞在帐中,神思昏乱,动止恍惚,乃问部将曰:“吾今心惊肉颤,坐卧不安,此何意也?”部将答曰:“此是君侯思念关公,以致如此。”飞令人将酒来,与部将同饮,不觉大醉,卧于帐中。范、张二贼,探知消息,初更时分,各藏短刀,密入帐中,诈言欲禀机密重事,直至床前。原来张飞每睡不合眼;当夜寝于帐中,二贼见他须竖目张,本不敢动手。因闻鼻息如雷,方敢近前,以短刀刺入飞腹。飞大叫一声而亡。时年五十五岁。后人有诗叹曰:“安喜曾闻鞭督邮,黄巾扫尽佐炎刘。虎牢关上声先震,长坂桥边水逆流。义释严颜安蜀境,智欺张郃定中州。伐吴未克身先死,秋草长遗阆地愁。”

却说二贼当夜割了张飞首级,便引数十人连夜投东吴去了。次日,军中闻知,起兵追之不及。时有张飞部将吴班,向自荆州来见先主,先主用为牙门将,使佐张飞守阆中。当下吴班先发表章,奏知天子;然后令长子张苞具棺椁盛贮,令弟张绍守阆中,苞自来报先主。时先主已择期出师。大小官僚,皆随孔明送十里方回。孔明回至成都,怏怏不乐,顾谓众官曰:“法孝直若在,必能制主上东行也。”

却说先主是夜心惊肉颤,寝卧不安。出帐仰观天文,见西北一星,其大如斗,忽然坠地。先主大疑,连夜令人求问孔明。孔明回奏曰:“合损一上将。三日之内,必有惊报。”先主因此按兵不动。忽侍臣奏曰:“阆中张车骑部将吴班,差人赍表至。”先主顿足曰:“噫!三弟休矣!”及至览表,果报张飞凶信。先主放声大哭,昏绝于地。众官救醒。

次日,人报一队军马骤风而至。先主出营观之。良久,见一员小将,白袍银铠,滚鞍下马,伏地而哭,乃张苞也。苞曰:“范疆、张达杀了臣父,将首级投吴去了!”先主哀痛至甚,饮食不进。群臣苦谏曰:“陛下方欲为二弟报仇,何可先自摧残龙体?”先主方才进膳,遂谓张苞曰:“卿与吴班,敢引本部军作先锋,为卿父报仇否?”苞曰:“为国为父,万死不辞!”先主正欲遣苞起兵,又报一彪军风拥而至。先主令侍臣探之。

须臾,侍臣引一小将军,白袍银铠,入营伏地而哭。先主视之,乃关兴也。先主见了关兴,想起关公,又放声大哭。众官苦劝。先主曰:“朕想布衣时,与关、张结义,誓同生死;今朕为天子,正欲与两弟同享富贵,不幸俱死于非命!见此二侄,能不断肠!”言讫又哭。众官曰:“二小将军且退。容圣上将息龙体。”侍臣奏曰:“陛下年过六旬,不宜过于哀痛。”先主曰:“二弟俱亡,朕安忍独生!”言讫,以头顿地而哭。

多官商议曰:“今天子如此烦恼,将何解劝?”马良曰:“主上亲统大兵伐吴,终日号泣,于军不利。”陈震曰:“吾闻成都青城山之西,有一隐者,姓李,名意。世人传说此老已三百余岁,能知人之生死吉凶,乃当世之神仙也。何不奏知天子,召此老来,问他吉凶,胜如吾等之言。”遂入奏先主。先主从之,即遣陈震赍诏,往青城山宣召。震星夜到了青城,令乡人引入山谷深处,遥望仙庄,清云隐隐,瑞气非凡。忽见一小童来迎曰:“来者莫非陈孝起乎?”震大惊曰:“仙童如何知我姓字!”童子曰:“吾师昨者有言:今日必有皇帝诏命至;使者必是陈孝起。”震曰:“真神仙也!人言信不诬矣!”遂与小童同入仙庄,拜见李意,宣天子诏命。李意推老不行。震曰:“天子急欲见仙翁一面,幸勿吝鹤驾。”再三敦请,李意方行。

即至御营,入见先主。先主见李意鹤发童颜,碧眼方瞳,灼灼有光,身如古柏之状,知是异人,优礼相待。李意曰:“老夫乃荒山村叟,无学无识。辱陛下宣召,不知有何见谕?”先主曰:“朕与关、张二弟生死之交,三十余年矣。今二弟被害,亲统大军报仇,未知休咎如何。久闻仙翁通晓玄机,望乞赐教。”李意曰:“此乃天数,非老夫所知也。”先主再三求问,意乃索纸笔画兵马器械四十余张,画毕便一一扯碎。又画一大人仰卧于地上,旁边一人掘土埋之,上写一大“白”字,遂稽首而去。先主不悦,谓群臣曰:“此狂叟也!不足为信。”即以火焚之,便催军前进。

张苞入奏曰:“吴班军马已至。小臣乞为先锋。”先主壮其志,即取先锋印赐张苞。苞方欲挂印,又一少年将奋然出曰:“留下印与我!”视之,乃关兴也。苞曰:“我已奉诏矣。”兴曰:“汝有何能,敢当此任?”苞曰:“我自幼习学武艺,箭无虚发。”先主曰:“朕正要观贤侄武艺,以定优劣。”苞令军士于百步之外,立一面旗,旗上画一红心。苞拈弓取箭,连射三箭,皆中红心。众皆称善。关兴挽弓在手曰:“射中红心何足为奇?”正言间,忽值头上一行雁过。兴指曰:“吾射这飞雁第三只。”一箭射去,那只雁应弦而落。文武官僚,齐声喝采。苞大怒,飞身上马,手挺父所使丈八点钢矛,大叫曰:“你敢与我比试武艺否?”兴亦上马,绰家传大砍刀纵马而出曰:“偏你能使矛!吾岂不能使刀!”

二将方欲交锋,先主喝曰:“二子休得无礼!”兴、苞二人慌忙下马,各弃兵器,拜伏请罪。先主曰:“朕自涿郡与卿等之父结异姓之交,亲如骨肉;今汝二人亦是昆仲之分,正当同心协力,共报父仇;奈何自相争竞,失其大义!父丧未远而犹如此,况日后乎?”二人再拜伏罪。先主问曰:“卿二人谁年长?”苞曰:“臣长关兴一岁。”先主即命兴拜苞为兄。二人就帐前折箭为誓,永相救护。先主下诏使吴班为先锋,令张苞、关兴护驾。水陆并进,船骑双行,浩浩荡荡,杀奔吴国来。

却说范疆、张达将张飞首级,投献吴侯,细告前事。孙权听罢,收了二人,乃谓百官曰:“今刘玄德即了帝位,统精兵七十余万,御驾亲征,其势甚大,如之奈何?”百官尽皆失色,面面相觑。诸葛瑾出曰:“某食君侯之禄久矣,无可报效,愿舍残生,去见蜀主,以利害说之,使两国相和,共讨曹丕之罪。”权大喜,即遣诸葛瑾为使,来说先主罢兵。正是:两国相争通使命,一言解难赖行人。未知诸葛瑾此去如何,且看下文分解。

第八十二回　孙权降魏受九锡　先主征吴赏六军

却说章武元年秋八月，先主起大军至夔关，驾屯白帝城。前队军马已出川口。近臣奏曰："吴使诸葛瑾至。"先主传旨教休放入。黄权奏曰："瑾弟在蜀为相，必有事而来。陛下何故绝之？当召入，看他言语。可从则从；如不可，则就借彼口说与孙权，令知问罪有名也。"先主从之，召瑾入城。瑾拜伏于地。先主问曰："子瑜远来，有何事故？"瑾曰："臣弟久事陛下，臣故不避斧钺，特来奏荆州之事。前者，关公在荆州时，吴侯数次求亲，关公不允。后关公取襄阳，曹操屡次致书吴侯，使袭荆州；吴侯本不肯许，因吕蒙与关公不睦，故擅自兴兵，误成大事，今吴侯悔之不及。此乃吕蒙之罪，非吴侯之过也。今吕蒙已死，冤仇已息。孙夫人一向思归。今吴侯令臣为使，愿送归夫人，缚还降将，并将荆州仍旧交还，永结盟好，共灭曹丕，以正篡逆之罪。"先主怒曰："汝东吴害了朕弟，今日敢以巧言来说乎！"瑾曰："臣请以轻重大小之事，与陛下论之：陛下乃汉朝皇叔，今汉帝已被曹丕篡夺，不思剿除；却为异姓之亲，而屈万乘之尊：是舍大义而就小义也。中原乃海内之地，两都皆大汉创业之方，陛下不取，而但争荆州：是弃重而取轻也。天下皆知陛下即位，必兴汉室，恢复山河；今陛下置魏不问，反欲伐吴：窃为陛下不取。"先主大怒曰："杀吾弟之仇，不共戴天！欲朕罢兵，除死方休！不看丞相之面，先斩汝首！今且放汝回去，说与孙权：洗颈就戮！"诸葛瑾见先主不听，只得自回江南。

却说张昭见孙权曰："诸葛子瑜知蜀兵势大，故假以请和为辞，欲背吴入蜀。此去必不回矣。"权曰："孤与子瑜，有生死不易之盟；孤不负子瑜，子瑜亦不负孤。昔子瑜在柴桑时，孔明来吴，孤欲使子瑜留之。子瑜曰：弟已事玄德，义无二心；弟之不留，犹瑾之不往。其言足贯神明。今日岂肯降蜀乎？孤与子瑜可谓神交，非外言所得间也。"正言间，忽报诸葛瑾回。权曰："孤言若何？"张昭满面羞惭而退。瑾见孙权，言先主不肯通和之意。权大惊曰："若如此，则江南危矣！"阶下一人进曰："某有一计，可解此危。"视之，乃中大夫赵咨也。权曰："德度有何良策？"咨曰："主公可作一表，某愿为使，往见魏帝曹丕，陈说利害，使袭汉中，则蜀兵自危矣。"权曰："此计最善。但卿此去，休失了东吴气象。"咨曰："若有些小差失，即投江而死，安有面目见江南人物乎！"

权大喜，即写表称臣，令赵咨为使。星夜到了许都，先见太尉贾诩等并大小官僚。次日早朝，贾诩出班奏曰："东吴遣中大夫赵咨上表。"曹丕笑曰："此欲退蜀兵故也。"即令召入。咨拜伏于丹墀。丕览表毕，遂问咨曰："吴侯乃何如主也？"咨曰："聪明、仁智、雄略之主也。"丕笑曰："卿褒奖毋乃太甚？"咨曰："臣非过誉也。吴侯纳鲁肃于凡品，是其聪也；拔吕蒙于行阵，是其明也；获于禁而不害，是其仁也；取荆州兵不血刃，是其智也；据三江虎视天下，是其雄也；屈身于陛下，是其略也：以此论之，岂不为聪明、仁智、雄略之主乎？"丕又问曰："吴主颇知学乎？"咨曰："吴主浮江万艘，带甲百万，任贤使能，志存经略；少有余闲，博览书传，历观史籍，采其大旨，不效书生寻章摘句而已。"丕曰："朕欲伐吴，可乎？"咨曰："大国有征伐之兵，小国有御备之策。"丕曰："吴畏魏乎？"咨曰："带甲百万，江汉为池，何畏之有？"丕曰："东吴如大夫者几人？"咨曰："聪明特达者八九十人；如臣之辈，车载斗量，不可胜数。"丕叹曰："使于四方，不辱君命，卿可以当之矣。"于是即降诏，命太常卿邢贞赍册封孙权为吴王，加九锡。赵咨谢恩出城。

大夫刘晔谏曰："今孙权惧蜀兵之势，故来请降。以臣愚见：蜀、吴交兵，乃天亡之也；今若遣上将提数万之兵，渡江袭之，蜀攻其外，魏攻其内，吴国之亡，不出旬日。吴亡则蜀孤矣。陛下何不早图之？"丕曰："孙权既以礼服朕，朕若攻之，是沮天下欲降者之心；不若纳之为是。"刘晔又曰："孙权虽有雄才，乃残汉骠骑将军、南昌侯之职。官轻则势微，尚有畏中原之心；若加以王位，则去陛下一阶耳。今陛下信其诈降，崇其位号以封殖之，是与虎添翼也。"丕曰："不然。朕不助吴，亦不助蜀。待看吴、蜀交兵，若灭一国，止存一国，那时除之,有何难哉?朕意已决,卿勿复言。”遂命太常卿邢贞同赵咨捧执册锡,径至东吴。

却说孙权聚集百官,商议御蜀兵之策。忽报魏帝封主公为王,礼当远接,顾雍谏曰:“主公宜自称上将军、九州伯之位,不当受魏帝封爵。”权曰:“当日沛公受项羽之封,盖因时也;何故却之?”遂率百官出城迎接。邢贞自恃上国天使,入门不下车。张昭大怒,厉声曰:“礼无不敬,法无不肃,而君敢自尊大,岂以江南无方寸之刃耶?”邢贞慌忙下车,与孙权相见,并车入城。忽车后一人放声哭曰:“吾等不能奋身舍命,为主并魏吞蜀,乃令主公受人封爵,不亦辱乎!”众视之,乃徐盛也。邢贞闻之,叹曰:“江东将相如此,终非久在人下者也!”

却说孙权受了封爵,众文武官僚拜贺已毕,命收拾美玉明珠等物,遣人赍进谢恩。早有细作报说蜀主引本国大兵,及蛮王沙摩柯番兵数万,又有洞溪汉将杜路、刘宁二枝兵,水陆并进,声势震天。水路军已出巫口,旱路军已到秭归。时孙权虽登王位,奈魏主不肯接应,乃问文武曰:“蜀兵势大,当复如何?”众皆默然。权叹曰:“周郎之后有鲁肃,鲁肃之后有吕蒙,今吕蒙已亡,无人与孤分忧也!”言未毕,忽班部中一少年将,奋然而出,伏地奏曰:“臣虽年幼,颇习兵书。愿乞数万之兵,以破蜀兵。”权视之,乃孙桓也。桓字叔武,其父名河,本姓俞氏,孙策爱之,赐姓孙,因此亦系吴王宗族。河生四子,桓居其长,弓马熟娴,常从吴王征讨,累立奇功,官授武卫都尉;时年二十五岁。权曰:“汝有何策胜之?”桓曰:“臣有大将二员:一名李异,一名谢旌,俱有万夫不当之勇。乞数万之众,往擒刘备。”权曰:“侄虽英勇,争奈年幼;必得一人相助,方可。”虎威将军朱然出曰:“臣愿与小将军同擒刘备。”权许之,遂点水陆军五万,封孙桓为左都督,朱然为右都督,即日起兵。哨马探得蜀兵已至宜都下寨,孙桓引二万五千军马,屯于宜都界口,前后分作三营,以拒蜀兵。

却说蜀将吴班领先锋之印,自出川以来,所到之处,望风而降,兵不血刃,直到宜都;探知孙桓在彼下寨,飞奏先主。时先主已到秭归,闻奏怒曰:“量此小儿,安敢与朕抗耶!”关兴奏曰:“既孙权令此子为将，不劳陛下遣大将，臣愿往擒之。”先主曰：“朕正欲观汝壮气。”即命关兴前往。兴拜辞欲行，张苞出曰：“既关兴前去讨贼，臣愿同行。”先主曰：“二侄同行甚妙，但须谨慎，不可造次。”

二人拜辞先主，会合先锋，一同进兵，列成阵势。孙桓听知蜀兵大至，合寨多起。两阵对圆，桓领李异、谢旌立马于门旗之下，见蜀营中拥出二员大将，皆银盔银铠，白马白旗：上首张苞挺丈八点钢矛，下首关兴横着大砍刀。苞大骂曰：“孙桓竖子！死在临时，尚敢抗拒天兵乎！”桓亦骂曰：“汝父已作无头之鬼；今汝又来讨死，好生不智！”张苞大怒，挺枪直取孙桓。桓背后谢旌，骤马来迎。两将战有三十余合，旌败走，苞乘胜赶来。李异见谢旌败了，慌忙拍马轮蘸金斧接战。张苞与战二十余合，不分胜负。吴军中裨将谭雄，见张苞英勇，李异不能胜，却放一冷箭，正射中张苞所骑之马。那马负痛奔回本阵，未到门旗边，扑地便倒，将张苞掀在地上。李异急向前轮起大斧，望张苞脑袋便砍。忽一道红光闪处，李异头早落地，原来关兴见张苞马回，正待接应，忽见张苞马倒，李异赶来，兴大喝一声，劈李异于马下，救了张苞。乘势掩杀，孙桓大败。各自鸣金收军。

次日，孙桓又引军来。张苞、关兴齐出。关兴立马于阵前，单搦孙桓交锋。桓大怒，拍马轮刀，与关兴战三十余合，气力不加，大败回阵。二小将追杀入营，吴班引着张南、冯习驱兵掩杀。张苞奋勇当先，杀入吴军，正遇谢旌，被苞一矛刺死。吴军四散奔走。蜀将得胜收兵，只不见了关兴。张苞大惊曰：“安国有失，吾不独生！”言讫，绰枪上马。寻不数里，只见关兴左手提刀，右手活挟一将。苞问曰：“此是何人？”兴笑答曰：“吾在乱军中，正遇仇人，故生擒来。”苞视之，乃昨日放冷箭的谭雄也。苞大喜，同回本营，斩首沥血，祭了死马。遂写表差人赴先主处报捷。

孙桓折了李异、谢旌、谭雄等许多将士，力穷势孤，不能抵敌，即差人回吴求救。蜀将张南、冯习谓吴班曰：“目今吴兵势败，正好乘虚劫寨。”班曰：“孙桓虽然折了许多将士，朱然水军现今结营江上，未曾损折。今日若去劫寨，倘水军上岸，断我归路，如之奈何？”南曰：“此事至易：可教关、张二将军，各引五千军伏于山谷中；如朱然来救，左右两军齐出夹攻，必然取胜。”班曰：“不如先使小卒诈作降兵，却将劫寨事告与朱然；然见火起，必来救应，却令伏兵击之，则大事济矣。”冯习等大喜，遂依计而行。

却说朱然听知孙桓损兵折将，正欲来救，忽伏路军引几个小卒上船投降。然问之，小卒曰：“我等是冯习帐下士卒，因赏罚不明，特来投降，就报机密。”然曰：“所报何事？”小卒曰：“今晚冯习乘虚要劫孙将军营寨，约定举火为号。”朱然听毕，即使人报知孙桓。报事人行至半途，被关兴杀了。朱然一面商议，欲引兵去救应孙桓。部将崔禹曰：“小卒之言，未可深信。倘有疏虞，水陆二军尽皆休矣。将军只宜稳守水寨，某愿替将军一行。”然从之，遂令崔禹引一万军前去。是夜，冯习、张南、吴班分兵三路，直杀入孙桓寨中，四面火起，吴兵大乱，寻路奔走。

且说崔禹正行之间，忽见火起，急催兵前进。刚才转过山来，忽山谷中鼓声大震：左边关兴，右边张苞，两路夹攻。崔禹大惊，方欲奔走，正遇张苞；交马只一合，被苞生擒而回。朱然听知危急，将船往下水退五六十里去了。孙桓引败军逃走，问部将曰：“前去何处城坚粮广？”部将曰：“此去正北彝陵城，可以屯兵。”桓引败军急望彝陵而走。方进得城，吴班等追至，将城四面围定。关兴、张苞等解崔禹到秭归来。先主大喜，传旨将崔禹斩却，大赏三军。自此威风震动，江南诸将无不胆寒。

却说孙桓令人求救于吴王，吴王大惊，即召文武商议曰：“今孙桓受困于彝陵，朱然大败于江中，蜀兵势大，如之奈何？”张昭奏曰：“今诸将虽多物故，然尚有十余人，何虑于刘备？可命韩当为正将，周泰为副将，潘璋为先锋，凌统为合后，甘宁为救应，起兵十万拒之。”权依所奏，即命诸将速行。此时甘宁已患痢疾，带病从征。

却说先主从巫峡建平起，直接彝陵界分，七十余里，连结四十余寨；见关兴、张苞屡立大功，叹曰：“昔日从朕诸将，皆老迈无用矣；复有二侄如此英雄，朕何虑孙权乎！”正言间，忽报韩当、周泰领兵来到。先主方欲遣将迎敌，近臣奏曰：“老将黄忠，引五六人投东吴去了。”先主笑曰：“黄汉升非反叛之人也；因朕失口误言老者无用，彼必不服老,故奋力去相持矣。”即召关兴、张苞曰:“黄汉升此去必然有失。贤侄休辞劳苦,可去相助。略有微功,便可令回,勿使有失。”二小将拜辞先主,引本部军来助黄忠。正是:老臣素矢忠君志,年少能成报国功。未知黄忠此去如何,且看下文分解。

第八十三回　战猇亭先主得仇人　守江口书生拜大将

却说章武二年春正月，武威后将军黄忠随先主伐吴；忽闻先主言老将无用，即提刀上马，引亲随五六人，径到彝陵营中。吴班与张南、冯习接入，问曰："老将军此来，有何事故？"忠曰："吾自长沙跟天子到今，多负勤劳。今虽七旬有余，尚食肉十斤，臂开二石之弓，能乘千里之马，未足为老。昨日主上言吾等老迈无用，故来此与东吴交锋，看吾斩将，老也不老！"

正言间，忽报吴兵前部已到，哨马临营。忠奋然而起，出帐上马。冯习等劝曰："老将军且休轻进。"忠不听，纵马而去。吴班令冯习引兵助战。忠在吴军阵前，勒马横刀，单搦先锋潘璋交战。璋引部将史迹出马。迹欺忠年老，挺枪出战；斗不三合，被忠一刀斩于马下。潘璋大怒，挥关公使的青龙刀，来战黄忠。交马数合，不分胜负。忠奋力恶战，璋料敌不过，拨马便走。忠乘势追杀，全胜而回。路逢关兴、张苞。兴曰："我等奉圣旨来助老将军；既已立了功，速请回营。"忠不听。

次日，潘璋又来搦战。黄忠奋然上马。兴、苞二人要助战，忠不从；吴班要助战，忠亦不从；只自引五千军出迎。战不数合，璋拖刀便走。忠纵马追之，厉声大叫曰："贼将休走！吾今为关公报仇！"追至三十余里，四面喊声大震，伏兵齐出：右边周泰，左边韩当，前有潘璋，后有凌统，把黄忠困在垓心。忽然狂风大起，忠急退时，山坡上马忠引一军出，一箭射中黄忠肩窝，险些儿落马。吴兵见忠中箭，一齐来攻，忽后面喊声大起，两路军杀来，吴兵溃散，救出黄忠，乃关兴、张苞也。二小将保送黄忠径到御前营中。忠年老血衰，箭疮痛裂，病甚沉重。先主御驾自来看视，抚其背曰："令老将军中伤，朕之过也！"忠曰："臣乃一武夫耳，幸遇陛下。臣今年七十有五，寿亦足矣。望陛下善保龙体，以图中原！"言讫，不省人事。是夜殒于御营。后人有诗叹曰："老将说黄忠，收川立大功。重披金锁甲，双挽铁胎弓。胆气惊河北，威名镇蜀中。临亡头似雪，犹自显英雄。"

先主见黄忠气绝，哀伤不已，敕具棺椁，葬于成都。先主叹曰："五虎大将，已亡三人。朕尚不能复仇，深可痛哉！"乃引御林军直至猇亭，大会诸将，分军八路，水陆俱进。水路令黄权领兵，先主自率大军于旱路进发。时章武二年二月中旬也。

韩当、周泰听知先主御驾来征，引兵出迎。两阵对圆，韩当、周泰出马，只见蜀营门旗开处，先主自出，黄罗销金伞盖，左右白旄黄钺，金银旌节，前后围绕。当大叫曰："陛下今为蜀主，何自轻出？倘有疏虞，悔之何及！"先主遥指骂曰："汝等吴狗，伤朕手足，誓不与立于天地之间！"当回顾众将曰："谁敢冲突蜀兵？"部将夏恂，挺枪出马。先主背后张苞挺丈八矛，纵马而出，大喝一声，直取夏恂。恂见苞声若巨雷，心中惊惧；恰待要走，周泰弟周平见恂抵敌不住，挥刀纵马而来。关兴见了，跃马提刀来迎。张苞大喝一声，一矛刺中夏恂，倒撞下马。周平大惊，措手不及，被关兴一刀斩了。二小将便取韩当、周泰。韩、周二人，慌退入阵。先主视之，叹曰："虎父无犬子也！"用御鞭一指，蜀兵一齐掩杀过去，吴兵大败。那八路兵，势如泉涌，杀的那吴军尸横遍野，血流成河。

却说甘宁正在船中养病，听知蜀兵大至，火急上马，正遇一彪蛮兵，人皆披发跣足，皆使弓弩长枪，搪牌刀斧；为首乃是番王沙摩柯，生得面如噀血，碧眼突出，使一个铁蒺藜骨朵，腰带两张弓，威风抖擞。甘宁见其势大，不敢交锋，拨马而走；被沙摩柯一箭射中头颅。宁带箭而走，到于富池口，坐于大树之下而死。树上群鸦数百，围绕其尸。吴王闻之，哀痛不已，具礼厚葬，立庙祭祀。后人有诗叹曰："吴郡甘兴霸，长江锦幔舟。酬君重知己，报友化仇雠。劫寨将轻骑，驱兵饮巨瓯。神鸦能显圣，香火永千秋。"

却说先主乘势追杀，遂得猇亭。吴兵四散逃走。先主收兵，只不见关兴。先主慌令张苞等四面跟寻。原来关兴杀入吴阵，正遇仇人潘璋，骤马追之。璋大惊，奔入山谷内，不知所往。兴寻思只在山里，往来寻觅不见。看看天晚，迷踪失路。幸得星月有光，追至山僻之间，时已二更，到一庄上，下马叩门。一老者出问何人。兴曰："吾是战将，迷路到此，求一饭充饥。"老人引入，兴见堂内点着明烛，中堂绘画关公神像。兴大哭而拜。老人问曰："将军何故哭拜？"兴曰："此吾父也。"老人闻言，即便下拜。兴曰："何故供养吾父？"老人答曰："此间皆是尊神地方。在生之日，家家侍奉，何况今日为神乎？老夫只望蜀兵早早报仇。今将军到此，百姓有福矣。"遂置酒食待之，卸鞍喂马。

三更已后，忽门外又一人击户。老人出而问之，乃吴将潘璋亦来投宿。恰入草堂，关兴见了，按剑大喝曰："歹贼休走！"璋回身便出。忽门外一人，面如重枣，丹凤眼，卧蚕眉，飘三缕美髯，绿袍金铠，按剑而入。璋见是关公显圣，大叫一声，神魂惊散；欲待转身，早被关兴手起剑落，斩于地上，取心沥血，就关公神像前祭祀。兴得了父亲的青龙偃月刀，却将潘璋首级，擐于马项之下，辞了老人，就骑了潘璋的马，望本营而来。老人自将潘璋之尸拖出烧化。

且说关兴行无数里，忽听得人言马嘶，一彪军来到；为首一将，乃潘璋部将马忠也。忠见兴杀了主将潘璋，将首级擐于马项之下，青龙刀又被兴得了，勃然大怒，纵马来取关兴。兴见马忠是害父仇人，气冲牛斗，举青龙刀望忠便砍。忠部下三百军并力上前，一声喊起，将关兴围在垓心。兴力孤势危。忽见西北上一彪军杀来，乃是张苞。马忠见救兵到来，慌忙引军自退。关兴、张苞一处赶来。赶不数里，前面糜芳、傅士仁引兵来寻马忠。两军相合，混战一处。苞、兴二人兵少，慌忙撤退，回至猇亭，来见先主，献上首级，具言此事。先主惊异，赏犒三军。

却说马忠回见韩当、周泰，收聚败军，各分头守把。军士中伤者不计其数。马忠引傅士仁、糜芳于江渚屯扎。当夜三更，军士皆哭声不止。糜芳暗听之，有一夥军言曰："我等皆是荆州之兵，被吕蒙诡计送了主公性命，今刘皇叔御驾亲征，东吴早晚休矣。所恨者，糜芳、傅士仁也。我等何不杀此二贼，去蜀营投降？功劳不小。"又一夥军言曰："不要性急，等个空儿，便就下手。"

糜芳听毕，大惊，遂与傅士仁商议曰："军心变动，我二人性命难保。今蜀主所恨者马忠耳;何不杀了他,将首级去献蜀主,告称:我等不得已而降吴,今知御驾前来,特地诣营请罪。”仁曰:“不可。去必有祸。”芳曰:“蜀主宽仁厚德,目今阿斗太子是我外甥,彼但念我国戚之情,必不肯加害。”二人计较已定,先备了马。三更时分,入帐刺杀马忠,将首级割了,二人带数十骑,径投猇亭而来。伏路军人先引见张南、冯习,具说其事。次日,到御营中来见先主,献上马忠首级,哭告于前曰:“臣等实无反心;被吕蒙诡计,称言关公已亡,赚开城门,臣等不得已而降。今闻圣驾前来,特杀此贼,以雪陛下之恨。伏乞陛下恕臣等之罪。”先主大怒曰:“朕自离成都许多时,你两个如何不来请罪?今日势危,故来巧言,欲全性命!朕若饶你,至九泉之下,有何面目见关公乎!”言讫,令关兴在御营中,设关公灵位。先主亲捧马忠首级,诣前祭祀。又令关兴将糜芳、傅士仁剥去衣服,跪于灵前,亲自用刀剐之,以祭关公。忽张苞上帐哭拜于前曰:“二伯父仇人皆已诛戮;臣父冤仇,何日可报?”先主曰:“贤侄勿忧。朕当削平江南,杀尽吴狗,务擒二贼,与汝亲自醢之,以祭汝父。”苞泣谢而退。

此时先主威声大震,江南之人尽皆胆裂,日夜号哭。韩当、周泰大惊,急奏吴王,具言糜芳、傅士仁杀了马忠,去归蜀帝,亦被蜀帝杀了。孙权心怯,遂聚文武商议。步骘奏曰:“蜀主所恨者,乃吕蒙、潘璋、马忠、糜芳、傅士仁也。今此数人皆亡,独有范疆、张达二人,现在东吴。何不擒此二人,并张飞首级,遣使送还,交与荆州,送归夫人,上表求和,再会前情,共图灭魏,则蜀兵自退矣。”权从其言,遂具沉香木匣,盛贮飞首,绑缚范疆、张达,囚于槛车之内,令程秉为使,赍国书,望猇亭而来。

却说先主欲发兵前进。忽近臣奏曰:“东吴遣使送张车骑之首,并囚范疆、张达二贼至。”先主两手加额曰:“此天之所赐,亦由三弟之灵也!”即令张苞设飞灵位。先主见张飞首级在匣中面不改色,放声大哭。张苞自仗利刀,将范疆、张达万剐凌迟,祭父之灵。

祭毕,先主怒气不息,定要灭吴。马良奏曰:“仇人尽戮,其恨可雪矣。吴大夫程秉到此,欲还荆州,送回夫人,永结盟好,共图灭魏,伏候圣旨。”先主怒曰:“朕切齿仇人,乃孙权也。今若与之连和,是负二弟当日之盟矣。今先灭吴，次灭魏。”便欲斩来使，以绝吴情。多官苦告方免。程秉抱头鼠窜，回奏吴主曰：“蜀不从讲和，誓欲先灭东吴，然后伐魏。众臣苦谏不听，如之奈何？”

权大惊，举止失措。阚泽出班奏曰：“现有擎天之柱，如何不用耶？”权急问何人。泽曰：“昔日东吴大事，全任周郎；后鲁子敬代之；子敬亡后，决于吕子明；今子明虽丧，现有陆伯言在荆州。此人名虽儒生，实有雄才大略，以臣论之，不在周郎之下；前破关公，其谋皆出于伯言。主上若能用之，破蜀必矣。如或有失，臣愿与同罪。”权曰：“非德润之言，孤几误大事。”张昭曰：“陆逊乃一书生耳，非刘备敌手；恐不可用。”顾雍亦曰：“陆逊年幼望轻，恐诸公不服；若不服则生祸乱，必误大事。”步骘亦曰：“逊才堪治郡耳；若托以大事，非其宜也。”阚泽大呼曰：“若不用陆伯言，则东吴休矣！臣愿以全家保之！”权曰：“孤亦素知陆伯言乃奇才也！孤意已决，卿等勿言。”

于是命召陆逊。逊本名陆议，后改名逊，字伯言，乃吴郡吴人也；汉城门校尉陆纡之孙，九江都尉陆骏之子；身长八尺，面如美玉；官领镇西将军。当下奉召而至，参拜毕，权曰：“今蜀兵临境，孤特命卿总督军马，以破刘备。”逊曰：“江东文武，皆大王故旧之臣；臣年幼无才，安能制之？”权曰：“阚德润以全家保卿，孤亦素知卿才。今拜卿为大都督，卿勿推辞。”逊曰：“倘文武不服，何如？”权取所佩剑与之曰：“如有不听号令者，先斩后奏。”逊曰：“荷蒙重托，敢不拜命；但乞大王于来日会聚众官，然后赐臣。”阚泽曰：“古之命将，必筑坛会众，赐白旄黄钺、印绶兵符，然后威行令肃。今大王宜遵此礼，择日筑坛，拜伯言为大都督，假节钺，则众人自无不服矣。”权从之，命人连夜筑坛完备，大会百官，请陆逊登坛，拜为大都督、右护军镇西将军，进封娄侯，赐以宝剑印绶，令掌六郡八十一州兼荆楚诸路军马。吴王嘱之曰：“阃以内，孤主之；阃以外，将军制之。”

逊领命下坛，令徐盛、丁奉为护卫，即日出师；一面调诸路军马，水陆并进。文书到猇亭，韩当、周泰大惊曰：“主上如何以一书生总兵耶？”比及逊至，众皆不服。逊升帐议事，众人勉强参贺。逊曰：“主上命吾为大将，督军破蜀。军有常法，公等各宜遵守。违者王法无亲，勿致后悔。”众皆默然。周泰曰：“目今安东将军孙桓，乃主上之侄，现困于彝陵城中，内无粮草，外无救兵；请都督早施良策，救出孙桓，以安主上之心。”逊曰：“吾素知孙安东深得军心，必能坚守，不必救之。待吾破蜀后，彼自出矣。”众皆暗笑而退。韩当谓周泰曰：“命此孺子为将，东吴休矣！公见彼所行乎？”泰曰：“吾聊以言试之，早无一计，安能破蜀也！”

次日，陆逊传下号令，教诸将各处关防，牢守隘口，不许轻敌。众皆笑其懦，不肯坚守。次日，陆逊升帐唤诸将曰：“吾钦承王命，总督诸军，昨已三令五申，令汝等各处坚守；俱不遵吾令，何也？”韩当曰：“吾自从孙将军平定江南，经数百战；其余诸将，或从讨逆将军，或从当今大王，皆披坚执锐，出生入死之士。今主上命公为大都督，令退蜀兵，宜早定计，调拨军马，分头征进，以图大事；乃只令坚守勿战，岂欲待天自杀贼耶？吾非贪生怕死之人，奈何使吾等堕其锐气？”于是帐下诸将，皆应声而言曰：“韩将军之言是也。吾等情愿决一死战！”陆逊听毕，掣剑在手，厉声曰：“仆虽一介书生，今蒙主上托以重任者，以吾有尺寸可取，能忍辱负重故也。汝等只各守隘口，牢把险要，不许妄动，如违令者皆斩！”众皆愤愤而退。

却说先主自猇亭布列军马，直至川口，接连七百里，前后四十营寨，昼则旌旗蔽日，夜则火光耀天。忽细作报说：“东吴用陆逊为大都督，总制军马。逊令诸将各守险要不出。”先主问曰：“陆逊何如人也？”马良奏曰：“逊虽东吴一书生，然年幼多才，深有谋略；前袭荆州，皆系此人之诡计。”先主大怒曰：“竖子诡计，损朕二弟，今当擒之！”便传令进兵。马良谏曰：“陆逊之才，不亚周郎，未可轻敌。”先主曰：“朕用兵老矣，岂反不如一黄口孺子耶！”遂亲领前军，攻打诸处关津隘口。

韩当见先主兵来，差人报知陆逊。逊恐韩当妄动，急飞马自来观看，正见韩当立马于山上；远望蜀兵漫山遍野而来，军中隐隐有黄罗盖伞。韩当接着陆逊，并马而观。当指曰：“军中必有刘备，吾欲击之。”逊曰：“刘备举兵东下，连胜十余阵，锐气正盛；今只乘高守险，不可轻出，出则不利。但宜奖励将士，广布守御之策，以观其变。今彼驰骋于平原广野之间,正自得志;我坚守不出,彼求战不得,必移屯于山林树木间。吾当以奇计胜之。”

韩当口虽应诺,心中只是不服。先主使前队搦战,辱骂百端。逊令塞耳休听,不许出迎,亲自遍历诸关隘口,抚慰将士,皆令坚守。先主见吴军不出,心中焦躁。马良曰:“陆逊深有谋略。今陛下远来攻战,自春历夏;彼之不出,欲待我军之变也。愿陛下察之。”先主曰:“彼有何谋?但怯敌耳。向者数败,今安敢再出!”先锋冯习奏曰:“即今天气炎热,军屯于赤火之中,取水深为不便。”先主遂命各营,皆移于山林茂盛之地,近溪傍涧;待过夏到秋,并力进兵。冯习遂奉旨,将诸寨皆移于林木阴密之处。马良奏曰:“我军若动,倘吴兵骤至,如之奈何?”先主曰:“朕令吴班引万余弱兵,近吴寨平地屯住;朕亲选八千精兵,伏于山谷之中。若陆逊知朕移营,必乘势来击,却令吴班诈败;逊若追来,朕引兵突出,断其归路,小子可擒矣。”文武皆贺曰:“陛下神机妙算,诸臣不及也!”

马良曰:“近闻诸葛丞相在东川点看各处隘口,恐魏兵入寇。陛下何不将各营移居之地,画成图本,问于丞相?”先主曰:“朕亦颇知兵法,何必又问丞相?”良曰:“古云兼听则明,偏听则蔽。望陛下察之。”先主曰:“卿可自去各营,画成四至八道图本,亲到东川去问丞相。如有不便,可急来报知。”马良领命而去。于是先主移兵于林木阴密处避暑。早有细作报知韩当、周泰。二人听得此事,大喜,来见陆逊曰:“目今蜀兵四十余营,皆移于山林密处,依溪傍涧,就水歇凉。都督可乘虚击之。”正是:蜀主有谋能设伏,吴兵好勇定遭擒。未知陆逊可听其言否,且看下文分解。

第八十四回 陆逊营烧七百里 孔明巧布八阵图

却说韩当、周泰探知先主移营就凉，急来报知陆逊。逊大喜，遂引兵自来观看动静；只见平地一屯，不满万余人，大半皆是老弱之众，大书“先锋吴班”旗号。周泰曰：“吾视此等兵如儿戏耳。愿同韩将军分两路击之。如其不胜，甘当军令。”陆逊看了良久，以鞭指曰：“前面山谷中，隐隐有杀气起；其下必有伏兵，故于平地设此弱兵，以诱我耳。诸公切不可出。”众将听了，皆以为懦。

次日，吴班引兵到关前搦战，耀武扬威，辱骂不绝；多有解衣卸甲，赤身裸体，或睡或坐。徐盛、丁奉入帐禀陆逊曰：“蜀兵欺我太甚！某等愿出击之！”逊笑曰：“公等但恃血气之勇，未知孙、吴妙法，此彼诱敌之计也：三日后必见其诈矣。”徐盛曰：“三日后，彼移营已定，安能击之乎？”逊曰：“吾正欲令彼移营也。”诸将哂笑而退。过三日后，会诸将于关上观望，见吴班兵已退去。逊指曰：“杀气起矣。刘备必从山谷中出也。”言未毕，只见蜀兵皆全装惯束，拥先主而过。吴兵见了，尽皆胆裂。逊曰：“吾之不听诸公击班者，正为此也。今伏兵已出，旬日之内，必破蜀矣。”诸将皆曰：“破蜀当在初时，今连营五六百里，相守经七八月，其诸要害，皆已固守，安能破乎？”逊曰：“诸公不知兵法。备乃世之枭雄，更多智谋，其兵始集，法度精专；今守之久矣，不得我便，兵疲意阻，取之正在今日。”诸将方才叹服。后人有诗赞曰：“虎帐谈兵按六韬，安排香饵钓鲸鳌。三分自是多英俊，又显江南陆逊高。”

却说陆逊已定了破蜀之策，遂修笺遣使奏闻孙权，言指日可以破蜀之意。权览毕，大喜曰：“江东复有此异人，孤何忧哉！诸将皆上书言其懦，孤独不信，今观其言，果非懦也。”于是大起吴兵来接应。

却说先主于猇亭尽驱水军，顺流而下，沿江屯扎水寨，深入吴境。黄权谏曰：“水军沿江而下，进则易，退则难。臣愿为前驱。陛下宜在后阵,庶万无一失。”先主曰:“吴贼胆落,朕长驱大进,有何碍乎?”众官苦谏,先主不从。遂分兵两路:命黄权督江北之兵,以防魏寇;先主自督江南诸军,夹江分立营寨,以图进取。

细作探知,连夜报知魏主,言蜀兵伐吴,树栅连营,纵横七百余里,分四十余屯,皆傍山林下寨;今黄权督兵在江北岸,每日出哨百余里,不知何意。魏主闻之,仰面笑曰:“刘备将败矣!”群臣请问其故。魏主曰:“刘玄德不晓兵法;岂有连营七百里,而可以拒敌者乎?包原隰险阻屯兵者,此兵法之大忌也。玄德必败于东吴陆逊之手,旬日之内,消息必至矣。”群臣犹未信,皆请拨兵备之。魏主曰:“陆逊若胜,必尽举吴兵去取西川;吴兵远去,国中空虚,朕虚托以兵助战,令三路一齐进兵,东吴唾手可取也。”众皆拜服。魏主下令,使曹仁督一军出濡须,曹休督一军出洞口,曹真督一军出南郡,“三路军马会合日期,暗袭东吴。朕随后自来接应。”调遣已定。

不说魏兵袭吴。且说马良至川,入见孔明,呈上图本而言曰:“今移营夹江,横占七百里,下四十余屯,皆依溪傍涧、林木茂盛之处。皇上令良将图本来与丞相观之。”孔明看讫,拍案叫苦曰:“是何人教主上如此下寨?可斩此人!”马良曰:“皆主上自为,非他人之谋。”孔明叹曰:“汉朝气数休矣!”良问其故。孔明曰:“包原隰险阻而结营,此兵家之大忌。倘彼用火攻,何以解救?又,岂有连营七百里而可拒敌乎?祸不远矣!陆逊拒守不出,正为此也。汝当速去见天子,改屯诸营,不可如此。”良曰:“倘今吴兵已胜,如之奈何?”孔明曰:“陆逊不敢来追,成都可保无虞。”良曰:“逊何故不追?”孔明曰:“恐魏兵袭其后也。主上若有失,当投白帝城避之。吾入川时,已伏下十万兵在鱼腹浦矣。”良大惊曰:“某于鱼腹浦往来数次,未尝见一卒,丞相何作此诈语?”孔明曰:“后来必见,不劳多问。”马良求了表章,火速投御营来。孔明自回成都,调拨军马救应。

却说陆逊见蜀兵懈怠,不复提防,升帐聚大小将士听令曰:“吾自受命以来,未尝出战。今观蜀兵,足知动静,故欲先取江南岸一营。谁敢去取?”言未毕,韩当、周泰、凌统等应声而出曰:“某等愿往。”逊教皆退不用,独唤阶下末将淳于丹曰:“吾与汝五千军,去取江南第四营:蜀将傅彤所守。今晚就要成功。吾自提兵接应。”淳于丹引兵去了,又唤徐盛、丁奉曰:“汝等各领兵三千,屯于寨外五里,如淳于丹败回,有兵赶来,当出救之,却不可追去。”二将自引军去了。

却说淳于丹于黄昏时分,领兵前进,到蜀寨时,已三更之后。丹令众军鼓噪而入。蜀营内傅彤引军杀出,挺枪直取淳于丹;丹敌不住,拨马便回。忽然喊声大震,一彪军拦住去路:为首大将赵融。丹夺路而走,折兵大半,正走之间,山后一彪蛮兵拦住:为首番将沙摩柯。丹死战得脱,背后三路军赶来。比及离营五里,吴军徐盛、丁奉二人两下杀来,蜀兵退去,救了淳于丹回营。丹带箭入见陆逊请罪。逊曰:“非汝之过也。吾欲试敌人之虚实耳。破蜀之计,吾已定矣。”徐盛、丁奉曰:“蜀兵势大,难以破之,空自损兵折将耳。”逊笑曰:“吾这条计,但瞒不过诸葛亮耳。天幸此人不在,使我成大功也。”

遂集大小将士听令:使朱然于水路进兵,来日午后东南风大作,用船装载茅草,依计而行;韩当引一军攻江北岸,周泰引一军攻江南岸,每人手执茅草一把,内藏硫黄焰硝,各带火种,各执枪刀,一齐而上,但到蜀营,顺风举火;蜀兵四十屯,只烧二十屯,每间一屯烧一屯。各军预带干粮,不许暂退,昼夜追袭,只擒了刘备方止。众将听了军令,各受计而去。

却说先主正在御营寻思破吴之计,忽见帐前中军旗幡,无风自倒。乃问程畿曰:“此为何兆?”畿曰:“今夜莫非吴兵来劫营?”先主曰:“昨夜杀尽,安敢再来?”畿曰:“倘是陆逊试敌,奈何?”正言间,人报山上远远望见吴兵尽沿山望东去了。先主曰:“此是疑兵。”令众休动,命关兴、张苞各引五百骑出巡。黄昏时分,关兴回奏曰:“江北营中火起。”先主急令关兴往江北,张苞往江南,探看虚实:“倘吴兵到时,可急回报。”二将领命去了。

初更时分,东南风骤起。只见御营左屯火发。方欲救时,御营右屯又火起。风紧火急,树木皆着,喊声大震。两屯军马齐出,奔离御营中,御营军自相践踏,死者不知其数。后面吴兵杀到,又不知多少军马。先主急上马,奔冯习营时,习营中火光连天而起。江南、江北,照耀如同白日。冯习慌上马引数十骑而走,正逢吴将徐盛军到,敌住厮杀。先主见了,拨马投西便走。徐盛舍了冯习,引兵追来。先主正慌,前面又一军拦住,乃是吴将丁奉,两下夹攻。先主大惊,四面无路。忽然喊声大震,一彪军杀入重围,乃是张苞,救了先主,引御林军奔走。正行之间,前面一军又到,乃蜀将傅彤也,合兵一处而行。背后吴兵追至。先主前到一山,名马鞍山。张苞、傅彤请先主上的山时,山下喊声又起:陆逊大队人马,将马鞍山围住。张苞、傅彤死据山口。先主遥望遍野火光不绝,死尸重叠,塞江而下。

次日,吴兵又四下放火烧山,军士乱窜,先主惊慌。忽然火光中一将引数骑杀上山来,视之,乃关兴也。兴伏地请曰:"四下火光逼近,不可久停。陛下速奔白帝城,再收军马可也。"先主曰:"谁敢断后?"傅彤奏曰:"臣愿以死当之!"当日黄昏,关兴在前,张苞在中,留傅彤断后,保着先主,杀下山来。吴兵见先主奔走,皆要争功,各引大军,遮天盖地,往西追赶。先主令军士尽脱袍铠,塞道而焚,以断后军。正奔走间,喊声大震,吴将朱然引一军从江岸边杀来,截住去路。先主叫曰:"朕死于此矣!"关兴、张苞纵马冲突,被乱箭射回,各带重伤,不能杀出。背后喊声又起,陆逊引大军从山谷中杀来。

先主正慌急之间,此时天色已微明,只见前面喊声震天,朱然军纷纷落涧,滚滚投岩:一彪军杀入,前来救驾。先主大喜,视之,乃常山赵子龙也。时赵云在川中江州,闻吴、蜀交兵,遂引军出;忽见东南一带火光冲天,云心惊,远远探视,不想先主被困,云奋勇冲杀而来。陆逊闻是赵云,急令军退。云正杀之间,忽遇朱然,便与交锋;不一合,一枪刺朱然于马下,杀散吴兵,救出先主,望白帝城而走。先主曰:"朕虽得脱,诸将士将奈何?"云曰:"敌军在后,不可久迟。陛下且入白帝城歇息,臣再引兵去救应诸将。"此时先主仅存百余人入白帝城。后人有诗赞陆逊曰:"持矛举火破连营,玄德穷奔白帝城。一旦威名惊蜀魏,吴王宁不敬书生。"

却说傅彤断后,被吴军八面围住。丁奉大叫曰:"川兵死者无数,降者极多,汝主刘备已被擒获,今汝力穷势孤,何不早降!"傅彤叱曰:"吾乃汉将,安肯降吴狗乎!"挺枪纵马,率蜀军奋力死战,不下百余合,往来冲突,不能得脱。彤长叹曰:"吾今休矣!"言讫,口中吐血，死于吴军之中。后人赞傅彤诗曰：“彝陵吴蜀大交兵，陆逊施谋用火焚。至死犹然骂吴狗，傅彤不愧汉将军。”

蜀祭酒程畿，匹马奔至江边，招呼水军赴敌，吴兵随后追来，水军四散奔逃。畿部将叫曰：“吴兵至矣！程祭酒快走罢！”畿怒曰：“吾自从主上出军，未尝赴敌而逃！”言未毕，吴兵骤至，四下无路，畿拔剑自刎。后人有诗赞曰：“慷慨蜀中程祭酒，身留一剑答君王。临危不改平生志，博得声名万古香。”

时吴班、张南久围彝陵城，忽冯习到，言蜀兵败，遂引军来救先主，孙桓方才得脱。张、冯二将正行之间，前面吴兵杀来，背后孙桓从彝陵城杀出，两下夹攻。张南、冯习奋力冲突，不能得脱，死于乱军之中。后人有诗赞曰：“冯习忠无二，张南义少双。沙场甘战死，史册共流芳。”

吴班杀出重围，又遇吴兵追赶；幸得赵云接着，救回白帝城去了。时有蛮王沙摩柯，匹马奔走，正逢周泰，战二十余合，被泰所杀。蜀将杜路、刘宁尽皆降吴。蜀营一应粮草器仗，尺寸不存。蜀将川兵，降者无数。时孙夫人在吴，闻猇亭兵败，讹传先主死于军中，遂驱车至江边，望西遥哭，投江而死。后人立庙江滨，号曰枭姬祠。尚论者作诗叹之曰：“先主兵归白帝城，夫人闻难独捐生。至今江畔遗碑在，犹著千秋烈女名。”

却说陆逊大获全功，引得胜之兵，往西追袭。前离夔关不远，逊在马上看见前面临山傍江，一阵杀气，冲天而起；遂勒马回顾众将曰：“前面必有埋伏，三军不可轻进。”即倒退十余里，于地势空阔处，排成阵势，以御敌军；即差哨马前去探视。回报并无军屯在此，逊不信，下马登高望之，杀气复起。逊再令人仔细探视，哨马回报，前面并无一人一骑。逊见日将西沉，杀气越加，心中犹豫，令心腹人再往探看。回报江边止有乱石八九十堆，并无人马。逊大疑，令寻土人问之。须臾，有数人到。逊问曰：“何人将乱石作堆？如何乱石堆中有杀气冲起？”土人曰：“此处地名鱼腹浦。诸葛亮入川之时，驱兵到此，取石排成阵势于沙滩之上。自此常常有气如云，从内而起。”

陆逊听罢，上马引数十骑来看石阵，立马于山坡之上，但见四面八方，皆有门有户。逊笑曰：“此乃惑人之术耳，有何益焉！”遂引数骑下山坡来，直入石阵观看。部将曰：“日暮矣，请都督早回。”逊方欲出阵，忽然狂风大作，一霎时，飞沙走石，遮天盖地。但见怪石嵯峨，槎枒似剑；横沙立土，重叠如山；江声浪涌，有如剑鼓之声。逊大惊曰：“吾中诸葛之计也！”急欲回时，无路可出。正惊疑间，忽见一老人立于马前，笑曰：“将军欲出此阵乎？”逊曰：“愿长者引出。”老人策杖徐徐而行，径出石阵，并无所碍，送至山坡之上。逊问曰：“长者何人？”老人答曰：“老夫乃诸葛孔明之岳父黄承彦也。昔小婿入川之时，于此布下石阵，名八阵图。反复八门，按遁甲休、生、伤、杜、景、死、惊、开。每日每时，变化无端，可比十万精兵。临去之时，曾分付老夫道：后有东吴大将迷于阵中，莫要引他出来。老夫适于山岩之上，见将军从死门而入，料想不识此阵，必为所迷。老夫平生好善，不忍将军陷没于此，故特自生门引出也。”逊曰：“公曾学此阵法否？”黄承彦曰：“变化无穷，不能学也。”逊慌忙下马拜谢而回。后杜工部有诗曰：“功盖三分国，名成八阵图。江流石不转，遗恨失吞吴。”

陆逊回寨，叹曰：“孔明真卧龙也！吾不能及！”于是下令班师。左右曰：“刘备兵败势穷，困守一城，正好乘势击之；今见石阵而退，何也？”逊曰：“吾非惧石阵而退；吾料魏主曹丕，其奸诈与父无异，今知吾追赶蜀兵，必乘虚来袭。吾若深入西川，急难退矣。”遂令一将断后，逊率大军而回。退兵未及二日，三处人来飞报：“魏兵曹仁出濡须，曹休出洞口，曹真出南郡：三路兵马数十万，星夜至境，未知何意。”逊笑曰：“不出吾之所料。吾已令兵拒之矣。”正是：雄心方欲吞西蜀，胜算还须御北朝。未知如何退兵，且看下文分解。

第八十五回 刘先主遗诏托孤儿 诸葛亮安居平五路

却说章武二年夏六月，东吴陆逊大破蜀兵于猇亭彝陵之地；先主奔回白帝城，赵云引兵据守。忽马良至，见大军已败，懊悔不及，将孔明之言，奏知先主。先主叹曰："朕早听丞相之言，不致今日之败！今有何面目复回成都见群臣乎！"遂传旨就白帝城住扎，将馆驿改为永安宫。人报冯习、张南、傅彤、程畿、沙摩柯等皆殁于王事，先主伤感不已。又近臣奏称："黄权引江北之兵，降魏去了。陛下可将彼家属送有司问罪。"先主曰："黄权被吴兵隔断在江北岸，欲归无路，不得已而降魏：是朕负权，非权负朕也，何必罪其家属？"仍给禄米以养之。

却说黄权降魏，诸将引见曹丕，丕曰："卿今降朕，欲追慕于陈、韩耶？"权泣而奏曰："臣受蜀帝之恩，殊遇甚厚，令臣督诸军于江北，被陆逊绝断。臣归蜀无路，降吴不可，故来投陛下。败军之将，免死为幸，安敢追慕于古人耶！"丕大喜，遂拜黄权为镇南将军。权坚辞不受。忽近臣奏曰："有细作人自蜀中来，说蜀主将黄权家属尽皆诛戮。"权曰："臣与蜀主，推诚相信，知臣本心，必不肯杀臣之家小也。"丕然之。后人有诗责黄权曰："降吴不可却降曹，忠义安能事两朝？堪叹黄权惜一死，紫阳书法不轻饶。"

曹丕问贾诩曰："朕欲一统天下，先取蜀乎？先取吴乎？"诩曰："刘备雄才，更兼诸葛亮善能治国；东吴孙权，能识虚实，陆逊现屯兵于险要，隔江泛湖，皆难卒谋。以臣观之，诸将之中，皆无孙权、刘备敌手。虽以陛下天威临之，亦未见万全之势也。只可持守，以待二国之变。"丕曰："朕已遣三路大兵伐吴，安有不胜之理？"尚书刘晔曰："近东吴陆逊，新破蜀兵七十万，上下齐心，更有江湖之阻，不可卒制，陆逊多谋，必有准备。"丕曰："卿前劝朕伐吴，今又谏阻，何也？"晔曰："时有不同也。昔东吴累败于蜀，其势顿挫，故可击耳；今既获全胜,锐气百倍,未可攻也。”丕曰:“朕意已决,卿勿复言。”遂引御林军亲往接应三路兵马。早有哨马报说东吴已有准备:令吕范引兵拒住曹休,诸葛瑾引兵在南郡拒住曹真,朱桓引兵当住濡须以拒曹仁。刘晔曰:“既有准备,去恐无益。”丕不从,引兵而去。

却说吴将朱桓,年方二十七岁,极有胆略,孙权甚爱之;时督军于濡须,闻曹仁引大军去取羡溪,桓遂尽拨军守把羡溪去了,止留五千骑守城。忽报曹仁令大将常雕同诸葛虔、王双,引五万精兵飞奔濡须城来。众军皆有惧色。桓按剑而言曰:“胜负在将,不在兵之多寡。兵法云:客兵倍而主兵半者,主兵尚能胜于客兵。今曹仁千里跋涉,人马疲困。吾与汝等共据高城,南临大江,北背山险,以逸待劳,以主制客:此乃百战百胜之势。虽曹丕自来,尚不足忧,况仁等耶!”于是传令,教众军偃旗息鼓,只作无人守把之状。

且说魏将先锋常雕,领精兵来取濡须城,遥望城上并无军马。雕催军急进,离城不远,一声炮响,旌旗齐竖。朱桓横刀飞马而出,直取常雕。战不三合,被桓一刀斩常雕于马下。吴兵乘势冲杀一阵,魏兵大败,死者无数。朱桓大胜,得了无数旌旗军器战马。曹仁领兵随后到来,却被吴兵从羡溪杀出。曹仁大败而退,回见魏主,细奏大败之事。丕大惊。正议之间,忽探马报:“曹真、夏侯尚围了南郡,被陆逊伏兵于内,诸葛瑾伏兵于外,内外夹攻,因此大败。”言未毕,忽探马又报:“曹休亦被吕范杀败。”丕听知三路兵败,乃喟然叹曰:“朕不听贾诩、刘晔之言,果有此败!”时值夏天,大疫流行,马步军十死六七,遂引军回洛阳。吴、魏自此不和。

却说先主在永安宫,染病不起,渐渐沉重,至章武三年夏四月,先主自知病入四肢,又哭关、张二弟,其病愈深:两目昏花。厌见侍从之人,乃叱退左右,独卧于龙榻之上。忽然阴风骤起,将灯吹摇,灭而复明,只见灯影之下,二人侍立。先主怒曰:“朕心绪不宁,教汝等且退,何故又来!”叱之不退。先主起而视之,上首乃云长,下首乃翼德也。先主大惊曰:“二弟原来尚在?”云长曰:“臣等非人,乃鬼也。上帝以臣二人平生不失信义,皆敕命为神。哥哥与兄弟聚会不远矣。”先主扯定大哭。忽然惊觉,二弟不见。即唤从人问之,时正三更。先主叹曰："朕不久于人世矣！"遂遣使往成都，请丞相诸葛亮、尚书令李严等，星夜来永安宫，听受遗命。孔明等与先主次子鲁王刘永、梁王刘理，来永安宫见帝，留太子刘禅守成都。

且说孔明到永安宫，见先主病危，慌忙拜伏于龙榻之下。先主传旨，请孔明坐于龙榻之侧。抚其背曰："朕自得丞相，幸成帝业；何期智识浅陋，不纳丞相之言，自取其败。悔恨成疾，死在旦夕。嗣子孱弱，不得不以大事相托。"言讫，泪流满面。孔明亦涕泣曰："愿陛下善保龙体，以副天下之望！"先主以目遍视，只见马良之弟马谡在傍，先主令且退。谡退出，先主谓孔明曰："丞相观马谡之才何如？"孔明曰："此人亦当世之英才也。"先主曰："不然。朕观此人，言过其实，不可大用。丞相宜深察之。"分付毕，传旨召诸臣入殿，取纸笔写了遗诏，递与孔明而叹曰："朕不读书，粗知大略。圣人云：鸟之将死，其鸣也哀；人之将死，其言也善。朕本待与卿等同灭曹贼，共扶汉室；不幸中道而别。烦丞相将诏付与太子禅，令勿以为常言。凡事更望丞相教之！"孔明等泣拜于地曰："愿陛下将息龙体！臣等尽施犬马之劳，以报陛下知遇之恩也。"

先主命内侍扶起孔明，一手掩泪，一手执其手，曰："朕今死矣，有心腹之言相告！"孔明曰："有何圣谕！"先主泣曰："君才十倍曹丕，必能安邦定国，终定大事。若嗣子可辅，则辅之；如其不才，君可自为成都之主。"孔明听毕，汗流遍体，手足失措，泣拜于地曰："臣安敢不竭股肱之力，尽忠贞之节，继之以死乎！"言讫，叩头流血。先主又请孔明坐于榻上，唤鲁王刘永、梁王刘理近前，分付曰："尔等皆记朕言：朕亡之后，尔兄弟三人，皆以父事丞相，不可怠慢。"言罢，遂命二王同拜孔明。二王拜毕，孔明曰："臣虽肝脑涂地，安能报知遇之恩也！"

先主谓众官曰："朕已托孤于丞相，令嗣子以父事之。卿等俱不可怠慢，以负朕望。"又嘱赵云曰："朕与卿于患难之中，相从到今，不想于此地分别。卿可想朕故交，早晚看觑吾子，勿负朕言。"云泣拜曰："臣敢不效犬马之劳！"先主又谓众官曰："卿等众官，朕不能一一分嘱，愿皆自爱。"言毕，驾崩，寿六十三岁。时章武三年夏四月二十四日也。后杜工部有诗叹曰:“蜀主窥吴向三峡,崩年亦在永安宫。翠华想像空山外,玉殿虚无野寺中。古庙杉松巢水鹤,岁时伏腊走村翁。武侯祠屋长邻近,一体君臣祭祀同。”

先主驾崩,文武官僚,无不哀痛。孔明率众官奉梓宫还成都。太子刘禅出城迎接灵柩,安于正殿之内。举哀行礼毕,开读遗诏。诏曰:“朕初得疾,但下痢耳;后转生杂病,殆不自济。朕闻人年五十,不称夭寿。今朕年六十有余,死复何恨?但以卿兄弟为念耳。勉之!勉之!勿以恶小而为之,勿以善小而不为。惟贤惟德,可以服人;卿父德薄,不足效也。卿与丞相从事,事之如父,勿怠!勿忘!卿兄弟更求闻达。至嘱!至嘱!”

群臣读诏已毕。孔明曰:“国不可一日无君,请立嗣君,以承汉统。”乃立太子禅即皇帝位,改元建兴。加诸葛亮为武乡侯,领益州牧。葬先主于惠陵,谥曰昭烈皇帝。尊皇后吴氏为皇太后;谥甘夫人为昭烈皇后,糜夫人亦追谥为皇后。升赏群臣,大赦天下。

早有魏军探知此事,报入中原。近臣奏知魏主。曹丕大喜曰:“刘备已亡,朕无忧矣。何不乘其国中无主,起兵伐之?”贾诩谏曰:“刘备虽亡,必托孤于诸葛亮。亮感备知遇之恩,必倾心竭力,扶持嗣主。陛下不可仓卒伐之。”正言间,忽一人从班部中奋然而出曰:“不乘此时进兵,更待何时?”众视之,乃司马懿也。丕大喜,遂问计于懿。懿曰:“若只起中国之兵,急难取胜。须用五路大兵,四面夹攻,令诸葛亮首尾不能救应,然后可图。”

丕问何五路,懿曰:“可修书一封,差使往辽东鲜卑国,见国王轲比能,赂以金帛,令起辽西羌兵十万,先从旱路取西平关:此一路也。再修书遣使赍官诰赏赐,直入南蛮,见蛮王孟获,令起兵十万,攻打益州、永昌、牂牁、越嶲四郡,以击西川之南:此二路也。再遣使入吴修好,许以割地,令孙权起兵十万,攻两川峡口,径取涪城:此三路也。又可差使至降将孟达处,起上庸兵十万,西攻汉中:此四路也。然后命大将军曹真为大都督,提兵十万,由京兆径出阳平关取西川:此五路也。共大兵五十万,五路并进,诸葛亮便有吕望之才,安能当此乎?”丕大喜,随即密遣能言官四员为使前去;又命曹真为大都督,领兵十万，径取阳平关。此时张辽等一班旧将，皆封列侯，俱在冀、徐、青及合淝等处，据守关津隘口，故不复调用。

却说蜀汉后主刘禅，自即位以来，旧臣多有病亡者，不能细说。凡一应朝廷选法、钱粮、词讼等事，皆听诸葛丞相裁处。时后主未立皇后，孔明与群臣上言曰："故车骑将军张飞之女甚贤，年十七岁，可纳为正宫皇后。"后主即纳之。

建兴元年秋八月，忽有边报说："魏调五路大兵，来取西川；第一路，曹真为大都督，起兵十万，取阳平关；第二路，乃反将孟达，起上庸兵十万，犯汉中；第三路，乃东吴孙权，起精兵十万，取峡口入川；第四路，乃蛮王孟获，起蛮兵十万，犯益州四郡；第五路，乃番王轲比能，起羌兵十万，犯西平关。此五路军马，甚是利害。已先报知丞相，丞相不知为何，数日不出视事。"

后主听罢大惊，即差近侍赍旨，宣召孔明入朝。使命去了半日，回报："丞相府下人言，丞相染病不出。"后主转慌；次日，又命黄门侍郎董允、谏议大夫杜琼，去丞相卧榻前，告此大事。董、杜二人到丞相府前，皆不得入。杜琼曰："先帝托孤于丞相，今主上初登宝位，被曹丕五路兵犯境，军情至急，丞相何故推病不出？"良久，门吏传丞相令，言："病体稍可，明早出都堂议事。"董、杜二人叹息而回。次日，多官又来丞相府前伺候。从早至晚，又不见出。多官惶惶，只得散去。杜琼入奏后主曰："请陛下圣驾，亲往丞相府问计。"后主即引多官入宫，启奏皇太后。太后大惊，曰："丞相何故如此？有负先帝委托之意也！我当自往。"董允奏曰："娘娘未可轻往。臣料丞相必有高明之见。且待主上先往。如果怠慢，请娘娘于太庙中，召丞相问之未迟。"太后依奏。

次日，后主车驾亲至相府。门吏见驾到，慌忙拜伏于地而迎。后主问曰："丞相在何处？"门吏曰："不知在何处。只有丞相钧旨，教挡住百官，勿得辄入。"后主乃下车步行，独进第三重门，见孔明独倚竹杖，在小池边观鱼。后主在后立久，乃徐徐而言曰："丞相安乐否？"孔明回顾，见是后主，慌忙弃杖，拜伏于地曰："臣该万死！"后主扶起，问曰："今曹丕分兵五路，犯境甚急，相父缘何不肯出府视事？"孔明大笑,扶后主入内室坐定,奏曰:"五路兵至,臣安得不知,臣非观鱼,有所思也。"后主曰:"如之奈何?"孔明曰:"羌王轲比能,蛮王孟获,反将孟达,魏将曹真,此四路兵,臣已皆退去了也。止有孙权这一路兵,臣已有退之之计,但须一能言之人为使。因未得其人,故熟思之。陛下何必忧乎?"

后主听罢,又惊又喜,曰:"相父果有鬼神不测之机也!愿闻退兵之策。"孔明曰:"先帝以陛下付托与臣,臣安敢旦夕怠慢。成都众官,皆不晓兵法之妙,贵在使人不测,岂可泄漏于人?老臣先知西番国王轲比能,引兵犯西平关;臣料马超积祖西川人氏,素得羌人之心,羌人以超为神威天将军,臣已先遣一人,星夜驰檄,令马超紧守西平关,伏四路奇兵,每日交换,以兵拒之:此一路不必忧矣。又南蛮孟获,兵犯四郡,臣亦飞檄遣魏延领一军左出右入,右出左入,为疑兵之计:蛮兵惟凭勇力,其心多疑,若见疑兵,必不敢进:此一路又不足忧矣。又知孟达引兵出汉中;达与李严曾结生死之交;臣回成都时,留李严守永安宫;臣已作一书,只做李严亲笔,令人送与孟达;达必然推病不出,以慢军心:此一路又不足忧矣。又知曹真引兵犯阳平关;此地险峻,可以保守,臣已调赵云引一军守把关隘,并不出战;曹真若见我军不出,不久自退矣。此四路兵俱不足忧。臣尚恐不能全保,又密调关兴、张苞二将,各引兵三万,屯于紧要之处,为各路救应。此数处调遣之事,皆不曾经由成都,故无人知觉。只有东吴这一路兵,未必便动:如见四路兵胜,川中危急,必来相攻;若四路不济,安肯动乎?臣料孙权想曹丕三路侵吴之怨,必不肯从其言。虽然如此,须用一舌辩之士,径往东吴,以利害说之,则先退东吴;其四路之兵,何足忧乎?但未得说吴之人,臣故踌躇。何劳陛下圣驾来临?"后主曰:"太后亦欲来见相父。今朕闻相父之言,如梦初觉。复何忧哉!"

孔明与后主共饮数杯,送后主出府。众官皆环立于门外,见后主面有喜色。后主别了孔明,上御车回朝。众皆疑惑不定。孔明见众官中,一人仰天而笑,面亦有喜色。孔明视之,乃义阳新野人,姓邓,名芝,字伯苗,现为户部尚书;汉司马邓禹之后。孔明暗令人留住邓芝。多官皆散,孔明请芝到书院中,问芝曰:"今蜀、魏、吴鼎分三国,欲讨二国，一统中兴，当先伐何国？”芝曰：“以愚意论之：魏虽汉贼，其势甚大，急难摇动，当徐徐缓图；今主上初登宝位，民心未安，当与东吴连合，结为唇齿，一洗先帝旧怨，此乃长久之计也。未审丞相钧意若何？”孔明大笑曰：“吾思之久矣，奈未得其人。今日方得也！”芝曰：“丞相欲其人何为？”孔明曰：“吾欲使人往结东吴。公既能明此意，必能不辱君命。使吴之任，非公不可。”芝曰：“愚才疏智浅，恐不堪当此任。”孔明曰：“吾来日奏知天子，便请伯苗一行，切勿推辞。”芝应允而退。至次日，孔明奏准后主，差邓芝往说东吴。芝拜辞，望东吴而来。正是：吴人方见干戈息，蜀使还将玉帛通。未知邓芝此去若何，且看下文分解。

第八十六回 难张温秦宓逞天辩 破曹丕徐盛用火攻

却说东吴陆逊，自退魏兵之后，吴王拜逊为辅国将军、江陵侯，领荆州牧，自此军权皆归于逊。张昭、顾雍启奏吴王，请自改元。权从之，遂改为黄武元年。忽报魏主遣使至，权召入。使命陈说："蜀前使人求救于魏，魏一时不明，故发兵应之；今已大悔，欲起四路兵取川，东吴可来接应。若得蜀土，各分一半。"

权闻言，不能决，乃问于张昭、顾雍等。昭曰："陆伯言极有高见，可问之。"权即召陆逊至。逊奏曰："曹丕坐镇中原，急不可图；今若不从，必为仇矣。臣料魏与吴皆无诸葛亮之敌手。今且勉强应允，整军预备，只探听四路如何。若四路兵胜，川中危急，诸葛亮首尾不能救，主上则发兵以应之，先取成都，深为上策；如四路兵败，别作商议。"权从之，乃谓魏使曰："军需未办，择日便当起程。"使者拜辞而去。

权令人探得西番兵出西平关，见了马超，不战自退；南蛮孟获起兵攻四郡，皆被魏延用疑兵计杀退回洞去了；上庸孟达兵至半路，忽然染病不能行；曹真兵出阳平关，赵子龙拒住各处险道，果然"一将守关，万夫莫开"。曹真屯兵于斜谷道，不能取胜而回。

孙权知了此信，乃谓文武曰："陆伯言真神算也。孤若妄动，又结怨于西蜀矣。"忽报西蜀遣邓芝到。张昭曰："此又是诸葛亮退兵之计，遣邓芝为说客也。"权曰："当何以答之？"昭曰："先于殿前立一大鼎，贮油数百斤，下用炭烧。待其油沸，可选身长面大武士一千人，各执刀在手，从宫门前直摆至殿上，却唤芝入见。休等此人开言下说词，责以郦食其说齐故事，效此例烹之，看其人如何对答。"

权从其言，遂立油鼎，命武士立于左右，各执军器，召邓芝入。芝整衣冠而入。行至宫门前，只见两行武士，威风凛凛，各持钢刀、大斧、长戟、短剑，直列至殿上。芝晓其意，并无惧色，昂然而行。至殿前，又见鼎镬内热油正沸。左右武士以目视之，芝但微微而笑。近臣引至帘前，邓芝长揖不拜。权令卷起珠帘，大喝曰："何不拜！"芝昂然而答曰："上国天使，不拜小邦之主。"权大怒曰："汝不自料，欲掉三寸之舌，效郦生说齐乎！可速入油鼎。"芝大笑曰："人皆言东吴多贤，谁想惧一儒生！"权转怒曰："孤何惧尔一匹夫耶？"芝曰："既不惧邓伯苗，何愁来说汝等也？"权曰："尔欲为诸葛亮作说客，来说孤绝魏向蜀，是否？"芝曰："吾乃蜀中一儒生，特为吴国利害而来。乃设兵陈鼎，以拒一使，何其局量之不能容物耶！"

权闻言惶愧，即叱退武士，命芝上殿，赐坐而问曰："吴、魏之利害若何？愿先生教我。"芝曰："大王欲与蜀和，还是欲与魏和？"权曰："孤正欲与蜀主讲和；但恐蜀主年轻识浅，不能全始全终耳。"芝曰："大王乃命世之英豪，诸葛亮亦一时之俊杰；蜀有山川之险，吴有三江之固：若二国连和，共为唇齿，进则可以兼吞天下，退则可以鼎足而立。今大王若委贽称臣于魏，魏必望大王朝觐，求太子以为内侍；如其不从，则兴兵来攻，蜀亦顺流而进取：如此则江南之地，不复为大王有矣。若大王以愚言为不然，愚将就死于大王之前，以绝说客之名也。"言讫，撩衣下殿，望油鼎中便跳。权急命止之，请入后殿，以上宾之礼相待。权曰："先生之言，正合孤意。孤今欲与蜀主连和，先生肯为我介绍乎！"芝曰："适欲烹小臣者，乃大王也；今欲使小臣者，亦大王也。大王犹自狐疑未定，安能取信于人？"权曰："孤意已决，先生勿疑。"

于是吴王留住邓芝，集多官问曰："孤掌江南八十一州，更有荆楚之地，反不如西蜀偏僻之处也。蜀有邓芝，不辱其主；吴并无一人入蜀，以达孤意。"忽一人出班奏曰："臣愿为使。"众视之，乃吴郡吴人，姓张，名温，字惠恕，现为中郎将。权曰："恐卿到蜀见诸葛亮，不能达孤之情。"温曰："孔明亦人耳，臣何畏彼哉？"权大喜，重赏张温，使同邓芝入川通好。

却说孔明自邓芝去后，奏后主曰："邓芝此去，其事必成。吴地多贤，定有人来答礼。陛下当礼貌之，令彼回吴，以通盟好。吴若通和，魏必不敢加兵于蜀矣。吴、魏宁靖，臣当征南，平定蛮方，然后图魏。魏削则东吴亦不能久存，可以复一统之基业也。"后主然之。

忽报东吴遣张温与邓芝入川答礼。后主聚文武于丹墀，令邓芝、张温入。温自以为得志，昂然上殿，见后主施礼。后主赐锦墩，坐于殿左，设御宴待之。后主但敬礼而已。宴罢，百官送张温到馆舍。次日，孔明设宴相待。孔明谓张温曰："先帝在日，与吴不睦，今已晏驾。当今主上，深慕吴王，欲捐旧忿，永结盟好，并力破魏。望大夫善言回奏。"张温领诺。酒至半酣，张温喜笑自若，颇有傲慢之意。

次日，后主将金帛赐与张温，设宴于城南邮亭之上，命众官相送。孔明殷勤劝酒。正饮酒间，忽一人乘醉而入，昂然长揖，入席就坐。温怪之，乃问孔明曰："此何人也？"孔明答曰："姓秦，名宓，字子勑，现为益州学士。"温笑曰："名称学士，未知胸中曾学事否？"宓正色而言曰："蜀中三尺小童，尚皆就学，何况于我？"温曰："且说公何所学？"宓对曰："上至天文，下至地理，三教九流，诸子百家，无所不通；古今兴废，圣贤经传，无所不览。"温笑曰："公既出大言，请即以天为问：天有头乎？"宓曰："有头。"温曰："头在何方？"宓曰："在西方。《诗》云：'乃眷西顾。'以此推之，头在西方也。"温又问："天有耳乎？"宓答曰："天处高而听卑。《诗》云：'鹤鸣九皋，声闻于天。'无耳何能听？"温又问："天有足乎？"宓曰："有足。《诗》云：'天步艰难。'无足何能步？"温又问："天有姓乎？"宓曰："岂得无姓！"温曰："何姓？"宓答曰："姓刘。"温曰："何以知之？"宓曰："天子姓刘，以故知之。"温又问曰："日生于东乎？"宓对曰："虽生于东，而没于西。"

此时秦宓语言清朗，答问如流，满座皆惊。张温无语，宓乃问曰："先生东吴名士，既以天事下问，必能深明天之理。昔混沌既分，阴阳剖判；轻清者上浮而为天，重浊者下凝而为地；至共工氏战败，头触不周山，天柱折，地维缺：天倾西北，地陷东南。天既轻清而上浮，何以倾其西北乎？又未知轻清之外，还是何物？愿先生教我。"张温无言可对，乃避席而谢曰："不意蜀中多出俊杰！恰闻讲论，使仆顿开茅塞。"孔明恐温羞愧，故以善言解之曰："席间问难，皆戏谈耳。足下深知安邦定国之道，何在唇齿之戏哉！"温拜谢。孔明又令邓芝入吴答礼，就与张温同行。张、邓二人拜辞孔明，望东吴而来。

却说吴王见张温入蜀未还，乃聚文武商议。忽近臣奏曰："蜀遣邓芝同张温入国答礼。"权召入。张温拜于殿前，备称后主、孔明之德，愿求永结盟好，特遣邓尚书又来答礼。权大喜，乃设宴待之。权问邓芝曰："若吴、蜀二国同心灭魏，得天下太平，二主分治，岂不乐乎？"芝答曰："天无二日，民无二王。如灭魏之后，未识天命所归何人。但为君者，各修其德；为臣者，各尽其忠：则战争方息耳。"权大笑曰："君之诚款，乃如是耶！"遂厚赠邓芝还蜀。自此吴、蜀通好。

却说魏国细作人探知此事，火速报入中原。魏主曹丕听知，大怒曰："吴、蜀连和，必有图中原之意也。不若朕先伐之。"于是大集文武，商议起兵伐吴。此时大司马曹仁、太尉贾诩已亡。侍中辛毗出班奏曰："中原之地，土阔民稀，而欲用兵，未见其利。今日之计，莫若养兵屯田十年，足食足兵，然后用之，则吴、蜀方可破也。"丕怒曰："此迂儒之论也！今吴、蜀连和，早晚必来侵境，何暇等待十年！"即传旨起兵伐吴。司马懿奏曰："吴有长江之险，非船莫渡。陛下必御驾亲征，可选大小战船，从蔡、颍而入淮，取寿春，至广陵，渡江口，径取南徐：此为上策。"丕从之。于是日夜并工，造龙舟十只，长二十余丈，可容二千余人，收拾战船三千余只。魏黄初五年秋八月，会聚大小将士，令曹真为前部，张辽、张郃、文聘、徐晃等为大将先行，许褚、吕虔为中军护卫，曹休为合后，刘晔、蒋济为参谋官。前后水陆军马三十余万，克日起兵。封司马懿为尚书仆射，留在许昌，凡国政大事，并皆听懿决断。

不说魏兵起程。却说东吴细作探知此事，报入吴国。近臣慌奏吴王曰："今魏王曹丕，亲自乘驾龙舟，提水陆大军三十余万，从蔡、颍出淮，必取广陵渡江，来下江南。甚为利害。"孙权大惊，即聚文武商议。顾雍曰："今主上既与西蜀连和，可修书与诸葛孔明，令起兵出汉中，以分其势；一面遣一大将，屯兵南徐以拒之。"权曰："非陆伯言不可当此大任。"雍曰："陆伯言镇守荆州，不可轻动。"权曰："孤非不知，奈眼前无替力之人。"言未尽，一人从班部内应声而出曰："臣虽不才，愿统一军以当魏兵。若曹丕亲渡大江，臣必生擒以献殿下；若不渡江，亦杀魏兵大半，令魏兵不敢正视东吴。"权视之，乃徐盛也。权大喜曰："如得卿守江南一带，孤何忧哉！"遂封徐盛为安东将军，总镇都督建业、南徐军马。盛谢恩，领命而退；即传令教众官军多置器械,多设旌旗,以为守护江岸之计。

忽一人挺身出曰:“今日大王以重任委托将军,欲破魏兵以擒曹丕,将军何不早发军马渡江,于淮南之地迎敌?直待曹丕兵至,恐无及矣。”盛视之,乃吴王侄孙韶也。韶字公礼,官授扬威将军,曾在广陵守御;年幼负气,极有胆勇。盛曰:“曹丕势大;更有名将为先锋,不可渡江迎敌。待彼船皆集于北岸,吾自有计破之。”韶曰:“吾手下自有三千军马,更兼深知广陵路势,吾愿自去江北,与曹丕决一死战。如不胜,甘当军令。”盛不从。韶坚执要去,盛只是不肯,韶再三要行。盛怒曰:“汝如此不听号令,吾安能制诸将乎?”叱武士推出斩之。刀斧手拥孙韶出辕门之外,立起皂旗。韶部将飞报孙权。权听知,急上马来救。武士恰待行刑,孙权早到,喝散刀斧手,救了孙韶。韶哭奏曰:“臣往年在广陵,深知地利;不就那里与曹丕厮杀,直待他下了长江,东吴指日休矣!”权径入营来。徐盛迎接入帐,奏曰:“大王命臣为都督,提兵拒魏;今扬威将军孙韶,不遵军法,违令当斩,大王何故赦之?”权曰:“韶倚血气之壮,误犯军法,万希宽恕。”盛曰:“法非臣所立,亦非大王所立,乃国家之典刑也。若以亲而免之,何以令众乎?”权曰:“韶犯法,本应任将军处治;奈此子虽本姓俞氏,然孤兄甚爱之,赐姓孙;于孤颇有劳绩。今若杀之,负兄义矣。”盛曰:“且看大王之面,寄下死罪。”权令孙韶拜谢。韶不肯拜,厉声而言曰:“据吾之见,只是引军去破曹丕!便死也不服你的见识!”徐盛变色。权叱退孙韶,谓徐盛曰:“便无此子,何损于兵?今后勿再用之。”言讫自回。是夜,人报徐盛说:“孙韶引本部三千精兵,潜地过江去了。”盛恐有失,于吴王面上不好看,乃唤丁奉授以密计,引三千兵渡江接应。

却说魏主驾龙舟至广陵,前部曹真已领兵列于大江之岸。曹丕问曰:“江岸有多少兵?”真曰:“隔岸远望,并不见一人,亦无旌旗营寨。”丕曰:“此必诡计也。朕自往观其虚实。”于是大开江道,放龙舟直至大江,泊于江岸。船上建龙凤日月五色旌旗,仪銮簇拥,光耀射目。曹丕端坐舟中,遥望江南,不见一人,回顾刘晔、蒋济曰:“可渡江否?”晔曰:“兵法实实虚虚。彼见大军至,如何不作整备?陛下未可造次。且待三五日，看其动静，然后发先锋渡江以探之。”丕曰：“卿言正合朕意。”

是日天晚，宿于江中。当夜月黑，军士皆执灯火，明耀天地，恰如白昼。遥望江南，并不见半点儿火光。丕问左右曰：“此何故也？”近臣奏曰：“想闻陛下天兵来到，故望风逃窜耳。”丕暗笑。及至天晓，大雾迷漫，对面不见。须臾风起，雾散云收，望见江南一带皆是连城：城楼上枪刀耀日，遍城尽插旌旗号带。顷刻数次人来报：“南徐沿江一带，直至石头城，一连数百里，城郭舟车，连绵不绝，一夜成就。”曹丕大惊。原来徐盛束缚芦苇为人，尽穿青衣，执旌旗，立于假城疑楼之上。魏兵见城上许多人马，如何不胆寒？丕叹曰：“魏虽有武士千群，无所用之。江南人物如此，未可图也！”

正惊讶间，忽然狂风大作，白浪滔天，江水溅湿龙袍，大船将覆。曹真慌令文聘撑小舟急来救驾。龙舟上人立站不住。文聘跳上龙舟，负丕下得小舟，奔入河港。忽流星马报道：“赵云引兵出阳平关，径取长安。”丕听得，大惊失色，便教回军。众军各自奔走。背后吴兵追至。丕传旨教尽弃御用之物而走。龙舟将次入淮，忽然鼓角齐鸣，喊声大震，刺斜里一彪军杀到：为首大将，乃孙韶也。魏兵不能抵当，折其大半，淹死者无数。诸将奋力救出魏主。魏主渡淮河，行不三十里，淮河中一带芦苇，预灌鱼油，尽皆火着；顺风而下，风势甚急，火焰漫空，绝住龙舟。丕大惊，急下小船傍岸时，龙舟上早已火着。丕慌忙上马。岸上一彪军杀来；为首一将，乃丁奉也。张辽急拍马来迎，被奉一箭射中其腰，却得徐晃救了，同保魏主而走，折军无数。背后孙韶、丁奉夺得马匹、车仗、船只、器械不计其数。魏兵大败而回。吴将徐盛全获大功，吴王重加赏赐。张辽回到许昌，箭疮迸裂而亡，曹丕厚葬之，不在话下。

却说赵云引兵杀出阳平关之次，忽报丞相有文书到，说益州耆帅雍闿结连蛮王孟获，起十万蛮兵，侵掠四郡；因此宣云回军，令马超坚守阳平关，丞相欲自南征。赵云乃急收兵而回。此时孔明在成都整饬军马，亲自南征。正是：方见东吴敌北魏，又看西蜀战南蛮。未知胜负如何，且看下文分解。

第八十七回 征南寇丞相大兴师 抗天兵蛮王初受执

却说诸葛丞相在于成都，事无大小，皆亲自从公决断。两川之民，忻乐太平，夜不闭户，路不拾遗。又幸连年大熟，老幼鼓腹讴歌，凡遇差徭，争先早办。因此军需器械应用之物，无不完备；米满仓廒，财盈府库。

建兴三年，益州飞报：蛮王孟获，大起蛮兵十万，犯境侵掠。建宁太守雍闿，乃汉朝什方侯雍齿之后，今结连孟获造反。牂牁郡太守朱褒、越嶲郡太守高定，二人献了城。止有永昌太守王伉不肯反。现今雍闿、朱褒、高定三人部下人马，皆与孟获为向导官，攻打永昌郡。今王伉与功曹吕凯，会集百姓，死守此城，其势甚急。孔明乃入朝奏后主曰："臣观南蛮不服，实国家之大患也。臣当自领大军，前去征讨。"后主曰："东有孙权，北有曹丕，今相父弃朕而去，倘吴、魏来攻，如之奈何？"孔明曰："东吴方与我国讲和，料无异心；若有异心，李严在白帝城，此人可当陆逊也。曹丕新败，锐气已丧，未能远图；且有马超守把汉中诸处关口，不必忧也。臣又留关兴、张苞等分两军为救应，保陛下万无一失。今臣先去扫荡蛮方，然后北伐，以图中原，报先帝三顾之恩，托孤之重。"后主曰："朕年幼无知，惟相父斟酌行之。"言未毕，班部内一人出曰："不可！不可！"众视之，乃南阳人也，姓王，名连，字文仪，现为谏议大夫。连谏曰："南方不毛之地，瘴疫之乡；丞相秉钧衡之重任，而自远征，非所宜也。且雍闿等乃疥癣之疾，丞相只须遣一大将讨之，必然成功。"孔明曰："南蛮之地，离国甚远，人多不习王化，收伏甚难，吾当亲去征之。可刚可柔，别有斟酌，非可容易托人。"

王连再三苦劝，孔明不从。是日，孔明辞了后主，令蒋琬为参军，费祎为长史，董厥、樊建二人为掾史；赵云、魏延为大将，总督军马；王平、张翼为副将；并川将数十员：共起川兵五十万，前望益州进发。忽有关公第三子关索,入军来见孔明曰:“自荆州失陷,逃难在鲍家庄养病。每要赴川见先帝报仇,疮痕未合,不能起行。近已安痊,打探得系吴仇人已皆诛戮,径来西川见帝,恰在途中遇见征南之兵,特来投见。”孔明闻之,嗟讶不已;一面遣人申报朝廷,就令关索为前部先锋,一同征南。大队人马,各依队伍而行。饥餐渴饮,夜住晓行;所经之处,秋毫无犯。

却说雍闿听知孔明自统大军而来,即与高定、朱褒商议,分兵三路:高定取中路,雍闿在左,朱褒在右;三路各引兵五六万迎敌。于是高定令鄂焕为前部先锋。焕身长九尺,面貌丑恶,使一枝方天戟,有万夫不当之勇;领本部兵,离了大寨,来迎蜀兵。

却说孔明统大军已到益州界分。前部先锋魏延,副将张翼、王平,才入界口,正遇鄂焕军马。两阵对圆,魏延出马大骂曰:“反贼早早受降!”鄂焕拍马与魏延交锋。战不数合,延诈败走,焕随后赶来。走不数里,喊声大震。张翼、王平两路军杀来,绝其后路。延复回,三员将并力拒战,生擒鄂焕。解到大寨,入见孔明,孔明令去其缚,以酒食待之。问曰:“汝是何人部将?”涣曰:“某是高定部将。”孔明曰:“吾知高定乃忠义之士,今为雍闿所惑,以致如此。吾今放汝回去,令高太守早早归降,免遭大祸。”鄂焕拜谢而去,回见高定,说孔明之德。定亦感激不已。次日,雍闿至寨。礼毕,闿曰:“如何得鄂焕回也?”定曰:“诸葛亮以义放之。”闿曰:“此乃诸葛亮反间之计:欲令我两人不和,故施此谋也。”定半信不信,心中犹豫。忽报蜀将搦战,闿自引三万兵出迎。战不数合,闿拨马便走。延率兵大进,追杀二十余里。次日,雍闿又起兵来迎。孔明一连三日不出。至第四日,雍闿、高定分兵两路,来取蜀寨。

却说孔明令魏延两路伺候;果然雍闿、高定两路兵来,被伏兵杀伤大半,生擒者无数,都解到大寨来。雍闿的人,囚在一边;高定的人,囚在一边。却令军士谣说:“但是高定的人免死,雍闿的人尽杀。”众军皆闻此言。少时,孔明令取雍闿的人到帐前,问曰:“汝等皆是何人部从?”众伪曰:“高定部下人也。”孔明教皆免其死,与酒食赏劳,令人送出界首,纵放回寨。孔明又唤高定的人问之。众皆告曰:“吾等实是高定部下军士。”孔明亦皆免其死,赐以酒食;却扬言曰:“雍闿今日使人投降,要献汝主并朱褒首级以为功劳,吾甚不忍。汝等既是高定部下军,吾放汝等回去,再不可背反。若再擒来,决不轻恕。”

众皆拜谢而去;回到本寨,入见高定,说知此事。定乃密遣人去雍闿寨中探听,却有一般放回的人,言说孔明之德;因此雍闿部军,多有归顺高定之心。虽然如此,高定心中不稳,又令一人来孔明寨中探听虚实。被伏路军捉来见孔明。孔明故意认做雍闿的人,唤入帐中问曰:“汝元帅既约下献高定、朱褒二人首级,因何误了日期?汝这厮不精细,如何做得细作!”军士含糊答应。孔明以酒食赐之,修密书一封,付军士曰:“汝持此书付雍闿,教他早早下手,休得误事。”细作拜谢而去,回见高定,呈上孔明之书,说雍闿如此如此。定看书毕,大怒曰:“吾以真心待之,彼反欲害吾,情理难容!”便唤鄂焕商议。焕曰:“孔明乃仁人,背之不祥。我等谋反作恶,皆雍闿之故;不如杀闿以投孔明。”定曰:“如何下手?”焕曰:“可设一席,令人去请雍闿。彼若无异心,必坦然而来;若其不来,必有异心。我主可攻其前,某伏于寨后小路候之;闿可擒矣。”高定从其言,设席请雍闿。闿果疑前日放回军士之言,惧而不来。是夜高定引兵杀投雍闿寨中。原来有孔明放回免死的人,皆想高定之德,乘时助战。雍闿军不战自乱。闿上马望山路而走。行不二里,鼓声响处,一彪军出,乃鄂焕也:挺方天戟,骤马当先。雍闿措手不及,被焕一戟刺于马下,就枭其首级。闿部下军士皆降高定。定引两部军来降孔明,献雍闿首级于帐下。孔明高坐于帐上,喝令左右推转高定,斩首报来。定曰:“某感丞相大恩,今将雍闿首级来降,何故斩也?”孔明大笑曰:“汝来诈降。敢瞒吾耶!”定曰:“丞相何以知吾诈降?”孔明于匣中取出一缄,与高定曰:“朱褒已使人密献降书,说你与雍闿结生死之交,岂肯一旦便杀此人?吾故知汝诈也。”定叫屈曰:“朱褒乃反间之计也。丞相切不可信!”孔明曰:“吾亦难凭一面之词。汝若捉得朱褒,方表真心。”定曰:“丞相休疑。某去擒朱褒来见丞相,若何?”孔明曰:“若如此,吾疑心方息也。”

高定即引部将鄂焕并本部兵，杀奔朱褒营来。比及离寨约有十里，山后一彪军到，乃朱褒也。褒见高定军来，慌忙与高定答话。定大骂曰："汝如何写书与诸葛丞相处，使反间之计害吾耶？"褒目瞪口呆，不能回答。忽然鄂焕于马后转过，一戟刺朱褒于马下。定厉声而言曰："如不顺者皆戮之！"于是众军一齐拜降。定引两部军来见孔明，献朱褒首级于帐下。孔明大笑曰："吾故使汝杀此二贼，以表忠心。"遂命高定为益州太守，总摄三郡；令鄂焕为牙将。三路军马已平。

于是永昌太守王伉出城迎接孔明。孔明入城已毕，问曰："谁与公守此城，以保无虞？"伉曰："某今日得此郡无危者，皆赖永昌不韦人，姓吕，名凯，字季平。皆此人之力。"孔明遂请吕凯至。凯入见，礼毕。孔明曰："久闻公乃永昌高士，多亏公保守此城。今欲平蛮方，公有何高见？"吕凯遂取一图，呈与孔明曰："某自历仕以来，知南人欲反久矣，故密遣人入其境，察看可屯兵交战之处，画成一图，名曰《平蛮指掌图》。今敢献与明公。明公试观之，可为征蛮之一助也。"孔明大喜，就用吕凯为行军教授，兼向导官。于是孔明提兵大进，深入南蛮之境。

正行军之次，忽报天子差使命至。孔明请入中军，但见一人素袍白衣而进，乃马谡也——为兄马良新亡，因此挂孝。——谡曰："奉主上敕命，赐众军酒帛。"孔明接诏已毕，依命一一给散，遂留马谡在帐叙话。孔明问曰："吾奉天子诏，削平蛮方；久闻幼常高见，望乞赐教。"谡曰："愚有片言，望丞相察之：南蛮恃其地远山险，不服久矣；虽今日破之，明日复叛。丞相大军到彼，必然平服；但班师之日，必用北伐曹丕；蛮兵若知内虚，其反必速。夫用兵之道：攻心为上，攻城为下；心战为上，兵战为下。愿丞相但服其心足矣。"孔明叹曰："幼常足知吾肺腑也！"于是孔明遂令马谡为参军，即统大兵前进。

却说蛮王孟获，听知孔明智破雍闿等，遂聚三洞元帅商议。第一洞乃金环三结元帅，第二洞乃董荼那元帅，第三洞乃阿会喃元帅。三洞元帅入见孟获。获曰："今诸葛丞相领大军来侵我境界，不得不并力敌之。汝三人可分兵三路而进。如得胜者，便为洞主。"于是分金环三结取中路，董荼那取左路，阿会喃取右路：各引五万蛮兵，依令而行。

却说孔明正在寨中议事，忽哨马飞报，说三洞元帅分兵三路到来。孔明听毕，即唤赵云、魏延至，却都不分付；更唤王平、马忠至，嘱之曰："今蛮兵三路而来，吾欲令子龙、文长去；此二人不识地理，未敢用之。王平可往左路迎敌，马忠可往右路迎敌。吾却使子龙、文长随后接应。今日整顿军马，来日平明进发。"二人听令而去。又唤张嶷、张翼分付曰："汝二人同领一军，往中路迎敌。今日整点军马，来日与王平、马忠约会而进。吾欲令子龙、文长去取，奈二人不识地理，故未敢用之。"张嶷、张翼听令去了。

赵云、魏延见孔明不用，各有愠色。孔明曰："吾非不用汝二人，但恐以中年涉险，为蛮人所算，失其锐气耳。"赵云曰："倘我等识地理，若何？"孔明曰："汝二人只宜小心，休得妄动。"二人怏怏而退。赵云请魏延到自己寨内商议曰："吾二人为先锋，却说不识地理而不肯用。今用此后辈，吾等岂不羞乎？"延曰："吾二人只今就上马，亲去探之；捉住土人，便教引进，以敌蛮兵，大事可成。"云从之，遂上马径取中路而来。方行不数里，远远望见尘头大起。二人上山坡看时，果见数十骑蛮兵，纵马而来。二人两路冲出。蛮兵见了，大惊而走。赵云、魏延各生擒几人，回到本寨，以酒食待之，却细问其故。蛮兵告曰："前面是金环三结元帅大寨，正在山口。寨边东西两路，却通五溪洞并董荼那、阿会喃各寨之后。"

赵云、魏延听知此话，遂点精兵五千，教擒来蛮兵引路。比及起军时，已是二更天气；月明星朗，趁着月色而行。刚到金环三结大寨之时，约有四更，蛮兵方起造饭，准备天明厮杀。忽然赵云、魏延两路杀入，蛮兵大乱。赵云直杀入中军，正逢金环三结元帅；交马只一合，被云一枪刺落马下，就枭其首级。余军溃散。魏延便分兵一半，望东路抄董荼那寨来。赵云分兵一半，望西路抄阿会喃寨来。比及杀到蛮兵大寨之时，天已平明。

先说魏延杀奔董荼那寨来。董荼那听知寨后有军杀至，便引兵出寨拒敌。忽然寨前门一声喊起，蛮兵大乱。原来王平军马早已到了。两下夹攻,蛮兵大败。董荼那夺路走脱,魏延追赶不上。

却说赵云引兵杀到阿会喃寨后之时,马忠已杀至寨前。两下夹攻,蛮兵大败,阿会喃乘乱走脱。各自收军,回见孔明。孔明问曰:"三洞蛮兵,走了两洞之主;金环三结元帅首级安在?"赵云将首级献功。众皆言曰:"董荼那、阿会喃皆弃马越岭而去,因此赶他不上。"孔明大笑曰:"二人吾已擒下了。"赵、魏二人并诸将皆不信。少顷,张嶷解董荼那到,张翼解阿会喃到。众皆惊讶。孔明曰:"吾观吕凯图本,已知他各人下的寨子,故以言激子龙、文长之锐气,故教深入重地,先破金环三结,随即分兵左右寨后抄出,以王平、马忠应之。非子龙、文长不可当此任也。吾料董荼那、阿会喃必从便径往山路而走,故遣张嶷、张翼以伏兵待之,令关索以兵接应,擒此二人。"诸将皆拜伏曰:"丞相机算,神鬼莫测!"

孔明令押过董荼那、阿会喃至帐下,尽去其缚,以酒食衣服赐之,令各自归洞,勿得助恶。二人泣拜,各投小路而去。孔明谓诸将曰:"来日孟获必然亲自引兵厮杀,便可就此擒之。"乃唤赵云、魏延至,付与计策,各引五千兵去了。又唤王平、关索同引一军,授计而去。孔明分拨已毕,坐于帐上待之。

却说蛮王孟获在帐中正坐,忽哨马报来,说三洞元帅,俱被孔明捉将去了;部下之兵,各自溃散。获大怒,遂起蛮兵迤逦进发,正遇王平军马。两阵对圆,王平出马横刀望之:只见门旗开处,数百南蛮骑将两势摆开。中间孟获出马:头顶嵌宝紫金冠,身披缨络红锦袍,腰系碾玉狮子带,脚穿鹰嘴抹绿靴,骑一匹卷毛赤兔马,悬两口松纹镶宝剑,昂然观望,回顾左右蛮将曰:"人每说诸葛亮善能用兵;今观此阵,旌旗杂乱,队伍交错;刀枪器械,无一可能胜吾者:始知前日之言谬也。早知如此,吾反多时矣。谁敢去擒蜀将,以振军威?"言未尽,一将应声而出,名唤忙牙长;使一口截头大刀,骑一匹黄骠马,来取王平。二将交锋,战不数合,王平便走。孟获驱兵大进,迤逦追赶。关索略战又走,约退二十余里。孟获正追杀之间,忽然喊声大起,左有张嶷,右有张翼,两路兵杀出,截断归路。王平、关索复兵杀回。前后夹攻,蛮兵大败。孟获引部将死战得脱,望锦带山而逃。背后三路兵追杀将来。获正奔走之间,前面喊声大起,一彪军拦住:为首大将乃常山赵子龙也。获见了大惊,慌忙奔锦带山小路而走。子龙冲杀一阵,蛮兵大败,生擒者无数。孟获止与数十骑奔入山谷之中,背后追兵至近,前面路狭,马不能行,乃弃了马匹,爬山越岭而逃。忽然山谷中一声鼓响,乃是魏延受了孔明计策,引五百步军,伏于此处,孟获抵敌不住,被魏延生擒活捉了。从骑皆降。

魏延解孟获到大寨来见孔明。孔明早已杀牛宰羊,设宴在寨;却教帐中排开七重围子手,刀枪剑戟,灿若霜雪;又执御赐黄金钺斧,曲柄伞盖,前后羽葆鼓吹,左右排开御林军,布列得十分严整。孔明端坐于帐上,只见蛮兵纷纷穰穰,解到无数。孔明唤到帐中,尽去其缚,抚谕曰:"汝等皆是好百姓,不幸被孟获所拘,今受惊谎。吾想汝等父母、兄弟、妻子必倚门而望;若听知阵败,定然割肚牵肠,眼中流血。吾今尽放汝等回去,以安各人父母、兄弟、妻子之心。"言讫,各赐酒食米粮而遣之。蛮兵深感其恩,泣拜而去。孔明教唤武士押过孟获来。不移时,前推后拥,缚至帐前。获跪于帐下。孔明曰:"先帝待汝不薄,汝何敢背反?"获曰:"两川之地,皆是他人所占土地,汝主倚强夺之,自称为帝。吾世居此处,汝等无礼,侵我土地:何为反耶?"孔明曰:"吾今擒汝,汝心服否?"获曰:"山僻路狭,误遭汝手,如何肯服!"孔明曰:"汝既不服,吾放汝去,若何?"获曰:"汝放我回去,再整军马,共决雌雄;若能再擒吾,吾方服也。"孔明即令去其缚。与衣服穿了,赐以酒食,给与鞍马,差人送出路,径望本寨而去。正是:寇入掌中还放去,人居化外未能降。未知再来交战若何,且看下文分解。

第八十八回　渡泸水再缚番王　识诈降三擒孟获

却说孔明放了孟获，众将上帐问曰："孟获乃南蛮渠魁，今幸被擒，南方便定，丞相何故放之？"孔明笑曰："吾擒此人，如囊中取物耳。直须降伏其心，自然平矣。"诸将闻言，皆未肯信。

当日孟获行至泸水，正遇手下败残的蛮兵，皆来寻探。众兵见了孟获，且惊且喜，拜问曰："大王如何能勾回来？"获曰："蜀人监我在帐中，被我杀死十余人，乘夜黑而走；正行间，逢着一哨马军，亦被我杀之，夺了此马：因此得脱。"众皆大喜，拥孟获渡了泸水，下住寨栅，会集各洞酋长，陆续招聚原放回的蛮兵，约有十余万骑。此时董荼那、阿会喃已在洞中。孟获使人去请，二人惧怕，只得也引洞兵来。获传令曰："吾已知诸葛亮之计矣，不可与战，战则中他诡计。彼川兵远来劳苦，况即日天炎，彼兵岂能久住？吾等有此泸水之险，将船筏尽拘在南岸一带，皆筑土城，深沟高垒，看诸葛亮如何施谋！"众酋长从其计，尽拘船筏于南岸一带，筑起土城：有依山傍崖之地，高竖敌楼；楼上多设弓弩炮石，准备久处之计。粮草皆是各洞供运。孟获以为万全之策，坦然不忧。

却说孔明提兵大进，前军已至泸水，哨马飞报说："泸水之内，并无船筏；又兼水势甚急，隔岸一带筑起土城，皆有蛮兵守把。"时值五月，天气炎热，南方之地，分外炎酷，军马衣甲，皆穿不得。孔明自至泸水边观毕，回到本寨，聚诸将至帐中，传令曰："今孟获兵屯泸水之南，深沟高垒，以拒我兵；吾既提兵至此，如何空回？汝等各各引兵，依山傍树，拣林木茂盛之处，与我将息人马。"乃遣吕凯离泸水百里，拣阴凉之地，分作四个寨子；使王平、张嶷、张翼、关索各守一寨，内外皆搭草棚，遮盖马匹，将士乘凉，以避暑气。参军蒋琬看了，入问孔明曰："某看吕凯所造之寨甚不好，正犯昔日先帝败于东吴时之地势矣，倘蛮兵偷渡泸水，前来劫寨，若用火攻，如何解救？"孔明笑曰：

“公勿多疑，吾自有妙算。”蒋琬等皆不晓其意。

忽报蜀中差马岱解暑药并粮米到。孔明令入。岱参拜毕，一面将米药分派四寨。孔明问曰：“汝将带多少军来？”马岱曰：“有三千军。”孔明曰：“吾军累战疲困，欲用汝军，未知肯向前否？”岱曰：“皆是朝廷军马，何分彼我？丞相要用，虽死不辞。”孔明曰：“今孟获拒住泸水，无路可渡。吾欲先断其粮道，令彼军自乱。”岱曰：“如何断得？”孔明曰：“离此一百五十里，泸水下流沙口，此处水慢，可以扎筏而渡。汝提本部三千军渡水，直入蛮洞，先断其粮，然后会合董荼那、阿会喃两个洞主，便为内应。不可有误。”

马岱欣然去了，领兵前到沙口，驱兵渡水；因见水浅，大半不下筏，只裸衣而过，半渡皆倒；急救傍岸，口鼻出血而死。马岱大惊，连夜回告孔明。孔明随唤向导土人问之。土人曰：“目今炎天，毒聚泸水，日间甚热，毒气正发，有人渡水，必中其毒；或饮此水，其人必死。若要渡时，须待夜静水冷，毒气不起，饱食渡之，方可无事。”孔明遂令土人引路，又选精壮军五六百，随着马岱，来到泸水沙口，扎起木筏，半夜渡水，果然无事。岱领着二千壮军，令土人引路，径取蛮洞运粮总路口夹山峪而来。那夹山峪，两下是山，中间一条路，止容一人一马而过。马岱占了夹山峪，分拨军士，立起寨栅。洞蛮不知，正解粮到，被岱前后截住，夺粮百余车，蛮人报入孟获大寨中。

此时孟获在寨中，终日饮酒取乐，不理军务，谓众酋长曰：“吾若与诸葛亮对敌，必中奸计。今靠此泸水之险，深沟高垒以待之；蜀人受不过酷热，必然退走。那时吾与汝等随后击之，便可擒诸葛亮也。”言讫，呵呵大笑。忽然班内一酋长曰：“沙口水浅，倘蜀兵透漏过来，深为利害；当分军守把。”获笑曰：“汝是本处土人，如何不知？吾正要蜀兵来渡此水，渡则必死于水中矣。”酋长又曰：“倘有土人说与夜渡之法，当复何如？”获曰：“不必多疑。吾境内之人，安肯助敌人耶？”正言之间，忽报蜀兵不知多少，暗渡泸水，绝断了夹山粮道，打着“平北将军马岱”旗号。获笑曰：“量此小辈，何足道哉！”即遣副将忙牙长，引三千兵投夹山峪来。

却说马岱望见蛮兵已到，遂将二千军摆在山前。两阵对圆，忙牙长出马，与马岱交锋，只一合，被岱一刀，斩于马下。蛮兵大败走回，来见孟获，细言其事。获唤诸将问曰："谁敢去敌马岱？"言未毕，董荼那出曰："某愿往。"孟获大喜，遂与三千兵而去。获又恐有人再渡泸水，即遣阿会喃引三千兵，去守把沙口。

却说董荼那引蛮兵到了夹山峪下寨，马岱引兵来迎。部内军有认得是董荼那，说与马岱如此如此。岱纵马向前大骂曰："无义背恩之徒！吾丞相饶汝性命，今又背反，岂不自羞！"董荼那满面惭愧，无言可答，不战而退。马岱掩杀一阵而回。董荼那回见孟获曰："马岱英雄，抵敌不住。"获大怒曰："吾知汝原受诸葛亮之恩，今故不战而退，正是卖阵之计！"喝教推出斩了。众酋长再三哀告，方才免死，叱武士将董荼那打了一百大棍，放归本寨。诸多酋长皆来告董荼那曰："我等虽居蛮方，未尝敢犯中国；中国亦不曾侵我。今因孟获势力相逼，不得已而造反。想孔明神机莫测，曹操、孙权尚自惧之，何况我等蛮方乎？况我等皆受其活命之恩，无可为报。今欲舍一死命，杀孟获去投孔明，以免洞中百姓涂炭之苦。"董荼那曰："未知汝等心下若何？"内有原蒙孔明放回的人，一齐同声应曰："愿往！"于是董荼那手执钢刀，引百余人，直奔大寨而来，时孟获大醉于帐中。董荼那引众人持刀而入，帐下有两将侍立。董荼那以刀指曰："汝等亦受诸葛丞相活命之恩，宜当报效。"二将曰："不须将军下手，某当生擒孟获，去献丞相。"于是一齐入帐，将孟获执缚已定，押到泸水边，驾船直过北岸，先使人报知孔明。

却说孔明已有细作探知此事，于是密传号令，教各寨将士，整顿军器，方教为首酋长解孟获入来，其余皆回本寨听候。董荼那先入中军见孔明，细说其事。孔明重加赏劳，用好言抚慰，遣董荼那引众酋长去了，然后令刀斧手推孟获入。孔明笑曰："汝前者有言：但再擒得，便肯降服。今日如何？"获曰："此非汝之能也；乃吾手下之人自相残害，以致如此。如何肯服！"孔明曰："吾今再放汝去，若何？"孟获曰："吾虽蛮人，颇知兵法；若丞相端的肯放吾回洞中，吾当率兵再决胜负。若丞相这番再擒得我，那时倾心吐胆归降，并不敢改移也。"孔明曰："这番生擒，如又不服，必无轻恕。"令左右去其绳索，仍前赐以酒食，列坐于帐上。孔明曰："吾自出茅庐，战无不胜，攻无不取。汝蛮邦之人，何为不服？"获默然不答。

孔明酒后，唤孟获同上马出寨，观看诸营寨栅所屯粮草，所积军器。孔明指谓孟获曰："汝不降吾，真愚人也。吾有如此之精兵猛将，粮草兵器，汝安能胜吾哉？汝若早降，吾当奏闻天子，令汝不失王位，子子孙孙，永镇蛮邦。意下若何？"获曰："某虽肯降，怎奈洞中之人未肯心服。若丞相肯放回去，就当招安本部人马，同心合胆，方可归顺。"孔明忻然，又与孟获回到大寨。饮酒至晚，获辞去；孔明亲自送至泸水边，以船送获归寨。

孟获来到本寨，先伏刀斧手于帐下，差心腹人到董荼那、阿会喃寨中，只推孔明有使命至，将二人赚到大寨帐下，尽皆杀之，弃尸于涧。孟获随即遣亲信之人，守把隘口，自引军出了夹山峪，要与马岱交战，却并不见一人；及问土人，皆言昨夜尽搬粮草，复渡泸水，归大寨去了。获再回洞中，与亲弟孟优商议曰："如今诸葛亮之虚实，吾已尽知，汝可去如此如此。"

孟优领了兄计，引百余蛮兵，搬载金珠、宝贝、象牙、犀角之类，渡了泸水，径投孔明大寨而来；方才过了河时，前面鼓角齐鸣，一彪军摆开：为首大将乃马岱也。孟优大惊。岱问了来情，令在外厢，差人来报孔明。孔明正在帐中与马谡、吕凯、蒋琬、费祎等共议平蛮之事，忽帐下一人，报称孟获差弟孟优来进宝贝。孔明回顾马谡曰："汝知其来意否？"谡曰："不敢明言。容某暗写于纸上，呈与丞相，看合钧意否？"孔明从之。马谡写讫，呈与孔明。孔明看毕，抚掌大笑曰："擒孟获之计，吾已差派下也。汝之所见，正与吾同。"遂唤赵云入，向耳畔分付如此如此；又唤魏延入，亦低言分付；又唤王平、马忠、关索入，亦密密地分付。

各人受了计策，皆依令而去，方召孟优入帐，优再拜于帐下曰："家兄孟获，感丞相活命之恩，无可奉献，辄具金珠宝贝若干，权为赏军之资。续后别有进贡天子礼物。"孔明曰："汝兄今在何处？"优曰："为感丞相天恩，径往银坑山中收拾宝物去了，少时便回来也。"孔明曰："汝带多少人来？"优曰："不敢多带。只是随行百余人，皆运货物者。”孔明尽教入帐看时，皆是青眼黑面，黄发紫须，耳带金环，鬅头跣足，身长力大之士。孔明就令随席而坐，教诸将劝酒，殷勤相待。

却说孟获在帐中专望回音，忽报有二人回了；唤入问之，具说：“诸葛亮受了礼物大喜，将随行之人，皆唤入帐中，杀牛宰羊，设宴相待。二大王令某密报大王：今夜二更，里应外合，以成大事。”

孟获听知甚喜，即点起三万蛮兵，分为三队。获唤各洞酋长分付曰：“各军尽带火具。今晚到了蜀寨时，放火为号。吾当自取中军，以擒诸葛亮。”诸多蛮将，受了计策，黄昏左侧，各渡泸水而来。孟获带领心腹蛮将百余人，径投孔明大寨，于路并无一军阻当。前至寨门，获率众将骤马而入，乃是空寨，并不见一人。获撞入中军，只见帐中灯烛荧煌，孟优并番兵尽皆醉倒。原来孟优被孔明教马谡、吕凯二人管待，令乐人搬做杂剧，殷勤劝酒，酒内下药，尽皆昏倒，浑如醉死之人。孟获入帐问之，内有醒者，但指口而已。获知中计，急救了孟优等一干人；却待奔回中队，前面喊声大震，火光骤起，蛮兵各自逃窜。一彪军杀到，乃是蜀将王平。获大惊，急奔左队时，火光冲天，一彪军杀到，为首蜀将乃是魏延。获慌忙望右队而来，只见火光又起，又一彪军杀到，为首蜀将乃是赵云。三路军夹攻将来，四下无路。孟获弃了军士，匹马望泸水而逃。正见泸水上数十个蛮兵，驾一小舟，获慌令近岸。人马方才下船，一声号起，将孟获缚住。原来马岱受了计策，引本部兵扮作蛮兵，撑船在此，诱擒孟获。

于是孔明招安蛮兵，降者无数。孔明一一抚慰，并不加害。就教救灭了余火。须臾，马岱擒孟获至；赵云擒孟优至；魏延、马忠、王平、关索擒诸洞酋长至。孔明指孟获而笑曰：“汝先令汝弟以礼诈降，如何瞒得过吾！今番又被我擒，汝可服否？”获曰：“此乃吾弟贪口腹之故，误中汝毒，因此失了大事。吾若自来，弟以兵应之，必然成功。此乃天败，非吾之不能也，如何肯服！”孔明曰：“今已三次，如何不服？”孟获低头无语。孔明笑曰：“吾再放汝回去。”孟获曰：“丞相若肯放吾兄弟回去，收拾家下亲丁，和丞相大战一场。那时擒得，方才死心塌地而降。”孔明曰：“再若擒住，必不轻恕。汝可小心在意，勤攻韬略之书，再整亲信之士，早用良策，勿生后悔。”遂令武士去其绳索，放起孟获，并孟优及各洞酋长，一齐都放。孟获等拜谢去了。此时蜀兵已渡泸水。孟获等过了泸水，只见岸口陈兵列将，旗帜纷纷。获到营前，马岱高坐，以剑指之曰："这番拿住，必无轻放！"孟获到了自己寨时，赵云早已袭了此寨，布列兵马。云坐于大旗下，按剑而言曰："丞相如此相待，休忘大恩！"获喏喏连声而去。将出界口山坡，魏延引一千精兵，摆在坡上，勒马厉声而言曰："吾今已深入巢穴，夺汝险要；汝尚自愚迷，抗拒大军！这回拿住，碎尸万段，决不轻饶！"孟获等抱头鼠窜，望本洞而去。后人有诗赞曰："五月驱兵入不毛，月明泸水瘴烟高。誓将雄略酬三顾，岂惮征蛮七纵劳。"

却说孔明渡了泸水，下寨已毕，大赏三军，聚众将于帐下曰："孟获第二番擒来，吾令遍观各营虚实，正欲令其来劫营也。吾知孟获颇晓兵法，吾以兵马粮草炫耀，实令孟获看吾破绽，必用火攻。彼令其弟诈降，欲为内应耳。吾三番擒之而不杀，诚欲服其心，不欲灭其类也。吾今明告汝等，勿得辞劳，可用心报国。"众将拜伏曰："丞相智、仁、勇三者足备，虽子牙、张良不能及也。"孔明曰："吾今安敢望古人耶？皆赖汝等之力，共成功业耳。"帐下诸将听得孔明之言，尽皆喜悦。

却说孟获受了三擒之气，忿忿归到银坑洞中，即差心腹人赍金珠宝贝，往八番九十三甸等处，并蛮方部落，借使牌刀獠丁军健数十万，克日齐备，各队人马，云推雾拥，俱听孟获调用。伏路军探知其事，来报孔明，孔明笑曰："吾正欲令蛮兵皆至，见吾之能也。"遂上小车而行。正是：若非洞主威风猛，怎显军师手段高！未知胜负如何，且看下文分解。

第八十九回　武乡侯四番用计　南蛮王五次遭擒

却说孔明自驾小车,引数百骑前来探路。前有一河,名曰西洱河,水势虽慢,并无一只船筏。孔明令伐木为筏而渡,其木到水皆沉。孔明遂问吕凯,凯曰:"闻西洱河上流有一山,其山多竹,大者数围。可令人伐之,于河上搭起竹桥,以渡军马。"孔明即调三万人入山,伐竹数十万根,顺水放下,于河面狭处,搭起竹桥,阔十余丈。乃调大军于河北岸一字儿下寨,便以河为壕堑,以浮桥为门,垒土为城;过桥南岸,一字下三个大营,以待蛮兵。

却说孟获引数十万蛮兵,恨怒而来。将近西洱河,孟获引前部一万刀牌獠丁,直扣前寨搦战。孔明头戴纶巾,身披鹤氅,手执羽扇,乘驷马车,左右众将簇拥而出。孔明见孟获身穿犀皮甲,头顶朱红盔,左手挽牌,右手执刀,骑赤毛牛,口中辱骂;手下万余洞丁,各舞刀牌,往来冲突。孔明急令退回本寨,四面紧闭,不许出战。蛮兵皆裸衣赤身,直到寨门前叫骂。诸将大怒,皆来禀孔明曰:"某等情愿出寨决一死战!"孔明不许。诸将再三欲战,孔明止曰:"蛮方之人,不遵王化,今此一来,狂恶正盛,不可迎也;且宜坚守数日,待其猖獗少懈,吾自有妙计破之。"

于是蜀兵坚守数日。孔明在高阜处探之,窥见蛮兵已多懈怠,乃聚诸将曰:"汝等敢出战否?"众将欣然要出。孔明先唤赵云、魏延入帐,向耳畔低言,分付如此如此。二人受了计策先进。却唤王平、马忠入帐,受计去了。又唤马岱分付曰:"吾今弃此三寨,退过河北;吾军一退,汝可便拆浮桥,移于下流,却渡赵云、魏延军马过河来接应。"岱受计而去。又唤张翼曰:"吾军退去,寨中多设灯火。孟获知之,必来追赶,汝却断其后。"张翼受计而退。孔明只教关索护车。众军退去,寨中多设灯火。蛮兵望见,不敢冲突。

次日平明,孟获引大队蛮兵径到蜀寨之时,只见三个大寨,皆无人马，于内弃下粮草车仗数百余辆。孟优曰："诸葛弃寨而走，莫非有计否？"孟获曰："吾料诸葛亮弃辎重而去，必因国中有紧急之事：若非吴侵，定是魏伐。故虚张灯火以为疑兵，弃车仗而去也。可速追之，不可错过。"于是孟获自驱前部，直到西洱河边。望见河北岸上，寨中旗帜整齐如故，灿若云锦；沿河一带，又设锦城。蛮兵哨见，皆不敢进。获谓优曰："此是诸葛亮惧吾追赶，故就河北岸少住，不二日必走矣。"遂将蛮兵屯于河岸；又使人去山上砍竹为筏，以备渡河；却将敢战之兵，皆移于寨前面。却不知蜀兵早已入自己之境。

是日，狂风大起。四壁厢火明鼓响，蜀兵杀到。蛮兵獠丁，自相冲突。孟获大惊，急引宗族洞丁杀开条路，径奔旧寨。忽一彪军从寨中杀出，乃是赵云。获慌忙回西洱河，望山僻处而走。又一彪军杀出，乃是马岱。孟获只剩得数十个败残兵，望山谷中而逃。见南、北、西三处尘头火光，因此不敢前进，只得望东奔走。方才转过山口，见一大林之前，数十从人，引一辆小车；车上端坐孔明，呵呵大笑曰："蛮王孟获！天败至此，吾已等候多时也！"获大怒，回顾左右曰："吾遭此人诡计，受辱三次；今幸得这里相遇。汝等奋力前去，连人带车砍为粉碎！"数骑蛮兵，猛力向前。孟获当先呐喊，抢到大林之前，跄踏一声，踏了陷坑，一齐塌倒。大林之内，转出魏延，引数百军来，一个个拖出，用索缚定。孔明先到寨中，招安蛮兵，并诸甸酋长洞丁——此时大半皆归本乡去了——除死伤外，其余尽皆归降。孔明以酒肉相待，以好言抚慰，尽令放回。蛮兵皆感叹而去。少顷，张翼解孟优至。孔明诲之曰："汝兄愚迷，汝当谏之。今被吾擒了四番，有何面目再见人耶！"孟优羞惭满面，伏地告求免死。孔明曰："吾杀汝不在今日。吾且饶汝性命，劝谕汝兄。"令武士解其绳索，放起孟优。优泣拜而去。

不一时，魏延解孟获至。孔明大怒曰："你今番又被吾擒了，有何理说！"获曰："吾今误中诡计，死不瞑目！"孔明叱武士推出斩之。获全无惧色，回顾孔明曰："若敢再放吾回去，必然报四番之恨！"孔明大笑，令左右去其缚，赐酒压惊，就坐于帐中。孔明问曰："吾今四次以礼相待，汝尚然不服，何也？"获曰："吾虽是化外之人，不似丞相专施诡计,吾如何肯服?”孔明曰:“吾再放汝回去,复能战乎?”获曰:“丞相若再拿住吾,吾那时倾心降服,尽献本洞之物犒军,誓不反乱。”

孔明即笑而遣之。获忻然拜谢而去。于是聚得诸洞壮丁数千人,望南迤逦而行。早望见尘头起处,一队兵到;乃是兄弟孟优,重整残兵,来与兄报仇。兄弟二人,抱头相哭,诉说前事。优曰:“我兵屡败,蜀兵屡胜,难以抵当。只可就山阴洞中,退避不出。蜀兵受不过暑气,自然退矣。”获问曰:“何处可避?”优曰:“此去西南有一洞,名曰秃龙洞。洞主朵思大王,与弟甚厚,可投之。”于是孟获先教孟优到秃龙洞,见了朵思大王。朵思慌引洞兵出迎,孟获入洞,礼毕,诉说前事。朵思曰:“大王宽心。若蜀兵到来,令他一人一骑不得还乡,与诸葛亮皆死于此处!”获大喜,问计于朵思。朵思曰:“此洞中止有两条路:东北上一路,就是大王所来之路,地势平坦,土厚水甜,人马可行;若以木石垒断洞口,虽有百万之众,不能进也。西北上有一条路,山险岭恶,道路窄狭;其中虽有小路,多藏毒蛇恶蝎;黄昏时分,烟瘴大起,直至巳、午时方收,惟未、申、酉三时,可以往来;水不可饮,人马难行。此处更有四个毒泉:一名哑泉,其水颇甜,人若饮之,则不能言,不过旬日必死;二曰灭泉,此水与汤无异,人若沐浴,则皮肉皆烂,见骨必死;三曰黑泉,其水微清,人若溅之在身,则手足皆黑而死;四曰柔泉,其水如冰,人若饮之,咽喉无暖气,身躯软弱如绵而死。此处虫鸟皆无,惟有汉伏波将军曾到;自此以后,更无一人到此。今垒断东北大路,令大王稳居敝洞,若蜀兵见东路截断,必从西路而入;于路无水,若见此四泉,定然饮水,虽百万之众,皆无归矣。何用刀兵耶!”孟获大喜,以手加额曰:“今日方有容身之地!”又望北指曰:“任诸葛神机妙算,难以施设!四泉之水,足以报败兵之恨也!”自此,孟获、孟优终日与朵思大王筵宴。

却说孔明连日不见孟获兵出,遂传号令教大军离西洱河,望南进发。此时正当六月炎天,其热如火。有后人咏南方苦热诗曰:“山泽欲焦枯,火光覆太虚。不知天地外,暑气更何如!”又有诗曰:“赤帝施权柄,阴云不敢生。云蒸孤鹤喘,海热巨鳌惊。忍舍溪边坐,慵抛竹里行。如何沙塞客，擐甲复长征！”

孔明统领大军，正行之际，忽哨马飞报：“孟获退往秃龙洞中不出，将洞口要路垒断，内有兵把守；山恶岭峻，不能前进。”孔明请吕凯问之，凯曰：“某曾闻此洞有条路，实不知详细。”蒋琬曰：“孟获四次遭擒，既已丧胆，安敢再出？况今天气炎热，军马疲乏，征之无益；不如班师回国。”孔明曰：“若如此，正中孟获之计也。吾军一退，彼必乘势追之。今已到此，安有复回之理！”遂令王平领数百军为前部；却教新降蛮兵引路，寻西北小径而入。前到一泉，人马皆渴，争饮此水。王平探有此路，回报孔明。比及到大寨之时，皆不能言，但指口而已。

孔明大惊，知是中毒，遂自驾小车，引数十人前来看时，见一潭清水，深不见底，水气凛凛，军不敢试。孔明下车，登高望之，四壁峰岭，鸟雀不闻，心中大疑。忽望见远远山冈之上，有一古庙。孔明攀藤附葛而到，见一石屋之中，塑一将军端坐，旁有石碑，乃汉伏波将军马援之庙：因平蛮到此，土人立庙祀之。孔明再拜曰：“亮受先帝托孤之重，今承圣旨，到此平蛮；欲待蛮方既平，然后伐魏吞吴，重安汉室。今军士不识地理，误饮毒水，不能出声。万望尊神，念本朝恩义，通灵显圣，护佑三军！”

祈祷已毕，出庙寻土人问之。隐隐望见对山一老叟扶杖而来，形容甚异。孔明请老叟入庙，礼毕，对坐于石上。孔明问曰：“丈者高姓？”老叟曰：“老夫久闻大国丞相隆名，幸得拜见。蛮方之人，多蒙丞相活命，皆感恩不浅。”孔明问泉水之故，老叟答曰：“军所饮水，乃哑泉之水也，饮之难言，数日而死。此泉之外，又有三泉：东南有一泉，其水至冷，人若饮水，咽喉无暖气，身躯软弱而死，名曰柔泉；正南有一泉，人若溅之在身，手足皆黑而死，名曰黑泉；西南有一泉，沸如热汤，人若浴之，皮肉尽脱而死，名曰灭泉。敝处有此四泉，毒气所聚，无药可治。又烟瘴甚起，惟未、申、酉三个时辰可往来；余者时辰，皆瘴气密布，触之即死。”

孔明曰：“如此则蛮方不可平矣。蛮方不平，安能并吞吴、魏，再兴汉室？有负先帝托孤之重，生不如死也！”老叟曰：“丞相勿忧。老夫指引一处,可以解之。”孔明曰:“老丈有何高见,请乞指教。”老叟曰:“此去正西数里,有一山谷,入内行二十里,有一溪名曰万安溪。上有一高士,号为万安隐者;此人不出溪有数十余年矣。其草庵后有一泉,名安乐泉。人若中毒,汲其水饮之即愈。有人或生疥癞,或感瘴气,于万安溪内浴之,自然无事。更兼庵前有一等草,名曰薤叶芸香。人若口含一叶,则瘴气不染。丞相可速往求之。”孔明拜谢,问曰:“承丈者如此活命之德,感刻不胜。愿闻高姓。”老叟入庙曰:“吾乃本处山神,奉伏波将军之命,特来指引。”言讫,喝开庙后石壁而入。孔明惊讶不已,再拜庙神,寻旧路上车,回到大寨。

次日,孔明备信香、礼物,引王平及众哑军,连夜望山神所言去处,迤逦而进。入山谷小径,约行二十余里,但见长松大柏,茂竹奇花,环绕一庄;篱落之中,有数间茅屋,闻得馨香喷鼻。孔明大喜,到庄前扣户,有一小童出。孔明方欲通姓名,早有一人,竹冠草履,白袍皂绦,碧眼黄发,忻然出曰:“来者莫非汉丞相否?”孔明笑曰:“高士何以知之?”隐者曰:“久闻丞相大纛南征,安得不知!”遂邀孔明入草堂。礼毕,分宾主坐定。孔明告曰:“亮受昭烈皇帝托孤之重,今承嗣君圣旨,领大军至此,欲服蛮邦,使归王化。不期孟获潜入洞中,军士误饮哑泉之水。夜来蒙伏波将军显圣,言高士有药泉,可以治之。望乞矜念,赐神水以救众兵残生。”隐者曰:“量老夫山野废人,何劳丞相枉驾。此泉就在庵后。”教取来饮。于是童子引王平等一起哑军,来到溪边,汲水饮之;随即吐出恶涎,便能言语。童子又引众军到万安溪中沐浴。

隐者于庵中进柏子茶、松花菜,以待孔明。隐者告曰:“此间蛮洞多毒蛇恶蝎,柳花飘入溪泉之间,水不可饮;但掘地为泉,汲水饮之方可。”孔明求薤叶芸香,隐者令众军尽意采取:“各人口含一叶,自然瘴气不侵。”孔明拜求隐者姓名,隐者笑曰:“某乃孟获之兄孟节是也。”孔明愕然。隐者又曰:“丞相休疑,容伸片言:某一父母所生三人:长即老夫孟节,次孟获,又次孟优。父母皆亡。二弟强恶,不归王化。某屡谏不从,故更名改姓,隐居于此。今辱弟造反,又劳丞相深入不毛之地,如此生受,孟节合该万死,故先于丞相之前请罪。”孔明叹曰:“方信盗跖、下惠之事,今亦有之。”遂与孟节曰:“吾申奏天子,立公为王,可乎?”节曰:“为嫌功名而逃于此,岂复有贪富贵之意!”孔明乃具金帛赠之。孟节坚辞不受。孔明嗟叹不已,拜别而回。后人有诗曰:“高士幽栖独闭关,武侯曾此破诸蛮。至今古木无人境,犹有寒烟锁旧山。”

孔明回到大寨之中,令军士掘地取水。掘下二十余丈,并无滴水;凡掘十余处,皆是如此。军心惊慌。孔明夜半焚香告天曰:“臣亮不才,仰承大汉之福,受命平蛮。今途中乏水,军马枯渴。倘上天不绝大汉,即赐甘泉!若气运已终,臣亮等愿死于此处!”是夜祝罢,平明视之,皆得满井甘泉。后人有诗曰:“为国平蛮统大兵,心存正道合神明。耿恭拜井甘泉出,诸葛虔诚水夜生。”

孔明军马既得甘泉,遂安然由小径直入秃龙洞前下寨。蛮兵探知,来报孟获曰:“蜀兵不染瘴疫之气,又无枯渴之患,诸泉皆不应。”朵思大王闻知不信,自与孟获来高山望之。只见蜀兵安然无事,大桶小担,搬运水浆,饮马造饭。朵思见之,毛发耸然,回顾孟获曰:“此乃神兵也!”获曰:“吾兄弟二人与蜀兵决一死战,就殒于军前,安肯束手受缚!”朵思曰:“若大王兵败,吾妻子亦休矣。当杀牛宰马,大赏洞丁,不避水火,直冲蜀寨,方可得胜。”于是大赏蛮兵。

正欲起程,忽报洞后迤西银冶洞二十一洞主杨锋引三万兵来助战。孟获大喜曰:“邻兵助我,我必胜矣!”即与朵思大王出洞迎接。杨锋引兵入曰:“吾有精兵三万,皆披铁甲,能飞山越岭,足以敌蜀兵百万;我有五子,皆武艺足备。愿助大王。”锋令五子入拜,皆彪躯虎体,威风抖擞。孟获大喜,遂设席相待杨锋父子。酒至半酣,锋曰:“军中少乐,吾随军有蛮姑,善舞刀牌,以助一笑。”获忻然从之。须臾,数十蛮姑,皆披发跣足,从帐外舞跳而入,群蛮拍手以歌和之。杨锋令二子把盏。二子举杯诣孟获、孟优前。二人接杯,方欲饮酒,锋大喝一声,二子早将孟获、孟优执下座来。朵思大王却待要走,已被杨锋擒了。蛮姑横截于帐上,谁敢近前。获曰:“兔死狐悲,物伤其类。吾与汝皆是各洞之主,往日无冤,何故害我?”锋曰:“吾兄弟子侄皆感诸葛丞相活命之恩,无可以报。今汝反叛,何不擒献!”

于是各洞蛮兵，皆走回本乡。杨锋将孟获、孟优、朵思等解赴孔明寨来。孔明令入，杨锋等拜于帐下曰："某等子侄皆感丞相恩德，故擒孟获、孟优等呈献。"孔明重赏之，令驱孟获入。孔明笑曰："汝今番心服乎?"获曰："非汝之能，乃吾洞中之人，自相残害，以致如此。要杀便杀，只是不服!"孔明曰："汝赚吾入无水之地，更以哑泉、灭泉、黑泉、柔泉如此之毒，吾军无恙，岂非天意乎? 汝何如此执迷?"获又曰："吾祖居银坑山中，有三江之险，重关之固。汝若就彼擒之，吾当子子孙孙，倾心服事。"孔明曰："吾再放汝回去，重整兵马，与吾共决胜负；如那时擒住，汝再不服，当灭九族。"叱左右去其缚，放起孟获。获再拜而去。孔明又将孟优并朵思大王皆释其缚，赐酒食压惊。二人悚惧，不敢正视。孔明令鞍马送回。正是:深临险地非容易，更展奇谋岂偶然！未知孟获整兵再来，胜负如何，且看下文分解。

第九十回 驱巨兽六破蛮兵 烧藤甲七擒孟获

却说孔明放了孟获等一干人，杨锋父子皆封官爵，重赏洞兵。杨锋等拜谢而去。孟获等连夜奔回银坑洞。那洞外有三江：乃是泸水、甘南水、西城水。三路水会合，故为三江。其洞北近平坦三百余里，多产万物。洞西二百里，有盐井。西南二百里，直抵泸、甘。正南三百里，乃是梁都洞，洞中有山，环抱其洞；山上出银矿，故名为银坑山。山中置宫殿楼台，以为蛮王巢穴。其中建一祖庙，名曰"家鬼"。四时杀牛宰马享祭，名为"卜鬼"。每年常以蜀人并外乡之人祭之。若人患病，不肯服药，只祷师巫，名为"药鬼"。其处无刑法，但犯罪即斩。有女长成，却于溪中沐浴，男女自相混淆，任其自配，父母不禁，名为"学艺"。年岁雨水均调，则种稻谷；倘若不熟，杀蛇为羹，煮象为饭。每方隅之中，上户号曰"洞主"，次曰"酋长"。每月初一、十五两日，皆在三江城中买卖，转易货物。其风俗如此。

却说孟获在洞中，聚集宗党千余人，谓之曰："吾屡受辱于蜀兵，立誓欲报之。汝等有何高见？"言未毕，一人应曰："吾举一人，可破诸葛亮。"众视之，乃孟获妻弟，现为八番部长，名曰带来洞主。获大喜，急问何人。带来洞主曰："此去西南八纳洞，洞主木鹿大王，深通法术：出则骑象，能呼风唤雨，常有虎豹豺狼、毒蛇恶蝎跟随。手下更有三万神兵，甚是英勇。大王可修书具礼，某亲往求之。此人若允，何惧蜀兵哉！"获忻然，令国舅赍书而去。却令朵思大王守把三江城，以为前面屏障。

却说孔明提兵直至三江城，遥望见此城三面傍江，一面通旱；即遣魏延、赵云同领一军，于旱路打城。军到城下时，城上弓弩齐发：原来洞中之人，多习弓弩，一弩齐发十矢，箭头上皆用毒药；但有中箭者，皮肉皆烂，见五脏而死。赵云、魏延不能取胜，回见孔明，言药箭之事。孔明自乘小车，到军前看了虚实，回到寨中，令军退数里下寨。

蛮兵望见蜀兵远退，皆大笑作贺，只疑蜀兵惧怯而退，因此夜间安心稳睡，不去哨探。

却说孔明约军退后，即闭寨不出。一连五日，并无号令。黄昏左侧，忽起微风。孔明传令曰："每军要衣襟一幅，限一更时分应点。无者立斩。"诸将皆不知其意，众军依令预备。初更时分，又传令曰："每军衣襟一幅，包土一包。无者立斩。"众军亦不知其意，只得依令预备。孔明又传令曰："诸军包土，俱在三江城下交割。先到者有赏。"众军闻令，皆包净土，飞奔城下。孔明令积土为蹬道，先上城者为头功。于是蜀兵十余万，并降兵万余，将所包之土，一齐弃于城下。一霎时，积土成山，接连城上。一声暗号，蜀兵皆上城。蛮兵急放弩时，大半早被执下，余者弃城而走。朵思大王死于乱军之中。蜀将督军分路剿杀。孔明取了三江城，所得珍宝，皆赏三军。败残蛮兵逃回见孟获说："朵思大王身死，失了三江城。"获大惊。

正虑之间，人报蜀兵已渡江，现在本洞前下寨。孟获甚是慌张。忽然屏风后一人大笑而出曰："既为男子，何无智也？我虽是一妇人，愿与你出战。"获视之，乃妻祝融夫人也。夫人世居南蛮，乃祝融氏之后；善使飞刀，百发百中。孟获起身称谢。夫人忻然上马，引宗党猛将数百员、生力洞兵五万，出银坑宫阙，来与蜀兵对敌。方才转过洞口，一彪军拦住：为首蜀将，乃是张嶷。蛮兵见之，却早两路摆开。祝融夫人背插五口飞刀，手挺丈八长标，坐下卷毛赤兔马。张嶷见之，暗暗称奇。二人骤马交锋。战不数合，夫人拨马便走。张嶷赶去，空中一把飞刀落下。嶷急用手隔，正中左臂，翻身落马。蛮兵发一声喊，将张嶷执缚去了。马忠听得张嶷被执，急出救时，早被蛮兵捆住。望见祝融夫人挺标勒马而立，忠忿怒向前去战，坐下马绊倒，亦被擒了。都解入洞中来见孟获。获设席庆贺。夫人叱刀斧手推出张嶷、马忠要斩。获止曰："诸葛亮放吾五次，今番若杀彼将，是不义也。且囚在洞中，待擒住诸葛亮，杀之未迟。"夫人从其言，笑饮作乐。

却说败残兵来见孔明，告知其事。孔明即唤马岱、赵云、魏延三人受计，各自领军前去。次日，蛮兵报入洞中，说赵云搦战。祝融夫人即上马出迎。二人战不数合，云拨马便走。夫人恐有埋伏，勒兵而回。魏延又引军来搦战，夫人纵马相迎。正交锋紧急，延诈败而逃，夫人只不赶。次日，赵云又引军来搦战，夫人领洞兵出迎。二人战不数合，云诈败而走，夫人按标不赶。欲收兵回洞时，魏延引军齐声辱骂，夫人急挺标来取魏延。延拨马便走。夫人忿怒赶来，延骤马奔入山僻小路。忽然背后一声响亮，延回头视之，夫人仰鞍落马：原来马岱埋伏在此，用绊马索绊倒。就里擒缚，解投大寨而来。蛮将洞兵皆来救时，赵云一阵杀散。孔明端坐于帐上，马岱解祝融夫人到，孔明急令武士去其缚，请在别帐赐酒压惊，遣使往告孟获，欲送夫人换张嶷、马忠二将。

孟获允诺，即放出张嶷、马忠，还了孔明。孔明遂送夫人入洞。孟获接入，又喜又恼。忽报八纳洞主到。孟获出洞迎接，见其人骑着白象，身穿金珠缨络，腰悬两口大刀，领着一班喂养虎豹豺狼之士，簇拥而入。获再拜哀告，诉说前事。木鹿大王许以报仇。获大喜，设宴相待。次日，木鹿大王引本洞兵带猛兽而出。赵云、魏延听知蛮兵出，遂将军马布成阵势。二将并辔立于阵前视之，只见蛮兵旗帜器械皆别：人多不穿衣甲，尽裸身赤体，面目丑陋；身带四把尖刀；军中不鸣鼓角，但筛金为号；木鹿大王腰挂两把宝刀，手执蒂钟，身骑白象，从大旗中而出。赵云见了，谓魏延曰："我等上阵一生，未尝见如此人物。"二人正沉吟之际，只见木鹿大王口中不知念甚咒语，手摇蒂钟。忽然狂风大作，飞砂走石，如同骤雨；一声画角响，虎豹豺狼，毒蛇猛兽，乘风而出，张牙舞爪，冲将过来。蜀兵如何抵当，往后便退。蛮兵随后追杀，直赶到三江界路方回。赵云、魏延收聚败兵，来孔明帐前请罪，细说此事。

孔明笑曰："非汝二人之罪。吾未出茅庐之时，先知南蛮有驱虎豹之法。吾在蜀中已办下破此阵之物也：随军有二十辆车，俱封记在此。今日且用一半；留下一半，后有别用。"遂令左右取了十辆红油柜车到帐下，留十辆黑油柜车在后。众皆不知其意。孔明将柜打开，皆是木刻彩画巨兽，俱用五色绒线为毛衣，钢铁为牙爪，一个可骑坐十人。孔明选了精壮军士一千余人，领了一百，口内装烟火之物，藏在军中。次日,孔明驱兵大进,布于洞口。蛮兵探知,入洞报与蛮王。木鹿大王自谓无敌,即与孟获引洞兵而出。孔明纶巾羽扇,身衣道袍,端坐于车上。孟获指曰:"车上坐的便是诸葛亮!若擒住此人,大事定矣!"木鹿大王口中念咒,手摇蒂钟。顷刻之间,狂风大作,猛兽突出。孔明将羽扇一摇,其风便回吹彼阵中去了,蜀阵中假兽拥出。蛮洞真兽见蜀阵巨兽口吐火焰,鼻出黑烟,身摇铜铃,张牙舞爪而来,诸恶兽不敢前进,皆奔回蛮洞,反将蛮兵冲倒无数。孔明驱兵大进,鼓角齐鸣,望前追杀。木鹿大王死于乱军之中。洞内孟获宗党,皆弃宫阙,扒山越岭而走。孔明大军占了银坑洞。

次日,孔明正要分兵缉擒孟获,忽报:"蛮王孟获妻弟带来洞主,因劝孟获归降,获不从,今将孟获并祝融夫人及宗党数百余人尽皆擒来,献与丞相。"孔明听知,即唤张嶷、马忠,分付如此如此。二将受了计,引二千精壮兵,伏于两廊。孔明即令守门将,俱放进来。带来洞主引刀斧手解孟获等数百人,拜于殿下。孔明大喝曰:"与吾擒下!"两廊壮兵齐出,二人捉一人,尽被执缚。孔明大笑曰:"量汝些小诡计,如何瞒得过我!汝见二次俱是本洞人擒汝来降,吾不加害;汝只道吾深信,故来诈降,欲就洞中杀吾!"喝令武士搜其身畔,果然各带利刀。孔明问孟获曰:"汝原说在汝家擒住,方始心服;今日如何?"获曰:"此是我等自来送死,非汝之能也。吾心未服。"孔明曰:"吾擒住六番,尚然不服,欲待何时耶?"获曰:"汝第七次擒住,吾方倾心归服,誓不反矣。"孔明曰:"巢穴已破,吾何虑哉!"令武士尽去其缚,叱之曰:"这番擒住,再若支吾,必不轻恕!"孟获等抱头鼠窜而去。

却说败残蛮兵有千余人,大半中伤而逃,正遇蛮王孟获。获收了败兵,心中稍喜,却与带来洞主商议曰:"吾今洞府已被蜀兵所占,今投何地安身?"带来洞主曰:"止有一国可以破蜀。"获喜曰:"何处可去?"带来洞主曰:"此去东南七百里,有一国,名乌戈国。国主兀突骨,身长丈二,不食五谷,以生蛇恶兽为饭;身有鳞甲,刀箭不能侵。其手下军士,俱穿藤甲;其藤生于山涧之中,盘于石壁之上;国人采取,浸于油中,半年方取出晒之;晒干复浸,凡十余遍,却才造成铠甲;穿在身上,渡江不沉,经水不湿,刀箭皆不能入:因此号为藤甲军。今大王可往求之。若得彼相助,擒诸葛亮如利刀破竹也。”孟获大喜,遂投乌戈国,来见兀突骨。其洞无宇舍,皆居土穴之内。孟获入洞,再拜哀告前事。兀突骨曰:“吾起本洞之兵,与汝报仇。”获欣然拜谢。于是兀突骨唤两个领兵俘长:一名土安,一名奚泥,起三万兵,皆穿藤甲,离乌戈国望东北而来。行至一江,名桃花水,两岸有桃树,历年落叶于水中,若别国人饮之尽死,惟乌戈国人饮之,倍添精神。兀突骨兵至桃花渡口下寨,以待蜀兵。

却说孔明令蛮人哨探孟获消息,回报曰:“孟获请乌戈国主,引三万藤甲军,现屯于桃花渡口。孟获又在各番聚集蛮兵,并力拒战。”孔明听说,提兵大进,直至桃花渡口。隔岸望见蛮兵,不类人形,甚是丑恶;又问土人,言说即日桃叶正落,水不可饮。孔明退五里下寨,留魏延守寨。

次日,乌戈国主引一彪藤甲军过河来,金鼓大震。魏延引兵出迎。蛮兵卷地而至。蜀兵以弩箭射到藤甲之上,皆不能透,俱落于地;刀砍枪刺,亦不能入。蛮兵皆使利刀钢叉,蜀兵如何抵当,尽皆败走。蛮兵不赶而回。魏延复回,赶到桃花渡口,只见蛮兵带甲渡水而去;内有困乏者,将甲脱下,放在水面,以身坐其上而渡。魏延急回大寨,来禀孔明,细言其事。孔明请吕凯并土人问之。凯曰:“某素闻南蛮中有一乌戈国,无人伦者也。更有藤甲护身,急切难伤。又有桃叶恶水,本国人饮之,反添精神;别国人饮之即死:如此蛮方,纵使全胜,有何益焉?不如班师早回。”孔明笑曰:“吾非容易到此,岂可便去!吾明日自有平蛮之策。”于是令赵云助魏延守寨,且休轻出。

次日,孔明令土人引路,自乘小车到桃花渡口北岸山僻去处,遍观地理。山险岭峻之处,车不能行,孔明弃车步行。忽到一山,望见一谷,形如长蛇,皆光峭石壁,并无树木,中间一条大路。孔明问土人曰:“此谷何名?”土人答曰:“此处名为盘蛇谷。出谷则三江城大路,谷前名塔郎甸。”孔明大喜曰:“此乃天赐吾成功于此也!”遂回旧路,上车归寨,唤马岱分付曰:“与汝黑油柜车十辆,须用竹竿千条,柜内之物,如此如此。可将本部兵去把住盘蛇谷两头,依法而行。与汝半月限,一切完备。至期如此施设。倘有走漏,定按军法。”马岱受计而去。又唤赵云分付曰:“汝去盘蛇谷后,三江大路口如此守把。所用之物,克日完备。”赵云受计而去。又唤魏延分付曰:“汝可引本部兵去桃花渡口下寨。如蛮兵渡水来敌,汝便弃了寨,望白旗处而走。限半个月内,须要连输十五阵,弃七个寨栅。若输十四阵,也休来见我。”魏延领命,心中不乐,怏怏而去。孔明又唤张翼另引一军,依所指之处,筑立寨栅去了;却令张嶷、马忠引本洞所降千人,如此行之。各人都依计而行。

却说孟获与乌戈国主兀突骨曰:“诸葛亮多有巧计,只是埋伏。今后交战,分付三军:但见山谷之中,林木多处,不可轻进。”兀突骨曰:“大王说的有理。吾已知道中国人多行诡计。今后依此言行之。吾在前面厮杀;汝在背后教道。”两人商议已定。忽报蜀兵在桃花渡口北岸立起营寨。兀突骨即差二俘长引藤甲军渡了河,来与蜀兵交战。不数合,魏延败走。蛮兵恐有埋伏,不赶自回。次日,魏延又去立了营寨。蛮兵哨得,又引众军渡过河来战。延出迎之。不数合,延败走。蛮兵追杀十余里,见四下并无动静,便在蜀寨中屯住。次日,二俘长请兀突骨到寨,说知此事。兀突骨即引兵大进,将魏延追一阵。蜀兵皆弃甲抛戈而走,只见前有白旗。延引败兵,急奔到白旗处,早有一寨,就寨中屯住。兀突骨驱兵追至,魏延引兵弃寨而走。蛮兵得了蜀寨。次日,又望前追杀。魏延回兵交战,不三合又败,只看白旗处而走,又有一寨,延就寨屯住。次日,蛮兵又至。延略战又走,蛮兵占了蜀寨。

话休絮烦,魏延且战且走,已败十五阵,连弃七个营寨。蛮兵大进追杀。兀突骨自在军前破敌,于路但见林木茂盛之处,便不敢进;却使人远望,果见树阴之中,旌旗招飐。兀突骨谓孟获曰:“果不出大王所料。”孟获大笑曰:“诸葛亮今番被吾识破!大王连日胜了他十五阵,夺了七个营寨,蜀兵望风而走。诸葛亮已是计穷;只此一进,大事定矣!”兀突骨大喜,遂不以蜀兵为念。至第十六日,魏延引败残兵,来与藤甲军对敌,兀突骨骑象当先,头戴日月狼须帽,身披金珠缨络,两肋下露出生鳞甲,眼目中微有光芒,手指魏延大骂。延拨马便走。后面蛮兵大进。魏延引兵转过了盘蛇谷,望白旗而走。兀突骨统引兵众,随后追杀。兀突骨望见山上并无草木,料无埋伏,放心追杀。赶到谷中,见数十辆黑油柜车在当路。蛮兵报曰:“此是蜀兵运粮道路,因大王兵至,撇下粮车而走。”兀突骨大喜,催兵追赶。将出谷口,不见蜀兵,只见横木乱石滚下,垒断谷口。兀突骨令兵开路而进,忽见前面大小车辆,装载干柴,尽皆火起。兀突骨忙教退兵,只闻后军发喊,报说谷口已被干柴垒断,车中原来皆是火药,一齐烧着。兀突骨见无草木,心尚不慌,令寻路而走。只见山上两边乱丢火把,火把到处,地中药线皆着,就地飞起铁炮。满谷中火光乱舞,但逢藤甲,无有不着。将兀突骨并三万藤甲军,烧得互相拥抱,死于盘蛇谷中。孔明在山上往下看时,只见蛮兵被火烧的伸拳舒腿,大半被铁炮打的头脸粉碎,皆死于谷中,臭不可闻。孔明垂泪而叹曰:“吾虽有功于社稷,必损寿矣!”左右将士,无不感叹。

却说孟获在寨中,正望蛮兵回报。忽然千余人笑拜于寨前,言说:“乌戈国兵与蜀兵大战,将诸葛亮围在盘蛇谷中了。特请大王前去接应。我等皆是本洞之人,不得已而降蜀;今知大王前到,特来助战。”孟获大喜,即引宗党并所聚番人,连夜上马;就令蛮兵引路。方到盘蛇谷时,只见火光甚起,臭气难闻。获知中计,急退兵时,左边张嶷,右边马忠,两路军杀出。获方欲抵敌,一声喊起,蛮兵中大半皆是蜀兵,将蛮王宗党并聚集的番人,尽皆擒了。孟获匹马杀出重围,望山径而走。

正走之间,见山凹里一簇人马,拥出一辆小车;车中端坐一人,纶巾羽扇,身衣道袍,乃孔明也。孔明大喝曰:“反贼孟获!今番如何?”获急回马走。旁边闪过一将,拦住去路,乃是马岱。孟获措手不及,被马岱生擒活捉了。此时王平、张翼已引一军赶到蛮寨中,将祝融夫人并一应老小皆活捉而来。

孔明归到寨中,升帐而坐,谓众将曰:“吾今此计,不得已而用之,大损阴德。我料敌人必算吾于林木多处埋伏,吾却空设旌旗,实无兵马,疑其心也。吾令魏文长连输十五阵者,坚其心也。吾见盘蛇谷止一条路,两壁厢皆是光石,并无树木,下面都是沙土,因令马岱将黑油柜安排于谷中,车中油柜内,皆是预先造下的火炮,名曰‘地雷’，一炮中藏九炮，三十步埋之，中用竹竿通节，以引药线；才一发动，山损石裂。吾又令赵子龙预备草车，安排于谷中。又于山上准备大木乱石。却令魏延赚兀突骨并藤甲军入谷，放出魏延，即断其路，随后焚之。吾闻：‘利于水者必不利于火。’藤甲虽刀箭不能入，乃油浸之物，见火必着。蛮兵如此顽皮，非火攻安能取胜？使乌戈国之人不留种类者，是吾之大罪也！”众将拜伏曰：“丞相天机，鬼神莫测也！”孔明令押过孟获来。孟获跪于帐下。孔明令去其缚，教且在别帐与酒食压惊。孔明唤管酒食官至坐榻前，如此如此，分付而去。

却说孟获与祝融夫人并孟优、带来洞主、一切宗党在别帐饮酒。忽一人入帐谓孟获曰：“丞相面羞，不欲与公相见。特令我来放公回去，再招人马来决胜负。公今可速去。”孟获垂泪言曰：“七擒七纵，自古未尝有也。吾虽化外之人，颇知礼义，直如此无羞耻乎？”遂同兄弟妻子宗党人等，皆匍匐跪于帐下，肉袒谢罪曰：“丞相天威，南人不复反矣！”孔明曰：“公今服乎？”获泣谢曰：“某子子孙孙皆感覆载生成之恩，安得不服！”孔明乃请孟获上帐，设宴庆贺，就令永为洞主。所夺之地，尽皆退还。孟获宗党及诸蛮兵，无不感戴，皆欣然跳跃而去。后人有诗赞孔明曰：“羽扇纶巾拥碧幢，七擒妙策制蛮王。至今溪洞传威德，为选高原立庙堂。”

长史费祎入谏曰：“今丞相亲提士卒，深入不毛，收服蛮方；目今蛮王既已归服，何不置官吏，与孟获一同守之？”孔明曰：“如此有三不易：留外人则当留兵，兵无所食，一不易也；蛮人伤破，父兄死亡，留外人而不留兵，必成祸患，二不易也；蛮人累有废杀之罪，自有嫌疑，留外人终不相信，三不易也。今吾不留人，不运粮，与相安于无事而已。”众人尽服。于是蛮方皆感孔明恩德，乃为孔明立生祠，四时享祭，皆呼之为慈父；各送珍珠金宝、丹漆药材、耕牛战马，以资军用，誓不再反。南方已定。

却说孔明犒军已毕，班师回蜀，令魏延引本部兵为前锋。延引兵方至泸水，忽然阴云四合，水面上一阵狂风骤起，飞沙走石，军不能进。延退兵回报孔明。孔明遂请孟获问之。正是：塞外蛮人方帖服，水边鬼卒又猖狂。未知孟获所言若何，且看下文分解。

第九十一回 祭泸水汉相班师 伐中原武侯上表

却说孔明班师回国，孟获率引大小洞主酋长及诸部落，罗拜相送。前军至泸水，时值九月秋天，忽然阴云布合，狂风骤起；兵不能渡，回报孔明。孔明遂问孟获，获曰："此水原有猖神作祸，往来者必须祭之。"孔明曰："用何物祭享?"获曰："旧时国中因猖神作祸，用七七四十九颗人头并黑牛白羊祭之，自然风恬浪静，更兼连年丰稔。"孔明曰："吾今事已平定，安可妄杀一人?"遂自到泸水岸边观看。果见阴风大起，波涛汹涌，人马皆惊。孔明甚疑，即寻土人问之。土人告说："自丞相经过之后，夜夜只闻得水边鬼哭神号。自黄昏直至天晓，哭声不绝。瘴烟之内，阴鬼无数。因此作祸，无人敢渡。"孔明曰："此乃我之罪愆也。前者马岱引蜀兵千余，皆死于水中；更兼杀死南人，尽弃此处。狂魂怨鬼，不能解释，以致如此。吾今晚当亲自往祭。"土人曰："须依旧例，杀四十九颗人头为祭，则怨鬼自散也。"孔明曰："本为人死而成怨鬼，岂可又杀生人耶？吾自有主意。"唤行厨宰杀牛马；和面为剂，塑成人头，内以牛羊等肉代之，名曰馒头。当夜于泸水岸上，设香案，铺祭物，列灯四十九盏，扬幡招魂；将馒头等物，陈设于地。三更时分，孔明金冠鹤氅，亲自临祭，令董厥读祭文。其文曰："维大汉建兴三年秋九月一日，武乡侯、领益州牧、丞相诸葛亮，谨陈祭仪，享于故殁王事蜀中将校及南人亡者阴魂曰：我大汉皇帝，威胜五霸，明继三王。昨自远方侵境，异俗起兵；纵虿尾以兴妖，恣狼心而逞乱。我奉王命，问罪遐荒；大举貔貅，悉除蝼蚁；雄军云集，狂寇冰消；才闻破竹之声，便是失猿之势。但士卒儿郎，尽是九州豪杰；官僚将校，皆为四海英雄：习武从戎，投明事主，莫不同申三令，共展七擒；齐坚奉国之诚，并效忠君之志。何期汝等偶失兵机，缘落奸计：或为流矢所中，魂掩泉台；或为刀剑所伤，魄归长夜。生则有勇，死则成名，今凯歌欲还，献俘将及。汝等英灵尚在，祈祷必闻。随我旌旗，逐我部曲，同回上国，各认本乡，受骨肉之蒸尝，领家人之祭祀；莫作他乡之鬼，徒为异域之魂。我当奏之天子，使汝等各家尽沾恩露，年给衣粮，月赐廪禄。用兹酬答，以慰汝心。至于本境土神，南方亡鬼，血食有常，凭依不远；生者既凛天威，死者亦归王化，想宜宁帖，毋致号啕。聊表丹诚，敬陈祭祀。呜呼，哀哉！伏惟尚飨！”读毕祭文，孔明放声大哭，极其痛切，情动三军，无不下泪。孟获等众，尽皆哭泣。只见愁云怨雾之中，隐隐有数千鬼魂，皆随风而散。于是孔明令左右将祭物尽弃于泸水之中。

次日，孔明引大军俱到泸水南岸，但见云收雾散，风静浪平。蜀兵安然尽渡泸水，果然鞭敲金镫响，人唱凯歌还。行到永昌，孔明留王伉、吕凯守四郡；发付孟获领众自回，嘱其勤政驭下，善抚居民，勿失农务。孟获涕泣拜别而去。

孔明自引大军回成都。后主排銮驾出郭三十里迎接，下辇立于道傍，以候孔明。孔明慌下车伏道而言曰：“臣不能速平南方，使主上怀忧，臣之罪也。”后主扶起孔明，并车而回，设太平筵会，重赏三军。自此远邦进贡来朝者二百余处。孔明奏准后主，将殁于王事者之家，一一优恤。人心欢悦，朝野清平。

却说魏主曹丕，在位七年，即蜀汉建兴四年也。丕先纳夫人甄氏，即袁绍次子袁熙之妇，前破邺城时所得。后生一子，名睿，字元仲，自幼聪明，丕甚爱之。后丕又纳安平广宗人郭永之女为贵妃，甚有颜色；其父尝曰：“吾女乃女中之王也。”故号为女王。自丕纳为贵妃，因甄夫人失宠，郭贵妃欲谋为后，却与幸臣张韬商议。时丕有疾，韬乃诈称于甄夫人宫中掘得桐木偶人，上书天子年月日时，为魇镇之事。丕大怒，遂将甄夫人赐死，立郭贵妃为后。因无出，养曹睿为己子。虽甚爱之，不立为嗣。

睿年至十五岁，弓马熟娴。当年春二月，丕带睿出猎。行于山坞之间，赶出子母二鹿，丕一箭射倒母鹿，回观小鹿驰于曹睿马前。丕大呼曰：“吾儿何不射之？”睿在马上泣告曰：“陛下已杀其母，臣安忍复杀其子也。”丕闻之，掷弓于地曰：“吾儿真仁德之主也！”于是遂封睿为平原王。

夏五月，丕感寒疾，医治不痊，乃召中军大将军曹真、镇军大将军陈群、抚军大将军司马懿三人入寝宫。丕唤曹睿至，指谓曹真等曰："今朕病已沉重，不能复生。此子年幼，卿等三人可善辅之，勿负朕心。"三人皆告曰："陛下何出此言？臣等愿竭力以事陛下，至千秋万岁。"丕曰："今年许昌城门无故自崩，乃不祥之兆，朕故自知必死也。"正言间，内侍奏征东大将军曹休入宫问安。丕召入谓曰："卿等皆国家柱石之臣也，若能同心辅朕之子，朕死亦瞑目矣！"言讫，堕泪而薨。时年四十岁，在位七年。于是曹真、陈群、司马懿、曹休等，一面举哀，一面拥立曹睿为大魏皇帝。谥父丕为文皇帝，谥母甄氏为文昭皇后。封钟繇为太傅，曹真为大将军，曹休为大司马，华歆为太尉，王朗为司徒，陈群为司空，司马懿为骠骑大将军。其余文武官僚，各各封赠。大赦天下。时雍、凉二州缺人守把，司马懿上表乞守西凉等处。曹睿从之，遂封懿提督雍、凉等处兵马。领诏去讫。

早有细作飞报入川。孔明大惊曰："曹丕已死，孺子曹睿即位，余皆不足虑；司马懿深有谋略，今督雍、凉兵马，倘训练成时，必为蜀中之大患。不如先起兵伐之。"参军马谡曰："今丞相平南方回，军马疲敝，只宜存恤，岂可复远征？某有一计，使司马懿自死于曹睿之手，未知丞相钧意允否？"孔明问是何计，马谡曰："司马懿虽是魏国大臣，曹睿素怀疑忌。何不密遣人往洛阳、邺郡等处，布散流言，道此人欲反；更作司马懿告示天下榜文，遍贴诸处。使曹睿心疑，必然杀此人也。"孔明从之，即遣人密行此计去了。

却说邺城门上，忽一日见贴下告示一道。守门者揭了，来奏曹睿。睿观之，其文曰："骠骑大将军总领雍、凉等处兵马事司马懿，谨以信义布告天下：昔太祖武皇帝，创立基业，本欲立陈思王子建为社稷主；不幸奸谗交集，岁久潜龙。皇孙曹睿，素无德行，妄自居尊，有负太祖之遗意。今吾应天顺人，克日兴师，以慰万民之望。告示到日，各宜归命新君。如不顺者，当灭九族！先此告闻，想宜知悉。"

曹睿览毕，大惊失色，急问群臣。太尉华歆奏曰："司马懿上表乞守雍、凉，正为此也。先时太祖武皇帝尝谓臣曰：司马懿鹰视狼顾，不可付以兵权；久必为国家大祸。今日反情已萌，可速诛之。"王朗奏曰："司马懿深明韬略，善晓兵机，素有大志；若不早除，久必为祸。"睿乃降旨，欲兴兵御驾亲征。忽班部中闪出大将军曹真奏曰："不可。文皇帝托孤于臣等数人，是知司马仲达无异志也。今事未知真假，遽尔加兵，乃逼之反耳。或者蜀、吴奸细行反间之计，使我君臣自乱，彼却乘虚而击，未可知也。陛下幸察之。"睿曰："司马懿若果谋反，将奈何？"真曰："如陛下心疑，可仿汉高伪游云梦之计。御驾幸安邑，司马懿必然来迎；观其动静，就车前擒之，可也。"睿从之，遂命曹真监国，亲自领御林军十万，径到安邑。

司马懿不知其故，欲令天子知其威严，乃整兵马，率甲士数万来迎。近臣奏曰："司马懿果率兵十余万，前来抗拒，实有反心矣。"睿慌命曹休先领兵迎之。司马懿见兵马前来，只疑车驾亲至，伏道而迎。曹休出曰："仲达受先帝托孤之重，何故反耶？"懿大惊失色，汗流遍体，乃问其故。休备言前事。懿曰："此吴、蜀奸细反间之计，欲使我君臣自相残害，彼却乘虚而袭。某当自见天子辨之。"遂急退了军马，至睿车前俯伏泣奏曰："臣受先帝托孤之重，安敢有异心？必是吴、蜀之奸计。臣请提一旅之师，先破蜀，后伐吴，报先帝与陛下，以明臣心。"睿疑虑未决。华歆奏曰："不可付之兵权。可即罢归田里。"睿依言，将司马懿削职回乡，命曹休总督雍、凉军马。曹睿驾回洛阳。

却说细作探知此事，报入川中。孔明闻之大喜曰："吾欲伐魏久矣，奈有司马懿总雍、凉之兵。今既中计遭贬，吾有何忧！"次日，后主早朝，大会官僚，孔明出班，上《出师表》一道。表曰："臣亮言：先帝创业未半，而中道崩殂；今天下三分，益州罢敝，此诚危急存亡之秋也。然侍卫之臣，不懈于内；忠志之士，忘身于外者：盖追先帝之殊遇，欲报之于陛下也。诚宜开张圣听，以光先帝遗德，恢弘志士之气；不宜妄自菲薄，引喻失义，以塞忠谏之路也。宫中府中，俱为一体；陟罚臧否，不宜异同。若有作奸犯科，及为忠善者，宜付有司，论其刑赏，以昭陛下平明之治；不宜偏私，使内外异法也。侍中、侍郎郭攸之、费祎、董允等，此皆良实，志虑忠纯，是以先帝简拔以遗陛下。愚以为宫中之事，事无大小，悉以咨之，然后施行，必得裨补阙漏，有所广益。将军向宠,性行淑均,晓畅军事,试用之于昔日,先帝称之曰能,是以众议举宠以为督。愚以为营中之事,事无大小,悉以咨之,必能使行阵和穆,优劣得所也。亲贤臣,远小人,此先汉所以兴隆也;亲小人,远贤臣,此后汉所以倾颓也。先帝在时,每与臣论此事,未尝不叹息痛恨于桓、灵也!侍中、尚书、长史、参军,此悉贞亮死节之臣也,愿陛下亲之、信之,则汉室之隆,可计日而待也。臣本布衣,躬耕南阳,苟全性命于乱世,不求闻达于诸侯。先帝不以臣卑鄙,猥自枉屈,三顾臣于草庐之中,谘臣以当世之事,由是感激,遂许先帝以驱驰。后值倾覆,受任于败军之际,奉命于危难之间:尔来二十有一年矣。先帝知臣谨慎,故临崩寄臣以大事也。受命以来,夙夜忧虑,恐付托不效,以伤先帝之明;故五月渡泸,深入不毛。今南方已定,甲兵已足,当奖帅三军,北定中原,庶竭驽钝,攘除奸凶,兴复汉室,还于旧都:此臣所以报先帝而忠陛下之职分也。至于斟酌损益,进尽忠言,则攸之、祎、允之任也。愿陛下托臣以讨贼兴复之效,不效则治臣之罪,以告先帝之灵;若无兴复之言,则责攸之、祎、允等之咎,以彰其慢。陛下亦宜自谋,以谘诹善道,察纳雅言,深追先帝遗诏。臣不胜受恩感激!今当远离,临表涕泣,不知所云。"

后主览表曰:"相父南征,远涉艰难;方始回都,坐未安席;今又欲北征,恐劳神思。"孔明曰:"臣受先帝托孤之重,夙夜未尝有怠。今南方已平,可无内顾之忧;不就此时讨贼,恢复中原,更待何日?"忽班部中太史谯周出奏曰:"臣夜观天象,北方旺气正盛,星曜倍明,未可图也。"乃顾孔明曰:"丞相深明天文,何故强为?"孔明曰:"天道变易不常,岂可拘执?吾今且驻军马于汉中,观其动静而后行。"谯周苦谏不从。

于是孔明乃留郭攸之、董允、费祎等为侍中,总摄宫中之事。又留向宠为大将,总督御林军马;蒋琬为参军;张裔为长史,掌丞相府事;杜琼为谏议大夫;杜微、杨洪为尚书;孟光、来敏为祭酒;尹默、李譔为博士;郤正、费诗为秘书;谯周为太史。内外文武官僚一百余员,同理蜀中之事。

孔明受诏归府,唤诸将听令:前督部——镇北将军、领丞相司马、凉州刺史、都亭侯魏延；前军都督——领扶风太守张翼；牙门将——裨将军王平；后军领兵使——安汉将军、领建宁太守李恢，副将——定远将军、领汉中太守吕义；兼管运粮左军领兵使——平北将军、陈仓侯马岱，副将——飞卫将军廖化；右军领兵使——奋威将军、博阳亭侯马忠，抚戎将军、关内侯张嶷；行中军师——车骑大将军、都乡侯刘琰；中监军——扬武将军邓芝；中参军——安远将军马谡；前将军——都亭侯袁綝；左将军——高阳侯吴懿；右将军——玄都侯高翔；后将军——安乐侯吴班；领长史——绥军将军杨仪；前将军——征南将军刘巴；前护军——偏将军、汉城亭侯许允；左护军——笃信中郎将丁咸；右护军——偏将军刘敏；后护军——典军中郎将官雝；行参军——昭武中郎将胡济；行参军——谏议将军阎晏；行参军——偏将军爨习；行参军——裨将军杜义，武略中郎将杜祺，绥戎都尉盛勃；从事——武略中郎将樊岐；典军书记——樊建；丞相令史——董厥；帐前左护卫使——龙骧将军关兴；右护卫使——虎翼将军张苞。——以上一应官员，都随着平北大都督、丞相、武乡侯、领益州牧、知内外事诸葛亮。分拨已定，又檄李严等守川口以拒东吴。选定建兴五年春三月丙寅日，出师伐魏。

忽帐下一老将，厉声而进曰："我虽年迈，尚有廉颇之勇，马援之雄。此二古人皆不服老，何故不用我耶？"众视之，乃赵云也。孔明曰："吾自平南回都，马孟起病故，吾甚惜之，以为折一臂也。今将军年纪已高，倘稍有参差，动摇一世英名，减却蜀中锐气。"云厉声曰："吾自随先帝以来，临阵不退，遇敌则先。大丈夫得死于疆场者，幸也，吾何恨焉？愿为前部先锋！"孔明再三苦劝不住。云曰："如不教我为先锋，就撞死于阶下！"孔明曰："将军既要为先锋，须得一人同去。"言未尽，一人应曰："某虽不才，愿助老将军先引一军前去破敌。"孔明视之，乃邓芝也。孔明大喜，即拨精兵五千、副将十员，随赵云、邓芝去讫。

孔明出师，后主引百官送于北门外十里。孔明辞了后主，旌旗蔽野，戈戟如林，率军望汉中迤逦进发。却说边庭探知此事，报入洛阳。是日曹睿设朝，近臣奏曰："边官报称：诸葛亮率领大兵三十余万，出屯汉中,令赵云、邓芝为前部先锋,引兵入境。”睿大惊,问群臣曰:“谁可为将,以退蜀兵?”忽一人应声而出曰:“臣父死于汉中,切齿之恨,未尝得报。今蜀兵犯境,臣愿引本部猛将,更乞陛下赐关西之兵,前往破蜀,上为国家效力,下报父仇,臣万死不恨!”众视之,乃夏侯渊之子夏侯楙也。楙字子休,其性最急,又最吝,自幼嗣与夏侯惇为子。后夏侯渊为黄忠所斩,曹操怜之,以女清河公主招楙为驸马,因此朝中钦敬。虽掌兵权,未尝临阵。当时自请出征,曹睿即命为大都督,调关西诸路军马前去迎敌。司徒王朗谏曰:“不可。夏侯驸马素不曾经战,今付以大任,非其所宜。更兼诸葛亮足智多谋,深通韬略,不可轻敌。”夏侯楙叱曰:“司徒莫非结连诸葛亮,欲为内应耶?吾自幼从父学习韬略,深通兵法。汝何欺我年幼?吾若不生擒诸葛亮,誓不回见天子!”王朗等皆不敢言。夏侯楙辞了魏主,星夜到长安,调关西诸路军马二十余万,来敌孔明。正是:欲秉白旄麾将士,却教黄吻掌兵权。未知胜负如何,且看下文分解。

第九十二回　赵子龙力斩五将　诸葛亮智取三城

却说孔明率兵前至沔阳，经过马超坟墓，乃令其弟马岱挂孝，孔明亲自祭之。祭毕，回到寨中，商议进兵。忽哨马报道："魏主曹睿遣驸马夏侯楙，调关中诸路军马，前来拒敌。"魏延上帐献策曰："夏侯楙乃膏粱子弟，懦弱无谋。延愿得精兵五千，取路出褒中，循秦岭以东，当子午谷而投北，不过十日，可到长安。夏侯楙若闻某骤至，必然弃城望横门邸阁而走。某却从东方而来，丞相可大驱士马，自斜谷而进。如此行之，则咸阳以西，一举可定也。"孔明笑曰："此非万全之计也。汝欺中原无好人物，倘有人进言，于山僻中以兵截杀，非惟五千人受害，亦大伤锐气。决不可用。"魏延又曰："丞相兵从大路进发，彼必尽起关中之兵，于路迎敌，则旷日持久，何时而得中原？"孔明曰："吾从陇右取平坦大路，依法进兵，何忧不胜！"遂不用魏延之计。魏延怏怏不悦。孔明差人令赵云进兵。

却说夏侯楙在长安聚集诸路军马。时有西凉大将韩德，善使开山大斧，有万夫不当之勇，引西羌诸路兵八万到来；见了夏侯楙，楙重赏之，就遣为先锋。德有四子，皆精通武艺，弓马过人：长子韩瑛，次子韩瑶，三子韩琼，四子韩琪。韩德带四子并西羌兵八万，取路至凤鸣山，正遇蜀兵。两阵对圆。韩德出马，四子列于两边。德厉声大骂曰："反国之贼，安敢犯吾境界！"赵云大怒，挺枪纵马，单搦韩德交战。长子韩瑛，跃马来迎；战不三合，被赵云一枪刺死于马下。次子韩瑶见之，纵马挥刀来战。赵云施逞旧日虎威，抖擞精神迎战。瑶抵敌不住。三子韩琼，急挺方天戟骤马前来夹攻。云全然不惧，枪法不乱。四子韩琪，见二兄战云不下，也纵马抡两口日月刀而来，围住赵云。云在中央独战三将。少时，韩琪中枪落马，韩阵中偏将急出救去。云拖枪便走。韩琼按戟，急取弓箭射之，连放三箭，皆被云用枪拨落。琼大怒，仍绰方天戟纵马赶来；却被云一箭射中面门，落马而死。韩瑶纵马举宝刀便砍赵云。云弃枪于地,闪过宝刀,生擒韩瑶归阵,复纵马取枪杀过阵来。韩德见四子皆丧于赵云之手,肝胆皆裂,先走入阵去。西凉兵素知赵云之名,今见其英勇如昔,谁敢交锋?赵云马到处,阵阵倒退。赵云匹马单枪,往来冲突,如入无人之境。后人有诗赞曰:"忆昔常山赵子龙,年登七十建奇功。独诛四将来冲阵,犹似当阳救主雄。"

邓芝见赵云大胜,率蜀兵掩杀,西凉兵大败而走。韩德险被赵云擒住,弃甲步行而逃。云与邓芝收军回寨。芝贺曰:"将军寿已七旬,英勇如昨。今日阵前力斩四将,世所罕有!"云曰:"丞相以吾年迈,不肯见用,吾故聊以自表耳。"遂差人解韩瑶,申报捷书,以达孔明。

却说韩德引败军回见夏侯楙,哭告其事。楙自统兵来迎赵云。探马报入蜀寨,说夏侯楙引兵到。云上马绰枪,引千余军,就凤鸣山前摆成阵势。当日,夏侯楙戴金盔,坐白马,手提大砍刀,立在门旗之下。见赵云跃马挺枪,往来驰骋,楙欲自战。韩德曰:"杀吾四子之仇,如何不报!"纵马抡开山大斧,直取赵云。云奋怒挺枪来迎;战不三合,枪起处,刺死韩德于马下,急拨马直取夏侯楙。楙慌忙闪入本阵。邓芝驱兵掩杀,魏兵又折一阵,退十余里下寨。楙连夜与众将商议曰:"吾久闻赵云之名,未尝见面;今日年老,英雄尚在,方信当阳长坂之事。似此无人可敌,如之奈何?"参军程武,乃程昱之子也,进言曰:"某料赵云有勇无谋,不足为虑。来日都督再引兵出,先伏两军于左右;都督临阵先退,诱赵云到伏兵处;都督却登山指挥四面军马,重叠围住,云可擒矣。"楙从其言,遂遣董禧引三万军伏于左,薛则引三万军伏于右。二人埋伏已定。

次日,夏侯楙复整金鼓旗幡,率兵而进。赵云、邓芝出迎。芝在马上谓赵云曰:"昨夜魏兵大败而走,今日复来,必有诈也。老将军防之。"子龙曰:"量此乳臭小儿,何足道哉!吾今日必当擒之!"便跃马而出。魏将潘遂出迎,战不三合,拨马便走。赵云赶去,魏阵中八员将一齐来迎。放过夏侯楙先走,八将陆续奔走。赵云乘势追杀,邓芝引兵继进。赵云深入重地,只听得四面喊声大震。邓芝急收军退回,左有董禧,右有薛则,两路兵杀到。邓芝兵少,不能解救。赵云被困在垓心,东冲西突,魏兵越厚。时云手下止有千余人,杀到山坡之下,只见夏侯楙在山上指挥三军。赵云投东则望东指,投西则望西指,因此赵云不能突围,乃引兵杀上山来。半山中擂木炮石打将下来,不能上山。赵云从辰时杀至酉时,不得脱走,只得下马少歇,且待月明再战。却才卸甲而坐,月光方出,忽四下火光冲天,鼓声大震,矢石如雨,魏兵杀到,皆叫曰:"赵云早降!"云急上马迎敌。四面军马渐渐逼近,八方弩箭交射甚急,人马皆不能向前。云仰天叹曰:"吾不服老,死于此地矣!"

忽东北角上喊声大起,魏兵纷纷乱窜,一彪军杀到,为首大将持丈八点钢矛,马项下挂一颗人头。云视之,乃张苞也。苞见了赵云,言曰:"丞相恐老将军有失,特遣某引五千兵接应。闻老将军被困,故杀透重围。正遇魏将薛则拦路,被某杀之。"云大喜,即与张苞杀出西北角来。只见魏兵弃戈奔走:一彪军从外呐喊杀入,为首大将提偃月青龙刀,手挽人头。云视之,乃关兴也。兴曰:"奉丞相之命,恐老将军有失,特引五千兵前来接应。却才上阵逢着魏将董禧,被吾一刀斩之,枭首在此。丞相随后便到也。"云曰:"二将军已建奇功,何不趁今日擒住夏侯楙,以定大事?"张苞闻言,遂引兵去了。兴曰:"我也干功去。"遂亦引兵去了。云回顾左右曰:"他两个是吾子侄辈,尚且争先干功;吾乃国家上将,朝廷旧臣,反不如此小儿耶?吾当舍老命以报先帝之恩!"于是引兵来捉夏侯楙。

当夜三路兵夹攻,大破魏军一阵。邓芝引兵接应,杀得尸横遍野,血流成河。夏侯楙乃无谋之人,更兼年幼,不曾经战,见军大乱,遂引帐下骁将百余人,望南安郡而走。众军因见无主,尽皆逃窜。兴、苞二将闻夏侯楙望南安郡去了,连夜赶来。楙走入城中,令紧闭城门,驱兵守御。兴、苞二人赶到,将城围住;赵云随后也到:三面攻打。少时,邓芝亦引兵到。一连围了十日,攻打不下。

忽报丞相留后军住沔阳,左军屯阳平,右军屯石城,自引中军来到。赵云、邓芝、关兴、张苞皆来拜问孔明,说连日攻城不下。孔明遂乘小车亲到城边周围看了一遍,回寨升帐而坐。众将环立听令。孔明曰:“此郡壕深城峻,不易攻也。吾正事不在此城,汝等如只久攻,倘魏兵分道而出,以取汉中,吾军危矣。”邓芝曰:“夏侯楙乃魏之驸马,若擒此人,胜斩百将。今困于此,岂可弃之而去?”孔明曰:“吾自有计。此处西连天水郡,北抵安定郡,二处太守,不知何人?”探卒答曰:“天水太守马遵,安定太守崔谅。”孔明大喜,乃唤魏延受计,如此如此;又唤关兴、张苞受计,如此如此;又唤心腹军士二人受计,如此行之。各将领命,引兵而去。孔明却在南安城外,令军运柴草堆于城下,口称烧城。魏兵闻知,皆大笑不惧。

却说安定太守崔谅,在城中闻蜀兵围了南安,困住夏侯楙,十分慌惧,即点军马约共四千,守住城池。忽见一人自正南而来,口称有机密事。崔谅唤入问之,答曰:“某是夏侯都督帐下心腹将裴绪。今奉都督将令,特来求救于天水、安定二郡。南安甚急,每日城上纵火为号,专望二郡救兵,并不见到;因复差某杀出重围,来此告急。可星夜起兵为外应。都督若见二郡兵到,却开城门接应也。”谅曰:“有都督文书否?”绪贴肉取出,汗已湿透;略教一视,急令手下换了乏马,便出城望天水而去。不二日,又有报马到,告天水太守已起兵救援南安去了,教安定早早接应。崔谅与府官商议。多官曰:“若不去救,失了南安,送了夏侯驸马,皆我两郡之罪也:只得救之。”谅即点起人马,离城而去,只留文官守城。

崔谅提兵向南安大路进发,遥望见火光冲天,催兵星夜前进,离南安尚有五十余里,忽闻前后喊声大震,哨马报道:“前面关兴截住去路,背后张苞杀来!”安定之兵,四下逃窜。谅大惊,乃领手下百余人,往小路死战得脱,奔回安定。方到城壕边,城上乱箭射下来。蜀将魏延在城上叫曰:“吾已取了城也!何不早降?”原来魏延扮作安定军,夤夜赚开城门,蜀兵尽入,因此得了安定。

崔谅慌投天水郡来。行不到一程,前面一彪军摆开。大旗之下,一人纶巾羽扇,道袍鹤氅,端坐于车上。谅视之,乃孔明也,急拨回马走。关兴、张苞两路兵追到,只叫:“早降!”崔谅见四面皆是蜀兵,不得已遂降,同归大寨。孔明以上宾相待。孔明曰:“南安太守与足下交厚否?”谅曰:“此人乃杨阜之族弟杨陵也;与某邻郡,交契甚厚。”

孔明曰:“今欲烦足下入城,说杨陵擒夏侯楙,可乎?”谅曰:“丞相若令某去,可暂退军马,容某入城说之。”孔明从其言,即时传令,教四面军马各退二十里下寨。崔谅匹马到城边叫开城门,入到府中,与杨陵礼毕,细言其事。陵曰:“我等受魏主大恩,安忍背之?可将计就计而行。”遂引崔谅到夏侯楙处,备细说知。楙曰:“当用何计?”杨陵曰:“只推某献城门,赚蜀兵入,却就城中杀之。”

崔谅依计而行,出城见孔明,说:“杨陵献城门,放大军入城,以擒夏侯楙。杨陵本欲自捉,因手下勇士不多,未敢轻动。”孔明曰:“此事至易:今有足下原降兵百余人,于内暗藏蜀将扮作安定军马,带入城去,先伏于夏侯楙府下;却暗约杨陵,待半夜之时,献开城门,里应外合。”崔谅暗思:“若不带蜀将去,恐孔明生疑。且带入去,就内先斩之,举火为号,赚孔明入来,杀之可也。”因此应允。孔明嘱曰:“吾遣亲信将关兴、张苞随足下先去,只推救军杀入城中,以安夏侯楙之心;但举火,吾当亲入城去擒之。”时值黄昏,关兴、张苞受了孔明密计,披挂上马,各执兵器,杂在安定军中,随崔谅来到南安城下。杨陵在城上撑起悬空板,倚定护心栏,问曰:“何处军马?”崔谅曰:“安定救军来到。”谅先射一号箭上城,箭上带着密书曰:“今诸葛亮先遣二将,伏于城中,要里应外合;且不可惊动,恐泄漏计策。待入府中图之。”杨陵将书见了夏侯楙,细言其事。楙曰:“既然诸葛亮中计,可教刀斧手百余人,伏于府中。如二将随崔太守到府下马,闭门斩之;却于城上举火,赚诸葛亮入城。伏兵齐出,亮可擒矣。”

安排已毕,杨陵回到城上言曰:“既是安定军马,可放入城。”关兴跟崔谅先行,张苞在后。杨陵下城,在门边迎接。兴手起刀落,斩杨陵于马下。崔谅大惊,急拨马奔到吊桥边,张苞大喝曰:“贼子休走!汝等诡计,如何瞒得丞相耶!”手起一枪,刺崔谅于马下。关兴早到城上,放起火来。四面蜀兵齐入。夏侯楙措手不及,开南门并力杀出。一彪军拦住,为首大将,乃是王平;交马只一合,生擒夏侯楙于马上,余皆杀死。

孔明入南安,招谕军民,秋毫无犯。众将各各献功。孔明将夏侯楙囚于车中。邓芝问曰:“丞相何故知崔谅诈也?”孔明曰:“吾已知此人无降心，故意使入城。彼必尽情告与夏侯楙，欲将计就计而行。吾见来情，足知其诈，复使二将同去，以稳其心。此人若有真心，必然阻当；彼忻然同去者，恐吾疑也。他意中度二将同去，赚入城内杀之未迟；又令吾军有托，放心而进。吾已暗嘱二将，就城门下图之。城内必无准备，吾军随后便到。此出其不意也。”众将拜服。孔明曰：“赚崔谅者，吾使心腹人诈作魏将裴绪也。吾又去赚天水郡，至今未到，不知何故。今可乘势取之。”乃留吴懿守南安，刘琰守安定，替出魏延军马去取天水郡。

却说天水郡太守马遵，听知夏侯楙困在南安城中，乃聚文武官商议。功曹梁绪、主簿尹赏、主记梁虔等曰：“夏侯驸马乃金枝玉叶，倘有疏虞，难逃坐视之罪。太守何不尽起本部兵以救之？”马遵正疑虑间，忽报夏侯驸马差心腹将裴绪到。绪入府，取公文付马遵，说：“都督求安定、天水两郡之兵，星夜救应。”言讫，匆匆而去。次日又有报马到，称说：“安定兵已先去了，教太守火急前来会合。”

马遵正欲起兵，忽一人自外而入曰：“太守中诸葛亮之计矣！”众视之，乃天水冀人也，姓姜名维，字伯约。父名冏，昔日曾为天水郡功曹，因羌人乱，没于王事。维自幼博览群书，兵法武艺，无所不通；奉母至孝，郡人敬之；后为中郎将，就参本郡军事。当日姜维谓马遵曰：“近闻诸葛亮杀败夏侯楙，困于南安，水泄不通，安得有人自重围之中而出？又且裴绪乃无名下将，从不曾见；况安定报马，又无公文，以此察之，此人乃蜀将诈称魏将。赚得太守出城，料城中无备，必然暗伏一军于左近，乘虚而取天水也。”马遵大悟曰：“非伯约之言，则误中奸计矣！”维笑曰：“太守放心。某有一计，可擒诸葛亮，解南安之危。”正是：运筹又遇强中手，斗智还逢意外人。未知其计如何，且看下文分解。

第九十三回　姜伯约归降孔明　武乡侯骂死王朗

却说姜维献计于马遵曰:"诸葛亮必伏兵于郡后,赚我兵出城,乘虚袭我。某愿请精兵三千,伏于要路。太守随后发兵出城,不可远去,止行三十里便回;但看火起为号,前后夹攻,可获大胜。如诸葛亮自来,必为某所擒矣。"遵用其计,付精兵与姜维去讫,然后自与梁虔引兵出城等候;只留梁绪、尹赏守城。原来孔明果遣赵云引一军埋伏于山僻之中,只待天水人马离城,便乘虚袭之。当日细作回报赵云,说天水太守马遵,起兵出城,只留文官守城。赵云大喜,又令人报与张翼、高翔,教于要路截杀马遵。此二处兵亦是孔明预先埋伏。

却说赵云引五千兵,径投天水郡城下,高叫曰:"吾乃常山赵子龙也!汝知中计,早献城池,免遭诛戮!"城上梁绪大笑曰:"汝中吾姜伯约之计,尚然不知耶?"云恰待攻城,忽然喊声大震,四面火光冲天。当先一员少年将军,挺枪跃马而言曰:"汝见天水姜伯约乎!"云挺枪直取姜维。战不数合,维精神倍长。云大惊,暗忖曰:"谁想此处有这般人物!"正战时,两路军夹攻来,乃是马遵、梁虔引军杀回。赵云首尾不能相顾,冲开条路,引败兵奔走,姜维赶来。亏得张翼、高翔两路军杀出,接应回去。

赵云归见孔明,说中了敌人之计。孔明惊问曰:"此是何人,识吾玄机?"有南安人告曰:"此人姓姜名维,字伯约,天水冀人也;事母至孝,文武双全,智勇足备,真当世之英杰也。"赵云又夸奖姜维枪法,与他人大不同。孔明曰:"吾今欲取天水,不想有此人。"遂起大军前来。

却说姜维回见马遵曰:"赵云败去,孔明必然自来。彼料我军必在城中。今可将本部军马,分为四枝:某引一军伏于城东,如彼兵到则截之。太守与梁虔、尹赏各引一军城外埋伏。梁绪率百姓在城上守御。"分拨已定。

却说孔明因虑姜维,自为前部,望天水郡进发。将到城边,孔明传令曰:"凡攻城池,以初到之日,激励三军,鼓噪直上。若迟延日久,锐气尽隳,急难破矣。"于是大军径到城下。因见城上旗帜整齐,未敢轻攻。候至半夜,忽然四下火光冲天,喊声震地,正不知何处兵来。只见城上亦鼓噪呐喊相应,蜀兵乱窜。孔明急上马,有关兴、张苞二将保护,杀出重围。回头看时,正东上军马,一带火光,势若长蛇。孔明令关兴探视,回报曰:"此姜维兵也。"孔明叹曰:"兵不在多,在人之调遣耳。此人真将才也!"收兵归寨,思之良久,乃唤安定人问曰:"姜维之母,现在何处?"答曰:"维母今居冀县。"孔明唤魏延分付曰:"汝可引一军,虚张声势,诈取冀县。若姜维到,可放入城。"又问:"此地何处紧要?"安定人曰:"天水钱粮,皆在上邽;若打破上邽,则粮道自绝矣。"孔明大喜,教赵云引一军去攻上邽。孔明离城三十里下寨。早有人报入天水郡,说蜀兵分为三路:一军守此郡,一军取上邽,一军取冀城。姜维闻之,哀告马遵曰:"维母现在冀城,恐母有失。维乞一军往救此城,兼保老母。"马遵从之,遂令姜维引三千军去保冀城;梁虔引三千军去保上邽。

却说姜维引兵至冀城,前面一彪军摆开,为首蜀将,乃是魏延。二将交锋数合,延诈败奔走。维入城闭门,率兵守护,拜见老母,并不出战。赵云亦放过梁虔入上邽城去了。孔明乃令人去南安郡,取夏侯楙至帐下。孔明曰:"汝惧死乎?"楙慌拜伏乞命。孔明曰:"目今天水姜维现守冀城,使人持书来说:但得驸马在,我愿归降。吾今饶汝性命,汝肯招安姜维否?"楙曰:"情愿招安。"孔明乃与衣服鞍马,不令人跟随,放之自去。楙得脱出寨,欲寻路而走,奈不知路径。正行之间,逢数人奔走。楙问之,答曰:"我等是冀县百姓;今被姜维献了城池,归降诸葛亮,蜀将魏延纵火劫财,我等因此弃家奔走,投上邽去也。"楙又问曰:"今守天水城是谁?"土人曰:"天水城中乃马太守也。"楙闻之,纵马望天水而行。又见百姓携男抱女远来,所说皆同。

楙至天水城下叫门,城上人认得是夏侯楙,慌忙开门迎接。马遵惊拜问之。楙细言姜维之事;又将百姓所言说了。遵叹曰:"不想姜维反投蜀矣!"梁绪曰:"彼意欲救都督,故以此言虚降。"楙曰:"今维已降,何为虚也?"正踌躇间,时已初更,蜀兵又来攻城。火光中见姜维在城下挺枪勒马,大叫曰:"请夏侯都督答话!"夏侯楙与马遵等皆到城上,见姜维耀武扬威大叫曰:"我为都督而降,都督何背前言?"楙曰:"汝受魏恩,何故降蜀?有何前言耶?"维应曰:"汝写书教我降蜀,何出此言?汝要脱身,却将我陷了?我今降蜀,加为上将,安有还魏之理?"言讫,驱兵打城,至晓方退。原来夜间妆姜维者,乃孔明之计,令部卒形貌相似者,假扮姜维攻城,因火光之中,不辨真伪。

孔明却引兵来攻冀城。城中粮少,军食不敷。姜维在城上,见蜀军大车小辆,搬运粮草,入魏延寨中去了。维引三千兵出城,径来劫粮。蜀兵尽弃了粮车,寻路而走。姜维夺得粮车,欲要入城,忽然一彪军拦住,为首蜀将张翼也。二将交锋,战不数合,王平引一军又到,两下夹攻。维力穷抵敌不住,夺路归城;城上早插蜀兵旗号:原来已被魏延袭了。维杀条路奔天水城,手下尚有十余骑;又遇张苞杀了一阵,维止剩得匹马单枪,来到天水城下叫门。城上军见是姜维,慌报马遵。遵曰:"此是姜维来赚我城门也。"令城上乱箭射下。姜维回顾蜀兵至近,遂飞奔上邽城来。城上梁虔见了姜维,大骂曰:"反国之贼,安敢来赚我城池!吾已知汝降蜀矣!"遂乱箭射下。姜维不能分说,仰天长叹,两眼泪流,拨马望长安而走。行不数里,前至一派大树茂林之处,一声喊起,数千兵拥出:为首蜀将关兴,截住去路。

维人困马乏,不能抵当,勒回马便走。忽然一辆小车从山坡中转出。其人头戴纶巾,身披鹤氅,手摇羽扇,乃孔明也。孔明唤姜维曰:"伯约此时何尚不降?"维寻思良久,前有孔明,后有关兴,又无去路,只得下马投降。孔明慌忙下车而迎,执维手曰:"吾自出茅庐以来,遍求贤者,欲传授平生之学,恨未得其人。今遇伯约,吾愿足矣。"维大喜拜谢。

孔明遂同姜维回寨,升帐商议取天水、上邽之计。维曰:"天水城中尹赏、梁绪,与某至厚;当写密书二封,射入城中,使其内乱,城可得矣。"孔明从之。姜维写了二封密书,拴在箭上,纵马直至城下,射入城中。小校拾得,呈与马遵。遵大疑,与夏侯楙商议曰:"梁绪、尹赏与姜维结连,欲为内应,都督宜早决之。"楙曰:"可杀二人。"尹赏知此消息，乃谓梁绪曰："不如纳城降蜀，以图进用。"是夜，夏侯楙数次使人请梁、尹二人说话。二人料知事急，遂披挂上马，各执兵器，引本部军大开城门，放蜀兵入。夏侯楙、马遵惊慌，引数百人出西门，弃城投羌胡城而去。梁绪、尹赏迎接孔明入城。安民已毕，孔明问取上邽之计。梁绪曰："此城乃某亲弟梁虔守之，愿招来降。"孔明大喜。绪当日到上邽唤梁虔出城来降孔明。孔明重加赏劳，就令梁绪为天水太守，尹赏为冀城令，梁虔为上邽令。孔明分拨已毕，整兵进发。诸将问曰："丞相何不去擒夏侯楙？"孔明曰："吾放夏侯楙，如放一鸭耳。今得伯约，得一凤也！"

孔明自得三城之后，威声大震，远近州郡，望风归降。孔明整顿军马，尽提汉中之兵，前出祁山，兵临渭水之西。细作报入洛阳。

时魏主曹睿太和元年，升殿设朝。近臣奏曰："夏侯驸马已失三郡，逃窜羌中去了。今蜀兵已到祁山，前军临渭水之西，乞早发兵破敌。"睿大惊，乃问群臣曰："谁可为朕退蜀兵耶？"司徒王朗出班奏曰："臣观先帝每用大将军曹真，所到必克；今陛下何不拜为大都督，以退蜀兵？"睿准奏，乃宣曹真曰："先帝托孤与卿，今蜀兵入寇中原，卿安忍坐视乎？"真奏曰："臣才疏智浅，不称其职。"王朗曰："将军乃社稷之臣，不可固辞。老臣虽驽钝，愿随将军一往。"真又奏曰："臣受大恩，安敢推辞？但乞一人为副将。"睿曰："卿自举之。"真乃保太原阳曲人，姓郭，名淮，字伯济，官封射亭侯，领雍州刺史。睿从之，遂拜曹真为大都督，赐节钺；命郭淮为副都督，王朗为军师。朗时年已七十六岁矣。选拨东西二京军马二十万与曹真。真命宗弟曹遵为先锋，又命荡寇将军朱赞为副先锋。当年十一月出师，魏主曹睿亲自送出西门之外方回。

曹真领大军来到长安，过渭河之西下寨。真与王朗、郭淮共议退兵之策。朗曰："来日可严整队伍，大展旌旗。老夫自出，只用一席话，管教诸葛亮拱手而降，蜀兵不战自退。"真大喜，是夜传令：来日四更造饭，平明务要队伍整齐，人马威仪，旌旗鼓角，各按次序。当时使人先下战书。次日，两军相迎，列成阵势于祁山之前。蜀军见魏兵甚是雄壮，与夏侯楙大不相同。

三军鼓角已罢,司徒王朗乘马而出。上首乃都督曹真,下首乃副都督郭淮;两个先锋压住阵角。探子马出军前,大叫曰:“请对阵主将答话!”只见蜀兵门旗开处,关兴、张苞分左右而出,立马于两边;次后一队队骁将分列;门旗影下,中央一辆四轮车,孔明端坐车中,纶巾羽扇,素衣皂绦,飘然而出。孔明举目见魏阵前三个麾盖,旗上大书姓名:中央白髯老者,乃军师、司徒王朗。孔明暗忖曰:“王朗必下说词,吾当随机应之。”遂教推车出阵外,令护军小校传曰:“汉丞相与司徒会话。”王朗纵马而出。孔明于车上拱手,朗在马上欠身答礼。朗曰:“久闻公之大名,今幸一会。公既知天命、识时务,何故兴无名之兵?”孔明曰:“吾奉诏讨贼,何谓无名?”朗曰:“天数有变,神器更易,而归有德之人,此自然之理也。曩自桓、灵以来,黄巾倡乱,天下争横。降至初平、建安之岁,董卓造逆,傕、汜继虐;袁术僭号于寿春,袁绍称雄于邺土;刘表占据荆州,吕布虎吞徐郡:盗贼蜂起,奸雄鹰扬,社稷有累卵之危,生灵有倒悬之急。我太祖武皇帝,扫清六合,席卷八荒;万姓倾心,四方仰德。非以权势取之,实天命所归也。世祖文帝,神文圣武,以膺大统,应天合人,法尧禅舜,处中国以临万邦,岂非天心人意乎?今公蕴大才、抱大器,自欲比于管、乐,何乃强欲逆天理、背人情而行事耶?岂不闻古人曰:‘顺天者昌,逆天者亡。’今我大魏带甲百万,良将千员。谅腐草之萤光,怎及天心之皓月?公可倒戈卸甲,以礼来降,不失封侯之位。国安民乐,岂不美哉!”

孔明在车上大笑曰:“吾以为汉朝大老元臣,必有高论,岂期出此鄙言!吾有一言,诸军静听:昔日桓、灵之世,汉统陵替,宦官酿祸;国乱岁凶,四方扰攘。黄巾之后,董卓、傕、汜等接踵而起,迁劫汉帝,残暴生灵。因庙堂之上,朽木为官,殿陛之间,禽兽食禄;狼心狗行之辈,滚滚当道,奴颜婢膝之徒,纷纷秉政。以致社稷丘墟,苍生涂炭。吾素知汝所行:世居东海之滨,初举孝廉入仕;理合匡君辅国,安汉兴刘;何期反助逆贼,同谋篡位!罪恶深重,天地不容!天下之人,愿食汝肉!今幸天意不绝炎汉,昭烈皇帝继统西川。吾今奉嗣君之旨,兴师讨贼。汝既为谄谀之臣,只可潜身缩首,苟图衣食;安敢在行伍之前,妄称天数耶!皓首匹夫!苍髯老贼!汝即日将归于九泉之下,何面目见二十四帝乎!老贼速退!可教反臣与吾共决胜负!"

王朗听罢,气满胸膛,大叫一声,撞死于马下。后人有诗赞孔明曰:"兵马出西秦,雄才敌万人。轻摇三寸舌,骂死老奸臣。"

孔明以扇指曹真曰:"吾不逼汝。汝可整顿军马,来日决战。"言讫回车。于是两军皆退。曹真将王朗尸首,用棺木盛贮,送回长安去了。副都督郭淮曰:"诸葛亮料吾军中治丧,今夜必来劫寨。可分兵四路:两路兵从山僻小路,乘虚去劫蜀寨;两路兵伏于本寨外,左右击之。"曹真大喜曰:"此计与吾相合。"遂传令唤曹遵、朱赞两个先锋分付曰:"汝二人各引一万军,抄出祁山之后。但见蜀兵望吾寨而来,汝可进兵去劫蜀寨。如蜀兵不动,便撤兵回,不可轻进。"二人受计,引兵而去。真谓淮曰:"我两个各引一枝军,伏于寨外,寨中虚堆柴草,只留数人。如蜀兵到,放火为号。"诸将皆分左右,各自准备去了。

却说孔明归帐,先唤赵云、魏延听令。孔明曰:"汝二人各引本部军去劫魏寨。"魏延进曰:"曹真深明兵法,必料我乘丧劫寨。他岂不提防?"孔明笑曰:"吾正欲曹真知吾去劫寨也。彼必伏兵在祁山之后,待我兵过去,却来袭我寨;吾故令汝二人,引兵前去,过山脚后路,远下营寨,任魏兵来劫吾寨。汝看火起为号,分兵两路:文长拒住山口;子龙引兵杀回,必遇魏兵,却放彼走回,汝乘势攻之,彼必自相掩杀。可获全胜。"二将引兵受计而去。又唤关兴、张苞分付曰:"汝二人各引一军,伏于祁山要路;放过魏兵,却从魏兵来路,杀奔魏寨而去。"二人引兵受计去了。又令马岱、王平、张翼、张嶷四将,伏于寨外,四面迎击魏兵。孔明乃虚立寨栅,居中堆起柴草,以备火号;自引诸将退于寨后,以观动静。

却说魏先锋曹遵、朱赞黄昏离寨,迤逦前进。二更左侧,遥望山前隐隐有军行动。曹遵自思曰:"郭都督真神机妙算!"遂催兵急进。到蜀寨中,将及三更。曹遵先杀入寨,却是空寨,并无一人。料知中计,急撤军回。寨中火起。朱赞兵到,自相掩杀,人马大乱。曹遵与朱赞交马,方知自相践踏。急合兵时,忽四面喊声大震,王平、马岱、张嶷、张翼杀到。曹、朱二人引心腹军百余骑,望大路奔走。忽然鼓角齐鸣,一彪军截住去路,为首大将乃常山赵子龙也,大叫曰:"贼将那里去?早早受死!"曹、朱二人夺路而走。忽喊声又起,魏延又引一彪军杀到。曹、朱二人大败,夺路奔回本寨。守寨军士,只道蜀兵来劫寨,慌忙放起号火。左边曹真杀至,右边郭淮杀至,自相掩杀。背后三路蜀兵杀到:中央魏延,左边关兴,右边张苞,大杀一阵。魏兵败走十余里,魏将死者极多。孔明全获大胜,方始收兵。

曹真、郭淮收拾败军回寨,商议曰:"今魏兵势孤,蜀兵势大,将何策以退之?"淮曰:"胜负乃兵家常事,不足为忧。某有一计,使蜀兵首尾不能相顾,定然自走矣。"正是:可怜魏将难成事,欲向西方索救兵。未知其计如何,且看下文分解。

第九十四回 诸葛亮乘雪破羌兵 司马懿克日擒孟达

却说郭淮谓曹真曰:“西羌之人,自太祖时连年入贡,文皇帝亦有恩惠加之;我等今可据住险阻,遣人从小路直入羌中求救,许以和亲,羌人必起兵袭蜀兵之后。吾却以大兵击之,首尾夹攻,岂不大胜?”真从之,即遣人星夜驰书赴羌。

却说西羌国王彻里吉,自曹操时年年入贡;手下有一文一武:文乃雅丹丞相,武乃越吉元帅。时魏使赍金珠并书到国,先来见雅丹丞相,送了礼物,具言求救之意。雅丹引见国王,呈上书札。彻里吉览了书,与众商议。雅丹曰:“我与魏国素相往来,今曹都督求救,且许和亲,理合依允。”彻里吉从其言,即命雅丹与越吉元帅起羌兵一十五万,皆惯使弓弩、枪刀、蒺藜、飞锤等器;又有战车,用铁叶裹钉,装载粮食军器什物:或用骆驼驾车,或用骡马驾车,号为铁车兵。二人辞了国王,领兵直扣西平关。守关蜀将韩祯,急差人赍文报知孔明。

孔明闻报,问众将曰:“谁敢去退羌兵?”张苞、关兴应曰:“某等愿往。”孔明曰:“汝二人要去,奈路途不熟。”遂唤马岱曰:“汝素知羌人之性,久居彼处,可作向导。”便起精兵五万,与兴、苞二人同往。兴、苞等引兵而去。行有数日,早遇羌兵。关兴先引百余骑登山坡看时,只见羌兵把铁车首尾相连,随处结寨;车上遍排兵器,就似城池一般。兴睹之良久,无破敌之策,回寨与张苞、马岱商议。岱曰:“且待来日见阵,观看虚实,另作计议。”次早,分兵三路:关兴在中,张苞在左,马岱在右,三路兵齐进。羌兵阵里,越吉元帅手挽铁锤,腰悬宝雕弓,跃马奋勇而出。关兴招三路兵径进。忽见羌兵分在两边,中央放出铁车,如潮涌一般,弓弩一齐骤发。蜀兵大败,马岱、张苞两军先退;关兴一军,被羌兵一裹,直围入西北角上去了。

兴在垓心,左冲右突,不能得脱;铁车密围,就如城池。蜀兵你我不能相顾。兴望山谷中寻路而走。看看天晚,但见一簇皂旗,蜂拥而来，一员羌将，手提铁锤大叫曰："小将休走！吾乃越吉元帅也！"关兴急走到前面，尽力纵马加鞭，正遇断涧，只得回马来战越吉。兴终是胆寒，抵敌不住，望涧中而逃；被越吉赶到，一铁锤打来，兴急闪过，正中马胯。那马望涧中便倒，兴落于水中。忽听得一声响处，背后越吉连人带马，平白地倒下水来。兴就水中挣起看时，只见岸上一员大将，杀退羌兵。兴提刀待砍越吉，吉跃水而走。关兴得了越吉马，牵到岸上，整顿鞍辔，绰刀上马。只见那员将，尚在前面追杀羌兵。兴自思此人救我性命，当与相见，遂拍马赶来。看看至近，只见云雾之中，隐隐有一大将，面如重枣，眉若卧蚕，绿袍金铠，提青龙刀，骑赤兔马，手绰美髯，分明认得是父亲关公。兴大惊。忽见关公以手望东南指曰："吾儿可速望此路去。吾当护汝归寨。"言讫不见。关兴望东南急走。至半夜，忽一彪军到，乃张苞也，问兴曰："你曾见二伯父否？"兴曰："你何由知之？"苞曰："我被铁车军追急，忽见伯父自空而下，惊退羌兵，指曰：'汝从这条路去救吾儿。'因此引军径来寻你。"关兴亦说前事，共相嗟异。二人同归寨内。马岱接着，对二人说："此军无计可退。我守住寨栅，你二人去禀丞相，用计破之。"于是兴、苞二人，星夜来见孔明，备说此事。

孔明随命赵云、魏延各引一军埋伏去讫；然后点三万军，带了姜维、张翼、关兴、张苞，亲自来到马岱寨中歇定。次日上高阜处观看，见铁车连络不绝，人马纵横，往来驰骤。孔明曰："此不难破也。"唤马岱、张翼分付如此如此。二人去了，乃唤姜维曰："伯约知破车之法否？"维曰："羌人惟恃一勇力，岂知妙计乎？"孔明笑曰："汝知吾心也。今彤云密布，朔风紧急，天将降雪，吾计可施矣。"便令关兴、张苞二人引兵埋伏去讫；令姜维领兵出战：但有铁车兵来，退后便走；寨口虚立旌旗，不设军马。准备已定。

是时十二月终，果然天降大雪。姜维引军出，越吉引铁车兵来。姜维即退走。羌兵赶到寨前，姜维从寨后而去。羌兵直到寨外观看，听得寨内鼓琴之声，四壁皆空竖旌旗，急回报越吉。越吉心疑，未敢轻进。雅丹丞相曰："此诸葛亮诡计，虚设疑兵耳。可以攻之。"越吉引兵至寨前，但见孔明携琴上车，引数骑入寨，望后而走。羌兵抢入寨栅,直赶过山口,见小车隐隐转入林中去了。雅丹谓越吉曰:“这等兵虽有埋伏,不足为惧。”遂引大兵追赶。又见姜维兵俱在雪地之中奔走。越吉大怒,催兵急追。山路被雪漫盖,一望平坦。正赶之间,忽报蜀兵自山后而出。雅丹曰:“纵有些小伏兵,何足惧哉!”只顾催趱兵马,往前进发。忽然一声响,如山崩地陷,羌兵俱落于坑堑之中;背后铁车正行得紧溜,急难收止,并拥而来,自相践踏。后兵急要回时,左边关兴、右边张苞,两军冲出,万弩齐发;背后姜维、马岱、张翼三路兵又杀到。铁车兵大乱。越吉元帅望后面山谷中而逃,正逢关兴;交马只一合,被兴举刀大喝一声,砍死于马下。雅丹丞相早被马岱活捉,解投大寨来。羌兵四散逃窜。孔明升帐,马岱押过雅丹来。孔明叱武士去其缚,赐酒压惊,用好言抚慰。雅丹深感其德。孔明曰:“吾主乃大汉皇帝,今命吾讨贼,尔如何反助逆?吾今放汝回去,说与汝主:吾国与尔乃邻邦,永结盟好,勿听反贼之言。”遂将所获羌兵及车马器械,尽给还雅丹,俱放回国。众皆拜谢而去。孔明引三军连夜投祁山大寨而来,命关兴、张苞引军先行;一面差人赍表奏报捷音。

却说曹真连日望羌人消息,忽有伏路军来报说:“蜀兵拔寨收拾起程。”郭淮大喜曰:“此因羌兵攻击,故尔退去。”遂分两路追赶。前面蜀兵乱走,魏兵随后追袭。先锋曹遵正赶之间,忽然鼓声大震,一彪军闪出,为首大将乃魏延也,大叫曰:“反贼休走!”曹遵大惊,拍马交锋;不三合,被魏延一刀斩于马下。副先锋朱赞引兵追赶,忽然一彪军闪出,为首大将乃赵云也。朱赞措手不及,被云一枪刺死。曹真、郭淮见两路先锋有失,欲收兵回;背后喊声大震,鼓角齐鸣:关兴、张苞两路兵杀出,围了曹真、郭淮,痛杀一阵。曹、郭二人,引败兵冲路走脱。蜀兵全胜,直追到渭水,夺了魏寨。曹真折了两个先锋,哀伤不已;只得写本申朝,乞拨援兵。

却说魏主曹睿设朝,近臣奏曰:“大都督曹真,数败于蜀,折了两个先锋,羌兵又折了无数,其势甚急,今上表求救,请陛下裁处。”睿大惊,急问退军之策。华歆奏曰:“须是陛下御驾亲征,大会诸侯,人皆用命,方可退也。不然,长安有失,关中危矣!”太傅钟繇奏曰:“凡为将者，智过于人，则能制人。孙子云：知彼知己，百战百胜。臣量曹真虽久用兵，非诸葛亮对手。臣以全家良贱，保举一人，可退蜀兵。未知圣意准否？”睿曰：“卿乃大老元臣，有何贤士，可退蜀兵，早召来与朕分忧。”钟繇奏曰：“向者，诸葛亮欲兴师犯境，但惧此人，故散流言，使陛下疑而去之，方敢长驱大进。今若复用之，则亮自退矣。”睿问何人。繇曰：“骠骑大将军司马懿也。”睿叹曰：“此事朕亦悔之。今仲达现在何地？”繇曰：“近闻仲达在宛城闲住。”睿即降诏，遣使持节，复司马懿官职，加为平西都督，就起南阳诸路军马，前赴长安。睿御驾亲征，令司马懿克日到彼聚会。使命星夜望宛城去了。

却说孔明自出师以来，累获全胜，心中甚喜；正在祁山寨中，会聚议事，忽报镇守永安宫李严令子李丰来见。孔明只道东吴犯境，心甚惊疑，唤入帐中问之。丰曰：“特来报喜。”孔明曰：“有何喜？”丰曰：“昔日孟达降魏，乃不得已也。彼时曹丕爱其才，时以骏马金珠赐之，曾同辇出入，封为散骑常侍，领新城太守，镇守上庸、金城等处，委以西南之任。自丕死后，曹睿即位，朝中多人嫉妒，孟达日夜不安，常谓诸将曰：‘我本蜀将，势逼于此。’今累差心腹人，持书来见家父，教早晚代禀丞相：前者五路下川之时，曾有此意；今在新城，听知丞相伐魏，欲起金城、新城、上庸三处军马，就彼举事，径取洛阳；丞相取长安，两京大定矣。今某引来人并累次书信呈上。”孔明大喜，厚赏李丰等。

忽细作人报说：“魏主曹睿，一面驾幸长安；一面诏司马懿复职，加为平西都督，起本处之兵，于长安聚会。”孔明大惊。参军马谡曰：“量曹睿何足道！若来长安，可就而擒之。丞相何故惊讶？”孔明曰：“吾岂惧曹睿耶？所患者惟司马懿一人而已。今孟达欲举大事，若遇司马懿，事必败矣。达非司马懿对手，必被所擒。孟达若死，中原不易得也。”马谡曰：“何不急修书，令孟达提防？”孔明从之，即修书令来人星夜回报孟达。

却说孟达在新城，专望心腹人回报。一日，心腹人到来，将孔明回书呈上。孟达拆封视之。书略曰：“近得书，足知公忠义之心，不忘故旧，吾甚喜慰。若成大事，则公汉朝中兴第一功臣也。然极宜谨密,不可轻易托人。慎之!戒之!近闻曹睿复诏司马懿起宛、洛之兵,若闻公举事,必先至矣。须万全提备,勿视为等闲也。”孟达览毕,笑曰:“人言孔明心多,今观此事可知矣。”乃具回书,令心腹人来答孔明。孔明唤入帐中。其人呈上回书。孔明拆封视之。书曰:“适承钧教,安敢少怠。窃谓司马懿之事,不必惧也:宛城离洛阳约八百里,至新城一千二百里。若司马懿闻达举事,须表奏魏主。往复一月间事,达城池已固,诸将与三军皆在深险之地。司马懿即来,达何惧哉?丞相宽怀,惟听捷报!”

孔明看毕,掷书于地而顿足曰:“孟达必死于司马懿之手矣!”马谡问曰:“丞相何谓也?”孔明曰:“兵法云,攻其不备,出其不意。岂容料在一月之期?曹睿既委任司马懿,逢寇即除,何待奏闻?若知孟达反,不须十日,兵必到矣,安能措手耶?”众将皆服。孔明急令来人回报曰:“若未举事,切莫教同事者知之;知则必败。”其人拜辞,归新城去了。

却说司马懿在宛城闲住,闻知魏兵累败于蜀,乃仰天长叹。懿长子司马师,字子元;次子司马昭,字子尚:二人素有大志,通晓兵书。当日侍立于侧,见懿长叹,乃问曰:“父亲何为长叹?”懿曰:“汝辈岂知大事耶?”司马师曰:“莫非叹魏主不用乎?”司马昭笑曰:“早晚必来宣召父亲也。”言未已,忽报天使持节至。懿听诏毕,遂调宛城诸路军马。忽又报金城太守申仪家人,有机密事求见。懿唤入密室问之,其人细说孟达欲反之事。更有孟达心腹人李辅并达外甥邓贤,随状出首。司马懿听毕,以手加额曰:“此乃皇上齐天之洪福也!诸葛亮兵在祁山,杀得内外人皆胆落;今天子不得已而幸长安,若旦夕不用吾时,孟达一举,两京休矣!此贼必通谋诸葛亮。吾先擒之,诸葛亮定然心寒,自退兵也。”长子司马师曰:“父亲可急写表申奏天子。”懿曰:“若等圣旨,往复一月之间,事无及矣。”

即传令教人马起程,一日要行二日之路,如迟立斩;一面令参军梁畿赍檄星夜去新城,教孟达等准备征进,使其不疑。梁畿先行,懿随后发兵。行了二日,山坡下转出一军,乃是右将军徐晃。晃下马见懿,说:“天子驾到长安,亲拒蜀兵,今都督何往?”懿低言曰:“今孟达造反,吾去擒之耳。”晃曰:“某愿为先锋。”懿大喜,合兵一处。徐晃为前部,懿在中军,二子押后。又行了二日,前军哨马捉住孟达心腹人,搜出孔明回书,来见司马懿。懿曰:“吾不杀汝,汝从头细说。”其人只得将孔明、孟达往复之事,一一告说。懿看了孔明回书,大惊曰:“世间能者所见皆同。吾机先被孔明识破。幸得天子有福,获此消息:孟达今无能为矣。”遂星夜催军前行。

却说孟达在新城,约下金城太守申仪、上庸太守申耽,克日举事。耽、仪二人佯许之,每日调练军马,只待魏兵到,便为内应;却报孟达言:军器粮草,俱未完备,不敢约期起事。达信之不疑。忽报参军梁畿来到,孟达迎入城中。畿传司马懿将令曰:“司马都督今奉天子诏,起诸路军以退蜀兵。太守可集本部军马听候调遣。”达问曰:“都督何日起程?”畿曰:“此时约离宛城,望长安去了。”达暗喜曰:“吾大事成矣!”遂设宴待了梁畿,送出城外,即报申耽、申仪知道,明日举事,换上大汉旗号,发诸路军马,径取洛阳。忽报:“城外尘土冲天,不知何处兵来。”孟达登城视之,只见一彪军,打着“右将军徐晃”旗号,飞奔城下。达大惊,急扯起吊桥。徐晃坐下马收拾不住,直来到壕边,高叫曰:“反贼孟达,早早受降!”达大怒,急开弓射之,正中徐晃头额,魏将救去。城上乱箭射下,魏兵方退。孟达恰待开门追赶,四面旌旗蔽日,司马懿兵到。达仰天长叹曰:“果不出孔明所料也!”于是闭门坚守。

却说徐晃被孟达射中头额,众军救到寨中,取了箭头,令医调治;当晚身死,时年五十九岁。司马懿令人扶柩还洛阳安葬。次日,孟达登城遍视,只见魏兵四面围得铁桶相似。达行坐不安,惊疑未定,忽见两路兵自外杀来,旗上大书“申耽”“申仪”。孟达只道是救军到,忙引本部兵大开城门杀出。耽、仪大叫曰:“反贼休走!早早受死!”达见事变,拨马望城中便走,城上乱箭射下。李辅、邓贤二人在城上大骂曰:“吾等已献了城也!”达夺路而走,申耽赶来。达人困马乏,措手不及,被申耽一枪刺于马下,枭其首级。余军皆降。李辅、邓贤大开城门,迎接司马懿入城。抚民劳军已毕,遂遣人奏知魏主曹睿。睿大喜,教将孟达首级去洛阳城市示众;加申耽、申仪官职,就随司马懿征进；命李辅、邓贤守新城、上庸。

却说司马懿引兵到长安城外下寨。懿入城来见魏主。睿大喜曰："朕一时不明，误中反间之计，悔之无及。今达造反，非卿等制之，两京休矣！"懿奏曰："臣闻申仪密告反情，意欲表奏陛下，恐往复迟滞，故不待圣旨，星夜而去。若待奏闻，则中诸葛亮之计也。"言罢，将孔明回孟达密书奉上。睿看毕，大喜曰："卿之学识，过于孙、吴矣！"赐金钺斧一对，后遇机密重事，不必奏闻，便宜行事。就令司马懿出关破蜀。懿奏曰："臣举一大将，可为先锋。"睿曰："卿举何人？"懿曰："右将军张郃，可当此任。"睿笑曰："朕正欲用之。"遂命张郃为前部先锋，随司马懿离长安来破蜀兵。正是：既有谋臣能用智，又求猛将助施威。未知胜负如何，且看下文分解。

第九十五回　马谡拒谏失街亭　武侯弹琴退仲达

却说魏主曹睿令张郃为先锋，与司马懿一同征进；一面令辛毗、孙礼二人领兵五万，往助曹真。二人奉诏而去。且说司马懿引二十万军，出关下寨，请先锋张郃至帐下曰："诸葛亮平生谨慎，未敢造次行事。若是吾用兵，先从子午谷径取长安，早得多时矣。他非无谋，但怕有失，不肯弄险。今必出军斜谷，来取郿城。若取郿城，必分兵两路，一军取箕谷矣。吾已发檄文，令子丹拒守郿城，若兵来不可出战；令孙礼、辛毗截住箕谷道口，若兵来则出奇兵击之。"郃曰："今将军当于何处进兵？"懿曰："吾素知秦岭之西，有一条路，地名街亭；傍有一城，名列柳城：此二处皆是汉中咽喉。诸葛亮欺子丹无备，定从此进。吾与汝径取街亭，望阳平关不远矣。亮若知吾断其街亭要路，绝其粮道，则陇西一境，不能安守，必然连夜奔回汉中去也。彼若回动，吾提兵于小路击之，可得全胜；若不归时，吾却将诸处小路，尽皆垒断，俱以兵守之。一月无粮，蜀兵皆饿死，亮必被吾擒矣。"张郃大悟，拜伏于地曰："都督神算也！"懿曰："虽然如此，诸葛亮不比孟达。将军为先锋，不可轻进。当传与诸将：循山西路，远远哨探。如无伏兵，方可前进。若是怠忽，必中诸葛亮之计。"张郃受计引军而行。

却说孔明在祁山寨中，忽报新城探细人来到。孔明急唤入问之，细作告曰："司马懿倍道而行，八日已到新城，孟达措手不及；又被申耽、申仪、李辅、邓贤为内应：孟达被乱军所杀。今司马懿撤兵到长安，见了魏主，同张郃引兵出关，来拒我师也。"孔明大惊曰："孟达做事不密，死固当然。今司马懿出关，必取街亭，断吾咽喉之路。"便问："谁敢引兵去守街亭"？言未毕，参军马谡曰："某愿往。"孔明曰："街亭虽小，干系甚重：倘街亭有失，吾大军皆休矣。汝虽深通谋略，此地奈无城郭，又无险阻，守之极难。"谡曰："某自幼熟读兵书，颇知兵法。岂一街亭不能守耶？"孔明曰："司马懿非等闲之辈；更有先锋张郃,乃魏之名将:恐汝不能敌之。"谡曰:"休道司马懿、张郃,便是曹睿亲来,有何惧哉!若有差失,乞斩全家。"孔明曰:"军中无戏言。"谡曰:"愿立军令状。"孔明从之,谡遂写了军令状呈上。孔明曰:"吾与汝二万五千精兵,再拨一员上将,相助你去。"即唤王平分付曰:"吾素知汝平生谨慎,故特以此重任相托。汝可小心谨守此地:下寨必当要道之处,使贼兵急切不能偷过。安营既毕,便画四至八道地理形状图本来我看。凡事商议停当而行,不可轻易。如所守无危,则是取长安第一功也。戒之!戒之!"二人拜辞引兵而去。

孔明寻思,恐二人有失,又唤高翔曰:"街亭东北上有一城,名列柳城,乃山僻小路,此可以屯兵扎寨。与汝一万兵,去此城屯扎。但街亭危,可引兵救之。"高翔引兵而去。孔明又思:高翔非张郃对手,必得一员大将,屯兵于街亭之右,方可防之,遂唤魏延引本部兵去街亭之后屯扎。延曰:"某为前部,理合当先破敌,何故置某于安闲之地?"孔明曰:"前锋破敌,乃偏裨之事耳。今令汝接应街亭,当阳平关冲要道路,总守汉中咽喉:此乃大任也,何为安闲乎?汝勿以等闲视之,失吾大事。切宜小心在意!"魏延大喜,引兵而去。孔明恰才心安,乃唤赵云、邓芝分付曰:"今司马懿出兵,与旧日不同。汝二人各引一军出箕谷,以为疑兵。如逢魏兵,或战、或不战,以惊其心。吾自统大军,由斜谷径取郿城;若得郿城,长安可破矣。"二人受命而去。孔明令姜维作先锋,兵出斜谷。

却说马谡、王平二人兵到街亭,看了地势。马谡笑曰:"丞相何故多心也?量此山僻之处,魏兵如何敢来!"王平曰:"虽然魏兵不敢来,可就此五路总口下寨;却令军士伐木为栅,以图久计。"谡曰:"当道岂是下寨之地?此处侧边一山,四面皆不相连,且树木极广,此乃天赐之险也:可就山上屯军。"平曰:"参军差矣。若屯兵当道,筑起城垣,贼兵总有十万,不能偷过;今若弃此要路,屯兵于山上,倘魏兵骤至,四面围定,将何策保之?"谡大笑曰:"汝真女子之见!兵法云:凭高视下,势如劈竹。若魏兵到来,吾教他片甲不回!"平曰:"吾累随丞相经阵,每到之处,丞相尽意指教。今观此山,乃绝地也:若魏兵断我汲水之道,军士不战自乱矣。"谡曰:"汝莫乱道!孙子云:置之死地而后生。若魏兵绝我汲水之道，蜀兵岂不死战？以一可当百也。吾素读兵书，丞相诸事尚问于我，汝奈何相阻耶！”平曰：“若参军欲在山上下寨，可分兵与我，自于山西下一小寨，为掎角之势。倘魏兵至，可以相应。”马谡不从。忽然山中居民，成群结队，飞奔而来，报说魏兵已到。王平欲辞去。马谡曰：“汝既不听吾令，与汝五千兵自去下寨。待吾破了魏兵，到丞相面前须分不得功！”王平引兵离山十里下寨，画成图本，星夜差人去禀孔明，具说马谡自于山上下寨。

却说司马懿在城中，令次子司马昭去探前路：若街亭有兵守御，即当按兵不行。司马昭奉令探了一遍，回见父曰：“街亭有兵守把。”懿叹曰：“诸葛亮真乃神人，吾不如也！”昭笑曰：“父亲何故自堕志气耶？男料街亭易取。”懿问曰：“汝安敢出此大言？”昭曰：“男亲自哨见，当道并无寨栅，军皆屯于山上，故知可破也。”懿大喜曰：“若兵果在山上，乃天使吾成功矣！”遂更换衣服，引百余骑亲自来看。是夜天晴月朗，直至山下，周围巡哨了一遍，方回。马谡在山上见之，大笑曰：“彼若有命，不来围山！”传令与诸将：“倘兵来，只见山顶上红旗招动，即四面皆下。”

却说司马懿回到寨中，使人打听是何将引兵守街亭。回报曰：“乃马良之弟马谡也。”懿笑曰：“徒有虚名，乃庸才耳！孔明用如此人物，如何不误事！”又问：“街亭左右别有军否？”探马报曰：“离山十里有王平安营。”懿乃命张郃引一军，当住王平来路。又令申耽、申仪引两路兵围山，先断了汲水道路；待蜀兵自乱，然后乘势击之。当夜调度已定。次日天明，张郃引兵先往背后去了。司马懿大驱军马，一拥而进，把山四面围定。马谡在山上看时，只见魏兵漫山遍野，旌旗队伍，甚是严整。蜀兵见之，尽皆丧胆，不敢下山。马谡将红旗招动，军将你我相推，无一人敢动。谡大怒，自杀二将。众军惊惧，只得努力下山来冲魏兵。魏兵端然不动。蜀兵又退上山去。马谡见事不谐，教军紧守寨门，只等外应。

却说王平见魏兵到，引军杀来，正遇张郃；战有数十余合，平力穷势孤，只得退去。魏兵自辰时困至戌时，山上无水，军不得食，寨中大乱。嚷到半夜时分，山南蜀兵大开寨门，下山降魏。马谡禁止不住。

司马懿又令人于沿山放火，山上蜀兵愈乱。马谡料守不住，只得驱残兵杀下山西逃奔。司马懿放条大路，让过马谡。背后张郃引兵追来。赶到三十余里，前面鼓角齐鸣，一彪军出，放过马谡，拦住张郃；视之，乃魏延也。延挥刀纵马，直取张郃。郃回军便走。延驱兵赶来，复夺街亭。赶到五十余里，一声喊起，两边伏兵齐出：左边司马懿，右边司马昭，却抄在魏延背后，把延困在垓心。张郃复来，三路兵合在一处。魏延左冲右突，不得脱身，折兵大半。正危急间，忽一彪军杀入，乃王平也。延大喜曰："吾得生矣！"二将合兵一处，大杀一阵，魏兵方退。二将慌忙奔回寨时，营中皆是魏兵旌旗。申耽、申仪从营中杀出。王平、魏延径奔列柳城，来投高翔。此时高翔闻知街亭有失，尽起列柳城之兵，前来救应，正遇延、平二人，诉说前事。高翔曰："不如今晚去劫魏寨，再复街亭。"当时三人在山坡下商议已定。待天色将晚，兵分三路。魏延引兵先进，径到街亭，不见一人，心中大疑，未敢轻进，且伏在路口等候。忽见高翔兵到，二人共说魏兵不知在何处。正没理会，又不见王平兵到。忽然一声炮响，火光冲天，鼓声震地：魏兵齐出，把魏延、高翔围在垓心。二人往来冲突，不得脱身。忽听得山坡后喊声若雷，一彪军杀入，乃是王平，救了高、魏二人，径奔列柳城来。比及奔到城下时，城边早有一军杀到，旗上大书"魏都督郭淮"字样。原来郭淮与曹真商议，恐司马懿得了全功，乃分淮来取街亭；闻知司马懿、张郃成了此功，遂引兵径袭列柳城。正遇三将，大杀一阵。蜀兵伤者极多。魏延恐阳平关有失，慌与王平、高翔望阳平关来。

却说郭淮收了军马，乃谓左右曰："吾虽不得街亭，却取了列柳城，亦是大功。"引兵径到城下叫门，只见城上一声炮响，旗帜皆竖，当头一面大旗，上书"平西都督司马懿"。懿撑起悬空板，倚定护心木栏干，大笑曰："郭伯济来何迟也？"淮大惊曰："仲达神机，吾不及也！"遂入城。相见已毕，懿曰："今街亭已失，诸葛亮必走。公可速与子丹星夜追之。"郭淮从其言，出城而去。懿唤张郃曰："子丹、伯济，恐吾全获大功，故来取此城池。吾非独欲成功，乃侥幸而已。吾料魏延、王平、马谡、高翔等辈，必先去据阳平关。吾若去取此关，诸葛亮必随后掩杀，中其计矣。兵法云：归师勿掩，穷寇莫追。汝可从小路抄箕谷退兵。吾自引兵当斜谷之兵。若彼败走，不可相拒，只宜中途截住：蜀兵辎重，可尽得也。”张郃受计，引兵一半去了。懿下令：“竟取斜谷，由西城而进。西城虽山僻小县，乃蜀兵屯粮之所，又南安、天水、安定三郡总路。若得此城，三郡可复矣。”于是司马懿留申耽、申仪守列柳城，自领大军望斜谷进发。

却说孔明自令马谡等守街亭去后，犹豫不定。忽报王平使人送图本至。孔明唤入，左右呈上图本。孔明就文几上拆开视之，拍案大惊曰：“马谡无知，坑陷吾军矣！”左右问曰：“丞相何故失惊？”孔明曰：“吾观此图本，失却要路，占山为寨。倘魏兵大至，四面围合，断汲水道路，不须二日，军自乱矣。若街亭有失，吾等安归？”长史杨仪进曰：“某虽不才，愿替马幼常回。”孔明将安营之法，一一分付与杨仪。正待要行，忽报马到来，说：“街亭、列柳城，尽皆失了！”孔明跌足长叹曰：“大事去矣！此吾之过也！”急唤关兴、张苞分付曰：“汝二人各引三千精兵，投武功山小路而行。如遇魏兵，不可大击，只鼓噪呐喊，为疑兵惊之。彼当自走，亦不可追。待军退尽，便投阳平关去。”又令张翼先引军去修理剑阁，以备归路。又密传号令，教大军暗暗收拾行装，以备起程。又令马岱、姜维断后，先伏于山谷中，待诸军退尽，方始收兵。又差心腹人，分路报与天水、南安、安定三郡官吏军民，皆入汉中。又遣心腹人到冀县搬取姜维老母，送入汉中。

孔明分拨已定，先引五千兵退去西城县搬运粮草。忽然十余次飞马报到，说：“司马懿引大军十五万，望西城蜂拥而来！”时孔明身边别无大将，只有一班文官，所引五千兵，已分一半先运粮草去了，只剩二千五百军在城中。众官听得这个消息，尽皆失色。孔明登城望之，果然尘土冲天，魏兵分两路望西城县杀来。孔明传令，教“将旌旗尽皆隐匿；诸军各守城铺，如有妄行出入，及高言大语者，斩之！大开四门，每一门用二十军士，扮作百姓，洒扫街道。如魏兵到时，不可擅动，吾自有计”。孔明乃披鹤氅，戴纶巾，引二小童携琴一张，于城上敌楼前，凭栏而坐，焚香操琴。

却说司马懿前军哨到城下，见了如此模样，皆不敢进，急报与司马懿。懿笑而不信,遂止住三军,自飞马远远望之。果见孔明坐于城楼之上,笑容可掬,焚香操琴。左有一童子,手捧宝剑;右有一童子,手执麈尾。城门内外,有二十余百姓,低头洒扫,傍若无人。懿看毕大疑,便到中军,教后军作前军,前军作后军,望北山路而退。次子司马昭曰:"莫非诸葛亮无军,故作此态?父亲何故便退兵?"懿曰:"亮平生谨慎,不曾弄险。今大开城门,必有埋伏。我兵若进,中其计也。汝辈岂知?宜速退。"于是两路兵尽皆退去。孔明见魏军远去,抚掌而笑。众官无不骇然,乃问孔明曰:"司马懿乃魏之名将,今统十五万精兵到此,见了丞相,便速退去,何也?"孔明曰:"此人料吾生平谨慎,必不弄险;见如此模样,疑有伏兵,所以退去。吾非行险,盖因不得已而用之。此人必引军投山北小路去也。吾已令兴、苞二人在彼等候。"众皆惊服曰:"丞相之机,神鬼莫测。若某等之见,必弃城而走矣。"孔明曰:"吾兵止有二千五百,若弃城而走,必不能远遁。得不为司马懿所擒乎?"后人有诗赞曰:"瑶琴三尺胜雄师,诸葛西城退敌时。十五万人回马处,土人指点到今疑。"言讫,拍手大笑,曰:"吾若为司马懿,必不便退也。"遂下令,教西城百姓,随军入汉中;司马懿必将复来。于是孔明离西城望汉中而走。天水、安定、南安三郡官吏军民,陆续而来。

却说司马懿望武功山小路而走。忽然山坡后喊杀连天,鼓声震地。懿回顾二子曰:"吾若不走,必中诸葛亮之计矣。"只见大路上一军杀来,旗上大书"右护卫使虎翼将军张苞"。魏兵皆弃甲抛戈而走。行不到一程,山谷中喊声震地,鼓角喧天,前面一杆大旗,上书"左护卫使龙骧将军关兴"。山谷应声,不知蜀兵多少;更兼魏军心疑,不敢久停,只得尽弃辎重而去。兴、苞二人皆遵将令,不敢追袭,多得军器粮草而归。司马懿见山谷中皆有蜀兵,不敢出大路,遂回街亭。

此时曹真听知孔明退兵,急引兵追赶。山背后一声炮响,蜀兵漫山遍野而来:为首大将,乃是姜维、马岱。真大惊,急退军时,先锋陈造已被马岱所斩。真引兵鼠窜而还。蜀兵连夜皆奔回汉中。

却说赵云、邓芝伏兵于箕谷道中。闻孔明传令回军,云谓芝曰:

"魏军知吾兵退,必然来追。吾先引一军伏于其后,公却引兵打吾旗号,徐徐而退。吾一步步自有护送也。"

却说郭淮提兵再回箕谷道中,唤先锋苏颙分付曰:"蜀将赵云,英勇无敌。汝可小心提防,彼军若退,必有计也。"苏颙欣然曰:"都督若肯接应,某当生擒赵云。"遂引前部三千兵,奔入箕谷。看看赶上蜀兵,只见山坡后闪出红旗白字,上书"赵云"。苏颙急收兵退走。行不到数里,喊声大震,一彪军撞出:为首大将,挺枪跃马,大喝曰:"汝识赵子龙否!"苏颙大惊曰:"如何这里又有赵云?"措手不及,被云一枪刺死于马下。余军溃散。云迤逦前进,背后又一军到,乃郭淮部将万政也。云见魏兵追急,乃勒马挺枪,立于路口,待来将交锋。蜀兵已去三十余里。万政认得是赵云,不敢前进。云等得天色黄昏,方才拨回马缓缓而进。郭淮兵到,万政言赵云英勇如旧,因此不敢近前。淮传令教军急赶,政令数百骑壮士赶来。行至一大林,忽听得背后大喝一声曰:"赵子龙在此!"惊得魏兵落马者百余人,余者皆越岭而去。万政勉强来敌,被云一箭射中盔缨,惊跌于涧中。云以枪指之曰:"吾饶汝性命回去!快教郭淮赶来!"万政脱命而回。云护送车仗人马,望汉中而去,沿途并无遗失。曹真、郭淮复夺三郡,以为己功。

却说司马懿分兵而进。此时蜀兵尽回汉中去了,懿引一军复到西城,因问遗下居民及山僻隐者,皆言孔明止有二千五百军在城中,又无武将,只有几个文官,别无埋伏。武功山小民告曰:"关兴、张苞,只各有三千军,转山呐喊,鼓噪惊追,又无别军,并不敢厮杀。"懿悔之不及,仰天叹曰:"吾不如孔明也!"遂安抚了诸处官民,引兵径还长安,朝见魏主。睿曰:"今日复得陇西诸郡,皆卿之功也。"懿奏曰:"今蜀兵皆在汉中,未尽剿灭。臣乞大兵并力收川,以报陛下。"睿大喜,令懿即便兴兵。忽班内一人出奏曰:"臣有一计,足可定蜀降吴。"正是:蜀中将相方归国,魏地君臣又逞谋。未知献计者是谁,且看下文分解。

第九十六回　孔明挥泪斩马谡　周鲂断发赚曹休

却说献计者，乃尚书孙资也。曹睿问曰："卿有何妙计？"资奏曰："昔太祖武皇帝收张鲁时，危而后济；常对群臣曰：南郑之地，真为天狱。中斜谷道为五百里石穴，非用武之地。今若尽起天下之兵伐蜀，则东吴又将入寇。不如以现在之兵，分命大将据守险要，养精蓄锐。不过数年，中国日盛，吴、蜀二国必自相残害：那时图之，岂非胜算？乞陛下裁之。"睿乃问司马懿曰："此论若何？"懿奏曰："孙尚书所言极当。"睿从之，命懿分拨诸将守把险要，留郭淮、张郃守长安。大赏三军，驾回洛阳。

却说孔明回到汉中，计点军士，只少赵云、邓芝，心中甚忧；乃令关兴、张苞，各引一军接应。二人正欲起身，忽报赵云、邓芝到来，并不曾折一人一骑；辎重等器，亦无遗失。孔明大喜，亲引诸将出迎。赵云慌忙下马伏地曰："败军之将，何劳丞相远接？"孔明急扶起，执手而言曰："是吾不识贤愚，以致如此！各处兵将败损，惟子龙不折一人一骑，何也？"邓芝告曰："某引兵先行，子龙独自断后，斩将立功，敌人惊怕，因此军资什物，不曾遗弃。"孔明曰："真将军也！"遂取金五十斤以赠赵云，又取绢一万匹赏云部卒。云辞曰："三军无尺寸之功，某等俱各有罪；若反受赏，乃丞相赏罚不明也。且请寄库，候今冬赐与诸军未迟。"孔明叹曰："先帝在日，常称子龙之德，今果如此！"乃倍加钦敬。

忽报马谡、王平、魏延、高翔至。孔明先唤王平入帐，责之曰："吾令汝同马谡守街亭，汝何不谏之，致使失事？"平曰："某再三相劝，要在当道筑土城，安营守把。参军大怒不从，某因此自引五千军离山十里下寨。魏兵骤至，把山四面围合，某引兵冲杀十余次，皆不能入。次日土崩瓦解，降者无数。某孤军难立，故投魏文长求救。半途又被魏兵困在山谷之中，某奋死杀出。比及归寨，早被魏兵占了。

及投列柳城时，路逢高翔，遂分兵三路去劫魏寨，指望克复街亭。因见街亭并无伏路军，以此心疑。登高望之，只见魏延、高翔被魏兵围住，某即杀入重围，救出二将，就同参军并在一处。某恐失却阳平关，因此急来回守。非某之不谏也。丞相不信，可问各部将校。”孔明喝退，又唤马谡入帐。

谡自缚跪于帐前。孔明变色曰：“汝自幼饱读兵书，熟谙战法。吾累次丁宁告戒：街亭是吾根本。汝以全家之命，领此重任。汝若早听王平之言，岂有此祸？今败军折将，失地陷城，皆汝之过也！若不明正军律，何以服众？汝今犯法，休得怨吾。汝死之后，汝之家小，吾按月给与禄粮，汝不必挂心。”叱左右推出斩之。谡泣曰：“丞相视某如子，某以丞相为父。某之死罪，实已难逃；愿丞相思舜帝殛鲧用禹之义，某虽死亦无恨于九泉！”言讫大哭。孔明挥泪曰：“吾与汝义同兄弟，汝之子即吾之子也，不必多嘱。”左右推出马谡于辕门之外，将斩。参军蒋琬自成都至，见武士欲斩马谡，大惊，高叫：“留人！”入见孔明曰：“昔楚杀得臣而文公喜。今天下未定，而戮智谋之臣，岂不可惜乎？”孔明流涕而答曰：“昔孙武所以能制胜于天下者，用法明也。今四方分争，兵戈方始，若复废法，何以讨贼耶？合当斩之。”须臾，武士献马谡首级于阶下。孔明大哭不已。蒋琬问曰：“今幼常得罪，既正军法，丞相何故哭耶？”孔明曰：“吾非为马谡而哭。吾想先帝在白帝城临危之时，曾嘱吾曰：‘马谡言过其实，不可大用。’今果应此言。乃深恨己之不明，追思先帝之言，因此痛哭耳！”大小将士，无不流涕。马谡亡年三十九岁，时建兴六年夏五月也。后人有诗曰：“失守街亭罪不轻，堪嗟马谡枉谈兵。辕门斩首严军法，拭泪犹思先帝明。”

却说孔明斩了马谡，将首级遍示各营已毕，用线缝在尸上，具棺葬之，自修祭文享祀；将谡家小加意抚恤，按月给与禄米。于是孔明自作表文，令蒋琬申奏后主，请自贬丞相之职。琬回成都，入见后主，进上孔明表章。后主拆视之。表曰：“臣本庸才，叨窃非据，亲秉旄钺，以励三军。不能训章明法，临事而惧，至有街亭违命之阙，箕谷不戒之失。咎皆在臣，授任无方。臣明不知人，恤事多暗。《春秋》责帅,臣职是当。请自贬三等,以督厥咎。臣不胜惭愧,俯伏待命!"后主览毕曰:"胜负兵家常事,丞相何出此言?"侍中费祎奏曰:"臣闻治国者,必以奉法为重。法若不行,何以服人?丞相败绩,自行贬降,正其宜也。"后主从之,乃诏贬孔明为右将军,行丞相事,照旧总督军马,就命费祎赍诏到汉中。

孔明受诏贬降讫,祎恐孔明羞赧,乃贺曰:"蜀中之民,知丞相初拔四县,深以为喜。"孔明变色曰:"是何言也!得而复失,与不得同。公以此贺我,实足使我愧赧耳。"祎又曰:"近闻丞相得姜维,天子甚喜。"孔明怒曰:"兵败师还,不曾夺得寸土,此吾之大罪也。量得一姜维,于魏何损?"祎又曰:"丞相现统雄师数十万,可再伐魏乎?"孔明曰:"昔大军屯于祁山、箕谷之时,我兵多于贼兵,而不能破贼,反为贼所破:此病不在兵之多寡,在主将耳。今欲减兵省将,明罚思过,较变通之道于将来;如其不然,虽兵多何用?自今以后,诸人有远虑于国者,但勤攻吾之阙,责吾之短,则事可定,贼可灭,功可翘足而待矣。"费祎诸将皆服其论。费祎自回成都。

孔明在汉中,惜军爱民,励兵讲武,置造攻城渡水之器,聚积粮草,预备战筏,以为后图。细作探知,报入洛阳,魏主曹睿闻知,即召司马懿商议收川之策。懿曰:"蜀未可攻也。方今天道亢炎,蜀兵必不出;若我军深入其地,彼守其险要,急切难下。"睿曰:"倘蜀兵再来入寇,如之奈何?"懿曰:"臣已算定今番诸葛亮必效韩信暗度陈仓之计。臣举一人往陈仓道口,筑城守御,万无一失:此人身长九尺,猿臂善射,深有谋略。若诸葛亮入寇,此人足可当之。"睿大喜,问曰:"此何人也?"懿奏曰:"乃太原人,姓郝,名昭,字伯道,现为杂号将军,镇守河西。"睿从之,加郝昭为镇西将军,命守把陈仓道口,遣使持诏去讫。

忽报扬州司马大都督曹休上表,说东吴鄱阳太守周鲂,愿以郡来降,密遣人陈言七事,说东吴可破,乞早发兵取之。睿就御床上展开,与司马懿同观。懿奏曰:"此言极有理,吴当灭矣!臣愿引一军往助曹休。"忽班中一人进曰:"吴人之言,反覆不一,未可深信。周鲂智谋之士,必不肯降,此特诱兵之诡计也。"众视之,乃建威将军贾逵也。懿曰:“此言亦不可不听,机会亦不可错失。”魏主曰:“仲达可与贾逵同助曹休。”二人领命去讫。于是曹休引大军径取皖城;贾逵引前将军满宠、东莞太守胡质,径取阳城,直向东关;司马懿引本部军径取江陵。

却说吴主孙权,在武昌东关,会多官商议曰:“今有鄱阳太守周鲂密表,奏称魏扬州都督曹休,有入寇之意。今鲂诈施诡计,暗陈七事,引诱魏兵深入重地,可设伏兵擒之。今魏兵分三路而来,诸卿有何高见?”顾雍进曰:“此大任非陆伯言不敢当也。”权大喜,乃召陆逊,封为辅国大将军、平北都元帅,统御林大兵,摄行王事:授以白旄黄钺,文武百官,皆听约束。权亲自与逊执鞭。逊领命谢恩毕,乃保二人为左右都督,分兵以迎三道。权问何人。逊曰:“奋威将军朱桓,绥南将军全琮,二人可为辅佐。”权从之,即命朱桓为左都督,全琮为右都督。于是陆逊总率江南八十一州并荆湖之众七十余万,令朱桓在左,全琮在右。逊自居中,三路进兵。朱桓献策曰:“曹休以亲见任,非智勇之将也。今听周鲂诱言,深入重地,元帅以兵击之,曹休必败。败后必走两条路:左乃夹石,右乃挂车。此二条路,皆山僻小径,最为险峻。某愿与全子璜各引一军,伏于山险,先以柴木大石塞断其路,曹休可擒矣。若擒了曹休,便长驱直进,唾手而得寿春,以窥许、洛,此万世一时也。”逊曰:“此非善策,吾自有妙用。”于是朱桓怀不平而退。逊令诸葛瑾等拒守江陵,以敌司马懿。诸路俱各调拨停当。

却说曹休兵临皖城,周鲂来迎,径到曹休帐下。休问曰:“近得足下之书,所陈七事,深为有理,奏闻天子,故起大军三路进发。若得江东之地,足下之功不小。有人言足下多谋,诚恐所言不实。吾料足下必不欺我。”周鲂大哭,急掣从人所佩剑欲自刎。休急止之。鲂仗剑而言曰:“吾所陈七事,恨不能吐出心肝。今反生疑,必有吴人使反间之计也。若听其言,吾必死矣。吾之忠心,惟天可表!”言讫,又欲自刎。曹休大惊,慌忙抱住曰:“吾戏言耳,足下何故如此!”鲂乃用剑割发掷于地曰:“吾以忠心待公,公以吾为戏,吾割父母所遗之发,以表此心!”曹休乃深信之,设宴相待。席罢,周鲂辞去。忽报建威将军贾逵来见,休令入,问曰:“汝此来何为?”逵曰:“某料东吴之兵,必尽屯于皖城。都督不可轻进,待某两下夹攻,贼兵可破矣。”休怒曰:“汝欲夺吾功耶?”逵曰:“又闻周鲂截发为誓,此乃诈也,昔要离断臂,刺杀庆忌。未可深信。”休大怒曰:“吾正欲进兵,汝何出此言以慢军心!”叱左右推出斩之。众将告曰:“未及进兵,先斩大将,于军不利。且乞暂免。”休从之,将贾逵兵留在寨中调用,自引一军来取东关。时周鲂听知贾逵削去兵权,暗喜曰:“曹休若用贾逵之言,则东吴败矣! 今天使我成功也!”即遣人密到皖城,报知陆逊。逊唤诸将听令曰:“前面石亭,虽是山路,足可埋伏。早先去占石亭阔处,布成阵势,以待魏军。”遂令徐盛为先锋,引兵前进。

却说曹休命周鲂引兵而进,正行间,休问曰:“前至何处?”鲂曰:“前面石亭也,堪以屯兵。”休从之,遂率大军并车仗等器,尽赴石亭驻扎。次日,哨马报道:“前面吴兵不知多少,据住山口。”休大惊曰:“周鲂言无兵,为何有准备?”急寻鲂问之。人报周鲂引数十人,不知何处去了。休大悔曰:“吾中贼之计矣! 虽然如此,亦不足惧!”遂令大将张普为先锋,引数千兵来与吴兵交战。两阵对圆,张普出马骂曰:“贼将早降!”徐盛出马相迎。战无数合,普抵敌不住,勒马收兵,回见曹休,言徐盛勇不可当。休曰:“吾当以奇兵胜之。”就令张普引二万军伏于石亭之南,又令薛乔引二万军伏于石亭之北。“明日吾自引一千兵搦战,却佯输诈败,诱到北山之前,放炮为号,三面夹攻,必获大胜。”二将受计,各引二万军到晚埋伏去了。

却说陆逊唤朱桓、全琮分付曰:“汝二人各引三万军,从石亭山路抄到曹休寨后,放火为号;吾亲率大军从中路而进:可擒曹休也。”当日黄昏,二将受计引兵而进。二更时分,朱桓引一军正抄到魏寨后,迎着张普伏兵。普不知是吴兵,径来问时,被朱桓一刀斩于马下。魏兵便走。桓令后军放火。全琮引一军抄到魏寨后,正撞在薛乔阵里,就那里大杀一阵。薛乔败走,魏兵大损,奔回本寨。后面朱桓、全琮两路杀来。曹休寨中大乱,自相冲击。休慌上马,望夹石道奔走。徐盛引大队军马,从正路杀来。魏兵死者不可胜数,逃命者尽弃衣甲。曹休大惊,在夹石道中奋力奔走。忽见一彪军从小路冲出,为首大将，乃贾逵也。休惊慌少息，自愧曰："吾不用公言，果遭此败！"逵曰："都督可速出此道：若被吴兵以木石塞断，吾等皆危矣！"于是曹休骤马而行，贾逵断后。逵于林木盛茂处，及险峻小径，多设旌旗以为疑兵。及至徐盛赶到，见山坡下闪出旗角，疑有埋伏，不敢追赶，收兵而回。因此救了曹休。司马懿听知休败，亦引兵退去。

却说陆逊正望捷音，须臾，徐盛、朱桓、全琮皆到。所得车仗、牛马、驴骡、军资、器械，不计其数，降兵数万余人。逊大喜，即同太守周鲂并诸将班师还吴。吴主孙权，领文武官僚出武昌城迎接，以御盖覆逊而入。诸将尽皆升赏。权见周鲂无发，慰劳曰："卿断发成此大事，功名当书于竹帛也。"即封周鲂为关内侯；大设筵会，劳军庆贺。陆逊奏曰："今曹休大败，魏已丧胆；可修国书，遣使入川，教诸葛亮进兵攻之。"权从其言，遂遣使赍书入川去。正是：只因东国能施计，致令西川又动兵。未知孔明再来伐魏，胜负如何，且看下文分解。

第九十七回　讨魏国武侯再上表　破曹兵姜维诈献书

却说蜀汉建兴六年秋九月,魏都督曹休被东吴陆逊大破于石亭,车仗马匹,军资器械,并皆罄尽,休惶恐之甚,气忧成病,到洛阳,疽发背而死。魏主曹睿敕令厚葬。司马懿引兵还,众将接入问曰:“曹都督兵败,即元帅之干系,何故急回耶?”懿曰:“吾料诸葛亮知吾兵败,必乘虚来取长安。倘陇西紧急,何人救之?吾故回耳。”众皆以为惧怯,哂笑而退。

却说东吴遣使致书蜀中,请兵伐魏,并言大破曹休之事:一者显自己威风,二者通和会之好。后主大喜,令人持书至汉中,报知孔明。时孔明兵强马壮,粮草丰足,所用之物,一切完备,正要出师。听知此信,即设宴大会诸将,计议出师。忽一阵大风,自东北角上而起,把庭前松树吹折。众皆大惊。孔明就占一课,曰:“此风主损一大将!”诸将未信。正饮酒间,忽报镇南将军赵云长子赵统、次子赵广,来见丞相。孔明大惊,掷杯于地曰:“子龙休矣!”二子入见,拜哭曰:“某父昨夜三更病重而死。”孔明跌足而哭曰:“子龙身故,国家损一栋梁,吾去一臂也!”众将无不挥涕。孔明令二子入成都面君报丧。后主闻云死,放声大哭曰:“朕昔年幼,非子龙则死于乱军之中矣!”即下诏追赠大将军,谥封顺平侯,敕葬于成都锦屏山之东;建立庙堂,四时享祭。后人有诗曰:“常山有虎将,智勇匹关张。汉水功勋在,当阳姓字彰。两番扶幼主,一念答先皇。青史书忠烈,应流百世芳。”

却说后主思念赵云昔日之功,祭葬甚厚;封赵统为虎贲中郎,赵广为牙门将,就令守坟。二人辞谢而去。忽近臣奏曰:“诸葛丞相将军马分拨已定,即日将出师伐魏。”后主问在朝诸臣,诸臣多言未可轻动。后主疑虑未决。忽奏丞相令杨仪赍出师表至。后主宣入,仪呈上表章。后主就御案上拆视,其表曰:“先帝虑汉贼不两立,王业不偏安,故托臣以讨贼也。以先帝之明,量臣之才,故知臣伐贼,才弱敌强也。然不伐贼，王业亦亡。惟坐而待亡，孰与伐之？是故托臣而弗疑也。臣受命之日，寝不安席，食不甘味；思惟北征，宜先入南：故五月渡泸，深入不毛，并日而食。——臣非不自惜也，顾王业不可偏安于蜀都，故冒危难以奉先帝之遗意。而议者谓为非计。今贼适疲于西，又务于东，兵法'乘劳'：此进趋之时也。谨陈其事如左：高帝明并日月，谋臣渊深，然涉险被创，危然后安；今陛下未及高帝，谋臣不如良、平，而欲以长策取胜，坐定天下，此臣之未解一也。刘繇、王朗，各据州郡，论安言计，动引圣人，群疑满腹，众难塞胸；今岁不战，明年不征，使孙权坐大，遂并江东，此臣之未解二也。曹操智计，殊绝于人，其用兵也，仿佛孙、吴，然困于南阳，险于乌巢，危于祁连，逼于黎阳，几败北山，殆死潼关，然后伪定一时耳；况臣才弱，而欲以不危而定之，此臣之未解三也。曹操五攻昌霸不下，四越巢湖不成，任用李服而李服图之，委任夏侯而夏侯败亡，先帝每称操为能，犹有此失；况臣驽下，何能必胜，此臣之未解四也。自臣到汉中，中间期年耳，然丧赵云、阳群、马玉、阎芝、丁立、白寿、刘郃、邓铜等，及曲长屯将七十余人，突将无前，賨、叟、青羌，散骑武骑一千余人，此皆数十年之内，所纠合四方之精锐，非一州之所有；若复数年，则损三分之二也。——当何以图敌，此臣之未解五也。今民穷兵疲，而事不可息；事不可息，则住与行，劳费正等；而不及今图之，欲以一州之地，与贼持久，此臣之未解六也。夫难平者，事也。昔先帝败军于楚，当此之时，曹操拊手，谓天下已定。——然后先帝东连吴、越，西取巴、蜀，举兵北征，夏侯授首，此操之失计，而汉事将成也。——然后吴更违盟，关羽毁败，秭归蹉跌，曹丕称帝，凡事如是，难可逆见。臣鞠躬尽瘁，死而后已；至于成败利钝，非臣之明所能逆睹也。"后主览表甚喜，即敕令孔明出师。孔明受命，起三十万精兵，令魏延总督前部先锋，径奔陈仓道口而来。

早有细作报入洛阳。司马懿奏知魏主，大会文武商议。大将军曹真出班奏曰："臣昨守陇西，功微罪大，不胜惶恐。今乞引大军往擒诸葛亮。臣近得一员大将，使六十斤大刀，骑千里征驼马，开两石铁胎弓，暗藏三个流星锤，百发百中，有万夫不当之勇，乃陇西狄道人,姓王,名双,字子全。臣保此人为先锋。”睿大喜,便召王双上殿。视之,身长九尺,面黑睛黄,熊腰虎背。睿笑曰:“朕得此大将,有何虑哉!”遂赐锦袍金甲,封为虎威将军、前部大先锋。曹真为大都督。真谢恩出朝,遂引十五万精兵,会合郭淮、张郃,分道守把隘口。

却说蜀兵前队哨至陈仓,回报孔明,说:“陈仓口已筑起一城,内有大将郝昭守把,深沟高垒,遍排鹿角,十分谨严;不如弃了此城,从太白岭鸟道出祁山甚便。”孔明曰:“陈仓正北是街亭;必得此城,方可进兵。”命魏延引兵到城下,四面攻之。连日不能破。魏延复来告孔明,说城难打。孔明大怒,欲斩魏延。忽帐下一人告曰:“某虽无才,随丞相多年,未尝报效。愿去陈仓城中,说郝昭来降,不用张弓只箭。”众视之,乃部曲靳祥也。孔明曰:“汝用何言以说之?”祥曰:“郝昭与某,同是陇西人氏,自幼交契。某今到彼,以利害说之,必来降矣。”孔明即令前去。

靳祥骤马径到城下,叫曰:“郝伯道故人靳祥来见。”城上人报知郝昭。昭令开门放入,登城相见。昭问曰:“故人因何到此?”祥曰:“吾在西蜀孔明帐下,参赞军机,待以上宾之礼。特令某来见公,有言相告。”昭勃然变色曰:“诸葛亮乃我国仇敌也!吾事魏,汝事蜀,各事其主,昔时为昆仲,今时为仇敌!汝再不必多言,便请出城!”靳祥又欲开言,郝昭已出敌楼上了。魏军急催上马,赶出城外。祥回头视之,见昭倚定护心木栏杆。祥勒马以鞭指之曰:“伯道贤弟,何太情薄耶?”昭曰:“魏国法度,兄所知也。吾受国恩,但有死而已,兄不必下说词。早回见诸葛亮,教快来攻城,吾不惧也!”

祥回告孔明曰:“郝昭未等某开言,便先阻却。”孔明曰:“汝可再去见他,以利害说之。”祥又到城下,请郝昭相见。昭出到敌楼上。祥勒马高叫曰:“伯道贤弟,听吾忠言:汝据守一孤城,怎拒数十万之众?今不早降,后悔无及!且不顺大汉而事奸魏,抑何不知天命、不辨清浊乎?愿伯道思之。”郝昭大怒,拈弓搭箭,指靳祥而喝曰:“吾前言已定,汝不必再言!可速退!吾不射汝!”

靳祥回见孔明,具言郝昭如此光景。孔明大怒曰:“匹夫无礼太甚!岂欺吾无攻城之具耶?”随叫土人问曰:“陈仓城中,有多少人马?”土人告曰:“虽不知的数,约有三千人。”孔明笑曰:“量此小城,安能御我!休等他救兵到,火速攻之!”于是军中起百乘云梯,一乘上可立十数人,周围用木板遮护。军士各把短梯软索,听军中擂鼓,一齐上城。郝昭在敌楼上,望见蜀兵装起云梯,四面而来,即令三千军各执火箭,分布四面;待云梯近城,一齐射之。孔明只道城中无备,故大造云梯,令三军鼓噪呐喊而进;不期城上火箭齐发,云梯尽着,梯上军士多被烧死,城上矢石如雨,蜀兵皆退。孔明大怒曰:“汝烧吾云梯,吾却用冲车之法!”于是连夜安排下冲车。次日,又四面鼓噪呐喊而进。郝昭急命运石凿眼,用葛绳穿定飞打,冲车皆被打折。孔明又令人运土填城壕,教廖化引三千锹镢军,从夜间掘地道,暗入城去。郝昭又于城中掘重壕横截之。如此昼夜相攻,二十余日,无计可破。

孔明正在营中忧闷,忽报:“东边救兵到了,旗上书‘魏先锋大将王双’。”孔明问曰:“谁可迎之?”魏延出曰:“某愿往。”孔明曰:“汝乃先锋大将,未可轻出。”又问:“谁敢迎之?”裨将谢雄应声而出。孔明与三千军去了。孔明又问曰:“谁敢再去?”裨将龚起应声要去。孔明亦与三千兵去了。孔明恐城内郝昭引兵冲出,乃把人马退二十里下寨。

却说谢雄引军前行,正遇王双;战不三合,被双一刀劈死。蜀兵败走,双随后赶来。龚起接着,交马只三合,起被双所斩。败兵回报孔明。孔明大惊,忙令廖化、王平、张嶷三人出迎。两阵对圆,张嶷出马,王平、廖化压住阵角。王双纵马来与张嶷交马,数合不分胜负。双诈败便走,嶷随后赶去。王平见张嶷中计,忙叫曰:“休赶!”嶷急回马时,王双流星锤早到,正中其背。嶷伏鞍而走,双回马赶来。王平、廖化截住,救得张嶷回阵。王双驱兵大杀一阵,蜀兵折伤甚多。嶷吐血数口,回见孔明,说:“王双英雄无敌;如今将二万兵就陈仓城外下寨,四围立起排栅,筑起重城,深挖壕堑,守御甚严。”孔明见折二将,张嶷又被打伤,即唤姜维曰:“陈仓道口这条路不可行。别求何策?”维曰:“陈仓城池坚固,郝昭守御甚密,又得王双相助,实不可取。不若令一大将,依山傍水,下寨固守;再令良将守把要道,以防街亭之攻;却统大军去袭祁山,某却如此如此用计,可捉曹真也。"孔明从其言,即令王平、李恢,引二枝兵守街亭小路;魏延引一军守陈仓口。马岱为先锋,关兴、张苞为前后救应使,从小径出斜谷望祁山进发。

却说曹真因思前番被司马懿夺了功劳,因此到洛阳分调郭淮、孙礼东西守把;又听的陈仓告急,已令王双去救。闻知王双斩将立功,大喜,乃令中护军大将费耀,权摄前部总督,诸将各自守把隘口。忽报山谷中捉得细作来见。曹真令押入,跪于帐前。其人告曰:"小人不是奸细,有机密来见都督,误被伏路军捉来,乞退左右。"真乃教去其缚,左右暂退。其人曰:"小人乃姜伯约心腹人也。蒙本官遣送密书。"真曰:"书安在?"其人于贴肉衣内取出呈上。真拆视曰:"罪将姜维百拜,书呈大都督曹麾下:维念世食魏禄,忝守边城;叨窃厚恩,无门补报。昨日误遭诸葛亮之计,陷身于巅崖之中。思念旧国,何日忘之! 今幸蜀兵西出,诸葛亮甚不相疑。赖都督亲提大兵而来:如遇敌人,可以诈败;维当在后,以举火为号,先烧蜀人粮草,却以大兵翻身掩之,则诸葛亮可擒也。非敢立功报国,实欲自赎前罪。倘蒙照察,速赐来命。"曹真看毕,大喜曰:"天使吾成功也!"遂重赏来人,便令回报,依期会合。

真唤费耀商议曰:"今姜维暗献密书,令吾如此如此。"耀曰:"诸葛亮多谋,姜维智广,或者是诸葛亮所使,恐其中有诈。"真曰:"他原是魏人,不得已而降蜀,又何疑乎?"耀曰:"都督不可轻去,只守定本寨。某愿引一军接应姜维。如成,功尽归都督;倘有奸计,某自支当。"真大喜,遂令费耀引五万兵,望斜谷而进。

行了两三程,屯下军马,令人哨探。当日申时分,回报:"斜谷道中,有蜀兵来也。"耀忙催兵进。蜀兵未及交战先退。耀引兵追之,蜀兵又来。方欲对阵,蜀兵又退:如此者三次,俄延至次日申时分。魏军一日一夜,不曾敢歇,只恐蜀兵攻击。方欲屯军造饭,忽然四面喊声大震,鼓角齐鸣,蜀兵漫山遍野而来。门旗开处,闪出一辆四轮车,孔明端坐其中,令人请魏军主将答话。耀纵马而出,遥见孔明,心中暗喜,回顾左右曰:"如蜀兵掩至,便退后走。若见山后火起,却回身杀去，自有兵来相应。”分付毕，跃马出呼曰：“前者败将，今何敢又来！”孔明曰：“唤汝曹真来答话！”耀骂曰：“曹都督乃金枝玉叶，安肯与反贼相见耶！”孔明大怒，把羽扇一招，左有马岱，右有张嶷，两路兵冲出。魏兵便退。行不到三十里，望见蜀兵背后火起，喊声不绝。费耀只道号火，便回身杀来。蜀兵齐退。耀提刀在前，只望喊处追赶。将次近火，山路中鼓角喧天，喊声震地，两军杀出：左有关兴，右有张苞。山上矢石如雨，往下射来。魏兵大败。费耀知是中计，急退军望山谷中而走，人马困乏。背后关兴引生力军赶来，魏兵自相践踏及落涧身死者，不知其数。

耀逃命而走，正遇山坡口一彪军，乃是姜维。耀大骂曰：“反贼无信！吾不幸误中汝奸计也！”维笑曰：“吾欲擒曹真，误赚汝矣！速下马受降！”耀骤马夺路，望山谷中而走。忽见谷口火光冲天，背后追兵又至。耀自刎身死，余众尽降。孔明连夜驱兵，直出祁山前下寨，收住军马，重赏姜维。维曰：“某恨不得杀曹真也！”孔明亦曰：“可惜大计小用矣。”

却说曹真听知折了费耀，悔之不及，遂与郭淮商议退兵之策。于是孙礼、辛毗星夜具表申奏魏主，言蜀兵又出祁山，曹真损兵折将，势甚危急。睿大惊，即召司马懿入内曰：“曹真损兵折将，蜀兵又出祁山。卿有何策，可以退之？”懿曰：“臣已有退诸葛亮之计。不用魏军扬武耀威，蜀兵自然走矣。”正是：已见子丹无胜术，全凭仲达有良谋。未知其计如何，且看下文分解。

第九十八回　追汉军王双受诛　袭陈仓武侯取胜

却说司马懿奏曰："臣尝奏陛下，言孔明必出陈仓，故以郝昭守之，今果然矣。彼若从陈仓入寇，运粮甚便。今幸有郝昭、王双守把，不敢从此路运粮。其余小道，搬运艰难。臣算蜀兵行粮止有一月，利在急战。我军只宜久守。陛下可降诏，令曹真坚守诸路关隘，不要出战。不须一月，蜀兵自走。那时乘虚而击之，诸葛亮可擒也。"睿欣然曰："卿既有先见之明，何不自引一军以袭之？"懿曰："臣非惜身重命，实欲存下此兵，以防东吴陆逊耳。孙权不久必将僭号称尊；如称尊号，恐陛下伐之，定先入寇也：臣故欲以兵待之。"正言间，忽近臣奏曰："曹都督奏报军情。"懿曰："陛下可即令人告戒曹真：凡追赶蜀兵，必须观其虚实，不可深入重地，以中诸葛亮之计。"睿即时下诏，遣太常卿韩暨持节告戒曹真："切不可战，务在谨守；只待蜀兵退去，方才击之。"司马懿送韩暨于城外，嘱之曰："吾以此功让与子丹；公见子丹，休言是吾所陈之意，只道天子降诏，教保守为上。追赶之人，大要仔细，勿遣性急气躁者追之。"暨辞去。

却说曹真正升帐议事，忽报天子遣太常卿韩暨持节至。真出寨接入，受诏已毕，退与郭淮、孙礼计议。淮笑曰："此乃司马仲达之见也。"真曰："此见若何？"淮曰："此言深识诸葛亮用兵之法。久后能御蜀兵者，必仲达也。"真曰："倘蜀兵不退，又将如何？"淮曰："可密令人去教王双，引兵于小路巡哨，彼自不敢运粮。待其粮尽兵退，乘势追击，可获全胜。"孙礼曰："某去祁山虚妆做运粮兵，车上尽装干柴茅草，以硫黄焰硝灌之，却教人虚报陇西运粮到。若蜀人无粮，必然来抢。待入其中，放火烧车，外以伏兵应之，可胜矣。"真喜曰："此计大妙！"即令孙礼引兵依计而行。又遣人教王双引兵于小路上巡哨，郭淮引兵提调箕谷、街亭，令诸路军马守把险要。真又令张辽子张虎为先锋，乐进子乐綝为副先锋，同守头营，不许出战。

却说孔明在祁山寨中，每日令人挑战，魏兵坚守不出。孔明唤姜维等商议曰："魏兵坚守不出，是料吾军中无粮也。今陈仓转运不通，其余小路盘涉艰难，吾算随军粮草，不敷一月用度，如之奈何？"正踌躇间，忽报："陇西魏军运粮数千车于祁山之西，运粮官乃孙礼也。"孔明曰："其人如何？"有魏人告曰："此人曾随魏主出猎于大石山，忽惊起一猛虎，直奔御前，孙礼下马拔剑斩之。从此封为上将军。乃曹真心腹人也。"孔明笑曰："此是魏将料吾乏粮，故用此计：车上装载者，必是茅草引火之物。吾平生专用火攻，彼乃欲以此计诱我耶？彼若知吾军去劫粮车，必来劫吾寨矣。可将计就计而行。"遂唤马岱分付曰："汝引三千军径到魏兵屯粮之所，不可入营，但于上风头放火。若烧着车仗，魏兵必来围吾寨。"又差马忠、张嶷各引五千兵在外围住，内外夹攻。三人受计去了。又唤关兴、张苞分付曰："魏兵头营接连四通之路。今晚若西山火起，魏兵必来劫吾营。汝二人却伏于魏寨左右，只等他兵出寨，汝二人便可劫之。"又唤吴班、吴懿分付曰："汝二人各引一军伏于营外。如魏兵到，可截其归路。"孔明分拨已毕，自在祁山上凭高而坐。

魏兵探知蜀兵要来劫粮，慌忙报与孙礼。礼令人飞报曹真。真遣人去头营分付张虎、乐綝曰："看今夜山西火起，蜀兵必来救应。可以出军，如此如此。"二将受计，令人登楼专看号火。却说孙礼把军伏于山西，只待蜀兵到。是夜二更，马岱引三千兵来，人皆衔枚，马尽勒口，径到山西。见许多车仗，重重叠叠，攒绕成营，车仗虚插旌旗。正值西南风起，岱令军士径去营南放火，车仗尽着，火光冲天。孙礼只道蜀兵到魏寨内放号火，急引兵一齐掩至。背后鼓角喧天，两路兵杀来：乃是马忠、张嶷，把魏军围在垓心。孙礼大惊。又听的魏军中喊声起，一彪军从火光边杀来，乃是马岱。内外夹攻，魏兵大败。火紧风急，人马乱窜，死者无数。孙礼引中伤军，突烟冒火而走。

却说张虎在营中，望见火光，大开寨门，与乐綝尽引人马，杀奔蜀寨来，寨中却不见一人。急收军回时，吴班、吴懿两路兵杀出，断其归路。张、乐二将急冲出重围，奔回本寨，只见土城之上，箭如飞蝗，原来却被关兴、张苞袭了营寨。魏兵大败，皆投曹真寨来。方欲入寨，只见一彪败军飞奔而来,乃是孙礼;遂同入寨见真,各言中计之事。真听知,谨守大寨,更不出战。

蜀兵得胜,回见孔明。孔明令人密授计与魏延,一面教拔寨齐起。杨仪曰:"今已大胜,挫尽魏兵锐气,何故反欲收军?"孔明曰:"吾兵无粮,利在急战。今彼坚守不出,吾受其病矣。彼今虽暂时兵败,中原必有添益;若以轻骑袭吾粮道,那时要归不能。今乘魏兵新败,不敢正视蜀兵,便可出其不意,乘机退去。所忧者但魏延一军,在陈仓道口拒住王双,急不能脱身;吾已令人授以密计,教斩王双,使魏人不敢来追。只今后队先行。"当夜,孔明只留金鼓手在寨中打更。一夜兵已尽退,只落空营。

却说曹真正在寨中忧闷,忽报左将军张郃领军到。郃下马入帐,谓真曰:"某奉圣旨,特来听调。"真曰:"曾别仲达否?"郃曰:"仲达分付云:吾军胜,蜀兵必不便去;若吾军败,蜀兵必即去矣。今吾军失利之后,都督曾往哨探蜀兵消息否?"真曰:"未也。"于是即令人往探之,果是虚营,只插着数十面旌旗,兵已去了二日也。曹真懊悔无及。

且说魏延受了密计,当夜二更拔寨,急回汉中。早有细作报知王双。双大驱军马,并力追赶。追到二十余里,看看赶上,见魏延旗号在前,双大叫曰:"魏延休走!"蜀兵更不回头。双拍马赶来。背后魏兵叫曰:"城外寨中火起,恐中敌人奸计。"双急勒马回时,只见一片火光冲天,慌令退军。行到山坡左侧,忽一骑马从林中骤出,大喝曰:"魏延在此!"王双大惊,措手不及,被延一刀砍于马下。魏兵疑有埋伏,四散逃走。延手下止有三十骑人马,望汉中缓缓而行。后人有诗赞曰:"孔明妙算胜孙庞,耿若长星照一方。进退行兵神莫测,陈仓道口斩王双。"

原来魏延受了孔明密计:先教存下三十骑,伏于王双营边;只待王双起兵赶时,却去他营中放火;待他回寨,出其不意,突出斩之。魏延斩了王双,引兵回到汉中见孔明,交割了人马。孔明设宴大会,不在话下。

且说张郃追蜀兵不上,回到寨中。忽有陈仓城郝昭差人申报,言王双被斩,曹真闻知,伤感不已,因此忧成疾病,遂回洛阳;命郭淮、孙礼、张郃守长安诸道。

却说吴王孙权设朝，有细作人报说："蜀诸葛丞相出兵两次，魏都督曹真兵损将亡。"于是群臣皆劝吴王兴师伐魏，以图中原。权犹疑未决。张昭奏曰："近闻武昌东山，凤凰来仪；大江之中，黄龙屡现。主公德配唐、虞，明并文、武，可即皇帝位，然后兴兵。"多官皆应曰："子布之言是也。"遂选定夏四月丙寅日，筑坛于武昌南郊。是日，群臣请权登坛即皇帝位，改黄武八年为黄龙元年。谥父孙坚为武烈皇帝，母吴氏为武烈皇后，兄孙策为长沙桓王。立子孙登为皇太子。命诸葛瑾长子诸葛恪为太子左辅，张昭次子张休为太子右弼。

恪字元逊，身长七尺，极聪明，善应对。权甚爱之。年六岁时，值东吴筵会，恪随父在座。权见诸葛瑾面长，乃令人牵一驴来，用粉笔书其面曰："诸葛子瑜。"众皆大笑。恪趋至前，取粉笔添二字于其下曰："诸葛子瑜之驴。"满座之人，无不惊讶。权大喜，遂将驴赐之。又一日，大宴官僚，权命恪把盏。巡至张昭面前，昭不饮，曰："此非养老之礼也。"权谓恪曰："汝能强子布饮乎？"恪领命，乃谓昭曰："昔姜尚父年九十，秉旄仗钺，未尝言老。今临阵之日，先生在后；饮酒之日，先生在前：何谓不养老也？"昭无言可答，只得强饮。权因此爱之，故命辅太子。张昭佐吴王，位列三公之上，故以其子张休为太子右弼。又以顾雍为丞相，陆逊为上将军，辅太子守武昌。

权复还建业。群臣共议伐魏之策。张昭奏曰："陛下初登宝位，未可动兵。只宜修文偃武，增设学校，以安民心；遣使入川，与蜀同盟，共分天下，缓缓图之。"权从其言，即令使命星夜入川，来见后主。礼毕，细奏其事。后主闻知，遂与群臣商议。众议皆谓孙权僭逆，宜绝其盟好。蒋琬曰："可令人问于丞相。"后主即遣使到汉中问孔明。孔明曰："可令人赍礼物入吴作贺，乞遣陆逊兴师伐魏。魏必命司马懿拒之。懿若南拒东吴，我再出祁山，长安可图也。"后主依言，遂令太尉陈震，将名马、玉带、金珠、宝贝，入吴作贺。

震至东吴，见了孙权，呈上国书。权大喜，设宴相待，打发回蜀。权召陆逊入，告以西蜀约会兴兵伐魏之事。逊曰："此乃孔明惧司马懿之谋也。既与同盟，不得不从。今却虚作起兵之势，遥与西蜀为应。待孔明攻魏急,吾可乘虚取中原也。”即时下令,教荆襄各处都要训练人马,择日兴师。

却说陈震回到汉中,报知孔明。孔明尚忧陈仓不可轻进,先令人去哨探。回报说:“陈仓城中郝昭病重。”孔明曰:“大事成矣。”遂唤魏延、姜维分付曰:“汝二人领五千兵,星夜直奔陈仓城下;如见火起,并力攻城。”二人俱未深信,又来告曰:“何日可行?”孔明曰:“三日都要完备;不须辞我,即便起行。”二人受计去了。又唤关兴、张苞至,附耳低言,如此如此。二人各受密计而去。

且说郭淮闻郝昭病重,乃与张郃商议曰:“郝昭病重,你可速去替他。我自写表申奏朝廷,别行定夺。”张郃引着三千兵,急来替郝昭。时郝昭病危,当夜正呻吟之间,忽报蜀军到城下了。昭急令人上城守把。时各门上火起,城中大乱。昭听知惊死。蜀兵一拥入城。

却说魏延、姜维领兵到陈仓城下看时,并不见一面旗号,又无打更之人。二人惊疑,不敢攻城。忽听得城上一声炮响,四面旗帜齐竖。只见一人纶巾羽扇,鹤氅道袍,大叫曰:“汝二人来的迟了!”二人视之,乃孔明也。二人慌忙下马,拜伏于地曰:“丞相真神计也!”孔明令放入城,谓二人曰:“吾打探得郝昭病重,吾令汝三日内领兵取城,此乃稳众人之心也。吾却令关兴、张苞,只推点军,暗出汉中。吾即藏于军中,星夜倍道径到城下,使彼不能调兵。吾早有细作在城内放火、发喊相助,令魏兵惊疑不定。兵无主将,必自乱矣。吾因而取之,易如反掌。兵法云:出其不意,攻其无备。正谓此也。”魏延、姜维拜伏。孔明怜郝昭之死,令彼妻小扶灵柩回魏,以表其忠。

孔明谓魏延、姜维曰:“汝二人且莫卸甲,可引兵去袭散关。把关之人,若知兵到,必然惊走。若稍迟便有魏兵至关,即难攻矣。”魏延、姜维受命,引兵径到散关。把关之人,果然尽走。二人上关才要卸甲,遥见关外尘头大起,魏兵到来。二人相谓曰:“丞相神算,不可测度!”急登楼视之,乃魏将张郃也。二人乃分兵守住险道。张郃见蜀兵把住要路,遂令退军。魏延随后追杀一阵,魏兵死者无数,张郃大败而去。延回到关上,令人报知孔明。

孔明先自领兵,出陈仓斜谷,取了建威。后面蜀兵陆续进发。后主又命大将陈式来助。孔明驱大兵复出祁山。安下营寨，孔明聚众言曰："吾二次出祁山，不得其利；今又到此，吾料魏人必依旧战之地，与吾相敌。彼意疑我取雍、郿二处，必以兵拒守；吾观阴平、武都二郡，与汉连接，若得此城，亦可分魏兵之势。何人敢取之？"姜维曰："某愿往。"王平应曰："某亦愿往。"孔明大喜，遂令姜维引兵一万取武都，王平引兵一万取阴平。二人领兵去了。

再说张郃回到长安，见郭淮、孙礼，说："陈仓已失，郝昭已亡，散关亦被蜀兵夺了。今孔明复出祁山，分道进兵。"淮大惊曰："若如此，必取雍、郿矣！"乃留张郃守长安，令孙礼保雍城。淮自引兵星夜来郿城守御，一面上表入洛阳告急。

却说魏主曹睿设朝，近臣奏曰："陈仓城已失，郝昭已亡，诸葛亮又出祁山，散关亦被蜀兵夺了。"睿大惊。忽又奏满宠等有表，说："东吴孙权僭称帝号，与蜀同盟。今遣陆逊在武昌训练人马，听候调用。只在旦夕，必入寇矣。"睿闻知两处危急，举止失措，甚是惊慌。此时曹真病未痊，即召司马懿商议。懿奏曰："以臣愚意所料，东吴必不举兵。"睿曰："卿何以知之？"懿曰："孔明尝思报猇亭之仇，非不欲吞吴也，只恐中原乘虚击彼，故暂与东吴结盟。陆逊亦知其意，故假作兴兵之势以应之，实是坐观成败耳。陛下不必防吴，只须防蜀。"睿曰："卿真高见！"遂封懿为大都督，总摄陇西诸路军马，令近臣取曹真总兵将印来。懿曰："臣自去取之。"

遂辞帝出朝，径到曹真府下，先令人入府报知，懿方进见。问病毕，懿曰："东吴、西蜀会合，兴兵入寇，今孔明又出祁山下寨，明公知之乎？"真惊讶曰："吾家人知我病重，不令我知。似此国家危急，何不拜仲达为都督，以退蜀兵耶？"懿曰："某才薄智浅，不称其职。"真曰："取印与仲达。"懿曰："都督少虑。某愿助一臂之力，只不敢受此印也。"真跃起曰："如仲达不领此任，中国必危矣！吾当抱病见帝以保之！"懿曰："天子已有恩命，但懿不敢受耳。"真大喜曰："仲达今领此任，可退蜀兵。"懿见真再三让印，遂受之，入内辞了魏主，引兵往长安来与孔明决战。正是：旧帅印为新帅取，两路兵惟一路来。未知胜负如何，且看下文分解。

第九十九回 诸葛亮大破魏兵 司马懿入寇西蜀

蜀汉建兴七年夏四月，孔明兵在祁山，分作三寨，专候魏兵。却说司马懿引兵到长安，张郃接见，备言前事。懿令郃为先锋，戴陵为副将，引十万兵到祁山，于渭水之南下寨。郭淮、孙礼入寨参见。懿问曰："汝等曾与蜀兵对阵否？"二人答曰："未也。"懿曰："蜀兵千里而来，利在速战；今来此不战，必有谋也。陇西诸路，曾有信息否？"淮曰："已有细作探得各郡十分用心，日夜提防，并无他事。只有武都、阴平二处，未曾回报。"懿曰："吾自差人与孔明交战。汝二人急从小路去救二郡，却掩在蜀兵之后，彼必自乱矣。"

二人受计，引兵五千，从陇西小路来救武都、阴平，就袭蜀兵之后。郭淮于路谓孙礼曰："仲达比孔明如何？"礼曰："孔明胜仲达多矣。"淮曰："孔明虽胜，此一计足显仲达有过人之智。蜀兵如正攻两郡，我等从后抄到，彼岂不自乱乎？"正言间，忽哨马来报："阴平已被王平打破了，武都已被姜维打破了。前离蜀兵不远。"礼曰："蜀兵既已打破了城池，如何陈兵于外？必有诈也。不如速退。"郭淮从之。方传令教军退时，忽然一声炮响，山背后闪出一枝军马来，旗上大书："汉丞相诸葛亮"，中央一辆四轮车，孔明端坐于上；左有关兴，右有张苞。孙、郭二人见之，大惊。孔明大笑曰："郭淮、孙礼休走！司马懿之计，安能瞒得过吾？他每日令人在前交战，却教汝等袭吾军后。武都、阴平吾已取了。汝二人不早来降，欲驱兵与吾决战耶？"郭淮、孙礼听毕，大慌。忽然背后喊杀连天，王平、姜维引兵从后杀来。兴、苞二将又引军从前面杀来。两下夹攻，魏兵大败。郭、孙二人弃马爬山而走。张苞望见，骤马赶来；不期连人带马，跌入涧内，后军急忙救起，头已跌破。孔明令人送回成都养病。

却说郭、孙二人走脱，回见司马懿曰："武都、阴平二郡已失。孔明伏于要路，前后攻杀，因此大败，弃马步行，方得逃回。"懿曰："非汝等之罪，孔明智在吾先。可再引兵守把雍、郿二城，切勿出战。吾自有破敌之策。”二人拜辞而去。懿又唤张郃、戴陵分付曰：“今孔明得了武都、阴平，必然抚百姓以安民心，不在营中矣。汝二人各引一万精兵，今夜起身，抄在蜀兵营后，一齐奋勇杀将过来；吾却引军在前布阵，只待蜀兵势乱，吾大驱士马，攻杀进去：两军并力，可夺蜀寨也。若得此地山势，破敌何难？”二人受计引兵而去。

戴陵在左，张郃在右，各取小路进发，深入蜀兵之后。三更时分，来到大路，两军相遇，合兵一处，却从蜀兵背后杀来。行不到三十里，前军不行。张、戴二人自纵马视之，只见数百辆草车横截去路。郃曰：“此必有准备。可急取路而回。”才传令退军，只见满山火光齐明，鼓角大震，伏兵四下皆出，把二人围住。孔明在祁山上大叫曰：“戴陵、张郃可听吾言：司马懿料吾往武都、阴平抚民，不在营中，故令汝二人来劫吾寨，却中吾之计也。汝二人乃无名下将，吾不杀害，下马早降！”郃大怒，指孔明而骂曰：“汝乃山野村夫，侵吾大国境界，如何敢发此言！吾若捉住汝时，碎尸万段！”言讫，纵马挺枪，杀上山来。山上矢石如雨。郃不能上山，乃拍马舞枪，冲出重围，无人敢当。蜀兵困戴陵在垓心。郃杀出旧路，不见戴陵，即奋勇翻身又杀入重围，救出戴陵而回。孔明在山上，见郃在万军之中，往来冲突，英勇倍加，乃谓左右曰：“尝闻张翼德大战张郃，人皆惊惧。吾今日见之，方知其勇也。若留下此人，必为蜀中之害。吾当除之。”遂收军还营。

却说司马懿引兵布成阵势，只待蜀兵乱动，一齐攻之。忽见张郃、戴陵狼狈而来，告曰：“孔明先如此提防，因此大败而归。”懿大惊曰：“孔明真神人也！不如且退。”即传令教大军尽回本寨，坚守不出。

且说孔明大胜，所得器械、马匹，不计其数，乃引大军回寨。每日令魏延挑战，魏兵不出。一连半月，不曾交兵。孔明正在帐中思虑，忽报天子遣侍中费祎赍诏至。孔明接入营中，焚香礼毕，开诏读曰：“街亭之役，咎由马谡；而君引愆，深自贬抑。重违君意，听顺所守。前年耀师，馘斩王双；今岁爰征，郭淮遁走；降集氐、羌，复兴二郡：威震凶暴，功勋显然。方今天下骚扰，元恶未枭，君受大任，干国之重，而久自抑损,非所以光扬洪烈矣。今复君丞相,君其勿辞!”孔明听诏毕,谓费祎曰:“吾国事未成,安可复丞相之职?”坚辞不受。祎曰:“丞相若不受职,拂了天子之意,又冷淡了将士之心。宜且权受。”孔明方才拜受。祎辞去。

孔明见司马懿不出,思得一计,传令教各处皆拔寨而起。当有细作报知司马懿,说孔明退兵了。懿曰:“孔明必有大谋,不可轻动。”张郃曰:“此必因粮尽而回,如何不追?”懿曰:“吾料孔明上年大收,今又麦熟,粮草丰足;虽然转运艰难,亦可支吾半载,安肯便走?彼见吾连日不战,故作此计引诱。可令人远远哨之。”军士探知,回报说:“孔明离此三十里下寨。”懿曰:“吾料孔明果不走。且坚守寨栅,不可轻进。”住了旬日,绝无音信,并不见蜀将来战。懿再令人哨探,回报说:“蜀兵已起营去了。”懿未信,乃更换衣服,杂在军中,亲自来看,果见蜀兵又退三十里下寨。懿回营谓张郃曰:“此乃孔明之计也,不可追赶。”又住了旬日,再令人哨探。回报说:“蜀兵又退三十里下寨。”郃曰:“孔明用缓兵之计,渐退汉中,都督何故怀疑,不早追之?郃愿往决一战!”懿曰:“孔明诡计极多,倘有差失,丧我军之锐气。不可轻进。”郃曰:“某去若败,甘当军令。”懿曰:“既汝要去,可分兵两枝:汝引一枝先行,须要奋力死战;吾随后接应,以防伏兵。汝次日先进,到半途驻扎,后日交战,使兵力不乏。”遂分兵已毕。

次日,张郃、戴陵引副将数十员、精兵三万,奋勇先进,到半路下寨。司马懿留下许多军马守寨,只引五千精兵,随后进发。原来孔明密令人哨探,见魏兵半路而歇。是夜,孔明唤众将商议曰:“今魏兵来追,必然死战,汝等须以一当十,吾以伏兵截其后:非智勇之将,不可当此任。”言毕,以目视魏延。延低头不语。王平出曰:“某愿当之。”孔明曰:“若有失,如何?”平曰:“愿当军令。”孔明叹曰:“王平肯舍身亲冒矢石,真忠臣也!虽然如此,奈魏兵分两枝前后而来,断吾伏兵在中;平纵然智勇,只可当一头,岂可分身两处?须再得一将同去为妙。怎奈军中再无舍死当先之人!”言未毕,一将出曰:“某愿往!”孔明视之,乃张翼也。孔明曰:“张郃乃魏之名将,有万夫不当之勇,汝非敌手。”翼曰:“若有失事,愿献首于帐下。”孔明曰:“汝既敢去，可与王平各引一万精兵伏于山谷中；只待魏兵赶上，任他过尽，汝等却引伏兵从后掩杀。若司马懿随后赶来，却分兵两头：张翼引一军当住后队，王平引一军截其前队。两军须要死战。吾自有别计相助。”二人受计引兵而去。

孔明又唤姜维、廖化分付曰：“与汝二人一个锦囊，引三千精兵，偃旗息鼓，伏于前山之上。如见魏兵围住王平、张翼，十分危急，不必去救，只开锦囊看视，自有解危之策。”二人受计引兵而去。又令吴班、吴懿、马忠、张嶷四将，附耳分付曰：“如来日魏兵到，锐气正盛，不可便迎，且战且走。只看关兴引兵来掠阵之时，汝等便回军赶杀，吾自有兵接应。”四将受计引兵而去。又唤关兴分付曰：“汝引五千精兵，伏于山谷；只看山上红旗飐动，却引兵杀出。”兴受计引兵而去。

却说张郃、戴陵领兵前来，骤如风雨。马忠、张嶷、吴懿、吴班四将接着，出马交锋。张郃大怒，驱兵追杀。蜀兵且战且走。魏兵追赶约有二十余里，时值六月天气，十分炎热，人马汗如泼水。走到五十里外，魏兵尽皆气喘。孔明在山上把红旗一招，关兴引兵杀出。马忠等四将，一齐引兵掩杀回来。张郃、戴陵死战不退。忽然喊声大震，两路军杀出，乃王平、张翼也。各奋勇追杀，截其后路。郃大叫众将曰：“汝等到此，不决一死战，更待何时！”魏兵奋力冲突，不得脱身。忽然背后鼓角喧天，司马懿自领精兵杀到。懿指挥众将，把王平、张翼围在垓心。翼大呼曰：“丞相真神人也！计已算定，必有良谋。吾等当决一死战！”即分兵两路：平引一军截住张郃、戴陵，翼引一军力当司马懿。两头死战，叫杀连天。

姜维、廖化在山上探望，见魏兵势大，蜀兵力危，渐渐抵当不住。维谓化曰：“如此危急，可开锦囊看计。”二人拆开视之，内书云：“若司马懿兵来围王平、张翼至急，汝二人可分兵两枝，竟袭司马懿之营；懿必急退，汝可乘乱攻之。营虽不得，可获全胜。”二人大喜，即分兵两路，径袭司马懿营中而去。

原来司马懿亦恐中孔明之计，沿途不住的令人传报。懿正催战间，忽流星马飞报，言蜀兵两路竟取大寨去了。懿大惊失色，乃谓众将曰："吾料孔明有计，汝等不信，勉强追来，却误了大事！"即提兵急回。军心惶惶乱走。张翼随后掩杀，魏兵大败。张郃、戴陵见势孤，亦望山僻小路而走，蜀兵大胜。背后关兴引兵接应诸路。司马懿大败一阵，奔入寨时，蜀兵已自回去。懿收聚败军，责骂诸将曰："汝等不知兵法，只凭血气之勇，强欲出战，致有此败。今后切不许妄动，再有不遵，决正军法！"众皆羞惭而退。这一阵，魏军死者极多，遗弃马匹器械无数。

却说孔明收得胜军马入寨，又欲起兵进取。忽报有人自成都来，说张苞身死。孔明闻知，放声大哭，口中吐血，昏绝于地。众人救醒。孔明自此得病卧床不起。诸将无不感激。后人有诗叹曰："悍勇张苞欲建功，可怜天不助英雄！武侯泪向西风洒，为念无人佐鞠躬。"

旬日之后，孔明唤董厥、樊建等入帐分付曰："吾自觉昏沉，不能理事；不如且回汉中养病，再作良图。汝等切勿走泄：司马懿若知，必来攻击。"遂传号令，教当夜暗暗拔寨，皆回汉中。孔明去了五日，懿方得知，乃长叹曰："孔明真有神出鬼没之计，吾不能及也！"于是司马懿留诸将在寨中，分兵守把各处隘口；懿自班师回。

却说孔明将大军屯于汉中，自回成都养病；文武官僚出城迎接，送入丞相府中，后主御驾自来问病，命御医调治，日渐痊可。

建兴八年秋七月，魏都督曹真病可，乃上表说："蜀兵数次侵界，屡犯中原，若不剿除，必为后患。今时值秋凉，人马安闲，正当征伐。臣愿与司马懿同领大军，径入汉中，殄灭奸党，以清边境。"魏主大喜，问侍中刘晔曰："子丹劝朕伐蜀，若何？"晔奏曰："大将军之言是也。今若不剿除，后必为大患。陛下便可行之。"睿点头。晔出内回家，有众大臣相探，问曰："闻天子与公计议兴兵伐蜀，此事如何？"晔应曰："无此事也。蜀有山川之险，非可易图；空费军马之劳，于国无益。"众官皆默然而出。杨暨入内奏曰："昨闻刘晔劝陛下伐蜀；今日与众臣议，又言不可伐：是欺陛下也。陛下何不召而问之？"睿即召刘晔入内问曰："卿劝朕伐蜀；今又言不可，何也？"晔曰："臣细详之，蜀不可伐。"睿大笑。少时，杨暨出内。晔奏曰："臣昨日劝陛下伐蜀，乃国之大事，岂可妄泄于人？夫兵者，诡道也：事未发，切宜秘之。”睿大悟曰：“卿言是也。”自此愈加敬重。

旬日内，司马懿入朝，魏主将曹真表奏之事，逐一言之。懿奏曰：“臣料东吴未敢动兵，今日正可乘此去伐蜀。”睿即拜曹真为大司马、征西大都督，司马懿为大将军、征西副都督，刘晔为军师。三人拜辞魏主，引四十万大兵，前行至长安，径奔剑阁，来取汉中。其余郭淮、孙礼等，各取路而行。汉中人报入成都。

此时孔明病好多时，每日操练人马，习学八阵之法，尽皆精熟，欲取中原；听得这个消息，遂唤张嶷、王平分付曰：“汝二人先引一千兵去守陈仓古道，以当魏兵；吾却提大兵便来接应。”二人告曰：“人报魏军四十万，诈称八十万，声势甚大，如何只与一千兵去守隘口？倘魏兵大至，何以拒之？”孔明曰：“吾欲多与，恐士卒辛苦耳。”嶷与平面面相觑，皆不敢去。孔明曰：“若有疏失，非汝等之罪。不必多言，可疾去。”二人又哀告曰：“丞相欲杀某二人，就此请杀，只不敢去。”孔明笑曰：“何其愚也！吾令汝等去，自有主见：吾昨夜仰观天文，见毕星躔于太阴之分，此月内必有大雨淋漓；魏兵虽有四十万，安敢深入山险之地？因此不用多军，决不受害。吾将大军皆在汉中安居一月，待魏兵退，那时以大兵掩之：以逸待劳，吾十万之众可胜魏兵四十万也。”二人听毕，方大喜，拜辞而去。

孔明随统大军出汉中，传令教各处隘口，预备干柴草料细粮，俱够一月人马支用，以防秋雨；将大军宽限一月，先给衣食，伺候出征。

却说曹真、司马懿同领大军，径到陈仓城内，不见一间房屋；寻土人问之，皆言孔明回时放火烧毁。曹真便要从陈仓道进发。懿曰：“不可轻进。我夜观天文，见毕星躔于太阴之分，此月内必有大雨；若深入重地，常胜则可。倘有疏虞，人马受苦，要退则难。且宜在城中搭起窝铺住扎，以防阴雨。”真从其言。未及半月，天雨大降，淋漓不止。陈仓城外，平地水深三尺，军器尽湿，人不得睡，昼夜不安。大雨连降三十日，马无草料，死者无数，军士怨声不绝。传入洛阳，魏主设坛，求晴不得。黄门侍郎王肃上疏曰：“前志有之：千里馈粮，士有饥色；樵苏后爨，师不宿饱。此谓平途之行军者也。又况于深入险阻，凿路而前，则其为劳，必相百也。今又加之以霖雨，山坂峻滑，众逼而不展,粮远而难继:实行军之大忌也。闻曹真发已逾月,而行方半谷,治道功大,战士悉作:是彼偏得以逸待劳,乃兵家之所惮也。言之前代,则武王伐纣,出关而复还;论之近事,则武、文征权,临江而不济:岂非顺天知时,通于权变者哉?愿陛下念水雨艰剧之故,休息士卒;后日有衅,乘时用之。所谓悦以犯难,民忘其死者也。"魏主览表,正在犹豫,杨阜、华歆亦上疏谏。魏主即下诏,遣使诏曹真、司马懿还朝。

却说曹真与司马懿商议曰:"今连阴三十日,军无战心,各有思归之意,如何禁止?"懿曰:"不如且回。"真曰:"倘孔明追来,怎生退之?"懿曰:"先伏两军断后,方可回兵。"正议间,忽使命来召。二人遂将大军前队作后队,后队作前队,徐徐而退。

却说孔明计算一月秋雨将尽,天尚未晴,自提一军屯于城固,又传令教大军会于赤坡驻扎。孔明升帐唤众将言曰:"吾料魏兵必走,魏主必下诏来取曹真、司马懿兵回。吾若追之,必有准备;不如任他且去,再作良图。"忽王平令人报来,说魏兵已回。孔明分付来人,传与王平:"不可追袭。吾自有破魏兵之策。"正是:魏兵纵使能埋伏,汉相原来不肯追。未知孔明怎生破魏,且看下文分解。

第一百回　汉兵劫寨破曹真　武侯斗阵辱仲达

却说众将闻孔明不追魏兵，俱入帐告曰："魏兵苦雨，不能屯扎，因此回去，正好乘势追之。丞相如何不追？"孔明曰："司马懿善能用兵，今军退必有埋伏。吾若追之，正中其计。不如纵他远去，吾却分兵径出斜谷而取祁山，使魏人不提防也。"众将曰："取长安之地，别有路途；丞相只取祁山，何也？"孔明曰："祁山乃长安之首也：陇西诸郡，倘有兵来，必经由此地；更兼前临渭滨，后靠斜谷，左出右入。可以伏兵，乃用武之地。吾故欲先取此，得地利也。"众将皆拜服。孔明令魏延、张嶷、杜琼、陈式出箕谷；马岱、王平、张翼、马忠出斜谷：俱会于祁山。调拨已定，孔明自提大军，令关兴、廖化为先锋，随后进发。

却说曹真、司马懿二人，在后监督人马，令一军入陈仓古道探视，回报说蜀兵不来。又行旬日，后面埋伏众将皆回，说蜀兵全无音耗。真曰："连绵秋雨，栈道断绝，蜀人岂知吾等退军耶？"懿曰："蜀兵随后出矣。"真曰："何以知之？"懿曰："连日晴明，蜀兵不赶，料吾有伏兵也，故纵我兵远去；待我兵过尽，他却夺祁山矣。"曹真不信。懿曰："子丹如何不信？吾料孔明必从两谷而来。吾与子丹各守一谷口，十日为期。若无蜀兵来，我面涂红粉，身穿女衣，来营中伏罪。"真曰："若有蜀兵来，我愿将天子所赐玉带一条、御马一匹与你。"即分兵两路：真引兵屯于祁山之西斜谷口；懿引军屯于祁山之东箕谷口。各下寨已毕。懿先引一枝兵伏于山谷中；其余军马，各于要路安营。

懿更换衣装，杂在众军之内，遍观各营。忽到一营，有一偏将仰天而怨曰："大雨淋了许多时，不肯回去；今又在这里顿住，强要赌赛，却不苦了官军！"懿闻言，归寨升帐，聚众将皆到帐下，挨出那将来。懿叱之曰："朝廷养军千日，用在一时。汝安敢出怨言，以慢军心!”其人不招。懿叫出同伴之人对证,那将不能抵赖。懿曰:“吾非赌赛;欲胜蜀兵,令汝各人有功回朝,汝乃妄出怨言,自取罪戾!”喝令武士推出斩之。须臾,献首帐下。众将悚然。懿曰:“汝等诸将皆要尽心以防蜀兵。听吾中军炮响,四面皆进。”众将受令而退。

却说魏延、张嶷、陈式、杜琼四将,引二万兵,取箕谷而进。正行之间,忽报参谋邓芝到来。四将问其故,芝曰:“丞相有令:如出箕谷,提防魏兵埋伏,不可轻进。”陈式曰:“丞相用兵何多疑耶?吾料魏兵连遭大雨,衣甲皆毁,必然急归;安得又有埋伏?今吾兵倍道而进,可获大胜,如何又教休进?”芝曰:“丞相计无不中,谋无不成,汝安敢违令?”式笑曰:“丞相若果多谋,不致街亭之失!”魏延想起孔明向日不听其计,亦笑曰:“丞相若听吾言,径出子午谷,此时休说长安,连洛阳皆得矣!今执定要出祁山。有何益耶?既令进兵,今又教休进。何其号令不明!”式曰:“吾自有五千兵,径出箕谷,先到祁山下寨,看丞相羞也不羞!”芝再三阻当,式只不听,径自引五千兵出箕谷去了。邓芝只得飞报孔明。

却说陈式引兵行不数里,忽听的一声炮响,四面伏兵皆出。式急退时,魏兵塞满谷口,围得铁桶相似。式左冲右突,不能得脱。忽闻喊声大震,一彪军杀入,乃是魏延。救了陈式,回到谷中,五千兵只剩得四五百带伤人马。背后魏兵赶来,却得杜琼、张嶷引兵接应,魏兵方退。陈、魏二人方信孔明先见如神,懊悔不及。

且说邓芝回见孔明,言魏延、陈式如此无礼。孔明笑曰:“魏延素有反相,吾知彼常有不平之意;因怜其勇而用之。久后必生患害。”正言间,忽流星马报到,说陈式折了四千余人,止有四五百带伤人马,屯在谷中。孔明令邓芝再来箕谷抚慰陈式,防其生变;一面唤马岱、王平分付曰:“斜谷若有魏兵守把,汝二人引本部军越山岭,夜行昼伏,速出祁山之左,举火为号。”又唤马忠、张翼分付曰:“汝等亦从山僻小路,昼伏夜行,径出祁山之右,举火为号,与马岱、王平会合,共劫曹真营寨。吾自从谷中三面攻之,魏兵可破也。”四人领命分头引兵去了。孔明又唤关兴、廖化分付曰:如此如此。二人受了密计,引兵而去。孔明自领精兵倍道而行。正行间,又唤吴班、吴懿授与密计，亦引兵先行。

却说曹真心中不信蜀兵来，以此怠慢，纵令军士歇息；只等十日无事，要羞司马懿，不觉守了七日，忽有人报谷中有些小蜀兵出来。真令副将秦良引五千兵哨探，不许纵令蜀兵近界。秦良领命，引兵刚到谷口，哨见蜀兵退去。良急引兵赶来，行到五六十里，不见蜀兵，心下疑惑，教军士下马歇息。忽哨马报说："前面有蜀兵埋伏。"良上马看时，只见山中尘土大起，急令军士提防。不一时，四壁厢喊声大震：前面吴班、吴懿引兵杀出，背后关兴、廖化引兵杀来。左右是山，皆无走路。山上蜀兵大叫："下马投降者免死！"魏兵大半多降。秦良死战，被廖化一刀斩于马下。

孔明把降兵拘于后军，却将魏兵衣甲与蜀兵五千人穿了，扮作魏兵，令关兴、廖化、吴班、吴懿四将引着，径奔曹真寨来；先令报马入寨说："只有些小蜀兵，尽赶去了。"真大喜。忽报司马都督差心腹人至。真唤入问之。其人告曰："今都督用埋伏计，杀蜀兵四千余人。司马都督致意将军，教休将赌赛为念，务要用心提备。"真曰："吾这里并无一个蜀兵。"遂打发来人回去。忽又报秦良引兵回来了。真自出帐迎之。比及到寨，人报前后两把火起。真急回寨后看时，关兴、廖化、吴班、吴懿四将，指麾蜀军，就营前杀将进来；马岱、王平从后面杀来；马忠、张翼亦引兵杀到。魏军措手不及，各自逃生。众将保曹真望东而走，背后蜀兵赶来。

曹真正奔走，忽然喊声大震，一彪军杀到。真胆战心惊，视之，乃司马懿也。懿大战一场，蜀兵方退。真得脱，羞惭无地。懿曰："诸葛亮夺了祁山地势，吾等不可久居此处；宜去渭滨安营，再作良图。"真曰："仲达何以知吾遭此大败也？"懿曰："见来人报称子丹说并无一个蜀兵，吾料孔明暗来劫寨，因此知之，故相接应。今果中计。切莫言赌赛之事，只同心报国。"曹真甚是惶恐，气成疾病，卧床不起。兵屯渭滨，懿恐军心有乱，不敢教真引兵。

却说孔明大驱士马，复出祁山。劳军已毕，魏延、陈式、杜琼、张嶷入帐拜伏请罪。孔明曰："是谁失陷了军来？"延曰："陈式不听号令，潜入谷口，以此大败。"式曰："此事魏延教我行来。"孔明曰："他倒救你,你反攀他! 将令已违,不必巧说!”即叱武士推出陈式斩之。须臾,悬首于帐前,以示诸将。此时孔明不杀魏延,欲留之以为后用也。

孔明既斩了陈式,正议进兵,忽有细作报说曹真卧病不起,现在营中治疗。孔明大喜,谓诸将曰:“若曹真病轻,必便回长安。今魏兵不退,必为病重,故留于军中,以安众人之心。吾写下一书,教秦良的降兵持与曹真,真若见之,必然死矣!”遂唤降兵至帐下,问曰:“汝等皆是魏军,父母妻子多在中原,不宜久居蜀中。今放汝等回家,若何?”众军泣泪拜谢。孔明曰:“曹子丹与吾有约;吾有一书,汝等带回,送与子丹,必有重赏。”

魏军领了书,奔回本寨,将孔明书呈与曹真。真扶病而起,拆封视之。其书曰:“汉丞相、武乡侯诸葛亮,致书于大司马曹子丹之前:窃谓夫为将者,能去能就,能柔能刚;能进能退,能弱能强。不动如山岳,难测如阴阳;无穷如天地,充实如太仓;浩渺如四海,眩曜如三光。预知天文之旱涝,先识地理之平康;察阵势之期会,揣敌人之短长。嗟尔无学后辈,上逆穹苍;助篡国之反贼,称帝号于洛阳;走残兵于斜谷,遭霖雨于陈仓;水陆困乏,人马猖狂;抛盈郊之戈甲,弃满地之刀枪;都督心崩而胆裂,将军鼠窜而狼忙! 无面见关中之父老,何颜入相府之厅堂! 史官秉笔而记录,百姓众口而传扬:仲达闻阵而惕惕,子丹望风而遑遑! 吾军兵强而马壮,大将虎奋以龙骧;扫秦川为平壤,荡魏国作丘荒!”曹真看毕,恨气填胸;至夜,死于军中。司马懿用兵车装载,差人送赴洛阳安葬。

魏主闻知曹真已死,即下诏催司马懿出战。懿提大军来与孔明交锋,隔日先下战书。孔明谓诸将曰:“曹真必死矣。”遂批回“来日交锋”,使者去了。孔明当夜教姜维受了密计:如此而行;又唤关兴分付:如此如此。

次日,孔明尽起祁山之兵前到渭滨:一边是河,一边是山,中央平川旷野,好片战场! 两军相迎,以弓箭射住阵角。三通鼓罢,魏阵中门旗开处,司马懿出马,众将随后而出。只见孔明端坐于四轮车上,手摇羽扇。懿曰:“吾主上法尧禅舜,相传二帝,坐镇中原,容汝蜀、吴二国者，乃吾主宽慈仁厚，恐伤百姓也。汝乃南阳一耕夫，不识天数，强要相侵，理宜殄灭！如省心改过，宜即早回，各守疆界，以成鼎足之势，免致生灵涂炭，汝等皆得全生！”孔明笑曰：“吾受先帝托孤之重，安肯不倾心竭力以讨贼乎！汝曹氏不久为汉所灭。汝祖父皆为汉臣，世食汉禄，不思报效，反助篡逆，岂不自耻？”懿羞惭满面曰：“吾与汝决一雌雄！汝若能胜，吾誓不为大将！汝若败时，早归故里，吾并不加害。”

孔明曰：“汝欲斗将？斗兵？斗阵法？”懿曰：“先斗阵法？”孔明曰：“先布阵我看。”懿入中军帐下，手执黄旗招飐，左右军动，排成一阵。复上马出阵，问曰：“汝识吾阵否？”孔明笑曰：“吾军中末将，亦能布之。此乃混元一气阵也。”懿曰：“汝布阵我看。”孔明入阵，把羽扇一摇，复出阵前，问曰：“汝识我阵否？”懿曰：“量此八卦阵，如何不识！”孔明曰：“识便识了，敢打我阵否？”懿曰：“既识之，如何不敢打！”孔明曰：“汝只管打来。”司马懿回到本阵中，唤戴陵、张虎、乐綝三将，分付曰：“今孔明所布之阵，按休、生、伤、杜、景、死、惊、开八门。汝三人可从正东生门打入，往西南休门杀出，复从正北开门杀入：此阵可破。汝等小心在意！”

于是戴陵在中，张虎在前，乐綝在后，各引三十骑，从生门打入。两军呐喊相助。三人杀入蜀阵，只见阵如连城，冲突不出。三人慌引骑转过阵脚，往西南冲去，却被蜀兵射住，冲突不出。阵中重重叠叠，都有门户，那里分东西南北？三将不能相顾，只管乱撞，但见愁云漠漠，惨雾蒙蒙。喊声起处，魏军一个个皆被缚了，送到中军。

孔明坐于帐中，左右将张虎、戴陵、乐綝并九十个军，皆缚在帐下。孔明笑曰：“吾纵然捉得汝等，何足为奇！吾放汝等回见司马懿，教他再读兵书，重观战策，那时来决雌雄，未为迟也。汝等性命既饶，当留下军器战马。”遂将众人衣服脱了，以墨涂面，步行出阵。司马懿见之大怒，回顾诸将曰：“如此挫败锐气，有何面目回见中原大臣耶！”即指挥三军，奋死掠阵，懿自拔剑在手，引百余骁将，催督冲杀。

两军恰才相会，忽然阵后鼓角齐鸣，喊声大震，一彪军从西南上杀来，乃关兴也。懿分后军当之，复催军向前厮杀。忽然魏兵大乱：原来姜维引一彪军悄地杀来，蜀兵三路夹攻。懿大惊，急忙退军。蜀兵周围杀到，懿引三军望南死命冲击。魏兵十伤六七。司马懿退在渭滨南岸下寨，坚守不出。

孔明收得胜之兵，回到祁山时，永安城李严遣都尉苟安解送粮米，至军中交割。苟安好酒，于路怠慢，违限十日。孔明大怒曰："吾军中专以粮为大事，误了三日，便该处斩！汝今误了十日，有何理说？"喝令推出斩之。长史杨仪曰："苟安乃李严用人，又兼钱粮多出于西川，若杀此人，后无人敢送粮也。"孔明乃叱武士去其缚，杖八十放之。苟安被责，心中怀恨，连夜引亲随五六骑，径奔魏寨投降。懿唤入，苟安拜告前事。懿曰："虽然如此，孔明多谋，汝言难信。汝能为我干一件大功，吾那时奏准天子，保汝为上将。"安曰："但有甚事，即当效力。"懿曰："汝可回成都布散流言，说孔明有怨上之意，早晚欲称为帝，使汝主召回孔明：即是汝之功矣。"

苟安允诺，径回成都，见了宦官，布散流言，说孔明自倚大功，早晚必将篡国。宦官闻知大惊，即入内奏帝，细言前事。后主惊讶曰："似此如之奈何？"宦官曰："可诏还成都，削其兵权，免生叛逆。"后主下诏，宣孔明班师回朝。蒋琬出班奏曰："丞相自出师以来，累建大功，何故宣回？"后主曰："朕有机密事，必须与丞相面议。"即遣使赍诏星夜宣孔明回。

使命径到祁山大寨，孔明接入，受诏已毕，仰天叹曰："主上年幼，必有佞臣在侧！吾正欲建功，何故取回？我如不回，是欺主矣。若奉命而退，日后再难得此机会也。"姜维问曰："若大军退，司马懿乘势掩杀，当复如何？"孔明曰："吾今退军，可分五路而退。今日先退此营，假如营内一千兵，却掘二千灶，明日掘三千灶，后日掘四千灶：每日退军，添灶而行。"杨仪曰："昔孙膑擒庞涓，用添兵减灶之法而取胜；今丞相退兵，何故增灶？"孔明曰："司马懿善能用兵，知吾兵退，必然追赶；心中疑吾有伏兵，定于旧营内数灶；见每日增灶，兵又不知退与不退，则疑而不敢追。吾徐徐而退，自无损兵之患。"遂传令退军。

却说司马懿料苟安行计停当，只待蜀兵退时，一齐掩杀。正踌躇间，忽报蜀寨空虚，人马皆去。懿因孔明多谋，不敢轻追，自引百余骑前来蜀营内踏看，教军士数灶，仍回本寨；次日，又教军士赶到那个营内，查点灶数。回报说："这营内之灶，比前又增一分。"司马懿谓诸将曰："吾料孔明多谋，今果添兵增灶，吾若追之，必中其计；不如且退，再作良图。"于是回军不追。孔明不折一人，望成都而去。次后，川口土人来报司马懿，说孔明退兵之时，未见添兵，只见增灶。懿仰天长叹曰："孔明效虞诩之法，瞒过吾也！其谋略吾不如之！"遂引大军还洛阳。正是：棋逢敌手难相胜，将遇良才不敢骄。未知孔明退回成都，竟是如何，且看下文分解。

第一百一回 出陇上诸葛妆神 奔剑阁张郃中计

却说孔明用减兵添灶之法，退兵到汉中；司马懿恐有埋伏，不敢追赶，亦收兵回长安去了，因此蜀兵不曾折了一人。孔明大赏三军已毕，回到成都，入见后主，奏曰："老臣出了祁山，欲取长安，忽承陛下降诏召回，不知有何大事?"后主无言可对；良久，乃曰："朕久不见丞相之面，心甚思慕，故特诏回，一无他事。"孔明曰："此非陛下本心，必有奸臣谗谮，言臣有异志也。"后主闻言，默然无语。孔明曰："老臣受先帝厚恩，誓以死报。今若内有奸邪，臣安能讨贼乎?"后主曰："朕因过听宦官之言，一时召回丞相。今日茅塞方开，悔之不及矣!"孔明遂唤众宦官究问，方知是苟安流言；急令人捕之，已投魏国去了。孔明将妄奏的宦官诛戮，余皆废出宫外；又深责蒋琬、费祎等不能觉察奸邪，规谏天子。二人唯唯服罪。

孔明拜辞后主，复到汉中，一面发檄令李严应付粮草，仍运赴军前；一面再议出师。杨仪曰："前数兴兵，军力罢敝，粮又不继；今不如分兵两班，以三个月为期：且如二十万之兵，只领十万出祁山，住了三个月，却教这十万替回，循环相转。若此则兵力不乏，然后徐徐而进，中原可图矣。"孔明曰："此言正合我意。吾伐中原，非一朝一夕之事，正当为此长久之计。"遂下令，分兵两班，限一百日为期，循环相转，违限者按军法处治。

建兴九年春二月，孔明复出师伐魏。时魏太和五年也。魏主曹睿知孔明又伐中原，急召司马懿商议。懿曰："今子丹已亡，臣愿竭一人之力，剿除寇贼，以报陛下。"睿大喜，设宴待之。次日，人报蜀兵寇急。睿即命司马懿出师御敌，亲排銮驾送出城外。懿辞了魏主，径到长安，大会诸路人马，计议破蜀兵之策。张郃曰："吾愿引一军去守雍、郿，以拒蜀兵。"懿曰："吾前军不能独当孔明之众，而又分兵为前后，非胜算也。不如留兵守上邽，余众悉往祁山。公肯为先锋否?"郃大喜曰:"吾素怀忠义,欲尽心报国,惜未遇知己;今都督肯委重任,虽万死不辞!"于是司马懿令张郃为先锋,总督大军。又令郭淮守陇西诸郡,其余众将各分道而进。

前军哨马报说:孔明率大军望祁山进发,前部先锋王平、张嶷,径出陈仓,过剑阁,由散关望斜谷而来。司马懿谓张郃曰:"今孔明长驱大进,必将割陇西小麦,以资军粮。汝可结营守祁山,吾与郭淮巡略天水诸郡,以防蜀兵割麦。"郃领诺,遂引四万兵守祁山。懿引大军望陇西而去。

却说孔明兵至祁山,安营已毕,见渭滨有魏军提备,乃谓诸将曰:"此必是司马懿也。即今营中乏粮,屡遣人催并李严运米应付,却只是不到。吾料陇上麦熟,可密引兵割之。"于是留王平、张嶷、吴班、吴懿四将守祁山营,孔明自引姜维、魏延等诸将,前到卤城。卤城太守素知孔明,慌忙开城出降。孔明抚慰毕,问曰:"此时何处麦熟?"太守告曰:"陇上麦已熟。"孔明乃留张翼、马忠守卤城,自引诸将并三军望陇上而来。前军回报说:"司马懿引兵在此。"孔明惊曰:"此人预知吾来割麦也!"即沐浴更衣,推过一般三辆四轮车来,车上皆要一样妆饰。此车乃孔明在蜀中预先造下的。

当下令姜维引一千军护车,五百军擂鼓,伏在上邽之后;马岱在左,魏延在右,亦各引一千军护车,五百军擂鼓。每一辆车,用二十四人,皂衣跣足,披发仗剑,手执七星皂旛,在左右推车。三人各受计,引兵推车而去。孔明又令三万军皆执镰刀、驮绳,伺候割麦。却选二十四个精壮之士,各穿皂衣,披发跣足,仗剑簇拥四轮车,为推车使者。令关兴结束做天蓬模样,手执七星皂幡,步行于车前。孔明端坐于上,望魏营而来。哨探军见之大惊,不知是人是鬼,火速报知司马懿。

懿自出营视之,只见孔明簪冠鹤氅,手摇羽扇,端坐于四轮车上;左右二十四人,披发仗剑;前面一人,手执皂幡,隐隐似天神一般。懿曰:"这个又是孔明作怪也!"遂拨二千人马分付曰:"汝等疾去,连车带人,尽情都捉来!"魏兵领命,一齐追赶。孔明见魏兵赶来,便教回车,遥望蜀营缓缓而行。魏兵皆骤马追赶,但见阴风习习,冷雾漫漫。

尽力赶了一程,追之不上。各人大惊,都勒住马言曰:“奇怪!我等急急赶了三十里,只见在前,追之不上,如之奈何?”孔明见兵不来,又令推车过来,朝着魏兵歇下。魏兵犹豫良久,又放马赶来。孔明复回车慢慢而行。魏兵又赶了二十里,只见在前,不曾赶上,尽皆痴呆。孔明教回过车,朝着魏军,推车倒行。魏兵又欲追赶。

后面司马懿自引一军到,传令曰:“孔明善会八门遁甲,能驱六丁六甲之神。此乃六甲天书内缩地之法也。众军不可追之。”众军方勒马回时,左势下战鼓大震,一彪军杀来。懿急令兵拒之,只见蜀兵队里二十四人,披发仗剑,皂衣跣足,拥出一辆四轮车;车上端坐孔明,簪冠鹤氅,手摇羽扇。懿大惊曰:“方才那个车上坐着孔明,赶了五十里,追之不上;如何这里又有孔明?怪哉!怪哉!”言未毕,右势下战鼓又鸣,一彪军杀来,四轮车上亦坐着一个孔明,左右亦有二十四人,皂衣跣足,披发仗剑,拥车而来。懿心中大疑,回顾诸将曰:“此必神兵也!”众军心下大乱,不敢交战,各自奔走。正行之际,忽然鼓声大震,又一彪军杀来:当先一辆四轮车,孔明端坐于上,左右前后推车使者,同前一般。魏兵无不骇然。

司马懿不知是人是鬼,又不知多少蜀兵,十分惊惧,急急引兵奔入上邽,闭门不出。此时孔明早令三万精兵将陇上小麦割尽,运赴卤城打晒去了。司马懿在上邽城中,三日不敢出城。后见蜀兵退去,方敢令军出哨;于路捉得一蜀兵,来见司马懿。懿问之,其人告曰:“某乃割麦之人,因走失马匹,被捉前来。”懿曰:“前者是何神兵?”答曰:“三路伏兵,皆不是孔明,乃姜维、马岱、魏延也。每一路只有一千军护车,五百军擂鼓。只是先来诱阵的车上乃孔明也。”懿仰天长叹曰:“孔明有神出鬼没之机!”忽报副都督郭淮入见。懿接入,礼毕,淮曰:“吾闻蜀兵不多,现在卤城打麦,可以击之。”懿细言前事。淮笑曰:“只瞒过一时,今已识破,何足道哉!吾引一军攻其后,公引一军攻其前,卤城可破,孔明可擒矣。”懿从之,遂分兵两路而来。

却说孔明引军在卤城打晒小麦,忽唤诸将听令曰:“今夜敌人必来攻城。吾料卤城东西麦田之内,足可伏兵;谁敢为我一往?”姜维、魏延、马忠、马岱四将出曰:“某等愿往。”孔明大喜,乃命姜维、魏延各引二千兵，伏在东南、西北两处；马岱、马忠各引二千兵，伏在西南、东北两处：“只听炮响，四角一齐杀来。”四将受计，引兵去了。孔明自引百余人，各带火炮出城，伏在麦田之内等候。

却说司马懿引兵径到卤城下，日已昏黑，乃谓诸将曰：“若白日进兵，城中必有准备；今可乘夜晚攻之。此处城低壕浅，可便打破。”遂屯兵城外。一更时分，郭淮亦引兵至。两下合兵，一声鼓响，把卤城围得铁桶相似。城上万弩齐发，矢石如雨，魏兵不敢前进。忽然魏军中信炮连声，三军大惊，又不知何处兵来。淮令人去麦田搜时，四角上火光冲天，喊声大震，四路蜀兵，一齐杀至；卤城四门大开，城内兵杀出：里应外合，大杀了一阵，魏兵死者无数。司马懿引败兵奋死突出重围，占住了山头；郭淮亦引败兵奔到山后扎住。孔明入城，令四将于四角下安营。

郭淮告司马懿曰：“今与蜀兵相持许久，无策可退；目下又被杀了一阵，折伤三千余人；若不早图，日后难退矣。”懿曰：“当复如何？”淮曰：“可发檄文调雍、凉人马并力剿杀。吾愿引军袭剑阁，截其归路，使彼粮草不通，三军慌乱：那时乘势击之，敌可灭矣。”懿从之，即发檄文星夜往雍、凉调拨人马。不一日，大将孙礼引雍、凉诸郡人马到。懿即令孙礼约会郭淮去袭剑阁。

却说孔明在卤城相拒日久，不见魏兵出战，乃唤姜维、马岱入城听令曰：“今魏兵守住山险，不与我战：一者料吾麦尽无粮；二者令兵去袭剑阁，断吾粮道也。汝二人各引一万军先去守住险要，魏兵见有准备，自然退去。”二人引兵去了。

长史杨仪入帐告曰：“向者丞相令大兵一百日一换，今已限足，汉中兵已出川口，前路公文已到，只待会兵交换：现存八万军，内四万该与换班。”孔明曰：“既有令，便教速行。”众军闻知，各各收拾起程。忽报孙礼引雍、凉人马二十万来助战，去袭剑阁，司马懿自引兵来攻卤城了。蜀兵无不惊骇。

杨仪入告孔明曰：“魏兵来得甚急，丞相可将换班军且留下退敌，待新来兵到，然后换之。”孔明曰：“不可。吾用兵命将，以信为本；既有令在先，岂可失信？且蜀兵应去者，皆准备归计，其父母妻子倚扉而望;吾今便有大难,决不留他。"即传令教应去之兵,当日便行。众军闻之,皆大呼曰:"丞相如此施恩于众,我等愿且不回,各舍一命,大杀魏兵,以报丞相!"孔明曰:"尔等该还家,岂可复留于此?"众军皆要出战,不愿回家。孔明曰:"汝等既要与我出战,可出城安营,待魏兵到,莫待他息喘,便急攻之:此以逸待劳之法也。"众兵领命,各执兵器,欢喜出城,列阵而待。却说西凉人马倍道而来,走的人马困乏;方欲下营歇息,被蜀兵一拥而进,人人奋勇,将锐兵骁,雍、凉兵抵敌不住,望后便退。蜀兵奋力追杀,杀得那雍、凉兵尸横遍野,血流成渠。孔明出城,收聚得胜之兵,入城赏劳。

忽报永安李严有书告急。孔明大惊,拆封视之。书云:"近闻东吴令人入洛阳,与魏连和;魏令吴取蜀,幸吴尚未起兵。今严探知消息,伏望丞相,早作良图。"孔明览毕,甚是惊疑,乃聚诸将曰:"若东吴兴兵寇蜀,吾须索速回也。"即传令,教祁山大寨人马,且退回西川:"司马懿知吾屯军在此,必不敢追赶。"于是王平、张嶷、吴班、吴懿,分兵两路,徐徐退入西川去了。

张郃见蜀兵退去,恐有计策,不敢来追,乃引兵往见司马懿曰:"今蜀兵退去,不知何意?"懿曰:"孔明诡计极多,不可轻动。不如坚守,待他粮尽,自然退去。"大将魏平出曰:"蜀兵拔祁山之营而退,正可乘势追之,都督按兵不动,畏蜀如虎,奈天下笑何?"懿坚执不从。

却说孔明知祁山兵已回,遂令杨仪、马忠入帐,授以密计,令先引一万弓弩手,去剑阁木门道,两下埋伏;若魏兵追到,听吾炮响,急滚下木石,先截其去路,两头一齐射之。二人引兵去了。又唤魏延、关兴引兵断后,城上四面遍插旌旗,城内乱堆柴草,虚放烟火。大兵尽望木门道而去。

魏营巡哨军来报司马懿曰:"蜀兵大队已退,但不知城中还有多少兵。"懿自往视之,见城上插旗,城中烟起,笑曰:"此乃空城也。"令人探之,果是空城,懿大喜曰:"孔明已退,谁敢追之?"先锋张郃曰:"吾愿往。"懿阻曰:"公性急躁,不可去。"郃曰:"都督出关之时,命吾为先锋;今日正是立功之际,却不用吾,何也?"懿曰:"蜀兵退去,险阻处必有埋伏,须十分仔细,方可追之。"郃曰:"吾已知得,不必挂虑。”懿曰：“公自欲去，莫要追悔。”郃曰：“大丈夫舍身报国，虽万死无恨。”懿曰：“公既坚执要去，可引五千兵先行；却教魏平引二万马步兵后行，以防埋伏。吾却引三千兵随后策应。”

张郃领命，引兵火速望前追赶。行到三十余里，忽然背后一声喊起，树林内闪出一彪军，为首大将，横刀勒马大叫曰：“贼将引兵那里去！”郃回头视之，乃魏延也。郃大怒，回马交锋。不十合，延诈败而走。郃又追赶三十余里，勒马回顾，全无伏兵，又策马前追。方转过山坡，忽喊声大起，一彪军闪出，为首大将，乃关兴也，横刀勒马大叫曰：“张郃休赶！有吾在此！”郃就拍马交锋。不十合，兴拨马便走。郃随后追之。赶到一密林内，郃心疑，令人四下哨探，并无伏兵；于是放心又赶。不想魏延却抄在前面；郃又与战十余合，延又败走。郃奋怒追来，又被关兴抄在前面，截住去路。郃大怒，拍马交锋，战有十合，蜀兵尽弃衣甲什物等件，塞满道路，魏军皆下马争取。延、兴二将，轮流交战，张郃奋勇追赶。看看天晚，赶到木门道口，魏延拨回马，高声大骂曰：“张郃逆贼！吾不与汝相拒，汝只顾赶来，吾今与汝决一死战！”郃十分忿怒，挺枪骤马，直取魏延。延挥刀来迎。战不十合，延大败，尽弃衣甲、头盔，匹马引败兵望木门道中而走。张郃杀得性起，又见魏延大败而逃，乃骤马赶来。此时天色昏黑，一声炮响，山上火光冲天，大石乱柴滚将下来，阻截去路。郃大惊曰：“我中计矣！”急回马时，背后已被木石塞满了归路，中间只有一段空地，两边皆是峭壁，郃进退无路。忽一声梆子响，两下万弩齐发，将张郃并百余个部将，皆射死于木门道中。后人有诗曰：“伏弩齐飞万点星，木门道上射雄兵。至今剑阁行人过，犹说军师旧日名。”

却说张郃已死，随后魏兵追到，见塞了道路，已知张郃中计。众军勒回马急退。忽听得山头上大叫曰：“诸葛丞相在此！”众军仰视，只见孔明立于火光之中，指众军而言曰：“吾今日围猎，欲射一马，误中一獐。汝各人安心而去；上覆仲达：早晚必为吾所擒矣。”魏兵回见司马懿，细告前事。懿悲伤不已，仰天叹曰：“张隽乂身死，吾之过也！”乃收兵回洛阳。魏主闻张郃死，挥泪叹息，令人收其尸，厚葬之。

却说孔明入汉中,欲归成都见后主。都护李严妄奏后主曰:"臣已办备军粮,行将运赴丞相军前,不知丞相何故忽然班师。"后主闻奏,即命尚书费祎入汉中见孔明,问班师之故。祎至汉中,宣后主之意。孔明大惊曰:"李严发书告急,说东吴将兴兵寇川,因此回师。"费祎曰:"李严奏称军粮已办,丞相无故回师,天子因此命某来问耳。"孔明大怒,令人访察:乃是李严因军粮不济,怕丞相见罪,故发书取回,却又妄奏天子,遮饰己过。孔明大怒曰:"匹夫为一己之故,废国家大事!"令人召至,欲斩之。费祎劝曰:"丞相念先帝托孤之意,姑且宽恕。"孔明从之。费祎即具表启奏后主。后主览表,勃然大怒,叱武士推李严出斩之。参军蒋琬出班奏曰:"李严乃先帝托孤之臣,乞望恩宽恕。"后主从之,即谪为庶人,徙于梓潼郡闲住。

孔明回到成都,用李严子李丰为长史;积草屯粮,讲阵论武,整治军器,存恤将士:三年然后出征。两川人民军士,皆仰其恩德。光阴荏苒,不觉三年:时建兴十二年春二月。孔明入朝奏曰:"臣今存恤军士,已经三年。粮草丰足,军器完备,人马雄壮,可以伐魏。今番若不扫清奸党,恢复中原,誓不见陛下也!"后主曰:"方今已成鼎足之势,吴、魏不曾入寇,相父何不安享太平?"孔明曰:"臣受先帝知遇之恩,梦寐之间,未尝不设伐魏之策。竭力尽忠,为陛下克复中原,重兴汉室:臣之愿也。"言未毕,班部中一人出曰:"丞相不可兴兵。"众视之,乃谯周也。正是:武侯尽瘁惟忧国,太史知机又论天。未知谯周有何议论,且看下文分解。

第一百二回　司马懿占北原渭桥　诸葛亮造木牛流马

却说谯周官居太史，颇明天文；见孔明又欲出师，乃奏后主曰："臣今职掌司天台，但有祸福，不可不奏：近有群鸟数万，自南飞来，投于汉水而死，此不祥之兆；臣又观天象，见奎星躔于太白之分，盛气在北，不利伐魏；又成都人民，皆闻柏树夜哭：有此数般灾异，丞相只宜谨守，不可妄动。"孔明曰："吾受先帝托孤之重，当竭力讨贼，岂可以虚妄之灾氛，而废国家大事耶！"遂命有司设太牢祭于昭烈之庙，涕泣拜告曰："臣亮五出祁山，未得寸土，负罪非轻！今臣复统全师，再出祁山，誓竭力尽心，剿灭汉贼，恢复中原，鞠躬尽瘁，死而后已！"祭毕，拜辞后主，星夜至汉中，聚集诸将，商议出师。忽报关兴病亡。孔明放声大哭，昏倒于地，半晌方苏。众将再三劝解，孔明叹曰："可怜忠义之人，天不与以寿。我今番出师，又少一员大将也！"后人有诗叹曰："生死人常理，蜉蝣一样空。但存忠孝节，何必寿乔松。"

孔明引蜀兵三十四万，分五路而进，令姜维、魏延为先锋，皆出祁山取齐；令李恢先运粮草于斜谷道口伺候。

却说魏国因旧岁有青龙自摩坡井内而出，改为青龙元年；此时乃青龙二年春二月也。近臣奏曰："边官飞报蜀兵三十余万，分五路复出祁山。"魏主曹睿大惊，急召司马懿至，谓曰："蜀人三年不曾入寇；今诸葛亮又出祁山，如之奈何？"懿奏曰："臣夜观天象，见中原旺气正盛，奎星犯太白，不利于西川。今孔明自负才智，逆天而行，乃自取败亡也。臣托陛下洪福，当往破之。但愿保四人同去。"睿曰："卿保何人？"懿曰："夏侯渊有四子：长名霸，字仲权；次名威，字季权；三名惠，字稚权；四名和，字义权。霸、威二人，弓马熟娴；惠、和二人，谙知韬略：此四人常欲为父报仇。臣今保夏侯霸、夏侯威为左右先锋，夏侯惠、夏侯和为行军司马，共赞军机，以退蜀兵。"睿曰："向者夏侯楙驸马违误军机，失陷了许多人马，至今羞惭不回。今此四人，亦与楙同否？”懿曰：“此四人非夏侯楙所可比也。”睿乃从其请，即命司马懿为大都督，凡将士悉听量才委用，各处兵马皆听调遣。

懿受命，辞朝出城。睿又以手诏赐懿曰：“卿到渭滨，宜坚壁固守，勿与交锋。蜀兵不得志，必诈退诱敌，卿慎勿追。待彼粮尽，必将自走，然后乘虚攻之，则取胜不难，亦免军马疲劳之苦：计莫善于此也。”司马懿顿首受诏，即日到长安，聚集各处军马共四十万，皆来渭滨下寨；又拨五万军，于渭水上搭起九座浮桥，令先锋夏侯霸、夏侯威过渭水安营；又于大营之后东原，筑起一城，以防不虞。

懿正与众将商议间，忽报郭淮、孙礼来见。懿迎入，礼毕，淮曰：“今蜀兵现在祁山，倘跨渭登原，接连北山，阻绝陇道，大可虞也。”懿曰：“所言甚善。公可就总督陇西军马，据北原下寨，深沟高垒，按兵休动；只待彼兵粮尽，方可攻之。”郭淮、孙礼领命，引兵下寨去了。

却说孔明复出祁山，下五个大寨，按左、右、中、前、后；自斜谷直至剑阁，一连又下十四个大寨，分屯军马，以为久计。每日令人巡哨。忽报郭淮、孙礼领陇西之兵，于北原下寨。孔明谓诸将曰：“魏兵于北原安营者，惧吾取此路，阻绝陇道也。吾今虚攻北原，却暗取渭滨。令人扎木筏百余只，上载草把，选惯熟水手五千人驾之。我夤夜只攻北原，司马懿必引兵来救。彼若少败，我把后军先渡过岸去，然后把前军下于筏中。休要上岸，顺水取浮桥放火烧断，以攻其后。吾自引一军去取前营之门。若得渭水之南，则进兵不难矣。”诸将遵令而行。

早有巡哨军飞报司马懿。懿唤诸将议曰：“孔明如此设施，其中有计：彼以取北原为名，顺水来烧浮桥，乱吾后，却攻吾前也。”即传令与夏侯霸、夏侯威曰：“若听得北原发喊，便提兵于渭水南山之中，待蜀兵至击之。”又令张虎、乐綝，引二千弓弩手伏于渭水浮桥北岸：“若蜀兵乘木筏顺水而来，可一齐射之，休令近桥。”又传令郭淮、孙礼曰：“孔明来北原暗渡渭水，汝新立之营，人马不多，可尽伏于半路。若蜀兵于午后渡水，黄昏时分，必来攻汝。汝诈败而走，蜀兵必追。汝等皆以弓弩射之。吾水陆并进。若蜀兵大至，只看吾指挥而击之。”各处下令已毕，又令二子司马师、司马昭，引兵救应前营。懿自引一军救北原。

却说孔明令魏延、马岱引兵渡渭水攻北原；令吴班、吴懿引木筏兵去烧浮桥；令王平、张嶷为前队，姜维、马忠为中队，廖化、张翼为后队：兵分三路，去攻渭水旱营。是日午时，人马离大寨，尽渡渭水，列成阵势，缓缓而行。却说魏延、马岱将近北原，天色已昏。孙礼哨见，便弃营而走。魏延知有准备，急退军时，四下喊声大震：左有司马懿，右有郭淮，两路兵杀来。魏延、马岱奋力杀出，蜀兵多半落于水中，余众奔逃无路。幸得吴懿兵杀来，救了败兵过岸拒住。吴班分一半兵撑筏顺水来烧浮桥，却被张虎、乐綝在岸上乱箭射住。吴班中箭，落水而死。余军跳水逃命，木筏尽被魏兵夺去。此时王平、张嶷，不知北原兵败，直奔到魏营，已有二更天气，只听得喊声四起。王平谓张嶷曰："军马攻打北原，未知胜负。渭南之寨，现在面前，如何不见一个魏兵？莫非司马懿知道了，先作准备也？我等且看浮桥火起，方可进兵。"二人勒住军马，忽背后一骑马来报，说："丞相教军马急回。北原兵、浮桥兵，俱失了。"王平、张嶷大惊，急退军时，却被魏兵抄在背后，一声炮响，一齐杀来，火光冲天。王平、张嶷引兵相迎，两军混战一场。平、嶷二人奋力杀出，蜀兵折伤大半。孔明回到祁山大寨，收聚败兵，约折了万余人，心中忧闷。

忽报费祎自成都来见丞相。孔明请入。费祎礼毕，孔明曰："吾有一书，正欲烦公去东吴投递，不知肯去否？"祎曰："丞相之命，岂敢推辞？"孔明即修书付费祎去了。祎持书径到建业，入见吴主孙权，呈上孔明之书。权拆视之，书略曰："汉室不幸，王纲失纪，曹贼篡逆，蔓延及今。亮受昭烈皇帝寄托之重，敢不竭力尽忠：今大兵已会于祁山，狂寇将亡于渭水。伏望陛下念同盟之义，命将北征，共取中原，同分天下。书不尽言，万希圣听！"权览毕，大喜，乃谓费祎曰："朕久欲兴兵，未得会合孔明。今既有书到，即日朕自亲征，入居巢门，取魏新城；再令陆逊、诸葛瑾等屯兵于江夏、沔口取襄阳；孙韶、张承等出兵广陵取淮阳等处：三处一齐进军，共三十万，克日兴师。"费祎拜谢曰："诚如此，则中原不日自破矣！"权设宴款待费祎。饮宴间，权问曰："丞相军前，用谁当先破敌？"祎曰："魏延为首。"权笑曰：

“此人勇有余，而心不正。若一朝无孔明，彼必为祸。孔明岂未知耶?”祎曰：“陛下之言极当！臣今归去，即当以此言告孔明。”遂拜辞孙权，回到祁山，见了孔明，具言吴主起大兵三十万，御驾亲征，兵分三路而进。孔明又问曰：“吴主别有所言否?”费祎将论魏延之语告之。孔明叹曰：“真聪明之主也！吾非不知此人。为惜其勇，故用之耳。”祎曰：“丞相早宜区处。”孔明曰：“吾自有法。”祎辞别孔明，自回成都。

孔明正与诸将商议征进，忽报有魏将来投降。孔明唤入问之，答曰：“某乃魏国偏将军郑文也。近与秦朗同领人马，听司马懿调用，不料懿徇私偏向，加秦朗为前将军，而视文如草芥，因此不平，特来投降丞相。愿赐收录。”言未已，人报秦朗引兵在寨外，单搦郑文交战。孔明曰：“此人武艺比汝若何?”郑文曰：“某当立斩之。”孔明曰：“汝若先杀秦朗，吾方不疑。”郑文欣然上马出营，与秦朗交锋。孔明亲自出营视之。只见秦朗挺枪大骂曰：“反贼盗我战马来此，可早早还我！”言讫，直取郑文。文拍马舞刀相迎，只一合，斩秦朗于马下。魏军各自逃走。郑文提首级入营。孔明回到帐中坐定，唤郑文至，勃然大怒，叱左右：“推出斩之！”郑文曰：“小将无罪！”孔明曰：“吾向识秦朗；汝今斩者，并非秦朗。安敢欺我！”文拜告曰：“此实秦朗之弟秦明也。”孔明笑曰：“司马懿令汝来诈降，于中取事，却如何瞒得我过！若不实说，必然斩汝！”郑文只得诉告其实是诈降，泣求免死。孔明曰：“汝既求生，可修书一封，教司马懿自来劫营，吾便饶汝性命。若捉住司马懿，便是汝之功，还当重用。”郑文只得写了一书，呈与孔明。孔明令将郑文监下。樊建问曰：“丞相何以知此人诈降?”孔明曰：“司马懿不轻用人。若加秦朗为前将军，必武艺高强；今与郑文交马只一合，便为文所杀，必不是秦朗也。以故知其诈。”众皆拜服。

孔明选一舌辩军士，附耳分付如此如此。军士领命，持书径来魏寨，求见司马懿。懿唤入，拆书看毕，问曰：“汝何人也?”答曰：“某乃中原人，流落蜀中：郑文与某同乡。今孔明因郑文有功，用为先锋。郑文特托某来献书，约于明日晚间，举火为号，望乞都督尽提大军前来劫寨，郑文在内为应。”司马懿反覆诘问，又将来书仔细检看，果然是实；即赐军士酒食，分付曰："本日二更为期，我自来劫寨。大事若成，必重用汝。"军士拜别，回到本寨告知孔明。孔明仗剑步罡，祷祝已毕，唤王平、张嶷分付如此如此；又唤马忠、马岱分付如此如此；又唤魏延分付如此如此。孔明自引数十人，坐于高山之上，指挥众军。

却说司马懿见了郑文之书，便欲引二子提大兵来劫蜀寨。长子司马师谏曰："父亲何故据片纸而亲入重地？倘有疏虞，如之奈何？不如令别将先去，父亲为后应可也。"懿从之，遂令秦朗引一万兵，去劫蜀寨，懿自引兵接应。是夜初更，风清月朗；将及二更时分，忽然阴云四合，黑气漫空，对面不见。懿大喜曰："天使我成功也！"于是人尽衔枚，马皆勒口，长驱大进。秦朗当先，引一万兵直杀入蜀寨中，并不见一人。朗知中计，忙叫退兵。四下火把齐明，喊声震地：左有王平、张嶷，右有马岱、马忠，两路兵杀来。秦朗死战，不能得出。背后司马懿见蜀寨火光冲天，喊声不绝，又不知魏兵胜负，只顾催兵接应，望火光中杀来。忽然一声喊起，鼓角喧天，火炮震地：左有魏延，右有姜维，两路杀出。魏兵大败，十伤八九，四散逃奔。此时秦朗所引一万兵，都被蜀兵围住，箭如飞蝗。秦朗死于乱军之中。司马懿引败兵奔入本寨。

三更以后，天复清朗。孔明在山头上鸣金收军。原来二更时阴云暗黑，乃孔明用遁甲之法；后收兵已了，天复清朗，乃孔明驱六丁六甲扫荡浮云也。

当下孔明得胜回寨，命将郑文斩了，再议取渭南之策。每日令兵搦战，魏军只不出迎。孔明自乘小车，来祁山前、渭水东西，踏看地理。忽到一谷口，见其形如葫芦之状，内中可容千余人；两山又合一谷，可容四五百人；背后两山环抱，只可通一人一骑。孔明看了，心中大喜，问向导官曰："此处是何地名？"答曰："此名上方谷，又号葫芦谷。"孔明回到帐中，唤裨将杜睿、胡忠二人，附耳授以密计。令唤集随军匠作一千余人，入葫芦谷中，制造木牛流马应用；又令马岱领五百兵守住谷口。孔明嘱马岱曰："匠作人等，不许放出；外人不许放入。吾还不时自来点视。捉司马懿之计，只在此举。切不可走漏消息。"马岱受命而去。杜睿等二人在谷中监督匠作，依法制造。孔明每日往来指示。

忽一日，长史杨仪入告曰："即今粮米皆在剑阁，人夫牛马，搬运不便，如之奈何？"孔明笑曰："吾已运谋多时也。前者所积木料，并西川收买下的大木，教人制造木牛流马，搬运粮米，甚是便利。牛马皆不水食，可以昼夜转运不绝也。"众皆惊曰："自古及今，未闻有木牛流马之事。不知丞相有何妙法，造此奇物？"孔明曰："吾已令人依法制造，尚未完备。吾今先将造木牛流马之法，尺寸方圆，长短阔狭，开写明白，汝等视之。"众大喜。孔明即手书一纸，付众观看。众将环绕而视。造木牛之法云："方腹曲头，一脚四足；头入领中，舌着于腹。载多而行少：独行者数十里，群行者二十里。曲者为牛头，双者为牛脚，横者为牛领，转者为牛足，覆者为牛背，方者为牛腹，垂者为牛舌，曲者为牛肋，刻者为牛齿，立者为牛角，细者为牛鞅，摄者为牛鞦轴。牛仰双辕，人行六尺，牛行四步。每牛载十人所食一月之粮，人不大劳，牛不饮食。"造流马之法云："肋长三尺五寸，广三寸，厚二寸二分：左右同。前轴孔分墨去头四寸，径中二寸。前脚孔分墨二寸，去前轴孔四寸五分，广一寸。前杠孔去前脚孔分墨二寸七分，孔长二寸，广一寸。后轴孔去前杠分墨一尺五分，大小与前同。后脚孔分墨去后轴孔三寸五分，大小与前同。后杠孔去后脚孔分墨二寸七分，后载克去后杠孔分墨四寸五分。前杠长一尺八寸，广二寸，厚一寸五分。后杠与等。板方囊二枚，厚八分，长二尺七寸，高一尺六寸五分，广一尺六寸：每枚受米二斛三斗。从上杠孔去肋下七寸：前后同。上杠孔去下杠孔分墨一尺三寸，孔长一寸五分，广七分：八孔同。前后四脚广二寸，厚一寸五分。形制如象，靬长四寸，径面四寸三分。孔径中三脚杠，长二尺一寸，广一寸五分，厚一寸四分，同杠耳。"众将看了一遍，皆拜伏曰："丞相真神人也！"

过了数日，木牛流马皆造完备，宛然如活者一般；上山下岭，各尽其便。众军见之，无不欣喜。孔明令右将军高翔，引一千兵驾着木牛流马，自剑阁直抵祁山大寨，往来搬运粮草，供给蜀兵之用。后人有诗赞曰："剑关险峻驱流马，斜谷崎岖驾木牛。后世若能行此法，输将安得使人愁？"

却说司马懿正忧闷间,忽哨马报说:"蜀兵用木牛流马转运粮草。人不大劳,牛马不食。"懿大惊曰:"吾所以坚守不出者,为彼粮草不能接济,欲待其自毙耳。今用此法,必为久远之计,不思退矣。如之奈何?"急唤张虎、乐綝二人分付曰:"汝二人各引五百军,从斜谷小路抄出;待蜀兵驱过木牛流马,任他过尽,一齐杀出;不可多抢,只抢三五匹便回。"

二人依令,各引五百军,扮作蜀兵,夜间偷过小路,伏在谷中,果见高翔引兵驱木牛流马而来。将次过尽,两边一齐鼓噪杀出。蜀兵措手不及,弃下数匹,张虎、乐綝欢喜,驱回本寨。司马懿看了,果然进退如活的一般,乃大喜曰:"汝会用此法,难道我不会用!"便令巧匠百余人,当面拆开,分付依其尺寸长短厚薄之法,一样制造木牛流马。不消半月,造成二千余只,与孔明所造者一般法则,亦能奔走。遂令镇远将军岑威,引一千军驱驾木牛流马,去陇西搬运粮草,往来不绝。魏营军将,无不欢喜。

却说高翔回见孔明,说魏兵抢夺木牛流马各五六匹去了。孔明笑曰:"吾正要他抢去。我只费了几匹木牛流马,却不久便得军中许多资助也。"诸将问曰:"丞相何以知之?"孔明曰:"司马懿见了木牛流马,必然仿我法度,一样制造。那时我又有计策。"

数日后,人报魏兵也会造木牛流马,往陇西搬运粮草。孔明大喜曰:"不出吾之算也。"便唤王平分付曰:"汝引一千兵,扮作魏人,星夜偷过北原,只说是巡粮军,径到运粮之所,将护粮之人尽皆杀散;却驱木牛流马而回,径奔过北原来:此处必有魏兵追赶,汝便将木牛流马口内舌头扭转,牛马就不能行动,汝等竟弃之而走,背后魏兵赶到,牵拽不动,扛抬不去。吾再有兵到,汝却回身再将牛马舌扭过来,长驱大行。魏兵必疑为怪也!"王平受计引兵而去。

孔明又唤张嶷分付曰:"汝引五百军,都扮作六丁六甲神兵,鬼头兽身,用五彩涂面,妆作种种怪异之状;一手执绣旗,一手仗宝剑;身挂葫芦,内藏烟火之物,伏于山傍。待木牛流马到时,放起烟火,一齐拥出,驱牛马而行。魏人见之,必疑是神鬼,不敢来追赶。"张嶷受计引兵而去。孔明又唤魏延、姜维分付曰:"汝二人同引一万兵,去北原寨口接应木牛流马,以防交战。”又唤廖化、张翼分付曰:“汝二人引五千兵,去断司马懿来路。”又唤马忠、马岱分付曰:“汝二人引二千兵去渭南搦战。”六人各各遵令而去。

且说魏将岑威引军驱木牛流马,装载粮米,正行之间,忽报前面有兵巡粮。岑威令人哨探,果是魏兵,遂放心前进。两军合在一处。忽然喊声大震,蜀兵就本队里杀起,大呼:“蜀中大将王平在此!”魏兵措手不及,被蜀兵杀死大半。岑威引败兵抵敌,被王平一刀斩了,余皆溃散。王平引兵尽驱木牛流马而回。败兵飞奔报入北原寨内。郭淮闻军粮被劫,疾忙引军来救。王平令兵扭转木牛流马舌头,皆弃于道上,且战且走。郭淮教且莫追,只驱回木牛流马。众军一齐驱赶,却那里驱得动?郭淮心中疑惑,正无奈何,忽鼓角喧天,喊声四起,两路兵杀来,乃魏延、姜维也。王平复引兵杀回。三路夹攻,郭淮大败而走。王平令军士将牛马舌头,重复扭转,驱赶而行。郭淮望见,方欲回兵再追,只见山后烟云突起,一队神兵拥出,一个个手执旗剑,怪异之状,驱驾木牛流马如风拥而去。郭淮大惊曰:“此必神助也!”众军见了,无不惊畏,不敢追赶。

却说司马懿闻北原兵败,急自引军来救。方到半路,忽一声炮响,两路兵自险峻处杀出,喊声震地。旗上大书汉将张翼、廖化。司马懿见了大惊。魏军着慌,各自逃窜。正是:路逢神将粮遭劫,身遇奇兵命又危。未知司马懿怎地抵敌,且看下文分解。

第一百三回　上方谷司马受困　五丈原诸葛禳星

却说司马懿被张翼、廖化一阵杀败，匹马单枪，望密林间而走。张翼收住后军，廖化当先追赶。看看赶上，懿着慌，绕树而转。化一刀砍去，正砍在树上；及拔出刀时，懿已走出林外。廖化随后赶出，却不知去向，但见树林之东，落下金盔一个。廖化取盔捎在马上，一直望东追赶。原来司马懿把金盔弃于林东，却反向西走去了。廖化追了一程，不见踪迹，奔出谷口，遇见姜维，同回寨见孔明。张嶷早驱木牛流马到寨，交割已毕，获粮万余石。廖化献上金盔，录为头功。魏延心中不悦，口出怨言。孔明只做不知。

且说司马懿逃回寨中，心甚恼闷。忽使命赍诏至，言东吴三路入寇，朝廷正议命将抵敌，令懿等坚守勿战。懿受命已毕，深沟高垒，坚守不出。

却说曹睿闻孙权分兵三路而来，亦起兵三路迎之：令刘劭引兵救江夏，田豫引兵救襄阳，睿自与满宠率大军救合淝。满宠先引一军至巢湖口，望见东岸战船无数，旌旗整肃。宠入军中奏魏主曰："吴人必轻我远来，未曾提备；今夜可乘虚劫其水寨，必得全胜。"魏主曰："汝言正合朕意。"即令骁将张球领五千兵，各带火具，从湖口攻之；满宠引兵五千，从东岸攻之。是夜二更时分，张球、满宠各引军悄悄望湖口进发；将近水寨，一齐呐喊杀入。吴兵慌乱，不战而走；被魏军四下举火，烧毁战船、粮草、器具不计其数。诸葛瑾率败兵逃走沔口。魏兵大胜而回。

次日，哨军报知陆逊。逊集诸将议曰："吾当作表申奏主上，请撤新城之围，以兵断魏军归路，吾率众攻其前：彼首尾不敌，一鼓可破也。"众服其言。陆逊即具表，遣一小校密地赍往新城。小校领命，赍着表文，行至渡口，不期被魏军伏路的捉住，解赴军中见魏主曹睿。睿搜出陆逊表文，览毕，叹曰："东吴陆逊真妙算也！"遂命将吴卒监下，令刘劭谨防孙权后兵。

却说诸葛瑾大败一阵，又值暑天，人马多生疾病；乃修书一封，令人转达陆逊，议欲撤兵还国。逊看书毕，谓来人曰："拜上将军：吾自有主意。"使者回报诸葛瑾。瑾问："陆将军作何举动？"使者曰："但见陆将军催督众人于营外种豆菽，自与诸将在辕门射戏。"瑾大惊，亲自往陆逊营中，与逊相见，问曰："今曹睿亲来，兵势甚盛，都督何以御之？"逊曰："吾前遣人奉表于主上，不料为敌人所获。机谋既泄，彼必知备；与战无益，不如且退。已差人奉表约主上缓缓退兵矣。"瑾曰："都督既有此意，即宜速退，何又迟延？"逊曰："吾军欲退，当徐徐而动。今若便退，魏人必乘势追赶：此取败之道也。足下宜先督船只诈为拒敌之意，吾悉以人马向襄阳而进，为疑敌之计，然后徐徐退归江东，魏兵自不敢近耳。"瑾依其计，辞逊归本营，整顿船只，预备起行。陆逊整肃部伍，张扬声势，望襄阳进发。

早有细作报知魏主，说吴兵已动，须用提防。魏将闻之，皆要出战。魏主素知陆逊之才，谕众将曰："陆逊有谋，莫非用诱敌之计？不可轻进。"众将乃止。数日后，哨卒报来："东吴三路兵马皆退矣。"魏主未信，再令人探之，回报果然尽退。魏主曰："陆逊用兵，不亚孙、吴。东南未可平也。"因敕诸将，各守险要，自引大军屯合淝，以伺其变。

却说孔明在祁山，欲为久驻之计，乃令蜀兵与魏民相杂种田：军一分，民二分，并不侵犯，魏民皆安心乐业。司马师入告其父曰："蜀兵劫去我许多粮米，今又令蜀兵与我民相杂屯田于渭滨，以为久计：似此真为国家大患。父亲何不与孔明约期大战一场，以决雌雄？"懿曰："吾奉旨坚守，不可轻动。"正议间，忽报魏延将着元帅前日所失金盔，前来骂战。众将忿怒，俱欲出城。懿笑曰："圣人云：小不忍则乱大谋。但坚守为上。"诸将依令不出。魏延辱骂良久方回。孔明见司马懿不肯出战，乃密令马岱造成木栅，营中掘下深堑，多积干柴引火之物；周围山上，多用柴草虚搭窝铺，内外皆伏地雷。置备停当，孔明附耳嘱之曰："可将葫芦谷后路塞断，暗伏兵于谷中。若司马懿追到，任他入谷，便将地雷干柴一齐放起火来。"又令军士昼举七星号带于谷口,夜设七盏明灯于山上,以为暗号。马岱受计引兵而去。孔明又唤魏延分付曰:“汝可引五百兵去魏寨讨战,务要诱司马懿出战。不可取胜,只可诈败。懿必追赶,汝却望七星旗处而入;若是夜间,则望七盏灯处而走。只要引得司马懿入葫芦谷内,吾自有擒之之计。”魏延受计,引兵而去。孔明又唤高翔分付曰:“汝将木牛流马或二三十为一群,或四五十为一群,各装米粮,于山路往来行走。如魏兵抢去,便是汝之功。”高翔领计,驱驾木牛流马去了。孔明将祁山兵一一调去,只推屯田;分付:“如别兵来战,只许诈败;若司马懿自来,方并力只攻渭南,断其归路。”孔明分拨已毕,自引一军近上方谷下营。

且说夏侯惠、夏侯和二人入寨告司马懿曰:“今蜀兵四散结营,各处屯田,以为久计;若不趁此时除之,纵令安居日久,深根固蒂,难以摇动。”懿曰:“此必又是孔明之计。”二人曰:“都督若如此疑虑,寇敌何时得灭?我兄弟二人,当奋力决一死战,以报国恩。”懿曰:“既如此,汝二人可分头出战。”遂令夏侯惠、夏侯和各引五千兵去讫。懿坐待回音。

却说夏侯惠、夏侯和二人分兵两路,正行之间,忽见蜀兵驱木牛流马而来。二人一齐杀将过去,蜀兵大败奔走,木牛流马尽被魏兵抢获,解送司马懿营中。次日又劫掳得人马百余。亦解赴大寨。懿将解到蜀兵,诘审虚实。蜀兵告曰:“孔明只料都督坚守不出,尽命我等四散屯田,以为久计。不想却被擒获。”懿即将蜀兵尽皆放回。夏侯和曰:“何不杀之?”懿曰:“量此小卒,杀之无益。放归本寨,令说魏将宽厚仁慈,释彼战心:此吕蒙取荆州之计也。”遂传令今后凡有擒到蜀兵,俱当善遣之。仍重赏有功将吏。诸将皆听令而去。

却说孔明令高翔佯作运粮,驱驾木牛流马,往来于上方谷内;夏侯惠等,不时截杀,半月之间,连胜数阵。司马懿见蜀兵屡败,心中欢喜。一日,又擒到蜀兵数十人。懿唤至帐下问曰:“孔明今在何处?”众告曰:“诸葛丞相不在祁山,在上方谷西十里下营安住。今每日运粮屯于上方谷。”懿备细问了,即将众人放去;乃唤诸将分付曰:“孔明今不在祁山,在上方谷安营。汝等于明日,可一齐并力攻取祁山大寨。吾自引兵来接应。”众将领命,各各准备出战。司马师曰:“父亲何故反欲攻其后?”懿曰:“祁山乃蜀人之根本,若见我兵攻之,各营必尽来救;我却取上方谷烧其粮草,使彼首尾不接:必大败也。”司马师拜服。懿即发兵起行,令张虎、乐綝各引五千兵,在后救应。

且说孔明正在山上,望见魏兵或三五千一行,或一二千一行,队伍纷纷,前后顾盼,料必来取祁山大寨,乃密传令众将:“若司马懿自来,汝等便往劫魏寨,夺了渭南。”众将各各听令。

却说魏兵皆奔祁山寨来,蜀兵四下一齐呐喊奔走,虚作救应之势。司马懿见蜀兵都去救祁山寨,便引二子并中军护卫人马,杀奔上方谷来。魏延在谷口,只盼司马懿到来;忽见一枝魏兵杀到,延纵马向前视之,正是司马懿。延大喝曰:“司马懿休走!”舞刀相迎。懿挺枪接战。不上三合,延拨回马便走,懿随后赶来。延只望七星旗处而走。懿见魏延只一人,军马又少,放心追之;令司马师在左,司马昭在右,懿自居中,一齐攻杀将来。魏延引五百兵皆退入谷中去。懿追到谷口,先令人入谷中哨探。回报谷内并无伏兵,山上皆是草房。懿曰:“此必是积粮之所也。”遂大驱士马,尽入谷中。懿忽见草房上尽是干柴,前面魏延已不见了。懿心疑,谓二子曰:“倘有兵截断谷口,如之奈何?”言未已,只听得喊声大震,山上一齐丢下火把来,烧断谷口。魏兵奔逃无路。山上火箭射下,地雷一齐突出,草房内干柴都着,刮刮杂杂,火势冲天。司马懿惊得手足无措,乃下马抱二子大哭曰:“我父子三人皆死于此处矣!”正哭之间,忽然狂风大作,黑气漫空,一声霹雳响处,骤雨倾盆。满谷之火,尽皆浇灭;地雷不震,火器无功。司马懿大喜曰:“不就此时杀出,更待何时!”即引兵奋力冲杀。张虎、乐綝亦各引兵杀来接应。马岱军少,不敢追赶。司马懿父子与张虎、乐綝合兵一处,同归渭南大寨,不想寨栅已被蜀兵夺了。郭淮、孙礼正在浮桥上与蜀兵接战。司马懿等引兵杀到,蜀兵退去。懿烧断浮桥,据住北岸。

且说魏兵在祁山攻打蜀寨,听知司马懿大败,失了渭南营寨,军心慌乱;急退时,四面蜀兵冲杀将来,魏兵大败,十伤八九,死者无数,余众奔过渭北逃生。孔明在山上见魏延诱司马懿入谷,一霎时火光大起,心中甚喜,以为司马懿此番必死。不期天降大雨,火不能着,哨马报说司马懿父子俱逃去了。孔明叹曰:“谋事在人,成事在天。不可强也!”后人有诗叹曰:“谷口风狂烈焰飘,何期骤雨降青霄。武侯妙计如能就,安得山河属晋朝!”

却说司马懿在渭北寨内传令曰:“渭南寨栅,今已失了。诸将如再言出战者斩。”众将听令,据守不出。郭淮入告曰:“近日孔明引兵巡哨,必将择地安营。”懿曰:“孔明若出武功,依山而东,我等皆危矣;若出渭南,西止五丈原,方无事也。”令人探之,回报果屯五丈原。司马懿以手加额曰:“大魏皇帝之洪福也!”遂令诸将:“坚守勿出,彼久必自变。”

且说孔明自引一军屯于五丈原,累令人搦战,魏兵只不出。孔明乃取巾帼并妇人缟素之服,盛于大盒之内,修书一封,遣人送至魏寨。诸将不敢隐蔽,引来使入见司马懿。懿对众启盒视之,内有巾帼妇人之衣,并书一封。懿拆视其书,略曰:“仲达既为大将,统领中原之众,不思披坚执锐,以决雌雄,乃甘窟守土巢,谨避刀箭,与妇人又何异哉! 今遣人送巾帼素衣至,如不出战,可再拜而受之。倘耻心未泯,犹有男子胸襟,早与批回,依期赴敌。”司马懿看毕,心中大怒,乃佯笑曰:“孔明视我为妇人耶!”即受之,令重待来使。懿问曰:“孔明寝食及事之烦简若何?”使者曰:“丞相夙兴夜寐,罚二十以上皆亲览焉。所啖之食,日不过数升。”懿顾谓诸将曰:“孔明食少事烦,其能久乎?”

使者辞去,回到五丈原,见了孔明,具说:“司马懿受了巾帼女衣,看了书札,并不嗔怒,只问丞相寝食及事之烦简,绝不提起军旅之事。某如此应对,彼言:食少事烦,岂能长久?”孔明叹曰:“彼深知我也!”主簿杨颙谏曰:“某见丞相常自校簿书,窃以为不必。夫为治有体,上下不可相侵。譬之治家之道,必使仆执耕,婢典爨,私业无旷,所求皆足,其家主从容自在,高枕饮食而已。若皆身亲其事,将形疲神困,终无一成。岂其智之不如婢仆哉? 失为家主之道也。是故古人称:坐而论道,谓之三公;作而行之,谓之士大夫。昔丙吉忧牛喘,而不问横道死人;陈平不知钱谷之数,曰:自有主者。今丞相亲理细事,汗流终日,岂不劳乎?司马懿之言,真至言也。”孔明泣曰:“吾非不知。但受先帝托孤之重,惟恐他人不似我尽心也!”众皆垂泪。自此孔明自觉神思不宁。诸将因此未敢进兵。

却说魏将皆知孔明以巾帼女衣辱司马懿,懿受之不战。众将不忿,入帐告曰:“我等皆大国名将,安忍受蜀人如此之辱! 即请出战,以决雌雄。”懿曰:“吾非不敢出战而甘心受辱也。奈天子明诏,令坚守勿动。今若轻出,有违君命矣。”众将俱忿怒不平。懿曰:“汝等既要出战,待我奏准天子,同力赴敌,何如?”众皆允诺。

懿乃写表遣使,直至合淝军前,奏闻魏主曹睿。睿拆表览之。表略曰:“臣才薄任重,伏蒙明旨,令臣坚守不战,以待蜀人之自敝;奈今诸葛亮遗臣以巾帼,待臣如妇人,耻辱至甚! 臣谨先达圣聪:旦夕将效死一战,以报朝廷之恩,以雪三军之耻。臣不胜激切之至!”睿览讫,乃谓多官曰:“司马懿坚守不出,今何故又上表求战?”卫尉辛毗曰:“司马懿本无战心,必因诸葛亮耻辱,众将忿怒之故,特上此表,欲更乞明旨,以遏诸将之心耳。”睿然其言,即令辛毗持节至渭北寨传谕,令勿出战。司马懿接诏入帐,辛毗宣谕曰:“如再有敢言出战者,即以违旨论。”众将只得奉诏。懿暗谓辛毗曰:“公真知我心也!”于是令军中传说:魏主命辛毗持节,传谕司马懿勿得出战。

蜀将闻知此事,报与孔明。孔明笑曰:“此乃司马懿安三军之法也。”姜维曰:“丞相何以知之?”孔明曰:“彼本无战心;所以请战者,以示武于众耳。岂不闻:将在外,君命有所不受。安有千里而请战者乎? 此乃司马懿因将士忿怒,故借曹睿之意,以制众人。今又播传此言,欲懈我军心也。”

正论间,忽报费祎到。孔明请入问之,祎曰:“魏主曹睿闻东吴三路进兵,乃自引大军至合淝,令满宠、田豫、刘劭分兵三路迎敌。满宠设计尽烧东吴粮草战具,吴兵多病。陆逊上表于吴王,约会前后夹攻,不意赍表人中途被魏兵所获,因此机关泄漏,吴兵无功而退。”孔明听知此信,长叹一声,不觉昏倒于地;众将急救,半晌方苏。孔明叹曰:“吾心昏乱,旧病复发,恐不能生矣!”

是夜,孔明扶病出帐,仰观天文,十分惊慌;入帐谓姜维曰:“吾命在旦夕矣!"维曰:"丞相何出此言?"孔明曰:"吾见三台星中,客星倍明,主星幽隐,相辅列曜,其光昏暗:天象如此,吾命可知!"维曰:"天象虽则如此,丞相何不用祈禳之法挽回之?"孔明曰:"吾素谙祈禳之法,但未知天意若何。汝可引甲士四十九人,各执皂旗,穿皂衣,环绕帐外;我自于帐中祈禳北斗。若七日内主灯不灭,吾寿可增一纪;如灯灭,吾必死矣。闲杂人等,休教放入。凡一应需用之物,只令二小童搬运。"姜维领命,自去准备。

时值八月中秋,是夜银河耿耿,玉露零零,旌旗不动,刁斗无声。姜维在帐外引四十九人守护。孔明自于帐中设香花祭物,地上分布七盏大灯,外布四十九盏小灯,内安本命灯一盏。孔明拜祝曰:"亮生于乱世,甘老林泉;承昭烈皇帝三顾之恩,托孤之重,不敢不竭犬马之劳,誓讨国贼。不意将星欲坠,阳寿将终。谨书尺素,上告穹苍:伏望天慈,俯垂鉴听,曲延臣算,使得上报君恩,下救民命,克复旧物,永延汉祀。非敢妄祈,实由情切。"拜祝毕,就帐中俯伏待旦。次日,扶病理事,吐血不止。日则计议军机,夜则步罡踏斗。

却说司马懿在营中坚守,忽一夜仰观天文,大喜,谓夏侯霸曰:"吾见将星失位,孔明必然有病,不久便死。你可引一千军去五丈原哨探。若蜀人攘乱,不出接战,孔明必然患病矣。吾当乘势击之。"霸引兵而去。孔明在帐中祈禳已及六夜,见主灯明亮,心中甚喜。姜维入帐,正见孔明披发仗剑,踏罡步斗,压镇将星。忽听得寨外呐喊,方欲令人出问,魏延飞步入告曰:"魏兵至矣!"延脚步急,竟将主灯扑灭。孔明弃剑而叹曰:"死生有命,不可得而禳也!"魏延惶恐,伏地请罪;姜维忿怒,拔剑欲杀魏延。正是:万事不由人做主,一心难与命争衡。未知魏延性命如何,且看下文分解。

第一百四回 陨大星汉丞相归天 见木像魏都督丧胆

却说姜维见魏延踏灭了灯,心中忿怒,拔剑欲杀之。孔明止之曰:"此吾命当绝,非文长之过也。"维乃收剑。孔明吐血数口,卧倒床上,谓魏延曰:"此是司马懿料吾有病,故令人来探视虚实。汝可急出迎敌。"魏延领命,出帐上马,引兵杀出寨来。夏侯霸见了魏延,慌忙引军退走。延追赶二十余里方回。孔明令魏延自回本寨把守。

姜维入帐,直至孔明榻前问安。孔明曰:"吾本欲竭忠尽力,恢复中原,重兴汉室;奈天意如此,吾旦夕将死。吾平生所学,已著书二十四篇,计十万四千一百一十二字,内有八务、七戒、六恐、五惧之法。吾遍观诸将,无人可授,独汝可传我书。切勿轻忽!"维哭拜而受。孔明又曰:"吾有'连弩'之法,不曾用得。其法矢长八寸,一弩可发十矢,皆画成图本。汝可依法造用。"维亦拜受。孔明又曰:"蜀中诸道,皆不必多忧;惟阴平之地,切须仔细。此地虽险峻,久必有失。"又唤马岱入帐,附耳低言,授以密计;嘱曰:"我死之后,汝可依计行之。"岱领计而出。少顷,杨仪入。孔明唤至榻前,授与一锦囊,密嘱曰:"我死,魏延必反;待其反时,汝与临阵,方开此囊。那时自有斩魏延之人也。"孔明一一调度已毕,便昏然而倒,至晚方苏,便连夜表奏后主。后主闻奏大惊,急命尚书李福,星夜至军中问安,兼询后事。李福领命,趱程赴五丈原,入见孔明,传后主之命,问安毕。孔明流涕曰:"吾不幸中道丧亡,虚废国家大事,得罪于天下。我死后,公等宜竭忠辅主。国家旧制,不可改易;吾所用之人,亦不可轻废。吾兵法皆授与姜维,他自能继吾之志,为国家出力。吾命已在旦夕,当即有遗表上奏天子也。"李福领了言语,匆匆辞去。

孔明强支病体,令左右扶上小车,出寨遍观各营;自觉秋风吹面,彻骨生寒,乃长叹曰:"再不能临阵讨贼矣!悠悠苍天,曷此其极!"叹息良久。回到帐中,病转沉重,乃唤杨仪分付曰:"王平、廖化、张嶷、张翼、吴懿等，皆忠义之士，久经战阵，多负勤劳，堪可委用。我死之后，凡事俱依旧法而行。缓缓退兵，不可急骤。汝深通谋略，不必多嘱。姜伯约智勇足备，可以断后。”杨仪泣拜受命。孔明令取文房四宝，于卧榻上手书遗表，以达后主。表略曰：“伏闻生死有常，难逃定数；死之将至，愿尽愚忠：臣亮赋性愚拙，遭时艰难，分符拥节，专掌钧衡，兴师北伐，未获成功；何期病入膏肓，命垂旦夕，不及终事陛下，饮恨无穷！伏愿陛下：清心寡欲，约己爱民；达孝道于先皇，布仁恩于宇下；提拔幽隐，以进贤良；屏斥奸邪，以厚风俗。臣家成都有桑八百株，薄田十五顷，子弟衣食，自有余饶。至于臣在外任，别无调度，随身衣食，悉仰于官，不别治生，以长尺寸。臣死之日，不使内有余帛，外有赢财，以负陛下也。”孔明写毕，又嘱杨仪曰：“吾死之后，不可发丧。可作一大龛，将吾尸坐于龛中；以米七粒，放吾口内；脚下用明灯一盏；军中安静如常，切勿举哀：则将星不坠。吾阴魂更自起镇之。司马懿见将星不坠，必然惊疑。吾军可令后寨先行，然后一营一营缓缓而退。若司马懿来追，汝可布成阵势，回旗返鼓。等他来到，却将我先时所雕木像，安于车上，推出军前，令大小将士，分列左右。懿见之必惊走矣。”杨仪一一领诺。

是夜，孔明令人扶出，仰观北斗，遥指一星曰：“此吾之将星也。”众视之，见其色昏暗，摇摇欲坠。孔明以剑指之，口中念咒。咒毕急回帐时，不省人事。众将正慌乱间，忽尚书李福又至；见孔明昏绝，口不能言，乃大哭曰：“我误国家之大事也！”须臾，孔明复醒，开目遍视，见李福立于榻前。孔明曰：“吾已知公复来之意。”福谢曰：“福奉天子命，问丞相百年后，谁可任大事者。适因匆遽，失于谘请，故复来耳。”孔明曰：“吾死之后，可任大事者：蒋公琰其宜也。”福曰：“公琰之后，谁可继之？”孔明曰：“费文伟可继之。”福又问：“文伟之后，谁当继者？”孔明不答。众将近前视之，已薨矣。时建兴十二年秋八月二十三日也，寿五十四岁。后杜工部有诗叹曰：“长星昨夜坠前营，讣报先生此日倾。虎帐不闻施号令，麟台惟显著勋名。空余门下三千客，辜负胸中十万兵。好看绿阴清昼里，于今无复雅歌声！”白乐天亦有诗曰：“先生晦迹卧山林，三顾那逢圣主寻。鱼到南阳方得水，龙飞天汉便为霖。托孤既尽殷勤礼，报国还倾忠义心。前后出师遗表在，令人一览泪沾襟。”初，蜀长水校尉廖立，自谓才名宜为孔明之副，尝以职位闲散，怏怏不平，怨谤无已。于是孔明废之为庶人，徙之汶山。及闻孔明亡，乃垂泣曰：“吾终为左衽矣！”李严闻之，亦大哭病死，盖严尝望孔明复收己，得自补前过；度孔明死后，人不能用之故也。后元微之有赞孔明诗曰：“拨乱扶危主，殷勤受托孤。英才过管乐，妙策胜孙吴。凛凛《出师表》，堂堂八阵图。如公全盛德，应叹古今无！”

是夜，天愁地惨，月色无光，孔明奄然归天。姜维、杨仪遵孔明遗命，不敢举哀，依法成殓，安置龛中，令心腹将卒三百人守护；随传密令，使魏延断后，各处营寨一一退去。

却说司马懿夜观天文，见一大星，赤色，光芒有角，自东北方流于西南方，坠于蜀营内，三投再起，隐隐有声。懿惊喜曰：“孔明死矣！”即传令起大兵追之。方出寨门，忽又疑虑曰：“孔明善会六丁六甲之法，今见我久不出战，故以此术诈死，诱我出耳。今若追之，必中其计。”遂复勒马回寨不出，只令夏侯霸暗引数十骑，往五丈原山僻哨探消息。

却说魏延在本寨中，夜作一梦，梦见头上忽生二角，醒来甚是疑异。次日，行军司马赵直至，延请入问曰：“久知足下深明《易》理，吾夜梦头生二角，不知主何吉凶？烦足下为我决之。”赵直想了半晌，答曰：“此大吉之兆：麒麟头上有角，苍龙头上有角，乃变化飞腾之象也。”延大喜曰：“如应公言，当有重谢！”直辞去，行不数里，正遇尚书费祎。祎问何来。直曰：“适至魏文长营中，文长梦头生角，令我决其吉凶。此本非吉兆，但恐直言见怪，因以麒麟苍龙解之。”祎曰：“足下何以知非吉兆？”直曰：“角之字形，乃刀下用也。今头上用刀，其凶甚矣！”祎曰：“君且勿泄漏。”直别去。费祎至魏延寨中，屏退左右，告曰：“昨夜三更，丞相已辞世矣。临终再三嘱付，令将军断后以当司马懿，缓缓而退，不可发丧。今兵符在此，便可起兵。”延曰：“何人代理丞相之大事？”祎曰：“丞相一应大事，尽托与杨仪；用兵密法，皆授与姜伯约。此兵符乃杨仪之令也。”延曰：“丞相虽亡，吾今现在。杨仪不过一长史,安能当此大任?他只宜扶柩入川安葬。我自率大兵攻司马懿,务要成功。岂可因丞相一人而废国家大事耶?”袆曰:“丞相遗令,教且暂退,不可有违。”延怒曰:“丞相当时若依我计,取长安久矣!吾今官任前将军、征西大将军、南郑侯,安肯与长史断后!”袆曰:“将军之言虽是,然不可轻动,令敌人耻笑。待吾往见杨仪,以利害说之,令彼将兵权让与将军,何如?”延依其言。

袆辞延出营,急到大寨见杨仪,具述魏延之语。仪曰:“丞相临终,曾密嘱我曰:魏延必有异志。今我以兵符往,实欲探其心耳。今果应丞相之言。吾自令伯约断后可也。”于是杨仪领兵扶柩先行,令姜维断后;依孔明遗令,徐徐而退。魏延在寨中,不见费袆来回覆,心中疑惑,乃令马岱引十数骑往探消息。回报曰:“后军乃姜维总督,前军大半退入谷中去了。”延大怒曰:“竖儒安敢欺我!我必杀之!”因顾谓岱曰:“公肯相助否?”岱曰:“某亦素恨杨仪,今愿助将军攻之。”延大喜,即拔寨引本部兵望南而行。

却说夏侯霸引军至五丈原看时,不见一人,急回报司马懿曰:“蜀兵已尽退矣。”懿跌足曰:“孔明真死矣!可速追之!”夏侯霸曰:“都督不可轻追。当令偏将先往。”懿曰:“此番须吾自行。”遂引兵同二子一齐杀奔五丈原来;呐喊摇旗,杀入蜀寨时,果无一人。懿顾二子曰:“汝急催兵赶来,吾先引军前进。”于是司马师、司马昭在后催军;懿自引军当先,追到山脚下,望见蜀兵不远,乃奋力追赶。忽然山后一声炮响,喊声大震,只见蜀兵俱回旗返鼓,树影中飘出中军大旗,上书一行大字曰:“汉丞相武乡侯诸葛亮。”懿大惊失色。定睛看时,只见中军数十员上将,拥出一辆四轮车来;车上端坐孔明:纶巾羽扇,鹤氅皂绦。懿大惊曰:“孔明尚在!吾轻入重地,堕其计矣!”急勒回马便走。背后姜维大叫:“贼将休走!你中了我丞相之计也!”魏兵魂飞魄散,弃甲丢盔,抛戈撇戟,各逃性命,自相践踏,死者无数。司马懿奔走了五十余里,背后两员魏将赶上,扯住马嚼环叫曰:“都督勿惊。”懿用手摸头曰:“我有头否?”二将曰:“都督休怕,蜀兵去远了。”懿喘息半晌,神色方定;睁目视之,乃夏侯霸、夏侯惠也;乃徐徐按辔,与二将寻小路奔归本寨,使众将引兵四散哨探。

过了两日，乡民奔告曰："蜀兵退入谷中之时，哀声震地，军中扬起白旗：孔明果然死了，止留姜维引一千兵断后。前日车上之孔明，乃木人也。"懿叹曰："吾能料其生，不能料其死也！"因此蜀中人谚曰："死诸葛能走生仲达。"后人有诗叹曰："长星半夜落天枢，奔走还疑亮未殂。关外至今人冷笑，头颅犹问有和无！"

司马懿知孔明死信已确，乃复引兵追赶。行到赤岸坡，见蜀兵已去远，乃引还，顾谓众将曰："孔明已死，我等皆高枕无忧矣！"遂班师回。一路上见孔明安营下寨之处，前后左右，整整有法，懿叹曰："此天下奇才也！"于是引兵回长安，分调众将，各守隘口，懿自回洛阳面君去了。

却说杨仪、姜维排成阵势，缓缓退入栈阁道口，然后更衣发丧，扬幡举哀。蜀军皆撞跌而哭，至有哭死者。蜀兵前队正回到栈阁道口，忽见前面火光冲天，喊声震地，一彪军拦路。众将大惊，急报杨仪。正是：已见魏营诸将去，不知蜀地甚兵来。未知来者是何处军马，且看下文分解。

第一百五回　武侯预伏锦囊计　魏主拆取承露盘

却说杨仪闻报前路有兵拦截，忙令人哨探。回报说魏延烧绝栈道，引兵拦路。仪大惊曰："丞相在日，料此人久后必反，谁想今日果然如此！今断吾归路，当复如何？"费祎曰："此人必先捏奏天子，诬吾等造反，故烧绝栈道，阻遏归路。吾等亦当表奏天子，陈魏延反情，然后图之。"姜维曰："此间有一小径，名槎山，虽崎岖险峻，可以抄出栈道之后。"一面写表奏闻天子，一面将人马望槎山小道进发。

且说后主在成都，寝食不安，动止不宁；夜作一梦，梦见成都锦屏山崩倒；遂惊觉，坐而待旦，聚集文武，入朝圆梦。谯周曰："臣昨夜仰观天文，见一星，赤色，光芒有角，自东北落于西南，主丞相有大凶之事。今陛下梦山崩，正应此兆。"后主愈加惊怖。忽报李福到，后主急召入问之。福顿首泣奏丞相已亡；将丞相临终言语，细述一遍。后主闻言大哭曰："天丧我也！"哭倒于龙床之上。侍臣扶入后宫。吴太后闻之，亦放声大哭不已。多官无不哀恸，百姓人人涕泣。后主连日伤感，不能设朝。忽报魏延表奏杨仪造反，群臣大骇，入宫启奏后主，时吴太后亦在宫中。后主闻奏大惊，命近臣读魏延表。其略曰："征西大将军、南郑侯臣魏延，诚惶诚恐，顿首上言：杨仪自总兵权，率众造反，劫丞相灵柩，欲引敌人入境。臣先烧绝栈道，以兵守御。谨此奏闻。"读毕，后主曰："魏延乃勇将，足可拒杨仪等众，何故烧绝栈道？"吴太后曰："尝闻先帝有言：孔明识魏延脑后有反骨，每欲斩之；因怜其勇，故姑留用。今彼奏杨仪等造反，未可轻信。杨仪乃文人，丞相委以长史之任，必其人可用。今日若听此一面之词，杨仪等必投魏矣。此事当深虑远议，不可造次。"众官正商议间，忽报：长史杨仪有紧急表到。近臣拆表读曰："长史、绥军将军臣杨仪，诚惶诚恐，顿首谨表：丞相临终，将大事委于臣，照依旧制，不敢变更，使魏延断后，姜维次之。今魏延不遵丞相遗语，自提本部人马，先入汉中,放火烧断栈道,劫丞相灵车,谋为不轨。变起仓卒,谨飞章奏闻。”太后听毕,问:“卿等所见若何?”蒋琬奏曰:“以臣愚见:杨仪为人虽禀性过急,不能容物,至于筹度粮草,参赞军机,与丞相办事多时;今丞相临终,委以大事,决非背反之人。魏延平日恃功务高,人皆下之;仪独不假借,延心怀恨;今见仪总兵,心中不服,故烧栈道,断其归路,又诬奏而图陷害。臣愿将全家良贱,保杨仪不反。实不敢保魏延。”董允亦奏曰:“魏延自恃功高,常有不平之心,口出怨言。向所以不即反者,惧丞相耳。今丞相新亡,乘机为乱,势所必然。若杨仪,才干敏达,为丞相所任用,必不背反。”后主曰:“若魏延果反,当用何策御之?”蒋琬曰:“丞相素疑此人,必有遗计授与杨仪。若仪无恃,安能退入谷口乎?延必中计矣。陛下宽心。”不多时,魏延又表至,告称杨仪背反。正览表之间,杨仪又表到,奏称魏延背反。二人接连具表,各陈是非。忽报费祎到。后主召入,祎细奏魏延反情。后主曰:“若如此,且令董允假节释劝,用好言抚慰。”允奉诏而去。

却说魏延烧断栈道,屯兵南谷,把住隘口,自以为得计;不想杨仪、姜维星夜引兵抄到南谷之后。仪恐汉中有失,令先锋何平引三千兵先行。仪同姜维等引兵扶柩望汉中而来。

且说何平引兵径到南谷之后,擂鼓呐喊。哨马飞报魏延,说杨仪令先锋何平引兵自槎山小路抄来搦战。延大怒,急披挂上马,提刀引兵来迎。两阵对圆,何平出马大骂曰:“反贼魏延安在?”延亦骂曰:“汝助杨仪造反,何敢骂我!”平叱曰:“丞相新亡,骨肉未寒,汝焉敢造反!”乃扬鞭指川兵曰:“汝等军士,皆是西川之人,川中多有父母妻子,兄弟亲朋;丞相在日,不曾薄待汝等,今不可助反贼,宜各回家乡,听候赏赐。”众军闻言,大喊一声,散去大半。延大怒,挥刀纵马,直取何平。平挺枪来迎。战不数合,平诈败而走,延随后赶来。众军弓弩齐发,延拨马而回。见众军纷纷溃散,延转怒,拍马赶上,杀了数人,却只止遏不住;只有马岱所领三百人不动,延谓岱曰:“公真心助我,事成之后,决不相负。”遂与马岱追杀何平。平引兵飞奔而去。魏延收聚残军,与马岱商议曰:“我等投魏,若何?”岱曰:“将军之言,不智甚也。大丈夫何不自图霸业,乃轻屈膝于人耶?吾观将军智勇足备，两川之士，谁敢抵敌？吾誓同将军先取汉中，随后进攻西川。”

延大喜，遂同马岱引兵直取南郑。姜维在南郑城上，见魏延、马岱耀武扬威，风拥而来。维急令拽起吊桥。延、岱二人大叫：“早降！”姜维令人请杨仪商议曰：“魏延勇猛，更兼马岱相助，虽然军少，何计退之？”仪曰：“丞相临终，遗一锦囊，嘱曰：若魏延造反，临阵对敌之时，方可开拆，便有斩魏延之计。今当取出一看。”遂出锦囊拆封看时，题曰：“待与魏延对敌，马上方许拆开。”维大喜曰：“既丞相有戒约，长史可收执。吾先引兵出城，列为阵势，公可便来。”姜维披挂上马，绰枪在手，引三千军，开了城门，一齐冲出，鼓声大震，排成阵势。维挺枪立马于门旗之下，高声大骂曰：“反贼魏延！丞相不曾亏你，今日如何背反？”延横刀勒马而言曰：“伯约，不干你事。只教杨仪来！”仪在门旗影里，拆开锦囊视之，如此如此。仪大喜，轻骑而出，立马阵前，手指魏延而笑曰：“丞相在日，知汝久后必反，教我提备，今果应其言。汝敢在马上连叫三声谁敢杀我，便是真大丈夫，吾就献汉中城池与汝。”延大笑曰：“杨仪匹夫听着！若孔明在日，吾尚惧他三分；他今已亡，天下谁敢敌我？休道连叫三声，便叫三万声，亦有何难！”遂提刀按辔，于马上大叫曰：“谁敢杀我？”一声未毕，脑后一人厉声而应曰：“吾敢杀汝！”手起刀落，斩魏延于马下。众皆骇然。斩魏延者，乃马岱也。原来孔明临终之时，授马岱以密计，只待魏延喊叫时，便出其不意斩之；当日，杨仪读罢锦囊计策，已知伏下马岱在彼，故依计而行，果然杀了魏延。后人有诗曰：“诸葛先机识魏延，已知日后反西川。锦囊遗计人难料，却见成功在马前。”

却说董允未及到南郑，马岱已斩了魏延，与姜维合兵一处。杨仪具表星夜奏闻后主。后主降旨曰：“既已名正其罪，仍念前功，赐棺椁葬之。”杨仪等扶孔明灵柩到成都，后主引文武官僚，尽皆挂孝，出城二十里迎接。后主放声大哭。上至公卿大夫，下及山林百姓，男女老幼，无不痛哭，哀声震地。后主命扶柩入城，停于丞相府中。其子诸葛瞻守孝居丧。

后主还朝，杨仪自缚请罪。后主令近臣去其缚曰：“若非卿能依丞相遗教，灵柩何日得归，魏延如何得灭。大事保全，皆卿之力也。”

遂加杨仪为中军师。马岱有讨逆之功,即以魏延之爵爵之。仪呈上孔明遗表。后主览毕,大哭,降旨卜地安葬。费祎奏曰:“丞相临终,命葬于定军山,不用墙垣砖石,亦不用一切祭物。”后主从之。择本年十月吉日,后主自送灵柩至定军山安葬。后主降诏致祭,谥号忠武侯;令建庙于沔阳,四时享祭。后杜工部有诗曰:“丞相祠堂何处寻,锦官城外柏森森。映阶碧草自春色,隔叶黄鹂空好音。三顾频烦天下计,两朝开济老臣心。出师未捷身先死,长使英雄泪满襟!”又杜工部诗曰:“诸葛大名垂宇宙,宗臣遗像肃清高。三分割据纡筹策,万古云霄一羽毛。伯仲之间见伊吕,指挥若定失萧曹。运移汉祚终难复,志决身歼军务劳。”

却说后主回到成都,忽近臣奏曰:“边庭报来,东吴令全琮引兵数万,屯于巴丘界口,未知何意。”后主惊曰:“丞相新亡,东吴负盟侵界,如之奈何?”蒋琬奏曰:“臣敢保王平、张嶷引兵数万屯于永安,以防不测。陛下再命一人去东吴报丧,以探其动静。”后主曰:“须得一舌辩之士为使。”一人应声而出曰:“微臣愿往。”众视之,乃南阳安众人,姓宗,名预,字德艳,官任参军、右中郎将。后主大喜,即命宗预往东吴报丧,兼探虚实。

宗预领命,径到金陵,入见吴主孙权。礼毕,只见左右人皆着素衣。权作色而言曰:“吴、蜀已为一家,卿主何故而增白帝之守也?”预曰:“臣以为东益巴丘之戍,西增白帝之守,皆事势宜然,俱不足以相问也。”权笑曰:“卿不亚于邓芝。”乃谓宗预曰:“朕闻诸葛丞相归天,每日流涕,令官僚尽皆挂孝。朕恐魏人乘丧取蜀,故增巴丘守兵万人,以为救援,别无他意也。”预顿首拜谢。权曰:“朕既许以同盟,安有背义之理?”预曰:“天子因丞相新亡,特命臣来报丧。”权遂取金铍箭一枝折之,设誓曰:“朕若负前盟,子孙绝灭!”又命使赍香帛奠仪,入川致祭。

宗预拜辞吴主,同吴使还成都,入见后主,奏曰:“吴主因丞相新亡,亦自流涕,令群臣皆挂孝。其益兵巴丘者,恐魏人乘虚而入,别无异心。今折箭为誓,并不背盟。”后主大喜,重赏宗预,厚待吴使去讫。遂依孔明遗言,加蒋琬为丞相、大将军,录尚书事;加费祎为尚书令,同理丞相事;加吴懿为车骑将军,假节督汉中;姜维为辅汉将军、平襄侯,总督诸处人马,同吴懿出屯汉中,以防魏兵。其余将校,各依旧职。

杨仪自以为年宦先于蒋琬,而位出琬下;且自恃功高,未有重赏,口出怨言,谓费祎曰:“昔日丞相初亡,吾若将全师投魏,宁当寂寞如此耶!”费祎乃将此言具表密奏后主。后主大怒,命将杨仪下狱勘问,欲斩之。蒋琬奏曰:“仪虽有罪,但日前随丞相多立功劳,未可斩也,当废为庶人。”后主从之,遂贬杨仪赴汉嘉郡为民。仪羞惭自刎而死。

蜀汉建兴十三年,魏主曹睿青龙三年,吴主孙权嘉禾四年,三国各不兴兵。单说魏主封司马懿为太尉,总督军马,安镇诸边。懿拜谢回洛阳去讫。魏主在许昌大兴土木,建盖宫殿;又于洛阳造朝阳殿、太极殿,筑总章观,俱高十丈;又立崇华殿、青霄阁、凤凰楼、九龙池,命博士马钧监造,极其华丽:雕梁画栋,碧瓦金砖,光辉耀日。选天下巧匠三万余人,民夫三十余万,不分昼夜而造。民力疲困,怨声不绝。

睿又降旨起土木于芳林园,使公卿皆负土树木于其中。司徒董寻上表切谏曰:“伏自建安以来,野战死亡,或门殚户尽;虽有存者,遗孤老弱。若今宫室狭小,欲广大之,犹宜随时,不妨农务。况作无益之物乎?陛下既尊群臣,显以冠冕,被以文绣,载以华舆,所以异于小人也。今又使负木担土,沾体涂足,毁国之光,以崇无益,甚无谓也。孔子云:君使臣以礼,臣事君以忠。无忠无礼,国何以立?臣知言出必死;而自比于牛之一毛,生既无益,死亦何损。秉笔流涕,心与世辞。臣有八子,臣死之后,累陛下矣。不胜战栗待命之至!”睿览表怒曰:“董寻不怕死耶!”左右奏请斩之。睿曰:“此人素有忠义,今且废为庶人。再有妄言者必斩!”时有太子舍人张茂,字彦材,亦上表切谏,睿命斩之。即日召马钧问曰:“朕建高台峻阁,欲与神仙往来,以求长生不老之方。”钧奏曰:“汉朝二十四帝,惟武帝享国最久,寿算极高,盖因服天上日精月华之气也:尝于长安宫中,建柏梁台;台上立一铜人,手捧一盘,名曰承露盘,接三更北斗所降沆瀣之水,其名曰天浆,又曰甘露。取此水用美玉为屑,调和服之,可以返老还童。”

睿大喜曰:"汝今可引人夫星夜至长安,拆取铜人,移置芳林园中!"

钧领命,引一万人至长安,令周围搭起木架,上柏梁台去。不移时间,五千人连绳引索,旋环而上。那柏梁台高二十丈,铜柱圆十围。马钧教先拆铜人。多人并力拆下铜人来,只见铜人眼中潸然泪下。众皆大惊。忽然台边一阵狂风起处,飞砂走石,急若骤雨;一声响亮,就如天崩地裂,台倾柱倒,压死千余人。钧取铜人及金盘回洛阳,入见魏主,献上铜人、承露盘。魏主问曰:"铜柱安在?"钧奏曰:"柱重百万斤,不能运至。"睿令将铜柱打碎,运来洛阳,铸成两个铜人,号为翁仲,列于司马门外;又铸铜龙凤两个:龙高四丈,凤高三丈余,立在殿前。又于上林苑中,种奇花异木,蓄养珍禽怪兽。

少傅杨阜上表谏曰:"臣闻尧尚茅茨,而万国安居;禹卑宫室,而天下乐业;及至殷、周,或堂崇三尺,度以九筵耳。古之圣帝明王,未有极宫室之高丽,以凋敝百姓之财力者也。桀作璇室、象廊,纣为倾宫、鹿台,以丧其社稷;楚灵以筑章华而身受其祸;秦始皇作阿房而殃及其子,天下叛之,二世而灭。夫不度万民之力,以从耳目之欲,未有不亡者也。陛下当以尧、舜、禹、汤、文、武为法则,以桀、纣、楚、秦为深诫。而乃自暇自逸,惟宫台是饰,必有危亡之祸矣。君作元首,臣为股肱,存亡一体,得失同之。臣虽驽怯,敢忘诤臣之义?言不切至,不足以感寤陛下。谨叩棺沐浴,伏俟重诛。"表上,睿不省,只催督马钧建造高台,安置铜人、承露盘。又降旨广选天下美女,入芳林园中。众官纷纷上表谏诤,睿俱不听。

却说曹睿之后毛氏,乃河内人也;先年睿为平原王时,最相恩爱;及即帝位,立为后;后睿因宠郭夫人,毛后失宠。郭夫人美而慧,睿甚嬖之,每日取乐,月余不出宫闼。是岁春三月,芳林园中百花争放,睿同郭夫人到园中赏玩饮酒。郭夫人曰:"何不请皇后同乐?"睿曰:"若彼在,朕涓滴不能下咽也。"遂传谕宫娥,不许令毛后知道。毛后见睿月余不入正宫,是日引十余宫人,来翠花楼上消遣,只听的乐声嘹亮,乃问曰:"何处奏乐?"一宫官启曰:"乃圣上与郭夫人于御花园中赏花饮酒。"毛后闻之,心中烦恼,回宫安歇。次日,毛皇后乘小车出宫游玩,正迎见睿于曲廊之间,乃笑曰:"陛下昨游北园,其乐不浅也!”睿大怒,即命擒昨日侍奉诸人到,叱曰:“昨游北园,朕禁左右不许使毛后知道,何得又宣露!”喝令宫官将诸侍奉人尽斩之。毛后大惊,回车至宫,睿即降诏赐毛皇后死,立郭夫人为皇后。朝臣莫敢谏者。

忽一日,幽州刺史毌丘俭上表,报称辽东公孙渊造反,自号为燕王,改元绍汉元年,建宫殿,立官职,兴兵入寇,摇动北方。睿大惊,即聚文武官僚,商议起兵退渊之策。正是:才将土木劳中国,又见干戈起外方。未知何以御之,且看下文分解。

第一百六回 公孙渊兵败死襄平 司马懿诈病赚曹爽

却说公孙渊乃辽东公孙度之孙,公孙康之子也。建安十二年,曹操追袁尚,未到辽东,康斩尚首级献操,操封康为襄平侯;后康死,有二子:长曰晃,次曰渊,皆幼;康弟公孙恭继职。曹丕时封恭为车骑将军、襄平侯。太和二年,渊长大,文武兼备,性刚好斗,夺其叔公孙恭之位,曹睿封渊为扬烈将军、辽东太守。后孙权遣张弥、许晏赍金珠珍玉赴辽东,封渊为燕王。渊惧中原,乃斩张、许二人,送首与曹睿。睿封渊为大司马、乐浪公。渊心不足,与众商议,自号为燕王,改元绍汉元年。副将贾范谏曰:"中原待主公以上公之爵,不为卑贱;今若背反,实为不顺。更兼司马懿善能用兵,西蜀诸葛武侯且不能取胜,何况主公乎?"渊大怒,叱左右缚贾范,将斩之。参军伦直谏曰:"贾范之言是也。圣人云:国家将亡,必有妖孽。今国中屡见怪异之事:近有犬戴巾帻,身披红衣,上屋作人行;又城南乡民造饭,饭甑之中,忽有一小儿蒸死于内;襄平北市中,地忽陷一穴,涌出一块肉,周围数尺,头面眼耳口鼻都具,独无手足,刀箭不能伤,不知何物。卜者占之曰:有形不成,有口无声;国家亡灭,故现其形。有此三者,皆不祥之兆也。主公宜避凶就吉,不可轻举妄动。"渊勃然大怒,叱武士绑伦直并贾范同斩于市。令大将军卑衍为元帅,杨祚为先锋,起辽兵十五万,杀奔中原来。

边官报知魏主曹睿。睿大惊,乃召司马懿入朝计议。懿奏曰:"臣部下马步官军四万,足可破贼。"睿曰:"卿兵少路远,恐难收复。"懿曰:"兵不在多,在能设奇用智耳。臣托陛下洪福,必擒公孙渊以献陛下。"睿曰:"卿料公孙渊作何举动?"懿曰:"渊若弃城预走,是上计也;守辽东拒大军,是中计也;坐守襄平,是为下计,必被臣所擒矣。"睿曰:"此去往复几时?"懿曰:"四千里之地,往百日,攻百日,还百日,休息六十日,大约一年足矣。"睿曰:"倘吴、蜀入寇,如之奈何?”懿曰:“臣已定下守御之策,陛下勿忧。”睿大喜,即命司马懿兴师征讨公孙渊。

懿辞朝出城,令胡遵为先锋,引前部兵先到辽东下寨。哨马飞报公孙渊。渊令卑衍、杨祚分八万兵屯于辽隧,围堑二十余里,环绕鹿角,甚是严密。胡遵令人报知司马懿。懿笑曰:“贼不与我战,欲老我兵耳。我料贼众大半在此,其巢穴空虚,不若弃却此处,径奔襄平;贼必往救,却于中途击之,必获全功。”于是勒兵从小路向襄平进发。

却说卑衍与杨祚商议曰:“若魏兵来攻,休与交战。彼千里而来,粮草不继,难以持久,粮尽必退;待他退时,然后出奇兵击之,司马懿可擒也。昔司马懿与蜀兵相拒,坚守渭南,孔明竟卒于军中:今日正与此理相同。”二人正商议间,忽报:“魏兵往南去了。”卑衍大惊曰:“彼知吾襄平军少,去袭老营也。若襄平有失,我等守此处无益矣。”遂拔寨随后而起。早有探马飞报司马懿。懿笑曰:“中吾计矣!”乃令夏侯霸、夏侯威,各引一军伏于辽水之滨:“如辽兵到,两下齐出。”二人受计而往。早望见卑衍、杨祚引兵前来。一声炮响,两边鼓噪摇旗:左有夏侯霸、右有夏侯威,一齐杀出。卑、杨二人,无心恋战,夺路而走;奔至首山,正逢公孙渊兵到,合兵一处,回马再与魏兵交战。卑衍出马骂曰:“贼将休使诡计! 汝敢出战否?”夏侯霸纵马挥刀来迎。战不数合,被夏侯霸一刀斩卑衍于马下,辽兵大乱。霸驱兵掩杀,公孙渊引败兵奔入襄平城去,闭门坚守不出。魏兵四面围合。

时值秋雨连绵,一月不止,平地水深三尺,运粮船自辽河口直至襄平城下。魏兵皆在水中,行坐不安。左都督裴景入帐告曰:“雨水不住,营中泥泞,军不可停,请移于前面山上。”懿怒曰:“捉公孙渊只在旦夕,安可移营? 如有再言移营者斩!”裴景喏喏而退。少顷,右都督仇连又来告曰:“军士苦水,乞太尉移营高处。”懿大怒曰:“吾军令已发,汝何敢故违!”即命推出斩之,悬首于辕门外。于是军心震慑。

懿令南寨人马暂退二十里,纵城内军民出城樵采柴薪,牧放牛马。司马陈群问曰:“前太尉攻上庸之时,兵分八路,八日赶至城下,遂生擒孟达而成大功；今带甲四万，数千里而来，不令攻打城池，却使久居泥泞之中，又纵贼众樵牧。某实不知太尉是何主意？”懿笑曰："公不知兵法耶？昔孟达粮多兵少，我粮少兵多，故不可不速战；出其不意，突然攻之，方可取胜。今辽兵多，我兵少，贼饥我饱，何必力攻？正当任彼自走，然后乘机击之。我今放开一条路，不绝彼之樵牧，是容彼自走也。”陈群拜服。

于是司马懿遣人赴洛阳催粮。魏主曹睿设朝，群臣皆奏曰："近日秋雨连绵，一月不止，人马疲劳，可召回司马懿，权且罢兵。”睿曰："司马太尉善能用兵，临危制变，多有良谋，捉公孙渊计日而待。卿等何必忧也？”遂不听群臣之谏，使人运粮解至司马懿军前。

懿在寨中，又过数日，雨止天晴。是夜，懿出帐外，仰观天文，忽见一星，其大如斗，流光数丈，自首山东北，坠于襄平东南。各营将士，无不惊骇。懿见之大喜，乃谓众将曰："五日之后，星落处必斩公孙渊矣。来日可并力攻城。”众将得令，次日侵晨，引兵四面围合，筑土山，掘地道，立炮架，装云梯，日夜攻打不息，箭如急雨，射入城去。

公孙渊在城中粮尽，皆宰牛马为食。人人怨恨，各无守心，欲斩渊首，献城归降。渊闻之，甚是惊忧，慌令相国王建、御史大夫柳甫，往魏寨请降。二人自城上系下，来告司马懿曰："请太尉退二十里，我君臣自来投降。”懿大怒曰："公孙渊何不自来？殊为无理！”叱武士推出斩之，将首级付与从人。从人回报，公孙渊大惊，又遣侍中卫演来到魏营。司马懿升帐，聚众将立于两边。演膝行而进，跪于帐下，告曰："愿太尉息雷霆之怒。克日先送世子公孙修为质当，然后君臣自缚来降。”懿曰："军事大要有五：能战当战，不能战当守，不能守当走，不能走当降，不能降当死耳！何必送子为质当？”叱卫演回报公孙渊，演抱头鼠窜而去。

归告公孙渊，渊大惊，乃与子公孙修密议停当，选下一千人马，当夜二更时分，开了南门，往东南而走。渊见无人，心中暗喜。行不到十里，忽听得山上一声炮响，鼓角齐鸣：一枝兵拦住，中央乃司马懿也；左有司马师，右有司马昭，二人大叫曰："反贼休走！”渊大惊，急拨马寻路欲走。早有胡遵兵到；左有夏侯霸、夏侯威，右有张虎、乐绑：四面围得铁桶相似。公孙渊父子，只得下马纳降。懿在马上顾诸将曰："吾前夜丙寅日，见大星落于此处，今夜壬申日应矣。"众将称贺曰："太尉真神机也！"懿传令斩之。公孙渊父子对面受戮。

司马懿遂勒兵来取襄平。未及到城下时，胡遵早引兵入城。城中人民焚香拜迎，魏兵尽皆入城。懿坐于衙上，将公孙渊宗族，并同谋官僚人等，俱杀之，计首级七十余颗。出榜安民。人告懿曰：贾范、伦直苦谏渊不可反叛，俱被渊所杀。懿遂封其墓而荣其子孙。就将库内财物，赏劳三军，班师回洛阳。

却说魏主在宫中，夜至三更，忽然一阵阴风，吹灭灯光，只见毛皇后引数十个宫人哭至座前索命。睿因此得病。病渐沉重，命侍中光禄大夫刘放、孙资，掌枢密院一切事务；又召文帝子燕王曹宇为大将军，佐太子曹芳摄政。宇为人恭俭温和，未肯当此大任，坚辞不受。睿召刘放、孙资问曰："宗族之内，何人可任？"二人久得曹真之惠，乃保奏曰："惟曹子丹之子曹爽可也。"睿从之。二人又奏曰："欲用曹爽，当遣燕王归国。"睿然其言。二人遂请睿降诏，赍出谕燕王曰："有天子手诏，命燕王归国，限即日就行；若无诏不许入朝。"燕王涕泣而去。遂封曹爽为大将军，总摄朝政。

睿病渐危，急令使持节诏司马懿还朝。懿受命，径到许昌，入见魏主。睿曰："朕惟恐不得见卿；今日得见，死无恨矣。"懿顿首奏曰："臣在途中，闻陛下圣体不安，恨不肋生两翼，飞至阙下。今日得睹龙颜，臣之幸也。"睿宣太子曹芳，大将军曹爽，侍中刘放、孙资等，皆至御榻之前。睿执司马懿之手曰："昔刘玄德在白帝城病危，以幼子刘禅托孤于诸葛孔明，孔明因此竭尽忠诚，至死方休。偏邦尚然如此，何况大国乎？朕幼子曹芳，年才八岁，不堪掌理社稷。幸太尉及宗兄元勋旧臣，竭力相辅，无负朕心！"又唤芳曰："仲达与朕一体，尔宜敬礼之。"遂命懿携芳近前。芳抱懿颈不放。睿曰："太尉勿忘幼子今日相恋之情！"言讫，潸然泪下。懿顿首流涕。魏主昏沉，口不能言，只以手指太子，须臾而卒；在位十三年，寿三十六岁，时魏景初三年春正月下旬也。

当下司马懿、曹爽，扶太子曹芳即皇帝位。芳字兰卿，乃睿乞养之子,秘在宫中,人莫知其所由来。于是曹芳谥睿为明帝,葬于高平陵;尊郭皇后为皇太后;改元正始元年。司马懿与曹爽辅政。爽事懿甚谨,一应大事,必先启知。爽字昭伯,自幼出入宫中,明帝见爽谨慎,甚是爱敬。爽门下有客五百人,内有五人以浮华相尚:一是何晏,字平叔;一是邓飏,字玄茂,乃邓禹之后;一是李胜,字公昭;一是丁谧,字彦靖;一是毕轨,字昭先。又有大司农桓范字元则,颇有智谋,人多称为智囊。此数人皆爽所信任。

何晏告爽曰:"主公大权,不可委托他人,恐生后患。"爽曰:"司马公与我同受先帝托孤之命,安忍背之?"晏曰:"昔日先公与仲达破蜀兵之时,累受此人之气,因而致死。主公如何不察也?"爽猛然省悟,遂与多官计议停当,入奏魏主曹芳曰:"司马懿功高德重,可加为太傅。"芳从之,自是兵权皆归于爽。爽命弟曹羲为中领军,曹训为武卫将军,曹彦为散骑常侍,各引三千御林军,任其出入禁宫。又用何晏、邓飏、丁谧为尚书,毕轨为司隶校尉,李胜为河南尹:此五人日夜与爽议事。于是曹爽门下宾客日盛。司马懿推病不出,二子亦皆退职闲居。爽每日与何晏等饮酒作乐:凡用衣服器皿,与朝廷无异;各处进贡玩好珍奇之物,先取上等者入己,然后进宫,佳人美女,充满府院。黄门张当,谄事曹爽,私选先帝侍妾七八人,送入府中;爽又选善歌舞良家子女三四十人,为家乐。又建重楼画阁,造金银器皿,用巧匠数百人,昼夜工作。

却说何晏闻平原管辂明数术,请与论《易》。时邓飏在座,问辂曰:"君自谓善《易》而语不及《易》中词义,何也?"辂曰:"夫善《易》者,不言《易》也。"晏笑而赞之曰:"可谓要言不烦。"因谓辂曰:"试为我卜一卦:可至三公否?"又问:"连梦青蝇数十,来集鼻上,此是何兆?"辂曰:"元、恺辅舜,周公佐周,皆以和惠谦恭,享有多福。今君侯位尊势重,而怀德者鲜,畏威者众,殆非小心求福之道。且鼻者,山也;山高而不危,所以长守贵也。今青蝇臭恶而集焉。位峻者颠,可不惧乎?愿君侯裒多益寡,非礼勿履:然后三公可至,青蝇可驱也。"邓飏怒曰:"此老生之常谈耳!"辂曰:"老生者见不生,常谈者见不谈。"遂拂袖而去。二人大笑曰:"真狂士也!"辂到家,与舅言之。舅大惊曰:"何、邓二人,威权甚重,汝奈何犯之?"辂曰:"吾与死人语,何所畏耶!"舅问其故。辂曰:"邓飏行步,筋不束骨,脉不制肉,起立倾倚,若无手足:此为鬼躁之相。何晏视候,魂不守宅,血不华色,精爽烟浮,容若槁木:此为鬼幽之相。二人早晚必有杀身之祸,何足畏也!"其舅大骂辂为狂子而去。

却说曹爽尝与何晏、邓飏等畋猎。其弟曹羲谏曰:"兄威权太甚,而好出外游猎,倘为人所算,悔之无及。"爽叱曰:"兵权在吾手中,何惧之有!"司农桓范亦谏,不听。时魏主曹芳,改正始十年为嘉平元年。曹爽一向专权,不知仲达虚实,适魏主除李胜为荆州刺史,即令李胜往辞仲达,就探消息。胜径到太傅府中,早有门吏报入。司马懿谓二子曰:"此乃曹爽使来探吾病之虚实也。"乃去冠散发,上床拥被而坐,又令二婢扶策,方请李胜入府。胜至床前拜曰:"一向不见太傅,谁想如此病重。今天子命某为荆州刺史,特来拜辞。"懿佯答曰:"并州近朔方,好为之备。"胜曰:"除荆州刺史,非并州也。"懿笑曰:"你方从并州来?"胜曰:"汉上荆州耳。"懿大笑曰:"你从荆州来也!"胜曰:"太傅如何病得这等了?"左右曰:"太傅耳聋。"胜曰:"乞纸笔一用。"左右取纸笔与胜。胜写毕,呈上,懿看之,笑曰:"吾病的耳聋了。此去保重。"言讫,以手指口。侍婢进汤,懿将口就之,汤流满襟,乃作哽噎之声曰:"吾今衰老病笃,死在旦夕矣。二子不肖,望君教之。君若见大将军,千万看觑二子!"言讫,倒在床上,声嘶气喘。李胜拜辞仲达,回见曹爽,细言其事。爽大喜曰:"此老若死,吾无忧矣!"

司马懿见李胜去了,遂起身谓二子曰:"李胜此去,回报消息,曹爽必不忌我矣。只待他出城畋猎之时,方可图之。"不一日,曹爽请魏主曹芳去谒高平陵,祭祀先帝。大小官僚,皆随驾出城。爽引三弟,并心腹人何晏等,及御林军护驾正行,司农桓范叩马谏曰:"主公总典禁兵,不宜兄弟皆出。倘城中有变,如之奈何?"爽以鞭指而叱之曰:"谁敢为变!再勿乱言!"当日,司马懿见爽出城,心中大喜,即起旧日手下破敌之人,并家将数十,引二子上马,径来谋杀曹爽。正是:闭户忽然有起色,驱兵自此逞雄风。未知曹爽性命如何,且看下文分解。

第一百七回 魏主政归司马氏 姜维兵败牛头山

却说司马懿闻曹爽同弟曹羲、曹训、曹彦并心腹何晏、邓飏、丁谧、毕轨、李胜等及御林军，随魏主曹芳，出城谒明帝墓，就去畋猎。懿大喜，即到省中，令司徒高柔，假以节钺行大将军事，先据曹爽营；又令太仆王观行中领军事，据曹羲营。懿引旧官入后宫奏郭太后，言爽背先帝托孤之恩，奸邪乱国，其罪当废。郭太后大惊曰："天子在外，如之奈何？"懿曰："臣有奏天子之表，诛奸臣之计。太后勿忧。"太后惧怕，只得从之。懿急令太尉蒋济、尚书令司马孚，一同写表，遣黄门赍出城外，径至帝前申奏。懿自引大军据武库。早有人报知曹爽家。其妻刘氏急出厅前，唤守府官问曰："今主公在外，仲达起兵何意？"守门将潘举曰："夫人勿惊，我去问来。"乃引弓弩手数十人，登门楼望之。正见司马懿引兵过府前，举令人乱箭射下，懿不得过。偏将孙谦在后止之曰："太傅为国家大事，休得放箭。"连止三次，举方不射。司马昭护父司马懿而过，引兵出城屯于洛河，守住浮桥。

且说曹爽手下司马鲁芝，见城中事变，来与参军辛敞商议曰："今仲达如此变乱，将如之何？"敞曰："可引本部兵出城去见天子。"芝然其言。敞急入后堂。其姊辛宪英见之，问曰："汝有何事，慌速如此？"敞告曰："天子在外，太傅闭了城门，必将谋逆。"宪英曰："司马公未必谋逆，特欲杀曹将军耳。"敞惊曰："此事未知如何？"宪英曰："曹将军非司马公之对手，必然败矣。"敞曰："今鲁司马教我同去，未知可去否？"宪英曰："职守，人之大义也。凡人在难，犹或恤之；执鞭而弃其事，不祥莫大焉。"敞从其言，乃与鲁芝引数十骑，斩关夺门而出。

人报知司马懿。懿恐桓范亦走，急令人召之。范与其子商议。其子曰："车驾在外，不如南出。"范从其言，乃上马至平昌门，城门已闭，把门将乃桓范旧吏司蕃也。范袖中取出一竹版曰："太后有诏，可即开门。”司蕃曰：“请诏验之。”范叱曰：“汝是吾故吏，何敢如此！”蕃只得开门放出。范出的城外，唤司蕃曰：“太傅造反，汝可速随我去。”蕃大惊，追之不及。人报知司马懿。懿大惊曰：“智囊泄矣！如之奈何？”蒋济曰：“驽马恋栈豆，必不能用也。”懿乃召许允、陈泰曰：“汝去见曹爽，说太傅别无他事，只是削汝兄弟兵权而已。”许、陈二人去了。又召殿中校尉尹大目至；令蒋济作书，与目持去见爽。懿分付曰：“汝与爽厚，可领此任。汝见爽，说吾与蒋济指洛水为誓，只因兵权之事，别无他意。”尹大目依令而去。

却说曹爽正飞鹰走犬之际，忽报城内有变，太傅有表。爽大惊，几乎落马。黄门官捧表跪于天子之前。爽接表拆封，令近臣读之。表略曰：“征西大都督、太傅臣司马懿，诚惶诚恐，顿首谨表：臣昔从辽东还，先帝诏陛下与秦王及臣等，升御床，把臣臂，深以后事为念。今大将军曹爽，背弃顾命，败乱国典；内则僭拟，外专威权；以黄门张当为都监，专共交关；看察至尊，候伺神器；离间二宫，伤害骨肉；天下汹汹，人怀危惧：此非先帝诏陛下及嘱臣之本意也。臣虽朽迈，敢忘往言？太尉臣济、尚书令臣孚等，皆以爽为有无君之心，兄弟不宜典兵宿卫。奏永宁宫，皇太后令敕臣如奏施行。臣辄敕主者及黄门令，罢爽、羲、训吏兵，以侯就第，不得逗留，以稽车驾；敢有稽留，便以军法从事。臣辄力疾将兵，屯于洛水浮桥，伺察非常。谨此上闻，伏干圣听。”魏主曹芳听毕，乃唤曹爽曰：“太傅之言若此，卿如何裁处？”爽手足失措，回顾二弟曰：“为之奈何？”羲曰：“劣弟亦曾谏兄，兄执迷不听，致有今日。司马懿谲诈无比，孔明尚不能胜，况我兄弟乎？不如自缚见之，以免一死。”言未毕，参军辛敞、司马鲁芝到。爽问之。二人告曰：“城中把得铁桶相似，太傅引兵屯于洛水浮桥，势将不可复归。宜早定大计。”正言间，司农桓范骤马而至，谓爽曰：“太傅已变，将军何不请天子幸许都，调外兵以讨司马懿耶？”爽曰：“吾等全家皆在城中，岂可投他处求援？”范曰：“匹夫临难，尚欲望活！今主公身随天子，号令天下，谁敢不应？岂可自投死地乎？”爽闻言不决，惟流涕而已。范又曰：“此去许都，不过中宿。城中粮草，足支数载。今主公别营兵马，近在阙南，呼之即至。大司马之印，某将在此。主公可急行,迟则休矣!”爽曰:“多官勿太催逼,待吾细细思之。”

少顷,侍中许允、尚书陈泰至。二人告曰:“太傅只为将军权重,不过要削去兵权,别无他意。将军可早归城中。”爽默然不语。又只见殿中校尉尹大目到。目曰:“太傅指洛水为誓,并无他意。有蒋太尉书在此。将军可削去兵权,早归相府。”爽信为良言。桓范又告曰:“事急矣,休听外言而就死地!”

是夜,曹爽意不能决,乃拔剑在手,嗟叹寻思;自黄昏直流泪到晓,终是狐疑不定。桓范入帐催之曰:“主公思虑一昼夜,何尚不能决?”爽掷剑而叹曰:“我不起兵,情愿弃官,但为富家翁足矣!”范大哭,出帐曰:“曹子丹以智谋自矜!今兄弟三人,真豚犊耳!”痛哭不已。

许允、陈泰令爽先纳印绶与司马懿。爽令将印送去,主簿杨综扯住印绶而哭曰:“主公今日舍兵权自缚去降,不免东市受戮也!”爽曰:“太傅必不失信于我。”于是曹爽将印绶与许、陈二人,先赍与司马懿。众军见无将印,尽皆四散。爽手下只有数骑官僚。到浮桥时,懿传令,教曹爽兄弟三人,且回私宅;余皆发监,听候敕旨。爽等入城时,并无一人侍从。桓范至浮桥边,懿在马上以鞭指之曰:“桓大夫何故如此?”范低头不语,入城而去。

于是司马懿请驾拔营入洛阳。曹爽兄弟三人回家之后,懿用大锁锁门,令居民八百人围守其宅。曹爽心中忧闷。羲谓爽曰:“今家中乏粮,兄可作书与太傅借粮。如肯以粮借我,必无相害之心。”爽乃作书令人持去。司马懿览毕,遂遣人送粮一百斛,运至曹爽府内。爽大喜曰:“司马公本无害我之心也!”遂不以为忧。原来司马懿先将黄门张当捉下狱中问罪。当曰:“非我一人,更有何晏、邓飏、李胜、毕轨、丁谧等五人,同谋篡逆。”懿取了张当供词,却捉何晏等勘问明白:皆称三月间欲反。懿用长枷钉了。城门守将司蕃告称:“桓范矫诏出城,口称太傅谋反。”懿曰:“诬人反情,抵罪反坐。”亦将桓范等皆下狱,然后押曹爽兄弟三人并一干人犯,皆斩于市曹,灭其三族;其家产财物,尽抄入库。

时有曹爽从弟文叔之妻，乃夏侯令女也：早寡而无子，其父欲改嫁之，女截耳自誓。及爽被诛，其父复将嫁之，女又断去其鼻。其家惊惶，谓之曰："人生世间，如轻尘栖弱草，何至自苦如此？且夫家又被司马氏诛戮已尽，守此欲谁为哉？"女泣曰："吾闻仁者不以盛衰改节，义者不以存亡易心。曹氏盛时，尚欲保终；况今灭亡，何忍弃之？此禽兽之行，吾岂为乎！"懿闻而贤之，听使乞子以养，为曹氏后。后人有诗曰："弱草微尘尽达观，夏侯有女义如山。丈夫不及裙钗节，自顾须眉亦汗颜。"

却说司马懿斩了曹爽，太尉蒋济曰："尚有鲁芝、辛敞斩关夺门而出，杨综夺印不与，皆不可纵。"懿曰："彼各为其主，乃义人也。"遂复各人旧职。辛敞叹曰："吾若不问于姊，失大义矣！"后人有诗赞辛宪英曰："为臣食禄当思报，事主临危合尽忠。辛氏宪英曾劝弟，故令千载颂高风。"

司马懿饶了辛敞等，仍出榜晓谕：但有曹爽门下一应人等，尽皆免死；有官者照旧复职。军民各守家业，内外安堵。何、邓二人死于非命，果应管辂之言。后人有诗赞管辂曰："传得圣贤真妙诀，平原管辂相通神。鬼幽鬼躁分何邓，未丧先知是死人。"

却说魏主曹芳封司马懿为丞相，加九锡。懿固辞不肯受。芳不准，令父子三人同领国事。懿忽然想起："曹爽全家虽诛，尚有夏侯玄守备雍州等处，系爽亲族，倘骤然作乱，如何提备？必当处置。"即下诏遣使往雍州，取征西将军夏侯玄赴洛阳议事。玄叔夏侯霸听知大惊，便引本部三千兵造反。有镇守雍州刺史郭淮，听知夏侯霸反，即率本部兵来，与夏侯霸交战。淮出马大骂曰："汝既是大魏皇族，天子又不曾亏汝，何故背反？"霸亦骂曰："吾祖父于国家多建勤劳，今司马懿何等匹夫，灭吾兄曹爽宗族，又来取我，早晚必思篡位。吾仗义讨贼，何反之有？"淮大怒，挺枪骤马，直取夏侯霸。霸挥刀纵马来迎。战不十合，淮败走，霸随后赶来。忽听的后军呐喊，霸急回马时，陈泰引兵杀来。郭淮复回，两路夹攻。霸大败而走，折兵大半；寻思无计，遂投汉中来降后主。

有人报与姜维，维心不信，令人体访得实，方教入城。霸拜见毕，哭告前事。维曰:“昔微子去周,成万古之名:公能匡扶汉室,无愧古人也。”遂设宴相待。维就席问曰:“今司马懿父子掌握重权,有窥我国之志否?”霸曰:“老贼方图谋逆,未暇及外。但魏国新有二人,正在妙龄之际,若使领兵马,实吴、蜀之大患也。”维问:“二人是谁?”霸告曰:“一人现为秘书郎,乃颍川长社人,姓钟,名会,字士季,太傅钟繇之子,幼有胆智。繇尝率二子见文帝,会时年七岁,其兄毓年八岁。毓见帝惶惧,汗流满面。帝问毓曰:卿何以汗?毓对曰:战战惶惶,汗出如浆。帝问会曰:卿何以不汗?会对曰:战战栗栗,汗不敢出。帝独奇之。及稍长,喜读兵书,深明韬略;司马懿与蒋济皆奇其才。一人现为掾吏,乃义阳人也,姓邓,名艾,字士载,幼年失父,素有大志。但见高山大泽,辄窥度指画,何处可以屯兵,何处可以积粮,何处可以埋伏。人皆笑之,独司马懿奇其才,遂令参赞军机。艾为人口吃,每奏事必称艾艾。懿戏谓曰:卿称艾艾,当有几艾?艾应声曰:凤兮凤兮,故是一凤。其资性敏捷,大抵如此。此二人深可畏也。”维笑曰:“量此孺子,何足道哉!”

于是姜维引夏侯霸至成都,入见后主。维奏曰:“司马懿谋杀曹爽,又来赚夏侯霸,霸因此投降。目今司马懿父子专权,曹芳懦弱,魏国将危。臣在汉中有年,兵精粮足;臣愿领王师,即以霸为向导官,克服中原,重兴汉室:以报陛下之恩,以终丞相之志。”尚书令费祎谏曰:“近者,蒋琬、董允皆相继而亡,内治无人。伯约只宜待时,不宜轻动。”维曰:“不然。人生如白驹过隙,似此迁延岁月,何日恢复中原乎?”祎又曰:“孙子云:知彼知己,百战百胜。我等皆不如丞相远甚,丞相尚不能恢复中原,何况我等?”维曰:“吾久居陇上,深知羌人之心;今若结羌人为援,虽未能克复中原,自陇而西,可断而有也。”后主曰:“卿既欲伐魏,可尽忠竭力,勿堕锐气,以负朕命。”于是姜维领敕辞朝,同夏侯霸径到汉中,计议起兵。维曰:“可先遣使去羌人处通盟,然后出西平,近雍州。先筑二城于麴山之下,令兵守之,以为犄角之势。我等尽发粮草于川口,依丞相旧制,次第进兵。”

是年秋八月,先差蜀将句安、李歆同引一万五千兵,往麴山前连筑二城:句安守东城,李歆守西城。早有细作报与雍州刺史郭淮。淮一面申报洛阳，一面遣副将陈泰引兵五万，来与蜀兵交战。句安、李歆各引一军出迎；因兵少不能抵敌，退入城中。泰令兵四面围住攻打，又以兵断其汉中粮道。句安、李歆城中粮缺。郭淮自引兵亦到，看了地势，忻然而喜；回到寨中，乃与陈泰计议曰："此城山势高阜，必然水少，须出城取水；若断其上流，蜀兵皆渴死矣。"遂令军士掘土堰断上流。城中果然无水。李歆引兵出城取水，雍州兵围困甚急。歆死战不能出，只得退入城去。句安城中亦无水，乃会了李歆，引兵出城，并在一处；大战良久，又败入城去。军士枯渴。安与歆曰："姜都督之兵，至今未到，不知何故。"歆曰："我当舍命杀出求救。"遂引数十骑，开了城门，杀将出来。雍州兵四面围合，歆奋死冲突，方才得脱；只落得独自一人，身带重伤，余皆没于乱军之中。是夜北风大起，阴云布合，天降大雪，因此城内蜀兵分粮化雪而食。

却说李歆撞出重围，从西山小路行了两日，正迎着姜维人马。歆下马伏地告曰："麴山二城，皆被魏兵围困，绝了水道。幸得天降大雪，因此化雪度日。甚是危急。"维曰："吾非来迟，为聚羌兵未到，因此误了。"遂令人送李歆入川养病。维问夏侯霸曰："羌兵未到，魏兵围困麴山甚急，将军有何高见？"霸曰："若等羌兵到，麴山二城皆陷矣。吾料雍州兵，必尽来麴山攻打，雍州城定然空虚。将军可引兵径往牛头山，抄在雍州之后：郭淮、陈泰必回救雍州，则麴山之围自解矣。"维大喜曰："此计最善！"于是姜维引兵望牛头山而去。

却说陈泰见李歆杀出城去了，乃谓郭淮曰："李歆若告急于姜维，姜维料吾大兵皆在麴山，必抄牛头山袭吾之后。将军可引一军去取洮水，断绝蜀兵粮道；吾分兵一半，径往牛头山击之。彼若知粮道已绝，必然自走矣。"郭淮从之，遂引一军暗取洮水。陈泰引一军径往牛头山来。

却说姜维兵至牛头山，忽听的前军发喊，报说魏兵截住去路。维慌忙自到军前视之。陈泰大喝曰："汝欲袭吾雍州！吾已等候多时了！"维大怒，挺枪纵马，直取陈泰。泰挥刀而迎。战不三合，泰败走，维挥兵掩杀。雍州兵退回，占住山头。维收兵就牛头山下寨。维每日令兵搦战，不分胜负。夏侯霸谓姜维曰："此处不是久停之所。

连日交战,不分胜负,乃诱兵之计耳,必有异谋。不如暂退,再作良图。"正言间,忽报郭淮引一军取洮水,断了粮道。维大惊,急令夏侯霸先退,维自断后。陈泰分兵五路赶来。维独拒五路总口,战住魏兵。泰勒兵上山,矢石如雨。维急退到洮水之时,郭淮引兵杀来。维引兵往来冲突。魏兵阻其去路,密如铁桶。维奋死杀出,折兵大半,飞奔上阳平关来。前面又一军杀到;为首一员大将,纵马横刀而出。那人生得圆面大耳,方口厚唇,左目下生个黑瘤,瘤上生数十根黑毛,乃司马懿长子骠骑将军司马师也。维大怒曰:"孺子焉敢阻吾归路!"拍马挺枪,直来刺师。师挥刀相迎。只三合,杀败了司马师,维脱身径奔阳平关来。城上人开门放入姜维。司马师也来抢关,两边伏弩齐发,一弩发十矢,乃武侯临终时所遗连弩之法也。正是:难支此日三军败,独赖当年十矢传。未知司马师性命如何,且看下文分解。

第一百八回　丁奉雪中奋短兵　孙峻席间施密计

却说姜维正走，遇着司马师引兵拦截。原来姜维取雍州之时，郭淮飞报入朝，魏主与司马懿商议停当，懿遣长子司马师引兵五万，前来雍州助战；师听知郭淮敌退蜀兵，师料蜀兵势弱，就来半路击之。直赶到阳平关，却被姜维用武侯所传连弩法，于两边暗伏连弩百余张，一弩发十矢，皆是药箭，两边弩箭齐发，前军连人带马射死不知其数。司马师于乱军之中，逃命而回。

却说麴山城中蜀将句安，见援兵不至，乃开门降魏。姜维折兵数万，领败兵回汉中屯扎。司马师自还洛阳。至嘉平三年秋八月，司马懿染病，渐渐沉重，乃唤二子至榻前嘱曰："吾事魏历年，官授太傅，人臣之位极矣；人皆疑吾有异志，吾尝怀恐惧。吾死之后，汝二人善理国政。慎之！慎之！"言讫而亡。长子司马师，次子司马昭，二人申奏魏主曹芳。芳厚加祭葬，优锡赠谥；封师为大将军，总领尚书机密大事，昭为骠骑上将军。

却说吴主孙权，先有太子孙登，乃徐夫人所生，于吴赤乌四年身亡，遂立次子孙和为太子，乃琅琊王夫人所生。和因与全公主不睦，被公主所谮，权废之，和忧恨而死。又立三子孙亮为太子，乃潘夫人所生。此时陆逊、诸葛瑾皆亡，一应大小事务，皆归于诸葛恪。太元元年秋八月初一日，忽起大风，江海涌涛，平地水深八尺。吴主先陵所种松柏，尽皆拔起，直飞到建业城南门外，倒卓于道上。权因此受惊成病。至次年四月内，病势沉重，乃召太傅诸葛恪、大司马吕岱至榻前，嘱以后事。嘱讫而薨。在位二十四年，寿七十一岁，乃蜀汉延熙十五年也。后人有诗曰："紫髯碧眼号英雄，能使臣僚肯尽忠。二十四年兴大业，龙盘虎踞在江东。"

孙权既亡，诸葛恪立孙亮为帝，大赦天下，改元建兴元年；谥权曰大皇帝，葬于蒋陵。早有细作探知其事，报入洛阳。司马师闻孙权已死,遂议起兵伐吴。尚书傅嘏曰:“吴有长江之险,先帝屡次征伐,皆不遂意;不如各守边疆,乃为上策。”师曰:“天道三十年一变,岂得常为鼎峙乎?吾欲伐吴。”昭曰:“今孙权新亡,孙亮幼懦,其隙正可乘也。”遂令征南大将军王昶引兵十万攻南郡,征东将军胡遵引兵十万攻东兴,镇南都督毌丘俭引兵十万攻武昌:三路进发。又遣弟司马昭为大都督,总领三路军马。

是年冬十二月,司马昭兵至东吴边界,屯住人马,唤王昶、胡遵、毌丘俭到帐中计议曰:“东吴最紧要处,惟东兴郡也。今他筑起大堤,左右又筑两城,以防巢湖后面攻击,诸公须要仔细。”遂令王昶、毌丘俭各引一万兵,列在左右:“且勿进发;待取了东兴郡,那时一齐进兵。”昶、俭二人受令而去。昭又令胡遵为先锋,总领三路兵前去:“先搭浮桥,取东兴大堤;若夺得左右二城,便是大功。”遵领兵来搭浮桥。

却说吴太傅诸葛恪,听知魏兵三路而来,聚众商议。平北将军丁奉曰:“东兴乃东吴紧要处所,若有失,则南郡、武昌危矣。”恪曰:“此论正合吾意。公可就引三千水兵从江中去,吾随后令吕据、唐咨、留赞各引一万马步兵,分三路来接应。但听连珠炮响,一齐进兵。吾自引大兵后至。”丁奉得令,即引三千水兵,分作三十只船,望东兴而来。

却说胡遵渡过浮桥,屯军于堤上,差桓嘉、韩综攻打二城。左城中乃吴将全端守把,右城中乃吴将留略守把。此二城高峻坚固,急切攻打不下。全、留二人见魏兵势大,不敢出战,死守城池。胡遵在徐塘下寨。时值严寒,天降大雪,胡遵与众将设席高会。忽报水上有三十只战船来到。遵出寨视之,见船将次傍岸,每船上约有百人。遂还帐中,谓诸将曰:“不过三千人耳,何足惧哉!”只令部将哨探,仍前饮酒。

丁奉将船一字儿抛在水上,乃谓部将曰:“大丈夫立功名,取富贵,正在今日!”遂令众军脱去衣甲,卸了头盔,不用长枪大戟,止带短刀。魏兵见之大笑,更不准备。忽然连珠炮响了三声,丁奉扯刀当先,一跃上岸。众军皆拔短刀,随奉上岸,砍入魏寨,魏兵措手不及。

韩综急拔帐前大戟迎之，早被丁奉抢入怀内，手起刀落，砍翻在地。桓嘉从左边转出，忙绰枪刺丁奉，被奉挟住枪杆。嘉弃枪而走，奉一刀飞去，正中左肩，嘉望后便倒。奉赶上，就以枪刺之。三千吴兵，在魏寨中左冲右突。胡遵急上马夺路而走。魏兵齐奔上浮桥，浮桥已断，大半落水而死；杀倒在雪地者，不知其数。车仗马匹军器，皆被吴兵所获。司马昭、王昶、毌丘俭听知东兴兵败，亦勒兵而退。

却说诸葛恪引兵至东兴，收兵赏劳了毕，乃聚诸将曰："司马昭兵败北归，正好乘势进取中原。"遂一面遣人赍书入蜀，求姜维进兵攻其北，许以平分天下；一面起大兵二十万，来伐中原。临行时，忽见一道白气，从地而起，遮断三军，对面不见。蒋延曰："此气乃白虹也，主丧兵之兆。太傅只可回朝，不可伐魏。"恪大怒曰："汝安敢出不利之言，以慢吾军心！"叱武士斩之。众皆告免，恪乃贬蒋延为庶人，仍催兵前进。丁奉曰："魏以新城为总隘口，若先取得此城，司马师破胆矣。"恪大喜，即趱兵直至新城。守城牙门将军张特，见吴兵大至，闭门坚守。恪令兵四面围定。早有流星马报入洛阳。主簿虞松告司马师曰："今诸葛恪困新城，且未可与战。吴兵远来，人多粮少，粮尽自走矣。待其将走，然后击之，必得全胜。但恐蜀兵犯境，不可不防。"师然其言，遂令司马昭引一军助郭淮防姜维；毌丘俭、胡遵拒住吴兵。

却说诸葛恪连月攻打新城不下，下令众将："并力攻城，怠慢者立斩。"于是诸将奋力攻打。城东北角将陷。张特在城中定下一计：乃令一舌辩之士，赍捧册籍，赴吴寨见诸葛恪，告曰："魏国之法：若敌人困城，守城将坚守一百日，而无救兵至，然后出城降敌者，家族不坐罪。今将军围城已九十余日；望乞再容数日，某主将尽率军民出城投降。今先具册籍呈上。"恪深信之，收了军马，遂不攻城。原来张特用缓兵之计，哄退吴兵，遂拆城中房屋，于破城处修补完备，乃登城大骂曰："吾城中尚有半年之粮，岂肯降吴狗耶！尽战无妨！"恪大怒，催兵打城。城上乱箭射下。恪额上正中一箭，翻身落马。诸将救起还寨，金疮举发。众军皆无战心；又因天气亢炎，军士多病。恪金疮稍可，欲催兵攻城。营吏告曰："人人皆病，安能战乎？"恪大怒曰：

"再说病者斩之!"众军闻知,逃者无数。忽报都督蔡林引本部军投魏去了。恪大惊,自乘马遍视各营,果见军士面色黄肿,各带病容。遂勒兵还吴。早有细作报知毌丘俭。俭尽起大兵,随后掩杀。

吴兵大败而归,恪甚羞惭,托病不朝。吴主孙亮自幸其宅问安,文武官僚,皆来拜见。恪恐人议论,先搜求众官将过失,轻则发遣边方,重则斩首示众。于是内外官僚,无不悚惧。又令心腹将张约、朱恩管御林军,以为牙爪。却说孙峻字子远,乃孙坚弟孙静曾孙,孙恭之子也;孙权存日,甚爱之,命掌御林军马。今闻诸葛恪令张约、朱恩二人掌御林军,夺其权,心中大怒。太常卿滕胤,素与诸葛恪有隙,乃乘间说峻曰:"诸葛恪专权恣虐,杀害公卿,将有不臣之心。公系宗室,何不早图之?"峻曰:"我有是心久矣;今当即奏天子,请旨诛之。"于是孙峻、滕胤入见吴主孙亮,密奏其事。亮曰:"朕见此人,亦甚恐怖;常欲除之,未得其便。今卿等果有忠义,可密图之。"胤曰:"陛下可设席召恪,暗伏武士于壁衣中,掷杯为号,就席间杀之,以绝后患。"亮从之。

却说诸葛恪自兵败回朝,托病居家,心神恍惚。一日,偶出中堂,忽见一人穿麻挂孝而入。恪叱问之,其人大惊无措。恪令拿下拷问,其人告曰:"某因新丧父亲,入城请僧追荐;初见是寺院而入,却不想是太傅之府。却怎生来到此处也?"恪大怒,召守门军士问之。军士告曰:"某等数十人,皆荷戈把门,未尝暂离,并不见一人入来。"恪大怒,尽数斩之。是夜,恪睡卧不安,忽听得正堂中声响如霹雳。恪自出视之,见中梁折为两段。恪惊归寝室,忽然一阵阴风起处,见所杀披麻人与守门军士数十人,各提头索命。恪惊倒在地,良久方苏。次早洗面,闻水甚血臭。恪叱侍婢,连换数十盆,皆臭无异。恪正惊疑间,忽报天子有使至,宣太傅赴宴。

恪令安排车仗。方欲出府,有黄犬衔住衣服,嘤嘤作声,如哭之状。恪怒曰:"犬戏我也!"叱左右逐去之,遂乘车出府。行不数步,见车前一道白虹,自地而起,如白练冲天而去。恪甚惊怪,心腹将张约进车前密告曰:"今日宫中设宴,未知好歹,主公不可轻入。"恪听罢,便令回车。行不到十余步,孙峻、滕胤乘马至车前曰:"太傅何故便回?”恪曰:“吾忽然腹痛,不可见天子。”胤曰:“朝廷为太傅军回,不曾面叙,故特设宴相召,兼议大事。太傅虽感贵恙,还当勉强一行。”恪从其言,遂同孙峻、滕胤入宫,张约亦随入。

恪见吴主孙亮,施礼毕,就席而坐。亮命进酒,恪心疑,辞曰:“病躯不胜杯酌。”孙峻曰:“太傅府中常服药酒,可取饮乎?”恪曰:“可也。”遂令从人回府取自制药酒到,恪方才放心饮之。酒至数巡,吴主孙亮托事先起。孙峻下殿,脱了长服,着短衣,内披环甲,手提利刃,上殿大呼曰:“天子有诏诛逆贼!”诸葛恪大惊,掷杯于地,欲拔剑迎之,头已落地。张约见峻斩恪,挥刀来迎。峻急闪过,刀尖伤其左指。峻转身一刀,砍中张约右臂。武士一齐拥出,砍倒张约,剁为肉泥。孙峻一面令武士收恪家眷,一面令人将张约并诸葛恪尸首,用芦席包裹,以小车载出,弃于城南门外石子岗乱冢坑内。

却说诸葛恪之妻正在房中心神恍惚,动止不宁,忽一婢女入房。恪妻问曰:“汝遍身如何血臭?”其婢忽然反目切齿,飞身跳跃,头撞屋梁,口中大叫:“吾乃诸葛恪也!被奸贼孙峻谋杀!”恪合家老幼,惊惶号哭。不一时,军马至,围住府第,将恪全家老幼,俱缚至市曹斩首。时吴建兴二年冬十月也。昔诸葛瑾存日,见恪聪明尽显于外,叹曰:“此子非保家之主也!”又魏光禄大夫张缉,曾对司马师曰:“诸葛恪不久死矣。”师问其故,缉曰:“威震其主,何能久乎?”至此果中其言。却说孙峻杀了诸葛恪,吴主孙亮封峻为丞相、大将军、富春侯,总督中外诸军事。自此权柄尽归孙峻矣。

且说姜维在成都,接得诸葛恪书,欲求相助伐魏,遂入朝,奏准后主,复起大兵,北伐中原。正是:一度兴师未奏绩,两番讨贼欲成功。未知胜负如何,且看下文分解。

第一百九回 困司马汉将奇谋 废曹芳魏家果报

蜀汉延熙十六年秋,将军姜维起兵二十万,令廖化、张翼为左右先锋,夏侯霸为参谋,张嶷为运粮使,大兵出阳平关伐魏。维与夏侯霸商议曰:"向取雍州,不克而还;今若再出,必又有准备。公有何高见?"霸曰:"陇上诸郡,只有南安钱粮最广;若先取之,足可为本。向者不克而还,盖因羌兵不至。今可先遣人会羌人于陇右,然后进兵出石营,从董亭直取南安。"维大喜曰:"公言甚妙!"遂遣郤正为使,赍金珠蜀锦入羌,结好羌王。羌王迷当,得了礼物,便起兵五万,令羌将俄何烧戈为大先锋,引兵南安来。

魏左将军郭淮闻报,飞奏洛阳。司马师问诸将曰:"谁敢去敌蜀兵?"辅国将军徐质曰:"某愿往。"师素知徐质英勇过人,心中大喜,即令徐质为先锋,令司马昭为大都督,领兵望陇西进发。军至董亭,正遇姜维,两军列成阵势。徐质使开山大斧,出马挑战。蜀阵中廖化出迎。战不数合,化拖刀败回。张翼纵马挺枪而迎,战不数合,又败入阵。徐质驱兵掩杀,蜀兵大败,退三十余里。司马昭亦收兵回,各自下寨。

姜维与夏侯霸商议曰:"徐质勇甚,当以何策擒之?"霸曰:"来日诈败,以埋伏之计胜之。"维曰:"司马昭乃仲达之子,岂不知兵法?若见地势掩映,必不肯追。吾见魏兵累次断吾粮道,今却用此计诱之,可斩徐质矣。"遂唤廖化分付如此如此,又唤张翼分付如此如此,二人领兵去了。一面令军士于路撒下铁蒺藜,寨外多排鹿角,示以久计。

徐质连日引兵搦战,蜀兵不出。哨马报司马昭说:"蜀兵在铁笼山后,用木牛流马搬运粮草,以为久计,只待羌兵策应。"昭唤徐质曰:"昔日所以胜蜀者,因断彼粮道也。今蜀兵在铁笼山后运粮,汝今夜引兵五千,断其粮道,蜀兵自退矣。"

徐质领令，初更时分，引兵望铁笼山来，果见蜀兵二百余人，驱百余头木牛流马，装载粮草而行。魏兵一声喊起，徐质当先拦住。蜀兵尽弃粮草而走。质分兵一半，押送粮草回寨；自引兵一半追来。追不到十里，前面车仗横截去路。质令军士下马拆开车仗，只见两边忽然火起。质急勒马回走，后面山僻窄狭处，亦有车仗截路，火光迸起。质等冒烟突火，纵马而出。一声炮响，两路军杀来：左有廖化，右有张翼，大杀一阵，魏兵大败。

徐质奋死只身而走，人困马乏，正奔走间，前面一枝兵杀到，乃姜维也。质大惊无措，被维一枪刺倒座下马，徐质跌下马来，被众军乱刀砍死。质所分一半押粮兵，亦被夏侯霸所擒，尽降其众。

霸将魏兵衣甲马匹，令蜀兵穿了，就令骑坐，打着魏军旗号，从小路径奔回魏寨来。魏军见本部兵回，开门放入，蜀兵就寨中杀起。司马昭大惊，慌忙上马走时，前面廖化杀来。昭不能前进，急退时，姜维引兵从小路杀到。昭四下无路，只得勒兵上铁笼山据守。原来此山只有一条路，四下皆险峻难上；其上惟有一泉，止够百人之饮——此时昭手下有六千人，被姜维绝其路口，山上泉水不敷，人马枯渴。昭仰天长叹曰："吾死于此地矣！"后人有诗曰："妙算姜维不等闲，魏师受困铁笼间；庞涓始入马陵道，项羽初围九里山。"

主簿王韬曰："昔日耿恭受困，拜井而得甘泉。将军何不效之？"昭从其言，遂上山顶泉边，再拜而祝曰："昭奉诏来退蜀兵，若昭合死，令甘泉枯竭，昭自当刎颈，教部军尽降；如寿禄未终，愿苍天早赐甘泉，以活众命！"祝毕，泉水涌出，取之不竭，因此人马不死。

却说姜维在山下困住魏兵，谓众将曰："昔日丞相在上方谷，不曾捉住司马懿，吾深为恨；今司马昭必被吾擒矣。"

却说郭淮听知司马昭困于铁笼山上，欲提兵来。陈泰曰："姜维会合羌兵，欲先取南安。今羌兵已到，将军若撤兵去救，羌兵必乘虚袭我后也。可先令人诈降羌人，于中取事；若退了此兵，方可救铁笼之围。"郭淮从之，遂令陈泰引五千兵，径到羌王寨内，解甲而入，泣拜曰："郭淮妄自尊大，常有杀泰之心，故来投降。郭淮军中虚实，某俱知之。只今夜愿引一军前去劫寨，便可成功。如兵到魏寨，自有内应。”迷当大喜,遂令俄何烧戈同陈泰来劫魏寨。俄何烧戈教泰降兵在后,令泰引羌兵为前部。是夜二更,竟到魏寨,寨门大开。陈泰一骑马先入。俄何烧戈骤马挺枪入寨之时,只叫得一声苦,连人带马,跌在陷坑里。陈泰兵从后面杀来,郭淮从左边杀来,羌兵大乱,自相践踏,死者无数,生者尽降。俄何烧戈自刎而死。郭淮、陈泰引兵直杀到羌人寨中,迷当大王急出帐上马时,被魏兵生擒活捉,来见郭淮。淮慌下马,亲去其缚,用好言抚慰曰:“朝廷素以公为忠义,今何故助蜀人也?”迷当惭愧伏罪。淮乃说迷当曰:“公今为前部,去解铁笼山之围,退了蜀兵,吾奏准天子,自有厚赐。”

迷当从之,遂引羌兵在前,魏兵在后,径奔铁笼山。时值三更,先令人报知姜维。维大喜,教请入相见。魏兵多半杂在羌人部内;行到蜀寨前,维令大兵皆在寨外屯扎,迷当引百余人到中军帐前。姜维、夏侯霸二人出迎。魏将不等迷当开言,就从背后杀将起来。维大惊,急上马而走。羌、魏之兵,一齐杀入。蜀兵四分五落,各自逃生。维手无器械,腰间止有一副弓箭,走得慌忙,箭皆落了,只有空壶。维望山中而走,背后郭淮引兵赶来;见维手无寸铁,乃骤马挺枪追之。看看至近,维虚拽弓弦,连响十余次。淮连躲数番,不见箭到,知维无箭,乃挂住钢枪,拈弓搭箭射之。维急闪过,顺手接了,就扣在弓弦上;待淮追近,望面门上尽力射去,淮应弦落马。维勒回马来杀郭淮,魏军骤至。维下手不及,只掣得淮枪而去。魏兵不敢追赶,急救淮归寨,拔出箭头,血流不止而死。司马昭下山引兵追赶,半途而回。夏侯霸随后逃至,与姜维一齐奔走。维折了许多人马,一路收扎不住,自回汉中。虽然兵败,却射死郭淮,杀死徐质,挫动魏国之威,将功补罪。

却说司马昭犒劳羌兵,发遣回国去讫,班师还洛阳,与兄司马师专制朝权,群臣莫敢不服。魏主曹芳每见师入朝,战栗不已,如针刺背。一日,芳设朝,见师带剑上殿,慌忙下榻迎之。师笑曰:“岂有君迎臣之礼也,请陛下稳便。”须臾,群臣奏事,司马师俱自剖断,并不启奏魏主。少时朝退,师昂然下殿,乘车出内,前遮后拥,不下数千人马。

芳退入后殿，顾左右止有三人：乃太常夏侯玄，中书令李丰，光禄大夫张缉，缉乃张皇后之父，曹芳之皇丈也。芳叱退近侍，同三人至密室商议。芳执张缉之手而哭曰："司马师视朕如小儿，觑百官如草芥，社稷早晚必归此人矣！"言讫大哭。李丰奏曰："陛下勿忧。臣虽不才，愿以陛下之明诏，聚四方之英杰，以剿此贼。"夏侯玄奏曰："臣叔夏侯霸降蜀，因惧司马兄弟谋害故耳；今若剿除此贼，臣叔必回也。臣乃国家旧戚，安敢坐视奸贼乱国，愿同奉诏讨之。"芳曰："但恐不能耳。"三人哭奏曰："臣等誓当同心灭贼，以报陛下！"芳脱下龙凤汗衫，咬破指尖，写了血诏，授与张缉，乃嘱曰："朕祖武皇帝诛董承，盖为机事不密也。卿等须谨细，勿泄于外。"丰曰："陛下何出此不利之言？臣等非董承之辈，司马师安比武祖也？陛下勿疑。"

三人辞出，至东华门左侧，正见司马师带剑而来，从者数百人，皆持兵器。三人立于道傍。师问曰："汝三人退朝何迟？"李丰曰："圣上在内廷观书，我三人侍读故耳。"师曰："所看何书？"丰曰："乃夏、商、周三代之书也。"师曰："上见此书，问何故事？"丰曰："天子所问伊尹扶商、周公摄政之事，我等皆奏曰：今司马大将军，即伊尹、周公也。"师冷笑曰："汝等岂将吾比伊尹、周公！其心实指吾为王莽、董卓！"三人皆曰："我等皆将军门下之人，安敢如此？"师大怒曰："汝等乃口谀之人！适间与天子在密室中所哭何事？"三人曰："实无此状。"师叱曰："汝三人泪眼尚红，如何抵赖！"夏侯玄知事已泄，乃厉声大骂曰："吾等所哭者，为汝威震其主，将谋篡逆耳！"师大怒，叱武士捉夏侯玄。玄揎拳裸袖，径击司马师，却被武士擒住。

师令将各人搜检，于张缉身畔搜出一龙凤汗衫，上有血字。左右呈与司马师。师视之，乃密诏也。诏曰："司马师弟兄，共持大权，将图篡逆。所行诏制，皆非朕意。各部官兵将士，可同仗忠义，讨灭贼臣，匡扶社稷。功成之日，重加爵赏。"司马师看毕，勃然大怒曰："原来汝等正欲谋害吾兄弟！情理难容！"遂令将三人腰斩于市，灭其三族。三人骂不绝口。比临东市中，牙齿尽被打落，各人含糊数骂而死。

师直入后宫。魏主曹芳正与张皇后商议此事。皇后曰："内廷耳目甚多,倘事泄露,必累妾矣!”正言间,忽见师入,皇后大惊。师按剑谓芳曰:“臣父立陛下为君,功德不在周公之下;臣事陛下,亦与伊尹何别乎?今反以恩为仇,以功为过,欲与二三小臣,谋害臣兄弟,何也?”芳曰:“朕无此心。”师袖中取出汗衫,掷之于地曰:“此谁人所作耶!”芳魂飞天外,魄散九霄,战栗而答曰:“此皆为他人所逼故也。朕岂敢兴此心?”师曰:“妄诬大臣造反,当加何罪?”芳跪告曰:“朕合有罪,望大将军恕之!”师曰:“陛下请起。国法未可废也。”乃指张皇后曰:“此是张缉之女,理当除之!”芳大哭求免,师不从,叱左右将张后捉出,至东华门内,用白练绞死。后人有诗曰:“当年伏后出宫门,跣足哀号别至尊。司马今朝依此例,天教还报在儿孙。”

次日,司马师大会群臣曰:“今主上荒淫无道,亵近娼优,听信谗言,闭塞贤路:其罪甚于汉之昌邑,不能主天下。吾谨按伊尹、霍光之法,别立新君,以保社稷,以安天下,如何?”众皆应曰:“大将军行伊、霍之事,所谓应天顺人,谁敢违命?”师遂同多官入永宁宫,奏闻太后。太后曰:“大将军欲立何人为君?”师曰:“臣观彭城王曹据,聪明仁孝,可以为天下之主。”太后曰:“彭城王乃老身之叔,今立为君,我何以当之?今有高贵乡公曹髦,乃文皇帝之孙;此人温恭克让,可以立之。卿等大臣,从长计议。”一人奏曰:“太后之言是也。便可立之。”众视之,乃司马师宗叔司马孚也。师遂遣使往元城召高贵乡公;请太后升太极殿,召芳责之曰:“汝荒淫无度,亵近娼优,不可承天下;当纳下玺绶,复齐王之爵,目下起程,非宣召不许入朝。”芳泣拜太后,纳了国宝,乘王车大哭而去。只有数员忠义之臣,含泪而送。后人有诗曰:“昔日曹瞒相汉时,欺他寡妇与孤儿。谁知四十余年后,寡妇孤儿亦被欺。”

却说高贵乡公曹髦,字彦士,乃文帝之孙,东海定王霖之子也。当日,司马师以太后命宣至,文武官僚备銮驾于西掖门外拜迎。髦慌忙答礼。太尉王肃曰:“主上不当答礼。”髦曰:“吾亦人臣也,安得不答礼乎?”文武扶髦上辇入宫,髦辞曰:“太后诏命,不知为何,吾安敢乘辇而入?”遂步行至太极东堂。司马师迎着,髦先下拜,师急扶起。问候已毕,引见太后。后曰:“吾见汝年幼时,有帝王之相;汝今可为天下之主:务须恭俭节用,布德施仁,勿辱先帝也。”髦再三谦辞。师令文武请髦出太极殿,是日立为新君,改嘉平六年为正元元年,大赦天下,假大将军司马师黄钺,入朝不趋,奏事不名,带剑上殿。文武百官,各有封赐。

正元二年春正月,有细作飞报,说镇东将军毌丘俭、扬州刺史文钦,以废主为名,起兵前来。司马师大惊。正是:汉臣曾有勤王志,魏将还兴讨贼师。未知如何迎敌,且看下文分解。

第一百十回　文鸯单骑退雄兵　姜维背水破大敌

却说魏正元二年正月，扬州都督、镇东将军、领淮南军马毌丘俭，字仲恭，河东闻喜人也。闻司马师擅行废立之事，心中大怒。长子毌丘甸曰："父亲官居方面，司马师专权废主，国家有累卵之危，安可宴然自守？"俭曰："吾儿之言是也。"遂请刺史文钦商议。钦乃曹爽门下客，当日闻俭相请，即来参谒。俭邀入后堂，礼毕，说话间，俭流泪不止。钦问其故，俭曰："司马师专权废主，天地反覆，安得不伤心乎！"钦曰："都督镇守方面，若肯仗义讨贼，钦愿舍死相助。钦中子文淑，小字阿鸯，有万夫不当之勇，常欲杀司马师兄弟，与曹爽报仇，今可令为先锋。"俭大喜，即时酹酒为誓。二人诈称太后有密诏，令淮南大小官兵将士，皆入寿春城，立一坛于西，宰白马歃血为盟，宣言司马师大逆不道，今奉太后密诏，令尽起淮南军马，仗义讨贼。众皆悦服。俭提六万兵，屯于项城。文钦领兵二万在外为游兵，往来接应。俭移檄诸郡，令各起兵相助。

却说司马师左眼肉瘤，不时痛痒，乃命医官割之，以药封闭，连日在府养病；忽闻淮南告急，乃请太尉王肃商议。肃曰："昔关云长威震华夏，孙权令吕蒙袭取荆州，抚恤将士家属，因此关公军势瓦解。今淮南将士家属，皆在中原，可急抚恤，更以兵断其归路，必有土崩之势矣。"师曰："公言极善。但吾新割目瘤，不能自往。若使他人，心又不稳。"时中书侍郎钟会在侧，进言曰："淮楚兵强，其锋甚锐；若遣人领兵去退，多是不利。倘有疏虞，则大事废矣。"师蹶然起曰："非吾自往，不可破贼！"遂留弟司马昭守洛阳，总摄朝政。师乘软舆，带病东行。令镇东将军诸葛诞，总督豫州诸军，从安风津取寿春；又令征东将军胡遵，领青州诸军，出谯、宋之地，绝其归路；又遣荆州刺史、监军王基，领前部兵，先取镇南之地。师领大军屯于襄阳，聚文武于帐下商议。光禄勋郑袤曰："毌丘俭好谋而无断，文钦有勇而无智。

今大军出其不意，江、淮之卒锐气正盛，不可轻敌；只宜深沟高垒，以挫其锐。此亚夫之长策也。”监军王基曰：“不可。淮南之反，非军民思乱也；皆因毌丘俭势力所逼，不得已而从之。若大军一临，必然瓦解。”师曰：“此言甚妙。”遂进兵于㶏水之上，中军屯于㶏桥。基曰：“南顿极好屯兵，可提兵星夜取之。若迟则毌丘俭必先至矣。”师遂令王基领前部兵来南顿城下寨。

却说毌丘俭在项城，闻知司马师自来，乃聚众商议。先锋葛雍曰：“南顿之地，依山傍水，极好屯兵；若魏兵先占，难以驱遣，可速取之。”俭然其言，起兵投南顿来。正行之间，前面流星马报说，南顿已有人马下寨。俭不信，自到军前视之，果然旌旗遍野，营寨齐整。俭回到军中，无计可施。忽哨马飞报：“东吴孙峻提兵渡江袭寿春来了。”俭大惊曰：“寿春若失，吾归何处！”是夜退兵于项城。

司马师见毌丘俭军退，聚多官商议。尚书傅嘏曰：“今俭兵退者，忧吴人袭寿春也，必回项城分兵拒守。将军可令一军取乐嘉城，一军取项城，一军取寿春，则淮南之卒必退矣。兖州刺史邓艾，足智多谋；若领兵径取乐嘉，更以重兵应之，破贼不难也。”师从之，急遣使持檄文，教邓艾起兖州之兵破乐嘉城。师随后引兵到彼会合。

却说毌丘俭在项城，不时差人去乐嘉城哨探，只恐有兵来。请文钦到营共议，钦曰：“都督勿忧。我与拙子文鸯，只消五千兵，敢保乐嘉城。”俭大喜。钦父子引五千兵投乐嘉来。前军报说：“乐嘉城西，皆是魏兵，约有万余。遥望中军，白旄黄钺，皂盖朱幡，簇拥虎帐，内竖一面锦绣帅字旗，必是司马师也，安立营寨，尚未完备。”时文鸯悬鞭立于父侧，闻知此语，乃告父曰：“趁彼营寨未成，可分兵两路，左右击之，可全胜也。”钦曰：“何时可去？”鸯曰：“今夜黄昏，父引二千五百兵，从城南杀来；儿引二千五百兵，从城北杀来：三更时分，要在魏寨会合。”钦从之，当晚分兵两路。且说文鸯年方十八岁，身长八尺，全装惯甲，腰悬钢鞭，绰枪上马，遥望魏寨而进。

是夜，司马师兵到乐嘉，立下营寨，等邓艾未至。师为眼下新割肉瘤，疮口疼痛，卧于帐中，令数百甲士环立护卫。三更时分，忽然寨内喊声大震，人马大乱。师急问之，人报曰：“一军从寨北斩围直入，为首一将，勇不可当！”师大惊，心如火烈，眼珠从肉瘤疮口内迸出，血流遍地，疼痛难当；又恐有乱军心，只咬被头而忍，被皆咬烂。原来文鸯军马先到，一拥而进，在寨中左冲右突；所到之处，人不敢当，有相拒者，枪搠鞭打，无不被杀。鸯只望父到，以为外应，并不见来。数番杀到中军，皆被弓弩射回。鸯直杀到天明，只听得北边鼓角喧天。鸯回顾从者曰：“父亲不在南面为应，却从北至，何也？”鸯纵马看时，只见一军行如猛风，为首一将，乃邓艾也，跃马横刀，大呼曰：“反贼休走！”鸯大怒，挺枪迎之。战有五十合，不分胜败。正斗间，魏兵大进，前后夹攻，鸯部下兵乃各自逃散，只文鸯单人独马，冲开魏兵，望南而走。背后数百员魏将，抖擞精神，骤马追来；将至乐嘉桥边，看看赶上。鸯忽然勒回马大喝一声，直冲入魏将阵中来；钢鞭起处，纷纷落马，各各倒退。鸯复缓缓而行。魏将聚在一处，惊讶曰：“此人尚敢退我等之众耶！可并力追之！”于是魏将百员，复来追赶。鸯勃然大怒曰：“鼠辈何不惜命也！”提鞭拨马，杀入魏将丛中，用鞭打死数人，复回马缓辔而行。魏将连追四五番，皆被文鸯一人杀退。后人有诗曰：“长坂当年独拒曹，子龙从此显英豪。乐嘉城内争锋处，又见文鸯胆气高。”

原来文钦被山路崎岖，迷入谷中，行了半夜，比及寻路而出，天色已晓，文鸯人马不知所向，只见魏兵大胜。钦不战而退。魏兵乘势追杀，钦引兵望寿春而走。

却说魏殿中校尉尹大目，乃曹爽心腹之人，因爽被司马懿谋杀，故事司马师，常有杀师报爽之心；又素与文钦交厚。今见师眼瘤突出，不能动止，乃入帐告曰：“文钦本无反心，今被毌丘俭逼迫，以致如此。某去说之，必然来降。”师从之。大目顶盔惯甲，乘马来赶文钦；看看赶上，乃高声大叫曰：“文刺史见尹大目么？”钦回头视之，大目除盔放于鞍鞒之前，以鞭指曰：“文刺史何不忍耐数日也？”此是大目知师将亡，故来留钦。钦不解其意，厉声大骂，便欲开弓射之。大目大哭而回。钦收聚人马奔寿春时，已被诸葛诞引兵取了；欲复回项城时，胡遵、王基、邓艾三路兵皆到。钦见势危，遂投东吴孙峻去了。

却说毌丘俭在项城内，听知寿春已失，文钦势败，城外三路兵到，俭遂尽撤城中之兵出战。正与邓艾相遇，俭令葛雍出马，与艾交锋，不一合，被艾一刀斩之，引兵杀过阵来。毌丘俭死战相拒。江淮兵大乱。胡遵、王基引兵四面夹攻。毌丘俭敌不住，引十余骑夺路而走。前至慎县城下，县令宋白开门接入，设席待之。俭大醉，被宋白令人杀了，将头献与魏兵。于是淮南平定。

司马师卧病不起，唤诸葛诞入帐，赐以印绶，加为镇东大将军，都督扬州诸路军马；一面班师回许昌。师目痛不止，每夜只见李丰、张缉、夏侯玄三人立于榻前。师心神恍惚，自料难保，遂令人往洛阳取司马昭到。昭哭拜于床下。师遗言曰："吾今权重，虽欲卸肩，不可得也。汝继我为之，大事切不可轻托他人，自取灭族之祸。"言讫，以印绶付之，泪流满面。昭急欲问时，师大叫一声，眼睛迸出而死。时正元二年二月也。于是司马昭发丧，申奏魏主曹髦。

髦遣使持诏到许昌，即命暂留司马昭屯军许昌，以防东吴。昭心中犹豫未决。钟会曰："大将军新亡，人心未定，将军若留守于此，万一朝廷有变，悔之何及？"昭从之，即起兵还屯洛水之南。髦闻之大惊。太尉王肃奏曰："昭既继其兄掌大权，陛下可封爵以安之。"髦遂命王肃持诏，封司马昭为大将军、录尚书事。昭入朝谢恩毕。自此，中外大小事情，皆归于昭。

却说西蜀细作哨知此事，报入成都。姜维奏后主曰："司马师新亡，司马昭初握重权，必不敢擅离洛阳。臣请乘间伐魏，以复中原。"后主从之，遂命姜维兴师伐魏。维到汉中，整顿人马。征西大将军张翼曰："蜀地浅狭，钱粮鲜薄，不宜远征；不如据险守分，恤军爱民：此乃保国之计也。"维曰："不然。昔丞相未出茅庐，已定三分天下，然且六出祁山以图中原；不幸半途而丧，以致功业未成。今吾既受丞相遗命，当尽忠报国以继其志，虽死而无恨也。今魏有隙可乘，不就此时伐之，更待何时？"夏侯霸曰："将军之言是也。可将轻骑先出枹罕。若得洮西南安，则诸郡可定。"张翼曰："向者不克而还，皆因军出甚迟也。兵法云：攻其无备，出其不意。今若火速进兵，使魏人不能提防，必然全胜矣。"

于是姜维引兵五万，望枹罕进发。兵至洮水，守边军士报知雍州刺史王经、征西将军陈泰。王经先起马步兵七万来迎。姜维分付张翼如此如此，又分付夏侯霸如此如此：二人领计去了；维乃自引大军背洮水列阵。王经引数员牙将出而问曰："魏与吴、蜀，已成鼎足之势；汝累次入寇，何也？"维曰："司马师无故废主，邻邦理宜问罪，何况仇敌之国乎？"经回顾张明、花永、刘达、朱芳四将曰："蜀兵背水为阵，败则皆没于水矣。姜维骁勇，汝四将可战之。彼若退动，便可追击。"四将分左右而出，来战姜维。维略战数合，拨回马望本阵中便走。王经大驱士马，一齐赶来。维引兵望着洮水而走；将次近水，大呼将士曰："事急矣！诸将何不努力！"众将一齐奋力杀回，魏兵大败。张翼、夏侯霸抄在魏兵之后，分两路杀来，把魏兵困在垓心。维奋武扬威，杀入魏军之中，左冲右突，魏兵大乱，自相践踏，死者大半，逼入洮水者无数，斩首万余，垒尸数里。王经引败兵百骑，奋力杀出，径往狄道城而走；奔入城中，闭门保守。

姜维大获全功，犒军已毕，便欲进兵攻打狄道城。张翼谏曰："将军功绩已成，威声大震，可以止矣。今若前进，倘不如意，正如画蛇添足也。"维曰："不然。向者兵败，尚欲进取，纵横中原；今日洮水一战，魏人胆裂，吾料狄道唾手可得。汝勿自堕其志也。"张翼再三劝谏，维不从，遂勒兵来取狄道城。

却说雍州征西将军陈泰，正欲起兵与王经报兵败之仇，忽兖州刺史邓艾引兵到。泰接着，礼毕，艾曰："今奉大将军之命，特来助将军破敌。"泰问计于邓艾，艾曰："洮水得胜，若招羌人之众，东争关陇，传檄四郡：此吾兵之大患也。今彼不思如此，却图狄道城；其城垣坚固，急切难攻，空劳兵费力耳。吾今陈兵于项岭，然后进兵击之，蜀兵必败矣。"陈泰曰："真妙论也！"遂先拨二十队兵，每队五十人，尽带旌旗、鼓角、烽火之类，日伏夜行，去狄道城东南高山深谷之中埋伏；只待兵来，一齐鸣鼓吹角为应，夜则举火放炮以惊之。调度已毕，专候蜀兵到来。于是陈泰、邓艾，各引二万兵相继而进。

却说姜维围住狄道城，令兵八面攻之，连攻数日不下，心中郁闷，无计可施。是日黄昏时分，忽三五次流星马报说："有两路兵来，旗上明书大字：一路是征西将军陈泰，一路是兖州刺史邓艾。"维大惊，遂请夏侯霸商议。霸曰:“吾向尝为将军言:邓艾自幼深明兵法,善晓地理。今领兵到,颇为劲敌。”维曰:“彼军远来,我休容他住脚,便可击之。”乃留张翼攻城,命夏侯霸引兵迎陈泰。维自引兵来迎邓艾。行不到五里,忽然东南一声炮响,鼓角震地,火光冲天。维纵马看时,只见周围皆是魏兵旗号。维大惊曰:“中邓艾之计矣!”遂传令教夏侯霸、张翼各弃狄道而退。于是蜀兵皆退于汉中。维自断后,只听得背后鼓声不绝,维退入剑阁之时,方知火鼓二十余处,皆虚设也。维收兵退屯于钟提。

且说后主因姜维有洮西之功,降诏封维为大将军。维受了职,上表谢恩毕,再议出师伐魏之策。正是:成功不必添蛇足,讨贼犹思奋虎威。不知此番北伐如何,且看下文分解。

第一百十一回　邓士载智败姜伯约　诸葛诞义讨司马昭

却说姜维退兵屯于钟提，魏兵屯于狄道城外。王经迎接陈泰、邓艾入城，拜谢解围之事，设宴相待，大赏三军。泰将邓艾之功，申奏魏主曹髦，髦封艾为安西将军，假节，领护东羌校尉，同陈泰屯兵于雍、凉等处。邓艾上表谢恩毕，陈泰设席与邓艾作贺曰："姜维夜遁，其力已竭，不敢再出矣。"艾笑曰："吾料蜀兵必出有五。"泰问其故，艾曰："蜀兵虽退，终有乘胜之势；吾兵终有弱败之实：其必出一也。蜀兵皆是孔明教演，精锐之兵，容易调遣；吾将不时更换，军又训练不熟：其必出二也。蜀人多以船行，吾军皆在旱地，劳逸不同：其必出三也。狄道、陇西、南安、祁山四处皆是守战之地；蜀人或声东击西，指南攻北，吾兵必须分头守把；蜀兵合为一处而来，以一分当我四分：其必出四也。若蜀兵自南安、陇西，则可取羌人之谷为食；若出祁山，则有麦可就食：其必出五也。"陈泰叹服曰："公料敌如神，蜀兵何足虑哉！"于是陈泰与邓艾结为忘年之交。艾遂将雍、凉等处之兵，每日操练；各处隘口，皆立营寨，以防不测。

却说姜维在钟提大设筵宴，会集诸将，商议伐魏之事。令史樊建谏曰："将军屡出，未获全功；今日洮西之捷，魏人已服威名，何故又欲出也？万一不利，前功尽弃。"维曰："汝等只知魏国地宽人广，急不可得；却不知攻魏者有五可胜。"众问之，维答曰："彼洮西一败，挫尽锐气，吾兵虽退，不曾损折：今若进兵，一可胜也。吾兵船载而进，不致劳困，彼兵皆从旱地来迎：二可胜也。吾兵久经训练之众，彼皆乌合之徒，不曾有法度：三可胜也。吾兵自出祁山，掠抄秋谷为食：四可胜也。彼兵须各守备，军力分开，吾兵一处而去，彼安能救：五可胜也。不在此时伐魏，更待何日耶？"夏侯霸曰："艾年虽幼，而机谋深远，近封为安西将军之职，必于各处准备，非同往日矣。"维厉声曰："吾何畏彼哉！公等休长他人锐气，灭自己威风！吾意已决，先必取陇西。”众不敢谏。维自领前部，令众将随后而进，于是蜀兵尽离钟提，杀奔祁山来。哨马报说魏兵已先在祁山立下九个寨栅。维不信，引数骑凭高望之，果见祁山九寨势如长蛇，首尾相顾。维回顾左右曰：“夏侯霸之言，信不诬矣。此寨形势绝妙，止吾师诸葛丞相能之；今观邓艾所为，不在吾师之下。”遂回本寨。唤诸将曰：“魏人既有准备，必知吾来矣。吾料邓艾必在此间。汝等可虚张吾旗号，据此谷口下寨；每日令百余骑出哨，每出哨一回，换一番衣甲、旗号，按青、黄、赤、白、黑五方旗帜相换。吾却提大兵偷出董亭，径袭南安去也。”遂令鲍素屯兵于祁山谷口。维尽率大兵，望南安进发。

却说邓艾知蜀兵出祁山，早与陈泰下寨准备；见蜀兵连日不来搦战，一日五番哨马出寨，或十里或十五里而回。艾凭高望毕，慌入帐与陈泰曰：“姜维不在此间，必取董亭袭南安去了。出寨哨马只是这几匹。更换衣甲，往来哨探，其马皆困乏，主将必无能者。陈将军可引一军攻之，其寨可破也。破了寨栅，便引兵袭董亭之路，先断姜维之后。吾当先引一军救南安，径取武城山。若先占此山头，姜维必取上邽。上邽有一谷，名曰段谷，地狭山险，正好埋伏。彼来争武城山时，吾先伏两军于段谷，破维必矣。”泰曰：“吾守陇西二三十年，未尝如此明察地理。公之所言，真神算也！公可速去，吾自攻此处寨栅。”于是邓艾引军星夜倍道而行，径到武城山；下寨已毕，蜀兵未到。即令子邓忠，与帐前校尉师纂，各引五千兵，先去段谷埋伏，如此如此而行。二人受计而去。艾令偃旗息鼓，以待蜀兵。

却说姜维从董亭望南安而来，至武城山前，谓夏侯霸曰：“近南安有一山，名武城山；若先得了，可夺南安之势。只恐邓艾多谋，必先提防。”正疑虑间，忽然山上一声炮响，喊声大震，鼓角齐鸣，旌旗遍竖，皆是魏兵；中央风飘起一黄旗，大书邓艾字样。蜀兵大惊。山上数处精兵杀下，势不可当，前军大败。维急率中军人马去救时，魏兵已退。维直来武城山下搦邓艾战，山上魏兵并不下来。维令军士辱骂。至晚，方欲退军，山上鼓角齐鸣，却又不见魏兵下来。维欲上山冲杀，山上炮石甚严，不能得进。守至三更，欲回，山上鼓角又鸣，维移兵下山屯扎。比及令军搬运木石，方欲竖立为寨，山上鼓角又鸣，魏兵骤至。蜀兵大乱,自相践踏,退回旧寨。次日,姜维令军士运粮草车仗,至武城山,穿连排定,欲立起寨栅,以为屯兵之计。是夜二更,邓艾令五百人,各执火把,分两路下山,放火烧车仗。两兵混杀了一夜,营寨又立不成。

维复引兵退,再与夏侯霸商议曰:“南安未得,不如先取上邽。上邽乃南安屯粮之所;若得上邽,南安自危矣。”遂留霸屯于武城山,维尽引精兵猛将,径取上邽。行了一宿,将及天明,见山势狭峻,道路崎岖,乃问向导官曰:“此处何名?”答曰:“段谷。”维大惊曰:“其名不美:段谷者,断谷也。倘有人断其谷口,如之奈何?”正踌躇未决,忽前军来报:“山后尘头大起,必有伏兵。”维急令退兵。师纂、邓忠两军杀出,维且战且走,前面喊声大震,邓艾引兵杀到:三路夹攻,蜀兵大败。幸得夏侯霸引兵杀到,魏兵方退,救了姜维,欲再往祁山。霸曰:“祁山寨已被陈泰打破,鲍素阵亡,全寨人马皆退回汉中去了。”维不敢取董亭,急投山僻小路而回。后面邓艾急追,维令诸军前进,自为断后。正行之际,忽然山中一军突出,乃魏将陈泰也。魏兵一声喊起,将姜维困在垓心。维人马困乏,左冲右突,不能得出。荡寇将军张嶷,闻姜维受困,引数百骑杀入重围。维因乘势杀出。嶷被魏兵乱箭射死。维得脱重围,复回汉中,因感张嶷忠勇,殁于王事,乃表赠其子孙。于是,蜀中将士多有阵亡者,皆归罪于姜维。维照武侯街亭旧例,乃上表自贬为后将军,行大将军事。

却说邓艾见蜀兵退尽,乃与陈泰设宴相贺,大赏三军。泰表邓艾之功,司马昭遣使持节,加艾官爵,赐印绶;并封其子邓忠为亭侯。

时魏主曹髦,改正元三年为甘露元年。司马昭自为天下兵马大都督,出入常令三千铁甲骁将前后簇拥,以为护卫;一应事务,不奏朝廷,就于相府裁处:自此常怀篡逆之心。有一心腹人,姓贾,名充,字公闾,乃故建威将军贾逵之子,为昭府下长史。充语昭曰:“今主公掌握大柄,四方人心必然未安;且当暗访,然后徐图大事。”昭曰:“吾正欲如此。汝可为我东行。只推慰劳出征军士为名,以探消息。”贾充领命,径到淮南,入见镇东大将军诸葛诞。诞字公休,乃琅琊南阳人,即武侯之族弟也;向事于魏,因武侯在蜀为相,因此不得重用;后武侯身亡，诞在魏历任重职，封高平侯，总摄两淮军马。当日，贾充托名劳军，至淮南见诸葛诞。诞设宴待之。酒至半酣，充以言挑诞曰："近来洛阳诸贤，皆以主上懦弱，不堪为君。司马大将军三辈辅国，功德弥天，可以禅代魏统。未审钧意若何？"诞大怒曰："汝乃贾豫州之子，世食魏禄，安敢出此乱言！"充谢曰："某以他人之言告公耳。"诞曰："朝廷有难，吾当以死报之。"充默然，次日辞归，见司马昭细言其事。昭大怒曰："鼠辈安敢如此！"充曰："诞在淮南，深得人心，久必为患，可速除之。"

昭遂暗发密书与扬州刺史乐綝。一面遣使赍诏征诞为司空。诞得了诏书，已知是贾充告变，遂捉来使拷问。使者曰："此事乐綝知之。"诞曰："他如何得知？"使者曰："司马将军已令人到扬州送密书与乐綝矣。"诞大怒，叱左右斩了来使，遂起部下兵千人，杀奔扬州来。将至南门，城门已闭，吊桥拽起。诞在城下叫门，城上并无一人回答。诞大怒曰："乐綝匹夫，安敢如此！"遂令将士打城。手下十余骁骑，下马渡壕，飞身上城，杀散军士，大开城门，于是诸葛诞引兵入城，乘风放火，杀至綝家。綝慌上楼避之。诞提剑上楼，大喝曰："汝父乐进，昔日受魏国大恩！不思报本，反欲顺司马昭耶！"綝未及回言，为诞所杀。一面具表数司马昭之罪，使人申奏洛阳；一面大聚两淮屯田户口十余万，并扬州新降兵四万余人，积草屯粮，准备进兵；又令长史吴纲，送子诸葛靓入吴为质求援，务要合兵诛讨司马昭。

此时东吴丞相孙峻病亡，从弟孙綝辅政。綝字子通，为人强暴，杀大司马滕胤、将军吕据、王惇等，因此权柄皆归于綝。吴主孙亮，虽然聪明，无可奈何。于是吴纲将诸葛靓至石头城，入拜孙綝。綝问其故，纲曰："诸葛诞乃蜀汉诸葛武侯之族弟也，向事魏国；今见司马昭欺君罔上，废主弄权，欲兴师讨之，而力不及，故特来归降。诚恐无凭，专送亲子诸葛靓为质。伏望发兵相助。"綝从其请，便遣大将全怿、全端为主将，于诠为合后，朱异、唐咨为先锋，文钦为向导，起兵七万，分三队而进。吴纲回寿春报知诸葛诞。诞大喜，遂陈兵准备。

却说诸葛诞表文到洛阳，司马昭见了大怒，欲自往讨之。贾充谏曰："主公乘父兄之基业，恩德未及四海，今弃天子而去，若一朝有变，悔之何及？不如奏请太后及天子一同出征，可保无虞。”昭喜曰：“此言正合吾意。”遂入奏太后曰：“诸葛诞谋反，臣与文武官僚，计议停当：请太后同天子御驾亲征，以继先帝之遗意。”太后畏惧，只得从之。次日，昭请魏主曹髦起程。髦曰：“大将军都督天下军马，任从调遣，何必朕自行也？”昭曰：“不然。昔日武祖纵横四海，文帝、明帝有包括宇宙之志，并吞八荒之心，凡遇大敌，必须自行。陛下正宜追配先君，扫清故孽。何自畏也？”髦畏威权，只得从之。昭遂下诏，尽起两都之兵二十六万，命镇南将军王基为正先锋，安东将军陈骞为副先锋，监军石苞为左军，兖州刺史州泰为右军，保护车驾，浩浩荡荡，杀奔淮南而来。

东吴先锋朱异，引兵迎敌。两军对圆，魏军中王基出马，朱异来迎。战不三合，朱异败走；唐咨出马，战不三合，亦大败而走。王基驱兵掩杀，吴兵大败，退五十里下寨，报入寿春城中。诸葛诞自引本部锐兵，会合文钦并二子文鸯、文虎，雄兵数万，来敌司马昭。正是：方见吴兵锐气堕，又看魏将劲兵来。未知胜负如何，且看下文分解。

第一百十二回　救寿春于诠死节　取长城伯约鏖兵

却说司马昭闻诸葛诞会合吴兵前来决战，乃召散骑长史裴秀、黄门侍郎钟会，商议破敌之策。钟会曰："吴兵之助诸葛诞，实为利也；以利诱之，则必胜矣。"昭从其言，遂令石苞、州泰先引两军于石头城埋伏，王基、陈骞领精兵在后，却令偏将成倅引兵数万先去诱敌；又令陈俊引车仗牛马驴骡，装载赏军之物，四面聚集于阵中，如敌来则弃之。

是日，诸葛诞令吴将朱异在左，文钦在右，见魏阵中人马不整，诞乃大驱士马径进。成倅退走，诞驱兵掩杀，见牛马驴骡，遍满郊野；南兵争取，无心恋战。忽然一声炮响，两路兵杀来：左有石苞，右有州泰，诞大惊，急欲退时，王基、陈骞精兵杀到。诞兵大败。司马昭又引兵接应。诞引败兵奔入寿春，闭门坚守。昭令兵四面围困，并力攻城。

时吴兵退屯安丰，魏主车驾驻于项城。钟会曰："今诸葛诞虽败，寿春城中粮草尚多，更有吴兵屯安丰以为掎角之势；今吾兵四面攻围，彼缓则坚守，急则死战；吴兵或乘势夹攻：吾军无益。不如三面攻之，留南门大路，容贼自走；走而击之，可全胜也。吴兵远来，粮必不继；我引轻骑抄在其后，可不战而自破矣。"昭抚会背曰："君真吾之子房也！"遂令王基撤退南门之兵。

却说吴兵屯于安丰，孙綝唤朱异责之曰："量一寿春城不能救，安可并吞中原？如再不胜必斩！"朱异乃回本寨商议。于诠曰："今寿春南门不围，某愿领一军从南门入去，助诸葛诞守城。将军与魏兵挑战，我却从城中杀出：两路夹攻，魏兵可破矣。"异然其言。于是全怿、全端、文钦等，皆愿入城。遂同于诠引兵一万，从南门而入城。魏兵不得将令，未敢轻敌，任吴兵入城，乃报知司马昭。昭曰："此欲与朱异内外夹攻，以破我军也。"乃召王基、陈骞分付曰："汝可引五千兵截断朱异来路,从背后击之。"二人领命而去。朱异正引兵来,忽背后喊声大震:左有王基,右有陈骞,两路军杀来。吴兵大败。朱异回见孙綝,綝大怒曰:"累败之将,要汝何用!"叱武士推出斩之。又责全端子全祎曰:"若退不得魏兵,汝父子休来见我!"于是孙綝自回建业去了。

钟会与昭曰:"今孙綝退去,外无救兵,城可围矣。"昭从之,遂催军攻围。全祎引兵欲入寿春,见魏兵势大,寻思进退无路,遂降司马昭。昭加祎为偏将军。祎感昭恩德,乃修家书与父全端、叔全怿,言孙綝不仁,不若降魏,将书射入城中。怿得祎书,遂与端引数千人开门出降。诸葛诞在城中忧闷,谋士蒋班、焦彝进言曰:"城中粮少兵多,不能久守,可率吴、楚之众,与魏兵决一死战。"诞大怒曰:"吾欲守,汝欲战,莫非有异心乎！再言必斩!"二人仰天长叹曰:"诞将亡矣！我等不如早降,免至一死!"是夜二更时分,蒋、焦二人逾城降魏,司马昭重用之。因此城中虽有敢战之士,不敢言战。

诞在城中,见魏兵四下筑起土城以防淮水,只望水泛,冲倒土城,驱兵击之。不想自秋至冬,并无霖雨,淮水不泛。城中看看粮尽,文钦在小城内与二子坚守,见军士渐渐饿倒,只得来告诞曰:"粮皆尽绝,军士饿损,不如将北方之兵尽放出城,以省其食。"诞大怒曰:"汝教我尽去北军,欲谋我耶?"叱左右推出斩之。文鸯、文虎见父被杀,各拔短刀,立杀数十人,飞身上城,一跃而下,越壕赴魏寨投降。司马昭恨文鸯昔日单骑退兵之仇,欲斩之。钟会谏曰:"罪在文钦,今文钦已亡,二子势穷来归,若杀降将,是坚城内人之心也。"昭从之,遂召文鸯、文虎入帐,用好言抚慰,赐骏马锦衣,加为偏将军,封关内侯。二子拜谢,上马绕城大叫曰:"我二人蒙大将军赦罪赐爵,汝等何不早降!"城内人闻言,皆计议曰:"文鸯乃司马氏仇人,尚且重用,何况我等乎?"于是皆欲投降。诸葛诞闻之大怒,日夜自来巡城,以杀为威。

钟会知城中人心已变,乃入帐告昭曰:"可乘此时攻城矣。"昭大喜,遂激三军,四面云集,一齐攻打。守将曾宣献了北门,放魏兵入城。诞知魏兵已入,慌引麾下数百人,自城中小路突出;至吊桥边,正撞着胡奋,手起刀落,斩诞于马下,数百人皆被缚。王基引兵杀到西门,正遇吴将于诠。基大喝曰:“何不早降!”诠大怒曰:“受命而出,为人救难,既不能救,又降他人,义所不为也!”乃掷盔于地,大呼曰:“人生在世,得死于战场者,幸耳!”急挥刀死战三十余合,人困马乏,为乱军所杀。后人有诗赞曰:“司马当年围寿春,降兵无数拜车尘。东吴虽有英雄士,谁及于诠肯杀身!”

司马昭入寿春,将诸葛诞老小尽皆枭首,灭其三族。武士将所擒诸葛诞部卒数百人缚至。昭曰:“汝等降否?”众皆大叫曰:“愿与诸葛公同死,决不降汝!”昭大怒,叱武士尽缚于城外,逐一问曰:“降者免死。”并无一人言降。直杀至尽,终无一人降者。昭深加叹息不已,令皆埋之。后人有诗赞曰:“忠臣矢志不偷生,诸葛公休帐下兵。《薤露》歌声应未断,遗踪直欲继田横!”

却说吴兵大半降魏,裴秀告司马昭曰:“吴兵老小,尽在东南江、淮之地,今若留之,久必为变;不如坑之。”钟会曰:“不然。古之用兵者,全国为上,戮其元恶而已。若尽坑之,是不仁也。不如放归江南,以显中国之宽大。”昭曰:“此妙论也。”遂将吴兵尽皆放归本国。唐咨因惧孙綝,不敢回国,亦来降魏。昭皆重用,令分布三河之地。淮南已平。正欲退兵,忽报西蜀姜维引兵来取长城,邀截粮草。昭大惊,慌与多官计议退兵之策。

时蜀汉延熙二十年,改为景耀元年。姜维在汉中,选川将两员,每日操练人马:一是蒋舒,一是傅佥。二人颇有胆勇,维甚爱之。忽报淮南诸葛诞起兵讨司马昭,东吴孙綝助之,昭大起两都之兵,将魏太后并魏主一同出征去了。维大喜曰:“吾今番大事济矣!”遂表奏后主,愿兴兵伐魏。中散大夫谯周听知,叹曰:“近来朝廷溺于酒色,信任中贵黄皓,不理国事,只图欢乐;伯约累欲征伐,不恤军士:国将危矣!”乃作《仇国论》一篇,寄与姜维。维拆封视之。论曰:“或问:古往能以弱胜强者,其术何如?曰:处大国无患者,恒多慢;处小国有忧者,恒思善。多慢则生乱;思善则生治,理之常也。故周文养民,以少取多;句践恤众,以弱毙强,此其术也。或曰:曩者楚强汉弱,约分鸿沟,张良以为民志既定则难动也,率兵追羽,终毙项氏;岂必由文王、句践之事乎？曰：商、周之际，王侯世尊，君臣久固。当此之时，虽有汉祖，安能仗剑取天下乎？及秦罢侯置守之后，民疲秦役，天下土崩，于是豪杰并争。今我与彼，皆传国易世矣，既非秦末鼎沸之时，实有六国并据之势，故可为文王，难为汉祖。时可而后动，数合而后举，故汤、武之师，不再战而克，诚重民劳而度时审也。如遂极武黩征，不幸遇难，虽有智者，不能谋之矣。”

姜维看毕，大怒曰：“此腐儒之论也！”掷之于地，遂提川兵来取中原。乃问傅佥曰：“以公度之，可出何地？”佥曰：“魏屯粮草，皆在长城；今可径取骆谷，度沈岭，直到长城，先烧粮草，然后直取秦川，则中原指日可得矣。”维曰：“公之见与吾计暗合也。”即提兵径取骆谷，度沈岭，望长城而来。

却说长城镇守将军司马望，乃司马昭之族兄也。城内粮草甚多，人马却少。望听知蜀兵到，急与王真、李鹏二将，引兵离城二十里下寨。次日，蜀兵来到，望引二将出阵。姜维出马，指望而言曰：“今司马昭迁主于军中，必有李傕、郭汜之意也。吾今奉朝廷明命，前来问罪，汝当早降。若还愚迷，全家诛戮！”望大声而答曰：“汝等无礼，数犯上国，如不早退，令汝片甲不归！”言未毕，望背后王真挺枪出马，蜀阵中傅佥出迎。战不十合，佥卖个破绽，王真便挺枪来刺；傅佥闪过，活捉真于马上，便回本阵。李鹏大怒，纵马轮刀来救。佥故意放慢，等李鹏将近，努力掷真于地，暗掣四楞铁简在手；鹏赶上举刀待砍，傅佥偷身回顾，向李鹏面门只一简，打得眼珠迸出，死于马下。王真被蜀军乱枪刺死。姜维驱兵大进。司马望弃寨入城，闭门不出。维下令曰：“军士今夜且歇一宿，以养锐气。来日须要入城。”次日平明，蜀兵争先大进，一拥至城下，用火箭火炮打入城中。城上草屋一派烧着，魏兵自乱。维又令人取干柴堆满城下，一齐放火，烈焰冲天。城已将陷，魏兵在城内嚎啕痛哭，声闻四野。

正攻打之间，忽然背后喊声大震。维勒马回看，只见魏兵鼓噪摇旗，浩浩而来。维遂令后队为前队，自立于门旗下候之。只见魏阵中一小将，全装惯带，挺枪纵马而出，约年二十余岁，面如傅粉，唇似抹朱，厉声大叫曰：“认得邓将军否！”维自思曰：“此必是邓艾矣。”挺枪纵马来迎。二人抖擞精神，战到三四十合，不分胜负。那小将军枪法无半点放闲。维心中自思："不用此计，安得胜乎？"便拨马望左边山路中而走。那小将骤马追来，维挂住了钢枪，暗取雕弓羽箭射之。那小将眼乖，早已见了，弓弦响处，把身望前一倒，放过羽箭。维回头看时，小将已到，挺枪来刺；维一闪，那枪从肋傍边过，被维挟住。那小将弃枪，望本阵而走。维嗟叹曰："可惜！可惜！"再拨马赶来。追至阵门前，一将提刀而出曰："姜维匹夫，勿赶吾儿！邓艾在此！"维大惊。原来小将乃艾之子邓忠也。维暗暗称奇；欲战邓艾，又恐马乏，乃虚指艾曰："吾今日识汝父子也。各且收兵，来日决战。"艾见战场不利，亦勒马应曰："既如此，各自收兵，暗算者非丈夫也。"于是两军皆退。邓艾据渭水下寨，姜维跨两山安营。艾见了蜀兵地理，乃作书与司马望曰："我等切不可战，只宜固守。待关中兵至时，蜀兵粮草皆尽，三面攻之，无不胜也。今遣长子邓忠相助守城。"一面差人于司马昭处求救。

却说姜维令人于艾寨中下战书，约来日大战，艾佯应之。次日五更，维令三军造饭，平明布阵等候。艾营中偃旗息鼓，却如无人之状。维至晚方回。次日又令人下战书，责以失期之罪。艾以酒食待使，答曰："微躯小疾，有误相持，明日会战。"次日，维又引兵来，艾仍前不出。如此五六番。傅佥谓维曰："此必有谋也，宜防之。"维曰："此必捱关中兵到，三面击我耳。吾今令人持书与东吴孙綝，使并力攻之。"忽探马报说："司马昭攻打寿春，杀了诸葛诞，吴兵皆降。昭班师回洛阳，便欲引兵来救长城。"维大惊曰："今番伐魏，又成画饼矣，不如且回。"正是：已叹四番难奏绩，又嗟五度未成功。未知如何退兵，且看下文分解。

第一百十三回 丁奉定计斩孙綝 姜维斗阵破邓艾

却说姜维恐救兵到,先将军器车仗,一应军需,步步先退,然后将马军断后。细作报知邓艾。艾笑曰:"姜维知大将军兵到,故先退去。不必追之,追则中彼之计也。"乃令人哨探,回报果然骆谷道狭之处,堆积柴草,准备要烧追兵。众皆称艾曰:"将军真神算也!"遂遣使赍表奏闻。于是司马昭大喜,又加赏邓艾。

却说东吴大将军孙綝,听知全端、唐咨等降魏,勃然大怒,将各人家眷,尽皆斩之。吴主孙亮,时年方十六,见綝杀戮太过,心甚不然。一日出西苑,因食生梅,令黄门取蜜。须臾取至,见蜜内有鼠粪数块,召藏吏责之。藏吏叩首曰:"臣封闭甚严,安有鼠粪?"亮曰:"黄门曾向尔求蜜食否?"藏吏曰:"黄门于数日前曾求蜜食,臣实不敢与。"亮指黄门曰:"此必汝怒藏吏不与尔蜜,故置粪于蜜中,以陷之也。"黄门不服。亮曰:"此事易知耳。若粪久在蜜中,则内外皆湿;若新在蜜中,则外湿内燥。"命剖视之,果然内燥,黄门服罪。亮之聪明,大抵如此。虽然聪明,却被孙綝把持,不能主张。綝令弟威远将军孙据入苍龙宿卫,武卫将军孙恩、偏将军孙干、长水校尉孙闿分屯诸营。

一日,吴主孙亮闷坐,黄门侍郎全纪在侧,纪乃国舅也。亮因泣告曰:"孙綝专权妄杀,欺朕太甚;今不图之,必为后患。"纪曰:"陛下但有用臣处,臣万死不辞。"亮曰:"卿可只今点起禁兵,与将军刘丞各把城门,朕自出杀孙綝。但此事切不可令卿母知之,卿母乃綝之姊也。倘若泄漏,误朕匪轻。"纪曰:"乞陛下草诏与臣。临行事之时,臣将诏示众,使綝手下人皆不敢妄动。"亮从之,即写密诏付纪。纪受诏归家,密告其父全尚。尚知此事,乃告妻曰:"三日内杀孙綝矣。"妻曰:"杀之是也。"口虽应之,却私令人持书报知孙綝。綝大怒,当夜便唤弟兄四人,点起精兵,先围大内;一面将全尚、刘丞并其家小俱拿下。比及平明,吴主孙亮听得宫门外金鼓大震,内侍慌入奏曰:“孙綝引兵围了内苑。”亮大怒,指全后骂曰:“汝父兄误我大事矣!”乃拔剑欲出。全后与侍中近臣,皆牵其衣而哭,不放亮出。孙綝先将全尚、刘丞等杀讫,然后召文武于朝内,下令曰:“主上荒淫久病,昏乱无道,不可以奉宗庙,今当废之。汝诸文武,敢有不从者,以谋叛论!”众皆畏惧,应曰:“愿从将军之令。”尚书桓彝大怒,从班部中挺然而出,指孙綝大骂曰:“今上乃聪明之主,汝何敢出此乱言!吾宁死不从贼臣之命!”綝大怒,自拔剑斩之,即入内指吴主孙亮骂曰:“无道昏君!本当诛戮以谢天下!看先帝之面,废汝为会稽王,吾自选有德者立之!”叱中书郎李崇夺其玺绶,令邓程收之。亮大哭而去。后人有诗叹曰:“乱贼诬伊尹,奸臣冒霍光。可怜聪明主,不得莅朝堂。”

孙綝遣宗正孙楷、中书郎董朝,往虎林迎请琅琊王孙休为君。休字子烈,乃孙权第六子也,在虎林夜梦乘龙上天,回顾不见龙尾,失惊而觉。次日,孙楷、董朝至,拜请回都。行至曲阿,有一老人,自称姓干,名休,叩头言曰:“事久必变,愿殿下速行。”休谢之。行至布塞亭,孙恩将车驾来迎。休不敢乘辇,乃坐小车而入。百官拜迎道傍,休慌忙下车答礼。孙綝出令扶起,请入大殿,升御座即天子位。休再三谦让,方受玉玺。文官武将朝贺已毕,大赦天下,改元永安元年;封孙綝为丞相、荆州牧;多官各有封赏;又封兄之子孙皓为乌程侯。孙綝一门五侯,皆典禁兵,权倾人主。吴主孙休,恐其内变,阳示恩宠,内实防之。綝骄横愈甚。

冬十二月,綝奉牛酒入宫上寿,吴主孙休不受,綝怒,乃以牛酒诣左将军张布府中共饮。酒酣,乃谓布曰:“吾初废会稽王时,人皆劝吾为君。吾为今上贤,故立之。今我上寿而见拒,是将我等闲相待。吾早晚教你看!”布闻言,唯唯而已。次日,布入宫密奏孙休。休大惧,日夜不安。数日后,孙綝遣中书郎孟宗,拨与中营所管精兵一万五千,出屯武昌;又尽将武库内军器与之。于是将军魏邈、武卫士施朔二人密奏孙休曰:“綝调兵在外,又搬尽武库内军器,早晚必为变矣。”休大惊,急召张布计议。布奏曰:“老将丁奉,计略过人,能断大事,可与议之。”休乃召奉入内,密告其事。奉奏曰:“陛下无忧。臣有一计,为国除害。”休问何计,奉曰:“来朝腊日,只推大会群臣,召綝赴席,臣自有调遣。”休大喜。奉同魏邈、施朔掌外事,张布为内应。

是夜,狂风大作,飞沙走石,将老树连根拔起。天明风定,使者奉旨来请孙綝入宫赴会。孙綝方起床,平地如人推倒,心中不悦。使者十余人,簇拥入内。家人止之曰:“一夜狂风不息,今早又无故惊倒,恐非吉兆,不可赴会。”綝曰:“吾弟兄共典禁兵,谁敢近身!倘有变动,于府中放火为号。”嘱讫,升车出内。吴主孙休忙下御座迎之,请綝高坐。酒行数巡,众惊曰:“宫外望有火起!”綝便欲起身。休止之曰:“丞相稳便。外兵自多,何足惧哉?”言未毕,左将军张布拔剑在手,引武士三十余人,抢上殿来,口中厉声而言曰:“有诏擒反贼孙綝!”綝急欲走时,早被武士擒下。綝叩头奏曰:“愿徙交州归田里。”休叱曰:“尔何不徙滕胤、吕据、王惇耶?”命推下斩之。于是张布牵孙綝下殿东斩讫。从者皆不敢动。布宣诏曰:“罪在孙綝一人,余皆不问。”众心乃安。布请孙休升五凤楼。丁奉、魏邈、施朔等,擒孙綝兄弟至,休命尽斩于市。宗党死者数百人,灭其三族,命军士掘开孙峻坟墓,戮其尸首。将被害诸葛恪、滕胤、吕据、王惇等家,重建坟墓,以表其忠。其牵累流远者,皆赦还乡里。丁奉等重加封赏。

驰书报入成都。后主刘禅遣使回贺,吴使薛珝答礼。珝自蜀中归,吴主孙休问蜀中近日作何举动。珝奏曰:“近日中常侍黄皓用事,公卿多阿附之。入其朝,不闻直言;经其野,民有菜色。所谓燕雀处堂,不知大厦之将焚者也。”休叹曰:“若诸葛武侯在时,何至如此乎!”于是又写国书,教人赍入成都,说司马昭不日篡魏,必将侵吴、蜀以示威,彼此各宜准备。

姜维听得此信,忻然上表,再议出师伐魏。时蜀汉景耀元年冬,大将军姜维以廖化、张翼为先锋,王含、蒋斌为左军,蒋舒、傅佥为右军,胡济为合后,维与夏侯霸总中军,共起蜀兵二十万,拜辞后主,径到汉中。与夏侯霸商议,当先攻取何地。霸曰:“祁山乃用武之地,可以进兵,故丞相昔日六出祁山,因他处不可出也。”维从其言,遂令三军并望祁山进发,至谷口下寨。

时邓艾正在祁山寨中，整点陇右之兵。忽流星马报到，说蜀兵现下三寨于谷口。艾听知，遂登高看了，回寨升帐，大喜曰："不出吾之所料也！"原来邓艾先度了地脉，故留蜀兵下寨之地；地中自祁山寨直至蜀寨，早挖了地道，待蜀兵至时，于中取事。此时姜维至谷口分作三寨，地道正在左寨之中，乃王含、蒋斌下寨之处。邓艾唤子邓忠，与师纂各引一万兵，为左右冲击；却唤副将郑伦，引五百掘子军，于当夜二更，径从地道直至左营，于帐后地下拥出。

却说王含、蒋斌因立寨未定，恐魏兵来劫寨，不敢解甲而寝。忽闻军中大乱，急绰兵器上的马时，寨外邓忠引兵杀到。内外夹攻，王、蒋二将奋死抵敌不住，弃寨而走。姜维在帐中听得左寨中大喊，料道有内应外合之兵，遂急上马，立于中军帐前，传令曰："如有妄动者斩！便有敌兵到营边，休要问他，只管以弓弩射之！"一面传示右营，亦不许妄动。果然魏兵十余次冲击，皆被射回。只冲杀到天明，魏兵不敢杀入。邓艾收兵回寨，乃叹曰："姜维深得孔明之法！兵在夜而不惊，将闻变而不乱：真将才也！"次日，王含、蒋斌收聚败兵，伏于大寨前请罪。维曰："非汝等之罪，乃吾不明地脉之故也。"又拨军马，令二将安营讫。却将伤死身尸，填于地道之中，以土掩之。令人下战书单搦邓艾来日交锋。艾忻然应之。

次日，两军列于祁山之前。维按武侯八阵之法，依天、地、风、云、鸟、蛇、龙、虎之形，分布已定。邓艾出马，见维布成八卦，乃亦布之，左右前后，门户一般。维持枪纵马大叫曰："汝效吾排八阵，亦能变阵否？"艾笑曰："汝道此阵只汝能布耶？吾既会布阵，岂不知变阵！"艾便勒马入阵，令执法官把旗左右招飐，变成八八六十四个门户；复出阵前曰："吾变法若何？"维曰："虽然不差，汝敢与吾八阵相围么？"艾曰："有何不敢！"两军各依队伍而进。艾在中军调遣。两军冲突，阵法不曾错动。姜维到中间，把旗一招，忽然变成长蛇卷地阵，将邓艾困在垓心，四面喊声大震。艾不知其阵，心中大惊。蜀兵渐渐逼近，艾引众将冲突不出。只听得蜀兵齐叫曰："邓艾早降！"艾仰天长叹曰："我一时自逞其能，中姜维之计矣！"

忽然西北角上一彪军杀入，艾见是魏兵，遂乘势杀出。救邓艾者,乃司马望也。比及救出邓艾时,祁山九寨,皆被蜀兵所夺。艾引败兵,退于渭水南下寨。艾谓望曰:“公何以知此阵法而救出我也?”望曰:“吾幼年游学于荆南,曾与崔州平、石广元为友,讲论此阵。今日姜维所变者,乃长蛇卷地阵也。若他处击之,必不可破。吾见其头在西北,故从西北击之,自破矣。”艾谢曰:“我虽学得阵法,实不知变法。公既知此法,来日以此法复夺祁山寨栅,如何?”望曰:“我之所学,恐瞒不过姜维。”艾曰:“来日公在阵上与他斗阵法,我却引一军暗袭祁山之后。两下混战,可夺旧寨也。”于是令郑伦为先锋,艾自引军袭山后;一面令人下战书,搦姜维来日斗阵法。维批回去讫,乃谓众将曰:“吾受武侯所传密书,此阵变法共三百六十五样,按周天之数。今搦吾斗阵法,乃班门弄斧耳!但中间必有诈谋,公等知之乎?”廖化曰:“此必赚我斗阵法,却引一军袭我后也。”维笑曰:“正合我意。”即令张翼、廖化,引一万兵去山后埋伏。

次日,姜维尽拔九寨之兵,分布于祁山之前。司马望引兵离了渭南,径到祁山之前,出马与姜维答话。维曰:“汝请吾斗阵法,汝先布与吾看。”望布成了八卦。维笑曰:“此即吾所布八阵之法也,汝今盗袭,何足为奇!”望曰:“汝亦窃他人之法耳!”维曰:“此阵凡有几变?”望笑曰:“吾既能布,岂不会变?此阵有九九八十一变。”维笑曰:“汝试变来。”望入阵变了数番,复出阵曰:“汝识吾变否?”维笑曰:“吾阵法按周天三百六十五变。汝乃井底之蛙,安知玄奥乎!”望自知有此变法,实不曾学全,乃勉强折辩曰:“吾不信,汝试变来。”维曰:“汝教邓艾出来,吾当布与他看。”望曰:“邓将军自有良谋,不好阵法。”维大笑曰:“有何良谋!不过教汝赚吾在此布阵,他却引兵袭吾山后耳!”望大惊,恰欲进兵混战,被维以鞭梢一指,两翼兵先出,杀的那魏兵弃甲抛戈,各逃性命。

却说邓艾催督先锋郑伦来袭山后。伦刚转过山角,忽然一声炮响,鼓角喧天,伏兵杀出:为首大将,乃廖化也。二人未及答话,两马交处,被廖化一刀,斩郑伦于马下。邓艾大惊,急勒兵退时,张翼引一军杀到。两下夹攻,魏兵大败。艾舍命突出,身被四箭。奔到渭南寨时,司马望亦到。二人商议退兵之策。望曰:“近日蜀主刘禅,宠幸中贵黄皓,日夜以酒色为乐。可用反间计召回姜维,此危可解。”艾问众谋士曰:“谁可入蜀交通黄皓?”言未毕,一人应声曰:“某愿往。”艾视之,乃襄阳党均也。艾大喜,即令党均赍金珠宝物,径到成都结连黄皓,布散流言,说姜维怨望天子,不久投魏。于是成都人人所说皆同。黄皓奏知后主,即遣人星夜宣姜维入朝。

却说姜维连日搦战,邓艾坚守不出。维心中甚疑。忽使命至,诏维入朝。维不知何事,只得班师回朝。邓艾、司马望知姜维中计,遂拔渭南之兵,随后掩杀。正是:乐毅伐齐遭间阻,岳飞破敌被谗回。未知胜负如何,且看下文分解。

第一百十四回 曹髦驱车死南阙 姜维弃粮胜魏兵

却说姜维传令退兵，廖化曰："将在外，君命有所不受。今虽有诏，未可动也。"张翼曰："蜀人为大将军连年动兵，皆有怨望；不如乘此得胜之时，收回人马，以安民心，再作良图。"维曰："善。"遂令各军依法而退，命廖化、张翼断后，以防魏兵追袭。

却说邓艾引兵追赶，只见前面蜀兵旗帜整齐，人马徐徐而退。艾叹曰："姜维深得武侯之法也！"因此不敢追赶，勒军回祁山寨去了。

且说姜维至成都，入见后主，问召回之故。后主曰："朕为卿在边庭，久不还师，恐劳军士，故诏卿回朝，别无他意。"维曰："臣已得祁山之寨，正欲收功，不期半途而废。此必中邓艾反间之计矣。"后主默然不语。姜维又奏曰："臣誓讨贼，以报国恩。陛下休听小人之言，致生疑虑。"后主良久乃曰："朕不疑卿；卿且回汉中，俟魏国有变，再伐之可也。"姜维叹息出朝，自投汉中去讫。

却说党均回到祁山寨中，报知此事。邓艾与司马望曰："君臣不和，必有内变。"就令党均入洛阳，报知司马昭。昭大喜，便有图蜀之心，乃问中护军贾充曰："吾今伐蜀，如何？"充曰："未可伐也。天子方疑主公，若一旦轻出，内难必作矣。旧年黄龙两见于宁陵井中，群臣表贺，以为祥瑞；天子曰：'非祥瑞也。龙者君象，乃上不在天，下不在田，屈于井中，是幽困之兆也。'遂作《潜龙诗》一首。诗中之意，明明道着主公。其诗曰：'伤哉龙受困，不能跃深渊。上不飞天汉，下不见于田。蟠居于井底，鳅鳝舞其前。藏牙伏爪甲，嗟我亦同然！'"司马昭闻之大怒，谓贾充曰："此人欲效曹芳也！若不早图，彼必害我。"充曰："某愿为主公早晚图之。"时魏甘露五年夏四月，司马昭带剑上殿，髦起迎之。群臣皆奏曰："大将军功德巍巍，合为晋公，加九锡。"髦低头不答。昭厉声曰："吾父子兄弟三人有大功于魏，今为晋公，得毋不宜耶？"髦乃应曰："敢不如命！"昭曰："《潜龙》之诗，视吾等如鳅鳝,是何礼也?”髦不能答。昭冷笑下殿,众官凛然。髦归后宫,召侍中王沈、尚书王经、散骑常侍王业三人,入内计议。髦泣曰:“司马昭将怀篡逆,人所共知!朕不能坐受废辱,卿等可助朕讨之!”王经奏曰:“不可。昔鲁昭公不忍季氏,败走失国;今重权已归司马氏久矣,内外公卿,不顾顺逆之理,阿附奸贼,非一人也。且陛下宿卫寡弱,无用命之人。陛下若不隐忍,祸莫大焉。且宜缓图,不可造次。”髦曰:“是可忍也,孰不可忍也!朕意已决,便死何惧!”言讫,即入告太后。王沈、王业谓王经曰:“事已急矣。我等不可自取灭族之祸,当往司马公府下出首,以免一死。”经大怒曰:“主忧臣辱,主辱臣死,敢怀二心乎?”王沈、王业见经不从,径自往报司马昭去了。

少顷,魏主曹髦出内,令护卫焦伯,聚集殿中宿卫苍头官僮三百余人,鼓噪而出。髦仗剑升辇,叱左右径出南阙。王经伏于辇前,大哭而谏曰:“今陛下领数百人伐昭,是驱羊而入虎口耳,空死无益。臣非惜命,实见事不可行也!”髦曰:“吾军已行,卿无阻当。”遂望云龙门而来。

只见贾充戎服乘马,左有成倅,右有成济,引数千铁甲禁兵,呐喊杀来。髦仗剑大喝曰:“吾乃天子也!汝等突入宫庭,欲弑君耶?”禁兵见了曹髦,皆不敢动。贾充呼成济曰:“司马公养你何用?正为今日之事也!”济乃绰戟在手,回顾充曰:“当杀耶?当缚耶?”充曰:“司马公有令:只要死的。”成济撚戟直奔辇前。髦大喝曰:“匹夫敢无礼乎!”言未讫,被成济一戟刺中前胸,撞出辇来;再一戟,刃从背上透出,死于辇傍。焦伯挺枪来迎,被成济一戟刺死。众皆逃走。王经随后赶来,大骂贾充曰:“逆贼安敢弑君耶!”充大怒,叱左右缚定,报知司马昭。昭入内,见髦已死,乃佯作大惊之状,以头撞辇而哭,令人报知各大臣。

时太傅司马孚入内,见髦尸,首枕其股而哭曰:“弑陛下者,臣之罪也!”遂将髦尸用棺椁盛贮,停于偏殿之西。昭入殿中,召群臣会议。群臣皆至,独有尚书仆射陈泰不至。昭令泰之舅尚书荀颉召之。泰大哭曰:“论者以泰比舅,今舅实不如泰也。”乃披麻带孝而入,哭拜于灵前。昭亦佯哭而问曰:“今日之事,何法处之?”泰曰:“独斩贾充，少可以谢天下耳。”昭沉吟良久，又问曰：“再思其次？”泰曰：“惟有进于此者，不知其次。”昭曰：“成济大逆不道，可剐之，灭其三族。”济大骂昭曰：“非我之罪，是贾充传汝之命！”昭令先割其舌。济至死叫屈不绝。弟成倅亦斩于市，尽灭三族。后人有诗叹曰：“司马当年命贾充，弑君南阙赭袍红。却将成济诛三族，只道军民尽耳聋。”

昭又使人收王经全家下狱。王经正在廷尉厅下，忽见缚其母至。经叩头大哭曰：“不孝子累及慈母矣！”母大笑曰：“人谁不死？正恐不得死所耳！以此弃命，何恨之有！”次日，王经全家皆押赴东市。王经母子含笑受刑。满城士庶，无不垂泪。后人有诗曰：“汉初夸伏剑，汉末见王经。真烈心无异，坚刚志更清。节如泰华重，命似鸿毛轻。母子声名在，应同天地倾。”

太傅司马孚请以王礼葬曹髦，昭许之。贾充等劝司马昭受魏禅，即天子位。昭曰：“昔文王三分天下有其二，以服事殷，故圣人称为至德。魏武帝不肯受禅于汉，犹吾之不肯受禅于魏也。”贾充等闻言，已知司马昭留意于子司马炎矣，遂不复劝进。是年六月，司马昭立常道乡公曹璜为帝，改元景元元年。璜改名曹奂，字景明。乃武帝曹操之孙，燕王曹宇之子也。奂封昭为相国、晋公，赐钱十万、绢万匹。其文武多官，各有封赏。

早有细作报入蜀中。姜维闻司马昭弑了曹髦，立了曹奂，喜曰：“吾今日伐魏，又有名矣。”遂发书入吴，令起兵问司马昭弑君之罪；一面奏准后主，起兵十五万，车乘数千辆，皆置板箱于上；令廖化、张翼为先锋，化取子午谷，翼取骆谷，维自取斜谷，皆要出祁山之前取齐。三路兵并起，杀奔祁山而来。

时邓艾在祁山寨中，训练人马，闻报蜀兵三路杀到，乃聚诸将计议。参军王瓘曰：“吾有一计，不可明言，现写在此，谨呈将军台览。”艾接来展看毕，笑曰：“此计虽妙，只怕瞒不过姜维。”瓘曰：“某愿舍命前去。”艾曰：“公志若坚，必能成功。”遂拨五千兵与瓘。瓘连夜从斜谷迎来，正撞蜀兵前队哨马。瓘叫曰：“我是魏国降兵，可报与主帅。”

哨军报知姜维，维令拦住余兵，只教为首的将来见。瓘拜伏于地曰："某乃王经之侄王瓘也。近见司马昭弑君，将叔父一门皆戮，某痛恨入骨。今幸将军兴师问罪，故特引本部兵五千来降。愿从调遣，剿除奸党，以报叔父之恨。"维大喜，谓瓘曰："汝既诚心来降，吾岂不诚心相待？吾军中所患者，不过粮耳。今有粮车数千，现在川口，汝可运赴祁山。吾只今去取祁山寨也。"瓘心中大喜，以为中计，忻然领诺。姜维曰："汝去运粮，不必用五千人，但引三千人去，留下二千人引路，以打祁山。"瓘恐维疑惑，乃引三千兵去了。维令傅佥引二千魏兵随征听用。

忽报夏侯霸到。霸曰："都督何故准信王瓘之言也？吾在魏，虽不知备细，未闻王瓘是王经之侄。其中多诈，请将军察之。"维大笑曰："我已知王瓘之诈，故分其兵势，将计就计而行。"霸曰："公试言之。"维曰："司马昭奸雄比于曹操，既杀王经，灭其三族，安肯存亲侄于关外领兵？故知其诈也。仲权之见，与我暗合。"于是姜维不出斜谷，却令人于路暗伏，以防王瓘奸细。

不旬日，果然伏兵捉得王瓘回报邓艾下书人来见。维问了情节，搜出私书，书中约于八月二十日，从小路运粮送归大寨，却教邓艾遣兵于墠山谷中接应。维将下书人杀了，却将书中之意，改作八月十五日，约邓艾自率大兵，于墠山谷中接应。一面令人扮作魏军往魏营下书；一面令人将现有粮车数百辆卸了粮米，装载干柴茅草引火之物，用青布罩之，令傅佥引二千原降魏兵，执打运粮旗号。维却与夏侯霸各引一军，去山谷中埋伏。令蒋舒出斜谷，廖化、张翼俱各进兵，来取祁山。

却说邓艾得了王瓘书信，大喜，急写回书，令来人回报。至八月十五日，邓艾引五万精兵径往墠山谷中来，远远使人凭高眺探，只见无数粮车，接连不断，从山凹中而行。艾勒马望之，果然皆是魏兵。左右曰："天已昏暮，可速接应王瓘出谷口。"艾曰："前面山势掩映，倘有伏兵，急难退步；只可在此等候。"正言间，忽两骑马骤至，报曰："王将军因将粮草过界，背后人马赶来，望早救应。"艾大惊，急催兵前进。

时值初更，月明如昼，只听得山后呐喊，艾只道王瓘在山后厮杀。

径奔过山后时,忽树林后一彪军撞出,为首蜀将傅佥,纵马大叫曰:“邓艾匹夫!已中吾主将之计,何不早早下马受死!”艾大惊,勒回马便走。车上火尽着,那火便是号火。两势下蜀兵尽出,杀得魏兵七断八续,但闻四下山上只叫:“拿住邓艾的,赏千金,封万户侯!”唬得邓艾弃甲丢盔,撇了坐下马,杂在步军之中,爬山越岭而逃。姜维、夏侯霸只望马上为首的径来擒捉,不想邓艾步行走脱。维领得胜兵去接王瓘粮车。

却说王瓘密约邓艾,先期将粮草车仗,整备停当,专候举事。忽有心腹人报:“事已泄漏,邓将军大败,不知性命如何。”瓘大惊,令人哨探,回报三路兵围杀将来,背后又见尘头大起,四下无路。瓘叱左右令放火,尽烧粮草车辆。一霎时,火光突起,烈火烧空。瓘大叫曰:“事已急矣!汝等宜死战!”乃提兵望西杀出。背后姜维三路追赶。维只道王瓘舍命撞回魏国,不想反杀入汉中而去。瓘因兵少,只恐追兵赶上,遂将栈道并各关隘尽皆烧毁。姜维恐汉中有失,遂不追邓艾,提兵连夜抄小路来追杀王瓘。瓘被四面蜀兵攻击,投黑龙江而死。余兵尽被姜维坑之。维虽然胜了邓艾,却折了许多粮车,又毁了栈道,乃引兵还汉中。邓艾引部下败兵,逃回祁山寨内,上表请罪,自贬其职。司马昭见艾数有大功,不忍贬之,复加厚赐。艾将原赐财物,尽分给被害将士之家。昭恐蜀兵又出,遂添兵五万,与艾守御。姜维连夜修了栈道,又议出师。正是:连修栈道兵连出,不伐中原死不休。未知胜负如何,且看下文分解。

第一百十五回　诏班师后主信谗　托屯田姜维避祸

却说蜀汉景耀五年，冬十月，大将军姜维，差人连夜修了栈道，整顿军粮兵器，又于汉中水路调拨船只。俱已完备，上表奏后主曰："臣累出战，虽未成大功，已挫动魏人心胆。今养兵日久，不战则懒，懒则致病。况今军思效死，将思用命。臣如不胜，当受死罪。"后主览表，犹豫未决。谯周出班奏曰："臣夜观天文，见西蜀分野，将星暗而不明。今大将军又欲出师，此行甚是不利。陛下可降诏止之。"后主曰："且看此行若何。果然有失，却当阻之。"谯周再三苦谏不从，乃归家叹息不已，遂推病不出。

却说姜维临兴兵，乃问廖化曰："吾今出师，誓欲恢复中原，当先取何处？"化曰："连年征伐，军民不宁；兼魏有邓艾，足智多谋，非等闲之辈：将军强欲行难为之事，此化所以未敢专也。"维勃然大怒曰："昔丞相六出祁山，亦为国也。吾今八次伐魏，岂为一己之私哉？今当先取洮阳。如有逆吾者必斩！"遂留廖化守汉中，自同诸将提兵三十万，径取洮阳而来。

早有川口人报入祁山寨中。时邓艾正与司马望谈兵，闻知此信，遂令人哨探。回报蜀兵尽从洮阳而出。司马望曰："姜维多计，莫非虚取洮阳而实来取祁山乎？"邓艾曰："今姜维实出洮阳也。"望曰："公何以知之？"艾曰："向者姜维累出吾有粮之地，今洮阳无粮，维必料吾只守祁山，不守洮阳，故径取洮阳；如得此城，屯粮积草，结连羌人，以图久计耳。"望曰："若此，如之奈何？"艾曰："可尽撤此处之兵，分为两路去救洮阳。离洮阳二十五里，有侯河小城，乃洮阳咽喉之地。公引一军伏于洮阳，偃旗息鼓，大开四门，如此如此而行；我却引一军伏侯河，必获大胜也。"筹画已定，各各依计而行。只留偏将师纂守祁山寨。

却说姜维令夏侯霸为前部，先引一军径取洮阳。霸提兵前进，将近洮阳,望见城上并无一杆旌旗,四门大开。霸心下疑惑,未敢入城,回顾诸将曰:“莫非诈乎?”诸将曰:“眼见得是空城,只有些小百姓,听知大将军兵到,尽弃城而走了。”霸未信,自纵马于城南视之,只见城后老小无数,皆望西北而逃。霸大喜曰:“果空城也。”遂当先杀入,余众随后而进。方到瓮城边,忽然一声炮响,城上鼓角齐鸣,旌旗遍竖,拽起吊桥。霸大惊曰:“误中计矣!”慌欲退时,城上矢石如雨。可怜夏侯霸同五百军,皆死于城下。后人有诗叹曰:“大胆姜维妙算长,谁知邓艾暗提防。可怜投汉夏侯霸,顷刻城边箭下亡。”

司马望从城内杀出,蜀兵大败而逃。随后姜维引接应兵到,杀退司马望,就傍城下寨。维闻夏侯霸射死,嗟伤不已。是夜二更,邓艾自侯河城内,暗引一军潜地杀入蜀寨。蜀兵大乱,姜维禁止不住。城上鼓角喧天,司马望引兵杀出。两下夹攻,蜀兵大败。维左冲右突,死战得脱,退二十余里下寨。蜀兵两番败走之后,心中摇动。维与众将曰:“胜败乃兵家之常,今虽损兵折将,不足为忧。成败之事,在此一举,汝等始终勿改,如有言退者立斩。”张翼进言曰:“魏兵皆在此处,祁山必然空虚。将军整兵与邓艾交锋,攻打洮阳、侯河;某引一军取祁山。取了祁山九寨,便驱兵向长安。此为上计。”维从之,即令张翼引后军径取祁山。

维自引兵到侯河搦邓艾交战。艾引军出迎。两军对圆,二人交锋数十余合,不分胜负,各收兵回寨。次日,姜维又引兵挑战,邓艾按兵不出。姜维令军辱骂。邓艾寻思曰:“蜀人被吾大杀一阵,全然不退,连日反来搦战:必分兵去袭祁山寨也。守寨将师纂,兵少智寡,必然败矣。吾当亲往救之。”乃唤子邓忠分付曰:“汝用心守把此处,任他搦战,却勿轻出。吾今夜引兵去祁山救应。”

是夜二更,姜维正在寨中设计,忽听得寨外喊声震地,鼓角喧天,人报邓艾引三千精兵夜战。诸将欲出,维止之曰:“勿得妄动。”原来邓艾引兵至蜀寨前哨探了一遍,乘势去救祁山,邓忠自入城去了。姜维唤诸将曰:“邓艾虚作夜战之势,必然去救祁山寨矣。”乃唤傅佥分付曰:“汝守此寨,勿轻与敌。”嘱毕,维自引三千兵来助张翼。

却说张翼正到祁山攻打,守寨将师纂兵少,支持不住。看看待破，忽然邓艾兵至，冲杀了一阵，蜀兵大败，把张翼隔在山后，绝了归路。正慌急之间，忽听的喊声大震，鼓角喧天，只见魏兵纷纷倒退。左右报曰："大将军姜伯约杀到！"翼乘势驱兵相应。两下夹攻，邓艾折了一阵，急退上祁山寨不出。姜维令兵四面攻围。

话分两头。却说后主在成都，听信宦官黄皓之言，又溺于酒色，不理朝政。时有大臣刘琰妻胡氏，极有颜色；因入宫朝见皇后，后留在宫中，一月方出。琰疑其妻与后主私通，乃唤帐下军士五百人列于前，将妻绑缚，令军以履挞其面数十，几死复苏。后主闻之大怒，令有司议刘琰罪。有司议得："卒非挞妻之人，面非受刑之地：合当弃市。"遂斩刘琰。自此命妇不许入朝。然一时官僚以后主荒淫，多有疑怨者。于是贤人渐退，小人日进。

时右将军阎宇，身无寸功，只因阿附黄皓，遂得重爵；闻姜维统兵在祁山，乃说皓奏后主曰："姜维屡战无功，可命阎宇代之。"后主从其言，遣使赍诏，召回姜维。维正在祁山攻打寨栅，忽一日三道诏至，宣维班师。维只得遵命，先令洮阳兵退，次后与张翼徐徐而退。邓艾在寨中，只听得一夜鼓角喧天，不知何意。至平明，人报蜀兵尽退，止留空寨。艾疑有计，不敢追袭。

姜维径到汉中，歇住人马，自与使命入成都见后主。后主一连十日不朝。维心中疑惑。是日至东华门，遇见秘书郎郤正。维问曰："天子召维班师，公知其故否？"正笑曰："大将军何尚不知？黄皓欲使阎宇立功，奏闻朝廷，发诏取回将军。今闻邓艾善能用兵，因此寝其事矣。"维大怒曰："我必杀此宦竖！"郤正止之曰："大将军继武侯之事，任大职重，岂可造次？倘若天子不容，反为不美矣。"维谢曰："先生之言是也。"

次日，后主与黄皓在后园宴饮，维引数人径入。早有人报知黄皓，皓急避于湖山之侧。维至亭下，拜了后主，泣奏曰："臣困邓艾于祁山，陛下连降三诏，召臣回朝，未审圣意为何？"后主默然不语。维又奏曰："黄皓奸巧专权，乃灵帝时十常侍也。陛下近则鉴于张让，远则鉴于赵高。早杀此人，朝廷自然清平，中原方可恢复。"后主笑曰："黄皓乃趋走小臣，纵使专权，亦无能为。昔者董允每切齿恨皓，朕甚怪之。卿何必介意?"维叩头奏曰:"陛下今日不杀黄皓,祸不远也。"后主曰:"爱之欲其生,恶之欲其死。卿何不容一宦官耶?"令近侍于湖山之侧,唤出黄皓至亭下,命拜姜维伏罪。皓哭拜维曰:"某早晚趋侍圣上而已,并不干与国政。将军休听外人之言,欲杀某也。某命系于将军,惟将军怜之!"言罢,叩头流涕。

维忿忿而出,即往见郤正,备将此事告之。正曰:"将军祸不远矣。将军若危,国家随灭!"维曰:"先生幸教我以保国安身之策。"正曰:"陇西有一去处,名曰沓中,此地极其肥壮。将军何不效武侯屯田之事,奏知天子,前去沓中屯田?一者,得麦熟以助军实;二者,可以尽图陇右诸郡;三者,魏人不敢正视汉中;四者,将军在外掌握兵权,人不能图,可以避祸:此乃保国安身之策也,宜早行之。"维大喜,谢曰:"先生金玉之言也。"

次日,姜维表奏后主,求沓中屯田,效武侯之事。后主从之。维遂还汉中,聚诸将曰:"某累出师,因粮不足,未能成功。今吾提兵八万,往沓中种麦屯田,徐图进取。汝等久战劳苦,今且敛兵聚谷,退守汉中;魏兵千里运粮,经涉山岭,自然疲乏;疲乏必退:那时乘虚追袭,无不胜矣。"遂令胡济守汉寿城,王含守乐城,蒋斌守汉城,蒋舒、傅佥同守关隘。分拨已毕,维自引兵八万,来沓中种麦,以为久计。

却说邓艾闻姜维在沓中屯田,于路下四十余营,连络不绝,如长蛇之势。艾遂令细作相了地形,画成图本,具表申奏。晋公司马昭见之,大怒曰:"姜维屡犯中原,不能剿除,是吾心腹之患也。"贾充曰:"姜维深得孔明传授,急难退之。须得一智勇之将,往刺杀之,可免动兵之劳。"从事中郎荀勖曰:"不然。今蜀主刘禅溺于酒色,信用黄皓,大臣皆有避祸之心。姜维在沓中屯田,正避祸之计也。若令大将伐之,无有不胜,何必用刺客乎?"昭大笑曰:"此言最善。吾欲伐蜀,谁可为将?"荀勖曰:"邓艾乃世之良材,更得钟会为副将,大事成矣。"昭大喜曰:"此言正合吾意。"乃召钟会入而问曰:"吾欲令汝为大将,去伐东吴,可乎?"会曰:"主公之意,本不欲伐吴,实欲伐蜀也。"昭大笑曰:"子诚识吾心也。——但卿往伐蜀,当用何策?"会曰:"某料主公欲伐蜀,已画图本在此。"昭展开视之,图中细载一路安营下寨屯粮积草之处，从何而进，从何而退，一一皆有法度。昭看了大喜曰："真良将也！卿与邓艾合兵取蜀，何如？"会曰："蜀川道广，非一路可进；当使邓艾分兵各进，可也。"

昭遂拜钟会为镇西将军，假节钺，都督关中人马，调遣青、徐、兖、豫、荆、扬等处；一面差人持节令邓艾为征西将军，都督关外陇上，使约期伐蜀。次日，司马昭于朝中计议此事，前将军邓敦曰："姜维屡犯中原，我兵折伤甚多，只今守御，尚自未保；奈何深入山川危险之地，自取祸乱耶？"昭怒曰："吾欲兴仁义之师，伐无道之主，汝安敢逆吾意！"叱武士推出斩之。须臾，呈邓敦首级于阶下。众皆失色。昭曰："吾自征东以来，息歇六年，治兵缮甲，皆已完备，欲伐吴、蜀久矣。今先定西蜀，乘顺流之势，水陆并进，并吞东吴；此灭虢取虞之道也。吾料西蜀将士，守成都者八九万，守边境者不过四五万，姜维屯田者不过六七万。今吾已令邓艾引关外陇右之兵十余万，绊住姜维于沓中，使不得东顾；遣钟会引关中精兵二三十万，直抵骆谷，三路以袭汉中。蜀主刘禅昏暗，边城外破，士女内震，其亡可必矣。"众皆拜服。

却说钟会受了镇西将军之印，起兵伐蜀。会恐机谋或泄，却以伐吴为名，令青、兖、豫、荆、扬等五处各造大船；又遣唐咨于登、莱等州傍海之处，拘集海船。司马昭不知其意，遂召钟会问之曰："子从旱路收川，何用造船耶？"会曰："蜀若闻我兵大进，必求救于东吴也。故先布声势，作伐吴之状，吴必不敢妄动。一年之内，蜀已破，船已成，而伐吴，岂不顺乎？"昭大喜，选日出师。时魏景元四年秋七月初三日，钟会出师。司马昭送之于城外十里方回。西曹掾邵悌密谓司马昭曰："今主公遣钟会领十万兵伐蜀，愚料会志大心高，不可使独掌大权。"昭笑曰："吾岂不知之？"悌曰："主公既知，何不使人同领其职？"昭言无数语，使邵悌疑心顿释。正是：方当士马驱驰日，早识将军跋扈心。未知其言若何，且看下文分解。

第一百十六回 钟会分兵汉中道 武侯显圣定军山

却说司马昭谓西曹掾邵悌曰:“朝臣皆言蜀未可伐,是其心怯;若使强战,必败之道也。今钟会独建伐蜀之策,是其心不怯;心不怯,则破蜀必矣。蜀既破,则蜀人心胆已裂;败军之将,不可以言勇;亡国之大夫,不可以图存。会即有异志,蜀人安能助之乎?至若魏人得胜思归,必不从会而反,更不足虑耳。此言乃吾与汝知之,切不可泄漏。”邵悌拜服。

却说钟会下寨已毕,升帐大集诸将听令。时有监军卫瓘,护军胡烈,大将田续、庞会、田章、爰彰、丘建、夏侯咸、王买、皇甫闿、句安等八十余员。会曰:“必须一大将为先锋,逢山开路,遇水叠桥。谁敢当之?”一人应声曰:“某愿往。”会视之,乃虎将许褚之子许仪也。众皆曰:“非此人不可为先锋。”会唤许仪曰:“汝乃虎体猿班之将,父子有名;今众将亦皆保汝。汝可挂先锋印,领五千马军、一千步军,径取汉中。兵分三路:汝领中路,出斜谷;左军出骆谷;右军出子午谷。此皆崎岖山险之地,当令军填平道路,修理桥梁,凿山破石,勿使阻碍。如违必按军法。”许仪受命,领兵而进。钟会随后提十万余众,星夜起程。

却说邓艾在陇西,既受伐蜀之诏,一面令司马望往遏羌人,又遣雍州刺史诸葛绪,天水太守王颀,陇西太守牵弘,金城太守杨欣,各调本部兵前来听令。比及军马云集,邓艾夜作一梦:梦见登高山,望汉中,忽于脚下迸出一泉,水势上涌。须臾惊觉,浑身汗流;遂坐而待旦,乃召护卫爰邵问之。邵素明《周易》,艾备言其梦,邵答曰:“《易》云:山上有水曰蹇。蹇卦者:‘利西南,不利东北。’孔子云:‘蹇利西南,往有功也;不利东北,其道穷也。’将军此行,必然克蜀;但可惜蹇滞不能还。”艾闻言,愀然不乐。忽钟会檄文至,约艾起兵,于汉中取齐。艾遂遣雍州刺史诸葛绪,引兵一万五千,先断姜维归路;次遣天水太守王颀，引兵一万五千，从左攻沓中；陇西太守牵弘，引一万五千人，从右攻沓中；又遣金城太守杨欣，引一万五千人，于甘松邀姜维之后。艾自引兵三万，往来接应。

却说钟会出师之时，有百官送出城外，旌旗蔽日，铠甲凝霜，人强马壮，威风凛然。人皆称羡，惟有相国参军刘寔，微笑不语。太尉王祥见寔冷笑，就马上握其手而问曰："钟、邓二人，此去可平蜀乎？"寔曰："破蜀必矣。但恐皆不得还都耳。"王祥问其故，刘寔但笑而不答。祥遂不复问。

却说魏兵既发，早有细作入沓中报知姜维。维即具表申奏后主："请降诏遣左车骑将军张翼领兵守护阳安关，右车骑将军廖化领兵守阴平桥：这两处最为要紧，若失二处，汉中不保矣。一面当遣使入吴求救。臣一面自起沓中之兵拒敌。"时后主改景耀六年为炎兴元年，日与宦官黄皓在宫中游乐。忽接姜维之表，即召黄皓问曰："今魏国遣钟会、邓艾大起人马，分道而来，如之奈何？"皓奏曰："此乃姜维欲立功名，故上此表。陛下宽心，勿生疑虑。臣闻城中有一师婆，供奉一神，能知吉凶，可召来问之。"后主从其言，于后殿陈设香花纸烛、享祭礼物，令黄皓用小车请入宫中，坐于龙床之上。后主焚香祝毕，师婆忽然披发跣足，就殿上跳跃数十遍，盘旋于案上。皓曰："此神人降矣。陛下可退左右，亲祷之。"后主尽退侍臣，再拜祝之。师婆大叫曰："吾乃西川土神也。陛下欣乐太平，何为求问他事？数年之后，魏国疆土亦归陛下矣。陛下切勿忧虑。"言讫，昏倒于地，半晌方苏。后主大喜，重加赏赐。自此深信师婆之说，遂不听姜维之言，每日只在宫中饮宴欢乐。姜维累申告急表文，皆被黄皓隐匿，因此误了大事。

却说钟会大军，迤逦望汉中进发。前军先锋许仪，要立头功，先领兵至南郑关。仪谓部将曰："过此关即汉中矣。关上不多人马，我等便可奋力抢关。"众将领命，一齐并力向前。原来守关蜀将卢逊，早知魏兵将到，先于关前木桥左右，伏下军士，装起武侯所遗十矢连弩；比及许仪兵来抢关时，一声梆子响处，矢石如雨。仪急退时，早射倒数十骑。魏兵大败。仪回报钟会。会自提帐下甲士百余骑来看，果然箭弩一齐射下。会拨马便回,关上卢逊引五百军杀下来。会拍马过桥,桥上土塌,陷住马蹄,争些儿掀下马来。马挣不起,会弃马步行;跑下桥时,卢逊赶上,一枪刺来,却被魏兵中荀恺回身一箭,射卢逊落马。钟会麾众乘势抢关,关上军士因有蜀兵在关前,不敢放箭,被钟会杀散,夺了山关。即以荀恺为护军,以全副鞍马铠甲赐之。

会唤许仪至帐下,责之曰:"汝为先锋,理合逢山开路,遇水叠桥,专一修理桥梁道路,以便行军。吾方才到桥上,陷住马蹄,几乎堕桥;若非荀恺,吾已被杀矣!汝既违军令,当按军法!"叱左右推出斩之。诸将告曰:"其父许褚有功于朝廷,望都督恕之。"会怒曰:"军法不明,何以令众?"遂令斩首示众。诸将无不骇然。

时蜀将王含守乐城,蒋斌守汉城,见魏兵势大,不敢出战,只闭门自守。钟会下令曰:"兵贵神速,不可少停。"乃令前军李辅围乐城,护军荀恺围汉城,自引大军取阳安关。守关蜀将傅佥与副将蒋舒商议战守之策,舒曰:"魏兵甚众,势不可当,不如坚守为上。"佥曰:"不然。魏兵远来,必然疲困,虽多不足惧。我等若不下关战时,汉、乐二城休矣。"蒋舒默然不答。忽报魏兵大队已至关前,蒋、傅二人至关上视之。钟会扬鞭大叫曰:"吾今统十万之众到此,如早早出降,各依品级升用;如执迷不降,打破关隘,玉石俱焚!"傅佥大怒,令蒋舒把关,自引三千兵杀下关来。钟会便走,魏兵尽退。佥乘势追之,魏兵复合。佥欲退入关时,关上已竖起魏家旗号,只见蒋舒叫曰:"吾已降了魏也!"佥大怒,厉声骂曰:"忘恩背义之贼,有何面目见天下人乎!"拨回马复与魏兵接战。魏兵四面合来,将傅佥围在垓心。佥左冲右突,往来死战,不能得脱;所领蜀兵,十伤八九。佥乃仰天叹曰:"吾生为蜀臣,死亦当为蜀鬼!"乃复拍马冲杀,身被数枪,血盈袍铠;坐下马倒,佥自刎而死。后人有诗叹曰:"一日抒忠愤,千秋仰义名。宁为傅佥死,不作蒋舒生。"

钟会得了阳安关,关内所积粮草、军器极多,大喜,遂犒三军。是夜,魏兵宿于阳安城中。忽闻西南上喊声大震,钟会慌忙出帐视之,绝无动静。魏军一夜不敢睡。次夜三更,西南上喊声又起。钟会惊疑,向晓,使人探之。回报曰:"远哨十余里,并无一人。"会惊疑不定，乃自引数百骑，俱全装惯带，望西南巡哨。前至一山，只见杀气四面突起，愁云布合，雾锁山头。会勒住马，问向导官曰："此何山也？"答曰："此乃定军山，昔日夏侯渊殁于此处。"会闻之，怅然不乐，遂勒马而回。转过山坡，忽然狂风大作，背后数千骑突出，随风杀来。会大惊，引众纵马而走。诸将坠马者，不计其数。及奔到阳安关时，不曾折一人一骑，只跌损面目，失了头盔。皆言曰："但见阴云中人马杀来，比及近身，却不伤人，只是一阵旋风而已。"会问降将蒋舒曰："定军山有神庙乎？"舒曰："并无神庙，惟有诸葛武侯之墓。"会惊曰："此必武侯显圣也。吾当亲往祭之。"

次日，钟会备祭礼，宰太牢，自到武侯墓前再拜致祭。祭毕，狂风顿息，愁云四散。忽然清风习习，细雨纷纷。一阵过后，天色晴朗。魏兵大喜，皆拜谢回营。是夜，钟会在帐中伏几而寝，忽然一阵清风过处，只见一人，纶巾羽扇，身衣鹤氅，素履皂绦，面如冠玉，唇若抹朱，眉清目朗，身长八尺，飘飘然有神仙之概。其人步入帐中，会起身迎之曰："公何人也？"其人曰："今早重承见顾。吾有片言相告：虽汉祚已衰，天命难违，然两川生灵，横罹兵革，诚可怜悯。汝入境之后，万勿妄杀生灵。"言讫，拂袖而去。会欲挽留之，忽然惊醒，乃是一梦。会知是武侯之灵，不胜惊异。于是传令前军，立一白旗，上书"保国安民"四字；所到之处，如妄杀一人者偿命。于是汉中人民，尽皆出城拜迎。会一一抚慰，秋毫无犯。后人有诗赞曰："数万阴兵绕定军，致令钟会拜灵神。生能决策扶刘氏，死尚遗言保蜀民。"

却说姜维在沓中，听知魏兵大至，传檄廖化、张翼、董厥提兵接应；一面自分兵列将以待之。忽报魏兵至，维引兵迎之。魏阵中为首大将乃天水太守王颀也。颀出马大呼曰："吾今大兵百万，上将千员，分二十路而进，已到成都。汝不思早降，犹欲抗拒，何不知天命耶！"维大怒，挺枪纵马，直取王颀。战不三合，颀大败而走。姜维驱兵追杀至二十里，只听得金鼓齐鸣，一枝兵摆开，旗上大书"陇西太守牵弘"字样。维笑曰："此等鼠辈，非吾敌手！"遂催兵追之。又赶到十里，却遇邓艾领兵杀到。两军混战。维抖擞精神，与艾战有十余合，不分胜负，后面锣鼓又鸣。维急退时，后军报说："甘松诸寨，尽被金城太守杨欣烧毁了。”维大惊,急令副将虚立旗号,与邓艾相拒。维自撤后军,星夜来救甘松,正遇杨欣。欣不敢交战,望山路而走。维随后赶来。将至山岩下,岩上木石如雨,维不能前进。比及回到半路,蜀兵已被邓艾杀败。魏兵大队而来,将姜维围住。

维引众骑杀出重围,奔入大寨坚守,以待救兵。忽然流星马到,报说:“钟会打破阳安关,守将蒋舒归降,傅佥战死,汉中已属魏矣。乐城守将王含,汉城守将蒋斌,知汉中已失,亦开门而降。胡济抵敌不住,逃回成都求援去了。”维大惊,即传令拔寨。

是夜兵至疆川口,前面一军摆开,为首魏将,乃是金城太守杨欣。维大怒,纵马交锋,只一合,杨欣败走,维拈弓射之,连射三箭皆不中。维转怒,自折其弓,挺枪赶来。战马前失,将维跌在地上。杨欣拨回马来杀姜维。维跃起身,一枪刺去,正中杨欣马脑。背后魏兵骤至,救欣去了。维骑上从马,欲待追时,忽报后面邓艾兵到。维首尾不能相顾,遂收兵要夺汉中。哨马报说:“雍州刺史诸葛绪已断了归路。”维乃据山险下寨。魏兵屯于阴平桥头。维进退无路,长叹曰:“天丧我也!”副将宁随曰:“魏兵虽断阴平桥头,雍州必然兵少,将军若从孔函谷,径取雍州,诸葛绪必撤阴平之兵救雍州,将军却引兵奔剑阁守之,则汉中可复矣。”维从之,即发兵入孔函谷,诈取雍州。细作报知诸葛绪。绪大惊曰:“雍州是吾合守之地,倘有疏失,朝廷必然问罪。”急撤大兵从南路去救雍州,只留一枝兵守桥头。姜维入北道,约行三十里,料知魏兵起行,乃勒回兵,后队作前队,径到桥头,果然魏兵大队已去,只有些小兵把桥,被维一阵杀散,尽烧其寨栅。诸葛绪听知桥头火起,复引兵回,姜维兵已过半日了,因此不敢追赶。

却说姜维引兵过了桥头,正行之间,前面一军来到,乃左将军张翼、右将军廖化也。维问之,翼曰:“黄皓听信师巫之言,不肯发兵。翼闻汉中已危,自起兵来,时阳安关已被钟会所取。今闻将军受困,特来接应。”遂合兵一处,前赴白水关。化曰:“今四面受敌,粮道不通,不如退守剑阁,再作良图。”维疑虑未决。忽报钟会、邓艾分兵十余路杀来。维欲与翼、化分兵迎之。化曰:“白水地狭路多,非争战之所,不如且退去救剑阁可也;若剑阁一失,是绝路矣。”维从之,遂引兵来投剑阁。将近关前,忽然鼓角齐鸣,喊声大起,旌旗遍竖,一枝军把住关口。正是:汉中险峻已无有,剑阁风波又忽生。未知何处之兵,且看下文分解。

第一百十七回　邓士载偷度阴平　诸葛瞻战死绵竹

却说辅国大将军董厥，闻魏兵十余路入境，乃引二万兵守住剑阁；当日望尘头大起，疑是魏兵，急引军把住关口。董厥自临军前视之，乃姜维、廖化、张翼也。厥大喜，接入关上，礼毕，哭诉后主黄皓之事。维曰："公勿忧虑。若有维在，必不容魏来吞蜀也。且守剑阁，徐图退敌之计。"厥曰："此关虽然可守，争奈成都无人；倘为敌人所袭，大势瓦解矣。"维曰："成都山险地峻，非可易取，不必忧也。"正言间，忽报诸葛绪领兵杀至关下，维大怒，急引五千兵杀下关来，直撞入魏阵中，左冲右突，杀得诸葛绪大败而走，退数十里下寨，魏军死者无数。蜀兵抢了许多马匹器械，维收兵回关。

却说钟会离剑阁二十里下寨，诸葛绪自来伏罪。会怒曰："吾令汝守把阴平桥头，以断姜维归路，如何失了！今又不得吾令，擅自进兵，以致此败！"绪曰："维诡计多端，诈取雍州；绪恐雍州有失，引兵去救，维乘机走脱；绪因赶至关下，不想又为所败。"会大怒，叱令斩之。监军卫瓘曰："绪虽有罪，乃邓征西所督之人；不争将军杀之，恐伤和气。"会曰："吾奉天子明诏、晋公钧命，特来伐蜀。便是邓艾有罪，亦当斩之！"众皆力劝。会乃将诸葛绪用槛车载赴洛阳，任晋公发落；随将绪所领之兵，收在部下调遣。

有人报与邓艾。艾大怒曰："吾与汝官品一般，吾久镇边疆，于国多劳，汝安敢妄自尊大耶！"子邓忠劝曰："小不忍则乱大谋，父亲若与他不睦，必误国家大事。望且容忍之。"艾从其言。然毕竟心中怀怒，乃引十数骑来见钟会。会闻艾至，便问左右："艾引多少军来？"左右答曰："只有十数骑。"会乃令帐上帐下列武士数百人。

艾下马入见。会接入帐礼毕。艾见军容甚肃，心中不安，乃以言挑之曰："将军得了汉中，乃朝廷之大幸也，可定策早取剑阁。"会曰："将军明见若何？"艾再三推称无能。会固问之。艾答曰："以愚意度之，可引一军从阴平小路出汉中德阳亭，用奇兵径取成都，姜维必撤兵来救，将军乘虚就取剑阁，可获全功。”会大喜曰：“将军此计甚妙！可即引兵去。吾在此专候捷音！”二人饮酒相别。会回本帐与诸将曰：“人皆谓邓艾有能。今日观之，乃庸才耳！”众问其故。会曰：“阴平小路，皆高山峻岭，若蜀以百余人守其险要，断其归路，则邓艾之兵皆饿死矣。吾只以正道而行，何愁蜀地不破乎！”遂置云梯炮架，只打剑阁关。

却说邓艾出辕门上马，回顾从者曰：“钟会待吾若何？”从者曰：“观其辞色，甚不以将军之言为然，但以口强应而已。”艾笑曰：“彼料我不能取成都，我偏欲取之！”回到本寨，师纂、邓忠一班将士接问曰：“今日与钟镇西有何高论？”艾曰：“吾以实心告彼，彼以庸才视我。彼今得汉中，以为莫大之功；若非吾屯沓中绊住姜维，彼安能成功耶！吾今若取了成都，胜取汉中矣！”当夜下令，尽拔寨望阴平小路进兵，离剑阁七百里下寨。有人报钟会说：“邓艾要去取成都了。”会笑艾不智。

却说邓艾一面修密书遣使驰报司马昭，一面聚诸将于帐下问曰：“吾今乘虚去取成都，与汝等立功名于不朽，汝等肯从乎？”诸将应曰：“愿遵军令，万死不辞！”艾乃先令子邓忠引五千精兵，不穿衣甲，各执斧凿器具，凡遇峻危之处，凿山开路，搭造桥阁，以便军行。艾选兵三万，各带干粮绳索进发。约行百余里，选下三千兵，就彼扎寨；又行百余里，又选三千兵下寨。是年十月自阴平进兵，至于巅崖峻谷之中，凡二十余日，行七百余里，皆是无人之地。魏兵沿途下了数寨，只剩下二千人马。前至一岭，名摩天岭，马不堪行，艾步行上岭，正见邓忠与开路壮士尽皆哭泣。艾问其故。忠告曰：“此岭西皆是峻壁巅崖，不能开凿，虚废前劳，因此哭泣。”艾曰：“吾军到此，已行了七百余里，过此便是江油，岂可复退？”乃唤诸军曰：“不入虎穴，焉得虎子？吾与汝等来到此地，若得成功，富贵共之。”众皆应曰：“愿从将军之命。”艾令先将军器撺将下去。艾取毡自裹其身，先滚下去。副将有毡衫者裹身滚下，无毡衫者各用绳索束腰，攀木挂树，鱼贯而进。邓艾、邓忠，并二千军，及开山壮士，皆度了摩天岭。方才整顿衣甲器械而行,忽见道傍有一石碣,上刻"丞相诸葛武侯题"。其文云:"二火初兴,有人越此。二士争衡,不久自死。"艾观讫大惊,慌忙对碣再拜曰:"武侯真神人也!艾不能以师事之,惜哉!"后人有诗曰:"阴平峻岭与天齐,玄鹤徘徊尚怯飞。邓艾裹毡从此下,谁知诸葛有先机。"

却说邓艾暗度阴平,引兵行时,又见一个大空寨。左右告曰:"闻武侯在日,曾拨一千兵守此险隘。今蜀主刘禅废之。"艾嗟呀不已,乃谓众人曰:"吾等有来路而无归路矣!前江油城中,粮食足备:汝等前进可活,后退即死,须并力攻之。"众皆应曰:"愿死战!"于是邓艾步行,引二千余人,星夜倍道来抢江油城。

却说江油城守将马邈,闻东川已失,虽为准备,只是提防大路;又仗着姜维全师守住剑阁关,遂将军情不以为重。当日操练人马回家,与妻李氏拥炉饮酒。其妻问曰:"屡闻边情甚急,将军全无忧色,何也?"邈曰:"大事自有姜伯约掌握,干我甚事?"其妻曰:"虽然如此,将军所守城池,不为不重。"邈曰:"天子听信黄皓,溺于酒色,吾料祸不远矣。魏兵若到,降之为上,何必虑哉?"其妻大怒,唾邈面曰:"汝为男子,先怀不忠不义之心,枉受国家爵禄,吾有何面目与汝相见耶!"马邈羞惭无语。

忽家人慌入报曰:"魏将邓艾不知从何而来,引二千余人,一拥而入城矣!"邈大惊,慌出纳降,拜伏于公堂之下,泣告曰:"某有心归降久矣。今愿招城中居民,及本部人马,尽降将军。"艾准其降。遂收江油军马于部下调遣,即用马邈为向导官。忽报马邈夫人自缢身死。艾问其故,邈以实告。艾感其贤,令厚礼葬之,亲往致祭。魏人闻者,无不嗟叹。后人有诗赞曰:"后主昏迷汉祚颠,天差邓艾取西川。可怜巴蜀多名将,不及江油李氏贤。"

邓艾取了江油,遂接阴平小路诸军,皆到江油取齐,径来攻涪城。部将田续曰:"我军涉险而来,甚是劳顿,且当休养数日,然后进兵。"艾大怒曰:"兵贵神速,汝敢乱我军心耶!"喝令左右推出斩之。众将苦告方免。艾自驱兵至涪城。城内官吏军民疑从天降,尽皆投降。

蜀人飞报入成都。后主闻知,慌召黄皓问之。皓奏曰:"此诈传耳。神人必不肯误陛下也。"后主又宣师婆问时,却不知何处去了。此时远近告急表文,一似雪片,往来使者,联络不绝。后主设朝计议,多官面面相觑,并无一言。郤正出班奏曰:"事已急矣!陛下可宣武侯之子商议退兵之策。"原来武侯之子诸葛瞻,字思远。其母黄氏,即黄承彦之女也。母貌甚陋,而有奇才:上通天文,下察地理;凡韬略遁甲诸书,无所不晓。武侯在南阳时,闻其贤,求以为室。武侯之学,夫人多所赞助焉。及武侯死后,夫人寻逝,临终遗教,惟以忠孝勉其子瞻。瞻自幼聪敏,尚后主女,为驸马都尉。后袭父武乡侯之爵。景耀四年,迁行军护卫将军。时为黄皓用事,故托病不出。当下后主从郤正之言,即时连发三诏,召瞻至殿下。后主泣诉曰:"邓艾兵已屯涪城,成都危矣。卿看先君之面,救朕之命!"瞻亦泣奏曰:"臣父子蒙先帝厚恩、陛下殊遇,虽肝脑涂地,不能补报。愿陛下尽发成都之兵,与臣领去决一死战。"后主即拨成都兵将七万与瞻。瞻辞了后主,整顿军马,聚集诸将问曰:"谁敢为先锋?"言未讫,一少年将出曰:"父亲既掌大权,儿愿为先锋。"众视之,乃瞻长子诸葛尚也。尚时年一十九岁,博览兵书,多习武艺。瞻大喜,遂命尚为先锋。是日,大军离了成都,来迎魏兵。

却说邓艾得马邈献地理图一本,备写涪城至成都三百六十里山川道路,阔狭险峻,一一分明。艾看毕,大惊曰:"若只守涪城,倘被蜀人据住前山,何能成功耶?如迁延日久,姜维兵到,我军危矣。"速唤师纂并子邓忠,分付曰:"汝等可引一军,星夜径去绵竹,以拒蜀兵。吾随后便至。切不可怠缓。若纵他先据了险要,决斩汝首!"

师、邓二人引兵将至绵竹,早遇蜀兵。两军各布成阵。师、邓二人勒马于门旗下,只见蜀兵列成八阵。三鼕鼓罢,门旗两分,数十员将簇拥一辆四轮车,车上端坐一人:纶巾羽扇,鹤氅方裾。车傍展开一面黄旗,上书:"汉丞相诸葛武侯。"唬得师、邓二人汗流遍身,回顾军士曰:"原来孔明尚在,我等休矣!"

急勒兵回时,蜀兵掩杀将来,魏兵大败而走。蜀兵掩杀二十余里,遇见邓艾援兵接应。两家各自收兵。艾升帐而坐,唤师纂、邓忠责之曰:"汝二人不战而退,何也?"忠曰:"但见蜀阵中诸葛孔明领兵,因此奔还。”艾怒曰:“纵使孔明更生,我何惧哉! 汝等轻退,以致于败,宜速斩以正军法!”众皆苦劝,艾方息怒。令人哨探,回说孔明之子诸葛瞻为大将,瞻之子诸葛尚为先锋。——车上坐者乃木刻孔明遗像也。

艾闻之,谓师纂、邓忠曰:“成败之机,在此一举。汝二人再不取胜,必当斩首!”师、邓二人又引一万兵来战。诸葛尚匹马单枪,抖擞精神,战退二人。诸葛瞻指挥两掖兵冲出,直撞入魏阵中,左冲右突,往来杀有数十番,魏兵大败,死者不计其数。师纂、邓忠中伤而逃。瞻驱士马随后掩杀二十余里,扎营相拒。师纂、邓忠回见邓艾,艾见二人俱伤,未便加责,乃与众将商议曰:“蜀有诸葛瞻善继父志,两番杀吾万余人马,今若不速破,后必为祸。”监军丘本曰:“何不作一书以诱之?”艾从其言,遂作书一封,遣使送入蜀寨。守门将引至帐下,呈上其书。瞻拆封视之。书曰:“征西将军邓艾,致书于行军护卫将军诸葛思远麾下:切观近代贤才,未有如公之尊父也。昔自出茅庐,一言已分三国,扫平荆、益,遂成霸业,古今鲜有及者;后六出祁山,非其智力不足,乃天数耳。今后主昏弱,王气已终,艾奉天子之命,以重兵伐蜀,已皆得其地矣。成都危在旦夕,公何不应天顺人,仗义来归?艾当表公为琅琊王,以光耀祖宗,决不虚言。幸存照鉴。”瞻看毕,勃然大怒,扯碎其书,叱武士立斩来使,令从者持首级回魏营见邓艾。

艾大怒,即欲出战。丘本谏曰:“将军不可轻出,当用奇兵胜之。”艾从其言,遂令天水太守王颀、陇西太守牵弘,伏两军于后,艾自引兵而来。此时诸葛瞻正欲搦战,忽报邓艾自引兵到。瞻大怒,即引兵出,径杀入魏阵中。邓艾败走,瞻随后掩杀将来。忽然两下伏兵杀出。蜀兵大败,退入绵竹。艾令围之。于是魏兵一齐呐喊,将绵竹围的铁桶相似。诸葛瞻在城中,见事势已迫,乃令彭和赍书杀出,往东吴求救。

和至东吴,见了吴主孙休,呈上告急之书。吴主看罢,与群臣计议曰:“既蜀中危急,孤岂可坐视不救!”即令老将丁奉为主帅,丁封、孙异为副将,率兵五万,前往救蜀。丁奉领旨出师,分拨丁封、孙异引兵二万向沔中而进,自率兵三万向寿春而进:分兵三路来援。

却说诸葛瞻见救兵不至,谓众将曰:“久守非良图。”遂留子尚与尚书张遵守城,瞻自披挂上马,引三军大开三门杀出。邓艾见兵出,便撤兵退。瞻奋力追杀,忽然一声炮响,四面兵合,把瞻困在垓心。瞻引兵左冲右突,杀死数百人。艾令众军放箭射之,蜀兵四散。瞻中箭落马,乃大呼曰:“吾力竭矣,当以一死报国!”遂拔剑自刎而死。其子诸葛尚在城上,见父死于军中,勃然大怒,遂披挂上马。张遵谏曰:“小将军勿得轻出。”尚叹曰:“吾父子祖孙,荷国厚恩,今父既死于敌,我何用生为!”遂策马杀出,死于阵中。后人有诗赞瞻、尚父子曰:“不是忠臣独少谋,苍天有意绝炎刘。当年诸葛留嘉胤,节义真堪继武侯。”邓艾怜其忠,将父子合葬。乘虚攻打绵竹。张遵、黄崇、李球三人,各引一军杀出。蜀兵寡,魏兵众,三人亦皆战死。艾因此得了绵竹。劳军已毕,遂来取成都。正是:试观后主临危日,无异刘璋受逼时。未知成都如何守御,且看下文分解。

第一百十八回 哭祖庙一王死孝 入西川二士争功

却说后主在成都,闻邓艾取了绵竹,诸葛瞻父子已亡,大惊,急召文武商议。近臣奏曰:"城外百姓,扶老携幼,哭声大震,各逃生命。"后主惊惶无措。忽哨马报到,说魏兵将近城下。多官议曰:"兵微将寡,难以迎敌;不如早弃成都,奔南中七郡。其地险峻,可以自守,就借蛮兵,再来克复未迟。"光禄大夫谯周曰:"不可。南蛮久反之人,平昔无惠;今若投之,必遭大祸。"多官又奏曰:"蜀、吴既同盟,今事急矣,可以投之。"周又谏曰:"自古以来,无寄他国为天子者。臣料魏能吞吴,吴不能吞魏。若称臣于吴,是一辱也;若吴被魏所吞,陛下再称臣于魏,是两番之辱矣。不如不投吴而降魏。魏必裂土以封陛下,则上能自守宗庙,下可以保安黎民。愿陛下思之。"后主未决,退入宫中。次日,众议纷然。谯周见事急,复上疏诤之。

后主从谯周之言,正欲出降;忽屏风后转出一人,厉声而骂周曰:"偷生腐儒,岂可妄议社稷大事! 自古安有降天子哉!"后主视之,乃第五子北地王刘谌也。后主生七子:长子刘璿,次子刘瑶,三子刘琮,四子刘瓒,五子即北地王刘谌,六子刘恂,七子刘璩。七子中惟谌自幼聪明,英敏过人,余皆懦善。后主谓谌曰:"今大臣皆议当降,汝独仗血气之勇,欲令满城流血耶?"谌曰:"昔先帝在日,谯周未尝干预国政;今妄议大事,辄起乱言,甚非理也。臣切料成都之兵,尚有数万;姜维全师,皆在剑阁,若知魏兵犯阙,必来救应:内外攻击,可获大功。岂可听腐儒之言,轻废先帝之基业乎?"后主叱之曰:"汝小儿岂识天时!"谌叩头哭曰:"若势穷力极,祸败将及,便当父子君臣背城一战,同死社稷,以见先帝可也。奈何降乎!"后主不听。谌放声大哭曰:"先帝非容易创立基业,今一旦弃之,吾宁死不辱也!"后主令近臣推出宫门,遂令谯周作降书,遣私署侍中张绍、驸马都尉邓良同谯周赍玉玺来雒城请降。

时邓艾每日令数百铁骑来成都哨探。当日见立了降旗,艾大喜。不一时,张绍等至,艾令人迎入。三人拜伏于阶下,呈上降款玉玺。艾拆降书视之,大喜,受下玉玺,重待张绍、谯周、邓良等。艾作回书,付三人赍回成都,以安人心。三人拜辞邓艾,径还成都,入见后主,呈上回书,细言邓艾相待之善。后主拆封视之,大喜,即遣太仆蒋显赍敕令姜维早降;遣尚书郎李虎,送文簿与艾:共户二十八万,男女九十四万,带甲将士十万二千,官吏四万,仓粮四十余万,金银各二千斤,锦绮彩绢各二十万匹。余物在库,不及具数。择十二月初一日,君臣出降。

北地王刘谌闻知,怒气冲天,乃带剑入宫。其妻崔夫人问曰:"大王今日颜色异常,何也?"谌曰:"魏兵将近,父皇已纳降款,明日君臣出降,社稷从此殄灭。吾欲先死以见先帝于地下,不屈膝于他人也!"崔夫人曰:"贤哉!贤哉!得其死矣!妾请先死,王死未迟。"谌曰:"汝何死耶?"崔夫人曰:"王死父,妾死夫:其义同也。夫亡妻死,何必问焉!"言讫,触柱而死。谌乃自杀其三子,并割妻头,提至昭烈庙中,伏地哭曰:"臣羞见基业弃于他人,故先杀妻子,以绝挂念,后将一命报祖!祖如有灵,知孙之心!"大哭一场,眼中流血,自刎而死。蜀人闻知,无不哀痛。后人有诗赞曰:"君臣甘屈膝,一子独悲伤。去矣西川事,雄哉北地王!捐身酬烈祖,搔首泣穹苍。凛凛人如在,谁云汉已亡?"后主听知北地王自刎,乃令人葬之。

次日,魏兵大至。后主率太子诸王,及群臣六十余人,面缚舆榇,出北门十里而降。邓艾扶起后主,亲解其缚,焚其舆榇,并车入城。后人有诗叹曰:"魏兵数万入川来,后主偷生失自裁。黄皓终存欺国意,姜维空负济时才。全忠义士心何烈,守节王孙志可哀。昭烈经营良不易,一朝功业顿成灰。"

于是成都之人,皆具香花迎接。艾拜后主为骠骑将军,其余文武,各随高下拜官;请后主还宫,出榜安民,交割仓库。又令太常张峻、益州别驾张绍,招安各郡军民。又令人说姜维归降。一面遣人赴洛阳报捷。艾闻黄皓奸险,欲斩之。皓用金宝赂其左右,因此得免。自是汉亡。后人因汉之亡,有追思武侯诗曰:"鱼鸟犹疑畏简书,风云长为护储胥。徒令上将挥神笔,终见降王走传车。管乐有才真不忝,关张无命欲何如!他年锦里经祠庙,梁父吟成恨有余!”

且说太仆蒋显到剑阁,入见姜维,传后主敕命,言归降之事。维大惊失语。帐下众将听知,一齐怨恨,咬牙怒目,须发倒竖,拔刀砍石大呼曰:“吾等死战,何故先降耶!”号哭之声,闻数十里。维见人心思汉,乃以善言抚之曰:“众将勿忧。吾有一计,可复汉室。”众皆求问。姜维与诸将附耳低言,说了计策。即于剑阁关遍竖降旗,先令人报入钟会寨中,说姜维引张翼、廖化、董厥等来降。会大喜,令人迎接维入帐。会曰:“伯约来何迟也?”维正色流涕曰:“国家全军在吾,今日至此,犹为速也。”会甚奇之,下座相拜,待为上宾。维说会曰:“闻将军自淮南以来,算无遗策;司马氏之盛,皆将军之力,维故甘心俯首。如邓士载,当与决一死战,安肯降之乎?”会遂折箭为誓,与维结为兄弟,情爱甚密,仍令照旧领兵。维暗喜,遂令蒋显回成都去了。

却说邓艾封师纂为益州刺史,牵弘、王颀等各领州郡;又于绵竹筑台以彰战功,大会蜀中诸官饮宴。艾酒至半酣,乃指众官曰:“汝等幸遇我,故有今日耳。若遇他将,必皆殄灭矣。”多官起身拜谢。忽蒋显至,说姜维自降钟镇西了。艾因此痛恨钟会。遂修书令人赍赴洛阳,致晋公司马昭。昭得书视之。书曰:“臣艾切谓兵有先声而后实者,今因平蜀之势以乘吴,此席卷之时也。然大举之后,将士疲劳,不可便用;宜留陇右兵二万、蜀兵二万,煮盐兴冶,并造舟船,预备顺流之计;然后发使,告以利害,吴可不征而定也。今宜厚待刘禅,以致孙休;若便送禅来京,吴人必疑,则于向化之心不劝。且权留之于蜀,须来年冬月抵京。今即可封禅为扶风王,锡以资财,供其左右,爵其子为公侯,以显归命之宠:则吴人畏威怀德,望风而从矣。”司马昭览毕,深疑邓艾有自专之心,乃先发手书与卫瓘,随后降封艾诏曰:“征西将军邓艾耀威奋武,深入敌境,使僭号之主,系颈归降;兵不逾时,战不终日,云彻席卷,荡定巴、蜀;虽白起破强楚,韩信克劲赵,不足比勋也。其以艾为太尉,增邑二万户,封二子为亭侯,各食邑千户。”

邓艾受诏毕,监军卫瓘取出司马昭手书与艾。书中说邓艾所言之事，须候奏报，不可辄行。艾曰：“将在外，君命有所不受。吾既奉诏专征，如何阻当？”遂又作书，令来使赍赴洛阳。时朝中皆言邓艾必有反意，司马昭愈加疑忌。忽使命回，呈上邓艾之书。昭拆封视之。书曰：“艾衔命西征，元恶既服，当权宜行事，以安初附。若待国命，则往复道途，延引日月。《春秋》之义：大夫出疆，有可以安社稷、利国家，专之可也。今吴未宾，势与蜀连，不可拘常以失事机。兵法：进不求名，退不避罪。艾虽无古人之节，终不自嫌以损于国也。先此申状，见可施行。”

司马昭看毕大惊，忙与贾充计议曰：“邓艾恃功而骄，任意行事，反形露矣。如之奈何？”贾充曰：“主公何不封钟会以制之？”昭从其议，遣使赍诏封会为司徒，就令卫瓘监督两路军马，以手书付瓘，使与会伺察邓艾，以防其变。会接读诏书。诏曰：“镇西将军钟会所向无敌，前无强梁，节制众城，网罗迸逸；蜀之豪帅，面缚归命；谋无遗策，举无废功。其以会为司徒，进封县侯，增邑万户，封子二人亭侯，邑各千户。”

钟会既受封，即请姜维计议曰：“邓艾功在吾之上，又封太尉之职；今司马公疑艾有反志，故令卫瓘为监军，诏吾制之。伯约有何高见？”维曰：“愚闻邓艾出身微贱，幼为农家养犊，今侥幸自阴平斜径，攀木悬崖，成此大功；非出良谋，实赖国家洪福耳。若非将军与维相拒于剑阁，艾安能成此功耶？今欲封蜀主为扶风王，乃大结蜀人之心，其反情不言可见矣。晋公疑之是也。”会深善其言。维又曰：“请退左右，维有一事密告。”会令左右尽退。维袖中取一图与会，曰：“昔日武侯出草庐时，以此图献先帝，且曰：益州之地，沃野千里，民殷国富，可为霸业。先帝因此遂创成都。今邓艾至此，安得不狂？”会大喜，指问山川形势。维一一言之。会又问曰：“当以何策除艾？”维曰：“乘晋公疑忌之际，当急上表，言艾反状；晋公必令将军讨之。一举而可擒矣。”会依言，即遣人赍表进赴洛阳，言邓艾专权恣肆，结好蜀人，早晚必反矣。于是朝中文武皆惊。会又令人于中途截了邓艾表文，按艾笔法，改写傲慢之辞，以实己之语。

司马昭见了邓艾表章，大怒，即遣人到钟会军前，令会收艾；又遣贾充引三万兵入斜谷，昭乃同魏主曹奂御驾亲征。西曹掾邵悌谏曰："钟会之兵，多艾六倍，当令会收艾足矣，何必明公自行耶？"昭笑曰："汝忘了旧日之言耶？汝曾道会后必反。吾今此行，非为艾，实为会耳。"悌笑曰："某恐明公忘之，故以相问。今既有此意，切宜秘之，不可泄漏。"昭然其言，遂提大兵起程。时贾充亦疑钟会有变，密告司马昭。昭曰："如遣汝，亦疑汝耶？吾到长安，自有明白。"早有细作报知钟会，说昭已至长安。会慌请姜维商议收艾之策。正是：才看西蜀收降将，又见长安动大兵。不知姜维以何策破艾，且看下文分解。

第一百十九回 假投降巧计成虚话 再受禅依样画葫芦

却说钟会请姜维计议收邓艾之策。维曰:“可先令监军卫瓘收艾。艾若杀瓘,反情实矣。将军却起兵讨之,可也。”会大喜,遂令卫瓘引数十人入成都,收邓艾父子。瓘手下人止之曰:“此是钟司徒令邓征西杀将军,以正反情也。切不可行。”瓘曰:“吾自有计。”遂先发檄文二三十道。其檄曰:“奉诏收艾,其余各无所问。若早来归,爵赏如先;敢有不出者,灭三族。”随备槛车两乘,星夜望成都而来。

比及鸡鸣,艾部将见檄文者,皆来投拜于卫瓘马前。时邓艾在府中未起。瓘引数十人突入大呼曰:“奉诏收邓艾父子!”艾大惊,滚下床来。瓘叱武士缚于车上。其子邓忠出问,亦被捉下,缚于车上。府中将吏大惊,欲待动手抢夺,早望见尘头大起,哨马报说钟司徒大兵到了。众各四散奔走。钟会与姜维下马入府,见邓艾父子已被缚。会以鞭挞邓艾之首而骂曰:“养犊小儿,何敢如此!”姜维亦骂曰:“匹夫行险徼幸,亦有今日耶!”艾亦大骂。会将艾父子送赴洛阳。会入成都,尽得邓艾军马,威声大震。乃谓姜维曰:“吾今日方趁平生之愿矣!”维曰:“昔韩信不听蒯通之说,而有未央宫之祸;大夫种不从范蠡于五湖,卒伏剑而死:斯二子者,其功名岂不赫然哉,徒以利害未明,而见机之不早也。今公大勋已就,威震其主,何不泛舟绝迹,登峨嵋之岭,而从赤松子游乎?”会笑曰:“君言差矣。吾年未四旬,方思进取,岂能便效此退闲之事?”维曰:“若不退闲,当早图良策。此则明公智力所能,无烦老夫之言矣。”会抚掌大笑曰:“伯约知吾心也。”二人自此每日商议大事。维密与后主书曰:“望陛下忍数日之辱,维将使社稷危而复安,日月幽而复明,必不使汉室终灭也。”

却说钟会正与姜维谋反,忽报司马昭有书到。会接书。书中言:“吾恐司徒收艾不下,自屯兵于长安;相见在近,以此先报。”会大惊曰:“吾兵多艾数倍,若但要我擒艾,晋公知吾独能办之。今日自引兵来,是疑我也!"遂与姜维计议。维曰:"君疑臣则臣必死,岂不见邓艾乎?"会曰:"吾意决矣!事成则得天下,不成则退西蜀,亦不失作刘备也。"维曰:"近闻郭太后新亡,可诈称太后有遗诏,教讨司马昭,以正弑君之罪。据明公之才,中原可席卷而定。"会曰:"伯约当作先锋。成事之后,同享富贵。"维曰:"愿效犬马微劳,但恐诸将不服耳。"会曰:"来日元宵佳节,于故宫大张灯火,请诸将饮宴。如不从者尽杀之。"维暗喜。次日,会、维二人请诸将饮宴。数巡后,会执杯大哭。诸将惊问其故,会曰:"郭太后临崩有遗诏在此,为司马昭南阙弑君,大逆无道,早晚将篡魏,命吾讨之。汝等各自佥名,共成此事。"众皆大惊,面面相觑。会拔剑出鞘曰:"违令者斩!"众皆恐惧,只得相从。画字已毕,会乃困诸将于宫中,严兵禁守。维曰:"我见诸将不服,请坑之。"会曰:"吾已令宫中掘一坑,置大棒数千;如不从者,打死坑之。"

时有心腹将丘建在侧。建乃护军胡烈部下旧人也,时胡烈亦被监在宫。建乃密将钟会所言,报知胡烈。烈大惊,泣告曰:"吾儿胡渊领兵在外,安知会怀此心耶?汝可念旧日之情,透一消息,虽死无恨。"建曰:"恩主勿忧,容某图之。"遂出告会曰:"主公软监诸将在内,水食不便,可令一人往来传递。"会素听丘建之言,遂令丘建监临。会分付曰:"吾以重事托汝,休得泄漏。"建曰:"主公放心,某自有紧严之法。"建暗令胡烈亲信人入内,烈以密书付其人。其人持书火速至胡渊营内,细言其事,呈上密书。渊大惊,遂遍示诸营知之。众将大怒,急来渊营商议曰:"我等虽死,岂肯从反臣耶?"渊曰:"正月十八日中,可骤入内,如此行之。"监军卫瓘深喜胡渊之谋,即整顿了人马,令丘建传与胡烈。烈报知诸将。

却说钟会请姜维问曰:"吾夜梦大蛇数千条咬吾,主何吉凶?"维曰:"梦龙蛇者,皆吉庆之兆也。"会喜,信其言,乃谓维曰:"器仗已备,放诸将出问之,若何?"维曰:"此辈皆有不服之心,久必为害,不如乘早戮之。"会从之,即命姜维领武士往杀众魏将。维领命,方欲行动,忽然一阵心疼,昏倒在地;左右扶起,半晌方苏。忽报宫外人声沸腾。会方令人探时,喊声大震,四面八方,无限兵到。维曰:"此必是诸将作恶，可先斩之。”忽报兵已入内。会令闭上殿门，使军士上殿屋以瓦击之，互相杀死数十人。宫外四面火起，外兵砍开殿门杀入。会自掣剑立杀数人，却被乱箭射倒。众将枭其首。维拔剑上殿，往来冲突，不幸心疼转加。维仰天大叫曰：“吾计不成，乃天命也！”遂自刎而死。时年五十九岁。宫中死者数百人。卫瓘曰：“众军各归营所，以待王命。”魏兵争欲报仇，共剖维腹，其胆大如鸡卵。众将又尽取姜维家属杀之。邓艾部下之人，见钟会、姜维已死，遂连夜去追劫邓艾。早有人报知卫瓘。瓘曰：“是我捉艾；今若留他，我无葬身之地矣。”护军田续曰：“昔邓艾取江油之时，欲杀续，得众官告免。今日当报此恨！”瓘大喜，遂遣田续引五百兵赶至绵竹，正遇邓艾父子放出槛车，欲还成都。艾只道是本部兵到，不作准备；欲待问时，被田续一刀斩之。邓忠亦死于乱军之中。后人有诗叹邓艾曰：“自幼能筹画，多谋善用兵。凝眸知地理，仰面识天文。马到山根断，兵来石径分。功成身被害，魂绕汉江云。”又有诗叹钟会曰：“髫年称早慧，曾作秘书郎。妙计倾司马，当时号子房。寿春多赞画，剑阁显鹰扬。不学陶朱隐，游魂悲故乡。”又有诗叹姜维曰：“天水夸英俊，凉州产异才。系从尚父出，术奉武侯来。大胆应无惧，雄心誓不回。成都身死日，汉将有余哀。”

却说姜维、钟会、邓艾已死，张翼等亦死于乱军之中。太子刘璇、汉寿亭侯关彝，皆被魏兵所杀。军民大乱，互相践踏，死者不计其数。旬日后，贾充先至，出榜安民，方始宁靖。留卫瓘守成都，乃迁后主赴洛阳。止有尚书令樊建、侍中张绍、光禄大夫谯周、秘书郎郤正等数人跟随。廖化、董厥皆托病不起，后皆忧死。

时魏景元五年改为咸熙元年，春三月，吴将丁奉见蜀已亡，遂收兵还吴。中书丞华覈奏吴主孙休曰：“吴、蜀乃唇齿也，唇亡则齿寒；臣料司马昭伐吴在即，乞陛下深加防御。”休从其言，遂命陆逊子陆抗为镇东大将军，领荆州牧，守江口；左将军孙异守南徐诸处隘口；又沿江一带，屯兵数百营，老将丁奉总督之，以防魏兵。

建宁太守霍戈闻成都不守，素服望西大哭三日。诸将皆曰：“既汉主失位，何不速降？”戈泣谓曰：“道路隔绝，未知吾主安危若何。

若魏主以礼待之，则举城而降，未为晚也；万一危辱吾主，则主辱臣死，何可降乎？”众然其言，乃使人到洛阳，探听后主消息去了。

且说后主至洛阳时，司马昭已自回朝。昭责后主曰：“公荒淫无道，废贤失政，理宜诛戮。”后主面如土色，不知所为。文武皆奏曰：“蜀主既失国纪，幸早归降，宜赦之。”昭乃封禅为安乐公，赐住宅，月给用度，赐绢万匹，僮婢百人。子刘瑶及群臣樊建、谯周、郤正等，皆封侯爵。后主谢恩出内。昭因黄皓蠹国害民，令武士押出市曹，凌迟处死。时霍戈探听得后主受封，遂率部下军士来降。次日，后主亲诣司马昭府下拜谢。昭设宴款待，先以魏乐舞戏于前，蜀官感伤，独后主有喜色。昭令蜀人扮蜀乐于前，蜀官尽皆堕泪，后主嬉笑自若。酒至半酣，昭谓贾充曰：“人之无情，乃至于此！虽使诸葛孔明在，亦不能辅之久全，何况姜维乎？”乃问后主曰：“颇思蜀否？”后主曰：“此间乐，不思蜀也。”须臾，后主起身更衣，郤正跟至厢下曰：“陛下如何答应不思蜀也？徜彼再问，可泣而答曰：先人坟墓，远在蜀地，乃心西悲，无日不思。晋公必放陛下归蜀矣。”后主牢记入席。酒将微醉，昭又问曰：“颇思蜀否？”后主如郤正之言以对，欲哭无泪，遂闭其目。昭曰：“何乃似郤正语耶？”后主开目惊视曰：“诚如尊命。”昭及左右皆笑之。昭因此深喜后主诚实，并不疑虑。后人有诗叹曰：“追欢作乐笑颜开，不念危亡半点哀。快乐异乡忘故国，方知后主是庸才。”

却说朝中大臣因昭收川有功，遂尊之为王，表奏魏主曹奂。时奂名为天子，实不能主张，政皆由司马氏，不敢不从，遂封晋公司马昭为晋王，谥父司马懿为宣王，兄司马师为景王。昭妻乃王肃之女，生二子：长曰司马炎，人物魁伟，立发垂地，两手过膝，聪明英武，胆量过人；次曰司马攸，情性温和，恭俭孝悌，昭甚爱之，因司马师无子，嗣攸以继其后。昭常曰：“天下者，乃吾兄之天下也。”于是司马昭受封晋王，欲立攸为世子。山涛谏曰：“废长立幼，违礼不祥。”贾充、何曾、裴秀亦谏曰：“长子聪明神武，有超世之才；人望既茂，天表如此：非人臣之相也。”昭犹豫未决。太尉王祥、司空荀颉谏曰：“前代立少，多致乱国。愿殿下思之。”昭遂立长子司马炎为世子。

大臣奏称：“当年襄武县，天降一人，身长二丈余，脚迹长三尺二寸，白发苍髯，着黄单衣，裹黄巾，拄藜头杖，自称曰：吾乃民王也。今来报汝：天下换主，立见太平。如此在市游行三日，忽然不见。此乃殿下之瑞也。殿下可戴十二旒冠冕，建天子旌旗，出警入跸，乘金根车，备六马，进王妃为王后，立世子为太子。”昭心中暗喜；回到宫中，正欲饮食，忽中风不语。次日，病危，太尉王祥、司徒何曾、司马荀颛及诸大臣入宫问安，昭不能言，以手指太子司马炎而死。时八月辛卯日也。何曾曰：“天下大事，皆在晋王；可立太子为晋王，然后祭葬。”是日，司马炎即晋王位，封何曾为晋丞相，司马望为司徒，石苞为骠骑将军，陈骞为车骑将军，谥父为文王。

安葬已毕，炎召贾充、裴秀入宫问曰：“曹操曾云：若天命在吾，吾其为周文王乎！果有此事否？”充曰：“操世受汉禄，恐人议论篡逆之名，故出此言。乃明教曹丕为天子也。”炎曰：“孤父王比曹操何如？”充曰：“操虽功盖华夏，下民畏其威而不怀其德。子丕继业，差役甚重，东西驱驰，未有宁岁。后我宣王、景王，累建大功，布恩施德，天下归心久矣。文王并吞西蜀，功盖寰宇，又岂操之可比乎？”炎曰：“曹丕尚绍汉统，孤岂不可绍魏统耶？”贾充、裴秀二人再拜而奏曰：“殿下正当法曹丕绍汉故事，复筑受禅坛，布告天下，以即大位。”

炎大喜，次日带剑入内。此时，魏主曹奂连日不曾设朝，心神恍惚，举止失措。炎直入后宫，奂慌下御榻而迎。炎坐毕，问曰：“魏之天下，谁之力也？”奂曰：“皆晋王父祖之赐耳。”炎笑曰：“吾观陛下，文不能论道，武不能经邦。何不让有才德者主之？”奂大惊，口噤不能言。傍有黄门侍郎张节大喝曰：“晋王之言差矣！昔日魏武祖皇帝，东荡西除，南征北讨，非容易得此天下；今天子有德无罪，何故让与人耶？”炎大怒曰：“此社稷乃大汉之社稷也。曹操挟天子以令诸侯，自立魏王，篡夺汉室。吾祖父三世辅魏，得天下者，非曹氏之能，实司马氏之力也：四海咸知。吾今日岂不堪绍魏之天下乎？”节又曰：“欲行此事，是篡国之贼也！”炎大怒曰：“吾与汉家报仇，有何不可！”叱武士将张节乱瓜打死于殿下。奂泣泪跪告。炎起身下殿而去。奂谓贾充、裴秀曰：“事已急矣，如之奈何？”充曰：“天数尽矣，陛下不可逆天，当照汉献帝故事，重修受禅坛，具大礼，禅位与晋王：上合天心，下顺民情，陛下可保无虞矣。”

奂从之，遂令贾充筑受禅坛。以十二月甲子日，奂亲捧传国玺，立于坛上，大会文武。后人有诗叹曰：“魏吞汉室晋吞曹，天运循环不可逃。张节可怜忠国死，一拳怎障泰山高。”请晋王司马炎登坛，授与大礼。奂下坛，具公服立于班首。炎端坐于坛上。贾充、裴秀列于左右，执剑，令曹奂再拜伏地听命。充曰：“自汉建安二十五年，魏受汉禅，已经四十五年矣；今天禄永终，天命在晋。司马氏功德弥隆，极天际地，可即皇帝正位，以绍魏统。封汝为陈留王，出就金墉城居止；当时起程，非宣诏不许入京。”奂泣谢而去。太傅司马孚哭拜于奂前曰：“臣身为魏臣，终不背魏也。”炎见孚如此，封孚为安平王。孚不受而退。是日，文武百官，再拜于坛下，山呼万岁。炎绍魏统，国号大晋，改元为泰始元年，大赦天下。魏遂亡。后人有诗叹曰：“晋国规模如魏王，陈留踪迹似山阳。重行受禅台前事，回首当年止自伤。”

晋帝司马炎，追谥司马懿为宣帝，伯父司马师为景帝，父司马昭为文帝，立七庙以光祖宗。那七庙？汉征西将军司马钧，钧生豫章太守司马量，量生颍川太守司马隽，隽生京兆尹司马防，防生宣帝司马懿，懿生景帝司马师、文帝司马昭：是为七庙也。大事已定，每日设朝计议伐吴之策。正是：汉家城郭已非旧，吴国江山将复更。未知怎生伐吴，且看下文分解。

第一百二十回　荐杜预老将献新谋　降孙皓三分归一统

却说吴主孙休，闻司马炎已篡魏，知其必将伐吴，忧虑成疾，卧床不起，乃召丞相濮阳兴入宫中，令太子孙雨出拜。吴主把兴臂、手指雨而卒。兴出，与群臣商议，欲立太子孙雨为君。左典军万彧曰："雨幼不能专政，不若取乌程侯孙皓立之。"左将军张布亦曰："皓才识明断，堪为帝王。"丞相濮阳兴不能决，入奏朱太后。太后曰："吾寡妇人耳，安知社稷之事？卿等斟酌立之可也。"兴遂迎皓为君。

皓字元宗，大帝孙权太子孙和之子也。当年七月，即皇帝位，改元为元兴元年，封太子孙雨为豫章王，追谥父和为文皇帝，尊母何氏为太后，加丁奉为右大司马。次年改为甘露元年。皓凶暴日甚，酷溺酒色，宠幸中常侍岑昏。濮阳兴、张布谏之，皓怒，斩二人，灭其三族。由是廷臣缄口，不敢再谏。又改宝鼎元年，以陆凯、万彧为左右丞相。时皓居武昌，扬州百姓溯流供给，甚苦之；又奢侈无度，公私匮乏。陆凯上疏谏曰："今无灾而民命尽，无为而国财空，臣窃痛之。昔汉室既衰，三家鼎立；今曹、刘失道，皆为晋有：此目前之明验也。臣愚，但为陛下惜国家耳。武昌土地险瘠，非王者之都。且童谣云：宁饮建业水，不食武昌鱼；宁还建业死，不止武昌居！此足明民心与天意也。今国无一年之蓄，有露根之渐；官吏为苛扰，莫之或恤。大帝时，后宫女不满百；景帝以来，乃有千数：此耗财之甚者也。又左右皆非其人，群党相挟，害忠隐贤，此皆蠹政病民者也。愿陛下省百役，罢苛扰，简出宫女，清选百官，则天悦民附而国安矣。"

疏奏，皓不悦。又大兴土木，作昭明宫，令文武各官入山采木；又召术士尚广，令筮蓍问取天下之事。尚对曰："陛下筮得吉兆：庚子岁，青盖当入洛阳。"皓大喜，谓中书丞华覈曰："先帝纳卿之言，分头命将，沿江一带，屯数百营，命老将丁奉总之。朕欲兼并汉土，以为蜀主复仇，当取何地为先？"覈谏曰："今成都不守，社稷倾崩，司马炎必有吞吴之心。陛下宜修德以安吴民,乃为上计。若强动兵甲,正犹披麻救火,必致自焚也。愿陛下察之。”皓大怒曰:“朕欲乘时恢复旧业,汝出此不利之言!若不看汝旧臣之面,斩首号令!”叱武士推出殿门。华覈出朝叹曰:“可惜锦绣江山,不久属于他人矣!”遂隐居不出。于是皓令镇东将军陆抗部兵屯江口,以图襄阳。

早有消息报入洛阳,近臣奏知晋主司马炎。晋主闻陆抗寇襄阳,与众官商议。贾充出班奏曰:“臣闻吴国孙皓,不修德政,专行无道。陛下可诏都督羊祜率兵拒之,俟其国中有变,乘势攻取,东吴反掌可得也。”炎大喜,即降诏遣使到襄阳,宣谕羊祜。祜奉诏,整点军马,预备迎敌。自是羊祜镇守襄阳,甚得军民之心。吴人有降而欲去者,皆听之。减戍逻之卒,用以垦田八百余顷。其初到时,军无百日之粮;及至末年,军中有十年之积。祜在军,尝着轻裘,系宽带,不披铠甲,帐前侍卫者不过十余人。一日,部将入帐禀祜曰:“哨马来报:吴兵皆懈怠,可乘其无备而袭之,必获大胜。”祜笑曰:“汝众人小觑陆抗耶?此人足智多谋,日前吴主命之攻拔西陵,斩了步阐及其将士数十人,吾救之无及。此人为将,我等只可自守;候其内有变,方可图取。若不审时势而轻进,此取败之道也。”众将服其论,只自守疆界而已。

一日,羊祜引诸将打猎,正值陆抗亦出猎。羊祜下令:“我军不许过界。”众将得令,止于晋地打围,不犯吴境。陆抗望见,叹曰:“羊将军有纪律,不可犯也。”日晚各退。祜归至军中,察问所得禽兽,被吴人先射伤者皆送还。吴人皆悦,来报陆抗。抗召来人入,问曰:“汝主帅能饮酒否?”来人答曰:“必得佳酿,则饮之。”抗笑曰:“吾有斗酒,藏之久矣。今付与汝持去,拜上都督:此酒陆某亲酿自饮者,特奉一勺,以表昨日出猎之情。”来人领诺,携酒而去。左右问抗曰:“将军以酒与彼,有何主意?”抗曰:“彼既施德于我,我岂得无以酬之?”众皆愕然。

却说来人回见羊祜,以抗所问并奉酒事,一一陈告。祜笑曰:“彼亦知吾能饮乎!”遂命开壶取饮。部将陈元曰:“其中恐有奸诈,都督且宜慢饮。”祜笑曰:“抗非毒人者也,不必疑虑。”竟倾壶饮之。

自是使人通问，常相往来。一日，抗遣人候祜。祜问曰："陆将军安否？"来人曰："主帅卧病数日未出。"祜曰："料彼之病，与我相同。吾已合成熟药在此，可送与服之。"来人持药回见抗。众将曰："羊祜乃是吾敌也，此药必非良药。"抗曰："岂有鸩人羊叔子哉！汝众人勿疑。"遂服之。次日病愈，众将皆拜贺。抗曰："彼专以德，我专以暴，是彼将不战而服我也。今宜各保疆界而已，无求细利。"众将领命。

忽报吴主遣使来到，抗接入问之。使曰："天子传谕将军：作急进兵，勿使晋人先入。"抗曰："汝先回，吾随有疏章上奏。"使人辞去，抗即草疏遣人赍到建业。近臣呈上，皓拆观其疏，疏中备言晋未可伐之状，且劝吴主修德慎罚，以安内为念，不当以黩武为事。吴主览毕，大怒曰："朕闻抗在边境与敌人相通，今果然矣！"遂遣使罢其兵权，降为司马，却令左将军孙冀代领其军。群臣皆不敢谏。吴主皓自改元建衡，至凤凰元年，恣意妄为，穷兵屯戍，上下无不嗟怨。丞相万彧、将军留平、大司农楼玄三人见皓无道，直言苦谏，皆被所杀。前后十余年，杀忠臣四十余人。皓出入常带铁骑五万。群臣恐怖，莫敢奈何。

却说羊祜闻陆抗罢兵，孙皓失德，见吴有可乘之机，乃作表遣人往洛阳请伐吴。其略曰："夫期运虽天所授，而功业必因人而成。今江淮之险，不如剑阁；孙皓之暴，过于刘禅；吴人之困，甚于巴蜀；而大晋兵力，盛于往时：不于此际平一四海，而更阻兵相守，使天下困于征戍，经历盛衰，不可长久也。"司马炎观表，大喜，便令兴师。贾充、荀勖、冯统三人，力言不可，炎因此不行。祜闻上不允其请，叹曰："天下不如意事，十常八九。今天与不取，岂不大可惜哉！"至咸宁四年，羊祜入朝，奏辞归乡养病。炎问曰："卿有何安邦之策，以教寡人？"祜曰："孙皓暴虐已甚，于今可不战而克。若皓不幸而殁，更立贤君，则吴非陛下所能得也。"炎大悟曰："卿今便提兵往伐，若何？"祜曰："臣年老多病，不堪当此任。陛下另选智勇之士可也。"遂辞炎而归。

是年十一月，羊祜病危，司马炎车驾亲临其家问安。炎至卧榻前，祜下泪曰："臣万死不能报陛下也！"炎亦泣曰："朕深恨不能用卿伐吴之策。今日谁可继卿之志？"祜含泪而言曰："臣死矣，不敢不尽愚诚:右将军杜预可任;若伐吴,须当用之。”炎曰:“举善荐贤,乃美事也;卿何荐人于朝,即自焚奏稿,不令人知耶?”祜曰:“拜官公朝,谢恩私门,臣所不取也。”言讫而亡。炎大哭回宫,敕赠太傅、巨平侯。南州百姓闻羊祜死,罢市而哭。江南守边将士,亦皆哭泣。襄阳人思祜存日,常游于岘山,遂建庙立碑,四时祭之。往来人见其碑文者,无不流涕,故名为堕泪碑。后人有诗叹曰:“晓日登临感晋臣,古碑零落岘山春。松间残露频频滴,疑是当年堕泪人。”

晋主以羊祜之言,拜杜预为镇南大将军都督荆州事。杜预为人,老成练达,好学不倦,最喜读左丘明《春秋传》,坐卧常自携,每出入必使人持《左传》于马前,时人谓之“《左传》癖”。及奉晋主之命,在襄阳抚民养兵,准备伐吴。

此时吴国丁奉、陆抗皆死,吴主皓每宴群臣,皆令沉醉;又置黄门郎十人为纠弹官。宴罢之后,各奏过失,有犯者或剥其面,或凿其眼。由是国人大惧。晋益州刺史王濬上疏请伐吴。其疏曰:“孙皓荒淫凶逆,宜速征伐。若一旦皓死,更立贤主,则强敌也;臣造船七年,日有朽败;臣年七十,死亡无日:三者一乖,则难图矣。愿陛下无失事机。”晋主览疏,遂与群臣议曰:“王公之论,与羊都督暗合。朕意决矣。”侍中王浑奏曰:“臣闻孙皓欲北上,军伍已皆整备,声势正盛,难与争锋。更迟一年以待其疲,方可成功。”晋主依其奏,乃降诏止兵莫动,退入后宫,与秘书丞张华围棋消遣。近臣奏边庭有表到。晋主开视之,乃杜预表也。表略云:“往者,羊祜不博谋于朝臣,而密与陛下计,故令朝臣多异同之议。凡事当以利害相校,度此举之利,十有八九,而其害止于无功耳。自秋以来,讨贼之形颇露;今若中止,孙皓恐怖,徙都武昌,完修江南诸城,迁其居民,城不可攻,野无所掠,则明年之计亦无及矣。”

晋主览表才罢,张华突然而起,推却棋枰,敛手奏曰:“陛下圣武,国富民强;吴主淫虐,民忧国敝。今若讨之,可不劳而定。愿勿以为疑。”晋主曰:“卿言洞见利害,朕复何疑!”即出升殿,命镇南大将军杜预为大都督,引兵十万出江陵;镇东大将军琅琊王司马伷出涂中;安东大将军王浑出横江;建威将军王戎出武昌;平南将军胡奋出夏口：各引兵五万，皆听预调用。又遣龙骧将军王濬、广武将军唐彬，浮江东下。水陆兵二十余万，战船数万艘。又令冠军将军杨济出屯襄阳，节制诸路人马。

早有消息报入东吴。吴主皓大慌，急召丞相张悌、司徒何植、司空滕循，计议退兵之策。悌奏曰："可令车骑将军伍延为都督，进兵江陵，迎敌杜预；骠骑将军孙歆进兵拒夏口等处军马。臣敢为军师，领左将军沈莹、右将军诸葛靓，引兵十万，出兵牛渚，接应诸路军马。"皓从之，遂令张悌引兵去了。皓退入后宫，不安忧色。幸臣中常侍岑昏问其故。皓曰："晋兵大至，诸路已有兵迎之；争奈王濬率兵数万，战船齐备，顺流而下，其锋甚锐：朕因此忧也。"昏曰："臣有一计，令王濬之舟，皆为齑粉矣。"皓大喜，遂问其计。岑昏奏曰："江南多铁，可打连环索百余条，长数百丈，每环重二三十斤，于沿江紧要去处横截之。再造铁锥数万，长丈余，置于水中。若晋船乘风而来，逢锥则破，岂能渡江也？"皓大喜，传令拨匠工于江边连夜造成铁索、铁锥，设立停当。

却说晋都督杜预，兵出江陵，令牙将周旨：引水手八百人，乘小舟暗渡长江，夜袭乐乡，多立旌旗于山林之处，日则放炮擂鼓，夜则各处举火。旨领命，引众渡江，伏于巴山。次日，杜预领大军水陆并进。前哨报道：吴主遣伍延出陆路，陆景出水路，孙歆为先锋：三路来迎。杜预引兵前进，孙歆船早到。两兵初交，杜预便退。歆引兵上岸，迤逦追时，不到二十里，一声炮响，四面晋兵大至。吴兵急回，杜预乘势掩杀，吴兵死者不计其数。孙歆奔到城边，周旨八百军混杂于中，就城上举火。歆大惊曰："北来诸军乃飞渡江也？"急欲退时，被周旨大喝一声，斩于马下。陆景在船上，望见江南岸上一片火起，巴山上风飘出一面大旗，上书："晋镇南大将军杜预。"陆景大惊，欲上岸逃命，被晋将张尚马到斩之。伍延见各军皆败，乃弃城走，被伏兵捉住，缚见杜预。预曰："留之无用！"叱令武士斩之。遂得江陵。

于是沅、湘一带，直抵广州诸郡，守令皆望风赍印而降。预令人持节安抚，秋毫无犯。遂进兵攻武昌，武昌亦降，杜预军威大振，遂大会诸将，共议取建业之策。胡奋曰："百年之寇，未可尽服。方今春水泛涨，难以久住。可俟来春，更为大举。”预曰：“昔乐毅济西一战而并强齐；今兵威大振，如破竹之势，数节之后，皆迎刃而解，无复有着手处也。”遂驰檄约会诸将，一齐进兵，攻取建业。

时龙骧将军王濬率水兵顺流而下。前哨报说：“吴人造铁索，沿江横截；又以铁锥置于水中为准备。”濬大笑，遂造大筏数十方，上缚草为人，披甲执仗，立于周围，顺水放下。吴兵见之，以为活人，望风先走。暗锥着筏，尽提而去。又于筏上作大炬，长十余丈，大十余围，以麻油灌之，但遇铁索，燃炬烧之，须臾皆断。两路从大江而来。所到之处，无不克胜。

却说东吴丞相张悌，令左将军沈莹、右将军诸葛靓，来迎晋兵。莹谓靓曰：“上流诸军不作提防，吾料晋军必至此，宜尽力以敌之。若幸得胜，江南自安。今渡江与战，不幸而败，则大事去矣。”靓曰：“公言是也。”言未毕，人报晋兵顺流而下，势不可当。二人大惊，慌来见张悌商议。靓谓悌曰：“东吴危矣，何不遁去？”悌垂泣曰：“吴之将亡，贤愚共知；今若君臣皆降，无一人死于国难，不亦辱乎！”诸葛靓亦垂泣而去。张悌与沈莹挥兵抵敌，晋兵一齐围之。周旨首先杀入吴营。张悌独奋力搏战，死于乱军之中。沈莹被周旨所杀。吴兵四散败走。后人有诗赞张悌曰：“杜预巴山见大旗，江东张悌死忠时。已拚王气南中尽，不忍偷生负所知。”

却说晋兵克了牛渚，深入吴境。王濬遣人驰报捷音，晋主炎闻知大喜。贾充奏曰：“吾兵久劳于外，不服水土，必生疾病。宜召军还，再作后图。”张华曰：“今大兵已入其巢，吴人胆落，不出一月，孙皓必擒矣。若轻召还，前功尽废，诚可惜也。”晋主未及应，贾充叱华曰：“汝不省天时地利，欲妄邀功绩，困弊士卒，虽斩汝不足以谢天下！”炎曰：“此是朕意，华但与朕同耳，何必争辩！”忽报杜预驰表到。晋主视表，亦言宜急进兵之意。晋主遂不复疑，竟下征进之命。

王濬等奉了晋主之命，水陆并进，风雷鼓动，吴人望旗而降。吴主皓闻之，大惊失色。诸臣告曰：“北兵日近，江南军民不战而降，将如之何？”皓曰：“何故不战？”众对曰：“今日之祸，皆岑昏之罪，请陛下诛之。臣等出城决一死战。”皓曰：“量一中贵，何能误国？”众大叫曰:“陛下岂不见蜀之黄皓乎!”遂不待吴主之命,一齐拥入宫中,碎割岑昏,生啖其肉。陶濬奏曰:“臣领战船皆小,愿得二万兵乘大船以战,自足破之。”皓从其言,遂拨御林诸军与陶濬上流迎敌。前将军张象,率水兵下江迎敌。二人部兵正行,不想西北风大起,吴兵旗帜,皆不能立,尽倒竖于舟中;兵卒不肯下船,四散奔走,只有张象数十军待敌。

却说晋将王濬,扬帆而行,过三山,舟师曰:“风波甚急,船不能行;且待风势少息行之。”濬大怒,拔剑叱之曰:“吾目下欲取石头城,何言住耶!”遂擂鼓大进。吴将张象引从军请降。濬曰:“若是真降,便为前部立功。”象回本船,直至石头城下,叫开城门,接入晋兵。孙皓闻晋兵已入城,欲自刎。中书令胡冲、光禄勋薛莹奏曰:“陛下何不效安乐公刘禅乎?”皓从之,亦舆榇自缚,率诸文武,诣王濬军前归降。濬释其缚,焚其榇,以王礼待之。唐人有诗叹曰:“西晋楼船下益州,金陵王气黯然收。千寻铁锁沉江底,一片降旗出石头。人世几回伤往事,山形依旧枕寒流。今逢四海为家日,故垒萧萧芦荻秋。”于是东吴四州,四十三郡,三百一十三县,户口五十二万三千,官吏三万二千,兵二十三万,男女老幼二百三十万,米谷二百八十万斛,舟船五千余艘,后宫五千余人,皆归大晋。大事已定,出榜安民,尽封府库仓廪。

次日,陶濬兵不战自溃。琅琊王司马伷并王戎大兵皆至,见王濬成了大功,心中忻喜。次日,杜预亦至,大犒三军,开仓赈济吴民。于是吴民安堵。惟有建平太守吾彦,拒城不下;闻吴亡,乃降。王濬上表报捷。朝廷闻吴已平,群臣皆贺,上寿。晋主执杯流涕曰:“此羊太傅之功也,惜其不亲见之耳!”骠骑将军孙秀退朝,向南而哭曰:“昔讨逆壮年,以一校尉创立基业;今孙皓举江南而弃之!悠悠苍天,此何人哉!”

却说王濬班师,迁吴主皓赴洛阳面君。皓登殿稽首以见晋帝。帝赐坐曰:“朕设此座以待卿久矣。”皓对曰:“臣于南方,亦设此座以待陛下。”帝大笑。贾充问皓曰:“闻君在南方,每凿人眼目,剥人面皮,此何等刑耶?”皓曰:“人臣弑君及奸回不忠者,则加此刑耳。”充默然甚愧。帝封皓为归命侯，子孙封中郎，随降宰辅皆封列侯。丞相张悌阵亡，封其子孙。封王濬为辅国大将军。其余各加封赏。

自此三国归于晋帝司马炎，为一统之基矣。此所谓“天下大势，合久必分，分久必合”者也。后来后汉皇帝刘禅亡于晋泰始七年，魏主曹奂亡于太安元年，吴主孙皓亡于太康四年，皆善终。后人有古风一篇，以叙其事曰：

高祖提剑入咸阳，炎炎红日升扶桑；光武龙兴成大统，金乌飞上天中央；哀哉献帝绍海宇，红轮西坠咸池傍！何进无谋中贵乱，凉州董卓居朝堂；王允定计诛逆党，李傕郭汜兴刀枪；四方盗贼如蚁聚，六合奸雄皆鹰扬；孙坚孙策起江左，袁绍袁术兴河梁；刘焉父子据巴蜀，刘表军旅屯荆襄；张燕张鲁霸南郑，马腾韩遂守西凉；陶谦张绣公孙瓒，各逞雄才占一方。曹操专权居相府，牢笼英俊用文武；威挟天子令诸侯，总领貔貅镇中土。楼桑玄德本皇孙，义结关张愿扶主；东西奔走恨无家，将寡兵微作羁旅；南阳三顾情何深，卧龙一见分寰宇；先取荆州后取川，霸业图王在天府；呜呼三载逝升遐，白帝托孤堪痛楚！孔明六出祁山前，愿以只手将天补；何期历数到此终，长星半夜落山坞！姜维独凭气力高，九伐中原空劬劳；钟会邓艾分兵进，汉室江山尽属曹。丕睿芳髦才及奂，司马又将天下交；受禅台前云雾起，石头城下无波涛；陈留归命与安乐，王侯公爵从根苗。纷纷世事无穷尽，天数茫茫不可逃。鼎足三分已成梦，后人凭吊空牢骚。